BASTEI
LÜBBE
TASCHENBUCH

Weitere Titel des Autors:

DER HEXER VON SALEM
Die Spur des Hexers
Der Seelenfresser
Engel des Bösen
Der achtarmige Tod
Buch der tausend Tode
Das Auge des Satans
Der Sohn des Hexers
Das Haus der bösen Träume

Anubis
Das Jahr des Greifen
Der Inquisitor
Der Thron der Libelle
Der Widersacher
Die beste Frau der Space Force
Die Heldenmutter
Die Kinder von Troja
Die Moorhexe
Die Tochter der Midgardschlange
Die Töchter des Drachen
Dunkel
Geisterstunde
Horus
Intruder
Kevin von Locksley
Raven – Schattenchronik
Raven – Schattenreiter
Thor
Wolfsherz

Titel in der Regel auch als E-Book erhältlich

Über den Autor:

Wolfgang Hohlbein, am 15. August 1953 in Weimar geboren, lebt mit seiner Frau Heike und seinen Kindern, umgeben von einer Schar Katzen, Hunde und anderer Haustiere, in der Nähe von Neuss. Die Gesamtauflage von Wolfgang Hohlbeins Romanen liegt inzwischen bei ca. 36 Millionen Exemplaren weltweit. Er ist damit der erfolgreichste deutsche Autor der Gegenwart. Seine Romane wurden in 34 Sprachen übersetzt.

Wolfgang Hohlbein

THOR

Roman

BASTEI
LÜBBE
TASCHENBUCH

BASTEI LÜBBE TASCHENBUCH
Band 20639

1. Auflage: November 2011

Dieser Titel ist auch als Hörbuch und E-Book erschienen

Vollständige Taschenbuchausgabe
der im Gustav Lübbe Verlag erschienenen Hardcoverausgabe

Bastei Lübbe Taschenbuch und Gustav Lübbe Verlag
in der Bastei Lübbe GmbH & Co. KG

Titelillustration: © Anke Koopmann/Guter Punkt
Umschlaggestaltung: Guter Punkt, München
Satz: Urban SatzKonzept, Düsseldorf
Gesetzt aus der Goudy
Druck und Verarbeitung: GGP Media GmbH, Pößneck
Printed in Germany
ISBN 978-3-404-20639-1

Sie finden uns im Internet unter
www.luebbe.de
Bitte beachten Sie auch: www.lesejury.de

Der Preis dieses Bandes versteht sich einschließlich
der gesetzlichen Mehrwertsteuer.

1. Kapitel

Wenn er jemals einen Namen gehabt hatte, so hatte er ihn vergessen.

Wenn er jemals Eltern gehabt hatte, so erinnerte er sich nicht an sie.

Wenn er jemals geboren worden war, so wusste er nicht mehr, wann.

Weiß.

Seine Welt war weiß und kalt, von einem grausamen, alles verzehrenden Weiß, das seine Augen blendete und alles auslöschte, was seine Hände nicht ergreifen konnten, und einer noch grausameren Kälte, die wie mit gläsernen Fängen in seine Glieder biss, jeden Schritt zu einer Qual machte und seine Lungen mit Messerklingen füllte.

Da waren Sturm und Lärm und eine vage, tanzende Bewegung überall und das vollkommen sichere Wissen, dass er sterben würde, wenn er seinen geschundenen Körper auch nur noch zu einigen wenigen weiteren Schritten zwang. Aber auch das noch viel sicherere Wissen, zu sterben, wenn er stehen blieb. Er wollte weder das eine noch das andere, aber vor allem wollte er eines: leben.

Der Wind drehte sich, und die Bö, gegen die er sich gerade noch mit aller Kraft gestemmt hatte, traf ihn nun von der Seite, und das mit solcher Wucht, dass er noch einen ungeschickten Schritt weiterstolperte und dann schwer in den Schnee hinabfiel. Seine Gelenke knackten wie dünne Äste, die unter dem Fuß eines Riesen zerbrachen, und ein dumpfes Stöhnen kam über seine Lippen. Kaltes Feuer wühlte in seinen

Händen, aber er zog auch auf seltsame Weise Kraft aus diesem Schmerz.

Er stand auf, hob die Hand ans Gesicht und fühlte langes, zu eisigen Strähnen erstarrtes Haar und glatte Wangen, auf denen noch nie ein Bart gesprossen war. War er noch ein Junge?

Er lauschte in sich hinein, suchte nach einer Antwort auf diese Frage und sah schließlich an sich hinab, als er sie nicht fand.

Was er erblickte, schien eher auf das Gegenteil hinzudeuten. Er spürte nach wie vor, wie jung er noch war, erblickte jedoch den Körper eines Mannes, groß, schlank und dennoch von kräftigem Wuchs. Er trug derbe, aber zweckmäßige Kleider: schwere wollene Hosen, gefütterte Stiefel aus feinem Leder, das weich und anschmiegsam aussah, in der Kälte aber zur Härte von Metall erstarrt war, und ein ebenfalls gefüttertes Wams, das von einem breiten Gürtel zusammengehalten wurde. Eine lederne Scheide war daran befestigt, in die vielleicht ein kleines Schwert gehörte, vielleicht auch ein sehr großer Dolch. Er trug keinen Mantel, und seine tastenden Finger fanden auch keine Kopfbedeckung. Der Sturm musste ihn in dieser unpassenden Kleidung überrascht haben; oder etwas anderes – Schlimmeres – war geschehen.

Angestrengt grub er in seiner Erinnerung, fand aber nichts als Leere und ein Gefühl vager Enttäuschung, das vielleicht zu einem Schmerz geworden wäre, hätte er ihm die Zeit dazu gegeben.

Aber jetzt war nicht der Moment, über seine Vergangenheit nachzudenken. Wenn er das zu Unzeiten tat, dann hatte er vielleicht keine Zukunft mehr. Irgendwo vor ihm lauerte eine Gefahr, unsichtbar und verborgen im Sturm, aber so dräuend, dass er beinahe meinte, sie mit Händen greifen zu können.

War er es gewohnt, zu kämpfen? Er wusste es nicht. Seine rechte Hand war zu der leeren Scheide an seinem Gürtel gekrochen, ohne dass er sich der Bewegung auch nur bewusst gewesen wäre, was möglicherweise darauf hinwies. Aber auch für solcherlei Überlegungen war jetzt keine Zeit.

Er war noch immer fast blind, auf jeden Fall aber orientierungslos, bekam aber dennoch allmählich ein Gefühl für seine Umgebung. Er war in den Bergen. Obwohl die brüllenden Schleier rings um ihn herum nicht aufrissen, spürte er das gewaltige Massiv in seinem Rücken. Manchmal tauchten verschwommene Umrisse aus dem weißen Toben vor ihm auf, Felsen mit harten Flächen, die sich unter schimmernden Eispanzern verbargen und mit Graten scharf wie Axtklingen, aber auch Bäume mit blattlosen dürren Ästen, die sich erfrorenen Fingern gleich in den Sturm zu krallen schienen.

Er wich beidem aus, mochten sie doch wilden Tieren oder auch Feinden als Hinterhalt dienen; ein Gedanke, der ihm inmitten dieses tobenden Höllensturmes fast lächerlich vorkam, den er aber trotzdem sorgsam registrierte, um ihn später in aller Ruhe abzuklopfen, weil er vielleicht einen weiteren Hinweis auf seine Identität enthielt.

Er stolperte weiter, prallte schließlich doch gegen einen Felsen und wäre um ein Haar gestürzt, und als er sein Gleichgewicht wiederfand, sah er die Fährte.

Es war nur ein Stück einer Spur, ein einzelner, aber klar erkennbarer Abdruck in einem schmalen Winkel, den der Sturm nicht erreichte. Nicht die Spur eines Menschen, sondern die eines Tieres. Obwohl er sich nicht daran erinnerte, so etwas jemals gesehen zu haben, wusste er doch, dass sie von einem Wolf stammte. Nur die Größe stimmte nicht: Sie war so groß wie eine Männerhand mit gespreizten Fingern. Wenn es tatsächlich ein Wolf gewesen war, dann musste dieses Tier so groß sein wie ein kleines Pferd; und die Spur war auch viel zu tief, denn der Schnee war verharscht und fast so hart wie Eis.

Zum zweiten Mal glitt seine Hand zum Gürtel und suchte nach einer Waffe, die nicht da war.

Da es nichts gab, was er tun konnte, bewegte er sich weiter und spürte, dass die Neigung des Bodens allmählich abnahm. Unter dem Schnee war jetzt loses Geröll, kein scharfkantiger Fels mehr, und auch die Anzahl hundertfingriger Schatten, denen er nach wie vor auswich, nahm allmählich zu. Es war noch kein Wald, durch den er ging, aber auch keine von allem Leben gemiedene Steinwüste mehr.

Dann hörte er den Schrei.

Der Sturm hielt nicht inne, und auch sein Heulen nahm nicht ab, aber er drehte sich, und für einen kurzen Moment trug er den Schrei eines Menschen mit sich; ein Laut, der von Schmerzen und unvorstellbarer Furcht kündete und noch etwas, das schlimmer war, für das er aber keine Worte fand, obwohl er tief in sich spürte, dass er es kannte.

Er blieb stehen, lauschte mit geschlossenen Augen und versuchte die Richtung herauszufinden, aus der der Schrei gekommen war, konnte es aber nicht, denn der Wind hatte abermals gedreht, und der Sturm schien nun aus allen Richtungen zugleich auf ihn einzuprügeln. Schließlich ging er weiter.

Zeit verstrich, sehr viel Zeit, obwohl es ihm schwerfiel, ihre genaue Spanne einzuschätzen; fast als wäre sie bisher bedeutungslos für ihn gewesen. Eine weitere Information, die vielleicht später wichtig war. Jetzt zählte nur eines: das Jetzt. Er musste am Leben bleiben.

Und denjenigen finden, der geschrien hatte. Hätte das Unwetter weiter mit derselben Wut getobt, mit der es ihn ausgespien hatte, so hätte er den Ursprung des Schreis nie gefunden. Doch die Kraft des Sturms ließ nach, und nach einem letzten, kreischenden Aufbäumen erlosch er so plötzlich, dass die nachfolgende Stille fast in den Ohren dröhnte. Für einen Moment hing der Schnee noch wie schwerelos in der Luft, als wäre er überrascht vom plötzlichen Erlöschen des Windes und bräuchte eine Weile, um sich darauf zu besinnen, was als Nächstes zu tun war.

Anstelle von tobenden Sturmböen zog sich nun ringsum ein Vorhang aus glitzerndem weißen Staub entlang, der sich schließlich zu senken begann und einen Blick auf ein wahrhaft grandioses Panorama eröffnete: In seinem Rücken und über ihm erhoben sich die Berge, ganz wie er es erwartet hatte, aber zehnmal höher, eine zerklüftete schwarze und weiße und silberfarbene Wand, die sich bis zum Himmel und noch darüber hinaus reckte. Vor und unter ihm lag eine nicht minder gewaltige Ebene, nur unterbrochen von wenigen Tupfern gefrorener Unregelmäßigkeit, die verschneite Wälder sein mochten, zugefrorene Flüsse oder Seen oder im Griff eines ewigen Winters erstarrte menschliche Ansiedlungen, vielleicht auch nur vom Zufall gebildete Formen ohne irgendwelche Bedeutung.

Vielleicht war da etwas am Horizont, ein dünner, wie mit einem scharfen Messer gezogener Strich, der Himmel und Erde voneinander trennte. Ein Meer?

Obwohl seine Augen jung und sehr scharf waren, konnte er diese Frage nicht wirklich beantworten, und im Grunde spielte es auch keine Rolle. Dieses Bild war *falsch*.

Dieses Land dürfte es gar nicht geben. Vielleicht war er tot, und dies hier war Utgard, die Welt des Feuers und der Riesen, in die diejenigen verbannt wurden, die sich nicht als würdig erwiesen hatten, einen Platz an den Tafeln von Walhall zu finden.

Aber wenn er tot war, wieso fror er dann so, und woher kam dann dieses Gefühl des Verlustes?

Dann wiederholte sich der Schrei, heiser diesmal, aber auch ungleich verzweifelter.

Mit einem Geschick, das ihn selbst überraschte, stürmte er weiter, erspähte einen direkteren Weg in die Tiefe und schlug ihn ohne zu zögern ein. Rasch kletterte er über messerscharfe Grate und vereiste Klippen und überwand die letzten zwei oder auch drei Mannslängen mit einem gewagten Sprung.

Er fiel, kam mit einer fließenden Rolle und ohne sich zu verletzen wieder auf die Beine und verspürte trotzdem eine leise Empörung über seine eigene Ungeschicklichkeit. Ein Sprung wie dieser hätte ihm keine Schwierigkeiten bereiten dürfen. Wahrscheinlich lag es an seiner Erschöpfung und der Kälte, die seinen Muskeln den Großteil ihrer Geschmeidigkeit genommen hatte.

All das hinderte ihn nicht daran, seinen Weg mit schnellen Schritten fortzusetzen.

Wieder hörte er etwas, keinen Schrei diesmal, sondern einen anderen, viel unangenehmeren Laut. Als er den Waldrand auf der anderen Seite erreichte, wurde es schlimmer. Der Eindruck, den er von der Höhe der Felsen aus gehabt hatte, war richtig gewesen: So dürr und blattlos dieser Wald auch war, hatte er dem Sturm doch genug Widerstand entgegengesetzt, um den Schnee zu einer mehr als mannshohen Düne aufzutürmen, die zu überwinden sich als unerwartet schwierig erwies. Der Schnee war viel kälter als vermutet und so locker, dass er bis über die Hüften darin verschwand. Und als es ihm endlich gelang, das Hindernis doch noch zu übersteigen, stolperte er über eine Leiche und fiel der Länge nach in die alles verschlingende weiße Masse.

Wütend auf sich selbst, richtete er sich auf, spuckte einen Mundvoll Pulverschnee aus und sah sich nach dem um, was ihn zu Fall gebracht hatte. Es war der Körper einer Frau von vielleicht vierzig Jahren. In zerfetzte und mit gefrorenem Blut besudelte Kleidung gehüllt, war sie ausgemergelt, hatte langes, ungepflegtes Haar und vernarbte Hände, die von vielen Jahren harter Arbeit kündeten, und war über und über mit schrecklichen Wunden bedeckt, von denen er nicht genau sagen konnte, was sie verursacht hatte. Manche sahen aus wie tiefe Messerstiche, an anderen Stellen wiederum schienen faustgroße Fleischstücke einfach aus ihrem Körper herausgerissen worden zu sein.

Sie war noch nicht lange tot. Ihre Haut dampfte noch in der Kälte, und die tiefsten ihrer grässlichen Wunden bluteten noch, auch wenn das blasse Rot in der grausamen Kälte fast augenblicklich zu Eis erstarrte. Er fragte sich, welche Kreatur wohl in der Lage sein mochte, einen Menschen so zuzurichten.

Mühsam stemmte er sich hoch, entfernte sich um einen einzigen stolpernden Schritt von dem zerfetzten Leichnam und machte dann noch einmal kehrt, um sich zu der Toten hinabzubeugen und ihr das Messer aus dem Gürtel zu ziehen. Eine erbärmliche Waffe, nicht einmal so lang wie seine Hand, aber besser als gar nichts. Erst danach setzte er seinen Weg fort.

Er musste nur noch wenige Schritte tun, bis er endlich die Quelle des Geschreis entdeckte, auch wenn dieses mittlerweile endgültig verstummt war. Nur einen Steinwurf entfernt lag ein auf die Seite gestürzter Wagen im pulvrigen Weiß. Bis zu diesem Punkt, an dem sich das Schicksal seiner Insassen erfüllt hatte, war er von zwei kräftigen Ochsen gezogen worden, von denen einer noch mit gebrochenem Genick an der verdrehten Deichsel hing. Rings um den Kadaver hatte sich der Schnee rot gefärbt. Von dem zweiten Tier fehlte jede Spur.

Der Wagen selbst war vollkommen zerstört, so sehr, dass es ihm schwerfiel, zu glauben, dass diese Verwüstung allein auf den Sturm zurückzuführen war, obgleich er dessen Gewalt ja gerade am eigenen Leib gespürt hatte. Beide Räder auf der nach oben liegenden Seite waren zersplittert, die ehemals stabile Plane hoffnungslos zerfetzt. Was immer der Wagen einst transportiert hatte, war im weiten Umkreis im Schnee verstreut; Werkzeuge, Kleidung, Dinge des täglichen Bedarfs und sogar kleinere Möbelstücke. Beiläufig registrierte er, dass der Besitzer dieses Wagens sein ganzes Hab und Gut mitgenommen hatte. Er entdeckte zahlreiche Werkzeuge, die im Schnee lagen: Zangen, Hämmer und Eisenstangen mit sonderbar gebogenen Enden, und unmittelbar hinter dem zertrümmerten Wagen lag sogar ein kleiner Amboss, der einen gewaltigen Krater in den Schnee gestanzt hatte.

Erst nach und nach ging ihm die wahre Bedeutung dieser Beobachtung auf. Weder der Amboss noch der Großteil des Werkzeugs waren von Schnee bedeckt, was nichts anderes bedeutete, als dass der Wagen umgestürzt war, nachdem der Sturm bereits zu Ende gewesen war. Es war also mehr als unwahrscheinlich, dass eine Sturmbö den Wagen umgeworfen hatte.

Warum überraschte ihn das eigentlich? Auch die Tote, die er gefunden hatte, war kein Opfer des Unwetters geworden, sondern

Ein plötzliches Gefühl von Gefahr ließ ihn herumfahren und sich in derselben Bewegung zur Seite werfen und das Messer in die Höhe reißen.

Eines davon rettete ihm vielleicht das Leben, und es war vermutlich nicht das winzige Messerchen, dessen Klinge kaum scharf genug war, das struppige Fell des riesigen Wolfs zu durchdringen, der ihn ansprang.

Immerhin schien das Tier die Gefahr zu spüren, die von der schartigen Waffe ausging, denn es warf sich mitten im Sprung herum. Seine zuschnappenden Kiefer verfehlten die Hand, die das Messer führte, und die gewaltigen Tatzen, die ihr Opfer umwerfen und niederdrücken sollten, fuhren harmlos durch die Luft. Aber die kräftigen Hinterläufe und der peitschende Schwanz trafen ihn mitten im Sprung und machten aus seinem verzweifelten Satz einen haltlosen Sturz. Schwer fiel er in den Schnee, rollte zwei- oder dreimal herum und stieß schmerzhaft gegen etwas sehr Schweres und Hartes, das sich darunter verbarg.

Etwas Seltsames geschah, auch wenn es ihm in diesem Moment nicht einmal selbst bewusst war: Seit seinem Erwachen in dieser ebenso seltsamen wie bedrohlichen Welt waren die Furcht und das Gefühl einer ständigen Bedrohung seine allgegenwärtigen Begleiter gewesen. Jetzt war beides verschwunden. Er wurde angegriffen und musste um sein Leben kämpfen; das war alles, was zählte.

Blitzschnell war er wieder auf den Füßen, spuckte Schnee und Blut aus – er musste sich auf die Zunge gebissen haben – und versuchte einen sicheren Stand einzunehmen. Auf dem rutschigen Grund wollte es ihm nicht recht gelingen, doch zu seinem Glück hatte der Wolf mit denselben Schwierigkeiten zu kämpfen. Seine Pfoten schienen keinen Halt unter dem Schnee zu finden, und als er zu einem zweiten Sprung auf sein vermeintlich wehrloses Opfer ansetzte, rutschten seine Hinterläufe weg, und er fiel in den Schnee.

Er widerstand der Versuchung, die vermeintliche Schwäche des Tieres für einen eigenen Angriff auszunutzen, sondern nutzte die winzige Verschnaufpause, um in eine günstige Position zu gelangen ... oder es wenigstens zu versuchen.

Wie es aussah, hatte er sich selbst in eine Falle manövriert. Hinter und neben ihm ragten die Überreste des zerstörten Wagens auf, und auf der anderen Seite erhob sich eine fast brusthohe Verwehung aus pulverfeinem Schnee, die ihn auf jeden Fall so sehr verlangsamen würde, dass sein Angreifer Gelegenheit zu einem zweiten Sprung bekäme. Vor ihm war der Wolf, der sich irgendwie sonderbar benahm, ohne dass er genau sagen konnte, was an ihm sonderbar war.

Es war ein außergewöhnlich großes Tier – nicht der Riese, dessen Spur er weiter oben gefunden hatte, aber immer noch ein wahres Ungeheuer – mit tückisch funkelnden Augen, in denen eine Intelligenz zu lesen war, die weder diesem noch irgendeinem anderen Tier zustehen sollte. Speichel tropfte in zähen Fäden von seinen Lefzen, hinter denen fast fingerlange, nadelspitze Zähne bleckten. Ein tiefes Grollen drang aus der Brust des Tieres, und er konnte sehen, wie seine Pfoten unter dem Schnee nach festem Halt für einen weiteren Sprung suchten. Einem

Angriff, dem er nichts entgegenzusetzen hatte, wie ihm schmerzlich klar war. Der Wolf musste nahezu so schwer sein wie er selbst und verfügte über ein ganzes Arsenal natürlicher Waffen, gegen die sein albernes Messerchen nicht mehr als ein Witz war.

Konsequenterweise ließ er es fallen und wich ins Innere des umgestürzten Wagens zurück, um wenigstens den Rücken frei zu haben. Der Wolf, der diese Bewegung als Flucht missdeutete, stieß sich vollkommen ansatzlos mit den Hinterläufen ab und sprang.

Er ließ sich zur Seite fallen, wusste, dass der Wolf schlau genug war, kein zweites Mal auf dieselbe Finte hereinzufallen, und warf sich mitten in der Bewegung herum und in die entgegengesetzte Richtung. Raues Fell strich so hart und schmerzhaft wie Draht über seinen gekrümmten Rücken und riss die Haut in seinem ungeschützten Nacken auf, sodass sich ihm unwillkürlich ein Schmerzenslaut entrang. Dennoch richtete er sich mit einem Ruck auf, in den er seine gesamte Kraft legte, und der Wolf wurde in hohem Bogen nicht nur über seinen Rücken, sondern auch über die Seitenwand des Wagens geschleudert, wo er mit einem eher überraschten als schmerzerfüllten Heulen im Schnee landete. Er war nicht verletzt, sondern jetzt erst richtig wütend …

Aber mehr brauchte er vielleicht auch nicht.

Noch bevor der sonderbar weiche Laut verklungen war, mit dem das Tier in den Schnee stürzte, sprintete er los und schlug den Weg zum nahen Waldrand ein. Wölfe waren Furcht einflößende Gegner, gegen die selbst ein gut ausgebildeter Mann mit einer Waffe kaum eine Chance hatte, aber erbärmliche Kletterer. Wenn er es zu einem der Bäume und hinauf schaffte, dann war er gerettet. Es waren nur wenige Schritte.

Schon nach dem allerersten brach er durch irgendetwas, das unter dem Schnee verborgen war und unter seinem Gewicht nachgab. Fluchend glitt er tiefer, trat auf etwas Weiches und glaubte einen gedämpften Schrei zu hören, war sich aber weder sicher, noch verschwendete er auch nur einen Gedanken darauf, sondern befreite sich mit einer wütenden Bewegung aus seiner misslichen Lage und stürmte weiter.

Dieses Mal kam er immerhin zwei oder drei Schritte weit, bevor der Wolf wieder vor ihm auftauchte.

Natürlich war es nicht derselbe Wolf. Dieses Tier war kleiner und hagerer – kaum größer als ein Hund –, und sein räudiges Fell war von schwärenden Wunden übersät. Eine Bestie zwar, aber eine, die er vermutlich mit bloßen Händen bezwingen könnte. Wäre sie allein gewesen.

Unglückseligerweise war sie es nicht. Rechts und links und ein Stück hinter dem Wolf waren zwei weitere, deutlich größere Tiere aufgetaucht, und er hätte weder das Tappen schwerer Pfoten noch das Hecheln hören müssen, um zu wissen, dass auch der erste Wolf wieder auf die Beine gekommen und hinter ihm erschienen war.

Er versuchte abzuschätzen, welche der Bestien als Erstes oder ob sie vielleicht alle gleichzeitig angreifen würden, wusste aber auch, dass er so oder so verloren war. Er würde sterben, ein Gedanke, der ihn mit Furcht, aber auch mit einer vagen Trauer erfüllte. Sein neues Leben währte gerade einmal wenige Augenblicke, und er hatte das Gefühl, dass es vielleicht noch mehr für ihn bereit gehabt hätte als Schmerzen und Kälte und Angst.

Trotzig verzog er die Lippen. Wahrscheinlich würde er sterben, aber mindestens eine dieser Bestien würde er noch mitnehmen. Dieses Versprechen gab er sich selbst.

In diesem Moment wichen die Wölfe vor ihm zurück, und auch das schleichende Tappen hinter ihm hielt inne.

Dann tauchte ein fünfter Wolf aus dem Wald auf.

Er wusste sofort, dass es der Anführer des Rudels war. Es musste das Tier sein, dessen Spuren er oben im Gebirge gesehen hatte, ein wahrer Gigant, beinahe doppelt so groß wie ein normaler Wolf und von strahlend weißer Farbe. Aber es war nicht allein seine Größe, die ihn als Anführer der Meute kenntlich machte. Da war etwas in seinen Augen, ein Blick, der weit über den eines Tieres hinausging und der etwas tief in ihm zum Schwingen brachte: den Nachhall einer Erinnerung, die sich regen wollte, ohne dass es ihr gelang …

Hastig sah er sich nach einer Waffe um, aber alles, was sich in seiner Reichweite befand, war der halb im Schnee vergrabene Amboss. Ohne auch nur darüber nachzudenken, was er tat, hob er ihn auf und schleuderte ihn in Richtung des weißen Riesen.

Er war stark, sehr stark sogar, aber der Amboss war schwer genug, dass ein normaler Mann ihn nur mit Mühe hätte anheben können, und so beschrieb das Wurfgeschoss nur einen kurzen Bogen und schlug weit vor dem ersten Tier in das pulvrige Weiß.

Trotzdem wichen die Wölfe weiter vor ihm zurück. Ihre Haltung blieb angespannt und drohend, ihre Ohren waren zurückgelegt, die Lefzen weit nach oben gezogen, sodass die Ehrfurcht gebietenden Fänge sichtbar wurden … aber irgendetwas sagte ihm, dass sie ihn nicht angreifen würden.

Der weiße Riesenwolf stieß ein sonderbares tiefes Knurren aus, das mehr war als ein einfacher Drohlaut; so unendlich viel mehr.

Die anderen Tiere wichen weiter vor ihm zurück, noch immer drohend, das aber auf eine Art, als gelte diese Drohung nicht wirklich ihm, sondern etwas anderem – oder jemandem.

»Fenrir?«, murmelte er.

Es war das erste Wort, das über seine Lippen kam, und er war fast erstaunt über den Klang seiner eigenen Stimme. Er war auch erstaunt über dieses Wort, spürte zugleich aber schon wieder etwas wie eine verschüttete Erinnerung in sich aufsteigen; aber auch jetzt wieder, ohne endgültig zu erwachen.

»Fenrir«, sagte er noch einmal. Diesmal war das Echo in ihm

stärker, wenn auch immer noch nicht stark genug, um die Erinnerung ganz zu wecken. Aber auch die Reaktion des weißen Riesenwolfes war stärker. Aus seinem Knurren wurde etwas anderes, das er nicht deuten konnte, und die Stelle von Furcht und trotziger Kampfbereitschaft in seinem Inneren nahm nun ... etwas *Vertrautes* ein.

Angesichts seiner Lage erschien ihm der Gedanke selbst absurd, aber er spürte nicht einmal die Spur von Angst. Er kannte dieses Tier, und er wusste auch, dass es eben *kein* Tier war.

Da war plötzlich ein Gefühl von großer Stärke und noch größerer Klugheit, die zwar nicht unbedingt auf seiner Seite standen, die er aber zugleich auch nicht zu fürchten brauchte.

Das war absurd.

Aber es war so.

Der weiße Wolf – Fenrir – knurrte ein letztes Mal, und die drei anderen Tiere wandten sich um und zogen sich zurück.

Eine einzelne Windbö kam auf, wider jegliche Ordnung der Natur und so eisig, dass ihm sein eigener Atem auf den Lippen gefror. Als sich der hochgewirbelte Schnee wieder senkte, waren nicht nur die Wölfe verschwunden, sondern auch ihre Spuren, so als hätte es sie nie wirklich gegeben.

Dennoch war er nicht allein.

Eine schmale, schrecklich bleiche Hand war über dem Schnee erschienen, genau an der Stelle, an der er gerade in das trügerische Weiß eingebrochen war. Rasch ging er hin, umschloss sie mit einem kräftigen Griff und zog den dazugehörigen Körper mit solchem Schwung aus dem Schnee, dass ein erstaunter Ausruf erklang – vielleicht auch ein kleiner Schrei, dem die letzte Kraft fehlte, um wirklich zu einem solchen zu werden – und sie beide nach hinten fielen.

Erst als er rücklings im Schnee landete und der überraschend leichte Körper auf ihn fiel, erkannte er ihn als den einer jungen Frau – vielleicht auch noch eines Mädchens – und fühlte das

Blut, das aus einer tiefen Wunde in ihrem Gesicht auf seine Wange tropfte; warm, aber nicht so heiß und lebendig, wie es sein sollte. Fingernägel schrammten auf der Suche nach seinen Augen über seine Stirn und hinterließen dünne brennende Spuren, dann schlugen Fäuste, die kaum größer waren als die eines Kindes und noch schwächer, auf seine Brust ein. Scharfe Zähne schnappten nach seiner Kehle.

Er stieß das Mädchen weg, bevor es ihn wirklich verletzen konnte – und sei es nur durch einen dummen Zufall. Dann packte er es mit beiden Händen und schüttelte es so kräftig durch, dass seine Zähne hörbar aufeinanderschlugen.

Es hörte tatsächlich für einen Moment auf, abwechselnd nach ihm zu schlagen, zu beißen und zu kratzen – allerdings nur gerade lange genug, bis er seinen Griff um eine Winzigkeit lockerte und es eine Hand losreißen konnte, die ziemlich unsanft in seinem Gesicht landete.

Diesmal schüttelte er die Kleine so heftig, dass ihre Zähne mit einem Knall aufeinanderschlugen. Es musste ziemlich wehtun.

Prompt meldete sich sein schlechtes Gewissen, denn er sah erst jetzt, wie tief die Wunde in ihrem Gesicht war; eindeutig ein Biss. Unter ihrem linken Jochbein reichte sie bis auf den Knochen, der weiß durch das nasse Rot ihres zerfetzten Fleisches schimmerte.

Er hörte auf, sie zu schütteln, lockerte seinen Griff aber nur gerade weit genug, um ihr nicht mehr als unbedingt nötig wehzutun.

»Ich kann damit so lange weitermachen, bis du in Ohnmacht fällst«, sagte er, »aber eigentlich will ich das nicht. Es ist ziemlich anstrengend, weißt du? Also hör auf, dich wie wild zu gebärden, und ich höre auf, dir wehzutun, einverstanden?«

Er hatte nicht mit einer Antwort gerechnet und bekam auch keine, aber immerhin erlahmte ihr Widerstand. Wahrscheinlich war es ohnehin nicht mehr als ein letztes Aufbäumen gewesen, denn er konnte spüren, wie jetzt alle Kraft aus ihrem Körper wich. Statt weiter auf ihn einzuschlagen, brach sie in seinen Armen zusammen, sodass er sie abermals festhalten musste, wenn auch jetzt aus einem anderen Grund.

So behutsam, wie es seine steif gefrorenen Finger zuließen, ließ er sie in den weichen Schnee sinken, nahm eine Handvoll davon und legte sie vorsichtig auf ihr Gesicht, um ihren Schmerz zu lindern; eine erbärmliche Hilfe, wie ihm sehr wohl bewusst war. Für einen kleinen Moment war ihr Schmerz wie sein eigener, und für einen noch kleineren Moment empfand er nichts als Zorn auf sich selbst, nicht mehr für sie tun zu können. Er fühlte sich schuldig an dem, was ihr zugestoßen war, und obwohl er wusste, wie unsinnig dieser Gedanke war, war er zugleich doch intensiv genug, um ihm schier die Kehle zuzuschnüren.

»Schon gut«, flüsterte er. »Hab keine Angst. Dir wird nichts geschehen. Wie ist dein Name?«

»Elenia. Ihr Name ist Elenia. Und wenn du sie anrührst, dann töte ich dich.«

Es war nicht das Mädchen, das das sagte, doch als er sich umdrehte, glaubte er sich zuerst ihrer nur wenig älteren Zwillingsschwester gegenüber.

Die Frau war etwas größer als das Mädchen, vom gleichen schlanken – wenn auch viel fraulicherem – Wuchs und hatte dasselbe lange blonde Haar, das zu zwei dicken Zöpfen geflochten weit über ihre Brust hinabfiel, und er musste nicht fragen, um zu wissen, dass das verwundete Mädchen in seinen Armen ihre Tochter war.

Er musste auch nicht fragen, um zu wissen, wie bitter ernst sie ihre Worte meinte. Sie stand kaum einen Schritt hinter ihm, offensichtlich aus demselben Schneeloch gekrochen, aus dem er das Mädchen gezogen hatte, und ihre schmalen Hände hielten den Stiel eines schweren Schmiedehammers umklammert. Offensichtlich war sie kräftiger, als ihre Gestalt vermuten ließ, und er konnte in ihrem Gesicht erkennen, dass sie das, was ihr an Stärke mangeln mochte, durch den Mut der Verzweiflung mehr als wettmachte. Der Blick ihrer weit aufgerissenen Augen war undeutbar – Überraschung, Entsetzen oder so etwas wie ... Erkennen?

»Ich habe nicht vor, deiner Tochter etwas anzutun«, sagte er.

Die Augen der Frau wurden schmal. »Meiner Tochter? Woher weißt du, dass sie ... meine Tochter ist?«

»Weil ich nicht blind bin. Was ist geschehen? Seid ihr angegriffen worden?«

»Ja«, sie schüttelte den Kopf und verbesserte sich: »Nein«, nur um sich gleich noch einmal zu korrigieren: »Ja.«

Ihr Blick löste sich von seinem Gesicht, tastete unstet über die schneebedeckte Lichtung hinter ihm und kehrte dann zurück. »Sind sie ... fort?«

»Wer?«

»Die Wölfe. Wir haben versucht, ihnen zu entkommen, aber der Wagen ist umgestürzt. Sie haben unsere Magd getötet und deren Kind. Wo sind sie?«

Er musste an die schrecklich zugerichtete Tote denken, die er im Schnee gefunden hatte, aber er sagte nichts davon. »Ich habe keine Wölfe gesehen«, antwortete er stattdessen. Zugleich fragte er sich, ob das wirklich eine Lüge war; zumindest was die Wölfe anging. Je länger er über seine gespenstische Begegnung mit dem weißen Riesen nachdachte, desto weniger sicher war er, es wirklich erlebt zu haben.

»Wenn es hier Wölfe gäbe, dann wäre ich wohl kaum hier. Und das da«, fügte er mit einer Kopfbewegung auf den Hammer in ihren Händen hinzu, »brauchst du wirklich nicht. Ich bin nicht euer Feind.«

Die Frau zögerte noch einen winzigen Moment – gerade lange genug, damit er sie nicht als zu leichtgläubig einschätzte –, dann jedoch deutete sie ein Kopfnicken an, legte den schweren Hammer aus der Hand und sank neben dem Mädchen auf die Knie. Der besorgte Ausdruck blieb auf ihrem Gesicht, aber nun gesellte sich noch etwas anderes hinzu, ein Ausdruck von Zärtlichkeit, wie sie nur eine Mutter für ihr Kind empfinden konnte, aber auch der unbedingte Wille, dieses Kind zu beschützen, und sei es gegen die Götter selbst. Während sie sich vorbeugte und mit den Fingerspitzen behutsam über die Ränder der schrecklichen Wunde tastete, begann ihre andere Hand unter ihrem Mantel zu suchen, und sein Blick glitt noch einmal über den Schmiedehammer, den sie fallen gelassen hatte. Es war keine Waffe, sondern ein Werkzeug, und obwohl er ihr ansah, dass sich unter ihrer glatten Haut starke Muskeln verbargen, musste es sie fast ihre ganze Kraft gekostet haben, den Hammer auch nur zu heben. Wieso hatte sie sich keine handlichere Waffe genommen?

»Was ist geschehen?«, fragte er noch einmal.

Die Frau zog einen schmalen Lederbeutel unter dem Mantel hervor. Er enthielt ein feinkörniges graues Pulver, von dem sie eine kleine Menge in ihre geöffnete Linke schüttete. Während sie mit der anderen eine Handvoll Schnee aufhob und das Pulver damit zu vermischen begann, machte sie eine vage Kopfbewegung hinter sich.

»Der Sturm hat uns auf der Ebene überrascht. Es war zu spät, um umzukehren, also haben wir uns in den Wald gerettet. Als das Schlimmste vorbei war, wollten wir weiterfahren, aber dann sind die Wölfe gekommen. Sie haben einen der Ochsen gerissen, und der Wagen ist umgestürzt. Das ist alles.«

Es waren die letzten drei Worte, die ihm klarmachten, dass das ganz und gar nicht *alles* war. Diese Frau und ihre Tochter hatten Schlimmes hinter sich, aber sie wollte nicht darüber sprechen ... und wieso auch? Schließlich war er ein vollkommen Fremder für sie. Sie wäre dumm, ihm zu vertrauen.

»Sind dort unten noch mehr?«, fragte er mit einer Geste auf die Vertiefung im Schnee.

»Mein Mann und mein Sohn.« Sie beugte sich über das Mädchen, das mittlerweile das Bewusstsein verloren zu haben schien, und begann die Salbe, die sie aus dem Inhalt ihres Säckchens und etwas schmutzigem Schnee hergestellt hatte, auf der zerfetzten Hälfte seines Gesichts zu verteilen.

Er empfand ein vages Bedauern beim Anblick der verheerten Züge. Trotz all des Schmutzes und Blutes konnte er erkennen, dass es ein sehr schönes Gesicht war, und ein einziger Blick in das der Mutter zeigte ihm, dass es in nicht allzu ferner Zukunft noch sehr viel schöner geworden wäre, hätte ein grausames Schicksal nicht anders entschieden.

Er war nicht sicher, dass es diese schlimme Verletzung überleben würde, und setzte dazu an, eine entsprechende Frage zu stellen, begriff dann aber im letzten Augenblick, wie grausam das gewesen wäre, und stand stattdessen auf, um die zwei Schritte zu dem Loch im Schnee zu tun.

Darunter lag kein hart gefrorener Boden, sondern zersplittertes Holz, unter dem sich Schatten bewegten. Behutsam ließ er sich in die Tiefe gleiten und fand sich in einer flachen Mulde wieder, deren Decke von der zerborstenen Seitenwand des umgestürzten Wagens gebildet wurde. Seine Augen, die sich erstaunlich schnell an das schwache Licht gewöhnten, zeigten ihm einen vielleicht dreizehn- oder vierzehnjährigen Jungen, der ihn aus angstvoll aufgerissenen Augen anstarrte und so weit von ihm weggekrochen war, wie es in der winzigen Höhle überhaupt ging, und einen bärtigen Mann in derber Kleidung. Er lag verkrümmt auf der Seite und hatte die Augen geschlossen. Seine Hand umklammerte ein kurzes Schwert, und die Mischung aus Morast und halb geschmolzenem Schnee unter ihm hatte sich rosa gefärbt. Elenia und ihre Familie mussten sich unter den umgestürzten Wagen verkrochen haben, um Schutz vor den Wölfen zu finden. Eine ziemlich dumme Idee, wenn man wusste, über welch scharfe Sinne die grauen Jäger verfügten. Aber auch eine, die zeigte, wie groß ihre Verzweiflung gewesen war.

»Du brauchst keine Angst zu haben«, wandte er sich an den Jungen. »Ich tue dir nichts.«

»Bist du ... bist du einer von ihnen?«, stieß der Junge mit einer Stimme hervor, die beinahe vor Angst brach.

»Nein«, antwortete er, obwohl er nicht die geringste Ahnung hatte, wovon er überhaupt sprach. Er versuchte zu lächeln. »Ich bin hier, um euch zu helfen.«

Behutsam streckte er die Hand nach dem Jungen aus, führte die Bewegung aber nicht zu Ende, als dieser noch erschrockener zurückwich. »Ich will euch helfen«, sagte er noch einmal. »Deine Mutter und deine Schwester sind oben. Du musst keine Angst haben. Die Wölfe sind fort.«

Der Junge zögerte. »Mein Vater –«

»Er ist verletzt, ich weiß.« *Und das ziemlich schlimm.* »Wir müssen ihn nach oben bringen, aber das schaffe ich nicht allein. Hilfst du mir?«

Ein weiterer, quälend langer Moment verging, in dem der Junge ihn nur weiter anstarrte, dann aber begann er an den Schultern seines Vaters zu zerren. Das einzige Ergebnis war ein halblautes Stöhnen, das über die Lippen des Bewusstlosen drang.

»Warte«, sagte er rasch. »Das hat keinen Sinn. Kriech nach oben und pass auf deine Mutter auf. Jemand muss sie beschützen, falls die Wölfe wiederkommen.«

Den Bewusstlosen aus seinem Versteck herauszubekommen erwies sich als ebenso unerwartet einfach wie überraschend schwer. Einfach, weil er so leicht wie ein Kind zu sein schien, und schwer, weil ihm schon die geringste Berührung große Schmerzen bereitete, vor denen ihn nicht einmal die Bewusstlosigkeit schützte. Am Ende musste er doch die Hilfe des Jungen in Anspruch nehmen, um seinen Vater nach oben zu ziehen und behutsam in den Schnee zu legen.

»Wird er sterben?«, fragte der Junge.

Die Frage erschreckte ihn, doch bevor er antworten konnte, mischte sich die Mutter des Knaben ein und fuhr ihn an: »Red nicht so einen Unsinn, Lif! Dein Vater ist ein starker Mann! Er braucht nur ein wenig Ruhe und etwas von meiner Medizin, und dann wird er sich wieder erholen!«

Nach dem, was er gerade gesehen und im Inneren des Bärtigen gespürt hatte, bezweifelte er das, behielt diese Meinung aber für sich. Diese Menschen waren vollkommen fremd für ihn, weder seine Feinde noch seine Freunde, und er hatte nicht das Recht, ihnen unnötig wehzutun.

Statt irgendetwas zu sagen, stand er auf und suchte aus eng zusammengekniffenen Augen den Himmel ab. Er wusste nicht, warum er das tat, aber er spürte, dass es wichtig war.

Das Firmament war klar und völlig wolkenlos, als hätte es den Sturm niemals gegeben, und wie oft nach einem schweren Unwetter hatte sich eine tiefe Stille über das Land gelegt, in der alle Laute sonderbar gedämpft klangen. Die Sonne stand schon tief und würde bald untergehen, und dann würde es hier grausam kalt werden. Im Moment erschien ihr Atem noch als grauer Dampf vor ihren Gesichtern, wenn sie sprachen, doch wenn die Sonne untergegangen war, würde er in ihren Kehlen zu Eis erstarren. Er konnte nicht sagen, woher dieses Wissen kam, aber es war zu sicher, um es auch nur in Zweifel zu ziehen.

Er deutete auf das Mädchen. »Wie geht es ihr?«

»Sie wird es überleben.« Die Worte kamen hart, viel zu laut und hatten etwas von einem Vorwurf. Er verstand, warum sie das so sagte. *Sie wird es überleben. Aber sie wird nie wieder ganz dieselbe sein*. Das Mädchen tat ihm leid.

»Du hast uns geholfen«, sagte die Frau, während sie neben ihrem Mann niederkniete und die Hände nach ihm ausstreckte, ohne ihn indes zu berühren. »Dafür ... danke ich dir.«

Ihm entging nicht, wie schwer es ihr fiel, die Worte auszusprechen; als hätte sie schon vor sehr langer Zeit verlernt, irgendeinem Menschen zu vertrauen, der nicht von ihrem Fleisch war.

»Ich habe doch gar nichts getan.«

Die blonde Frau maß ihn mit einem sonderbaren Blick, und gerade, als er zu der Überzeugung gelangt war, dass das die einzige Antwort war, die er bekommen würde, sagte sie mit noch seltsamerer Betonung: »Und das ist schon mehr, als so mancher an deiner Stelle getan hätte.«

Es dauerte eine Weile, bis er überhaupt begriff, was sie mit diesen Worten meinte, und dann fiel ihm keine Erwiderung ein. Verlegenheit machte sich in ihm breit.

»Mein Name ist Urd«, fuhr sie fort. »Das da sind Lasse, mein Mann, und Lif, mein Sohn. Wie ist dein Name?«

»Urd?«, erwiderte er. »Das ist ... ein sehr schöner Name. Ein wenig ungewöhnlich.« Da er so gut wie nichts wusste, wusste er auch nicht, was gewöhnlich oder ungewöhnlich war, aber es kam ihm so vor.

»Mein Vater war ein sehr gläubiger Mann, aber es ist ihm anscheinend nie in den Sinn gekommen, dass die Götter es vielleicht nicht schätzen, wenn man sich mit ihren Namen schmückt.« Sie lächelte, kurz und bitter. »Aber vielleicht sollte ich ja dankbar sein, dass er mich nicht Skuld genannt hat.«

Während sie daran ging, Mantel und Wams ihres Mannes aufzuknöpfen und ihn zu untersuchen, begann sich unbehagliches Schweigen zwischen ihnen breitzumachen. Urd stellte sich so geschickt wie eine Heilerin dabei an, wirkte zugleich aber auch auf sonderbare Weise hilflos. Angesichts der schrecklichen Verletzungen, die zum Vorschein kamen, als sie sein grobes

Wollhemd hochschob, verstand er das nur zu gut. Mindestens eine seiner Rippen war gebrochen und ragte wie eine zersplitterte weiße Dolchklinge aus seiner Brust, nur ein kleines Stück unterhalb seines Herzens.

Sein ganzer Brustkorb war ein einziger blauer Fleck, was bedeutete, dass das meiste Blut nach innen floss, und bei jedem einzelnen rasselnden Atemzug erschienen rosafarbene schaumige Bläschen auf seinen Lippen.

Er stirbt, dachte er. Eigentlich grenzte es schon an ein Wunder, dass der Mann überhaupt noch lebte.

»Vater!«, flüsterte Lif.

Urd hob gebieterisch die Hand, und der Blick, mit dem sie den Jungen maß, brachte ihn dazu, die Tränen niederzukämpfen.

»Geh und such nach unseren Sachen, Lif«, befahl sie. »Wir brauchen Kleidung und Essen. Wenn es wieder zu schneien beginnt, finden wir nichts davon wieder.«

Der Junge sah seine Mutter noch einen Moment lang verstockt an, stand aber dann gehorsam auf und begann die überall im Schnee verteilte Ladung des Wagens zusammenzusuchen.

Er verspürte einen neuen, dünnen Stich in der Brust. Lasse, der Vater des Jungen, starb, und Lif wusste das. Er war weder dumm noch blind. Warum gestattete sie ihm nicht, um seinen Vater zu weinen? War sie eine so harte Frau, oder stammte sie aus einem so harten Volk?

»Ich kann nichts mehr für ihn tun«, bekannte sie, »außer seine Schmerzen zu lindern.«

Und erst jetzt begriff er, warum sie ihren Sohn weggeschickt hatte. Ihre Hand glitt unter den Mantel und kam mit einem schmalen Dolch wieder zum Vorschein.

»Warte«, sagte er.

Urd hielt zwar in der Bewegung inne und sah ihn an, aber nun kehrte das Misstrauen endgültig in ihre Augen zurück, und obwohl sie keinen Finger rührte, schien sie das Messer plötzlich nicht mehr nur zu halten, um ihrem Mann einen letzten Liebesdienst zu erweisen.

Er schüttelte den Gedanken ab, beugte sich zu dem Sterbenden und lauschte in ihn hinein. Da war ein dumpfer Schmerz, weit weniger schlimm, als er erwartet hatte, und darunter, rasch stärker werdend, etwas Anderes, Dunkles und Verzehrendes.

»Was tust du da?«, fragte Urd.

Er wusste es nicht, doch er wusste, dass es das Richtige war. Nahezu ohne einen bewussten Willensakt griff er nach dieser Dunkelheit, drängte sie zurück und begann Worte zu flüstern, die er nicht verstand, und das in einer Sprache, die er niemals zuvor gehört hatte.

Etwas ... *geschah*. Er konnte nicht sagen, was, aber es war aufregend und Furcht einflößend zugleich, neu und uralt wie das Ringen unsichtbarer Schatten in der Dunkelheit, vertraut und zugleich so fremd, dass der menschlichen Sprache die Worte fehlten, es zu beschreiben.

Er wusste nicht, wie lange es dauerte, doch als es vorbei war, war er in Schweiß gebadet, der eisig auf seiner Haut trocknete, und fror erbärmlich, und er fühlte sich so ausgelaugt, als hätte er mit Riesen gerungen.

Urd starrte ihn an. Ihre Augen waren groß, und ihre Hand hielt das Messer jetzt so fest umklammert, dass das Blut aus ihr wich und die Haut fast durchsichtig wirkte.

»Was ... hast du getan?«

»Das Richtige.« Er stand auf, machte einen Schritt zur Seite und taumelte, als ihn die Kräfte zu verlassen drohten. Er hatte mit Riesen gerungen, und er war ganz und gar nicht sicher, wer diesen Kampf gewonnen hatte.

»Wir müssen hier weg«, sagte er schwach. »Bevor die Sonne untergeht. Wenn uns die Nacht im Freien überrascht, dann sterbt ihr.« *Ihr*. Er hatte dieses Wort nicht von ungefähr gewählt, und auch das entging Urd keineswegs. Sie starrte ihn weiter aus großen Augen an, in denen etwas geschrieben stand, das schlimmer war als bloße Furcht.

»Müssen wir Angst vor dir haben?«, fragte sie.

»Nein.«

Er wusste nicht, ob diese Antwort der Wahrheit entsprach, aber es war die einzige, die er hatte. Urd starrte ihn noch einen endlosen Atemzug lang an, bevor sie das Messer sinken ließ und mit einer müden Bewegung aufstand.

»Wir sind an einem Hof vorbeigekommen, kurz bevor der Sturm losgebrochen ist.« Ihre Stimme klang matt und hölzern, als müsse sie nicht nur die Erinnerung herbeizwingen, sondern gleichsam jedes einzelne Wort. »Aber wir sind schnell gefahren, und ich bin nicht einmal ganz sicher, ob ich den Weg zurück finde.«

»Dann müssen wir in die Berge«, entschied er. »Vielleicht finden wir eine Höhle oder einen Felsspalt, der uns Schutz bietet. Morgen früh versuchen wir dann, diesen Hof zu finden.« Das klang wenig überzeugend, selbst in seinen eigenen Ohren. Urd blickte auch entsprechend zweifelnd, erst in sein Gesicht, dann auf ihren bewusstlosen Mann hinab. Sie wirkte verwirrt, als begriffe sie nicht ganz, wovon er überhaupt sprach.

»Ich werde ihn tragen«, sagte er. »Aber du und Lif müsst euch um das Mädchen kümmern.«

Der Junge kam zurück, mit allerlei Krimskrams beladen, den er im Schnee gefunden hatte und von dem sie das allermeiste nicht gebrauchen konnten, aber auch einen Sack voller Lebensmittel hinter sich herschleifend. »Rauch«, sagte er mit einer Kopfbewegung hinter sich. »Im Süden.«

»Rauch?«, wiederholte Urd.

»Ich habe Rauch gesehen«, bestätigte Lif. »Nur ganz kurz, aber ich habe ihn gesehen. Vielleicht sind dort Menschen.«

Für einen Moment sahen sie alle konzentriert in die bezeichnete Richtung. Der Himmel über dem verschneiten Wald war immer noch von einem geradezu unnatürlich strahlenden Blau und vollkommen leergefegt. Nicht die geringste Spur einer Rauchfahne war zu sehen.

»Und du bist ganz sicher?«

»Ja«, antwortete Lif. »Es *war* Rauch. Vielleicht ein Feuer. Vielleicht gibt es ja dort ein Haus.«

Er glaubte dem Jungen – und selbst wenn er es nicht getan hätte: Welche Chancen hatten sie in den Bergen? Selbst ihn hatte es all seine Kraft und enormes Geschick gekostet, seinen Weg über den vereisten Fels zu finden, und da war er allein gewesen und hatte sich nicht um einen bewusstlosen Mann, eine Frau und zwei Kinder kümmern müssen.

»Versuchen wir es«, sagte er. »Aber wir sollten keine Zeit mehr verlieren.«

»Und wenn dort keine Menschen sind?«, wandte Urd ein.

»Dann sterben wir«, antwortete er.

»Und die Höhle in den Bergen?«

»Ich habe nicht gesagt, dass es eine gibt. Nur, dass wir vielleicht eine finden.« Er hob die Hand, als sie antworten wollte. »Du solltest mich nicht für einen Gott oder Zauberer halten, nur weil ich deinem Mann geholfen habe.«

»Und wie nennt man dann jemanden, der einen Mann von den Toten zurückholt?«, fragte sie.

Erst, als er erschrocken den Blick wandte und den Ausdruck von Verständnislosigkeit auf Lifs Gesicht sah, wurde ihm bewusst, dass Urd in einer anderen Sprache geredet hatte, die der Junge offensichtlich nicht verstand.

Er antwortete in derselben Zunge, obwohl er sich nicht erinnerte, sie jemals gelernt zu haben.

»Weder das eine noch das andere. Vielleicht wissen wir da, wo ich herkomme, nur ein bisschen besser, was Menschen auszuhalten imstande sind. Du hast es selbst gesagt: Dein Mann ist stark. Wenn er die Nacht übersteht, hat er eine gute Chance zu leben. Aber nur«, fügte er nach einer winzigen Pause hinzu, »wenn wir nicht noch mehr Zeit verlieren. Die Sonne geht bald unter.«

Urd blinzelte. »Das ist das zweite Mal, dass du das sagst. Warum?«

»Warum? Weil es die Wahrheit ist.«

»Die Sonne geht nicht unter«, gab ihm Urd zu verstehen. »Es dauert noch einen ganzen Monat, bis es dunkel wird. Und danach bleibt es für viele Wochen dunkel. Du musst von sehr weit her kommen, wenn du das nicht weißt.«

Aber er hatte es gewusst. Die Erinnerung war genau in dem Moment in seinem Bewusstsein aufgetaucht, in dem er die Worte hörte. Und es machte ihm Angst.

»Nun, dann haben wir ja wohl doch noch ein bisschen Zeit«, sagte er.

Urd sah ihn nur noch durchdringender an und schwieg, schließlich aber ließ ihr Blick von seinem Gesicht ab und wanderte über den umgestürzten Wagen und die Gegenstände, die in weitem Umkreis im Schnee verstreut waren.

Erst jetzt wurde ihm bewusst, dass sie vielleicht dasselbe sahen, es aber von vollkommen unterschiedlicher Bedeutung für sie war. Was er sah, waren Kleider, Lebensmittel, Töpfe und Schalen, zerbrochene Kisten und aufgerissene Körbe und hundert andere Dinge, die für ihn keinerlei Bedeutung hatten.

Für sie war es ein ganzes Leben.

Urd seufzte noch einmal tief und gab sich dann einen Ruck. »Du hast recht. Wir können nicht hierbleiben. Es gibt hier nichts mehr, wofür es sich zu bleiben lohnt. Lif, hilf mir, das zu suchen, was von unseren Kleidern noch da ist.«

2. Kapitel

Nahezu schweigend – und, wie ihm nicht entgangen war, vor allem ohne ein einziges Wort der Trauer – hatte Urd ihm geholfen, den Leichnam der Magd zu begraben, so gut es in dem gefrorenen Boden überhaupt möglich war. Von dem Kind, von dem sie gesprochen hatte, hatten sie keine Spur mehr gefunden, und auch darüber hatte Urd kein Wort verloren.

Danach waren sie aufgebrochen.

Der Tag nahm kein Ende, und das nicht nur scheinbar. Die Sonne stand eine gute Handbreit über dem Horizont, und so oft er auch hinsah, schien sie sich nie auch nur um eine Winzigkeit von der Stelle gerührt zu haben – als wäre sie durch einen Zauber an diesen Ort gebannt und dazu verflucht, für alle Zeiten dort zu verharren. Vielleicht war es auch genau andersherum, und es war die Zeit, die nicht mehr existierte. Vielleicht war er auch tot und in diesem einzigen, niemals endenden Augenblick des Schreckens gefangen.

Oder vielleicht war er auch einfach nur erschöpft.

Die vermeintliche Leichtigkeit, mit der er alles hatte tun können, und ein bisschen auch Urds Worte hatten ihn mit der Illusion erfüllt, seine Kräfte könnten tatsächlich unerschöpflich sein, aber das stimmte ganz und gar nicht. Aus dem gleichen hochmütigen Gefühl heraus hatte er sich nicht nur den bewusstlosen Mann auf die Arme geladen, sondern neben Lasses Schwert auch noch den schweren Schmiedehammer mitgenommen; ein Entschluss, den er selbst mit jedem Schritt, den das schwere Werkzeug an seinem Gürtel zerrte, mehr bedauerte und weniger verstand.

Dennoch kam er nicht ein Mal auf den Gedanken, sich von der zusätzlichen Last zu befreien. Er spürte einfach, dass es richtig war, den Hammer mitzunehmen. Es gab keinen Grund für diese Überzeugung, aber auch keinen Zweifel daran. Gefühl war vielleicht das Einzige, was ihn noch mit dem Leben verband, das er geführt haben musste, bevor ihn der Sturm in diese ebenso verwirrende wie feindselige Welt hineingespien hatte. Und wenn es falsch war, woran konnte er sich dann noch halten?

Stunde um Stunde schleppten sie sich durch den Schnee, einem Horizont entgegen, der sich immer eine Winzigkeit schneller von ihnen zu entfernen schien, als sie sich auf ihn zubewegten. Seine Kräfte, die ihm anfangs so unerschöpflich erschienen waren, ließen irgendwann nach, und spätestens in dem Moment, in dem das Mädchen Elenia aus seiner Ohnmacht erwachte und nicht mehr von seiner Mutter und seinem Bruder getragen werden musste, war er es, der Mühe hatte, mit den anderen Schritt zu halten, und nicht mehr umgekehrt.

Doch schließlich zeigte sich, dass der Junge sich doch nicht geirrt hatte. Sie fanden kein Feuer, wohl aber die Stelle, an der es gewütet hatte – oder, um genauer zu sein: das, was noch davon übrig war.

Der Rauch, der sie letzten Endes hergeführt hatte, stammte nicht von einer Kochstelle oder einem Kaminfeuer. Trotz der vielen Stunden, die seither vergangen waren, strahlten die geschwärzten Wände der Ruine noch eine fühlbare Wärme aus, und der Geruch nach verkohltem Holz, heißem Stein und verbranntem Fleisch schlug ihnen schon aus weiter Entfernung entgegen, obwohl sie sich dem niedergebrannten Hof gegen den Wind näherten.

»Was, bei Hel, ist hier passiert?«, flüsterte Urd. Ihre Stimme war flach und verriet mehr von ihrer Erschöpfung als der Anblick ihres bleichen Gesichts.

Statt zu antworten – und wie hätte er das auch gekonnt –, ließ er sich auf ein Knie herabsinken, legte Urds bewusstlosen Mann in den Schnee und bedeutete Lif mit einem entsprechenden Blick, sich um seinen Vater zu kümmern. Dann ging er mit schnellen Schritten den sanften Hang hinab, an deren Fuß die Ruine stand. Seine Hand glitt zum Gürtel, während sein Blick aufmerksam und auf eine vollkommen neue Art umhertastete.

Das Gehöft war äußerst klug im Schutze einer Hügelkette angelegt. Hätte er an dieser Stelle eine Festung erbaut, so hätte er ihre Mauern oben auf dem Hügel errichtet, dem kleinen Hof hingegen boten die Anhöhen in drei Richtungen Schutz vor den ärgsten Unbilden des Wetters. In der vierten Richtung – nach Süden – erstreckte sich eine sanft abfallende Ebene bis zu der fernen glitzernden Linie eines zugefrorenen Flusses. Schräg stehende Pfosten, die in unregelmäßigen Abständen aus dem Schnee ragten, markierten die Grenze einer Fläche, auf der im Sommer vermutlich Vieh graste. Was immerhin die Frage beantwortete, wovon die Menschen hier lebten: Die zum Teil verkohlten Kadaver eines Dutzends Kühe lagen in derselben panischen Unordnung da, in der der Tod sie ereilt hatte. Sie waren auch die Quelle des Geruchs nach verbranntem Fleisch. Zu seiner Erleichterung sah er zumindest auf den ersten Blick keinen menschlichen Leichnam, aber noch hatte er das ausgebrannte Haus nicht betreten.

Bevor er es tat, blieb er noch einmal stehen und sah zu den anderen zurück. Urd blickte konzentriert in seine Richtung, und er konnte ihre Anspannung fast körperlich spüren. Elenia starrte weiter ins Leere, während ihr Bruder so tat, als konzentriere er sich ganz auf seinen bewusstlosen Vater, aber er war ein schlechter Schauspieler. Der Junge konnte sich kaum noch beherrschen, ihm nicht nachzulaufen.

Statt sein Schwert zu ziehen, wonach ihm zumute war, bedeutete er ihnen mit einer vollkommen überflüssigen Geste noch einmal, zurückzubleiben, trat geduckt unter dem niedrigen Türsturz hindurch und zog erst dann die Klinge blank.

Mit dem winzigen Schwert in der Hand fühlte er sich fast noch wehrloser als zuvor. Allein das Gewicht der Klinge war vollkommen falsch; als wäre er eine deutlich schwerere Waffe gewohnt, vielleicht auch eine andere Art. Er war sich jetzt beinahe sicher, dass er in dem Leben, das er vergessen hatte, ein Krieger gewesen war.

Das Innere des Hauses bestand aus einem einzigen großen Raum, in dem das Feuer mit verheerender Kraft gewütet hatte. Der Dachstuhl war zusammengestürzt und hatte alles unter sich begraben, und wenn es einmal ein nennenswertes Mobiliar gegeben hatte, so war es längst zu weißer Asche zerfallen. Das Einzige, was dem Feuer entgangen war, war der mächtige Kamin an der verkohlten Außenmauer. Selbst das säuberlich aufgestapelte Feuerholz darin war unversehrt.

Auch hier waren keine Leichen zu finden, es sei denn, sie lägen unter den Trümmern des Dachstuhls. Was war hier geschehen?

Zögernd schob er das Schwert wieder in den Gürtel, trat aus dem Haus und winkte Urd und ihrem Sohn zu, bevor er ihnen mit langen Schritten entgegeneilte. Urd empfing ihn mit einem Blick, in dem weit mehr Sorge als Neugier zu lesen war, schwieg aber. Vermutlich wollte sie ihre Kinder nicht noch mehr beunruhigen, als es sowieso schon der Fall war. Er beantwortete ihren Blick mit einem knappen Kopfschütteln und einem übertrieben beruhigenden Lächeln, lud sich ohne ein Wort der Erklärung Lasse auf die Arme und bedeutete ihr ebenso wortlos, sich um ihre Tochter zu kümmern. Elenia saß mit hängenden Schultern und nach vorn gesunkenem Kopf im Schnee und schien zu schlafen, erhob sich aber gehorsam, als Urd sie nur flüchtig berührte. Als sie aufstand, versuchte er einen Blick in ihr Gesicht zu erhaschen, aber viel war davon nicht zu sehen. Urd hatte den

Saum ihres Mantels abgerissen und einen Verband daraus improvisiert, der zwar seinen Zweck erfüllte, von ihrem Gesicht aber kaum mehr als den Mund und einen schmalen Streifen über den Augen frei ließ.

Erneut fiel ihm auf, wie schön diese Augen waren, und er spürte einen neuerlichen tiefen Stich. Schönheit war in dieser erbarmungslosen Welt oft das Einzige, was das Leben einer Frau mit auf den Weg geben konnte, und wenn er ihre Mutter als Vorbild nahm, dann hatte sie davon schon fast überreichlich bekommen. Aber das Schicksal war launisch und grausam, und es hatte ihr dieses Geschenk wieder genommen, noch bevor sie Nutzen daraus ziehen konnte.

Im Haus angekommen, musste er sich nur einen kurzen Moment gedulden, bis Urd und der Junge den Boden vor dem Kamin frei geräumt hatten, sodass er den Verwundeten ablegen konnte. Elenia suchte sich einen Platz irgendwo zwischen den Trümmern und sank in einen Dämmerzustand zwischen Ohnmacht und Fieber, während Urd sich neben ihrem Mann auf die Knie sinken ließ und seine heiße Stirn betastete.

»Wie geht es ihm?« Vermutlich hätte er diese Frage besser beantworten können als sie, aber er hatte plötzlich das dringende Bedürfnis, einfach nur irgendetwas zu sagen. Auch wenn es dumm klang.

»Was immer du getan hast, du hast sein Leben gerettet«, antwortete Urd sanft. »Aber ich weiß nicht, wie lange diese Hilfe noch anhält.« Sie sah ihn auf eine Art an, die eine unausgesprochene Frage enthielt, doch er schüttelte nur ebenso wortlos den Kopf. »Ich muss die gebrochene Rippe richten, bevor er innerlich verblutet. Hilfst du mir?«

»Du kannst so etwas?«, fragte er erstaunt.

»Nein«, antwortete Urd. »Wahrscheinlich bringe ich ihn damit um. Aber wenn ich es nicht tue, dann stirbt er ganz sicher.«

Er nickte, zweifelnd, aber auch von Bewunderung für den Mut dieser Frau erfüllt.

»Dann brauche ich heißes Wasser«, sagte sie. »Lif, mach ein großes Feuer im Kamin. Und schau, ob du in dem Gerümpel hier einen Topf oder irgendetwas anderes findest, worin wir Schnee schmelzen können.«

Lif machte sich gehorsam auf die Suche, und Urd stand auf. »Wir brauchen sauberen Schnee, am besten vom Hügel oben. Hilfst du mir, ihn zu holen?«

Lif überraschte sie. Auch wenn es ihm länger vorgekommen war, so waren sie doch nur für kurze Zeit wirklich draußen gewesen, um Schnee zu holen. Dennoch hatte diese Zeit dem Jungen nicht nur gereicht, ein Feuer im Kamin zu entfachen, sondern auch einen halbwegs bequemen Platz für seine Schwester zu finden und aus ihren Mänteln und allerlei anderen Dingen, die er in den Trümmern gefunden hatte, eine Lagerstatt für seinen Vater herzurichten. Über den Flammen im Kamin hing ein verbeulter Kupferkessel, bei dessen Anblick er sich unwillkürlich fragte, wie es dem Knaben gelungen war, ihn dorthin zu bringen. Sein verrußter Boden glühte im flackernden Schein der Flammen, die ihn umzüngelten, und die ersten zwei oder drei Hand voll Schnee, die sie hineinwarfen, verwandelten sich augenblicklich in zischenden Dampf.

»Das reicht nicht«, sagte Urd, noch bevor sie die Hälfte des mitgebrachten Schnees aufgebraucht hatten. »Lif, geh und hol noch mehr Schnee. Und nimm deine Schwester mit. Sie kann dir helfen.«

Nicht nur Lif sah sie verstört an. Elenia sah nicht so aus, als könne sie auch nur sich selbst helfen, geschweige denn ihrem Bruder, aber dann schien er doch zu verstehen. Wortlos, wenn auch mit zornig funkelnden Augen, ging er zu seiner Schwester hin, ergriff sie am Arm und führte sie hinaus.

»Du hast einen sehr tapferen Sohn.«

Urd nickte knapp, zog ihr Messer aus dem Gürtel und hielt die schmale Klinge in die Flamme, bis sie zu glühen begann. Wortlos schlug sie den Mantel ihres Mannes auseinander und rollte sein Wams und das Hemd hoch.

»Ich muss seine Brust aufschneiden«, sagte sie. »Wenn du mir nicht hilfst, dann töte ich ihn.«

Er wusste, was sie damit meinte, wich ihrem Blick aber aus und nickte nur. »Ich helfe dir«, sagte er einfach. Er war nicht sicher, ob er dieses Versprechen auch halten konnte.

Was folgte, war vielleicht das Schlimmste, was er jemals erlebt hatte, auch wenn ihm eine lautlose Stimme in seinen Gedanken zuflüsterte, dass er weitaus größere und sinnlosere Grausamkeiten mit angesehen – *und begangen?* – hatte, auf jeden Fall aber das Schlimmste, woran er sich *erinnerte*.

Urd nutzte die glühende Klinge, um das Fleisch ihres Mannes aufzuschneiden und gleichzeitig die ärgste Blutung zu stillen. Vielleicht zerstörte sie seinen Körper dabei mehr, als sie ihn heilte, doch immerhin zog sie den gezackten beinernen Splitter aus seinem Fleisch, der bisher darin gewühlt und ihm bei jeder Bewegung weitere und schlimmere Wunden zugefügt hatte.

Sie tat, was sie konnte, und auch er hielt sein Versprechen und half ihr, soweit es in seiner Macht stand. Aus der Dunkelheit in Lasse wurde Schwärze, dann ein lautlos brüllender Sog, der sich schneller und schneller drehte und seine Gedanken in den Schlund des endgültigen Vergessens ziehen wollte, aber er stemmte sich dagegen, drängte die Dunkelheit mit einer Kraft zurück, die vielleicht größer, auf jeden Fall aber entschlossener war als die des Todes.

Und am Ende gewann er diesen Kampf. Die Dunkelheit zog sich aus dem Mann zurück und wich einer tiefen Bewusstlosigkeit, und Urd sank mit einem Seufzen tiefster Erschöpfung nach vorne und wäre gestürzt, hätte er nicht rasch die Hand ausgestreckt und sie festgehalten.

Allerdings nur ganz kurz, denn sie schrak unter seiner Berührung heftig zusammen, prallte zurück und sprang dann auf, um mit schnellen Schritten aus dem Haus zu eilen. Noch in seiner Sichtweite blieb sie stehen und ging wieder in die Hocke, um zuerst ihre blutigen Hände und dann die Messerklinge im Schnee zu säubern. Was natürlich nicht der wahre Grund für ihre überstürzte Flucht aus dem Haus war.

Sie hatte Angst vor ihm, und sein Gefühl sagte ihm, dass sie nicht der erste Mensch war, der sich vor ihm gefürchtet hatte. Er schüttelte den Gedanken ab, bevor er womöglich noch andere, schlimmere Erinnerungen weckte, und sah auf den Bewusstlosen hinab.

Lasse fieberte, und obwohl es hier am Kamin schon beinahe zu warm war, zitterte er am ganzen Leib. Aber er würde leben, nach dem, was er getan hatte. Auch wenn er selbst nicht genau sagen konnte, was es gewesen war.

Er versuchte sich damit abzulenken, dass er den Mann, den er stundenlang getragen hatte, zum ersten Mal genauer ansah. Lasse hatte seine besten Jahre offensichtlich schon eine ganze Weile hinter sich und war nicht besonders groß, mindestens eine Handspanne kleiner als Urd. Früher einmal musste er ein kräftiger Mann gewesen sein, jetzt war er nur noch hager und sehnig. Seine Hände waren mit zahllosen Narben übersät, und auch auf seiner Brust, den Armen und den Schultern hatte er die Spuren alter Verbrennungen gesehen, bevor Urd einen weiteren Teil ihres Mantels geopfert und einen Verband daraus improvisiert hatte.

Angesichts des Werkzeugs und des schweren Hammers, dessen Gewicht noch immer an seinem Gürtel zerrte, lag die Vermutung nahe, dass der Mann Schmied war; ein Gedanke, der ihm aus irgendeinem Grund gefiel. Aber die im Schnee verstreuten Habseligkeiten, die er gesehen hatte, bewiesen ihm, dass er kein reicher Mann gewesen war. Er fragte sich, wie ein Mann wie er zu einer Frau wie Urd gekommen war.

Urd kam zurück, das Gesicht rot vom eisigen Schnee, mit dem sie sich gereinigt hatte. Sie wirkte jetzt wieder halbwegs gefasst, aber auch sehr müde.

»Danke«, sagte sie einfach, sank auf einen verkohlten Balken und schlug die Hände vors Gesicht. »Ohne deine Hilfe wäre er gestorben.« Ihre Stimme drang nur dumpf hinter ihren Händen hervor.

»Lasse ist ein starker Mann«, antwortete er unbeholfen. »Wahrscheinlich hätte er es auch so geschafft.«

Sie nahm die Hände herunter und schenkte ihm ein mattes, aber sehr dankbares Lächeln. »Ohne deine Hilfe wären wir jetzt alle tot«, beharrte sie. »Die Wölfe hätten uns getötet, hätten die Götter dich nicht gerade noch zur rechten Zeit geschickt ...«

Sie ließ den Satz unbeendet zwischen ihnen hängen und sah ihn auffordernd an, aber nach einem weiteren Moment seufzte sie nur tief. »Du willst nicht darüber reden.«

Er antwortete auch darauf nicht.

»Verrätst du mir jetzt deinen Namen?«, fragte sie. »Es macht es leichter, miteinander zu sprechen, wenn man den Namen des anderen kennt.«

»Ich weiß ihn nicht.«

»Du erinnerst dich nicht an deinen eigenen Namen?«, fragte Urd zweifelnd.

»Ich erinnere mich an gar nichts«, gestand er. »Ich bin in den Bergen aufgewacht, mitten im Sturm. Dann habe ich Schreie gehört, bin ihnen gefolgt und habe euch gefunden, und das ist alles.«

Er konnte ihr ansehen, wie skeptisch sie war, doch sie beließ es auch bei diesem stummen Blick. Kurz fragte er sich, wie er wohl reagiert hätte, an ihrer Stelle, und kam zu einem Ergebnis, das ihm nicht gefiel.

»Bist du hungrig?«, fragte sie nach einer Weile und stand auf, ohne seine Antwort abzuwarten. »Ich werde uns etwas zu essen machen. Eine warme Mahlzeit ist das Mindeste, was ich dir zum Dank anbieten kann. Und ganz nebenbei …«, sie lächelte schmerzlich, »auch das Einzige.«

Er sah sie an und stellte erneut fest, wie schön sie war, auch – oder vielleicht gerade – in dem blassen Licht, das durch das zerstörte Dach hereinfiel; eine Frau in der Blüte ihrer Jahre, die sich trotz allem etwas Mädchenhaftes bewahrt hatte. Sein Körper reagierte auf diesen Anblick, was ihm peinlich war, auch wenn sie es wahrscheinlich nicht bemerkte.

Aber vielleicht las sie ja etwas in seinen Augen, denn etwas in ihrem Blick änderte sich.

»Und das ist auch mehr als genug«, sagte er rasch. »Warte. Ich helfe dir.«

Während er den Beutel mit Lebensmitteln holte, die nahezu alles waren, was von ihrem Besitz noch übrig geblieben war, legte sie Holz im Kamin nach und ging nach draußen, um noch mehr Schnee zu holen, den sie schmelzen konnten.

Lif und seine Schwester kamen zurück. Elenia blickte weiter aus trüben Augen ins Leere. Als sie an ihm vorüberging, fing er einen schwachen, unangenehmen Geruch auf, der ihm verriet, dass sie Fieber hatte, während der Junge zu seinem Vater ging und sich neben ihn kniete.

Urd bereitete aus dem Inhalt ihres Beutels eine einfache, aber wohlschmeckende Suppe, während er selbst hinausging und mit Lasses Schwert unbeholfen ein großes Stück Fleisch aus einer der toten Kühe herausschnitt. Niemand erhob Einwände gegen dieses ungewöhnliche Mahl, und nachdem sie das Fleisch über dem Feuer gebraten hatten, aßen sie alle mit großem Appetit; selbst Elenia, nachdem ihre Mutter ihr eine Weile zugeredet hatte.

Mit Lifs Hilfe räumte er ein kleines Stück Boden frei, auf dem sie ein Bett für seine Schwester und ihn improvisieren konnten. Während sich die beiden zum Schlafen ausstreckten, flößte Urd ihrem Mann ein paar Schlucke Wasser ein, von denen er allerdings das meiste gleich wieder erbrach. Er wollte ihr dabei helfen, Gesicht und Bart des Mannes zu säubern, doch Urd scheuchte ihn fast zornig weg und umsorgte ihren Mann mit einem Geschick und einer Hingabe, die ihn einen Stich absurder Eifersucht verspüren ließ. Auch wenn er sich dieses Gedankens schämte, war da doch plötzlich eine leise Stimme in ihm, die ihn fragte, ob es richtig gewesen war, Lasses Leben zu retten.

Nach einer Weile verkündeten Elenias gleichmäßige Atemzüge, dass sie eingeschlafen war. Lif machte es ihnen noch einfacher: Er begann lautstark zu schnarchen.

Urd bemerkte seinen Blick. »Das hat er von seinem Vater«, erklärte sie lächelnd und mit einer so zärtlichen Betonung, dass er unwillkürlich einen Blick auf den Bewusstlosen warf.

»Nein.« Urd schüttelte rasch den Kopf. »Lasse ist nicht ihr Vater.«

»Wer –?«

Urd sah ihn an und wandte den Blick ab. »Ich möchte nicht darüber reden.«

Das respektierte er, schon weil er sie verstand. »Du solltest auch ein bisschen schlafen. Du musst müde sein. Morgen früh …« Er verbesserte sich. »Wenn ihr ausgeruht habt, versuche ich irgendwo hier Werkzeug zu finden. Vielleicht können wir euren Wagen reparieren.«

»Du willst wieder zurückgehen?«

»Hierzubleiben hätte wenig Sinn«, antwortete er. »Der Hof ist zerstört. Selbst wenn wir ihn wieder aufbauen könnten, gehört er uns nicht. Jemand könnte herkommen und Fragen stellen, wo seine rechtmäßigen Besitzer geblieben sind … und du und deine Familie sind ja auch bestimmt nicht hergekommen, um sich hier niederzulassen und Bauern zu werden.«

Urd wirkte schon wieder misstrauisch, was er ihr nicht einmal verübeln konnte. Doch dann hob sie die Schultern, ließ sich auf denselben verkohlten Balken sinken, auf dem sie schon einmal gesessen hatte, und stützte das Kinn auf die verschränkten Hände. »Ich weiß nicht, wohin wir wollten.«

»Du weißt nicht, wohin ihr unterwegs wart?« Er runzelte die Stirn. »Das sagst du mir jetzt nur, um es mir heimzuzahlen, weil du mir nicht glaubst, dass ich mich an nichts erinnere.«

»Lasse wusste, wohin wir fahren«, fuhr sie fort. »Jedenfalls hat er das behauptet. Aber ich glaube, er hat gelogen, um uns nicht zu beunruhigen.«

»Ihr wart auf der Flucht?« Es war mehr eine Feststellung als eine Frage. »Vor wem?«

»Vielleicht vor einem Leben, das es nicht mehr wert war, gelebt zu werden«, antwortete sie. »Die letzten beiden Winter waren hart und lang und die Sommer zu kurz, um die Ernte einzubringen. Die Menschen haben gehungert. Auch wir.«

Das war nicht der einzige Grund, das spürte er, aber er hatte auch nicht das Recht, sie zu bedrängen. Trotzdem sagte er: »Dein Mann war Schmied.«

»Und ein guter dazu«, bestätigte Urd. »Aber wenn es nichts zu ernten gibt, brauchen die Bauern auch kein Gerät. Und er hat auch nichts zum Tauschen. Schwerter und Äxte lassen sich nicht essen.«

»Und da wolltet ihr irgendwohin, wo es den Menschen besser geht«, vermutete er.

Urd seufzte. »Ich war dagegen, aber Lasse hatte Angst, dass wir im nächsten Winter verhungern. Er sagte, er hätte von einem Land hinter den Bergen gehört, in dem der Sommer niemals endet.« Sie lachte leise und bitter. »Angeblich hat ihm sein Gott dieses Wissen im Traum offenbart. Unglücklicherweise hat er vergessen, ihm den genauen Weg dorthin zu beschreiben.«

»Ihr wolltet mit dem Wagen über die Berge?« *Was für eine verrückte Idee!*

»Wir waren seit zehn Tagen unterwegs«, bestätigte Urd. »Vor drei Tagen haben wir einen Mann getroffen, der von einem Pass über die Berge berichtet hat. Wäre der Sturm nicht gewesen, dann hätten wir ihn vielleicht gefunden.«

»Aber der Sturm ist gekommen.«

»Es war der seltsamste Sturm, den ich je erlebt habe«, sagte Urd. »Er kam aus dem Nichts, von einem Atemzug auf den anderen. Gerade war der Himmel noch blau und wolkenlos, und im nächsten Moment war die Sonne einfach verschwunden, und der Wind heulte laut genug, um einen taub zu machen. Es war unheimlich.« Sie versuchte ein Gähnen zu unterdrücken, das so gar nicht zu diesen Worten passen wollte, war aber nicht sehr erfolgreich damit. »Und als er vorüber war, kamen die Wölfe. Wir hatten große Angst. Auch Lasse – obwohl er es nie zugegeben hätte.« Ganz kurz nur streifte ihr Blick das Gesicht ihres bewusstlosen Mannes, doch für einen winzigen Moment erschien ein Ausdruck darin, der das Gefühl von absurder Eifersucht in ihm noch einmal schürte.

»Leg dich hin und schlaf ein wenig«, sagte er unbehaglich. »Wenn ihr ausgeruht seid, beraten wir, wie es weitergeht.«

»Und du?«

»Ich bin nicht müde«, behauptete er. »Und außerdem muss jemand Wache halten … falls deine Krieger zurückkehren.«

»Du glaubst mir nicht«, stellte sie fest.

»Ich glaube nicht, dass sie wiederkommen. Hier gibt es nichts mehr zu holen. Aber es ist besser, vorbereitet zu sein.« Und er war tatsächlich nicht müde. Erschöpft, ja – schließlich hatte er Urds Mann Stunde um Stunde getragen –, aber er verspürte nicht das Bedürfnis zu schlafen.

Urd offensichtlich schon. Sie setzte zwar dazu an, noch etwas zu sagen, beließ es dann aber bei einem Achselzucken und ging zu Lif und seiner Schwester hinüber. Sie schlief ein, kaum dass sie sich neben Elenia ausgestreckt und an sie gekuschelt hatte.

Wie sich zeigte, brauchte er tatsächlich wenig Schlaf. Obwohl vermeintlich zu Tode erschöpft, sank er lediglich in einen unruhigen Schlummer, aus dem er schon nach kurzer Zeit und mit der bruchstückhaften Erinnerung an einen schlimmen Traum wieder hochschrak, noch immer müde, aber auch von dem sicheren Wissen erfüllt, so oder so keinen Schlaf mehr zu finden.

Also stand er auf und versuchte, irgendwie die Zeit zu überbrücken, bis auch Urd und die anderen wieder erwachten.

In den ersten zwei oder drei Stunden ging er ein paarmal hinaus auf den Hügel, um den Horizont mit Blicken abzusuchen, ohne irgendetwas anderes zu sehen als weiße Leere.

Die folgenden Stunden verbrachte er damit, das Feuer in Gang zu halten und die verkohlten Ruinen gründlich zu durchsuchen. Seine Suche blieb jedoch ohne Ergebnis. Die Männer, die den Hof überfallen hatten, hatten alles mitgenommen, was auch nur irgendwie von Wert war, und was dafür zu schwer oder zu sperrig gewesen war, hatten sie zerstört. Schließlich entschied er, Urd und ihrer Familie noch eine Stunde Schlaf zu gönnen und sie dann zu wecken.

Er verließ noch einmal das Haus, um mehr Fleisch aus dem Kadaver der Kuh zu schneiden. Das bisschen Brot und Gemüse, das noch in Urds Beutel war, würde längstens noch zwei Tage reichen, und die Landschaft, durch die sie auf dem Weg hierhergekommen waren, erweckte nicht den Eindruck, als ob sich irgendwo die Möglichkeit böte, ihre Lebensmittelvorräte wieder aufzufüllen. Selbst wenn es den Sturm und die Wölfe nicht gegeben hätte, wäre die kleine Flüchtlingsfamilie wohl bald in Schwierigkeiten geraten.

Ein Pass über die Berge? Selbst wenn er existierte, so war es mehr als unwahrscheinlich, dass es auf der anderen Seite tatsächlich das gelobte Land gab, von dem Lasse seiner Familie erzählt hatte. Es waren immer dieselben Geschichten, an die sich verzweifelte Menschen klammerten, um noch irgendwoher die Kraft zu nehmen, ein Leben zu ertragen, das eigentlich nicht mehr zu ertragen war. Vielleicht waren der Sturm und die Wölfe das Beste gewesen, was Urd und ihren Kindern hatte passieren können; denn er war sicher, dass ihr Mann sie in einen elenden Tod geführt hätte.

Zurück im Haus, erlebte er eine Überraschung, von der er nicht sicher war, ob sie angenehm war: Lasse war wach. Er hatte sich auf die Seite gedreht und versuchte gerade, sich auf den Ellbogen hochzustemmen. Sein Gesicht war grau vor Schmerz, aber sein Blick war klar.

»Beweg dich nicht«, sagte er. »Wenn deine Wunde aufbricht, dann stirbst du.«

Lasse murmelte eine Antwort, die aus kaum mehr als einem unartikulierten Stöhnen bestand, stemmte sich noch ein Stück weiter in die Höhe und wandte mühsam den Kopf. Dann erstarrte er, und seine Augen wurden groß.

»Du?«, flüsterte er.

Das Wort traf ihn wie ein Schlag. Für einen unendlichen Moment blieb er einfach wie gelähmt stehen und starrte Lasse an, dann ließ er das mitgebrachte Fleisch fallen und war mit einem einzigen Satz neben ihm.

»Was hast du gesagt?«, keuchte er.

Lasses Augen wurden noch größer, und ein Ausdruck von purem Entsetzen erschien darin. »Nicht!«, stammelte er. »Komm mir nicht nahe! Nein!«

»Was hast du gesagt?«

Lasses Augen wurden noch einmal größer. Er versuchte in schierer Panik ein Stück von ihm wegzukriechen, und hinter ihnen sog jemand scharf die Luft ein.

Er fuhr herum, senkte instinktiv die Hand zum Gürtel und entspannte sich sofort wieder, als er Urd erkannte. Dass sie nicht mehr neben ihrer Tochter lag und schlief, war ihm beim Eintreten gar nicht aufgefallen.

»Was ist hier los?«, fragte sie scharf.

»Er ist wach«, antwortete er. »Und ich glaube, dass er –«

»Jemand kommt«, unterbrach ihn Urd. Mit einem einzigen Schritt war sie neben ihm, stieß ihn beinahe zur Seite, um neben ihrem Mann niederzuknien, und legte ihm beide Hände auf die Schultern. Lasse ächzte, verdrehte die Augen und verlor wieder das Bewusstsein. Urd fing ihn auf und ließ ihn behutsam wieder in dieselbe Haltung sinken, in der er vorher dagelegen hatte.

»Was hat er gesagt?«, wollte sie wissen.

»Nichts«, log er. »Jedenfalls habe ich es nicht verstanden. Jemand kommt, sagst du?«

»Von Norden«, antwortete sie, noch immer um ihren bewusstlosen Mann bemüht und ohne ihn anzusehen. »Sie sind noch weit entfernt, aber es sind mehrere. Vielleicht die, die den Hof niedergebrannt haben.«

Ohne ein weiteres Wort verließ er das Haus und lief den Hang hinauf, wobei er die letzten Schritte geduckt und das allerletzte Stück auf Händen und Knien kriechend zurücklegte, um von der anderen Seite nicht frühzeitig gesehen zu werden. Auch das tat er ganz instinktiv und ohne darüber nachzudenken.

Urd hatte sich nicht getäuscht. Mehrere Männer näherten sich, fünf oder sechs Reiter, und sie mussten sich entweder sehr schnell bewegen, oder seine Augen waren weitaus schärfer als die Urds, denn er konnte sie ganz deutlich erkennen: ein halbes Dutzend gepanzerter Gestalten in Rüstung und Helm, die gewaltige, ausnahmslos weiße und ebenfalls gerüstete Schlachtrösser ritten. Es waren die Männer, die hier gewesen waren, und sie kamen weder zufällig zurück noch in friedlicher Absicht.

Er verschwendete noch einige kostbare Augenblicke, indem er einfach weiter reglos dalag und die Reiter anstarrte. Er konnte jetzt erkennen, dass es sogar sieben waren, angeführt von einem Mann, den man mit Fug und Recht als Riesen bezeichnen konnte. Dann kroch er ein kleines Stück auf dem Bauch durch den Schnee, bevor er sich aufrichtete und ins Haus zurückeilte.

»Du hattest recht«, bekannte er. »Sie sind es. Wir müssen weg, schnell!«

Urd starrte ihn einen Atemzug lang an, aber dann bewies sie, dass sie tatsächlich so klug und beherrscht war, wie er angenommen hatte. Sie stand auf, eilte zu Lif und seiner Schwester und weckte sie, während er selbst sich Lasse auf die Arme lud.

»Wo sollen wir hin?«

Er trat aus dem Haus und sah sich rasch um, statt zu antworten. Der Schnee, der ihre Spuren bisher so zuverlässig verdeckt hatte, war nun zu ihrem Feind geworden. Die weiße Decke vor der Tür und auch die Anhöhe waren hoffnungslos zertrampelt, und ganz egal, wo sie sich auch zu verstecken versuchten, sie würden Spuren hinterlassen, die die Reiter gar nicht übersehen *konnten.*

»Wohin?«, fragte Urd noch einmal.

»In den Stall«, antwortete er. »Ihr versteckt euch dort.«

»Und du?«

Er eilte schon los, bevor er antwortete, trotz des Gewichts des bewusstlosen Mannes auf seinen Armen so schnell, dass Urd und die beiden Kinder Mühe hatten, mit ihm Schritt zu halten. »Ich lenke sie ab. Mit ein wenig Glück verfolgen sie nur mich und suchen erst gar nicht nach euch.«

Der Stall war niedergebrannt und ebenso verwüstet wie das kleine Wohngebäude. Auch hier war das Dach eingestürzt, und unmittelbar hinter dem Tor lag ein verendeter Bulle.

»Versteckt euch unter den Trümmern«, sagte er, während er Lasses reglosen Körper in Urds Arme gleiten ließ. »Und bleibt hier, ganz egal was passiert.«

Rückwärts gehend und sorgsam darauf bedacht, in seine eigenen Fußstapfen zu treten, ging er fast bis zum Haus zurück, machte dann kehrt und rannte mit weit ausgreifenden Schritten über die verschneite Weide. Diesmal gab er sich keine Mühe mehr, keine Spuren zu hinterlassen; ganz im Gegenteil.

So schnell er konnte, rannte er auf den zugefrorenen Fluss zu, stufte ihn in Gedanken eher zu einem breiten Bach herab und erblickte eine Ansammlung halbhoher verschneiter Umrisse an seinem anderen Ufer: ein paar erbärmliche Bäume, die kaum die Bezeichnung Wald verdienten, aber das einzige Versteck, das es weit und breit gab.

Die Reiter erschienen auf der Hügelkuppe, gerade als er das Ufer erreicht hatte. Es waren nur sechs. Der siebte war nirgends zu sehen, doch dieses halbe Dutzend erschien so präzise aufgereiht nebeneinander wie Perlen auf einer Kette und sprengte dann vollkommen synchron los. Er erschrak bis ins Mark, als er sah, wie unglaublich schnell sie waren.

Er hatte nicht einmal den Hauch einer Chance, ihnen zu entkommen.

Natürlich versuchte er es trotzdem. So schnell, dass er auf dem Eis auszugleiten drohte, überquerte er den Fluss, kroch mehr auf Händen und Knien die Böschung auf der anderen Seite hinauf und riskierte auf halber Höhe einen raschen Blick über die Schulter – nur um ihn augenblicklich zu bedauern.

Die Reiter hatten sich geteilt. Jeweils zwei von ihnen strebten das Ufer rechts und links von ihm an, wohl um ihm den Weg abzuschneiden, sollte er den beiden entkommen, die direkt auf ihn zu hielten. Was ihm allerdings wenig wahrscheinlich erschien. Die beiden gewaltigen Schlachtrösser hatten ihn schon fast erreicht. Sie jagten mit einer Leichtigkeit heran, die ihrer monströsen Größe spottete. Unter den wirbelnden Hufen stoben Schnee und blitzende Eissplitter hoch, sodass es aussah, als schlügen sie weiße Blitze aus dem Boden. Noch bevor er die Böschung ganz erstiegen hatte, erreichten sie das Ufer. Ihre dröhnenden Hufschläge ließen das Eis zersplittern wie Glas, aber sie waren zu schnell auf der anderen Seite, um durch die zerberstenden Schollen zu brechen. Zu grauem Dampf gewordener Atem quoll aus ihren Nüstern, und auch hinter den heruntergeklappten Visieren ihrer Reiter, die dämonischen Tierfratzen nachempfunden waren, stieg grauer Dunst auf. Sie glichen eher mythischen Ungeheuern als Menschen und waren es vielleicht auch; ein Anblick, der so bizarr und unwirklich war, dass er unwillkürlich mitten in der Bewegung erstarrte.

Beinahe hätte es ihn das Leben gekostet. Der erste Reiter war heran und senkte den Arm. Im letzten Moment ließ er sich zur Seite fallen, spürte irgendetwas an sich vorüberzischen und rollte durch den Schnee. Der Reiter preschte an ihm vorbei und brach durch Unterholz und dürres Gestrüpp, das wie Glas zersplitterte, doch da war bereits der zweite da. Mit hartem Eisen beschlagene Hufe hämmerten nur einen Fingerbreit vor seinem Gesicht in den Schnee, und etwas Langes und Schlankes mit einer tödlichen Spitze aus Metall stieß nach ihm. Er schrie vor Qual, als ein grausamer Schmerz seinen Oberarm durchbohrte, griff aber trotzdem mit der anderen Hand zu, umklammerte den Speer und riss mit solcher Gewalt daran, dass dessen Besitzer überrascht aufschrie, im Sattel wankte und zu spät auf die Idee kam, seine Waffe loszulassen. Hilflos stürzte er in den Schnee, rollte herum und riss schützend die Arme über den Kopf, als er unter die Hufe seines eigenen Pferdes zu geraten drohte.

Aufzuspringen und den Speer aus seinem Arm zu ziehen war eins, und obwohl der Schmerz dadurch noch einmal schlimmer wurde, hätte er den Gepanzerten in diesem Moment wahrscheinlich töten können, denn der Speer wirbelte wie von selbst in seiner Hand herum und zielte auf den schmalen Spalt zwischen Helm und Harnisch des Kriegers.

Doch im gleichen Augenblick war auch der zweite Krieger wieder heran.

Er gewahrte einen Schatten aus den Augenwinkeln und warf

sich instinktiv zur Seite. Das weiße Schlachtross streifte ihn nur, doch schon diese flüchtige Berührung reichte, um ihn nicht nur von den Beinen zu reißen, sondern haltlos die Böschung wieder hinunterrollen zu lassen. Dabei verlor er den Speer aus den Händen. Dann schlug er mit solcher Gewalt auf dem Eis des zugefrorenen Baches auf, dass ihm schwarz vor Augen wurde. Zwei oder drei mühsame Atemzüge lang blieb er einfach liegen. Das Eis war unter seinem Aufprall zerbrochen, und sein linker Arm und die Schulter lagen im Wasser, das eisig genug war, um wehzutun. Die Kälte war zwar entsetzlich, betäubte aber auch den Schmerz in seinem Arm.

Schritte knirschten auf dem hart gefrorenen Schnee, und als er die Augen aufschlug, blickte er auf ein Paar mit Eisen verstärkter Stiefel, die unmittelbar vor ihm aufragten. Eine Schwertklinge schimmerte in einem Licht, das plötzlich sonderbar matt und tiefenlos wirkte.

Jetzt war es genau umgekehrt: Der andere hätte ihn töten können, hilflos wie er auf dem geborstenen Eis lag, zögerte aber aus irgendeinem Grund, es zu tun. Er trat sogar ganz im Gegenteil einen Schritt zurück und legte den Kopf schräg, um ihn durch die schmalen Sehschlitze seines Visiers anzustarren. Irgendetwas an den Augen dahinter war ... seltsam.

Vielleicht lag es auch nicht an den Augen, sondern am Licht. Der gerade noch strahlend blaue Himmel hatte sich mit grauen Wolken bezogen, die wie aus dem Nichts aufgetaucht waren. Eisiger Wind zerrte an seinem Haar, und ein Heulen wie von tausend hungrigen Wölfen erklang.

Mühsam stemmte er sich hoch und griff mit klammen Fingern nach dem Schwert in seinem Gürtel. Der unheimliche Krieger wartete, bis er seine Waffe gezogen hatte, und machte dann eine fast spielerische Bewegung, die ihm Lasses Klinge nicht nur aus der Hand prellte, sondern sie auch im Flug zersplittern ließ.

Erschrocken stolperte er zurück, spürte eine Bewegung hinter sich und begriff, dass auch der zweite Reiter abgesessen und unbemerkt in seinen Rücken gelangt war.

»Du kannst mit uns kommen oder sterben.«

Die Stimme des Kriegers drang verzerrt unter seinem Visier hervor.

»Diese eine Wahl, keine zweite.«

Irgendwo hinter dem Horizont erklang ein dumpfes Grollen, und erst einen Moment später, wie in einer völligen Umkehrung aller Regeln der Natur, tanzte der flackernde Widerschein eines Blitzes über den schwarz gewordenen Himmel. Und als wäre das die Antwort gewesen, die er selbst nicht gegeben hatte, hob der Krieger sein Schwert und schwang es zu einem beidhändig geführten Hieb, der gewaltig genug sein musste, um ihn auf der Stelle zu enthaupten. Zugleich spürte er, wie auch die Waffe des Mannes hinter ihm hochschwang, ließ sich auf die Knie und nach hinten fallen, und der Schwerthieb verfehlte ihn so knapp, dass er fast meinte, den Geruch des geölten Stahls wahrzunehmen.

Und dann hatte er plötzlich Lasses Schmiedehammer in den Händen, ohne sagen zu können, wie das gewaltige Werkzeug den Weg aus seinem Gürtel gefunden hatte. Er bewegte sich wie von selbst und beschrieb einen unterbrochenen Bogen, an dessen Ende er mit solcher Gewalt gegen das gepanzerte Knie des Kriegers schlug, dass er das Zerbersten der Kniescheibe hören konnte.

Der Mann kippte mit einem Schrei nach hinten, und der Hammer kam in einer ganz und gar unmöglichen Bewegung und noch viel unmöglicheren Schnelligkeit zurück und nach oben, wurde zu einer Barriere, an der der Schwerthieb des anderen Kriegers abprallte, und das mit solcher Gewalt, dass ihm die Waffe fast aus den Händen gerissen wurde.

Zugleich bewies er aber auch, dass er die prachtvolle Kriegsrüstung nicht nur zur Zierde trug, denn er strauchelte zwar, von der Wucht seines eigenen Hiebes aus dem Gleichgewicht gebracht, trat aber auch aus der gleichen Bewegung nach ihm, mit der er seine Balance wiederfand. Und er traf.

Ein dumpfer Schmerz explodierte in seinem Gesicht, und er schmeckte sein eigenes Blut, ignorierte aber beides und sprang auf die Füße.

Etwas stieß nach seinen Beinen. Instinktiv wich er dem Aufblitzen von Metall aus und begriff, dass er seine Gegner trotz allem unterschätzt hatte. Der Mann, dessen Kniescheibe er zertrümmert hatte, krümmte sich zwar vor Schmerz und lag in einer rasch größer werdenden Lache aus mit dampfendem Blut vermischtem Schlamm, war aber keineswegs ausgeschaltet. Sein Schwert züngelte zum zweiten Mal nach seinem Knöchel, und der Hammer schwang gerade rechtzeitig wieder hoch, um einen wuchtigen Schwertstoß des anderen zu parieren. Hastig wich er einen Schritt vor dem verletzten Krieger zurück und nahm dabei in Kauf, knöcheltief in das eisige Wasser zu waten, das augenblicklich alle Kraft aus seinem Körper zu saugen begann.

Ihm war klar, dass er so gut wie keine Chance hatte. Sein eigenes Geschick im Kampf überraschte ihn zwar, aber Hammer gegen Schwert war kein wirklich faires Duell. Das gewaltige Werkzeug konnte furchtbare Schäden anrichten, wie er gerade selbst gesehen hatte, aber ein Schwert war einfach schneller, vor allem in den Händen eines geübten Kämpfers wie dem, dem er gegenüberstand.

Irgendwie gelang es ihm, auch noch den nächsten beiden Hieben auszuweichen, wenn auch um den Preis, noch tiefer in das eisige Wasser waten zu müssen. Zudem machte sich sein verletzter Arm jetzt immer deutlicher bemerkbar. Noch behinderte ihn die Wunde nicht wirklich, aber das würde sich ändern. Bald.

Der nächste Hieb, den er mit mehr Glück als Können mit dem Hammerstiel auffing, vibrierte als dumpfer Schmerz durch seinen gesamten Oberkörper und ließ die Wunde in seinem Arm noch weiter aufbrechen.

Erneut rollte ein Donnerschlag über das Land, auch jetzt wieder gefolgt vom grellen Wetterleuchten eines Blitzes. Eine plötzliche Windbö peitschte Wasser und Schnee rings um ihn auf, schien den Krieger aber sonderbarerweise sehr viel härter zu treffen als ihn, denn er strauchelte und musste zwei hastige Schritte zurückmachen, um nicht zu stürzen.

Wenn er überhaupt eine Chance hatte, dann jetzt. Ohne auf den brennenden Schmerz in der Schulter und die betäubende Kälte in den Beinen zu achten, nahm er dieses unerwartete Geschenk des Schicksals an, stürmte vor, und nun war es der andere, der alle Mühe hatte, sich seiner immer wilderen Hiebe zu erwehren. Der Sturm heulte immer lauter, und sein Hammer fuhr härter und härter auf den gepanzerten Krieger hinab. War es Zufall, dass er glaubte, seine Hammerschläge erfolgten im Takt des immer schneller krachenden Donners? Und dass es ihm war, als zöge er Kraft aus dem dumpfen Grollen hinter dem Horizont?

Er verschwendete keinen weiteren Gedanken auf diese unsinnige Frage, sondern verdoppelte seine Anstrengungen, und sein nächster, gewaltiger Hieb durchbrach die Deckung des Gegners. Der zehn Pfund schwere Hammer prallte mit furchtbarer Gewalt gegen den reich ziselierten Harnisch und spaltete ihn. Rotes Fleisch und Ströme von dampfendem Blut wurden dahinter sichtbar. Der Krieger machte einen schwerfällig taumelnden Schritt zurück, ließ sein Schwert fallen und brach dann so langsam in die Knie, als würde er von unsichtbaren Fäden gehalten, bevor er endgültig zur Seite kippte.

Die Kraft reichte nicht mehr, den Hammer zu halten, und für einen Moment war er der Ohnmacht so nahe, dass er ihre verlockende Umarmung schon zu spüren glaubte. Der Sturm heulte immer lauter, und der Donner rollte jetzt ohne Pause, obwohl das blaue Zucken der Blitze nicht schneller geworden war. Alles drehte sich um ihn, und sein verletzter Arm schmerzte schier unerträglich. Aber er musste aufstehen. Der Mann vor ihm war tot und der andere so schwer verletzt, dass er keine Gefahr mehr darstellte, doch da waren immer noch vier andere – womöglich fünf –, und er glaubte nicht, dass er es auch nur noch mit einem einzigen weiteren aufnehmen konnte. Diese beiden hatte er besiegen können, weil sie ihn unterschätzt hatten, aber noch einmal würde ihm das kaum gelingen.

Irgendwoher nahm er die Kraft, sich nicht nur noch einmal in die Höhe zu quälen, sondern auch den schweren Hammer aufzuheben. Sein Stiel wies zwar eine Anzahl tiefer Kerben auf, wo ihn die Schwertklinge getroffen hatte, hatte den furchtbaren Hieben aber wie durch ein Wunder standgehalten.

Eine weitere, noch heftigere Sturmbö traf ihn, schob ihn gleichsam die Böschung hinauf und wirbelte zugleich einen Vorhang aus staubfeinem Schnee hoch, der ihn vor allen neugierigen Blicken verbarg, als hätten sich Sturm und Gewitter mit einem Mal entschlossen, zu seinen Verbündeten zu werden.

Schatten bewegten sich rings um ihn, die meisten nichts als tanzende Gespenster, die der Sturm oder seine eigene Furcht erschaffen hatten, aber einige wenige vielleicht auch real. Etwas wie ein Heulen erklang, gefolgt von dumpfem Hufschlag, und Sturm und Schnee spien ein vierbeiniges weißes Ungeheuer aus, auf dessen Rücken ein noch viel albtraumhafterer Dämon hockte, gehörnt und in schimmerndes Metall gehüllt und ein gewaltiges Schwert in seine Richtung schwingend.

Er riss den Hammer hoch, um den Hieb abzufangen, und Schwert und Hammer prallten Funken sprühend aufeinander und wurden beide ihren Besitzern aus den Händen gerissen.

Halb betäubt von dem neuerlichen Schmerz, der durch seinen Arm pulsierte, torkelte er zurück. Auch das Pferd strauchelte, fand seinen Schritt aber sofort wieder, und in der Hand seines Reiters erschien plötzlich eine gewaltige zweischneidige Axt.

In dem Augenblick, als er sie hob und sein Pferd mit einer kraftvollen Bewegung herumriss, spie der Sturm einen zweiten Schatten aus, der den Reiter ansprang und ihn aus dem Sattel riss. Ein Paar mit fürchterlichen Zähnen besetzter Kiefer schloss sich um seinen Helm, noch bevor er in den Schnee fiel. Das Pferd bäumte sich mit einem panischen Kreischen auf, schlug wild mit den Vorderhufen und stürzte dann ebenfalls, als ein zweiter Wolf aus dem tobenden Chaos auftauchte und seine Kehle zerfetzte.

Er war zu müde und hatte zu große Angst, um auch nur über dieses neuerliche Wunder nachzudenken, sondern beließ es dabei, auf Händen und Knien durch den Schnee zu kriechen und nach seinem Hammer zu suchen. Er fand ihn nur ein kleines Stück neben dem Schwert des gestürzten Kriegers, erwog einen ganz kurzen Moment, die Klinge an sich zu nehmen, statt des Hammers, und entschied sich dann instinktiv dagegen.

Woher er die Kraft nahm, das schwere Werkzeug aufzuheben und sich noch einmal hochzustemmen, konnte er nicht sagen. Vielleicht tatsächlich aus dem Sturm oder den krachenden Donnerschlägen, die jetzt fast ununterbrochen über den Himmel rollten. Weitere Schatten tauchten aus dem weißen Brüllen auf und vergingen wieder, bevor sein Blick sie wirklich erfassen konnte, und da war ein Jaulen und das von unsagbarer Qual erfüllte Schreien eines Pferdes, Waffengeklirr und erschrockene Rufe, aber auch andere, schlimmere Laute: ein furchtbares Reißen und Knurren, das Geräusch von Fleisch, das von schrecklichen Fängen in Stücke gerissen wurde und schweren Körpern, die in den Schnee fielen. Und immer wieder Donnerschläge, ein ungeheuerliches, nicht enden wollendes Rollen und Krachen, als prallten die Götter selbst in ihrer letzten Schlacht aufeinander.

Längst hatte er jegliche Orientierung verloren. Gebeugt unter dem Gewicht des schweren Hammers und sich zugleich mit aller Kraft an ihn klammernd, als wäre er das Einzige, was ihn noch in dieser Welt hielt, taumelte er weiter, stolperte nach ein paar Schritten über etwas Weiches und Großes und stellte entsetzt fest, dass es ein toter Wolf war. Der Krieger, der ihn erschlagen hatte, lag nur zwei Schritte daneben. Er lebte noch, würde aber binnen weniger Augenblicke verbluten, denn sein rechter Arm war direkt an der Schulter abgerissen.

Noch zwei, dachte er mit einer Kälte, die ihn selbst erschreckte. Da waren noch zwei dieser furchtbaren Krieger, die ihn töten wollten, ohne dass er auch nur wusste warum oder wer sie waren. Aber er würde sein Leben so teuer verkaufen, wie er nur konnte.

Von diesem Gedanken mit neuer, trotziger Kraft erfüllt, stapfte er weiter. Nach wenigen Schritten stieß er auf einen weiteren, noch übler zugerichteten Toten, und nahezu gleichzeitig sah er den letzten Krieger, der noch im Sattel saß und sich des Angriffs gleich dreier riesiger Wölfe erwehrte. Eines der Tiere blutete aus einer tiefen Stichwunde, die beiden anderen sprangen geifernd und knurrend um das Pferd herum und suchten nach einer Stelle, an der sie zubeißen konnten. Noch hielten sie die wirbelnden Hufe des Tieres auf Abstand, aber das würde nicht mehr lange so bleiben.

Er schleuderte seinen Hammer.

Das schwere Werkzeug traf den Krieger in den Rücken und riss ihn nach vorn und über den Hals des Pferdes. Noch bevor er in den Schnee stürzte, waren die beiden Wölfe über ihm und begannen ihn zu zerreißen, begleitet von einem besonders heftigen Donnerschlag, der die Erde zum Erzittern brachte. Der dritte, verletzte Wolf stürzte geifernd vor, um das Pferd zu reißen, prallte dann aber zurück, als ein weiterer, riesiger Wolf aus der heulenden Sturmfront auftauchte. Es war der weiße Riese, dem er am Fuße der Berge begegnet war.

Einen kurzen Moment, kaum den Bruchteil eines Lidschlages nur und doch zugleich eine schiere Ewigkeit lang, stand er einfach nur da und starrte den Wolf an, und das gewaltige Tier erwiderte seinen Blick aus seinen großen, so beunruhigend klugen Augen.

Aber da war auch noch etwas in seinem Blick, das er ... vielleicht zu spät begriff.

Mit einer einzigen Bewegung fuhr er herum, hob den Hammer auf und sprang auf den Rücken des Pferdes.

Das Tier scheute und versuchte ihn abzuwerfen, als es den fremden Reiter auf seinem Rücken spürte, doch er griff mit beiden Händen nach den Zügeln, brach seinen Willen mit purer Gewalt und sprengte los, ohne zu wissen, in welche Richtung es ging. Er ließ sich einfach nur von seiner Furcht und einer dumpfen Ahnung leiten, raste durch tobenden Schnee und heulende Sturmböen und hatte plötzlich die Böschung vor sich, die er ebenso ungebremst hinunterjagte, wie er den zugefrorenen Bach überquerte und auf die verschneite Weide hinausritt.

Als er sie zur Hälfte hinter sich gebracht hatte, riss der Sturm den weißen Schleier auf, und er wusste, dass er zu spät kam. Hinter dem Tor des niedergebrannten Stalls flackerte das rote Licht einer Fackel, und als wäre das noch nicht eindeutig genug, drehte sich der Wind und trug einen dünnen Schrei an sein Ohr.

Verzweifelt spornte er das Pferd zu noch größerer Schnelligkeit an, duckte sich tief über seinen Hals und galoppierte fast ungebremst durch das offen stehende Tor.

Er *war* zu spät gekommen.

Der siebte, riesenhafte Krieger – er musste ihn um mindestens zwei Haupteslängen überragen und hatte geradezu grotesk breite Schultern – stand breitbeinig über Lasse gebeugt da und zog genau in diesem Moment eine blutige Schwertklinge aus seiner Brust. Im flackernden Licht der Fackel, die er in der anderen Hand hielt, konnte er Urd erkennen, die bewusstlos oder tot neben ihrem Mann lag. Weder von Elenia noch von ihrem Bruder war etwas zu sehen.

Der donnernde Hufschlag ließ den Riesen herumfahren und von seinem Opfer ablassen, doch seine Reaktion war nicht schnell genug. Das Schlachtross versuchte im letzten Moment doch noch seinen Instinkten zu folgen und dem lebenden Hindernis auszuweichen. Aber es war einfach zu schnell, und es gab hier drinnen viel zu wenig Platz. Mensch und Tier prallten mit ungeheurer Wucht zusammen. Der Krieger wurde in hohem Bogen durch die Luft geschleudert, aber auch das Pferd stürzte, und es tat es mit dem grässlichen Geräusch brechender Knochen und einem gequälten Aufschrei.

Auch sein Reiter flog im hohen Bogen durch die Luft, schaffte es aber irgendwie, einigermaßen unbeschadet aufzukommen und den Schwung seines eigenen Sturzes auszunutzen, um sofort wieder aufzuspringen. Sofort hielt er den Hammer kampfbereit in beiden Händen, doch sein Gegner lag noch benommen zwischen den Trümmern. Er war nicht schwer verwundet, das spürte er, zumindest für den Moment aber voll und ganz damit beschäftigt, bei Bewusstsein zu bleiben. Bevor er zu ihm ging, eilte er zu Urd und ihrem Mann und ließ sich neben ihnen auf ein Knie sinken.

Lasse war tot, aber Urd lebte noch. Sie war nicht einmal bewusstlos, wie er halbwegs erwartet hatte, sondern starrte aus großen, sonderbar blicklosen Augen zu ihm hoch.

Was von ihrem Mantel noch übrig war, war ebenso zerrissen wie ihr Kleid und das dünne Hemd, das sie darunter trug. Ihre Hände glänzten rot und nass, aber es war ihr eigenes Blut. Bei ihren Versuchen, sich ihres gepanzerten Angreifers zu erwehren, hatte sie sich die Fingernägel abgebrochen.

Der Anblick erfüllte ihn mit einer kalten Wut. Von einer grimmigen Entschlossenheit erfüllt, die ihn selbst entsetzt hätte, wäre er in der Verfassung gewesen, sich selbst zu beobachten, wandte er sich dem Krieger zu und ergriff den Hammerstiel fester mit beiden Händen. Der Angreifer stemmte sich gerade in diesem Moment unsicher in die Höhe. Seine Hand tastete benommen nach dem blutigen Schwert, das neben ihm lag.

Sein Verstand sagte ihm, dass dies vielleicht die einzige Chance war, die er hatte. Dieser Riese musste mindestens doppelt so schwer sein wie er und vermutlich fünfmal so stark. Sich auf einen fairen Kampf mit ihm einzulassen wäre kein Kampf, sondern Selbstmord. Die einzige Chance, die er hatte, war, den Krieger anzugreifen, solange dieser noch nicht wieder ganz Herr seiner Sinne war.

Es war, als gäbe es ihn plötzlich zweimal.

Ein Teil von ihm hatte furchtbare Angst vor diesem Giganten. Aber da war plötzlich auch noch ein anderer Teil, der nur Zorn und den bedingungslosen Willen verspürte, diesen Mann zu töten, und der jenseits allen Zweifels einfach wusste, dass dieser ihm keinen Schaden zufügen konnte.

Als wäre das allein noch nicht seltsam genug, schloss der Krieger nun die Hand um den Schwertgriff, zögerte aber, sich unverzüglich auf ihn zu stürzen. Reglos und leicht nach vorne gebeugt blieb er stehen und sah ihn misstrauisch durch die schräg stehenden Sehschlitze seines Helms an. Selbst in dieser gebückten Haltung überragte er ihn noch um ein gutes Stück, und seine gewaltigen Muskeln schienen die schwere Rüstung schier sprengen zu wollen.

Und dennoch hatte er einen hämmernden Herzschlag lang das Gefühl, nichts anderes als blanke Furcht in den dunklen Augen seines Gegenübers zu lesen. Natürlich war das Unsinn.

»Nimm deine Waffe«, sagte er. »Ich will, dass du dich wehrst.«

Das war noch größerer Unsinn.

Aber die Augen unter dem monströs gehörnten Helm lachten nicht, und der Mann bewegte sich auch nicht. Nur sein Blick ließ den seinen einen Augenblick lang los und irrte zum offen stehenden Tor.

»Falls du auf deine Männer wartest«, fuhr er fort, »die werden nicht mehr kommen.«

Langsam richtete sich der Riese zu seiner ganzen beeindruckenden Größe auf, ergriff das Schwert fest mit der rechten Hand und griff mit der anderen hinter sich, um den gewaltigen Rundschild von seinem Rücken zu lösen. Der Durchmesser des Schildes allein entsprach fast der Größe eines normal gewachsenen Mannes, und er musste auch beinahe so viel wie ein solcher wiegen.

»Ich lasse dich leben, wenn du mir sagst, wer ihr seid und was ihr von mir wollt«, sagte er.

Das war von allem, was er bisher gesagt hatte, vielleicht das Unsinnigste überhaupt, und er hatte auch nicht vor, dieses Versprechen zu halten. Sein Gegenüber ging auch nicht mit einem Wort darauf ein, sondern nahm nur mit leicht gespreizten Beinen und festem Stand Aufstellung. Selbst das kam ihm beinahe grotesk vor. Der Krieger überragte ihn wie ein Erwachsener ein Kind, das mit einem Spielzeug aus seiner Hütte herausgekommen war, um ihn zu einer freundschaftlichen Balgerei herauszufordern. Aber er hatte immer noch keine Angst. In diesem Kampf würde es nur einen Überlebenden geben, und etwas sagte ihm mit vollkommener Gewissheit, dass er das sein würde.

Ohne Vorwarnung griff der gehörnte Krieger an, und als hätte er die Bewegung vorausgeahnt, wich er dem heranstürmenden Koloss im letzten Moment aus und beging auch nicht den Fehler, seinen Schwerthieb etwa abfangen zu wollen, sondern duckte sich unter einer Klinge hindurch, die fast so lang war wie er selbst, vollführte eine halbe Drehung und ließ den Hammer dann mit aller Gewalt auf den Schild des Riesen krachen.

Er konnte nicht sagen, ob es die Wucht seines Hiebes oder der Schwung seines eigenen, ins Leere gehenden Ansturms war, die den Krieger taumeln ließen – aber er strauchelte, prallte ungeschickt gegen die Wand neben der Tür und warf sich blindlings zur Seite, als der Hammer ihm beinahe wie von selbst folgte. Staub und zerborstener Stein explodierten in einer stiebenden Wolke, und dort, wo der Krieger gerade noch gestanden hatte, gähnte plötzlich ein Loch in der Wand. Von draußen drang das Grollen eines gewaltigen Donnerschlags herein, und das Heulen des Sturms hörte sich fast enttäuscht an.

Aber es blieb keine Zeit, sich darüber zu wundern. Der Krieger war herumgewirbelt, täuschte einen weiteren Hieb an und stieß stattdessen mit seinem gewaltigen Schild zu.

Irgendwie hatte er auch das vorausgeahnt und wich dem heimtückischen Angriff aus, hatte aber die enorme Reichweite seines Gegners unterschätzt. Der Schild traf ihn nur mit einem Bruchteil der Kraft, die hinter dem Stoß lag, doch schon diese Berührung reichte aus, um ihn haltlos gegen einen verkohlten Balken taumeln zu lassen. Sofort setzte der Riese nach. Das Schwert züngelte nach seinem Hals und verfehlte ihn, weil er sich blitzschnell zur Seite fallen ließ, kappte den Balken wie welkes Stroh und löste einen Hagel aus verkohltem Holz und Trümmern aus, der auf sie beide niederging.

Er versuchte mit dem Hammer nach seinem Knie zu schlagen, doch der Riese blockte den Hieb mit seinem Schild ab, trat nach ihm und holte zugleich zu einem zweiten und wahrscheinlich besser gezielten Stich aus.

Diesmal traf er.

Die Klinge durchbohrte seinen Arm nahezu an derselben Stelle, an der ihn der Speer getroffen hatte.

Der Schmerz war ganz und gar unbeschreiblich. Er konnte

nicht sagen, ob der gellende Schrei in seinen Ohren aus seiner eigenen Kehle stammte oder das zornige Heulen des Sturmes draußen war. Aber der Hammer bewegte sich zugleich auch nach oben, schleuderte Schild und Arm des Riesen zur Seite und prallte mit ungeheurer Wucht gegen den gehörnten Helm.

Ein schreckliches Knirschen erklang. Der Helm zerbarst nicht, wie er gehofft hatte, wirkte aber auf seltsame Art schief, und ein Schwall aus hellrotem Blut schoss unter seinem Rand heraus. Der Riese taumelte zurück, ließ zuerst seinen Schild und dann das Schwert fallen und griff mit beiden Händen an den Helm, wie um ihn herunterzureißen. Dennoch stürzte er nicht. Er torkelte weiter, prallte gegen einen Balken und begann in die Knie zu brechen. Noch mehr Blut quoll unter dem zerschlagenen Helm hervor und färbte den goldenen Brustharnisch rot.

Aber er fiel immer noch nicht, sondern stemmte sich im Gegenteil mit einer ganz und gar unmöglich erscheinenden Bewegung wieder hoch, stieß eine sonderbare Mischung aus Stöhnen und Grunzen aus und fuhr plötzlich herum, um mit weit ausgreifenden Schritten aus der Tür zu stürmen. Nur einen Augenblick später hatte ihn der Sturm verschluckt.

Unverzüglich stemmte auch er sich hoch, ergriff den Hammer fest mit beiden Händen und rannte hinter ihm her, und immerhin reichte seine Kraft noch, um zwei ganze und einen dritten, stolpernden halben Schritt zu tun, bevor er auf die Knie sank und ihm schwarz vor Augen wurde.

3. Kapitel

Weder war er lange ohne Bewusstsein noch konnte seine Ohnmacht besonders tief gewesen sein, denn er erinnerte sich vage an Stimmen und Geräusche, auch wenn es ihm nicht gelingen wollte, diese Eindrücke in die richtige Abfolge zu sortieren. Immerhin lebte er noch, und bevor er die Augen aufschlug, spürte er, dass Urd neben ihm saß und dass es ihre Hand war, deren Wärme er spürte.

»Nicht bewegen«, befahl sie, als er die Augen aufschlug. »Du hast eine Menge Blut verloren. Halt still, bis ich deinen Arm versorgt habe. Es sei denn, du willst ihn verlieren.«

Er hatte nicht einmal daran *gedacht*, sich zu bewegen, aber allein die Erkenntnis, dass sie sich um ihn sorgte, erfüllte ihn mit einem Gefühl warmer Zuneigung, das er viel zu lange vermisst hatte.

Er hob den gesunden Arm, um nach ihr zu greifen, doch sie schlug seine Hand fast grob zur Seite und fuhr fort, sich an seinem Bizeps zu schaffen zu machen. Er wusste nicht, was sie machte, aber es tat ziemlich weh.

»Wo sind die Kinder?«

Urd musterte ihn mit einem merkwürdigen Blick. »Elenia schläft. Ich glaube, sie hat von allem gar nichts mitbekommen … jedenfalls hoffe ich es. Lif ist hinausgelaufen. Ich wollte ihn aufhalten, aber er war zu schnell. Ich weiß nicht, wo er ist.«

»Ihm wird nichts passieren«, antwortete er impulsiv und eindeutig, weil er *wollte*, dass es so war, nicht aus Überzeugung. Erst dann fiel ihm auf, dass es wieder hell war. Es gab keine Donnerschläge mehr, keinen Sturm und keine zuckenden Blitze. Sonnenlicht durchdrang den Stall, und der Himmel, in den er blickte, war von einem geradezu unschuldigen Blau angesichts der Bluttaten, die hier stattgefunden hatten.

»Und Lasse?«

»Er ist tot«, antwortete Urd ausdruckslos und so flach, dass es ihren Schmerz nur deutlicher machte.

Sie trauerte tatsächlich um ihren Mann, dachte er erstaunt. Aber warum? Was um alles in der Welt hatte eine Frau wie sie an diesem schwachen alten Mann gefunden? Noch bevor er den Gedanken ganz zu Ende denken konnte, schämte er sich dafür.

»Es tut mir leid«, sagte er.

»Vielleicht war es das Beste für ihn«, murmelte Urd. Ihre Hände fuhren fort, ihm Schmerz zuzufügen, und in ihrem Gesicht zeigte sich auch jetzt nicht die mindeste Regung. »Er hätte gelebt. Aber wie?«

Er hätte mir gesagt, wer ich bin, dachte er, antwortete jedoch: »Die Götter haben entschieden.«

Urd starrte ihn mit steinernem Gesicht an, und plötzlich schämte er sich auch dieser Worte.

»Ich hätte ihn retten müssen.«

»Wofür hältst du dich?«, fragte sie. »Für Odin selbst oder Thor?« Sie lachte. »Du hast getan, was du konntest. Nimm dich nicht wichtiger, als du bist.«

»Und du?«, fragte er.

Sie versuchte, Verständnislosigkeit zu heucheln, aber natürlich vergeblich.

»Was ist dir passiert?« Er beschloss, dass jetzt nicht mehr der Moment für Takt war, zumindest nicht, solange Lif noch nicht zurück war und seine Schwester schlief, und machte eine Kopfbewegung auf ihr zerrissenes Kleid. »Haben sie dir ... etwas angetan?«

»Nein«, antwortete sie, hielt für einen Moment in ihrem Tun

inne und raffte den zerrissenen Stoff vor ihrer Brust mit der Hand zusammen.

Sie fuhr fort, sich an seinem Arm zu schaffen zu machen, doch anders als zuvor fügte sie ihm nun keine unnötigen Schmerzen mehr zu. Ganz im Gegenteil erlosch das Pochen in seinem zweifach durchstochenen Bizeps nun rasch und machte einem Gefühl wohltuender Kälte Platz. Prüfend spannte er den Muskel an und stellte fest, dass es ging; auch wenn die Schmerzen prompt zurückkamen.

»Wenn dir daran gelegen ist, dass deine Wunde möglichst langsam heilt, dann mach ruhig weiter so«, sagte Urd. »Ansonsten halt den Arm still.«

»Entschuldige.«

»Es ist dein Arm, nicht meiner. Also entschuldige dich nicht bei mir.« Sie hatte sein Hemd nicht zerschnitten, sondern den Ärmel nur weit genug nach oben gerollt, um einen sauberen Verband um seinen Oberarm legen zu können, und sie schien darüber hinaus auch noch etwas getan zu haben, denn solange er den Arm nicht zu heftig bewegte, tat die Wunde kaum noch weh.

»Das hast du gut gemacht«, lobte er. »Du kennst dich mit so etwas aus?«

»Mein Mann ist Schmied.« Sie verbesserte sich. »Er *war* Schmied. Er hat sich oft verletzt. Wenn auch nicht so.«

Er wusste nicht wirklich, was er darauf antworten sollte. Über Lasse zu sprechen erschien ihm seltsam unangemessen, fast als wäre er dem Mann irgendetwas schuldig. Vorsichtig und nur den unversehrten Arm belastend setzte er sich auf und sah zu dem Toten hin.

Urd hatte ihn so ordentlich hingelegt, als wäre er nur eingeschlafen. Die Wunde hatte sie mit seinem Mantel abgedeckt und seine Augen geschlossen. Auf seinem Gesicht lag ein sonderbar entspannter, fast schon friedlicher Ausdruck. Er sah … *erleichtert* aus, dachte er verblüfft.

»Es tut mir wirklich leid«, sagte er. »Ich wollte wirklich, ich wäre früher gekommen.«

»Er war schon lange krank«, sagte Urd, leise und fast wie an sich selbst gewandt. Das hatte er mit seinen Worten nicht gemeint, aber er klärte sie nicht über ihren Irrtum auf, und nach kurzem Schweigen fuhr sie fort: »Schon seit Jahren. Es ist ihm immer schwerer gefallen, den Hammer zu führen. Er hat versucht, sich nichts anmerken zu lassen, aber ich bin nicht blind.« Sie lächelte müde. »Ich glaube, er wollte durchhalten, bis Lif alt genug ist, um seine Nachfolge anzutreten. Aber bis dahin wären noch viele Jahre gewesen. Zu viele Jahre.«

Lif? Er wusste nicht genau, wie alt der Junge war – dreizehn, vielleicht vierzehn –, aber er war kein besonders kräftiger Bursche. Drahtig und zäh, ja, aber er würde nie die Statur und Muskeln eines Schmieds haben. »Deshalb seid ihr weggegangen, habe ich recht?«

Urd schwieg, aber das war auch Antwort genug. Ein Schatten huschte über ihr Gesicht und verschwand wieder, bevor die Trauer Besitz von ihren Augen ergreifen konnte.

»Wir müssen deinen Mann begraben. Glaubst du, dass Lif mir dabei helfen kann? Der Boden ist hart gefroren.«

»Er ist kräftiger, als er aussieht«, antwortete Urd.

»Das habe ich nicht gemeint.«

»Ich weiß.« Urd schüttelte den Kopf. »Ich werde dir helfen. Wir begraben unsere Toten nicht, sondern verbrennen sie, damit ihre Seelen wiederauferstehen und in Walhall an der Seite der Götter sitzen können.«

Er stand auf, ging die wenigen Schritte zur Tür und bückte sich nach dem Schmiedehammer. Als er ihn aufhob, brach der Stiel in der Mitte durch. Der letzte Schwerthieb, den er damit aufgefangen hatte, war selbst für das eisenharte Holz zu viel gewesen. Vielleicht auch der Hieb, mit dem er den Helm des Riesen zerbeult hatte.

»Wer waren diese Männer?«

Er hatte nicht gemerkt, dass Urd ihm gefolgt war, doch nun konnte er ihre Nähe fast körperlich spüren.

»Das weiß ich nicht«, antwortete er, ohne sich umzudrehen. »Ich habe sie nie zuvor gesehen. Vielleicht Räuber.«

»Der, den du besiegt hast, war ein Krieger«, sagte Urd ernst. »Genau wie du.«

»Ein Krieger?« Er drehte sich nun doch um, hatte aber nicht die Kraft, ihrem Blick standzuhalten. »Ich bin kein Krieger.«

»Und woher willst du das wissen, wenn du dich doch an nichts erinnern kannst, nicht einmal an deinen Namen?« Sie schnitt ihm mit einer Bewegung das Wort ab, die irgendwie zugleich etwas von einer Einladung zu haben schien. »Du *bist* ein Krieger. Du weißt es vielleicht nicht mehr, aber du bist einer. Er hatte Angst vor dir.«

»Und du?« Jetzt gelang es ihm, ihrem Blick standzuhalten.

»Sollte ich?« Da war etwas in ihren Augen, was ihre eigene Frage beantwortete und mehr. Eine Dunkelheit, die etwas in ihm berührte und wachrief, etwas, das nicht sein durfte und wogegen er sich trotzdem weder wehren konnte noch wollte.

Vielleicht nur, um sich abzulenken und diese falschen Gefühle im Zaum zu halten, streckte er den Arm aus und griff nach ihren Handgelenken. Sie versuchte sich zu widersetzen, aber er hatte das sichere Gefühl, dass es nur ein reiner Reflex war, nicht das, was sie wollte, und ignorierte es.

Jetzt, wo er genauer hinsah, erkannte er, dass nicht alles Blut auf ihren Händen von ihrem Mann und ihm stammte. Sie hatte sich die Fingernägel abgebrochen, als sie sich gegen den gerüsteten Riesen gewehrt hatte, und zwei ihrer Finger sahen wirklich übel aus. Die Wunden mussten entsetzlich schmerzen, aber sie zuckte nicht mit einer Wimper.

Behutsam nahm er ihre beiden Hände in die Rechte, legte die andere darüber und tat etwas, von dem er nicht einmal wusste, was es war. Nur, dass es richtig war. Urd fuhr spürbar zusammen. Im ersten Moment dachte er, er hätte ihr wehgetan, aber dann erkannte er den Ausdruck in ihren Augen eher als Erstaunen.

Als er die Hand wieder zurückzog, schien sich nichts geändert zu haben – aber plötzlich spürte er, wie verlockend ihr Haar roch und wie verwundbar und sanft sie unter dem zur Schau getragenen Harnisch aus Unnahbarkeit und Härte war. Gänzlich ohne sein Zutun legte er die freie Hand auf ihre Hüfte und zog sie noch ein Stück weiter an sich heran, bis er ihren Atem auf der Wange spüren konnte.

Ihre Lippen näherten und berührten sich. Im allerersten Moment waren Urds Lippen noch spröde und abweisend, aber nicht, weil sie ihn nicht wollte oder gar Angst vor ihm gehabt hätte, sondern weil es zu früh und das Blut ihres Mannes an ihren Händen noch nicht einmal ganz getrocknet war. Dann aber wurden ihre Lippen zuerst weich und sanft, schließlich fordernd, und mit einem Male waren es *ihre* Hände, die *ihn* umschlangen und näher an sich heranzogen – und ihn im nächsten Moment so heftig von sich stießen, dass er gegen die Wand stolperte.

»Was –?«

»Sie sind tot! Mutter! Sie sind alle tot!«

Schnelle, leichte Schritte näherten sich, und Lif stürmte mit wehendem Haar und Mantel herein. Sein Gesicht dampfte in der Kälte, so schnell war er gerannt. »Sie ... sind alle ... tot!«, stieß er noch einmal atemlos hervor.

Urd hatte sich gut genug in der Gewalt, um sich nun zu ihrem Sohn herumzudrehen und ihm beide Hände auf die Schultern zu legen, damit er sich beruhigte. »Wer ist tot?«

»Alle!«, sprudelte Lif hervor. »Er hat sie alle erschlagen! Alle!«

Urd warf ihm einen sonderbaren Blick zu, ließ sich vor Lif in die Hocke sinken, bis sich ihre Gesichter auf gleicher Höhe befanden. »Wer ist tot? Wer hat wen erschlagen? Wovon redest du?«

»Die Krieger!«, keuchte Lif, immer noch völlig außer Atem und beinahe noch aufgeregter. »Die ... die Fremden! Die Räuber! Sie sind alle tot! Jemand hat sie erschlagen, und ... und ...« Er verhaspelte sich, setzte neu an und riss dann stattdessen die Augen auf, als sein Blick auf den blutigen Hammer fiel, den er noch immer in der Hand hielt.

»Du!«, flüsterte er. »Du hast ... hast sie erschlagen? Du ganz allein hast sie alle getötet?«

»Unsinn!«, sagte Urd streng. »Wie sollte das möglich sein? Sie waren zu zweit, und –«

»Es sind sechs«, unterbrach sie Lif. »Zwei liegen unten am Fluss, und die vier anderen sind nicht weit entfernt. Sie sind alle tot!« Seine Augen waren noch größer geworden. Er blinzelte nicht einmal mehr, sondern starrte ihn nur unverwandt an, und in seinem Blick war ein Ausdruck, von dem er nicht sagen konnte, ob es Angst war oder vielleicht etwas, vor dem *er* besser Angst haben sollte.

»Du hast sie erschlagen!«

Urd drehte sich um, und in *ihrem* Blick *war* Angst zu erkennen. »Ist das wahr?«, fragte sie.

Er schwieg.

»Er hat sie ... er hat sie ganz allein erschlagen«, flüsterte Lif. »Sechs Krieger! Und den Riesen! Du ... du musst ein Gott sein! Thor! Du musst Thor sein, der Gott des Donners!«

»Unsinn«, antwortete er lahm. »Ich hatte Glück, das ist alles!«

Urd machte sich nicht einmal die Mühe, irgendetwas darauf zu sagen. In ihren Augen stand nur noch Angst geschrieben.

Obwohl der Hof zur Gänze niedergebrannt und noch gründlicher geplündert worden war, war es kein Problem, noch genug brennbares Material zu finden, um Lasse nach den Sitten seines

Volkes zu bestatten. Ihm war nicht wohl dabei, ein Feuer zu entzünden, dessen Rauch über große Entfernung sichtbar sein musste, aber er erhob keine Einwände, sondern half Urd im Gegenteil dabei, einen Scheiterhaufen zu errichten und ihren Mann darauf zu betten. Sie wechselte in all der Zeit kein einziges Wort mit ihm und wich sogar seinem Blick aus, nahm seine Hilfe aber dennoch an.

Nachdem sie den Scheiterhaufen ohne ein Wort der Zeremonie entzündet hatte, wartete sie reglos wie zu einer Statue erstarrt, bis das Feuer heruntergebrannt und der Leichnam ihres Mannes zu Asche geworden war, die der nächste Windhauch über das Land verteilen würde.

Nach allem Unglück, das die fremden Krieger über sie gebracht hatten, hatten sie ihnen zumindest noch ein unfreiwilliges Geschenk dagelassen: Zwei der sechs Pferde lebten noch, und obwohl sie gut genug trainiert waren, keinen fremden Reiter auf ihrem Rücken zu dulden, gelang es ihm doch, sie einzufangen und eines der Tiere mit ihrem schon leichter gewordenen Gepäck zu beladen. Das andere ließ es – nachdem er ihm eine Weile geduldig zugeredet hatte – immerhin zu, vor das einfache Tragegestell gespannt zu werden, das er für Elenia und ihr spärliches Gepäck zusammengebaut hatte.

Sie verließen den Hof binnen einer Stunde und machten sich auf den Weg zurück in die Richtung, aus der sie vor Tagesfrist erst gekommen waren. Er war nicht einmal sicher, ob es wirklich gut war, Urd und ihre Kinder weiter zu begleiten. Seit sie zusammengetroffen waren, hatte er ihr und ihrer Familie nichts als Unglück gebracht, und dass sein Verstand ihm sagte, dass nichts von alledem seine Schuld war und er Urd und ihren Kindern ganz im Gegenteil das Leben gerettet hatte, änderte gar nichts daran, dass er sich so *fühlte*, als wäre es seine Schuld.

Elenia hatte wieder Fieber bekommen und war in einen Dämmerzustand zwischen Schlaf und Bewusstlosigkeit gefallen, in dem sie die meiste Zeit still dalag, dann und wann aber fantasierte oder um sich schlug, sodass ihre Mutter sie schließlich auf der Trage festband, damit sie nicht herunterfiel oder sich selbst verletzte.

Sie sprach auch während des gesamten restlichen Tages kein einziges Wort mit ihm, aber er meinte zumindest zu spüren, dass ihre ablehnende Haltung im Laufe des Marsches ein wenig aufweichte. Sie war erschrocken und zutiefst verunsichert, aber was hatte er erwartet?

Lif hingegen …

Er wusste nicht, was er von dem Jungen halten sollte. Aus der Mischung aus Bewunderung und Furcht, die er anfangs in seinem Blick gelesen hatte, war rasch etwas anderes geworden. Während sie marschierten, hielt er sich unentwegt an der Seite seiner Mutter, aber er starrte ihn auch genauso unentwegt an; vor allem dann, wenn er glaubte, er sähe es nicht. Er nahm sich vor, den Jungen im Auge zu behalten. Und ihm besser nicht den Rücken zuzuwenden.

Das Wunder, auf das keiner von ihnen zu hoffen gewagt hatte geschah: Die Sonne stand weiter wie von einem unheimlichen Zauber gebannt am Himmel, doch nach ihrem persönlichen Zeitempfinden war es später Abend, als sie das kleine Wäldchen und den zerstörten Wagen wieder erreichten. Nicht nur ihm, sondern auch Urd musste klar sein, wie groß dieser Zufall war, denn es hatte nicht die mindeste Spur gegeben, der sie folgen konnten, aber der Wagen lag vor ihnen und damit nicht nur alles, was von Urds früherem Leben noch übrig geblieben war, sondern vielleicht auch ein winziges bisschen Hoffnung.

Sie und die beiden Kinder sanken fast sofort in den tiefen Schlaf der Erschöpfung, in dem sie sich im Windschatten des umgestürzten Wagens eng aneinanderkuschelten, und auch er selbst streckte sich auf seinem Mantel aus, schloss die Augen und versuchte den Schlaf herbeizuzwingen. Es gelang ihm, aber dieser Schlaf brachte so wenig Erquickung wie in der Nacht zuvor. Als er nach viel zu kurzer Zeit wieder erwachte, war er erschöpfter als vorher, und in seinem Kopf waren auch jetzt wieder die Erinnerungen an einen verworrenen Traum, vor dem er regelrecht zurück ins Wachsein geflohen war.

Nachdem er eine weitere Stunde ruhelos auf und ab gewandert war und sich gefragt hatte, wie viel Zeit er Urd und ihren Kindern wohl mindestens geben musste, damit sie wieder zu Kräften kamen, kam ihm eine Idee. Sie erschien ihm zwar selbst beinahe haarsträubend, aber was hatte er zu verlieren außer ein paar Stunden, mit denen er ohnehin nichts anzufangen wusste?

Er arbeitete die ganze Nacht, die sich weder von den vorangegangenen noch dem nachfolgenden Tag unterschied, und als Urd sich irgendwann aufsetzte und sich den Schlaf aus den Augen rieb, überraschte er sie mit dem Anblick eines zweirädrigen Karrens, den er aus den Überresten ihres Wagens zusammengebaut hatte. Er sah weder besonders vertrauenerweckend aus noch war er auch nur annähernd groß genug, um Urds Habseligkeiten und dazu auch noch die beiden Kinder aufzunehmen. Aber er würde seinen Dienst tun.

»Du erstaunst mich immer wieder«, sagte Urd. »Ich wusste nicht, dass du auch noch Wagner bist.«

»Hast du schon vergessen, dass dein Sohn mein Geheimnis durchschaut hat?«, gab er zurück. »Ich bin ein Gott. Ich kann alles.«

»Außer dich erinnern.« Sie beugte sich zuerst über ihre schlafende Tochter, dann über Lif, und ein flüchtiger Ausdruck von Zärtlichkeit erschien auf ihrem Gesicht. Er erwartete halbwegs, dass sie ihn wecken würde, doch sie streckte nur die Hand nach Elenia aus und ließ sie ein kleines Stück über ihrem Gesicht schweben, ohne sie zu berühren. Die Geste hatte etwas ungemein Beschützendes.

Beiläufig registrierte er, wie sauber ihre Hände waren ... und wie unversehrt. Ihre Fingernägel waren nach wie vor gesplittert, aber ihre Fingerspitzen waren unberührt.

»Warum haben die Götter ihr das angetan?«, murmelte sie. In ihrer Stimme war kein Schmerz; allenfalls so etwas wie eine vage Bitterkeit, die kein rechtes Ziel zu finden schien.

»Ich weiß es nicht«, antwortete er. »Ich bin kein Gott, auch wenn dein Sohn mich dafür hält.«

Urd blickte auf ihre auf so sonderbare Weise geheilten Fingerspitzen hinab, sagte aber dann trotzdem: »Ich weiß.«

»Woher?«

»Weil es keine Götter gibt«, antwortete Urd. »Und wenn doch, dann sind nicht sie es, die verantwortlich dafür sind ... weil wir Menschen ihnen vollkommen gleichgültig sind.«

»Und trotzdem hast du deinen Mann nach den Regeln deiner Götter bestattet?« Ihm wurde unbehaglich. Er wollte dieses Gespräch nicht führen.

»Es wäre sein Wunsch gewesen. Das war ich ihm schuldig.« *Aber mehr auch nicht. Und eigentlich nicht einmal das*. Urd stand auf, warf ihm noch einen undeutbaren Blick zu und verschwand dann mit schnellen Schritten hinter den Büschen am Waldrand. Er sah ihr nach, bis ihm klar wurde, dass ihr diese Blicke möglicherweise peinlich waren, und wandte sich dann mit einem Ruck ab.

Er widmete sich wieder seiner Arbeit, mit der er ohnehin fast fertig war. Jetzt, wo er keine Rücksicht mehr darauf nehmen musste, keinen Lärm zu machen, ging sie ihm noch schneller von der Hand. Er war so gut wie fertig, gerade als Urd ein kleines Feuer entfacht und nahezu ihre gesamten restlichen Lebensmittel aufbrauchte, um ein bescheidenes Frühstück zu bereiten.

Das größte Problem war, die beiden Pferde vor den Karren zu spannen. An die Nähe von Menschen gewöhnt, hatte er die Tiere nicht einmal festbinden müssen, damit sie über Nacht nicht wegliefen, aber sie waren es ganz und gar *nicht* gewohnt, vor einen Wagen gespannt zu werden. Dieses Mal reichte gutes Zureden allein nicht mehr aus, und er musste sie schließlich mit Gewalt zur Räson bringen.

Lif erwies sich zwar als ebenso schweigsam und abweisend wie seine Mutter, half ihm aber dennoch, ihre überall verstreuten Habseligkeiten einzusammeln. Schließlich richteten sie für Elenia, die immer noch fieberte, ein Lager aus allerlei Kleidungsstücken und Decken auf dem Wagen und brachen auf.

Sie waren seit einer guten Stunde unterwegs, als Urd Lif unter einem Vorwand außer Hörweite schickte und schließlich das Schweigen brach, das sich wieder zwischen ihnen ausgebreitet hatte. »Wohin bringst du uns?«

»Bringen?« Die Frage überraschte ihn.

Urd machte eine Kopfbewegung in die Richtung, in der sie neben dem Wagen her marschierten; dieselbe, in die Lasse sie gebracht hatte. »Du weißt, wohin dieser Weg führt?«

Er konnte weit und breit keinen Weg erkennen und schüttelte den Kopf. »Ich meine: Ich kann euch allein lassen und meiner Wege gehen, wenn dir das lieber ist.«

Urd sah ihn durchdringend an, und er hatte das unbehagliche Gefühl, dass sie diesen Vorschlag tatsächlich in Erwägung zog.

»Ich denke, wir ziehen einfach dorthin.« Er deutete nach vorne. »Wenn du das möchtest.«

»Warum, wenn du doch gar nicht weißt, was dort ist?«

»Lasse wusste es.«

»Lasse wusste gar nichts«, erwiderte Urd. »Es war dumm von mir, auf ihn zu hören.«

»Aber du hast es getan.«

Urd überging die Worte. »Vielleicht ist dort ja nichts. Aber da, wo wir herkommen, ist auch nichts. Jedenfalls nichts, was des Bleibens wert gewesen wäre.« Plötzlich lachte sie. »Wer weiß, vielleicht haben uns die Götter ja doch zusammengebracht?«

»Du meinst dieselben Götter, an die du nicht glaubst?«

»Wir beide können nicht zurück dahin, wo wir hergekommen sind, und wir wissen beide nicht, was vor uns liegt«, antwortete Urd, indem sie seine Frage geflissentlich überhörte. »Wenn du willst, kannst du eine Weile bei uns bleiben. Wenigstens bis wir wissen, wohin wir gehen.«

Irgendwie hatte er das Gefühl, dass ihn dieser großzügige Vorschlag empören sollte, beließ es dann aber bei einem stummen Nicken. Nach allem, was sie in den letzten Tagen erlebt hatte, war dieses Zugeständnis im Grunde schon mehr, als er erwarten konnte.

Sie legten eine kurze Rast ein, gerade lange genug, um den Pferden eine Verschnaufpause zu gönnen und eine kärgliche Mahlzeit einzunehmen, setzten ihren Weg dann fort, und vielleicht eine Stunde später blieb er so abrupt stehen, dass das Pferd scheute, das er am Zaumzeug führte.

»Was hast du?«, fragte Urd erschrocken.

Statt zu antworten, deutete er mit der freien Hand nach vorne. Stiebender weißer Schnee bildete eine langsam näher kommende Wolke, und nun zeigten ihm seine scharfen Augen auch eine Anzahl winziger Punkte an ihrem Fuß. Fünf, sieben, zehn ... schließlich ein Dutzend, dann zwei.

»Jemand kommt«, sagte er überflüssigerweise.

Urd reagierte mit einem kaum angedeuteten Nicken und machte einen raschen Schritt, mit dem sie zwischen Lif und die Schneewolke am Horizont trat. Ihre Augen wurden schmal, aber er suchte vergeblich nach Furcht darin. Ihre Hand glitt unter den Mantel und schloss sich um den schmalen Dolch in ihrem Gürtel.

»Bleib ruhig«, sagte er rasch. »Ich glaube nicht, dass sie zu den Männern von gestern gehören.« Was ihn nicht daran hinderte, den schweren Hammer aus dem Gürtel zu ziehen. Der Stiel war jetzt weniger als halb so lang, lag dadurch aber nur umso besser in der Hand. Außerdem sah er sich rasch in alle Richtungen um, gewahrte eine Ansammlung erfrorener Bäume linker Hand und setzte sich wortlos darauf zu in Bewegung. Er wusste, dass sie zu weit entfernt waren, um sie rechtzeitig zu erreichen, aber alles in ihm sträubte sich einfach dagegen, nur dazustehen und abzuwarten.

»Und wenn doch, dann erschlägst du sie mit deinem Hammer, habe ich recht?«, knüpfte Lif nach einer Weile an seine Worte an.

Er war nicht sicher, ob der Junge sich über ihn lustig machte oder das ernst meinte, aber so oder so machten ihn die Worte zornig.

»Schweig!«, sagte er scharf.

»Aber du –«

»Lif!« Urd sprach nicht einmal laut, doch in ihrer Stimme war etwas, das den Jungen augenblicklich zum Verstummen brachte. »Steig auf den Wagen, und gib auf deine Schwester acht, sofort!«

Lif fuhr auf dem Absatz herum und war verschwunden wie weggezaubert. Inzwischen konnten sie beide erkennen, dass es mehr als zwei Dutzend Reiter waren, die sich ihnen in scharfem Tempo näherten, und kurz darauf auch, dass sie eindeutig nicht zu den Männern gehörten, die sie auf dem Hof angegriffen hatten. Aber die Erleichterung, die er bei dieser Erkenntnis verspüren sollte, kam nicht.

Und wenn, dann hätte sie allerhöchstens bis zu dem Moment angehalten, in dem die Reiter nahe genug heran waren, um ihre Gesichter zu erkennen.

Auch sie waren bewaffnet, doch sie trugen keine schimmernden Rüstungen und hörnergeschmückte Helme, sondern ein Sammelsurium zum Teil abenteuerlicher Waffen, Helme und Kettenhemden, und der Ausdruck auf ihren Gesichtern verhieß nichts Gutes. Einen halben Steinwurf entfernt teilte sich die

Gruppe, und die Reiter bildeten einen Kreis, der sich langsam um sie herum zusammenzog.

Einer der Männer – er war weder der größte noch der am wildesten aussehende, trotz seines struppigen Barts, aber er trug ein beeindruckendes Schwert, das in den Händen eines geübten Kriegers zu einer gefährlichen Waffe werden konnte – stieg aus dem Sattel und kam mit energischen Schritten näher, blieb aber in gebührendem Abstand stehen und maß zuerst ihn und dann Urd mit Blicken, aus denen sich ablesen ließ, dass sie beide ihm aus ganz unterschiedlichen Gründen missfielen.

»Wer seid ihr?«, fragte der Mann schließlich, ohne sich mit etwas so Überflüssigem wie einer Begrüßung aufgehalten zu haben.

»Mein Name ist Urd«, sagte Urd, bevor er antworten konnte. »Und das ist meine Familie. Wir sind friedliche Reisende.«

»Und ihr gehört zu einem Volk, in dem die Weiber das Sagen haben und die Männer zu schweigen?«, vermutete der Bärtige.

»Steig wieder auf, Bjorn«, sagte einer der anderen Reiter, der eine schartige Axt quer vor sich im Sattel liegen hatte. »Das sind nicht die, die wir suchen. Wir vergeuden nur Zeit.«

Bjorn brachte ihn mit einer ärgerlichen Geste zum Schweigen. Sein Blick – der Blick ebenso kluger wie wacher Augen, denen nicht die winzigste Kleinigkeit entging – wirkte leicht verstimmt.

»Und du?«, fragte er mit einem leicht verächtlichen Heben des Kinns. »Hast du deine Zunge verschluckt, ein Schweigegelöbnis abgelegt, oder wartest du auf die Erlaubnis deines Weibes, sprechen zu dürfen?«

»Sie ist nicht mein Weib«, sagte er.

»Sieh an, du kannst also doch sprechen«, sagte Bjorn. »Verrätst du mir auch, wer du bist?«

»Er ist unser Freund«, erklärte Lif von der Höhe des Wagens

herab. »Und du solltest ihn besser nicht reizen, wenn dir dein Leben lieb ist.«

»Weil er mich sonst mit dem Hammer da erschlägt?«, vermutete Bjorn. Er verzog amüsiert die Lippen und zwang sich sogar zu einem Lachen, aber der Blick, mit dem er ihn – und vor allem den Hammer – maß, wurde nur noch misstrauischer.

»Ganz genau das wird er tun«, antwortete Lif. »Und –«

»Sei still!«, unterbrach ihn Urd. An Bjorn gewandt fuhr sie fort: »Bitte verzeih meinem Sohn. Er ist ein vorlautes Kind.«

»Sind sie das nicht alle?«, fragte Bjorn, diesmal eher amüsiert als zornig. »Ihr seid also Reisende. Woher kommt ihr?« Wieder glitt sein Blick zum Hammer.

»Dorther.« Er deutete mit der freien Hand über die Schulter zurück. Der Schmerz in seinem Arm ließ ihn zusammenzucken, aber er bemühte sich, sich nichts anmerken zu lassen.

Bjorn nickte gewichtig, als hätte er gerade etwas ungemein Interessantes erfahren. »Dorther«, wiederholte er. »Und ich nehme an, wenn ich dich jetzt frage, wohin ihr unterwegs seid, dann wirst du in die andere Richtung deuten und sagen: Dahin?« Er lächelte. Ihre Blicke lieferten sich ein stummes Duell, bei dem es keinen Sieger gab.

»Bjorn!«, sagte der Kerl mit der Axt noch einmal und noch ungeduldiger. Diesmal erntete er zum Dank einen zornigen Blick des Bärtigen.

»Ich fürchte allerdings, mein ungeduldiger Freund hat recht«, sagte er dann, nun wieder direkt an Urd gewandt. »Wir sind ein wenig in Eile. Wenn ihr aus dem Süden kommt, dann habt ihr vielleicht diejenigen gesehen, nach denen wir suchen. Es sind sechs oder sieben, und sie sind gekleidet wie Krieger.« Er wies mit einer ebenso beiläufigen wie schlecht gespielten Handbewegung auf die beiden Pferde. »Und sie sollen Tiere wie diese reiten.«

»Dann haben sie einen guten Geschmack.«

»Genau wie du«, erwiderte Bjorn. Er tat so, als fielen ihm die beiden riesigen weißen Schlachtrösser und ihr prachtvolles Zaum- und Sattelzeug erst jetzt richtig auf »Aber sehr viel scheinst du mir nicht von Pferden zu verstehen, mein schweigsamer Freund.«

»Wieso?«

»Niemand, der auch nur einen Deut davon versteht, käme auf die Idee, zwei so prachtvolle Kriegspferde vor einen Karren zu spannen.«

Plötzlich wurde es sehr still. Selbst das halblaute Schnauben und Hufescharren der Pferde schien für einen Moment innezuhalten. Der Bursche mit der Axt schwang sich aus dem Sattel, dann stiegen nach und nach auch die meisten anderen von ihren Pferden, und ausnahmslos alle legten die Hände auf ihre Waffen oder zogen sie sogar.

Urd trat unauffällig dichter an ihn heran. »Der Bursche da hinten«, flüsterte sie, fast ohne dass ihre Lippen sich bewegten. »Der mit dem zerrissenen Mantel. Siehst du ihn?«

Er deutete ein Nicken an.

»Das ist der, mit dem Lasse gesprochen hat«, flüsterte Urd. »Der uns von dem angeblichen Pass erzählt hat.«

»Woher habt ihr diese Tiere?«, fragte Bjorn.

»Und warum willst du das wissen?«

Bevor er antwortete, hob Bjorn die Hand und gab einem der wenigen im Sattel gebliebenen Männer einen Wink, der daraufhin sein Pferd wendete und in scharfem Tempo davongaloppierte. Allerdings nicht sehr weit.

Erst jetzt fiel ihm auf, dass eine zweite, kleinere Gruppe von Reitern in einiger Entfernung zurückgeblieben war. Die Situation gefiel ihm immer weniger.

»Sagen wir, diese Tiere erinnern mich an etwas«, antwortete Bjorn. Jetzt klang seine Stimme eindeutig lauernd. »Ihr habt nicht zufällig ein halbes Dutzend Männer gesehen, die auf ganz ähnlichen Tieren geritten sind?«

»Auf Zugpferden?«, erwiderte er kühl. Bjorns Ton gefiel ihm nicht. Die ganze Situation gefiel ihm nicht, und sie tat es mit jedem Moment weniger.

Vorsichtig ergriff er den Hammer fester und verlagerte sein Gewicht, um einen besseren Stand zu haben. Nur einen halben Atemzug später wurde ihm klar, dass er Bjorn unterschätzt hatte. Ihm war weder das eine noch das andere entgangen.

Dennoch zwang sich der bärtige Krieger zu einem Lächeln, das seine Augen allerdings ausließ. »Es gibt keinen Grund, uns zu streiten, mein Freund. Wir haben jemanden bei uns, der dieses kleine Missverständnis sicher rasch aufklären wird.«

Der Reiter kam zurück, begleitet von einer dunkelhaarigen, verhärmten Frau, die sich nur mit sichtlicher Mühe im Sattel eines struppigen Ponys hielt. Ihr Blick war beinahe leer, allerdings nur so lange, bis sie die beiden Pferde sah.

»Das sind sie!«, zischte sie hasserfüllt. Noch mehr Waffen wurden gezogen, und die Stimmung begann fühlbar und auf bedrohliche Weise umzuschlagen.

Wieder war es Bjorn, der mit einer Handbewegung für Ruhe sorgte. »Diese drei?«, fragte er, indem er nacheinander auf ihn, Urd und Lif wies.

Die Frau riss ihren Blick mit sichtbarer Mühe von den Pferden los und sah ihn an. Ihre Augen waren jetzt nicht mehr leer, sondern von blankem Hass erfüllt. Sie sah ihn gar nicht wirklich, begriff er. Sie suchte jemanden, dem sie die Schuld an etwas geben konnte, das ihr angetan worden war.

Dann jedoch schüttelte sie abgehackt den Kopf.

»Die habe ich nie gesehen«, sagte sie. »Aber die Pferde gehören denen, die uns überfallen haben.«

»Dann haben wir ein Problem«, sagte Bjorn. »Seht ihr, diese gute Frau hat bisher ein friedliches und den Göttern gefälliges Leben geführt. Sie und ihre Familie haben Vieh gezüchtet und ihre Felder bestellt.«

»Auf einem Hof, eine Tagesreise von hier«, vermutete er.

Bjorns Augen wurden noch schmaler. »Woher weißt du das?«

»Weil wir da waren«, antwortete Urd an seiner Stelle. »Er wurde niedergebrannt.«

»Und ihr Mann und ihre Kinder wurden überwältigt und verschleppt«, bestätigte Bjorn. Seine Hand spielte mit dem Schwertgriff, aber noch zog er die Waffe nicht. »Nur sie konnte entkommen und sich zu uns retten. Sie sagt, es wären sieben Männer gewesen. Bewaffnete Riesen, die Pferde wie die da geritten haben.«

»Nicht Pferde *wie* diese da«, sagte die alte Frau. »Es waren genau diese. Ich erkenne sie wieder.«

»Das ist wahr«, sagte er.

»Ihr kennt diese Mörder?«, fragte Bjorn.

»Sie sind uns begegnet«, antwortete er vorsichtig, und vom Wagen aus fügte Lif hinzu: »Sie sind tot. Er hat sie erschlagen.«

Es wurde noch stiller.

»Ist das wahr?«, fragte Bjorn schließlich.

Er schwieg, aber Lif ließ es sich nicht nehmen, noch lauter zu sagen: »Er hat sie erschlagen, ganz allein.«

Ein paar Männer lachten, allerdings nicht sehr lange, und Bjorn zog nur fragend die linke Augenbraue hoch. »Stimmt das?«

»Dass sie tot sind? Ja. Aber ich habe sie nicht getötet. Wenigstens nicht alle. Und nicht allein.«

»Das ist nicht wahr!«, beharrte Lif. »Er hat sie ganz allein erschlagen. Reitet doch hin und seht nach. Ihr werdet die Toten finden!«

»Das werden wir, mein Junge«, antwortete Bjorn. »Ganz bestimmt sogar.« Sein Blick tastete nachdenklich über den Hammer an seinem Gürtel, dann noch nachdenklicher über sein Gesicht. »Was stimmt denn nun?«

»Ich habe … zwei von ihnen erschlagen«, räumte er ein. »Den anderen … ist etwas anderes zugestoßen.«

»Zwei ausgebildete Krieger, in Rüstung und mit Schwert und Schild?«, fragte Bjorn. Er deutete auf den Hammer. »Damit?«

»Ich hatte Glück«, antwortete er. »Sie haben mich wohl unterschätzt … und um ehrlich zu sein, war ich wohl auch ein wenig unfair.«

»Unfair?« Bjorn wiegte den Kopf. »Sechs gegen einen ist auch nicht besonders fair, scheint mir.« Er deutete abermals auf den Hammer. »Du scheinst mir wirklich gut mit diesem Ding umgehen zu können. Bist du Schmied oder Krieger?«

»Er ist ein Krieger«, sagte Lif stolz. »Der größte Krieger, den es auf der ganzen Welt gibt! Erkennst du ihn denn nicht? Das ist Thor!«

»Ja, selbstverständlich«, sagte Bjorn spöttisch. »Ich muss mich entschuldigen, dass ich dich nicht gleich erkannt habe. Und deine Begleiterin da ist dann sicher Freya, nicht wahr?«

Einige seiner Männer lachten, wenn auch jetzt wieder nicht sehr laut oder lange, bevor er mit einer abermaligen, herrischen Geste für Ruhe sorgte. »Aber wer weiß, vielleicht bist du ja tatsächlich der Gott des Donners, der aus Walhall gekommen ist, um sich unerkannt unter uns Menschen zu mischen. Angeblich sollen die Götter ja so etwas tun, dann und wann.«

»Du willst uns allen Ernstes weismachen, du hättest zwei berittene Krieger in Rüstung und Waffen besiegt – damit?«, fragte der Krieger mit der Axt. Er deutete auf den abgebrochenen Schmiedehammer und machte ein abfälliges Geräusch.

Statt zu antworten, zog er den Hammer aus dem Gürtel. »Du willst wissen, ob ich damit umgehen kann?«

Gelassen drehte er sich um, deutete auf einen vielleicht dreißig Schritte entfernt dastehenden Baum, und die Hand des anderen schloss sich fester um den Stiel seiner Doppelaxt, um bereit zu sein, sollte er irgendetwas versuchen. Auch ein paar der anderen Krieger spannten sich. Anscheinend war hier nicht jeder mit Bjorns Entscheidung einverstanden.

Fast ansatzlos und ohne darüber nachzudenken, was genau er tat, schleuderte er den Hammer.

Das schwere Werkzeug flog nicht nur so schnell und scheinbar mühelos wie ein geworfener Kieselstein davon, traf einen nahezu armdicken Ast auf halber Höhe des Baumes und kappte ihn, sondern setzte seinen Weg auch sich ununterbrochen überschlagend fort, beschrieb einen sanften Bogen und kehrte an dessen Ende zu seinem Besitzer zurück. Das helle Klatschen, mit dem der Hammerstiel in seiner ausgestreckten Hand landete, ging im ungläubigen Keuchen eines Dutzends Männer unter. Um ehrlich zu sein, er war selbst ein wenig erstaunt. Er konnte auch nicht wirklich sagen, wie er dieses Kunststück zustande gebracht hatte.

»Unglaublich«, murmelte Bjorn. »Das ist ...« Einen Moment lang suchte er sichtbar nach den richtigen Worten, rettete sich schließlich in ein hilfloses Achselzucken und fragte dann: »Kannst du das noch mal?«

Diesmal kappte der Hammer einen noch dickeren, dreifach verzweigten Ast, bevor er am Ende eines langgestreckten Bogens gehorsam wieder in seine Hand zurückkehrte.

Bjorn starrte ihn an. »Das ... das ist unglaublich«, murmelte er, kopfschüttelnd und sichtbar erschüttert.

Keiner der anderen Männer – nicht einmal der Bursche mit der Axt – ließ auch nur den geringsten Laut hören, aber er konnte die allgemeine Fassungslosigkeit beinahe mit Händen greifen. Selbst Urd starrte ihn aus weit aufgerissenen Augen an.

»Ich kann es gerne noch einmal tun«, erbot er sich an, das beharrliche Flüstern seiner inneren Stimme ignorierend, die darauf bestand, dass dies nicht der richtige Moment für Scherze war oder gar Provokationen, und seien sie noch so klein.

»Nein.« Bjorns Blick irrte unstet zwischen dem schweren Hammer in seiner Hand und seinem Gesicht hin und her. »Ich wollte nur sichergehen, dass ich das auch wirklich gesehen habe.«

»Das ist ein fauler Trick«, beharrte der Kerl mit der Axt.

»Sverig, sei still!«, sagte Bjorn.

»Aber es *ist* ein Trick!«

»Selbstverständlich ist es ein Trick«, antwortete er ruhig. »Ich habe sehr lange gebraucht, um ihn zu lernen, das kann ich dir versichern.«

»Ich bestehe darauf, dass [illegible]«, begehrte Sverig auf, und Bjorn brachte ihn mit einem eisigen Blick zum Verstummen.

»Das ist wirklich beeindruckend, mein Freund«, sagte er. Er klang immer noch ein bisschen erschüttert, fand seine Fassung dann aber wieder. Allerdings hörte er nicht auf, unentwegt den Kopf zu schütteln und abwechselnd ihn und seinen Hammer anzustarren.

»Jedenfalls ist mir jetzt klar, warum der Junge darauf beharrt, dass du niemand anderer als Thor bist«, stellte Bjorn fest. »Bist du es?« Die Frage klang, als wäre sie vollkommen ernst gemeint.

»Du weißt, wie Kinder sind«, erwiderte er ausweichend.

Bjorn nickte, maß ihn mit einem neuerlichen, womöglich noch unsichereren Blick und zwang sich schließlich zu etwas, das wohl nur er selbst für ein Lächeln hielt. »Ja, und oft genug sagen sie die Wahrheit.«

»Du traust diesem Kerl doch nicht etwa, Bjorn?«, begehrte Sverig auf. »Das ... das ist Zauberei! Schwarze Magie!«

»Wer weiß?«, erwiderte Bjorn und zuckte scheinbar gleichmütig mit den Schultern. »Sagt er die Wahrheit, mein Freund? Bist du wirklich ein Zauberer?«

»Wenn ich das wäre, dann könnte ich deine Gedanken lesen und wüsste, welche Antwort du hören willst«, erwiderte er – was ihm einen noch zornigeren Blick Sverigs und ein breites Grinsen von Bjorn einbrachte.

»Vielleicht bist du ja wirklich ein Gott«, sagte Bjorn schließlich, schüttelte dann den Kopf und sah seinen verbundenen Arm an. »Andererseits habe ich noch nie gehört, dass ein Gott blutet. Aber das kannst du mir alles später und in Ruhe erklären, mein Freund.«

»Später?«

»Ich reite mit ein paar Männern zu dem Hof und sehe mir diese toten Krieger an, von denen der Junge gesprochen hat«, antwortete Bjorn. »Wenn wir uns beeilen und das Wetter nicht umschlägt, dann sind wir in spätestens zwei Tagen zurück, vielleicht früher. Und bis dahin sind du und deine Begleiterin und ihre Kinder selbstverständlich unsere Gäste ... Thor.«

»Das ist sehr großzügig von dir, Bjorn, aber –«

»Ich bestehe darauf«, unterbrach ihn Bjorn. »Gastfreundschaft ist uns heilig, Thor. Es wäre eine schwere Beleidigung, sie auszuschlagen. Und du willst uns doch gewiss nicht beleidigen, oder?«

Er schwieg. Ganz ernsthaft wog er seine Chancen ab, es mit diesen zwei Dutzend Männern auf einmal aufzunehmen, und tat den Gedanken dann als lächerlich ab. Selbst der wirkliche Thor würde es sich zweimal überlegen, es mit einer solchen Übermacht aufzunehmen. Und selbst wenn er all diese Krieger tatsächlich besiegen könnte: Urd und ihre Kinder würden den Kampf gewiss nicht überleben.

»Nein, natürlich wollen wir dich nicht beleidigen«, sagte er. »Im Gegenteil, wir sind schon lange unterwegs, und es war eine anstrengende Reise. Wir nehmen deine Einladung gerne an.«

Thor ...?

Nun ja. Andererseits: Warum eigentlich nicht?

4. Kapitel

Als sie nach vielen Stunden ihr Ziel erreichten, waren sie mit ihren Kräften am Ende – Urd, die Kinder und selbst er.

Bjorn hatte seine kleine Armee aufgeteilt und war zusammen mit dem Großteil der Männer und der alten Frau aufgebrochen, um zu ihrem Hof zurückzureiten, während der kleinere Teil unter Sverigs Führung mit ihnen ritt.

Selbst ihm wäre der schmale Spalt im Fels vielleicht nicht einmal aufgefallen, wären die Reiter nicht plötzlich langsamer geworden und hätten ihre Richtung geändert, um nunmehr direkt auf die Berge zuzuhalten. Erst, als er genauer hinsah, gewahrte er eine Verwerfung im Gestein, kaum mehr als einen Riss oder vielleicht sogar nur einen Schatten, an dem der Blick keinen Halt fand.

Als sie noch näher kamen, wurde aus dem Schatten ein Durchlass, kaum breit genug, um dem Wagen Platz zu bieten. Auf dem Schnee davor war nicht die mindeste Spur zu sehen, obwohl den ganzen Tag über kein Wind geweht hatte.

»Wo sind wir hier?«, fragte er, als Sverig schließlich absaß und auch seinen Begleitern und Urd ein Zeichen gab, von ihren Pferden zu steigen.

»Das ist der Eingang zu unserem Tal«, antwortete Sverig. »Er ist gut verborgen, und er wird gut bewacht, auch wenn es vielleicht nicht so aussieht.«

Thor hatte längst gemerkt, dass sie nicht mehr allein waren. Auch wenn weder etwas zu sehen noch zu hören war, spürte er den Blick unsichtbarer Augen, der jeder ihrer Bewegungen misstrauisch folgte, und er verstand auch Sverigs Warnung.

Er musste das Zaumzeug loslassen und genau wie Urd vor dem Wagen hergehen, denn der Felsspalt war tatsächlich so schmal, dass neben dem Karren kein Platz mehr gewesen wäre. Sehr weit vor ihnen markierte ein schmaler senkrechter Streifen von mattem Tageslicht nicht nur das Ende des Spaltes, sondern zeigte auch, dass dieser vollkommen gerade durch den Fels führte. Nur hier und da entdeckte er Spuren von Werkzeugen, wo die Felswand oder der Boden im Nachhinein geglättet worden waren, zum allergrößten Teil schien dieser Durchlass jedoch natürlichen Ursprungs zu sein; ein von der Natur geschaffener Engpass, den ein einziger entschlossener Mann gegen eine ganze Armee verteidigen konnte.

Da waren sie schon wieder, die Gedanken eines Kriegers, der nur in Kategorien von Verteidigung und Strategie dachte. Er war jetzt fast sicher, ein Krieger zu sein, und wenn nicht das, so doch jemand, der so lange mit und unter ihnen gelebt hatte, dass es kaum noch einen Unterschied machte.

Sverig maß ihn mit einem Blick, als hätte er seine Gedanken gelesen, und schwang seine zweischneidige Axt in einer wie zufällig wirkenden Bewegung von der rechten auf die linke Schulter.

»Was ist hinter diesem Spalt?«, fragte er.

»Warum wartest du es nicht einfach ab, Thor?«, gab der Krieger unfreundlich zurück. »Vielleicht erlebst du ja eine Überraschung.«

Er verzichtete darauf, etwas zu sagen; zum einen, weil Sverig vollkommen recht hatte, zum anderen, weil er spürte, dass er ihn zu einer Unbedachtsamkeit provozieren wollte. Ganz offensichtlich war er mit Bjorns Entschluss, sie hierherzubringen, nicht einverstanden. Vielleicht war er auch einfach nur ein streitsüchtiger Mann.

Allerdings sollte er recht behalten: Er erlebte eine Überraschung, als sie das Ende des Spalts erreichten und die Wände vor ihnen zur Seite wichen. Vor ihnen lag ein ovaler, sanft abfallender Talkessel, der groß genug war, um nicht nur einem ganzen Dorf Platz zu bieten, sondern auch mehreren Gehöften samt umliegender, verschneiter Flächen, die im Sommer als Weiden oder auch Felder dienen mochten, einem kleinen Wäldchen, dessen Wipfel sogar noch schneefrei waren und sich ihren Blicken in unpassendem Grün präsentierten, sowie einem in zahllosen Kehren und Windungen mäandernden Fluss, der nur zum Teil zugefroren war. Ganz am anderen Ende des Tals, beinahe schon im Dunst der Entfernung verschwunden, erhob sich etwas, das vielleicht eine Festung war, auf jeden Fall aber ein sehr großes Gebäude.

»Erstaunlich«, sagte Urd. Sie hatten angehalten, um den fantastischen Anblick auf sich wirken zu lassen, und ihre Begleiter schienen nichts dagegen zu haben.

Im nächsten Augenblick wurde ihm auch schon klar, warum das so war, denn von rechts und links näherten sich ihnen weitere Bewaffnete.

»Das muss Asgard sein!« Lif kletterte aufgeregt hinter ihnen vom Wagen. Seine Augen leuchteten. »Wir haben es geschafft! Vater hatte recht!«

»Sei still, Lif!«, sagte seine Mutter streng. »Wolltest du dich nicht um deine Schwester kümmern?«

»Sie schläft«, antwortete Lif verstockt, strahlte aber gleich darauf schon wieder übers ganze Gesicht und fuhr in noch aufgeregterem Ton fort: »Das ist Asgard! Ganz bestimmt! So wie es Vater erzählt hat!«

»Was hat dein Vater denn erzählt, mein Junge?«, fragte Sverig.

»Dass wir den Weg über die Berge finden werden«, antwortete Lif aufgeregt. »Nach Asgard, ins Land der Götter!«

Asgard? Das Wort berührte etwas in ihm, aber nicht auf die Art, die er sich gewünscht hätte. Da war ein vager Schmerz und das Wissen, dass der Junge ganz bestimmt nicht dorthin wollte.

»Asgard?« Sverig nickte. »Beinahe, mein Junge. Das ist Midgard, unsere Heimat. Es ist vielleicht nicht das Land der Götter, aber hier lebt es sich ganz gut.«

Die Worte galten Lif, aber er sah dabei unverwandt Thor an, so als erwarte er eine ganz bestimmte Reaktion. Seine Begleiter und auch das halbe Dutzend neu hinzu gekommener Männer hatten sich mittlerweile zu einem lockeren Halbkreis hinter ihm formiert. Die meisten hatten ihre Waffen gezogen.

»Gib mir dein Schwert«, verlangte Sverig plötzlich. »Und den Hammer ... Thor.«

»Das ist ...« *Nicht mein Name*, hätte er beinahe geantwortet. Aber er erinnerte sich nicht an seinen Namen, und letzten Endes war ein Name so gut wie jeder andere.

»Nicht nötig?«, fragte Sverig lauernd. »Ich glaube doch.« Er streckte fordernd die Hand aus.

Nicht ohne Schadenfreude registrierte Thor, dass das schwere Werkzeug dem Burschen beinahe entglitt, als er versuchte, lässig mit nur einer Hand danach zu greifen. Er gab sich auch keine Mühe, das spöttische Funkeln aus seinen Augen zu verbannen.

»Du bekommst ihn wieder, sobald Bjorn zurück ist und wir wissen, dass du die Wahrheit gesagt hast«, sagte Sverig.

»Er war mir ohnehin zu leicht.«

Lif kicherte, aber Urd verdrehte mit einem lautlosen Seufzen die Augen, als wollte sie sagen: *Männer!*

»Weiter!«, befahl Sverig, nachdem Urd ihm auch ihren kleinen Dolch ausgeliefert hatte. »Und gebt mir keinen Grund, etwas zu tun, wofür ich mich vor Bjorn verantworten müsste.«

Es gab nur eine Richtung, in die sie gehen konnten. Der Weg schlängelte sich zwischen mächtigen Felsen und Findlingen hindurch, die ebenso wie seine zahlreichen Kehren und Windungen zu regelmäßig waren, um nicht mit großem Bedacht arrangiert worden zu sein. Jemand hatte nachgeholfen, um diesen Weg einerseits leichter passierbar zu machen und gleichzeitig leichter verteidigen zu können. Dieses Tal *war* eine Festung, und sie war äußerst klug angelegt.

Auf dem ersten Stück begegnete ihnen niemand; doch der allererste Eindruck bestätigte sich nur noch: Das Tal, von den richtigen Männern bewacht, war so gut wie uneinnehmbar, zugleich aber war es auch ein paradiesischer Ort, der Hunderten von Menschen nicht nur eine sichere Zuflucht, sondern auch Nahrung und Unterkunft bot.

»Und du hast noch niemals von diesem Ort gehört?«, wandte er sich an Urd.

»Natürlich habe ich von Midgard gehört«, antwortete sie, während sie ihn mit einem sehr seltsamen Blick maß. »Ich hätte nur nicht gedacht, dass ich es …« Sie sprach nicht weiter, sondern machte nur eine ihm unverständliche Handbewegung und lächelte plötzlich, wenn auch auf eine sehr seltsame Weise. »Aber wenn es Menschen gibt, die ihren Kindern die Namen von Göttern geben, warum dann nicht auch eine Stadt namens Midgard?«

Jetzt verstand er gar nichts mehr, und sein Blick machte das auch sehr deutlich.

»Weißt du denn überhaupt nichts?«, fragte sie.

»Nein.«

»Midgard ist –«, begann sie, schüttelte dann heftig den Kopf und setzte neu an: »Eigentlich ist Midgard der Name für die Welt der Menschen. Umgeben von einem hohen Zaun aus den Zähnen Ymirs, des Urriesen, und umringt von Jörmungand, der großen Schlange. So heißt es in den alten Sagen. Aber dieser Ort hier ist –«

»Anders?«, vermutete er.

Das ignorierte Urd vollkommen. »Es gibt da eine Legende. Lasse hat –«

»Seid still!«, befahl Sverig. »Wenn ihr Fragen habt, dann fragt. Ansonsten seid still, bis ihr angesprochen werdet!«

Den restlichen Weg zum Dorf legten sie schweigend zurück, wenn auch aus unterschiedlichen Gründen. Urd wirkte tatsächlich ein wenig eingeschüchtert, während er selbst versuchte, sich möglichst viele Einzelheiten ihrer Umgebung einzuprägen; nur für den Fall, dass ihre neuen Freunde doch nicht so freundlich sein sollten und sie schnell wieder von hier wegmussten.

Der Ort, dessen kleine, aber ordentliche Hütten sich in die jenseitige Flanke des Tals schmiegten, bestand aus gut drei oder vier Dutzend Gebäuden, von denen einige wenige aus Holz, die allermeisten aber aus Stein erbaut worden waren – anscheinend stellte Holz in diesem Teil des Landes einen sehr viel wertvolleren Rohstoff dar als Stein –, und war von einer zusätzlichen mannshohen Mauer umgeben. Aus den meisten Schornsteinen stieg Rauch in die nahezu unbewegte Luft, und zwischen den Häusern bewegten sich Menschen, viel zu weit entfernt, um ihre Gesichter zu erkennen.

Immerhin sah er, dass es eine erstaunlich große Anzahl von Kindern gab; ein weiterer Hinweis darauf, dass es den Menschen hier gut ging.

Kinder waren es auch, die ihnen als Erste entgegenkamen; eine ganze Schar sogar, die eine Weile grölend und lachend neben ihnen hertollte oder ihnen vielleicht auch Schmähworte zurief – er verstand kaum etwas –, bis einer ihrer Begleiter mit Steinen nach ihnen zu werfen begann. Er tat es nicht mit der Absicht zu treffen und traf auch nicht, verscheuchte die johlende Eskorte damit aber.

Ihr Ziel war nicht das Dorf, sondern der finstere Steinbau am Ende des Tals. Es war eine Festung, wie er angenommen hatte, nicht besonders groß, aber wie alles hier nach taktischen Gesichtspunkten äußerst klug angelegt. Ein einzelner Turm bot einen guten Überblick über das gesamte Tal, und das schmale

Tor in der zinnengekrönten Mauer machte einen durchaus stabilen Eindruck. Wenn das Bjorns Hauptquartier war, dann war er ein Mann, der wusste, was er tat.

»Ihr wartet hier«, beschied ihnen Sverig. Was meinte er denn, wohin sie gehen würden? »Was ist mit dem Mädchen auf dem Wagen? Ist es krank?«

»Sie hat sich verletzt«, antwortete Thor. »Es ist nicht lebensgefährlich, aber sie braucht noch Ruhe, um zu Kräften zu kommen.«

»Es ist doch nicht etwa ansteckend?«

Eine *Verletzung!* Thor machte sich nicht einmal die Mühe, zu antworten, aber Urd wiederholte seufzend: »Sie braucht nur Ruhe, das ist alles.«

»Die wird sie bekommen«, sagte Sverig, und es war seltsam – auch dabei hatte er ein sehr ungutes Gefühl.

Und auch damit sollte er recht behalten.

»Wie es aussieht, hast du die Wahrheit gesagt, Thor«, sagte Bjorn, als er ihn fünf Tage später in einen stilvoll, aber nicht übertrieben luxuriös ausgestatteten Raum bringen ließ, der ebenso zu seiner Persönlichkeit passte wie das halb besorgt, halb amüsiert wirkende Funkeln in seinen Augen. »Ich muss mich bei dir entschuldigen, mein Freund. Ich war länger fort, als ich dir versprochen hatte.«

»Länger?« Thor richtete sich mühsam auf dem Stuhl auf, den ihm Bjorn zugewiesen hatte. Seine Lippen und Gaumen waren so trocken, dass er schon Mühe hatte, dieses eine Wort hervorzubringen. Sverig hatte ihn in jeder Beziehung kurzgehalten. Mit knurrendem Magen und ausgedörrter Kehle hatte Thor in einer kargen Zelle auf Bjorns Rückkehr warten müssen – unruhig und gereizt auch deshalb, weil er Urd schon seit einer gefühlten Ewigkeit nicht mehr zu Gesicht bekommen hatte.

Bjorn runzelte die Stirn, stand dann mit einem Ruck auf und kam mit einem Krug und zwei reich verzierten Bechern aus Silber zurück. Er goss beide randvoll, trank aber selbst nicht, sondern sah nur zu, wie Thor seinen Becher mit einem gierigen Zug leerte. Fragend hob er den Krug und schenkte ihm nach und dann auch noch ein drittes Mal. Der Krug enthielt weder Wasser noch süßen Met, sondern Wein, und er konnte sich gut vorstellen, dass Bjorn nichts dagegen hätte, ihn betrunken zu machen. Aber etwas sagte ihm auch, dass das zwar möglich, aber sehr, sehr schwer war und mit einem einzigen Krug Wein schon gar nicht.

»Ich hoffe doch, man hat dich gut behandelt.« Bjorn nahm wieder Platz, nippte nun doch an seinem Wein und schob ihm den Krug über den Tisch hinweg zu. »Ich habe Sverig eingeschärft, dich wie einen Gast zu behandeln, aber ich fürchte, manchmal ist er etwas übereifrig.«

Wie einen Gast? Thor sah ihn nur mit hochgezogenen Brauen an und nahm einen weiteren, jetzt aber vorsichtigeren Schluck Wein. Nachdem sein allererster Durst gestillt war, bemerkte er den leicht öligen Nachgeschmack, den das Getränk auf seiner Zunge hinterließ; und mit leisem Erstaunen das leichte Schwindelgefühl, das sich hinter seiner Stirn breitmachte. Vielleicht war er doch nicht ganz so trinkfest, wie er angenommen hatte.

»Ein Gast?« Diesmal sagte er es laut, auch um Bjorns Reaktion zu prüfen. Wenn das, was er in den endlosen Stunden seit ihrer Ankunft hier erlebt hatte, tatsächlich das war, was man hier unter dem Wort Gastfreundschaft verstand, dann war er sehr froh, nicht wie ein Feind behandelt worden zu sein.

Bjorn seufzte. »Ja, ich sehe schon, er hat es übertrieben. Ich muss mich in seinem Namen bei dir entschuldigen. Und ich werde ein paar entsprechende Worte mit ihm wechseln, verlass dich darauf.«

»Das ist nicht nötig«, antwortete Thor.

Seine Stimme klang immer noch rau, und er trank einen weiteren Schluck Wein. »Ich bin sicher, dass er seine Gründe hatte. Ihr müsst hier sehr vorsichtig sein, wem ihr vertraut, nehme ich an.«

Bjorn lachte, trank nun doch einen großen Schluck Wein und fuhr sich mit dem Handrücken über den Mund. »Immer vorsichtig, mein junger Freund, wie? Wie gut, dass du es draußen auf dem Hof nicht warst.«

Diesmal trank er von seinem Wein, um Zeit zu gewinnen. Aber in diesem Spiel war er Bjorn eindeutig unterlegen. Nach einer Weile fragte er: »Wieso?«

»Die Toten«, antwortete Bjorn.

»Ihr habt sie gefunden?«

Bjorn hob die Schultern. »Die Raben waren fleißig, aber ja, wir haben noch genug von ihnen gefunden, um deiner Geschichte Glaubwürdigkeit zu verleihen, und das genau da, wo du es beschrieben hast. Ich soll dir den Dank von Endre ausrichten.«

»Endre?«

»Du hast sie kennengelernt«, erinnerte ihn Bjorn. »Sie hat eure Pferde wiedererkannt. Und sie hat auch die Rüstungen der Toten wiedererkannt. Es waren die Männer, die den Hof niedergebrannt und ihre Familie verschleppt haben. Ich soll dir ihren Dank ausrichten, dass du die Mörder ihrer Familie bestraft hast.«

»Ist das sicher?«, fragte Thor.

»Sie hat einen von ihnen genau erkannt«, antwortete Bjorn. »Besser gesagt das, was du von ihm übrig gelassen hast.«

»Das meine ich nicht«, antwortete Thor. »Die Mörder ihrer Familie? Ist es denn bewiesen, dass sie tot sind? Vielleicht hat man sie nur verschleppt, um sie als Sklaven zu verkaufen.«

Bjorn lachte leise. »Verschleppt?« Er schüttelte den Kopf, nahm einen weiteren, noch größeren Schluck Wein und fuhr sich noch einmal mit dem Handrücken über die Lippen, als wäre er eine andere Art von Getränk gewohnt, das eher dazu neigte, Schaum auf den Lippen zu hinterlassen. »Diese verfluchten Lichtbringer handeln nicht mit Sklaven. Sie machen keine Gefangenen. Und wenn, dann nur, um sie ihrem noch viel verfluchteren Gott zu opfern und bei lebendigem Leib zu verbrennen.«

»Lichtbringer?« Er lauschte einen Moment in sich hinein und suchte nach einem vertrauten Echo, aber da war nichts.

»Die Priester des Lichtgottes«, antwortete Bjorn. »Du hast sechs von ihnen kennengelernt.«

»Das waren keine Priester.«

»Natürlich nicht«, sagte Bjorn. »Sie sind eine Bande von Mördern und Räubern, die im Namen ihres Gottes stehlen und brandschatzen. Aber sie *nennen* sich Priester, und die Menschen glauben ihnen. Was auch kein Wunder ist. Die, die nicht an sie glauben – oder wenigstens so tun –, bringen sie um.«

Thor sah ihn fragend an, und Bjorn hielt seinem Blick nicht nur stand, sondern blickte seinerseits fragend, und das lange genug, um nicht nur einen, sondern gleich zwei weitere Schlucke Wein zu trinken. Thor begriff, dass es hier keineswegs nur um die Frage ging, wer den anderen am Ende niederstarren würde. Er wurde auf die Probe gestellt, und er war keineswegs sicher, ob er diese Probe auch bestand.

»Du hast nicht die geringste Ahnung, wovon ich rede, habe ich recht?«, fragte Bjorn schließlich.

»Sollte ich das?«

»Du bist entweder der beste Lügner, dem ich jemals begegnet bin, oder die Frau hat die Wahrheit gesagt.«

»Urd?«

»Sie behauptet, du würdest dich überhaupt nicht in unserer Welt auskennen.«

»Wo ist Urd?«, fragte Thor. Erst als ihm Bjorns Blick auffiel, merkte er selbst, mit welch veränderter, plötzlich leiserer und gefährlich klingender Stimme er die Frage ausgesprochen hatte. Er merkte auch erst jetzt, dass sich seine Hand so fest um den Becher geschlossen hatte, dass sie das weiche Silber zu zerquetschen begann, denn das Trinkgefäß war plötzlich nicht mehr ganz rund.

»Wo Urd ist?« Bjorn zuckte mit den Achseln. »In Sicherheit. Und bevor du dir unnötige Sorgen machst: Sverig mag nicht der freundlichste Mensch sein, aber er würde niemals die Hand gegen eine Frau erheben. Ganz davon abgesehen«, fügte er mit einem leisen Lachen hinzu, das allenfalls ein wenig unter dem nervösen Blick litt, mit dem er den zusammengedrückten Becher in seiner Hand maß, »dass sie ihm selbige wahrscheinlich abbeißen würde.«

Ja, das klang ganz nach der Urd, die er kannte.

»Sie hat uns erzählt, dass du ihr Leben gerettet hast. Und nicht weißt, wer du bist und woher du kommst. Stimmt das?«

»Das weiß ich nicht«, antwortete Thor.

Bjorn lachte, aber es klang nicht wirklich überzeugend. »Ja, das ist genau die Antwort, die ich erwartet habe. Geradeheraus gefragt: Bist du Thor, der Gott des Donners?«

»Geradeheraus geantwortet: Stellst du oft so dumme Fragen?«

»Ich habe die Toten gesehen«, gab Bjorn ruhig zurück. »Es müssen gewaltige Krieger gewesen sein, mit mächtigen Waffen.« Er stand auf, ging zu einer Truhe am anderen Ende des Raums und kam mit einem in ein grobes Tuch eingeschlagenen Gegenstand zurück, bevor er weitersprach. »Es fällt mir schwer, zu glauben, dass ein einzelner Mann sie besiegt haben soll, mit nichts als einem Hammer. Aber so scheint es wohl gewesen zu sein.«

»Ich hatte Glück«, antwortete Thor ausweichend. »Und es waren nur zwei. Was den anderen zugestoßen ist, weiß ich nicht.«

»Der Junge erzählt etwas anderes.«

»Wie du sagst: Er ist ein Junge.«

»Es war kein schöner Anblick«, fuhr Bjorn fort. Er begann das Tuch zurückzuschlagen. »Sie sahen aus, als wären sie von wilden Tieren zerrissen worden.«

»Es gibt Wölfe dort draußen.«

»Wölfe?«

»Sie haben Elenia verletzt und ihren Vater beinahe getötet.«

»Aber umgebracht hat ihn am Ende einer dieser Krieger.«

»Was wird das?«, fragte Thor scharf. »Ein Verhör?«

»Ich würde es eher als ein Gespräch unter Freunden bezeichnen.« Bjorn schlug das Tuch vollends zurück. Darunter kam ein mächtiges Bastardschwert mit reich verziertem Griff zum Vorschein. Bjorn maß die Waffe mit genau den bewundernden Blicken, die einem solchen Prachtstück zustanden, dann drehte er sie herum und hielt sie ihm mit dem Griff voran hin.

Thor rührte keinen Finger, um danach zu greifen. »Was soll ich damit?«

»Ich würde sagen, es ist so etwas wie ... dein Anteil?«, schlug Bjorn vor. »Nach dem, was du dort draußen getan hast, steht dir mehr als das zu. Waffen wie diese sind ungemein kostbar. Und nur keine Sorge – die anderen haben wir natürlich auch mitgenommen.«

»Ich mag keine Schwerter«, antwortete Thor.

»Oh ja, das hatte ich vergessen ... du hast es ja mehr mit Hämmern, nicht?« Bjorn hielt ihm die prachtvolle Klinge noch einen Atemzug lang hin, zuckte dann mit den Schultern und begann die Waffe wieder in das Tuch einzuschlagen. Er verstaute sie wieder in der Truhe, und Thor stellte sich fast beiläufig die Frage, was wohl geschehen wäre, hätte er tatsächlich nach dem Schwert gegriffen.

»Du willst mich auf die Probe stellen«, stellte er fest. »Warum?«

»Weil ich nicht schlau aus dir werde, Thor«, antwortete der bärtige Krieger. »Einen Mann wie dich könnten wir gebrauchen, mein Freund. Aber ich bin nicht sicher, ob ich nicht besser daran täte, dir zu misstrauen. Oder dich gleich zu töten ... aber das kann ich ja gar nicht, wenn du wirklich das bist, wofür dich der Junge und seine Mutter halten, nicht wahr?«

»Urd?« Es war das zweite Mal, dass Bjorn sie in diesem Zusammenhang erwähnte. »Was habt ihr mit ihr gemacht?«

»Es geht ihr gut, wenn das deine Sorge ist«, antwortete Bjorn, vielleicht eine Spur zu schnell. »Sie hat bereits Freunde im Dorf gefunden.«

»Das will ich hoffen. Für dich.« Vielleicht hätte er das Schwert nehmen sollen. Nur für alle Fälle.

»Möchtest du sie sehen?« Bjorn wartete seine Antwort gar nicht ab, sondern wandte sich bereits zur Tür. »Warte einen Moment.«

Er ging. Nachdem er das Zimmer verlassen hatte, wartete Thor auf das Geräusch eines Riegels, der vorgelegt wurde. Es kam zwar nicht, aber er war sicher, dass draußen vor der Tür eine Wache postiert war, vermutlich sogar mehr als eine. Er *war* ein Gefangener, ganz gleich, was Bjorn auch behauptete. Und er konnte ihn sogar verstehen.

Thor nutzte die Zeit, um sich in der kleinen Kammer umzusehen. Der Raum musste in dem einzelnen, wuchtigen Turm der Festung liegen, denn als er an das schmale Fenster trat, konnte er nicht nur einen Großteil des Tales überblicken, sondern auch die Festungsanlage selbst; wenn man sie denn so nennen wollte – im Grunde bestand sie aus nicht viel mehr als eben diesem Turm, einem genauso wuchtigen Nebengebäude mit einem Dach aus dünnen Steinplatten und einer Mauer, die die Lücken dazwischen schloss und so einen asymmetrischen Hof bildete.

Umso spektakulärer war der Ausblick, der sich ihm dahinter

bot. Anders als am Tag ihrer Ankunft bewegten sich nun Menschen auf den verschneiten Flächen, und hier und da glaubte er auch Vieh zu sehen, auch wenn er sich beim besten Willen nicht verstellen konnte, was Rinder oder Schafe bei dieser Witterung dort taten. Immerhin war ihm klar, dass er nicht nur eine natürliche Festung sah, sondern auch ein funktionierendes Gemeinwesen, das sich hier in den Bergen verbarg.

Midgard . . .

Er hatte nicht vergessen, wie Urd auf den Klang dieses Namens reagiert hatte, und auch in ihm selbst hatte das Wort etwas ausgelöst, auch wenn er nicht genau sagen konnte, was. Eine weitere verschüttete Erinnerung, die hinauswollte. Aber es erging ihm mit diesem Wort so wie mit diesem ganzen Land, möglicherweise der gesamten *Welt*, in der er erwacht war: Etwas daran war falsch, so als sähe er etwas, was es nicht geben durfte.

Die Tür ging auf, und anders, als er mehr gehofft denn erwartet hatte, kamen nicht Urd und Bjorn herein, sondern nur Bjorn. Er unterband jedoch jede entsprechende Frage gleich mit einer entsprechenden Geste und winkte ihm aus derselben Bewegung heraus zu. »Deine Begleiterin wartet auf dich«, sagte er aufgeräumt. »Oder hast du dich schon so an gemauerte Wände gewöhnt, dass du gar nicht mehr nach draußen willst?«

Thor kniff ärgerlich die Augen zusammen, trat hinter Bjorn in den winzigen Burghof hinaus – und stieß sich kräftig den Kopf am Türsturz, obwohl er sich bückte. Abgesehen von der Höhe ihrer Mauern schien diese gesamte Festung für Zwerge gebaut zu sein.

Bjorn amüsierte sich ganz unverhohlen über sein Ungeschick, deutete aber nur auf das jetzt weit geöffnete Tor. Eine einzelne Gestalt wartete dahinter auf sie, gegen das Licht der tief stehenden Sonne nur als Schatten zu erkennen. Trotzdem wusste Thor, dass es Sverig war. Er schloss sich ihnen an, als sie die Festung verließen und sich talwärts wandten, wenn auch in größerem Abstand.

»Du sagst also, du bist Schmied«, sagte Bjorn, nachdem sie eine Weile schweigend nebeneinanderher gegangen waren. »Auf dem Wagen war auch das Werkzeug eines Schmieds. Als wärst du der Lehrling gewesen. Ist das Zufall?«

»Was sonst?«

»Das frage ich dich«, sagte Bjorn, immer noch im Plauderton. »Du kannst nur ganz zufällig so gut mit dem Hammer umgehen?«

Thor konnte sich nicht erinnern, so etwas gesagt zu haben, und machte nun eine Geste auf das Schwert an Bjorns Gürtel. »Kannst du damit umgehen?«

»Einigermaßen, ja«, antwortete Bjorn. »Wenn auch längst nicht so gut, wie es mir lieb wäre ... warum?«

»Bist du deshalb Scherenschleifer?«

»Mit Worten kennst du dich jedenfalls aus«, antwortete Bjorn gelassen. »Aber das habe ich ja schon beim ersten Mal gemerkt. Die Frage ist, was kannst du noch?«

Thor blieb stehen. »Wie meinst du das?«

Bjorn verhielt ebenfalls kurz im Schritt, ging dann aber – langsamer – weiter, und Thor setzte sich ebenfalls wieder in Bewegung.

Das Lächeln war von Bjorns Gesicht verschwunden, als hätte es nie existiert. »Vielleicht will ich nur wissen, wer du wirklich bist.«

»Wenn du es herausgefunden hast, sag es mir. Mich interessiert es auch.«

Das schien nicht die Antwort zu sein, auf die Bjorn gehofft hatte. Sein Blick wurde noch kühler, und Thor hätte das Knirschen seiner Schritte im Schnee nicht hören müssen, um zu wissen, dass nun auch Sverig dichter zu ihnen aufschloss.

»Du hast recht mit dem, was du vorhin gesagt hast«, fuhr Bjorn nach einer Weile fort, und dies in einem Tonfall, als gälten die Worte nicht nur ihm, sondern mindestens im gleichen Maße auch Sverig. »Wir müssen vorsichtig sein. Im Allgemeinen ist es uns gleich, wer einer ist, wo er herkommt und was er getan hat. Was zählt, ist, was er hier tut.«

»Aber diesmal ist es anders«, vermutete Thor.

Bjorn deutete ein Schulterzucken an und schauspielerte fast perfekt einen verlegenen Gesichtsausdruck, aber sein Blick ließ den Thors dabei nicht los.

»Urd meint, einer der Krieger sei entkommen«, sagte er. »Der Anführer. Was weißt du über diese Leute?«

»Nicht viel mehr als du«, antwortete er wahrheitsgemäß. »Ich bin zu spät gekommen, um Urds Mann zu retten. Als ich in den Stall zurückkam, hatte ihn der Krieger bereits erschlagen.«

»Was dir nicht wirklich das Herz gebrochen hat«, vermutete Bjorn, entschärfte seine eigenen Worte aber auch praktisch sofort mit einer Geste und einem angedeuteten Lächeln. »Auch das geht mich nichts an, mein Freund.«

»Warum fragst du dann?«

»Weil der Winter vor der Tür steht.« Bjorn deutete mit der linken Hand – die rechte lag noch immer auf dem Schwertgriff – über das Tal. Selbst in der klaren Luft und für seine scharfen Augen war der schmale Felsspalt, durch den sie hereingekommen waren, von hier aus nicht mehr zu sehen. »Bald wird es dunkel, und die lange Nacht beginnt. Sobald die Sonne untergegangen ist, wird es kalt, sehr kalt. Niemand kann Midgard dann noch verlassen, und das für Monate. Ich schätze es nicht, einen Mann zu einer Entscheidung zu drängen, aber in diesem Fall habe ich keine andere Wahl. Du wirst dich entscheiden müssen, ob du bleibst oder gehst, und zwar bald.«

»Ist es denn meine Entscheidung?«

»Deine, meine, unsere. Ich wollte, ich wüsste es«, antwortete Bjorn; und vielleicht galt diese Antwort nicht ihm sondern Sverig.

»Ich kann nicht für dich entscheiden«, sagte Thor. »Aber vielleicht gewährst du mir eine Bitte.«

»Welche?«

»Gewähre Urd und ihren Kindern Aufenthaltsrecht. Sie würden den Winter außerhalb des Tals nicht überleben.«

»Im Gegensatz zu dir, meinst du?«, fragte Bjorn leise. »Bist du wirklich so vermessen zu glauben, du würdest die bitterkalte Zeit ohne Schutz und ohne Vorräte überstehen können?«

Die ehrliche Antwort wäre gewesen: ja, genau das glaubte er. Stattdessen sagte er: »Ich habe zumindest eine Chance. Die haben Urd und ihre Kinder nicht.«

Bjorn warf ihm einen undeutbaren Blick zu. Dann schüttelte er den Kopf und seufzte. »Du bist ein sonderbarer Mann, Thor. Ich werde nicht klug aus dir. Mein Verstand sagt mir, dass ich dich davonjagen oder besser noch gleich erschlagen sollte, und zugleich ist da noch eine andere Stimme, die mir sagt, dass ich dich hierbehalten sollte. Auf welche sollte ich hören, was meinst du?«

»Warum fragst du nicht Sverig?«, erwiderte er, mit einem angedeuteten Lächeln und so leise, dass nur Bjorn die Worte hören konnte. »Ich bin sicher, er kennt die Antwort.«

Bjorn lachte, vielleicht nicht besonders laut, aber ehrlich. »Du gefällst mir, mein Freund. Nicht, dass mich das davon abhalten wird, dir die Kehle durchzuschneiden, wenn es sich als notwendig erweisen sollte, aber du gefällst mir. Und noch haben wir ein wenig Zeit, um die endgültige Entscheidung zu treffen. Beide.«

Thors Blick ließ Bjorns bärtiges Gesicht für einen Moment los, und er hob den Kopf. Die Sonne war ein kleines Stück weitergewandert, seit er in dieses Tal gekommen war, und stand jetzt so tief, dass er sie schon nur noch als Dreiviertel-Kreis über den Berggipfeln erkennen konnte, der kaum noch nennenswertes Licht und scheinbar überhaupt keine Wärme mehr spendete. Bjorn hatte recht: Sie hatten noch Zeit, aber nicht mehr viel.

»Und Urd?«

»Dir scheint ja wirklich eine Menge an einer Frau zu liegen, die du erst seit wenigen Tagen kennst.« Bjorn, hob rasch die Hand, als er aufbegehren wollte. »Keine Sorge. Ob sie bleibt oder uns verlässt, liegt allein an ihr. Wir weisen niemanden ab, der uns um Hilfe bittet.«

»Wenn du es möchtest, gehe ich«, bot Thor an. »Gleich jetzt.«

»Wer sagt, dass wir dich gehen lassen?«, mischte sich Sverig ein. Bjorn verdrehte beredt die Augen, doch er sagte nichts, und Sverig trat mit einem entschlossenen Schritt ganz an ihm vorbei und blieb so stehen, dass er Bjorn und ihn gleichzeitig im Auge behalten konnte. Er ging ein wenig schief; was vielleicht daran lag, dass er nicht nur ein armlanges Breitschwert am Gürtel trug, sondern auch noch seine Doppelaxt auf der anderen Seite und zusätzlich einen schweren Hammer, dessen Stiel auf halber Länge gesplittert war. Seinen Hammer.

Es sah trotzdem lächerlich aus.

Sverigs Augen blitzten kampflustig, und er strahlte Feindseligkeit aus wie einen üblen Geruch. Bjorn wirkte verärgert und leicht belustigt zugleich, aber es verging noch eine Weile, bis Thor wirklich begriff. Die beiden verfolgten dieselbe Taktik, nur mit unterschiedlichen Mitteln. Er konnte nicht einmal sagen, wer von ihnen der Gefährlichere war.

»Ich dachte, ihr schickt niemanden fort, der Hilfe braucht?«

»Die Frage ist, wobei du unsere Hilfe brauchst«, erwiderte Sverig lauernd. »Den Winter zu überstehen oder deinen Freunden den Weg hierher zu verraten!«

»Meinen Freunden?«

»Sechs Krieger«, sagte Sverig verächtlich. »Zwei von ihnen hast du ganz allein getötet, vier den Wölfen zum Fraß vorgeworfen und den letzten in die Flucht geschlagen? Wahrlich, du musst Thor sein, denn einem sterblichen Menschen würde das schwerlich gelingen.«

»Warum gibst du mir nicht meinen Hammer, und wir probieren es aus?«, fragte Thor.

Sverig wollte auffahren, doch anscheinend hatte Bjorn genug gehört und brachte ihn mit einer ärgerlichen Bewegung zum Schweigen. »Das ist genug! Thor wird die Gelegenheit bekommen, uns von seiner Aufrichtigkeit zu überzeugen. Und bis dahin wirst du ihn mit dem Respekt behandeln, der einem Gast zukommt. Gib ihm seine Waffe.«

Sverig ächzte. »Das ist nicht dein Ernst!«

»Gib sie ihm!«

Der Krieger zögerte einen Augenblick und verzog das Gesicht, griff dann aber nach dem Hammer an seinem Gürtel und zog ihn heraus. Mit beiden Händen.

»Du traust diesem Kerl doch nicht etwa, Bjorn!«, fauchte er.

»Wer weiß?«

»Bjorn, ich beschwöre dich!«, begehrte Sverig auf. »Du kannst einen Kerl wie diesen –«

»– gut gebrauchen?«, fiel ihm Bjorn ins Wort. »Das ist wahr. Genau wie wir alle. Der Winter kommt, und du weißt, was das bedeutet.« Er machte eine herrische Geste, die jeden möglichen Widerspruch unterband. »Es ist genug, Sverig. Zwing mich nicht, es dir zu befehlen.«

Sverig funkelte ihn noch einen Atemzug lang an, fuhr dann auf dem Absatz herum und stürmte davon.

Bjorn sah ihm kopfschüttelnd nach. Er seufzte. »Du musst Sverig verstehen. Das Leben hier ist nicht immer so friedlich, wie es für dich vielleicht den Anschein haben mag. Es wäre nicht das erste Mal, dass wir uns verteidigen müssen. Wärst du bereit, für uns dein Leben zu riskieren?«

»Und ich dachte, ihr hättet diese Festung nur gebaut, weil ihr mit eurer Zeit und all den überflüssigen Steinen sonst nichts anzufangen wüsstet«, gab er zurück.

Bjorn lachte, und vielleicht zum allerersten Mal war es ein ehrliches, amüsiertes Lachen. »Ich glaube, ich erwarte zu viel von einem Mann, der gerade fünf Tage und Nächte eingesperrt gewesen ist und sich in dieser Zeit vermutlich die schrecklichsten Dinge ausgemalt hat, die ihm bevorstehen«, sagte er. »Geh zu deiner Begleiterin und sprich mit ihr. Das wird dir helfen, eine Entscheidung zu treffen.«

»Sverig ist für die Sicherheit hier zuständig«, vermutete er.

»Er ist ein guter Mann«, antwortete Bjorn, »nur manchmal ein wenig zu misstrauisch. Aber genau das ist seine Aufgabe.«

»Misstrauisch zu sein?«

»Über unsere Sicherheit zu wachen.«

»Ich nehme an, er hat schlechte Erfahrungen gemacht«, vermutete Thor.

»Das Leben besteht aus schlechten Erfahrungen, mein Freund. Und einigen wenigen guten.« Bjorn lachte leise. »Eine unserer Regeln hier lautet, dass niemand über seine Vergangenheit reden muss, wenn er das nicht will, und dass niemand Fragen stellt.«

»Das scheint mir eine sehr kluge Regel zu sein«, antwortete Thor.

»Gegen die ich selbst andauernd verstoße, ich weiß«, seufzte Bjorn. »Und auch eine sehr leichtsinnige. Manche hier denken so. Sverig, zum Beispiel, und nicht nur er. Aber wir achten dieses Gesetz, seit Menschen in diesem Tal leben.«

»Sverig scheint es jedenfalls nicht zu behagen.«

»Er macht sich Sorgen wegen des Überfalls«, gestand Bjorn. »Ich kann ihn verstehen. Ich war auf dem Hof, und ich habe gesehen, was sie angerichtet haben. Immerhin ist einer von ihnen entkommen.« Er winkte rasch ab. »Das soll kein Vorwurf sein, Thor. Du hast alles getan, was man erwarten konnte, und noch eine Menge mehr. Aber Sverig …«

Er suchte eine Weile nach Worten und beließ es dann bei einer Mischung aus einem Seufzen und einem Kopfschütteln.

»Ist eben Sverig?«, schlug Thor vor.

»Ist eben Sverig«, bestätigte Bjorn. Er seufzte noch einmal, und Thor hatte plötzlich das Gefühl, dass dieser Mann und er Freunde werden konnten ... wenn sie sich nicht vorher gegenseitig umbrachten, hieß das.

»Er fürchtet, sie könnten zurückkommen.«

»Könnten sie es?«, fragte Bjorn.

»Um deine Frage zu beantworten, müsste ich wissen, wer diese Männer waren«, antwortete Thor. »Aber alles, was ich über sie weiß, weiß ich von dir.« Bis auf die wenigen Sätze, die in seinen Gedanken widerhallten: *Du kannst mit uns* kommen oder sterben. Diese eine Wahl, *keine zweite*.

Bjorn sah ihn nur zweifelnd an.

»Die alte Frau, Endres«, fragte Thor. »Was hat sie erzählt?

»Kaum mehr als du«, antwortete Bjorn. »Die Krieger sind ganz plötzlich aufgetaucht und haben den Hof angegriffen. Sie hat nur überlebt, weil sie gerade nicht im Haus war und der Sturm ihre Spuren verweht hat.«

»Und dann ist sie geradewegs hierhergekommen?«

»Wozu wären Nachbarn gut, wenn nicht, um sich in der Not beizustehen?«

»Nachbarn? Drei Tagesreisen entfernt?«

»Das Land ist groß und nur dünn besiedelt«, antwortete Bjorn. »Wir treiben Handel mit vielen Bauern, und wenn die Winter besonders hart sind, suchen sie auch schon einmal Zuflucht bei uns.«

»Und diese ... Lichtbringer? Ihr liegt im Streit mit ihnen, nehme ich an.«

»Sie sind nicht unsere Freunde, und ich glaube nicht, dass wir ihnen Unterschlupf gewähren würden, selbst wenn sie uns darum bäten«, antwortete Bjorn. »Aber bisher ... ich habe noch nie gehört, dass sie ihr Unwesen so weit im Norden treiben. Sverig ist beunruhigt.«

»Und du?«

»Ein wenig«, gestand Bjorn. Dann zwang er sich zu einem Lächeln. »Aber genug jetzt. Wir werden vielleicht noch sehr viel Zeit haben, darüber zu reden; vielleicht mehr, als uns lieb ist. Ich muss über vieles nachdenken, und ich nehme an, dir steht der Sinn auch nach etwas anderem, als mit einem alten Mann zu reden.«

Er grinste auf eine leicht anzügliche Art, die Thor nicht gefiel, und das tat sie noch sehr viel weniger, als er Bjorns Geste folgte und die einsame Gestalt sah, die ihnen mit weit ausgreifenden Schritten entgegenkam. Trotz der beißenden Kälte trug sie keinen Mantel, und ihr Haar war nicht mehr zu Zöpfen geflochten, sondern wehte offen hinter ihr her. Etwas an Urd war … anders, und es war nicht nur ihr Haar.

»Geh und sprich mit ihr. Ich komme später zu euch, und dann reden wir über alles. Vielleicht, wenn du eine Nacht in einem richtigen Bett geschlafen und dich ein wenig erholt hast.«

Gut, das reichte. Thor schenkte ihm noch einen bösen Blick und wollte sich mit einem Ruck abwenden, um Urd entgegenzugehen, doch Bjorn hielt ihn noch einmal zurück, und seine andere Hand glitt unter das Wams. Thor ertappte sich dabei, sich ganz instinktiv zu spannen.

Aber es war nichts Gefährlicheres als eine kleine Münze, die Bjorn hervorzog und ihm reichte. Seine Augen funkelten amüsiert. Thors Reaktion war ihm nicht entgangen.

»Gib ihr das.«

Thor starrte die Münze auf seiner ausgestreckten Hand verständnislos an.

»Sie wird wissen, was damit gemeint ist«, begann Bjorn. »Und sag ihr, dass es mir leidtut. Das ist sonst nicht unsere Art, und ich werde dafür sorgen, dass sich so etwas nicht wiederholt. Mein Wort darauf.«

»Und du willst mir nicht erklären, was –?«

»Das wird sie gewiss besser tun, als ich es könnte«, unterbrach ihn Bjorn feixend. Offenbar machte es ihm diebischen Spaß, nun zur Abwechslung selbst den Geheimnisvollen zu spielen. »Frag sie einfach … falls ihr Zeit für so etwas Unwichtiges habt, heißt das.«

Und damit ging er, zwar nicht fröhlich vor sich hin pfeifend, aber trotzdem irgendwie so, als täte er es.

Am überraschendsten von allem vielleicht war, dass Urd die letzten zwei oder drei Dutzend Schritte tatsächlich *rannte*, statt ihm nur in scharfem Tempo entgegenzukommen. Mehr noch: Sie rannte ihm nicht nur entgegen, sondern warf sich so ungestüm in seine Arme, als wären sie zwei Liebende, die sich eine Ewigkeit nicht mehr gesehen hatten.

Nicht dass Thor etwas gegen diese Art stürmischer Begrüßung gehabt hätte … aber sie überraschte ihn, und das so sehr, dass er ihre Umarmung etliche Sekunden lang einfach über sich ergehen ließ, bevor er sich mit sanfter Gewalt von ihr frei machte und sie auf Armeslänge von sich wegschob, aber gleichzeitig auch festhielt.

»Ist alles in Ordnung mit dir?«, fragte er; was wohl so ziemlich die unangemessenste Art und Weise war, auf ihre stürmische Begrüßung zu reagieren, unglücklicherweise aber auch die einzige, die ihm spontan einfiel.

»Sicher. Ich …« Urd wirkte im allerersten Moment fast enttäuscht, dann verlegen. »Sie beobachten uns«, flüsterte sie.

Thor unterdrückte den Impuls, sich erschrocken umzusehen. Urd und er waren allein, aber nur was ihre unmittelbare Umgebung anging. Die verschneiten Felder ringsum waren wie ausgestorben, doch aus dem Dorf mochten neugierige Augen zu ihnen herüberspähen, die er zwar seinerseits nicht erkennen, deren Blicke er aber sehr wohl spüren konnte.

»Und deshalb ist es notwendig, uns wie ein altes Ehepaar zu begrüßen?« Gut, das war noch ungeschickter, und Urd reagierte darauf mit einem Blick, über dessen genaue Bedeutung er lieber gar nicht erst nachdachte.

»Nein«, sagte sie und nahm die Hände von seinen Schultern. »Selbstverständlich nicht. Einmal davon abgesehen, dass ich dir das ›alt‹ übel nehme, hast du wahrscheinlich recht. Aber ich bin wirklich froh, dich gesund wiederzusehen. Wie ist es dir ergangen?«

»Gut«, antwortete Thor, der sich zugleich den Kopf über die kräftigsten Schimpfworte zerbrach, mit denen er sich für sein eigenes Ungeschick belegen konnte. Urd *musste* einfach verletzt sein, so wie er sie behandelte. Dabei war in all der Zeit keine Stunde vergangen, in der er nicht mindestens einmal an sie gedacht hatte.

»Und dir? Sie haben dich gut behandelt, hoffe ich.«

»Besser als ich erwartet habe«, gestand sie. »Sie haben uns ein Haus gegeben, Feuerholz und zu essen. Diese Menschen sind sehr gastfreundlich.«

Tatsächlich schien das, was er sah, ihre Worte zu bestätigen. Urd sah eindeutig erholt aus. Ihr Haar, das frisch gebürstet und jetzt nicht mehr zu Zöpfen geflochten war, schimmerte im Licht der endlosen Abendsonne wie Gold, und die zurückliegenden Tage hatten einen Großteil der Spuren getilgt, die Furcht und Entbehrung in ihrem Gesicht hinterlassen hatten. Sie wirkte immer noch ein wenig erschöpft, und in ihrem Blick war etwas gleichermaßen Gehetztes wie Wildes, aber er sah sie jetzt vielleicht zum ersten Mal so, wie sie wirklich war: eine schöne Frau in ihren allerbesten Jahren, die sich dennoch etwas von dem Mädchen erhalten hatte, das sie einmal gewesen war, und die vermutlich gerne lachte, wenn das Leben ihr die Gelegenheit dazu ließ ... und die ganz offensichtlich ein Auge auf ihn geworfen hatte.

Und warum auch nicht, dachte er. Sie war jung und gesund, und ihr Mann, der nach allem, was er gesehen hatte, mehr als doppelt so alt gewesen sein musste wie sie, hatte ihr vermutlich schon lange nicht mehr das bieten können, was ihr zustand. Darüber hinaus war er tot, und er, Thor, hatte ihr und ihren Kindern das Leben gerettet.

Und er selbst? Thor stellte sich diese Frage einen Moment lang ganz ernsthaft und kam zu einem verwirrenden Schluss: Er wäre wohl kein Mann, diese goldhaarige Schönheit nicht zu begehren, aber da war auch noch mehr. Etwas an Urd kam ihm so vertraut und bekannt vor, als würden sie sich schon ein ganzes Leben lang kennen – was zumindest für ihn und in einem gewissen Sinne ja auch zutraf.

»Habe ich deine Prüfung bestanden, Gott des Donners?«, fragte Urd spöttisch.

»Ich wollte nur sichergehen, dass sie dir auch wirklich nichts angetan haben«, antwortete er.

»Und wenn doch, dann hättest du deine Blitze herbeigerufen und sie alle zerschmettert.« Ihre Augen funkelten noch heller, aber nun gewann ihr Spott eine andere Qualität.

»Zweifellos«, bestätigte er. »Aber das wird nicht nötig sein, wenigstens vorerst nicht. Ich denke, ich lasse sie noch eine Weile am Leben. Komm, zeig mir das Haus, das sie dir gegeben haben.«

Urd hakte sich bei ihm unter, und sie setzten ihren Weg fort, wenn auch langsamer als bisher. Urd schien es nicht eilig zu haben, in das kleine Wehrdorf zurückzukommen, und auch er verspürte zwar eine gewisse Neugier auf das Dorf und vor allem die Menschen, die darin lebten, aber er genoss es zugleich auch, einfach neben ihr herzugehen und sich ihrer Nähe bewusst zu sein – und das zur Abwechslung einmal, ohne um sein Leben rennen zu müssen oder nicht zu wissen, welche Gefahren hinter der nächsten Wegbiegung auf sie lauerten.

»Jetzt erzähl«, sagte er. »Wie ist es dir ergangen?«

»Zuerst du«, beharrte Urd. »Ich will mich nicht vordrängen. Schließlich ist es das uralte Vorrecht der Männer, als Erste von ihren Heldentaten zu berichten, wenn sie vom Schlachtfeld heimkehren.«

Thor bedachte sie mit einem sonderbaren Blick. Das war eindeutig nicht mehr dieselbe stets misstrauische Frau, die zusammen mit ihm hierhergekommen war. Wenn man es genau nahm, sah sie nicht einmal mehr so aus.

Er fragte sich, ob es sie überhaupt je gegeben hatte.

»So groß war das Schlachtfeld nicht, fürchte ich«, gestand er. »Vielleicht fünf auf fünf Schritte und ohne Fenster.«

»Sie haben dich nicht verhört?«

»Bjorn hat mir ein paar Fragen gestellt. Aber ich hatte das Gefühl, dass er die meisten Antworten bereits kannte. Er ist ein ... sonderbarer Mann.«

Ihm fiel etwas ein, und er reichte Urd die Münze, die Bjorn ihm gegeben hatte.

»Was soll ich damit?« Urd blickte fragend.

»Das weiß ich nicht. Bjorn sagt, du wüsstest Bescheid. Und ich soll dir sagen, dass es ihm leidtut und es nicht wieder vorkommt ... was auch immer das heißt.«

Urd wirkte mindestens genauso verwirrt und hilflos wie er, aber dann hellte sich ihr Gesicht auf, und sie schloss die Finger um das kleine Geldstück.

»Erinnerst du dich an den Burschen in dem zerrissenen Mantel, den ich dir gezeigt habe?«

»Der, der Lasse den Pass über die Berge verraten hat?« Thor nickte.

»Verkauft«, verbesserte ihn Urd. Sie hob demonstrativ die Faust. »Hierfür. Nur dass es diesen Pass gar nicht gibt.«

»Der Bursche hat euch betrogen?«

»Es gibt keinen Pass über die Berge«, bestätigte Urd. »Wären wir dem Weg gefolgt, den er Lasse beschrieben hat, dann wären wir irgendwo in den Bergen erfroren.«

»Ein reizender Mensch«, sagte Thor. »Ich sollte mich vielleicht mal mit ihm unterhalten.«

»Wozu?« Sie schüttelte den Kopf. »Ich habe mein Geld zurück, und zum Betrügen gehören immer zwei: einer, der betrügt, und einer, der sich betrügen lässt. Lasse übers Ohr zu hauen war nun wirklich nicht besonders schwer.«

Er spürte, dass sie das nicht einfach nur so sagte, sondern ihm ein Stichwort gab, aber er wollte nicht über ihren Mann sprechen – nicht jetzt –, und außerdem hatten sie das Dorf jetzt fast erreicht, und er richtete seine Aufmerksamkeit nun lieber auf das, was er sah.

Wenn man es genau nahm, dann war es gar kein Dorf, sondern eher so etwas wie eine kleine Festung und nicht einmal die schlechteste. Die gut mannshohen Mauern waren vollkommen lotrecht und so glatt verputzt, dass es schier unmöglich war, sie ohne Hilfsmittel zu übersteigen, und dem zweiflügeligen Tor war allerhöchstens mit einer Ramme beizukommen. Als er es durchschritt, gewahrte er einen hölzernen Wehrgang auf der Innenseite der Mauer, der es den Verteidigern ermöglichte, Steine auf eventuelle Angreifer zu schleudern oder Pfeile auf sie abzuschießen.

Auch das Dorf selbst fügte sich nahtlos in diesen ersten Eindruck ein: Die allermeisten Gebäude waren aus Stein erbaut und mit dünnen Schieferplatten gedeckt. Allzu viel, was brennen konnte, gab es hier nicht.

Umso weniger schienen seine Bewohner dazu zu passen. Thor sah nur eine Handvoll Leute – zwei Frauen, einen Mann und ein vielleicht fünfjähriges Kind –, und sie waren nicht wie Krieger gekleidet, sondern wie Bauern oder Handwerker. Eine der

Frauen warf ihm einen scheuen Blick zu, wandte sich jedoch sofort und beinahe erschrocken ab, als er ihn erwiderte, die anderen schienen kaum Notiz von ihnen zu nehmen. Nur das Kind lief ihnen eine Weile hinterher und trollte sich dann ebenfalls.

»Seltsam«, murmelte er.

»Bist du enttäuscht, dass man dir keinen großen Empfang bereitet und ein Spalier auf den Knien und mit gesenkten Häuptern bildet, o mächtiger Thor?«, fragte Urd. »Ich fürchte, da muss ich dich enttäuschen. An Göttern herrscht hier kein Mangel, weißt du? Wir haben hier einen Odin, zwei Balder und sogar einen Loki. Und ich glaube, auch eine Hel.«

Thor sah sie fragend an, und Urd zuckte demonstrativ mit den Achseln. »Aber vielleicht sollte man das erwarten, bei einer Stadt mit diesem Namen.«

»Das meine ich nicht«, antwortete Thor, den diese Aufzählung aus irgendeinem Grund beunruhigte. »Niemand scheint sich für uns zu interessieren ... als kämen jeden Tag Fremde hierher.«

»Mich kennen sie schon«, erinnerte Urd. »Wir sind da.«

Sie deutete auf eine niedrige Hütte, die sich ein wenig windschief gegen die Stadtmauer schmiegte, wobei das schräge Dach den Wehrgang einfach unterbrach. Allzu große Sorgen um die Verteidigungsfähigkeit der Stadt schien sich hier niemand zu machen.

»Es ist nichts Besonderes«, fuhr Urd fort, beinahe als müsse sie sich für die erbärmliche Hütte rechtfertigen. »Aber besser als ein Loch unter einem umgestürzten Wagen im Schnee.«

Thor sagte nichts dazu – schon weil sie recht hatte Die Hütte war besser als das schlammige Erdloch, in dem er sie und ihre Familie getroffen hatte, aber nicht viel. Als er gebückt hinter Urd durch die Tür trat, stellte er fest, dass sie aus einem einzigen Raum bestand, der so niedrig war, dass er nicht einmal ganz aufrecht darin stehen konnte, und praktisch leer. Es gab den Kamin, von dem sie ihm erzählt hatte, und auch einen Vorrat an Brennholz sowie eine einfache Schlafstelle auf dem Boden, aber das war auch fast schon alles.

»Ja, Gastfreundschaft scheint bei den Leuten hier wirklich großgeschrieben zu werden«, sagte er spöttisch.

»Es ist nur für den Übergang.« Urd schien tatsächlich das Bedürfnis zu verspüren, diese erbärmliche Hütte zu verteidigen. »Wenn wir uns entscheiden hierzubleiben, bekommen wir eine andere Unterkunft.«

Ihre Stimme hatte jetzt noch sehr viel mehr den Tonfall einer Rechtfertigung, und Thor konnte sie nun auch verstehen. Das hier war wenig mehr als ein Stall, und auch er fühlte sich unangenehm berührt, fast schon angewidert.

Als hätte sie seine Gedanken gelesen, sagte Urd: »Du bist Besseres gewohnt, habe ich recht?«

Vermutlich ja, wenn er sich nur daran erinnern könnte. »Und du?«

»Das hier ist deine Unterkunft, Gott des Donners«, spottete Urd. »Die Kinder und ich sind bei einer freundlichen Familie untergekommen.«

»Meine Unterkunft«, wiederholte er verdutzt.

»Du bist nicht mein Mann«, erinnerte sie, jetzt mit mehr als nur sanftem Spott in der Stimme. »Es geziemt sich nicht, wenn wir das Schlafgemach teilen.«

»Das … ist wahr.« Natürlich war es das. Er hatte nicht einmal daran *gedacht*. Dennoch war er enttäuscht. Dieses Loch war nicht viel geräumiger als der Kerker, in dem er die letzten Tage zugebracht hatte – nur deutlich zugiger und kälter.

»Bist du hungrig?«, fragte sie plötzlich.

Thor sah sich demonstrativ um. Er sah keine Kochstelle, und im Kamin brannte nicht einmal ein Feuer.

»Der Schmied hat uns aufgenommen«, fuhr Urd fort. »Ich

nehme an, Sverig fand das irgendwie witzig. Sie haben eine warme Mahlzeit vorbereitet. Wenn du also essen möchtest …?«

Eigentlich war er nicht hungrig, aber er litt immer noch unter den Nachwirkungen des Weins, den er heruntergestürzt hatte. Er war zwar weit davon entfernt, betrunken zu sein, verspürte aber ein leises Schwindelgefühl. Vielleicht lag das ja nicht nur am Wein.

»Was hast du?«, fragte Urd.

Wieder war es, als hätte sie seine Gedanken gelesen. Anscheinend hatte er sich nicht einmal halb so gut in der Gewalt, wie er selbst glaubte.

»Nichts«, antwortete er. »Ich habe nur manchmal das Gefühl, das alles hier wäre …« Er suchte nach dem richtigen Wort, rettete sich in ein hilfloses Schulterzucken und sagte schließlich: »Falsch.«

Alles änderte sich. Die Schatten wurden dunkler und schienen Substanz zu gewinnen, und er spürte die Wärme eines Feuers auf dem Gesicht, das gar nicht da war. Da waren Geräusche und Stimmen und das Klirren von Metall, das aufeinanderprallte, und dann war die Vision auch schon wieder vorbei, so schnell, wie sie gekommen war, und selbst die Erinnerung daran verblasste.

Zurück blieben ein Gefühl der Leere und eine vage Trauer, die umso schlimmer war, als er nicht einmal wusste, warum er sie empfand.

»Thor?«, fragte Urd beunruhigt.

»Nichts«, murmelte er. Seine Stimme klang flach, und selbst in seinen eigenen Ohren wie die eines Fremden.

»Thor?«, fragte sie noch einmal, und er antwortete noch einmal: »Nichts«, trat rückwärts wieder aus der Hütte heraus und wandte sich mit einer demonstrativen Bewegung ab. Vielleicht kehrten seine Erinnerungen noch einmal für eine einzige Sekunde zurück, vielleicht spielten ihm seine Nerven auch einen

Streich – alles um ihn herum war vollkommen falsch und vertraut zugleich.

Er hörte Schreie. Irgendwo tobte ein Feuer. Ein Horn rief zum Kampf, und die Erde bebte unter dem Zusammenprall von Gewalten, die selbst die Götter fürchteten.

»Was ist mit dir?«, fragte Urd besorgt. »Du zitterst.«

Und er konnte sogar selbst spüren, wie blass er geworden war. Sein Herz klopfte, und da war plötzlich etwas anderes in ihm, das hinauswollte.

Dann war es vorbei, und jetzt endgültig. Die Welt hörte auf, sich immer schneller um ihn zu drehen.

»Du –«, begann Urd, und er unterbrach sie: »– hattest etwas von einem Essen gesagt. Ich glaube, ich bin doch hungrig.«

Urd sah ihn nur forschend an, aber er spürte, dass sie sich von ihm zurückgestoßen fühlte.

»Ja«, murmelte sie. »Sicher, komm mit.«

Das Haus, zu dem Urd ihn brachte, lag am anderen Ende des Dorfes und war schon von Weitem als Schmiede zu erkennen. Dem aus wuchtigen Steinquadern errichteten Gebäude war ein offener Anbau vorgelagert, in dem eine gewaltige Esse dunkelrot vor sich hin glühte. Ein Sammelsurium abgegriffener Werkzeuge war ordentlich an der Rückwand aufgereiht, und er entdeckte auch einen größeren Vorrat an Feuerholz und Holzkohle. Es roch vertraut, nach heißem Metall und Rauch und Schweiß, der in Strömen geflossen und sich in den Stein und das Holz hineingebrannt hatte, und als sie durch die niedrige Tür traten, gewahrte er ein hölzernes Regal mit Werkstücken in verschiedenen Stadien der Fertigstellung. Zum allergrößten Teil handelte es sich um Dinge des täglichen Bedarfs und Gerät, um die Felder zu bestellen. Aber auch Waffen waren darunter – auch wenn nicht eine davon vor seinem kundigen Auge Gnade gefunden hätte, wie er beiläufig registrierte.

Ein Schatten kam ihm entgegen und machte eine Bewegung,

wie um ihn anzuspringen, und er musste schon wieder dagegen ankämpfen, ihn ganz instinktiv abzuwehren, bevor sich seine Augen an das Zwielicht gewöhnten und er Urds Sohn erkannte.

Lif sprang ihn so ungestüm an, dass er einen halben Schritt zurückstolperte und um sein Gleichgewicht kämpfen musste. »Thor!«, sprudelte er aufgeregt los. »Thor, du bist zurück! Ich wusste, dass sie dich nicht halten können, wenn du es nicht willst, und –«

»Lif, benimm dich!«, wies ihn seine Mutter zurecht. »Es geziemt sich nicht, so mit einem Gott zu sprechen!«

Ihre Stimme klang vollkommen ernst, und auch auf ihrem Gesicht lag ein strenger Ausdruck, aber Thor entging dennoch nicht das spöttische Funkeln in ihren Augen, auch wenn da vielleicht eine Spur von Unsicherheit war, die sie sich selbst nicht eingestehen wollte.

Lif jedenfalls nahm sie so oder so nicht ernst. Er ließ ihn zwar los und trat auch einen Schritt zurück, aber seine Augen leuchteten, und er sprach kaum langsamer – und schon gar nicht leiser – weiter. »Wo bist du die ganze Zeit gewesen? Hast du mit den Männern über den Krieg gesprochen?«

Thor wusste nicht, von welchem Krieg er sprach, und nicht einmal genau, von welchen Männern, doch Urd hatte wohl endgültig genug, trat mit einem schnellen Schritt zwischen ihn und ihren Sohn und machte eine wedelnde Geste mit beiden Armen.

»Das reicht jetzt«, herrschte sie ihn an. »Thor muss erst einmal zu sich kommen, also wirst du ihn gefälligst in Ruhe lassen! Hast du das verstanden?«

Sie schenkte Lif einen schon fast drohenden Blick und bedeutete Thor mit einer zweiten Geste, ihr zu folgen. Lif musste einen hastigen Schritt zur Seite machen, um nicht einfach über den Haufen gerannt zu werden.

Das Haus verfügte über den Luxus einer kurzen Diele, die zugleich als Windfang diente. Eine Anzahl schwerer Fellmäntel hing an einem kunstvoll geschmiedeten Haken an der Wand, und auch die Tür am anderen Ende protzte mit aufwendig geschmiedeten Beschlägen. Der Schmied, der in diesem Haus wohnte, legte entweder besonderen Wert darauf, jedem Besucher seine Kunstfertigkeit schon beim Eintreten zu demonstrieren, oder er hatte sehr viel Zeit, mit der er nichts anzufangen wusste.

»Aber Thor –«, versuchte es Lif noch einmal und erntete jetzt einen so zornigen Blick von seiner Mutter, dass er es vorzog, den Rest seiner Worte für sich zu behalten; wenn auch sicher nicht für lange.

Thor blinzelte ihm verschwörerisch zu und folgte Urd, als sie den Riegel zurückschob und sich unter dem niedrigen Türbalken hindurchbückte.

Das Erste, was ihm auffiel, war die Wärme. Ein gewaltiges Kaminfeuer sorgte mit seinem Knacken und Funken sprühendem Licht nicht nur für Behaglichkeit, sondern überhitzte den niedrigen Raum schon fast, und es verzehrte auch den Großteil der Luft, sodass ihm im ersten Moment fast das Atmen schwer wurde. Es roch nach Rauch und feuchtem Holz, das zu früh verbrannt wurde, aber auch nach gebratenem Fleisch, und das so intensiv, dass ihm das Wasser im Mund zusammenlief und sein Magen leise knurrte. Mindestens ein Teil von ihm war ganz eindeutig ein sterblicher Mensch.

»Thor, das sind Hensvig und Sveldje, seine Frau.« Urd deutete auf ein älteres Paar, das an einem groben Tisch vor dem Kamin saß und ihnen neugierig entgegensah. Der Mann – Thor schätzte ihn auf mindestens fünfzig, wenn nicht älter – musterte ihn mit etwas, das man vielleicht mit wohlwollendem Misstrauen beschreiben konnte, und rührte sich nicht, seine nur wenig jüngere Frau jedoch stand auf und kam ihm entgegen.

»Du musst Thor sein«, begrüßte sie ihn. »Urd hat eine Menge von dir erzählt. Komm, setz dich zu uns und iss. Du musst hungrig sein, nach fünf Tagen oben in der Festung. Das Essen dort ist scheußlich!«

»Und vor allem nach dem langen Weg bis nach Walhall und zurück«, spöttelte Urd. Sveldje wirkte ein bisschen irritiert, aber sie beließ es bei einem verwirrten Blick und machte eine einladende Geste zum Tisch, auf dem ein wahres Festmahl aufgefahren worden war: Brot, köstlich duftender Braten und hölzerne Schalen mit Gemüse und getrocknetem Obst, und der Anblick ließ ihn seinen Hunger erst recht spüren. Sein Magen knurrte lauter.

»Es scheint wirklich ein langer Weg gewesen zu sein«, stichelte Urd.

Thor zog es vor, nicht darauf zu reagieren, und nahm Platz. Erst danach fiel ihm auf, dass an der langen Tafel nur für fünf gedeckt war.

»Wo ist Elenia?«, fragte er.

»Oben.« Hensvig machte eine Kopfbewegung zu der niedrigen Decke, die von einem halben Dutzend massiver Balken getragen wurden, als hätten ihre Erbauer ernsthaft damit gerechnet, die Berge könnten auf sie herabstürzen.

»Wir haben ihnen die Kammer unter dem Dach gegeben, die ohnehin leer steht. Sie schläft.«

»Ist sie immer noch krank?«, fragte er erschrocken.

»Nein, nur müde.« Hensvig lächelte flüchtig, was unter dem drahtigen grauen Bart, der den größten Teil seines Gesichts bedeckte, allerdings nur zu erahnen war. »Es ist spät. Das hier ist unser Nachtmahl. Wir hätten es schon vor einer Stunde eingenommen, doch als der Bote des Jarls kam, um dein Kommen anzukündigen, haben wir es verschoben.«

Jarl? Damit musste Bjorn gemeint sein.

»Es geht Elenia schon viel besser«, fügte Urd beruhigend

hinzu. »Sie hat kaum noch Fieber, und die Ruhe und das gute Essen helfen ihr, rasch wieder zu Kräften zu kommen.«

»Ich kann sie holen«, erbot sich Lif an und stand schon auf, bevor er ganz zu Ende gesprochen hatte. Urd war allerdings ebenso schnell damit, ihm die Hand auf den Arm zu legen und ihn unsanft auf seinen Stuhl zurückzudrücken.

»Dann sollten wir das gute Essen nicht kalt werden lassen«, sagte Thor unbehaglich. Bjorns Männer hatten ihn nicht wirklich hungern lassen, aber wirklich genug zu essen hatte er auch nicht bekommen und schon gar nichts, was sich mit dem hier messen konnte. Wortlos schob sie ihm einen Teller mit Fleisch und Brot zu, wartete, bis er sich bedient hatte, und nahm dann auch sich selbst eine Portion, deren Größe Thor ein wenig erstaunte, die Augen ihrer Gastgeberin aber voller Stolz aufleuchten ließ.

Als er den ersten Bissen kostete, konnte er diesen Stolz auch durchaus verstehen. Abgesehen von den kärglichen Mahlzeiten, die er zusammen mit Urd und ihrer Familie auf der Flucht zu sich genommen hatte und den kaum reichhaltigeren Portionen im Kerker fehlte ihm jeglicher Vergleich, aber er war trotzdem sicher, selten etwas Köstlicheres zu sich genommen zu haben.

»Gastfreundschaft wird bei euch anscheinend wirklich großgeschrieben«, begann er, nachdem sie eine Weile schweigend gegessen hatten und ihm die Komplimente auszugehen drohten, die er ihrer Gastgeberin für ihre Kochkünste machte; keines davon war gelogen oder auch nur übertrieben gewesen. »Oder esst ihr jeden Tag wie die Könige?«

»Es geht uns gut«, ergriff Hensvig nun das Wort, »und hier muss niemand hungern. Und außerdem lässt sich mein Weib die Gelegenheit nicht entgehen, einen Gast zu bekochen ... schon gar nicht einen wie dich.« Er blinzelte Lif zu. »Er hat uns alles erzählt.«

Jetzt war es Thor, der den Jungen fast drohend ansah. »Ich kann mir ungefähr vorstellen, was er erzählt hat. Aber ich kann dir versichern, dass ich nicht –«

»Dass du nicht Thor bist?«, unterbrach ihn Hensvig. »Das weiß ich. Wärst du es, dann wären die beiden anderen Thors, die hier bei uns leben, wohl auch ziemlich enttäuscht.« Er lachte gutmütig. »Ich bin nicht einmal sicher, ob es mir so angenehm wäre, mit einem leibhaftigen Gott bei Tisch zu sitzen.«

»Warum nicht?«

»Weil ich dann wahrscheinlich tot und in Walhall wäre«, seufzte Hensvig. Gleichzeitig bedeutete er Thor, sich noch einmal nachzunehmen – es war seine dritte Portion, aber er ließ sich nicht lange bitten –, und lachte dann leise. Nur seine Augen blieben ernst, und ihr Blick wurde auf eine unangenehme Art forschend.

»Aber wir wissen auch, was du getan hast.«

»Und was wäre das gewesen?«

»Du hast zwei dieser verfluchten Lichtbringer erschlagen, und allein dafür hast du dir unser aller Dank verdient ... und natürlich dafür, dass du Sveldje die Gelegenheit gegeben hast, endlich einmal wieder jemanden mit ihren Kochkünsten zu beeindrucken.«

»*Du* weißt sie ja nicht zu würdigen«, sagte Sveldje spitz.

»Mir scheint, diese ... Lichtbringer sind hier nicht allzu beliebt«, sagte er vorsichtig.

»Nicht bei denen, die sie kennengelernt haben«, bestätigte Hensvig. »Es gibt mehr als einen hier im Tal, der vor ihnen geflohen ist. Und die nicht das Vergnügen hatten, ihre Bekanntschaft zu machen, haben genug von ihnen gehört, um sie zu fürchten.«

»Aber du tust das nicht«, sagte Thor offen. Er spürte, wenn jemand Angst hatte, und in Hensvig fühlte er nicht einmal eine Spur davon.

»Dazu besteht kein Grund«, antwortete der Schmied. »Die Götter beschützen dieses Tal. Die wirklichen Götter, nicht die falschen Dämonen, die die Lichtbringer verehren.«

Thor sah den grauhaarigen Mann einige Augenblicke lang genauso durchdringend wie fragend an wie dieser umgekehrt ihn, aber Hensvig hielt seinem Blick stand. Der Mann glaubte an das, was er sagte, aber Thor wusste auch, wie falsch dieses Gefühl der Sicherheit war, in dem er sich, seine Familie und seine ganze Heimat wähnte. Er hatte den Männern, von denen Hensvig offenbar nur gehört hatte, gegenübergestanden und gegen sie gekämpft. Weder diese Burgen, so hoch sie auch sein mochten, noch die Schwerter ihrer Verteidiger oder gar ihre Stadtmauer würden ein ganzes Heer dieser Krieger aufhalten. Nicht einmal ein kleines.

»Jetzt ist es genug!«, sagte Sveldje streng. »Habt ihr Männer nichts anderes im Sinn, als über Krieg und Mord zu sprechen?«

»Gibt es denn noch etwas anderes, über das man reden kann?«, fragte Hensvig ernst.

Auf diese Weise verging vielleicht eine Stunde, in der sie scheinbar über Belanglosigkeiten sprachen, während Hensvig ihn in Wahrheit – und das nicht einmal ungeschickt – auszuhorchen versuchte, was möglicherweise allein daran scheiterte, dass es nicht allzu viele Geheimnisse gab, die er ihm entlocken konnte. Immerhin erfuhr auch er umgekehrt einiges; zumindest, dass Urd – wahrscheinlicher aber Lif – nicht wirklich viel zu erzählen ausgelassen hatten, was während ihres gemeinsamen Weges geschehen war.

»Es ist spät«, sagte Hensvig schließlich, nachdem sie den zweiten Krug Wein zusammen geleert hatten. Er war nicht annähernd so gut wie der, den Bjorn ihm angeboten hatte, aber deutlich schwerer. Dennoch spürte er diesmal nichts von seiner Wirkung, schon gar nicht nach der ausgiebigen Mahlzeit, die er zu sich genommen hatte.

Hensvig erging es nicht ganz so gut. Seine Zunge war ein ganz kleines bisschen schwerer geworden, und als er sich den letzten Becher Wein eingeschenkt hatte, hatte er einen Gutteil davon verschüttet.

»Wir sollten schlafen gehen«, sagte er noch einmal.

»Das ist eine gute Idee«, pflichtete ihm seine Frau in einem Ton bei, bei dem es Urd nicht mehr ganz gelang, das amüsierte Zucken ihrer Mundwinkel zu unterdrücken.

»Morgen wartet viel Arbeit auf mich«, fuhr Hensvig fort. »Ihr jungen Leute könnt gerne noch hier am Kamin sitzen und reden, aber meine alten Knochen sehnen sich nach Ruhe und einem weichen ...« Er blickte zu seiner Frau hin, erntete einen bösen Blick und schloss: »... Bett.«

»Und für dich wird es auch Zeit«, fügte Urd an Lif gewandt hinzu; natürlich mit dem Ergebnis, das Thor erwartet hatte: Lif zog einen Schmollmund und wollte schon wieder aufbegehren, und jetzt war es Sveldje, die ihn – wenngleich viel sanfter als Urd zuvor – zum Schweigen brachte.

»Es ist wirklich spät«, sagte sie. »Du musst ausgeruht sein, wenn du Hensvig morgen früh bei der Arbeit helfen willst.«

»Und jemand muss nach deiner Schwester sehen«, fügte Urd hinzu, wobei ihr Tonfall keinen Zweifel daran aufkommen ließ, wen sie mit diesem *jemand* meinte. Lif lieferte sich noch ein ebenso kurzes wie aussichtsloses Blickduell mit ihr, dann sprang er beleidigt auf und stampfte eine steile Treppe zum Dachgeschoss hinauf. Es gab keine Tür, die er hinter sich zuwerfen konnte, aber Thor war sicher, dass er es zumindest in Gedanken tat. Urd blickte ihm kopfschüttelnd nach, während der alte Schmied und seine Frau schon wieder leicht amüsiert wirkten.

»Ich begleite dich noch ein Stück«, sagte Urd und erhob sich.

»Dann sehen wir uns morgen«, sagte Hensvig, während er sich ebenfalls erhob, und Thor fiel auf, wie schwer ihm die

Bewegung zu fallen schien; auf eine Art, die ihm sagte, dass es nicht an seinem bloßen Alter lag oder der vorgerückten Stunde.

Er behielt diese Beobachtung jedoch für sich, verabschiedete sich von seinen Gastgebern, wobei er es nicht versäumte, Sveldje noch einmal für ihre Kochkünste zu loben. Urd schloss sich ihm an.

Draußen war es immer noch hell. Wenigstens verstand er nun, wieso der Ort fast ausgestorben wirkte. Unter einer Sonne, die niemals unterzugehen schien, war es schwierig, das Verstreichen der Zeit zu messen, aber die Menschen hier hatten ihren eigenen Rhythmus gefunden. Es war später Abend, wenn nicht schon Nacht, und die Leute schliefen, so einfach war das.

Thor nutzte auch diesmal die Gelegenheit, sich aufmerksam umzublicken. Der Ort war ebenso klein wie sichtlich alt und mit ebensolcher Kunstfertigkeit wie großem Bedacht angelegt, aber er strahlte auch eine gewisse ... Sorglosigkeit aus, die ihm aus jedem Winkel entgegenzuspringen schien. Wer immer die ursprüngliche Anlage des Wehrdorfes erdacht hatte, war mit großem Können vorgegangen, aber die derzeitigen Bewohner schienen keinen gesteigerten Wert auf ihre Sicherheit zu legen: Das schräge Dach des jämmerlichen Verschlages, zu dem Urd ihn zurückbegleitete, war nicht das einzige Hindernis, das den Wehrgang an der Rückseite der Mauer unterbrach. Thor vermutete auch, dass es Jahre, wenn nicht Jahrzehnte, her war, seit auf diesem Gang das letzte Mal die Schritte eines Wächters auf seiner Runde zu hören gewesen waren.

»Deine beiden Gastgeber sind sehr freundlich«, durchbrach er schließlich das unbehaglich werdende Schweigen, das sich zwischen ihnen ausgebreitet hatte.

»Gastfreundschaft wird hier sehr groß geschrieben«, bestätigte sie. »Aber du hast recht: Die beiden sind ausgesprochen reizend. Vor allem Sveldje. Sie hat die Kinder in ihr Herz geschlossen, als wären es ihre eigenen. Um ehrlich zu sein, hatte ich Hemmungen, mich einfach zu dritt bei ihnen einzuquartieren und ihnen zur Last zu fallen, aber mittlerweile glaube ich fast, dass wir ihnen einen Gefallen damit getan haben.«

»Sie haben keine Kinder?«

Urd hob unschlüssig die Schultern. »Ich bin nicht sicher. Sveldje hat so eine Bemerkung gemacht, aus der ich nicht recht schlau werde ... aber sie hat Elenia umsorgt, als wäre es ihre eigene Tochter.« Sie lachte leise. »Man hätte fast eifersüchtig werden können.«

»Und wie geht es ihr?«

»Elenia?« Diesmal wirkte Urds Achselzucken eher besorgt als unschlüssig. »Die Wunde heilt gut, und sie hat kaum noch Fieber. Aber sie ... spricht nicht.«

»Gar nicht?«

»Sie antwortet auf Fragen, wenn man sie anspricht, aber sie hat kein einziges Wort von sich aus gesprochen«, bestätigte Urd. »Vielleicht hat sie gesehen, was der Krieger ...«

Ihre Stimme versagte, und obwohl er nicht direkt in ihre Richtung sah, entging ihm nicht, wie sich ihre Hände kurz und heftig zu Fäusten ballten. Er wollte sagen«*Es tut mir leid*«, begriff aber gerade noch rechtzeitig, dass er damit alles nur noch schlimmer gemacht hätte. Er fühlte sich schuldig an dem, was Elenia angetan worden war, und wenn Urd mit ihrer Vermutung recht hatte, dann trug er auch die Schuld an ihrem und Lifs Schicksal. *Du kannst mit uns kommen*. Diese eine Wahl.

Er war beinahe froh, als die kleine Bretterhütte unweit des Tores vor ihnen auftauchte. Urd überraschte ihn ein weiteres Mal, indem sie wortlos vor ihm eintrat, ebenso stumm zum Kamin ging und Späne und Feuersteine aus einer Tasche ihres Mantels zog. Binnen weniger Augenblicke und mit einer Selbstverständlichkeit, die lange Übung und noch größeres Geschick im Umgang mit Feuer verriet, entfachte sie ein winziges Flämmchen, das sich rasch zu einer knisternden Flamme und dann zu einem prasselnden Feuer auswuchs. Noch spendete es keine Hitze, aber allein sein Anblick schien der gläsernen Kälte etwas von ihrem Biss zu nehmen.

»Du bist geschickt mit so etwas«, sagte er anerkennend.

»Mein Mann war Schmied«, erinnerte sie, ohne sich dabei zu ihm umzudrehen. Ihre Hände fuhren fort, Holzspäne und Scheite hin und her zu schieben und neu zu arrangieren, und er registrierte beiläufig, dass das Feuer tatsächlich ihrem Willen zu gehorchen schien; wie ein kleines, gut dressiertes Tier, dem sie allerlei Kunststückchen beigebracht hatte.

Vom Geschick ihrer Hände verlagerte sich seine Aufmerksamkeit nun ganz ohne sein Zutun auf ihre Gestalt. Sie hatte sich vor dem Kamin in die Hocke sinken lassen. Der Mantel umfloss ihre Gestalt wie ein Paar schwarzer, anmutiger Flügel, und sie hatte ihr Haar mit einer Handbewegung zurückgestrichen, damit es nicht in die Flammen geriet. Für einen Moment sah er ihr Gesicht nur im Profil, und was er sah, das war eine Frau, die das Leben ebenso hart wie misstrauisch gemacht, die sich unter diesem Panzer aber trotzdem die sanfte Verwundbarkeit eines Mädchens bewahrt hatte und die seinen Beschützerinstinkt ebenso ansprach wie ihn als Mann. Seine Hand wollte sich selbstständig machen und nach ihr greifen, aber er verbot es ihr nicht nur, sondern wich sogar ein kleines Stück von ihr zurück.

Urd musste die Bewegung gespürt haben. Vielleicht hatte sie auch das Rascheln seiner Kleidung gehört, denn sie wandte sich halb um und sah zu ihm hoch, und das heller werdende Licht der Flammen löschte die Hälfte der Jahre aus, die er gerade noch in ihrem Gesicht gelesen hatte.

Dann streckte sie die Hand, die gerade noch die Flammen angefacht hatte, nach ihm aus, um ein anderes Feuer zu entzünden.

5. Kapitel

Zum ersten Mal überhaupt hatte er das Gefühl, wirklich geschlafen und nicht nur für ein paar Momente die Augen geschlossen zu haben und in einen von Albträumen und gestaltloser Furcht heimgesuchten Dämmerzustand gesunken zu sein, und er erlebte noch etwas, das er viel zu lange vermisst hatte, auch wenn er sich immer noch nicht bewusst daran erinnerte: das Gefühl, neben einem ebenso warmen wie lebendigen Körper zu erwachen, der sich unter der Felldecke an ihn schmiegte.

Er blieb noch eine Weile mit geschlossenen Augen liegen und genoss dieses Gefühl. Urds Haar kitzelte an seiner Wange, und er spürte den Duft ihrer Haut, der sich mit der Süße ihrer Lippen auf seinen eigenen vermischte und Erinnerungen in ihm wachrief, die schon wieder körperliches Verlangen in ihm weckten.

Er war zu entspannt und auf ungemein angenehme Art erschöpft, um ihm nachzugeben, obgleich die Verlockung des fast noch mädchenhaften Körpers in seinem Arm mit jedem Moment stärker wurde. Urd hatte sich im Schlaf an ihn gekuschelt und das Gesicht in seine Halsbeuge geschmiegt, sodass er sich nur sehr vorsichtig bewegen konnte, wollte er sie nicht aufwecken, als er die Decke zurückschlug, um sie zu betrachten.

Sein Gefühl hatte ihn nicht getrogen. So, wie sie auf seinem muskulösen Oberarm lag, kam sie ihm tatsächlich wie ein Kind vor; auch wenn dieser Vergleich wohl eher an der beeindruckenden Größe und Konstitution seines eigenen, noch immer ungewohnten Körpers lag, in dem er sich nach seinem Erwachen in dieser fremden Welt wiedergefunden hatte. Nackt und schön, wie sie war, hätte Urd vermutlich neben jedem wie ein Kind gewirkt. Er hatte mehr als einmal gespürt und gesehen, wie stark sie war, aber ihre starken Muskeln verbargen sich unter makellos glatter Haut, und auch ihre Brüste, wenngleich fraulich, waren eher klein und mädchenhaft.

»Gibt es einen besonderen Grund, aus dem du mich anstarrst?«, fragte Urd, ohne die Augen zu öffnen. Thor war nicht einmal aufgefallen, dass sie nicht mehr schlief.

»Es gibt immer einen Grund, etwas so Schönes anzusehen«, antwortete er.

»Zum Beispiel?« Sie öffnete nun doch die Augen und sah ihn mit einer Klarheit an, die ihn begreifen ließ, dass sie schon seit einer geraumen Weile wach war.

»Zum Beispiel der, dass es da ist.«

»Wenigstens weißt du, wie man einer Frau schmeichelt«, sagte sie, setzte sich umständlich auf und reckte sich ausgiebig, wobei die Decke von ihren Schultern glitt und ihm einen noch bezaubernderen Blick auf ihren Körper gewährte.

»Wenigstens?«, fragte er mit einiger Verspätung.

Urd gähnte ausgiebig und ungeniert und fuhr sich dann mit beiden Händen durch das Gesicht. »Der Rest war auch ganz in Ordnung. Andererseits ... für einen leibhaftigen Gott ...«

»Dann solltest du vielleicht einen der beiden anderen Thors ausprobieren, die es hier noch gibt«, schlug er ernsthaft vor. »Oder Odin ... es gibt doch auch einen Odin, oder?«

»Ja«, antwortete Urd, nahm die Hände herunter und sah ihn nachdenklich an und noch immer, ohne eine Miene zu verziehen. »Außerdem noch Loki, Hödur und Balder ...« Sie hob die Schultern. »Ich müsste eine Strichliste von Göttern führen und am Ende noch Noten vergeben.«

»Und?«, fragte er misstrauisch.

»Immerhin hast du mir das Leben gerettet«, antwortete sie. »Da will ich dich schließlich nicht verletzen.«

Einen winzigen Moment lang fragte er sich ganz ernsthaft, ob sie vielleicht wirklich nur bei ihm geblieben war, weil sie glaubte, es ihm schuldig zu sein, aber dann drehte sie sich zu ihm, schlang die Arme um seinen Nacken und küsste ihn lange und zärtlich genug, um nicht nur alle seine Zweifel zu zerstreuen, sondern sein Verlangen auch endgültig wieder zu wecken. Seine Hand tastete nach ihren Brüsten, und er konnte spüren, wie sich ihr Atem beschleunigte.

Dann drückte sie seinen Arm herunter und schüttelte energisch den Kopf. »Zumindest scheinst du mir so unersättlich wie ein Gott zu sein.«

Lachend stand sie auf, bückte sich nach ihren Kleidern und begann sie mit so aufreizenden und langsamen Bewegungen anzuziehen, dass er sich fragte, ob sie es absichtlich tat. Er gab sich auch gleich selbst die Antwort: Selbstverständlich. Warum denn sonst?

Er wartete nicht nur, bis sie sich fertig angekleidet hatte, sondern sah ihr mit unverhohlenem Vergnügen dabei zu; erst dann stand auch er auf und kleidete sich an, und Urd revanchierte sich, indem sie ihm mit mindestens ebenso großem Vergnügen und vollkommen ungeniert dabei zusah.

»Wohin gehen wir?«, fragte er, als sie hintereinander die kleine Hütte verließen. Nach der willkürlichen Zeitrechnung dieses seltsamen Ortes musste es noch sehr früh sein, denn die schmalen Straßen lagen noch genauso verlassen und still da wie vorher. Urd sah sich dennoch rasch und fast verstohlen in alle Richtungen um, bevor sie losging

»Ich muss nach Elenia sehen«, begann sie. »Und Sveldje wird ebenfalls Hilfe brauchen, um das Frühstück –«

Sie brach mitten im Wort ab, und auch Thor blieb mitten im Schritt stehen, als er die schlanke Gestalt sah, die am Ende der Straße aufgetaucht war.

»Lif«, murmelte Urd. Sie überwand ihren Schrecken und

wollte weitergehen, doch Thor legte ihr rasch die Hand auf den Arm und schüttelte gleichzeitig den Kopf. »Nicht. Lass mich mit ihm reden.« Ohne ihre Antwort abzuwarten, ging er mit schnellen Schritten los.

Auch Lif fuhr auf dem Absatz herum und wollte davonstürmen, blieb aber dann wieder stehen, nachdem Thor – zum zweiten Mal – seinen Namen gerufen hatte. Stumm und mit wütend aufeinandergepressten Lippen sah er ihm entgegen. Seine Augen funkelten.

»Was?«, zischte er.

Nur dieses eine Wort, aber es allein reichte, um eine Lohe aus reiner Wut in ihm hochschießen zu lassen. *Was fällt diesem rotznäsigen Bengel eigentlich ein, so mit mir . . .?*

Thor zwang den Gedanken nieder, erschrocken von seiner eigenen heftigen Reaktion.

»Dieselbe Frage wollte ich dir eigentlich gerade stellen«, antwortete er, so beherrscht wie er gerade noch konnte.

»Welche Frage?«, gab Lif patzig zurück. Sein Blick ließ Thors Gesicht los und suchte seine Mutter. Urd war in ein paar Schritten Abstand stehen geblieben und sah schweigend zu ihnen her, aber er konnte ihre Anspannung spüren.

»Gehen wir ein Stück?«, schlug er mit einer Kopfbewegung auf das offen stehende Stadttor vor. »Wir sollten uns ein bisschen unterhalten.«

»Und worüber?«, fragte Lif. »Was hätten wir schon zu besprechen?«

»Eine Menge«, antwortete Thor. »Aber vielleicht nicht hier. Lass uns ein kleines Stück spazieren gehen.«

»Wozu sollte das gut sein?«, fragte der Junge feindselig.

»Weil es sich dabei besser spricht.«

»Und worüber sollten wir sprechen?«, fauchte Lif. »Jetzt erzähl mir nicht, du willst von Mann zu Mann mit mir reden. Ich weiß, was ich bin.«

»Ein Junge«, bestätigte Thor. »Nein, noch kein Mann, das sicher nicht. Aber auch kein Kind mehr. Dir fehlen vielleicht noch ein paar Muskeln und eine oder auch zwei Handspannen an Größe, aber ich muss auch nicht mehr wie mit einem kleinen Kind mit dir reden, oder?«

Lif war ganz eindeutig noch Kind genug, um ihn noch ein paar Augenblicke lang verstockt und herausfordernd anzufunkeln und so wenigstens vor sich selbst das Gesicht zu wahren, dann aber nickte er abgehackt mit dem Kopf und ging mit so schnellen Schritten los, dass er schon an seiner Mutter – die er nicht eines Blickes würdigte – vorbei war, bis Thor ihn eingeholt hatte. Urd wirkte erschrocken, irritiert und ein bisschen verlegen zugleich, doch Thor bedeutete ihr nur mit einem stummen Blick, ihren Weg fortzusetzen.

Er brach das Schweigen erst, als sie das Dorf verlassen und sich schon gute zwei oder drei Dutzend Schritte davon entfernt hatten und nur noch die verschneiten Felder vor ihnen lagen und weit dahinter die himmelstürmenden Flanken der Berge.

»Ich wollte mit dir über deinen Vater sprechen, Lif«, begann er. »Und über deine Mutter. Was sie und ich –«

»Ich weiß, was ihr getan habt«, unterbrach ihn Lif scharf. »Ich bin nicht dumm.«

»Das weiß ich«, antwortete Thor. Er musste jetzt sehr vorsichtig sein. Wenn er Lif verlor, dann verlor er auch Urd; das war so selbstverständlich, dass er nicht einmal darüber nachdenken musste. »Und ehrlich gesagt bin ich froh, dass es so ist.«

»Warum?«

»Weil ich wenig Lust habe; dir gewisse … äh … grundsätzliche Dinge zu erklären, die mit dem Unterschied zwischen Mann und Frau zu tun haben«, antwortete er. »Ich könnte jetzt sagen, dass es dich nichts angeht, was deine Mutter tut, und schon gar nichts, was *ich* tue, und mit beidem hätte ich recht.« Er blieb stehen und wartete, bis Lif ebenfalls angehalten hatte und mit erstaunlicher Gelassenheit zu ihm hochsah. »Aber das will ich nicht.«

»Ach nein?«, schnappte Lif.

»Nein«, bestätigte er. »Ich will deinen Vater nicht ersetzen, Lif, weder in deinem Herzen noch in dem deiner Mutter. Das kann ich nicht, und ich würde es auch nicht wollen.«

Das war die Wahrheit, und der Junge schien das auch zu spüren, denn er schien einen weiteren – wenn auch nur kleinen – Teil seiner Feindseligkeit einzubüßen.

»Du vermisst deinen Vater«, sagte Thor.

»Ich vermisse Lasse«, antwortete Lif. »Ich habe meinen Vater nie kennengelernt, aber …« Er brach ab, und der Zorn auf seinem Gesicht erlosch wie abgeschaltet. Seine Augen füllten sich mit Tränen. Thor sah diskret weg.

»Ja, ich vermisse ihn«, sagte Lif, nach einer Weile und mit sonderbar veränderter, flacher Stimme. »Er war vielleicht nicht mein richtiger Vater, aber er war der einzige, den ich je kennengelernt habe. Ich habe … er hat mir alles beigebracht, was ich weiß. Und er war immer gut zu Elenia und mir, obwohl wir nicht seine Kinder sind.«

»Deine Mutter hat euch davon erzählt?«

»Sie hat nie einen Hehl daraus gemacht und er auch nicht«, antwortete Lif. »Aber es hat nie einen Unterschied gemacht. Er … er war mein Vater. Er hat mir das Schwimmen beigebracht und das Reiten. Von ihm habe ich meine erste Angel bekommen, und ich habe zusammen mit ihm mein erstes Schwert geschmiedet. Fast alles, was ich weiß, weiß ich von ihm. Wer sollte sonst mein Vater sein, wenn nicht er?«

»Und nun ist er tot«, sagte Thor, so sanft er konnte. »Das tut mir wirklich leid, Lif. Für deine Mutter, aber auch für dich.«

»Du hast seinen Mörder erschlagen«, erinnerte ihn Lif.

Aber nicht einmal das hatte er. Der gehörnte Riese war entkommen. »Ja.«

»Das macht ihn auch nicht wieder lebendig«, sagte Lif bitter. Tränen liefen über sein Gesicht, obwohl er keine Miene verzog.

»Nein«, antwortete Thor. »Aber vielleicht hilft es dir, damit fertigzuwerden. Das Leben geht weiter, weißt du?«

Lif lachte freudlos. »Das sagt meine Mutter auch immer.«

»Und sie hat recht damit«, sagte Thor. »Manchmal ist es ziemlich hart, erwachsen zu werden. Für jeden kommt einmal der Zeitpunkt, an dem er das begreifen muss. Für den einen früher, für den anderen später. Ich hätte dir gewünscht, dass es ein wenig später gewesen wäre, aber das Leben fragt uns nicht immer nach unseren Wünschen.« *Eigentlich fragt es uns nie.*

»Ich bin nicht mehr so jung, dass ich meinen Vater für einen Gott halte, der alles kann«, sagte Lif leise. Seine Tränen versiegten, aber nun begann eine Mischung aus Bitterkeit und Schmerz von seinen Zügen Besitz zu ergreifen, die eindeutig schlimmer war. »Auch dieser Zeitpunkt kommt für jeden irgendwann einmal, oder?«

Thor nickte. Eigentlich war er mit Lif hier herausgekommen, um ihm etwas über das Leben zu erzählen, und nun war es fast umgekehrt.

»Wie hast du dich gefühlt, als es bei dir so weit war?«, fragte Lif.

»Ich kann mich nicht erinnern«, sagte Thor.

»Dann bist du ein sehr glücklicher Mann, Thor«, antwortete Lif.

Urds Gastgeber hielt eine Überraschung für ihn bereit, als sie zurückkamen. Trotz der noch frühen Stunde brannte das Feuer in der Esse schon hoch, und der alte Schmied war bereits emsig dabei, alles für das bevorstehende Tagwerk vorzubereiten. Noch hatte die Holzkohle nicht die richtige Temperatur und glühte nur dunkel- statt hellrot, auf einem steinernen Sims daneben lagen aber bereits etliche eiserne Rohlinge bereit – armlange

Eisenstangen mit quadratischem Querschnitt, aber auch schon halb fertiggestellte Werkzeuge und ein gutes halbes Dutzend Schwerter von unterschiedlicher Länge. Ein Blasebalg lag bereit, und Hensvig war gerade dabei, Öl in einen flachen steinernen Bottich zu gießen, um das glühende Eisen später im richtigen Moment abzukühlen und dadurch zusätzlich zu härten.

»Wir sind zu spät!«, sagte Lif, kaum dass sie in die Straße eingebogen und das Haus in Sichtweite gekommen war. Er beschleunigte seine Schritte. »Ich habe Hensvig versprochen, ihm zur Hand zu gehen.«

Thor passte sein Tempo dem des Jungen an, doch seine Aufmerksamkeit galt nun sehr viel mehr dem Schmied selbst als seinen Vorbereitungen oder seinem Werkzeug. Hensvig wirkte nicht so, als wäre er wirklich ausgeschlafen: Seine Haut hatte einen leichten Stich ins Graue, und unter seinen Augen lagen dunkle, schwere Ringe. Gestern Abend hatte Thor diesen Eindruck auf ein gewisses Übermaß an Wein geschoben, den Hensvig nicht gewohnt war, nun aber sah der Schmied eher noch erschöpfter aus, und sein Blick hatte etwas Fahriges. Trotzdem ergriff ein sehr ehrliches Lächeln von seinen bärtigen Zügen Besitz, als sie näher kamen. Er ließ die Eisenstange sinken, mit der er gerade hantiert hatte, und trat ihnen ein paar Schritte entgegen. »Ihr kommt genau im richtigen Moment. Sveldje hat schon zweimal gefragt, wo ihr bleibt. Sie hasst es, mit dem Frühstück warten zu müssen.«

»Es tut mir leid«, sagte Lif hastig. »Ich habe nicht gemerkt, dass –«

»Es ist nie zu spät, den Tag mit einer guten Mahlzeit zu beginnen«, unterbrach ihn Hensvig. »Jetzt geh und iss. Danach kannst du mir helfen.«

»Ich bin nicht hungrig«, antwortete Lif, »und –«

Hensvig unterbrach ihn erneut. »Wessen Groll willst du auf dich ziehen, Lif? Den meinen oder den meines Weibes?«

Lif wirkte verdutzt, rettete sich dann aber in ein verlegenes Lächeln und verschwand schließlich mit schnellen Schritten im Haus, nachdem Hensvig ihm noch einmal zugezwinkert hatte.

Thor wartete, bis er das Geräusch der Tür gehört hatte, die hinter dem Jungen zufiel. Erst dann sagte er: »Es war meine Schuld. Ich habe ihn aufgehalten.«

»Ich weiß«, sagte Hensvig mit einem abermaligen gutmütigen Lächeln, das darauf hindeuten ließ, dass ihm nicht nur die Tatsache bewusst war, sondern auch der Grund. »Er ist ein guter Junge. Gib gut auf ihn acht und auch auf seine Mutter. Sie haben es verdient, ein wenig zur Ruhe zu kommen.«

Er legte die Eisenstange in die Glut, sah sie einen Moment lang stirnrunzelnd an, so als würde er darauf warten, dass etwas ganz Bestimmtes geschah, und nahm sie dann wieder heraus, um sie auf den Sims zurückzulegen. Nicht zum ersten Mal fiel Thor auf, dass er leicht verwirrt wirkte. Ohne etwas zu sagen trat er neben ihn, nahm den Blasebalg und fachte die Glut mit nur zwei kräftigen Bewegungen weiter an. Noch immer wortlos legte er eine angefangene Schwertklinge in die rote Holzkohle und wartete, bis das Metall zu glühen begann. Sichtlich zu früh für Hensvigs Geschmack nahm er den Rohling heraus und trug ihn zum Amboss, doch was dem Metall noch an durch Hitze gewonnener Geschmeidigkeit fehlte, machte er mit der schieren Kraft wett, mit der er den schweren Schmiedehammer auf die Klinge niedersausen ließ.

Hensvig sah ihm eine Weile schweigend zu. Sichtlich beeindruckt nahm er das halb geschmiedete Schwert vom Amboss, betrachtete es eine Weile kritisch und sagte dann: »Du bist kein Schmied.«

»Das habe ich auch nie behauptet.«

»Aber du hast Talent«, fuhr Hensvig fort. »Oder wenigstens Kraft, was schon einmal eine wichtige Voraussetzung ist.« Er legte das Schwert auf den Sims zurück, und Thor konnte sehen.

wie ihn ein rascher Schauer durchfuhr, als hätte er Schüttelfrost.

»Ich könnte einen Gehilfen brauchen«, fuhr er nach einer Weile fort. »Ich fürchte, du musst noch eine Menge lernen, aber ich erkenne ein Talent, wenn ich es sehe.«

Thor fragte sich, ob er das wohl ernst meinte, und hinter ihm sagte eine leicht amüsiert klingende Stimme: »Dafür wird deinem Gast im Moment die Zeit fehlen, fürchte ich.«

Thor fuhr mit einer so schnellen Bewegung herum, dass Hensvig neben ihm erschrocken zusammenzuckte und der Bursche vor ihm ganz instinktiv die Hand auf den Schwertgriff senkte.

Er war nicht allein gekommen. Zwei weitere Bewaffnete begleiteten ihn und darüber hinaus auch noch Bjorn und Sverig, auch wenn dessen Gesicht unter einem wuchtigen Bronzehelm verborgen war, sodass er ihn nur an der Statur erkannte und natürlich an der gewaltigen Axt, die er lässig über der rechten Schulter trug.

Im allerersten Moment war er so zornig, dass er sich beherrschen musste, um nichts Unbedachtes zu sagen oder gar zu tun. Fünf Männer? Wie um alles in der Welt hatten sich ihm *fünf Männer* nähern können, ohne dass er es merkte?

»Jarl?« Hensvig beugte demütig das Haupt, und Bjorn winkte rasch ab.

»Warum so förmlich, mein Freund? Ich bin nicht als Jarl hier ... wenigstens nicht als deiner.« Einer der drei Krieger, die Sverig und ihn begleiteten, bewegte sich wie zufällig einen Schritt nach links, der andere um dieselbe Distanz nach rechts. Beide hatten die Hände auf den Schwertern liegen.

»Sverig, bitte«, seufzte Bjorn.

Sverig rührte sich nicht, aber die beiden Männer sahen sich unschlüssig und ein wenig ratlos an. Anscheinend ist ihnen nicht ganz klar, wer hier das Sagen hat, dachte Thor.

»Ihr seid meinetwegen gekommen«, vermutete er.

»In gewisser Weise ...« Bjorn senkte den Kopf, um nicht mit dem Helm gegen das niedrige Vordach zu stoßen, und kam näher. »Ich habe dir gestern eine Frage gestellt, erinnerst du dich?«

»Ich glaube, es war mehr als eine.«

»Wie wahr«, seufzte Bjorn. Seine Finger strichen über die Schwertklinge, die Thor vorhin mit dem Hammer bearbeitet hatte. Offenbar hatten er und die anderen nicht erst seit wenigen Augenblicken dagestanden und ihn beobachtet.

»Ich habe dich gefragt, ob du bereit wärst, dein Leben für uns zu riskieren.«

»Ja«, antwortete Thor. »Jetzt erinnere ich mich. Ist es schon so weit?«

»Nein. Aber es gibt da etwas, was wir überprüfen müssen, und wir könnten deine Hilfe dabei gebrauchen.« Seine Finger spielten weiter mit dem Rohling. Schließlich nahm er ihn ganz in die Hand, drehte ihn ein paarmal gegen das Licht und legte ihn dann mit einem angedeuteten Kopfschütteln wieder zurück.

»Wir haben Spuren entdeckt. Seltsame Spuren, und an einem Ort, wo sie nicht sein sollten.«

»Spuren?«

»Ein Jäger ist aus den Bergen zurück«, mischte sich Sverig ein. »Er behauptet, die Fußspuren eines Riesen gesehen zu haben. Wir wollen hinaufreiten, um nachzusehen. Einen so mächtigen Krieger wie dich hätten wir natürlich gerne dabei. Immerhin kennst du dich ja mit Riesen aus, wie man hört.«

Thor würdigte ihn nicht einmal eines Blickes, und auch Bjorn runzelte nur kurz und mit leiser Missbilligung die Stirn und fuhr dann fort, als wäre gar nichts geschehen: »Wahrscheinlich hat es nichts zu bedeuten, aber wir können nicht vorsichtig genug sein, vor allem nach dem, was euch zugestoßen ist. Es ist ein Tagesritt hinauf in die Berge und einer zurück, und wir können die Zeit darüber hinaus nutzen, um uns ... besser kennenzulernen.«

»Jetzt gleich?«, fragte Thor. Er glaubte Bjorn kein Wort.

»Warum nicht?«, fragte Sverig. »So was schaffst du doch vor dem Frühstück, oder?«

Thor schwieg auch dazu, sah Sverig aber einen Moment nachdenklich an. Was hatte Bjorn gesagt, wie lang der Weg in die Berge hinauf und wieder zurück dauerte? Zwei Tage, mindestens? Das war eine Menge Zeit, in der eine Menge passieren konnte.

»Und wer weiß«, fügte Bjorn hinzu, »vielleicht werden Sverig und du ja auch noch gute Freunde.«

»Bestimmt.« Thor fühlte sich überfahren, aber andererseits: Was hatte er eigentlich erwartet?

»Dann sollten wir aufbrechen«, sagte Bjorn. »Es ist ein weiter Weg bis in die Berge hinauf, und es sieht so aus, als würde das Wetter umschlagen.«

»Kaum«, meinte Sverig. »Was soll uns schon passieren, wo wir doch Thor selbst bei uns haben?«

»Sverig, warum gehst du nicht und siehst noch einmal nach den Pferden?«, schlug Bjorn vor. »Wenn wir erst einmal unterwegs sind, ist es zu spät, um noch irgendetwas zu richten oder mitzunehmen.«

Sverig funkelte ihn zwar einen halben Atemzug lang wütend durch die schmalen Sehschlitze seines Helms hindurch an, fuhr dann aber auf dem Absatz herum und stürmte mit ausgreifenden Schritten davon. Bjorn sah ihm stirnrunzelnd nach und machte dann eine kaum merkliche Handbewegung, woraufhin ihm zwei der drei Krieger ebenfalls folgten, und wandte sich mit einem nicht ganz überzeugenden Lächeln wieder an Thor.

»Manchmal übertreibt er es«, seufzte er. »Aber er ist ein guter Mann ... nur hat er eben das Problem der meisten guten Männer. Sie mögen keine anderen guten Männer neben sich.«

»Die *wirklich* guten Männer schon«, sagte Thor, was der bärtige Jarl aber geflissentlich ignorierte.

»Lass dich einfach nicht reizen«, fuhr er fort. »Er ist nun einmal wie er ist. Früher oder später sucht er sich ein anderes Opfer und lässt dich in Ruhe.« Er machte eine Kopfbewegung auf den Hammer an Thors Gürtel. »Vielleicht war es ein Fehler, dein kleines Kunststückchen in seiner Gegenwart vorzuführen.«

»Und vor so vielen Zeugen«, fügte Thor hinzu.

»Ja, möglicherweise auch das ... wie ist deine Entscheidung? Begleitest du uns?«

Thor glaubte nicht, dass es wirklich *seine* Entscheidung war, aber das laut auszusprechen wäre vermutlich auch nicht besonders klug. So nickte er nur, bat Bjorn noch um einen kurzen Moment Geduld und ging ins Haus, um sich von Urd und ihrem Sohn zu verabschieden.

Lif, der gerade erst im Haus verschwunden war, war nicht da, doch Urd war gerade damit beschäftigt, zusammen mit Hensvigs Frau ein Frühstück aufzutragen, das kaum weniger fürstlich war als das Abendmahl von gestern. Beide nahmen kaum Notiz von ihm, aber am Tisch saß noch eine dritte Person, mit der er zuallerletzt gerechnet hätte.

Elenia.

Sie war sehr blass, und das Erste, was ihm auch jetzt wieder auffiel, war die verblüffende Ähnlichkeit mit ihrer Mutter. Auf ihrer Wange prangte eine fast fingerbreite, hässlich entzündete Narbe, die durch die dick aufgetragene graue Salbe noch hässlicher wurde, aber nicht einmal das vermochte ihre Schönheit wirklich zu zerstören.

Sie saß am Tisch, ein gutes Stück von der alten Frau und ihrer Mutter entfernt und hatte beide Hände flach nebeneinander auf die sorgsam gescheuerte Platte gelegt, und das so fest, dass jegliches Blut aus ihren Fingern gewichen war. Sie sah direkt in seine Richtung, als er eintrat, und für einen winzigen Moment, weniger als die Dauer eines einzelnen Herzschlags vielleicht, begegneten sich ihre Blicke.

Aber er sah nicht Elenia. Es waren Urds Augen, in die er sah, und tief unter diesem vertrauten Blick verborgen, seinem bewussten Erkennen entzogen und zugleich unübersehbar, war noch etwas, das ihm auf erschreckende Weise vertraut schien.

»Thor!« Sveldjes Stimme brach den Bann. »Du kommst gerade rechtzeitig, um – *au!*«

Thor riss seinen Blick endgültig vom Gesicht des Mädchens los und war mit zwei schnellen Schritten am anderen Ende des Tisches und bei Hensvigs Frau, wenn auch nicht so schnell wie Urd, die bereits die Hand nach ihrem Arm ausgestreckt hatte. Mit der anderen entwand sie ihr geschickt das Messer, mit dem sich Sveldje geschnitten hatte, und legte es auf den Tisch.

»Was ist passiert?«, fragte er alarmiert.

»Nichts!«, antwortete Sveldje. Sie klang eher verärgert als schmerzerfüllt, obwohl sie sich wirklich übel geschnitten hatte. Die Wunde blutete so stark, dass Sveldje die andere Hand darunter hielt, um den roten Strom aufzufangen, und war vermutlich äußerst schmerzhaft.

»Das war meine eigene Dummheit«, fuhr die alte Frau fort, nun *eindeutig* zornig. »Ich dummes, altes Weib! Seit fünfzig Jahren schneide ich das Brot, und nun passiert mir das!«

»Lass mich deine Hand sehen«, bat er. Der Schnitt war wirklich tief, und die alte Frau verbot sich zwar tapfer jeden Schmerzlaut und verzog auch keine Miene, aber in ihren Augenwinkeln schimmerten Tränen; und darüber hinaus wusste er, wie schlecht auch an sich harmlose Wunden bei alten Menschen oft heilten. Ganz instinktiv streckte er die Hand nach ihr aus, und Urd sagte: »Nicht!«

Nicht nur Thor selbst, sondern auch Sveldje sahen sie überrascht an, und sogar Urd selbst wirkte fast erschrocken. Dann schüttelte sie nur umso heftiger den Kopf.

»Das ist nichts für deine groben Kriegerhände«, sagte sie. »Lass mich das machen! Wenn du helfen willst, dann hol Verbandszeug. Es ist in der Truhe neben dem Kamin.«

Thor ging, um das Verlangte zu holen, und Urd nutzte die Zeit, um Sveldje mit sanfter Gewalt auf einen Schemel zu drücken und ihre Hand gründlich in Augenschein zu nehmen.

Behutsam tauchte sie eines der sauberen Tücher in eine Wasserschale, die Thor ihr reichte, säuberte den Schnitt im Handballen der alten Frau mit genau der Kunstfertigkeit, die er erwartet hatte und begann sie dann genauso routiniert zu verbinden. Sie sah dabei überallhin, nur nicht in seine Richtung, aber schließlich gelang es ihm doch, ihre dunklen Augen einzufangen und ihr einen ebenso fragenden wie fast vorwurfsvollen Blick zuzuwerfen. *Warum willst du nicht, dass ich ihr helfe?*

Urd antwortete mit einem ebenso stummen Kopfschütteln und einem nun eindeutig erschrockenen Blick, und bevor er seine Frage womöglich laut wiederholen konnte, polterten Schritte hinter ihm herein, und Hensvigs Stimme erklang.

»Ich will ja nicht ... ihr Götter, Sveldje! Was ist geschehen?«

Er kam rascher näher, doch noch bevor er seine Frau erreichte, hob Sveldje die unversehrte Hand und machte eine unwillige Geste. »Das ist nichts«, sagte sie barsch. »Ich habe mich geschnitten. Nur ein Kratzer, mehr nicht.«

»Ein Kratzer?« Hensvig betrachtete mit gerunzelter Stirn zuerst ihre verbundene Hand, dann das blutige Tuch und noch einmal den klobigen Verband. »Das sieht mir nicht nach einem Kratzer aus.«

»Du weißt, wie die jungen Leute sind«, antwortete Sveldje. »Das ist nichts. Außerdem ist es so, wie meine Mutter immer gesagt hat: Dummes Fleisch muss weg.«

»Wenn ich mich richtig erinnere, hast *du* das immer gesagt«, antwortete Hensvig mit einem noch tieferen Stirnrunzeln. »Und zwar immer dann, wenn ich mich verletzt habe.«

»Was kein Beweis dafür ist, dass meine Mutter es nicht gesagt hat, oder?«, gab Sveldje zurück. »Oder gar, dass es nicht die Wahrheit wäre.«

Hensvig holte Luft zu einer entsprechenden Entgegnung, beließ es aber dann nur bei einem resignierenden Seufzen und wandte sich zu Thor um. »Bjorn wartet.«

»Worauf?«, fragte Urd alarmiert.

Thor machte eine beruhigende Geste und erklärte es ihr – was *sie* kein bisschen zu beruhigen schien –, und Sveldje machte ein abfälliges Geräusch irgendwo zwischen einem Grunzen und etwas weit weniger Vornehmem.

»Was für ein Unsinn!«, sagte sie. »Niemand kommt über diese Berge, weder Riesen noch Zwerge oder irgendwelche anderen Ungeheuer. Bjorn weiß das.«

»Vielleicht ist er nicht mehr so sicher«, sagte Thor, erntete aber nur ein noch lauteres Schnauben.

»Diese Berge sind unüberwindlich«, beharrte sie. »Nicht einmal die Götter selbst könnten sie erstürmen. Wäre es anders, dann gäbe es Midgard schon lange nicht mehr.«

»Keine Festung ist unbezwingbar, Sveldje«, sagte Bjorn von der Tür her. »Dennoch wäre ich ein schlechter Anführer, wenn ich jede Warnung in den Wind schlagen und das Schicksal Midgards nur auf die Hoffnung gründen würde, dass schon alles so bleibt, wie es immer gewesen ist, nicht wahr?« Er legte die Stirn in Falten, wodurch er von einem Moment auf den nächsten um mindestens zehn Jahre älter aussah. »Was ist passiert?«

»Nichts«, sagte Urd rasch. »Sie hat sich geschnitten, das ist alles.«

»Dann lass uns aufbrechen«, sagte Bjorn. »Sverig wartet schon. Und er ist nicht unbedingt der geduldigste Mann, den ich kenne.«

»Sverig ist auch dabei?«, fragte Urd und runzelte die Stirn.

»Keine Sorge«, sagte Bjorn rasch. »Ich gebe auf ihn acht.« Er wandte sich demonstrativ direkt an Thor. »Bist du so weit?«

Thor nickte, und sie verließen das Haus, ohne dass er sich auch nur von Urd oder den anderen verabschiedet hätte.

»Mir ist nicht wohl dabei, Urd allein zu lassen«, sagte er, nachdem sie ein paar Schritte gegangen waren. Bjorn legte ein scharfes Tempo vor.

»Sie ist bei den beiden in Sicherheit, keine Angst«, antwortete Bjorn. »Und ihre Kinder auch. Ich glaube, Hensvig hat ein Auge auf den Jungen geworfen.«.

Thor sah ihn fragend an, und Bjorn lächelte knapp. »Hensvig ist alt und sucht schon lange nach einem Nachfolger, und wie es aussieht, stellt sich der Junge recht geschickt an ... Sein Vater war Schmied, nicht wahr?«

»Soweit ich weiß«, antwortete Thor.

»Hensvig war jedenfalls ganz angetan von ihm, und wie es scheint, macht dem Jungen die Arbeit Spaß.« Er wiegte den Kopf. »Hensvig würde es nie zugeben, aber er ist schon lange zu alt für diese schwere Arbeit. Es fällt ihm zunehmend schwerer, den Hammer zu schwingen, und ... bitte sag ihm nicht, dass ich es dir verraten habe, aber die Qualität seiner Arbeit lässt doch mehr und mehr nach. Ein Mann in seinem Alter sollte nicht mehr so schwer arbeiten, sondern die Jahre genießen, die ihm die Götter noch gewähren.«

»Wohl wahr«, sagte Thor.

Jetzt war es Bjorn, der fragend blickte.

»Heute Morgen«, antwortete Thor. »Ich hatte das Gefühl, dass er Mühe hat, sich auf den Beinen zu halten.«

»Oh, das.« Bjorn schüttelte heftig den Kopf. »Nein. Er kränkelt seit ein paar Tagen. Vielleicht hat er sich zu viel zugemutet – was ihm nur ähnlich sehen würde. Nein, so schlimm ist es noch nicht. Aber früher oder später werden wir einen neuen Schmied brauchen.«

»Und was bringt dich auf die Idee, dass Urd und ihre Kinder überhaupt bei euch bleiben wollen?«, fragte er.

»Nichts«, antwortete Bjorn. »Aber nur die wenigsten gehen wieder fort, die einmal den Weg hierher gefunden haben. Wohin auch?«

»Zurück nach Hause?«, fragte Thor.

»Nach Hause?«, wiederholte Bjorn. »Du weißt von dem Zuhause, aus dem deine Gefährtin und ihre Kinder geflohen sind?«

Instinktiv wollte er gegen das Wort »Gefährtin« protestieren, aber dann ging ihm auf, dass Bjorn mit dem, was er darüber hinaus gesagt hatte, vermutlich recht hatte. Noch einmal und noch viel schmerzhafter wurde ihm klar, wie wenig er über diese Welt und ihre Bewohner wusste.

»Du denkst an die Lichtbringer?«

»Ja«, antwortete Bjorn, und jede Spur eines Lächelns verschwand von seinem Gesicht. »Daran auch.«

»Auch?«

»Die Zeiten sind schwer, Thor«, antwortete Bjorn. »Es ist eine lange Geschichte ... aber wir haben ja Zeit genug, auf dem Weg in die Berge, nicht wahr?«

Wenigstens in den ersten zwei, drei Stunden kamen sie nicht dazu, über das Geheimnis von Midgard zu sprechen oder die Lichtbringer oder überhaupt irgendetwas, denn Bjorn und seine Begleiter legten ein Tempo vor, bei dem sie allesamt froh waren, sich im Sattel halten zu können. Obwohl Thor sich auch daran nicht erinnerte, war er sicher, ein guter Reiter zu sein, doch entweder täuschten ihn seine Erinnerungen in diesem Punkt, oder sie hatten ihm absichtlich ein ganz besonders störrisches Pferd gegeben, denn es hatte nicht nur versucht, nach ihm zu beißen, als er nach dem Zaumzeug gegriffen hatte, sondern auch ein paarmal, ihn abzuwerfen, und er hatte Sverigs schadenfrohe Blicke selbst durch den geschlossenen Helm hindurch spüren können.

Mehrere Stunden lang ritten sie in scharfem Tempo nach Norden. Die Festung flog an ihnen vorüber, ebenso wie die verschneiten Felder und die Handvoll kleiner Gehöfte, die das geometrische Muster unterbrachen wie eingesponnene Beutestücke in einem riesigen Spinnennetz. Die Anzahl der Menschen, die ihnen begegneten, nahm im gleichen Maße ab, in dem sie sich dem oberen Ende des Tales näherten, und nicht einmal lange nach ihrem Aufbruch waren sie ganz allein. Als Thor sich eine kurze Weile danach einmal im Sattel umsah, waren die Festung und die Höfe ganz verschwunden und selbst das Dorf zu einem grauen Schmutzfleck in der weißen Einöde hinter ihnen zusammengeschmolzen.

Soweit er das im Licht einer Sonne beurteilen konnte, die wie festgenagelt am Himmel stand, musste es gegen Mittag sein, als das Gelände so unwegsam wurde, dass sie absitzen und die Pferde am Zügel hinter sich herführen mussten … was der stämmige Schecke, den sie ihm gegeben hatten, selbstverständlich ausnutzte, um schon wieder nach ihm zu schnappen. Diesmal konnte er gerade noch die Hand zurückziehen, um nicht ein paar Finger einzubüßen.

Es war abzusehen, dass sie auch auf diese Weise schon bald nicht mehr weiterkommen würden. Doch dann machte der Weg vor ihnen plötzlich einen weiteren Knick und mündete dann in ein schmales Hochplateau, das vielleicht dreißig Schritte in die eine Richtung und zehn in die andere maß. Dennoch bot es Platz für ein aus unbehauenen Steinen grob zusammengefügtes, niedriges Haus, ein winziges, vornehmlich aus Gestrüpp bestehendes Wäldchen und zwei gegenüberliegende Koppeln. Eine davon war leer, in der anderen drängte sich ein halbes Dutzend grauweißer Tiere aneinander, von dem er nicht sagen konnte, ob es sich nun um magere Schafe oder besonders wollige Bergziegen handelte. Aus dem Rauchabzug im flachen Schieferdach der Hütte kräuselte sich etwas, das eher an Dampf als den

Qualm eines Feuers erinnerte, und ein seltsamer Geruch wehte ihnen entgegen, der schwach an den Gestank fauler Eier erinnerte, auch wenn er vielleicht nicht ganz so unangenehm war.

»Hier lassen wir die Pferde zurück«, sagte Bjorn, als er hinter ihm auf den ebenen Boden trat. »Zu Pferde geht es ab hier nicht mehr weiter. Noch ein kurzes Stück, und wir werden sogar klettern müssen. Du kannst doch klettern?«

»Ein wenig«, antwortete Thor.

»Warum fragst du, Bjorn?«, grollte Sverig von hinten. »Er ist Thor. Er kann alles.«

Der erschöpfte Klang seiner Stimme verdarb ein wenig den Effekt, aber Bjorn schenkte ihm dennoch einen ärgerlichen Blick und setzte wohl auch zu einer entsprechenden Bemerkung an, beließ es dann aber bei einem Kopfschütteln.

»Außerdem treffen wir Arnulf«, fügte er nur hinzu, wieder an Thor gewandt. »Den Jäger, der die Spuren gefunden hat.«

Thor fragte sich zwar, was es in dieser vermutlich nicht nur von den Göttern, sondern selbst von allen bösen Geistern verlassenen Landschaft wohl zu jagen gab, nickte aber nur stumm. Bjorn bedeutete ihm mit einer genauso wortlosen Geste, die Zügel an einen der Krieger weiterzureichen, der die Tiere zu der leeren Koppel führte. Ihm entging nicht, dass der Schecke nach der Hand *dieses* Mannes *nicht* schnappte.

Als sie sich dem Haus bis auf fünf oder sechs Schritte genähert hatten, kam ihnen eine untersetzte Gestalt entgegen, und Thor war ein wenig überrascht, ihn barfuß und mit nacktem Oberkörper in der beißenden Kälte vor sich auftauchen zu sehen. Er war klein und mochte ihm kaum bis zur Schulter reichen, aber auf den zweiten Blick veränderte er seine Einschätzung von *untersetzt* zu *fett*, obwohl man ihm ansah, dass sich unter seinen wabbelnden Speckwülsten kräftige Muskeln verbargen. Anders als die meisten, denen er bisher hier im Tal begegnet war, hatte er ein glatt rasiertes Gesicht, das durch sein Übergewicht deutlich jünger wirkte, als es vermutlich war, und vielleicht sogar freundlich ausgesehen hätte, wäre in seinen Augen nicht derselbe misstrauische Ausdruck gewesen wie in denen Sverigs, nur deutlich weniger Intelligenz.

»Bjorn!«, begrüßte er seinen Begleiter. »Das ging schnell! So rasch hab ich nicht mit euch gerechnet!«

»Und du hast keinen würdigen Empfang für uns vorbereitet, mit Musik, Wein und halbnackten Sklavinnen, die uns zu Diensten sind?«, fragte Bjorn tadelnd. »Arnulf, Arnulf, du enttäuschst mich. Weißt du denn nicht, was du deinem Jarl und seinem Gast schuldig bist?«

Der halbnackte Jäger starrte ihn einen geschlagenen Atemzug lang betroffen an, doch dann hellte sich sein Gesicht auf, und er lachte nervös. »Immer zu einem Scherz aufgelegt, was?«

Er wandte sich zu Thor um, und sein Blick wurde bohrend und vielleicht noch feindseliger. Thor nahm an, dass er sich ausgiebig mit Sverig unterhalten hatte. »Du bist also dieser Thor.«

»*Dieser* Thor«, wiederholte Thor betont und hob die Schultern. »Vermutlich ja. Wenigstens kenne ich keinen anderen.«

Darüber musste sein Gegenüber sichtlich nachdenken. Thor setzte zu einer Bemerkung an, die ihm sicherlich noch sehr viel mehr zum Nachdenken gegeben hätte, fing dann aber einen warnenden Blick Bjorns auf und beließ es lediglich bei einem kühlen Lächeln.

»Ein warmer Platz in deinem Haus und ein Krug Met reichen ja vielleicht auch. Und dann kannst du uns noch einmal in aller Ausführlichkeit erzählen, was du gesehen hast und wo.« Bjorn hob rasch die Hand, als Arnulf unverzüglich damit anfangen wollte. »Aber nicht hier draußen. Es ist kalt.«

Der Jäger nickte so heftig, dass die Speckwülste an seinen Hüften in Bewegung gerieten, wälzte seine enorme Körpermasse herum und schien mehr ins Haus zurückzurollen, als dass er ging. Bjorn warf ihm einen weiteren, warnenden Blick zu, dessen

Bedeutung Thor nicht ganz klar wurde, doch er reagierte nur mit einem ebenso verstohlenen Nicken darauf und folgte dem Jäger.

Er hatte eine kahle steinerne Hütte erwartet, und genau das war sie auch, darüber hinaus aber entsprach Arnulfs Behausung ganz und gar nicht dem Eindruck, den ihr Äußeres erweckte. Das Erste, was ihm auffiel, war die Wärme; ein feuchter, zunächst schon fast unangenehmer Hauch, der sich nass auf sein Gesicht und seine Hände legte und sofort winzige Tröpfchen auf den Metallteilen ihrer Rüstungen und Waffen bildete. Seine Augen, an den harten Kontrast zwischen Schnee und schwarzem Fels draußen gewöhnt, zeigten ihm nur ineinanderfließende Schatten, aber der unangenehme Geruch war hier drinnen deutlich intensiver, und er wusste schon, was er bedeutete, bevor sich seine Augen an das veränderte Licht gewöhnt hatten und ihm seinen Ursprung zeigten.

Die Rauchschwaden, die ihm so sonderbar vorgekommen waren, waren tatsächlich kein Holzrauch, sondern heißer Dampf, der aus einer kreisrunden sprudelnden Wasserstelle am anderen Ende des Raumes aufstieg – einer heißen Quelle, von der eine seiner verschütteten Erinnerungen hartnäckig behauptete, dass sie so hoch oben im Gebirge gar nicht da sein durfte. Aber sie war da, und sie war nicht nur die Ursache des grauen Dampfs, den er draußen gesehen hatte, sondern auch einer wohltuenden, wenn auch feuchten Wärme, die den gesamten Raum und die Luft bis in seine Lungen hinein erfüllte.

»Zieh deinen Mantel aus«, riet ihm Bjorn. »Und am besten auch Wams und Hose. Wir bleiben nicht lange, und es ist vielleicht keine gute Idee, in nassen Kleidern weiterzugehen.«

Während er gehorchte und sich genau wie Bjorn und seine Begleiter der diversen Lagen von Kleidern entledigte, in die sie sich gehüllt hatten, um der Kälte hier oben zu trotzen, nutzte er die Zeit, um sich neugierig in Arnulfs Heim umzusehen. Es war … ungewöhnlich und vollkommen anders, als er erwartet hatte. Angesichts des Umstands, dass es hier drinnen vermutlich nicht nur immer warm, sondern vor allem feucht war, hatte der Jäger praktisch die gesamte Einrichtung aus Stein und dünnen Schieferplatten gebaut, die er sorgsam behauen und in vermutlich monate-, wenn nicht jahrelanger Arbeit zurechtgeschliffen hatte. Dennoch war es ihm irgendwie gelungen, so etwas wie Behaglichkeit zu erzeugen, auch wenn es Thor ein Rätsel blieb, wie.

Vielleicht kam dieser Eindruck auch nur durch die Wärme zustande, die durch Mark und Knochen ging und einen jeden einlullte, ehe man sich versah.

Arnulf verstaute ihre Kleider in einer Truhe, um sie wenigstens notdürftig für die Dauer ihres Aufenthalts vor der Feuchtigkeit zu schützen, und sie versammelten sich, nur noch mit einem Lendenschurz bekleidet und – mit Ausnahme Sverigs, der seine gewaltige Axt neben sich auf den Boden legte und ihn dabei mit herausfordernden Blicken maß – auch ohne ihre Waffen um die heiße Quelle wie um ein Lagerfeuer.

Ganz wie über einem solchen war ein metallener Bratspieß darüber angebracht, auf dem etwas Kleines und ehemals Vierbeiniges aufgespießt war, das in dem kochenden Dampf garte. Zu siebt, wie sie jetzt waren, blieb für jeden von ihnen kaum mehr als ein Appetithappen, und spätestens, nachdem er den ersten Bissen gekostet hatte, entschied Thor, lieber gar nicht erst darüber nachzudenken, was er da aß. Immerhin musste es nahrhaft sein, so, wie Arnulf aussah. Oder es gab ziemlich viel davon.

»So, und jetzt erzähl, Arnulf«, begann Bjorn, nachdem sie schweigend zu Ende gegessen und der Höflichkeit ihrem Gastgeber gegenüber damit Genüge getan hatten. »Du hast Spuren gefunden? Was für Spuren und wo?«

»Fußspuren.« Arnulf wirkte ein bisschen irritiert, als wundere er sich, warum Bjorn diese Frage überhaupt stellte. Dann sah er Thor an, nickte bei sich und fuhr in verändertem Ton und heftig mit beiden Armen gestikulierend fort: »Es waren die Spuren eines Riesen, ganz sicher. Oben beim Rabenpass.«

»Ein Riese?«, fragte Bjorn.

Wieder sah Arnulf Thor an, bevor er antwortete. »Kein Mensch kann solche Spuren hinterlassen, glaub mir! Sie waren dreimal so lang wie meine Hand und zweimal so breit. Und ohne Zehen.«

»Schneeschuhe«, vermutete Sverig.

»Sogar dafür waren sie zu groß«, beharrte der Jäger. »Und zu tief. Kein Mann würde so tiefe Spuren im Schnee hinterlassen!«

»Auch kein Mann in einer Rüstung und mit schweren Waffen?«, fragte Thor.

Arnulf sah ihn eine Weile nachdenklich und, soweit das überhaupt noch möglich war, noch misstrauischer als bisher an. Dann schüttelte er den Kopf. »Woher sollten sie gekommen sein? Es gibt nur einen Weg hier herauf, und den habt ihr genommen.«

»Und dieser – wie hast du ihn genannt – Rabenpass?«

»Er heißt nur so«, antwortete Bjorn an Arnulfs Stelle. »Ein Spalt zwischen den Felsen, der höher hinauf in die Berge führt. Aber letzten Endes dennoch ins Nichts.«

»Und was ist dahinter?«

»Das weiß keiner«, antwortete Arnulf. »Niemand ist dem Weg bisher weit genug gefolgt, um es herauszufinden.«

»Und woher willst du dann wissen, wohin er führt?«, fragte Thor.

»Eine gute Frage«, antwortete nun wieder Bjorn und machte gleichzeitig ein Gesicht, als wäre sie nicht nur gut, sondern würde ihn auch amüsieren. »Aber es ist einfacher, du siehst es dir selbst an. Dann verstehst du, was ich meine.«

Er wandte sich mit übertriebener Gestik wieder an den Jäger. »Es ist ein weiter Weg zum Pass hinauf. Lass uns aufbrechen.«

Ihre Kleider wieder anzulegen dauerte deutlich länger, als es in Anspruch genommen hatte, sie auszuziehen, zumal es keiner der Männer sonderlich eilig damit zu haben schien. Vielleicht lag es zum Teil daran, dass sie trotz der Truhe, in der Arnulf sie vorsorglich verstaut hatte, schon ein wenig feucht waren. Allein bei der bloßen Vorstellung, wie sie sich schon nach wenigen Augenblicken in der beißenden Kälte draußen auf der Haut anfühlen mussten, lief Thor schon wieder ein eisiger Schauer über den Rücken.

Aber es wurde nicht so schlimm, wie er es erwartet hatte.

Es wurde schlimmer.

Stunde um Stunde stiegen sie höher in die Berge hinauf. Es schien unentwegt kälter zu werden, und auch die Sicht nahm im gleichen Maße ab, in dem die Temperaturen fielen und der Weg steiler wurde.

Thor hatte seine vielleicht doch etwas vorschnell gefasste Meinung über Arnulf zuerst ein wenig und dann radikal überdacht, als er beobachtete, wie selbstverständlich sich der Jäger in dieser unwirtlichen Umgebung bewegte. Zu allem Überfluss jetzt auch noch in einen dicken Fellmantel gehüllt, erinnerte er vielmehr an eine struppige Pelzkugel als an einen Menschen, aber wenn, dann war es eine Pelzkugel, die nahezu schwerelos über Felsen und Grate hüpfte und ihren Weg auch dann noch mit untrüglicher Sicherheit fand, wenn es eigentlich gar keinen mehr gab.

Als wäre das alles noch nicht genug, wurde aus dem eisigen Wind bald ein Sturm, der den zu kristallener Härte gefrorenen Schnee in Schleiern von den Felsen wehte, sodass sie nicht nur nahezu blind dahinstolperten, sondern auch jeder Schritt zu einer schieren Qual wurde. Die eisige Luft brannte in seinen Lungen, und was als weicher Schnee vom Himmel gefallen war, das prügelte der Wind nun als Hagelschauer aus Millionen und Abermillionen winziger spitzer Nadeln und Messerklingen auf sie ein. Längst hatte er die meisten anderen aus den Augen verloren und sah nur noch Bjorns Rücken, der sich mit gesenkten Schultern und aus dem Wind gedrehtem Gesicht vor ihm durch das Toben der Elemente schleppte, aber dieses weiße Chaos erschuf auch seine eigenen Gespenster, die ihrerseits unwillkommene Bilder aus seiner Erinnerung wachriefen. Im Kreischen des Sturmes glaubte er das Heulen einer Meute losgelassener Wölfe zu hören, was freilich nicht nur schwierig, sondern nachgerade unmöglich gewesen wäre.

Gerade, als er glaubte, die Grenzen seiner Leistungsfähigkeit erreicht zu haben, war es vorbei: Der Sturm kreischte ein letztes Mal schrill auf und überschüttete ihn mit einem Hagel scharfer Eiskristalle und brach dann so plötzlich ab, dass die darauffolgende Stille regelrecht in den Ohren dröhnte. Die aufgewirbelten Kristalle, ihres unsichtbaren Haltes beraubt, senkten sich rasch und mit einem unwirklichen Klingen und Klirren zu Boden.

Allerdings nur hinter und neben ihm. Der schneebedeckte Fels vor Bjorn und Arnulf reichte nur noch drei oder vier Schritte weit und war dann einfach verschwunden, und an seiner Stelle gähnte der ungeheuerlichste Abgrund, den er jemals gesehen hatte.

Im Nachhinein war er beinahe dankbar, dass sie das letzte Stück des Weges nahezu blind zurückgelegt hatten. Er hatte keine Angst vor großen Höhen oder Abgründen, doch was er nun sah, das ließ sein Herz unwillkürlich schneller schlagen, und er musste sich überwinden, um nicht im Schritt zu stocken und neben Arnulf und den Jarl zu treten.

Was Arnulf und die anderen als *Pass* bezeichnet hatten, entpuppte sich als ein kaum drei Schritte breiter, felsiger Pfad, der an der Flanke einer nahezu senkrecht aufstrebenden Felswand in die Höhe führte. An manchen Stellen war er sogar noch schmaler, und die Hand der Natur, die diesen steinernen Pfad geschaffen hatte, war nicht so umsichtig gewesen, auch noch ein Geländer anzubringen. Unmittelbar vor ihren Füßen stürzte der Fels genauso senkrecht in die Tiefe, wie er hinter ihnen emporstrebte, und das über Hunderte und Aberhunderte Manneslängen.

»Beeindruckend«, sagte er. Seine Stimme klang rau in seinen Ohren, als wären selbst seine Stimmbänder in der grimmigen Kälte eingefroren. »Ist das der Rabenpass, von dem du erzählt hast?«

Bjorn nickte, und Thor fügte mit einem demonstrativ fragenden Blick in die Runde hinzu: »Und wo sind die Raben?«

»Wenn es hier jemals welche gegeben hat, dann sind sie wahrscheinlich längst erfroren«, krächzte Bjorn mit einer Stimme, die genauso schrill und fremd klang wie seine eigene.

Es dauerte eine Weile, bis Thor überhaupt begriff, was der Jarl mit diesen Worten meinte, aber dann grinste er – oder hätte es jedenfalls getan, hätte die Kälte seine Züge nicht nahezu gelähmt.

»Und hier hast du also die Spuren gefunden?«, wandte er sich an Arnulf.

»Ein Stück weiter den Weg hinab.« Der Jäger machte eine Kopfbewegung zurück in die Richtung, aus der sie gerade gekommen waren. »Aber der Sturm wird nicht viel davon übriggelassen haben, fürchte ich.«

Thor wandte sich zwar in die bezeichnete Richtung, doch alles, was er sah, waren Sverig und die drei Krieger, die sie begleiteten. Sverig erkannte er immerhin an seiner Axt, die drei anderen waren so mit Schnee und glitzerndem Eis bedeckt, dass man kaum noch sagen konnte, wo ihre Mäntel und Kapuzen aufhörten und die eisverkrusteten Bärte und Haare anfingen. Immerhin konnte er sehen, dass sie sich in der Nähe des bodenlosen Abgrunds genauso unwohl fühlten wie er selbst, aber damit hörte es dann auch schon auf. Von den Spuren, die der Jäger angeblich gefunden hatte, war natürlich nichts mehr zu sehen. Falls es sie überhaupt je gegeben hatte.

»Ihr habt mich also nur hierhergebracht, um mir etwas zu zeigen, was gar nicht mehr da ist?«, fragte er.

»Ich dachte, du würdest vielleicht gerne die Aussicht genießen«, antwortete Bjorn, noch immer mit derselben krächzenden Stimme; als läge es nicht nur an der Kälte, sondern auch an der Luft, die in dieser Höhe schon spürbar dünner war.

Thor tat ihm den Gefallen, direkt in den Abgrund zu blicken, auch wenn dort unten nicht wirklich viel zu sehen war. Der Sturm war nicht erloschen, wie er angenommen hatte, sondern tobte ein kleines Stück unter ihnen mit ungebrochener Kraft weiter, sodass er kaum mehr als ein grauweißes Wirbeln sah. Dennoch spürte er, wie tief dieser Abgrund war.

Mit einem fragenden Hochziehen der Augenbrauen wandte er sich wieder zu Bjorn um.

»Natürlich nicht nur deswegen«, fuhr der Jarl fort. »Komm. Es ist jetzt nicht mehr sehr weit, und ich sehne mich nach einem warmen Flecken.«

Sie gingen weiter. Verglichen mit dem Weg, den sie hier heraufgekommen waren, war es vielleicht nur noch ein kurzes Stück, aber es mochte noch immer eine gute halbe Meile betragen, wobei der Weg nicht nur immer steiler, sondern auch immer schmaler wurde, sodass sie bald nur noch hintereinander gehen konnten. Thor vermied es, in den Abgrund zu blicken, aber das war auch gar nicht nötig: Er konnte jede einzelne Armeslänge seiner erschreckenden Tiefe neben sich spüren, und seine lautlos flüsternde Verlockung schien mit jedem Schritt weiter zuzunehmen.

Der Pass, der kein Pass war, endete vor einer mehr als mannshohen Felswand, die Arnulf ohne das geringste Zögern und mit erstaunlichem Geschick hinaufzuklettern begann. Bjorn folgte ihm, wenn auch nicht, ohne sich noch einmal mit einem halb erfrorenen Grinsen zu Thor umgewandt zu haben.

»Ich hoffe doch, du hast nicht übertrieben, als du behauptet hast, ein guter Kletterer zu sein.«

Nein, das hatte er nicht. Der vorhandene Raum reichte nicht dazu, und jetzt war auch nicht der richtige Zeitpunkt für Spielchen, sodass er es dann doch nicht tat ... aber es wäre ihm ein Leichtes gewesen, Bjorn auf dem kurzen Stück nach oben zu überholen. So begnügte er sich damit, ihm nur gerade so dichtauf zu folgen, wie es ging, ohne dass Bjorn ihm auf die Finger trat.

Oben angekommen, gab es keinen Pfad mehr, sondern nur noch ein wirres Durcheinander aus vereisten Felsen und schmutzigem Weiß. Sie warteten, bis auch die restlichen Männer zu ihnen aufgeschlossen hatten, dann setzten sie ihren Weg fort. Arnulf führte sie geduckt, aber mit so schnellen Schritten weiter, dass sie Mühe hatten, ihn nicht aus den Augen zu verlieren, und wahrscheinlich gelang es ihnen nur, weil er noch Rücksicht auf sie nahm. Die Luft war voller staubfeinen Schnees, der ihnen immer wieder die Sicht nahm, und auch aus der weißen Decke auf dem Boden tauchten immer wieder scharfkantige Felsen und gefährliche Stolpersteine auf, die ihr Tempo noch weiter drosselten.

»Hier!« Arnulf blieb so plötzlich stehen, dass Thor um ein Haar gegen ihn geprallt wäre, und deutete heftig gestikulierend zu Boden. Thor musste nicht nur ein paarmal blinzeln, sondern sich auch mit dem Handrücken das Eis aus den Augenwinkeln wischen, bevor er die Spur sah.

Es war nur ein Teil einer Spur, nicht einmal ein ganzer Fußabdruck, der dem unablässigen Wischen und Verschleiern des Windes entgangen war, weil er in einem geschützten Winkel lag. Dass Arnulf ihn überhaupt gesehen hatte, erschien ihm geradezu unglaublich. Aber es war eindeutig ein Fußabdruck, nicht nur eine bloße Laune des Zufalls.

Während sich die anderen zu ihnen gesellten, ließ sich Thor behutsam auf ein Knie herabsinken und streckte die Hand nach der halb verwehten Spur aus, ohne sie indes wirklich zu berühren. Es war der Abdruck eines sehr großen Fußes, ein wenig schräg, als wäre sein Besitzer an dem Felsen abgerutscht, dessen Windschatten ihn bis jetzt bewahrt hatte, und man musste nicht der beste aller Spurenleser sein, um zu erkennen, dass der Mann, der ihn hinterlassen hatte, ein wahrer Riese gewesen war. Und sie sah genauso aus, wie Arnulf sie beschrieben hatte.

»Weiter hinten sind noch mehr!«, schrie Arnulf über das Heulen des Windes hinweg. »Jedenfalls waren sie da! Ich weiß nicht, was noch davon übrig ist!«

»Zeig sie uns!«, befahl Bjorn.

Arnulf nickte stumm, und sie durchquerten den Rest des Felsenlabyrinths und traten urplötzlich auf eine weite, vollkommen von frisch gefallenem Schnee bedeckte Fläche hinaus, die nahtlos in einen Himmel überzugehen schien, an dem zwar auch die für alle Zeiten an ihren Ort gebannte Sonne stand, der aber trotzdem deutlich dunkler war, als er sein sollte; als wäre ein Gutteil dessen, was blau sein sollte, nun schwarz geworden. Die Kälte, obwohl kaum weniger grimmig, war von einer anderen Art als unten auf dem Pass, und die Luft war hier spürbar dünner.

»Komm mit!«

Bjorn ließ ihm kaum Zeit, sich ganz an diese neue Umgebung zu gewöhnen, sondern zog ihn einfach mit sich. Thor folgte ihm gehorsam, von den Ereignissen und dieser sonderbaren Umgebung viel zu überrollt, um irgendetwas anderes zu tun.

Die Ebene war nicht ganz so endlos, wie er zunächst geglaubt hatte. Schon nach wenigen Schritten standen sie wieder vor einem Abgrund, der ihm noch deutlich tiefer vorkam als der, in den sie vorhin geblickt hatten ... auch wenn es keinen Zweifel daran gab, dass es derselbe war, nur aus ungleich größerer Höhe betrachtet. Unter ihnen erstreckte sich eine schier unendliche, schneebedeckte Ebene, die in noch weit unendlicherer Entfernung von einer haardünnen Linie aus dunklem Blau von einem fast schwarzen Himmel getrennt wurde.

Bjorn deutete schweigend direkt nach unten, und Thor musste gegen ein kurzes, aber heftiges Schwindelgefühl ankämpfen, als er gehorsam den Blick senkte und dabei den Fehler beging, sich leicht vorzubeugen.

Direkt vor seinen Stiefelspitzen – vielleicht zwei Fingerbreit vor seinen Stiefelspitzen, um genau zu sein – stürzte die Felswand so lotrecht in die Tiefe, als hätte ein Riese das gesamte Bergmassiv mit einem einzigen Axthieb gespalten. Der Sturm, dem sie unten auf dem Pass mit Mühe und Not entkommen waren, tobte noch immer, und nun sah er auch, dass er niemals aufhören würde, denn es waren die starken Aufwinde hier an der Steilwand, die den Schnee immer und immer wieder hochwirbelten. Dieser Sturm war so alt wie die Berge selbst, und er würde anhalten, solange sie existierten.

Es war ein durch und durch majestätischer Anblick, der ihn sich ebenso klein und unwichtig fühlen ließ, wie er ihm die Großartigkeit der Schöpfung vor Augen führte, deren Teil dieser Ort war, und er spürte tatsächlich so etwas wie ein ehrfürchtiges Erschauern ... aber zugleich fragte er sich auch erneut, warum sie eigentlich hier waren. Bjorn würde sich selbst und seinen Männern kaum all diese Strapazen zugemutet haben, nur um ihm *das* zu zeigen.

Er spürte Bjorns Blick unangenehm durchdringend auf sich ruhen, wandte den Kopf und nutzte die Gelegenheit, um unauffällig ein winziges Stück von der Kante zurückzuweichen.

Bjorn sah ihn weiter auf eine nicht einmal unfreundliche, aber forschende Art an, die ihn jetzt sicher sein ließ, dass da noch etwas war, eine ganz bestimmte Reaktion, die er von ihm erwartete, oder vielleicht auch etwas, das er ihm zeigen wollte.

Dann sah er es.

Nur ein kleines Stück neben dem Jarl, kaum einen halben Steinwurf entfernt, gähnte ein Riss in der Wand. Der Fels war dort geborsten und klaffte auf Armeslänge auseinander und bildete auf diese Weise einen Kamin, der die gesamte Wand spaltete und tief unter ihnen im Chaos des immerwährenden Sturmes verschwand.

»Der Kamin führt bis zum Fuß der Klippe hinab«, beantwortete Bjorn die Frage, die er gar nicht laut ausgesprochen hatte. »Man muss sehr stark sein und ein wirklich guter Kletterer, aber man kann es schaffen. Arnulf«, fügte er mit einer Kopfbewegung hinter sich hinzu, »hat es einmal getan.«

Nach allem, was Thor auf dem Weg hier herauf gesehen hatte, glaubte er ihm das sofort. Trotzdem fragte er: »Hat er es wirklich getan oder nur behauptet?«

»Wenn er nur gelogen hat, um sich wichtig zu machen, dann muss er wohl irgendwo unter seiner Wampe ein Paar Flügel versteckt haben«, antwortete Bjorn. »Das ist der einzige Weg hier herauf. Er ist vor meinen Augen in den Kamin gestiegen, und als ich nach vier Stunden unten angekommen bin, hat er sich bitter bei mir beschwert, wo ich so lange geblieben bin.«

»Der einzige Weg hinaus«, wiederholte Thor. »Aber jeder Weg, der hinausführt, führt auch herein, oder?«

»Dieser nicht.«

Es war der Jäger, der antwortete, nicht Bjorn. »Man kann ihn hinuntersteigen, aber nicht herauf«, beharrte Arnulf, während er näherkam. »Nicht ohne ein Seil, das einen von oben zieht. Niemand hat so viel Kraft. Nicht einmal du.«

»Und selbst wenn«, fügte Bjorn hinzu, »wären wir gewarnt.«

»Ihr überwacht den Einstieg?«

Bjorn nickte nur stumm, und wieder erschien jener sonderbar forschende Ausdruck in seinen Augen.

»Wenn niemand auf diesem Weg hier heraufkommt, von wem stammen dann die Spuren, die Arnulf gefunden hat?«, fragte Thor.

»Um das herauszufinden, sind wir hier, nicht wahr?«, gab Bjorn zurück; aber mit einer Betonung, die ihm nicht gefiel und auch nicht gefallen sollte. Aber dann lächelte der Jarl plötzlich wieder.

»Wir sind nicht nur wegen dieser Spuren hier, habe ich recht?«, fragte Thor geradeheraus.

»Ich weiß nicht, ob du wirklich ein Gott bist oder nur ein sterblicher Mensch, den ein großes Geheimnis umgibt. Aber wie dem auch sei, Thor, sieh es dir genau an. Dies ist vielleicht der letzte Ort auf der Welt, an dem Menschen noch in Freiheit leben können und an dem die Jahre ihres Lebens das Einzige sind, vor dem sie ihr Haupt beugen müssen. Wer du auch wirklich sein magst und wer dich vielleicht geschickt hat – meinst du nicht auch, dass dieser Ort es wert ist, erhalten zu werden?«

Thor war immer noch viel zu erschüttert von dem, was er sah, um mehr als den bloßen Wortlaut dessen zu verstehen, was Bjorn sagte. Da war noch etwas in ihm, von dem der bärtige Jarl nichts wusste und auch niemals erfahren durfte. Dass er hier war, um –

Nein.

Diesen Gedanken ließ er nicht zu.

»Du glaubst nicht wirklich, dass ich ein Gott bin«, sagte er, vergeblich um ein Lächeln bemüht.

»Manche bei uns glauben es«, antwortete Bjorn. »Deine Gefährtin glaubt es und ihre Kinder ebenso. Und Sverig auch«, fügte er nach einem winzigen Zögern hinzu.

Das überraschte Thor, aber es war im Grunde auch nicht wichtig. »Und du?«

Bjorn zögerte, und als er schließlich antwortete, sah er ihn nicht an. »Ich weiß es nicht, Thor«, sagte er schließlich. »Doch wenn du hergekommen bist, um all das zu zerstören, dann werden wir dich töten so wie alle anderen, die vor dir gekommen sind, und alle, die nach dir kommen werden. Aber wenn du wirklich ein Gott bist, ist es dann nicht deine Aufgabe, dieses Land und seine Menschen zu beschützen?«

Thor schwieg, und was hätte er schon sagen sollen, das Bjorn nicht ohnehin schon zu ahnen schien?

Vielleicht, dachte er bitter, diesen einen Gedanken, den er mit verzweifelter Macht nicht zu denken versuchte und der tief in ihm doch da war, wie eine schwärende Wunde, deren Schmerz am Rande seines Bewusstseins pochte und ihn allmählich zu vergiften begann.

Seine Erinnerungen begannen zu erwachen, längst nicht vollständig oder dass er sich gar an irgendwelche Einzelheiten erinnerte. Aber er wusste dennoch zweierlei:

Dass Urd und Sverig und all die anderen recht hatten.

Er *war* Thor, der Gott des Donners.

Und er war hierhergekommen, um Midgard und damit die Welt der Menschen zu zerstören.

6. Kapitel

Sie hatten sich in zwei Gruppen aufgeteilt, um den schneebedeckten Grat in beiden Richtungen eine halbe Stunde weit abzusuchen. Thor, Bjorn und einer der Krieger bildeten die eine. In dem knietiefen lockeren Schnee kamen sie nur mühsam voran, aber in der eisigen klaren Luft reichte der Blick dafür umso weiter. Selbst eine einfache Fußspur wäre über viele hundert Schritte Entfernung sichtbar gewesen. Falls tatsächlich jemand hier oben gewesen war, dann war er längst wieder fort.

Thor war sowohl auf dem Hinweg sehr schweigsam gewesen, und auch als sie in ihren eigenen Spuren zurückgingen, hatten sie kaum ein Dutzend Worte miteinander gewechselt. So sehr er sich unter normalen Umständen in der Gewalt hatte, wäre er nicht sicher gewesen, wie er jetzt reagiert hätte, hätte Bjorn auch nur eine einzige falsche Frage gestellt.

Sverigs Gruppe musste ungefähr zur gleichen Zeit zu demselben Schluss gekommen und umgekehrt sein wie sie, denn sie kehrten praktisch im selben Augenblick zurück, sodass sie unweit des Felslabyrinths wieder zusammentrafen. Sverig maß ihn nur mit einem Blick, als gäbe er ihm ganz allein die Schuld an allem, was sie an diesem Tag an Mühen auf sich genommen hatten, und wandte sich dann mit einem Kopfschütteln an Bjorn.

»Nichts. Keine Spuren.«

»Auf unserer Seite auch nicht«, antwortete Bjorn.

»Aber das muss nichts bedeuten«, fügte Arnulf hinzu. »Es hat vor weniger als einer Stunde geschneit. Wenn sie hier draußen waren, dann hat der Schnee ihre Spuren womöglich schon ausgelöscht.«

»Wenn es sie überhaupt gegeben hat«, knurrte Sverig. »Wer weiß, am Ende hast du sie noch selbst verursacht und es einfach vergessen.«

Arnulf wollte auffahren, doch Bjorn trat mit einem raschen Schritt zwischen die beiden Streithähne und machte eine besänftigende Geste. »Keinem ist damit gedient, wenn wir uns jetzt gegenseitig an die Kehle gehen. Es wird sich eine Erklärung finden.«

»Ja, und ich kann mir auch schon ungefähr denken, welche«, murrte Sverig.

»Vielleicht gibt es noch einen anderen Weg hier herauf«, sagte Thor rasch.

»Nicht wenn du nicht fliegen kannst«, schnaubte Arnulf. »Ich kenne jeden Fußbreit Boden hier.«

»Das ist wahr«, pflichtete ihm Bjorn bei. »Er hat mehr Zeit seines Lebens in den Bergen verbracht als irgendjemand sonst. Es gibt keinen anderen Weg hier herauf!«

»Das scheint mir nicht ganz zu stimmen«, sagte Sverig, in plötzlich seltsamem Ton, der nicht nur Thor besorgt aufhorchen ließ. Und er war noch besorgter, als er Sverig ansah und seine schmal gewordenen Augen bemerkte. Ihr Blick galt nicht ihm, sondern fixierte einen Punkt irgendwo hinter ihm, und Thor ahnte, was er sehen würde, noch bevor er herumfuhr und die drei in weißes Fell und blitzendes Gold gehüllten Riesen sah, die wie aus dem Nichts hinter ihnen aufgetaucht waren.

Sie gehörten nicht zu denen, die er auf Endres Hof getroffen hatte, hätten aber Zwillingsbrüder von ihnen sein können, und jetzt, im hellen Licht des Tages und vor dem Hintergrund des noch helleren Schnees, kamen sie ihm noch ungleich größer und bizarrer vor. Keiner von ihnen war deutlich kleiner als er. Mit den schweren Rüstungen und den noch wuchtigeren Mänteln aus weißem Fell war es schwer, ihre Statur zu erkennen, aber sie hatten starke Hände, und Thor zweifelte nicht daran, dass sie ihm an Körperkraft kaum nachstanden. Sie trugen mächtige, mit einwärts gebogenen Hörnern verzierte Helme, deren Gesichter mythischen Tierfratzen nachempfunden waren, reich ziselierte goldfarbene Brustharnische über schweren Kettenhemden und breite Waffengurte, an denen gewaltige Schwerter hingen. Keiner von ihnen hatte seine Waffe bisher gezogen, aber irgendwie machte sie das eher noch bedrohlicher.

»Immerhin sind es diesmal nur drei«, sagte Sverig gepresst. »Kein Grund zur Sorge, wo wir doch einen Riesentöter bei uns haben.«

Er nahm die Axt von der Schulter, und auch alle anderen zogen ihre Waffen. Selbst Arnulf hielt plötzlich ein kleines Schwert in der Hand. Auch Thors Arm senkte sich fast ohne sein Zutun zum Gürtel, an dem er den schweren Schmiedehammer trug, aber er führte die Bewegung nicht zu Ende, sondern machte stattdessen einen Schritt in Richtung der drei gehörnten Riesen und hob beruhigend die Hand.

»Wartet«, sagte er rasch. »Lasst mich mit ihnen reden.«

Langsam, um weder Bjorn noch Sverig und die anderen oder die drei Riesen zu einer unbedachten Reaktion zu reizen, ließ er die Hand wieder sinken, trat den drei Kriegern einen weiteren Schritt entgegen und schlug gleichzeitig seinen Mantel auseinander, um ihnen zu zeigen, dass er abgesehen von dem schweren Werkzeug unbewaffnet war.

»Thor!«, sagte Bjorn nervös.

Er machte einen weiteren Schritt, blieb wieder stehen. Immerhin war der Riese, den er im Stall getroffen hatte, nicht unter den dreien. Vermutlich war er tot, und wenn nicht, dann so schwer verletzt, dass er wohl Monate brauchen würde, um sich davon zu erholen. Dennoch waren ihm diese Männer nicht fremd. Er war mit Männern wie diesen aufgewachsen, sagte ihm ein unbestimmtes Gefühl, und sie sollten wie Brüder für ihn sein ... aber er spürte keine Verbundenheit mit ihnen.

»Thor?«, fragte Bjorn noch einmal. Jetzt klang er alarmiert, und Thor hörte das Scharren weiterer Waffen, die gezogen wurden; als wäre hinter ihm ein ganzes Heer aufmarschiert und nicht nur eine Handvoll Männer.

Thor machte einen weiteren Schritt und blieb erneut stehen, und dieses Mal erzielte er so etwas wie eine Reaktion: Der mittlere der drei Krieger nahm die Hand vom Schwert und machte eine Bewegung, deren Bedeutung sowohl Bjorn als auch den anderen verborgen bleiben musste, ihn aber regelrecht ansprang:

Komm zu uns, Bruder.

Thor zog seinen Hammer.

Und die Hölle brach los.

Er hatte geglaubt, er wäre schnell, aber das war er nicht. Der Hammer schien Zentner zu wiegen und bewegte sich unendlich langsam, aber das Schwert des anderen *sprang* in seine Hand, wurde zu einem bronzefarbenen Blitz, der nach seiner Kehle hackte und unvorstellbar schnell war. Irgendwie gelang es ihm dennoch, ihm auszuweichen, indem er sich nach hinten warf und den Oberkörper in einem vollkommen unmöglichen Winkel zur Seite beugte, sodass die Klinge dicht genug an seinem Gesicht vorbeiwischte, dass er meinte, den Geruch des Metalls wahrnehmen zu können.

Die Bewegung war zu viel.

Er fiel, nutzte aber instinktiv den Schwung seines eigenen Sturzes, um das Bein hochzureißen und dem Gehörnten einen wuchtigen Tritt in den Leib zu versetzen, der ihn genauso haltlos in den Schnee stürzen ließ wie ihn selbst.

Gleichzeitig kamen sie wieder in die Höhe, Thor mit einer fließenden Rolle, der andere mit einer eckig wirkenden, dafür aber umso kraftvolleren Bewegung, und auch dieses Mal war sein Schwert schneller. Die Klinge ritzte Thors Wange und hinterließ eine dünne Linie aus brennendem Schmerz, und Thor packte das Handgelenk des Angreifers, verdrehte es mit einem brutalen Ruck und wurde mit dem hellen Geräusch von splitterndem Reisig belohnt; vielleicht auch brechenden Knochen. Ein schriller Schrei erklang, von Schmerz und Zorn erfüllt, aber zugleich wechselte das Schwert auch von der rechten in die linke Hand und stieß wie eine bronzefarbene Schlangenzunge nach ihm.

Der Schmerzensschrei, der jetzt in seinen Ohren gellte, war sein eigener.

Das Schwert biss tief und grausam heiß in seine Seite, und er fühlte warmes Blut an seinem Leib hinabrinnen. Alles war weiß und rot und einfach nur ein Inferno aus grausamer Pein. Doch da sauste auch schon sein Hammer nieder und traf funkensprühend auf den Helm des gehörnten Riesen.

Metall verbog sich kreischend. Knochen brachen. Blut spritzte. Ein dumpfes Stöhnen drang unter dem Helm hervor und dann Blut, unglaublich viel helles, dampfendes Blut, das den goldenen Brustpanzer rot färbte und das weiße Fell des Mantels verklebte. Thor taumelte zurück, keuchend vor Schmerz und nicht fähig zu atmen, und der Krieger ließ sein Schwert fallen, sackte auf die Knie und kippte nach vorne. Im letzten Moment fing er seinen Sturz mit ausgestreckten Armen ab, aber unter seinem Helm schoss jetzt noch mehr Blut hervor, das sich wie dampfende rote Säure in den Schnee fraß.

Thor musste mit aller Macht darum kämpfen, sich auf den Beinen zu halten und den Hammer nicht fallen zu lassen. Der Schmerz in seiner Seite ebbte nicht ab, und obwohl er die freie Hand mit aller Kraft auf die Wunde presste, schien das Blut ungemindert aus ihm herauszuströmen. Tief in sich spürte er, dass die Wunde nicht tödlich war, aber sie kostete ihn Kraft, und das mit jedem hämmernden Herzschlag mehr.

Auch hinter ihm wurde gekämpft. Schreie gellten, und er hörte das helle Klirren, mit dem Waffen aufeinanderschlugen, aber auch den viel schrecklicheren, dumpfen Laut, mit dem

Stahl auf Fleisch und Knochen traf und beides zerschmetterte. Sie waren zu sechst gegen zwei, aber er wusste, dass die anderen keine Chance gegen die gepanzerten Riesen hatten. Wenn er jetzt zuließ, dass ihn die Kräfte verließen, dann waren sie alle tot.

Mit purer Willenskraft drängte er den Schmerz zurück, drehte sich um und sah genau das, was er erwartet hatte. Nur dass es schlimmer war.

Einer der drei Männer lag bereits reglos im Schnee, und auch Arnulf krümmte sich genau in diesem Moment, von der Schwertklinge eines Riesen in den Unterleib getroffen. Der andere Arm des gepanzerten Giganten fegte gleichzeitig nicht nur Sverigs Axt aus der Luft, sondern traf den Krieger auch mit solcher Wucht vor die Brust, dass er zurück- und gefährlich nahe auf den Abgrund zustolperte. Nur ein Stück neben ihnen lieferten sich Bjorn und die beiden Verbleibenden einen verzweifelten Kampf mit dem dritten Riesen, an dessen Ausgang trotz des Ungleichgewichtes kaum ein Zweifel bestand, denn obwohl das Schwert des Jarls sein Ziel immer wieder und mit erstaunlicher Präzision traf, vermochte es die Rüstung des Riesen dennoch nicht zu durchdringen. Die Klinge prallte einfach ab, und der Riese revanchierte sich mit einem Schlag seiner gepanzerten Faust, der Bjorn im Gesicht traf und ihn zu Boden schleuderte.

Thor erfasste all das mit einem einzigen Blick und traf eine instinktive Entscheidung. Der Hammer flog fast ohne sein Zutun aus seiner Hand, überschlug sich zwei- oder dreimal in der Luft und traf den Krieger neben Sverig zwischen die Schulterblätter, prallte von seinem gepanzerten Rücken ab und kehrte auf einem taumelnden Kurs zu seinem Besitzer zurück. Der Krieger wurde von der Wucht des Treffers nach vorne und in den Abgrund geschleudert. Noch während er fiel, streckte er die Hand aus, packte Sverig am Arm und riss ihn mit sich.

Thor griff nach dem Hammer, verfehlte ihn und wäre um ein

Haar in den Schnee gestürzt, als er sich danach bückte. Seine Seite blutete immer noch, Wams und Mantel waren schwer von seinem eigenen Blut, und er fühlte sich mit jedem Herzschlag schwächer. Den Hammer aufzuheben und sich wieder in die Höhe zu quälen war schon beinahe mehr, als er konnte, und als er sich wieder umdrehte, um nach dem verwundeten Angreifer hinter sich zu sehen, wurde er mit einem ganz und gar unglaublichen Anblick belohnt.

Der Krieger war nicht tot. Er musste es sein, nach dem furchtbaren Hieb gegen den Helm, den er ihm versetzt hatte, aber er war nicht nur am Leben, sondern grub mit ungelenken Fingern sein Schwert aus dem Schnee und stemmte sich taumelnd in die Höhe.

Trotz seiner Schmerzen und der immer größer werdenden Schwäche seiner Glieder hätte er ihn jetzt töten können, mit einem einzigen Hieb, aber da waren auch noch Bjorn und die beiden anderen, und so quälte er sich noch einmal herum und schleuderte seinen Hammer.

Er hatte zu schnell geworfen, zu schlecht gezielt oder war zu schwach: Der Hammer verfehlte sein Ziel um eine gute Handspanne, flog sich ununterbrochen überschlagend weiter und verschwand im Nichts, als er über die Felskante flog.

Immerhin prallte der Riese erschrocken zurück, als das schwere Werkzeug an ihm vorüberzischte, und Bjorn nutzte die winzige Chance, nach seinem Bein zu stechen. Seine Schwertspitze fand eine Lücke in den metallenen Beinschienen und fügte ihm eine heftig blutende Fleischwunde zu. Der Krieger taumelte. Mit einem einzigen Schritt war Thor hinter ihm und schlug ihm die verschränkten Fäuste in den Nacken. Selbst seine gewaltigen Körperkräfte reichten nicht aus, um den eisernen Panzer zu durchdringen, der sich unter dem weißen Fell verbarg, doch die schiere Wucht des Hiebes reichte, um den Riesen taumeln zu lassen.

Thor riss den Mann herum, rammte ihm die flache Hand ins Gesicht und erinnerte sich zu spät daran, dass es sich hinter einer aus scharfem Metall gehämmerten Tiermaske verbarg.

Er riss sich die Finger auf, doch der Hieb schleuderte den Krieger rücklings in den Schnee. Unverzüglich setzte ihm Thor nach und brach die Bewegung im allerletzten Moment und mit einer beinahe schon verzweifelten Drehung wieder ab, als der gestürzte Riese mit seinem Schwert nach ihm stocherte.

Die Bewegung brachte ihn aus dem Gleichgewicht. Er stolperte, sank unbeholfen auf die Knie und brauchte jetzt noch mehr Willensstärke, um sich wieder in die Höhe zu stemmen.

Nun war es umgekehrt: Der Riese stand schon wieder, und vermutlich wäre es ein Leichtes für ihn gewesen, ihn anzugreifen und zu töten, waffenlos und verletzt, wie er war. Stattdessen jedoch schwang er nur noch einmal drohend das Schwert in seine Richtung, fuhr dann herum und eilte zu seinem Kameraden. Hastig legte er sich dessen Arm um die Schulter und stützte ihn, während sie rasch durch den Schnee davonhumpelten. Einer von Bjorns Kriegern wollte ihnen nacheilen, doch Thor hielt ihn mit einer raschen Bewegung zurück und schüttelte nur den Kopf. Es wäre nicht nur eine sinnlose, sondern eine selbstmörderische Geste gewesen.

Schwer atmend und gegen ein immer heftiger werdendes Schwindel- und Schwächegefühl ankämpfend, wandte er sich um. Die Schlacht war vorbei, und sie waren eindeutig die Verlierer. Mindestens einer der Männer war tot, Sverig verschwunden und am Fuße der Felswand zerschmettert, und Bjorn bemühte sich mit einer Mischung aus Hilflosigkeit und Verzweiflung um Arnulf, der heftig aus Mund und Nase blutete und blindlings um sich schlug.

Thor konnte spüren, wie seine Kräfte immer rascher nachließen, und wenn es irgendetwas gab, wonach er sich mehr als nach allem anderem sehnte, dann sich einfach in den weichen Schnee zu legen und die Augen zu schließen.

Stattdessen zwang er sich, neben dem zweiten, verwundeten Krieger niederzuknien und ihn flüchtig zu untersuchen. Er war verletzt, aber nicht tödlich, nicht einmal besonders schwer, doch die Wunde blutete stark und musste sehr schmerzhaft sein. Da war etwas wie eine weitere, verschüttete Erinnerung, die ihm nicht nur sagen wollte dass, sondern auch wie er ihm helfen und seine Qual lindern konnte, aber es erschien ihm viel zu mühsam, dieser Erinnerung zu folgen. Er war ja schon zu schwach, um sich selbst zu helfen.

So bedeutete er dem einzigen halbwegs unversehrt gebliebenen Mann nur mit einer müden Geste, sich um seinen Kameraden zu kümmern, stemmte sich noch einmal hoch und ging mit mühsamen kleinen Schritten zu Bjorn und dem Jäger hin.

Arnulf hatte aufgehört, um sich zu schlagen, und lag nun still. Seine Augen waren weit aufgerissen, und es war auch noch Leben darin, auch wenn Thor nicht sicher war, ob er ihm dieses Leben auch wirklich wünschen sollte, denn alles, was er in seinem Blick las, war unsäglicher Schmerz und noch größere Angst. Bjorn sah kurz zu ihm hoch, deutete ein stummes Kopfschütteln mit den Augen an und wandte sich dann wieder dem sterbenden Jäger zu.

Thor kroch auf den Knien das kleine Stück zur Felskante hin. Er hätte selbst nicht genau sagen können, warum; vielleicht musste er sich einfach davon überzeugen, dass der fremde Krieger nicht wider jede Logik noch immer irgendwo dort in der Leere auf ihn wartete, vielleicht hatte er auch etwas gehört, ohne sich dessen wirklich bewusst zu sein, oder es gab keinen Grund. Was es gab, war eine blutige Hand, die sich ein kleines Stück unter ihm mit verzweifelter Kraft an den Felsen klammerte.

Sverig hatte den Helm verloren, und der Blick seiner in

schierer Todesangst geweiteten Augen war direkt auf sein Gesicht gerichtet. Thor war nicht einmal sicher, ob er ihn überhaupt sah. Panik und die unvorstellbare Anstrengung, sein ganzes Körpergewicht mit nur einer Hand zu halten, hatten sein Gesicht zu einer Grimasse werden lassen, und sein Mund war wie zu einem gellenden Schrei aufgerissen, ohne dass auch nur der geringste Laut über seine Lippen kam. Und Thor konnte sehen, wie ihn die Kräfte verließen. Seine Finger bluteten und begannen ihren Halt an der Felswand zu verlieren. Er rutschte ab, ganz langsam nur, aber unbarmherzig.

Für die Dauer eines einzelnen, aber schier endlosen Herzschlages zögerte er.

Es wäre leicht. Niemand würde es je erfahren. Er musste einfach nur nichts tun, nur abwarten, sonst gar nichts. Niemand würde es je erfahren.

Aber er würde es wissen.

Und so streckte er im allerletzten Moment den Arm aus, schloss die Finger um Sverigs Handgelenk und zog ihn mit einem einzigen kraftvollen Ruck nach oben.

Er hatte nicht das Bewusstsein verloren, obwohl er nicht nur fest damit gerechnet, sondern es sich schon beinahe gewünscht hätte, um Schmerz und Schwäche und vor allem dem Schrecken des Augenblicks zu entkommen. Stattdessen war er in eine Art Dämmerzustand geglitten, in dem alles um ihn herum etwas sonderbar Leichtes und Unwirkliches bekam.

Er hätte es vorgezogen, länger in dieser dämpfenden Halbwelt zu bleiben, denn die Wirklichkeit, in die er schließlich ebenso lautlos zurückglitt, wie er sie verlassen hatte, hatte nichts von ihrem Schrecken eingebüßt.

Er erinnerte sich kaum, dass sie in den kümmerlichen Windschutz der Felsen zurückgekehrt waren, doch er fand sich gegen einen eisverkrusteten Felsen gelehnt wieder. Seine Seite pochte, und als er an sich hinabsah, gewahrte er einen klaffenden Schnitt in seinem Mantel, der mit gefrorenem Blut verkrustet war, das wie Tausende rosafarbener Diamantsplitter glitzerte. Es tat entsetzlich weh. Selbst das Atmen bereitete ihm Schmerzen.

Müde fuhr er sich mit den Händen durch das Gesicht, fühlte auch dort verkrustetes Blut und erinnerte sich erst dann an die Schramme, die ihm der Krieger verpasst hatte. Als er die Hände herunternahm, begegnete er Sverigs Blick.

»Warum hast du das getan?«, fragte er.

»Was?«

»Mir das Leben gerettet«, antwortete Sverig. »Niemand hätte es gemerkt, wenn du mich einfach fallen gelassen hättest. Also: Warum hast du es getan?«

»Damit du etwas hast, wofür du mich hassen kannst«, antwortete Thor.

Sverigs Augen blitzten auch prompt von genau diesem Gefühl erfüllt auf, aber Thor hatte nicht vor, dieses fruchtlose Gespräch fortzusetzen.

Mit zusammengebissenen Zähnen stand er auf, sah sich um, gewahrte Bjorn und die anderen vielleicht zehn Schritte entfernt, wo sie sich in den Schutz einer Gruppe halb mannshoher Felsen geduckt hatten. Jemand hatte sich um den Verwundeten gekümmert, dessen rechter Arm jetzt in einer improvisierten Schlinge hing. Um die Stirn und die Schläfen des Mannes zog sich ein frischer Verband, der auch sein linkes Auge bedeckte und ihn vermutlich mehr behinderte, als er ihm half.

Erst als er fast heran war, sah Thor, dass sie auch den Toten hergebracht hatten; vielleicht zwei Tote, denn Arnulf lag mit geschlossenen Augen neben dem Jarl, und Bjorn hielt seine Hand wie die eines kranken Kindes. Dann erkannte er den Ausdruck auf Bjorns Gesicht und verbesserte sich in Gedanken: eines kranken Freundes.

»Thor …« Bjorn hob müde die freie Hand und deutete auf den Boden neben sich, dann, nachdem Thor der Einladung gefolgt war, in die Richtung, aus der er gekommen war. Sverig war ihm nicht gefolgt, aber er konnte seine bohrenden Blicke spüren. »Danke, dass du ihn gerettet hast.«

Thor blickte fragend, und Bjorn versuchte, die Lippen zu einem wehleidigen Lächeln zu verziehen. »Ich nehme nicht an, dass er sich bedankt hat, also tue ich es.«

Thor reagierte nur mit einer Geste, deren Bedeutung Bjorn sich aussuchen konnte.

»Er wird eine Weile brauchen, um seinen Stolz zu überwinden«, fuhr Bjorn fort, »aber er weiß sehr wohl, dass er ohne dich jetzt tot wäre. Wir alle wären jetzt tot ohne dich.«

»Ohne mich wärt ihr vielleicht gar nicht hergekommen.« Thor deutete auf den Jäger. »Wie geht es ihm?«

»Er stirbt.« Ein Schatten huschte über Bjorns Gesicht, aber seine Stimme blieb fest. »Er ist ein starker Mann und kämpft noch, aber er stirbt. Die Verletzung ist zu schwer.«

»Das tut mir leid«, antwortete Thor, was durchaus ehrlich gemeint war. »War er ... *ist* er dein Freund?«

»Mein Bruder«, antwortete Bjorn. Er lachte, leise und bitter. »Mein älterer Bruder. Dennoch war er immer der Sanftmütigere von uns beiden. Er hat mir oft genug vorhergesagt, dass er mich eines Tages zu Grabe tragen wird, weil ich durch das Schwert sterbe, das ich seiner Meinung nach viel zu sehr liebe. Jetzt sieht es so aus, als hätte er es nicht genug geliebt.«

Thor wusste nicht, was er sagen sollte. Niemand hätte eine Chance gegen diesen Riesen gehabt, vermutlich nicht einmal er, aber Bjorn das zu sagen wäre kein Trost gewesen.

Arnulf öffnete die Augen und gab einen gedämpften Klagelaut von sich, aber sein Blick ging geradewegs durch ihn hindurch. Blut lief aus seinen Mundwinkeln, und Bjorn wischte es mit den Fingern weg, bevor es an seinem Kinn hinablaufen konnte.

»Du hast recht«, sagte er. »Dein Bruder ist ein sehr starker Mann.«

»Und er leidet«, sagte Bjorn. »Ich sollte ihn von seiner Qual erlösen. Aber das kann ich nicht.«

»Weil er dein Bruder ist?« Das verstand er gut. »Soll ich es für dich tun?«

Bjorn schien über seinen Vorschlag nachzudenken, schüttelte dann aber den Kopf und wischte einen weiteren Tropfen Blut von Arnulfs Lippen, bevor er antwortete. »Nein, das wäre meine Aufgabe. Und du hast schon genug für uns getan.«

Thor sah ihn einfach nur an, doch sein Schweigen musste eine andere Wirkung auf Bjorn haben, als er glaubte, denn nach einem kurzen Moment sah der Jarl noch einmal zu ihm hoch und schüttelte fast erschrocken den Kopf.

»Oh nein, so war das nicht gemeint. Ohne dich wären wir alle jetzt tot.«

»Wenn ich wirklich ein so großer Krieger wäre, wie du glaubst, dann wären nicht zwei von ihnen entkommen«, stellte Thor fest.

»Die du allein in die Flucht geschlagen hast«, beharrte Bjorn. »Und den Dritten hast du getötet. Beim großen Drachen Nidhöggr, ich habe niemals Krieger wie diese erlebt! Sie waren unbesiegbar!« Als Thor auch darauf nicht reagierte, fügte er hinzu: »Waren das dieselben, gegen die du auf dem Hof gekämpft hast?«

Thor nickte. »Das waren keine Lichtbringer, oder?«

»Als ich die Leichen auf dem Hof gesehen habe, dachte ich es«, antwortete Bjorn, sah dabei aber wieder seinen Bruder an und wischte einen weiteren Tropfen Blut aus seinem Mundwinkel. »Aber nun, wo ich sie erlebt habe ... ich glaube es nicht.«

»Obwohl du ihnen noch nie zuvor begegnet bist?« Er wusste, dass Bjorn recht hatte.

Komm mit uns. Bruder.

»Wären sie alle wie diese drei, dann gäbe es längst keinen Widerstand mehr gegen sie, und sie würden die Welt von einem

Ende zum anderen beherrschen«, sagte Bjorn überzeugt. »Wer könnte einem Heer aus Männern wie diesen widerstehen?«

Niemand. Aber es gab kein Heer aus Männern wie ihnen. Sie waren nie viele gewesen und würden nie viele sein. Und das war auch nicht notwendig.

»Viel mehr interessiert mich die Frage, wo sie hergekommen sind«, sagte Thor, wenn auch hauptsächlich, um von dem Thema abzulenken, bevor Bjorns Worte noch mehr Bilder aus seiner Erinnerung heraufbeschwören konnten.

»Vielleicht sind sie doch durch den Kamin hochgestiegen«, antwortete Bjorn. Er sah auf seinen Bruder hinab, wie um sich für diese Worte zu entschuldigen. »Arnulf hat recht: Kein Mann, dem ich je begegnet bin, hätte den Aufstieg geschafft. Aber diese Krieger ...«

Thor bezweifelte, dass es so gewesen war. Wie alle anderen hatte er die ungeheuren Kräfte der fremden Krieger gespürt; doch anders als sie wusste er, dass selbst diese Kräfte begrenzt waren – auch in der Zeit – und dass sie sie nicht mit etwas so Sinnlosem wie dem Ersteigen einer Felswand verschwenden würden, wenn es einen anderen Weg gab.

»Und die Klamm, durch die du Urd und mich ins Tal gebracht hast?«

»Der Götterpfad?« Bjorn schüttelte den Kopf. »Nein.«

»Wie kannst du da so sicher sein?«, fragte Thor. »Wahrscheinlich habt ihr Wachen dort, das ist mir klar. Aber auch die aufmerksamste Wache ist nicht gegen die Müdigkeit gefeit oder einen Moment der Unaufmerksamkeit.« Wenn er an die nachlässige Wachsamkeit im Dorf dachte, erschien ihm das durchaus nicht unwahrscheinlich.

Bjorn schüttelte nur noch einmal den Kopf. »Warte, bis wir zurück im Tal sind. Dann wirst du verstehen, was ich meine.«

»Und die beiden, die entkommen sind? Willst du sie nicht verfolgen?«

Bjorn machte eine abwehrende Geste. »Ich stelle einen Suchtrupp zusammen, sobald wir wieder unten sind. Zwanzig Mann, die gut bewaffnet sind und wissen, was sie erwartet. Aber wenn diese Krieger wirklich durch den Kamin gekommen sind, dann werden sie längst verschwunden sein, bis jemand hier ist.« Er seufzte. »Wir werden eine Festung hier oben errichten müssen. Mindestens einen Posten, der ständig bemannt ist und den Kamin im Auge behält.« Er bedachte Thor mit einem Lächeln, das die Bitterkeit in seinen Augen unberührt ließ. »Du hättest kein Interesse an dem Posten eines Festungskommandanten? Die Festung wäre nicht sehr groß, und die Bezahlung ist schlecht, aber dafür wärst du ganz dein eigener Herr.«

»Und die Aussicht ist großartig, ich weiß«, seufzte Thor, schüttelte aber dennoch den Kopf. »Mich hat es noch nie nach irgendwelchen Posten gelüstet, fürchte ich.«

Bjorn heuchelte Enttäuschung, aber sie setzten das unsinnige Gespräch auch nicht fort, denn Arnulf begann sich zu regen. Mehr und viel helleres Blut erschien auf seinen Lippen, und sein Blick irrte mit einem Male überallhin. Der Todeskampf begann, begriff Thor.

Und es war ganz so, wie Bjorn behauptet hatte: Sein Bruder mochte nicht den Eindruck erwecken, aber er *war* ein sehr starker Mann, und warum immer die Götter, das Schicksal oder pure Willkür ihm diese Kraft geschenkt hatten, wandte sie sich am Ende gegen ihn und wurde vom Segen zum Fluch.

Es dauerte noch über eine Stunde, bis er starb.

Thor gewährte Bjorn auch danach noch eine angemessene Frist, um von seinem Bruder Abschied zu nehmen, und erwartete, dass sie den Toten entweder mitnehmen oder an Ort und Stelle bestatten würden, doch Bjorn wickelte ihn lediglich in seinen Mantel und bedeckte ihn mit einer dünnen Schicht Schnee, damit sich keine Raubvögel an ihm gütlich taten. Die Männer, erklärte er, die er heraufschicken würde, würden ihn später mit zurück ins Tal bringen, wo er nach den Sitten seines Volkes und mit den ihm zustehenden Ehren beigesetzt werden konnte.

Thor hütete sich, ihm zu widersprechen, schon um seine Gefühle nicht zu verletzen, aber auch, weil er sich sagte, dass sie nicht länger hierbleiben sollten, als unbedingt nötig war. Zwei der drei unheimlichen Fremden lebten noch, und sie würden ganz gewiss nicht aufgeben und sich irgendwo verkriechen, um ihre Wunden zu lecken.

Der Rückweg durch das Felsenlabyrinth wurde zu einem Albtraum. Bjorn behauptete zwar, den Weg genauso gut zu kennen wie sein Bruder, doch so ganz schien das nicht zu stimmen. Sie erreichten irgendwann den Abstieg zum Rabenpass, aber in gut der doppelten Zeit, die sie für den Aufstieg gebraucht hatten.

Die größte Schwierigkeit bereitete es ihnen, das kleine Stück entlang der Felswand hinabzusteigen, das sie vorhin so leicht emporgeklettert waren. Jetzt waren sie alle am Ende ihrer Kräfte, einer der beiden Männer hatte einen gebrochenen Arm, und Sverigs Hände waren von der verzweifelten Anstrengung, mit der er sich in die Wand gekrallt hatte, so zerschunden, dass er sich kaum noch zu halten vermochte. Auch Thors linke Hand war aufgeschürft, mit der er einem der Angreifer in die metallene Gesichtsmaske geschlagen hatte, und die Wunde in seiner Seite machte ihn kurzatmig. Am Fuß der Wand angelangt, mussten sie eine weitere kurze Rast einlegen, um wieder zu Kräften zu kommen.

Auch der Sturm wartete wieder auf sie, und überfiel sie mit Wucht, als sie gerade an der schmalsten Stelle des Felspfades angekommen waren. Das Chaos aus staubfein wirbelndem Schnee schien noch dichter geworden zu sein, und aus dem Klingen einer kristallenen Harfe war ein Kreischen und Heulen geworden, das in den Ohren wehtat. Nicht Bjorn, sondern der

Krieger mit dem verletzten Arm hatte die Führung übernommen, und obwohl er kaum mehr als drei Schritte vor ihm ging; schienen ihn die glitzernden Schwaden immer wieder einfach zu verschlingen.

Dann war er plötzlich *wirklich* verschwunden, und an seiner Stelle erhob sich ein riesiges weißes und goldenes Gespenst mit gewaltigen Hörnern und einem Tiergesicht aus Metall, das mit einem blutbesudelten Schwert nach ihm hieb.

Thor reagierte blitzschnell, aber Müdigkeit und Blutverlust forderten ihren Preis, und seine Bewegung war vielleicht eine Winzigkeit langsamer, als er es gewohnt war; auf jeden Fall zu langsam, um dem Schwerthieb des gehörnten Riesen noch auszuweichen. Er sah die Schwertklinge und versuchte instinktiv, den Arm hochzureißen, was ihn fast die eigene Hand gekostet hätte, doch die Klinge schlängelte sich mühelos daran vorbei und traf seine Schläfe.

Was ihm das Leben rettete, das war das Ungeschick des Riesen, denn die Klinge traf ihn nicht mit der tödlichen Schneide, sondern der flachen Seite, das aber mit solcher Wucht, dass er zur Seite und gegen den eisverkrusteten Fels taumelte und halb benommen in die Knie brach. Irgendwo hinter ihm schrie jemand. Metall prallte gegen Metall, und wieder wurde alles rot und dunkel, Blut lief an seiner Schläfe hinab und schmeckte nach bitterem Kupfer in seinem Mund. Er brauchte all seine Willenskraft, um die Dunkelheit zurückzudrängen, die seine Gedanken verschlingen wollte. Dennoch war da noch der Krieger in ihm, der blindlings umhertastete, bis seine Finger einen Stein fanden und sich fest darum schlossen.

Der Riese schlug auch jetzt wieder mit der flachen Seite der Klinge zu, das aber mit solcher Wucht, dass er hören konnte, wie sein Handgelenk brach, noch bevor der Schmerz wie eine weiße Flamme durch seinen Arm schoss und ihn aufstöhnen ließ. Blindlings schlug er dennoch mit der anderen Hand nach dem

Krieger und traf auch, erreichte aber nicht mehr, als sich die Knöchel am harten Metall der Rüstung aufzureißen.

Dann wurde er hochgerissen, und der gepanzerte Riese rammte ihm den Schwertknauf mit der Wucht eines Hammerschlages in den Leib, sodass ihm die Luft aus den Lungen getrieben wurde und er zum zweiten Mal in die Knie brach, der Bewusstlosigkeit noch näher.

Der Krieger riss ihn auch jetzt wieder auf die Beine, wirbelte ihn mit einer Hand herum und schmetterte ihn gegen den Fels, während er mit der anderen das Schwert in den Gürtel zurückrammte. Dann wurde sein Handgelenk gepackt und der Arm brutal auf den Rücken gedreht, und Thor begriff mit einer Art verwunderter Empörung, dass der Kerl ganz offensichtlich vorhatte, ihn zu fesseln.

Ein Krachen erscholl. Etwas Warmes und Klebriges lief über seine Hand, und er hörte einen Laut, der irgendwo zwischen einem schmerzerfüllten Grunzen und purem Erstaunen lag. Der Druck auf sein Handgelenk war verschwunden, und als er sich benommen herumdrehte, sah er gerade noch, wie der Riese haltlos zurückstolperte. Seine gepanzerte linke Hand umklammerte den Stumpf des anderen Armes, aus dem hellrotes Blut im Rhythmus seines hektisch hämmernden Herzens spritzte.

Sverigs zweiter, noch wuchtigerer Axthieb enthauptete ihn.

Der kopflose Torso stolperte erst einen, dann einen zweiten eckigen Schritt zurück, als weigere er sich selbst jetzt noch zu sterben, trat dann ins Leere und verschwand in der Tiefe, während sein abgeschlagenes Haupt vor ihm zu Boden fiel und dann wohl ebenfalls über die Kante gestürzt wäre, wäre Sverig ihm nicht blitzschnell gefolgt und hätte den Fuß darauf gesetzt.

Mit einem Tritt beförderte er ihn zurück auf den Pfad und wandte sich erst dann wieder zu Thor um. Er sagte kein Wort. Nach einem weiteren Augenblick fuhr er auf dem Absatz herum und eilte zurück, um Bjorn und den beiden anderen gegen den dritten Angreifer beizustehen.

Es wäre vermutlich nicht einmal mehr nötig gewesen, denn dieses Mal waren die Chancen anders verteilt. Auch der dritte Krieger war ein wahrer Riese, der die anderen selbst ohne den gewaltigen Hörnerhelm um ein gutes Stück überragt hätte, und das Schwert, das er führte, hätte ein normaler Mann wohl nur mit zwei Armen heben können.

Doch auch ihm bereitete das Gewicht der Waffe sichtliche Schwierigkeiten; vielleicht auch schon die bloße Tatsache, sich auf den Beinen zu halten. Er stand schwankend auf dem schmalen Gesims und benutzte sein Schwert vornehmlich, um sich Bjorn und den zweiten Krieger vom Leib zu halten, ohne dass es ihm wirklich gelang. Ihre Schwerter trafen immer wieder ihr Ziel, schnitten seinen Mantel in Fetzen und schlugen Funken aus seiner Rüstung, mussten sie aber auch schon mehr als einmal durchdrungen haben, denn an der riesigen Gestalt war jetzt sehr viel mehr Rot als Gold, und auch unter dem Rand seines Helms lief noch immer ein dünner roter Strom heraus.

Thor versuchte, die schwarzen Spinnweben vor seinen Augen wegzublinzeln, stemmte sich hoch und beging den Fehler, sich auf seinem gebrochenen Handgelenk abzustützen. Diesmal zwang der Schmerz einen keuchenden Schrei über seine Lippen, und ihm wurde schwarz vor Augen.

Sverig erreichte den Krieger im gleichen Moment, in dem sich sein Blick wieder klärte. Er sollte nie erfahren, ob er schlecht gezielt oder aus purer Grausamkeit so zugeschlagen hatte, doch die gewaltige Axtklinge enthauptete diesen Krieger nicht, sondern grub sich knirschend durch seine Rüstung und tief in seine Schulter.

Der Krieger brüllte auf. Das Schwert entglitt seinen Fingern, als sein Arm, halb von der Schulter abgetrennt, kraftlos heruntersank. Ein zweiter gellender Schrei drang dumpf unter dem deformierten Helm hervor, als Sverig die Axt mit einer brutalen Bewegung losriss und zu einem zweiten Hieb ausholte. Jetzt zielte er nach seinen Beinen, um ihn zu Fall zu bringen.

Der Hieb ging ins Leere, als der Riese zurückstolperte und sich schwerfällig herumdrehte. Sverig versuchte ihm nachzusetzen, und Bjorn schrie irgendetwas, das Thor nicht verstand und Sverig einfach ignorierte. Seine Axt zielte jetzt auf die Kniekehlen des Riesen, doch auch dieser Schlag ging ins Leere, denn sein Ziel war nicht mehr da.

Trotz der blutigen Schleier vor seinen Augen sah Thor es ganz genau:

Der Krieger stürzte nicht.

Er sprang.

7. Kapitel

Träume.

Es kam eine Zeit der Träume, in der er durch Welten aus zu scharfkantiger Lava erstarrter Schwärze schritt, in der er Welten und Gesichter sah, die er niemals kennengelernt hatte, und in der er dennoch zu Hause war. Wieder hörte er das Horn, das zur Schlacht rief, das Lachen vertrauter Stimmen und das Heulen der Wölfe, die Seite an Seite mit den Kriegern dem Feind entgegenrannten, so begierig darauf, ihre Zähne in sein Fleisch zu schlagen wie er, Mjöllnir zu schleudern und damit Schädel zu zermalmen und Rüstungen zu zerschmettern.

In seinem Traum wandelte er durch ein Meer von Blut, labte sich an den Schreien der Sterbenden und ihrem vergeblichen Flehen um Gnade, schleuderte er Blitze und den Donner seines göttlichen Zorns auf Heere und Städte, und er genoss jeden Moment dieser Verheerung und zog mehr Kraft daraus, als es ihn kostete, sie zu entfesseln.

Aber er wanderte auch durch blühende Felder, spürte die süßen Lippen einer Frau auf den seinen und die Wärme ihres Körpers auf der Haut, strich durch dichte Wälder und lauschte der Melodie des Windes, der in ihren Wipfeln sang. Er spürte die Wärme des Sonnenlichts auf dem Gesicht und lauschte dem Geräusch der Brandung, die monoton und ewig gleich, wie seit Anbeginn der Zeiten gegen den schwarzen Fels am Fuße des Gladsheims rollte. In seinem Traum waren ihm all diese Orte vertraut, hatte jedes Gesicht einen Namen und jeder Name eine Geschichte. Er wusste den Grund, aus dem er hierhergeschickt worden war; und er sah auch, was kommen würde, und eine tiefe Trauer ergriff von ihm Besitz, als er begriff, dass all dies hier dem Untergang geweiht war, dass der Gladsheim fallen und Wal-

hall brennen würde, wenn er nicht tat, wozu man ihn entsandt hatte. Manche dieser Menschen hier sahen in ihm einen Gott, manche einen Beschützer, doch er war weder das eine noch das andere.

Er war ein Zerstörer, gekommen, um das zu vernichten, was er liebte, und er musste es tun, um all das zu bewahren, was er ebenso hasste wie fürchtete.

Etwas griff nach ihm, eine unsichtbare, warme Hand, die seine Wange liebkoste, an seiner nackten Schulter hinunterglitt und über den Arm und schließlich auf seinem bandagierten Handgelenk liegen blieb. Er verspürte einen vertrauten Geruch, eine vertraute Nähe. Der Traum begann zu verblassen und mit ihm das allermeiste Wissen, das mit ihm gekommen war, und er erlebte einen der seltenen Augenblicke, in dem ihm nicht nur vollständig klar war, dass er träumte, sondern er sich auch seines Erwachens bewusst war.

Der Traum erlosch, aber die warme Hand blieb auf seinem Arm und auch das Gefühl einer vertrauten Nähe. Es war Urd, die an seinem Bett stand, seine verbundene Hand hielt und mit ernstem Gesicht auf ihn herabsah.

Es war das erste Mal in diesem neuen Leben, dass er in einem richtigen Bett erwachte – noch dazu in einem richtigen Zimmer, nicht unter freiem Himmel, in einer ausgebrannten Ruine oder einer Gefängniszelle –, und die Tatsache allein, dass er überhaupt geschlafen hatte, war schon verwunderlich genug.

Damit nicht genug, spürte er auch, dass dieser Schlaf ungewöhnlich lange gedauert haben musste und dass er sich dabei gleichsam … rückwärts durch die Zeit bewegt haben musste, denn Urd stand zwar nach wie vor neben seinem Bett und hielt seine Hand, aber sie war jetzt nur noch halb so alt, und auf ihrer Wange prangte eine hässliche, rot angeschwollene Narbe.

Selbst jetzt verging noch eine Weile, bevor er wirklich begriff, erschrocken seine Hand zurückzog und sich noch erschrockener aufsetzte.

Beides war nicht besonders klug, denn der pochende Schmerz

in seinem Handgelenk gehörte keineswegs zu seiner Erinnerung, sondern war schlagartig wieder da, und er hatte wohl so lange reglos dagelegen, dass ihn prompt schwindelte; und das so sehr, dass er die Augen schließen und mit aller Macht darum kämpfen musste, sich nicht zu übergeben.

Als die Übelkeit abklang, war er allein. Ein Geräusch erklang, als schlüge eine Tür, und leichte Schritte entfernten sich. Elenia?

Er versuchte sich zu erinnern, was genau passiert war, doch in seinem Kopf herrschte ein heilloses Durcheinander. Irgendwie hatten sie es zurück ins Dorf geschafft, aber seine Erinnerungen daran waren bestenfalls lückenhaft. Sie hatten noch einmal in Arnulfs Steinhütte Rast gemacht, um sich aufzuwärmen und neue Kraft zu schöpfen, und waren danach auf die Pferde gestiegen, um den Rest des Weges im Sattel zurückzulegen.

Irgendwann waren ihnen Reiter entgegengekommen, aber wie viele es gewesen waren und was sie getan oder gesagt hatten, das wusste er nicht mehr.

Danach ... Er war müde geworden und eingeschlafen, und er erinnerte sich nicht einmal mehr, wie er in dieses Bett gekommen war. Er wusste nicht einmal, in welchem Haus er sich befand, nahm aber zumindest an, dass es das des Schmieds war.

Die Tür ging auf, und Urd kam herein. Diesmal war sie es wirklich, nicht ihre Tochter. Sie trug ein Kleid, das er nicht kannte, hatte die Haare unter einem einfachen Tuch verborgen, und ihre Hände waren schmutzig.

Ohne ein Wort zu sagen, eilte sie um das Bett herum, beugte sich über ihn und küsste ihn, lang und zärtlich; aber ihre Augen blieben dabei geöffnet, und was er darin las, das waren nicht nur Sorge und Erleichterung, sondern noch etwas Anderes, Verstörendes.

Umso angenehmer war das Gefühl ihrer Lippen auf seinen eigenen, zumal er spürte, wie ehrlich dieser Kuss gemeint war.

Gerade, als er glaubte, keine Luft mehr zu bekommen, löste sie sich von ihm und trat zuerst einen, dann noch einen raschen Schritt zurück, als hätte sie Angst, er könnte nach ihr greifen und sie an sich ziehen. Er hatte nichts dergleichen vorgehabt – schon weil er viel zu überrascht gewesen war –, aber im Nachhinein fand er, dass es eine gute Idee gewesen wäre.

»Na, endlich ausgeschlafen?«, fragte sie mit einem nicht ganz überzeugenden Lächeln und nach einem Zögern, das eine Winzigkeit zu lange gedauert hatte. »Für einen Gott, der angeblich nie schläft, hast du einen ziemlich gesunden Schlaf.«

»Und wie lange …?«

»Vier Tage«, antwortete Urd. »Fünf. Wenn ich heute mitrechne … und es ist schon fast wieder Abend.«

»*Fünf* Tage?« Thor erschrak.

Urd nickte übertrieben heftig und lachte sogar, aber er spürte sehr wohl, wie aufgesetzt dieses Lachen war und wie tief die Sorge, die sich dahinter verbarg. Da war noch etwas, das Urd bedrückte und das sie ihm nicht sagen wollte.

»Was ist passiert?«, fragte er.

»Du hattest Fieber«, antwortete Urd. Sie kam nun wieder näher und setzte sich schließlich auf die Bettkante; wenn auch gerade außerhalb seiner Reichweite. »Sehr hohes Fieber. Ich war … in Sorge um dich. Und die anderen auch.«

Er fragte nicht, welche anderen sie meinte, sondern setzte sich ein Stück weiter auf und schob die Decke ein Stück zur Seite. Darunter war er nackt, aber um seine Taille spannte sich ein sauberer, straff angelegter Verband. Er spürte keinen Schmerz. Nur sein Handgelenkt pochte noch immer.

Urd schüttelte den Kopf. »Das war nur ein oberflächlicher Schnitt. Mit ein wenig Glück behältst du nicht einmal eine Narbe zurück … es sei denn, du legst Wert darauf. Da könnte ich natürlich etwas tun. Ihr Männer seid doch im Allgemeinen eher stolz auf eure Narben, oder?«

»Was war es dann?«, fragte Thor, ohne auf ihren scherzhaften Ton einzugehen. Er wollte nicht über Narben sprechen, denn jedes Mal, wenn er das tat, sah er Elenias Gesicht vor sich.

»Deine Hand.« Urd machte eine entsprechende Geste, und Thor hob ganz instinktiv den bandagierten Arm, um ihn zu begutachten, eingedenk des heftigen Schmerzes von gerade allerdings sehr vorsichtig.

»Du scheinst außergewöhnlich gutes Heilfleisch zu haben, aber in diesem Fall war das eher ein Nachteil. Als sie dich hergebracht haben, hatte der Knochen schon wieder begonnen zusammenzuwachsen. Aber falsch. Ich musste ihn noch einmal brechen.«

Sie bemerkte seinen ungläubigen Blick und nickte so heftig, dass eine Strähne ihres goldfarbenen Haares unter dem Kopftuch herausrutschte und ihr ins Gesicht fiel.

»Du hast mir die Hand ... gebrochen?«, vergewisserte er sich.

»Ich dachte mir, dass du keinen großen Wert darauf legst, den Rest deines Lebens mit einer verkrüppelten Hand zu verbringen«, antwortete Urd. »Für einen Schmied wäre das nicht sehr vorteilhaft.«

»Ich bin kein Schmied.«

»Ich weiß«, sagte Urd. »Aber mir fällt da schon noch etwas ein, wofür du deine rechte Hand bräuchtest.«

Thor machte unverzüglich Anstalten, nach ihr zu greifen – mit der anderen Hand –, doch Urd stand mit einer raschen Bewegung auf und schnitt ihm eine Grimasse. »Nichts da«, sagte sie streng. »Du bist noch krank, und die Kinder sind noch wach. Außerdem ... nimm es mir nicht übel, aber du hast fünf Tage mit Fieber dagelegen, und ich habe dich zwar gesäubert, so gut ich es konnte, aber nach dieser Zeit riechst du nicht mehr besonders gut.«

Thor blinzelte, sah noch einmal unter die Decke, und Urds

Lächeln wurde zu einem Grinsen. »Keine Sorge. Alles was wichtig ist, ist noch da. Und was den Rest angeht –« Sie machte eine Kopfbewegung zur Tür. »Im Nebenzimmer steht ein Badezuber, und Elenia schürt bereits das Feuer. Lass dir ruhig Zeit. Ich werde inzwischen etwas zu essen machen. Nach all den Tagen musst du hungrig sein.«

Sie wollte gehen, doch Thor rief sie noch einmal zurück. »Wie geht es ihr?«

»Elenia?« Urd lächelte zwar, aber es wirkte zugleich auch ein bisschen besorgt. »Die Wunde heilt gut, wenn du das meinst. Zwar nicht so gut wie deine Wunden, aber schließlich fließt ja nicht in jedermanns Adern das Blut der Götter.«

Thor ignorierte ihren letzten Satz. »Das meine ich nicht.«

»Ich weiß.« Urds Lächeln erlosch endgültig, und jetzt war sie einfach nur noch eine besorgte Mutter. »Sie spricht immer noch nicht.«

»Gar kein Wort? In all der Zeit?«

»Nicht von sich aus«, antwortete Urd. »Sie antwortet, wenn man sie fragt, doch mehr nicht. Vielleicht vergisst sie eines Tages, was sie gesehen hat, aber zurzeit ...«

Einen Augenblick lang starrte sie noch an ihm vorbei ins Leere, dann gab sie sich einen Ruck, wandte sich endgültig um und war verschwunden, bevor er noch eine weitere Frage stellen konnte.

Thor blieb noch eine geraume Weile liegen, in der er sich vergeblich den Kopf über das soeben Gehörte zerbrach, kam aber zu keinem Ergebnis, und auf die Erinnerung an seinen sonderbaren Traum traf das in noch viel stärkerem Maße zu. Er war sehr sicher, dass es kein Traum gewesen war, sondern Erinnerungen. Erinnerungen an ein anderes Leben und eine andere Welt. Aber je angestrengter er sie herbeizuzwingen versuchte, desto mehr schienen sie sich ihm zu entziehen.

Schließlich gab er es auf, wickelte sich in die Decke und ging ins Nebenzimmer, wo er alles ganz genau so vorfand, wie Urd es ihm beschrieben hatte. Der Raum war nur eine winzige Kammer, die gerade genug Platz für den Badezuber bot. In einer gusseisernen Pfanne darunter glühte Holzkohle, und das Wasser war zwar noch nicht heiß, sondern nur lauwarm, aber schon das war ein Luxus, von dem er vor ein paar Tagen nicht einmal zu träumen gewagt hätte ... auch wenn er zugleich das Gefühl hatte, so etwas wäre für ihn früher einmal ganz selbstverständlich gewesen.

Er ließ die Decke von den Schultern gleiten, wickelte ungeschickt den Verband um seine Hüfte ab – der knapp fingerlange Schnitt war sauber vernäht worden und fast schon verheilt –, stieg in das lauwarme Wasser und genoss einfach den Umstand, nur dazusitzen, ohne dass ihm jemand nach dem Leben trachtete, oder sich den Kopf darüber zu zerbrechen, welche Ränke und von wem gerade hinter seinem Rücken geschmiedet wurden.

Er achtete nicht auf die Zeit, aber er musste wohl eine geraume Weile so dagesessen haben, denn als es schließlich an der Tür klopfte, hatte die Temperatur des Wassers spürbar zugenommen, und es begann schon sacht zu dampfen. Nicht mehr lange, und es würde hier drinnen sein wie in Arnulfs Schwitzhütte.

Das Klopfen wiederholte sich. Thor antwortete auch jetzt nicht darauf – er hatte ganz und gar nichts dagegen, wenn Urd hereinkam und ihm half, eine endgültige Entscheidung über die Frage zu fällen, ob das Wasser nun zu heiß oder gerade richtig für zwei war –, und das Klopfen erscholl zum dritten Mal, dann wurde die Tür geöffnet, und nicht Urd, sondern ihre Tochter kam herein.

Wohl ahnend, was sie sehen würde, hielt sie den Blick züchtig gesenkt, außerdem trug sie einen Stapel aus frischen Tüchern und sauberen Kleidern auf beiden Armen, der ihr fast bis zur

Nasenspitze reichte. Dennoch ließ sich Thor hastig noch ein gutes Stück tiefer in das dampfende Wasser sinken.

Elenia lud ihren Stapel auf dem Boden neben dem Badezuber ab und wandte sich dann hastig wieder um, riskierte aber trotzdem einen scheuen Blick in seine Richtung.

»Elenia.«

Fast schien es, als würde sie ihn ignorieren und einfach weitergehen, dann aber hielt sie doch an und starrte an ihm vorbei an die gegenüber liegende Wand.

Thor wusste plötzlich nicht mehr genau, was er sagen sollte oder warum er sie eigentlich zurückgerufen hatte. »Hat deine Mutter dich geschickt, um die Sachen zu bringen?«, fragte er unbeholfen.

Elenia sah fast ein bisschen verlegen aus, nickte aber schließlich und wollte abermals gehen, und diesmal rief er nicht nur ihren Namen, sondern hob auch mit einem lauten Platschen die linke Hand aus dem Wasser, wie um sie auch körperlich zurückzuhalten. Die andere blieb, wo sie war. Das warme Wasser tat seinem Handgelenk wohl.

»Wie geht es dir?«, fragte er. »Ich meine: Hast du dich … einigermaßen erholt?«

Das klang sogar in seinen eigenen Ohren linkisch, und er fragte sich, warum er eigentlich so seltsam reagierte. Er war kein Kind mehr, und Urd war auch nicht die erste Frau, mit der er mehr getan hatte, als ihre Hand zu halten – auch wenn es für ihn ein bisschen so war, denn an die anderen erinnerte er sich ja nicht.

Vielleicht war es Urd. Elenia war nicht nur ihre Tochter, sie sah auch aus wie ihre um zwanzig Jahre jüngere Zwillingsschwester, und obwohl er nicht einmal etwas Verfängliches gedacht – geschweige denn getan – hatte, fühlte er sich doch ganz genauso.

»Es geht schon wieder viel besser, Herr«, antwortete Elenia, sah ihm einen halben Atemzug lang nun doch in die Augen und senkte dann nicht nur hastig den Blick, sondern hob auch die Hand ans Gesicht, wie um die Narbe zu verbergen.

»Thor«, korrigierte er sie. »Nicht ›Herr‹.«

»Thor«, wiederholte sie gehorsam.

Thor musste sich beherrschen. Selbst Elenias Stimme klang wie die ihrer Mutter, zwar deutlich jünger, aber ganz und gar nicht wie die eines Kindes.

»Und was –?«, begann er, verlor nun endgültig den Faden und hätte wahrscheinlich im nächsten Moment angefangen, wie ein verlegener Junge herumzustottern, wäre nicht erneut die Tür aufgegangen und Urd wäre hereingekommen.

Im ersten Augenblick wirkte sie einfach nur überrascht, dann verwirrt und schließlich auf eine Art bestürzt, die der Situation wenig angemessen schien. Etwas war plötzlich in ihren Augen, das Thor peinlich berührte, obwohl er nicht einmal genau sagen konnte, warum.

»Was tust du hier?«, fragte sie in scharfem Ton, an Elenia gewandt.

»Ich ...«, begann das Mädchen stockend, und Thor fühlte sich aus irgendeinem Grund dazu verpflichtet, ihr beizuspringen:

»Sie hat mir saubere Kleider gebracht.«

»Ja, das hat sie wohl«, sagte Urd kühl. Sie maß den Kleiderstapel mit einem langen, stirnrunzelnden Blick, und noch bevor sie fertig war, floh ihre Tochter regelrecht aus dem Zimmer.

Nicht eine Spur weniger feindselig wandte sich Urd zu ihm um. »Findest du es angemessen, so mit meiner Tochter zu reden?«

Er verstand nicht genau, was sie mit ›so‹ meinte. »Aber du hast sie hergeschickt!« Thor hasste sich beinahe selbst dafür, aber seine Stimme klang nun tatsächlich wie die eines Jungen, der von seiner Mutter bei einer Missetat erwischt worden war.

»Sie sollte die Kleider herauf –« Urd sprach nicht weiter, sondern drehte sich noch einmal halb um und sah stirnrunzelnd und sehr beredt in die Richtung, in die ihre Tochter verschwunden war. Stimmen drangen aus dem Erdgeschoss, ohne dass er die Worte verstehen konnte, aber sie klangen aufgeregt. Vielleicht ein Streit.

»Ja, das habe ich«, seufzte sie endlich. »Verzeih. Ich …« Sie gab sich einen Ruck. »Das Essen ist gleich fertig, und Bjorn ist vermutlich schon auf dem Weg hierher. Aber ich würde gern zuvor noch mit dir reden.«

»Du hast ihm Bescheid gegeben!«

»Das war nicht mehr notwendig«, antwortete Urd lächelnd, aber trotzdem in missmutigem Ton. »Das ganze Dorf weiß es schon, nehme ich an. Lif.«

»Lif?«

»Er konnte es gar nicht abwarten, jedem zu erzählen, dass du aufgewacht bist.« Urd hob die Schultern. »Er ist ein Junge.«

»Und Bjorn und –?«

»Lass uns beim Essen über alles reden«, fiel ihm Urd ins Wort. »Es gibt eine Menge Neues. Aber jetzt beeil dich.«

Damit verschwand sie, noch bevor er auch nur die Gelegenheit fand, auch nur eine der tausend Fragen zu stellen, die ihm auf der Zunge lagen, und Thor sah ihr im gleichen Maße verwirrt wie nun eindeutig alarmiert nach. Er blieb nur noch wenige Augenblicke in dem Wasser sitzen, das mittlerweile schon fast unangenehm warm zu werden begann, stieg dann umständlich hinaus und löschte das Feuer, das darunter brannte, bevor er sich abtrocknete und die frischen Kleider anzog, die Elenia ihm gebracht hatte. Dann verließ er das improvisierte Bad.

Schon die erste Stufe, auf die er seinen Fuß setzte, knarrte hörbar unter seinem Gewicht, und die Stimmen aus dem unteren Geschoss brachen wie abgeschnitten ab. Rasche Schritte erklangen, dann fiel eine Tür, und als er die Treppe weit genug hinuntergegangen war, um den großen Raum einzusehen, war Urd allein. Der große Tisch vor dem Kamin war für mehrere Gäste gedeckt, und ein so köstlicher Bratenduft hing in der Luft, dass Hunger wie eine heiße Flamme in seinem Leib erwachte und sein Magen so laut knurrte, dass es ihm schon beinahe peinlich war.

»Das Essen ist gleich fertig«, empfing ihn Urd. »Es wird zwar sicher noch eine Weile dauern, bis unsere Gäste da sind, aber sie werden Verständnis haben, wenn du schon vorher anfängst.«

Thor sagte gar nichts dazu, sondern blickte zur Tür und zog nur fragend die Augenbrauen hoch.

»Elenia«, sagte sie.

»Was ist mit ihr?«

»Sie ist ein Mädchen, das gerade zur Frau wird und noch nicht so richtig begreift, wie ihr geschieht«, antwortete Urd. »Das ist mit ihr. Und sie beginnt wohl allmählich zu verstehen, was ihr wirklich zugestoßen ist ... und was es bedeutet. Sie ist schwierig – was hast du erwartet?«

»Sagtest du nicht, dass sie nicht redet?«

»Du hast keine Kinder, nehme ich an«, sagte Urd. »Sonst wüsstest du, dass sie nicht unbedingt reden müssen, um ihren Müttern das Leben schwer zu machen.« Sie seufzte übertrieben.

»Wo sind Hensvig und Sveldje?«, fragte er.

Urd schwieg. Sie wich seinem Blick aus.

»Wo sind sie, Urd?«, fragte Thor. Er hatte plötzlich ein seltsames Gefühl. »Wieso habe ich in ihrem Bett gelegen?«

Urd antwortete auch jetzt nicht gleich, sondern starrte noch eine Weile betreten zu Boden, dann sagte sie leise: »Hensvig ist tot.«

»Tot?« Thor riss die Augen auf. »Hensvig?«

»Und Sveldje auch«, antwortete Urd, noch immer, ohne ihm dabei in die Augen zu sehen. »Ich hätte es dir eher sagen sollen, ich weiß. Aber ich habe … den richtigen Moment verpasst. Es tut mir leid.«

»Tot?«, murmelte Thor verstört. »Beide? Aber was ist passiert? Gab es einen Unfall? Ist das Dorf angegriffen worden?«

Die Erkenntnis erschütterte ihn so sehr, dass er sich einen Stuhl heranzog und sich setzte.

»Nein.« Urd schüttelte traurig den Kopf und hob gleichzeitig die Hand, wie um nach ihm zu greifen, führte die Bewegung aber dann nicht zu Ende, sondern nahm ebenfalls auf einem der niedrigen Schemel Platz, ein gutes Stück von ihm entfernt. »Er hat sich schon seit Tagen nicht gut gefühlt, schon als du noch hier gewesen bist. Ich dachte, das wäre dir aufgefallen.«

»Das ist es, aber –«

»Er dachte, es wäre nichts«, fuhr Urd mit einer Stimme fort, die leise war und von tiefer Trauer erfüllt. »Nur ein vorübergehendes Unwohlsein oder vielleicht das Alter, das bei ihm anklopft. Aber das war es wohl nicht.«

»Was dann?«, fragte Thor.

»Als ihr fort wart, Bjorn und Sverig und du und die anderen«, sagte Urd, während ihre Finger begannen, unsichtbaren Mustern auf der Tischplatte nachzufahren, »wurde es schlimmer. Schon am Nachmittag musste er sich hinlegen und bekam Schmerzen in beiden Armen und in der Brust. Sveldje hat Lif hinauf zur Festung geschickt. Sie haben einen guten Heiler dort oben. Einen sehr klugen Mann, der alle Heilkräfte der Natur und der Pflanzen kennt, aber auch er konnte ihm nicht mehr helfen. Sein Herz hat einfach aufgehört zu schlagen. Vielleicht war die schwere Arbeit nach all den Jahren einfach zu viel für ihn.«

Thor starrte sie mit steinernem Gesicht an. Es fiel ihm immer noch schwer, zu glauben, was er hörte. »Und … Sveldje?«

»Sie ist ihm noch in derselben Nacht gefolgt«, antwortete Urd. »Die beiden sind ihr ganzes Leben lang zusammen gewesen. Wahrscheinlich ist sie an gebrochenem Herzen gestorben.«

Ein sonderbar ungutes und sehr tiefes Schweigen begann sich zwischen ihnen breitzumachen, und als er schließlich irgendetwas – ganz gleich, was – sagen wollte, saß plötzlich ein harter Kloß in seinem Hals. Die Nachricht ging ihm nahe; näher, als sie sollte. Hensvig war ein guter Mann gewesen, so wie Sveldje eine gute Frau, das hatte er sofort gespürt. Sie waren freundlich zu Urd und ihren Kindern gewesen, aber letzten Endes hatte er sie so gut wie gar nicht gekannt.

»An dem Morgen, an dem wir in die Berge aufgebrochen sind, hat sie sich verletzt«, sagte er.

»Das war nur ein harmloser Schnitt«, sagte Urd.

»Aber du wolltest nicht, dass ich ihr helfe.«

»Es war nur ein Kratzer«, beharrte Urd. Dann legte sie den Kopf auf die Seite und sah ihn fast besorgt an. »Du glaubst doch nicht etwa, das wäre irgendwie deine Schuld, nur weil du ihren Schmerz nicht gelindert hast? Sie ist *nach* ihrem Mann gestorben.«

»Ich hätte ihr trotzdem helfen können«, beharrte Thor. »Warum wolltest du es nicht?«

Ganz kurz flammte Ärger in ihren Augen auf – kein Zorn –, aber sie beherrschte sich. »Die Leute reden, Thor. Manche glauben, du wärst nicht das, was du zu sein behauptest, und nicht wenige misstrauen dir, auch wenn sie es niemals offen aussprechen würden. Es wäre ... nicht gut, ihnen noch mehr Grund zu geben, über dich zu sprechen.«

Das war ein schlagkräftiges Argument und zumindest zum Teil auch der Grund, aus dem er dem verletzten Krieger oben in den Bergen nicht geholfen hatte. Aber es blieb ein ungutes Gefühl zurück.

Thor schalt sich selbst in Gedanken einen Narren. Der Tod der beiden alten Leute hatte ihn nach allem, was geschehen war, in einem ungünstigen Moment überrascht und somit aus der Bahn geworfen, das war alles.

»Und niemand hatte etwas dagegen, dass ihr hiergeblieben seid?«

Diesmal hielt sich der verärgerte Ausdruck deutlich länger in Urds Augen. »Ich habe nicht vor, mir das Haus unter den Nagel zu reißen«, versetzte sie scharf. »Wir wollten eine andere Unterkunft, doch Bjorn war der Meinung, dass wir zuerst einmal hierbleiben sollen. Er wird dir alles selbst sagen, da bin ich sicher.«

Möglicherweise nur, weil das Gespräch immer weiter in eine Richtung zu gehen begann, die ihm nicht behagte, nahm er sich ein kleines Stück Brot und zwang sich, es sorgsam zu kauen, statt es heißhungrig herunterzuschlingen, wonach ihm sehr viel mehr der Sinn gestanden hätte.

Plötzlich lachte Urd, leise, aber auf eine fast verstörende Art ehrlich. »Vielleicht hast du recht, und wir sollten uns eine andere Unterkunft suchen. Dieses Haus tut uns nicht gut.«

»Wieso?«

»Weil wir uns schon so streiten wie ein altes Ehepaar, dass seit dreißig Jahren hier zusammenlebt.«

Gegen seinen Willen musste er lachen, auch wenn er sich nicht vorstellen konnte, dass Hensvig und seine Frau sich jemals gestritten haben sollten. Die Vorstellung passte nicht zu dem Bild, das er sich von ihnen gemacht hatte. Wenn dieses Haus überhaupt irgendeinen Einfluss auf sie hatte, dann höchstens einen positiven.

»Erzähl mir, was euch dort oben in den Bergen widerfahren ist«, sagte Urd plötzlich. »Es gab einen großen Kampf?«

»Hat Bjorn das nicht längst erzählt?«

»Oh, mehr als einmal, und Sverig erst recht«, antwortete sie. »Und jedes Mal, wenn er es getan hat, sind eure Gegner ein bisschen größer und furchtbarer geworden. Wahrlich, es müssen Riesen gewesen sein!«

»Du hast sie gesehen«, sagte Thor ernst. »Es waren dieselben wie auf dem Hof.« Es erschien ihm unangemessen, so über die fremden Krieger zu sprechen; nicht nur wegen des Schreckens, den sie unter seinen Begleitern und auch in seinem Herzen verbreitet hatten.

»Dieselben Männer?«

Einherjer. Das Wort tauchte so plötzlich in seinem Kopf auf, als hätte es jemand laut ausgesprochen, der hinter ihm stand. Er wusste auch, was es bedeutete, und …

… dann war es verschwunden. Nicht nur die Bedeutung, sondern auch das Wort selbst. Aber ein ungutes Gefühl blieb.

»Zumindest waren sie genauso gekleidet, und sie konnten auch ebenso gut mit ihren Waffen umgehen«, sagte er schleppend. Er hob die bandagierte Hand. »Bjorn vermutet, es wären Priester des Lichtgottes gewesen.«

»Lichtbringer, ja.« Urd nickte. »Das hat er mir auch gesagt.«

»Waren sie es?«, fragte er geradeheraus.

»Dieselbe Frage hat mir Bjorn auch gestellt«, antwortete Urd, um mindestens eine Tonlage kühler. »Ich weiß es nicht.«

»Du weißt es nicht?« Er spürte, dass sie log.

»Ich habe nie einen dieser Lichtbringer gesehen«, antwortete sie. »Sie waren der Grund, aus dem Lasse und wir unsere Heimat verlassen haben … einer der Gründe. Lasse hat behauptet, es wären der Hunger und die schlechten Zeiten, aber ich glaube, hauptsächlich war es wohl die Angst vor ihnen.«

»Obwohl ihr sie nie zu Gesicht bekommen habt.«

»Wir haben von ihnen gehört«, erwiderte sie. Ihre Stimme klang jetzt wieder völlig beherrscht, und in ihrem Gesicht regte sich kein Muskel. »Viele haben von ihnen gehört, und wir haben mit etlichen von denen gesprochen, die vor ihnen geflohen sind. Man muss einem Schrecken nicht selbst ins Angesicht blicken, um zu wissen, dass es ihn gibt.«

Sie stand auf. »Wenn das Verhör dann beendet ist, sehe ich nach der Suppe. Es sei denn, du bevorzugst sie angebrannt.«

»Das sollte kein Verhör sein.«

»Aber es hört sich ganz so an, mein Freund!«

Thor fuhr so erschrocken auf seinem Schemel herum, dass er spürbar ins Wanken geriet. Bjorn war in der Tür aufgetaucht, ohne dass er es gemerkt hatte – oder hätte sagen können, wie lange der Mann schon dort stand und zuhörte –, und trat genau in diesem Moment kopfschüttelnd einen weiteren Schritt herein. »Aber all diese Fragen habe ich auch schon gestellt, und mehr als einmal.«

Thor zerbrach sich vergeblich seinen Kopf über eine Antwort, aber er kam nicht dazu, denn in diesem Moment drängte sich eine zweite, kleinere Gestalt an ihm vorbei und rannte mit wehendem Mantel auf ihn zu.

»*Thor!*«

Lif prallte so ungestüm gegen ihn, dass er nun tatsächlich ins Wanken geriet und hastig nach der Tischkante griff, um sich daran festzuklammern – natürlich mit der verletzten Hand, was ihm einen zischenden Schmerzlaut entlockte. Zu allem Überfluss drückte ihn Lif so ungestüm, dass ihm fast die Luft wegblieb.

»Lif, bitte!«, sagte Urd streng. »Dass Thor wach ist, bedeutet nicht, dass du ihn gleich wieder bis zur Bewusstlosigkeit quetschen musst.«

Lif ließ zwar tatsächlich von ihm ab, trat aber nur einen halben Schritt zurück und sprudelte unverzüglich und mit sich fast überschlagender Stimme los: »Du bist wach! Ich wusste, dass du wieder gesund wirst! Jetzt musst du mir alles erzählen! Wie war der Kampf? Wie viele Riesen hast du erschlagen, und –«

»Lif«, sagte Urd noch einmal, allerdings kopfschüttelnd und in eher resignierendem Ton. »Wie willst du etwas erfahren, wenn du ihm nicht einmal Gelegenheit gibst, deine Fragen zu beantworten?« Sie wedelte ungeduldig mit der Hand. »Geh und such deine Schwester.«

»Aber –«

»Wir haben beim Essen Zeit genug«, fuhr Urd fort, eine Spur schärfer. »Und ich bin sicher, dass Thor uns alles erzählen wird, in aller Ausführlichkeit und so oft wir wollen.«

»Aber –«, sagte Lif noch einmal, und jetzt reichte schon ein einziger Blick seiner Mutter, um ihn nicht nur zum Verstummen zu bringen, sondern ihn sich auch auf der Stelle umdrehen und wutentbrannt aus dem Haus stürmen zu lassen. Um ein Haar hätte er dabei Sverig über den Haufen gerannt, der hinter Bjorn in die Tür getreten war und Thor dabei eine neue und höchst ungewöhnliche Sitte demonstrierte, nämlich die, eine gewaltige Streitaxt zu einer Einladung zum Essen mitzubringen.

»Und du tust ihr wirklich unrecht, Thor«, knüpfte Bjorn nahtlos an seine eigenen Worte an. »Urd hat in den letzten vier Tagen so gut wie keinen Schlaf gefunden. Sie hat jeden freien Augenblick an deinem Bett verbracht, um über dich zu wachen.«

»Ich weiß«, antwortete Thor. Er musste nur in Urds blasses Gesicht blicken und ihre fahrigen Bewegungen und ihren gehetzten Blick sehen, um zu begreifen, wie müde und erschöpft sie war. Und wie dankte er es ihr? »Es ... tut mir leid. Entschuldige.«

Urd sah nicht einmal in seine Richtung, sondern machte nur eine neuerliche einladende, fast schon befehlende Geste zum Tisch, und sie nahmen hinter den vorbereiteten Tellern Platz. Niemand sprach.

Elenia konnte wohl wirklich nicht allzu weit weg gewesen sein, denn ihr Bruder kam schon nach kurzer Zeit mit ihr zurück, und Urd scheuchte auch sie auf ihre Plätze und tischte ihnen ein Mahl auf, das so manchem König zu Ehren gereicht hätte. Vielleicht kam es Thor auch nur so vor, weil er so hungrig war. Hatte ihm schon der bloße Anblick das Wasser im Munde zusammenlaufen und seinen Magen wie einen gereizten Wolf knurren lassen, so konnte er sich nach dem ersten Bissen kaum beherrschen, nicht einfach alles in sich hineinzustopfen.

Urd sah ihm stirnrunzelnd dabei zu, Sverig mit vollkommen unbewegtem Gesicht und Bjorn unverhohlen amüsiert. Lif rutschte immer nervöser und hektischer auf seinem Stuhl herum und wurde wohl nur noch von den drohenden Blicken seiner Mutter daran gehindert, ihn sofort wieder mit Fragen zu überfallen.

Natürlich kam es genau so, wie er es sich eigentlich hatte denken können: Er aß zu schnell und zu hastig, hatte viel zu früh das Gefühl, satt zu sein, und verspürte schließlich eine beginnende Übelkeit, die er mit einer fast unbewussten Willensanstrengung niederkämpfte. Darum verbot er es sich, auch noch nach einer dritten Portion Braten zu greifen, sondern spülte nur mit einem großen Schluck Met nach und ließ sich dann, nicht ohne einen neuerlichen anerkennenden Blick in Urds Richtung, zufrieden auf seinem Schemel zurücksinken.

Beinahe hätte er vergessen, dass es ein Schemel war und kein Stuhl, und wäre rückwärts heruntergefallen. Urd und die beiden Männer taten diskret so, als wäre ihnen seine Ungeschicklichkeit nicht aufgefallen, aber Lif kicherte.

»Das Essen war ausgezeichnet«, lobte Bjorn. »Wir können wirklich nur hoffen, dass dein Volk niemals herausfindet, wo du bist. Sie würden Krieg gegen uns führen, um eine Köchin wie dich zurückzubekommen.«

Urd lachte höflich, doch nun kannte Lif kein Halten mehr und überschüttete ihn nur so mit Fragen. Thor gab innerlich auf, nahm sich noch ein Stück Brot und begann daran herumzuknabbern, während er Lif seine Version dessen erzählte, was oben in den Bergen geschehen war. Lif hörte ihm mit immer größer werdenden Augen zu, und Thor musste nicht fragen, um zu wissen, dass er wohl spätestens jetzt für den Jungen zu etwas geworden war, vor dem sich selbst der mythische Thor besser in Acht nehmen sollte.

Aber es war nicht nur der Junge, der ihm fasziniert zuhörte. Auch Bjorn, Sverig und selbst Urd hörten ihm immer aufmerksamer zu, und es dauerte nicht lange, bis ihm klar wurde, dass sich das, was er berichtete, wohl doch in dem einen oder anderen Punkt von der Geschichte der beiden Männer unterschied. Dabei bemühte er sich, die Geschehnisse so objektiv zu schildern, wie es ihm möglich war, und ließ weder etwas weg, noch fügte er irgendetwas hinzu.

»Davon hast du gar nichts erzählt«, sagte Lif, als er zu Ende gekommen war, in erstauntem Ton und an Sverig gewandt. »Dass Thor dir das Leben gerettet hat.«

Auch Urd sah den bärtigen Krieger stirnrunzelnd an. Ganz offensichtlich hatte auch sie davon nichts gewusst, und aus irgendeinem Grund wirkte sie verstimmt.

Sverig winkte jedoch nur ab. »So ist das nun einmal im Kampf, Junge«, behauptete er. »Jeder hilft jedem.«

Bjorn war da etwas direkter. »Und Sverig hasst es darüber hinaus, einem anderen etwas schuldig zu sein. Aber in einem hat er recht: Im Kampf spielt es keine Rolle, wer was für wen tut. Es ist der Sieg, der zählt, und das Überleben.«

Thor wollte das Thema damit beenden, aber Urd runzelte vielsagend die Stirn, während Lif angestrengt über das Gehörte nachdachte.

»Oder macht es das kleiner, was Thor für dich getan hat?«

Es wurde vollkommen still, und es verging noch einmal ein halber Atemzug, bis Thor überhaupt begriff, dass es gar nicht Lif gewesen war, der diese Worte gesprochen hatte, sondern seine Schwester.

»Elenia!«, sagte Urd streng. »Was –«

»Lass es gut sein«, unterbrach sie Bjorn. Er sah genauso überrascht aus wie alle anderen, fing sich aber sehr schnell wieder. Gleichzeitig bedeutete er Sverig mit einer Geste, still zu sein.

»Man könnte das denken, aber so ist es nicht«, fuhr er fort. »Thor hätte das für jeden getan, so wie es jeder für ihn getan hätte. Dennoch hat er Sverigs Leben gerettet, das ist wahr, und dafür stehen wir alle in seiner Schuld. Wenn man es genau nimmt, dann hat er uns allen das Leben gerettet, denn ohne ihn wäre wohl keiner von uns zurückgekommen.«

Elenia antwortete nicht darauf, sondern verfiel wieder in ihr gewohntes Schweigen. Aber die Leere kehrte nicht vollständig in ihre Augen zurück. Unverwandt starrte sie den bärtigen Krieger mit der Axt an. Sverig erwiderte ihren Blick kühl, und wieder begann sich eine unangenehme Stille zwischen ihnen breitzumachen.

Schließlich räusperte sich Urd gekünstelt. »Es ist spät geworden. Lif, nimm deine Schwester und geh mit ihr nach oben. Es ist Zeit zum Schlafen.«

»Aber –«, protestierte Lif.

Nun war es Bjorn, der ihn mit einer Handbewegung unterbrach. »Deine Mutter hat recht, Lif. Es ist spät geworden, und wir Männer haben noch das eine oder andere zu bereden.« Er blinzelte ihm fast verschwörerisch zu. »Wir müssen über den Krieg gegen die Lichtbringer reden.«

Lif machte ein beleidigtes Gesicht. »Ich bin kein dummes Kind!«

»Nein, das bist du nicht«, bestätigte Urd. »Sonst würde ich dir gewiss nicht deine Schwester anvertrauen. Muss ich es noch einmal sagen?«

Lif funkelte sie zwar noch einmal herausfordernd an, stand aber dann mit einem Ruck auf und griff nach dem Arm seiner Schwester. Elenia riss sich mit einer mindestens ebenso ärgerlichen Bewegung los, doch auch sie erhob sich gehorsam und folgte ihm die steile Treppe hinauf.

Urd wartete, bis sie das Geräusch der Tür hörten, dann drehte sie sich mit einem verlegenen Lächeln zu Sverig um. »Bitte verzeih meiner Tochter. Ich weiß auch nicht, was in sie gefahren ist.«

»Immerhin spricht sie wieder«, sagte Bjorn. Sverig schwieg und beugte sich nur vor, um sich einen weiteren Becher Met einzuschenken.

»Ja.« Urd bedachte Thor mit einem sehr seltsamen Blick. »Das ist wahr.«

»Und was ich gerade gesagt habe, war auch nicht nur als Scherz gemeint, fürchte ich«, fuhr Bjorn fort, nun wieder zu Thor gewandt. »Wir müssen über diese Männer sprechen.«

»Die Lichtbringer?«

»Wenn sie es waren.« Bjorn warf Urd einen fragenden Blick zu, auf den sie nicht reagierte. »So oder so sind sie gefährlich.«

»Habt ihr herausgefunden, wie sie dorthinaufgekommen sind?«

Bjorn schüttelte zwar den Kopf, sagte aber trotzdem: »Wahrscheinlich doch durch den Kamin. Wir sind noch einmal zurückgegangen, aber wir haben keine Spur gefunden. Nicht einmal von den Leichen.«

»Vielleicht sind sie ja wieder aufgestanden und davonmarschiert«, sagte Urd. »Das muss seltsam aussehen, wo einer von ihnen doch den Kopf verloren hat.«

Wenn das ein Scherz sein sollte, dann misslang er ihr gründlich. Niemand lachte.

»Wir haben die ganze Felswand abgesucht«, sagte Bjorn ernst. »Keine Leichen und auch kein Blut.« Auch er trank einen Schluck Met, verzog fast angewidert die Lippen und starrte einen Moment lang nachdenklich in den Becher, bevor er weitersprach. »Sie müssen Hilfe gehabt haben. Jemand hat die Leichen weggebracht.«

»Das heißt, sie haben euch gefunden«, sagte Urd. Dann verbesserte sie sich: »Uns.«

Bjorn zog die Brauen hoch, schüttelte zugleich aber den Kopf. »So groß ist das Geheimnis nicht. Viele wissen von diesem Tal, aber wir sind hier sicher, keine Angst. Niemand kann die Berge überwinden. Und ich habe bereits Männer den Rabenpass hinaufgeschickt, um den Kamin im Auge zu behalten.« Wieder blickte er in seinen Becher, als erwarte er tatsächlich die Antwort auf alle seine Fragen darin zu finden. »Vielleicht sollten wir dort oben tatsächlich eine Festung bauen.«

»Und der …« Thor musste in seinem Gedächtnis kramen, ehe er sich an das Wort erinnerte. »… Götterpfad?«

»Er ist sicher«, behauptete Bjorn. »Wenn du dich stark genug für einen Ausritt fühlst, dann zeige ich es dir. Gleich morgen früh, wenn du willst.«

»Und ich darf ihn dann die nächsten Tage erneut pflegen?« Urd schüttelte heftig den Kopf. »Wenn dir Thor schon gleichgültig ist, dann hab wenigstens Mitleid mit mir, Jarl. Auch meine Kräfte sind nicht grenzenlos.«

»Ich fühle mich schon wieder ganz bei Kräften«, sagte Thor.

»Ja, ganz sicher«, antwortete Urd. »Entschuldige bitte. Wie konnte ich nur vergessen, was du wirklich bist.« Sie beugte sich lächelnd vor und tätschelte seinen Arm und ganz versehentlich auch das bandagierte Gelenk. Irgendwie gelang es ihm, einen Schmerzenslaut zu unterdrücken, aber sein Gesicht hatte er nicht ganz so gut unter Kontrolle.

Bjorn lachte gutmütig. »Du solltest auf sie hören, mein Freund. Nicht dass sie dir am Ende noch ein Bein bricht, damit du das Haus nicht verlässt.« Er winkte ab, als Thor etwas sagen wollte. »Und sie hat recht. Auf ein paar Tage kommt es nicht an. Ich habe Streifen losgeschickt, die das Land im Umkreis eines Tagesrittes im Auge behalten. Und es ist wichtiger, dass du gesund wirst. Sollten diese Männer zurückkommen, brauchen wir dich.«

»Mich oder meine Waffe?«, fragte Thor.

»Hast du die nicht verloren?«, wollte Sverig wissen.

»Ja«, antwortete Thor. »Vielleicht habe ich mich dort oben nach dem Falschen gebückt, wer weiß?«

Bjorns anscheinend so unerschütterliches Lächeln entgleiste unwillkürlich, kehrte aber auch genauso schnell zurück. Er hob besänftigend die Hand. »Das hier ist eine Schmiede«, sagte er rasch. »Es wird sich ein anderer Hammer finden, nehme ich an. Du hast von Hensvig und seiner Frau gehört?«

Thor nickte. »Ja, und es tut mir sehr leid. Ich verstehe es auch nicht wirklich.«

»Wer tut das schon«, sagte Bjorn ernst. »Manchmal sind die Götter grausam, ohne dass wir verstehen, warum etwas geschieht. Vielleicht hat es auch manchmal keinen Grund. Ich gebe mir die Schuld, aber auch das macht sie nicht wieder lebendig.«

»Dir?«

»Ich bin der Jarl dieses Ortes«, erinnerte Bjorn. »Es ist nicht nur meine Aufgabe, mein Schwert spazieren zu tragen und wichtig auszusehen. Er war ein alter Mann und schon seit einer Weile krank, und das hätte ich sehen müssen.«

»Du bist kein Heiler«, sagte Urd sanft.

»Nein«, antwortete Bjorn. Dann wechselte er das Thema. »Urd hat dir gesagt, dass wir ihr angeboten haben, hierzubleiben?«

Thor nickte, tauschte einen raschen Blick mit Urd und sah sich dann demonstrativ um. »Ja. Aber ich weiß nicht, ob –«

»Hensvig hätte es bestimmt gefallen«, unterbrach ihn Bjorn. »Ich glaube nicht, dass er gewollt hätte, dass all das hier einfach verschwindet. Und wir brauchen einen neuen Schmied.«

»Ich bin kein Schmied«, erinnerte Thor.

»Aber mein Mann war es«, sagte Urd. »Und ich habe gut zugesehen. Lif wollte seine Nachfolge antreten, und er ist ein gelehriger Schüler, aber er ist noch jung. Ich kann ihm alles zeigen, was er wissen muss, aber das Wissen allein wird ihm nichts nutzen.«

Der Junge würde niemals ein Schmied werden, dachte Thor. Und er glaubte auch nicht, dass Lif es wollte. Fragend sah er zuerst Bjorn und dann Urd an.

»Dir könnte ich es auch zeigen«, sagte sie.

Auch er hatte gewiss nicht vor, sich hier niederzulassen und Schmied zu werden. Wusste sie das wirklich nicht?

»Noch ist nichts entschieden«, sagte Bjorn rasch.

»Es ist nicht mehr viel Zeit, aber noch ist Zeit, dich zu entscheiden, ob du bei uns bleibst oder das Tal verlässt, bevor der Winter kommt. Ich hoffe, du entscheidest dich, hierzubleiben, aber letztlich steht es dir frei.«

»Ihr lasst mich einfach so gehen?«, fragte Thor überrascht. Nach allem, was geschehen war?

»Du bist nicht unser Gefangener.« Bjorn leerte seinen Becher mit einem übertriebenen Ruck und stand auf. »Vielleicht ist das auch alles ein wenig viel für nur einen Tag. Und es wird auch noch eine Weile dauern, bis deine Hand geheilt ist. Sverig?«

»Ihr wollt schon gehen?«, protestierte Urd wenig überzeugend.

»Von wollen kann keine Rede sein«, antwortete Bjorn, während er Sverig mit einer zweiten und ungeduldigeren Geste aufforderte, sich zu erheben. »Dein Essen ist wirklich ausgezeichnet. Sveldje wäre stolz, wenn sie wüsste, wie gut du ihren Platz einnimmst. Aber es gibt noch eine Menge zu tun, und auch ich habe eine Frau, die zu Hause auf mich wartet. Wenn sie erfährt, dass ich länger als notwendig bei einer so schönen Frau geblieben bin, dann reißt sie mir den Kopf ab. Oder etwas noch Wichtigeres.«

Sverig hatte sich endlich von seinem Stuhl bequemt und schwang sich die Axt über die linke Schulter, während er sich mit der anderen Hand noch einen Becher Met eingoss, um ihn mit einer einzigen Bewegung herunterzustürzen.

Thor blieb, wo er war, während Urd die beiden zur Tür begleitete und noch ein paar Worte mit Bjorn wechselte, die er nicht verstand. Auf ihrem Gesicht lag ein sonderbarer Ausdruck, als sie zurückkam.

»Und Sverig hat mit keinem Wort erwähnt, dass ich ihn gerettet habe?«, vergewisserte er sich.

»Nein«, antwortete sie. »Aber ich möchte jetzt nicht über Sverig reden.« Sie kam näher.

»Sondern darüber, dass ich dein Lehrling werde und du mir das Schmiedehandwerk beibringst?«

»Vielleicht später«, antwortete sie, während sie auf seinem Schoß Platz nahm und die Arme um seinen Nacken schlang.

Später, als sie sich vor dem prasselnden Kamin liebten, glaubte er leichte Schritte auf der Treppe zu hören, doch als er das Gesicht aus Urds duftendem Haar löste und den Kopf hob, sah er nichts, und schon im nächsten Augenblick zog sie ihn wieder zu sich herab, und dann interessierte es ihn auch nicht mehr.

Tatsächlich ließ ihm Bjorn noch *zwei* Tage Zeit, bis er einen Mann mit einem gesattelten Pferd zu ihm schickte, um ihn abzuholen. Urd protestierte zwar lautstark dagegen, beließ es aber auch dabei, und Thor stieg in den Sattel und folgte dem schweigsamen Krieger, der ihn abgeholt hatte. Dass es sich bei dem Pferd um den störrischen Schecken handelte, der schon einmal versucht hatte, ihm die Finger abzubeißen, überraschte ihn nicht einmal. Er nahm an, dass Sverig das Pferd ausgesucht hatte.

Auf dem ersten Stück des Weges versuchte er ein paarmal, ein Gespräch mit seinem Begleiter in Gang zu bringen, aber der Mann erwies sich als außergewöhnlich schweigsam und ritt schließlich ein Stück voraus, sodass Thor es aufgab, ihn in eine Unterhaltung verwickeln zu wollen.

Bjorn selbst erwartete ihn am Eingang des Götterpfades. Anders als Thor erwartet hatte, war er allein, allerdings in Rüstung und Waffen. Er war abgesessen, und als sie näher kamen, winkte er ihm und seinem Begleiter zwar zu, machte aber keine Anstalten, wieder aufzusitzen, sondern bedeutete ihm nur mit einer Geste, vom Pferd zu steigen.

»Es ist gut, Hodür«, wandte er sich an Thors Begleiter. »Danke, dass du ihn hergebracht hast. Du kannst jetzt wieder nach Hause reiten; das hier wird eine Weile dauern. Und grüß deinen Vater von mir und sag ihm, dass ich ihn in den nächsten Tagen einmal besuchen komme.«

Der junge Mann maß Thor noch einmal mit einem scheuen Blick, wendete dann sein Pferd und verfiel schon nach wenigen Schritten in einen schnellen Galopp.

Thor wandte sich mit einem fragenden Blick an Bjorn, bekam aber keine Antwort. »Guten Morgen«, sagte der Jarl nur. »Ich hatte versprochen, dir etwas zu zeigen. Wie geht es deiner Hand?«

Er machte eine Kopfbewegung auf Thors Arm, der nun in einer sauber geknüpften Schlinge hing. Er schmerzte immer noch leicht, wenn auch nur dann, wenn er ihn unvorsichtig bewegte.

»Urd hat auf der Schlinge bestanden«, sagte er.

»Urd ist eine sehr kluge Frau«, antwortete Bjorn. »Du solltest auf sie hören. Steht dir der Sinn nach einem kleinen Spaziergang?«

Er wartete keine Antwort ab, sondern griff nach dem Zaumzeug seines Pferdes und ging los. Thor tat es ihm gleich, maß Bjorns Reittier aber noch einmal mit einem prüfenden Blick. Es war nicht dasselbe Pferd, mit dem er in die Berge hinaufgeritten war, sondern ein massiges Schlachtross, mehr auf Kraft und Zähigkeit trainiert als auf Schnelligkeit. Unter seiner schmucklosen Schabracke verbarg sich ein dünnes Kettengeflecht, und am Sattel hingen ein gewaltiger Rundschild und gleich zwei Speere. Was hatte Bjorn vor? In den Krieg zu ziehen?

»Es ist eine gefährliche Welt dort draußen«, sagte Bjorn, dem Thors Blick wohl nicht entgangen war. »Man weiß nie, wen man so trifft.«

Thor betrachtete zuerst Bjorns beeindruckende Bewaffnung und sah dann demonstrativ an sich hinab, und Bjorn ging wortlos um das Pferd herum, löste etwas vom Sattel und kam mit einem zusammengerollten Schwertgurt zurück, aus dem der Griff einer gewaltigen Klinge ragte. Sie kam Thor auf unangenehme Weise bekannt vor.

»Ich weiß, du hast es schon einmal abgelehnt«, sagte er, als Thor zögerte, danach zu greifen. »Aber es wäre mir lieber, wenn du es nehmen würdest. Du kannst es mir später zurückgeben, wenn du willst.«

»Erwartest du einen Kampf?«, fragte Thor, griff aber trotzdem zu und begann sich den Schwertgurt umzubinden, was sich mit nur einer Hand als schwierig erwies. Bjorn machte keine Anstalten, ihm zu helfen.

»Ich hoffe nicht«, antwortete er. »Nenn es eine alberne Angewohnheit, aber niemand verlässt das Tal unbewaffnet.«

Das klang so sehr nach einer Ausrede, dass es müßig war, darüber zu reden. Bjorn würde seine Gründe haben.

Mit einer Bewegung, derer er sich nicht einmal bewusst war, drehte er den Gürtel an seiner Hüfte, sodass sich die Schnalle nun zwar in seinem Rücken befand, das Schwert aber auf seiner rechten Seite, sodass er mit der unverletzten linken Hand schneller danach greifen konnte. Bjorn registrierte die Bewegung sehr wohl und kommentierte sie mit einem anerkennenden Nicken.

»Gehen wir.«

Sie setzten sich in Bewegung, und ... *etwas geschah.* Thor konnte das Gefühl nicht in Worte kleiden, aber es war zu intensiv, um es zu ignorieren – wie ein stechender Schmerz, der einen vollkommen warnungslos ansprang. Mitten im Schritt blieb er stehen und sah sich so erschrocken um, dass Bjorn die Bewegung unmöglich entgehen konnte. Der Jarl verhielt auch prompt ebenfalls und sagte zwar nichts, machte aber ein sehr aufmerksames Gesicht.

»Nichts«, sagte Thor rasch. »Ich dachte, ich ... hätte etwas gesehen, aber ...« Er *hatte* etwas gesehen, und er sah es noch immer. Direkt neben dem Eingang des Götterpfades war eine Spur im Schnee.

Die Spur eines Wolfes.

Er ging hin, ließ sich davor in die Hocke sinken und tastete mit den Fingerspitzen über den verharschten Schnee daneben. Die Spur war alt, mindestens einen Tag, wenn nicht älter, und es war die Spur eines einzelnen, offensichtlich sehr großen Tieres, das ohne Hast hier entlanggelaufen war.

»Thor?«, fragte Bjorn.

»Das war ein Wolf«, murmelte Thor.

Bjorn kam näher, beugte sich ächzend vor, indem er die Handflächen auf den Oberschenkeln abstützte, und musterte die halb verwehte Fährte. »Es gibt keine Wölfe hier im Tal«, sagte er.

Thor antwortete nicht gleich, sondern betastete den Schnee neben der Fußspur. Zuerst fühlte er nichts als das, was er erwartet hatte: eisigen, hart erstarrten Schnee, dessen Kälte seine Fingerspitzen prickeln ließ. Doch dann war da plötzlich noch etwas, tief in ihm und fast unhörbar, ein lautloses Flüstern, das aus einer nie erlebten Vergangenheit zu ihm heraufdrang und das ihm verriet, wer diese Spur hinterlassen hatte. Es war ein Wolf gewesen, groß, uralt und wild, und er war auf der Suche nach etwas Bestimmtem hier entlanggekommen. Jemand ... hatte ihn *geschickt*.

»Thor?«, fragte Bjorn noch einmal.

Thor schwieg noch immer. Dieses sonderbare fremde Wissen wurde stärker, als verfügte er plötzlich über neue und zusätzliche Sinne, von denen er bisher nicht einmal gewusst hatte, dass es sie gab. *Fenrir*. Es war Fenrir gewesen, der diesen Wolf geschickt hatte, und hätte er es nur gewollt, so hätte es nur eines einzigen bewussten Gedankens bedurft, um auch den Grund dafür zu wissen.

Aber er hatte plötzlich auch Angst vor der Antwort auf diese Frage.

Mit einem Ruck stand er auf und wandte sich direkt an den Jarl. »Es *war* ein Wolf«, beharrte er. »Ich erkenne eine Wolfsspur, wenn ich sie sehe.«

Bjorn tat ihm den Gefallen, sich noch einmal vorzubeugen und die halb verwehte, halb zur Härte von Stein gefrorene Fährte zu begutachten. »Und ich die eines Hundes«, sagte er dann jedoch.

Thor wollte widersprechen, doch dieses Mal ließ ihn Bjorn gar nicht erst zu Wort kommen, sondern schüttelte nur den Kopf und machte eine bekräftigende Geste.

»Deine Vorsicht in Ehren, Thor, aber du irrst dich. Ich kenne sowohl den Hund, der diese Fährte hinterlassen hat, als auch den, dem er gehört.« Er lachte gutmütig. »Aber dieser Irrtum ist verständlich, mein Freund.«

»Ein Hund?«, vergewisserte sich Thor. Das war lächerlich.

»Du würdest diese Frage nicht stellen, wenn du Höthgren und seine Bluthunde schon einmal gesehen hättest«, behauptete Bjorn. »Höthgren nennt sie liebevoll seine Jungen, aber es sind Ungeheuer. Kein Wolf, der seines Lebens nicht überdrüssig ist, würde sich ihnen auch nur auf eine Meile nähern.«

Thor war nicht überzeugt. Er zweifelte nicht daran, dass es diese Monsterhunde gab, von denen Bjorn sprach. Abkömmlinge von Wölfen, die über viele Generationen hinweg mit ausgesucht wilden und kräftigen Hunden gekreuzt worden waren, wurden von vielen Bauern oder Bewohnern abseits gelegener Häuser gehalten, um ihre wilden Verwandten fernzuhalten. Aber das hier war nicht die Fährte eines Hundes, ganz egal, wie beharrlich Bjorn es auch behaupten mochte.

»Das ist also der Götterpfad«, sagte er aber dann nur, statt weiter auf etwas zu beharren, was Bjorn anscheinend nicht sehen *wollte*, aus welchem Grunde auch immer.

Der Jarl richtete sich auf und verwischte dabei mit dem Fuß die vermeintliche Hundespur. Er antwortete erst, nachdem sie die Zügel wieder ergriffen hatten und eine Weile schweigend nebeneinander hergegangen waren. »Ja, das ist der Götterpfad.«

»Warum nennt ihr ihn so?«

Bjorn ließ gerade genug Zeit verstreichen, dass Thor sich fragen konnte, ob er überhaupt vorhatte, noch ein weiteres Wort zu sagen. »Wer anders als ein Gott könnte diesen Weg durch den Fels geschaffen haben?«

Thor gehorchte und sah sich um, auch wenn es nicht viel zu sehen gab: Der Felsspalt verlief schnurgerade und mündete irgendwo in fast unmöglich zu schätzender Entfernung in einer haardünnen senkrechten Linie aus mattem Tageslicht, und als er den Kopf in den Nacken legte, sah er kaum etwas anderes – eine dünne, schnurgerade Linie aus mattgrauen Himmel. Der gewaltige Spalt musste fast so hoch wie lang sein.

»Zwei Götter?«, schlug er vor. Bjorn lachte leise, und er fuhr fort: »Oder die Kraft der Natur?«

»Und was wäre diese anderes als der Wille der Götter?«, fragte Bjorn.

Thor löste seinen Blick von der dünnen Linie am Himmel und sah den Jarl an. Unter dem schweren Helm war nicht viel von seinem Gesicht zu erkennen, aber was er sah, das machte ihm endgültig klar, dass sie dieses Gespräch nicht grundlos führten.

»Glaubst du an die Götter?«, fragte er.

»Das fragt ein Mann, der den Namen eines Gottes trägt?«, erwiderte Bjorn.

»Diesen Namen habe ich mir –«

»– nicht selbst gegeben, ich weiß«, fiel ihm Bjorn ins Wort. »Aber er passt, das musst du zugeben. Und ob ich an die Götter glaube?« Er zuckte mit den Achseln; während er sich auf einer tieferen Ebene fragte, warum Bjorn diese Frage überhaupt stellte und warum ausgerechnet jetzt. »Vielleicht gibt es sie. Aber wenn, dann sind es sicher keine vom Himmel herabgestiegenen allmächtigen Wesen, die der Natur und den Mächten der Schöpfung befehlen können.«

»Sondern?«

»Das weiß ich nicht. Vielleicht Menschen wie du und ich, die einfach nur ein wenig mehr ... wissen?«

»Und was genau wäre das?«, fragte Thor.

»Wenn ich das wüsste, wäre ich selber einer«, antwortete Bjorn.

Und ich habe vielleicht mehr vergessen, als ich wissen möchte, dachte Thor bitter. Er verlegte sich lieber darauf, seine Umgebung noch einmal aufmerksam in Augenschein zu nehmen, ohne indes zu einem anderen Ergebnis zu kommen als bisher.

Er atmete erleichtert auf, als der schmale Lichtstreifen voraus sich verbreiterte und sie das jenseitige Ende des Götterpasses erreichten. Ein gutes Dutzend Reiter erwartete sie. Alle waren abgesessen und standen in kleinen Gruppen herum und redeten, hatten sich gegen ihre Pferde gelehnt und starrten ins Leere oder stampften auch mit den Füßen auf, um der Kälte zu trotzen. Ihr Atem bildete graue Dampfwolken vor ihren Gesichtern, und in dem einen oder anderen Bart und Brauenpaar hatte sich schon wieder Reif gebildet.

Es war erst dieser Anblick, der Thor spüren ließ, wie viel kälter es hier auf der anderen Seite des Berges war. Auch die Felder rings um das befestigte Dorf waren verschneit, und in den Kaminen brannten ununterbrochen die Feuer. Aber dort war es nur kalt. Hier draußen war es eisig.

Er versuchte sich zu erinnern, ob es auch schon so grausam kalt gewesen war, als sie hier angekommen waren, kam aber zu keinem eindeutigen Ergebnis. Alles schien schon so unendlich weit zurückzuliegen, obwohl es doch eigentlich erst wenige Tage her war.

Die Männer stiegen der Reihe nach in die Sättel, als sie näher kamen, und auch Bjorn und er saßen auf und legten das letzte kleine Stück zu Pferde zurück. Grußworte wurden hin und her geworfen, und einer der Männer sagte etwas, das Thor nicht verstand, aber allgemeines Gelächter auslöste. Einzig Sverig, der ebenfalls unter den Wartenden war, gebärdete sich schweigsam und missmutig wie immer und maß ihn auch wieder mit den gewohnten finsteren Blicken.

Die Reiter sammelten sich zu einer kleinen Gruppe, nur einen Steinwurf vom Ende des Götterpfades entfernt. Bjorn setzte sich an die Spitze und mit ihm auch Thor. Er rechnete fest damit, dass Sverig ebenfalls zu ihnen aufschließen würde, doch der dunkelhaarige Krieger bedachte sie nur mit einem trotzigen Blick und suchte sich einen Platz am hinteren Ende der kleinen Kolonne.

»Bist du bereit?«, fragte Bjorn.

Thor hatte nicht die geringste Ahnung, wofür er bereit sein sollte, aber er war auch sicher, dass seine Antwort ohnehin keine Rolle spielte. Also nickte er nur, und der kleine Trupp setzte sich in Bewegung.

Sie wandten sich nach Westen, und Thor wartete eine Weile vergebens darauf, dass Bjorn noch irgendetwas erklärte oder auch nur ein weiteres belangloses Gespräch begann, drehte sich schließlich halb im Sattel herum und stellte überrascht fest, dass sie sich schon weiter von der Bresche im Fels entfernt haben mussten, als er angenommen hatte. Der Eingang zum Götterpfad war schon nicht mehr zu sehen, und selbst die tiefen Spuren, die ihre Pferde im Schnee hinterließen, schienen nur ein kleines Stück hinter ihnen … zu enden?

Nein; es war ihm nicht möglich, den Eindruck in Worte zu fassen. Etwas war hier, das seine Sinne störte: Die Spur schien sich seinen Blicken zu entziehen, wie etwas Lebendiges, das sich nicht greifen lassen wollte, ganz egal wie angestrengt er es auch versuchte.

Als er sich wieder nach vorne wandte, begegnete er Bjorns Blick. Fragend zog er die Augenbraue hoch, aber Bjorn schüttelte nur den Kopf und sah dann wieder nach vorn. Er wirkte auf sonderbare Art zufrieden.

Eine, vielleicht zwei Stunden lang ritten sie in einem langgezogenen Bogen, der von Westen nach Norden schwenkte, wobei sie sich nie allzu weit von der Felswand entfernten, ihr aber auch nicht zu nahe kamen. Dann und wann lösten sich Eisbrocken vom Fels und einmal auch eine kleine Lawine, der sie in respektvollem Bogen auswichen. Der Stein strebte nicht überall so lotrecht und unbesteigbar in die Höhe wie in der Nähe des Götterpfades. Oft genug kamen sie an Stellen vorbei, an denen der Berg leichter zu ersteigen zu sein schien, doch jedes Mal verlor sich der Blick entweder in grauem Dunst und glitzernder Kälte oder wurde schließlich doch von einer steinernen Barriere gebremst, wo der Fels in jähem Winkel abknickte und später mit dem Himmel verschmolz.

»Und es gibt wirklich keinen Weg über die Berge?«, wandte er sich schließlich an Bjorn.

Bjorn schüttelte heftig den Kopf. »Ich weiß, es hat mitunter den Anschein. Aber es gibt keinen. Schon viele haben es versucht, aber keiner hat je einen Weg über diese Wand gefunden. So mancher, der danach gesucht hat, ist nie wieder zurückgekommen.«

»In den Bergen hausen Ungeheuer«, brummte der Mann hinter ihm.

Thor warf einen Blick über die Schulter. »Hast du sie gesehen?«

»Niemand, der sie je zu Gesicht bekommen hätte, hat diese Begegnung überlebt, um davon zu berichten«, behauptete der Krieger.

Immerhin gelang es Thor, nicht laut zu lachen. Er sparte sich sogar die Frage, woher der Mann denn dann eigentlich wissen wollte, dass es diese Ungeheuer gab.

Aber auch in Bjorns Augen blitzte es amüsiert auf. »Vielleicht sind die Berge selbst das Ungeheuer«, sagte er. »Aber Wächter gibt es durchaus. Dort.« Er deutete nach links. Ein Schemen erhob sich unweit der Felswand, noch zu weit entfernt, um wirklich erkennbar zu sein, aber eindeutig künstlichen Ursprungs. Ein Bauwerk, doch es ließ sich von hier aus nicht erkennen, welcher Art es war oder zu welchem Zweck es errichtet sein mochte.

Auch beim Näherkommen gab der Bau Rätsel auf. Es war ein massiv gemauerter Turm, dessen Spitze abgebrochen zu sein schien, sodass man nicht mehr sagen konnte, wie hoch er einmal gewesen sein mochte. Die Bauweise erschien Thor sonderbar archaisch und fremd, schien aber zugleich auch irgendetwas tief in ihm zu berühren. Auf der dem Wind zugewandten Seite des Turmes hatte sich eine gut doppelt mannshohe Schneewehe gebildet, auf der anderen lehnte sich ein niedriges, mit dünnen Schieferplatten gedecktes Haus mit einem gemauerten Schornstein an, das offensichtlich erst sehr viel später angebaut worden war.

»Ein Wachtturm«, beantwortete Bjorn seine Frage, noch bevor er sie überhaupt aussprechen konnte. »Es gibt eine ganze Reihe davon. Sie sind nicht immer besetzt, aber dieser hier schon.«

»Obwohl ihr hinter eurer ... Göttermauer doch so sicher seid?«

»Das bedeutet nicht, dass wir leichtsinnig wären oder gar dumm«, antwortete Bjorn.

»Wer hat diesen Turm gebaut?«, fragte Thor.

Er ahnte, dass er keine richtige Antwort bekommen würde, und er behielt recht.

»Niemand weiß das. Die Türme waren schon da, als die ersten Menschen hierherkamen und sich im Tal von Midgard ansiedelten.«

»Es gibt mehrere davon?«

Bjorns Rechte wies in die Ferne, wo die schneebedeckte Ebene mit dem fast gleichfarbenen Himmel verschmolz. »Ein halbes Dutzend. Mindestens. Sie sind alle verfallen, und sie müssen Hunderte von Jahren alt sein.« Er nahm endlich die Hand herunter und deutete ein Schulterzucken an, um auf diese Weise zum Ausdruck zu bringen, wie wenig ihn dieses Thema interessierte. »Aber deshalb sind wir nicht hier.«

Was für eine Überraschung, dachte Thor. Er blickte nur fragend.

»Dort hinten!« Bjorn musste die Stimme heben, um sich gegen das Heulen des Windes verständlich zu machen, das plötzlich lauter geworden zu sein schien, und Thors tränende Augen hatten Mühe, etwas in der Richtung auszumachen, in die sein ausgestreckter Arm wies. Erst nach einer Weile und als er sich anstrengte, gewahrte er einen Schatten, der sich wie ein rauchiger Faden an der vereisten Felswand nicht weit hinter der Turmruine in die Höhe zog und in dem niemals endenden weißen Staubsturm über ihren Köpfen verschwand.

»Der Kamin?«

»Bei besserem Wetter ist er auch besser zu sehen«, bestätigte Bjorn.

»Und du hast einen Mann in diesem Turm postiert, um ihn im Auge zu behalten?«

»Zwei«, antwortete Sverig an Bjorns Stelle, während er sein Pferd neben sie lenkte und anhielt. »Sie sind beide verschwunden. Ebenso wie ihre Pferde und all ihr Gepäck.«

»Vielleicht sind sie einfach abgehauen?«, fragte Thor. Wie dumm diese Idee war, begriff er schon, bevor er die Worte überhaupt ausgesprochen hatte.

»Weil es ja hier so einladend ist«, sagte Sverig spöttisch. »Und das Wetter so gut, nicht wahr?«

Bjorn tat so, als hätte er seine Worte und Sverigs Antwort darauf gar nicht gehört. »Wir hatten Hunde bei uns. Sie sind gut abgerichtet und finden jeden Toten, selbst unter hohem Schnee. Wir haben alles im Umkreis einer halben Stunde abgesucht.«

»Aber es war niemand zu finden«, knurrte Sverig.

»Jemand muss die Leichen weggeschafft haben«, bestätigte Bjorn. »Genau wie bei den Kriegern oben am Rabenpass.«

»Wer könnte das wohl gewesen sein?«, fügte Sverig hinzu. Seine Hand spielte mit dem Axtgriff, und den Blick, mit dem er Thor maß, herausfordernd zu nennen wäre eindeutig geschmeichelt gewesen.

»Wenn du ein Problem mit mir hast, Sverig, warum sagst du es dann nicht geradeheraus?«, gab Thor zurück. Etwas ... *zupfte* an seinen Gedanken. Etwas, das ihn dazu bringen wollte, mehr zu sagen und vielleicht zu *tun*.

»Ich ein Problem?« Sverig spielte beinahe perfekt den Verwirrten. »Ich habe kein Problem mit dir. Mir scheint eher, du hast ein Problem, und zwar mit dir selbst. Ich meine: Wo du doch nicht einmal weißt, wer du bist.« Er lächelte, und seine Hand spielte jetzt nicht mehr mit dem Griff seiner gewaltigen Streitaxt, sondern schloss sich darum. »Oder weißt du es und willst es uns nur nicht sagen?«

Thor hatte Mühe, nicht die Hand aus der Schlinge zu nehmen und zur Faust zu ballen.

»Warum sollte ich das tun?«

»Sag du es mir.«

»Sverig, bitte«, seufzte Bjorn. Aber auch der Blick, mit dem er Thor maß, war eindeutig tadelnd. »Mir scheint, ihr beide habt ein Problem miteinander«, fuhr er fort. »Aber das ist weder notwendig noch der richtige Moment dafür.«

»Und wann wäre der richtige Moment?«, fragte Sverig. »Wenn er seinen Freunden den Weg zu uns verraten hat?«

»Das reicht.« Bjorn hatte endgültig genug. Das Lächeln verschwand dabei nicht einmal von seinem Gesicht, aber Sverig riss sein Pferd mit einer schon fast brutalen Bewegung herum und sprengte zu den anderen zurück.

»Was hat er damit gemeint?«, fragte Thor.

Bjorn seufzte. »Warum reitest du ihm nicht nach? Ihr könntet euch irgendwo verabreden und euch eine Schneeballschlacht liefern. Ich glaube, ihr könnt beide eine Abkühlung vertragen.«

»Ich hatte dir eine Frage gestellt«, sagte Thor. Bjorn seufzte noch einmal und wirkte jetzt beinahe resigniert. Aber er antwortete trotzdem nicht, sondern wandte sich nur im Sattel um und deutete auf die schneebedeckte Ebene hinaus.

»Zu einer anderen Zeit des Jahres bietet sich von hier aus ein wirklich prachtvoller Ausblick«, sagte er.

Aussicht? Alles, was Thor sah, war Weiß in allen nur denkbaren Schattierungen. Hier und da erhob sich ein weißer Umriss auf weißem Grund, der sich weigerte, seine genaue Form preiszugeben, und im Süden schien ein Schneesturm aufzuziehen, doch er war zu weit weg, um Anlass zur Sorge zu bieten.

»Ich finde es zu kalt, um die Aussicht zu genießen«, sagte Thor.

»Wohl wahr.« Bjorn sah ihn an, als hätte er ihm endlich das Stichwort gegeben, auf das er schon lange gewartet hatte. »Es ist kalt. *Zu* kalt. Und das ist das Problem.«

»Ich finde es auch zu kalt, um Spielchen zu spielen«, sagte Thor missmutig.

Bjorn wandte sich wieder der weißen Unendlichkeit zu. »Ich wollte, es wäre ein Spiel, mein Freund«, sagte er, wie zu sich selbst, dann lauter: »Siehst du den Wald dorthinten, Thor, und den Fluss?«

Thors Blick folgte seinem ausgestreckten Arm. »Sie sind verschneit.«

»Und eingefroren«, fügte Bjorn hinzu. »Der Winter ist früh gekommen in diesem Jahr. Nicht viel. Nur ein paar Tage früher als letztes Jahr ... aber auch im vergangenen Jahr ist er ein paar Tage eher gekommen als im Jahr davor, und er hat auch ein wenig länger gedauert. Und im Jahr davor war es genauso und in dem davor auch.«

Thor begann allmählich zu verstehen, worauf Bjorn hinauswollte.

»Das Land stirbt, Thor«, sagte Bjorn. »Es erstarrt in ewiger Kälte, jedes Jahr ein winziges bisschen mehr. Der Winter kommt in jedem Jahr einen Tag früher, und er dauert einen Tag länger oder auch zwei, und die Dunkelheit ist ein wenig tiefer und die Kälte ein winziges bisschen grimmiger.«

»Was meinst du damit: Das Land stirbt?«, fragte Thor.

»Ganz genau das, was ich sage.« Bjorn lachte bitter. »Du hast nicht wirklich geglaubt, dass sich Endre und ihre ganze Familie im ewigen Eis niedergelassen haben, um Rinder zu züchten?« Er antwortete sich selbst mit einem heftigen Kopfschütteln. »Bestimmt nicht. Ich bin hier geboren, Thor. Ich erinnere mich an dieses Land, wie es früher war. Es war ...«

Er suchte nach Worten, und Thor sah ihm an, dass er sie nicht fand.

»Anders«, sagte er schließlich. »Dieses Land war einmal grün. Es hat die Menschen ernährt, die auf ihm lebten, und nun stirbt es. Midgard war schon immer ein Ort für alle Heimatlosen, die einen sicheren Ort für sich und ihre Familien gesucht haben. Dafür haben es die Götter geschaffen, und es erfüllt seinen Zweck, seit es Menschen gibt. Aber es werden immer mehr, Thor. Deine Gefährtin und du waren nicht die Ersten, die dieses Jahr zu uns gekommen sind, und ihr werdet nicht die Letzten sein. Ich glaube, dass die Welt stirbt, Thor. Vielleicht werden wir den Tag noch erleben, wo Midgard der einzige Ort auf der Welt ist, an dem Menschen noch leben können.«

Und Thor hätte ihm nicht nur sagen können, dass er damit vollkommen recht hatte, sondern auch, warum das so war. Nur, dass er es nicht in Worte fassen konnte.

»Nicht alle, die zu uns kommen, haben Gutes im Sinn«, fuhr Bjorn nach einer Weile fort. »Manche neiden uns unsere Sicherheit. Manche sind einfach schlecht, und die meisten haben wohl einfach keine Wahl.«

Thor überlegte, ihm von seinen Träumen zu erzählen und dem furchtbaren Wissen, das er daraus gewonnen hatte. »Warum sagst du mir das?«, fragte er dann jedoch nur.

»Damit du Sverig verstehst, mein Freund«, antwortete Bjorn, leise und noch immer, ohne ihn anzusehen. »Und die anderen.« Nun sah er ihn doch an. »Auch mich.«

»Ihr vertraut mir nicht«, sagte Thor.

»Wie könnten wir das?«, erwiderte Bjorn. »Du wärst nicht der Erste, den sie schicken, um unser Geheimnis zu ergründen.«

Und wie könnte er irgendetwas darauf erwidern? Bjorn hatte ja recht; viel mehr und in einem viel schrecklicheren Sinne, als er und sogar Sverig ahnen mochten. Er schwieg auch jetzt, und natürlich deutete der Jarl sein Schweigen falsch.

»Du brauchst dir keine Sorgen zu machen«, sagte er. »Sowohl Urd und ihre Kinder als auch du sind bei uns willkommen. Aber du musst dich entscheiden. Jetzt.«

»Wieso?«

Bjorn machte eine Geste in einen Himmel hinauf, der fast die Farbe der endlosen Einöde vor ihnen angenommen hatte und nun endgültig zu verblassen begann. »Bald geht die Sonne unter, Thor, und dann kann niemand mehr den Götterpfad betreten. Wenn du uns verlassen willst, dann jetzt.«

Es dauerte einen Moment, bis Thor wirklich begriff, dass Bjorn mit ›jetzt‹ tatsächlich *jetzt* meinte, genau diesen Moment. »Ihr würdet mich gehen lassen?«, fragte er überrascht.

»Auf einem der Pferde sind Vorräte für eine Woche und warme Kleider. Wenn du schnell nach Süden reitest, erreichst du die nächste Stadt, bevor die lange Nacht hereinbricht. Sag dort, dass wir dich geschickt haben, und man wird dir helfen.«

»Und Urd?«

»Sie mitzunehmen wäre ihr sicherer Tod«, antwortete Bjorn. Damit sagte er die Wahrheit, auch wenn Thor das mit seiner Frage gar nicht gemeint hatte.

»Du willst mich auf die Probe stellen«, sagte er gerade heraus. »Ihr würdet mich niemals gehen lassen. Nicht jetzt, wo ich den Götterpfad kenne.«

»Könnten wir dich denn halten?«, fragte Bjorn.

Vermutlich nicht, dachte Thor. Trotzdem schüttelte er den Kopf. »Das war nicht meine Frage«, beharrte er. »Ihr würdet mich gehen lassen, obwohl Sverig doch befürchtet, ich könnte den Weg in euer Tal verraten?«

Aber Bjorn sah ihn einfach nur an, sehr ernst und sehr durchdringend und sehr lange. Dann hob er die Schultern. »Ich gebe dir Zeit, dich zu entscheiden, bis wir zurück am Götterpass sind.«

Der Anblick des Turmes hatte in ihm die flüchtige Hoffnung auf eine Rast geweckt oder wenigstens auf einige Augenblicke, in denen seine Wände ihnen Schutz vor der Kälte und dem ärgsten Biss des Windes bieten würde, doch Bjorn beschied ihm nur knapp, dass sie sich schon viel zu weit vom Tal entfernt hätten und es Zeit sei, sich auf den Rückweg zu machen. Thor und er setzten sich wieder an die Spitze der kleinen Kolonne, und sie waren noch nicht einmal eine halbe Stunde unterwegs, da hielt Bjorn schon wieder an, und seine Hand senkte sich fast ohne sein eigenes Zutun auf den Schwertgriff. Auch unter seinen Begleitern machte sich eine angespannte Unruhe breit, und Thor hörte rasche Hufschläge, als Sverig sein Pferd zu ihnen aufschließen ließ.

Vor ihnen … war etwas. Als sie gekommen waren, war die Ebene zwischen ihnen und den Bergen leer und unberührt gewesen. Jetzt bewegte sich etwas darauf, eine Anzahl heller Umrisse, noch zu weit entfernt und zu klein, um sie erkennen zu können, dennoch aber auf fast unheimliche Weise vertraut.

Niemand sprach, aber Sverig legte seine Axt quer vor sich in den Sattel, und einer der anderen Männer nahm einen Bogen vom Rücken und nestelte mit steifen Fingern einen Pfeil aus dem Köcher.

»Bei der Göttin Hel…«, murmelte Sverig. Dann sog er hörbar die Luft zwischen den Zähnen ein. »Wölfe!«

Er musste außergewöhnlich gute Augen haben, dachte Thor. Selbst er hatte die Umrisse der grauen Jäger nur einen Moment früher identifiziert. Er fragte sich, ob er wohl auch das riesige weiße Tier erkannt hatte, das die Meute anführte.

Ein weiterer Reiter nahm neben ihnen Aufstellung, dann noch einer und noch einer, bis sie eine auseinandergezogene Linie bildeten. Ein oder zwei Schwerter wurden gezogen und mehr Pfeile aufgelegt.

Die Wölfe waren inzwischen nahe genug, dass man sie zählen und ihre genaue Formation erkennen konnte. Es waren acht, den weißen Riesen mitgezählt, der sie anführte, und sie bewegten sich nicht so, wie Tiere es sollten, nicht einmal so intelligente Tiere wie sie, sondern wie ein diszipliniertes Heer, das seinen Gegner attackiert.

Das war lächerlich. Die Männer waren in der Überzahl, schwer bewaffnet, beritten und gut ausgebildet, und so furchtbare Gegner Wölfe auch sein mochten, hatten sie doch nicht einmal eine Chance, diesen Kriegern auch nur nahe zu kommen.

Aber vielleicht hatten die gepanzerten Riesen, die den Hof überfallen hatten, ja dasselbe geglaubt, dachte Thor. Und er wusste, wie dieser Kampf ausgegangen war.

Der Mann neben ihm zog die Sehne straff, und Thor hob fast erschrocken die Hand. »Nicht«, sagte er rasch. »Eine falsche Bewegung, und wir sind alle tot.«

Das sollte fast noch lächerlicher klingen, aber es tat es nicht.

Die Wölfe kamen näher.

»Ich nehme an, du wirst uns diese Entscheidung gleich erklären, o großmächtiger Thor, Herr des Donners und der Blitze?«, fragte Sverig.

Auch sein bissiger Ton verfing nicht, sondern schien die allgemeine Nervosität nur noch zu steigern. Seine Hand strich mit kleinen, fahrigen Gesten über den Axtstiel.

Statt etwas darauf zu erwidern, warf Thor Bjorn nur noch einen letzten warnenden Blick zu und ritt den Wölfen entgegen. Er merkte nicht einmal selbst, dass er die Hand aus der Schlinge nahm und auf den Schwertgriff senkte. Die Wölfe waren jetzt auf Pfeilschussweite heran und wurden immer noch nicht langsamer.

Thor hoffte im Stillen, nicht den dümmsten – und dann wohl auch letzten – Fehler seines Lebens zu machen und hielt direkt auf den weißen Riesenwolf zu.

Das Tier sprengte heran, geifernd und knurrend, kein Tier mehr, sondern pure Verheerung, die zu Muskeln und Fleisch und reißenden Fängen geworden war.

Dann hielt es an.

Thors Pferd scheute. Er zwang es mit den Zügeln unter seine

Gewalt. Sein Herz hämmerte, und saurer Speichel begann sich unter seiner Zunge zu sammeln. Seine Finger schlossen sich mit solcher Kraft um den Schwertgriff, dass sein Handgelenk mit einem stechenden Schmerz darauf reagierte, als er den Hass spürte, der ihm von dem weißen Riesen entgegenschlug. Diese Kreatur war geschaffen worden, um zu töten. Um *ihn* zu töten.

Dennoch griff sie nicht an, und nach einem – endlosen – Moment nahm auch Thor die Hand vom Schwertgriff. Ihre Blicke begegneten sich, lieferten sich ein stummes Duell, das unentschieden ausging und es auch musste, sollte nicht im nächsten Augenblick Blut fließen.

»Geh«, sagte Thor.

Fenrir knurrte; ein tiefer, unglaublich *drohender* Laut, in dem alle Wut lag, zu der diese Kreatur aus den tiefsten Tiefen der Hel fähig war. Seine Krallen wühlten im Schnee, als wolle er den Leib der Erde selbst aufreißen, um ihr Blut zu schmecken.

»Geh«, sagte Thor noch einmal. »Noch nicht. Es ist zu früh.« Er wusste selbst nicht, warum er das sagte. Aber irgendwie klangen die Worte richtig.

Der weiße Wolf wich noch weiter zurück und entblößte ein mörderisches Gebiss mit dolchspitzen und kaum weniger langen Zähnen.

»Noch nicht«, sagte er noch einmal.

Und das Wunder geschah.

Fenrir knurrte erneut, dass die zu Geifer geronnene Blutgier von seinen Lefzen in den Schnee tropfte und zischende Löcher hineinfraß, aber dann begann er Schritt für Schritt vor ihm zurückzuweichen, und obwohl Thor nicht hinsah, spürte er, dass auch die anderen Wölfe kehrtmachten, dass ihre Wut nicht erlosch, aber gebändigt und mühsam im Zaum gehalten wurde.

Dann geschah etwas wirklich Unheimliches.

Aus dem Nichts kam Sturm auf, eine heulende Bö, die Schnee wie eine Wand aus schneidenden Messerklingen aufsteigen ließ, die Welt in einem einzigen kreischenden Brüllen verschlang und genauso schnell wieder erlosch, wie sie gekommen war.

Als die glitzernden Schleier auseinandertrieben, waren auch die Wölfe verschwunden. Selbst ihre Spuren waren nicht mehr da, als hätte es sie niemals wirklich gegeben.

Als er das Pferd herumdrehte und zu den anderen zurückritt, starrte ihn ein Dutzend Augenpaare an. Alle blickten mehr oder weniger fassungslos, aber in manchen Augen las er auch beinahe so etwas wie Ehrfurcht und in nur zu vielen pure Angst. Selbst Bjorn starrte ihn nur an und schwieg auch dann noch eine geraume Weile, als er wieder neben ihm angelangt war.

»Was war das, Thor?«, murmelte er schließlich. »Was ... was hast du getan?«

Leugnen hätte wohl wenig Sinn gehabt; einmal ganz davon abgesehen, dass ihm nicht einmal eine überzeugende Lüge eingefallen wäre, um etwas zu erklären, von dem er selbst nicht wusste, wie er es getan hatte.

»Wölfe sind kluge Tiere«, antwortete er. »Sie werden wohl begriffen haben, dass sie keine Chance gegen eine solche Übermacht gehabt hätten.«

Bjorn schwieg. Sein Blick glitt ebenso forschend wie nun unübersehbar misstrauisch über Thors Gesicht und dann noch länger über die schneebedeckte Ebene.

»Ja«, sagte er schließlich. »So wird es wohl sein.«

Vielleicht hätte er besser gar nichts gesagt. Keiner der anderen sprach oder gab auch nur einen einzigen Laut von sich, aber etwas war mit einem Mal anders, auch – und vielleicht gerade – zwischen Bjorn und ihm. Ganz tief in ihm war plötzlich Furcht ... vielleicht auch eine Gewissheit, gegen die er sich bisher gewehrt hatte, was ihm nun aber nicht mehr möglich war.

Bjorn räusperte sich. »Lass uns losreiten. Wir haben noch einen langen Weg vor uns.«

Einen Großteil davon legten sie in vollkommenem Schweigen zurück. Sverig ließ sich wieder ans Ende der Kavalkade zurückfallen, und auch die anderen Männer hielten nun einen deutlich größeren Abstand zu ihm ein. Selbst Bjorn ritt nun nicht mehr unmittelbar neben ihm, sondern eine gute Armeslänge entfernt, was Thor schmerzte.

Er spürte jedoch, dass alles, was er sagen konnte, die Sache nur schlimmer machen würde, und so schwieg auch er.

Erst als sie den Götterpfad bereits als dünnen, senkrechten Strich in der vereisten Felswand vor sich sahen, endete das unangenehme Schweigen, und Bjorn nahm das Tempo zurück und hob schließlich den Arm, um das Zeichen zum Anhalten zu geben.

»Jetzt ist wohl der Moment gekommen, um dich endgültig zu entscheiden, Thor«, sagte er. Irgendwie, fand Thor, betonte er seinen Namen jetzt anders als zuvor ... und er war ganz und gar nicht sicher, ob ihm diese neue Art auch gefiel.

Bjorn deutete auf die Felswand, dann in die Richtung, aus der sie gekommen waren, und schließlich auf das Packpferd. »Noch ist genug Zeit, um Oesengard zu erreichen. Der Jarl dort ist ein guter Freund unseres Volkes. Er wird dich aufnehmen, bis der Winter vorbei ist, oder dir alles geben, was du brauchst, um deinen Weg fortzusetzen.«

»Ihr lasst mich nicht gehen«, sagte Thor zum widerholten Mal. »Ihr stellt mich auf die Probe, habe ich recht? Ihr könnt mich gar nicht gehen lassen. Nicht jetzt, wo –«

»– wir dir immer noch nicht trauen und du uns allen gerade bewiesen hast, dass wir zu Recht misstrauisch sind?«

Sverig lenkte sein Pferd mit einer unsanften Bewegung neben ihn, was Thor so wenig überraschte wie der spöttisch-herausfordernde Ton seiner Worte oder die Härte seines Blicks. Was ihn schon eher überraschte, war der Umstand, dass er seine Waffe nicht gezogen hatte, sondern die mächtige Streitaxt noch immer auf dem Rücken trug.

»Und wo ich jetzt den Weg in euer Tal kenne, willst du sagen?«

Er nickte. »Du hast recht. Wäre dem so, könnten wir dich nicht gehen lassen.«

»*Wäre* dem so?«, wiederholte Thor verwirrt. Er sah zum Götterpfad zurück, beinahe davon überzeugt, dort weitere Krieger auftauchen zu sehen, vielleicht auch eine Abteilung Bogenschützen, die nur darauf warteten, dass er sich falsch entschied. Aber der schmale Schatten im Fels blieb leer.

»Ich verstehe nicht«, sagte er offen.

Sverigs Blick wurde nur noch härter, doch Bjorn lächelte plötzlich auf sonderbare Art. »Du hast recht, Thor. Midgard wird vielleicht bald der letzte Ort auf der Welt sein, an dem Menschen noch in Freiheit leben können. Wir müssen vorsichtig sein und uns sehr genau überlegen, wem wir unser Geheimnis anvertrauen und wem nicht. Du willst bei uns bleiben und bei Urd und ihren Kindern?«

Thor verstand immer weniger, was hier überhaupt vorging.

Aber er nickte.

»Das hatte ich gehofft«, sagte Bjorn. Es klang ehrlich. »Dann solltest du zu ihr reiten.«

Seine Hand machte eine flatternd-auffordernde Bewegung zur Felswand hin, und auch wenn es nicht den geringsten Sinn machte, war Thor doch plötzlich sicher, ein spöttisches Funkeln tief in seinen Augen wahrzunehmen.

»Und ... ihr?«, fragte er misstrauisch.

»Oh, wir kommen sofort nach«, antwortete Sverig. »Reite schon einmal vor ... oder fürchtest du vielleicht einen Hinterhalt, großmächtiger Herr des Donners?«

Thor schluckte die Antwort herunter, die ihm auf der Zunge lag, schenkte ihm noch einen vernichtenden Blick und setzte sein Pferd dann trotzig in Bewegung.

Wind kam auf, zuerst nur sacht, doch mit jedem Schritt mehr

und schließlich eine einzelne, brüllende Sturmbö, ganz ähnlich der, die die Wölfe verschlungen hatte. Sie erlosch auch ebenso schnell, und als sich die glitzernden Schwaden senkten, war der Götterpfad verschwunden.

Vor ihm erhob sich eine fugenlose, bis zum Himmel reichende Wand aus massivem Fels.

Thor hielt an, starrte die steinerne Barriere verwirrt an und drehte sich dann halb im Sattel um. Er wäre nicht einmal mehr wirklich überrascht gewesen, wenn auch Bjorn und die anderen verschwunden wären, doch der Jarl, Sverig und ihre Begleiter saßen reglos und kaum einen Steinwurf entfernt hinter ihm in den Sätteln und sahen ihn an.

Nach einem Moment ritt er weiter. Ganz zweifellos handelte es sich um einen Trick, ein Trugbild, das vielleicht seine Augen zu narren vermochte, aber nicht *ihn*.

Sorgsam darauf bedacht, nicht von seinem geraden Weg abzuweichen, näherte er sich der Felswand. Sein Blick tastete über jeden Schatten, jeden Spalt und jede noch so kleine Unebenheit, und er meinte tatsächlich einige vertraute Umrisse wiederzuerkennen.

Nur der Götterpfad war verschwunden.

Und er blieb es, auch als er die Felswand erreichte und schließlich sogar aus dem Sattel stieg, um mit den Händen über den Stein zu fahren. Er war massiv, uralter schwarzer Fels unter kaum weniger altem Eis.

Auch wenn es noch so unmöglich war.

Immer wieder betastete er den Fels, zog schließlich sogar das Schwert und schlug gegen die Wand, ohne damit indes mehr zu erreichen, als ein paar Schrammen auf dem Gestein zu hinterlassen.

»Wenn du es auf diese Weise versuchst, wirst du eine ganze Weile brauchen. Und ein Schwert wird dafür auch nicht reichen, fürchte ich.«

Thor drehte sich betont langsam zu Bjorn um und schluckte seinen Ärger herunter. Ihm entging auch keineswegs das mühsam unterdrückte Grinsen auf dem einen oder anderen Gesicht.

»Ich würde dir ja auch gerne meine Axt leihen, aber ich fürchte, ich brauche sie noch«, fügte Sverig hinzu.

Thor strafte ihn mit Missachtung, funkelte auch Bjorn mit nur noch mühsam unterdrücktem Zorn an und stieg dann wortlos wieder in den Sattel. Erst dann drehte er sich mit einem angedeuteten Nicken wieder zu dem Jarl um.

»Du siehst mich angemessen beeindruckt«, sagte er.

»Das will ich hoffen«, antwortete Bjorn. Einer der Männer hinter ihm lachte leise.

»Und wie geht es weiter?«, fragte Thor gepresst.

»So wie du dich entschieden hast«, antwortete Bjorn amüsiert. »Wir gehen nach Hause. Ich nehme doch an, du freust dich genau wie wir alle auf einen warmen Platz am Kamin?«

Damit dirigierte er sein Pferd mit sanftem Schenkeldruck herum und in den Götterpfad hinein.

Offensichtlich war Thor kaum vom geraden Weg abgekommen. Der Anfang der senkrechten Felsspalte befand sich nicht einmal zwei Armeslängen neben ihm.

Mehr Männer begannen zu lachen.

Thor gestattete sich selbst noch eine geraume Weile, in der er einfach dastand und den Riss im Berg und das ihn umgebende Gestein einfach nur fassungslos anstarrte, doch schließlich riss er sich von dem unglaublichen Anblick los und ritt hinter Bjorn her.

Nach zwei Dutzend weit ausgreifenden Sätzen, deren Echos tausendfach gebrochen und verzerrt von den steinernen Wänden zurückhallten, hatte er Bjorn eingeholt und lenkte sein widerstrebendes Pferd neben das des Jarls.

»Das war beeindruckend«, sagte er noch einmal.

Bjorn nickte.

»Ich nehme nicht an, dass du mir verraten willst, wie dieser Trick funktioniert?«, fragte Thor.

»Trick?« Bjorn spielte den Überraschten. Dann schüttelte er den Kopf. »Oh nein, Thor. Das ist kein Trick.«

»Was sonst?«

»Der Götterpfad«, antwortete Bjorn, als wäre das allein Erklärung genug. »Die Götter beschützen dieses Tal. Manche glauben, sie hätten es nur erschaffen, damit Menschen einen Ort haben, an dem sie sicher leben können, wenn es keinen anderen Platz mehr auf der Welt gibt, wo sie willkommen wären. Und manche glauben, dass sich der Weg dorthin nur denen offenbart, die auch würdig sind, ihn zu gehen.«

»Manche«, wiederholte Thor. »Und du?«

»Ich glaube nicht an die Götter«, antwortete Bjorn.

»Und was ist das alles hier dann, wenn nicht ihr Werk?«, wollte Thor wissen. Er machte eine ausholende Geste. »Zauberei?«

»Ich glaube auch nicht an Zauberei«, sagte der Jarl.

»Und woran glaubst du dann?«

Bjorn hob die Schultern. »Ich weiß es nicht«, gestand er freimütig. »Vielleicht an das, was ich sehe und weiß.« Er zuckte nur noch einmal mit den Achseln, ergriff aber die Zügel fester und ließ sein Pferd in einen schnelleren Trab fallen. »Und jetzt komm, mein Freund. Beeilen wir uns. Es ist kalt, und dein Weib und deine Kinder warten auf dich.«

8. Kapitel

Die lange Nacht kam, und als sie sich nach mehr als hundert Tagen ihrem Ende näherte und das erste Grau einer heraufziehenden Dämmerung am Himmel erschien, die nach Tagen zählen würde, wenn nicht nach Wochen, da hatte das Tal einen neuen Schmied. Urd, er selbst – und vor allem Lif – hatten unter den Menschen im Dorf neue Freunde gefunden, und Thor nutzte das Wenige an freier Zeit, das ihm neben seinem normalen Tagewerk blieb, um sich einen neuen Hammer zu schmieden.

Die beiden ersten Versuche hatte er nicht einmal beendet, sondern schon frühzeitig gemerkt, dass sie weder seinen Ansprüchen genügten noch praktikabel waren. Der dritte hatte ihn anderthalb Wochen schweißtreibender Arbeit und unendliche Mühe gekostet und hing nun als Dekoration über dem Kamin. Er war zu schwer, so schlecht ausbalanciert, dass er schon zu kippeln begann, wenn man ihn einfach nur in der Hand hielt, und die verschlungenen Runen, mit denen er ihn verziert hatte, waren falsch.

Dieser hier war perfekt – oder würde es sein, wenn er jemals damit fertig wurde. Urd, die ihn schon vor etlichen Minuten zum Essen hatte rufen lassen, machte mittlerweile keinen Hehl mehr daraus, dass sie daran zu zweifeln begann, und auch er selbst hatte sich schon ein- oder zweimal bei sich gefragt, ob er es überhaupt *wollte*. Da war eine Unruhe in ihm, die ihn dazu trieb, seine Arbeit an der mächtigen Waffe nicht zu unterbrechen. Zugleich empfand aber auch so etwas wie Furcht vor dem Moment, in dem sie vollendet war; fast so als spüre er, dass etwas Schreckliches geschehen würde, wenn es so weit war.

Thor schüttelte diesen ebenso unsinnigen wie verstörenden Gedanken ab, ließ den Schmiedehammer ein letztes Mal wuchtig herabsausen und trat in der gleichen Bewegung einen halben Schritt zurück, um dem weißen Funkenschauer auszuweichen, den sein wuchtiger Hieb auslöste.

Natürlich gelang es ihm nicht vollständig, aber auch daran hatte er sich inzwischen gewöhnt. Seine Hände und Unterarme waren mit zahllosen winzigen Narben, Schrammen und Brandwunden übersät, die zwar zuverlässig und ausnahmslos heilten, aber stets durch neue Blessuren ersetzt wurden, die er zum allergrößten Teil seinem eigenen Ungeschick verdankte. Einmal hatte er es sogar geschafft, seinen Mantel in Brand zu setzen; eine Situation, die leicht übel hätte ausgehen können, wäre Lif nicht zufällig dabei gewesen, der ebenso schnell wie richtig reagiert und ihm den brennenden Mantel von der Schulter gerissen hatte.

Da war noch etwas, das er – wortwörtlich – schmerzhaft herausgefunden hatte: Er war kein Schmied. Urd hatte sich als gute Lehrerin erwiesen und er als gelehriger Schüler, und das letzte Quäntchen Geschick, das ihm vielleicht fehlte, machte er durch Kraft und Verbissenheit wett. Dennoch würde er niemals ein wirklich guter Handwerker werden, und sei es nur, weil ihm die Liebe zu diesem Beruf fehlte.

So schlimm war es dieses Mal nicht, doch auf seiner rechten Hand prangten schon wieder drei neue Brandmale. Missmutig blickte er sie lange genug an, um zu begreifen, dass er sie trotz aller Anstrengung nicht einfach würde wegstarren können, rieb sich die schmerzende Hand schließlich an der Seite und hörte ein leises Lachen hinter sich, das eine Winzigkeit zu schadenfroh war, um noch als gutmütig durchzugehen.

»Ja«, sagte er missmutig, und da er die Stimme erkannt hatte, noch bevor er sich ganz zu Bjorn umdrehte. »Das ist wirklich komisch.«

Zu dem schadenfrohen Lachen des Jarls gesellte sich jetzt auch noch ein breites Grinsen, und Thors Miene verdüsterte sich noch einmal, als er erkannte, dass Bjorn nicht allein gekommen war, sondern wieder einmal in Sverigs Begleitung.

Nach einer letzten ernsthaften Unterredung zwischen ihm und dem Jarl hatte Sverig endlich damit aufgehört, ihn bei jeder möglichen Gelegenheit zu provozieren, aber Freunde würden sie wohl niemals werden. Im Gegenteil: Bjorn besuchte sie regelmäßig, doch wenn er es in Sverigs Begleitung tat, bedeutete das fast immer Ärger.

»Ich überlege, ob ich noch einen Mann zu deiner Hilfe abstelle«, antwortete Bjorn in ernstem Ton, aber zugleich auch mit amüsiert funkelnden Augen. »Bevor es Tag wird, ist auf den Feldern ohnehin nicht viel zu tun. Einer der Jungen könnte immer mit einem Eimer Wasser bereitstehen.«

»Ja«, knurrte Thor. Lif redete zu viel. Eindeutig. »Sagte ich schon, dass das wirklich komisch ist?« Er fuhr fort, die Hand an der Seite zu reiben; mit dem Ergebnis, dass sie jetzt nicht mehr wehtat, sondern wie verrückt zu jucken begann.

»Mehrmals«, antwortete Bjorn, während er neugierig näher kam und sich ansah, was auf dem mächtigen Amboss lag.

»Es scheint wohl tatsächlich zu stimmen, was man sich erzählt.« Thor tat ihm den Gefallen, ein fragendes Gesicht zu machen. »Was?«

»Dass sie ihre Waffen in ihrem eigenen Blut schmieden«, antwortete Bjorn. »Bist du denn zufrieden mit deinem ... Werk?«

Thor zog es vor, sowohl das fast unmerkliche Stocken in Bjorns Frage zu ignorieren als auch die seltsame Betonung zu überhören, mit der er das letzte Wort ausgesprochen hatte.

Sverig – der auch jetzt wieder seine Axt zu einem Freundschaftsbesuch mitgebracht hatte – war nicht ganz so diplomatisch, während er hinter ihm herangeschlendert kam und den fast fertiggestellten Hammer musterte.

»Und was genau wird das?«, erkundigte er sich.

»Wenn man Urd glauben will, nur weitere verschwendete Zeit«, antwortete Thor stirnrunzelnd, und mehr an sich selbst gerichtet als an den schwarzhaarigen Krieger. Dabei musste er eingestehen, dass Sverigs Frage keinesfalls einer gewissen Berechtigung entbehrte. Der Hammer war nicht nur monströs, sondern sah eigentlich auch nicht mehr wirklich aus wie das Werkzeug, dessen Namen er trug. Der wuchtige Kopf allein wog über fünfzehn Pfund, lief an beiden Enden leicht konisch zu und war über und über mit Runen und anderen, noch geheimnisvoller anmutenden Schriftzeichen bedeckt. Auch der wuchtige Stiel, anderthalb Mal so lang wie der Hammerkopf breit, war mit Runen bedeckt und bestand aus Eisen. Hammerkopf und Stiel waren aus einem einzigen Stück geschmiedet.

»Da soll noch einmal einer sagen, Frauen verstünden nichts von Handwerk«, meinte Sverig.

Thor schenkte ihm das kälteste Lächeln, das er zustande brachte, nahm den Hammer vom Amboss und verzog nicht einmal eine Miene, als das heiße Metall seine Handfläche versengte. Gelassen drehte er sich herum, visierte die Oberkante der Wehrmauer in zwanzig Schritten Entfernung an und schleuderte den Hammer mit einer kurzen, aber ungemein kraftvollen Bewegung aus dem Handgelenk heraus.

Der Hammer beschrieb einen flachen Bogen, schnitt exakt an jener Stelle über der Mauerkrone durch die Luft, an der sich der Helm eines Angreifers befunden hätte, der die Mauer von außen zu übersteigen versuchte, und kehrte gehorsam in seine Hand zurück. Der Flug war nicht ganz so präzise, wie Thor es sich gewünscht hätte. Die Waffe war noch nicht ganz perfekt ausbalanciert, sodass ihr eiserner Stiel auf dem letzten Stück leicht zu trudeln begann und er den Arm weiter und höher als erwünscht ausstrecken musste, um sie aufzufangen.

Weder Sverig noch der Jarl schienen das jedoch zu bemerken.

Bjorn wirkte ehrlich beeindruckt, und Sverigs Augen waren jetzt noch verkniffener als ohnehin.

»Beeindruckend«, sagte er abfällig. »Ist das immer noch der einzige Zaubertrick, den du beherrschst?«

»Es ist keine Zauberei, sondern nur ein wenig Geschick und sehr viel Übung«, antwortete Thor. »Und es ist nicht einmal so schwer, wie es aussieht. Möchtest du es selbst versuchen?« Damit drückte er ihm den Hammer in die Hand. Sverig griff ganz instinktiv zu und ließ zuerst seine Axt und dann mit einem schmerzerfüllten Keuchen den Hammer fallen, als das noch immer heiße Metall seine Handfläche verbrannte.

»Entschuldige«, sagte Thor kühl. »Das war unachtsam von mir.«

Er bückte sich – wohlweislich nicht nach der Axt, deren Klinge sich nur einen Fingerbreit und drei tief neben Sverigs Fuß in den Boden gegraben hatte –, sondern nach dem Hammer, um ihn auf den Amboss zu legen.

Sverig plusterte sich auf, um ihm eine entsprechende Antwort zukommen zu lassen, presste aber dann nur die Lippen zu einem fast blutleeren Strich zusammen, der mehr wie eine Narbe wirkte, und hörte sogar auf, seine versengte Hand mit der andern zu kneten. Er sah auch nicht mehr ihn an, sondern einen Punkt ein kleines Stück hinter ihm.

»Urd.« Bjorns Lächeln wurde gleich um mehrere Grade herzlicher.

Thor wandte sich um. Ein einziger Blick in Urds Augen machte ihm auch klar, dass sie offensichtlich schon seit einer ganzen Weile dastand und sie beobachtete. Ihre Brauen zogen sich missbilligend zusammen, und der Ausdruck auf ihren ebenmäßigen Zügen war … nun ja, *kein* Lächeln.

»Ist es schon Zeit zum Essen?«, murmelte Thor.

Aus dem V über Urds Nasenwurzel wurde ein senkrechter schmaler Strich.

»Männer!«, fauchte sie, drehte sich auf dem Absatz um und verschwand im Haus.

»Vielleicht solltest du dir doch einen anderen Broterwerb suchen und Krieger werden«, sagte Bjorn ernsthaft. »Das scheint mir ungefährlicher zu sein ... War das gerade eine Einladung zum Essen?«

»Urd würde sich freuen«, antwortete Thor. Und vor allem hatte er nichts gegen die Vorstellung, jetzt nicht allein ins Haus zurückzugehen.

Bjorn grinste, als hätte er seine Gedanken erraten, verbiss sich aber jeden Kommentar und folgte Urd. Thor bückte sich noch einmal, diesmal nach Sverigs Axt, deren Klinge sich nur einen Fingerbreit neben Sverigs Fuß in den Boden gegraben hatte.

Statt sie ihm jedoch zu geben, wog er die Waffe nur kurz in der Hand, um sich an ihr Gewicht zu gewöhnen, und schleuderte sie dann auf dieselbe Weise wie den Hammer. Die Doppelaxt folgte exakt demselben Weg wie der Hammer und kehrte ebenso zuverlässig in seine Hand zurück. Im gleichen Schwung, mit dem er die Waffe auffing, drehte er sich zu Sverig um und reichte ihm die Axt mit dem Stiel voran.

»Das mit deiner Hand tut mir leid«, sagte er. »Es war kindisch von mir. Bitte verzeih.«

Sverig riss ihm die Axt aus der Hand und funkelte ihn wütend an.

»Ich kann es dir beibringen«, sagte Thor.

Sverig stülpte trotzig die Unterlippe vor, drehte sich auf dem Absatz um und machte dann noch einmal kehrt, bevor er auch nur den zweiten Schritt getan hatte. »Was?«

»Wie du deine Waffe so werfen kannst, das sie den Feind nicht nur trifft, sondern auch zu dir zurückkommt«, antwortete Thor mit einer Kopfbewegung auf die Axt in Sverigs Händen. »Es ist gar nicht so schwer, wie es aussieht. Es erfordert nur ein gewisses Maß an Übung. Wenn du es also lernen willst ...«

Sverig maß ihn einen Moment lang aus zusammengekniffenen Augen, als wäre er nicht ganz sicher, ob er gerade verspottet wurde oder nicht.

Dann zuckte er mit den Achseln. »Vielleicht denke ich darüber nach.«

»Tu das«, antwortete Thor. »Aber wenn, dann geh zum Tischler und lass dir eine Axt aus Holz bauen.«

»Warum?«

»Weil du sonst«, Thor hob die Hände und streckte alle Finger aus, »allerhöchstens zehn Versuche hast, danebenzugreifen.«

Sverig nötigte sich nicht einmal die Andeutung eines Lächelns ab. »Ich denke darüber nach«, sagte er nur noch einmal.

Immerhin war das schon mehr als ein glattes Nein. Sverig schwang sich die langstielige Waffe über die Schulter und schickte sich an, an ihm vorbei ins Haus zu gehen, was angesichts des Umstandes, dass es Thors Haus war, schon fast an eine Unverschämtheit grenzte. Aber Thor trat mit einer angedeuteten Verbeugung beiseite. Wenn sich Sverig mit dieser kleinen Genugtuung zufrieden gab, dann sollte es ihm recht sein.

Bjorn saß bereits am Tisch und unterhielt sich mit Lif, der wie üblich innerhalb eines einzigen Tages genug Neuigkeiten für einen ganzen Monat gesammelt hatte und sie gar nicht schnell genug heraussprudeln konnte. Elenia verschwand im selben Moment, in dem Sverig und er eintraten, am oberen Ende der Treppe. Die Zeit hatte die Wunden des Mädchens geheilt, so gut das möglich war, doch es war noch immer still und sprach fast nur, wenn ihm eine direkte Frage gestellt wurde, und es scheute noch immer Menschen und zog sich regelmäßig zurück, wenn Fremde ins Haus kamen.

Sowohl Bjorn als auch Sverig ließen sich nicht lange bitten, Urds Gastfreundschaft anzunehmen und nach Kräften zuzugreifen, und sie wurden auch nicht müde, ihre Kochkünste zu loben. Nichts davon war übertrieben oder entsprach nur reiner Freundlichkeit. Urd war eine hervorragende Köchin und ebenso gute Gastgeberin, die stets freundlich war, immer an allem interessiert, was ihre Gäste zu erzählen hatten, und mit einer eigenen Meinung, die in den allermeisten Fällen auch fundiert war, auch nicht zurückhielt. Sie hatte die Lücke perfekt ausgefüllt, die Sveldje hinterlassen hatte, und das nicht nur in diesem Haus, sondern im Leben des gesamten Ortes.

Das Essen zog sich hin, wogegen niemand etwas hatte, auch Thor nicht. Einsamkeit und Langeweile gehörten zu den unangenehmsten Begleiterscheinungen einer hundert Tage währenden Nacht, und man lernte Gesellschaft und ein gutes Gespräch zu schätzen, selbst mit Menschen, die man nicht unbedingt zu seinen engsten Freunden zählte.

Doch Bjorn war nicht nur gekommen, um einen weiteren eintönigen Abend hinter sich zu bringen, dem auch diesmal kein Morgen folgen würde. Sverig und er ließen eine geraume Weile verstreichen, in der sie nur über Belanglosigkeiten redeten, doch schließlich – nachdem er noch einmal ausgiebig Urds Nachtisch zugesprochen und sich noch viel ausgiebiger an dem Krug mit Met bedient hatte – kam er zum eigentlichen Anlass seines Besuches.

»Wie du uns gerade ja so eindrucksvoll demonstriert hast«, begann er, wobei er einen spöttischen Blick in Sverigs Richtung nicht unterdrücken konnte, »bist du mit der Arbeit an deinem neuen Hammer nahezu fertig.«

»Ich hatte dir doch gesagt, dass ich damit fertig werde, bevor es wieder hell wird«, antwortete Thor ausweichend. Worauf wollte der Jarl hinaus?

»Er wird besser als Thors eigener Hammer!«, sagte Lif stolz. »Wenn er erst fertig ist, dann zerschmettert er die Berge damit, du wirst sehen.«

»Besser als Thors eigener Hammer?«, fragte Sverig. »Aber wie könnte er das sein, wenn er doch der wirkliche Thor ist?«

»Besser als sein alter Hammer, meine ich«, antwortete Lif nach einem kurzen, verdutzten Zögern. »Mjöllnir.«

»Ah ja, Mjöllnir«, wiederholte Sverig. »Was ist denn mit dem echten Mjöllnir passiert? Hast du ihn verloren?« Seine Augen funkelten Thor spöttisch an.

»Die Zwerge haben ihn mir gestohlen«, antwortete Thor ruhig. »Normalerweise vergreife ich mich nicht an Schwächeren, aber Dvergas habe ich dafür den Tod geschworen.«

»Dvergas?«

»Ihrem König«, antwortete Thor. »Oder was sich so nennt.« Er wusste nicht einmal, ob er den Namen gerade erfunden hatte, oder ob dieser aus dem Schatz seiner verschütteten Erinnerungen stammte. Mit einem leicht unbehaglichen Räuspern wandte er sich direkt an Bjorn: »Warum erkundigst du dich nach dem Hammer? Doch wohl nicht nur aus reiner Höflichkeit?«

»Nein«, antwortete Bjorn. »Natürlich nicht. Sverig und ich brechen in zwei Tagen zum Rabenpass auf, und es würde mich freuen, wenn du uns begleitest.«

»Zum Rabenpass?«, fragte Urd.

»Darf ich mitkommen?«, fragte Lif. »Bitte!«

»Warum soll ich euch begleiten?«, wollte Thor wissen.

Bjorn trank einen weiteren großen Schluck Met und wischte sich mit dem Handrücken ein paar Tropfen des klebrigen Gebräus aus dem Bart. »Nun, ich habe dir gesagt, dass wir eine Festung dort oben bauen würden, um den Felskamin zu bewachen. Die Männer haben den ganzen Winter über gearbeitet und sind fast fertig. Ich würde mich freuen, wenn du mit uns kommst, um sie in Augenschein zu nehmen.«

»Und warum das?«, fragte Urd, in so scharfem Ton, dass nicht nur Thor überrascht den Kopf drehte und sie ansah.

»Letzten Endes war es auch seine Idee«, antwortete Bjorn schließlich. »Thor ist ein Krieger.«

»Ist er das?«, fragte Urd kühl.

»Wahrscheinlich mehr als irgendeiner sonst hier«, bestätigte Bjorn. Sverig zog eine Grimasse. »Ich lege Wert auf seine Meinung, Urd. Nicht mehr lange, und die Sonne geht auf, und dann werden die Stürme draußen bald abflauen, und es wird wieder warm genug sein, dass Menschen auf der Ebene überleben können.«

»Und?«, fragte Urd. Sie wusste genau, worauf der Jarl hinauswollte, legte aber aus irgendeinem Grund Wert darauf, es aus seinem Mund zu hören.

»Dann werden sie kommen«, antwortete Bjorn. »Die Götter haben uns noch diesen einen Winter Zeit gelassen, um uns auf das Schlimmste vorzubereiten, aber es wäre vermessen, die Augen zu schließen und sich darauf zu verlassen, dass das auch weiter so bleibt.«

»Sie?« Urd warf einen sehr schnellen, nervösen Blick zu Lif hin und versuchte Bjorn mit den Augen etwas zu signalisieren.

»Die Lichtbringer«, schnaubte Lif. »Ich weiß, wovon ihr redet. Ich bin kein Kind mehr, Mutter.«

»Darüber kann man durchaus geteilter –«, begann Urd.

Aber Bjorn unterbrach sie mit einem sanften Kopfschütteln und in noch sanfterem Ton. »Dein Sohn hat recht, Urd. Es hat keinen Zweck, die Augen vor der Wahrheit zu verschließen. Von allen hier im Tal wisst ihr wahrscheinlich am besten, wer unser Feind ist. Keiner hier hat sie je gesehen. Ihr schon.«

»Einmal«, antwortete Urd. »Und das war genau einmal zu viel. Hast du nicht gesagt, wir wären hier sicher?«

»Das sind wir auch«, beteuerte Bjorn. »Aber Sicherheit will erarbeitet werden. Es besteht keine Gefahr, sei unbesorgt. Aber wir brauchen einen Aussichtsposten, dort oben auf dem Pass.«

»Um was zu beobachten?«, fragte Urd. »Den Sturm?«

»Ich komme mit!«, sagte Lif, noch bevor Bjorn antworten konnte. »Bitte, Thor, du erlaubst es mir doch!«

»Ganz gewiss nicht«, sagte Urd bestimmt. »Was dir erlaubt ist und was nicht, das entscheide noch immer ich!«

»Ich will auch etwas für die Gemeinschaft tun!«, protestierte Lif.

»Und damit hat er recht, Urd«, sprang ihm Bjorn bei. »Der Weg hinauf zum Rabenpass ist weit und mühsam, zumal jetzt, aber nicht wirklich gefährlich. Du solltest ihm gestatten, mit uns zu kommen.«

»Da hörst du es!«, sagte Lif. »Es kann gar nichts passieren! Und Thor wird auf mich aufpassen! Bitte!«

»Nein.« Urd presste die Lippen aufeinander und sagte dann: »Ich denke darüber nach.«

Lifs Augen leuchteten auf. »Das ist –«

»›Ich denke darüber nach‹ bedeutet nicht unbedingt gleich ja«, unterbrach ihn Urd, nun wieder im selben scharfen Ton wie zuvor. »Und nun geh zu Bett. Es ist spät.«

»Aber –«

»Du kannst auch auf einer Antwort hier und jetzt bestehen«, fuhr Urd fort. »Aber dann lautet sie nein.«

Thor sah dem Jungen an, dass er erneut widersprechen wollte, und brachte ihn mit einem mahnenden Blick und einer angedeuteten Geste zum Schweigen. In Lifs Augen war nichts als purer Trotz zu lesen. Er war ganz eindeutig der Sohn seiner Mutter. Aber er war auch genauso klug wie sie, denn er sprach nichts von dem aus, was ihm so offensichtlich auf der Zunge lag, sondern sprang plötzlich und so wütend auf, dass sein Schemel umfiel, und stapfte die Treppe hinauf.

»Das tut mir leid«, sagte Bjorn. »Ich wollte nicht, dass es zu einem Streit kommt.«

»Das war kein Streit«, behauptete Urd, und Thor gab ihr mit einem raschen Kopfnicken in Bjorns Richtung recht. Er hatte Urd ein einziges Mal wirklich zornig erlebt und legte keinen Wert auf eine Wiederholung.

»Ich weiß, dass Mütter so etwas nie wahrhaben wollen«, fuhr Bjorn fort. »Aber Tatsache ist, dass dein Sohn langsam zum Mann wird. Er muss seinen Platz in der Gemeinschaft finden.«

Urd schwieg.

»Denk darüber nach«, fuhr Bjorn fort. »Ich werde deine Entscheidung akzeptieren, wie immer sie ausfällt.«

Er wartete einen Moment lang vergeblich darauf, dass Urd noch etwas sagte, hob dann die Schultern und stand auf.

»Wir brechen morgen in aller Frühe auf«, wandte er sich an Thor. »Wenn du mit uns kommen willst, dann komm zum Tor. Bring warme Kleider mit, alles andere haben wir dabei. Sverig?«

Auch der Schwarzhaarige stand auf, nahm seine Axt, die er gegen die Wand hinter dem Tisch gelehnt hatte, und drehte sich vor der Tür noch einmal zu ihm um.

»Holz?«

»Holz«, bestätigte Thor. »Aber es sollte schwer sein. Am besten Eiche.«

Sie gingen. Thor blieb deutlich länger als notwendig stehen und starrte die geschlossene Tür hinter ihnen an, bevor er sich wieder zu Urd herumdrehte.

»Bjorn hat recht, weißt du? Lif ist kein Kind mehr. Und wir sollten uns auch nicht vor ihm streiten.«

»Was genau willst du damit sagen?«, fragte Urd. »Dass ich mich zu sehr um meinen Sohn sorge oder dass es gegen deinen Stolz geht, wenn ich entscheide, was er darf und was nicht?«

»Das habe ich nicht gesagt.«

»Aber gemeint«, behauptete sie. »Lif und Elenia sind meine Kinder, Thor, und ich entscheide, was sie tun und was nicht. Wenn du irgendwann eigene Kinder hast, dann kannst du gerne über ihr Schicksal bestimmen. Aber diese wenigen Monate wirst du dich noch gedulden müssen, ob es dir gefällt oder nicht.«

Nein, das war ganz und gar nicht der Ton, in dem er mit sich reden lassen wollte, nicht einmal von Urd. »Das reicht jetzt«, sagte er. »Du wirst nicht ...« Er blinzelte. »Wenige Monate?«

»Vielleicht noch fünf«, sagte Urd. »Oder auch etwas weniger. Ich bin nicht ganz sicher, ob es gleich beim ersten Mal ... ich meine: Wir waren nicht besonders vorsichtig, oder?«

Thor starrte sie einfach nur an. »Wie?«, murmelte er. »Willst du damit sagen, dass –«

»– sich selbst Götter in manchen Situationen nicht von sterblichen Männern unterscheiden, weil sie denselben Unsinn reden?« Urd nickte und stand auf. »Ja, das scheint mir jedenfalls so.«

»Aber du ... ich meine ... wieso ... wie ...?«

Urd war mit zwei schnellen Schritten bei ihm, legte ihm die Arme um den Nacken und brachte ihn mit einem sehr langen Kuss zum Schweigen.

»Das ›Wieso‹ musst du schon die Götter fragen«, flüsterte sie, ohne dass ihre Lippen sich ganz von seinen gelöst hätten. »Aber das ›Wie‹ könnte ich dir zeigen ...«

Nichts wollte er mehr und sie auch, das spürte er an ihrem heißen, schneller werdenden Atem und an ihren Händen, die sich von seinem Nacken lösten und langsam an seinem Rücken herunterzuwandern begannen. Dennoch dauerte es nur noch einen Augenblick, bis er ihre Handgelenke ergriff und sie mit sanfter Gewalt auf halbe Armeslänge von sich weg schob.

»Du bist schwanger?«, vergewisserte er sich.

»So nennt man es wohl, glaube ich, wenn eine Frau ein Kind erwartet«, antwortete Urd. »Jedenfalls bei uns Menschen. Ich weiß ja nicht, ob die Götter vielleicht ein anderes Wort dafür haben, aber hier bei uns ...«

Thor war ... nein, *verwirrt* war ein zu schwacher Ausdruck.

Alles in ihm war in Aufruhr, aber zugleich fühlte er sich auch wie erschlagen und vollkommen außerstande, auch nur einen einzigen klaren Gedanken zu fassen. Urd war *schwanger?*

»Du ... bekommst ein ... Kind?«, stammelte er. »Von mir? Seit wann weißt du es?«

»Schon eine Weile. Eine Frau spürt so etwas, weißt du?« Urd lächelte. »Ich weiß auch, dass es ein Junge wird. Du bekommst einen Sohn, Thor.«

»Und warum hast du es mir nicht eher gesagt?« Er bedauerte die Worte schon, bevor er sie ganz ausgesprochen hatte.

»Vielleicht weil ich nicht sicher war, wie du es aufnimmst.« Sie versuchte, ihn zu umarmen, und Thor griff rasch nach ihr und hielt sie fest, ergriff noch aus der gleichen Bewegung heraus ihre Hände und verschränkte ihre Finger ineinander.

»Entschuldige«, murmelte er. »Es ist ... Also, du hast anscheinend recht. Männer reden wohl in manchen Situationen Unsinn.«

»In *manchen* Situationen?« Urd lachte, sah ihn zwar noch einen Moment auf dieselbe sonderbare Art an und löste dann ihre Finger aus seiner rechten Hand, wenn auch nur, um sofort nach seinem Gelenk zu greifen und seine Hand mit sanfter Gewalt nach unten zu drücken, bis sie flach auf ihrem Bauch lag.

Er küsste sie, ebenso lange und zärtlich, wie sie es gerade bei ihm getan hatte, aber als sich ihr Atem abermals beschleunigte, löste er sich erneut von ihr und schob sie ein kleines Stück von sich weg.

»Du hättest es mir sagen müssen.«

»Weil du dann vorsichtiger gewesen wärst?«, fragte Urd. »Du meinst, du hättest dann besser auf dich Acht gegeben und wärst in weniger Schlachten gegen Riesen und Ungeheuer geritten, in denen das Leben des Vaters deines zukünftigen Sohnes in Gefahr geraten wäre?«

Thor war nicht ganz sicher, ob er diesem Satz vollkommen folgen konnte. »So ... ungefähr.«

»Siehst du, und genau deshalb habe ich es dir nicht gesagt«, erwiderte Urd. »Wie hätte ich das verantworten können, wo es doch so viele Ungeheuer zu erschlagen gibt?«

»Hm«, machte Thor.

»Und du hattest mir noch eine zweite Frage gestellt«, fuhr sie fort.

»Und welche?«

»Das ›Wie‹«, antwortete Urd. »Ich bin zwar ein ganz kleines bisschen gekränkt, dass du es tatsächlich vergessen haben sollst, aber ich zeige es dir gerne noch einmal.«

Sie kam wieder näher. Und dieses Mal wehrte er sich nicht.

Der Traum war ganz besonders intensiv, fast so, als hätte er nur kurz die Augen geschlossen, um sich unversehens in einer fremdartigen Welt wiederzufinden, die ihm zugleich auf erschreckende Weise vertraut war.

Das Erschreckendste überhaupt aber war vielleicht die Tatsache, dass er sich des Umstands vollkommen bewusst war, zu träumen.

Das sollte nicht sein. Ein Traum war ein Traum, und er sollte auf seiner Seite des Abgrundes bleiben, der die Welten voneinander trennte, und ihn nicht hierher verfolgen – und sich schon gar nicht als das zu erkennen geben, was er war.

Vielleicht war es ja auch nicht wirklich ein Traum, sondern etwas anderes, eine Botschaft, die er sich selbst schickte, die Worte jenes anderen Thor, der er tief in seinem Innern immer noch war.

Doch auch wenn er sich der Tatsache bewusst war zu träumen, war er zugleich unfähig, diese Erkenntnis zu nutzen, um aus diesem bizarren Traum zu erwachen.

Vielleicht wollte er es ja auch gar nicht.

Er saß er an einem Tisch, der reich mit kostbaren Tellern, Schalen und Trinkgefäßen und Krügen gedeckt war, die aus purem Gold und Silber bestanden und mit Edelsteinen und kunstvollen Ornamenten verziert waren und vor kostbaren Speisen und erlesenen Weinen schier überquollen. Männer waren bei ihm, allesamt groß und von jenem athletischen Wuchs, der von einem Leben voller Übung und Mühen kündete, aber auch einem Leben ohne Not, Hunger und allen Entbehrungen, die so selbstverständlich zum Leben der Menschen gehörten wie die Luft zum Atmen und der Wechsel der Jahreszeiten. Sie unterhielten sich in einer Sprache, die er nicht verstand, obwohl sie auch mit ihm redeten und er darauf antwortete.

Die Männer trugen Schild und Schwert und Rüstungen aus schwarzem Eisen, und an den schwarzen Wänden hingen noch mehr und ungleich mächtigere Waffen und dazu andere, bizarre Dinge, deren genauer Zweck ihm verborgen blieb. Es wurde gelacht, auch wenn es ein raues, unangenehmes Geräusch war, das eher das gegenteilige Gefühl in ihm wachrief, und sonderbarerweise war er zwar sicher, jede einzelne der gerüsteten Gestalten so gut zu kennen wie einen Bruder, aber in seinem Traum hatten sie keine Gesichter. Wo sie sein sollten, gewahrte er nur verwaschene graue Flecken, von denen eine unheimliche Bedrohung auszugehen schien, aber auch ein Gefühl der Dazugehörigkeit, das alles nur noch schlimmer machte.

Sie tranken. Das Horn rief zur Schlacht, und der Chor der Einherjer antwortete mit einem rauen Schrei aus tausend Kehlen darauf, ein Laut, unter dem die Welt erzitterte und der etwas in ihm zugleich triumphierend jubilieren und sich vor Scham und Entsetzen krümmen ließ.

»Odin!«

Sie riefen Odins Namen, aber Odin, wie er mit einer plötzlichen Gewissheit wusste, von der er selbst nicht sagen konnte, woher sie stammte, war tot!

In seinem Traum streckte er die Hand aus, die einen goldenen

Becher in Form eines menschlichen Schädels hielt, und einer der gesichtslosen Riesen griff nach einem Krug und schenkte ihm ein. Er trank, schmeckte köstlichen Wein, und dann verwandelte sich der Wein in Blut, die vertraute Wärme in ihm in die entsetzliche Leere, die die Erkenntnis begleitete, einen nicht minder entsetzlichen Fehler begangen zu haben.

Ekel vor sich selbst ergriff ihn, ohne dass er den Grund benennen konnte, und gleich darauf ein Gefühl ebenso großer Verachtung, die gleichfalls ihm selbst galt.

Verwirrt von seinen eigenen Gefühlen stellte er das Trinkgefäß ab, stand auf und trat auf einen der zahllosen schmalen Balkone hinaus, welche die zyklopische Halle säumten. Eisiger Wind schlug ihm ins Gesicht, und der schwarze Stein unter seinen mit Eisen beschlagenen Stiefelsohlen knisterte, als wäre er mit einer dünnen Schicht aus unsichtbarem Eis überzogen.

Der Traum . . . flackerte.

Für einen unendlich kurzen Moment – vielleicht auch für eine Stunde oder zwei, welche Rolle spielte wohl Zeit in dieser sonderbaren Sphäre, in die es ihn verschlagen hatte – schimmerten die Umrisse der Schmiede mit all ihren bekannten Geräuschen, Umrissen und Gerüchen durch das, was er bisher für Wirklichkeit gehalten hatte. Urds vertrautes Gewicht lag auf seinem Oberarm, und er spürte die Wärme ihres Atems in seiner Halsbeuge und das Kitzeln ihres Haares auf der Wange, *aber zugleich war sein Körper auch in undurchdringliches schwarzes Eisen gehüllt, und ein kalter, leicht metallisch riechender Wind schlug ihm entgegen, während er an den Rand des schwarzen Balkons trat und sich vorbeugte, um in die Tiefe zu blicken.*

Wieder rief das unsichtbare Horn zum Kampf, und die rauen Schreie aus zahllosen Kehlen griffen den Laut auf und schleuderten ihn trotzig einem schwarzen Himmel entgegen, an dem noch nie eine Sonne gestanden hatte. Etwas ... kratzte an seinem Bewusstsein, wie das Scharren harter Fingernägel, ein Klopfen und Zerren von etwas, dass sich Gehör verschaffen wollte. Er war sich noch immer vollkommen des Umstandes bewusst, nur einen Traum zu erleben, in dem die Dinge eine bestimmte Bedeutung vermitteln wollten, ohne sie indes zu zeigen – zugleich aber auch, dass all dies auf eine schreckliche Art wahr war, dass es diesen Ort mit seinen unheimlichen Bewohnern und seiner noch viel unheimlicheren Bedeutung *gab*.

Er musste erwachen, nicht nur aus diesem Traum, sondern auch aus einem anderen, den er schon seit langer Zeit träumte, ohne sich dessen bewusst zu sein. Er musste sich erinnern. Nichts von dem, was geschehen war, war Zufall. Er war nicht zufällig in diesem Tal, er war *entsandt worden*, um etwas ganz Bestimmtes zu tun, und vielleicht war der Grund, aus dem er all das hier vergessen hatte, genau das, weswegen man ihn entsandt hatte. Aber nun war die Zeit beinahe abgelaufen, die Frist, die er sich erbeten hatte, fast verstrichen, und der Tag der Entscheidung rückte heran. Aber wie sollte er sich entscheiden, wenn er doch nur die Wahl zwischen zwei Möglichkeiten hatte, die beide gleich entsetzlich waren?

Das Horn rief zum dritten Mal zur Schlacht, und dieses Mal war es nicht mehr der Chor der Einherjer, der auf seinen Klang antwortete, sondern ein düsteres Heulen, das an- und abschwoll und dabei jedes Mal eine Winzigkeit lauter wurde. Wölfe. Es waren Wölfe, die er hörte.

Mit einem einzigen weiteren Schritt war er bei der Balkonbrüstung und beugte sich vor.

Obwohl ein Teil von ihm wusste, wo er sich befand, erschrak er bis ins Mark, als er sah, wie weit die Klippe aus schwarzer Lava unter ihm in die Tiefe reichte; vielleicht eine Meile, vielleicht zwei, vielleicht auch hundert. Armeen bewegten sich dort unten, gewaltige Heere, die in die Schlacht zogen und dem Schicksal trotzige Lieder entgegenschleuderten, gefolgt von etwas Dunklem und Kaltem, das sich weigerte, Gestalt anzunehmen.

Und direkt unter ihm, durch den unheimlichen Zauber des Traumes wider jede Logik so genau zu erkennen, als brauchte er nur den Arm auszustrecken, um ihn zu berühren, saß ein riesiger weißer Wolf und starrte ihn an.

Eine Hand berührte ihn an der Schulter, und nun drehte er sich doch herum und blickte in ein Gesicht, das im allerersten Moment sein eigenes war, dann gar keines und schließlich zu dem von Urd wurde, noch bevor er auch nur Zeit fand, zu erschrecken. Der Traum verblasste, versuchte noch einmal, die Wirklichkeit mit schwarzen Spinnweben zu überlagern und löste sich dann vollends auf, aber das Gesicht vor seinen Augen blieb das von Urd.

»Ist alles in Ordnung?«, fragte sie.

Thor nickte, richtete sich umständlich auf und bemerkte erst dann, dass er sie gepackt hatte und fest genug hielt, um ihr wehzutun. Hastig zog er die Hand zurück. »Ja. Warum?«

»Du hattest einen schlechten Traum?«, vermutete Urd.

»Habe ich geschrien?« Tatsächlich war in seinem Mund ein schlechter Geschmack, und seine Kehle fühlte sich wund an, als *hätte* er geschrien.

Urd machte eine verneinende Geste. »Du warst unruhig, und du sahst irgendwie ... erschrocken aus. Willst du mir davon erzählen?«

Vielleicht hätte er das sogar, wäre er nur selbst sicher gewesen, was dieser sonderbare Traum zu bedeuten hatte – wenn es ein Traum gewesen war –, aber Urds Verhalten verwirrte ihn beinahe mehr als die Erinnerung an ... was auch immer es gewesen war. Sie war ein kleines Stück von ihm weggerückt und massierte ihr Handgelenk, aber das Flackern in ihren Augen war nicht auf den Schmerz zurückzuführen, den er ihr unwillentlich zugefügt hatte.

»Ich *habe* geschrien.«

»Nein«, log sie wenig überzeugend. Dann hob sie die Schultern und ließ ihr Handgelenk los. »Jedenfalls nicht sehr laut. Aber du hast … geredet.«

»Geredet? Was?«

»Das weiß ich nicht«, antwortete sie. »Eigentlich war es nur Gestammel … was man eben im Schlaf so murmelt.« Sie versuchte zu lächeln. »Ich hoffe, du hast nichts Falsches gegessen.«

»Du hast das Essen gestern Abend gekocht«, erinnerte er. »Wie jeden Abend.«

»Und du hast Unmengen davon in dich hineingestopft«, behauptete sie, was nicht der Wahrheit entsprach. »Also beschwer dich nicht bei mir, wenn dir schlecht wird.«

»Einherjer«, sagte er.

Urd nickte. Wenn dieses Wort sie überraschte, dann beherrschte sie sich meisterhaft. »Ich glaube, dieses Wort war auch dabei … jetzt, wo du es sagst … warum?«

Weil sie zum Kampf rüsten. Weil ich ihre Armeen gesehen habe und weiß, dass sie längst marschieren. Laut sagte er: »Weißt du, was dieses Wort bedeutet?«

Urd überlegte einen Moment und nickte dann, wenn auch mit wenig Überzeugung. »So, wie du es ausgesprochen hast, habe ich es noch nie gehört, aber ich glaube, es ist ein Wort aus der Alten Sprache.«

»Und was bedeutet es?«

»Die Hüter von Gladsheim«, antwortete Urd. »Es heißt, dass je achthundert unsterbliche Krieger die achthundert Tore Walhalls bewachen.« Sie versuchte zu lachen. »In Wahrheit sind es wohl eher acht Tore und acht Krieger … warum fragst du?«

Selbst für seinen eigenen Geschmack zögerte er einen Moment zu lange, sich in ein Schulterzucken zu retten. »Nur so«, behauptete er. »Ich habe dieses Wort irgendwo gehört.«

Urd ließ eine Weile verstreichen, in der sie ihn nur ansah,

noch immer mit diesem sonderbaren Ausdruck von Schrecken in den Augen. »Es sind wieder die Träume, habe ich recht?«

Tatsächlich hatte er oft und zum Teil noch viel intensiver geträumt, seit sie in dieses Tal vor dem Ende der Welt gekommen waren, aber das war am Anfang gewesen, in den ersten Tagen und Wochen. Mit jeder Nacht, die verstrichen war, jedem Morgen, an dem er in Urds Armen aufwachte, waren die Träume geringer geworden, bis sie schließlich ganz verblassten, dem Schmerz einer allmählich heilenden Wunde gleich, der langsam an Intensität verlor und zuerst aus dem Bewusstsein und dann ganz verschwand. Umso mehr sollte es ihn nun erschrecken, dass sie zurückkehrten, und dazu noch mit solch überwältigender Kraft.

»Es sind nur Träume«, sagte er. »Wahrscheinlich hast du recht – ich sollte vielleicht nicht so ausgiebig Hensvigs Weinvorräten zusprechen.«

»Vor allem nicht in deinem Zustand«, pflichtete ihm Urd bei.

Thor blickte fragend.

»Immerhin erwarten wir ein Kind«, fuhr sie, um einen angemessen ernsthaften Ton bemüht, fort. »Es ist zwar noch eine Weile hin, aber an manchen Tagen spüre ich es schon. Und schlechte Träume gehören leider manchmal auch dazu.«

»Ich weiß nicht genau, wie es bei dem Volk gehandhabt wird, aus dem du kommst«, antwortete Thor, »aber in allen anderen, die ich kenne, sind es die Frauen, die die Kinder bekommen.«

»An wie viele andere Völker erinnerst du dich denn?«, wollte Urd wissen, amüsierte sich einen Moment lang über seinen betroffenen Gesichtsausdruck und fuhr dann fort: »Siehst du? Vielleicht ist es ja bei euch Sitte, dass die Männer nicht nur den Spaß haben, sondern auch ein wenig von dem Unbehagen teilen, das eine Schwangerschaft mit sich bringt. Ein solches Volk würde mir gefallen ... glaube ich.«

So, wie sie das sagte, hätte man glauben können, die Worte wären vollkommen ernst gemeint. Natürlich waren sie das nicht. Thor wusste ihren Versuch, ihn aufzuheitern, durchaus zu würdigen, auch wenn er seine Wirkung verfehlte. Immerhin gelang es ihm, sich zu einem Lächeln zu zwingen.

»Bist du sicher, dass du noch einmal mit Bjorn und Sverig dort hinaufgehen willst?«, fragte Urd plötzlich. Ohne seine Antwort abzuwarten, fügte sie hinzu: »Es ist gefährlich dort oben.« Sie rutschte ein winziges Stück weiter von ihm fort, setzte sich zugleich aber auch endgültig auf, sodass die Decke von ihren Schultern glitt und Thor sah, dass sie darunter nichts trug, was ungewöhnlich war. Obwohl sie das Feuer im Kamin nie ausgehen ließen, wurde es nachts doch noch immer bitter kalt im Haus, sodass sie nicht nur unter gleich zwei Decken, sondern zumeist auch in ihren Kleidern schliefen. Er sah ihr auch an, wie sehr sie fror.

»Deck dich zu«, sagte er.

»Warum?« Urd machte ein gespielt schuldig-verwirrtes Gesicht. »Stört dich der Anblick?«

»Ganz im Gegenteil.« Thor spürte, wie sein Körper schon wieder auf ihren Anblick reagierte, und kämpfte einen Moment lang vergeblich dagegen an, was Urd offensichtlich nicht verborgen blieb, denn ihr Blick wurde jetzt eindeutig spöttisch. »Worauf wartest du dann, mein Held?«

Thor versuchte einen halben Atemzug lang ganz ernsthaft eine Antwort auf diese Frage zu finden und hob schließlich die Schultern. »Ich weiß nicht, ob du ...«, begann er eher ungeschickt, hob abermals und noch verlegener die Schultern und setzte neu an: »Ich meine, du –«

»Ich bekomme ein Kind, das ist richtig«, unterbrach ihn Urd. Ihre Augen funkelten. »Aber erst in vier Monaten, vielleicht auch in fünf ... zu sehen ist jedenfalls noch nichts. Hier – überzeug dich selbst.« Damit schlug sie die Decke, die sie bisher noch bis zu den Hüften bedeckt hatte, endgültig zurück und legte die linke Hand demonstrativ auf ihren Bauch. »Und jetzt untersteh dich, irgendetwas anderes zu sagen«, fügte sie drohend hinzu, als sein Blick der Bewegung fast gegen seinen Willen folgte.

Thor küsste sie zärtlich, und Urds Linke glitt unter sein Hemd, fuhr mit scharfen Fingernägeln über seine Brust und dann tiefer hinab. Zwei, drei Atemzüge lang wehrte er sich noch, gab es schließlich auf, tastete seinerseits nach ihr ... und schob sie dann erneut und jetzt mit größerer Entschlossenheit auf Armeslänge von sich.

»He!«, protestierte Urd. »Was –?«

»Ich weiß nicht, ob das richtig ist«, flüsterte er.

»Was?«, erwiderte Urd kichernd. »Das hier? Oder das?« Ihre Hände fuhren fort, Dinge zu tun, die ihn den Augenblick und die Erinnerung an die schrecklichen Träume vergessen machen wollten, und jetzt kostete es ihn all seine Kraft, sich nicht einfach fallen zu lassen und das Vergessen anzunehmen, das sie ihm anbot.

»Nein – das meine ich nicht.« Er richtete sich auf, schob sie durch seine eigene Bewegung von sich hinunter und hielt ihre Handgelenke mit sanfter Gewalt fest. »Das alles hier, Urd. Wir ...«

Er sprach nicht weiter. *Wir sollten nicht hier sein? Wir hätten niemals herkommen dürfen?* Wie sollte er ihr etwas erklären, dass er selbst noch nicht verstand?

Sie versuchte noch einmal, sich loszureißen, und gab es auf, bevor er sich entscheiden musste, sie tatsächlich mit Gewalt festzuhalten. Ein Ausdruck von tiefem Ernst breitete sich wie schwarze Tinte in ihren Augen aus. »Es sind die Träume, habe ich recht?«

Behutsam ließ Thor ihre Handgelenke los, setzte sich auf und schwang die Beine aus dem Bett. Er schauderte, als seine nackten Füße den Boden berührten und er spürte, wie kalt er war. »Es sind nicht nur Träume«, murmelte er.

»Ich weiß«, antwortete Urd. Er konnte hören, wie sie nach der Decke griff und sie sich wieder um die Schultern schlang, bevor sie raschelnd an seine Seite glitt.

»Du ... weißt?«, wiederholte er, überrascht, zögernd und erst nach zwei oder drei weiteren Herzschlägen; so lange dauerte es, bis er den Sinn dessen, was er gerade gehört hatte, wirklich begriff. »Woher?«

»Glaubst du, es wäre das erste Mal, dass du im Schlaf sprichst?« Sie rutschte näher an ihn heran und griff dann noch einmal hinter sich, um die Decke enger um ihre Schultern zu ziehen. Thor spürte erst jetzt, wie kalt es wirklich hier drinnen war. Sein Atem erschien als grauer Nebel vor seinem Gesicht und vermischte sich mit dem Urds, als sie sich gegen ihn lehnte.

»Du hast nie etwas davon gesagt.«

»Warum sollte ich?« Urd versuchte zu lachen, aber es klang ... seltsam, auf eine Weise unecht, als hätte er sie verletzt, und sie versuchte mit wenig Erfolg, es sich nicht anmerken zu lassen. Hatte er es? »Manchmal ist es von Vorteil, wenn eine Frau all die kleinen und großen Geheimnisse ihres Mannes kennt, ohne dass er es weiß.«

»Sind sie denn so groß?«, fragte er. *Gladsheim wird fallen, seine Flanken werden ins Meer stürzen und die Wogen die Welt verheeren.*

»Das weiß ich nicht.« Urd zuckte mit den Achseln und nutzte die Bewegung, um noch ein Stück näher an ihn heran zu rücken; oder versuchte es wenigstens. »Ich verstehe nicht, was du sagst. Aber ich bemühe mich, deine Sprache zu lernen, Fremder.«

Er fragte sich, ob er das für sie war – ein Fremder – und vielleicht nicht nur für sie. Kannte er sich selbst?

Urds Hand glitt erneut unter sein Hemd und begann Dinge zu tun, die ihm einen prickelnden Schauer über den Rücken laufen ließen, und ein – nicht kleiner – Teil von ihm wollte sie, jetzt und hier und mit schon fast schmerzhafter Intensität. Aber ein anderer brachte ihn dazu, noch einmal nach ihrem Handgelenk zu greifen und es festzuhalten, und das mit solcher Kraft, dass er ihr vermutlich wehtat.

»Was tust du?«, fragte Urd, eher verwirrt als verletzt. Sie versuchte sich loszumachen, aber er hielt sowohl ihre Hand als auch ihren Blick fest.

»Nicht«, sagte er.

»Ich bin nicht krank, Thor«, erinnerte sie. »Ich bekomme dein Kind – und auch das erst in etlichen Monaten.« Sie versuchte noch einmal, sich loszumachen, und jetzt mit solchem Nachdruck, dass er ihr wirklich wehgetan hätte, hätte er ihren Arm weiter festgehalten. »Oder begehrst du mich nicht mehr, jetzt, wo ich –«

»Unsinn«, fiel ihr Thor ins Wort. »Red nicht so!«

»Was ist es dann?«

»Es sind nicht nur Träume, Urd«, wiederholte Thor ernst. »Vielleicht sollten wir gehen.«

»Gehen? Jetzt?« Im ersten Moment gelang es ihr tatsächlich, so zu tun, als hätte sie gar nicht verstanden, wovon er sprach. »Und wohin?«

»Diese Leute hier waren gut zu uns, Urd«, fuhr er fort. »Sie haben uns aufgenommen und uns Essen und ein Dach über dem Kopf gegeben, obwohl sie uns nicht trauen.«

»Die meisten schon.«

»Ich möchte es ihnen nicht vergelten, indem ich ihnen Unglück bringe.«

»Unglück?« Urd rückte ein kleines Stück von ihm weg, gerade weit genug, um den Kopf auf die Seite zu legen und sein Gesicht mit einem langen, schwer zu deutenden Blick zu mustern. »Ich glaube, du schläfst immer noch und redest Unsinn«, sagte sie dann. »Oder ich verstehe deine Sprache wirklich nicht, Fremder.«

Fremder. »Vielleicht bin ich nicht der, wofür ihr mich alle haltet.«

Es war schwer zu sagen, worüber sie angestrengt nachdachte: Seine Worte an sich oder das *ihr*, das sie selbst einschloss. Wenn man es genau nahm, dann sogar ihn.

»Ein Dummkopf?«, fragte sie schließlich, hob die Schultern und richtete sich dann mit einer Bewegung auf, die die Decke wie zufällig von ihren Schultern rutschen ließ. In dem wenigen blassen Licht, das durch das schmale Dachfenster hereinfiel, schimmerte ihre Haut wie rauer Samt. »So etwas auszuschlagen?«

Thor lächelte fast gegen seinen Willen. Aber sein Blick blieb ernst, und das Scharren und Kratzen an seinen Gedanken war wieder da, dringender denn je. Da war etwas, das erwachen wollte. Etwas Fremdes, das doch so sehr zu ihm gehörte wie ein finsterer Zwilling, der Zeit seines Lebens in ihm gewesen war und nun mit Macht danach drängte, zu erwachen.

»Manchmal frage ich mich, ob wir den Menschen hier nicht den Tod bringen«, sagte er.

»Den Tod.« Urd gab sich Mühe, dem Wort einen möglichst dramatischen Klang zu verleihen, aber ihre Augen funkelten schon wieder spöttisch. »Also, ich kann mich täuschen«, fuhr sie in gespielt verwirrtem Ton fort, »aber etlichen von ihnen hast du das Leben gerettet, oder? Und mir hast du Leben gebracht.«

»Leben?«

Sie nickte heftig. »Und Krämpfe, Übelkeit am Morgen und Appetit auf sonderbare Dinge, von denen ich bisher nicht einmal gewusst habe, dass man sie essen kann.« Ihr Stirnrunzeln wurde noch einmal tiefer. »Auch wenn ich mich nicht mehr genau erinnere, wie du es gemacht hast. Es ist ziemlich lange her.«

»Vier oder fünf Stunden?«

»Was ich sage: ziemlich lange. Und ich bin nicht mehr die Jüngste, weißt du? Mein Gedächtnis ist nicht mehr das Allerbeste.« Sie ließ sich zurücksinken und begann sich verführerisch zu räkeln. »Warum zeigst du mir nicht noch einmal, wie du es gemacht hast? Vielleicht erinnere ich mich ja wieder.«

Thor war ... verwirrt. Urd als prüde zu bezeichnen kam der Wahrheit ungefähr so nahe wie die Behauptung, Sverig wäre ein vertrauensseliger Mann, aber das ... war nicht ihre Art. Sie wusste ihren Willen auf andere und sehr viel subtilere Weise zu erreichen, und für einen Moment fühlte er sich zwar gewiss nicht abgestoßen von ihrem Benehmen, aber doch ... verstört.

Dann begriff er. »Du willst nicht darüber sprechen.«

»Ich will überhaupt nicht sprechen, Dummkopf«, antwortete sie. »Was muss ich denn noch tun, damit du das begreifst?«

»Urd, ich meine es ernst«, sagte Thor.

»Ich auch.«

»Etwas geschieht mit mir«, fuhr er unbeirrt fort. »Urd, bitte!«

Urd seufzte und stemmte sich wieder auf beide Ellbogen hoch. »Du hattest einen Traum, Thor. Einen schlimmen Traum und vielleicht sogar mehr. Aber du wirst dieses Rätsel nicht lösen, wenn du dich selbst quälst, glaub mir.«

»Es sind diese Bilder, Urd«, widersprach er. »Sie werden deutlicher, und ich ... bin nicht mehr sicher, ob es wirklich nur Träume sind. Vielleicht sind es Erinnerungen.«

Das spöttische Funkeln in ihren Augen erlosch, und sie setzte sich weiter auf. Ihre Hand kroch erneut zu ihm hin und schloss sich um seine Finger, aber es war jetzt wieder die alte Urd. Ihre Berührung spendete Trost. »Wäre das so schlimm?«

»Das kommt darauf an, wer ich wirklich bin«, antwortete er. »Vielleicht würdest du den anderen Thor nicht mögen.«

»Unsinn.«

»Die Einherjer, Urd«, beharrte er. »Ich habe sie gesehen.«

»Odins Krieger?«, wiederholte sie. Es war ihm unmöglich zu sagen, wie diese Worte gemeint waren. »Die Wächter von Gladsheim. Es heißt, sie wären unbesiegbar.« Einen winzigen Moment lang kehrte das schalkhafte Glitzern noch einmal in ihre Augen zurück. »Sollte ich mir vielleicht wünschen, dass einer von ihnen hier wäre, statt deiner?«

»Ich war dort«, beharrte Thor. »Ich war in Gladsheim und habe mit Odin und den anderen an seiner Tafel gesessen.«

»Du warst in Walhall?« Wenn die Bewunderung in ihrem Blick geschauspielert war, dann perfekt. Nur einen Moment später wurde ihr Stirnrunzeln jedoch nur noch einmal tiefer. »Aber heißt es nicht, dass nur die Toten einen Platz an Odins Tafel finden? Obwohl ich mich beinahe frage ...« Ihr Blick verharrte demonstrativ auf der Decke, die auf seinem Schoß lag, und sie bemühte sich um ein enttäuschtes Gesicht.

Gegen seinen Willen musste Thor nun doch lachen, zog sie an sich und küsste sie, schob sie aber fast sofort wieder ein Stück von sich fort, als sich ihre Hände erneut selbstständig machen wollten. »Und was, wenn dir der Mann nicht gefällt, der ich wirklich bin?«

»Zeig mir eine Frau auf dieser Welt, die keinen Gefallen an einem Gott finden würde«, antwortete Urd.

»Vielleicht sind die Götter ja nicht das, wofür ihr Menschen sie haltet.«

»Ich kenne wenige, die die Götter wirklich für gut halten«, antwortete Urd, während sie ihn näher an sich heranzog und seine Mundwinkel zu küssen begann. »Ist es nicht die Bestimmung der Götter, die Furcht in den Herzen der Menschen zu wecken?«

Sein Verstand beharrte darauf, sich aus ihrer Umarmung freizumachen und sie weiter mit so belanglosen Dingen wie der

Rettung der Welt oder zumindest dieses Tales samt all seiner Bewohner zu langweilen, aber was konnte sein Verstand schon gegen das ausrichten, was ihre Zunge mit seinem Mund zu tun begann? »Ein Grund mehr, sich nicht mit mir einzulassen«, brachte er mühsam heraus.

»Selbst wenn das stimmen sollte, käme diese Einsicht ein bisschen zu spät für mich«, sagte sie. »Außerdem redest du schon wieder Unsinn. Gib acht, dass das nicht zu einer schlechten Angewohnheit wird. Ich werde bestimmt keine Angst vor dir haben.«

»Vielleicht kennst du mich ja weniger, als du glaubst.«

»Das könnte sein.« Urd versetzte ihm einen so überraschenden Stoß, dass er nach hinten und zurück auf das Bett fiel und schwang sich in derselben Bewegung rittlings auf ihn, in der sie die Decke von seinem Schoß fegte. »Und wo du es gerade sagst: Vielleicht sollte ich mich davon überzeugen, dass du tatsächlich immer noch der bist, für den du dich ausgibst.«

Die Tür ging auf, und eine schlanke Gestalt in einem Kapuzenmantel trat ein, gab einen überraschten Laut von sich und stockte noch bevor sie auch nur den ersten Schritt zu Ende gemacht hatte. Urd glitt mit einer erschrockenen Bewegung von ihm herunter und zog die Decke über sich, und auch Thor fuhr hoch, wenn auch nicht so schnell wie der unbekannte Eindringling, der auf dem Absatz kehrtmachte und schon wieder aus dem Zimmer war, noch bevor er auch nur sein Gesicht erkennen konnte. Immerhin meinte er, eine Frau gesehen zu haben, und auch die Stimme, die einen Moment später von draußen hereindrang, passte zu diesem flüchtigen Eindruck. »Bitte verzeiht. Ich ... warte dann lieber unten.«

»Wer –?«, murmelte Urd.

Thor war bereits auf den Füßen und halb bei der Tür, bevor sie das Wort ganz zu Ende gesprochen hatte. »Bleib hier!«

Die vermummte Gestalt war schon bei der Treppe und auf der

zweiten Stufe nach unten, als er aus dem Zimmer trat. Hier draußen war es noch dunkler, sodass er jetzt nur noch einen undeutlichen Schatten erkannte, aber er war jetzt sicher, dass es sich um eine Frau handelte.

»Warte!«, rief er und beschleunigte zugleich seine Schritte. Die Gestalt war noch schneller als er und bereits am unteren Ende der Treppe angelangt, bevor er die erste Stufe erreichte, und trat mit zwei schnellen Schritten zum Kamin, wo sie in dem blassroten Glimmen der heruntergebrannten Glut stehen blieb.

»Wer bist du?«, fragte er, während er mit langsameren Schritten die Treppe hinunterging. »Was suchst du in unserem Haus?«

»In eurem –?« Die Fremde sah sich überrascht nach rechts und links um und wirkte einen Moment lang hilflos; wie jemand, der sich in der Tür geirrt hatte, sich aber zugleich in einer Umgebung wiederfand, die ihm viel zu vertraut war, als dass sie ihm wirklich fremd sein konnte.

»Euer Haus?«, fragte sie dann noch einmal, jetzt mit veränderter und fester Stimme. »Bist du sicher?«

»Ziemlich.« Thor blieb stehen, nachdem er am Fuß der Treppe angekommen war, und musterte sein Gegenüber aufmerksam. Es war eine Frau, genau wie er angenommen hatte, ein gutes Stück kleiner als er, aber größer als Urd. Ihr Haar, das sich zu einem einzelnen dicken Zopf geflochten unter ihrer Kapuze hervor ringelte, war von einem tiefen, fast schon blau schimmerndem Schwarz, und sie hatte schmale, aber kräftig wirkende Hände. Im roten Licht der erlöschenden Glut, das ihr Gesicht von unten beleuchtete, war es unmöglich, ihr Alter zu schätzen. Sie trug einen knöchellangen Mantel mit einer pelzgefütterten Kapuze, ebenfalls gefütterte Stiefel und einen aus schmalen silbernen Ringen zusammengesetzten Gürtel. Selbst in der schwachen Wärme des erlöschenden Kamins stieg blasser grauer Dunst von ihrer Kleidung und ihrem Gesicht auf, was bewies, dass sie lange draußen in der Kälte gewesen war. Thor war sicher, sie noch nie zuvor gesehen zu haben.

»Nachdem wir das geklärt haben, verrätst du mir jetzt, wer du bist und was du hier zu suchen hast?«, fragte er.

Barfüßige Schritte kamen hinter ihm die Treppe herab, und die Aufmerksamkeit der Unbekannten verlagerte sich für einen einzelnen Augenblick auf Urd. Sie wirkte ein bisschen erstaunt, und als Thor über die Schulter zurücksah, konnte er ihr Staunen verstehen. Er hatte nicht wirklich damit gerechnet, dass sie auf ihn hören und oben im Zimmer bleiben würde, aber sie hatte das Kunststück fertig gebracht, sich in der kurzen Zeit nicht nur anzuziehen, sondern auch ihr Haar zu einem Zopf zusammenzuraffen. Wortlos blieb sie neben ihm stehen und sah die Fremde mit steinernem Gesicht, aber sehr aufmerksam an. Weder er noch sie kannten die dunkelhaarige Frau, und in einem Tal mit weniger als dreihundert Einwohnern, von denen er jeden einzelnen zumindest vom Sehen kannte, bedeutete das nichts anderes, als dass sie von draußen kam.

Die Fremde sah ihn schweigend an, wandte sich aber an Urd. »Ich muss mich dafür entschuldigen, dass ich gerade einfach so ... hereingeplatzt bin. Das gehört sich nicht.«

»Das stimmt«, sagte Urd kühl.

»Du hast jemand anderen dort oben erwartet«, vermutete Thor.

»Wo sind Hensvig und Sveldje?«, erwiderte sie nickend.

»Tot«, antwortete Urd. »Thor und ich leben jetzt hier.«

»Tot?« Die Schwarzhaarige starrte sie aus aufgerissenen Augen an. Selbst in der unwirklichen Beleuchtung konnte er sehen, wie sie blass wurde. »Seit wann ...?«

»Im vergangenen Herbst«, bestätigte Thor. »Seitdem leben Urd und ich hier. Du hast gedacht, du würdest Hensvig und seine Frau hier antreffen.«

»Ich wollte sie besuchen«, bestätigte sie. »Hensvig und ich

sind alte Freunde, und ...« Sie sprach nicht weiter, sondern fuhr sich nervös mit dem Handrücken über das Kinn und sah zutiefst erschüttert aus.

»Und wer seid Ihr?«, fragte Urd. Ihre Stimme klang immer noch feindselig.

»Mein Name ist Sigislind«, antwortete sie. »Ich bin eine... ich *war* eine Freundin von Hensvig. Ich wollte sie mit meinem Besuch überraschen, aber ...«

»Ihr kommt von draußen?«, fragte Urd.

»Aus Oesengard, ja«, bestätigte Sigislind. »Genau wie Hensvig, bevor er hier bei Euch Zuflucht gesucht hat.«

»Das heißt, der Götterpfad ist offen?«, fragte Thor.

»Ja. Aber ... aber Sveldje und ... und ihr Mann. Was ist geschehen? Als ich sie das letzte Mal besucht habe, waren sie gesund, und ...« Sie machte eine verwirrte Geste, und Thor sah ihr an, dass sie um ihre Fassung rang. »War es ein Unfall?«

»Nein«, antwortete Thor. »Sie waren alt, das ist alles.«

»Alt? Aber sie –«

»Wenn Ihr den ganzen Weg von Oesengard hergekommen seid, dann müsst Ihr zu Tode erschöpft sein«, fiel ihr Urd ins Wort. *Oder zumindest halb erfroren*, fügte Thor in Gedanken hinzu. Er sah jetzt, dass sie trotz des dicken Mantels vor Kälte zitterte.

»Setzt Euch.« Urd deutete zum Tisch. »Thor wird das Feuer anmachen, und ich bereite Euch ein heißes Getränk.«

Unverzüglich wollte sie herumfahren und in der Küche verschwinden, doch Sigislind hielt sie mit einer raschen Bewegung zurück. »Das ist ... sehr freundlich von Euch«, sagte sie stockend. »Aber ich muss ... ich kann nicht bleiben. Ich muss mit Bjorn und Sverig sprechen, und –«

»Es ist eine halbe Stunde strenger Fußmarsch bis dorthin«, widersprach Urd. »Setzt Euch und wärmt Euch an unserem Feuer, ich bestehe darauf! Ich schicke Lif, meinen Sohn, damit er Bjorn Bescheid gibt. Es ist kein Umweg für ihn. Er wollte ohnehin in einer Stunde zu uns kommen. Aber zuerst mache ich Euch etwas Heißes zu trinken.«

Damit ging sie, ohne Sigislind noch einmal Gelegenheit zum Widerspruch zu geben, und Thor ließ sich wortlos vor dem Kamin in die Hocke sinken, warf eine Handvoll Reisig in die Glut und stapelte zwei trockene Scheite darauf. Schon nach wenigen Augenblicken war aus dem glimmenden Rot wieder ein prasselndes Feuer geworden, dessen bloßer Anblick schon auszureichen schien, um die ärgste Kälte aus dem Zimmer zu vertreiben.

Die Fremde war lediglich einen Schritt zur Seite getreten, um ihm Platz zu machen, hatte sich aber ansonsten überhaupt nicht bewegt, sondern sah ihm nur aufmerksam zu. Erst als Thor sich aufrichtete und zum Tisch ging, folgte auch sie Urds Einladung und zog sich einen Stuhl heran, um sich darauf niederzulassen; an dem Platz, der dem Feuer an nächsten war, um möglichst viel von dessen Wärme aufzufangen.

»Du heißt also Thor«, begann sie. »Und Urd ist –?«

»Meine Frau.« Bis gestern wären ihm diese Worte nicht so glatt und selbstverständlich über die Lippen gegangen. Urds Eröffnung hatte anscheinend mehr verändert, als ihm bisher klar gewesen war.

Sigislind nickte, sah sich aufmerksam um und runzelte ein paarmal kurz die Stirn, wenn ihr Blick an etwas hängen blieb, was Urd hier drinnen verändert oder neu angeschafft hatte. Viel war es nicht. »Du bist Schmied?«, fragte sie schließlich.

»Ja«, antwortete Thor. »Aber ich fürchte, kein besonders guter.«

Sigislinds Blick wurde fragend; vor allem, nachdem er über den eisernen Kriegshammer am Kamin geglitten war.

»Hensvig war besser«, sagte er. »Ich versuche, seinem Angedenken keine allzu große Schande zu machen, aber bisher bleibt es bei dem Versuch, fürchte ich.«

Zum ersten Mal erschien die Andeutung eines Lächelns auf Sigislinds Zügen. »Hensvig war der beste Schmied, den ich jemals kennengelernt habe. Es ist keine Schande, nicht so gut zu sein wie er.«

»Aber eine Herausforderung.« Obwohl Sigislind auch darauf mit einem matten Lächeln reagierte, sah er ihr zugleich auch an, dass ihr das Thema Unbehagen bereitete, und er versuchte es zu wechseln.

»Du kommst also aus Oesengard? Das ist ein weiter Weg.« *Vor allem bei Dunkelheit und Sturm.* Sie musste einen triftigen Grund gehabt haben, sich einer solchen Gefahr auszusetzen.

»Du kennst Oesengard?«

»Ich war noch nicht dort, wenn du das meinst«, antwortete er. »Aber ich habe davon gehört. Bjorn spricht oft darüber.«

»Etwas, worüber Bjorn öfter spricht, muss ihm wirklich wichtig sein. Über unwichtige Dinge spricht er nicht.« Sigislind lächelte, aber es war auch dieses Mal ein Lächeln, das ihre Augen ausließ.

Thor nickte und bemühte sich zugleich ebenfalls um ein pflichtschuldiges Lächeln, aber er spürte selbst, dass es noch weniger überzeugte als ihres. Befangenheit breitete sich zwischen ihnen aus, und Thor war froh, als Urd zurückkam und einen dampfenden Becher vor Sigislind abstellte. Die Frau griff mit einem dankbaren Nicken danach und schloss die Finger darum, um die Wärme aufzusaugen.

»Kräutertee«, sagte Urd.

»Er riecht wie der Sveldjes«, bestätigte Sigislind, kostete vorsichtig von der dampfend heißen Flüssigkeit und fügte hinzu: »Und schmeckt auch so.«

»Das Rezept stammt von ihr«, bestätigte Urd.

»Ihr habt sie gekannt?« Sigislind trank einen vorsichtigen Schluck und sah sie über den Rand des Bechers an.

»Nicht so gut, wie ich es mir gewünscht hätte«, antwortete Urd. »Ich hätte gern mehr von ihr gelernt.«

»So wie Euer Mann von Hensvig«, fügte Sigislind hinzu. Als Urd dazu ansetzen wollte, etwas zu erwidern, hob sie jedoch die Hand und schüttelte mit einem Verzeihung erbittenden Lächeln den Kopf. »Das sollte kein Vorwurf sein. Bitte verzeiht. Ich bin nur ...« Sie sprach nicht weiter, aber ihr Blick blieb forschend, wenn nicht lauernd.

»Dann ... werde ich jetzt Lif wecken«, sagte Urd unbehaglich. »Er soll sich auf den Weg machen.«

»Das ist sehr freundlich von Euch«, sagte Sigislind, »aber ich glaube, es ist wirklich besser, wenn ich jetzt gehe ...« Sie suchte sichtbar nach Worten.

Thor sah, dass Urd abermals dazu ansetzte, zu protestieren, und warf ihr einen raschen Blick und ein warnendes Kopfschütteln zu. Weder das eine noch das andere konnte Sigislind entgehen, aber das war ihm plötzlich gleich. Die Erschütterung der Frau war echt, und er glaubte ihr auch, dass ihr abweisendes Verhalten lediglich auf ihr Erschrecken zurückging.

»Warum wartest du nicht hier?«, fragte er. »Der Jarl und Sverig müssten schon fast auf dem Weg hierher sein. Du musst erschöpft sein. Wärm dich am Feuer, bis sie hier sind. Urd macht dir gern ein gutes Frühstück, und ich ...« Er zwang ein verlegenes Lächeln auf seine Lippen. »Ich würde gern etwas mehr über Oesengard erfahren.«

Etwas in Sigislinds Blick veränderte sich. Es war unmöglich, den Unterschied in Worte zu fassen, aber er war da, unübersehbar und nicht angenehm. Nur einen winzigen Augenblick später lächelte sie wieder, aber ihre Stimme hatte sie nicht ganz so gut in der Gewalt. »Wieso?«, fragte sie kühl.

»Nun, weil ich neugierig bin«, antwortete er zögernd. »Bjorn hat eine Menge über Oesengard erzählt. Es muss eine schöne Stadt sein.«

Das klang unbeholfen, sogar in seinen eigenen Ohren, und die dunkelhaarige Frau machte sich nicht einmal die Mühe, darauf zu antworten. Sie gab sich jetzt auch kaum noch Mühe, ihr Misstrauen zu verhehlen.

»Du bist unhöflich, Thor«, sagte Urd. »Seit wann gehört es sich, einem Fremden Gastfreundschaft aufzudrängen, die er nicht will?« Sie wandte sich mit einem nervösen Lächeln an Sigislind, von dem Thor vermutete, dass es absichtlich schlecht geschauspielert war. »Bitte nehmt es Thor nicht übel. Er ist ein Mann.«

»Ja, das erklärt manches«, antwortete Sigislind lächelnd und kein bisschen weniger unecht als Urd. »Aber ich erkenne die gute Absicht. Und Ihr habt natürlich recht. Er ist ein Mann.« Sie lachte kurz und wandte sich dann mit umso größerem Ernst an Thor. »Verzeih den kleinen Scherz, aber dein Weib hat recht: So gerne ich deine Einladung auch annehmen würde, der Jarl erwartet mich, und ich fürchte, was ich ihm zu sagen habe, duldet keinen Aufschub.«

»Sind es so schlechte Nachrichten?«

Sigislind überhörte seine Frage. Sie stand auf, schlug die Kapuze ihres Mantels hoch und bedachte das Kaminfeuer mit einem kurzen, bedauernden Blick. »So gerne ich bleiben würde«, fügte sie seufzend hinzu.

»Ihr kennt den Weg zu Bjorns Haus?«, fragte Urd.

»Sicher«, antwortete Sigislind. Sie machte einen Schritt in Richtung des Ausgangs und hielt dann noch einmal inne. »Danke für den Tee und die freundliche Aufnahme. Und verzeiht mein unhöfliches Benehmen. Es war wohl die Bestürzung über ...«

»Das verstehen wir doch«, sagte Urd kühl. »Richtet Bjorn unsere Grüße aus. Und ich bin sicher, wir finden noch Gelegenheit, uns zu unterhalten.«

Sigislind beließ es bei einem wortlosen Nicken und ging. Erst, als die Tür hinter ihr zugefallen war, fiel Thor ein, dass es eigentlich seine Pflicht als Gastgeber gewesen wäre, sie noch bis zum Ausgang zu begleiten. Sein schlechtes Gewissen machte sich in einem ärgerlichen Blick in Urds Richtung Luft.

»Das war sehr unhöflich von dir«, sagte er.

»Was?«, erwiderte Urd. »Dass ich eine Fremde nicht in die Arme schließe, die ungefragt in unser Haus kommt und uns behandelt, als wären wir hier die Eindringlinge?«

»Es war trotzdem unhöflich«, beharrte er. »Die Gastfreundschaft ist heilig. Wenn ich es nicht besser wüsste, könnte ich auf die Idee kommen, dass du eifersüchtig bist.«

»Hätte ich denn Grund dazu?«, fragte Urd schnippisch.

Thor antwortete vorsichtshalber gar nicht darauf, sondern machte auf dem Absatz kehrt und ging wieder nach oben.

9. Kapitel

Zum allerersten Mal, seit sie zusammen waren, empfing Urd ihn beim Aufwachen nicht mit einem reichhaltigen Frühstück, sondern lag schlafend und blass vor Erschöpfung neben ihm. Thor verzichtete darauf, sie zu wecken. Er zog den Arm so behutsam unter ihrem Kopf hervor, wie es ihm nur möglich war, und schlich auf Zehenspitzen aus dem Raum.

Er bereitete sich selbst ein karges Frühstück und trat dann in seine an drei Seiten offene Werkstatt hinaus. Er fror erbärmlicher als in all der Zeit oben in den Bergen, und als er den Schmiedehammer zur Hand nahm, kam ihm das Werkzeug schwerer und unbeholfener vor, als es ihm in Erinnerung war. Vielleicht war es ja wirklich so, wie er schon ein paarmal gedacht hatte, und er wurde allmählich immer mehr zu einem ganz normalen Menschen. Sonderbarerweise hatte dieser Gedanke seinen Schrecken für ihn verloren.

Aber vielleicht war er auch einfach nur müde.

Er hatte selbst nicht damit gerechnet, noch einmal einzuschlafen, sondern sich im Grunde nur noch einmal hingelegt und den Schlafenden gespielt, um das unangenehme Gespräch mit Urd nicht fortzusetzen und am Ende vielleicht wirklich in Streit mit ihr zu geraten. Fast zu seiner eigenen Überraschung war er trotzdem eingeschlafen, aber es war ein unruhiger Schlummer gewesen, der ihn eher Kraft gekostet hatte, als ihn zu erfrischen.

Mit den Blasebälgen fachte er das Feuer an, bis sich aus der Holzkohle eine satte Glut gebildet hatte. Dann nahm er den Kriegshammer, den er zu Ende hatte schmieden wollen, und legte ihn mitten in das Glutbett. Erneut betätigte er die Bälge, bis der Stahl die gelbe Farbe erreicht hatte, die ihn fügsam machte, ohne ihn zu verderben. Dann nahm er den Hammer mit der Zange heraus und legte ihn auf den Amboss.

Obwohl ihn jeder Hieb ein winziges bisschen mehr Mühe zu kosten schien als der vorherige, schwang er den Hammer mit verbissener Entschlossenheit, dass die Funken nur so flogen. Wahrscheinlich ruinierte er auf diese Weise das Werkstück, aber so mühsam jeder einzelne Hammerschlag auch sein mochte, gaben ihm der Schweiß und der pochende Schmerz in seinen Muskeln doch das Gefühl, lebendiger zu sein als jemals zuvor; und das auf eine vollkommen neue Art.

Er wartete darauf, dass der Stahl seine Farbe verlor, um ihn dann erneut zu erhitzen, ein Vorgang, den jeder gute Schmied zwei- bis dreimal wiederholte, wie er von Hensvig gelernt hatte. Anschließend erfolgt das Weichglühen, ein sechs- bis siebenmaliges Erhitzen zur Rotfärbung des Stahls und anschließende Abkühlung in heißem Sand.

Doch der stählerne Hammer tat ihm den Gefallen nicht, abzukühlen, schien im Gegenteil mit jedem Schlag heißer zu werden. Die Runen, die er in die Flächen des Hammerkopfes und in den stählernen Stiel eingelassen hatte, glühten noch heller als der Stahl selbst, als seien sie von einem Feuer erfüllt, das nicht aus der Esse der Schmiede stammte, sondern aus ihrem eigenen Innern herausdrang, ein Feuer aus den untersten Regionen der Hel, das von einem unheimlichen, fremdartigen Leben erfüllt war.

Der Hammer vibrierte. Mit jedem Schlag steigerte sich das Lied, das er sang, von einem Summen zu einem immer lauter werdenden Choral, in den sich andere Stimmen mischten, die Stimmen derer, die Mjöllnir im Laufe seines unheiligen Lebens getötet hatte, und es waren viele. Tausende, Abertausende. Das Lied dröhnte Thor in den Ohren, doch er wusste gleichzeitig genau, dass keiner außer ihm es hören konnte. Dieser Hammer war sein, so wie er es immer gewesen war.

Mjöllnir.

Und gleichzeitig war da wieder das Kratzen und Wispern in seinem Geist, wie von einer anderen Präsenz, die ihm etwas einzuflüstern versuchte, einer drohenden, lauernden Gegenwart, die ein Teil von ihm war und zugleich unendlich fremd.

Seine Muskeln schmerzten jetzt heftig, aber es war ein wohltuender Schmerz, und selbst die Mühe, die es ihn mittlerweile kostete, den schweren Schmiedehammer zu heben, hatte zugleich etwas beinahe Erfrischendes.

»Je länger ich dir zusehe, desto mehr komme ich zu dem Schluss, dass es ein Fehler war, so viele Männer in die Berge zu schicken, um die Festung zu bauen.«

Thor ließ den Hammer ein letztes Mal auf Mjöllnir niedersausen, dass die Funken sprühten. Dann nahm er das glühende Werkstück – nein, es war kein bloßes Stück Eisen, es war Mjöllnir, der Hammer Thors – mit der Zange vom Amboss und warf es erneut in die Esse, in der die Holzkohle immer noch glühte. Während er noch hinsah, wandelte sich die Farbe des Hammers in einem Atemzug von weiß über gelb zu einem hellen Rot. Nur die Runenzeichen flackerten noch einmal auf wie von einem fahlen Blitz erhellt, dann verblassten auch sie.

Erst dann drehte sich Thor schwer atmend zu Bjorn herum. Der Jarl stand offenbar schon seit einer ganzen Weile da und beobachtete ihn.

»Wahrscheinlich hättest du die Arbeit in einer Nacht erledigt«, sagte Bjorn, »wenn du noch wütender gewesen wärst.« Er grinste, aber es war ihm anzusehen, dass ihm nicht ganz wohl dabei war.

»Das kommt ganz auf die Länge der Nacht an«, antwortete Thor. »Und wie kommst du darauf, dass ich wütend bin?«

»Ich?« Bjorn schüttelte den Kopf, löste sich von der Hauswand, an der er gelehnt hatte, und streckte die Hand nach dem immer noch rot glühenden Eisenhammer in der Esse aus, zog sie aber wieder zurück, als die Hitze dann doch größer war als seine Willenskraft. »Gar nicht. Aber was du hier geschmiedet hast, hat deine wüsten Schläge offenbar gut überstanden.«

Thor schwieg, aber sein Lächeln kühlte genug ab, um selbst Bjorns aufgesetzte Fröhlichkeit zu dämpfen.

»Wie ich vermute«, fuhr Bjorn bedachtsamer fort, »hast du dir selbst schon gedacht, dass wir heute nicht in die Berge hinaufreiten.«

»Ja«, antwortete Thor. »Es sei denn, du willst deinen Gast mitnehmen ... Aber du bist nicht extra hierhergekommen, um mir das zu sagen, oder?«

»Nein«, antwortete Bjorn. »Es gibt ... Neuigkeiten.«

»Sigislind hat sie gebracht, und sie sind nicht gut«, vermutete Thor.

Bjorn schwieg, was im Grunde schon Antwort genug war. Wann hatte er das letzte Mal wirklich *gute* Neuigkeiten gebracht?

Sie gingen ins Haus. Im Kamin brannte schon wieder ein Feuer, und sie hörten Urd irgendwo im oberen Stockwerk hantieren. Sie musste jedoch ihre Stimmen gehört haben, denn sie kam die Treppe herunter, kaum dass sie am Tisch Platz genommen hatten.

»Urd!« Bjorn stand schon wieder auf, obwohl er noch gar nicht richtig gesessen hatte, schloss sie kurz und freundschaftlich in die Arme und schob sie dann ein Stück zurück, um sie mit einem langen Blick von Kopf bis Fuß zu mustern.

»Ich hätte nie gedacht, dass ich das einmal sagen würde, aber du bist tatsächlich noch schöner geworden«, sagte er. »Es muss wohl stimmen, was man über Frauen sagt, die guter Hoffnung sind. Sie werden noch mehr zur Frau.«

Thor blickte fragend – und leicht überrascht –, und Bjorn

hob übertrieben verlegen die Schultern. »Auch meine Frau ist eine Frau. Sie ist schwatzhaft. Man muss ihr nur auftragen, dass sie etwas für sich behalten soll, und du kannst sicher sein, dass es eine Stunde später das ganze Tal weiß.«

Jetzt war es Urd, die Thor eindeutig vorwurfsvoll ansah, und Bjorn mischte sich schon wieder mit einer besänftigenden Geste ein.

»Wir freuen uns über jedes neue Leben, das die Götter uns schenken. Vor allem, wenn seine Eltern so gute Freunde sind. Wir alle freuen uns.« Er kniff das linke Auge zusammen und brachte sogar das Kunststück fertig, nur auf dieser Seite die Stirn zu runzeln. »Du etwa nicht?«

»Selbstverständlich«, sagte Thor rasch. »Ich war nur ...« Er suchte einen Moment nach den richtigen Worten und stellte fest, dass er gar nicht genau sagen konnte, warum er so überrascht war. »Ich dachte, außer mir wüsste es noch niemand.«

»Die Väter erfahren es meist als Letzte.« Bjorn machte sich gar nicht erst die Mühe, seine Schadenfreude zu verhehlen. »Das geht vielen von uns so, mein Freund. Wenn nicht sogar den meisten.« Er lachte leise.

»Jetzt weiß er es«, sagte Urd. »Aber ein so großes Geheimnis ist es ja auch nicht. In ein paar Wochen sieht es ohnehin jeder.«

»Wissen die Kinder es auch schon?«, fragte Thor. »Ich wünschte mir, dass sie es nicht unbedingt auf dem Marktplatz erfahren.«

»Ich habe ihnen noch nichts gesagt«, sagte Urd. Sie fuhr sich müde mit der Hand durch das Gesicht, setzte dazu an, noch etwas zu sagen, und drehte sich dann mit einem Ruck herum, um im Nebenzimmer zu verschwinden. Kurz darauf kam sie wieder zurück und stellte ein hölzernes Tablett mit Brot, getrocknetem Obst und drei hölzernen Trinkbechern auf den Tisch. Erst, nachdem sie sich gesetzt und Bjorn der Höflichkeit halber zugegriffen hatte, wandte sie sich wieder ihm zu und zwang sich zu einem Lächeln.

»Aber du bist nicht nur hergekommen, um uns zu gratulieren«, vermutete sie.

»Nein«, gestand Bjorn, mit einem Mal wieder besorgt. »Ich fürchte, Thor hatte recht mit seiner Vermutung. Ich bringe keine guten Neuigkeiten.«

»Was ist passiert?«, fragte Thor.

»Was wir erwartet haben«, antwortete der Jarl. »Nur dass es schlimmer ist.«

»Wieso?«, fragte Urd.

»Oesengard quillt über von Flüchtlingen«, antwortete Bjorn. »Der Winter ist dort draußen noch lange nicht vorbei. Es grenzt an Selbstmord, sich jetzt mit einem Wagen oder gar zu Fuß auf den Weg zu machen. Trotzdem haben viele es getan.« Er nahm sich etwas vom Tablett, in dem man mit einigem guten Willen einen verschrumpelten Apfel erkennen konnte, und biss hinein, wohl nur, um Zeit zu gewinnen. »Nicht alle haben es geschafft.«

»Wie meinst du das?«, fragte Urd.

»Sigislind hat auf ihrem Weg Tote gesehen«, antwortete Bjorn. »Mehr als einmal. Die Menschen sind auf der Flucht. Sehr viele Menschen, wie es den Anschein hat. Und wovor immer sie geflohen sind, es muss ihnen mehr Angst gemacht haben als der Sturm und die Wölfe.«

»Muss?«, fragte Urd. »Hat Sigislind denn nicht mit ihnen gesprochen?«

Bjorn verneinte. »Sie war allein, und die Nachrichten, die sie bringt, sind zu wichtig, als dass sie ihre Mission gefährden durfte.«

»Dann hat ihnen auch niemand den Weg nach Midgard gezeigt?«

Bjorn schüttelte den Kopf, ehe er mit noch immer trauriger,

aber entschlossener Stimme weitersprach. »Wir können uns nicht einmischen, solange wir nicht wissen, was dort draußen geschieht. Es tut mir leid, Urd. Ich weiß, dass dort draußen Menschen sterben, und ich bedauere das. Aber wenn ich jetzt einen Fehler mache, dann sterben auch hier Menschen. Vielleicht alle.«

»Uns habt ihr auch geholfen«, erinnerte Urd. Sie warf Thor einen Beistand heischenden Blick zu. »Wenn ihr damals nicht gekommen wärt, dann wären wir jetzt tot.«

Bjorn räusperte sich unbehaglich. »Das … war etwas anderes.«

»Wieso?«

»Weil Bjorn und seine Männer eigentlich nicht gekommen sind, um uns zu helfen, sondern um uns zu töten«, antwortete Thor, als der Jarl nichts sagte, sondern nur mit immer noch weiter wachsendem Unbehagen an ihr vorbeisah. »Sie waren auf der Suche nach den Mördern von Endres Familie.«

»Was nichts daran ändert, dass sie uns gerettet haben«, beharrte Urd. »Wir können nicht zusehen, wie dort draußen Menschen sterben, ohne etwas zu tun! Was ist das für eine Frau, die behauptet, deine Freundin zu sein, und andere in der Not allein lässt?«

»Keine Kriegerin, Urd«, antwortete Bjorn ruhig. »Und genau deshalb bin ich hier. Ich weiß, dass du deinen Mann gerade jetzt lieber bei dir hättest, aber –«

»Du willst dorthinaus, um nach dem Rechten zu sehen«, fiel Urd ihm ins Wort. »Und Thor soll dich begleiten.«

»Ich stelle einen Trupp zusammen, der sich draußen umsieht. Sverig wird ihn anführen, aber es wäre mir recht, wenn Thor ihn begleitet.«

»Warum?«, fragte Urd misstrauisch.

»Sverig kann manchmal etwas unbeherrscht sein, wie du weißt.«

»Und du willst jetzt mit Gewalt dafür sorgen, dass Thor und er die besten Freunde werden?«

»Das wird mir wohl nie gelingen«, seufzte Bjorn. »Aber du hast Sverig erlebt. Ich möchte nicht, dass er einen Krieg vom Zaun bricht, nur weil ihm irgendjemandes Haarfarbe nicht gefällt.«

»Aber das ist nicht der einzige Grund«, sagte Urd.

Bjorn schwieg.

»Sigislind«, fuhr Urd fort, in verändertem Ton und nachdem sie einen grimmigen Blick mit Thor getauscht hatte, »was hat sie über uns erzählt?«

»Nichts«, behauptete Bjorn. Er war kein besonders guter Lügner. »Nur, dass ich mich in ihrem Namen noch einmal bei euch entschuldigen soll – vor allem bei dir, Urd. Sie ist eigentlich eine sehr freundliche Frau. Die Nachricht von Hensvigs und Sveldjes Tod hat sie sehr getroffen.«

»Und deshalb besteht sie darauf, dass Thor mit euch dort hinausreitet?«, versetzte Urd, nicht besänftigt, sondern eher noch ärgerlicher. »Du hast es selbst gesagt: Dort draußen herrscht noch immer Winter. Keiner von euch wagt es, das Tal zu verlassen, und –«

»So schlimm kann es nicht mehr sein, wenn selbst Sigislind den Weg hierher geschafft hat«, unterbrach sie Thor. »Selbstverständlich begleite ich euch.«

Bjorn warf ihm zwar einen ebenso raschen wie dankbaren Blick zu, aber Urd wirkte keineswegs besänftigt. Sie setzte dazu an, etwas zu sagen, schürzte aber dann nur zornig die Lippen, stand auf und stapfte mit trotzig in den Nacken geworfenem Kopf hinaus.

»Das tut mir leid«, sagte Thor unbehaglich. »Ich wollte nicht, dass –«

»Schon gut«, unterbrach ihn Bjorn. »Frauen in diesem Zustand sind manchmal launisch. Du gewöhnst dich besser daran. Ich fürchte, es wird noch schlimmer.«

»Ja«, seufzte Thor. »Das fürchte ich auch.«

Schließlich verging doch noch ein halber Tag, bevor sie aufbrachen: Sverig, Thor selbst und zwei weitere Männer, die er nur von seinem allerersten Besuch in der Festung her kannte und die ihm mit einer Mischung aus Misstrauen und widerwilligem Respekt begegneten. Thor versuchte ein einziges Mal, ein Gespräch mit den beiden in Gang zu bringen und erfuhr immerhin ihre Namen, mehr aber auch nicht. Thor war es nur recht. Grender und Tjerg gehörten zweifellos zu Sverigs Freunden – sofern Sverig wirklich Freunde hatte –, und er konnte sich lebhaft vorstellen, was dieser den beiden über ihn erzählt hatte.

Sie übernachteten in dem aufgegebenen Turm nahe der Felswand, und Thor erbot sich freiwillig, die ungeliebte zweite Wache zu übernehmen; nicht nur weil er noch immer weniger Schlaf brauchte als die meisten anderen, sondern vor allem, weil ihm nicht nach Gesellschaft war. Er würde die zweite Wache übernehmen und Sverig, der sich für die dritte gemeldet hatte, einfach schlafen lassen, bis es Zeit war, weiterzureiten.

Er tat sogar noch ein Übriges. Nach einer ebenso kärglichen wie lustlos eingenommenen Mahlzeit rollte er sich in seinen Mantel und schlief weniger als zwei Stunden, bevor er nach oben ging, um Grender abzulösen.

Der grauhaarige Krieger war auf seinem Posten eingeschlafen und schrak hoch, als Thor hinter ihm auf die verfallene Plattform trat und der Schnee unter seinen Stiefeln knirschte. Thor tat so, als hätte er es nicht bemerkt, und Grender nahm sein Angebot, den Rest seiner Wache zu übernehmen, mit einem dankbaren Nicken an und ging ohne ein weiteres Wort.

Thor blieb noch so lange stehen, bis die Schritte des Mannes auf der vereisten Treppe verklungen waren, dann suchte er sich einen geeigneten Aussichtspunkt, von dem aus er einen möglichst großen Teil der Ebene im Auge behalten konnte, ohne dem schneidenden Wind übermäßig ausgesetzt zu sein.

Es wäre wahrscheinlich nicht einmal mehr nötig gewesen. Thor wusste, dass er jede Gefahr, die sich ihnen näherte, einfach spüren würde, lange bevor sie auch nur in Sichtweite war, ob bei Tag oder Nacht, in einem Schneesturm oder bei freier Sicht. Jetzt, wo sie das Tal verlassen hatten, bemerkte er eine sonderbare Klarheit, die von seinen Sinnen Besitz ergriffen hatte und immer nur noch mehr zuzunehmen schien. Auf dem Weg hierher war es ihm nicht einmal wirklich aufgefallen, nun, da er langsam zur Ruhe kam, dafür aber umso mehr. Trotz des anstrengenden Rittes hier heraus, trotz der Kälte, der Müdigkeit und der eher unangenehmen Erinnerungen, die er mit seinem letzten Besuch hier draußen verband, begann er sich doch mit jedem Moment besser zu fühlen.

Es war, als erwache er langsam aus einem tiefen, traumlosen Schlaf, vielleicht auch nur einem Dämmerzustand, in dem er nur gemeint hatte, wach zu sein, sich in Wahrheit aber wie ein Schlafwandler bewegte, während seine Sinne mehr und mehr abstumpften. Sie waren noch lange nicht wirklich wieder so scharf, wie sie sein sollten, aber sie begannen zu erwachen, und ganz plötzlich wurde ihm klar, wie eingesperrt und beengt er sich in den letzten Monaten gefühlt hatte und wie schwer ihm das Atmen zwischen den erdrückenden Mauern des Gebirges gefallen war.

Lange Zeit saß er einfach so da und wog den Kriegshammer in der Faust, den er als einzige Waffe auf ihren Ritt mitgenommen hatte. So schwer der Hammer war, spürte er doch das Gewicht kaum, so vollkommen ausgewogen waren Griff und Hammerkopf. Es war, als hätte dieser Hammer schon immer ihm gehört, und wenn nicht er, dann ein anderer, der genauso war wie er, so voller Kraft und erfüllt von einem eigenen Leben. Er konnte es spüren, auch wenn es zurzeit schlief. Tief in seinem Innern sang es zu ihm, ein dunkles Lied, ein Lied der Macht …

Dann sagte eine Stimme hinter ihm: »Wären wir jetzt wirklich schon im Krieg, dann hättest du dein Leben verwirkt, Thor. Ein Soldat, der auf seiner Wache einschläft, wird gehenkt.«

Thor wandte sich betont langsam um und sah in Sverigs Gesicht hoch. Der bärtige Krieger spielte lächelnd mit seiner Axt und presste die Lippen zu einem dünnen, überheblichen Grinsen zusammen, bevor er fortfuhr: »Und wärst du wirklich der unbesiegbare Krieger, für den dich alle halten, dann wäre es mir auch kaum gelungen, mich nahe genug an dich heranzuschleichen, um dich zu erschlagen. Ich frage mich, was Bjorn wohl sagen wird, wenn ich ihm davon erzähle.«

»Wären wir jetzt wirklich schon im Krieg«, antwortete Thor und wog seinen Hammer in der Hand, »dann würde Bjorn nichts davon erfahren. Ein Feind wäre nicht so nahe an mich herangekommen.«

Sverigs Hände schlossen sich fester um den Axtstiel. Sein Blick wurde fragend und noch tückischer als sonst. »Und woher wusstest du, dass ich es bin und kein Feind, der sich an dich anschleicht, um dich hinterrücks zu erschlagen?«

»Du bist auf der dritten Stufe gestolpert«, antwortete Thor. »Und zwei Stufen, bevor du auf das Dach herausgetreten bist, hast du gezögert und die Axt von der Schulter genommen. Du trägst sie auf der rechten Seite. Deshalb trittst du mit dem rechten Fuß etwas schwerer auf. Und als du unten durch die Tür getreten bist, ist die Klinge an der Wand entlanggeschrammt.«

Sverig starrte ihn an. Für die Dauer eines halben Atemzuges blitzte Wut in seinen Augen auf, aber schon im nächsten Moment mischte sich Verwirrung in diesen Ausdruck und etwas, worüber Thor lieber gar nicht erst nachdenken wollte. Er sparte es sich auch, Sverig darauf aufmerksam zu machen, dass er die bloße Nähe jedweden Angreifers schon spüren würde, bevor dieser auch nur auf Pfeilschussweite heran wäre.

»Du hast wirklich gute Ohren«, sagte Sverig schließlich. Er lehnte seine Axt mit einem hörbaren Scharren direkt neben sich gegen die Wand. Unbehaglich sah er sich um, zog den Mantel enger um die Schultern und kauerte sich dann neben ihm in den kümmerlichen Windschatten der zerbröckelnden Mauer.

»Meine Wache hat schon vor einer ganzen Weile angefangen«, sagte Sverig, nachdem sie eine geraume Zeit in Schweigen nebeneinander gesessen hatten. »Warum hast du mich nicht geweckt?«

»Aber dazu hätte ich meinen Posten verlassen müssen«, antwortete Thor, »und darauf steht doch der Tod, oder?«

Sverig warf ihm einen schrägen Blick zu. »Wenn wir im Krieg wären, ja.«

»Sind wir es denn?«, fragte Thor.

»Ich wüsste nicht, mit wem«, erwiderte Sverig. Jetzt war es Thor, der ihn seltsam musterte, und nach einer kurzen Weile fuhr Sverig fort: »Was nichts daran ändert, dass wir es vielleicht trotzdem sind.«

»Aha«, sagte Thor.

Sverig verkroch sich noch tiefer in seinen Mantel. Er zitterte bereits vor Kälte, obwohl er doch erst seit wenigen Augenblicken hier oben war. »Bjorn will es nicht wahrhaben«, fuhr er fort, »aber wir sind es. Und nicht erst seit jetzt. Wir sind es, solange ich mich erinnern kann, Thor. Und wahrscheinlich schon viel länger.«

Die Frage *mit wem* verbiss sich Thor. Die ungewohnte Weite verfehlte ihre Wirkung offensichtlich auch auf Sverig nicht. Er wirkte verändert, auch wenn Thor noch nicht genau sagen konnte, worin diese Veränderung bestand. Seine spröde Unnahbarkeit hatte Risse bekommen.

»Du glaubst, ich mag dich nicht, Thor«, fuhr Sverig nach einem weiteren langen Schweigen fort. »Du glaubst, dass ich dir nicht traue und dass ich dich hasse.«

»Ist es denn nicht so?«

»Dass ich dich hasse?« Sverig grub die Hände unter dem

Mantel aus und faltete sie vor dem Mund zusammen, um sie mit seinem eigenen Atem anzuwärmen. »Ich kenne dich nicht. Ich weiß nichts über dich. Wieso also könnte ich dich hassen? Aber ich traue dir nicht, das ist wahr. Und ich mag dich nicht.«

»Warum?«

»Ich traue niemandem«, antwortete Sverig. »Und ich glaube, ich mag auch niemanden. Das geht nicht gegen dich.« Er versuchte zu lächeln, was aber von seinen vor Kälte halb erstarrten Zügen vereitelt wurde. »Vielleicht mag ich nicht einmal mich.«

»Und ich dachte immer, wir hätten rein gar nichts gemeinsam«, sagte Thor.

Sverig überraschte ihn abermals, indem er mit einem knappen, aber ehrlich wirkenden Lächeln auf diese Bemerkung reagierte. Unmittelbar danach wurde er aber nur umso ernster.

»Vielleicht traue ich nicht einmal mir selbst«, sagte er. »Und das ist gut so. Es ist meine Aufgabe, über die Sicherheit dieses Tales zu wachen. Und der Menschen, die in ihm leben. Auch über dich und deine Familie, nebenbei bemerkt.«

Thor setzte zu einer Antwort an, von der er selbst nicht genau wusste, ob sie spöttisch oder scharf ausfallen würde, aber dann maß er Sverig nur mit einem nachdenklichen Blick. ›Deine Familie ...‹, das klang sonderbar; vor allem aus Sverigs Mund, der von allen im Tal vielleicht derjenige war, mit dem er das schlechteste Verhältnis hatte. Er würde nicht so weit gehen, ihn als seinen Feind zu bezeichnen, aber Freunde würden sie wohl niemals werden.

Er wiederholte noch einmal in Gedanken die beiden Worte, die Sverig gerade ausgesprochen hatte, und mit derselben Betonung wie er.

Deine Familie ...

Plötzlich hatte dieser Begriff eine andere Bedeutung für ihn gewonnen. In der Zeit, die hinter ihm lag, waren Urd und ihre

Kinder ganz selbstverständlich zu seiner Familie geworden, und er hatte sich ihrer angenommen, für sie gesorgt und die Verantwortung für sie getragen, als wäre das schon immer so gewesen – was für die kurze Lebensspanne, an die er sich erinnerte, in gewissem Sinne ja auch stimmte. Nun aber – und vielleicht war das Erstaunlichste überhaupt, dass er diese Veränderung erst jetzt in vollem Maße begriff, ausgerechnet hier, an diesem kalten, öden Ort und in Gesellschaft des Mannes, den er am allerwenigsten zu seinen Freunden zählen würde – war aus etwas, von dem er nicht einmal mit Sicherheit sagen konnte, ob es nicht tatsächlich kaum mehr als ein bloßer Reflex gewesen war, Wahrhaftigkeit geworden. Aus Urd, der Frau, mit der er sein Leben teilte, würde die Mutter seines Kindes werden. Thor hatte sich bis jetzt nie die Frage gestellt, ob er überhaupt bereit dazu war, doch nun wusste er die Antwort. Er war es, und sobald sie zurück im Tal waren, würde er Urd das auch sagen, und –

Etwas Fremdes und Kaltes kratzte am Rande seines Bewusstseins, ganz schwach nur, wie jenes leise Knacken, das man manchmal nachts in einem leerstehenden Gebäude hören konnte. Thor setzte sich mit einem Ruck auf, und auch Sverig fuhr erschrocken zusammen, und seine Hand glitt unter den Mantel; auch wenn es wahrscheinlich nur eine Reaktion auf Thors unübersehbares Erschrecken war. Zu hören oder gar zu sehen war jedenfalls rein gar nichts. Graues Zwielicht lag über dem Land, und das einzige Geräusch war das monotone Säuseln des Windes, der hier niemals ganz aufhörte. Auch das Kratzen an seinen Gedanken war fort.

Vielleicht war es auch niemals da gewesen.

Sverig nahm die Hand wieder unter dem Mantel hervor, und der größte Teil der Anspannung wich aus seiner Gestalt. Sein Blick wurde fragend.

»Nichts«, sagte Thor. »Ich dachte, ich hätte etwas gehört, aber ich muss mich wohl getäuscht haben.«

Vielleicht war es ja auch nur der Gesang Mjöllnirs gewesen, an den er sich immer noch nicht gewöhnt hatte.

»Du *hast* etwas gehört«, meinte Sverig. »Es ist die Stille. Du bist nicht der Erste, dem es so ergeht.« Er machte eine Geste in die immerwährende Dämmerung hinaus, und Thor war nicht ganz sicher, ob der Schauder, der ihm plötzlich über den Rücken lief, tatsächlich nur an der Kälte lag. »Man kann die Leere hier draußen hören. Nicht jeder erträgt sie. Früher haben die Männer hier draußen vier Wochen Wache gehalten, bevor sie abgelöst wurden, aber nicht alle haben es ausgehalten. Einige sind verrückt geworden. Seither lösen wir sie im Wochentakt ab ... oder haben es getan, als dieser Turm noch ständig besetzt war.«

Thor hatte das Gefühl, dass von ihm eine ganz bestimmte Reaktion auf diese Worte erwartet wurde, aber er wusste nicht, welche. Er stand auf, drehte eine langsame Runde über die verfallene Plattform und versuchte das staubfarbene Zwielicht mit Blicken zu durchdringen. Es war jener Moment zwischen Tag und Nacht, in dem das erwachende Licht die Augen narrte und in dem man im Grunde weniger sah als im Dunkeln, nur dass er hier nicht wenige Augenblicke dauerte, sondern Tage.

Wieder kratzte etwas am Rande seines Bewusstseins, aber diesmal war er darauf vorbereitet und reagierte nicht überrascht, sodass Sverig wohl gar nichts davon merkte. Er war auch gar nicht mehr ganz sicher, ob das Gefühl überhaupt real gewesen war. Vielleicht war es tatsächlich dieser seltene Moment, jener spezielle Augenblick zwischen Dunkelheit und Licht, in dem die Geschöpfe der Träume ihren Weg herüber in die Wirklichkeit fanden.

Und vielleicht hatte er sich doch nicht so gut in der Gewalt, wie er gehofft hatte, oder Sverig war ein aufmerksamerer Beobachter, als er bisher angenommen hatte, denn er sah ihn schon wieder misstrauisch an, als er sich neben ihn setzte.

»Es ist wirklich schade, dass niemand weiß, wer diese Türme

erbaut hat oder warum«, sagte er, bevor Sverig eine Frage stellen konnte; und vielleicht nur, um auf ein anderes Thema zu lenken. »Ich hätte gerne gewusst, wer es war.«

»Ein Volk, das vor uns hier war«, antwortete Sverig achselzuckend. »Niemand weiß etwas über sie. Sie sind schon so lange fort, dass es nicht einmal mehr Legenden über sie gibt. Vielleicht waren sie nicht einmal Menschen.«

Thor sparte sich den Hinweis, dass sich in einem Land, das vollkommen leer war und in dem so gut wie keine Menschen lebten, auch schwerlich Legenden bilden würden. Stattdessen fragte er: »Wie kommst du darauf?«

»Die Treppe«, antwortete Sverig. »Ist dir nicht aufgefallen, dass die Stufen zu hoch sind, um wirklich bequem darauf gehen zu können? Warum sollten sie etwas bauen, das so unpraktisch ist?«

Dafür mochte es hundert verschiedene Erklärungen geben, von denen jede einzelne wahrscheinlicher war als die Sverigs. Trotzdem hob er nur die Schultern, und Sverig fuhr mit einem gewichtigen Nicken fort: »Vielleicht waren es ja Riesen.«

»Ja, vielleicht. Aber viel hat es ihnen nicht genutzt, oder? Es gibt sie nicht mehr.« Thor hätte Sverig sagen können, wer diese Reihe zyklopische Wachtürme errichtet hatte und warum und auch weshalb die Erbauer untergegangen waren. Das Wissen war da, wie so vieles tief in ihm verborgen, sodass er es nicht direkt ergreifen und schon gar nicht in Worte kleiden konnte.

»So ist nun einmal der Lauf der Zeit«, sinnierte Sverig. »Vielleicht waren vor diesen schon andere da und vor denen wieder andere ... so wie nach uns andere kommen werden. Ich finde, der Gedanke hat etwas Tröstliches. Selbst wenn wir vergehen, werden nach uns andere kommen, die es vielleicht besser machen.«

»Wenn du das wirklich glaubst, warum führen wir diesen Kampf dann überhaupt?«, fragte Thor.

»Weil es meine Aufgabe ist«, antwortete Sverig. »Und weil Menschen nun einmal nicht so gemacht sind, dass sie ihr Schicksal klaglos hinnehmen.«

»Manche schon«, antwortete Thor. *Wenn man es genau nahm, sogar die meisten.*

»Die, die es wert sind, gerettet zu werden, nicht«, beharrte Sverig.

Thor sagte nichts mehr dazu, maß Sverig aber nun mit neuen Augen. Ganz zweifellos verfehlte diese graue Ödnis ihre Wirkung auch auf ihn nicht, aber er war nicht sicher, ob es tatsächlich eine Veränderung zum Guten war.

»Ich würde dir gern vertrauen, Thor«, fuhr Sverig nach einer Weile fort. »Wahrhaftig, ich habe mich bemüht, und ich versuche es weiter. Aber ich kann es einfach nicht.«

»Warum sagst du mir das?«, erkundigte sich Thor leicht verwirrt.

»Dass ich dir nicht traue, muss mich nicht zwingen, dich zu belügen, oder?«, gab Sverig zurück. »Vielleicht versuche ich ja auch, mich selbst davon zu überzeugen, dass ich im Unrecht bin, wer weiß? Du hast bisher nichts getan, was mein Misstrauen rechtfertigen würde oder mir Anlass zu der Sorge geben würde, dass du ein eigenes Spiel spielst. Im Gegenteil. Du hast vielen im Tal geholfen, und mehr als einer von uns hat dir sein Leben zu verdanken.« Er sah Thor an, wie um ihn zu fragen, ob er in dieser Aufzählung noch etwas vergessen hatte. »Mein Verstand sagt mir, dass ich mich täusche. Bjorn sagt mir, dass ich mich täusche und wir dir vertrauen können, und abgesehen von den wenigen im Tal, die ich gegen dich aufbringen konnte, sagen alle anderen dasselbe. Aber etwas in mir ist überzeugt davon, dass ich recht habe und du uns den Untergang bringen wirst.«

Jetzt sah er ihn eindeutig auffordernd an, aber was erwartete er? Dass Thor sich durch diese unerwartet offenen Worte genötigt sah, nun auch seinerseits etwas zuzugeben, das vielleicht gar nicht existierte?

Er machte nur ein bedauerndes Gesicht. »Das tut mir aufrichtig leid. Ich wollte, ich könnte dich vom Gegenteil überzeugen.«

»Und wie?«

»Vielleicht –«, begann er, und das Scharren am Rande seines Bewusstseins wiederholte sich noch einmal, und jetzt war es nicht nur deutlicher – näher –, sondern auch anders. Boshafter. Aggressiver. Thor war mit einer einzigen Bewegung auf den Beinen und an der Mauer und schlug den Mantel zurück, um die Hand auf den Hammergriff an seinem Gürtel zu legen.

Sverig war mit einer kaum weniger schnellen Bewegung neben ihm. »Was?«

»Ich weiß nicht. Irgendetwas ist dort draußen.« Thor verbesserte sich. »Jemand.«

Sverig trat nicht nur so dicht an den Mauerrest heran, wie es ging, sondern beugte sich auch noch ein Stück vor, um das graue Zwielicht vor sich mit Blicken abzusuchen. Thor versuchte sich an das letzte Mal zu erinnern, als sie hier gestanden hatten. In der Richtung, in die sie blickten, hatte er damals die Schemen eines verschneiten Waldes in der Ferne gesehen, aber selbst für seine scharfen Augen war dort jetzt nichts als wattiges Grau zu erkennen.

»Jemand kommt«, wiederholte Thor. »Mehr als einer. Ich glaube, sie sind zu Fuß. Und sie haben Angst.«

Sverig sah ihn weitaus mehr misstrauisch als zweifelnd an. »Gut«, sagte er dann jedoch. »Geh und weck Grender und Tjerg. Ich reite voraus und sehe nach.«

»Es wäre vielleicht besser, wenn ich –«, begann Thor, und Sverig fiel ihm laut, aber mit fast unbeteiligter Stimme ins Wort: »Du wirst tun, was ich dir sage. Folgt mir in geringem Abstand.«

Das war nichts anderes als dumm, dachte Thor, schließlich wussten sie beide, dass er mit seinen schärferen Sinnen weitaus geeigneter war, eine mögliche Gefahr zu erkunden. Doch Sverig war bereits auf dem Absatz herumgefahren, und als er endlich die beiden anderen wachgerüttelt hatte und sie gemeinsam zu den Pferden eilten, war von Sverigs Pferd nur noch fernes Hufgetrappel zu hören.

Obwohl der Wind bereits begonnen hatte, die Schneedecke vor ihnen wieder glattzufegen, fiel es ihnen nicht schwer, Sverigs Spur zu folgen. Wie ihm die neu erwachte Schärfe seiner Sinne verriet, waren es vier oder fünf Menschen, denen sie sich näherten, doch ihre hauptsächliche Empfindung war Angst. Das Andere, Lauernde war noch ein gutes Stück hinter ihnen.

Sie holten Sverig ein, ohne es zu wollen. Genauer gesagt kam er ihnen zu Fuß und hektisch mit beiden Armen wedelnd entgegen, als sie sich dem Waldrand näherten, wobei er seine eigene Spur zurückverfolgte.

»Steigt ab«, befahl er, kaum dass sie auf Hörweite heran waren und ihre Pferde verlangsamten. »Und keinen Laut. Sie sind nicht mehr weit.«

Thor gehorchte wortlos, stieg aus dem Sattel und versetzte dem Schecken einen Schlag mit dem Handrücken auf die Nüstern, als dieser den Kopf in seine Richtung drehte und die Lefzen hochzog. Sverig schenkte ihm einen ärgerlichen Blick, machte aber nur eine herrische Geste und hörte auch nicht auf, ungeduldig herumzufuchteln, bis sie ihre Pferde zum nahen Waldrand geführt und im Unterholz angebunden hatten.

Was von Weitem wie ein ausgedehnter Wald ausgesehen hatte, entpuppte sich aus der Nähe nur als schmaler, wenn auch sehr lang gezogener und dicht mit Bäumen bestandener Streifen, den sie mit weniger als einem Dutzend Schritten durchquerten.

Sverig bedeutete ihnen mit einer Geste, stehen zu bleiben, und deutete mit der anderen Hand nach vorne.

Es war eine Szene, die ihm auf unheimliche Weise bekannt vorkam, obwohl er sie in dieser Art nie gesehen hatte: Nur einen Steinwurf entfernt quälte sich ein hoffnungslos überladener zweirädriger Karren durch den Schnee, der von einem einzelnen, schrecklich abgemagerten Pferd gezogen wurde. Der Schnee war hier tiefer als auf der anderen Seite, wo der Wald ein wenig Schutz vor den weißen Schleiern bot, die der Sturm vor sich hertrieb, sodass die Räder fast bis an die Achsen in die pulverfeine weiße Masse eingesunken waren. Man konnte regelrecht sehen, wie schwer es dem Pferd fiel, die Beine aus dem Schnee zu ziehen und immer wieder einen Schritt nach dem anderen zu tun, und den drei Gestalten, die sich in den kümmerlichen Windschatten des Karrens drängten, erging es kaum besser. Es waren zwei Männer und eine Frau, soweit er das erkennen konnte. Einer der Männer trug ein Kind auf den Armen, der zweite stützte sich bei jedem Schritt schwer auf etwas, von dem Thor nicht sagen konnte, ob es ein Wanderstab oder ein Speer war. Seine Bewegungen verrieten jedoch, dass er verletzt oder krank sein musste und sich nur noch mit Mühe auf den Beinen hielt.

Sverig blieb eine ganze Weile im Schutz des Unterholzes stehen und wollte sich dann aufrichten, doch Thor hielt ihn mit einem raschen Kopfschütteln zurück. Da war noch irgendetwas anderes vor ihnen.

Er machte eine weitere, beruhigende Geste zu Sverig, deutete dann mit einer Kopfbewegung in die graue Unendlichkeit hinter dem näher kommenden Wagen und hob drei Finger. Abschließend schüttelte er noch einmal bekräftigend den Kopf.

Wenn sich Sverig darüber ärgerte, dass Thor seine Autorität nun so offen untergrub, dann ließ er es sich jedenfalls nicht anmerken. Wenn überhaupt, wirkte er besorgt.

Sie geduldeten sich, während der Wagen quälend langsam näher kam. Sverig hatte diesen Punkt nicht willkürlich ausgesucht. Der Wald war hier nicht ganz so dicht. Der nicht enden wollende Winter hatte den Großteil des Unterholzes absterben lassen, und die Bäume standen weit genug auseinander, um den kleinen Karren hindurchzulassen.

Thor versuchte weiter, das graue Zwielicht hinter dem Wagen mit Blicken zu durchdringen. Er spürte, dass sich mindestens drei Reiter näherten, doch obwohl der Wagen immer langsamer zu werden schien, kamen sie nicht näher. Das gefiel ihm gar nicht ...

Sie wichen weiter in die Dunkelheit des schmalen Waldstreifens zurück, und Thor war ein wenig überrascht, wie lautlos sich Sverig und die beiden Männer bewegten. Selbst er hätte sie möglicherweise nicht bemerkt, wäre er ahnungslos hier hereinmarschiert.

Sverig machte eine rasche Geste zu Thor, sich im Hintergrund zu halten, wartete noch lange genug, um auch die letzte der drei Gestalten passieren zu lassen und trat dann aus seinem Versteck in den Schatten heraus. Gleichzeitig tauchten auch Gender und Tjerg wie aus dem Nichts auf.

Der Wagen kam mit einem so plötzlichen Ruck zum Stehen, dass das Pferd protestierend schnaubte und das ganze Gefährt gefährlich ins Wanken geriet. Die Frau – Thor schätzte sie auf keinen Tag älter als Urd, aber sie sah schrecklich abgemagert aus und war verhärmt und schmutzig – und der Mann mit dem Kind auf dem Arm prallten erschrocken zurück und drängten sich schutzsuchend gegen die Seitenwand des Wagens, während sich der andere Mann rasch zwischen ihnen und den beiden Kriegern aufbaute und seine Waffe mit beiden Händen quer vor die Brust hielt. Thor sah jetzt, dass es tatsächlich nur ein Wanderstab war, der nicht einmal eine Spitze hatte.

»Keinen Schritt näher!«, bellte er. »Wer seid ihr? Was wollt ihr von uns?«

»Ihr braucht keine Angst zu haben«, sagte Sverig rasch, während er zwischen den Kriegern hindurchtrat und – sehr langsam – die Arme ausstreckte, sodass der Mann seine leeren Hände sehen konnte. Vielleicht verdarb ihm die doppelte Klinge der Streitaxt, die wie ein barbarischer eiserner Kopfschmuck hinter seinem Nacken aufragte den beabsichtigten Effekt ein wenig, denn der Mann sah eher noch erschrockener aus und hob seine improvisierte Waffe höher. »Wer seid ihr?«, stammelte er noch einmal. »Was wollt ihr von uns?«

»Dieselbe Frage wollte ich dir auch gerade stellen«, antwortete Sverig. »Wer seid ihr, und was führt euch hierher?«

Der Mann antwortete nicht, aber aus der Angst in seinem Blick wurde für einen Moment reine Panik, und Thor bildete sich nun nicht nur ein, seine Angst tatsächlich *riechen* zu können; saurer Schweiß und noch etwas Anderes, Ungutes. Sverigs ärgerlichen Blick einfach ignorierend, trat er zwischen den Bäumen hervor und fragte sich fast augenblicklich, ob er nicht besser auf Sverig gehört hätte, denn die Panik in den dunklen Augen des Fremden explodierte regelrecht, und auch die beiden anderen fuhren erschrocken zusammen. Das Kind, das bisher so still gewesen war, dass Thor sich schon beiläufig gefragt hatte, ob es überhaupt noch lebte, begann zu weinen, und die junge Frau schlug die Hand vor den Mund, um einen Schrei zu unterdrücken. Sverig sah ihn kurz und stirnrunzelnd an, wandte sich dann wieder dem Mann mit dem Stab zu und versuchte es noch einmal.

»Mein Name ist Sverig. Das sind Grender, Tjerg und … Sven. Wir wollen nichts von euch, keine Sorge. Wie ist dein Name?«

Der Bärtige antwortete nicht gleich, sondern starrte Thor aus aufgerissenen Augen an. Nur mit sehr viel Mühe gelang es ihm schließlich, seinen Blick von Thors Gesicht loszureißen und sich wieder zu Sverig umzudrehen. Seine Hände hatten den Stab so fest umklammert, dass das Blut aus den vernarbten Knöcheln gewichen war.

»Du bist Sverig«, wiederholte er. »Ich kenne dich. Aber die beiden anderen nicht. Und den da«, er deutete auf Thor, »schon gar nicht.«

»Du kennst mich?«, wiederholte Sverig, wenn auch eher misstrauisch als überrascht. »Woher?«

»Mein Name ist Hrothger«, sagte der Fremde. »Das da sind Gerda und Cord, meine Tochter und ihr Mann. Wir haben ... hatten einen kleinen Hof in der Nähe von Oesengard. Du erinnerst dich sicher nicht mehr, aber du warst vor einigen Jahren einmal bei uns, um –«

»– die Pferde zu tränken und eine kurze Rast einzulegen«, unterbrach ihn Sverig. »Ja, jetzt erinnere ich mich. Ich war zusammen mit Bjorn und ein paar anderen Männern bei dir.« Er trat wieder einen Schritt zurück und legte den Kopf auf die Seite, um sein Gegenüber mit einem weiteren, sehr langen Blick zu mustern. »Was tust du so weit von zu Hause entfernt, Hrothger, und um diese Zeit des Jahres.« Er machte eine Kopfbewegung auf den Wagen. »Was ist passiert?«

»Wir waren auf dem Weg zu euch«, antwortete Hrothger.

»Zu uns?«

»Nach Midgard.«

»Damit?«, entfuhr es Sverig. »Und zu dieser Jahreszeit? Das ist ... ziemlich riskant.« Thor hatte das sichere Gefühl, dass er eigentlich ein drastisch anderes Wort im Sinn gehabt hatte, aber er gab Hrothger auch gar keine Gelegenheit, zu antworten, sondern fuhr nun hörbar besorgt fort: »Was ist passiert? Wieso hast du deinen Hof verlassen, und wo ist deine Frau?«

»Tot«, antwortete Hrothger. »Genau wie mein Bruder. Sie

sind im Schneesturm umgekommen, vor drei oder vier Tagen. Wir wären um ein Haar alle gestorben.«

Sverig wollte eine weitere Frage stellen, doch Thor räusperte sich übertrieben und machte eine angedeutete Geste in die Richtung, aus der die drei Flüchtlinge gekommen waren, und Sverig beließ es stattdessen bei einer bedauernden Geste und sagte: »Ihr wisst, dass ihr verfolgt werdet?«

Hrothger schüttelte nur den Kopf und sah plötzlich noch erschrockener aus, und Sverig war mit zwei schnellen Schritten bei Thor und senkte die Stimme, damit Hrothger und die seinen ihn nicht verstanden. »Bist du sicher, dass sie verfolgt werden?«

Thor nickte, ebenso angedeutet, wie Sverig leise gesprochen hatte. »Sie sind zu dritt. Aber sie sind noch ein gutes Stück entfernt. Und sie scheinen es nicht besonders eilig zu haben.« Tatsächlich hatte er das Gefühl, dass die unsichtbaren Verfolger gar nicht mehr näher kamen, fast als hätten sie angehalten.

»Gut«, sagte Sverig, als hätte er die Antwort auf seinem Gesicht gelesen. »Dann bringen wir sie zum Turm. Dort sind wir wenigstens aus der Kälte heraus. Die Frau und das Kind erfrieren, wenn sie noch lange hier draußen bleiben.«

Statt etwas zu sagen, trat Thor nur mit einem wortlosen Nicken weiter in die Schatten zurück und blickte wieder auf die Ebene hinaus. Obwohl er nicht hinsah, glaubte er zu spüren, dass Hrothger und die beiden anderen eindeutig erleichtert darauf reagierten. Was ging hier vor?

Er schob den Gedanken zur Seite, trat dichter an den Waldrand heran, ohne die schützenden Schatten ganz zu verlassen, und spähte angestrengt in das graue Zwielicht, das sich vor ihm ausbreitete. Jedenfalls musste jeder, der ihn beobachtete, diesen Eindruck gewinnen, und genau das sollte er auch. Thor hatte den nachdenklichen Blick nicht vergessen, mit dem Sverig ihn oben auf dem Turm bedacht hatte.

In Wahrheit war das, was er vor Augen sah, für ihn unwesentlich. Thor konzentrierte sich ganz auf das, was ihm seine anderen, ihm selbst noch immer rätselhaften Sinne verrieten. Es waren vier Reiter, nicht drei, wie er nun erkannte, und sie waren tatsächlich nicht nur langsamer geworden, sondern hatten angehalten, so als wüssten sie, dass sich auch die Beute, deren Fährte sie folgten, nicht weiterbewegte, und wollten ihr auf keinen Fall zu nahe kommen, um sie nicht zu verscheuchen.

Thor entschied, sich später über das zu wundern, was mit ihm geschah, und konzentrierte sich auf die unsichtbaren Verfolger, das aber sehr behutsam und jederzeit bereit, seinen geistigen Fühler sofort zurückzuziehen. Und er spürte noch etwas mehr als die vier Verfolger, auch wenn er es nicht in Worte fassen konnte. Eine fremde Präsenz, die Quelle jenes Lauernden, Andersartigen, dessen Hauch ihn bei seiner Wacht oben am Turm aufgeschreckt hatte. Wenn er in der Lage war, deren Gegenwart zu spüren, so war es nicht auszuschließen, dass diese ebenso imstande waren, ihn zu bemerken.

Sverig und Hrothger waren in ein halblautes, aber sehr angespannt geführtes Gespräch verwickelt, als er zu ihnen zurückkam. Hrothger brach mitten im Wort ab, schoss einen gleichermaßen wütenden wie von Angst beherrschten Blick in seine Richtung ab und drehte sich dann mit einem Ruck um.

»Nun?«, fragte Sverig knapp.

»Sie sind noch da«, antwortete Thor. »Aber sie kommen nicht näher. Frag mich nicht, warum.«

Sverig fragte nicht. Er kannte die Antwort. »Weil sie hoffen, dass sie sie zu uns führen«, sagte er.

»Hrothger und die anderen müssen hier weg«, sagte er, »oder sie überleben die Nacht nicht. Grender und Tjerg bringen sie zum Götterpfad, und wir gehen mit dem Wagen zurück zum Turm.« Er machte eine Kopfbewegung in die graue Dämmerung hinter Thor. »Ich warte lieber dort auf deine drei Freunde als hier.«

Wenn er dieses Wort benutzte, um ihn zu reizen, dann hatte er Erfolg damit. Thor schluckte seinen Ärger jedoch herunter und sagte nur ruhig: »Ich habe mich getäuscht. Es sind vier.«

»Das macht die Sache interessanter«, erwiderte Sverig gelassen. »Wenn auch immer noch nicht wirklich fair. Vielleicht sollte ich sie begleiten und dir diese Kleinigkeit allein überlassen ... wo es doch nur vier Sterbliche sind, gegen einen leibhaftigen Gott.«

»Lieber nicht«, sagte Thor mühsam beherrscht. »Jemand muss schließlich hinterher die Leichen wegräumen, und das ist nun wirklich nicht die Aufgabe eines Gottes.«

»Ja«, seufzte Sverig. »Das stimmt wohl. Also werde ich dich doch begleiten. Warte hier.«

Bevor Thor eine entsprechende Frage stellen konnte, war Sverig schon wieder auf dem Absatz herumgefahren und begann Grender und Tjerg heftig gestikulierend Anweisungen zu erteilen.

Selbst den beiden alles andere als schwachen Männern fiel es nicht leicht, den Wagen durch das schmale Waldstück und auf der anderen Seite wieder hinaus zu schaffen. Die Lücke im Unterholz erwies sich als tückisch und war im Grunde keine, sondern eher eine Falle. Unter der trügerischen Schneedecke mussten sich Unebenheiten, Spalten und tückisches Wurzelwerk verbergen, in denen die Räder immer wieder stecken blieben. Ein oder zweimal krachte der Wagen in eine verborgene Fallgrube, sodass seine Ladung bedrohlich zu schwanken begann und das ganze Gefährt in allen Verbindungen ächzte. Die beiden Männer waren trotz der Kälte in Schweiß gebadet und dampften in der eisigen Luft, als sie endlich auf der anderen Seite waren, und die Blicke, die sie Thor zuwarfen, waren – vorsichtig formuliert – unwillig. Aber schließlich hatte ihm ja Sverig eindeutig befohlen, sich im Hintergrund zu halten, und wer war er, sich einem so klaren Befehl zu widersetzen?

Er ging noch einmal zum anderen Rand des Waldes, lauschte in die graue Unendlichkeit hinaus und war nicht im Mindesten überrascht, festzustellen, dass Hrothgers Verfolger immer noch nicht näher gekommen waren. Es war vollkommen unmöglich, aber es blieb auch dabei: Die Männer wussten, dass sie sich nicht weiterbewegten, und verharrten ebenfalls.

Zurück auf der anderen Seite, begann er erst wirklich zu verstehen, was Sverig gerade gemeint hatte. Tjerg und Grender waren bereits wieder in die Sättel gestiegen, und Hrothger saß auf dem Pferd, das Sverig bisher geritten hatte. Sverig selbst war in diesem Moment dabei, Hrothgers Tochter auf den Rücken des Schecken zu helfen, wo sie hinter ihrem Mann Platz nahm. Beide warfen immer wieder scheue Blicke in seine Richtung, sodass Thor nur umso froher war, sich im Hintergrund gehalten zu haben. Diese Leute – alle drei – hatten ein Problem mit ihm, und er hatte das unbehagliche Gefühl, dass er besser herausfinden sollte, welches.

Aber nicht jetzt.

Die beiden Krieger wechselten noch ein paar Worte mit Sverig, dann ritten sie zusammen mit dem Bauern und seiner Familie los, wobei sie sorgsam darauf achteten, in der Spur zu bleiben, die sie auf dem Herweg hinterlassen hatten. Nicht, dass es etwas nutzte, dachte Thor. Wer immer sie verfolgte, war nicht darauf angewiesen, sie zu sehen ...

Er behielt diese Erkenntnis genauso für sich wie vieles andere, was er in den zurückliegenden Stunden herausgefunden hatte, und half Sverig, die Spuren zu verwischen, die sie hinterlassen hatten, als sie ihre Pferde festbanden. Das nutzte noch weniger, aber sie mussten sich mit dem begnügen, was sie zuwege brachten. Vielleicht würde ja der Wind den Rest erledigen.

»Wir treffen uns bei der Turmruine wieder?«, vermutete Thor, als sie schließlich ebenfalls aufbrachen. Was sich als nicht annähernd so leicht erwies, wie er erwartet hatte. Der Wagen war so tief in irgendetwas unter dem Schnee eingesunken, dass sie in die Speichen greifen und mit aller Kraft schieben und drücken mussten, um ihn auch nur in Bewegung zu setzen. Der störrische Klepper am vorderen Ende der kurzen Deichsel war dabei auch nicht unbedingt eine Hilfe.

»Nein«, antwortete Sverig. »Ich habe Grender befohlen, sie direkt ins Tal zu bringen. Hrothger ist gut mit Bjorn befreundet. Er würde es mir nie verzeihen, wenn ihm oder seiner Familie etwas zustieße.«

»Direkt über den Götterpfad?« Thor war überrascht. »Sie wissen, wie man den geheimen Weg öffnet?«

»Jeder bei uns im Tal weiß das«, antwortete Sverig feixend.

»Außer mir.«

»Außer dir«, bestätigte Sverig.

Thor hielt ihm zugute, dass er das vermutlich nur sagte, um ihn zu ärgern, hüllte sich aber trotzdem für eine ganze Weile in Schweigen. Wenn das Sverigs Absicht gewesen war, dann hatte er sie erreicht.

Von Zeit zu Zeit lauschte er in sich hinein, und nach einer Weile spürte er, dass sich auch ihre Verfolger wieder in Bewegung gesetzt hatten, aber auch jetzt nicht näher kamen, sondern genug Abstand hielten, um auf keinen Fall gesehen zu werden. Thor wusste nicht, was ihn mehr erschreckte: Der Umstand, dass ihre Verfolger genau über jede ihrer Bewegungen informiert zu sein schienen, obwohl sie sie ganz eindeutig nicht sehen konnten, oder die Tatsache, dass es ihm umgekehrt genauso erging. Mehr noch: Thor hütete sich, es auch nur zu versuchen, denn da war noch immer jene andere, lauernde Präsenz, die ihm das Gefühl gab, auf Schritt und Tritt aus unsichtbaren Augen angestarrt zu werden ... aber er war sicher, dass er noch weit mehr über ihre Verfolger in Erfahrung hätte bringen können, hätte er es wirklich gewollt. Seine Sinne wurden nicht nur mit jedem Atemzug ein winziges bisschen schärfer, es war, als hätte er plötzlich noch neue, zusätzliche Sinne, von deren Existenz er bisher nicht einmal etwas geahnt hatte.

Oder die er vergessen hatte, wie so vieles andere.

Sie waren vielleicht eine halbe Stunde unterwegs und hatten dabei noch nicht einmal die Hälfte der Strecke zum Turm zurückgelegt. Der Wagen schien sich nicht nur kaum von der Stelle zu bewegen, Thor hatte auch den bösen Verdacht, dass das Pferd schon bald am Ende seiner Kräfte sein würde. Vielleicht würden sie es nicht einmal bis zu ihrem Ziel schaffen.

»Vorhin, als du mich Hrothger vorgestellt hast«, sagte er, an Sverig gewandt, »warum hast du gesagt, mein Name wäre Sven?«

»Sven ist ein ehrbarer Name«, antwortete Sverig. »Ich kenne mehrere Svens, und es sind alles ehrbare Männer. Na ja, bis auf diesen einen vielleicht, der ein wenig –«

»Sverig!«, seufzte Thor.

»Oder bist du jetzt beleidigt, weil ich nicht auf deinen Status als leibhaftigen Gott hingewiesen habe?« Nachdem er diese letzte Bemerkung losgeworden war, die er sich offensichtlich nicht hatte verkneifen können, wurde Sverig schlagartig umso ernster. »Diese Leute hatten Angst vor dir, Thor. Und sag jetzt nicht, das wäre dir nicht aufgefallen.«

»Das ist mir gar nicht aufgefallen«, sagte Thor.

Sverig funkelte ihn an, und Thor hob angedeutet die Schultern und fügte hinzu: »Haben sie das gesagt?«

»Das brauchten sie nicht«, antwortete Sverig. »Ich habe Augen im Kopf. Ich hielt es nicht für klug, dich auch noch als den vorzustellen, der du bist.«

»Wer bin ich denn, deiner Meinung nach?«, fragte Thor.

Sverig schnaubte. »Wie soll ich das wissen, wenn du selbst es nicht weißt?«

Thor schluckte die Antwort herunter, die ihm auf der Zunge lag, und sie marschierten weiter schweigend nebeneinander her.

Sein Gefühl hatte ihn nicht getäuscht: Das Pferd war tatsächlich zu Tode erschöpft, und ihr Tempo sank weiter, fast unmerklich zwar, aber auch unaufhaltsam. Es kam nicht zum Allerschlimmsten, doch als der Turm schließlich in Sichtweite war, war fast die dreifache Zeit vergangen, mit der Thor gerechnet hatte, und der Wagen rollte nun so langsam dahin, dass sie immer wieder selbst Hand anlegen mussten, um überhaupt voranzukommen.

Auf dem allerletzten Stück eilte Sverig plötzlich los, und nachdem Thor den Wagen an der Rückseite des Anbaus zum Stehen gebracht und das Pferd aus seinem Geschirr befreit hatte, überraschte er ihn damit, im Kamin bereits ein prasselndes Feuer entfacht zu haben.

»Wie weit sind sie noch weg?«, empfing ihn Sverig, ohne sich vom Kamin wegzudrehen.

Thor lauschte einen Moment in sich hinein, bevor er antwortete. »Nicht mehr weit. Sie haben wieder angehalten.«

Sverig seufzte.

»Aber nicht für lange«, fügte Thor hinzu. »Sie haben den Turm gesehen und überlegen, was sie tun sollen. Sie sind unschlüssig. Aber sie werden kommen.«

Sverig drehte nun immerhin den Kopf und sah aus der Hocke zu ihm hoch. »Ich nehme an, du willst mir nicht verraten, wie du das machst?«

»Doch«, erwiderte Thor. »Sobald ich es selbst weiß.«

Sverig verzog das Gesicht. »Wir müssen uns unterhalten, Thor. Sobald das hier –«

»Sie kommen«, unterbrach ihn Thor. »Schnell!«

Sverig war mit einer einzigen, fließenden Bewegung herum und auf den Füßen. Seine Linke deutete auf den offen stehenden Durchgang zum eigentlichen Wachtturm, während er mit der anderen Hand bereits die Axt vom Rücken löste. Er behielt sie jedoch nicht in der Hand, sondern ging zur Tür, lehnte die

Waffe daneben an die Wand und zog stattdessen ein Schwert. Thor erkannte es als eine der kostbaren Waffen, die Bjorn von seinem Besuch auf Endres verbranntem Hof mitgebracht hatte. Auch, wenn er den Grund dafür nicht benennen konnte, war ihm nicht wohl dabei, dass Sverig ausgerechnet diese Waffe gewählt hatte. Er selbst führte nur seinen Hammer mit sich sowie einen schmalen Dolch im Stiefel.

Sverig warf eine weitere Hand voll Reisig ins Feuer, woraufhin die Flammen noch höher aufschossen und weiß glühende Funken in alle Richtungen spien. Im nächsten Moment hatte er die Tür einen Spalt breit geöffnet und huschte hinaus.

Thor war auch dabei nicht wohl. Zwar begriff er, warum Sverig das tat, aber er bezweifelte auch, dass sich diejenigen, mit denen sie es hier zu tun hatten, so leicht hinters Licht führen ließen. Aber Sverig hatte es schon immer bevorzugt, vollendete Tatsachen zu schaffen. Irgendwann, das wusste er, würde ihm das zum Verhängnis werden.

Er hoffte, dass es nicht gerade heute der Fall war.

Etwas warnte ihn; ein Gefühl, das schwer zu fassen war, aber zu klar, um es zu ignorieren. Mit zwei schnellen Schritten wich er in den Turm zurück, dann noch einen weiteren, um mit dem Schatten des Treppenaufgangs zu verschmelzen. Niemand, der nicht über noch weit schärfere Augen verfügt hätte als er, konnte ihn jetzt noch sehen, während er selbst mehr als die Hälfte des Raumes überblicken konnte.

Er musste nicht lange warten. Schon nach wenigen Augenblicken hörte er das Knirschen vorsichtiger Schritte auf dem Schnee, dann wurde die Tür des Anbaus kraftvoll aufgestoßen, und zwei, drei, schließlich vier Gestalten in weißen Fellmänteln traten herein. Sie alle trugen Helme mit barbarisch gestalteten Visieren, und auch unter ihren Mänteln schimmerte goldfarbenes Metall.

Die Männer verteilten sich rasch im Raum, und Thor spannte

sich instinktiv, als einer von ihnen auch in den Durchgang zum Turm trat und die Dunkelheit mit Blicken zu durchdringen versuchte. Seine Hand glitt lautlos unter den Mantel und schloss sich um den Hammerstiel; dann zog er sie wieder zurück, als der Blick des Fremden den vereisten Treppenstufen nach oben folgte und er sich dann mit einem Ruck umwandte, um zu seinen Begleitern zurückzugehen.

»Hier ist niemand«, sagte er.

»Sie müssen hier sein«, beharrte einer der anderen. »Der Wagen steht hinter dem Haus, und die Spuren führen hierher.«

Bevor er eine Antwort bekommen konnte, flog die Tür abermals auf, und Sverig kam wieder herein. Er hatte die Kapuze zurückgeschlagen und sich den Schnee aus Bart und Haaren gewischt, und zu Thors Erleichterung hatte er auch das Schwert wieder eingesteckt. Aber sein Mantel stand offen, und seine rechte Hand lag demonstrativ auf dem Griff der prunkvollen Waffe.

»Besuch«, sagte er fröhlich, während er die Tür mit dem Fuß hinter sich zuschob und rasch von einem zum anderen blickte. »Das trifft sich gut. Ich liebe Gäste. Hier draußen ist es zuweilen doch recht einsam.«

Die Überraschung über sein plötzliches Auftauchen hielt nur einen Atemzug lang, dann reagierten die vier Fremden so schnell und präzise, wie Thor es erwartet hatte: Drei von ihnen verteilten sich im Halbkreis um Sverig, während der vierte einen halben Schritt zurückwich und sich dabei noch einmal – und sehr viel aufmerksamer als gerade – umsah. Der Blick seiner unsichtbaren Augen hinter dem schmalen, an einen Fuchs erinnernden Visier des Helms tastete über Thors Gesicht, und obwohl ihm sein Verstand sagte, dass das vollkommen unmöglich war, war er zugleich auch ebenso sicher, dass er ihn in seinem Versteck in den Schatten erkannte.

Wenn, dann ließ er es sich nicht anmerken, denn nach einem Moment drehte er sich wieder zu Sverig um. Obwohl er ein gutes Stück kleiner als die anderen und auch deutlich schlanker war, hatte er irgendetwas an sich, das ihn zweifelsfrei als ihren Anführer auswies.

»Wer bist du?«, fragte er. »Und wo sind –?«

»Hrothger und seine Familie?«, unterbrach ihn Sverig. »Du meinst unsere Freunde, die ihr von ihrem Land vertrieben habt? Ja, das würde ich auch gerne wissen.«

Thor verfluchte ihn in Gedanken. *Unsere*. Er hatte ›unsere Freunde‹ gesagt, und Sverigs Blick irrte auch immer wieder in seine Richtung, und das so deutlich, dass er genauso gut gleich mit dem Finger auf ihn deuten konnte. Thor hatte zwar keinen Augenblick lang daran gezweifelt, dass diese Begegnung nur mit dem Tod ihrer Verfolger enden konnte, aber vielleicht wäre es ganz nützlich gewesen, das eine oder andere von ihnen zu erfahren, bevor sie mit den Handgreiflichkeiten begannen.

Sverig. Irgendeines nicht mehr allzu fernen Tages ...

»Wer bist du?«, fragte der Krieger mit der Fuchsmaske noch einmal. Seine Stimme klang jetzt schärfer, aber auch heller, und irgendetwas an seinen Bewegungen irritierte Thor. War es möglich, dass ...?

Nein. Das war lächerlich.

»Mein Name ist Sverig«, antwortete Sverig. »Und mit wem habe ich die Ehre? Nebenbei: Es ist ziemlich unhöflich, einfach in das Haus eines Fremden zu platzen und ihn nicht einmal sein Gesicht sehen zu lassen, geschweige denn sich vorzustellen.« Seine Hand glitt fast spielerisch über den Schwertknauf, und auch die drei Krieger griffen unter ihre Mäntel, hielten dann aber wieder inne, als der kleinere Krieger eine beschwichtigende Geste machte. Er musste sich ihrer Überlegenheit sicher sein, dachte Thor, oder er unterschätzte Sverig erheblich. Wahrscheinlich beides. So oder so machte er weder Anstalten, seinen Namen zu nennen, noch das Helmvisier hochzuklappen.

»Sverig«, wiederholte er nachdenklich. »Diesen Namen

habe ich schon einmal gehört ... du kommst aus Midgard, habe ich recht?«

»Und wenn es so wäre?«

»Dann ist es vielleicht sogar ein glücklicher Umstand, dass wir dich getroffen haben, anstelle deiner Freunde«, antwortete Fuchsgesicht.

Thor streifte lautlos seinen Mantel ab und löste Mjöllnir von seinem Gürtel, als er abermals das Schimmern von Metall unter den weißen Mänteln der vier Eindringlinge wahrnahm. Etwas daran war falsch, aber er konnte nicht genau sagen, was.

Sverig seufzte, nahm die Hand vom Schwert und machte ein übertrieben betrübtes Gesicht. »Ich bezweifle, dass dieser Umstand sonderlich glücklich für euch ist. Ihr seid Lichtbringer, nicht wahr?«

Thor meinte die Anspannung, die sich plötzlich im Raum ausbreitete, beinahe schmecken zu können und fragte sich, was Sverig mit dieser Provokation eigentlich zu erreichen hoffte – außer einem schnellen Tod. Verließ er sich so sehr auf ihn und Mjöllnir, dass er jegliche Vorsicht vergessen hatte?

»Wer weiß?«, antwortete der Fuchsgesichtige. »Ich mache dir einen Vorschlag, Sverig. Du beantwortest mir ein paar Fragen, und wenn mir deine Antworten gefallen und du sehr viel Glück hast, dann lassen wir dich vielleicht sogar am Leben.« Er streckte fordernd eine Hand aus, die in einem schweren, gepanzerten Metallhandschuh steckte, dessen Gelenke von der Kälte steif geworden waren, und Thor machte sich bereit, wobei er sich vornahm, den Krieger links von Sverig als ersten auszuschalten, denn er spürte instinktiv, dass es der gefährlichste der vier Fremden war.

Sverig überraschte ihn jedoch ein weiteres Mal. Vielleicht war sein gesunder Menschenverstand im letzten Moment zurückgekehrt, oder er begann sich zu fragen, ob Thor tatsächlich sein Leben riskieren würde, um ihm beizustehen.

Thor war nicht einmal ganz sicher, ob er das überhaupt konnte. Der vorhandene Platz reichte nicht aus, um den Hammer zu werfen und ihn anschließend wieder in seine Hand zurückkehren zu lassen, und die Lichtbringer waren Sverig nahe genug, um ihn alle vier gleichzeitig angreifen zu können. Thor war schnell, aber ganz gleich, wie schnell er sich auch bewegen mochte, er würde Zeit brauchen, die er nicht hatte.

Thor entschied sich für eine andere Taktik, die sich in der einen oder anderen Kleinigkeit von Sverigs Vorgehensweise unterschied. Zum Beispiel in dem winzigen Detail, dass er mindestens einen der Lichtbringer am Leben lassen würde.

»Dein Schwert.«

Sehr behutsam und es nur mit zwei Fingern haltend, zog Sverig die erbeutete Klinge aus dem Gürtel und händigte sie dem Fuchsgesichtigen aus. Der Krieger nahm die Waffe entgegen, drehte sie einen Moment in der Hand und fuhr dann so erschrocken zusammen, als hätte sich das Schwert unversehens in eine giftige Schlange verwandelt.

»Woher hast du das?«, zischte er.

»Wer weiß?«, erwiderte Sverig. »Vielleicht habe ich es gefunden. Vielleicht habe ich es auch einem von euch abgenommen, nachdem ich ihn erschlagen habe?«

Langsam und ohne auch nur den geringsten Laut zu verursachen trat Thor aus dem Schatten heraus und schlich zur Tür. Er rechnete fest damit, dass die Lichtbringer sein Nahen spürten, doch sie waren entweder nicht das, wofür sie sich ausgaben, oder Sverigs Worte hatten sie zu sehr überrascht.

»Erschlagen?«, wiederholte der Fuchsgesichtige. »Den Besitzer dieses Schwertes? Wenn, dann hast du ihn allerhöchstens hinterrücks ermordet, und ich bezweifle, dass dir selbst das gelingen würde! Also sag die Wahrheit!«

»Aber das tut er doch«, sagte Thor. »Mehr oder weniger, jedenfalls.«

Die vier Männer fuhren in einer einzigen, unglaublich schnellen Bewegung herum, und ihre Waffen schienen weniger aus den Scheiden zu gleiten als vielmehr einfach in ihren Händen zu *erscheinen.*

»Um genau zu sein: Ich habe ihn erschlagen. Ich hoffe, es war kein guter Freund von euch.«

Für die Dauer eines halben Atemzugs schien die Zeit einfach stehen zu bleiben. Die vier Krieger starrten ihn an, vier gehämmerte Fratzen aus goldfarbenem Metall, die Fuchs, Wolf, Drache und Adler zeigten und Furcht verbreiten sollten, doch das schiere Entsetzen ihrer Träger nicht verbergen konnten. Vor allem der Krieger mit dem Fuchsgesicht wirkte regelrecht schockiert.

»Du?«, keuchte er. »*Du?*«

Dann war der Moment der Lähmung vorbei, und die Hölle brach los.

Alles geschah gleichzeitig, beinahe als versuche die Zeit die verlorene Spanne wieder aufzuholen, sodass die normale Abfolge der Dinge außer Kraft gesetzt wurde. Schwerter blitzten auf. Schreie gellten. Metall klirrte. Sverigs Hand sank herunter, wie um nach einer Waffe zu greifen, die nicht mehr da war, und Thor schleuderte seinen Hammer, der Helm und Schädel des Sverig am nächsten stehenden Mannes traf und ihn einfach von den Füßen riss, um seinen Weg, ohne nennenswert langsamer zu werden, fortzusetzen. Noch bevor er gegen die Wand prallte, löste sich Thor blitzartig von seinem Platz, duckte sich unter einem instinktiv geführten Schwerthieb des Fuchsgesichts durch und rammte diesem den Ellbogen ins Gesicht, während er an ihm vorüberstürzte, um den nächsten Krieger zu packen. Sverigs Hand führte die angefangene Bewegung nicht nur zu Ende, sondern schwang weiter nach unten und schloss sich um den Stiel der Streitaxt, die hinter ihm an der Wand lehnte. Thor drehte den Oberkörper zur Seite, um sich an einem geraden Schwertstich eines weiteren Kriegers vorbeizuschlängeln, und Sverig riss die Axt in die Höhe und schlitzte Mantel, Harnisch, Kettenhemd und Rücken des vor ihm stehenden Kriegers mit einer einzigen Bewegung von der Hüfte bis zum Nacken auf, noch bevor Thor den letzten Lichtbringer erreichte und ihm mit einer einzigen Bewegung das Genick brach.

Das alles geschah in einem einzigen Augenblick, noch bevor der Krieger mit der Fuchsmaske vollends zu Boden gestürzt war. Es stank nach Blut und Kot, und etwas regte sich in der Welt des Unsichtbaren, überrascht und lauernd, aber seltsamerweise eher neugierig als zornig.

Thor ließ den leblosen Körper des Lichtbringers fast behutsam zu Boden sinken und maß Sverig mit einem widerwillig anerkennenden Blick. »Du bist schnell.«

»Das muss ich auch sein, bei solchen Verbündeten.« Sverig wartete gerade lange genug, um ein missbilligendes Stirnrunzeln auf Thors Gesicht endgültig Gestalt annehmen zu lassen, und fügte dann hinzu: »Ich musste mich beeilen, damit du mir wenigstens einen übrig lässt.«

Da er spürte, dass Sverig diese Reaktion von ihm erwartete, zwang er sich zu einem knappen Verziehen der Lippen, das er gerne als Lächeln deuten konnte, wenn ihm danach war, aber Sverigs Worte gefielen ihm nicht. Es war das zweite Mal, dass er Sverig im Kampf erlebte, und was er bisher nur gemutmaßt hatte, das wurde nun zu Gewissheit: Sverig machte das Töten Spaß, und das war eine Schwäche, die sich kein Krieger leisten sollte.

»Es ist noch einer übrig, keine Sorge«, antwortete er. »Und es war zu leicht.«

»Zu leicht?«, ächzte Sverig. »Das sind Lichtbringer!«

»Aber keine Einherjer«, murmelte Thor.

»Einherjer?« Sverig machte ein fragendes Gesicht. »Was soll das sein?«

Thor blinzelte, stellte sich selbst in Gedanken die gleiche Frage und beantwortete sie mit einem vollkommen ehrlichen Achselzucken, während er zu dem Krieger mit der Fuchsmaske zurückging, dem einzigen Überlebenden des ebenso kurzen wie brutalen Kampfes.

Wenigstens hoffte er, dass er noch lebte. Er lag in sonderbar verrenkter Haltung auf dem Boden, und Blut sickerte in zwei dünnen, sehr hellen Rinnsalen unter seinem Helm hervor. Er hatte längst nicht mit aller Kraft zugestoßen, aber doch hart genug, um das ziselierte Visier einzudrücken, sodass aus der grimmigen Fuchslarve eine bizarr nach innen gewölbte Grimasse geworden war, die gleichermaßen lächerlich wie furchteinflößend wirkte. Vielleicht hatte er ihn doch umgebracht, dachte er besorgt. Seit sie das Tal verlassen hatten, schienen nicht nur seine Sinne schärfer geworden zu sein, auch seine Kraft hatte noch einmal merklich zugenommen.

Als er neben ihm auf ein Knie sank, bewegte sich der Mann jedoch stöhnend. Thor stieß das Schwert weiter weg, das der Krieger fallen gelassen hatte, beugte sich vor und griff mit beiden Händen zu, um dem halb Bewusstlosen den Helm abzunehmen. Er war so deformiert, dass er unerwartet viel Kraft aufwenden musste, und vermutlich fügte er dem Mann damit noch mehr Verletzungen zu, aber darauf konnte er keine Rücksicht nehmen.

Das Gesicht, das darunter zum Vorschein kam, war so blutüberströmt und vor Schmerz verzerrt, dass es im allerersten Moment fast genauso erschreckend aussah wie die zerschmetterte Maske.

Dann erkannte er es trotzdem und riss ungläubig die Augen auf. So verrückt ihm auch der Gedanke vorgekommen war, der ihm vorhin durch den Kopf schoss, er war wahr. Der Krieger war kein Krieger, sondern eine Kriegerin.

Und nicht nur das, es war …

Urd.

Hinter ihm sog Sverig so scharf die Luft durch die Nase ein; dass es fast wie ein Keuchen klang, und vielleicht war es dieser Laut, der ihn in die Wirklichkeit zurückriss oder zumindest verhinderte, dass es noch schlimmer wurde und er in einem Strudel aus Entsetzen und reiner Hysterie versank.

Thor blinzelte, und die unheimliche Ähnlichkeit mit Urd war verschwunden, wenn auch nicht so vollkommen, wie er es sich gewünscht hätte. Vor ihm lag jetzt wieder nur eine blutende, halb bewusstlose Frau. Sein Schlag hatte sie mehrere Zähne gekostet und ihr möglicherweise das Jochbein und mit Sicherheit den Kiefer gebrochen. Als sie etwas zu sagen versuchte, kam nur ein unartikuliertes Stöhnen über ihre Lippen.

Sie lebte, aber es würde schwer werden, irgendetwas von ihr zu erfahren. Mit einem zerschmetterten Kiefer redete es sich nicht gut.

Thor erschrak vor seinem eigenen Gedanken. Wahr oder nicht, es hätte nicht sein allererster sein sollen, und es spielte auch keine Rolle, dass sie ihn umgekehrt ohne zu zögern getötet hätte. Er hatte diese Frau, die auf eine schreckliche Weise immer noch wie Urds Schwester aussah, schwer verletzt und ihr Schmerzen zugefügt. Er musste sich ja nicht gleich schuldig fühlen, aber ein Hauch von Mitleid wäre vielleicht angebracht gewesen.

Ein Gefühl wie Verachtung streifte seine Gedanken und erlosch wieder, und Sverig murmelte: »Wer, bei Hels fauligen Brüsten, ist das? Thor, wer ist diese Frau? Das ist doch unmöglich!«

»Woher soll ich das wissen?«

Sverig ließ sich ebenfalls auf ein Knie sinken und wollte die Hand nach der Kriegerin ausstrecken, doch Thor schlug seinen Arm zur Seite.

Als er es tat, öffnete die Kriegerin die Augen, und zweierlei geschah. Thor las in ihrem Blick, dass sie ihn nicht einfach nur ansah, sondern ihn *erkannte*, und noch während er sich fragte, ob das nun ein gutes oder ein schlechtes Zeichen war, bewegte sie den rechten Arm und beide Beine gleichzeitig, und das mit einer Schnelligkeit, die angesichts ihrer schweren Verletzung geradezu unglaublich war: den rechten Arm, um blitzschnell nach seinem Gesicht zu stoßen und ihm Zeige- und Mittelfinger in die Augen zu rammen, die Beine, um die Knie an den Leib zu ziehen und Sverig dann beide Füße gegen die Brust zu stoßen. Thor kippte mit einem keuchenden Schmerzlaut zur Seite und sah für einen Moment nichts anderes als rote und gelbe Blitze, aber er konnte hören, dass Sverig haltlos davongeschleudert wurde. Metall schepperte, dann vernahm er etwas wie mühsam schleppende Schritte.

Unter Aufbietung all seiner Willenskraft stemmte er sich auf die Knie, zwang seine Augenlider auseinander und sah kaum mehr als tanzende Lichtblitze, überlagert von hellroten Schlieren, die nichts anderes waren als sein eigenes Blut. Es war der Kriegerin nicht gelungen, ihm die Augen auszustechen, aber sie hatte ihn verletzt, möglicherweise schwer.

Immerhin konnte er sehen, dass die Kriegerin das eigentlich Unmögliche geschafft hatte und nicht nur wieder auf den Beinen, sondern sogar schon bei der Tür war. Hätte sie Sverig auch nur eine Winzigkeit härter getroffen, wäre sie vielleicht sogar entkommen. Sverig taumelte jedoch schon wieder auf sie zu, nicht mehr als leicht benommen – und *sehr* wütend –, und einer der Toten blockierte die Tür, sodass sie nicht schnell genug hinauskam.

Sie vergeudete auch keine Zeit mit einem zweiten Versuch, sondern versetzte ihm einen Stoß, der ihn haltlos gegen den Kamin stolpern ließ. Der Saum seines Mantels fing Feuer, und die Kriegerin fuhr herum und eilte humpelnd an ihm vorbei in die einzige Richtung, die ihr noch blieb: durch die Verbindungstür und in den angrenzenden Turm.

Thor versuchte nach ihr zu greifen, aber sie entwischte ihm und war im nächsten Moment verschwunden. Thor hörte ihre ungleich scharrenden Schritte auf der Treppe. Mühsam fuhr er sich mit den Fingerspitzen über die Augen und versuchte Schmerzen und wirbelnde Schleier vor seinem Blick wegzublinzeln, was ihm allerdings nicht wirklich gelang.

Er verschwendete keine Zeit damit, nach dem Hammer zu suchen, sondern machte sich mit zusammengebissenen Zähnen an die Verfolgung, wobei er sich mit der Linken an der vereisten Wand entlangtasten musste. Seine Augen schmerzten nach wie vor heftig, und er konnte immer noch nicht richtig sehen, aber irgendetwas sagte ihm, dass er sich besser beeilen sollte, die flüchtende Kriegerin einzuholen – auch wenn er sich beim besten Willen nicht vorstellen konnte, wohin sie wollte. Dort oben war rein gar nichts. Und schon gar kein Fluchtweg.

Trotz allem war er noch geistesgegenwärtig genug, nicht blindlings auf die Aussichtsplattform hinauszustürmen, sondern einen raschen Endspurt einzulegen und mit einem gestreckten Satz und einer anschließenden Rolle auf das Dach zu springen.

Wäre die Kriegerin nicht schwer verletzt und vermutlich kaum noch bei Bewusstsein gewesen, hätte diese Finte vielleicht sein Ende bedeutet, denn sie hatte offensichtlich mit genau dieser Bewegung gerechnet. Ihr Schwert traf ihn genau im Aufspringen, zog eine brennende Spur über seine Brust und ließ ihn gegen den Mauerrest stolpern. Einem zweiten, beidhändig geführten Hieb, der Steinsplitter und Funken neben ihm aus der Mauer explodieren ließ, entging er nur mit reinem Glück, dann klärte sich sein Blick so weit wieder, dass er sein Gegenüber als Schatten vor sich erkennen konnte.

Einen taumelnden Schatten. Die Kriegerin stand verkrümmt und weit nach vorne gebeugt da, und dass es keinen dritten und womöglich tödlichen Angriff gegeben hatte, lag schlichtweg daran, dass sie nicht mehr die Kraft hatte, ihre Waffe zu heben.

Sie hielt den Schwertgriff noch immer mit beiden Händen umklammert, aber jetzt wohl nur noch, um sich auf die Waffe zu stützen. Ihr Fluchtversuch und ihr verzweifelter Widerstand waren nichts als ein letztes Aufbegehren gewesen, dem jetzt der Zusammenbruch folgte.

Wahrscheinlich war das auch der einzige Grund, aus dem er noch lebte. Warmes Blut lief an seiner Brust hinab, und Thor riskierte es, die Kriegerin für einen einzigen Blick aus den Augen zu lassen und an sich hinunterzusehen. Die Klinge hatte seinen Mantel und auch die dahinterliegende Kleidung zerschnitten, aber zu mehr hatte die Wucht des Hiebes nicht mehr gereicht. Auf seiner Brust prangte nur ein blutiger Kratzer.

»Hör auf«, sagte er müde. »Ich will dich nicht töten. Wirf deine Waffe weg, und ich lass dich am Leben, das verspreche ich dir.«

Die Kriegerin reagierte tatsächlich auf seine Worte, wenn auch auf vollkommen andere Weise als erhofft: Mühsam hob sie das Schwert, machte einen taumelnden Schritt und versuchte nach ihm zu stechen.

Thor schlug ihr die Klinge mit der bloßen Hand aus den Fingern und versetzte ihr aus der gleichen Bewegung heraus einen Stoß, der sie fast bis zur anderen Seite des Dachs torkeln ließ, wo die zerbröckelnde Wand ihrem Taumeln Einhalt gebot. Thors Bewunderung für die Kraft dieser schlank gebauten Frau wuchs noch einmal, als er sah, dass sie es wider jede Erwartung noch einmal schaffte, sich am rauen Stein festzuklammern und nicht zu stürzen. Und als wäre das allein noch nicht genug, griff sie mit einer zitternden Hand unter den Mantel und zog einen Dolch, der lang genug war, um beinahe schon als kleines Schwert durchzugehen.

Thor blinzelte ein paarmal, und sein Blick klärte sich weiter. Er sah immer noch alles wie durch einen dünnen roten Schleier, doch er konnte nun wieder Einzelheiten erkennen, und die Schmerzen waren vollends weg.

»Verdammt, Weib, sei vernünftig«, sagte er. »Willst du sterben?«

Zur Antwort hob sie das Messer nur noch höher und reckte trotzig das zerschmetterte Kinn vor, und Thor begriff mit einem Gefühl vager Trauer, dass es wohl genau darauf hinauslaufen würde. Sie würde sich niemals ergeben. Nicht ihm.

Neben ihm und mit qualmendem Mantel stolperte Sverig auf das Dach herauf. Sein Gesicht war vor Wut verzerrt, und er hielt ein Schwert in der Hand. *Ihm* würde sich die Fremde gar nicht lebend ausliefern *können*, begriff Thor. Nicht einmal, wenn sie es wollte.

»Warte«, sagte er rasch. Sverig machte zwar sowohl ein trotziges Gesicht als auch noch einen einzelnen Schritt, blieb dann aber widerwillig stehen, und Thor streckte der Kriegerin demonstrativ die leeren Hände entgegen. »Ich meine es ehrlich. Du musst nicht sterben. Gib auf, und ich verspreche dir, dass du am Leben bleibst und wir uns um deine Wunden kümmern.«

Die Kriegerin versuchte tatsächlich zu antworten, aber sie brachte nur ein qualvolles Würgen hervor und eine Menge Blut und Schleim, der in roten Fäden an ihrem Kinn hinabtropfte und das weiße Fell ihres Mantels besudelte.

Dann ließ sie den Dolch fallen, drehte sich um und sprang in die Tiefe.

Sverig stieß einen unflätigen Fluch aus und stürmte los, und auch Thor setzte sich in Bewegung, sodass sie gleichzeitig an der niedrigen Brüstung ankamen.

Wenn die Kriegerin gehofft hatte, sich mit einem verzweifelten Sprung in den weichen Schnee retten zu können, so war sie einem grausamen Irrtum erlegen. Auf der rückwärtigen, windgeschützten Seite des Turmes gab es nur eine dünne Schneedecke, unter der harter Fels lauerte. Ihre Glieder lagen jetzt nicht nur in *scheinbar* unnatürlicher Haltung da, sondern in vollkommen falschen Winkeln und so, als hätten sie plötzlich eine ganze Anzahl zusätzlicher Gelenke. Selbst bei dem schwachen Licht und aus der Höhe konnten sie das frische Blut erkennen, das im Schnee rings um sie herum versickerte.

Es war kein verzweifelter Fluchtversuch gewesen, begriff Thor. Das, was sie da unten sahen, war ganz genau das, was sie gewollt hatte.

»Eines muss man dir zugestehen, Thor«, sagte Sverig. »Du hast eine umwerfende Wirkung auf Frauen.«

»Findest du das komisch?«, fragte Thor kalt.

»Nein«, antwortete Sverig. »Eigentlich nicht. Verzeih.« Er stieß sich mit beiden Händen von der Mauerbrüstung ab, um sich vollends aufzurichten und mit gestrafften Schultern ganz zu ihm umzuwenden. »Aber willst du wissen, *was* ich komisch finde, Thor?«

»Nutzt es mir etwas, wenn ich Nein sage?«

»Wirklich komisch«, fuhr Sverig fort, ohne seinen Einwurf auch nur zur Kenntnis zu nehmen, »finde ich, dass diese Lichtbringer dich anscheinend gekannt haben. Und dass diese Kriegerin sich lieber selbst getötet hat, als sich dir auszuliefern.«

»Mir kam es allerdings eher so vor, als wäre sie erst vom Dach gesprungen, nachdem du hier aufgetaucht bist«, sagte Thor böse.

»Dass du mit Worten umgehen kannst, weiß ich. Aber ich weiß, was ich gehört und gesehen habe. Bis wir wieder zurück im Tal sind, solltest du dir ein paar gute Antworten einfallen lassen, denn ich nehme an, Bjorn wird dir eine Menge Fragen stellen. Und wenn er es nicht tut, dann tue ich es!«

Nachdem er endlich das losgeworden war, was ihm vermutlich schon seit einem halben Jahr auf der Seele brannte, marschierte er stolz erhobenen Hauptes – und noch immer mit schwelendem Mantel – an ihm vorbei zur Treppe.

Kurz, bevor er sie erreichte, rief Thor ihn noch einmal zurück.

»Hast du gar keine Angst, dass du recht haben könntest, Sverig?«

»Recht?«

»Dass ich wirklich euren Untergang plane?«

»Auch auf die Gefahr hin, mich zu wiederholen – ich *glaube*, dass es so ist«, antwortete Sverig. »Ich bin mir nur noch nicht im Klaren darüber, ob du es selbst weißt.«

»Dann wäre es aber nicht sehr klug von dir, es so offen auszusprechen. Was sollte mich daran hindern, dich zu erschlagen und Bjorn zu erzählen, die Lichtbringer wären es gewesen?«

»Oh nein«, antwortete Sverig überzeugt. »So dumm bist du nicht.«

Und damit ging er.

Thor blieb verwirrt stehen und grübelte über den Sinn dieser letzten Bemerkung nach – und genau in diesem Moment berührte wieder etwas seine Gedanken. Kein vorsichtiges Zupfen und Kratzen diesmal, sondern eher etwas, das an einen klatschenden Schlag erinnerte, vielleicht auch ein forderndes Tippen auf die Schulter. Der andere wusste, dass er sich seiner Anwesenheit bewusst war, wozu sich also noch verbergen?

Statt Sverig zu folgen, machte er noch einmal kehrt und trat wieder an die Brüstung.

Er wusste nicht, was er erwartet hatte – weitere Krieger, eine einsame Gestalt oder vielleicht sogar ein Gespenst, das aus seinen Träumen herübergekrochen war und Gestalt angenommen hatte, aber dort unten war kein Mensch.

Es war wie ein Sprung zurück in seinen Traum aus der vergangenen Nacht. Er war wahr geworden, zumindest zum Teil.

Im Schnee vor dem Turm stand ein gigantischer weißer Wolf und sah zu ihm hoch.

10. Kapitel

Es vergingen noch einmal zwei Tage, bis er Urd und seine Familie wiedersah, und es geschah auf eine Art, die er sich nicht unbedingt so gewünscht hätte. Um genau zu sein, hätte er sich nichts von dem, was in diesen beiden Tagen geschah, gewünscht oder auch nur vorstellen können. Nicht nach all dieser Zeit.

Es war so, als wäre die Zeit um ein halbes Jahr zurückgedreht worden. Wieder war er sofort hinauf zur Festung gebracht worden, und wieder hatte er einen endlosen Tag und zwei noch viel endlosere Nächte in jenem winzigen Verlies zugebracht. Selbst die Männer, die ihm Essen und Wasser brachten, behandelten ihn ganz genauso wie beim allerersten Mal: höflich und durchaus mit Respekt, zugleich aber auch distanziert und ohne eine einzige seiner Fragen zu beantworten.

Das war zwei Tage her. Jetzt war er wieder in Bjorns Haus, das nur den Steinwurf eines Kindes von der kleinen Festung entfernt lag, und fragte sich, was die ganze Sache eigentlich sollte.

Immerhin hatte sich sein Gefängnis deutlich verbessert. Der Raum, in den sie ihn gebracht hatten, war nicht nennenswert größer als seine Kerkerzelle in der Festung, hatte aber ein Fenster, durch das das Licht einer deutlich heller gewordenen Morgendämmerung hereinfiel, und anstelle eines harten Steinbodens mit feuchtem Stroh gab es ein richtiges Bett, einen Stuhl und sogar einen kleinen Kamin, dem allerdings das dazugehörige Feuer fehlte, um wirkliche Behaglichkeit zu verbreiten. Trotzdem war es im ganzen Haus wärmer als in der zugigen Zelle, in der er die letzten beiden Tage verbracht hatte, und das lag nicht nur daran, dass das Haus geheizt war. Der Unterschied war viel subtiler: Das hier war ein *Heim*, und es wäre wohl auch dann wärmer gewesen, hätten alle Türen und Fenster weit offen gestanden und in keinem Kamin ein Feuer gebrannt.

Was nichts daran änderte, dass es ein Gefängnis war.

Was sollte er hier? Zweifellos hatte Sverig Bjorn die Geschehnisse im Turm aus seiner Sicht geschildert, und dies auf eine Art, bei der er selbst möglichst gut und Thor möglichst schlecht dastand. Was er aber ganz und gar nicht verstand, das war Bjorns Reaktion. Der Jarl kannte Sverig noch sehr viel besser als er, und Thor konnte sich einfach nicht vorstellen, dass er auf eine bloße weitere Anschuldigung hin so reagierte. Es musste noch mehr geschehen sein. Bjorn hatte es offensichtlich nicht für nötig gehalten hatte, ihm davon zu erzählen, und das nahm er ihm übel.

Aber auch das brachte ihn nicht hier heraus.

Zeit verging. Hatte er bisher nur ein allgemeines Hantieren und dann und wann eine gedämpfte Stimme vernommen, so begriff er nun, dass sich das Haus allmählich zu füllen begann. Menschen kamen und gingen, und er vernahm zahlreiche und zum Teil erregte Stimmen, auch wenn nicht einmal sein feines Gehör ausreichte, um den Gesprächen zu folgen. Etwas polterte, als wäre ein Stuhl umgeworfen worden, und er konnte ganz allgemein die Verschlechterung der Stimmung überall rings um ihn herum spüren. Schließlich identifizierte er Bjorns Stimme, die lautstark und in harschem Ton für Ruhe sorgte. Dann, nach einer weiteren kleinen Ewigkeit, in der er immer ernsthafter mit dem Gedanken gespielt hatte, die ihm zugewiesene, eher symbolische Zelle unter Anwendung von nackter Gewalt zu verlassen, spürte er noch etwas.

Urd war da.

Ihre Nähe … *erschien* einfach in ihm, gleich dem Duft einer blühenden Frühlingswiese, den ein plötzlicher Windzug mit sich brachte. Er spürte auch, wie verwirrt sie war, ein bisschen ängstlich und ganz eindeutig mehr als nur ein bisschen zornig.

Jetzt hielt es ihn nicht mehr hier drinnen. Mit einem einzigen Schritt war er bei der Tür und schlug mit der flachen Hand dagegen, nur um festzustellen, dass sie nicht einmal als symbolische Zellentür gut war, denn sie flog nicht nur auf, sondern zersplitterte regelrecht, als hätte er mit Mjöllnir dagegengeschlagen, nicht nur mit der flachen Hand.

Neben ihm erklang ein halblautes Seufzen.

»Ich kann deinen Unmut ja sogar verstehen, Thor. Aber ich bitte dich trotzdem: Lass deinen Zorn nicht an meinem Heim aus. Es ist älter als ich und womöglich in noch schlechterer Verfassung.«

Erst jetzt begriff er, dass Bjorn keine drei Schritte vor ihm stand und anscheinend gerade auf dem Weg zu ihm gewesen war.

»Dann ist es ja gut, dass ich meinen Unmut an der Tür ausgelassen habe und nicht an dir«, antwortete er spröde.

»Es tut mir aufrichtig leid, Thor. Ich wünschte, es hätte einen anderen Weg gegeben. Aber wir mussten zuerst ein paar Dinge klären.«

»Wie ihr mich am besten hinrichtet?«, fragte Thor.

Bjorn schüttelte den Kopf. »Wie gesagt: Ich kann deinen Zorn verstehen. Ich an deiner Stelle wäre ebenso zornig und enttäuscht. Und zu gegebener Zeit werde ich mich gerne bei dir entschuldigen und es wiedergutmachen, wenn ich kann. Aber jetzt haben wir … ein paar Dinge zu bereden.«

Die winzige Pause vor seinen letzten Worten gefiel Thor nicht, so wenig wie das nervöse Lächeln auf seinem Gesicht und der Umstand, dass es Bjorn nicht wirklich gelang, seinem Blick standzuhalten.

»Ich möchte zuerst mit Urd sprechen«, antwortete er. »Sie ist hier.«

Bjorn machte keinen wirklichen Hehl aus seiner Überraschung, dass er von Urds Anwesenheit wusste, aber er versuchte ein anderes Gefühl zu verhehlen, ohne dass es ihm wirklich gelang: Erschrecken.

»Ja. Das ist wohl dein gutes Recht. Sie wartet schon auf dich. Komm.«

Sie gingen über den kurzen Flur, an dessen Ende der große Raum lag, in dem sie so oft mit Bjorn und seiner Frau zusammengesessen und endlose Gespräche über die Götter und die Welt und den Sinn des Lebens geführt hatten. Abgesehen von der ehemaligen Schmiede war dieses Haus vielleicht der Ort im ganzen Tal, den er am ehesten mit dem Wort ›Zuhause‹ verbunden hätte, so wie seine Bewohner vielleicht die Menschen waren, die dem Begriff ›Freunde‹ noch am nächsten kamen. Jetzt hatte sich das Haus in ein Gefängnis verwandelt und sein Besitzer möglicherweise in einen Feind.

Thor erschrak, während er sich vergeblich fragte, warum er das gerade gedacht hatte. So etwas war nicht seine Art, und Bjorn und seine Frau hatten es einfach nicht verdient, dass er auch nur so über sie *dachte*.

Bjorn öffnete nicht die Tür zur Stube, sondern blieb vor einem schmalen Durchgang stehen, der nur mit einem Vorhang verschlossen war. Als Thor das letzte Mal hier gewesen war, hatte es dort eine kleine Kammer voller Regale gegeben, in der Nele ihre Vorräte für den langen Winter aufbewahrte.

»Urd«, sagte Bjorn knapp und noch immer, ohne ihm direkt in die Augen zu sehen. »Aber lasst euch nicht zu viel Zeit. Wir haben eine Menge zu besprechen.«

Thor schlug den Vorhang zur Seite, doch das Erste, was er sah, war nicht Urd, sondern der Rücken eines breitschultrigen Kriegers, der mit vor der Brust verschränkten Armen unter der Tür stand. Urd selbst saß auf einem der hier allgemein üblichen niedrigen Hocker, hatte die Beine übereinandergeschlagen und die Arme gleichfalls vor der Brust verschränkt, und der Ausdruck auf ihrem Gesicht war so finster, dass Thor sich allen Ernstes fragte, wer hier eigentlich wen bewachte.

Der Mann machte keinerlei Anstalten, ihm aus dem Weg zu gehen, sondern rührte sich erst, nachdem Bjorn sich lautstark geräuspert hatte.

»Was soll das?«, fragte Thor zornig. »Ist Urd jetzt ebenfalls deine Gefangene, oder ist das deine neue Art, mit Gästen umzugehen?«

Bjorn räusperte sich noch einmal und bedeutete dem Krieger mit einer unwilligen Geste, die Kammer zu verlassen. »Beeilt euch«, sagte er nur unbehaglich.

Urd wartete, bis Bjorn und sein Begleiter verschwunden waren und der Vorhang hinter ihnen zugefallen war, dann aber sprang sie auf, umarmte ihn so stürmisch, dass er beinahe um sein Gleichgewicht kämpfen musste, und küsste ihn noch stürmischer.

»Thor! Den Göttern sei Dank, sie haben dir nichts getan!« Sie küsste ihn erneut, und diesmal so ungestüm und lange, dass nicht nur ihm die Luft wegblieb, sondern auch sie selbst die nächsten Worte nur atemlos und mühsam herausbrachte. »Du bist … wohlauf! Ich dachte schon … sie … hätten dir etwas angetan.«

»Mir etwas angetan? Aber warum sollten –?« Dann begriff er, löste sich fast schon gewaltsam von ihr und schob sie auf Armeslänge von sich weg. »Was haben sie *dir* angetan, Urd?«

»Nichts«, erwiderte sie hastig. »Niemand hat mich angerührt, keine Sorge. Sie haben mich nur …«

»Ja?«, fragte Thor, als sie den Satz unbeendet ließ und sich auf die Unterlippe biss, als könnte sie die letzten Worte auf diese Weise zurücknehmen.

»Nichts«, beharrte sie. »Sie haben mich nur unter Hausarrest gestellt.«

»Unter Hausarrest?«

»In unserem eigenen Haus ... aber sie waren sehr höflich«, sagte Urd rasch und hob zusätzlich beruhigend die Hand. »Niemand hat mir etwas getan.«

»Sie haben dich *eingesperrt?*«, vergewisserte sich Thor; beinahe mehr erstaunt und ungläubig als wirklich zornig.

»Ich durfte mit niemandem reden«, bestätigte Urd. »Nicht einmal mit den Kindern.«

»Warum? Wer?«

»Bjorn«, antwortete sie. »Und er hat mir nicht gesagt, warum. Aber ich vermute, diese Sigislind steckt dahinter.«

»Wieso?«, fragte Thor.

Darauf bekam er keine Antwort. »Was ist dort draußen passiert?«, fragte Urd stattdessen.

Thor fuhr auf der Stelle herum und wollte aus der Kammer stürmen, doch Urd hielt ihn mit einer raschen Bewegung zurück oder versuchte es wenigstens.

Thor bedauerte die Bewegung schon, bevor er sie ganz zu Ende geführt hatte, aber er riss sich trotzdem so hart los, dass sie einen hastigen halben Ausfallschritt zur Seite machen musste, um nicht das Gleichgewicht zu verlieren. Irritiert und mehr als nur ein wenig erschrocken sah sie ihn an.

»Niemand hat mir irgendetwas gesagt«, wiederholte sie. »Sag wenigstens du mir, was passiert ist, oder bist du ebenfalls der Meinung, dass es mich nichts angeht?«

»Es geht dich sehr wohl etwas an, Urd, und du wirst gleich alles erfahren.« Bjorn war zurück und machte ein um Verständnis heischendes Gesicht, aber zugleich auch eine ungeduldige Geste, die seinen freundlichen Ton Lügen strafte. »Kommt mit.«

Sie folgten ihm in die Stube, in der bereits eine ganze Anzahl weiterer Personen auf sie warteten, allen voran Sverig, der neben dem prasselnden Kamin an der Wand lehnte und beide Hände auf seine Axt gestützt hatte – wozu er sich allerdings so weit vorbeugen musste, dass es schon wieder beinahe albern wirkte. Grender und Tjerg, die beiden Männer, die sie vor zwei Tagen zum Turm begleitet hatten, standen rechts und links der Tür und bemühten sich nach Kräften, durch Urd und ihn hindurchzusehen, und auch der Krieger, der Urd vorhin bewacht hatte, war anwesend. Thor hatte das Gefühl, dass das kein Zufall war, sondern dass Bjorn die Anzahl der Beteiligten möglichst klein halten wollte.

Darüber hinaus gab es noch drei weitere Besucher, bei denen Thor nicht ganz sicher war, ob er sich über ihre Anwesenheit freuen sollte oder ob sie eher Grund zur Besorgnis darstellte: Hrothger und sein Schwiegersohn Cord – und Sigislind.

»Nehmt Platz.« Bjorn wies auf den wuchtigen Tisch vor dem Kamin, auf dem bereits Teller und Becher für ein halbes Dutzend Gäste standen. »Ihr müsst hungrig sein, nach der ganzen Zeit. Ich habe Nele aufgetragen, etwas ganz Besonderes für euch zuzubereiten. Das ist wohl das Mindeste, was ich euch nach den letzten beiden Tagen schuldig bin.«

Urd sah ihn nur stirnrunzelnd an, und auch Thor blieb nur einen Schritt hinter der Tür stehen. Er wusste, wie gut Bjorns Frau kochte, und zu jedem anderen Zeitpunkt hätte er die Einladung mit Freuden angenommen, aber er war nicht hier, um an einem Festmahl teilzunehmen. Schon gar nicht, wenn alles darauf hindeutete, dass es ihre Henkersmahlzeit sein könnte.

»Eine Erklärung würde mir schon vollkommen reichen«, antwortete er kühl. »Wieso werde ich gefangen gehalten … und Urd? Was hat sie mit alledem zu schaffen?«

Sverig richtete sich demonstrativ auf und wollte etwas sagen, doch Bjorn kam ihm zuvor, indem er mit einem raschen Schritt zwischen sie trat.

»Ich kann deinen Unmut verstehen, Thor«, sagte er. »Ich an deiner Stelle würde wohl genauso denken. Aber es geht hier vielleicht um unser aller Überleben ... möglicherweise sogar um ganz Midgard. Wir mussten einige Dinge klären.«

Er wiederholte seine einladende Geste zum Tisch, und diesmal kam zumindest Urd der Aufforderung nach. Thor folgte ihr, nahm aber nicht Platz, sondern blieb hinter ihr stehen. Bjorn wirkte enttäuscht; was hatte er eigentlich erwartet? Dass Urd und er mit den Achseln zuckten und nach einem verzeihenden Lächeln zur Tagesordnung übergingen, als wäre nichts passiert? Er wandte sich aber dann nur zu Sigislind um. Er sagte nichts, sondern deutete nur ein Nicken an, woraufhin Sigislind sich mit einem Lächeln an Urd wandte, wie es unechter kaum ausfallen konnte.

»Du bist also Urd«, sagte Sigislind. Vielleicht bemerkte Urd es nicht einmal, aber Thor entging die winzige Handbewegung nicht, die sie in Bjorns Richtung machte. Es war nicht einfach nur eine Bitte, ihr das Gespräch zu überlassen, sondern ein Befehl. »Wir haben uns ja schon kennengelernt, und ich sollte die Gelegenheit nutzen, mich bei dir für mein schlechtes Benehmen zu entschuldigen. Ich habe lange darüber nachgedacht, weißt du? Es tut mir wirklich leid. Ich habe auch lange über dich nachgedacht ... dein Name ist tatsächlich Urd?«

»Jedenfalls ist das der Name, den meine Eltern mir gegeben haben«, antwortete Urd spitz. »Es ist ein Name wie jeder andere, oder?«

»Nicht da, wo ich herkomme«, antwortete Sigislind, lächelte aber dann, um ihre Worte im Nachhinein zu entschärfen. »Aber du hast natürlich recht: Niemand kann etwas für den Namen, den ihm seine Eltern geben.«

Thor spürte, dass Urd zu einer womöglich noch schärferen Antwort ansetzte, und sagte rasch: »Was wird das hier? Ein Verhör? Wenn ja, würde ich gerne wissen, wie die Anklage lautet.«

»Bitte beruhige dich, Thor«, sagte Sigislind. »Ich kann nur dasselbe sagen wie euer Jarl. Ich verstehe deinen Zorn, aber ich hoffe, dass du auch uns verstehen wirst, wenn du weißt, worum es geht.« Sie kam näher, zögerte einen winzigen Moment und ließ sich dann Urd gegenüber auf einen der Hocker sinken.

»Du bist also Thors Weib und die Mutter seines zukünftigen Sohnes«, fuhr sie fort, nun wieder direkt an Urd gewandt.

»Vielleicht wird es ja auch eine Tochter«, antwortete Urd.

»Kaum«, sagte Sigislind. »Seit wann zeugen Götter Töchter mit Sterblichen?« Sie machte eine schon vorbeugend abwehrende Geste, obwohl Urd nicht einmal dazu angesetzt hatte, zu widersprechen. Nur ihre Augen wurden ein wenig schmaler.

»Götter?« Urd bemühte sich mit wenig Erfolg, spöttisch zu klingen. »Thor hat eine Menge Qualitäten, aber als *Gott* würde ich ihn nun doch nicht bezeichnen.« Sie sah zu Thor hoch. »Verzeih.«

Thor deutete nur ein Lächeln an, und auch Sigislinds Lippen kräuselten sich, aber Sverigs Geduld war ganz offensichtlich am Ende. »Das reicht jetzt!«, sagte er scharf. »Wir haben keine Zeit für diesen Unsinn! Fragt sie endlich, wie –«

Thor war nicht einmal sicher, ob Sigislind überhaupt eine Handbewegung gemacht oder es vielleicht nur vorgehabt hatte. Ihr Kopf ruckte ein winziges Stückchen herum, nur den Bruchteil der Distanz, die es gebraucht hätte, um Sverig wirklich anzusehen, doch schon diese Geste reichte, um ihn mitten im Wort abbrechen zu lassen.

Thor gemahnte sich in Gedanken noch einmal zur Vorsicht. Von allen hier im Raum war diese dunkelhaarige, schlanke Frau mit Sicherheit die Gefährlichste.

»Verzeih«, wandte sich Sigislind schließlich wieder direkt an Urd. »Sverig ist vielleicht nicht der geduldigste Mensch, den ich kenne.« Sie machte ein schlecht geschauspielertes betrübtes Gesicht. »Aber ich fürchte, jetzt und hier hat er sogar recht. Unsere Zeit ist knapp bemessen. Würdest du mir ein paar Fragen beantworten, Urd?«

»Was denn für Fragen?«, erwiderte Urd unfreundlich. »Ich habe schon genug Fragen beantwortet.«

Sigislind lächelte unerschütterlich weiter, aber Thor sah aus den Augenwinkeln, dass sich Sverigs Miene nur noch mehr verdüsterte. Er stützte sich jetzt nicht mehr auf die Axt, sondern hatte sie hochgehoben und fingerte nervös an der Waffe herum.

»Bjorn hat mir erzählt, wie ihr hierhergekommen seid«, fuhr Sigislind fort. »Thor hat dich und deine Familie draußen auf der Ebene gefunden?«

»Gefunden?«, wiederholte Urd mit sonderbarer Betonung. »Er hat meine Kinder und mich gerettet.«

»Ich weiß«, sagte Sigislind. »Bjorn hat mir alles darüber erzählt, was er wusste, aber ich würde es gern auch noch einmal von dir hören.«

»Warum?«, fragte Urd. »Um mich bei einer Unwahrheit zu ertappen oder wenigstens bei einem Widerspruch?«

»Gäbe es den denn?«, fragte Sigislind lächelnd.

»Selbstverständlich gäbe es den«, sagte Thor, bevor Urd antworten konnte, und in einem Ton, dessen Schärfe ihn beinahe selbst überraschte. »Erzähl ein und dieselbe Geschichte zweimal, und du hast zwei Geschichten. Erzähl sie zehnmal, und du hast zehn.«

Sverig machte nur ein abfälliges Geräusch, doch Sigislind lächelte, knapp, aber ehrlich amüsiert, wie es ihm vorkam. »Ich weiß. Aber darum geht es nicht.«

»Worum dann?«, fragte Thor. Sein Ton war jetzt noch schärfer; herausfordernd genug, um das zaghafte Friedensangebot, das ihr Lächeln beinhalten mochte, sofort zunichtezumachen. Ganz plötzlich wusste er, dass nichts, was Urd oder er tun oder sagen konnten, irgendetwas am Ergebnis dieses Verhörs ändern würde, ganz einfach, weil der Ausgang bereits festgestanden hatte, noch bevor es auch nur begann.

»Warum zeigst du es ihr nicht?«, fragte Sverig.

Ihr? Thor konnte einen raschen Blick zu Urd nicht ganz unterdrücken, wofür er sich im Stillen verfluchte; auch wenn er zugleich sehr sicher war, dass es ohnehin zwecklos sein musste, Sigislind etwas vormachen zu wollen.

»Gleich, mein ungeduldiger Freund«, antwortete Sigislind. »Nur noch einen Moment. Wer weiß, vielleicht bedarf es nur noch einer einzigen Frage, und wir alle können wieder beruhigt unseren eigenen Angelegenheiten nachgehen.« Ihr Blick hatte Urds Gesicht die ganze Zeit über nicht losgelassen, nun wandte sie sich auch mit Worten wieder direkt an sie. »Als Thor deine Kinder und dich gefunden hat, Urd ... wohin genau wolltet ihr da?«

»Das weiß ich nicht«, antwortete Urd. Sie versuchte Thor einen Beistand heischenden Blick zuzuwerfen, aber Sigislinds Augen hielten sie unerbittlich fest.

»Du weißt nicht, wohin ihr wolltet?«, fragte sie zweifelnd.

»Ihr Mann kannte den Weg oder wenigstens ihr Ziel«, antwortete Thor an Urds Stelle.

»Ist das wahr?«, fragte Sigislind. Ihr Blick ließ Urd immer noch nicht los, und jetzt war er nicht mehr hart wie Eisen, sondern eine verzehrende Flamme, der selbst er vielleicht nicht widerstanden hätte

Urd nickte. »Er hat gesagt, es gäbe ...« Sie fuhr sich nervös mit der Zungenspitze über die Lippen und setzte neu an. »Da wäre ein Ort, an dem wir leben können. Midgard. Er hat von Midgard gesprochen.«

Das hatte er nicht. Asgard hatten sie gesucht, das Land der Götter, wenn man Lifs Beteuerungen Glauben schenken konnte. Von Midgard hatte Urd zum ersten Mal aus Bjorns Mund gehört, genau wie er. Warum behauptete sie jetzt etwas anderes?

»Midgard«, seufzte Sigislind. »Ja, das umschlossene Land.«

Sie schüttelte den Kopf, und eine Mischung aus Resignation und Mitgefühl erschien auf ihrem Gesicht. Wenn es geschauspielert war, dann perfekt. »Es ist immer dieselbe Geschichte. Verzweifelte Menschen, die keine Zukunft mehr für sich sehen und ein ungewisses Morgen gegen einen fast gewissen Tod eintauschen.« Für einen kurzen Moment wandte sie sich zu Bjorn um. »Unsere Väter waren vielleicht nicht gut beraten, diesem Tal diesen Namen zu geben.«

Ihr Blick ging wieder zu Urd, und das stählerne Lächeln kehrte in ihre Augen zurück. »Woher kommst du, Urd?«

»Aus Skattsgard«, antwortete Urd. »Du wirst es nicht kennen, aber –«

»Ich kenne es«, unterbrach sie Sigislind. Urd wirkte eindeutig überrascht, doch Sigislind unterstrich ihre Behauptung nur noch mit einem bekräftigenden Nicken. »Oesengard ist vielleicht nicht groß, aber es ist die letzte Stadt diesseits der Berge, und das bringt es zwangsläufig mit sich, dass oft Reisende zu uns kommen. Ich habe von Skattsgard gehört. Es liegt im Süden, nicht wahr? An der Küste.«

Urd nickte. Sie schwieg, aber Thor konnte ihre plötzliche Anspannung fühlen. Worauf wollte Sigislind hinaus?

»Den Menschen dort geht es schlecht«, fuhr Sigislind fort. »Das ist nichts Außergewöhnliches, leider. Den Menschen geht es überall schlecht und mit jedem Jahr ein wenig schlechter. Aber die Dörfer an der Küste hat es besonders hart getroffen. Die letzten Winter waren hart und die Fänge ebenso schlecht wie die Ernten. Viele sind weggegangen und manche verhungert. Dein Mann muss sehr verzweifelt gewesen sein, dich und deine Kinder dem Risiko einer solchen Reise auszusetzen.«

»Wir wären verhungert, wenn wir dort geblieben wären«, antwortete Urd.

»Ja, vielleicht«, sagte Sigislind. »Manchen ist es so gegangen, wie man hört …« Sie legte den Kopf auf die Seite. »Lasse war nicht der Vater deiner Kinder?«

Urd schwieg, diesmal vor Überraschung, wie es schien, und Thor wollte an ihrer Stelle antworten, doch jetzt war er es, den Sigislind mit einer winzigen Bewegung zum Schweigen brachte – einer fast beiläufigen Geste, die so schnell war, dass er nicht einmal genau sagen konnte, ob sie sie wirklich gemacht oder vielleicht einfach nur beschlossen hatte, es zu tun. Es war … unheimlich.

»Was spielt das für eine Rolle?«, meinte Urd schließlich.

»Vielleicht die, dass du meine Frage noch nicht beantwortet hast«, antwortete Sigislind. Sie lächelte immer noch, aber jetzt auf eine Art, die wohl nicht einmal mehr Urd überzeugte.

»Ich wüsste auch nicht, was es dich anginge, wer –«

»Nicht diese Frage«, unterbrach sie Sigislind. »Die Frage, woher du kommst, Urd … wenn das wirklich dein Name ist.«

»Was soll das?«, fragte Thor scharf. Immerhin war es ihm gelungen, die sonderbare Lähmung abzuschütteln, die plötzlich von seinem Willen Besitz ergriffen hatte, auch wenn es ihm immer noch schwerfiel. »Wenn du uns irgendetwas vorzuwerfen hast, dann sag es gerade heraus!«

»Nicht dir«, antwortete Sigislind. »Nun?« Das letzte Wort galt wieder Urd.

Urd schwieg ein paar Augenblicke, dann gab sie einen trotzigen Laut von sich, setzte sich auf ihrem Schemel auf und raffte all ihre Kraft zusammen, um Sigislinds Blick standzuhalten. Es gelang ihr, wenn auch mit Mühe. »Aber mir?«

»Zeig es ihr!«, verlangte Sverig erneut. »Dann werden wir sehen, welche neue Lügen sie uns auftischt!«

Sigislind sagte nichts dazu, aber kurz darauf nickte sie, und Sverig löste sich mit einem triumphierenden Schnauben und etwas, das sich wie »Na endlich!« anhörte, von seinem Platz neben dem Kamin und verließ das Zimmer.

Als er die Tür hinter sich zuwarf, sah Thor, dass draußen auf dem Gang mindestens noch zwei weitere Männer standen. Bedachte er, dass Bjorns gesamte Armee gerade einmal aus etwa zwei Dutzend Kriegern bestand, war das wohl schon wieder ein Grund zur Sorge.

»Sverig eben«, seufzte Bjorn.

»Sverig«, sagte Thor betont, »tut nichts, was du ihm nicht erlaubt hast.«

»Jedenfalls nicht viel«, fügte Sigislind hinzu.

Thor ignorierte sie. Stattdessen wandte er sich in scharfem Ton an Hrothger und seinen Schwiegersohn, die der bizarren Szene bisher vollkommen schweigend, aber auch sehr aufmerksam gefolgt waren.

»Täusche ich mich, oder haben wir das alles euch zu verdanken?«

»Nein«, antwortete Sigislind, bevor Hrothger oder sein Schwiegersohn etwas sagen konnten. »Im Gegenteil. Hrothger hat sich für dich eingesetzt, Thor.«

»Für mich?«, wiederholte Thor überrascht. »Wieso?«

»Weil ich ... einen Fehler gemacht habe«, antwortete der Bauer unbehaglich. »Ich habe ... an jenem Abend etwas zu Sverig gesagt, was dumm war. Und falsch. Es tut mir leid.«

»Aha«, sagte Thor. »Und was?«

»Ich dachte, ich hätte dich erkannt«, erwiderte Hrothger, dem es immer schwerer fiel, Thors Blick standzuhalten.

»Mich *erkannt?*«

Etwas wie ein rascher, aber eisiger Schauer raste über Thors Rücken, explodierte zu einer wilden Hoffnung und zerplatzte wieder, als Hrothger antwortete:

»Nein. Ich dachte, ich hätte jemanden in dir erkannt. Aber das war ein Irrtum. Ich war nervös. Ich war erschöpft und hatte Angst. Ich habe mich getäuscht.«

»Und Urd?«

Hrothger schwieg, und da war es wieder, das Zupfen und Tasten in seinen Gedanken, nicht annähernd so boshaft und aggressiv wie vor zwei Tagen draußen auf der Ebene, aber … *präsenter*. Er konnte dem Impuls widerstehen, sich nervös umzusehen oder gar zum Fenster zu blicken, aber zumindest Sigislind musste irgendetwas bemerkt haben, denn sie sah ihn plötzlich ihrerseits stirnrunzelnd und sehr nachdenklich an. Möglicherweise hätte sie sogar eine entsprechende Frage gestellt, doch in diesem Moment ging die Tür wieder auf, und alle wandten sich in der Erwartung um; Sverig zu sehen, der zurückkam.

Es war Nele, Bjorns Frau. Sie hatte die Tür mit dem Fuß aufgestoßen und drehte sich nun in der gleichen Bewegung herum, um sie mit der Hüfte ganz zu öffnen, weil sie keine Hand mehr frei hatte. In den Händen balancierte sie ein gewaltiges Tablett mit Brot, getrocknetem Obst und Gemüse und dampfendem Fleisch, dessen Duft den Raum sofort erfüllte und ihn von einer Verhörzelle wieder ein bisschen mehr zu einem Ort werden ließ, an dem man sich wohlfühlen konnte.

Was dann noch fehlte, das fügte Neles strahlendes Lächeln hinzu, als sie ihre Drehung beendete und mit ihrer Last zum Tisch balanciert kam; und das auf ihre übergewichtige Art so elegant und schnell, dass die Reaktion der beiden Männer an der Tür viel zu spät kam, ihr helfen zu wollen. Grender rettete die Situation wenigstens für sich, indem er die Tür hinter ihr schloss, und Tjerg glotzte einfach nur.

»Es tut mir leid, dass es so lange gedauert hat«, begann Nele, »aber …« Sie brach zuerst mitten im Satz und dann im Schritt ab und sah stirnrunzelnd von einem zum anderen. Natürlich war es Bjorn, auf dem ihr Blick schließlich zur Ruhe kam. »Was hat das zu bedeuten?«

»Nichts, was dich etwas anginge, Weib«, erwiderte Bjorn. »Stell das Essen hin und geh wieder.«

Das war eindeutig der falsche Ton.

Nele sah ihn einen halben Atemzug lang mit einem noch tieferen Stirnrunzeln an und nickte dann, als hätte sie in seinem Gesicht genau das gelesen, was sie erwartet – aber nicht unbedingt erhofft – hatte. Ohne ein Wort und als wäre gar nichts geschehen, setzte sie ihren Weg fort, lud ihre Last mit einer fast schwerelos anmutenden Bewegung auf dem Tisch ab und drehte sich dann betont langsam zu Bjorn um. »Du wirst mir das jetzt erklären, vermute ich.«

»Da vermutest du falsch, Weib«, antwortete Bjorn ... was eindeutig der noch falschere Ton war, denn nun zogen in Neles Augen wetterleuchtende Gewitterwolken auf.

»Bjorn Hagel Svenderssohn«, sagte sie betont. »Das hier ist unser Heim. *Mein* Haus, in dem wir unsere Freunde empfangen und Frieden genießen, keine Folter- oder Verhörkammer. Was fällt dir ein, hier –«

»Es ist meine Schuld, Nele«, unterbrach sie Sigislind. Sie stand auf, und selbst an dieser Bewegung war etwas so ... *Beherrschendes*, dass Thor sich nur noch alarmierter fühlte. Macht umgab diese Frau, und das in einem Ausmaß, dass man sie fast mit Händen greifen konnte.

Die Einzige, die das entweder nicht spürte oder der es egal war, schien Nele zu sein. Sie verwandte noch gerade genug Zeit darauf, ihren Mann niederzustarren, um ihm ein wirklich ungutes Gefühl zu verpassen, was den Rest dieses Tages anging und drehte sich dann zu Sigislind, um fragend die Augenbrauen hochzuziehen.

»Das alles ist sicher nicht mehr als ein Missverständnis«, sagte Sigislind. »Ich bin sicher, dass sich alles aufklären wird, sobald Sverig zurück ist.«

»Sverig?«

Sverig kam in diesem Augenblick zurück, als hätte er draußen vor der Tür gestanden und nur auf dieses Stichwort gewartet.

Er war nicht allein, und er wäre auch nicht er gewesen, hätte er den beiden Männern, die hinter ihm eintraten, mit mehr als ungeduldigen Blicken dabei geholfen, ihre Last zu tragen. Sie war schwer, ungefähr so groß wie ein Mensch und in eine zerschlissene Decke eingehüllt, und vermutlich waren Nele und Urd die Einzigen hier drinnen, die nicht ahnten, woraus sie bestand.

»Legt sie dorthin.« Sverig machte eine Handbewegung auf den Tisch, und Nele setzte zu einer vermutlich alles anderen als versöhnlichen Bemerkung an. Bjorn war mit einem einzigen Schritt neben ihr und legte ihr die Hand auf den Arm, um sie zum Schweigen zu bringen, und wahrscheinlich war sie einfach zu verdutzt, um überhaupt noch etwas zu sagen. Und wenn nicht, dann ging ihr Protest wahrscheinlich in dem Poltern unter, mit dem die beiden Männer ihre Last auf dem Tisch abluden.

»Es wäre einfacher gewesen, zu fragen«, sagte Thor. Das Zerren und Reißen an seinen Gedanken war immer noch da; leiser, subtiler und verführerischer denn je. Gewalttätigkeit erfüllte ihn. Das Bedürfnis – nein: der *Zwang* –, etwas zu packen und mit bloßen Händen zu zermalmen. Es kostete ihn schier übermenschliche Kraft, ihm zu widerstehen.

Sverig schlug die Decke zurück, und Nele gab einen kleinen, erschrockenen Schrei von sich und hob dann die Hand vor den Mund, um ihn zu ersticken.

Es war die tote Kriegerin, die die Männer gebracht hatten. Sie hatten sie ihrer Rüstung und aller übrigen Kleidung entledigt, sodass Thor erkennen konnte, dass sich ihre unheimliche Ähnlichkeit mit Urd nicht nur auf das Gesicht beschränkte – in dem sie trotz der schrecklichen Verletzungen, die sie erlitten hatte, noch deutlich zu erkennen war –, sondern ihre gesamte Erscheinung betraf. Sie war vom selben schlanken und doch kräftigen Wuchs, langgliedrig und gestählt statt untersetzt und an ein Leben in Kälte und nicht endenden Entbehrungen angepasst, wie die Menschen in diesem Teil der Welt es waren. Ihre Brüste waren kleiner und ein wenig höher angesetzt, aber fest, die Hüften nicht ganz so ausladend und ihre Beine deutlich länger als die der Frauen hier und die Haut etwas heller. Ihr Haar war kurz geschnitten und vermutlich sogar ausgedünnt, um besser unter den Helm zu passen, statt zu zwei dicken Zöpfen geflochten, wie das Urds, war aber trotzdem eindeutig dasselbe, und auch ihre Lippen hatten den gleichen sinnlichen Schwung – oder hätten ihn gehabt, wären sie nicht geschwollen und mit verkrustetem Blut verklebt und im Tod zu einem hässlich hellen Blaugrau verblasst. Sie *war* Urd, selbst noch im Tod.

Nele war die Erste, die ihre Überraschung überwand. Mit einem einzigen Schritt war sie ganz am Tisch und schlug die Decke wieder über die Tote, um deren Blöße zu bedecken.

»Was fällt euch ein?«, herrschte sie Sverig und die beiden Männer neben ihm an. »Habt ihr denn gar kein Schamgefühl?«

Niemand antwortete. Der Mann rechts neben Sverig senkte den Blick, während Sverig selbst nur eine verächtliche Grimasse zog. Aus dem Kratzen und Schaben in Thors Gedanken war längst ein Reißen geworden, ein lautloser Schrei, der es ihm fast unmöglich machte, weiter stillzustehen.

Es war jedoch Sigislind, die schließlich aufstand und um den Tisch herumging, um die Decke abermals zurückzuschlagen; diesmal allerdings nur gerade weit genug, dass Gesicht und Schultern der Toten zum Vorschein kamen.

»Nun, Urd«, sagte sie ruhig. »Hast du uns irgendetwas zu sagen?«

»Ich wüsste nicht, was«, antwortete Urd trotzig. »Ich habe diese Frau noch nie gesehen.«

»Das mag sogar stimmen«, sagte Sigislind. »Aber du wirst jetzt meine Frage beantworten. Woher kommst du, Urd? Wo hast du gelebt, bevor du nach Skattsgard gekommen und ins Haus des Schmiedes eingezogen bist?«

Urd schwieg. Sie starrte die Tote an. Thor, der hinter ihr stand, konnte ihr Gesicht nicht erkennen, aber er spürte, dass ihre Anspannung noch einmal stieg. Ihre Hände waren zu Fäusten geballt, und ihr Atem ging plötzlich langsamer, aber sehr schwer. Die Vorahnung von etwas ... Schlimmem schien mit einem Mal in der Luft zu liegen.

»Das ist eine Frau aus deinem Volk, nicht wahr?«, fragte Sigislind, als klar wurde, dass Urd von sich aus nichts sagen würde.

»Und wenn?«, fragte Thor herausfordernd. »Was bedeutet das schon!«

»Dass sie uns nicht die Wahrheit gesagt hat?«, fragte Sverig böse.

Thor funkelte ihn an, und Sigislind trat mit einem schnellen Schritt zwischen sie.

»Etwas zu verschweigen und die Unwahrheit zu sagen sind zweierlei Dinge«, gab sie zu bedenken – nicht nur zu Thors Erstaunen. Sie lächelte sogar, wenn auch nur knapp. »Ist sie eine Verwandte von dir?«, fragte sie dann.

»Nein«, antwortete Urd. »Sie ist ... ja, du hast recht, sie ist von meinem Volk. Aber ich habe nichts mit ihr und den anderen zu schaffen!«

»Welchen anderen?«, schnappte Sverig.

Urd schwieg, und Sigislind fragte zum wiederholten Mal: »Woher kommst du?«

Es wurde sehr still. Thor kämpfte weiter gegen das lautlose Zerren und Reißen an seinen Gedanken und den immer stärker werdenden Drang, irgendetwas zu packen und zu zerreißen. Etwas Lebendiges.

»Utgard«, sagte Urd schließlich. »Der Name unserer Heimat ist Utgard. Ihr werdet es nicht kennen.«

»Utgard ist eine Legende«, sagte Sverig verächtlich.

»So wie Midgard?«, fragte Thor kühl.

Sverig wollte auffahren, doch Sigislind brachte ihn auch jetzt wieder mit einer Geste zum Schweigen.

»Ich habe davon gehört«, sagte sie. »Dort herrschen die Lichtbringer, nicht wahr? Und jetzt kommt ihr hierher, um auch unser Land zu erobern und die Menschen hier zu versklaven. Haben sie dich vorausgeschickt, um uns auszuspionieren?«

Urd ignorierte den letzten Teil ihrer Frage. »Nicht *wir* kommen hierher, sondern *sie*«, antwortete sie betont. »Das ist ein Unterschied.«

»So wie der zwischen ihr und dir?« Sverig deutete auf das wächserne Gesicht der Toten und machte zugleich ein verächtliches Geräusch. Diesmal ließ Sigislind ihn gewähren.

»Ja!«, antwortete Urd. »Es *ist* ein Unterschied! Ich ...« Sie brach ab, ballte die Hände noch einmal und jetzt so heftig zu Fäusten, dass ihre Knöchel wie trockene Zweige knackten, die unter einer Stiefelsohle zerbrachen, und stand dann mit einem so plötzlichen Ruck auf, dass ihr Schemel umfiel.

»Es ist wahr«, sagte sie. »Die Lichtbringer herrschen seit einem Jahrhundert über unser Land. Loki ist unser oberster Gott, und die Lichtbringer sind seine Diener.«

»Und du?«, wollte Sigislind wissen.

Loki. Dieses Wort berührte etwas in ihm und gab einen einzelnen, misstönenden Laut von sich, ohne dass er ihm wirklich eine Bedeutung zuordnen konnte. Es war nicht das erste Mal, dass er diesen Namen hörte, und er verband keine guten Erinnerungen damit.

»Ihre Herrschaft wird immer grausamer«, antwortete Urd, »und was sie verlangen, immer unerfüllbarer. Ich habe es nicht mehr ausgehalten und bin mit den Kindern geflohen, und Lasse hat sich unser erbarmt und uns aufgenommen.«

»Oh, so einfach war das?«, fragte Sverig spöttisch.

»Ja, so einfach«, zischte Urd. »Und das zehn Jahre lang.«

»Und sie?« Sigislind deutete auf die Tote.

»Ich weiß es nicht«, beteuerte Urd. »Ich dachte, wir wären ihnen entkommen. All die Jahre über dachte ich, es wäre vorbei, und dann sind sie auch hier aufgetaucht. Ich weiß nicht, wie sie den Weg hierher gefunden haben, das müsst ihr mir glauben.«

»Vielleicht so wie du?«, fragte Sverig.

»Aber es war Lasse, der mich überredet hat, Skattsgard zu verlassen!«, begehrte Urd auf. »Ihr könnt Lif fragen, wenn ihr wollt. Und Elenia. Sie werden es euch bestätigen.«

»Daran zweifele ich nicht«, schnaubte Sverig. »Deine Kinder sagen gewiss immer die Wahrheit ... wo sie doch eine so gute Lehrerin hatten.«

»Sverig, sei still«, seufzte Sigislind. Sie klang mit einem Mal müde, und die Geste, mit der sie sich mit beiden Händen durch das Gesicht fuhr, wirkte noch erschöpfter. Nach einer Pause und wieder an Urd gewandt, fuhr sie fort: »Warum hast du nicht gleich die Wahrheit gesagt?«

»Hättet ihr mir denn geglaubt?«, fragte Urd mit einem Blick auf das bleiche Gesicht der Toten.

»Damals vielleicht«, sagte Sigislind ernst. »Jetzt ...« Sie hob langsam die Schultern. »Ich weiß es nicht. Ich weiß nicht, was ich noch glauben soll. Was wir *euch* glauben sollen.«

»Thor hat drei Lichtbringer erschlagen«, gab Bjorn zu bedenken.

»Es wäre nicht das erste Mal, dass man die eigenen Krieger opfert, um sich das Vertrauen seiner Feinde zu erschleichen«, sagte Sverig. »Sie glauben doch ohnehin, dass ihr Gott sie nach ihrem Tod damit belohnt, sie auf ewig an seiner Tafel zu bewirten und mit Ruhm und Ehren und immerwährenden Freuden zu belohnen. Warum also sollten sie den Tod fürchten?«

»Sverig, bitte sei still«, sagte Sigislind matt. Sie sah ihn bei diesen Worten nicht einmal an. Aber da war noch etwas. Sigislind hatte noch nicht alles gesagt, das spürte Thor.

»Vielleicht will ich dir ja glauben«, fuhr die dunkelhaarige Frau fort. »Thor hat euch also gerettet, und dann seid ihr auf Bjorn und seine Männer gestoßen und hierhergekommen.«

Urd nickte, und Sigislind fragte in unverändert müdem Ton: »Und warum hast du Hensvig und seine Frau umgebracht?«

Urd starrte sie an, und Nele schlug noch einmal die Hand vor den Mund, diesmal, ohne dass ein Laut über ihre Lippen gekommen wäre. Doch niemand außer ihnen und Thor selbst wirkte erschrocken oder auch nur überrascht.

»Was hast du gesagt?«, murmelte Thor schließlich. Das war ... *grotesk*.

Sigislind streckte die Hand aus. Sverig griff unter sein Wams und zog einen kleinen Lederbeutel hervor, den er ihr reichte und den sie wiederum an Urd weitergab.

»Du weißt, was das ist?«

»Das ... ist ein Kräuterelixier«, sagte Urd zögernd.

»Das ich in deinem Haus gefunden habe«, fuhr Sigislind fort.

»Ihr habt ... unser Haus durchsucht?«, fragte Thor. »Wieso?«

Niemand beachtete ihn.

»Das gehört dir, nicht wahr?«, fragte Sigislind. »Es war in deiner Truhe.«

»Es ist ein Kräuterextrakt«, wiederholte Urd verstört. »Er ... wirkt stärkend. Er lässt dich besser schlafen, und er gibt dem Körper Kraft.« Sie lächelte flüchtig. »Und man sagt, dass er die Manneskraft steigern soll.«

»Und er tötet, in hoher Dosis«, fügte Sigislind hinzu.

»Und?« Urd hatte ihre Fassung zurückerlangt und warf den Beutel mit einer verächtlichen Bewegung auf den Tisch. Er platzte auf und verteilte seinen Inhalt auf der Tischplatte, ein weißes, körniges Pulver, das staubige Schlieren in der Luft hinterließ. »Du scheinst dich ja mit so etwas auszukennen. Dann weißt du vielleicht auch, dass fast alles, was hilft, auch töten kann, wenn man zu viel davon nimmt.«

Sigislind nickte. »*Hast* du ihnen zu viel gegeben?«

»Ich habe ihnen –«, begann Urd erregt, brach dann mit einem verächtlichen Schnauben ab und schüttelte den Kopf. »Ich verstehe«, setzte sie in verändertem Ton und neu an. »Ihr sucht einen Schuldigen, und wer käme euch da mehr recht als die beiden Fremden?«

»Red nicht so einen Unsinn, Kind«, sagte Nele. Sie legte Urd die Hand auf den Unterarm und zog sie dann erschrocken wieder zurück, als Urd herumfuhr und nun sie aus Augen anstarrte, die vor Zorn glühten. Irritiert wich sie einen Schritt zurück, fing sich aber auch gleich wieder und wandte sich in strengem Ton an ihren Mann. »Schämst du dich nicht, so etwas auch nur zu denken, Bjorn? Nach allem, was sie für uns getan haben?«

»Noch ist gar nichts entschieden«, antwortete Bjorn unbehaglich. »Aber wir müssen vorsichtig sein.«

Thor ... nein, er wusste nicht, was er in diesem Moment dachte oder auch nur fühlte. Da war etwas tief in ihm, das empört, erschrocken und einfach nur *wütend* war, aber auch das Scharren und Kratzen an seinen Gedanken hielt an, und der Wunsch, etwas zu zerstören. Etwas zu *töten*.

Warum ging er nicht einfach hin und schlug diesem Narren den Schädel ein, fragte sich Thor ernsthaft. Diesmal erschrak er nicht vor seinen eigenen Gedanken, und es war auch nicht jene fremde Stimme in ihm, die ihm diese Worte zugeflüstert hatte.

Als hätte er seine Gedanken gelesen, straffte Sverig sichtbar die Schultern und sah ihn herausfordernd an. Thor musste mit aller Kraft gegen das Bedürfnis ankämpfen, ihm gleich hier und jetzt zu demonstrieren, wie trügerisch dieses Gefühl der Überlegenheit sein konnte, rief sich aber dann selbst zur Ordnung und drehte sich abrupt wieder zu Sigislind um.

»Dann sind wir also weiter Gefangene?«

»Natürlich nicht«, antwortete sie. »Wir haben Kundschafter ausgeschickt, um nach den Lichtbringern zu suchen. Die drei, die ihr erschlagen habt, waren vielleicht nicht die einzigen.«

Das war keine Antwort auf seine Frage, und Sigislind wusste das ebenso gut wie er.

»Und was geschieht jetzt mit uns?«

»Nichts«, antwortete Sigislind. Sie sah Urd an, und Thor hatte das Gefühl, dass so etwas wie ein stummes Zwiegespräch zwischen ihnen stattfand, ein wortloses Kräftemessen auf einer Ebene, die ihm verschlossen war. Dann nickte Sigislind, schüttelte gleich darauf den Kopf und zwang ein angedeutetes Lächeln auf ihre Lippen.

»Nichts«, sagte sie noch einmal. »Ihr seid keine Gefangenen. Aber wir müssen abwarten, bis die Männer zurück sind, die wir losgeschickt haben, um nach den Lichtbringern zu suchen. Danach entscheiden wir, was weiter geschieht.«

»Mit uns«, vermutete Thor.

Sigislind schwieg, und Bjorn wich seinem Blick aus.

Etwas ... regte sich in ihm, eine Stimme aus seiner Vergangenheit, die wie ein aller Höhen beraubtes Echo eines anderen Lebens heraufwehte und ihm Dinge zuflüsterte, die er nicht hören wollte; eine Stimme die wusste, was geschehen würde und wusste, was zu tun war. Er wollte sie nicht hören, konnte sich dem lautlosen Wispern zugleich aber auch nicht entziehen.

Plötzlich fühlte er Sigislinds Blick auf eine neue, unangenehme Art auf sich ruhen. Die dunkelhaarige Fremde starrte ihn an, stirnrunzelnd und auf eine Art, als wüsste sie ganz genau, was in ihm vorging. Was natürlich vollkommen unmöglich war.

»Du bekommst Bescheid, sobald wir mehr wissen«, sagte sie schließlich, in verändertem und fast feindseligem Ton, so als hätte es ihre versöhnlichen Worte von gerade gar nicht gegeben. »So lange müssen wir dich noch um Geduld bitten.«

Wir? Er versuchte Bjorns Blick einzufangen, was ihm aber nicht gelang, weil der Jarl irgendetwas ungemein Wichtiges inmitten der prasselnden Flammen des Kaminfeuers entdeckt zu haben schien

»Ich verstehe«, sagte er.

Sigislinds Blick nach zu schließen, bezweifelte sie das, beließ es aber bei einem angedeuteten Schulterzucken, und auch Bjorn sah nun überallhin, nur nicht in seine Richtung.

Nele allerdings konnte nun nicht mehr an sich halten. »Das kann unmöglich dein Ernst sein!«, keuchte sie, in einer Mischung aus Unglauben und kaum noch beherrschtem Zorn. »Diese Leute sind unsere Freunde, Bjorn! Du kannst nicht –«

»Lass es gut sein.« Thor legte ihr besänftigend die Hand auf die Schulter, schüttelte den Kopf und trat dann dergestalt um den Tisch herum und auf Bjorn zu, dass diesem nichts anderes mehr übrig blieb, als ihn anzusehen. Er ignorierte die Lohe aus heißer Wut, die in ihm hochschoss, als er aus den Augenwinkeln sah, wie Sverig sich spannte und seine Axt fester ergriff.

»Ich kann dich sogar verstehen«, sagte er. »Du irrst dich, aber ich verstehe deine Beweggründe und nehme es dir nicht übel. Ich habe dein Wort, dass Urd nichts geschieht?«

Bjorn starrte ihn an, als wäre die Frage allein schon ein Schlag ins Gesicht. Er nickte lediglich.

»Ich gehe zurück, aber zuvor möchte ich mit Urd reden«, fuhr er fort. »Allein.«

»Damit ihr euch absprechen könnt?«, fragte Sverig böse.

»Dazu hätten sie wahrlich Zeit genug gehabt, hätten sie das gewollt«, sagte Nele scharf, bevor irgendein anderer antworten konnte. Ihr Gesicht glühte vor Zorn. »Was fällt dir ein, Sverig? Ich gestatte es nicht, dass du in unserem Haus so mit meinen Gästen sprichst!«

»Du –«, begehrte Sverig auf, wurde aber nun von Bjorn unterbrochen.

»Sie hat recht, Sverig«, seufzte er. »Bei allem, was geschehen ist, sollten wir nicht vergessen, wer wir sind. Keiner von uns wäre jetzt hier, wenn Thor nicht wäre. Lassen wir sie einen Augenblick allein.«

Sverig funkelte ihn noch einen Moment lang ebenso zornig wie herausfordernd an, fuhr dann ohne ein weiteres Wort auf dem Absatz herum und stürmte hinaus, dicht gefolgt von seinen Kriegern, und schließlich gingen auch Bjorn und seine Frau. Als Letzte und auch das erst nach einem langen Zögern und mit unübersehbarem Unbehagen, verließ Sigislind den Raum.

Thor wartete nicht nur, bis sie die Tür hinter sich geschlossen hatte. Sein Gehör, das noch einmal schärfer geworden war, verriet ihm, dass sie auf der anderen Seite stehen geblieben war und vermutlich lauschte. Erst nach einer weiteren, kurzen Weile entfernten sich ihre Schritte, und sie waren wirklich allein.

Noch immer schweigend, trat er wieder an den Tisch heran und blickte auf das blasse Gesicht der toten Kriegerin. Endlose Augenblicke standen Urd und er still nebeneinander. Irgendwann krochen Urds Finger zu seiner Hand und versuchten sie zu umschließen, doch er zog den Arm zurück; obwohl ihm klar war, wie sehr er sie damit verletzen musste, hätte er ihre Berührung in diesem Moment nicht ertragen.

»Warum hast du es mir nicht gesagt?«, flüsterte er.

»Was?«

»Es ist nicht nur diese tote Frau«, sagte Thor. »Hrothger hat nicht nur geglaubt, jemanden in mir zu erkennen, weißt du? Und er ist nicht der Einzige. Lasse ...«

Urd wich seinem Blick aus und hüllte sich auch weiter in Schweigen.

»Dein Mann, Urd«, fuhr Thor fort. »Er hat mich erkannt. An dem Tag, als er starb, hat er mich erkannt. Er wusste, wer ich bin. Und ich glaube, du weißt es auch.«

Er rechnete nicht mit einer Antwort, doch er bekam sie. »Vielleicht hatte ich Angst.«

»Vor mir?«

»Davor, dass es vorbei sein könnte. Es war ein Traum, Thor.«

Thor drehte sich ganz zu ihr herum und trat zugleich einen halben Schritt zurück, um sie zur Gänze ansehen zu können. Urd zitterte. Ihr Blick irrte unstet überallhin, nur nicht zu ihm und nicht zu der Gestalt auf dem Tisch, und bei aller Kraft und allem trotzigen Widerstand, die sie gerade noch ausgestrahlt hatte, sah er jetzt immer deutlicher die verzehrende Furcht, die sich unter dieser Maske verbarg.

»Ein Traum?«

»*Du* warst ein Traum«, murmelte sie. »Eine Gestalt wie aus einem Traum, die auftaucht, wenn es am schlimmsten ist und keine Hoffnung mehr besteht. Ich wollte nicht, dass dieser Traum endet. Ich hatte Angst, zu erwachen und feststellen zu müssen, dass du niemals da gewesen bist.«

Thor sah sie nur weiter fragend und auffordernd an.

»Hättest du ...« Urd nahm sichtlich all ihren Mut zusammen und setzte noch einmal neu an. »Wärst du auch bei uns geblieben, wenn du es gewusst hättest?«

Wenn ich was gewusst hätte?, wollte er fragen, doch dann war er eigentlich so weit, sich auch einzugestehen, was er tief in sich schon lange wusste. Statt etwas zu sagen, sah er wieder die tote Kriegerin an, und Urds Blick umflorte sich weiter.

»War sie ... eine Verwandte von dir?«, fragte er.

»Wir sind vom gleichen Blut, wenn es das ist, was du meinst.« Zögernd streckte Urd die Hand aus, wie um das Gesicht der Toten zu berühren, führte die Bewegung aber nicht zu Ende, als hätte sie Angst, sie aus ihrem friedlichen Schlaf zu reißen. »Wir sind ein kleines Volk. Das waren wir immer. Würdest du unseren Stammbaum zurückverfolgen, würdest du wahrscheinlich feststellen, dass wir alle aus derselben Familie stammen.«

Danach hatte er nicht gefragt, und das wusste sie auch. »Du hättest es mir sagen müssen«, murmelte er. Alles brach auseinander. Urd hatte recht mit dem, was sie gerade gesagt hatte: Es war ein Traum gewesen, für sie beide, und nun ging er zu Ende, schnell, brutal und auf keine gute Art.

»Was hätte ich sagen sollen?«, fragte Urd, lauter und in einem Ton, den er für schrill gehalten hätte, hätte er nicht zugleich auch gewusst, dass er zugleich ein verzweifelter Schrei war, den sie nicht mehr vollends zurückhalten konnte. »Dass ich eine Lichtbringerin bin? Dass ich genau zu denen gehöre, vor denen zu fliehen ich vorgebe?«

»Wäre das denn die Wahrheit gewesen?«, fragte er sanft. »Dass du es nur *vorgibst*, meine ich.«

Tränen schimmerten in ihren Augen, aber ihr Gesicht blieb unbewegt. »Es wäre die Wahrheit gewesen, aber wie hättest du mir glauben können?«, sagte Urd, nun wieder leise. »Ich *war* eine Lichtbringerin.« Sie deutete auf die Tote. »Ich war wie sie. Ich habe an das geglaubt, was man mir erzählt hat. Ich wollte es glauben, denn ich bin mit dem festen Glauben an den Gott des Feuers und seine Macht aufgewachsen. Ich habe ihn *gesehen*, Thor.«

»Ihn gesehen?«, vergewisserte sich Thor. »Loki?«

»Ja«, bestätigte sie. Jetzt lächelte Urd, auch wenn es im Grunde nur ein Verziehen der Lippen war. »Die Götter sind keine mythischen Wesen, die nur in unserer Einbildung existieren, Thor. Sie leben. Es sind Menschen wie du und ich ... aber sie sind unvorstellbar mächtig. Ich ...« Sie suchte nach Worten. »Ich habe seinen Versprechungen auf ein besseres Leben und eine Zukunft ohne Not und Angst geglaubt, wie wir alle. Willst du mir vorwerfen, dass ich ein bisschen Glück für mich und meine Kinder wollte?«

Sie beantwortete ihre eigene Frage mit einem Kopfschütteln, und Thor sagte gar nichts dazu. Es gab nichts, was er in diesem

Moment hätte sagen oder tun können, um ihren Schmerz zu lindern oder auch nur mit ihr zu teilen.

Die Götter sind Menschen wie du und ich ... aber sie sind unvorstellbar mächtig, hallte es in seinen Gedanken wider. War es das, was *er* war? Der Gedanke war verlockend, vor allem weil er eine Antwort auf all seine Fragen gegeben hätte, doch die Antwort war zugleich irgendwie falsch, wie er in seinem tiefsten Inneren spürte, mit einer Gewissheit, die keiner rationalen Erkenntnis entsprang, sondern einem Gefühl, das er nicht begründen konnte. Nein, das Rätsel, das er selber war, hatte keine so einfache Lösung.

Auf seine Art war er genauso einsam wie Urd.

»Was ist geschehen?«, fragte er leise, mit einer Sanftheit, die ihn selbst überraschte.

»Elenia«, antwortete Urd. »Und Lif. Sie kamen eines Tages, um sie mir wegzunehmen. Elenia, um sie zu einer Lichtbringerin zu machen, und Lif sollte zu den Einherjern gebracht werden, damit sie ihn zu einem der Ihren ausbilden können.«

Einherjer ... Thor hatte dieses Wort erst vor Kurzem selbst ausgesprochen, und in diesem Moment hatte er auch um seine wahre Bedeutung gewusst. Doch dieses Wissen war ihm so rasch wieder entglitten, wie es ihm zugefallen war, und nun löste sein Klang nur ein schwaches, wenngleich unangenehmes Echo in ihm aus.

»Ich habe gewusst, dass dieser Moment kommen würde«, fuhr Urd fort. »Ich habe mir eingebildet, dass ich sogar stolz darauf sein würde. Aber als es dann so weit war, wurde mir klar, was für eine Närrin ich gewesen bin. Ich konnte ihnen die Kinder nicht geben. Seither und bis zu jenem Tag, an dem ich Lasse getroffen und er mich nach Skattsgard gebracht hat, waren wir auf der Flucht vor meinem eigenen Volk. Hätte ich dir das sagen sollen, Thor, gleich am ersten Tag und nachdem einer meines eigenen Volkes versucht hat, dich zu erschlagen?«

Thor hatte den Moment nicht vergessen, in dem er sie und den riesigen gehörnten Krieger in der ausgebrannten Scheune gefunden hatte, und auch nicht das, was in ihrem Blick geschrieben stand. Statt sie jedoch darauf anzusprechen, fragte er nur: »Und die Kinder?«

»Sie waren noch sehr klein«, antwortete sie. »Und ich habe dafür gesorgt, dass sie vergessen.«

Sie musste so gut wie er wissen, wie verhängnisvoll diese Entscheidung letzten Endes gewesen war. »Du hast dafür gesorgt, dass sie vergessen?«, wiederholte er, sorgsam darauf bedacht, keinen Vorwurf in diesen Worten mitklingen zu lassen.

»Ja«, sagte sie. »Sprich es ruhig aus, Thor. Ich war eine Närrin. Jetzt bezahle ich den Preis dafür.« Sie hob die Schultern, als spräche sie nur über ein kleines Missgeschick, nicht über ihr Leben. »Und meine Kinder wohl auch.«

»Das ist noch nicht gesagt«, antwortete er unbeholfen. »Niemand muss etwas davon erfahren.«

»Sei kein Dummkopf, Thor«, antwortete Urd leise. »Sigislind ahnt es zumindest. Und wenn sie es noch nicht weiß, dann wird sie die Wahrheit in Erfahrung bringen. Wir müssen es Bjorn sagen. Er … ist ein kluger Mann. Er wird den Kindern nichts tun.«

»Oh ja«, sagte Thor. »Und wenn wir schon dabei sind, am besten auch gleich Sverig. Vielleicht schneidest du dir ja auch selbst die Kehle durch, um ihm die Mühe abzunehmen.« Er machte eine zornige Handbewegung, um jeden Widerspruch im Keim zu ersticken. »Sie dürfen nichts davon erfahren. Es wäre dein Tod.«

»Und vielleicht wäre es richtig«, antwortete Urd leise. »Die Frau, die ich damals war, hat den Tod verdient.«

Thor wollte auffahren, sie packen und schütteln, bis sie Vernunft annahm. Stattdessen sagte er nur: »Und deine Kinder? Haben sie auch den Tod verdient?«

»Bjorn wird ihnen nichts tun«, beharrte Urd.

»Bjorn vielleicht nicht«, räumte Thor ein. »Sverig dafür umso mehr.«

»Sverig ist kein Ungeheuer«, sagte Urd.

»Aber er hasst mich«, antwortete Thor ernst. »Und er würde alles tun, um mich zu treffen.« Er schüttelte den Kopf, als sie widersprechen wollte. »Niemand darf etwas davon erfahren, Bleib vorerst bei der Geschichte, die du bisher erzählt hast, ganz gleich, was sie dir auch vorwerfen. Morgen sehen wir dann weiter.«

Urd sah ihn an. Ihr Blick war leer.

Aber schließlich nickte sie.

11. Kapitel

Nach dem eigenen Rhythmus des Tales musste es früher Nachmittag sein, als er zurück zur Festung und dort in seine Zelle geführt wurde. Er nahm an, dass sie Urd noch den ganzen Tag über und vielleicht sogar bis in den Abend hinein verhören würden. Was das anging, machte sich Thor keine großen Sorgen. So verstört und aufgewühlt Urd auch gewesen war, als sie sich schließlich trennten, wusste er doch um ihre Willensstärke. Sie würde tun, was er ihr gesagt hatte, und bei ihrer Geschichte bleiben, die immerhin genug Wahrheit enthielt, um nicht sofort als Lüge erkannt zu werden. Diesen einen Tag musste sie durchhalten, mehr war nicht nötig.

Die Zeit wurde ihm lang, doch schließlich kamen seine beiden Bewacher, um ihm das Abendessen zu bringen. Thor verzehrte alles bis auf den letzten Krümel, obwohl er nicht wirklich hungrig war. Doch vielleicht war diese Mahlzeit für eine lange Zeit die letzte, und sollte das so sein, dann bedeutete das zugleich auch, dass er jedes bisschen Kraft nötig haben würde.

Er wartete eine weitere Stunde und dann noch eine, bis er einigermaßen sicher war, dass die Befragung Urds nun beendet sein musste und man sie in ihr Haus zurückgebracht hatte.

Dann machte er sich an seine Flucht.

Sie erwies sich nahezu als Spaziergang, wenigstens der erste Teil. Thor hämmerte ein paarmal mit der geballten Faust gegen die Tür und dachte über einen der zahlreichen Vorwände nach, die er sich zurechtgelegt hatte, um den Mann, der davorstand, hereinzulocken. Doch dieser nahm ihm die Entscheidung ab, indem er den Riegel zurückschob und eintrat, ohne auch nur eine einzige Frage gestellt zu haben. Auf seinem Gesicht lag sogar die Andeutung eines Lächelns.

Thor löschte es mit einem Faustschlag aus, der hart genug war, ihn für mehrere Stunden auszuschalten, fesselte ihn zusätzlich mit zwei Stoffstreifen, die er aus seiner eigenen Kleidung gerissen hatte, und machte sich dann auf die Suche nach seinem Kameraden.

Ihn zu überwältigen war beinahe noch leichter. Thor spazierte einfach in die kleine Unterkunft am oberen Ende der Treppe hinein, die sich die beiden Bewacher teilten und schlug ihn nieder, noch bevor der Ausdruck von Verblüffung auf seinem Gesicht auch nur genügend Zeit fand, sich darauf auszubreiten. Er fesselte ihn ebenso gründlich wie den anderen und verriegelte die Tür sorgfältig wieder hinter sich, bevor er sich daran machte, die gesamte Festung Raum für Raum abzusuchen. Sein Gehör und sein bloßes Gefühl für die Nähe anderer hatten ihm längst verraten, dass niemand außer seinen beiden Bewachern hier war, doch er wollte lieber sichergehen, und darüber hinaus suchte er etwas Bestimmtes: seinen Kriegshammer. Er lag in der großen Truhe in Bjorns Zimmer, genau wie er es erwartet hatte.

Thor nahm den Hammer an sich, zögerte einen Moment und nahm noch eines der erbeuteten Schwerter an sich, das er mittels eines breiten, mit silbernen Nieten beschlagenen Gürtels um die Hüften band. Er hatte kein gutes Gefühl dabei. Aber für Überlegungen dieser Art war es jetzt eindeutig zu spät.

Er verließ die Festung und machte sich auf den Weg zum Dorf. Schon nach wenigen Schritten verfiel er in einen raschen, aber Kräfte sparenden Trab, sodass er kaum außer Atem war, als die verlassene Wehrmauer schließlich vor ihm auftauchte.

Er betrat die Stadt nicht durch das Tor, sondern stieg an der den Feldern zugewandten Seite über die Mauer und glitt anschließend lautlos und nahezu selbst zum Schatten geworden durch die still daliegenden Straßen – eine Vorsichtsmaßnahme, bei der er sich selbst beinahe albern vorkam, zu der ihm aber seine Instinkte rieten.

Als die Schmiede schließlich in Sicht kam, erwies sie sich als nur zu berechtigt.

Vor der Schmiede stand eine Wache. Der Mann stand halb auf seinen Speer, halb gegen den Türrahmen gelehnt und hatte offensichtlich Mühe, nicht im Stehen einzuschlafen. Thor hätte sich zugetraut, selbst bei hellem Tageslicht und an einem aufmerksamen Posten vorbeizukommen, ohne dass dieser ihn auch nur bemerkte. Was ihn alarmierte, war die bloße Tatsache, dass es diesen Posten *gab*.

So viel zu Bjorns Behauptung, sie wären keine Gefangenen.

Thor schüttelte das vage Gefühl von Ärger ab, mit dem ihn diese Erkenntnis erfüllte, zog sich lautlos wieder zurück und näherte sich der Schmiede von der Rückseite aus. Auch dort gab es einen Posten, der aber seiner Aufgabe noch nachlässiger nachkam als sein Kamerad auf der anderen Seite und tatsächlich eingeschlafen war. Thor schlich lautlos an ihm vorbei, überlegte einen Moment, ihn gleich jetzt auszuschalten und ins Haus zu zerren, um ihn dort zu fesseln und zu knebeln, entschied sich dann aber dagegen. Urd würde gewiss ahnen, was er vorhatte, aber er konnte nicht davon ausgehen, dass bereits alles vorbereitet war und sie schon auf ihn wartete.

Das Erste, was ihm auffiel, war die Kälte. Das Feuer im Kamin war seit Stunden erloschen, sodass sich die Temperatur hier drinnen kaum noch von der draußen unterschied. Es war kalt, es war sehr dunkel und sehr still.

Schnell und vollkommen lautlos durchsuchte er das Erdgeschoss samt der beiden von innen zu betretenden Anbauten und eilte schließlich, von einem Gefühl wachsender Beunruhigung erfüllt, die Treppe hinauf und ins Schlafzimmer. Es war so dunkel und kalt wie der Rest des Hauses und genauso leer.

Urd war nicht da.

Was nicht hieß, dass er allein war.

Thor spürte, dass jemand hinter ihm erschien, und wirbelte nicht nur so schnell herum, dass er vor seiner eigenen Reaktion erschrak, sondern griff auch aus der gleichen Bewegung heraus unter den Mantel, um Mjöllnir zu ziehen. Dann erschrak er noch einmal vor sich selbst, zog die Hand so schnell zurück, als hätte er glühendes Eisen berührt und schalt sich gleichzeitig in Gedanken einen Narren. Schließlich wusste er, wie lautlos Urd sich bewegen konnte.

»Urd!«, seufzte er. »Tu das nie –«

Urd trat einen weiteren Schritt auf ihn zu, ließ das Messer sinken, das sie in der rechten Hand hielt, und wurde erst nach einem zweiten Schritt zu einer etwas kleineren und zwanzig Jahre jüngeren Ausgabe ihrer selbst, mit einer hässlichen weißen Narbe auf der Wange.

»Elenia!«, entfuhr es Thor, hin und her gerissen zwischen Erleichterung und purem Entsetzen angesichts der Vorstellung dessen, was hätte geschehen können. »Schleich dich nie wieder so an mich heran, hörst du? Wo ist deine Mutter?«

»Sie haben sie fortgebracht.«

Es war nicht Elenia, die antwortete, sondern Lif, und seine Stimme erklang hinter ihm.

Diesmal drehte Thor sich sehr langsam um. Der Junge stand keine drei Schritte hinter ihm. Auch er hielt ein Messer in der Hand, und obwohl es gar nicht anders möglich war, als dass Thor unmittelbar an ihm vorbeigegangen sein musste, hatte er ihn weder gesehen, noch seine Anwesenheit gespürt.

»Das da brauchst du nicht«, sagte Thor mit einer Geste auf das Messer. »Und wen meinst du mit ›sie‹? Und wann haben sie eure Mutter weggebracht?«

Lif kam noch ein kleines Stück näher und machte keine Anstalten, seine Waffe zu senken. Seine Augen wurden schmal.

»Sverigs Männer. Hast du etwas damit zu tun? Ist es deine Schuld?«

»Nein. Jedenfalls nicht so, wie du jetzt vielleicht glaubst«, antwortete Thor. »Wann genau hat man sie abgeholt?«

»Gegen Mittag«, sagte Elenia.

Thors Besorgnis nahm eine neue Qualität an. Er hatte damit gerechnet, dass Sigislind und Bjorn noch mit Urd sprechen würden – aber bis tief in die Nacht hinein? Vielleicht hatte er doch zu lange gezögert.

»Sie haben gesagt, sie bringen sie wieder zurück«, fuhr Elenia fort. »Aber das haben sie nicht getan. Wann kommt sie zurück? Was ist hier überhaupt los, Thor? Sie haben uns eingesperrt, Lif und mich, und niemand hat uns auch nur ein einziges Wort gesagt. Wir durften nicht einmal mit Mutter sprechen!«

Thor antwortete nicht sofort, und er ließ auch Lif nicht aus den Augen, so wenig wie der Junge ihn. Es war verstörend, weil er so etwas nicht gewohnt war, doch es gelang ihm nicht wirklich, in Lifs Gesicht zu lesen. Nur eines war ihm plötzlich vollkommen klar: Urd irrte sich. Lif und Elenia waren weder zu klein gewesen, noch war es ihr gelungen, ihnen die Erinnerungen zu nehmen.

»Es ist etwas passiert«, sagte er schließlich. »Es ist kompliziert ... auf jeden Fall zu kompliziert, um es euch jetzt zu erklären, und dazu reicht auch die Zeit nicht.«

»Wir müssen von hier fort«, vermutete Lif.

»Ja, und das schnell«, bestätigte Thor.

»Wir gehen nicht ohne Mutter«, sagte Lif entschlossen.

»Natürlich nicht«, antwortete Thor. »Kommt mit.«

Ohne Lif auch nur die Gelegenheit zu einer weiteren Frage zu geben, ging er an ihm vorbei und die Treppe hinunter. Unten angekommen, nahm er eine Kerze vom Kaminsims, schnitt sie in zwei gleich lange, etwa handgroße Hälften und stellte eine davon auf den Tisch. Elenia sah ihm stirnrunzelnd zu, während

Lifs Gesichtsausdruck klarmachte, dass er den Sinn dieser Vorbereitungen zumindest ahnte.

»Lif hat recht«, bestätigte er noch einmal. »Wir müssen weg. Eure Mutter ist in Gefahr, und ich fürchte, ihr auch.«

»Was ist geschehen?«, fragte Lif knapp.

»Sie haben herausgefunden, wer Urd – wer eure Mutter – wirklich ist und woher sie kommt.«

»Sie hat nichts getan«, sagte Elenia.

»Das weiß ich«, erwiderte Thor. »Aber leider nimmt das Schicksal nicht immer Rücksicht auf das, was wahr ist oder nicht. Und schon gar nicht auf das, was wir für Gerechtigkeit halten.« Er deutete auf den Tisch, überschlug in Gedanken noch einmal rasch die Zeit, die er brauchen würde, und schnitt dann noch einmal ein gutes Drittel von der halbierten Kerze ab. »Zündet sie an, sobald ich weg bin. Sucht ein paar Lebensmittel zusammen – nicht mehr, als in einen kleinen Beutel für jeden von euch passt –, und zieht warme Kleider an. Wenn die Kerze heruntergebrannt ist, schleicht ihr euch aus dem Haus, aber gebt acht, dass euch niemand sieht. Zündet noch ein paar Kerzen an, damit es den Anschein hat, dass ihr wach und im Haus seid. Wir treffen uns am Götterpfad.«

»Vor der Tür steht eine Wache«, gab Lif zu bedenken.

Thor schüttelte verärgert den Kopf. »Jetzt ist keine Zeit für Spielchen, Lif. Er wird euch nicht sehen, wenn ihr das nicht wollt. Habe ich recht?«

»Und du?«, fragte Lif, ohne seine Frage zu beantworten.

»Ich hole eure Mutter.«

»Dann komme ich mit.« Lif wedelte drohend mit seinem Messer. »Und wenn sie ihr etwas getan haben, dann –«

»Niemand hat deiner Mutter etwas getan, Lif«, unterbrach ihn Thor. »Und selbst wenn, dann wärst du mir keine Hilfe.«

»Ich kann damit umgehen«, protestierte Lif. »Besser als mancher Mann.«

»Auch besser als Sverig mit seiner Axt?«, fragte Thor. Er gab Lif keine Gelegenheit, noch einmal aufzufahren. »Du willst wie ein Mann behandelt werden, Lif? Dann benimm dich auch wie ein solcher und nicht wie ein Kind.«

»Weil ich dir nur eine Last wäre?«

»Ja«, antwortete Thor hart. Er stand auf. »Wie soll ich mich entscheiden, wenn ich vor der Wahl stehe, dein Leben zu retten oder das deiner Mutter?«

Lif presste die Kiefer fest genug aufeinander, um seine Zähne knirschen zu lassen, entspannte sich dann aber auch sofort wieder und nickte; wütend, aber nicht mehr trotzig. »Gut. Aber wenn ihr etwas zustößt, dann töte ich dich, Thor.«

Thor tat so, als hätte er den letzten Satz nicht gehört. Er deutete noch einmal auf die Kerze. »Denkt daran, was ich euch gesagt habe.«

Das Haus des Jarls war ebenso still und dunkel wie das gesamte Dorf, und auch vor seinem Eingang kämpfte ein wenig aufmerksamer Wächter gegen den Schlaf.

Der Mann vor der Tür bemerkte seine Annäherung erst, als er nur noch zwei oder drei Schritte von ihm entfernt war, und fuhr dann so erschrocken zusammen, dass er beinahe das Gleichgewicht verloren hätte. Eine Mischung aus Unsicherheit und Schrecken erschien in seinen Augen, als er in der einsamen Gestalt, die aus der Dunkelheit auf ihn zukam, Thor erkannte, und Thor gewann den allerletzten Augenblick, den er noch brauchte, indem er lächelte und die Hand wie zu einem Gruß hob, die Bewegung dann aber in einem blitzartigen Schlag enden ließ. Der Mann verlor so schnell das Bewusstsein, dass er sich hinterher vermutlich nicht einmal mehr daran erinnerte, was überhaupt passiert war. Der Helm kippte ihm vom Kopf, und Thor fing ihn und seinen Besitzer gedankenschnell auf, konnte aber nicht verhindern, dass der Speer klappernd zu Boden fiel.

Einen bangen Herzschlag lang stand Thor da und lauschte, doch nichts rührte sich. Schließlich lehnte er den Bewusstlosen in kauernder Haltung neben der Tür gegen die Wand und drückte ihm den Speer in die Hände, sodass es zumindest auf den ersten Blick so aussah, als hätte ihn die Müdigkeit übermannt und er wäre einfach eingeschlafen.

Thor betrat das Haus, schob die Tür lautlos hinter sich zu und blieb eine Weile mit geschlossenen Augen stehen, um zu lauschen. Es war ruhig, aber nicht vollkommen still. Irgendwo schnarchte jemand, laut und unregelmäßig, und darunter waren die Atemzüge anderer zu hören; die gedämpften Laute, mit denen sie sich im Schlaf regten, und eine noch gedämpftere Stimme, auf die aber niemand antwortete – vielleicht nur das unbewusste Murmeln eines Schläfers.

Lautlos schlich er durch das große Kaminzimmer, in dem auch jetzt noch ein kleines Feuer brannte, um der schlimmsten Kälte Einhalt zu gebieten, blieb am Fuß der Treppe noch einmal stehen, um zu lauschen, und bewegte sich dann auf Zehenspitzen hinauf, um jedes verräterisches Knirschen oder Knacken der hölzernen Stufen zu vermeiden.

Auf halbem Wege hörte er Stimmen. Sie waren leise, zurückgenommen, aber ihr Klang war erregt, und zumindest eine davon gehörte eindeutig einer Frau. Urd?

Er ging weiter, steuerte, oben angekommen, eines der beiden großen Zimmer an, in denen Urd und er mitunter übernachtet hatten, als sie noch willkommene Freunde gewesen waren. Die Stimmen wurden lauter, je näher er der Tür kam, und er konnte sie nun identifizieren. Die eine war die Urds, die andere gehörte Sigislind. Er musste die Worte nicht verstehen, um zu wissen, dass er Zeuge eines heftigen Streits wurde.

Etwas knackte. Thor erstarrte zu vollkommener Lautlosigkeit, als er hörte, wie sich jemand unter ihm im Haus bewegte. Dann schlug eine Tür, und es war wieder still. Trotzdem ließ er etliche Atemzüge verstreichen, bevor er die Hand nach der Tür ausstreckte und sie dann mit einem Ruck aufschob.

Sigislind und Urd fuhren im gleichen Augenblick herum und starrten ihn an.

Den Ausdruck auf Urds Gesicht vermochte er nicht zu deuten: Da waren Überraschung, beinahe so etwas wie Schrecken, aber auch eine unendliche Erleichterung, die sein Herz wie eine warme Hand berührte.

Sigislind hingegen sah im allerersten Moment beinahe entsetzt aus. Sie war nicht überrascht, sondern wirkte eher, als hätte sie gewusst, dass er kommen würde, es aber bis zum letzten Augenblick nicht wahrhaben wollen. Zum ersten Mal fragte sich Thor ernsthaft, ob es vielleicht ein Fehler gewesen war, hierherzukommen.

Aber wenn, dann war es ohnehin zu spät.

»Keinen Laut!«, sagte er – was vielleicht von allem bisher die größte Dummheit war. Ohne, dass er es selbst bemerkt hatte, war seine Hand zum Schwertgriff hinaufgekrochen und hatte sich demonstrativ darum geschlossen.

Aber Sigislind war keine Frau, die sich vom bloßen Anblick einer Waffe beeindrucken ließ.

»Welchen Laut soll ich denn deiner Meinung nach nicht von mir geben?«, fragte sie spöttisch. »Keine Sorge, ich werde nicht um Hilfe rufen und dir so einen Vorwand liefern, jeden hier im Haus zu erschlagen.«

Sie wirkte vollkommen ruhig, aber mit der neu erwachten Schärfe seiner Sinne spürte Thor, dass diese Ruhe nur gespielt war. Sowohl Sigislinds Worte ignorierend als auch ihrem Blick ausweichend, drehte er sich zu Urd um und machte eine auffordernde Geste mit der linken Hand. »Wir müssen weg. Sofort. Sind Bjorn und Sverig im Haus?«

»Sie sind vor einer Stunde gegangen«, antwortete sie. »Ich weiß nicht, wohin. Was ist mit –?«

»Die Kinder wissen Bescheid«, unterbrach sie Thor. »Zieh deinen Mantel an und das wärmste Kleid, das du finden kannst. Und Stiefel.«

Er musterte Urds Füße, die in dünnen Schuhen steckten, wie man sie normalerweise nur im Haus trug. Thor nahm an, dass man sie genau so hierhergebracht hatte. Nachdenklich sah er Sigislind an. Sie war vielleicht ein wenig kräftiger als Urd, hatte aber dennoch ungefähr dieselbe Figur. »Deine Kleider könnten passen.«

»Vermutlich«, antwortete Sigislind, ohne mit der Wimper zu zucken. »Und ich nehme an, jetzt möchtest du, dass ich sie ausziehe, damit sie nicht mit Blut besudelt werden?«

Thor ignorierte den letzten Satz. »Ich möchte dir nicht wehtun«, sagte er sanft.

»Aber zweifellos wirst du es, wenn ich dich dazu zwinge«, vermutete sie spöttisch. »Keine Angst, o großmächtiger Thor. Als ich gesagt habe, dass ich dir keinen Vorwand liefern werde, alle hier im Haus zu erschlagen, habe ich auch mich selbst damit gemeint. Ich will noch ein wenig länger leben.«

»Wir möchten einfach nur gehen«, sagte Thor, »das ist alles.«

Sigislind sagte nichts, aber aus der Verachtung in ihrem Blick wurde etwas noch Schlimmeres, und Thor registrierte fast überrascht, wie viel ihm daran gelegen wäre, dass sie ihm glaubte. Wahrscheinlich würden sie sich niemals wiedersehen, aber er wollte dennoch nicht, dass all diese Menschen hier ihn als Verräter in Erinnerung behielten.

Als hätte sie seine Gedanken gelesen, schürzte Sigislind noch einmal verächtlich die Lippen, machte aber dann gehorsam einen Schritt zurück und begann das Kleid auszuziehen. Darunter trug sie nur ein dünnes Hemd, sodass Thor sich dezent abwandte, sie aber trotzdem aus den Augenwinkeln im Blick behielt, so gut er konnte.

»Ich weiß, dass du mir nicht glauben wirst«, sagte er, »aber es ist mir trotzdem wichtig, es zu sagen: Ich bin kein Verräter, und Urd ist es ebenso wenig. Wir haben nur einen Ort gesucht, an dem wir sicher sind, das ist alles.«

Er rechnete nicht wirklich mit einer Antwort, doch er bekam sie. »Sicher vor ihrem eigenen Volk, meinst du?«

»Vor dem sie auf der Flucht ist!«, begehrte Thor auf.

»Ja, das hat sie behauptet.« Sigislind warf das Kleid mit einer zornigen Bewegung zu Boden und setzte sich auf die Bettkante, um aus den Stiefeln zu schlüpfen. »Gib mir eine ehrliche Antwort, Thor. Du kannst es, denn du wirst mich sowieso töten, sodass ich niemandem etwas verraten kann. Würdest *du* ihr glauben, wenn du an meiner Stelle wärst?«

Die empörte Antwort, die ihm auf den Lippen lag, wollte nicht heraus. Er drehte sich nur wieder zu Sigislind um und versuchte ihre Blöße ebenso zu ignorieren wie den zornigen Blick, den Urd ihm zuwarf.

»Wahrscheinlich nicht«, gestand er. »Aber vielleicht hätte ich ihr die Gelegenheit gegeben, mich zu erklären.«

Sigislind schnaubte nur verächtlich, schlug das rechte Bein über das linke und zerrte nun mit beiden Händen an ihrem Stiefel. »Wer weiß? Aber das werden wir jetzt ja wohl nie mehr herausfinden, nicht wahr?«

Thor suchte nach einer Antwort, und dann ging alles einfach zu schnell, als dass er auch nur die leiseste Chance gehabt hatte, zu reagieren: Sigislind zog den Stiefel mit einem Ruck vom Fuß und kippte mit einem ärgerlichen Laut zur Seite. Etwas schimmerte hell und metallisch in ihren Fingern. Urd schrie: »*Thor! Pass auf!*«, und warf sich mit einer blitzartigen Bewegung auf Sigislind, als diese sich aufzurichten versuchte. Sigislind schrie, ganz kurz nur, aber spitz, dann war Thor endlich bei den beiden kämpfenden Frauen und riss Urd von ihr herunter.

Er war nicht schnell genug gewesen, trotz allem. Sigislind lag lang ausgestreckt auf dem Rücken, mit weit aufgerissenen Augen. Der schmucklose Holzgriff eines Dolches ragte nur einen Fingerbreit unter ihrer linken Brust aus ihrem Leib.

Thor beugte sich über sie, lauschte einen Moment lang auf ihre Atemzüge und legte anschließend noch die Fingerspitzen auf die Seite ihres Halses, um nach ihrem Puls zu tasten, obwohl er bereits wusste, dass es vergeblich war. Sigislind war tot. Der Dolch hatte ihr Herz durchbohrt.

Wütend fuhr er hoch und zu Urd herum. »Warum hast du das getan?«

Statt sofort zu antworten, funkelte Urd ihn ihrerseits zornig an und präsentierte ihm dann ihre blutigen Hände. »Das war *ihr* Messer! Sie hatte es im Stiefel versteckt. Hätte ich warten sollen, bis sie es dir in den Rücken stößt?«

»Nein«, antwortete Thor. »Natürlich nicht.«

Aber so einfach war es nicht. Sigislind war weder in der Lage noch imstande gewesen, ihm einen Dolch in den Rücken zu stoßen, ganz abgesehen davon, dass ihr zweifellos klar gewesen sein musste, wie gering ihre Aussichten waren, einen Mann wie ihn zu überrumpeln. Aber er hatte doch das Aufblitzen von Metall in ihrer Hand gesehen, kurz bevor Urd sich auf sie geworfen hatte.

Doch wenn sie nicht ihn hatte angreifen wollen, wen dann? Darauf gab es nur eine Antwort.

Urd sah ihn an, als könnte sie seine Gedanken lesen. »Zieh dich an«, sagte er schroff. »Rasch! Jemand könnte den Schrei gehört haben.«

Jemand *hatte* Sigislinds Schrei gehört. Schritte kamen die Treppe herauf. Während Urd ihre blutigen Hände an ihrem eigenen Kleid abwischte, das sie achtlos auf den Boden geworfen hatte, wich Thor lautlos neben die Tür zurück. Kaum hatte er es getan, da wurde sie aufgestoßen, und eine schlaftrunkene Gestalt schlurfte herein.

»Ich habe einen Schrei gehört«, begann Cord, »und –«

Der Rest seiner Worte ging in einem würgenden Laut unter, als Thor ihm die Faust in den Leib schlug. Der junge Bauer knickte zusammen. Thor fing ihn mit der linken Hand auf und schlug ihm die geballte Rechte in den Nacken, um ihn endgültig auszuschalten.

Fast schon sachte fing er ihn auf und trug ihn zum Bett, wo er ihn neben Sigislinds Leichnam ablud. Während er nach etwas suchte, womit er den Mann fesseln und knebeln konnte, zog Urd sich hastig an, schlüpfte mit einiger Mühe auch in Sigislinds Stiefel und beugte sich dann noch einmal über die Tote, um das Messer aus ihrer Brust zu ziehen. Ein ganz leises Seufzen erklang, nicht mehr als das Geräusch, mit dem die Luft aus ihrer durchstoßenen Lunge entwich, aber in Thors Ohren hörte es sich trotzdem an wie ein Laut des Unmuts, mit dem sie auf die Störung ihrer Totenruhe reagierte.

Thor schwieg dazu, aber er fand das, was Urd tat, ebenso pietätlos wie überflüssig. Zweifellos hatte sie recht, wenn sie annahm, dass sie auf ihrer Flucht möglicherweise eine Waffe brauchten, aber ausgerechnet *diesen* Dolch zu nehmen ...

Urd richtete sich auf, ging um das Bett herum und beugte sich über Cord, um ihm mit einer ebenso raschen wie unaufgeregten Bewegung die Kehle durchzuschneiden.

Schmerz und Schock weckten ihn auf. Cord versuchte sich hochzustemmen, rang mit einem grässlich röchelnden Laut nach Luft und fiel um sich schlagend und strampelnd zurück, bevor seine Bewegungen erlahmten und dann ganz aufhörten. Seine Augen brachen.

Thor starrte ihn an.

Das Blut in seinen Adern schien sich in Eis verwandelt zu haben. Er konnte nicht denken, und ein Teil von ihm weigerte sich noch immer beharrlich zu glauben, was er sah.

»Was ... Warum hast du ... das getan?«, brachte er nur mühsam hervor.

Bevor sie antwortete, ging Urd zurück zu Sigislind und stieß ihr den Dolch noch einmal in die Brust, langsam und präzise an derselben Stelle wie beim ersten Mal. Erst dann richtete sie sich auf und drehte sich langsam zu ihm um.

»Jetzt denken sie, dass sie sich gegenseitig umgebracht haben«, sagte sie. »Das bringt ihnen etwas, worüber sie nachdenken können, und uns zusätzlich Zeit, bevor sie anfangen, nach uns zu suchen. Außerdem hat er dich gesehen.«

»Und deshalb hast du ihn umgebracht?«

»Du hast Mitleid mit ihm?«, erwiderte Urd kalt. »Nun, dann lass dir gesagt sein, dass dieser so harmlose und gutmütige Bursche noch vor einer Stunde dafür plädiert hat, uns beide zu töten, nur um sicherzugehen.«

»Das ist kein Grund, ihn umzubringen!«

»Er hätte dasselbe mit uns getan. Aber ich kann dich verstehen. Und es war meine Entscheidung, die du nicht mittragen musst. Aber ich werde nicht dulden, dass irgendjemand meine Kinder in Gefahr bringt.«

Sie beugte sich noch einmal hinab, um ihre schon wieder mit Blut besudelten Hände abzuwischen, dann trat sie an ihm vorbei an die Wand, wo Sigislinds Mantel an einem hölzernen Haken hing. Ohne die mindeste Hast zog sie ihn an und wandte sich dann wieder zu ihm um.

»Vielleicht solltest du hierbleiben«, fuhr sie fort. »Bjorn und die meisten anderen hier trauen dir immer noch. Sie werden dir glauben, wenn du sagst, dass ich dich genauso belogen habe. Schon weil sie es glauben wollen.«

»Und auch, weil sie recht damit hätten, nicht wahr?«, fragte Thor bitter. »Sigislind hatte recht mit ihrem Verdacht, oder? Du hast den Schmied und seine Frau vergiftet.«

»Wir brauchten ein Zuhause«, sagte Urd ungerührt. »Die beiden waren alt und sehr krank. Sie hätten den nächsten Winter ohnehin nicht mehr erlebt.«

Und daraus leitete sie das Recht ab, die beiden gutmütigen alten Leute einfach umzubringen? Thor schwieg. Er wusste nicht, was er tun sollte.

»Ich könnte verstehen«, fuhr Urd fort, »wenn du nicht mit mir kommen willst. Sag mir, wo du dich mit Elenia und Lif verabredet hast, und ich gehe allein.«

Und vielleicht sollte er genau das tun, dachte Thor bitter. Aber Urd war schließlich nicht irgendwer, sondern die Frau, die er trotz allem immer noch liebte, und die Mutter seines ungeborenen Kindes.

Schweigend wandte er sich um und öffnete die Tür.

Nicht einmal jetzt, wo er wusste, an welcher Stelle er danach zu suchen hatte, hätte er den Eingang des Götterpfades gefunden, wäre Bjorn – oder wohl eher Sverig – nicht so zuvorkommend gewesen, direkt davor eine Wache aufzustellen.

Genauer gesagt waren es zwei. In einem erkannte er trotz der großen Entfernung Tjerg, der andere war ihm namentlich nicht bekannt, aber er hatte ihn ein paarmal oben in der Festung gesehen. Zweifellos auch einer von denen, die auf Sverigs Seite standen, sonst wäre er nicht hier postiert worden.

»Worauf warten wir?«, flüsterte Urd. Die beiden Wachtposten, die nur über die unzulänglichen Sinne normaler Sterblicher verfügten, konnten Urd und ihn unmöglich sehen; nicht in diesem trüben Zwielicht, das die Augen narrte und die Schatten Dinge gebären ließ, die es nicht gab. Dasselbe galt für ihre Ohren. Es war ausgeschlossen, dass sie Urds geflüsterte Worte verstanden hatten.

Beiläufig registrierte er, dass er seine Umgebung jetzt nur noch mit den Augen eines Kriegers betrachtete. Das hinderte ihn allerdings nicht daran, sich ein paar Schritte näher heranzuschleichen und im Schatten des Findlings in die Hocke zu gehen.

Urd war wie ein Schatten in seinem Nacken. »Wo sind Elenia und Lif? Ich dachte, sie warten hier auf uns?«

»Das sollten sie auch«, gab Thor genauso leise zurück.

»Ich suche sie«, flüsterte Urd. »Kümmere dich inzwischen um die Wachen.«

Thor ertappte seine rechte Hand tatsächlich dabei, ganz ohne sein Zutun nach Mjöllnir zu tasten und sich um den eisernen Stiel des Hammers zu schließen. Doch statt die Bewegung ganz zu Ende zu führen, schüttelte er nur heftig den Kopf und hielt Urd mit einer raschen Bewegung zurück. »Wir müssen sie ablenken.«

»Weil du ihr Blut nicht vergießen willst?«, fragte sie verächtlich.

Für den heutigen Abend war schon genug Blut geflossen, aber das würde Urd nicht beeindrucken. »Weil ein Wachtposten, der nichts gesehen hat, weniger Aufsehen erregt als ein toter«, antwortete er, noch immer im Flüsterton, jetzt aber nur noch mühsam beherrscht.

Urd hatte für diese Antwort keinen weiteren Kommentar übrig, aber immerhin versuchte sie nicht noch einmal, sich loszureißen.

Thor konzentrierte sich wieder auf die beiden schattenhaften Gestalten rechts und links des Spalts, die ihre Aufgabe mit ungewohntem Ernst wahrnahmen. Weder schwatzten sie miteinander, noch lehnten sie sich gegen den Fels oder hatten sich auch nur auf ihre Speere gestützt, um im Stehen vor sich hinzudösen. Es würde in der Tat nicht leicht werden, sie auszuschalten, bevor sie flüchten oder zumindest Alarm schlagen konnten. Nicht, ohne sie zu töten.

Und warum eigentlich nicht?, flüsterte eine unhörbare Stimme in seinen Gedanken. Tjerg und der andere Krieger waren weder seine Freunde, noch hatte er irgendetwas mit ihnen zu schaffen. Ganz im Gegenteil würden sie Urd und ihn ohne das geringste Zögern verraten ... und im Zweifelsfall wohl auch töten ...

Er packte den Hammerstiel noch fester, bis seine Knöchel zu

schmerzen begannen. Etwas geschah mit ihm. Etwas Schlimmes.

Das Flüstern in seinen Gedanken wurde lauter, drängender und verlockender, und er musste nicht zu Urd hinsehen, um zu wissen, dass sich etwas in ihrem Blick verändert hatte. Vielleicht spürte sie, was in ihm vorging. Vielleicht *verursachte* sie diesen Wandel ja auch.

»Wenn wir hier heraus sind, dann müssen wir uns unterhalten«, sagte er.

»*Wenn* wir hier herauskommen, Thor, dann ist es bestimmt nicht dein Verdienst«, antwortete sie verächtlich. Ihre Hand glitt unter den Mantel, und Metall schimmerte matt zwischen ihren Fingern, als sie wieder zum Vorschein kam. Ein Messer. Nicht der Dolch, mit dem sie Sigislind getötet hatte. Es war ein Messer, das sie die ganze Zeit bei sich getragen haben musste, wie er bestürzt erkannte.

»Nur für alle Fälle«, meinte Urd spitz. »Ich habe nicht vor, das Blut deiner neuen Freunde zu vergießen.«

»Dann ist es ja gut«, gab er kühl zurück. »Halt dich daran.«

Urd setzte zu einer Entgegnung an, legte dann den Kopf auf die Seite, wie um zu lauschen. Erst danach hörte auch er ein leises Rascheln, gefolgt vom Kollern eines Steins, der von einem unvorsichtigen Fuß angestoßen wurde. Ein Schatten tauchte aus der grauen Dämmerung hinter ihnen auf, dann ein zweiter, und Lif und Elenia huschten an die Seite ihrer Mutter.

»Wo wart ihr so lange?«, flüsterte er ärgerlich. »Was hat euch aufgehalten?«

»Bjorn und Sverig sind gekommen«, sagte Lif, »kurz nachdem du gegangen bist. Wir konnten nicht eher weg.«

»Bjorn und Sverig?«, wiederholte Urd. »Was wollten sie?«

Elenia sagte leise: »Sie haben Fragen gestellt. Nach dir und … Thor.«

»Was für Fragen?«, hakte Urd nach.

»Wir haben jetzt keine Zeit dafür«, zischte Thor.

»Sie hat es ihnen gesagt«, sagte Lif.

»Was?«

»Was du bist. Was du *wirklich* bist. Und was sie dir schuldig sind!«

Thor sah alarmiert zu den beiden Wachtposten hin, aber sie rührten sich nicht. »Wir reden später darüber, junger Mann«, knurrte er. »Jetzt sei still.«

»Aber ich habe doch nur –«, begann Lif. Urd brachte ihn mit einer Geste zum Schweigen, streifte mit derselben Bewegung den Mantel von den Schultern und stand zu Thors maßlosem Entsetzen nicht nur auf, sondern trat auch hinter ihrer Deckung heraus und den beiden Posten rechts und links des Götterpfades entgegen. Die Bewegung, mit der er sie zurückhalten wollte, ging ins Leere, und irgendein Instinkt hielt ihn auch davon ab, ihr nachzueilen.

Es wäre ohnehin zu spät gewesen.

Die beiden Männer neben dem Spalt im Fels fuhren im gleichen Moment zusammen und herum. Einer von ihnen – Tjerg – senkte seinen Speer und richtete die Spitze auf Urds Gesicht, der andere machte zwei Schritte zur Seite und zog sein Schwert. Ihre Bewegungen waren schnell, nicht mit denen Thors oder gar der Einherjer zu vergleichen, aber schnell genug, um ihm klarzumachen, dass diese Männer ihr Handwerk verstanden und dass er sie wohl würde töten müssen.

Er hatte keinen Streit mit diesen Männern. Sie waren nicht seine Feinde. Trotzdem richtete er sich behutsam etwas weiter auf und löste Mjöllnir vom Gürtel.

Eine schmale Hand legte sich auf seinen Unterarm und hielt ihn fest, und als er hinter sich sah, blickte er in Elenias Gesicht. Sie schüttelte wortlos den Kopf.

»Stehen bleiben!«, sagte Tjerg scharf. »Wer bist du? Gib dich zu –«

Er brach mitten im Wort ab, und Thor glaubte seine Überraschung regelrecht zu spüren. »Du?«, murmelte er. Dann verbesserte er sich hastig: »Ihr?«

»Immerhin scheinst du noch nicht blind zu sein«, antwortete Urd. Ihre Stimme hörte sich dunkler an, ein wenig älter und ... energischer, wie die eines Menschen, der es gewohnt war, Befehle zu erteilen. »Auch wenn ich mich frage, ob ihr auf eurer Wache geschlafen habt. Wenn ich der wäre, auf den ihr wartet, dann wärt ihr jetzt beide tot. Ist euch das klar, ihr Dummköpfe?«

War das Mut, dachte Thor, oder einfach nur Tollkühnheit? Oder ... Er blinzelte, sah noch einmal hin, aber selbst er war für einen winzigen Moment nicht mehr sicher, tatsächlich Urd zu sehen. Sie hielt den Kopf leicht gesenkt, sodass die beiden Männer ihr Gesicht vermutlich nicht genau erkennen konnten, und sie trug Sigislinds Kleid, das auffällig genug war, um selbst im schwachen Dämmerlicht erkannt zu werden, und sie sprach vielleicht nicht wirklich mit Sigislinds Stimme, aber eindeutig mit ihrer Betonung und Wortwahl. Sie *bewegte* sich sogar wie die Frau aus Oesengard, und wenn Tjerg und seinem Begleiter der einzige wirkliche Unterschied – ihre Haarfarbe – auffiel, dann zu spät. Urd hatte nur ganz kurz im Schritt gestockt, als er den Speer in ihre Richtung geschwenkt hatte, und ging dann umso schneller weiter, und ihre Stimme wurde eine Spur schärfer.

»Habt ihr irgendetwas Auffälliges bemerkt? Und wo, bei Hel, sind Bjorn und dieser elende Dummkopf Sverig?«

Thor begriff endlich, was sie vorhatte, schob Elenias Hand mit sachter Gewalt zur Seite und hob den Hammer. Er würde den zweiten Krieger nicht verschonen können, selbst wenn es Urd gelang, Tjerg abzulenken oder auch zu überwältigen. Aber vielleicht musste er ihn nicht töten, auch wenn ein zerschmetterter Arm oder ein steifes Bein in einer Zeit wie dieser gleichwohl einem Todesurteil nahe kommen konnten.

Er spannte die Muskeln, visierte den Mann an und versuchte die Kraft abzuschätzen, die er brauchte, um ihn auszuschalten, ohne ihn tödlich zu verletzen, und Urd bückte sich mit einem letzten energischen Schritt unter Tjergs Speer hindurch.

Der Krieger keuchte überrascht, als er ihr Gesicht erkannte, und dann noch einmal und in einer sonderbar pfeifenden Tonlage, als Urds Hand eine wischende Bewegung machte und scharf geschliffenes Metall zwischen ihren Fingern aufblitzte. Roter Nebel sprühte aus Tjergs geöffneter Kehle, und Urd führte ihre Bewegung in einem weit ausholenden Schwung zu Ende, der einen matt silbernen Blitz aus ihrer Hand fliegen ließ. Tjergs Kamerad blieb nicht einmal genug Zeit, einen erschrockenen Ruf auszustoßen. Die Klinge versank bis zum Heft in seinem Hals. Noch am Leben und mit zuckenden Gliedern, aber sterbend und unfähig, auch nur den mindesten Laut von sich zu geben, brach er zusammen.

Urd war mit zwei schnellen Schritten bei ihm, rollte ihn mit einem Fußtritt auf den Rücken und wartete ab, bis seine Bewegungen erlahmten. Dann zog sie das Messer mit einem Ruck aus seiner Kehle und wischte die blutige Klinge an seinem Mantel ab.

Alles war so schnell gegangen, dass Thor kaum Zeit gefunden hatte, es wirklich zu begreifen, geschweige denn irgendetwas zu *tun*. Ein Teil von ihm empfand nichts als pures Entsetzen – aber da war auch noch eine andere Regung in ihm: Er bewunderte Urd für die Schnelligkeit und Präzision ihres Vorgehens.

»Worauf wartet ihr?«, fragte Urd. »Dass noch mehr kommen, die wir töten müssen?«

Sie wartete seine Antwort gar nicht ab, sondern steckte das Messer wieder ein, ließ sich neben dem Toten auf die Knie und rollte ihn herum, um ihm den Schwertgurt abzunehmen. Im Aufstehen löste sie die Waffe aus den verkrampften Fingern des Toten und schob sie mit einer Bewegung in die Scheide, die zu selbstverständlich und zu schnell war, um irgendetwas anderes als lebenslange Routine zu sein. Wieso hatte er es eigentlich in all den Wochen und Monaten nie gesehen, dachte Thor verblüfft. Er kannte jeden Fingerbreit ihres Körpers, er wusste, wie sie sich bewegte und wie sie dachte ... wieso hatte er nie gemerkt, dass sie eine Kriegerin war?

»Bringt meinen Mantel mit! Und beeilt euch!« Urd band sich den Schwertgurt um und ging mit schnellen Schritten zu Tjerg, um auch dessen Waffe an sich zu nehmen. Als Thor, ihren Mantel über dem linken Arm und Mjöllnir noch immer in der anderen Hand, neben ihr ankam, reichte sie ihm Schwert und Gürtel des toten Kriegers. Thor war viel zu verwirrt, um auch nur einen klaren Gedanken zu fassen. Hinter seiner Stirn herrschte einfach nur Chaos. Da war ein schreckliches Gefühl von Zufriedenheit, tief in ihm, vor allem aber Verwirrung und Schrecken.

»Schnell jetzt«, sagte Urd, nachdem sie ihren Mantel übergeworfen hatte und er immer noch dastand und sie anstarrte. »Sie können jeden Moment hier sein!«

Thor fragte sich, ob er Urd eigentlich jemals *wirklich* gekannt hatte. War es wirklich nur die Angst um ihn und ihre Kinder, die sie so verändert hatte, oder sah er sie vielleicht zum ersten Mal so, wie sie war?

»Thor!« Urds Stimme wurde drängender, aber zugleich auch sanfter, und an der Härte in ihrem Blick erschien eine Spur der alten Urd, der Frau, die er zu kennen – und zu lieben – geglaubt hatte.

Aber vielleicht hatte er ja auch eine Frau geliebt, die es gar nicht gab.

»Bitte! Ich kann verstehen, wenn du verwirrt bist, aber wir müssen los! Sie werden uns töten, wenn sie uns einholen!« Sie legte die flache Hand auf den Bauch. »Auch deinen Sohn.«

Thor starrte sie nur weiter an. Natürlich hatte sie recht. Bjorn *konnte* jetzt gar nicht mehr anders, als sie zu töten; zumindest Urd und ihn. Und vielleicht hatte er sogar recht damit.

»Gehen wir«, sagte er mühsam.

Urd sah ihn an, als hätte sie eine andere Reaktion erwartet, hob aber dann nur die Schultern, schlang den Mantel enger um sich und wedelte ungeduldig in Lifs und Elenias Richtung, sich zu beeilen.

Elenia trat gehorsam an ihre Seite, während Lif noch einmal in den Schatten ihrer improvisierten Deckung zurückhuschte und mit dem »kleinen Gepäck« zurückkam, auf das sich zu beschränken Thor ihm eingeschärft hatte: einem voluminösen ledernen Sack, der ungefähr so schwer sein musste wie er selbst. Thor nahm ihm die Last kopfschüttelnd ab und erntete ein knappes Nicken, aber er gewahrte auch etwas in den Augen des Jungen, das ihn alarmierte. Elenias Gesicht war wie Stein, eine Maske vollkommener Ausdruckslosigkeit, die den Schrecken darunter aber eher noch deutlicher machte, doch in den Augen ihres Bruders funkelte eine unangemessene Begeisterung. Urd hatte recht, dachte er bedrückt. Sie würden mit Lif reden müssen. Beide. Und bald.

Der Götterpfad kam ihm länger vor und, obwohl die Welt insgesamt heller und wärmer geworden war, kälter und dunkler. Mit jedem Schritt, den sie taten, schienen die Wände ein Stück enger aneinanderzurücken, und obwohl sie schon nach wenigen Augenblicken einen haardünnen senkrechten Streifen aus verschwommenem Grau vor sich sahen, der das jenseitige Ende des Spalts markierte, fiel es Thor immer schwerer, gegen die Vorstellung anzukämpfen, dass sie Opfer eines niederträchtigen Zaubers wurden, der den Ausgang aus dieser Falle im gleichen Maße vor ihnen zurückweichen ließ, in dem sie sich ihm zu nähern versuchten.

Keiner von ihnen sprach auch nur ein Wort, bevor sie das jenseitige Ende der Felsspalte erreichten. Zehn Schritte vor dem Ende der finsteren Klamm blieb Urd plötzlich stehen, legte den Kopf schräg und hob die Linke. Ihre andere Hand sank auf das Schwert in ihrem Gürtel. »Wartet!«

Auch Thor lauschte. Einen Moment später warf er Urd einen ebenso anerkennenden wie überraschten Blick zu. Sie waren eindeutig nicht mehr allein, und obwohl seine Sinne doch umso vieles schärfer waren als die eines normalen Menschen, hatte Urd es vor ihm bemerkt.

Jemand beobachtete sie. Mehr als nur einer.

Urd wollte die Waffe ziehen, doch Thor schüttelte nur rasch den Kopf, bedeutete ihr mit einer Geste, zurückzubleiben, und schwang den Beutel von der Schulter. Auch seine Hand glitt zum Gürtel und suchte nach einer Waffe, zog sich dann aber auch fast sofort wieder zurück. Jemand wartete dort vorne auf sie, und er spürte Zorn, Überraschung und ein Gefühl tiefer Enttäuschung, aber noch lag keine Gewalt in der Luft.

Was er nicht erwartet hatte, war, in der Gestalt, die auf ihn zutrat, Bjorn zu erkennen. Der zweite Mann stand zu tief im Schatten der Felswand, um sein Gesicht zu sehen, aber es fiel Thor nicht schwer, zu erraten, wer es war.

»Also hatte Sverig doch recht«, sagte der Jarl.

»Sverig?«

Das Scharren von Metall begleitete Sverigs Worte, während er hinter ihn trat und seine Axt von der Schulter nahm: »Ich habe ihm gesagt, dass du bei der ersten Gelegenheit fliehen wirst. Aber ich habe ihm auch gesagt, dass du die beiden Männer nicht töten wirst, die dich bewachen. Habe ich mich getäuscht?«

»Nein, antwortete Thor. »Das hast du nicht. Sie leben.« Urds Wächter hatten weniger Glück, fügte er in Gedanken hinzu, aber er sprach es nicht aus.

Sverig setzte zu einer Antwort an, drehte sich aber dann abrupt um und entspannte sich, als er Urd und die Kinder erkannte. Urd hatte die Kapuze zurückgeschlagen, den Mantel aber geschlossen, sodass das Schwert nicht zu sehen war, das sie darunter trug.

»Bjorn?«, murmelte sie. »Du bist … hier?« Ihre Stimme bebte. Sie war eine hervorragende Schauspielerin. Aber das hatte er ja schon zuvor gemerkt.

Bjorn sah sie eine kleine Ewigkeit lang nur an. Aber Thor suchte auch jetzt vergeblich nach Zorn in seinem Gesicht. Er sah allenfalls enttäuscht aus und vielleicht ein wenig traurig.

»Dann hat Sigislind also recht?«, sagte er.

Urd wollte antworten, aber Thor kam ihr zuvor. Bjorn wusste noch nichts von Sigislinds Tod; das bewies nicht nur seine Frage, sondern allein die Tatsache, dass Sverig ihn nicht sofort angegriffen hatte. Vielleicht hing ihr aller Leben davon ab, dass das noch eine Weile so blieb.

»Nein«, sagte er rasch. »Urd ist keine von ihnen.«

»Natürlich nicht«, bemerkte Sverig hämisch. »Und deshalb hat uns ihre Tochter auch das Gegenteil bestätigt, nicht wahr?«

Thor ließ einen langen Augenblick verstreichen, bevor er sich zu Sverig umdrehte und ihn mit einem verächtlichen Blick von Kopf bis Fuß maß. »Und das hat sie euch gesagt?«

»Wort für Wort«, schnaubte Sverig.

»Das wundert mich nicht«, sagte Thor. »Ein eingeschüchtertes Kind, das sich zwei aufgebrachten Kriegern gegenübersieht, die ihm hundert Fragen gleichzeitig stellen und es nach Kräften einschüchtern. Ich nehme an, sie hätte euch alles gesagt, was ihr hören wollt … ganz egal, was für ein Unsinn es auch ist.«

Sverig funkelte ihn nur trotzig an, aber Bjorns Blick machte Thor klar, dass er der Wahrheit mit seiner Vermutung wohl ziemlich nahe gekommen sein musste.

»Du hättest uns fragen können«, wandte er sich direkt an den Jarl.

»Ich denke, ihr habt alle Fragen schon beantwortet, indem

ihr geflohen seid«, schnaubte Sverig. Seine Finger begannen nervös mit dem Axtstiel zu spielen.

Bjorn brachte ihn mit einer unwilligen Geste zum Schweigen. Vielleicht diente diese Bewegung auch noch einem anderen Zweck. Die Männer waren gut, das musste Thor ihnen lassen; trotz seiner scharfen Sinne konnte er weder etwas von ihnen sehen noch hören. Aber er spürte ihr Näherkommen: zwei, drei … vier weitere Krieger, die sich im Zwielicht hinter dem Jarl und Sverig verbargen.

Nein, er hatte nicht wirklich damit rechnen können, dass die beiden allein kamen, um ihn aufzuhalten.

»Wir werden über alles reden, Thor«, sagte Bjorn. »Vielleicht stellt es sich ja doch noch als großes Missverständnis heraus. Aber jetzt muss ich dich bitten, mit uns zurückzukommen.«

»Du weißt doch, wie wichtig uns Gastfreundschaft ist«, erklärte Sverig spöttisch. »Es wäre eine grobe Beleidigung, unsere Einladung auszuschlagen.«

Thor beachtete ihn nicht. »Wir können nicht zurück, Bjorn«, sagte er. »Lasst uns gehen. Ich gebe dir mein Wort, dass wir euch nie etwas Böses wollten und euch niemals schaden werden.«

Der Jarl schüttelte stumm den Kopf und schlug seinen Mantel zurück, um die Hand auf den Schwertgriff zu legen.

»Lass uns einfach ziehen, Bjorn«, bat Thor noch einmal, »oder ich muss dich töten.«

»Dann musst du das wohl«, antwortete Bjorn ernst.

Aber das wollte er nicht. Was er gerade gesagt hatte, entsprach der Wahrheit: Er hatte diesem Tal und seinen Menschen niemals schaden wollen, und er wollte es auch jetzt noch nicht. So sonderbar es ihm selbst vorkommen mochte – er wollte nicht einmal Sverigs Blut vergießen. Er wollte einfach nur gehen.

Aber natürlich kam es anders.

Auch diesmal war es wieder Urd, die das Geräusch einen halben Atemzug vor ihm hörte, wie ihr fast unmerkliches Zusammenzucken verriet; erst danach vernahm auch er den rasenden Hufschlag, der hundertfach gebrochen von den steinernen Wänden des Götterpfades zurückprallte und dabei rasch näher kam. Ein Reiter näherte sich; vielleicht zwei.

»Sigislind!«, schrie eine Stimme, genau wie der Hufschlag von der bizarren Akustik des Götterpfades gebrochen und verdreht und zu etwas Anderem und Hysterischem gemacht.

Wieder ging alles rasend schnell. Thor war darauf vorbereitet, und vielleicht war das allein der Grund, aus dem er den nächsten Augenblick überlebte, denn Sverig reagierte mit geradezu übermenschlicher Schnelligkeit. Er beging nicht den Fehler, mit seiner Axt auszuholen und damit kostbare Zeit zu verschwenden, sondern rammte die Waffe mit beiden Händen nach vorne, sodass Thor keine Zeit blieb, seinerseits Mjöllnir zu heben. Immerhin brachte er den Hammer weit genug in die Höhe, dass der eiserne Stiel das Blatt von Sverigs Axt auffing, bevor es sich in seine Seite graben konnte. Funken sprühten. In das Kreischen des Stahls mischte sich Sverigs überraschtes Grunzen, als Mjöllnir die Wucht seines eigenen Angriffs zurückwarf.

Thor sah aus den Augenwinkeln, wie Bjorn sein Schwert zu ziehen versuchte und versetzte ihm mit der anderen Hand einen Stoß vor die Brust, der ihn rücklings in den Schnee schleuderte. Noch während er fiel, war Thor wieder bei Sverig, entrang ihm die Axt und schlug ihm die Faust seitlich gegen den Schädel. Sverig sank bewusstlos zu Boden.

Zwei weitere Männer tauchten wie Gespenster aus dem trüben Zwielicht auf. Beide waren mit Schwertern bewaffnet, und Thor spürte ihre grimmige Entschlossenheit, aus nichts anderem als Furcht geboren und vielleicht gerade deshalb umso gefährlicher.

Noch bevor sie ihn erreichten, flog ein Speer aus dem grauen Nebel heran. Thor schlug ihn mit der Hand beiseite, duckte sich unter der Waffe des ersten Angreifers weg und fing den Schwerthieb des anderen mit Mjöllnir auf. Die Klinge zersprang mit einem Laut wie berstendes Glas, und der Mann keuchte vor Schmerz und Überraschung, als ihm der zerschmetterte Rest aus den Händen geprellt wurde. Thor packte den Schwertarm des anderen, verdrehte ihn mit einem so harten Ruck, dass der Krieger sich halb in der Luft überschlug, bevor er mit einem dumpfen Laut auf dem vereisten Felsboden landete und endlich auf die Idee kam, seine Waffe loszulassen.

Thor wandte sich den verbliebenen Gegnern zu. Die anderen waren immer noch zu viert; keiner von ihnen war kleiner als Thor, und sie alle wussten mit ihren Waffen umzugehen. Aber letzten Endes waren sie keine Krieger, sondern Handwerker und Bauern, die ein wenig den Umgang mit Schwert und Schild geübt und vermutlich in ihrem ganzen Leben noch keinen wirklichen Kampf erlebt hatten. Statt ihn gleichzeitig und aus unterschiedlichen Richtungen anzugreifen, tat jeder, was ihm gerade das Richtige schien – was schon nach der ersten Attacke mit einem zerschmetterten Schild und dem glatten Bruch des Armes endete, der ihn gehalten hatte. Thor fegte den zweiten Angreifer mit einem Tritt von den Beinen, spürte eine Bewegung hinter sich und ging instinktiv in die Hocke, während er zugleich herumwirbelte.

Vielleicht hatte er seine Gegner doch unterschätzt, wenigstens was ihre Entschlossenheit anging. Er hatte das Schwert des ersten Kriegers zerbrochen, was diesen aber nicht daran hinderte, seinen Schild als Waffe zu benutzen. Thor duckte sich um Haaresbreite darunter hindurch, rammte dem Mann die Faust in den Leib und schickte ihn mit einem wuchtigen Hieb in den Nacken endgültig zu Boden.

Hinter ihm ertönte ein Schrei, aber er konnte nicht sagen, ob es Urd oder Elenia war oder vielleicht auch Lif. Die beiden seiner drei verbliebenen Gegner, die noch auf den Beinen waren, wichen nun tatsächlich auseinander, um ihn aus unterschiedlichen Richtungen anzugreifen. Sie lernten schnell, dachte Thor. Aber im Moment mochte ihnen das durchaus zum Verhängnis werden.

Er wollte diese Männer nicht töten, aber Elenia – er war jetzt sicher, dass es ihre Stimme war – schrie immer noch, und er hatte keine Zeit, Rücksicht zu nehmen. Thor ließ sich nach hinten fallen und rammte einem der Männer die Füße in den Leib, um ihn in hohem Bogen über sich hinwegzuschleudern. Der andere stieß mit dem Schwert nach seinem Gesicht und versuchte ihm gleichzeitig in die Seite zu treten.

Thor nahm den Tritt hin, warf den Kopf auf die Seite und griff mit der freien Hand nach der Klinge, die kaum einen Fingerbreit neben ihm in den Schnee fuhr. Schmerz schoss wie eine Lohe durch seine Hand und bis in die Schulter hoch. Trotzdem griff er nur noch fester zu, drehte die Klinge ihrem Besitzer mit einem Ruck aus den Fingern und schmetterte dem total verblüfften Mann den Knauf seiner eigenen Waffe gegen die Schläfe, noch bevor er überhaupt begriff, wie ihm geschah.

Aufzuspringen und auch den letzten Krieger niederzuschlagen, noch bevor er sich wieder hochstemmen konnte, war eins. Seine linke Hand war ein einziger kreischender Schmerz, der ihm Tränen in die Augen schießen ließ. Blut rann aus seiner zerschnittenen Hand und rötete den Schnee. Alles wurde unscharf und schien einen halben Schritt aus der normalen Ordnung der Dinge herauszutreten. Die Geräusche bekamen sonderbar dumpfe Echos und die Dinge geisterhafte und zusätzliche Umrisse.

Dennoch sah er, dass Urd mit einem Schatten rang, der größer war als sie, und er sah auch den zweiten Umriss, der tief über den Hals seines Pferdes gebeugt heranjagte und sein Schwert aus dem Gürtel zog.

Thor konnte nicht sagen, ob er Mjöllnir warf oder ob es der Hammer war, der seinen Arm schneller nach vorne riss, als seine Hand den eisernen Stiel loslassen konnte. Aus seinem letzten Schritt wurde ein hilfloses Stolpern, an dessen Ende er auf die Knie fiel, und Mjöllnir verwandelte sich in einen schwarzen Schemen, der dem Reiter entgegenjagte und ihn mit solcher Wucht aus dem Sattel schleuderte, dass selbst das Pferd noch von den Beinen gerissen wurde und sich zwei- oder dreimal überschlug, bevor es mit dem grässlichen Laut zerbrechender Knochen endgültig aufprallte. Der Hammer beschrieb einen engen Bogen, prallte mit einem hellen Laut von der Felswand ab, geriet ins Torkeln und fiel meterweit hinter Urd zu Boden, statt in Thors ausgestreckte Hand zurückzukehren und auf dem Weg dorthin auch noch den zweiten Reiter niederzustrecken, wie es seine Aufgabe gewesen wäre.

Die schiere Angst um Urd gab ihm die Kraft, in die Höhe und mit einem einzigen Satz an ihre Seite zu springen. Alles ging plötzlich noch schneller, als hätte die Zeit ihre Geschwindigkeit verzehnfacht – oder ihn mit einem uralten Fluch belegt, der seine eigenen Bewegungen und seine Gedanken verlangsamte, sodass er sich plötzlich vorkam, als bewege er sich durch einen unsichtbaren Morast, der zäher und klebriger wurde, je verzweifelter er versuchte, dagegen anzukämpfen. Das Pferd bäumte sich auf. Urd schrie. Der Schmerz in seiner Hand drohte ihm nun fast die Besinnung zu rauben. Blutgeruch erfüllte die Luft. Urd stürzte, riss den Reiter mit sich aus dem Sattel und verschwand fast zur Gänze unter ihm, und das Pferd bäumte sich noch höher auf und schlug in blinder Panik mit den Vorderhufen aus, tödlichen eisernen Hämmern, die nur einen Fingerbreit vor seinem Gesicht durch die Luft zischten.

Thor stieß das Pferd einfach aus dem Weg, fiel neben Urd und dem Krieger auf die Knie und riss den Mann von ihr herunter. Der Krieger versuchte nicht einmal, sich zu wehren, aber Thors

Herz machte einen erschrockenen Sprung in seiner Brust, als er in Urds blutüberströmtes Gesicht sah.

»Urd! Bei Odin, was –?« Er brach ab, als sie sich hochstemmte und er ihre Hände sah. Auch sie waren dunkel und nass von frischem Blut, aber das schreckliche Rot stammte nicht von ihr. Er hätte nicht einmal mehr auf die reglose Gestalt neben sich hinabsehen müssen, um zu wissen, dass Urds Klinge ein weiteres Opfer gefunden hatte.

Trotzdem überzeugte er sich rasch davon, dass der Mann tot war, bevor er sich noch einmal zu Urd umwandte und ihr mit einer kraftvollen Bewegung auf die Füße half. Vielleicht war es auch keine so gute Idee. Seine Hand schien vor Schmerz in Flammen aufzugehen, und er konnte ein leises Stöhnen nicht mehr ganz unterdrücken, und mit einem Male war es Urd, die *ihn* eindeutig besorgt ansah.

»Was ist mit deiner Hand?«

»Nichts«, antwortete er gepresst. »Nur ein Kratzer.« Um seine Behauptung zu beweisen, ballte er die Rechte zur Faust und bezahlte mit einem Schwall so plötzlicher Übelkeit dafür, dass er sich hastig abwandte, damit Urd es nicht auf seinem Gesicht las. Sein Blickfeld wurde kleiner, als Schatten aus allen Richtungen zugleich auf ihn zuzukriechen begannen. Seine Glieder schienen plötzlich Zentner zu wiegen und mit jedem Atemzug immer nur noch schwerer zu werden, als söge er Blei in die Lungen statt Luft, und alles, was er wollte, war, sich zu Boden sinken zu lassen und die Augen zu schließen, und sei es nur für eine einzige kostbare Sekunde.

Aber er durfte der Müdigkeit nicht nachgeben. Wenn er jetzt zuließ, dass ihm sein Körper den Gehorsam verweigerte, dann war es nicht nur um ihn geschehen, sondern auch um Urd, ihre Kinder und seinen ungeborenen Sohn.

Wenigstens in diesem unmittelbaren Moment drohte jedoch keine weitere Gefahr. Nur einer der vier Krieger war noch bei

Bewusstsein, und der krümmte sich stöhnend am Boden und presste seinen gebrochenen Arm an den Leib.

Mit zusammengebissenen Zähnen ging Thor an Urd und dem gestürzten Pferd vorbei, hob Mjöllnir auf und benutzte ihn, um das leidende Tier von seinen Qualen zu erlösen. Der Hammer vibrierte sacht in seiner Hand, als er ihn an den Gürtel zurückhängte, als wäre er befriedigt, Blut geschmeckt zu haben, aber längst nicht zufrieden.

Lif kam auf ihn zugerannt. »Thor! Du musst sie töten! Sie haben uns gesehen, und –«

Thor versetzte ihm eine Ohrfeige mit der Linken, die den Jungen rücklings gegen die Felswand taumeln ließ. Sofort schossen ihm die Tränen in die Augen, aber alles, was Thor in seinem Gesicht las, war schiere Fassungslosigkeit.

»Wenn du noch einmal vom Töten sprichst, schlage ich dich nieder«, sagte er. »Und nicht mit der flachen Hand.«

»Aber du –«, stammelte Lif.

»Geh und such ihre Pferde!«, fuhr ihn Thor an. »Wir brauchen vier. *Sofort!*«

Der Junge starrte ihn noch einen halben Atemzug lang aus aufgerissenen Augen an, stieß sich dann von der Felswand ab und verschwand wie der Blitz.

Thor wich Urds Blick aus, als er an ihr vorbeiging und sich Bjorn und Sverig näherte. Der Jarl war der Einzige, der seine Waffe bisher nicht gezogen hatte, und Thor wusste auch, dass er das Schwert nicht ziehen würde; nicht aus Feigheit, sondern weil er ein kluger Mann war und wusste, dass der Kampf vorbei war. Thor empfand nichts als Dankbarkeit. Dennoch war er kein Dummkopf und wahrte einen respektvollen Abstand zu Bjorn, als er sich neben ihm in die Hocke sinken ließ.

»Kommst du, um mich auch noch zu töten?«, fragte Bjorn.

»Niemand wird getötet, wenn es nach mir geht«, antwortete

Thor – was nicht ganz der Wahrheit entsprach, aber er nahm an, dass Bjorn wusste, was er meinte. Der Jarl schwieg.

»Was ist mit ihm?« Thor deutete eine Kopfbewegung auf Sverig an. Bjorns Heerführer lag auf der Seite, und im ersten Moment hätte man meinen können, dass er schlief. Sein Atem ging langsam und gleichmäßig, und seine Haltung wirkte beinahe entspannt. Aber seine Augen waren halb geöffnet, und unter seinem Helm lief ein dünnes Rinnsal von Blut hervor.

»Ich weiß es nicht«, antwortete Bjorn. »Sag du es mir.«

Aber er hatte doch nur mit der bloßen Faust zugeschlagen, und der Helm, den Sverig trug, diente ganz gewiss nicht nur der Zierde!

Bjorn deutete sein Schweigen falsch, sah ihn durchdringend an und runzelte dann die Stirn, als sein Blick auf Thors Rechte fiel. Sie schmerzte noch immer, und zwischen seinen zur Faust geballten Fingern lief immer noch Blut hervor.

»Ich habe dich gewarnt«, sagte Thor. »Es tut mir wirklich leid. Ich wollte das nicht.«

Er hörte selbst, wie wenig überzeugend das klang, und Bjorn reagierte auch nur mit einem bitteren Lächeln darauf. »Der Junge hat recht, weißt du? Du solltest uns töten.«

»Ja, wahrscheinlich. Aber was würde uns das nützen?« Thor hob die unversehrte Linke, als Bjorn etwas sagen wollte. »Was geschehen ist, tut mir leid, bitte glaub mir. Ich gebe dir mein Wort, dass wir niemandem von eurem Tal und diesem geheimen Zugang erzählen werden. Aber wir müssen jetzt fort. Versucht nicht, uns zu finden.«

Bjorn sagte nichts darauf, aber natürlich wussten sie beide, dass er sie nicht einfach gehen lassen konnte.

So wie sie auch beide wussten, was dann geschehen würde.

Thors Hand pochte. Seine Glieder wurden immer noch schwerer, und plötzlich war er müde, so unendlich müde. Das

Gewicht des Hammers an seinem Gürtel wollte ihn zu Boden ziehen.

Stattdessen sprang er auf und fuhr auf dem Absatz herum. »Lif, verdammt! Wo bleiben die Pferde?«

Die Schmerzen in seiner Hand hatten nicht nachgelassen, sondern waren schlimmer geworden, und selbst Urd hatte all ihr Geschick aufwenden müssen, um seine Hand so weit zu verbinden, dass er nicht Gefahr lief zu verbluten. Als Lif endlich mit den Pferden kam, mussten seine Mutter und er ihm helfen, damit er überhaupt in den Sattel kam.

Abgesehen von der Zeit nach dem Kampf am Rabenpass erinnerte Thor sich nicht, jemals zuvor krank gewesen zu sein, und damals war es eher ein Heilschlaf gewesen, während sein Körper sich regenerierte. In dieser Nacht aber *war* er krank; eine vollkommen neue Erfahrung, auf die er gerne verzichtet hätte. Seine Hand pochte nach wie vor, und auch wenn der Schmerz allmählich nachzulassen begann, wurde es nicht wirklich besser, denn an seiner Stelle begann sich eine eisige Taubheit in seiner Hand auszubreiten und das Gefühl, dass sie immer mehr und mehr anzuschwellen begann.

Später kam dann das Fieber.

Thor erinnerte sich, dass sie die überzähligen Pferde davongejagt hatten und dann selbst losgeritten waren, zuerst in südlicher Richtung, dann grob nach Westen und schließlich in eine Richtung, an die er sich nicht mehr erinnerte. Alles wurde unscharf und schwer, und als er nach sehr vielen Stunden – zumindest dessen war er sich sicher – in der Wärme eines winzigen Feuers erwachte, war es ein bisschen wie die Erinnerung an seine Träume: Alles war chaotisch und dumpf, und er erinnerte sich nur, dass Zeit vergangen und sie nicht sehr angenehm gewesen war.

Ihm war kalt. Zusätzlich zu dem schweren Mantel hatte Urd ihn in ein warmes Fell gewickelt und auch noch die Satteldecke über ihm ausgebreitet, aber er lag auf eiskaltem Boden, und das winzige Feuerchen vermochte der Kälte nicht wirklich Einhalt zu gebieten. Unter den zahlreichen Schichten aus Fell und Kleidung war seine Haut schweißnass, aber ihm war dennoch kalt, und er hatte einen so schlimmen Geschmack im Mund, dass ihm beinahe übel wurde, als er unvorsichtig genug war, den sauren Speichel unter seiner Zunge herunterzuschlucken.

»Ich glaube, er ist wach.«

Er war noch zu benommen, um die Stimme zu identifizieren, und als er die Augen öffnen wollte, gelang es ihm erst beim zweiten Versuch; seine Lider waren mit irgendetwas verklebt, und auch sein Gehör arbeitete nicht mit der gewohnten Schärfe. Die Schritte, die um das Feuer herum auf ihn zukamen, spürte er beinahe mehr, als er sie hörte.

Das Einzige, was sich sofort in voller Schärfe zurückmeldete, war der Schmerz in seiner Hand. Instinktiv versuchte er sie zur Faust zu ballen, stellte fest, dass er es nicht konnte, und registrierte erst danach, warum nicht. Urd hatte seine Finger zur Faust geballt und die Hand danach so fest verbunden, dass es ihm unmöglich war, sie zu bewegen.

»Weck ihn nicht auf. Mutter hat gesagt, dass –«

»Ich *bin* wach«, murmelte Thor, dem es endlich gelungen war, die Augen zu öffnen. Das verschwommene Gesicht, das sich über ihn beugte, gehörte Elenia, nicht Urd, aber das schloss er nur aus diesen Worten. Auch seine Augen weigerten sich, ihm wie gewohnt zu Diensten zu sein. »Laut genug wart ihr ja.«

Er blinzelte, um die Schleier vor seinen Augen loszuwerden, wofür er prompt mit einem neuerlichen Schub von Übelkeit bezahlte.

Trotzdem setzte er sich weiter auf und beugte sich vor, um möglichst viel von der kostbaren Wärme aufzufangen, die das kleine Feuer abgab. Das bisschen Wärme, das es spendete, war nicht der Rede wert, sein verräterisches Licht musste dafür aber umso weiter zu sehen sein. Da sein Zeitgefühl vollkommen erloschen war, wagte er nicht einmal zu raten, wie groß ihr Vorsprung war, aber er war auf jeden Fall nicht groß genug.

Dennoch rutschte er nur noch näher an die Flammen heran.

Etwas zischte, und Elenia beugte sich rasch vor und zog die Satteldecke zurück, bevor sie Feuer fangen konnte.

»Gib acht, dass du nicht in Flammen aufgehst, großer Krieger«, sagte Lif spöttisch.

Die Mühe, den Kopf zu heben und den Jungen über das Feuer hinweg ärgerlich anzublicken, erschien ihm viel zu groß. »Wo ist eure Mutter?«, fragte er nur.

»Im Wald, Kräuter suchen«, antwortete Elenia. »Sie muss bald zurück sein.«

Im Wald? Thor hob nun doch den Kopf und stellte fest, dass sich ihr Lagerplatz tatsächlich auf einer kleinen, halb verschneiten Waldlichtung befand. Dichtes Unterholz wucherte zwischen den eng beieinander stehenden Bäumen, und Thor nahm wenigstens etwas von dem zurück, was er über den Leichtsinn des Feuers gedacht hatte.

»Wie lange ... sind wir unterwegs?«, brachte er mühsam hervor. Seine Zunge fühlte sich so angeschwollen und pelzig im Mund an, als hätte er versucht, eine besonders fette Spinne zu verschlucken. Bevor Elenia antwortete, ging sie noch einmal um das Feuer herum und kam mit einem halb gefüllten Schlauch zurück, den sie ihm reichte. Das Wasser darin war schal und lauwarm. Trotzdem trank er in gierigen Zügen und bedankte sich mit einem Lächeln bei Elenia, bei dem ihre Augen aufleuchteten.

Sie stand auf und trug den Schlauch zu den Pferden zurück, die auf der anderen Seite der Lichtung angebunden waren. Thor nutzte die Zeit, um seinen Augen Gelegenheit zu geben, ihre Schärfe zurückgewinnen.

Elenia wandte ihm die unversehrte Seite ihres Gesichts zu,

als sie zurückkam, und erneut fiel ihm die schon fast unheimliche Ähnlichkeit zwischen dem Mädchen und seiner Mutter auf. Selbst ihre Art, sich zu bewegen, war gleich.

»Etliche Stunden«, sagte sie, nachdem sie sich mit untergeschlagenen Beinen so neben ihn in den Schnee gesetzt hatte, dass er auch jetzt wieder die unversehrte Seite ihres schönen Profils vor Augen hatte. »Du hast gefragt, wie lange wir unterwegs sind«, fuhr sie fort. »Seit etlichen Stunden. Wenn es in diesem Land einen Sonnenaufgang gäbe, dann wäre jetzt Mittag. Mindestens.« Seine nächste Frage nahm sie vorweg. »Niemand ist uns gefolgt.«

»Und selbst wenn, hätten wir ja nichts zu befürchten«, fügte Lif hinzu. »Wo wir doch einen leibhaftigen Gott bei uns haben, der es mit einem ganzen Dutzend Krieger auf einmal aufnehmen kann, nicht wahr?«

Im Moment war Thor nicht einmal davon überzeugt, dass er es mit Lif aufnehmen konnte, aber er hatte nicht vor, es auszuprobieren. Nicht einmal mit Worten. Er schwieg.

Auch Elenia sagte eine ganze Weile gar nichts, sondern sah ihn nur auf eine erwartungsvolle Art an, die Thor nicht deuten konnte. Schließlich räusperte sie sich und fragte: »Möchtest du noch Wasser? Oder etwas zu essen?«

Thor *war* hungrig, schüttelte aber trotzdem den Kopf, und wieder verging eine kleine Weile, bevor sie sich abermals und noch gekünstelter räusperte.

»Das, was ... Sverig gesagt hat«, begann sie unbehaglich. »Es ist wahr.«

»Was meinst du?«, fragte Thor.

»Das alles hier ist meine Schuld«, beharrte Elenia. »Sie ... sie jagen uns, weil ich ihnen alles verraten habe. Wenn ich ihnen nicht gesagt hätte, woher wir kommen und wer ... wer Mutter ist ...«

»War«, verbesserte sie Thor. »Sie hat dieses Leben hinter

sich gelassen, um euch zu beschützen, Elenia, deinen Bruder und dich. Hat sie euch das auch erzählt?«

Elenia sah ihn nur aus großen Augen an, in denen Tränen schimmerten. Sie brachte nicht einmal die Kraft für diese kleine Bewegung auf, aber Thor spürte ihr Kopfschütteln.

»Und es ist sehr lange her«, fuhr er fort.

»Trotzdem war sie eine Lichtbringerin«, sagte Elenia.

»Manchmal ändern sich Menschen«, erwiderte Thor. »Vertraust du mir?«

»Ja.«

»Dann solltest du auch deiner Mutter trauen –«

»Aber das tue ich doch!«

»– und ihr und mir einfach glauben, dass wir *dir* vertrauen«, fuhr Thor unbeeindruckt fort. »Glaub mir, alles wäre ganz genauso gekommen, wenn du Sverigs Fragen nicht beantwortet hättest. Davon abgesehen«, fügte er mit einem Schulterzucken hinzu, »wussten sie es sowieso schon.«

»Von Sigislind«, vermutete Elenia.

Thor nickte.

»Hast du sie deshalb getötet?«, fragte Elenia.

»Nein.« Thor blickte einen Moment lang an ihr vorbei ins Leere. Woher wusste sie, dass Sigislind tot war? Hatte Urd es ihr erzählt, oder war es nur eine Vermutung von ihr? Vielleicht sollte er ihnen die Wahrheit sagen, dachte er. War er es ihr und ihrem Bruder nicht schuldig? Doch er schüttelte nur den Kopf und sagte noch einmal: »Nein. Es war ein Unfall. Und es tut mir wirklich leid.«

»Weil du ja nie jemanden töten würdest, wenn du es vermeiden kannst, nicht wahr?«, sagte Lif höhnisch.

Das war genug, fand Thor. Lif war ein Knabe und hatte vielleicht das Recht, ein wenig aufbrausend zu sein, aber keiner von ihnen wusste, was in der nächsten Stunde geschah, und der nächste Fehler, den Lif beging, mochte ihr letzter sein.

»Lif«, begann er, »du –«

»– solltest jetzt lieber den Mund halten«, unterbrach ihn Urds Stimme vom gegenüber liegenden Rand der Lichtung. »Und wolltest du nicht überhaupt am Waldrand Wache halten, damit wir keine bösen Überraschungen erleben?«

Lif funkelte seine Mutter trotzig an, stand wortlos auf und verschwand mit stampfenden Schritten im Unterholz.

Urd kam über den verharschten Boden heran, der im Windschatten der Bäume an einigen Stellen schon zu halb gefrorenem Morast aufgetaut war, und wandte sich dann in zwar sanfterem, aber dennoch entschlossenem Ton an Elenia. »Vielleicht gehst du ihm nach und gibst ein wenig auf ihn acht?«

Auch Elenia trollte sich, und obwohl sie es sehr schnell und ohne ein Wort des Protestes tat, schien sie Thor genauso verärgert zu sein wie ihr Bruder – auch wenn er sich vergebens fragte, warum.

Urd wartete, bis sie gegangen war, bevor sie sich umwandte und zu den Pferden hinüberging. Sie kramte eine Weile in den Satteltaschen herum, und als sie schließlich zurückkam, trug sie in der rechten Hand einen zerbeulten Becher. Zwischen den Fingern ihrer zur Faust geschlossenen Linken ragten ein paar abgerissene Pflanzenstängel hervor: die Kräuter, von denen Elenia gesprochen hatte.

»Ich habe gehört, was du gesagt hast«, begann sie, während sie neben ihm Platz nahm – und das auf eine so verblüffend ähnliche Weise wie ihre Tochter zuvor, dass Thor sich allen Ernstes fragte, ob sie Elenia beobachtet hatte und sie nachahmte – und ihre unterschiedlichen Mitbringsel vor sich im Schnee ausbreitete. Thor beging den Fehler, die mitgebrachten Kräuter und Pilze genauer zu betrachten, und bedauerte ihn sofort. Einiges davon sah aus, als wäre es von dem einen oder anderen Waldbewohner schon einmal gegessen worden, bevor sie es eingesammelt hatte.

»Er ist ein Junge«, antwortete er. »Und ich bin selbst schuld. Diese ganze Gott-des-Donners-Geschichte –«

»Elenia«, unterbrach ihn Urd, ohne in ihrem Tun innezuhalten. »Ich habe gehört, was du zu ihr gesagt hast.« Ihre Hände bewegten sich weiter, als hätten sie sich plötzlich in zwei kleine, unabhängige Wesen verwandelt, aber sie selbst sah ihm fest und mit einem Ausdruck in die Augen, von dem er nicht sicher war, ob er ihm gefiel. »Ich weiß nur nicht, ob ich dir wirklich dankbar sein soll.«

Thor verstand, was sie meinte. Trotzdem fragte er: »Wäre es dir lieber, wenn deine Kinder wüssten, dass du Sigislind getötet hast?«

»Oder du?«

»Das ist ein Unterschied«, behauptete er. »Ich bin ein Krieger. Krieger töten Menschen.«

Urd wirkte ... irritiert, und für einen ganz kurzen Moment hatte Thor das sichere Gefühl, sie verärgert zu haben. Dann überraschte sie ihn, indem sie den Kopf schüttelte und ein leises, gutmütig-spöttisches Lachen hören ließ. »Und du bist sicher, dass du nicht seinerzeit in anderer Gestalt zu mir gekommen bist und Lif dein Sohn ist?«

»Wieso?«

»Weil du dich jetzt genauso anhörst wie er.« Sie lachte noch einmal und womöglich noch amüsierter und wurde im nächsten Augenblick umso ernster. »Aber ich weiß nicht, ob ich das will.«

»Was?«

»In deiner Schuld stehen«, antwortete sie.

Er wusste nicht, was er darauf antworten sollte. Vielleicht, weil ihn diese Worte im gleichen Maße empörten, wie er sie auf einer tieferen Ebene sehr genau verstand.

Urd nahm den zerbeulten Becher in die Hand, streute einen Teil ihrer mitgebrachten Kräuter hinein und missbrauchte den umgedrehten Dolch, um mit seinem Griff die Pflanzenstängel zu einem Brei zu zerstoßen. Halb damit fertig, raffte sie eine Handvoll Schnee auf, gab sie hinzu und rührte und stampfte weiter.

»Du erwartest aber nicht, dass ich etwas davon esse?«, fragte er vorsichtig. Urd warf ihm einen undeutbaren Blick zu, gab eine weitere Handvoll Schnee in den Becher und hielt ihn über die Flammen, um seinen Inhalt zu schmelzen, und Thor fügte hinzu: »Oder trinke.«

»Natürlich nicht«, antwortete sie, ohne ihn direkt anzusehen. »Das kommt auf deine Verbände.«

»Hm«, machte Thor. »Wenn ich es mir genau überlege ...« Er deutete mit der unversehrten Hand auf seine Kehle. »Vielleicht nimmst du doch besser deinen Dolch.«

Urd lächelte zwar knapp, hantierte aber wortlos weiter und bedeutete ihm dann nur schweigend, ihr seine Hand zu reichen. Routiniert und vielleicht etwas weniger rücksichtsvoll, als es ihr möglich gewesen wäre, wickelte sie den durchgebluteten Stoff ab, und Thor durchfuhr ein leiser Schrecken, als er sah, dass seine Hand tatsächlich angeschwollen und dunkel verfärbt war. Die Wunde war entzündet und roch schlecht, hatte noch nicht einmal angefangen zu heilen, und es kostete ihn enorme Anstrengung, sich den heftigen Schmerz nicht anmerken zu lassen.

»Sag mir, wenn es zu sehr wehtut«, sagte Urd.

Thor war tatsächlich drauf und dran, ganz genau das zu tun, fragte sich dann aber zu Recht, was das wohl nutzen sollte, und blieb stoisch und mit ausdruckslosem Gesicht sitzen.

Nicht dass es Urd beeindruckt hätte. »Du hältst dich tapfer, großer Krieger. Aber es ist nicht notwendig. Wir sind allein.«

Sie nahm einen Zipfel des verdreckten Tuches, das sie gerade von seiner Hand gewickelt hatte, tunkte ihn in den Becher und begann ihre selbst gemachte Salbe auf die Wunde zu schmieren.

Der Effekt war bemerkenswert: Die Salbe brannte wie Feuer, betäubte den Schmerz aber auch fast augenblicklich wieder und ließ ein fast angenehmes Gefühl prickelnder Kühle zurück.

»Warum heilt die Wunde nicht?«

»Weil sie sehr tief ist. Und gerade einmal wenige Stunden alt.« Urd schüttelte tadelnd den Kopf. »Ich habe schon vieles gesehen, aber dass man einem Mann das Schwert mit der bloßen Hand entreißt noch nicht. Ist das ein besonders raffinierter Trick oder einfach nur Dummheit?«

»Beides«, antwortete Thor. »Das kommt immer darauf an, wie es ausgeht.« Aber natürlich hatte sie recht: Es *war* dumm gewesen. Auch wenn ihm irgendetwas sagte, dass es ihm mühelos hätte gelingen sollen, ohne sich die Hand bis auf die Knochen zu zerschneiden.

Urd verteilte den Inhalt des Bechers sorgsam auf seiner Hand, griff unter ihren Mantel und zog ein dunkelgrünes Blatt mit gezackten Rändern hervor, das sie auf die Wunde legte, bevor sie seine Finger zur Faust schloss, die sie anschließend mit großer Sorgfalt wieder bandagierte – mit demselben schmutzigen Tuch, das sie gerade erst abgewickelt hatte.

»Du kennst dich gut mit so etwas aus«, lobte Thor. Seine Hand tat zwar immer noch weh, aber es war kein Vergleich mehr mit vorher, und das Gefühl prickelnder Kühle hatte mittlerweile sein Handgelenk erreicht und kroch weiter in seinem Arm empor.

»Das sollte jede Frau können, die länger mit dir zusammen ist«, antwortete Urd ernsthaft. Dann hob sie die Schultern. »Aber du hast recht. Ich habe ein wenig Erfahrung in solchen Dingen. Ich war Priesterin.« Sie sah ihn auf eine Art an, als erwarte sie eine ganz bestimmte Reaktion auf diese wenig überraschende Eröffnung. Als sie nicht kam, fügte sie hinzu: »Die Priesterinnen des Lichtgottes sind auch Heilerinnen.«

»Dann erklär mir, warum meine Hand nicht heilt«, erwiderte Thor. »Nicht so, wie sie sollte.«

Er war kein bisschen überrascht, als Urd ihn auch jetzt wieder auf dieselbe forschende Art ansah. Sie suchte etwas in seinem Gesicht, dachte Thor beunruhigt. Offensichtlich fand sie es nicht. »Das wird sie. Es wird nur eine Weile dauern. Gewöhn dich lieber daran.«

»Woran?«

»Vielleicht nicht mehr ganz so unsterblich zu sein wie ein Gott.« Sie machte eine Kopfbewegung auf die bandagierte Hand. »Keine Angst. Sie wird heilen, und das mit einer Schnelligkeit, um die dich jeder andere Mann beneiden würde. Aber du solltest in Zukunft vielleicht trotzdem etwas vorsichtiger sein.«

»Du meinst, ich verliere meine Kraft?« Er war nicht überrascht – und wenn, dann allenfalls darüber, dass er es nicht schon längst begriffen hatte.

Urd schüttelte jedoch den Kopf. »Sie hat dir nie gehört.«

»Was soll das heißen?«

Auch jetzt verging wieder Zeit, bevor sie antwortete, doch ihr Zögern schien einen anderen Grund zu haben. »Ich ... bin nicht ganz sicher«, sagte sie schließlich. »Es heißt, die Götter geben ihren Einherjern einen Trank, bevor sie in die Schlacht ziehen. Einen Trank, der ihnen die Kraft von zehn Männern verleiht und sie unempfindlich gegen Schmerz und Furcht werden lässt.«

»Als Berserker, ich weiß.« Die Nächte im Tal waren lang, und an den Feuern wurde viel geredet und viel erzählt. »Es heißt aber auch, dass die meisten diese geliehene Kraft mit dem Leben bezahlen, wenn die Wirkung des Tranks nachlässt.«

»Es ist nur eine Geschichte. Aber die meisten Geschichten enthalten einen Funken Wahrheit. Deine Träume, deine Kraft, die so groß ist wie die von zehn Männern ...« Wieder zögerte sie, bevor sie weitersprach: »Deine Träume sind deutlicher geworden, nicht wahr? Und häufiger. Wer weiß ... vielleicht kehren deine Erinnerungen ja zurück, je mehr du wieder zum Menschen wirst.«

Wenn es so war, dachte Thor, dann hatte sich das Schicksal dafür den denkbar ungünstigsten Moment ausgesucht.

Aber dann lachte Urd. »Vielleicht ist es auch nur Unsinn. Du bist schwer verletzt worden, und immerhin hast du mit vier Männern gekämpft. Jeder andere an deiner Stelle wäre jetzt tot. Erwarte nicht zu viel von dir.«

»Wenn man es genau nimmt, waren es sechs«, antwortete Thor. Und die Frage war wohl eher, was *sie* von ihm erwartete. Urd sah ihn noch immer auf dieselbe, fast unheimliche Art an, und vielleicht zum allerersten Mal konnte Thor wirklich in ihrem Gesicht lesen. Sie erwartete etwas von ihm, vielleicht die Antwort auf eine Frage, die sie noch gar nicht gestellt hatte.

»Meinst du nicht, dass jetzt der richtige Zeitpunkt wäre, mir alles zu erzählen?«, fragte er.

»Alles?«

»Wer du wirklich bist«, antwortete er. »Und was du von mir willst.«

Ein Schatten huschte über Urds Gesicht. »Du vertraust mir nicht. Ich kann das verstehen, und wahrscheinlich habe ich es verdient. Wie könntest du mir noch vertrauen, nach allem, was ich getan habe? Ich verlange es auch nicht von dir. Ich erwarte auch nicht, dass du mir verzeihst ... das vielleicht am allerwenigsten.«

»Du –«

»Aber darf ich dich nach allem, was zwischen uns war, noch um eines bitten?« Sie legte die flache Hand auf ihren Leib. »Würdest du wenigstens bei uns bleiben, bis dein Kind geboren ist? Es wird nicht mehr lange dauern, bis eine Zeit kommt, in der ich vielleicht auf Hilfe angewiesen bin. Ich verlange nicht, dass du mich verteidigst, aber vielleicht deinen Sohn.«

Das kam so unerwartet, dass Thor zunächst nicht einmal wusste, wie er darauf reagieren sollte. Glaubte sie wirklich, er würde sie und die Kinder im Stich lassen? »So wie die Dinge liegen, musst *du* wohl eher auf *mich* aufpassen«, sagte er mit dem vergeblichen Versuch eines Lächelns. Er erhob sich ebenfalls, deutlich mühsamer und weniger elegant, als Urd es getan hatte, und hob die verbundene Hand. »Dein großer Krieger ist im Moment nur ein halber, fürchte ich.«

»Das ist keine Antwort.«

»Es ist die einzige, die ich dir im Moment geben kann.« Mit einem Male wurde er zornig. »Wenn du möchtest, dass ich gehe oder bleibe, dann sag es einfach, aber treibe kein Spiel mit mir!«

»Das tue ich nicht. Und wenn ich versuchen würde, würdest du es nicht merken, glaub mir.«

Vielleicht hätte er noch etwas ziemlich Unbeherrschtes oder Dummes gesagt, wäre Elenia nicht in diesem Moment zurückgekommen. Möglicherweise hatte sie auch schon länger im Schutz der Büsche gestanden und sie belauscht, aber Thor glaubte nicht, dass das einen großen Unterschied machte. Ein einziger Blick in ihre Augen reichte aus, um ihm zu sagen, dass sie ohnehin Bescheid wusste.

Sie ging jedoch mit keinem Wort darauf ein, sondern wandte sich an ihre Mutter: »Lif meint, dass jemand kommt.«

»Er meint?«, fragte Thor.

Elenia hob die Schultern und antwortete zwar, sah ihn dabei aber immer noch nicht an. »Er hat nichts gesehen, aber er ...«

»... hat scharfe Augen und ein feines Gespür«, führte Urd den Satz zu Ende, ihrerseits an Thor gewandt. »Beides hat er wohl von seinem Vater. Und wenn er meint, dass wir besser weiterreiten sollten, dann sollten wir auf ihn hören.« Sie kam Thors nächster Frage zuvor. »Es wird ohnehin Zeit. Wir sind schon viel zu lange hier. Kannst du reiten?«

»Ich kann es versuchen«, meinte Thor. »Ich war bestimmt mal ein guter Reiter. In meinem früheren Leben.«

»Ich meine es ernst.« Urd wandte sich mit einem ärgerlichen Ruck um und ging zu den Pferden. »Vielleicht müssen wir schnell reiten. Und lange.«

12. Kapitel

Er stand auf einer leeren Ebene, die bis zum Horizont und darüber hinaus reichte und so öde war, dass dieses Wort allein nicht auszureichen schien, um es zu beschreiben. Nicht wenn man wusste, wie dieses Land einst ausgesehen hatte.

Er wusste es. Der Mann, der er in diesem Traum war und an dessen Namen und Leben er sich nun erinnerte, auch wenn ihm zugleich bewusst war, dass diese Erinnerungen wieder fort sein würden, sobald er in die Welt des Lichts und der Dinge zurückkehrte, dieser Mann hatte das Grün gesehen, das dieses Land im Sommer bedeckte, das Leben, das es gebar und das all die Menschen seines Volkes und noch so viele mehr ernährte. Er hatte den warmen Wind auf dem Gesicht gespürt, das Lachen der Kinder gehört und den Ruf der Hörner, die die Menschen zum Gebet oder einfach einem geselligen Beisammensein riefen, nicht zur Schlacht, wie heute.

Damals waren es Bauern und Händler gewesen, die über das Land schritten, spielende Kinder und glückliche Frauen.

Als er sich nun umwandte, da waren es Krieger, gepanzerte Gestalten in Schwarz und Gold, in endlosen Reihen aufmarschiert, fast so zahlreich wie die Ähren, die früher hier gestanden hatten. Unter ihren Füßen war nur noch harter Fels, in dessen Rissen und Vertiefungen sich schmutziges Wasser gesammelt hatte, und ein leichter Geruch nach Salz und Tod lag über dem Land. Der niemals endende Winter hatte das Leben schon lange aus diesem Teil der Welt vertrieben und die Stürme die fruchtbare Krume fortgetragen, bis nur noch vergifteter Fels da war, wo einst ein ganzes Volk gelebt hatte. Nie wieder würde das Leben an diesen Ort zurückkehren.

Was hatten sie getan? Womit hatten sie die Nornen herausge-

fordert – die wahren Herren des Spinnrads, auf dem die Schicksalsfäden der Menschen gesponnen wurden, und die selbst über die Götter herrschten –, dass sie sich so grausam rächten, und das nicht nur an ihnen, sondern auch an denen, über die sie wachten und die am wenigsten Schuld an alledem trugen?

Das Horn klagte, nicht zum ersten Mal. Es wurde Zeit. All diese Männer, all dieses tödlich geschliffene Eisen und diese grimmige Entschlossenheit warteten nur noch auf ihn.

Aber er wollte diesen Krieg nicht.

Er hatte ihn nie gewollt, und tief in sich spürte er, dass auch all die anderen ihn nicht wollten, weder die gerüsteten Krieger hinter ihm, von denen so viele ihr Leben lassen würden, noch seine Brüder und auch nicht sein Vater.

»Es wird Zeit, Bruder.«

Unendlich viel langsamer als notwendig drehte er sich abermals herum und sah in ein Gesicht aus Eisen und Gold hinauf.

»Ich weiß«, sagte er. Seine Hand senkte sich auf den Stiel der heiligen Waffe an seinem Gürtel, und …

Thor schrak so heftig aus seinem Traum hoch, dass er um ein Haar den Halt verloren hätte und aus dem Sattel gestürzt wäre. Ganz instinktiv klammerte er sich fest und fand sein Gleichgewicht wieder, aber was er sah, erfüllte ihn im ersten Moment nur mit Verständnislosigkeit: Schwarzer Fels hatte nicht minder ödem Weiß Platz gemacht, und der Wind war schneidender und kälter geworden und roch jetzt nicht mehr nach Salz und Leere, sondern nach Schnee. Keine Sonne stand über ihm, sondern es gab nur ein allumfassendes Grau, das im Osten vielleicht eine Spur heller war, und am meisten erschreckte ihn vielleicht der Anblick seiner Hände, die nicht mehr gerüstet waren. Die Linke war nackt und umklammerte das rissig gewordene Leder eines schäbigen Zügels, die rechte steckte in einer Panzerfaust aus schmutzigem Stoff, den eingetrocknetes Blut hart gemacht hatte. Sie tat weh, ein Schmerz, der sich in klopfenden Wellen bis in seine Schulter hinaufzog.

»Ist alles wieder in Ordnung?«

Thor erinnerte sich nicht, dass irgendetwas nicht in Ordnung gewesen wäre. Er erinnerte sich auch nicht an die Stimme, wusste nicht, wo er war oder gar *wer* er war. Aber dann drehte er mühsam den Kopf und blickte in ein schmales, von zwei dicken goldfarbenen Zöpfen eingerahmtes Gesicht, und seine Erinnerungen kamen endgültig zurück, auch wenn diese Rückkehr von einem intensiven Gefühl des Verlustes begleitet wurde. Da war so unendlich viel, woran er sich *nicht* erinnerte; ein ganzes Leben, das vielleicht für immer verloren war.

»Wie lange sind wir schon unterwegs?«, fragte er.

»Ein paar Stunden«, antwortete sie, aber natürlich spürte er, dass das gelogen war. Sie waren seit vielen Stunden unterwegs, das verrieten ihm allein sein schmerzender Rücken und die Art, auf die seine Muskeln vom langen Sitzen im Sattel verkrampft waren.

»Du hättest mich wecken sollen«, sagte er.

»Wieso?«, fragte Urd. »Wären wir dann schneller gewesen?«

Statt zu antworten, drehte sich Thor im Sattel herum und sah in die Richtung zurück, aus der sie gekommen waren. Schnee, so weit das Auge reichte, nur durchbrochen von der schnurgeraden Spur, die ihre Pferde darin hinterlassen hatten. In einer Entfernung, die unmöglich zu bestimmen war, schienen sich vage Umrisse zu bewegen; vielleicht Wälder, vielleicht von Menschen erschaffene Dinge oder auch nur Gespenster, die seine eigene Fantasie auf diesem Hintergrund erschuf, weil sie den Anblick so vollkommener Leere nicht ertragen hätte. Eine einzelne Gestalt folgte ihnen in vielleicht zwanzig Schritten Entfernung: Lif, der die Nachhut bildete und sich in regelmäßigen Abständen immer wieder umsah. Thor war klar, dass die Sinne des Jungen nicht annähernd so scharf waren wie seine eigenen und er hinter ihnen rein gar nichts erkennen konnte. Aber er schenkte dem Jungen ein anerkennendes knappes Nicken. Lif tat so, als sähe er es nicht.

»Wieso ›wieder‹?«, fragte er plötzlich und scheinbar unvermittelt an seinen ersten Gedanken nach dem Erwachen anknüpfend. Urd sah ihn verständnislos an, und Thor sagte: »Du hast mich gefragt, ob *wieder* alles in Ordnung ist.«

»Du hast fantasiert«, antwortete Urd. »Ich nehme an, wieder ein schlechter Traum?«

Thor zögerte, bevor er dann schließlich doch mit einem Nicken auf ihre Frage antwortete. Der üble Geschmack in seinem Mund und der kalt gewordene Schweiß, der seine Haut klebrig machte, bestätigten ihm, dass Urd wohl richtig vermutete und er erneut Fieber gehabt hatte, aber er war nicht sicher, dass es wirklich nur ein Traum gewesen war. Er hob die Schultern, blinzelte ein paar Mal und gähnte dann ausgiebig.

»Und da ist ... noch etwas«, meinte Urd zögernd.

»Ich weiß«, sagte er. »Sie verfolgen uns immer noch. Und sie kommen näher.« Er hatte es sofort gespürt, im gleichen Moment, in dem er aufgewacht war, aber seine Gedanken waren noch zu träge gewesen, um die genaue Bedeutung dieses Gefühls zu erkennen.

»Ja.« Urd wirkte ein bisschen überrascht, vielleicht sogar verstimmt. Aber sie deutete nur ein Achselzucken an. »Wir haben ein paarmal die Richtung gewechselt und versucht, unsere Spur zu verwischen, aber es nützt nichts.«

Thor nickte nur zur Antwort. Er machte sich keine Sorgen um die Fährte. So auffällig sie ihnen auch vorkommen mochte, wusste er doch, dass der Wind sie binnen weniger Minuten hinter ihnen auslöschen wurde. Aber die, die sie verfolgten, brauchten keine Spuren im Schnee, um ihre Beute nicht zu verlieren.

Er sprach diesen Gedanken nicht laut aus, schon um Urd

nicht zu beunruhigen, aber auch, weil sie ihn mit Sicherheit gefragt hätte, woher er das wusste, und diese Frage hätte er nicht beantworten können.

Stattdessen fragte er: »Wohin reiten wir eigentlich?«

Urds Antwort bestand nur aus einem abermaligen Schulterzucken. »Ich weiß es nicht«, gestand sie. »Wir wissen ja nicht einmal, wo wir sind. Wie soll ich da wissen, wohin wir gehen?«

»Umso besser«, sagte er. Jetzt blickte ihn Urd vollkommen verständnislos an, und Thor fügte mit einem knappen Lächeln hinzu: »Wenn wir selbst nicht wissen, wohin wir gehen, wie sollen es unsere Verfolger dann wissen?«

»Ja, das ist lustig.«

»Man muss immer das Beste aus dem machen, was man hat. Ich kann mich täuschen – aber warst du es nicht, die das einmal zu mir gesagt hat?«

»Nein«, sagte sie. »Daran könnte ich mich erinnern.«

»Aber es klingt so«, beharrte er.

Urd tat das wohl einzig Vernünftige und antwortete gar nicht mehr darauf, und Thor blinzelte den allerletzten Rest der Spinnweben weg, die seine Gedanken verklebten, und sah sich erneut und diesmal genauer um.

Auf den ersten Blick schien sich das Bild nicht von seinem ersten Eindruck zu unterscheiden: Sie bewegten sich durch eine weiße Leere, die bis an die Grenzen der Welt und noch darüber hinaus zu reichen schien, eine so vollkommene Abwesenheit aller Dinge, dass sie selbst schon wieder Gestalt anzunehmen schien. Aber er war nicht nur auf seine Augen angewiesen. Krank oder nicht, seine Sinne waren noch immer schärfer als die jedes anderen, und er spürte, dass vor ihnen etwas war. Vielleicht ein Wald. Und ein ganz sachter Geruch wie nach fließendem Wasser lag in der Luft. »Dorthin«, sagte er.

Urd blickte eine Weile konzentriert in die angegebene Richtung, wiegte dann den Kopf und sah ihn nachdenklich an.

»Entweder du bist noch ein viel erstaunlicherer Mann, als ich gedacht habe, oder meine Heilkräfte sind noch größer, als man mir nachsagt.«

»Vielleicht beides«, antwortete Thor. »Aber irgendetwas ist dort vorne. Vielleicht ein Versteck.« *Das uns nichts nutzen würde*, dachte er bitter. Wer immer sie verfolgte, es waren keine Jäger, vor denen sie sich verstecken konnten.

Er bedeutete Urd mit einer Geste, langsamer zu reiten. Schließlich hielt er an, damit Lif zu ihnen aufschließen konnte, und versuchte den Blick des Jungen einzufangen. Lif hatte sich erstaunlich gut in der Gewalt, aber seine Beherrschtheit war von Feindseligkeit erfüllt. Thor verstand nicht wirklich, was er dem Jungen getan hatte, aber jetzt war auch nicht der Moment, darüber zu sprechen.

»Wir brauchen ein Versteck«, sagte er. »Und wir müssen schneller reiten. Schafft ihr das?«

Lif nickte wortlos, und auch Urd und ihre Tochter signalisierten stumm ihre Zustimmung. Aber sie alle waren am Ende ihrer Kräfte, und das schloss auch die Pferde ein. Sverigs Männer hatten eine gute Wahl getroffen, doch die wenigen echten Kriegspferde, die es in ihrem Tal gab, waren weder auf Ausdauer gezüchtet noch daran gewöhnt, Stunde um Stunde ohne Pause zu reiten.

Seine Hand tastete nach dem Hammer an seinem Gürtel und strich über das mit Runen verzierte Eisen. Die Berührung sollte ihm Zuversicht spenden, aber sie tat es nicht. Er spürte zwar die Kraft, die in der Waffe schlummerte, aber selbst diese kleine Bewegung tat weh. Er würde sich verteidigen können, wenn er es musste, aber an einen wirklichen Kampf war nicht einmal zu denken.

Eine geraume Weile ritten sie in Schweigen. Der Schatten, den er bisher nur erahnt hatte, begann allmählich aus dem Grau der immerwährenden Dämmerung herauszutreten, und Thor sah, dass es sich um einen verschneiten Wald handelte, größer als der, in dem er das erste Mal erwacht war, aber nicht einmal annähernd groß genug, um sich darin verstecken zu können.

Schon seit einer Weile war das Plätschern von Wasser zu hören gewesen, das seinen Ursprung in einem schmalen Bach hatte, welcher sich einen guten Steinwurf vor dem Waldrand in beide Richtungen dahinschlängelte, bevor er im grauen Zwielicht verschwand. Obwohl er von den Bergen kam, war sein Wasser offensichtlich bereits warm genug, um die Eisdecke zu schmelzen, die ihn den ganzen Winter über verborgen hatte. Das verbliebene Eis an seinen Rändern zersplitterte unter den Pferdehufen wie sprödes Glas. Dennoch ritt Thor nur bis zum Waldrand und gerade weit genug hinein, um eine schwache Spur aus gebrochenen Ästen im Unterholz zu hinterlassen, dann hielt er sein Pferd an, lenkte es vorsichtig auf seiner eigenen Fährte zurück und signalisierte den anderen, zum Bach zurückzureiten. Elenia machte ein fragendes Gesicht, während Urd und der Junge anscheinend begriffen hatten, was er plante. Urd wirkte besorgt, während sich auf Lifs Gesicht eine Mischung aus Abenteuerlust und Entschlossenheit breitmachte; etwas, das ihm hier und jetzt überhaupt nicht gefiel.

»Wir reiten durch das Wasser, für den Fall, dass sie Hunde dabeihaben?«, vermutete Elenia.

»Um sie von unserer Fährte abzubringen, ja«, bestätigte Thor.

Elenia sah ihn nun doch ein wenig zweifelnd an, vor allem als ihr Pferd zwar gehorsam in den Bach hineintrat, dann aber unwillig zu schnauben begann, als sie es daran hinderte, sofort wieder auf das jenseitige Ufer hinaufzutreten, sondern nur noch tiefer in das eisige Wasser hineinlenkte. Schließlich musste Thor nicht nur ihr, sondern auch ihrem Bruder dabei helfen, ihre störrischen Tiere zu bändigen.

Er konnte die Pferde gut verstehen. Das Wasser war nicht nur kalt, sondern auch deutlich tiefer, als er erwartet hatte. Selbst durch die dicken Stiefel hindurch konnte er die Eiseskälte spüren, und als wäre das allein noch nicht schlimm genug, wies der Bach unter seiner trügerisch ruhigen Oberfläche eine reißende Strömung auf, gegen die anzukämpfen die Tiere zusätzliche Kraft kostete. Als Urds Pferd das erste Mal strauchelte und sie sich mit einem erschrockenen Laut am Sattel festklammerte, um nicht zu stürzen, sah er die Sinnlosigkeit seines Plans ein und lenkte sein Tier wieder auf das Ufer hinauf. Dicht aneinandergedrängt und zitternd vor Erschöpfung hielten die Pferde an. Ihr Fell dampfte vor Kälte, und auch aus ihren Nüstern und Mäulern stieg grauer Dunst auf.

»Und du glaubst, dieses kurze Stück reicht, um sie unsere Spur verlieren zu lassen«, fragte Lif spöttisch. »Das war nicht einmal eine Meile.« Dass auch seine Stimme dabei vor Kälte zitterte, nahm ihr nur wenig von ihrem ätzenden Klang.

Thor bewahrte trotzdem Ruhe; wenn auch nur äußerlich. »Vermutlich nicht. Aber was nutzt uns der größte Vorsprung, wenn die Pferde vor Erschöpfung zusammenbrechen?«

»Wahr gesprochen, großer Krieger«, setzte Lif nach.

»Lif!« Seine Mutter maß ihn mit einem scharfen Blick und hätte vermutlich noch mehr gesagt, doch Thor brachte sie mit einer raschen Geste zum Verstummen.

»Lass ihn«, sagte er. »Er hat ja recht. Das war eine dumme Idee.«

Und nicht die erste. Was er schon befürchtet hatte, schien sich zu bewahrheiten: Er begann Fehler zu machen. Fehler, die sie sich nicht leisten konnten

Müde deutete er in die Richtung, in der sich das Grau dieser so quälend langsamen Dämmerung aufzuhellen begann.

»Reitet weiter. Ich komme rasch nach.«

Urd blickte fragend, und Lif setzte zu einer vermutlich noch höhnischeren Bemerkung an, kam aber nicht dazu, denn Thor fuhr fort: »Und du begleitest mich.«

Jetzt trat ein eindeutig besorgter Ausdruck in Urds Augen, doch Thor schüttelte nur den Kopf, und Urd beließ es ihrerseits bei einem angedeuteten Nicken und ließ ihr Pferd mit sanftem Schenkeldruck antraben. Elenia folgte ihr.

Thor wartete, bis das graue Zwielicht zuerst ihre Gestalten, dann auch das weiche Geräusch der Hufschläge im Schnee verschlungen hatte. Aber auch dann rührte er sich noch nicht, sondern blieb reglos im Sattel sitzen, bis Lif das Schweigen schließlich nicht mehr aushielt.

»Sollten wir nicht zurückreiten?«, fragte er nervös.

»Wozu?«

»Um nach unseren Verfolgern zu sehen?«

»Und sie wieder auf unsere Spur bringen?«, fragte Thor kopfschüttelnd. »Nein, du hattest recht. Sie sind schon viel zu nahe.«

Suchend sah er sich um und lenkte sein Pferd dann wieder zum Waldrand zurück, von dem sie sich mittlerweile weit genug entfernt hatten, dass er nur noch als etwas dunkler Schatten vor dem Hintergrund des alles verzehrenden Grau zu erkennen war. Lif folgte ihm, widerwillig und in größerem Abstand, als nötig gewesen wäre, aber zumindest ohne zu protestieren.

Dicht vor den Bäumen hielten sie an. Thor stieg ab und führte sein Pferd in den Schutz des vereisten Unterholzes. Der Junge sah ihm mit wachsender Verständnislosigkeit zu, folgte dann aber seinem Beispiel.

Thor schwieg weiter. Er brauchte noch einen Moment, dann aber hatte er gefunden, wonach er suchte. Der Baum war hoch, aber dürr und verkrüppelt; vor langer Zeit war sein Stamm vom Blitz getroffen und gespalten worden, und die eine Hälfte war verbrannt, die andere durch eine Laune des Schicksals nahezu unversehrt, aber mit dürren, vielfach verzweigten Ästen versehen, die nicht so aussahen, als könnten sie auch nur das Gewicht eines Kindes, geschweige denn das eines erwachsenen Mannes tragen.

»Von dort oben aus müsste man einen guten Blick haben«, erklärte Thor.

Lifs Blick folgte seiner Geste und wurde unsicher.

»Mein Gewicht trägt er wahrscheinlich nicht, aber du solltest es schaffen.«

Lif wirkte noch unsicherer, machte einen zögernden Schritt, blieb dann wieder stehen und schüttelte den Kopf. »Nein. Das tue ich nicht.«

»Und ich dachte, du wärst mit mir gekommen, um mir zu helfen und ein großer Krieger zu werden«, gab Thor in gespielter Enttäuschung zurück. »Dieser Ort ist gut für einen Hinterhalt. Wenn wir wissen, wie viele sie sind und aus welcher Richtung sie kommen, dann können wir ihnen eine Falle stellen.«

Eine ganze Weile sah der Junge ihn nur verwirrt an, dann ging er tatsächlich zu dem bezeichneten Baum hin, streckte die Hand nach einem der verbrannten Äste aus und zog prüfend daran. Der Ast brach mit einem hellen Knacken ab, bei dem eines der Pferde erschrocken zu schnauben begann.

»Das ist verrückt«, murmelte Lif.

»Willst du nun ein Krieger werden oder nicht?«, erwiderte Thor.

»Da steige ich nicht rauf!«, sagte Lif entschieden. »Das ist Selbstmord.«

Thor maß ihn mit einem langen Blick, schürzte dann verächtlich die Lippen und ging die wenigen Schritte zu seinem Pferd zurück.

»Dann gehört wohl doch ein bisschen mehr dazu als ein vorlautes Mundwerk, um ein Krieger zu werden, wie?«, fragte er abfällig. Dann lachte er. »Aber du hast recht. Es wäre Selbstmord. Selbst für ein Leichtgewicht wie dich.«

»Und was hättest du getan, wenn ich trotzdem hinaufgestiegen wäre?«, wollte der Junge wissen. Er klang ein wenig verstört.

»Vorausgesetzt, du hättest dir nicht alle Knochen gebrochen, hätte ich dich hinterher windelweich geprügelt«, antwortete Thor.

»Was soll das Ganze?«

»Ich habe dich nicht mitgenommen, um nach unseren Verfolgern Ausschau zu halten«, antwortete Thor. »Dazu bräuchte ich dich nun wirklich nicht.«

Lifs Augen wurden noch schmaler. Thor sah ihm seine Unsicherheit an. Der Junge wusste nicht, ob er nun einfach wütend werden oder zugeben sollte, wie sehr ihn Thors Benehmen verunsicherte. »Warum dann?«, fragte er schließlich.

»Es wird Zeit, dass wir einmal miteinander reden, Lif«, antwortete Thor. »Nur wir beide. Sozusagen von Mann zu Mann.«

»Jetzt?« Lif warf einen fast hilflos wirkenden Blick in die Richtung, in der Elenia und seine Mutter davongeritten waren.

»Jetzt«, bestätigte Thor. »Wir sind auf der Flucht, Lif. Wir werden in Gefahr geraten, vielleicht schon eher und schlimmer, als du jetzt schon ahnst. Es mag sein, dass wir in eine Lage geraten, in der sich der eine auf den anderen verlassen muss. Und ich bin nicht sicher, ob ich das bei dir kann.«

Lifs Miene wurde noch trotziger. »Natürlich! Weil ich ja noch ein dummes Kind bin, nicht wahr?«

»Nein«, antwortete Thor, »das bist du nicht, Lif. Aber manchmal benimmst du dich so.«

Das machte Lif nur noch zorniger, doch Thor unterbrach ihn mit einer unwilligen Geste, als er auffahren wollte. »Solange wir im Tal waren und die Dinge ihren geregelten Gang gegangen sind, war das in Ordnung. Niemand verlangt von einem Kind, sich wie ein Junge, und von einem Jungen, sich wie ein Mann zu benehmen. Aber jetzt es ist es anders. Ich weiß nicht, ob es meine Schuld ist, die Sverigs oder Sigislinds oder einfach die Willkür des Schicksals, aber es ist nun einmal so. Ich habe deine

Mutter und Elenia fortgeschickt, weil ich wissen muss, woran ich mit dir bin.«

»Und das weißt du jetzt, weil ich nicht auf diesen Baum gestiegen bin?«, fragte Lif patzig.

»Du willst ein Krieger werden«, fuhr Thor unbeeindruckt fort. »Daran ist nichts Schlimmes. Aber du sprichst mir ein wenig zu oft und zu leichtfertig vom Töten, Lif.«

»Ich?«, schnappte Lif. Sein Blick ging demonstrativ zu Mjöllnir. »Wer ist denn hier der Krieger?«

»Die Aufgabe eines Kriegers ist nicht das Töten.«

»Ach nein?« Lif machte ein abfälliges Geräusch. Sein Blick haftete immer noch auf dem mächtigen Kriegshammer an Thors Gürtel. »Welche dann?«

»Genau das zu verhindern«, erwiderte Thor. »Ein Krieger lernt, seine Waffen zu beherrschen, um sein Leben zu verteidigen und das derer, die ihm nahestehen. Ich weiß, dass du das nicht hören willst und dass du es wahrscheinlich auch nicht verstehst, aber der ruhmreichste Kampf ist immer der, den man vermieden hat.«

Für einen winzigen Moment machte sich Unsicherheit in Lifs Augen breit, dann aber funkelten sie nur noch trotziger, und er schüttelte so heftig den Kopf, dass ihm die Kapuze herunterrutschte. »Jetzt klingst du wie ein Feigling«, antwortete er, während er sie hastig wieder nach vorne schlug. »So reden die, die wissen, dass sie einen Kampf nicht gewinnen können.«

»Du wolltest also, dass ich Sverig, Bjorn und die anderen töte?«, fuhr Thor fort. »Aber Bjorn ist unser Freund.«

»Das dachte ich auch«, erwiderte Lif. »Bis Sverig und er in unser Haus gekommen sind!«

»Haben sie euch wehgetan?«, wollte Thor wissen.

»Das hätte mich nicht gestört.« Es war eine Lüge, das wussten sie beide, aber Thor forderte ihn nur mit einem Nicken auf, weiterzusprechen. »Aber sie haben Elenia erschreckt. Sie haben ihr Angst gemacht.«

»Und dir auch.«

»Ich habe vor gar nichts Angst!«, behauptete Lif.

»Dann bist du ein Dummkopf«, sagte Thor. »Wenn du wirklich ein Krieger werden willst, dann ist das die erste Lektion, die du lernen solltest: Ein Krieger, der vor nichts Angst hat, ist nichts weiter als ein Narr. Und er wird mit Sicherheit nicht alt genug, um diesen Fehler einzusehen.«

»Habe ich schon gesagt, dass du dich wie ein Feigling anhorst?«, fragte Lif herausfordernd.

»Du an meiner Stelle hättest sie also getötet?«, fragte Thor ruhig. »Bjorn, Sverig und ihre Begleiter? Warum?«

»Sie haben uns gesehen!«, antwortete Lif. Heftig mit beiden Händen gestikulierend, deutete er in die Richtung, aus der sie gekommen waren. »Sie wissen, dass wir geflohen sind, und auch, in welche Richtung!«

»Und du glaubst, wenn ich sie alle erschlagen hätte, dann hätten die anderen das nicht gewusst?«, fragte Thor. »Was, glaubst du, wäre schlimmer, Sverig und ein halbes Dutzend Krieger, die uns verfolgen, oder jeder einzelne Mann aus dem Tal, der fähig ist, eine Waffe zu tragen und uns hasst, weil wir ihren Jarl und ihre Freunde erschlagen haben? Bjorn ist ein kluger Mann. Vielleicht wird er die anderen davon abhalten, etwas Dummes zu tun, und sei es nur, um sie selbst vor Schaden zu bewahren. Glaub mir, Lif, ein toter Bjorn wäre sehr viel gefährlicher für uns als ein lebender.«

Es war unmöglich zu erkennen, ob Lif verstanden hatte, was er ihm damit sagen wollte. »Worte!«, schnaubte er. »Wär dein Schwert auch nur halb so scharf wie deine Zunge, Thor, dann bräuchte ich jetzt vielleicht nicht so große Angst um meine Mutter und meine Schwester zu haben.«

»Ich erwarte nicht, dass du mich jetzt schon verstehst«, erwiderte Thor. Seine Stimme wurde schärfer, vielleicht nur eine Spur, aber hörbar. »Aber ich verlange, dass du mir gehorchst. Wenn das alles hier vorbei ist und wir in Sicherheit sind, dann können wir gern ausführlicher und länger über alles reden, und ich werde versuchen, dir meine Entscheidung zu erklären. Ich werde mir auch anhören, was du zu sagen hast, das verspreche ich dir, aber jetzt ist keine Zeit dafür. Du wirst tun, was ich dir sage, nicht weniger und nicht mehr.«

»Und wenn nicht?«, fragte Lif.

Statt direkt zu antworten, sagte Thor ernst: »Du bist mir wichtig, Lif. Deine Schwester und du sind wie Geschwister für mich, und ich werde für euch sorgen und euch beschützen. Aber ich liebe deine Mutter. Sie ist das Wichtigste überhaupt in meinem Leben. Zwing mich nicht, mich zwischen euch zu entscheiden.«

Lif starrte ihn an. »Du –«

»Merk es dir einfach«, fuhr Thor fort. »Dein Leben könnte davon abhängen.«

Vielleicht hörte Lif in diesen Worten einen größeren Anteil von Drohung, als beabsichtigt war. Aber Thor verzichtete darauf, auch nur eine Silbe zurückzunehmen. Das Gespräch war nicht so gelaufen, wie er es sich vorgestellt hatte. Er hatte keine Erfahrungen in solchen Dingen, dafür aber das Gefühl, es möglicherweise eher noch schlimmer gemacht zu haben. Er würde um ein wirklich längeres und vielleicht nicht ganz so einseitiges Gespräch mit Lif nicht herumkommen. Aber nicht jetzt.

»Habe ich dein Wort?«, fragte er.

»Habe ich denn die Wahl?«

»Nein«, antwortete Thor.

»Dann hast du mein Wort.«

Gegen seinen Willen musste Thor lächeln. »Wir gehen noch ein Stück zurück. Bleib neben mir.«

»Nicht hinter dir und in deiner Spur?«

»Damit sie tiefer wird und der Wind doppelt so lange braucht, um sie zu verwehen?«

Lif machte ein betroffenes Gesicht, aber er sagte nichts mehr, sondern trat nur schweigend an seine Seite. Thor machte sich nicht wirklich Sorgen wegen ihrer Spuren. Der Wind hatte wieder aufgefrischt und würde ihre Fußabdrücke binnen weniger Augenblicke verwischen, gleich wie tief sie waren. Aber er wollte dem Jungen wenigstens das Gefühl geben, auf ihn einzugehen.

Sie waren noch keine hundert Schritte weit gegangen, als Lif plötzlich stehen blieb und den Kopf auf die Seite legte, um mit halb geschlossenen Augen zu lauschen. Auch Thor hielt an und konzentrierte sich, und was er schon einmal erlebt hatte, das wiederholte sich, und diesmal beunruhigte es ihn wirklich: Nach einem Moment spürte er tatsächlich etwas, noch weit entfernt und zu vage, um es genau erkennen zu können, aber es war da, und es war eindeutig feindseliger Natur. Und Lif hatte es eindeutig *vor* ihm gespürt. Er fragte sich, ob die Sinne des Jungen tatsächlich so scharf waren oder ob seine eigene Empfindsamkeit noch mehr nachgelassen hatte, als er ohnehin befürchtete.

»Jemand kommt«, sagte Lif schließlich. »Ich höre etwas.«

Thor verzichtete darauf, ihn zu verbessern. Das Pfeifen des Windes, das sie begleitete, seit sie das Tal verlassen hatten, war eindeutig zu laut, um jeden anderen Laut zu übertönen, dessen Verursacher noch außer Sichtweite waren. Der Junge *konnte* nichts gehört haben. Aber er spürte, dass in diesem grauen Zwielicht etwas war, und interpretierte es als etwas Gehörtes.

»Sie kommen näher«, bestätigte Thor. »Beeilen wir uns lieber.«

Sie kehrten im Laufschritt zu den Pferden zurück. Thor verzichtete darauf, die Tiere noch einmal durch das eiskalte Wasser zu hetzen, was sie nur unnötig Kraft kosten würde. Stattdessen sprengte er gerade noch langsam genug los, damit Lif mit ihm mithalten konnte.

Schon nach wenigen Augenblicken holten sie Urd und ihre Tochter ein, die sich nicht annähernd so beeilt hatten, wie Thor es ihnen aufgetragen hatte. Als sie näher kamen, wurden sie sogar noch langsamer und hielten schließlich ganz an.

»Weiter!«, befahl Thor, noch bevor Lif und er ganz bei ihnen war. »Sie kommen!«

Immerhin verschwendete Urd nicht noch mehr Zeit mit überflüssigen Fragen, sondern ritt zügig weiter. Lif lenkte sein Pferd neben seine Schwester, die das sanftmütige, aber auch langsamste Tier ritt und damit ihr aller Tempo bestimmte, während Thor nur noch einen beschwörenden Blick mit Urd tauschte und dann eine Position ganz am Ende der kleinen Kolonne einnahm.

Ihm war klar, dass sie keine Chance hatten, ihren Verfolgern zu entkommen.

Die Tiere hielten sich unerwartet gut, und der Boden war trotz der immer noch knöcheltiefen Schneedecke größtenteils eben, sodass sie zügig vorankamen. Aber wenn sie zehnmal so schnell geritten wären, ihre Verfolger gehörten nicht zu der Art, vor der man davonlaufen konnte.

Sie würden kämpfen müssen, und er wusste, dass er die Kraft dazu wahrscheinlich nicht hatte. Aber vielleicht konnte er wenigstens ein Gelände wählen, das ihnen zum Vorteil gereichen konnte.

Als wäre dieser Gedanke ein Stichwort gewesen, auf den das Schicksal nur gewartet hatte, hörte der Sturm in diesem Moment auf, und das so plötzlich, dass die nachfolgende Stille fast wie ein Druck auf den Ohren lastete.

Urd ließ ihr Pferd in einen etwas langsameren Trab fallen, wartete, bis Thor und die Kinder ganz zu ihr aufgeschlossen hatten, und hielt an. Sie sah erschöpft aus und auf eine Art müde, die nichts mit körperlicher Schwäche zu tun hatte, und Thors schlechtes Gewissen machte sich bemerkbar. Sie war jetzt so lange im Sattel wie er und wesentlich länger ohne Schlaf, sie erwartete in wenigen Wochen ein Kind, und er wollte weder sie noch seinen ungeborenen Sohn verlieren.

Eine Weile ritten sie schweigend nebeneinander her, dann brach Urd die Stille, indem sie sagte: »Wir brauchen einen Unterschlupf. Und nicht nur für eine Nacht.«

Thor sah mit neuer Sorge zu ihr hinüber, doch Urd schüttelte rasch den Kopf und rang sich sogar zu einem matten Lächeln durch. »Nein, nicht deshalb. Es sind noch etliche Wochen.«

»Du sagst es. Es sind nur noch wenige Wochen.«

»›Wenige‹ habe ich nicht gesagt.«

»Drei?«, fragte Thor. »Vier?«

»Schon noch etwas mehr«, erwiderte Urd, die seine Frage aus irgendeinem Grund zu amüsieren schien. »Und selbst wenn: Ein Kind zu bekommen ist keine Krankheit, weißt du?«

Thor wollte widersprechen, doch diesmal brachte ihn Urd mit einem heftigen Kopfschütteln zum Schweigen. »Meine Mutter war Bäuerin, Thor. Sie war auf dem Feld, als die Wehen einsetzten. Sie ging nach Hause, brachte ihr Kind zur Welt und ging nach einer Stunde wieder zu ihrer Arbeit zurück. Und das achtmal.«

»Du hast noch sieben Geschwister?«

»Acht«, antwortete Urd. »Als meine jüngste Schwester geboren wurde, lag unsere Mutter mit einem gebrochenen Bein im Bett.«

»Und ist danach auf Krücken aus dem Haus gehumpelt, um Holz zu hacken?«, vermutete Thor.

»Nein. Sie ist bei der Geburt gestorben.«

»Das tut mir leid«, sagte Thor. »Entschuldige.«

»Es ist nicht schlimm. Ich habe sie kaum gekannt. Das meiste von dem, was ich dir gerade erzählt habe, hat man mir auch nur erzählt.«

»Und wieso?«, fragte Thor ein wenig unbeholfen. Er hatte Urd nicht verletzen wollen.

»Elf hungrige Mäuler wollen gefüttert werden. Eines Tages kam eine Lichtbringerin auf den Hof und hat mich mitgenommen.«

»Einfach so?«

»Sie hat ihnen Geld gegeben. Wenig für ihre Verhältnisse, aber viel für meine Eltern. Sie war auf der Suche nach einem Mädchen, das sie ausbilden konnte, und ich war gerade im richtigen Alter. Vier oder fünf, glaube ich. Alt genug, dass man mich nicht mehr wickeln und mir das Sprechen und Gehen beibringen musste, aber noch jung genug, um geformt zu werden.«

»Deine Eltern haben dich weggegeben?«

»Verkauft, Thor«, verbesserte ihn Urd, allerdings in einem Ton, als spreche sie über irgendeine Belanglosigkeit, die es im Grunde nicht wert war, überhaupt erwähnt zu werden. »Sprich es ruhig aus. An diesem Wort ist nichts Schlimmes.«

Was das anging, war Thor etwas anderer Meinung, behielt sie aber für sich. Welches Recht hatte er, über Menschen zu urteilen, von deren Leben, Religion und Beweggründen er nicht das Geringste wusste?

Anscheinend deutete Urd sein Schweigen richtig, denn sie schüttelte nur noch einmal den Kopf und wiederholte: »Sie hatten keine Wahl, Thor. Oder allenfalls die, eines ihrer Kinder wegzugeben und dafür die Überlebenschancen der anderen zu verbessern.«

»Waren deine Eltern so arm?«

»Das waren sie nicht«, antwortete sie. »Aber dort, wo ich geboren bin, bedeutet nicht arm zu sein nur, sich vielleicht nicht jeden Abend fragen zu müssen, ob man wohl auch am nächsten

Tag genug zu essen für sich und seine Familie findet. Das Jahr, in dem die Lichtbringerin kam, war besonders schlimm.«

»Was zweifellos der Grund war, aus dem sie gerade in diesem Jahr gekommen ist«, vermutete Thor.

Urd ging nicht darauf ein. »In diesem Jahr sind auf allen Höfen Menschen verhungert oder an einer harmlosen Krankheit gestorben, weil ihre Körper zu geschwächt waren, um mit einem Schnupfen fertigzuwerden … außer auf dem Hof meiner Eltern.«

»Um den Preis eines Kindes.«

»Das anderenfalls vielleicht sowieso gestorben wäre«, erwiderte Urd. »Vielleicht nicht ich, sondern eines meiner Geschwister oder auch mehrere … und so hoch war der Preis nicht. Vielleicht habe ich sogar das bessere Geschäft gemacht.«

Sie sah ihn Zustimmung heischend an. Als er nicht darauf einging, fuhr sie mit einem beinahe trotzig wirkenden Schulterzucken fort: »Ich hätte Bäuerin wie meine Mutter werden können, und wahrscheinlich wäre ich bei der Geburt meines achten oder auch zehnten Kindes gestorben. Oder ich hätte Glück gehabt und einen reichen Bauern geheiratet, der dreimal so alt wäre wie ich und dem ich zweimal die Woche hätte zu Willen sein dürfen … oder so lange, bis mir eine sichere Methode eingefallen wäre, um ihn zu vergiften, ohne dass ein Verdacht auf mich fiel.« Sie lachte leise. »Außerdem hätte ich dich dann nie kennengelernt.«

Thor blieb ernst. »Aber vielleicht hättest du manches nicht tun müssen«, sagte er.

»Und was wäre das gewesen?« Sie schüttelte heftig den Kopf. »Die Lichtbringer waren nicht immer so, Thor. Im Gegenteil, den allergrößten Teil meines Lebens habe ich Dinge getan, auf die ich stolz bin und die ich jederzeit wieder genauso tun würde.«

»Und was ist geschehen?«, wollte Thor wissen.

Urd zögerte gerade einen Moment zu lange, um ihre angebliche Ahnungslosigkeit glaubhaft zu machen. »Ich weiß es nicht«, behauptete sie. »Vielleicht ändern sich die Dinge manchmal einfach. Vielleicht war es auch immer so, und ich habe es nur nicht gesehen ... oder wollte es nicht.« Wieder sah sie ihn auf eine schwer zu deutende Art abschätzend an. »Glaubst du, dass man Teil von etwas sein kann, das grundfalsch ist, und es fast ein ganzes Leben lang nicht merkt, weil man sich seine eigene kleine Welt geschaffen hat und nicht mehr sieht, was in der anderen geschieht?«

Thor wusste nicht wirklich, was er antworten sollte. Er wusste praktisch nichts von Urds Leben. Die wenigen Male, die er versucht hatte, dieses Thema anzusprechen, war sie ihm entweder geschickt ausgewichen oder hatte auf eine Art reagiert, die ihn zu dem Schluss gebracht hatte, dass es ihr wehtat, über diesen Abschnitt ihres Lebens zu sprechen. Tatsächlich hatte er seit ihrer Flucht aus dem Tal mehr über ihr früheres Leben erfahren, als in all den Monaten zuvor, und er wusste noch nicht so recht, was er davon halten sollte.

»Vielleicht war deine ...« Er machte ein fragendes Gesicht. »Wie soll ich sie nennen? Pflegemutter?«

»Ihr Name war Freya«, antwortete Urd.

»Vielleicht hat es an Freya gelegen«, setzte er noch einmal an. »Wir sind immer nur das, was unsere Eltern uns lehren, nicht wahr?«

»Sie war eine gute Frau«, bestätigte Urd. »Ich habe viel von ihr gelernt, und das meiste war gut ... nicht nur, wie man Wunden heilt und die Sinne der Menschen verwirrt.«

»Hat sie dir auch das Kämpfen beigebracht?«

»Das klingt, als würde es dir nicht gefallen, dass ich imstande bin, mich meiner Haut zu wehren.«

Ihr Tonfall war leicht, doch Thor war weder nach Scherzen zumute noch hätte er ihre Frage in diesem Moment ehrlich beantworten können. Natürlich war er froh, dass Urd sich zu verteidigen wusste, aber was er in den zurückliegenden Tagen gesehen hatte, war weit mehr als nur das. Die Lichtbringerin, die er erschlagen hatte, war ganz zweifellos eine Kriegerin gewesen, die es ohne Schwierigkeiten mit den meisten Männern aufnehmen konnte, und er fragte sich ernsthaft, ob Urd vielleicht dieselben Fähigkeiten besaß.

Er rettete sich in ein unbeholfenes Schulterzucken. »Es ist ungewöhnlich.«

»Was?«

»Dass eine Frau lernt, sich so ›ihrer Haut zu wehren‹.«

Ein Schatten schien über Urds Gesicht zu huschen, den er mit seinen Worten heraufbeschworen hatte, ohne zu wissen warum.

Eine einzelne Windbö kam auf, überschüttete sie mit einem Schauer aus pulverfeinem Schnee und trug einen klagenden Laut mit sich, den er zuerst für das Heulen eines Wolfs hielt und dann für das Geräusch des Windes selbst, bis er es schließlich als die schlimmste aller Möglichkeiten erkannte: Es war Hundegebell.

Urd brachte ihr Pferd mit einem Ruck zum Stehen und hob erschrocken den Kopf. »Hunde?«, murmelte sie. »Es gibt hier keine wilden Hunde!«

»Nein«, grollte Thor. »Die gibt es hier nicht. *Reitet!*«

Das letzte Wort hatte er geschrien, auch wenn es gar nicht mehr notwendig gewesen wäre. Urd sprengte bereits los, und auch Lif und seine Schwester spornten ihre Tiere zu größerem Tempo an, wobei sich Elenias Schecke auch diesmal als das langsamste Pferd herausstellte. Schon nach den ersten Schritten begann sie zurückzufallen, und ihre verzweifelten Versuche, das Tier zu noch größerer Schnelligkeit anzuspornen, machten es eher noch schlimmer. Der Schecke scheute, kam schließlich aus dem Tritt und drohte sie abzuwerfen.

Mit einer einzigen raschen Bewegung brachte er sein Pferd neben das des Mädchens, war mit einem Satz hinter ihr im Sattel und warf sie mehr auf den Rücken seines eigenen Tieres, als er sie hinüberhob. Elenia schrie vor Schrecken auf und wäre um ein Haar wieder aus dem Sattel gestürzt, hätte sie sich nicht mit einer instinktiven Bewegung in der Mähne des Tieres festgekrallt, das daraufhin ein schrilles Wiehern ausstieß und nun seinerseits sein Bestes tat, sie abzuwerfen. Thor brachte sein eigenes Tier mit einer rücksichtslosen Bewegung zur Räson, beugte sich zur Seite und fiel Elenias Pferd mit solcher Gewalt in die Zugel, dass es in den Vorderlaufen einbrach. Sein Reittier scheute ebenfalls, warf den Kopf in den Nacken und versuchte nach ihm zu beißen, und Thor erkannte den Schecken erst jetzt als genau den störrischen Gaul wieder, den Sverig ihm bei ihrem Ausritt in die Berge gegeben hatte.

Er hatte keine Zeit für Mätzchen und versetzte dem Tier einen Fausthieb auf die empfindliche Nase, die das Pferd zwar vor Schmerz aufwiehern ließ, ihm selbst aber vermutlich noch mehr wehtat, denn er hatte ganz instinktiv mit der bandagierten Rechten zugeschlagen. Der Schnitt in seiner Handfläche brach auf, und ihm wurde übel vor Schmerz. Schatten drangen aus allen Richtungen auf ihn ein, und alles wurde leicht und dumpf.

»Ein Schwert! Thor, gib mir ein Schwert!« Es war Lifs Stimme, die die Schatten zurückdrängte und ihn wieder in die Wirklichkeit zurückriss. »Gib mir ein Schwert! Thor! Ich will kämpfen!«

Thor war einfach zu müde und Lif zu weit weg, um ihn zu schlagen, sonst hätte er es getan. So fuhr er ihn lediglich an: »Bring sie in Sicherheit! Kümmere dich um Elenia und deine Mutter! Ich halte sie auf, aber wenn ich es nicht schaffe, dann musst du sie beschützen! Und jetzt reitet!«

Thor wartete, bis Lif – nicht ohne ihm vorher noch einen

trotzigen Blick zugeworfen zu haben – die Zügel von Elenias Pferd ergriffen hatte und mit ihr davongaloppiert war. Dann zwang er den Schecken mit einer heftigen Bewegung herum und lauschte angestrengt. Das Hundegebell wiederholte sich nicht, aber das war auch nicht nötig: Er spürte, dass sie da waren, Mensch und Tier, die ihre Spur verfolgten, und sie kamen näher.

Seine Hände tasteten nach den beiden Waffen an seinem Gürtel. Mjöllnir war zweifellos die mächtigere Waffe, doch schon diese kleine Bewegung bereitete ihm wieder Schmerzen und mehr Mühe, als er zugeben wollte. Seine rechte Hand war nach wie vor verschnürt, und er würde den schweren Hammer mit der Linken nicht halten können, so müde und zu geschwächt, wie er war. Ein Gefühl von Verzweiflung begann sich in ihm breitzumachen, Furcht, Trauer und Zorn auf ein Schicksal, das ihm so vieles geschenkt hatte, nur um es ihm jetzt wieder zu nehmen, denn er würde die, die er liebte, nicht beschützen können.

Der Schecke begann unruhig auf der Stelle zu tänzeln und drehte schon wieder den Kopf, als suche er nach einer Stelle, an der er ihn beißen konnte, schnaubte aber dann nur noch einmal trotzig und machte ein paar widerwillige Schritte, als Thor ihm mit einem Schenkeldruck den Befehl dazu gab.

Wieder kam Wind auf, aber es war die sonderbarste Bö, die er jemals erlebt hatte: Scharf, aber kaum länger als ein Atemzug, strich sie nur über den Boden, ohne auch nur die Höhe seiner Knie zu erreichen, wirbelte den Schnee in einer glitzernden Wolke auf und ließ ihn wieder fallen, kaum, dass sie ihn ergriffen hatte. Danach waren ihre Spuren verschwunden, der Schnee in weitem Umkreis scheinbar unberührt, fast als hätte der Sturm nur diesen einen plötzlichen Windstoß geschickt, um die verräterische Fährte zu verwischen.

Der Gedanke hätte ihm lächerlich vorkommen sollen, aber

das Gegenteil war der Fall: Er flößte ihm Furcht ein und das Gefühl, an etwas gerührt zu haben, was besser vergessen geblieben wäre.

Fernes Hundegebell drang an sein Ohr und erinnerte ihn wieder daran, warum er eigentlich hier war. Prüfend zog er das Schwert halb aus der Scheide, mit der linken, unverletzten Hand. Es ging, und auch wenn er wusste, dass seine Rechte stärker und geschickter war, würde er sich doch mit der anderen Hand begnügen müssen. Falls es zu dem Kampf kam, den er um jeden Preis vermeiden wollte.

Thor machte endgültig kehrt und ritt ein gutes Stück in die Richtung zurück, aus der sie gekommen waren, und damit seinen Verfolgern direkt entgegen. Dann schwenkte er nach Westen und ließ den Schecken in eine raschere Gangart fallen; noch kein Galopp, aber ein scharfer Trab, bei dem er sogar darauf achtete, eine möglichst auffällige Spur zu hinterlassen. Schließlich wollte er ihre Verfolger nicht abschütteln, sondern möglichst weit von Urd und den Kindern weglocken.

Als das Hundegebell leiser und die Pausen dazwischen länger zu werden begannen, nahm er wieder ein wenig Tempo zurück und hielt schließlich ganz an, bis seine Verfolger erneut näher kamen. Erst dann setzte er seinen Weg fort, wechselte aber immer wieder willkürlich die Richtung und das Tempo.

Die Landschaft, durch die er ritt, begann sich allmählich zu verändern: Aus der flachen, schneebedeckten Ebene wurde ein leicht hügelig ansteigendes Gelände, in dem immer wieder große und kleinere Felsbrocken das fleckige Weiß durchbrachen und in dem es Bäume und Buschwerk gab, zumeist verkrüppelt oder auch erfroren im nicht enden wollenden Würgegriff des Winters, hier und da sogar ein kleines Waldstück. Wäre er im Vollbesitz seiner Kräfte gewesen, hätte er eines davon gewählt, um sich darin zu verstecken und nötigenfalls besser verteidigen zu können, so aber blieb ihm nur die Flucht.

Und wenn er es genau nahm, dann nicht einmal das. Die Art und Weise, auf die er immer wieder langsam reiten oder gar anhalten musste, hatte ihm längst klargemacht, wie leicht es ihm gefallen wäre, seinen Verfolgern endgültig zu entkommen, Hunde hin oder her. Aber dann würden sie vielleicht kehrtmachen und auf Urds Spuren stoßen.

Da war eine ganz leise Stimme in ihm, die ihm zuflüsterte, genau das zu tun – abzuwarten, bis sie es aufgaben, weiter nach ihm zu suchen und den Spieß dann umzudrehen und aus Jägern Gejagte zu machen. Aber das würde auch bedeuten, Urd und die Kinder den Köder spielen zu lassen, und das kam nicht infrage.

Thor ritt wieder schneller, sodass das Gekläff der Hunde und die gelegentlichen Rufe der Männer in ihrer Begleitung leiser wurden. Zugleich hielt er nach einem Versteck Ausschau oder irgendeinem Platz, der ihm einen Vorteil verschaffen würde. Schließlich entdeckte er einen sanft ansteigenden Hügel, der auf halber Höhe in ein Gewirr schwarzer kantiger Felsbrocken überging. Er hielt genau darauf zu und stieg aus dem Sattel, als der Boden zu schwierig für das Pferd wurde. Der Schecke wieherte erleichtert und machte Anstalten, sofort das Weite zu suchen, sodass Thor vorsichtshalber seine Vorderläufe zusammenband und dann losstürmte, um die Kuppe des Hügels zu erklimmen.

Was er sah, erfüllte ihn gleichermaßen mit neuem Mut und einem Gefühl wachsender Verzweiflung: Er konnte seine Verfolger jetzt sehen, und in der klaren und vollkommen unbewegten Luft mussten ihre Rufe und das Bellen der Hunde sehr viel weiter zu hören sein, als er bisher angenommen hatte; denn sie waren sicher noch eine Meile entfernt, wenn nicht mehr. In dem dunstigen Zwielicht vermochten selbst seine scharfen Augen kaum mehr als Schemen zu erkennen. Aber sie bewegten sich schnell, und es waren deutlich mehr, als er gedacht hatte – mindestens ein halbes Dutzend Hunde und genauso viele Reiter. Und sie folgten seiner Spur so direkt, als hätte er sie mit leuchtender Farbe in den Schnee gemalt.

Der Krieger in ihm wollte kämpfen, und seine Linke schloss sich ganz ohne sein Zutun um den Schwertgriff. Seine Aussichten waren nicht die schlechtesten. Die Hunde würden Mühe haben, überhaupt hier heraufzukommen, und der fast mannshohe Felsen, hinter dem er Deckung gesucht hatte, würde ihm den Rücken freihalten. Aber es waren und blieben ein halbes Dutzend Hunde und ebenso viele Männer, und selbst, wenn er sich zugetraut hätte, es mit dieser Übermacht aufzunehmen – er *wollte* sie nicht töten. Nicht wenige Bewohner des Tales waren in den zurückliegenden Monaten zu seinen Freunden geworden, und auch mit denen, auf die das nicht zutraf, hatte er keinen Streit.

Fast schon widerwillig nahm er die Hand vom Schwert und ließ seinen Blick in die Runde schweifen.

Der Felsenhügel, auf dem er stand, war nicht der einzige. Hinter ihm wurde der Boden zunehmend unebener und steiniger, und gerade dort, wo das Zwielicht zu trüb wurde, um Einzelheiten erkennen zu können, meinte er einen massigeren und viel größeren Schatten wahrzunehmen, als ende die Welt dort vor einer bis zum Himmel reichenden Mauer. Er hatte sich dem Gebirge genähert, ohne sich dieser Tatsache bewusst gewesen zu sein. Vielleicht konnte er diesen Umstand ja zu seinen Gunsten nutzen. Wenn es ihm gelang, seine Verfolger in das Labyrinth aus Felsen und Abgründen dort zu locken, dann hatte er vielleicht doch noch eine Chance …

Thor eilte zu dem Schecken zurück, sprang in den Sattel und musste eine Woge aus purem Zorn niederkämpfen, als das Tier sich weigerte, auch nur einen Schritt zu tun. Erst dann erinnerte er sich daran, dass er die Beine des Pferdes selbst zusammengebunden hatte, schwang sich mit einem zornigen Ruck wieder vom Rücken des Pferds und fiel am Ende dieser Bewegung ungeschickt auf Hände und Knie, als der heimtückische Gaul genau diesen Moment ausnutzte, um zu bocken und mit den Hinterläufen auszuschlagen. Dass er seinen Sturz instinktiv mit ausgestreckten Armen abfing und seine Rechte in einer Lohe aus betäubendem Schmerz explodierte, machte es auch nicht unbedingt besser.

Thor blieb einen halben Atemzug lang auf Hände und Knie gestützt hocken, wartete darauf, dass das Gefühl würgender Übelkeit in seiner Kehle nachließ, und stemmte sich mit zusammengebissenen Zähnen in die Höhe. Er wusste nicht, ob er dieses heimtückische Vieh erschlagen oder ihm die Kehle durchschneiden würde, aber eines von beidem würde er gewiss tun.

Der Schecke schlug zum zweiten Mal mit den Hinterhufen aus, und diesmal sah Thor, wonach er trat.

Der Hund war riesig und schien nur aus Zähnen und Geifer und geballter Wut zu bestehen, aber er wusste, was er tat. Mitten im Sprung warf er sich herum und entging so nicht nur den tödlichen Hufen, sondern grub seine Zähne auch tief in den Oberschenkel des Schecken. Blut spritzte. Das Pferd kreischte vor Schmerz, versuchte auszubrechen und verlor mit seinen zusammengebundenen Vorderläufen das Gleichgewicht, um schwer auf den felsigen Boden zu stürzen. Der Hund stieß ein triumphierendes Bellen aus, warf sich mit gefletschten Zähnen herum und schnappte nach der Kehle des Schecken, und er hätte ihn zweifellos auf der Stelle getötet, wäre Thor da nicht heran gewesen und hätte ihm einen Tritt versetzt, der ihn mit solcher Wucht zwischen die Felsen schleuderte, dass aus seinem Knurren und Geifern schrilles Geheul wurde. Allerdings nur ganz kurz, dann stieß er ein umso wütenderes Knurren aus, sprang mit einem für ein Tier von solcher Masse geradezu grotesk erscheinender Schnelligkeit wieder in die Höhe und stürzte sich mit wütend gefletschten Zähnen auf Thor.

Was er sah, war unmöglich. Er hatte hart genug zugetreten,

um sich fast den Fuß zu verstauchen, und das Tier sollte schwer verletzt oder tot sein, aber sein Tritt schien es nur noch wütender gemacht zu haben. Gute hundert Pfund Muskeln, Zähne und geballte Mordlust prallten mit der Wucht eines Hammerschlages gegen seine Brust und rissen ihn von den Füßen. Zähne, die Eisen durchdringen und Knochen zermalmen konnten, klappten mit dem Geräusch einer zuschnappenden Bärenfalle einen Fingerbreit vor seiner Kehle zusammen, und die pure Wucht des Anpralls riss ihm das Schwert aus der Hand, das er zuvor gezückt hatte.

Er zog die Knie an den Leib und stieß das geifernde Ungeheuer mit aller Gewalt von sich, auch diesmal nicht annähernd so weit, wie er erwartet hatte. Immerhin stolperte der Hund ein paar Schritte weit davon, bevor er sein Gleichgewicht wiederfand, was Thor die Gelegenheit verschaffte, sich auf die Knie hochzustemmen.

Und Mjöllnir, in seine Hand zu springen.

Thor erinnerte sich nicht, die Waffe gezogen zu haben, aber Mjöllnir war plötzlich einfach *da*, wie ein getreuer Wächter, der seinem Herrn im Moment der höchsten Not beisprang.

Der Verband um seine rechte Hand hing in Fetzen. Der Schmerz war nahezu unbeschreiblich, aber auch sonderbar irrelevant, und diesmal war es eindeutig der Hammer, der seinen Arm in die Höhe riss, nicht Thors Hand, die ihn führte, als er dem Hund wie ein schwarzer Blitz entgegensprang und seinen Schädel zertrümmerte.

Der Hieb war gewaltig genug, Thor noch weiter nach vorne zu reißen und über dem gestürzten Pferd zusammenbrechen zu lassen. Mjöllnir entglitt seinen Fingern und polterte zu Boden, der Griff glitschig und rot von seinem eigenen Blut. Der Hund wurde meterweit davongeschleudert, bis er gegen einen Felsen prallte und leblos daran zu Boden glitt. Plötzlich war in seinen Ohren ein schrilles, an- und abschwellendes Heulen, als hätte die Hel selbst ihre Pforten geöffnet und alle ihre Ungeheuer losgelassen, und weit darunter glaubte er schon wieder den Klang der Hörner zu hören, die zur Schlacht riefen, noch unendlich weit entfernt, aber näher kommend und so unentrinnbar wie eine Naturgewalt. Blut füllte sein Blickfeld und seinen Mund, und dieses Mal wurde er der Übelkeit nicht mehr Herr und übergab sich würgend in den Schnee.

Vielleicht verlor er auch kurz das Bewusstsein. Als die roten Schleier vor seinen Augen aufrissen, lag er auf der Seite, und der säuerliche Gestank seines eigenen Erbrochenen stieg ihm in die Nase, vermischt mit dem süßlichen Geruch von Blut. Mühsam stemmte er sich hoch, fuhr sich angeekelt mit dem Handrücken über den Mund und sah sich nach Mjöllnir um. Zu seinem Erstaunen entdeckte er den Hammer an seinem Gürtel, als wären die letzten Momente nichts als eine Vision gewesen. Aber der Hund war eindeutig tot, und das Blut auf Mjöllnirs feuergehärtetem schwarzem Eisen stammte nicht nur aus seiner zerschnittenen Hand.

Der Schecke gab einen klagenden Laut von sich. Thor stand hastig auf und griff nach dem Zaumzeug, aber er führte die Bewegung dann nicht zu Ende, sondern zog stattdessen den Dolch aus dem Gürtel, um die zusammengebundenen Vorderbeine des Tieres loszuschneiden. Zu seinem Erstaunen kam das Pferd fast sofort auf die Beine, auch wenn es heftig zitterte und immer wieder in den Hinterläufen einzuknicken drohte.

Thors Besorgnis nahm noch weiter zu, als er die tiefe Bisswunde sah, die der Hund dem Schecken zugefügt hatte. Sie blutete heftig, und als er die Kruppe des Tieres auch nur flüchtig berührte, stieß es nicht nur ein schmerzerfülltes Schnauben aus, sondern versuchte auch instinktiv nach ihm zu treten, sodass er sich hastig zurückzog. Dennoch hatte das Tier anscheinend Glück gehabt und sich nichts gebrochen, auch wenn sein Fell von dem Sturz überall zerschunden und blutig war.

Der Schecke ließ seine Inspektion nicht nur klaglos über sich ergehen, sondern ließ auch eine vollkommen andere Art von Schnauben hören und sah ihn beinahe dankbar an … oder ließ doch zumindest die Gelegenheit ungenutzt verstreichen, ihm einen Finger oder irgendein anderes Körperteil abzubeißen.

»Bild dir nichts ein«, sagte Thor missmutig. »Das war ich dir schuldig, aber jetzt sind wir quitt.«

Als hätte der Hengst seine Worte verstanden und wollte ihn eines Besseren belehren, stupste er ihn mit der Schnauze an und gab ein weiteres, fast schon spöttisch klingendes Schnauben von sich. Thor konnte sich gerade noch zurückhalten, darauf zu antworten. Wenn er jetzt schon anfing, mit Tieren zu reden, dann sollte er sich vielleicht nicht nur um seine Verfolger Sorgen machen …

Der Gedanke zwang zwar ein ebenso flüchtiges wie bitteres Lächeln auf seine Lippen, erinnerte ihn aber auch daran, dass seine Zeit knapp war; vor allem jetzt, mit einem verwundeten Pferd, von dem er nicht einmal sicher war, dass es ihn noch tragen konnte. Trotzdem saß er nicht sofort auf, sondern ging die wenigen Schritte zu dem toten Hund hinüber, um ihn genauer in Augenschein zu nehmen.

Auch tot jagte ihm der Anblick des Tieres noch einen eisigen Schauer über den Rücken. Der Hammer hatte den massigen Schädel zu einem roten Brei zerschmettert, aber selbst jetzt waren die gewaltigen Kiefer noch zu erkennen, die stark genug gewesen sein mussten, um einem Mann ohne Mühe den Arm abzubeißen. Das Tier musste mindestens hundert Pfund wiegen, und kein Gramm davon war Fett, sondern nur Muskeln und geballte Wut.

Und es trug ein Halsband.

So viel zu der Hoffnung, dass alles nur ein unglaublicher Zufall und der Hund einfach nur ein verwildertes Tier auf der Suche nach Beute gewesen sein könnte. Er führte den Schecken am Zaumzeug zurück auf halbwegs ebenen Boden und schwang sich in den Sattel, beinahe davon überzeugt, dass das Pferd unter seinem Gewicht zusammenbrechen würde. Der Schecke strauchelte, fand sein Gleichgewicht aber mit einem unwilligen Schnauben wieder und setzte sich in Bewegung.

So schnell, wie es dem verletzten Tier möglich war, ritt er dem verschwommenen Schatten am Ende der Dämmerung entgegen. Seine Chancen, die vermeintliche Sicherheit dort zu erreichen, hatten sich gerade halbiert, wie ihm schmerzlich klar wurde; nicht nur wegen des verletzten Pferdes. Seine Hand schmerzte immer noch, aber viel schlimmer war, dass sie immer noch blutete, und obwohl er die Finger fest zur Faust geballt und sie gegen die Brust gepresst hatte, hinterließ er auf diese Weise eine Spur, die die Hunde gar nicht verlieren konnten. Nicht *diese* Hunde.

Wenigstens war der Wind auf seiner Seite und frischte wieder auf, um seine Fährte zu verwischen. Dann drehte er sich und wehte ihm nun direkt ins Gesicht, damit zugleich aber auch seinen Verfolgern.

Nicht, dass es irgendetwas änderte, begriff Thor, als er sich im Sattel umwandte und zu seinen Verfolgern zurücksah. In der Zeit, während er mit dem Hund gekämpft hatte, waren sie ein gutes Stück näher gekommen, und mit jedem mühsamen Schritt, den sich der verletzte Schecke durch den aufkommenden Sturm schleppte, holten sie weiter auf. Unter dem stärker werdenden Wind hörte er das leise Grollen von Donner. Immerhin gaben die Götter sich Mühe, dachte er spöttisch. Und sei es nur dabei, ihn zu verhöhnen.

Der nächste Donnerschlag war schon lauter und ganz eindeutig näher, und kurz darauf sah er den dazugehörigen Blitz; keine gleißende Linie aus Licht, die den Himmel zerschnitt, sondern eher ein bleiches Wetterleuchten, das den Horizont vor ihm erhellte und schneller wieder erlosch, als seine Augen die Silhouette der Berge davor erfassen konnten. Aber sie waren nahe; noch immer zu weit, um sie schnell genug erreichen zu können, aber viel näher, als er angenommen hatte.

Vielleicht hatte er den Göttern ja doch unrecht getan.

Der folgende Donner war noch lauter und näher, und auch jetzt flackerte das dazu gehörige Licht erst danach über den Himmel, als hätten die Gesetze der Natur plötzlich ihre Gültigkeit verloren. Aber vielleicht war da ja auch etwas, das stärker war als sie ...

Etwas zerrte an seinen Gedanken, etwas in ihm, das wusste, was das alles hier zu bedeuten hatte, aber dieses Wissen weigerte sich, ihm zu Diensten zu sein. Zorn ergriff ihn, ohnmächtiger Zorn auf seine Verfolger, auf das Schicksal und sich selbst, und etwas an diesem Zorn war ... *gut*. Er gab ihm Kraft und gewährte ihm zwar keinen Zugriff auf das Wissen tief in seinem Inneren, wohl aber die Möglichkeit, es zu nutzen. Etwas *geschah*. Der Wind nahm zu, und es wurde noch kälter. Der Donner rollte in immer kürzeren Abständen die Flanken des Gebirges hinab, und aus dem gelegentlichen Wetterleuchten hinter dem Horizont wurde ein fast ununterbrochenes Lodern und Gleißen. Der Wind war längst zum Sturm geworden und nahm immer noch mehr an Gewalt zu. Eisiger Schnee tanzte in Wirbeln rings um ihn her, schlug wie mit tausend unsichtbaren Krallen nach seinem Gesicht, und aus dem Heulen des Sturmes und dem infernalischen Krachen und Bersten der Donnerschläge wurde ... etwas *Anderes*, unvorstellbar Starkes, nach dem er einfach nur greifen musste, um sich seiner Macht zu bedienen und seine Feinde zu zerschmettern.

Aber er wusste nicht, wie.

Bald konnte er die sprichwörtliche Hand nicht mehr vor Augen sehen. Alles war weiß und glitzernd, ein Chaos aus reiner Bewegung, in dem es kein vorn und kein hinten mehr zu geben schien, kein rechts und kein links. Blitz und Donner folgten nun ununterbrochen aufeinander, und die Luft war so kalt, dass selbst das Atmen wehtat. Manchmal glaubte er Hundegebell zu hören, dann wieder das Wolfsgeheul oder auch das ferne Klagen eines Horns. Alles begann sich zu verwischen. Er war nicht mehr sicher, ob es das mühsame Vorwärtsstampfen des Pferdes war, das er spürte, oder ob das Deck eines Schiffes unter ihm schwankte, ob der Sturm Eiskristalle und Schnee aus der Ebene oder gischtendes Wasser aus einem tosenden Ozean aufpeitschte.

Panik ergriff ihn, als ihm plötzlich klarwurde, dass er nicht mehr wusste, ob er wach war oder träumte, ob er wieder in eine seiner unheimlichen Visionen gestürzt war oder sich die Welt ringsum in einen Albtraum verwandelt hatte. Dann und wann riss der Sturm das weiße Chaos auseinander, und ein- oder zweimal glaubte er seine Verfolger auch zu sehen, gedrungene Reiter, die sich tief über die Hälfte ihrer Pferde gebeugt hatten, um ihre Gesichter vor den Peitschenhieben des Windes zu schützen, dennoch aber unerbittlich näher kamen, von struppigen Bestien begleitet, die vergebens gegen das Heulen des Sturmes ankläfften.

Vielleicht waren es auch nur Gespenster, die seine eigene Furcht und das tobende Chaos auf die Leinwand des Sturms malten.

Eines dieser Gespenster hatte Zähne und Klauen, und Thor begriff seinen Irrtum zu spät. Er reagierte so schnell und richtig, wie er es von sich gewohnt war, aber Sturm und Fieber hatten ihn zu viel Kraft gekostet. Er bekam das Schwert noch halb aus der Scheide, dann prallte der Hund mit solcher Gewalt gegen ihn, dass er aus dem Sattel geschleudert wurde und schwer in den Schnee fiel; selbstverständlich auf seine verletzte Hand, sodass ihm vor Schmerz abermals übel wurde und er einen oder zwei Atemzüge lang mit aller Gewalt gegen die Ohnmacht ankämpfen musste.

Als er sich hochzustemmen versuchte, sprang der Hund ihn

an, und ein zweiter, noch größerer Schatten bäumte sich über ihm auf. Mit Eisen beschlagene, tödliche Hufe zischten so dicht über seinen Kopf hinweg, dass er den Luftzug spüren konnte, trafen Kiefer und Schläfe des Hundes und schleuderten ihn davon.

Nicht einmal dieser furchtbare Treffer reichte, um das Ungeheuer auszuschalten. Der Hund stürzte schwer in den Schnee, überschlug sich drei-, vier-, fünfmal. Als er sich schließlich aufzurappeln versuchte, knickte er mit einem schrillen Jaulen in den Vorderläufen ein, stemmte sich aber dann doch wieder in die Höhe und schüttelte benommen den Kopf. Eine Mischung aus schaumigem Speichel und Blut tropfte aus seinem Maul, und in seinen Augen war nichts als pure Mordlust zu lesen. Mit einem wütenden Knurren stieß er sich ab, wich den abermals wirbelnden Vorderhufen des Schecken aus und stürzte sich zum zweiten Mal auf ihn.

Diesmal schnappten seine Fänge nach Thors Kehle.

Thor schlug ihm die geballte Linke gegen die empfindliche Nase, wurde von der puren Wucht des Anpralls abermals nach hinten und in den Schnee geworfen und rollte blitzschnell davon. Der Hund stürzte abermals, kam aber eindeutig schneller als er wieder auf die Beine und warf sich geifernd auf ihn. Irgendwie gelang es Thor, die Knie an den Leib zu ziehen und die knurrende Bestie noch einmal von sich zu stoßen, aber als er aufzuspringen versuchte, glitt er aus und fiel noch einmal auf den Rücken. Seine Hand wollte nach Mjöllnir greifen, aber er ließ es nicht dazu kommen. Der Schmerz würde ihn hilflos machen, ihm vielleicht sogar das Bewusstsein rauben, und irgendwo in diesem tobenden weißen Chaos waren weitere dieser Bestien, die nur darauf warteten, sich auf ihn zu stürzen.

Wieder war es der Schecke, der ihn rettete. Als sich der Bluthund auf ihn stürzte, trafen ihn die ausschlagenden Hinterläufe des Pferdes. Das Ungeheuer hatte die Bewegung im letzten

Moment erkannt und sich herumgeworfen, sodass es lediglich taumelte und sich sofort und mit einem noch wütenderen Knurren herumwarf, um sich jetzt zähnefletschend auf den Schecken zu werfen.

Thor stieß ihm das Schwert in die Seite.

Der Hieb war ungeschickt geführt, mit zu wenig Kraft und aus einer ungünstigen Position heraus, sodass er den Hund nicht tötete, sondern ihm lediglich eine harmlose Fleischwunde beibrachte, die ein solches Ungeheuer eher nur noch wütender machte. Aber es wirbelte mit einem gepeinigten Jaulen herum, ließ von seinem anvisierten Opfer ab, und mehr Zeit brauchte Thor nicht. Endlich kam er auf die Beine, ergriff das Schwert fester und enthauptete den Hund mit einem einzigen Hieb.

Keuchend ließ er das Schwert sinken, sah einen Moment lang auf den zuckenden Kadaver hinab und zog sich dann mühsam am Sattelknauf hoch. Er hatte gewonnen. Das Blut des Hundes tropfte noch von seiner Klinge, und dieses auf Menschen abgerichtete Ungeheuer würde nie wieder jemandem etwas zuleide tun – aber er *fühlte* sich nicht wie ein Sieger. Sein Herz hämmerte in seiner Brust, und ihm war immer noch übel. Schon die kleine Anstrengung, auf den Rücken des Schecken zu steigen, überstieg beinahe seine Kräfte. Er hatte nicht einmal mehr die Kraft, das Pferd antraben zu lassen; das tat der Schecke ganz ohne sein Zutun. Nach den ersten, mühsamen Schritten fiel er sogar in einen unsicheren Trab, und Thor empfand ein flüchtiges Gefühl von Dankbarkeit. Der bissige Gaul mochte ein übles Temperament besitzen, aber ihm schien es nun, als wäre das Tier in seiner Situation der beste Verbündete, den er haben konnte.

Als hätte er seine Gedanken gelesen, versuchte der Schecke tatsächlich einen schnellen Galopp anzuschlagen, aber seine Kräfte reichten nicht mehr; schon nach wenigen Schritten fiel er wieder in stolpernden Trab zurück, und auch den würde er nicht mehr lange durchhalten. Das Tier war mindestens genauso erschöpft wie sein Reiter und vermutlich noch schlimmer verletzt. Und der Sturm nahm immer noch mehr an Gewalt zu, sodass er inzwischen sogar Mühe hatte, sich im Sattel zu halten.

Vielleicht war er auch einfach nur noch schwächer, als er sich eingestehen wollte.

Ein besonders heftiger Donnerschlag ließ den Boden unter ihm erzittern, und der Sturm riss den weißen Eisvorhang auseinander und trug das Kläffen der Hunde heran. Es waren vier weitere Ungeheuer, die den beiden anderen Bestien in nichts nachstanden – mit dem Unterschied, dass er einen weiteren Kampf mit auch nur einer dieser Kreaturen nicht mehr bestehen würde, geschweige denn mit mehreren. Als Bjorn ihm damals erzählt hatte, dass Hröthgrens Bluthunde es sogar mit einem Wolf aufnehmen konnten, da hatte er das für übertrieben gehalten, aber das war es nicht. Zumindest vor den beiden Ungeheuern, die er erschlagen hatte, wäre vermutlich jeder Wolf davongelaufen. Und hinter ihm waren noch vier weitere.

Vielleicht auch nur drei.

Der nächste Blitz war nahe und grell genug, um die wogenden Schleier vor ihm zu durchdringen und die beiden Gestalten als überlebensgroße verzerrte Schatten darin auftauchen zu lassen. Es war nicht nur ein weiterer Hund, der ihn umgangen hatte, sondern auch einer der Reiter.

Thor zückte sein Schwert und sprengte ihnen entgegen. Der Reiter zog seine eigene Waffe, hob den Schild und drehte sein Pferd, um dem Anprall mit der geschützten Seite zu begegnen, und der Hund schoss wie ein von der Sehne geschnellter Pfeil los. Thor versuchte den Moment abzuschätzen, in dem er sprang, duckte sich einen halben Atemzug vorher tief über den Hals des Schecken und schlug mit der Klinge nach dem Hund. Er traf, aber auch jetzt wieder nicht richtig. Er hatte den Sprung des Hundes zu hoch eingeschätzt, und statt ihn zu enthaupten, schrammte die Klinge nur über den Schädel des Bluthunds und versetzte ihm eine harmlose Fleischwunde.

Immerhin schleuderte er das Tier aus dem Weg, sodass es ihn nicht aus dem Sattel riss, sondern hinter ihm über das Pferd hinwegflog und sich auf der anderen Seite ein halbes Dutzend Mal im Schnee überschlug. Nur ein Lidzucken später krachte der Schecke mit solcher Gewalt in die Flanke des anderen Pferdes, dass der Hengst strauchelte. Dann stürzte er endgültig, als auch Thors Schwert sein Ziel traf und den Schild seines Reiters zerschmetterte.

Aber auch der Schecke strauchelte. Einen Moment lang hatte Thor alle Mühe damit, sein Pferd auf den Beinen zu halten, und als er die Gewalt über das Tier zurückgewonnen hatte, da war auch der Hund schon wieder auf den Füßen und setzte zu einem weiteren Sprung an – diesmal von seiner rechten, ungeschützten Seite.

Thor versuchte das Schwert hochzureißen, aber die Klinge schien Zentner zu wiegen, und seine eigenen Bewegungen wurden im gleichen Maße langsamer, in denen die des Bluthunds fast magisch schneller zu werden schienen. Der Schecke kreischte vor Furcht und stieg in blinder Panik auf die Hinterläufe, und dieses Mal gab das verletzte Bein unter der Belastung nach. Thor spürte, wie er rücklings aus dem Sattel zu rutschen begann, kämpfte einen halben Atemzug lang vergebens um sein Gleichgewicht und verlor diesen Kampf endgültig, als der Hund gegen ihn prallte. Noch im Fallen riss er das Schwert hoch und hämmerte dem Ungetüm den Knauf so hart gegen die Schnauze, dass einer der gewaltigen Reißzähne abbrach und Blut und stinkender Geifer ihm ins Gesicht sprühten. Der Hund jaulte vor Schmerz und warf den Kopf zurück, aber er ließ keineswegs von ihm ab, sondern drückte ihn nur mit seinem gewaltigen Gewicht nieder, schnappte nach seinem Gesicht – und war verschwunden.

Es ging so schnell, dass Thor nicht einmal wirklich *sah*, was passierte. Der Sturm gebar ein weiteres Ungeheuer, weiß wie es selbst, doppelt so groß wie der Hund und hundertmal wilder. Mit einem einzigen Zuschnappen seiner gewaltigen Kiefer biss es den Hund nahezu in der Mitte durch, schleuderte den Kadaver davon und war genauso schnell wieder im Sturm verschwunden, wie es daraus aufgetaucht war; als wäre es tatsächlich nicht mehr als ein Gespenst, das das weiße Toben ausgespien hatte.

Schreie mischten sich in das Heulen des Unwetters, das Klirren von Waffen und das schrille Gekläff der Hunde, dann ein gepeinigtes Jaulen, das mit erschreckender Plötzlichkeit abbrach.

Thor wälzte sich mühsam herum, rammte die Schwertspitze in den Boden, um sich an der Waffe in die Höhe zu stemmen, und hielt zuerst nach dem toten Hund, dann nach dem gestürzten Reiter Ausschau. Der Hund stellte keine Gefahr mehr dar – Fenrir hatte ihn tatsächlich fast in zwei Hälften zerrissen – und der Reiter im Grunde auch nicht. Sein Schild war unter Thors Hieb zerbrochen, und der Arm hing nutzlos und schlaff herab. Blut lief an seiner Hand hinunter und tropfte in den Schnee. Seine andere Hand umklammerte noch immer das Schwert, aber er hatte den Helm verloren, und sein Gesicht war grau vor Schmerz und Todesangst. Als Thor sich ihm näherte, las er die vollkommene Gewissheit in seinen Augen, dass er ihn töten würde.

Thor schlug ihm das Schwert mit der flachen Seite gegen die Schläfe, was dem Mann auf der Stelle das Bewusstsein raubte, ihn aber nicht tötete, gewahrte eine Bewegung aus den Augenwinkeln und fuhr blitzschnell herum.

Hatte er vorher schon geglaubt, einen Albtraum zu erleben, so wurde es nun vollends bizarr.

Es war nicht einmal eine Momentaufnahme, aber durch und

durch grässlich: Ein weiterer Hund tauchte aus dem weißen Chaos auf, riesig und voller Blut und schaumigem Geifer, versuchte sich auf ihn zu stürzen, und *etwas* packte ihn, zerrte ihn in die brodelnden Schleier zurück und riss ihn in Stücke. Schatten wogten hinter den Sturmschleiern, und wieder gellten Schreie, und er hörte das gequälte Kreischen eines Hundes – oder hielt es jedenfalls dafür, bis er begriff, dass es in Wahrheit die Stimme eines Menschen gewesen war.

Und dann, von einem Atemzug auf den anderen, war es vorbei. Das Heulen des Sturmes schwang sich noch einmal zu einem allerletzten, infernalischen Kreischen empor und brach dann mit einem gewaltigen Donnerschlag ab. Die nachfolgende Stille war so absolut, dass sie in seinen Ohren dröhnte.

Langsam, taumelnd vor Erschöpfung, aber jederzeit darauf gefasst, erneut angegriffen zu werden, ließ Thor das Schwert sinken und lauschte. Der Sturm hatte nicht einfach aufgehört. Es war vollkommen windstill, aber die Luft war noch immer voll hochgewirbeltem Schnee, der sich nur allmählich senkte, und der zitternden Erinnerung an eine Hölle, die hier für wenige Augenblicke getobt hatte. Irgendwo wieherte ein Pferd, ein leises, angstvolles Geräusch, und vielleicht war da auch ein Stöhnen, das sowohl aus einer menschlichen Kehle als auch aus der eines Tieres stammen konnte.

Thor machte einen weiteren Schritt, lauschte konzentriert und blieb dann abermals stehen, als sein Fuß gegen etwas Weiches stieß.

Es war ein weiterer toter Hund … oder was davon übrig war. Etwas hatte ihm den Kopf abgebissen, und auch seine Hinterläufe waren nur noch blutige Stümpfe. Der Anblick war so grauenerregend, dass Thor schon wieder eine leise Übelkeit verspürte. Trotzdem ließ er sich neben dem toten Tier in die Hocke sinken und zwang sich, den Kadaver genauer zu betrachten. Der Hund war nicht einfach getötet worden. Was immer dieses Tier umgebracht hatte, hatte ihn regelrecht zerfetzt, wie um eine uralte Feindschaft an ihm auszulassen, einen Hass, der nicht mit seinem bloßen Tod gestillt werden konnte.

Auch wenn es vollkommen widersinnig war, stieß er das blutige Bündel zweimal mit der Schwertspitze an, wie um sich davon zu überzeugen, dass auch wirklich kein Leben mehr in ihm war, dann stand er auf und sah sich weiter um. Das Schneegestöber hatte sich mittlerweile vollends zu Boden gesenkt. Aber er wünschte sich fast, es wäre nicht so gewesen.

Er stand auf einem Schlachtfeld. Das Pferd, dessen klägliches Schnauben er gerade gehört hatte, wieherte erneut und kam ängstlich näher, blieb aber erschrocken stehen, als er eine unvorsichtige Bewegung machte. Es war das einzige lebende Geschöpf, das er noch gewahrte. Ein weiteres, totes Pferd lag mit aufgerissener Kehle nur ein paar Schritte entfernt im Schnee, und mindestens zwei weitere Tiere mussten geflohen sein, denn er sah insgesamt vier reglose Männer; zweifellos tot und zweifellos ebenso von Wölfen gerissen, wenn auch nicht annähernd so schlimm zugerichtet wie die Hunde.

Thor ging langsam von einem zum anderen, aber er wusste schon vorher, dass jede Hilfe zu spät kam. Den Männern waren die Kehlen durchgebissen worden, was sicher der schnellste und barmherzigste Tod war, den sie von Fenrir und seinen grauen Jägern hatten erwarten können. Ein sonderbarer Zwiespalt ergriff von Thors Gefühlen Besitz, während er langsam von einem Mann zum anderen ging. Unter ihnen war nicht einer, den er nicht gekannt hätte, aber zu seiner Erleichterung entdeckte er auch keinen von denen, die im Laufe des zurückliegenden Winters zu seinen Freunden geworden waren.

Aber das machte es nicht besser. Er empfand nicht einmal das Gefühl der Erleichterung, das doch eigentlich kommen sollte, nun, wo er die Verfolger los war, die Urd und seinen ungeborenen Sohn so in Gefahr gebracht hatten.

Alles hier war … *falsch*. Und ohne ihn wäre nichts von alledem geschehen.

Er hätte niemals hierherkommen dürfen.

Thor ging noch einmal von einem zum anderen und überzeugte sich zum zweiten Mal davon, dass es nichts mehr gab, was er für einen von ihnen tun konnte. Er überwand seine Hemmungen und entschied, dass es durchaus etwas gab, was die Toten für ihn tun konnten, und so durchsuchte er sie nach Dingen, die ihnen auf der weiteren Flucht von Nutzen sein mochten. Er kam sich dabei wie ein Leichenfledderer vor, obwohl die Ausbeute mager genug war: eine Handvoll bronzener Münzen aus einer Währung, die er nicht kannte, zwei lederne Beutel, die einen ebenso stark wie würzig riechenden Wein enthielten, und einige wenige Lebensmittel, die er in den Satteltaschen des toten Pferdes fand. Die Männer schienen nicht auf eine längere Verfolgung eingerichtet gewesen zu sein. Sie waren entweder überstürzt aufgebrochen oder hatten es nicht für nötig empfunden. Angesichts der Bluthunde, die sie bei sich gehabt hatten, vermutete Thor eher Letzteres.

»Du hast sie erschlagen!«

Thor fuhr so schnell herum, dass er um ein Haar auf dem schlüpfrigen Boden ausgeglitten wäre, und das Schwert sprang wie von selbst in seine Hand zurück.

»Du hast sie alle erschlagen«, sagte Lif noch einmal. Seine Augen waren so groß, dass sie aus den Höhlen zu quellen schienen, und Thor war ganz und gar nicht sicher, ob ihm gefiel, was er darin las. Und ganz bestimmt nicht das, was er in seiner Stimme hörte.

»Ich habe niemanden –«, begann Thor.

»Du hast sie alle erschlagen«, sagte Lif zum dritten Mal, und jetzt war Thor sicher, Bewunderung in seiner Stimme zu hören. »Ganz allein! Fünf Männer! Du hast ganz allein fünf Krieger erschlagen!«

»Wie kommst du hierher?«, fragte Thor. »Hatte ich dir nicht befohlen – ?«

»Elenia und Mutter sind in Sicherheit«, unterbrach ihn der Junge. »Wir haben ein Versteck gefunden. Ich bin losgeritten, um dich zu suchen.«

»Und meiner Spur gefolgt?«, fragte Thor zweifelnd.

»Nein.« Lifs Blick tastete unstet über die vier Leichen und die verstümmelten Hunde, und Thor machte einen unauffälligen halben Schritt zur Seite, um ihm den direkten Blick auf den bewusstlosen Krieger zu verstellen. »Aber ihren. Es war nicht schwer ... du ... du hast sie alle getötet? All diese Krieger und die Hunde?«

»Was für ein Versteck?«, fragte Thor. »Ist es sicher?«

»Ich glaube schon.«

»Und Urd hat dich losgeschickt, um nach mir zu suchen?«

Lif starrte weiter abwechselnd die toten Männer und die zerfetzten Hunde an, und Thor las etwas in seinen Augen, was ihn erschreckte. Er verzichtete darauf, seine Frage zu wiederholen. Stattdessen drehte er sich sehr behutsam um, näherte sich ebenso vorsichtig dem reiterlosen Pferd und hob noch vorsichtiger die Hand. Das Tier beäugte ihn misstrauisch und begann nervös mit den Vorderhufen zu scharren, aber es floh nicht und ließ nach einem Moment nicht nur zu, dass Thor seine Zügel ergriff, sondern auch an seine Seite trat und sich dann vorsichtig auf seinen Rücken schwang.

»Wenn du meinst, dass du den Weg findest, dann bring mich zu ihnen«, sagte er.

Lif blinzelte verwirrt. »Aber du – «

»Und den da«, unterbrach ihn Thor und deutete auf den verwundeten Schecken, »nehmen wir auch mit.«

13. Kapitel

Eigentlich hätte er nicht überrascht sein dürfen, aber er war es. Das Versteck, von dem Lif erzählt hatte, war nicht nur weithin sichtbar, seine Mutter hatte zu allem Überfluss auch noch ein Feuer entzündet, dessen Licht schon aus einer Entfernung von mehr als einer Meile wahrzunehmen war.

Der Turm war größer als der, in dem er zusammen mit Sverig Wache gehalten hatte, besaß aber keinen zusätzlichen Anbau und befand sich in weitaus schlechterem Zustand – wenig mehr als eine Ruine, die man selbst aus geringerer Entfernung leicht mit einem steil aufragenden Felsen hätte verwechseln können, wären da nicht die rechteckigen Fenster gewesen, die sich in einer Spirale an dem verfallenen Mauerwerk emporzogen, und der flackernde gelbe Schein dahinter. Auch hier hatte der Wind die verräterische Fährte verwischt, aber es war so still, dass er schon aus hundert Schritt Entfernung das Prasseln und Knacken des Feuers hören konnte und wenig später Urds und Elenias gedämpfte Stimmen.

»Ich habe den Turm entdeckt«, erklärte Lif stolz, als sie näher kamen. »Mutter wollte erst nicht hinein, aber dann habe ich mich daran erinnert, was du erzählt hast. Es gibt viele solcher Türme, nicht wahr?« Er beantwortete seine eigene Frage mit einem heftigen Nicken. »Sie können sie nicht alle durchsuchen.«

Nein, dachte Thor, alle sicherlich nicht, sondern nur einen nach dem anderen. Da er sein Zeitgefühl verloren hatte, wusste er nicht, wie weit sie sich vom Götterpfad entfernt hatten und ob dies der zweite, der dritte oder vielleicht auch schon der zehnte Turm in der Reihe verfallener Bauwerke war, die sich am Fuß des Gebirges entlangziehen sollte. Aber Sverig hätte schon sträflich leichtsinnig oder dumm sein müssen, sie nicht der Reihe nach inspizieren zu lassen; und er war keines von beidem, so sehr Thor es sich auch gewünscht hätte. Dieses Versteck bot allenfalls Schutz vor dem Wind, und sein einziger Vorteil, nämlich von dort oben aus jeden Fremden, der sich näherte, schon frühzeitig zu sehen, wurde von der Tatsache wieder wettgemacht, dass es in weitem Umkreis schlichtweg nichts gab.

Nichts, nur noch Schnee und das triste Grau der niemals enden wollenden Dämmerung, die jetzt, da man das Nahen des neuen Tages zu spüren begann, zunehmend an seinen Nerven zerrte. Das Unwetter war vorbei, aber es schien etwas zurückgelassen zu haben, ein Schweigen von fast körperlicher Intensität, das keinen Laut zuließ und den wenigen Geräuschen, die sich trotzig dagegen behaupteten, alle Höhen und jegliche Substanz nahm und sie zu etwas anderem machte, das nicht mehr ganz in diese Welt zu gehören schien. Thor konnte nicht sagen, ob es nur ihm so erging oder Lif es auch spürte; so oder so war auch der Junge immer schweigsamer geworden, und diese Worte waren schließlich die ersten gewesen, die er seit einer guten halben Stunde überhaupt gesprochen hatte.

Thor schwieg ebenfalls. Er fühlte sich schlecht, vor allem, aber nicht nur körperlich, und er wollte nicht reden. Wäre es ihm möglich gewesen, so hätte er nicht einmal mehr an das gedacht, was gerade geschehen war.

Sie waren der Ruine jetzt jedoch nahe genug, sodass er absaß und die letzten Schritte zu Fuß zurücklegte. Lif folgte seinem Beispiel nicht, sondern blieb trotzig im Sattel und führte auch den Schecken weiter am Zügel neben sich her, obwohl der Boden auf dem letzten Stück immer unwegsamer und steiniger wurde, sodass es ihn immer größere Mühe kostete, sich überhaupt auf dem Rücken des Tieres zu halten.

Anders als bei dem Bauwerk, in dem sie auf die Lichtbringer gestoßen waren, befand sich der Eingang auf der rückwärtigen, dem Gebirge zugewandten Seite und war keine schmale Tür, sondern ein gewaltiger Torbogen, hoch genug, um einen Reiter passieren zu lassen. Auch das Innere war vollkommen anders aufgeteilt. Es gab nur einen einzigen, großen Raum, der zur Hälfte mit heruntergefallenem Mauerwerk und Schutt vollgestopft war, und anstelle einer steinernen Treppe gab es nur die Überreste einer hölzernen Konstruktion, die schon vor einem Menschenalter weggefault sein musste.

Urd und ihre Tochter saßen an einem viel zu hoch und zu hell brennendem Feuer, das sie in der Mitte des frei gebliebenen Platzes entfacht hatten. Urd sah nur müde auf und schenkte ihm ein erschöpftes Lächeln. In ihren Augen war keine Spur von Überraschung, sodass ihm klar wurde, dass sie seine Schritte gehört haben musste. Elenia hingegen sprang auf, rannte ihm mit wippenden Zöpfen entgegen und umarmte ihn so überschwänglich, dass Thor einen halben Schritt zurück machte, um nicht das Gleichgewicht zu verlieren.

»Thor! Du bist wieder da! Den Göttern sei Dank!«

Thor ließ ihre stürmische Wiedersehensfreude wortlos über sich ergehen, tauschte aber einen fragenden Blick mit Urd. Elenias Mutter deutete nur ein Schulterzucken an und bemühte sich um ein verständnisvolles Lächeln, aber zwischen ihren Augenbrauen entstand auch eine dünne Falte, und Thor sah ihr an, dass Elenias Verhalten sie mindestens ebenso irritierte wie ihn.

Mit einiger Mühe machte er sich aus Elenias Umarmung frei, schob sie mit sanfter Gewalt aus dem Weg und führte das Pferd hinter sich durch die Tür. Urd machte ein fragendes Gesicht, als sie erkannte, dass es nicht mehr der Schecke war, und zog erstaunt die Brauen hoch, als auch Lif hereingeritten kam und das vermisste Tier am Zügel hinter sich her zog. »Es sieht so aus, als hättest du unterwegs alte Freunde getroffen.«

Thor antwortete nicht gleich, sondern führte den Hengst in den hinteren Teil des großen Raumes, wo bereits Urds und Elenias Pferde angebunden waren. Lif hingegen nahm das Stichwort dankbar auf.

»Er hat sie alle erschlagen!«, sprudelte er aufgeregt hervor. »Fünf Krieger! Und ebenso viele Hunde! Höthgrens Bluthunde! Du hättest es sehen sollen!«

»Du warst *dabei?*« Urds Stimme klang viel mehr zornig als erschrocken, und Thor beeilte sich, ihren Blick einzufangen und ihr mit einem angedeuteten Kopfschütteln zu signalisieren, dass es vielleicht nicht ganz so gewesen war, wie sie nach Lifs Worten anzunehmen schien.

»Nein«, antwortete Lif, während er seiner Schwester den Zügel des Schecken zuwarf und selbst aus dem Sattel sprang. »Aber ich habe gesehen, was er mit ihnen gemacht hat! Sie sind alle tot!«

Urd sah nicht so aus, als erfülle sie diese Nachricht mit reiner Freude. Sie setzte dazu an, etwas zu sagen, was ihrem Sohn gewiss nicht gefallen würde, stemmte sich dann aber nur wortlos hoch und kam zu ihm. Thor fiel abermals auf, wie müde und abgekämpft sie aussah. »Was ist passiert?«

»Was dein Sohn erzählt hat.« In Thors Stimme war ein abweisender Klang, der ihn selbst überraschte und den er auch nicht verstand. »Sie sind tot.«

»Und du?«

»Wie du siehst, lebe ich noch.«

Seine erste, knappe Antwort hatte Urd noch ohne irgendeine Reaktion hingenommen, jetzt erschien ein Ausdruck von Unmut auf ihrem Gesicht, und Thor fragte sich erneut, warum er das überhaupt gesagt hatte. Ihre Stimme klang jedoch beherrscht, und es war sogar ein Unterton von echter Sorge darin. »Eigentlich wollte ich wissen, ob du verletzt bist.«

Thor schüttelte den Kopf. »Nur ein Kratzer.«

Er ließ endlich den Zügel los und wollte an Urd vorbei zum Feuer gehen, doch sie hielt ihn mit einer raschen Bewegung fest und griff mit der anderen Hand nach seinem Arm. Der Ausdruck in ihren Augen sagte alles, als sie den zerfetzten, blutigen Verband an seiner rechten Hand betrachtete.

»Setz dich ans Feuer«, sagte sie. »Ich hole etwas, um deine Hand zu versorgen.«

Thor war viel zu müde, um zu widersprechen. Wortlos gehorchte er, und Urd begann ebenso wortlos in ihren Satteltaschen zu kramen.

Noch vor einer Minute war er nahe daran gewesen, Urd wegen des viel zu großen Feuers zurechtzuweisen, das sie entfacht hatte. Jetzt genoss er seine Wärme und den flackernden gelben Schein, der in einer Welt aus immerwährendem Zwielicht wenigstens die Illusion von Helligkeit schuf.

Er hatte sich kaum gesetzt, da begann sich Müdigkeit wie eine mit Blei beschwerte Decke über ihn zu senken, und er musste nicht nur darum kämpfen, die Augen offen zu halten, sondern auch darauf achten, dass er nicht nach vorne sank und sich verbrannte. Wie aus einem weit entfernten Raum hörte er, wie Lif die beiden Pferde zu den anderen Tieren führte und Elenia neben ihm Platz nahm. Alles wurde schwer und sonderbar substanzlos. Sein Körper schrie nach Schlaf, und vielleicht war es nur noch der pochende Schmerz in seiner Hand, der ihn daran hinderte, diesem Drängen auf der Stelle nachzugehen.

Urd sagte etwas, das er nicht verstand, schwieg einen Moment und wiederholte ihre Frage dann in drängenderem Ton, und erst, als Thor den Kopf hob und sie ansah, wurde ihm klar, dass es gar nicht Urd gewesen war, sondern Elenia. Selbst die Stimmen von Mutter und Tochter ähnelten sich auf schon fast unheimliche Weise.

»Entschuldige«, murmelte er.

»Ich habe gefragt, wie es dir geht«, sagte Elenia.

»Bestimmt nicht besser, wenn du ihn jetzt auch noch mit deinen Fragen überfällst«, antwortete Urd an Thors Stelle. Raschelnd ließ sie sich auf seiner anderen Seite nieder, zerrte ihm wenig sanft den Mantel von den Schultern und fügte in verändertem, scharfem Ton hinzu: »Geh nach draußen und hol sauberen Schnee, den wir schmelzen können. Ich werde heißes Wasser brauchen.«

Elenia antwortete irgendetwas, das Thor nicht verstand, erhob sich aber gehorsam und ging. Urd sah ihr kopfschüttelnd hinterher, griff zugleich aber auch schon nach seiner Hand und begann den Verband zu lösen. Es tat so weh, dass Thor mit den Zähnen knirschte.

Urd hielt inne und sah ihn gleichermaßen besorgt wie strafend an. »Ich könnte jetzt sagen, ich habe dich gewarnt. Und ich könnte auch sagen, dass du selbst schuld bist, tapferer Krieger. Ich hoffe, du weißt, wie großzügig es von mir ist, es nicht zu tun.«

Thor hatte das Gefühl, dass jetzt ein Lächeln angebracht wäre, aber ihm fehlte die Kraft dazu. Er verzog zwar die Lippen, spürte aber selbst, dass nur eine noch schmerzerfülltere Grimasse daraus wurde.

»Ich könnte auch sagen, dass ein so großer Krieger, der gerade ein Dutzend Männer und sämtliche Hunde der Hel erschlagen hat, den Göttern dafür dankbar sein sollte, so glimpflich davongekommen zu sein«, sagte Urd und fuhr fort, seine bandagierte Hand zu befreien. Es war, als würde sie einen rot glühenden Schürhaken in seine Handfläche bohren.

»Ich habe niemanden erschlagen«, antwortete er gepresst.

Urd ließ sich nicht anmerken, ob sie die Worte gehört hatte oder nicht und was sie davon hielt, sondern entfernte die letzte Lage Stoff und blickte dann erschrocken auf seine Handfläche hinab. Thor beging den Fehler, ihrem Blick zu folgen, und konnte den Ausdruck in ihren Augen verstehen.

Die Wunde hatte sich entzündet und sah aus wie ein klaffendes rotes Fischmaul, und seine Finger waren bis zur Unförmigkeit angeschwollen. Es tat höllisch weh, aber zugleich schien auch jegliches Gefühl aus seiner Hand gewichen zu sein. Was er spürte, war eine pochende Taubheit, die schlimmer war als jeder Schmerz.

»Wenn es deine Absicht war, die Hand zu verlieren, dann warst du fleißig«, sagte sie. »Wenn auch vielleicht nicht besonders klug ... Ein einhändiger Schmied scheint mir keine gute Idee zu sein.«

»Ich ... bin kein Schmied«, brachte Thor gepresst hervor. Ihm wurde übel, vielleicht nur von dem schlimmen Anblick. Er hatte schrecklichere Wunden gesehen, aber so etwas sollte nicht passieren. Nicht ihm.

»Das sieht nicht gut aus«, sagte Urd, ernster und in verändertem Ton. »Du solltest dich allmählich an den Gedanken gewöhnen, dass du vielleicht doch nicht unverwundbar bist.«

»Das weiß ich«, antwortete Thor verärgert. »Und das da war nur –«

»Dumm«, unterbrach ihn Urd.

»Es war unglaublich mutig«, mischte sich Lif ein. »Wenn er nicht gewesen wäre, dann wären wir jetzt alle vielleicht schon tot!«

»Es war trotzdem dumm«, beharrte Urd. Sie betrachtete die Wunde noch einmal ausgiebig, seufzte tief und ging dann noch einmal zu ihren Satteltaschen zurück, um zwei schmale Ledersäckchen zu holen. Thor maß das körniggraue Pulver misstrauisch, das sie aus einem davon zuerst auf ihre eigene, dann warnungslos auf seine Handfläche schüttete, und sog dann scharf die Luft zwischen den Zähnen ein, als ihm sein Irrtum klar wurde: Seine Hand war alles andere als taub und schon gar nicht unempfindlich gegen Schmerz.

»Es wird noch schlimmer«, sagte Urd. Ihre Stimme klang

unangemessen fröhlich, fand Thor. »Aber es muss sein. Wenn du Wundbrand bekommst, dann verlierst du die Hand wirklich.«

»Ich kann keinen Brand bekommen«, antwortete Thor gepresst.

»Das wäre vielleicht so, wenn du der wirkliche Gott des Donners wärst, Thor«, erwiderte sie. »Aber ich fürchte, du bist es wohl doch nicht. Das ist schade. Ich glaube, ich sollte jetzt wohl ziemlich enttäuscht sein.«

»Er *ist* der wirkliche Thor!«, beharrte Lif.

»Hat er dir das gesagt?«, fragte Urd spöttisch.

»Nein«, fauchte Lif. »Aber ich war dabei!«

»Das warst du nicht«, sagte Thor.

»Ich war nahe genug«, protestierte Lif. »Ich habe das Unwetter gesehen, Blitz und Donner, die du gerufen hast, um deine Feinde zu zerschmettern!«

»Das da«, sagte Urd gelassen und deutete auf Thors Rechte, »sieht mir allerdings eher danach aus, als hätte er versucht, es mit der bloßen Hand zu tun.«

»Und was war auf dem Hof?«, fragte Lif herausfordernd. »Als er die Krieger erschlagen hat, die Vater umgebracht haben – hat es da nicht auch geblitzt und gedonnert, als wollte die Erde untergehen?«

»Du meinst im letzten Herbst?«, fragte Urd. Sie nickte. »Das war ein Sturm, ja. Ein wirklich schlimmer Sturm.«

»Deswegen nennt man es auch Herbststürme«, fügte Thor hinzu. Urd pflichtete ihm mit einem Nicken bei, warf ihm zugleich aber auch einen irritierten Blick zu.

»Ich weiß, dass du es nicht zugeben willst!«, antwortete Lif patzig. »Ich verstehe nicht warum, aber ich bin nicht dumm und auch nicht blind. Ich weiß, was ich gesehen habe!«

»Das reicht«, sagte Urd streng. »Wir haben wirklich keine Zeit für diesen Unsinn! Geh und hilf deiner Schwester!«

Lif funkelte sie so herausfordernd an, dass Thor fest mit einer noch patzigeren Antwort rechnete, fuhr aber dann nur auf dem Absatz herum und stürmte hinaus.

Urd sah ihn kopfschüttelnd und mit gerunzelter Stirn an, aber sie ging nicht weiter auf das seltsame Zwischenspiel ein, als sie sich wieder Thor zuwandte.

»Was ist da draußen passiert?«, fragte sie nur.

Thor zögerte noch einen letzten Moment, aber dann erzählte er ihr, was geschehen war. Urd hörte ihm schweigend zu und runzelte auch ein paarmal zweifelnd die Stirn, aber sie unterbrach ihn nicht, und auch als er zu Ende gekommen war, sah sie ihn nur noch einen weiteren Moment lang an und nickte schließlich.

»Das ist eine sehr seltsame Geschichte«, sagte sie zögernd. Aber es klang nicht so, als würde sie ihm nicht glauben.

»Aber es ist die Wahrheit.«

»Ich weiß«, antwortete Urd. Sie hob die Hand, als er überrascht antworten wollte. »Ich habe den toten Wolf damals auf Endres Hof gesehen.«

»Und du hast nie etwas gesagt? Wieso nicht?«

»Wer bin ich, dir nicht das eine oder andere kleine Geheimnis zuzubilligen?«, erwiderte sie. »Ausgerechnet ich?«

»Es ist kein ›kleines‹ Geheimnis«, antwortete er.

»Dann eben ein großes«, sagte Urd leichthin. »Dafür habe ich wohl eine Menge etwas weniger große vor dir gehabt; das gleicht sich aus, oder?«

Thor blieb ernst. »Aber was hat das alles zu bedeuten?«

»Wie kommst du darauf, dass ich das weiß, wenn du diese Frage nicht einmal selbst beantworten kannst?«

»Eine Antwort wäre mir lieber als eine Gegenfrage deinerseits«, sagte Thor. Er war allerdings nicht überrascht, Urd auch damit nicht aus der Fassung bringen zu können.

»Und was, wenn du es wirklich bist?«, fragte sie.

Das hätte ihn zum Lachen bringen sollen, aber ihre Worte jagten ihm ganz im Gegenteil einen Schauer über den Rücken. Vielleicht, weil sie im Grunde nur dieselbe Frage laut ausgesprochen hatte, die er sich im Stillen schon selbst gestellt hatte. Und mehr als nur einmal.

Aber das war natürlich vollkommen lächerlich.

»Der Donnergott?« Er sah auf seine Hand hinab. »Götter bluten nicht.«

»Es sei denn, sie sind etwas anderes als das, wofür wir sie halten«, erwiderte Urd. Dann schüttelte sie den Kopf und rief mit lauterer Stimme: »Elenia! Lif!«

Die beiden tauchten so schnell in der Tür auf, als hätten sie nur draußen gestanden und gewartet, und Thor fragte sich beunruhigt, wie viel von ihrem Gespräch sie wohl gehört hatten. Elenia trug einen Klumpen pappigen Schnees, während ihr Bruder demonstrativ die Hände unter dem Mantel vergraben hatte.

Urd ignorierte die kleine Provokation. »Such etwas, worin wir den Schnee schmelzen können. Und du hilfst mir, Elenia. Ich brauche einen Verband. Etwas aus Stoff und sauber, nach Möglichkeit.«

Weder Elenia noch ihr Bruder wirkten sonderlich begeistert, gehorchten aber, ohne zu murren. Lif kam mit einem wuchtigen Bronzehelm zurück, den er mit dem Schnee aus Elenias Armen füllte, bevor er ihn kurzerhand ins Feuer stellte. Thor fragte sich, wie er ihn wieder herausnehmen wollte, ohne sich die Finger zu verbrennen. Ihm fiel auch auf, dass weder der Helm noch der Schnee sonderlich sauber waren. Aber schließlich wollte er das Wasser ja auch nicht trinken.

Auch Elenia kam zurück und gab ihrer Mutter ein paar Streifen Stoff, die sogar halbwegs sauber aussahen. Auf einen Wink Urds hin nahm sie wieder auf Thors anderer Seite Platz und sah überallhin, nur nicht auf seine Hand.

»Ich weiß, es sieht nicht schön aus«, sagte Urd. »Sieh trotzdem zu. Es wird Zeit, dass du ein paar Dinge lernst.«

Elenia wirkte noch weniger begeistert, reagierte aber nur mit einem knappen Nicken und sah nicht nur gehorsam zu, wie ihre Mutter die Wunde versorgte, sondern ging ihr auch zur Hand, wenn auch zögernd und nicht gerade geschickt. Sie kam ihm dabei auch näher, als sie es unbedingt gemusst hätte, was weder Urd noch ihm entging. Urd sagte nichts dazu, aber es gelang ihr auch nicht ganz, ihre Reaktion zu verhehlen. Hätte er es nicht besser gewusst, hätte er auf die Idee kommen können, dass Mutter und Tochter beide um ihn wetteiferten.

Konkurrentinnen um ihn? Das war lächerlich. Thor hätte um ein Haar den Kopf geschüttelt.

Vielleicht hatte er es sogar getan, denn Urd hielt für einen Moment in ihren Versuchen inne, seiner Hand immer noch neue und unbekannte Schmerzen zuzufügen, und sah ihn fragend an.

»Nichts«, sagte er rasch. »Es tut nur weh.«

»Dann sieh nicht hin«, riet ihm Urd. »Das macht es leichter.«

Zu seiner Überraschung musste er eingestehen, dass sie recht hatte. Urd fuhr fort, die Wunde zu reinigen, aber nachdem er nicht mehr hinsah, war es tatsächlich leichter zu ertragen.

Stattdessen unterzog er seine Umgebung einer neuerlichen und etwas gründlicheren Untersuchung. Der Turm war tatsächlich weitaus größer als der, den er bereits kannte, stammte aber ganz ohne Zweifel von denselben Erbauern, auch wenn hier alles größer und irgendwie ... *gröber* wirkte. Das Bauwerk folgte zwar denselben Regeln, aber alles wirkte einfacher, als wäre es viel älter und von der Hand eines Baumeisters errichtet, der mehr Wert auf Zweckmäßigkeit und Stärke legte als auf Schönheit. Obwohl der runde Innenraum zum Großteil von Trümmern und dem Schutt der Jahrhunderte ausgefüllt war, hätte der verbliebene Platz noch für ein halbes Dutzend weiterer Feuerstellen ausgereicht. Alles hier war groß und massiv. Das hier musste einst Teil einer mächtigen Festung gewesen sein, überlegte er; wenn es von den richtigen Männern verteidigt wurde, ein nahezu unbezwingbares Bollwerk.

Dennoch war es gefallen, und obgleich es kaum zu entscheiden war, ob diese Verheerungen nur Spuren des natürlichen Verfalls waren oder auch menschlicher Zerstörungswut, spürte er tief in seinem Innern, dass diese Festung nicht still gestorben war. Blut war hier geflossen, Leben ausgelöscht worden. Die Wände atmeten den Schmerz so vieler, die hier gestorben waren, und warfen das Echo vergangener Träume zurück, die sich niemals erfüllt hatten.

Thor fragte sich, was der Sinn dieser gewaltigen Anlage gewesen war, die sich anscheinend von einem Ende des Landes bis zum anderen erstreckte. Es gab hinter diesen Türmen nichts, nur die Berge, die ebenso unübersteigbar wie leer waren.

»Vielleicht war es ja genau anders herum«, sagte Urd.

Thor sah sie verständnislos an, bevor ihm klar wurde, dass er seine Gedanken wohl laut ausgesprochen hatte.

»Vielleicht haben sie nicht die Berge vor den Bewohnern des Landes beschützt«, sagte Urd, »sondern das Land vor etwas, das aus den Bergen gekommen ist.«

»Was soll dort oben schon sein?«, mischte sich Lif ein. »Nur Felsen und Kälte. Dort lebt nichts.«

»Vielleicht nicht mehr«, sagte nun auch Elenia. »Aber jemand hat diesen Turm und all die anderen gebaut, oder? Und das bestimmt nicht ohne Grund.«

Lif schürzte nur verächtlich die Lippen. Thor sah ihm an, dass er Luft zu einer mindestens ebenso verächtlichen Antwort holte, dann aber wandte er sich ab und ging zu den Pferden hin. Schnell und erstaunlich geschickt nahm er die Sättel von seinem und Thors Pferd und befreite sie auch von Zaumzeug und

Zügel. Als er auf dieselbe Weise mit dem Schecken verfahren wollte, stieß das Tier ein unwilliges Schnauben aus und schnappte nach seinen Fingern.

»Sei lieber vorsichtig«, sagte Thor. »Sverig hat diesen Hengst für mich ausgesucht. Ich glaube, er hat sich etwas dabei gedacht.«

Lif funkelte abwechselnd ihn und den Schecken feindselig an, sah einen Moment lang auf seine Hand hinab, als müsste er sich davon überzeugen, dass seine Finger auch tatsächlich noch vollzählig waren und ging dann – in respektvollem Abstand – um den Hengst herum.

»Das sieht gar nicht gut aus«, sagte er, nachdem er einen Blick auf das verletzte Bein des Tieres geworfen hatte.

Er hat recht, dachte Thor besorgt. Der Schecke war wirklich übel zugerichtet. Der Hund hatte einen fast faustgroßen Brocken Fleisch aus seinem Hinterschenkel herausgebissen. Die Wunde blutete noch immer, und es war dem Tier nicht möglich, stillzustehen. Es zitterte am ganzen Leib und bewegte sich ununterbrochen, wie um sein letztes bisschen Kraft auch noch zu verbrennen.

»Lif hat recht«, sagte Urd. »Das Tier leidet. Vielleicht sollten wir es von seinen Qualen erlösen.«

Und damit hat auch sie recht, dachte Thor. Das Tier litt, und wahrscheinlich würde es sterben, langsam und sehr qualvoll. Dennoch sagte er impulsiv: »Nein!« Beinahe schrie er es schon.

Nicht nur Urd sah ihn verwirrt an. Auch Elenia blickte hoch und machte ein überraschtes Gesicht, und Lif verzog böse die Lippen.

»Dieses Tier ...«, begann er unbeholfen, zögerte einen Moment und setzte dann nach einem gekünstelten Räuspern neu an. »Der Hengst hat mir das Leben gerettet. Ohne ihn wäre ich jetzt tot.«

»Und du willst es ihm danken, indem du ihn qualvoll zugrunde gehen lässt«, sagte Urd.

Natürlich hatte sie auch damit recht. Trotzdem schüttelte er nur noch einmal den Kopf. »Vielleicht ist es ja nicht so schlimm, wie es aussieht.«

Urd runzelte nur beredt die Stirn.

»Kannst du nichts für ihn tun?«, fragte Elenia.

»Für wen?«

»Den Hengst.« Elenia wies mit der Hand auf den Schecken. »Die Wunde sieht schlimm aus, aber vielleicht kannst du sie ja behandeln.«

Urd sagte gar nichts, aber ihr Bruder zog eine Grimasse, als zweifele er an Elenias Verstand. Sein Blick strich noch einmal über die tiefe Wunde des Pferdes, und Thor meinte seine Gedanken regelrecht auf seinem Gesicht lesen zu können. Im Großen und Ganzen waren es wohl dieselben wie seine eigenen. Selbst wenn das Tier nicht an seiner Verletzung starb, würde es Wochen dauern, bis es sich wieder erholt hatte, und sie hatten einfach nicht die Zeit, sich mit einem kranken und möglicherweise lahmenden Tier abzugeben.

All das war wahr. Und trotzdem …

»Vielleicht warten wir einfach«, sagte er.

»Und wie lange?«, schnaubte Lif.

Thor wollte antworten, doch Urd kam ihm zuvor. »Wir müssen sowieso eine Weile hierbleiben. Ich schaue mir das Tier später an. Danach entscheiden wir.«

»Hierbleiben?«, wiederholte Thor. Er sah sich um. Der Turm war groß, aber er bot allenfalls Schutz vor dem Wind, nicht vor der Kälte, und als Versteck war er so ungeeignet, wie es überhaupt nur vorstellbar war. »Hältst du das für eine gute Idee?«

»Nein«, antwortete Urd. »Aber du brauchst Ruhe. Mindestens einen Tag, besser noch zwei.«

»So schlimm ist es nun auch wieder nicht«, protestierte Thor.

Statt zu antworten, griff Urd nach dem zweiten Ledersäckchen. »Noch nicht. Aber das wird sich ändern.«

Es dauerte drei Tage, bis sie ihren Weg fortsetzen konnten, und wie sich zeigte, hatte Urd keineswegs übertrieben. Erschöpft, wie er war, war er praktisch auf der Stelle eingeschlafen und erst nach vielen Stunden wieder aufgewacht, zitternd und von Fieber, Durst und der verworrenen Erinnerung an einen üblen Traum geplagt, der dieses Mal aber keine Botschaft aus seiner Vergangenheit war, sondern nichts als wirre Fieberfantasien.

Auch am nächsten Tag änderte sich nicht viel. Die Wunde schmerzte nach wie vor, begann aber dank Urds Hilfe nun zu heilen. Was ihm mehr zu schaffen machte, das war etwas gänzlich anderes: ein Feuer, das tief in ihm brannte und sich nach etwas verzehrte, von dem er nicht einmal wusste, was es war.

In den Zeiten, in denen er wach war, versicherte ihm Urd, dass er sich auf dem Wege der Besserung befinde, aber seine eigenen Erinnerungen, so verworren sie sein mochten, behaupteten etwas anderes, und die scheuen Blicke, mit denen Elenia und Lif ihn manchmal musterten, behaupteten es ebenfalls. Einmal erwachte er gut fünfzig Schritte von der Turmruine entfernt im Schnee, fiebernd und um sich schlagend, sodass Urd und ihre beiden Kinder alle Mühe hatten, ihn wieder in den Turm zu schaffen, und ein anderes Mal war seine Kehle wund von seinen eigenen Schreien, die ihn vermutlich auch aufgeweckt hatten.

Als er am dritten Morgen erwachte, war es vorbei. Das war das Allererste, was er spürte, noch bevor er die Augen aufschlug.

Er war schwach und sehr, sehr müde, und seine Hand tat immer noch weh, das alles aber auf eine vollkommen andere …

richtige Art; anders konnte er das Gefühl nicht beschreiben. Die bleierne Schwere, die nach wie vor auf seine Glieder drückte und ihm selbst die winzige Mühe, die Augenlider zu heben, vor sich herschieben ließ, war wie die angenehme Müdigkeit nach einem langen Tag voller befriedigender Arbeit, und selbst an dem Schmerz in seiner Hand war etwas Gutes, denn er signalisierte ihm, dass seine Wunde heilte.

Außerdem war es warm, und die Luft roch so verlockend nach gebratenem Fleisch, dass ihm das Wasser im Munde zusammenlief und sein Magen hörbar knurrte.

»Die Suppe ist gleich fertig. Und du musst dich nicht verstellen. Ich weiß, dass du wach bist.«

Thor öffnete die Augen und erlebte gleich zwei Überraschungen: Elenia saß neben ihm, und obwohl er sie in dem blassen Licht nicht einmal richtig erkennen konnte, verwechselte er sie diesmal nicht mit ihrer Mutter. Und die eindeutig größere Überraschung war das Ausmaß, in dem sich seine Umgebung verändert hatte. Urd war in den zurückliegenden Tagen offensichtlich nicht untätig gewesen. Das Feuer war mit einer doppelten Reihe von Steinen eingefasst, und jemand, vermutlich Lif, hatte sich sogar die Mühe gemacht, sie nach Form und Größe zu sortieren. Der Boden war in einigem Umkreis vom Schutt befreit worden, und über den vier einfachen Lagerstätten, die sich um die Feuerstelle gruppierten, spannte sich ein aus Satteldecken und Stöcken improvisiertes Dach, geschickt arrangiert, um die Wärme festzuhalten. Über den Flammen stand ein Dreibein mit demselben verbeulten Helm, den Urd schon einmal als Kochtopf missbraucht hatte und der jetzt der Quell des verlockenden Duftes war. Ihre wenigen Habseligkeiten waren säuberlich an einer Wand aufgestapelt, und auf der anderen Seite hatte Urd sogar versucht, eine kleine Koppel für die Pferde zu improvisieren, wenn auch mit wenig Erfolg. Die Tiere … Er schaute ein zweites Mal hin. Es waren nur noch vier.

Thor setzte sich mit einem so plötzlichen Ruck auf, dass ihm schwindelig wurde. »Wo ist –?«

»Der Schecke?« Elenia unterbrach ihn mit einer beruhigenden Geste. »Keine Sorge, es geht ihm gut. Lif ist mit ihm hinausgegangen, um ihm Bewegung zu verschaffen. Anscheinend ist er genauso zäh wie sein Reiter.« Sie lachte leise. »Mutter meint allerdings, er wäre nur genauso dickköpfig.«

Sie stand auf, hantierte außerhalb seiner Sichtweite herum und kam mit einem Becher zurück, den sie ihm übertrieben behutsam in die Hand drückte. Thor kostete ebenso vorsichtig, stellte fest, dass er nichts anderes als eiskaltes Wasser enthielt, und nahm dann einen größeren Schluck, um den schlechten Geschmack aus seinem Mund zu vertreiben. Das Wasser tat ihm gut, und er leerte den ganzen Becher.

»Und wo ist deine Mutter?«

»Draußen, bei Lif. Sie sucht nach Moos oder irgendwelchen Flechten, um einen ihrer Hexentränke daraus zu brauen ... glaube ich.« Sie verschwand wieder, um den Becher neu zu füllen, und setzte sich mit untergeschlagenen Beinen neben ihn, nachdem er ihn entgegengenommen hatte. Thor nahm noch einen Schluck und sah sie nachdenklich an.

»Hexentrunk?«

»Sie nennt es selbst so«, antwortete Elenia. »Und zumindest das meiste von dem, was sie zusammenbraut, schmeckt auch schlecht genug, um diesen Namen zu verdienen. Ich bin so froh, dass es dir besser geht ... ich hatte wirklich Angst um dich. Du hattest hohes Fieber.«

Nicht nur seine pelzige Zunge und die bleierne Schwere seiner Glieder bestätigten Thor, dass sie die Wahrheit sagte, sondern vor allem die unüberhörbare Erleichterung in ihrer Stimme.

Er nippte wieder an seinem Becher und tat so, als starre er in Gedanken versunken hinein, behielt Elenias Gesicht dabei aber verstohlen im Auge. In ihrem Blick war etwas, das nicht dorthineingehörte und das ihm nicht gefallen sollte. Aber es berührte etwas tief in ihm, vor dem er instinktiv zurückschrak.

»Habe ich im Schlaf gesprochen?«, fragte er; unbehaglich und eigentlich nur, um überhaupt etwas zu sagen.

»Oh ja.« Elenia lachte plötzlich. »Aber keine Angst. Niemand hat verstanden, was du gesagt hast.«

»Was ist daran so komisch?«, erkundigte sich Thor.

»Vielleicht, dass Mutter gesagt hast, dass du genau so reagieren würdest. Mit genau dieser Frage und diesem Blick.«

»Hat sie das?« Thor trank einen weiteren Schluck Wasser, um Zeit zu gewinnen. Elenia verwirrte ihn. Ihre Nähe war ihm fast unangenehm, und zugleich war ihre Ähnlichkeit mit Urd so groß, dass er sich in schon fast ungebührlichem Maße zu ihr hingezogen fühlte.

Aber war es wirklich nur Urd, die er in ihr sah und die er trotz allem, was geschehen war, so sehr begehrte?

»Oh ja«, antwortete Elenia mit einem neuerlichen und jetzt eindeutig spöttischen Lachen. »Obwohl ich glaube, dass sie gelogen hat.«

»Gelogen?«

Elenia nickte. »Sie hat verstanden, was du gesagt hast. Jedenfalls glaube ich das.«

Thor ließ den Becher sinken und sah sie nun direkt an.

»Sie sagt, dass es nicht so ist, aber ich glaube ihr nicht.« Elenia erwiderte seinen Blick ruhig und schien auf eine ganz bestimmte Reaktion zu warten. Als sie nicht kam, zuckte sie nur mit den Schultern und wechselte das Thema. »Was macht deine Hand?«

»Sie schmerzt kaum noch.« Thor stellte den Becher zu Boden und hob die andere Hand, um Urds Werk zu begutachten. Seine Rechte war sauber und frisch verbunden und die Finger nicht mehr zur Faust geballt. Als er sie vorsichtig zu bewegen versuchte, ging es und tat sogar weniger weh, als er erwartet hatte. »Deine Mutter hat gute Arbeit geleistet.«

»Sie verfügt über Zauberkräfte.« Elenia nickte. »Genau wie du.«

Thor starrte sie an, und für einen Moment *war* sie Urd, genauso unbeschreiblich schön und verlockend, so weich wie frisch gefallener Schnee, darunter aber auch hart wie Eis. Sie tat etwas mit ihm, begriff er, und er wäre vermutlich gut damit beraten, sich davor zu fürchten.

Stattdessen bemühte er sich nur um ein möglichst ratloses Gesicht. »Wie meinst du das?«

»Ich habe gesehen, was du für Lasse getan hast.« *Lasse*. Nicht ›meinen Vater‹. »An dem Tag, an dem du uns gefunden hast, Thor. Er wäre gestorben, wenn du ihm nicht etwas von deiner Kraft gegeben hättest.«

Spätestens jetzt hätte er protestieren und darauf beharren müssen, dass sie selbst verletzt und nur halb bei Bewusstsein gewesen war und somit unmöglich gesehen haben konnte, was er tat. Aber aus irgendeinem Grund konnte er es nicht. Da war einfach zu viel von ihrer Mutter an ihr, als dass er sie belügen konnte.

»Warum hilfst du dir nicht selbst?«, fragte sie mit einer Kopfbewegung auf seine Hand.

»Weil das ... nicht so einfach ist«, antwortete er zögernd und regelrecht bestürzt über ihre Frage. Tatsache war, dass ihm dieser Gedanke in all der Zeit nicht einmal gekommen war und dass ihm die Vorstellung auch jetzt einfach nur absurd erschien.

»Du kannst nur anderen helfen und nicht dir selbst«, sagte Elenia. Aber sie tat es in einem sehr seltsamen Ton, in den er zumindest einen Vorwurf hineininterpretierte; vielleicht, weil sie genau in diesem Moment wie in einer unbewussten Geste die Hand hob und die hässliche Narbe auf ihrer Wange berührte.

Er wusste, dass es ein Fehler war, aber so wenig, wie er sie gerade hatte belügen können, konnte er jetzt schweigen. »So wirkt das nicht, Elenia. Ich kann Kraft spenden, und auch das nur in bestimmtem Maße.«

Elenia legte nur fragend den Kopf auf die Seite.

»Menschen sind unglaublich stark, Elenia«, sagte er. »In jedem von euch brennt ein Feuer. Manchmal erlischt es beim leisesten Windhauch, aber wenn man weiß, wie man es wieder anfachen kann, übersteht es sehr vieles.«

»›Euch‹?«, fragte Elenia.

Thor überging das. »Ich kann die Glut neu entfachen, Elenia. Und auch das nur manchmal. Aber ich kann keine Narben verschwinden lassen. Niemand kann das.«

Diesmal war die Geste, mit der sie ihr verunstaltetes Gesicht betastete, gewiss kein Zufall mehr. Ihre Miene blieb ungerührt, aber in ihren Augen erlosch eine Hoffnung, die er erst bemerkte, als sie nicht mehr da war.

Natürlich wusste er, dass es ein Fehler war. Hätte er auch nur einen Funken Verstand besessen, hätte er in diesem Moment alles getan, außer ihr noch näher zu kommen oder sie gar zu berühren. Fast ohne sein eigenes Zutun hob er die Hand und strich über ihre vernarbte Wange, so sacht er nur konnte.

»Es tut mir leid, Elenia. Glaub mir, ich würde dir helfen, wenn ich es könnte, aber ich kann es nicht. Aber du bist am Leben, und das ist das Einzige, was zählt.« Sogar in seinen eigenen Ohren klangen die Worte einfach nur billig, und er konnte sich gut vorstellen, dass sie sich in denen Elenias wie böser Hohn anhören mussten.

Trotzdem zwang sie sich nicht nur zu einem Lächeln, sondern griff nach seiner Hand und hielt sie fest, als er den Arm zurückziehen wollte. Sacht, aber mit genug Kraft, dass er schon Gewalt hätte anwenden müssen, um sich loszureißen, drückte sie seinen Handrücken gegen ihre Wange, sodass er spüren konnte, wie heiß sie war.

»Und wenn ich dir zeigen würde, wie du mir helfen kannst?«, fragte sie.

Thor legte den Kopf auf die Seite.

»Ich meine ... ich könnte es wirklich«, sagte Elenia. »Es gibt einen Weg, wie du mir helfen kannst. Ich könnte dir sagen, wie.«

»Elenia bitte«, sagte Thor sanft. »Ich kann dich verstehen, besser als du glaubst. Du bist verzweifelt, und du hast dich die ganze Zeit an die Hoffnung geklammert, dass ich etwas bin, was ich niemals war. Und das, was Lif erzählt hat, muss dich darin nur noch bestärkt haben. Aber du kennst deinen Bruder. Er hat genau das gesehen, was er sehen wollte.« Er machte seine Hand nun doch mit sanfter Gewalt los und stand auf.

»Ich weiß nicht, wer oder was ich bin«, fuhr er fort. »Aber ich bin kein Gott, Elenia, nicht so, wie Lif es sich vorstellt und auch nicht, wie du es dir erhoffst. Vielleicht bin ich nicht einmal ein besonders guter Mensch. Ich kann dich nicht heilen; bitte glaub mir.«

Da sie Urds Tochter war, hätte ihn ihre Reaktion eigentlich nicht überraschen dürfen. Elenia erhob sich mit einer fließenden Bewegung, kam den längeren Weg um das Feuer herum auf ihn zu und griff abermals nach ihm; diesmal mit beiden Händen. Sie sah nicht enttäuscht aus oder gar ohne Hoffnung. Im Gegenteil. Ihre Augen leuchteten und hielten seinen Blick mit einer Kraft fest, der er nichts entgegenzusetzen hatte.

»Und wenn du es nur nicht mehr weißt?«, fragte sie. »Was wäre, wenn du es nur vergessen hast, genau wie alles andere? Und wenn ich es dir sagen könnte?«

»Wenn du ihm *was* sagen könntest, Elenia?«

Thor musste nur den Kopf heben, um Urd im Türbogen zu erblicken, doch Elenia fuhr so erschrocken zusammen und herum, dass sie fast das Gleichgewicht verloren hätte und ihr Rocksaum dem Feuer bedrohlich nahe kam.

»Wenn du ihm was sagen könntest?«, wiederholte Urd. Ihr Gesicht lag im Schatten der Kapuze, aber Thor konnte das zornige Blitzen ihrer Augen regelrecht spüren. »Wie man die Suppe anbrennen lässt? Ich glaube, ich hatte dich gebeten, darauf zu achten. In einem hat Thor nämlich recht, weißt du? Dein Bruder ist noch nicht halb so erwachsen, wie er glaubt. Ich möchte mich ungern darauf verlassen, dass er noch einen zweiten Hasen findet, der zu verhungert ist, um ihm noch davonlaufen zu können.«

Elenia war klug genug, nichts dazu zu sagen, sondern hatte es plötzlich sehr eilig, sich über das eiserne Gestell zu beugen und im Topf zu rühren. Urd sah ihr reglos dabei zu, kam dann näher und schlug gleichzeitig ihre Kapuze zurück. Ihr Gesicht war rot vor Kälte, und Thor musste nicht in ihre Augen sehen, um zu wissen, dass ihr Unmut nun ein anderes Ziel gefunden hatte, auch wenn er sich keinerlei Schuld bewusst war.

»Wie ich sehe, geht es dir besser«, sagte sie kühl.

»Ja, ich bin auch sehr froh, dich zu sehen«, sagte Thor. »Ich hoffe, du auch.«

Für einen ganz kurzen Moment schienen seine Worte ihren Ärger nur noch zu schüren, doch dann gab sie sich einen sichtbaren Ruck und zwang sich zu einem Lächeln, das nur einen Augenblick später echt wurde.

»Entschuldige«, sagte sie. »Ich war nur …« Sie setzte dann neu an. »Das war wirklich dumm von mir. Geht es dir gut?«

»Es war schon schlimmer«, sagte Thor wahrheitsgemäß. »Jedenfalls ist das Fieber fort.«

»Das liegt an dem Sud, den ich dir eingeflößt habe«, antwortete Urd. »Elenia nennt es mein Hexengebräu, und auch wenn ich es ungern zugebe, hat sie damit wahrscheinlich recht. Jeder, dem ich es bisher gegeben habe, hatte nach drei Tagen kein Fieber mehr.«

»Weil sie alle gestorben sind?«, vermutete Thor.

»Nicht alle. Nur ungefähr jeder Zweite.« Es klang nicht nach einem Scherz. Aber dann fügte sie hinzu: »Na ja, wenn ich es mir genau überlege, vielleicht doch mehr als nur jeder Zweite. Aber die, die es überlebt haben, hatten das Fieber nach drei Tagen besiegt.«

»Das ist beruhigend.« Thor hob die rechte Hand und bewegte noch einmal prüfend die Finger. Es ging schon besser als vorhin, und statt des erwarteten Schmerzes empfand er nur eine fast angenehme Taubheit. Offenbar hatte Urds ›Hexentrank‹ wahre Wunder gewirkt. In den wenigen klaren Momenten, die er in den zurückliegenden Tagen gehabt hatte, war seine größte Angst tatsächlich die gewesen, die Hand zu verlieren.

»So, und jetzt setz dich ans Feuer, und lass mich nach deiner Wunde sehen«, befahl Urd. »Und du gehst nach draußen und suchst nach deinem Bruder, Elenia. Dieser magere Schneehase wird nicht schmackhafter, wenn er noch eine weitere Stunde kocht.«

Elenia zögerte keinen Augenblick lang, ihrer Aufforderung nachzukommen, sondern raffte nur ihren Mantel auf und nahm sich nicht einmal die Zeit, ihn ganz überzuziehen, bevor sie verschwand.

Urd wedelte ungeduldig mit der Hand. »Worauf wartest du? Dass du umfällst und ich dich aus dem Feuer ziehen muss?«

»So schlimm ist es nicht.« Thor fühlte Ärger in sich aufsteigen, weil sie mit ihm so ruppig sprach wie mit ihrer Tochter. »Ich fühle mich nur noch ziemlich schlapp.«

»Das würde ich dir sogar glauben, wenn du nicht drei Tage lang von meiner Medizin getrunken hättest. Sie verzehrt nicht nur das Fieber, sondern nimmt dir auch alle Kraft. Eine Nebenwirkung, die von den meisten Männern insgeheim geschätzt wird, nebenbei gesagt.«

»Wieso?«, fragte Thor, ließ sich aber auch gehorsam wieder auf seinem Lager nieder.

»Weil es ihnen eine Ausrede liefert, laut zu jammern, statt weiter den Helden spielen zu müssen.« Urd griff nach seiner Hand und wickelte den Verband ab.

Ohne zu zögern und sehr zielsicher warf sie ihn hinter sich ins Feuer und begutachtete stirnrunzelnd seine Hand.

Thor tat dasselbe und war nicht wenig erstaunt, als er die dünne rote Narbe sah, die sich dort über seine Handfläche zog, wo vor drei Tagen noch eine klaffende Wunde gewesen war. »Das ist … unglaublich«, murmelte er.

Urd nickte. »Ich bin eine Hexe.« Sie betastete mit spitzen Fingern sein Handgelenk und anschließend jedes einzelne Fingerglied und schüttelte dann den Kopf. »Aber um ehrlich zu sein, gebührt mir nur ein kleiner Teil des Ruhmes. Das meiste hast du selbst getan.«

»Ich?«

»Vielleicht ist es ja so, wie Elenia glaubt«, sagte Urd. »Vielleicht hast du dich selbst geheilt.«

»Unsinn«, widersprach Thor.

»Ich habe es gespürt, weißt du?«, bekannte Urd. »Das Fieber hätte dich getötet. Meine Medizin allein hätte dich nicht retten können. Etwas hat die Glut wieder entfacht.«

Thor lauschte in sich hinein und begriff, dass sie recht hatte. Da waren keine Bilder und schon gar keine Erinnerungen an die Zeit, die er im Fieber dagelegen hatte, aber er spürte zugleich auch, dass da etwas gewesen war … als wäre er etwas nahe gekommen, dem sich niemand nähern sollte, nicht einmal die Götter, wollten sie den Weg zurück noch einmal finden. Aber er verstand, was sie meinte.

Er begriff auch, dass Elenia vielleicht recht hatte, und dieser Gedanke erfüllte ihn mit Trauer.

»Als du gerade hereingekommen bist«, begann er unbehaglich. »Elenia und ich. Das war –«

»Genau das, wonach es ausgesehen hat«, unterbrach ihn

Urd. »Aber ich gebe dir keine Schuld daran. Sie ist meine Tochter.« Sie machte eine Kopfbewegung, als wäre das allein Erklärung genug für alles, und fügte dann hinzu: »Und du bist noch schwach und nicht annähernd so wach, wie du es dir vermutlich einredest. Und außerdem ein Mann.«

Thor fragte sich nicht nur, ob sie sich mit dieser letzten Bemerkung über ihn lustig machte oder nicht, sondern auch, welche Erklärung ihm lieber wäre, kam aber zu keiner eindeutigen Antwort. Dafür begriff er etwas anderes. »Du weißt es, nicht wahr?«

»Was?«

»Alles«, antwortete Thor, während er die andere Hand ausstreckte und sie zwang, ihm ins Gesicht zu sehen. »Wer ich bin. Warum ich mich an nichts erinnere.«

Und auch, warum ich hier bin.

Urd lachte, versuchte sich loszumachen und wurde dann urplötzlich ernst, als es ihr nicht gelang. »Lass mich los!«, verlangte sie.

Das tat Thor auch, aber erst, nachdem er sie noch lange genug festgehalten hatte, um klarzumachen, dass es ganz allein seine Entscheidung war.

»Ja«, sagte sie dann. »Du hast recht. Ich weiß, wer du bist.«

»Und dein Mann wusste es auch.«

Sie nickte. »Aber nicht, warum du hier bist ... oder was dir zugestoßen ist, dass du dein Gedächtnis verloren hast. Das weiß niemand.«

»Nicht der Trank der Einherjer?«

»Der Kelch der Berserker?« Die Idee schien Urd zu amüsieren. »Du bist kein Einherjer, Thor. Du bist Thor.«

»Das weiß ich, aber –« Thor stockte. »Nein.«

»Und wenn doch?«

»Das ist Unsinn.« Thor ließ sie los. Er bedauerte, sie so grob behandelt zu haben, sagte aber kein Wort der Entschuldigung. »Ich bin kein Gott!«

»Nein, gewiss nicht«, sagte Urd. »Aber vielleicht sind ja auch die Götter keine Götter.«

»Hör auf damit«, seufzte Thor. »Bitte.«

»Womit?«

»In Rätseln zu sprechen.«

»Aber wenn du ein Gott bist, dann bin ich die Gefährtin eines Gottes«, sagte Urd. »Und sprechen die Götter nicht meistens in Rätseln?«

»Urd!«

Urds Lächeln verschwand so schnell, wie es gekommen war. »Du hast recht, das war unpassend. Verzeih. Aber es wäre nicht gut, wenn ich dir jetzt alles sagen würde.«

»Weil ich dann vielleicht etwas tun würde, was dir nicht gefällt?« *Oder nicht mehr tun, was du willst?*

Urd nahm die Verletzung ungerührt hin. »Du wirst dich erinnern. Und es wird nicht mehr lange dauern. Du beginnst bereits, dich zu erinnern.«

»Und wieso erinnere ich mich nicht daran, mich zu erinnern?«, fragte Thor.

Urd lächelte knapp, aber ihre Augen blieben ernst. »Und du bist wirklich noch nicht auf den Gedanken gekommen, deine Träume könnten mehr sein als bloße Träume?«

»Doch.«

»Dann belass es auch dabei.« Urd hob die Hand, als er auffahren wollte. »Vielleicht hat es einen Grund, dass du dich entschieden hast, deine Vergangenheit zu vergessen, Thor. Vielleicht ist etwas geschehen, das zu schlimm war, als dass du die Erinnerung daran ertragen könntest. Du solltest dir selbst Zeit geben, um auf den richtigen Moment zu warten. Ich könnte dir sagen, wer du bist und woher du kommst, aber damit würde ich womöglich mehr Schaden als Nutzen anrichten. Das meiste weißt du ohnehin schon. Und alles andere wird wiederkehren.«

»Und wie lange soll ich noch warten?«

»Bis du bereit bist«, antwortete Urd ernst. »Ich täte dir keinen Gefallen, glaub mir. Es wird die Zeit kommen, zu der du selbst weißt, dass du bereit für die Wahrheit bist, und dann wirst du dich erinnern. Und ich bin sicher, dass es nicht mehr lange dauert.«

Wahrscheinlich hatte sie damit sogar recht, dachte er. Aber er wollte nicht mehr warten. Er hatte schon viel zu lange gewartet, und ebenso, wie er spürte, dass Urds Warnung nur zu berechtigt war, spürte er auch, wie wichtig es war, dass er sich erinnerte. Vielleicht hing sein Leben davon ab, dass er im richtigen Moment wusste, was er zu tun hatte und wem er vertrauen konnte. Und möglicherweise nicht nur seines.

»Es wird nicht mehr lange dauern«, bekräftigte Urd. Sie legte die flache Hand auf den Bauch und lächelte. »Ich bin sicher, dass du deinem Sohn sagen kannst, wer du bist, wenn er auf die Welt kommt.«

Thor setzte zu einer ärgerlichen Antwort an und sah dann ein, dass das nicht nur unpassend gewesen wäre, sondern auch im höchsten Maße ungerecht. Bei allem, was passiert war, hatte er sich bis jetzt nicht ein einziges Mal erkundigt, wie es ihr ging. Tatsächlich hatte er nicht einmal einen Gedanken daran verschwendet. Sein schlechtes Gewissen meldete sich, aber er fand nicht die richtigen Worte. Er war nie gut in so etwas gewesen.

»Wie lange ...?«, begann er unbeholfen.

Urd hob die Schultern. »Vielleicht noch einen Monat. Vielleicht auch zwei.«

»Vielleicht?«, wiederholte Thor. »Ich dachte, Frauen wissen so etwas.«

»Das tun sie auch«, antwortete Urd. »Wenn du mir sagst, wie

viele Wochen genau wir in diesem düsteren Tal waren, dann kann ich es dir ganz genau sagen.«

Natürlich konnte er das nicht. Niemand konnte das, und wie auch? Die auf die Länge eines halben Jahres ausgedehnte Nacht machte es schlichtweg unmöglich. Sie hatten geschlafen, gearbeitet, wieder geschlafen und wieder gearbeitet, aber wer wollte sagen, ob sich ihre Körper dabei an den gewohnten Rhythmus gehalten oder vielleicht einen eigenen und womöglich anderen Takt gefunden hatten?

»Und bevor du fragst: Nein. Wir Frauen haben ... gewisse Möglichkeiten, das Verstreichen eines Mondes zu registrieren, aber nicht, wenn wir ein Kind erwarten.«

»Stell dir vor, das wusste ich schon.« Verwirrt stellte er fest, dass ihm das Thema in zunehmendem Maße peinlich wurde. Warum eigentlich? Es gab nicht viel, was er nicht über sie und ihren Köper wusste.

»Und ... Elenia?«, fragte er unbehaglich.

»Sie ist noch nicht so weit«, antwortete Urd.

Das überraschte ihn, doch bevor er etwas sagen konnte, fuhr sie mit einem bekräftigenden Nicken und in leicht verändertem Ton fort: »Sie wirkt manchmal reifer, als sie ist.«

Thor legte zweifelnd den Kopf schräg, und Urd sah ihn nun nicht mehr direkt an. »Also gut, ja. Du hast recht. Es gibt gewisse ... Mittel, die den Moment hinausschieben, in dem ein Mädchen zur Frau wird.«

»Warum?«, fragte er nur.

»Weil wir auch so schon genug Probleme haben«, antwortete sie, zwar in beinahe entschuldigendem Ton, aber mit einem Blick, der ihre Worte irgendwie ins Gegenteil verkehrte. »Ich konnte nicht wissen, dass ...« Sie hob die Schultern. »Dass wir auf jemanden wie dich treffen. Es hätte auch eine andere Art von Mann sein können.«

»Das hätte deine Tochter auch nicht geschützt«, gab er zu

bedenken. Warum empörte ihn das, was Urd ihm gerade gestanden hatte, eigentlich so sehr? Als Mutter hatte sie das einzig Richtige getan.

Urd hob nur abermals die Schultern und schwieg, und Thors schlechtes Gewissen rührte sich abermals.

»Es war ... sicher richtig«, sagte er.

Urd sah ihn durchdringend an und nickte schließlich. Die Bewegung war wie ein dünner, aber schmerzhafter Stich in sein Herz. Nicht zum ersten Mal fragte er sich, ob er diese Frau überhaupt kannte und was sie vielleicht noch alles getan hatte, ohne es ihm zu sagen.

Als hätte sie seine Gedanken gelesen, zog Urd ihn plötzlich an sich heran und küsste ihn zärtlich. »Nicht mehr lange, Liebster«, flüsterte sie. »Bald ist dieser ganze Albtraum vorbei, das verspreche ich dir.«

»Sollte *ich* das nicht eigentlich zu *dir* sagen?«, meinte Thor, nachdem sich ihre Lippen zum zweiten Mal voneinander gelöst hatten, ein wenig atemlos.

»Das liegt an meinem Zaubertrank«, versicherte ihm Urd. »Keine Angst. Er verliert bald seine Wirkung, und dann bist du wieder ganz der tapfere, starke Krieger, der du zu sein glaubst.« Sie küsste ihn erneut und noch zärtlicher, und vom Eingang her fragte Lif: »Störe ich gerade? Ihr müsst es nur sagen, und ich komme später wieder ... vielleicht in einer Stunde?«

Thor löste sich fast erschrocken aus ihrer Umarmung, doch Urd drehte sich betont langsam um. »Hältst du das für den angemessenen Ton, Lif?«

Ihr Tadel prallte von Lif ab. Er grinste nur und kam vollends herein, was Urd zu einem noch tieferen Stirnrunzeln veranlasste. Hinter ihm betrat auch Elenia den Turm, den Schecken am Zügel neben sich führend. Thor musterte das Tier kritisch und stellte fest, dass es zwar noch immer leicht lahmte, aber einen deutlich gesünderen Eindruck machte. Es war richtig gewesen, es nicht zu töten.

Während Elenia den Schecken zu den anderen Pferden führte und festband, kam ihr Bruder im Schlenderschritt näher, grinste noch breiter und schlug dann mit einer dramatischen Geste den Mantel zurück. Thor war nicht wenig erstaunt, als er den toten Fuchs sah, den er an seinem Gürtel festgebunden hatte.

»Und nur, um es gleich zu sagen«, sagte er mit einem gespielt bösen Blick in Richtung seiner Schwester, »er ist *nicht* an Altersschwäche gestorben. Ich habe ihn erlegt.« Er löste das tote Tier vom Gürtel und gab es seiner Mutter, die es mit einem zufriedenen Nicken, aber ohne die mindeste Überraschung entgegennahm. Thor registrierte beiläufig, dass der Fuchs keine sichtbaren Verletzungen aufwies, aber er verfolgte den Gedanken nicht weiter.

»Elenia hat mir gesagt, dass du wach bist«, wandte sich Lif an Thor. »Geht es dir gut? Was macht deine Hand?«

»Lif«, sagte Urd streng.

Lifs jungenhaftes Feixen wurde nur noch schlimmer, aber er sagte nichts mehr, sondern schälte sich ganz aus seinem Mantel, ließ ihn zu Boden fallen und setzte sich mit untergeschlagenen Beinen darauf. Er sah Thor so auffordernd an, dass ihm gar nichts anderes übrig blieb, als zu fragen: »Ich wusste gar nicht, dass du dich auf die Jagd verstehst?«

»Tut er auch nicht«, kommentierte Elenia. »Wahrscheinlich hat der Fuchs seinen Bogen gesehen und sich totgelacht.«

Lif schnitt ihr eine Grimasse, und Thor besah sich den erlegten Fuchs noch einmal gründlicher. Tatsächlich ragte der abgebrochene Schaft eines Pfeils aus seiner Flanke, aber sein schneefarbenes Fell war vollkommen sauber. Nicht ein einziger Blutstropfen.

»Ein perfekter Schuss«, lobte er. »Woher hast du den Bogen?«

Lif machte eine Kopfbewegung zu den Pferden hin. »Er hing am Sattel und hat einem der Krieger gehört, die du erschlagen hast. Sei froh, dass ich ihn gefunden habe. Sonst müssten wir Schnee essen.«

»Die Vorräte, die Lif und Elenia mitgebracht haben, sind aufgebraucht«, bestätigte Urd.

»Weil ja jemand darauf bestanden hat, dass wir nur das Nötigste mitnehmen«, fügte Lif hinzu.

»Wir müssten vielleicht nicht gerade Schnee essen, aber es wurde knapp, das ist wahr«, sagte Urd. Sie hob den Fuchs an den Hinterläufen hoch, griff mit der anderen Hand zum Gürtel und zog sie dann wieder zurück, ohne den Dolch berührt zu haben, den sie darin trug. »Weiß jemand, wie Fuchs schmeckt?«

Nicht besonders gut, um es schmeichelhaft auszudrücken. Sie hatten das Tier trotzdem bis auf den letzten Fetzen Fleisch verzehrt, den sie von den Knochen nagen konnten, und den üblen Geschmack mit der dünnen Suppe heruntergespült, die Urd in Lifs zum Kochtopf erklärtem Helm zubereitet hatte. Danach gönnten sie sich alle ein paar Momente der Ruhe, in denen Thor einfach das Gefühl genoss, zum ersten Mal seit langer Zeit wieder einmal halbwegs satt zu sein. Aber er wusste auch, dass das ein Luxus war, den sie sich eigentlich nicht leisten konnten, und so war er es auch, der schließlich zum Aufbruch drängte.

»Kommt nicht in Frage«, antwortete Urd mit einem entschiedenen Kopfschütteln. »Du brauchst noch Ruhe. Ich habe dich nicht drei Tage lang umsorgt wie einen kranken Säugling, damit du mir jetzt nach einem halben Tag aus dem Sattel kippst!«

Thor hatte das unbehagliche Gefühl, dass sie mit dieser Einschätzung der Wahrheit ziemlich nahe kam. Dennoch wiederholte er nur seine auffordernde Geste. »Wir sind schon viel zu lange hier«, beharrte er. »Du hast mich sicher auch nicht drei

Tage lang gepflegt, nur damit mich Sverigs Männer erschlagen, weil wir zu viel Zeit vertrödelt haben.«

Lif sagte: »Sie wissen nicht, wo wir sind. Du hast die, die auf unserer Spur waren, alle erschlagen.«

Thor hatte Urd nichts von dem Mann erzählt, den er am Leben gelassen hatte, und ein Gefühl riet ihm, es auch dabei zu belassen. Er schüttelte nur zum dritten Mal den Kopf. »Wahrscheinlich haben wir bis jetzt einfach nur Glück gehabt. Es wird längst aufgefallen sein, dass die Männer nicht zurückkommen. Wahrscheinlich suchen sie schon nach ihnen.«

»Und damit dann auch nach uns«, seufzte Urd. »Schade. Ich hatte gehofft, dass wir noch eine Weile hier bleiben könnten.«

»Aber wieso nicht?«, protestierte Lif. »Niemand weiß, wo –«

»Thor hat recht«, unterbrach ihn Urd. »Bjorn und Sverig wissen von diesen Türmen. Selbst wenn sie nicht nach den vermissten Männern suchen würden, wären sie dumm, sie nicht zu überprüfen.«

»Dann lass sie kommen!«, schnaubte Lif. »Wir sind mit den ersten fertiggeworden, und wir werden es auch mit den nächsten!«

»Und mit denen, die danach kommen, und denen, die nach ihnen kommen?« Urd schüttete traurig den Kopf. »Willst du Krieg gegen das ganze Tal führen, Lif?«

»Sie wären doch längst hier, wenn sie wirklich wüssten, wo wir sind!«, beharrte Lif.

Urd machte sich nicht einmal die Mühe, noch einmal darauf zu antworten, sondern starrte nur noch einen langen Moment ins Feuer und seufzte dann sehr tief. »Helft mir, die Pferde zu satteln.«

Lif wäre nicht Lif gewesen, hätte er nicht noch einmal lautstark zu protestieren versucht, aber weder seine Mutter noch Elenia nahmen seine Worte auch nur zur Kenntnis. Beide erhoben sich wortlos und begannen ihre wenigen Habseligkeiten zusammenzusuchen. Als Thor ihnen jedoch zu helfen versuchte, machte Urd nur eine unwillige Geste. »Bleib, wo du bist, und ruh dich aus. Ich habe das gerade ernst gemeint. Du bist noch lange nicht wieder bei Kräften und wirst dich nach jedem Augenblick sehnen, den du jetzt deinem Stolz geopfert hast.«

Thor hütete sich, auch nur mit einem einzigen Wort zu widersprechen – zumal sie vollkommen recht hatte. Nach dem Essen war er noch müder geworden und hatte ernsthaft kämpfen müssen, damit ihm die Augen nicht zufielen. Selbst die kleine Mühe, aufzustehen und zu ihr zu gehen, war ihm schon fast zu groß gewesen.

Er ging trotzdem nicht zurück zu seinem Lager, sondern verließ den Turm und entfernte sich ein paar Schritte weit vom Eingang, bevor er stehen blieb und die kalte Luft tief in seine Lungen sog. Nach der Wärme und dem Qualm des Feuers drinnen tat sie nicht nur ungemein wohl, sondern vertrieb auch die Spinnweben, die seine Gedanken immer noch verklebten.

Es war kälter, als er erwartet hatte, aber auch sehr viel heller, als hätte die Morgendämmerung in den letzten drei Tagen einen plötzlichen Endspurt hingelegt, um die verlorene Zeit wieder wettzumachen. Der Tag war noch nicht ganz angebrochen, aber am Himmel hing jetzt nur noch ein leichter Dunst, wie an einem nebeligen Morgen.

Thor fragte sich, ob der bevorstehende Tag wohl ebenso lang und verstörend sein würde wie die endlose Nacht, tat den Gedanken dann mit einem Achselzucken ab. Er würde es herausfinden, ob er wollte oder nicht. Er ließ seinen Blick aufmerksam in die Runde schweifen. Auch bei besserer Sicht hatte der Anblick nichts von seiner Eintönigkeit verloren. Die Berge wirkten eher noch abweisender und steiler als zuvor, und in allen anderen Richtungen verlor sich der Blick in grauer Ferne, ohne auf ein Hindernis zu stoßen, das größer war als ein Felsen oder ein verkrüppelter Busch.

Er sah auch etwas, das ihm nicht gefiel: Der Schnee war in weitem Umkreis hoffnungslos zertrampelt, und ein gutes Dutzend Spuren führten sternförmig in alle Richtungen. Wie es aussah, hatte es seit Tagen keinen nennenswerten Wind mehr gegeben. Wer immer hierherkam, *konnte* diese Spuren gar nicht übersehen.

»Es wird Sturm geben. Vielleicht in ein paar Stunden schon. Mach dir keine Sorgen.« Urd war neben ihn getreten, hielt aber einen deutlichen Abstand zu ihm ein. »Die Spuren gefallen mir auch nicht, aber der Sturm kommt.« Sie lächelte schmerzlich. »Das ist auch einer der Gründe, aus denen ich es vorgezogen hätte, noch einen Tag hierzubleiben.«

Thor suchte noch einmal aufmerksam den Himmel ab. Alles war zwar grau, eintönig und trüb, aber nirgends war auch nur die kleinste Wolke zu sehen. Aber er glaubte Urd.

»Wenn der Sturm so schlimm ist, wie du sagst, sollten wir vielleicht doch noch bleiben.«

»Es gibt einen weiteren Turm, einen halben Tagesritt von hier, wenn wir uns beeilen. Lif hat ihn entdeckt, als er auf der Jagd war. Mit ein bisschen Glück erreichen wir ihn vor dem Unwetter.«

»Und dann?«, fragte er.

»Wir brauchen ein Versteck«, sagte sie, mehr an sich selbst gewandt als an ihn. »Einen Platz, an dem wir bleiben können. Und das länger als nur ein paar Tage.«

Einen Moment lang lauschte er auf Bitterkeit in diesen Worten, und da war auch etwas, aber es war kein Vorwurf, sondern etwas, das er nicht deuten konnte.

»Und wo?«, fragte er schließlich.

Urd sah ihn nun doch an und hob unglücklich die Schultern. »Dieses Land ist mir genauso fremd wie dir, Thor. Ich bin nie sehr weit über Lasses Heimatdorf hinausgekommen ... und er wohl auch nicht, glaube ich.« Sie lachte traurig. »Sonst hätten wir uns wohl kaum so hoffnungslos verirrt.«

»Und ich hätte euch nie getroffen.«

Urd seufzte. »Du *musst* etwas von einem Gott in dir haben. Wie sonst könntest du jedem noch so schlimmen Moment noch irgendetwas Positives abgewinnen?«

Vielleicht musste man dazu einfach nur ein Mensch sein, dachte Thor. Er machte eine Bewegung auf sie zu, aber dann begegnete er etwas in ihrem Blick, das ihn innehalten ließ.

»Es muss andere Städte hier geben«, fuhr sie fort, als wäre gar nichts geschehen. »Dieses Land ist groß. Wir finden einen Ort, an dem uns niemand kennt.«

»Und woher willst du das wissen, wenn dein Mann nicht einmal ins Nachbardorf gekommen ist?«

»Meine Schwestern und Brüder würden nicht die Hand nach diesem Land ausstrecken, wenn es hier nichts gäbe außer ein paar Fischerdörfern und einem von den Göttern und der Welt vergessenen Tal, das gerade einmal Platz für ein paar Hundert Menschen bietet«, antwortete sie überzeugt.

Was die Beweggründe ihrer ›Schwestern und Brüder‹ anging – eine Formulierung, die ihn mehr störte, als er zugeben wollte –, war Thor nicht so sicher wie sie. Macht brauchte nicht immer einen greifbaren Preis. Nur zu viele, die nach ihr strebten, taten es nur um ihrer selbst willen. Wenn die Geschichte stimmte, die Urd ihm erzählt hatte, und sich die Lichtbringer wie eine alles verschlingende Flut über die ganze Welt ausbreiteten, dann würden sie auch keine noch so unbedeutende Insel der Freiheit inmitten ihres Reiches dulden.

Umso mehr begriff er, was sie mit ihren letzten Worten gemeint hatte. Wenn es tatsächlich nichts gab, wohin sie sich wenden konnten, keinen anderen Ort, an dem sie einfach nur *leben* konnten, dann wäre alles sinnlos, und sie konnten ebenso gut aufgeben und einfach hierbleiben und darauf warten, dass Bjorns Männer kamen und sie holten.

14. Kapitel

Noch in derselben Stunde brachen sie auf, und es kam genau so, wie Urd es vorausgesagt hatte. Schon nach kurzer Zeit begann sich der Himmel mit dunklen Wolken zu beziehen, und das letzte Stück des Weges wurde zu einem Wettlauf mit dem Unwetter, den sie um Haaresbreite gewannen. Thors Kräfte hielten allerdings auch nur gerade so lange, wie sie es prophezeit hatte: Schon nach weniger als einer Stunde bedauerte er, überhaupt in den Sattel gestiegen zu sein, und ohne Lifs Hilfe hätte er es vielleicht gar nicht geschafft.

Aber sie schafften es, und Thor fiel erneut in einen tiefen – und diesmal traumlosen – Schlaf.

Der Sturm hielt sie einen weiteren Tag fest, bevor er wenigstens so weit nachließ, dass sie ihren Weg fortsetzen konnten. Mehrere Tage lang zogen sie mehr oder weniger ziellos weiter und übernachteten entweder unter freiem Himmel oder in einer weiteren Turmruine, die sich in einer schier endlosen Reihe weiter nach Osten zogen, versteinerte Wächter aus einer Zeit, die so lange zurücklag, dass selbst die Legenden, welche sich einmal um sie gerankt haben mochten, längst aus dem Gedächtnis der Menschen entschwunden waren.

Thor dachte oft über diese verfallenen Monumente nach. Insgesamt fanden sie acht der uralten Bauwerke, allesamt Ruinen, deren Zustand sich im gleichen Maße verschlechterte, in dem sie weiter nach Osten ritten. Zwei davon waren nicht einmal mehr als Ruinen zu erkennen und eindeutig gewaltsam zerstört, kaum mehr als mannshohe Hügel aus Schutt und Steintrümmern, die allenfalls durch ihre regelmäßige Form auffielen und dadurch, dass sie dort zu finden waren, wo sie einen weiteren Turm erwartet hatten.

Etwas Gewaltiges war hier geschehen, nicht einfach nur ein Krieg, sondern etwas sehr viel Schlimmeres und Verheerenderes, dessen Echo selbst über so lange Zeit hinweg noch zu spüren war, als hätte die Schöpfung selbst hier eine Wunde davongetragen, die immer noch nicht vollends geheilt war. Und tief in sich spürte er, dass diese uralten Artefakte nur Teil eines noch unendlich viel größeren Geheimnisses waren … und dass sie etwas mit dem Grund seines Hierseins zu tun hatten.

Am Abend des vierten oder fünften Tages erreichten sie die Küste.

Gesehen hatten sie sie schon eine ganze Weile: eine Linie aus dunklerem Blau vor dem Horizont, die breiter wurde, je weiter sie ritten. Unter einem deutlich heller gewordenen Himmel erreichten sie die Küste und sahen sich einem neuen und vollkommen unerwarteten Problem gegenüber: Der Ozean lag unter ihnen, dunkelblau und eisfrei und nur mit vereinzelten weißen Schaumkronen besetzt, aber er lag *unter ihnen*. Unmittelbar vor den Hufen ihrer Tiere stürzte der Boden gut hundert Fuß lotrecht in die Tiefe, eine Klippe, die sich in beiden Richtungen erstreckte, bevor sie linker Hand mit den Bergen und in der anderen Richtung scheinbar mit dem Horizont verschmolz.

»Immerhin wissen wir jetzt, warum sie uns nicht verfolgt haben«, sagte Lif.

Er war der Erste, der das Schweigen brach, und seine Mutter kommentierte die Worte auch jetzt wieder nur mit einem ärgerlichen, aber stummen Stirnrunzeln. Urd war im gleichen Maße einsilbiger und stiller geworden, in dem sich ihre Reise in die Länge gezogen hatte. Thor kannte sie inzwischen wahrlich gut genug, um nicht ein einziges Wort darüber verloren zu haben, aber ihm war keineswegs entgangen, wie sehr die Reise sie anstrengte. Sie schien nicht nur jeden Tag bleicher und fahriger zu werden, manchmal verlor sie auch die Kontrolle über ihre Züge und sah dann unendlich müde aus, und ihre Mundwinkel zuckten vor Schmerz. Ein paarmal hatte er auch beobachtet, wie sie die flache Hand gegen den Leib presste.

Er hatte auch dazu nichts gesagt, aber er wusste nicht, wie lange er noch schweigen konnte. Urd war stark, sehr viel stärker, als es den Anschein hatte, aber sie war nicht unverwundbar, und auch ihren Kräften waren Grenzen gesetzt.

Schließlich tat er Lif den Gefallen, sich im Sattel zu ihm herumzudrehen und zu fragen: »Warum?«

»Weil es nicht so aussieht, als könnten wir von hier aus irgendwohin«, antwortete Lif wichtigtuerisch. »Sie müssen nur abwarten, bis wir von selbst kehrtmachen. Oder verhungert sind.«

Elenia funkelte ihn an, aber sie sagte zu Thors Erleichterung nichts, und auch Lif beließ es dabei, sich im Glanz seiner sensationellen Erkenntnis zu sonnen.

»Wir brauchen eine Pause«, sagte Urd, nachdem eine weitere Weile voller unbehaglichem Schweigen verstrichen war. »Suchen wir uns ein Lager und zerbrechen uns morgen den Kopf, wie es weitergeht.«

Thor nickte nur knapp und stieg dann steifbeinig aus dem Sattel. Unmittelbar an der Klippe ließ er sich in die Hocke sinken, stützte sich mit der linken Hand ab und beugte sich ein wenig vor. Die Steilwand war höher, als er zunächst angenommen hatte, weit mehr als hundert Fuß. Mit zwei gesunden Händen hätte er sich dennoch zugetraut, sie hinabzuklettern, aber so – und zudem in Gesellschaft einer Schwangeren und zweier Kinder – kam dieser Weg nicht infrage.

Außerdem gab es dort unten nichts, was der Mühe wert gewesen wäre. Wenn es hier jemals so etwas wie einen Strand gegeben hatte, dann musste das Meer ihn schon weggespült haben, bevor der erste Mensch seinen Fuß auf diese Insel gesetzt hatte. Heute brachen sich die Wellen direkt unter ihm an scharfkantigem Fels, und das mit einer Gewalt, die den friedlichen Anblick des Ozeans Lügen strafte. Möwen, die in den Felsspalten nisteten und über der Gischt ihre Bahnen zogen, stießen misstönende Schreie aus.

Ebenso behutsam, wie er sich in die Hocke gelassen hatte, stand er wieder auf und machte einen Schritt rückwärts von der Klippe weg, bevor er sich umdrehte. Zu seiner Rechten, in Richtung der Berge, meinte er einen gedrungenen Schatten wahrzunehmen; allem Anschein nach handelte es sich um einen weiteren Turm, auch wenn er ihm dafür beinahe zu groß vorkam. Auf der anderen Seite blieb die Ebene trotz aller Anstrengung leer. Als er sich wieder dem Meer zuwandte, sah er etwas wie einen rechteckigen hellen Funken am Horizont – vielleicht das Segel eines Schiffes, vielleicht auch nur ein Lichtreflex.

»Übernachten wir in diesem Turm«, schlug er vor. »Morgen folgen wir dann der Küste und sehen, worauf wir treffen.«

»Ein brillanter Plan«, sagte Lif. »Warum bin ich nicht darauf gekommen?«

»Weil du zu sehr damit beschäftigt warst, dir wichtig vorzukommen?«, vermutete seine Schwester.

Lif wollte auffahren, aber Urd erstickte den aufkommenden Zwist mit einem scharfen Blick im Keim. Ihre Stimme klang jedoch eher müde, als sie sich an Lif wandte. »Warum gehst du nicht auf die Jagd, Lif? Wir brauchen Fleisch. Aber sieh zu, dass du nicht schon wieder einen Fuchs erwischst ... sonst wachsen uns allen am Ende noch spitze Ohren.«

Lif verzog zwar die Lippen zur Karikatur eines Lächelns, zwang sein Pferd aber dann mit einer schroffen Bewegung herum und sprengte davon.

Thor sah ihm mit gemischten Gefühlen nach. Ihm war nicht wohl dabei, Lif allein wegreiten zu lassen, aber zweifellos hatte

Urd das Richtige getan. Während der letzten Tage war die allgemeine Stimmung immer gereizter geworden, und vor allem Lif schien regelrecht nach einem Vorwand zu suchen, um aus der Haut zu fahren. Und ein offener Streit zwischen ihm und Elenia – oder gar ihm und Urd – war nun wirklich das Letzte, was sie gebrauchen konnten.

Sie setzten sich wieder in Bewegung. Als sie sich dem Schatten vor den Bergen näherten, stießen sie tatsächlich auf einen weiteren Turm, der letzte in der vermeintlich endlosen Kette gemauerter Paladine, die die Berge bewachten. Aber es gab dennoch deutliche Unterschiede: Gemessen an dem Zustand der letzten Türme, die sie auf ihrem Weg passiert hatten, hatte er eine weitere fast bis zur Unkenntlichkeit verfallene Ruine erwartet, aber dieses Bauwerk war nicht nur nahezu unversehrt, es war auch ungleich größer; kein Turm, sondern ein gewaltiges Bollwerk, das aus mehreren, kompliziert ineinander verschachtelten Bauten bestand und die Küste in weitem Umkreis zu beherrschen schien.

Sie wurden stiller, je mehr sie sich dem gewaltigen Bau näherten. Schon den ganzen Tag über waren sie alles andere als eine schwatzhafte Reisegruppe gewesen, nun aber wurde das Schweigen, das sie voneinander trennte, fast unerträglich. Sie wurden auch langsamer, und eine gute Pfeilschussweite vor dem Turm hielten sie schließlich ganz an.

»Ich will dort nicht hinein«, sagte Elenia. Ihre Stimme klang unnatürlich laut in der Stille, die nur vom unablässigen Rauschen der Brandung unterbrochen wurde. Selbst das Geschrei der Vögel war verstummt.

Weder Urd noch er antworteten, aber Thor konnte das Mädchen verstehen. Auch er wollte nicht dorthin, nicht einmal in die Nähe dieses unheimlichen Gebäudes.

Es war nicht so, dass es sich baulich von den anderen Türmen unterschied, sah man von seiner schieren Größe ab, aber …

Nein, es gelang ihm nicht, das unheimliche Gefühl in Worte zu fassen, aber irgendetwas war innerhalb dieser finsteren Mauern, das ihm zuschrie, nicht näher zu kommen.

Er gedachte nicht, diese Warnung zu ignorieren.

Statt zu widersprechen, deutete er nur auf einen Punkt neben dem größten der drei wuchtigen Hauptgebäude, wo sie wenigstens vor dem Wind geschützt waren, ohne dem Eingang zu nahe zu kommen. Selbst die Pferde begannen unruhig zu werden, als sie weiterritten. Vor allem der Schecke sträubte sich immer heftiger, sodass Thor ihn auf dem letzten Stück schon beinahe gewaltsam hinter sich herzerren musste.

Da es nichts gab, woran sie die Tiere festbinden konnten, fesselte Thor sie kurzerhand aneinander, bevor er zu Urd und Elenia ging. Urd hatte sich einen halbwegs schneefreien Platz gesucht, um sich zu setzen, während Elenia in fast verkrampfter Haltung dastand und überall hinsah, nur nicht zu dem monströsen Bauwerk, in dessen Schatten sie standen. Als Thor sich ihr näherte, sah sie ihn nur kurz und beinahe vorwurfsvoll an und wich ein weiteres Stück zurück. Thor verzichtete darauf, ihr zu folgen oder auch nur irgendwie darauf zu reagieren, obwohl ihm ihr Benehmen einen schmerzhaften Stich versetzte. Elenia verhielt sich so, seit sie sich wieder auf den Weg gemacht hatten. Er wusste nicht, was Urd zu ihr gesagt hatte, aber es schien ihr nicht gefallen zu haben.

Thor nahm an, dass es ihm auch nicht gefallen würde, wüsste er, was es war.

Statt Elenia nachzugehen, überzeugte er sich nur davon, dass sie sich nicht zu weit entfernte, ging dann zu Urd hin und ließ sich neben ihr in die Hocke sinken. Urd saß auf einem Stein, hatte die Finger im Schoß verschränkt und starrte ins Leere. Sie sah sehr müde aus, auf eine Weise, die weit über bloße körperliche Erschöpfung hinausging. Thor fragte sich, warum er sie nicht einfach in die Arme nahm, und fand keine Antwort auf diese Frage, tat es aber dennoch nicht. Diese Flucht begann allmählich auch alles zu zerstören, was noch zwischen ihnen war. Und dabei dauerte sie erst wenige Tage. Was, wenn sie noch Wochen andauerte oder gar Monate ... oder niemals endete?

»Ich mache uns ein Feuer«, verkündete Elenia plötzlich. Thor nickte nur wortlos. Auch wenn der heraufziehende Tag die grimmigste Kälte vertrieben hatte, blieb es doch kalt, und nun, wo sie nicht mehr in Bewegung waren, machten sich die niedrigen Temperaturen empfindlich bemerkbar. Thor fragte sich, ob er überhaupt jemals wieder einen Tag erleben würde, an dem er seinen eigenen Atem nicht als grauen Dampf vor dem Gesicht sah.

Aber er spürte auch, wohin Gedanken wie dieser führten, und verscheuchte ihn hastig.

Eine Zeit lang sah er schweigend zu, wie Elenia den Großteil ihres mitgebrachten Vorrats an halbwegs trockenem Holz zu einer kleinen Pyramide schichtete und sich dann vergeblich abmühte, ein Feuer zu entzünden, bevor er sich schließlich erbarmte und ihr half. Das Feuer brannte weder besonders hoch, noch verbreitete es nennenswerte Wärme, aber er verzichtete darauf, eine entsprechende Bemerkung zu machen.

»Das ist unser letztes Holz«, sagte Urd, als er zu ihr zurückging; leise, aber nicht leise genug, dass ihre Tochter es nicht hörte. In ihrer Stimme war nicht einmal eine Spur von Vorwurf, aber Thor war sicher, dass Elenia ihn schon hineindeuten würde. Er sagte nichts.

»Wenn Lif zurück ist«, begann Urd, brach dann mit einem scharfen Zischlaut ab und presste die flache Hand auf den Leib. Thor war mit einem einzigen schnellen Schritt bei ihr, doch Urd schüttelte nur hastig den Kopf und machte zugleich eine so heftig abwehrende Geste, dass er mitten in der Bewegung innehielt. Er war alarmiert, aber auch ein bisschen verletzt, fühlte er sich doch nicht zum ersten Mal von ihr zurückgewiesen.

»Ist alles –«

»Ja, es ist alles in Ordnung«, unterbrach ihn Urd, noch bevor er überhaupt zu Ende sprechen konnte. Das Zucken ihrer Mundwinkel behauptete etwas anderes. »Es ist ganz ohne Zweifel dein Sohn. Er meldet sich nachdrücklich, wenn er etwas will.«

»Und was will er jetzt?«

»Eine warme Mahlzeit? Ein richtiges Feuer in einem Kamin und ein Bett, um eine Woche lang darin zu schlafen?« Urd schien einen Moment lang zu grübeln, ob ihr noch mehr einfiel, schüttelte dann den Kopf und verbesserte sich: »Nein, das ist wohl eher das, was seine Mutter will. Deinem Sohn würde es wahrscheinlich schon reichen, wenn ich etwas weniger reiten würde.«

»Wir können eine Weile hierbleiben«, sagte Thor.

»Hier?« Urd maß das unheimliche Bauwerk in ihrem Rücken mit einem langen, demonstrativen Blick. »Und selbst wenn, wie lange sollen wir bleiben?«

»Bis du dich besser fühlst.«

»In zwei Monaten oder drei?« Urd machte ein spöttisches Gesicht. »Es wird erst noch schlimmer, bevor es besser wird, fürchte ich.«

»Ist mit dem Kind alles in Ordnung?«, fragte Thor besorgt.

»Ja. Und mit seiner Mutter auch, danke für deine Besorgnis. Auch wenn mir dein Sohn mehr zu schaffen macht als Elenia und Lif zusammen.«

»Vielleicht werden es ja auch zwei«, versuchte Thor zu scherzen.

Urd machte ein entsetztes Gesicht. »Die Götter beschützen mich davor! *Drei* von euch ertrage ich bestimmt nicht!«

Thor lachte pflichtschuldig, aber er blieb besorgt. Urd hatte während ihrer gesamten Flucht keinen Laut der Klage von sich gegeben, was aber wohl eher bewies, wie tapfer sie war, nicht, dass es wirklich keinen Grund zur Sorge gegeben hätte. Vielleicht sollten sie tatsächlich hierbleiben, bis sie sich wenigstens etwas erholt hatte.

»Wir schlafen hier, und morgen folgen wir der Küste nach Süden«, sagte Urd, als hätte sie seine Gedanken gelesen. »Früher oder später werden wir schon auf Menschen stoßen. Es gibt an jeder Küste Menschen.«

Und dann?, dachte Thor. Bisher waren sie Menschen ganz bewusst aus dem Weg gegangen, und das mit gutem Grund. Aber sie hatte natürlich recht: Wenn sie der Küste folgten, dann würden sie zwangsläufig auf eine menschliche Ansiedlung stoßen, und das mussten sie, wollten sie nicht Gefahr laufen, von der Einsamkeit und Leere hier draußen getötet zu werden.

»Ich habe darüber nachgedacht«, fuhr Urd nach einer Weile fort. »Vielleicht sollten wir versuchen, uns bis Skattsgard durchzuschlagen.«

Thor zögerte. »Lasses Heimatdorf?«, fragte er dann.

»Ich weiß nicht, wie weit es bis dorthin ist«, bestätigte sie, »aber wenn wir einfach der Küste folgen, finden wir es zwangsläufig, es sei denn, dieses verfluchte Land hat *zwei* Küsten auf derselben Seite.«

Thors Lachen klang jetzt schon ein wenig echter, aber ihre Worte jagten ihm zugleich auch einen flüchtigen Schauer über den Rücken. Noch gestern hätte er über diese Worte tatsächlich nur gelacht, aber hier und an diesem unheimlichen Ort schienen sie eine zusätzliche Facette zu erhalten, einen Klang, der etwas heraufbeschwören wollte, was besser ungeweckt blieb.

Trotzdem wandte er sich um und zwang sich, das riesige Bauwerk noch einmal genauer in Augenschein zu nehmen. Auch aus der Nähe betrachtet, hatte es nichts von seiner unheimlichen Wirkung verloren. Der Stein, aus dem es gemacht war, stammte aus den nahen Bergen und war grau und schmutzigweiß gemasert, wirkte aber irgendwie schwarz, was nicht nur an

Wind und Regen lag, dem die Mauern seit Jahrhunderten ausgesetzt gewesen waren. Diese Festung war als ein Bollwerk der Düsternis errichtet worden, und das schlug sich auch in ihrer Architektur nieder. Ihre Linien waren abweisend und feindselig und strahlten keine Einladung aus, nicht einmal das Versprechen auf Schutz innerhalb ihrer Mauern. Und es *sollte* ganz genauso wirken.

»Du willst nicht wirklich dorthinein, oder?«, fragte Urd.

Thor schüttelte zwar den Kopf ging aber trotzdem zu seinem Pferd und löste Mjöllnir vom Sattelgurt. Der Hammer wog schwer in seiner Hand, schwerer, als er ihn in Erinnerung hatte, und fühlte sich irgendwie ... *fremd* an. Er versuchte sich einzureden, dass es einfach nur daran lag, dass er ihn so lange nicht mehr gehalten hatte, aber er wusste genau, dass das nicht stimmte.

»Und wenn du nicht in diesen Turm gehen willst, wozu brauchst du dann deine Waffe?« Urd schüttelte müde den Kopf. »Du musst niemandem beweisen, wie tapfer du bist.«

Außer mir selbst. Thor befestigte den schweren Kriegerhammer umständlich an seinem Gürtel und hob dann nur die Schultern. »Vielleicht weiß ich einfach nur gerne, was in meinem Rücken ist.«

»Dann dreh dich doch einfach um«, spöttelte Urd.

Das tat er auch, aber nur, um sich noch einmal zum Feuer hinabzubeugen und einen brennenden Ast zu nehmen, den er als Fackel benutzen konnte. Der Turm hatte nur wenige, schmale Fenster, und dort drinnen würde es dunkel sein.

Nachdem er Elenia noch ein aufmunterndes Lächeln zugeworfen hatte, ging er in weitem Bogen um ihren Lagerplatz herum und näherte sich dem Tor. Seine Schritte wurden langsamer, ohne dass er selbst es merkte. Tatsache war, dass diese Ruine nicht nur Elenia und ihrer Mutter Angst machte, sondern auch ihm. Hier war etwas, das ihm das Atmen schwer machte. Und das noch mehr und Schlimmeres mit ihm tun würde, wenn er weiterging

Allein dieser Gedanke und der Trotz, den er in ihm weckte, brachten ihn dazu, nicht nur wieder schneller auszuschreiten, sondern auch die Hand von Mjöllnirs Griff zu nehmen. Weder Elenia noch ihre Mutter mussten sehen, mit welchem Unbehagen ihn dieser aus schwarzem Stein gemauerte Albtraum erfüllte.

Und der Turm selbst schon gar nicht.

Wie er erwartet hatte, wurde es dunkler, kaum dass er durch das Tor getreten war. Es gab mehr Fenster, als er erwartet hatte, aber das Licht fiel nur in schmalen, wie mit einem Messer aus der Dunkelheit herausgeschnittenen Bahnen herein, die die Schwärze dazwischen umso undurchdringlicher machte. Irgendwo über ihm bewegten sich Schatten, wie Nebel, der von einem unsichtbaren Windzug bewegt unter der Decke wogte, vielleicht auch nur ein flüchtiges Fantasiegespinst seiner bis zum Zerreißen angespannten Nerven.

Thor hob seine Fackel höher und wartete darauf, dass sich seine Augen dem veränderten Licht anpassten. Sehr viel konnte er trotzdem nicht sehen. Wind und der Wechsel der Jahreszeiten hatten den Unrat eines Jahrhunderts hereingetragen und zu einer steinharten Schicht auf dem Boden zusammengebacken, die wie Eis unter seinen Stiefelsohlen knirschte. Als er nach ein paar Schritten stehen blieb und zurückblickte, stellte er fest, dass er tatsächlich eine Spur aus haarfeinen Rissen und ineinander laufenden Sprüngen hinterlassen hatte. Die einzige, wie ihm klar wurde, als er den brennenden Ast hob und sich umsah. Hier war seit Jahrzehnten niemand mehr gewesen, wenn nicht seit Jahrhunderten.

Der Gedanke hätte ihn beruhigen sollen, aber er tat es nicht. Jemand war hier, das wusste er einfach. Etwas.

Thor ging langsam weiter, blieb aber immer wieder stehen,

um seine Fackel zu schwenken und sich umzusehen. Sehr viel zu entdecken gab es nicht. Dann und wann brach sich das rote Licht der Flammen auf einem heruntergefallenen Stein oder verlor sich in einem jäh aufklaffenden Spalt im Boden, und einmal fand er ein knapp über dem Griff abgebrochenes Schwert, das aber so fest mit der Schicht auf dem Boden verbunden war, dass es ihm nicht gelang, es aufzuheben.

Nach einigen Dutzend Schritten – er musste die Halle nahezu durchquert haben – erreichte er eine Treppe. Auch sie war aus Stein und wirkte weniger gebaut als aus einem einzigen gewaltigen Block herausgemeißelt, und die Stufen tauchten so jäh aus der Dunkelheit auf, dass er das Gefühl hatte, angesprungen zu werden.

Auch das war gewiss nichts als Einbildung, aber er nahm diese Warnung ernst. Er war nervöser, als er sein sollte, angesichts eines leeren Hauses, in dem nichts als Kälte und Staub auf ihn warteten.

Aber auch diese Erkenntnis hinderte ihn nicht daran, die Fackel von der Rechten in die Linke zu wechseln und mit der frei gewordenen Hand Mjöllnir zu ziehen. Der Hammer kam ihm immer noch schwerer vor, als er sein sollte, aber es war trotzdem ein gutes Gefühl, die Waffe in der Hand zu halten.

Das Licht brach sich auf etwas, das die monotone Leere hier drinnen störte. Vorsichtig trat er näher, hob Mjöllnir etwas höher und ließ den Hammer dann wieder sinken. Was seine Aufmerksamkeit erregt hatte, war nichts Gefährlicheres als eine aus Stein gemeißelte Statue, die einen überlebensgroßen sitzenden Wolf zeigte. Vermutlich gab es auf der anderen Seite der Treppe eine gleichartige Figur, die zusammen mit ihrem steinernen Zwillingsbruder den Aufgang bewachte.

Aber es war nicht irgendeine Figur. Sie war zu groß. Aufrecht stehend musste dieser Wolf fast so groß sein wie ein Pony, und Thor hätte diesen Umstand ganz zweifellos als künstlerische

Freiheit gedeutet, die sich der Bildhauer bei der Erschaffung dieser Statue erlaubt hatte, wäre er dem Vorbild eben jenes unbekannten Künstlers nicht begegnet.

Diese Statue zeigte nicht irgendeinen Wolf.

Es war Fenrir.

Lange genug, um seine Fackel ein sichtbares Stück weit herunterbrennen zu lassen, stand er einfach nur da und starrte das steinerne Standbild an, versuchte zu verstehen, was er sah, und den Sinn dieser schieren Unmöglichkeit zu begreifen und trat schließlich zur Seite und näher an die Wand neben der Treppe heran.

Jetzt, wo er wusste, wonach er zu suchen hatte, war es leicht, es zu finden. Der Staub der Jahrhunderte hatte sich auch auf die Wände gesenkt und die feinen Linien und Vertiefungen ausgefüllt, aber seine Farbe war dort anders. Die Zeit hatte die kunstvollen Reliefs nicht ausgelöscht, sondern vielmehr in Bilder verwandelt, und Thors Unbehagen nahm mit jedem dieser Bilder zu, das er betrachtete. Das meiste war Zierrat, Bordüren und schmückende Elemente ohne eine Bedeutung, die auf den ersten Blick erkenntlich gewesen wäre, aber er sah auch Krieger, Schiffe, Jagd- und Kampfszenen, Drachen und Fabelwesen, Abbildungen gewaltiger Schlachten und düsterer Festungen, Riesen, Zwerge und andere mythische Geschöpfe, deren Umrisse vor Hunderten von Jahren in den Stein gemeißelt worden waren.

Als seine Fackel halb heruntergebrannt war, fand er die Tür. Sie war gewaltig, wie für Riesen gemacht, und ihr plastisch hervorstehender Rahmen hatte die Form einer Esche, deren Wurzeln sich versteinerten Schlangen gleich in beide Richtungen über die Wand zogen, bis sie in der Dunkelheit verschwanden. Ihre tausendblättrige Krone erhob sich bis in drei- oder vierfache Höhe über die Tür, und trotz seines unvorstellbaren Alters wirkte das Relief noch immer so neu und filigran wie am ersten

Tag. Das tanzende rote Licht erfüllte Yggdrasils steinerne Krone mit Bewegung und vermeintlichem Leben. Wenn er die Augen schloss, dann glaubte er sogar das Rascheln der Blätter zu hören.

Thor verscheuchte den albernen Gedanken und trat einen Schritt zurück, um dieses unglaubliche Kunstwerk in voller Größe zu betrachten, soweit es das Licht seiner Fackel zuließ. Flüchtig fragte er sich, woher er den Namen dieses Baumes kannte – Yggdrasil, die Weltenesche –, verfolgte aber den Gedanken nicht weiter, sondern betrachtete noch einmal das brennende Holz in seiner Hand. Es war nur ein einfaches Scheit, das sehr viel schneller herunterbrannte als eine richtige Fackel, aber er war trotzdem schon lange hier drinnen. Lange genug auf jeden Fall, um Urd und ihre Tochter inzwischen ernsthaften Anlass zu geben, sich Sorgen zu machen.

Er beschloss, noch ein kleines Stück weiterzugehen, vielleicht nur bis in den Raum hinter dieser Tür.

Bevor er es tat, hängte er Mjöllnir wieder an den Gürtel, nicht nur, weil ihm das Gewicht des Hammers allmählich lästig wurde, sondern vielmehr, weil er nun wusste, dass er ihn nicht brauchen würde. Er spürte jetzt mehr denn je, dass hier drinnen etwas war, aber er war jetzt nicht mehr sicher, dass es tatsächlich eine Bedrohung darstellte. Und wenn, dann mit Sicherheit keine, der er mit einer Waffe begegnen konnte. Nicht einmal mit einer so mächtigen wie Mjöllnir.

Hinter der Tür erwartete ihn ein schmaler hoher Gang, der nach wenigen Schritten in eine steil nach oben führende Treppe mündete. Auch hier gab es Reliefarbeiten in den Wänden, denen er aber nicht mehr als einen flüchtigen Blick schenkte. Er durchquerte den Gang mit raschen Schritten, zögerte am Fuß der Treppe noch ein allerletztes Mal und stieg dann die ausgetretenen Stufen hinauf. Wie schon einmal fiel ihm auf, dass die Stufen ein wenig zu hoch waren, um wirklich bequem zu sein, sogar für ihn, und er war überdurchschnittlich groß.

Die Treppe führte in immer steiler werdendem Winkel nach oben und mündete in einen weiteren kurzen Gang, der sich schon nach wenigen Schritten zu einem gewaltigen Saal erweiterte, in dem sich das Licht des brennenden Scheits verlor, ohne eine der Wände oder gar die Decke zu erreichen. Aber Thor spürte die Weite, die ihn umgab, und seine Schritte erzeugten nachhallende Echos an den unsichtbaren Wänden. Die Flamme in seiner Hand flackerte, und er roch Salzwasser. Irgendwo musste es ein Fenster geben, sonderbarerweise aber kein Licht.

Er hob seine Fackel höher, wandte sich nach rechts und stand nach wenigen Schritten vor einer Wand, schwarz und fugenlos und mit denselben jahrhundertealten Darstellungen übersät, die er schon aus der großen Halle kannte. Hier und da gab es Nischen und Vertiefungen, in denen einst vielleicht Statuen gestanden hatten, die jetzt aber allesamt leer waren.

Beeindruckt von der schieren Größe dieses Ortes, aber auch ein wenig enttäuscht, trat er von der Wand zurück und tiefer in den unsichtbaren Raum hinein. Zwei Schritte, dann noch einen, und dann blieb er so abrupt stehen, als wäre er gegen eine unsichtbare Wand geprallt, und starrte den Tisch an, der in der Mitte des Saales stand.

Er sah aus wie der Tisch aus seinem Traum, schwarz und gewaltig und genau wie die zwei Dutzend riesiger Stühle, die ihn flankierten, nicht aus Holz gemacht, sondern aus dem gewachsenen Fels herausgemeißelt.

Es *war* der Tisch aus seinem Traum.

So wie dies die Halle aus seinem Traum war.

Das war seltsam. Er war nicht eingeschlafen, aber er war eindeutig wieder in der Welt seiner Träume, nur dass er sich dieser Tatsache jetzt bewusst und dass alles um so vieles klarer und realistischer war.

Langsam drehte sich Thor um, legte den brennenden Scheit auf den Tisch und schritt in die Dunkelheit hinter dem Kopfende der Tafel hinein. Ohne die mindeste Überraschung sah er die Tür, die auf einen Balkon von wahrhaft zyklopischen Ausmaßen hinausführte und zugleich in eine Nacht, die so unmöglich war wie die gewaltige Halle hinter ihm, die Tafel und dieser ganze Ort. Zögernd – nicht aus Furcht, sondern aus einem anderen Grund, der ihm selbst noch nicht ganz klar war – trat er auf den Balkon hinaus und sah in einen Himmel hinauf, an dem die Sterne am falschen Platz standen, bevor er an die Brüstung trat und die Hände auf den schwarzen Stein legte, um sich vorzubeugen.

Die Flotte war da, weniger als ein Dutzend Schiffe nur, aber jedes einzelne stolz und unbesiegbar. Die geschnitzten Drachenköpfe am Bug der Schiffe reckten sich trotzig einem Sonnenaufgang entgegen, der vielleicht niemals kommen würde, und die Segel, bereit und fähig, die Schiffe mit der Schnelligkeit eines Pfeils über das Meer fliegen zu lassen, hingen schlaff von den Rahen.

Auf keinem der Schiffe war auch nur die Spur eines lebenden Wesens zu sehen.

Ein vages Gefühl von Trauer ergriff von ihm Besitz, als ihm klar wurde, wie verschwendet all diese Macht und all dieser Stolz waren. Die Krieger, für die diese Flotte gebaut worden war, waren niemals geboren worden, und der Moment, auf den die Schiffe warteten, würde niemals kommen. Weil es das, was sie beseelt hatte, was sie *brauchten*, um zum Leben zu erwachen, nicht mehr gab.

Und doch gibt es einen Weg.

Die Stimme brauchte nicht den Umweg über sein Gehör, um an sein Bewusstsein zu dringen, so wie die Gestalt, die plötzlich hinter ihm erschienen war, kein Gesicht brauchte, um sie selbst zu sein.

Ohne sich wirklich zu bewegen, kam sie näher, groß und schwarz und von einer Aura purer Macht umgeben – und doch substanzlos, sodass sie mit ihrer reinen Präsenz die Welt zwar von einem Horizont zum anderen zu beherrschen schien und doch zugleich nicht wirklich da war. Hinter ihr bewegten sich weitere Schemen, in schwarzes Eisen gehüllte Giganten und doch nicht mehr als verblassende Schatten aus einer längst vergessenen Zeit. *Aber er ist gefährlich. Du könntest getötet werden.* Wir alle *könnten getötet werden. Endgültig.*

Der Gedanke hatte keinen Schrecken für ihn. Wie konnte etwas getötet werden, das niemals gelebt hatte? Wenn er jemals etwas wie ein richtiges Leben gekannt hatte, so hatte er es längst vergessen, so wie die Welt sie vergessen hatte.

Und welches Schicksal erwartet uns hier? Er bekam keine Antwort. Das unsichtbare Gesicht starrte ihn nur an, und die anderen Schatten hinter ihm schwiegen zustimmend.

Wortlos wandte er sich wieder um und sah auf die wartende Flotte hinab und das Meer dahinter, dessen Wellen sie nie kennenlernen würden. Die Schwärze, die über der Welt lag, war nicht die Dunkelheit der Nacht, sondern das Grau des Vergessens, das sie allmählich aufzehrte.

Ragnarök würde nicht kommen. Ihre Schwerter und Äxte waren umsonst geschmiedet worden, die tausend Leben des Naglfar für nichts geopfert. Sie würden die Welt nicht in einer großen Schlacht verlassen, unter deren Lärm Himmel und Erde ein letztes Mal erzitterten, sondern still und von niemandem bemerkt.

Siechtum statt Ruhm erwartete sie.

Was hatte er zu verlieren?

Dein Leben?

Ein Leben, das er schon lange nicht mehr hatte. Bilder, die in seiner Erinnerung schon so sehr verblasst waren, dass er nicht einmal mehr sicher war, ob es wirklich seine eigenen Erinnerungen waren oder das Leben eines anderen, von dem er nur gehört und sich so verzweifelt danach sehnte, dass er es tief in sich zu seinem eigenen gemacht hatte?

Wenn wir dieses Mal versagen, dann ist es unser aller Ende.

Und was haben wir zu verlieren? Das *hier?*

Die Schatten schweigen.

Dann lasst uns beginnen.

»Beginnen?«

Thor blinzelte, schloss die Augen noch einmal für einen kleinen Moment und blinzelte dann noch einmal, aber der Anblick änderte sich nicht. Urd saß vor ihm in der Hocke, hatte die linke Hand ausgestreckt, um seinen Nacken zu stützen, und tastete mit den Fingerspitzen der anderen nach dem Pulsschlag an seinem Hals. Sie sah so müde aus, wie er sie in Erinnerung hatte, aber auch beunruhigt.

»Beginnen?«, murmelte er.

»Beginnen«, bestätigte Urd. »Das hast du gesagt. Mehrmals sogar. Womit?«

Thor nahm an, dass sie die Wahrheit sprach, aber es war ihm viel zu mühsam, darüber nachzudenken. Sein Kopf war leer. Da waren nur zerstörte Bilder, weniger als Erinnerungen und verwirrender als jeder Traum. Vielleicht war da ein vages Gefühl von Verlust, aber als er es zu ergründen versuchte, entzog es sich ihm und ließ nur eine noch tiefere Verwirrung zurück.

Er versuchte sich aufzurichten und merkte erst jetzt, dass er nicht auf dem Boden lag, sondern in einer halb sitzenden und äußerst unbequemen Haltung an der Wand lehnte; den Schmerzen in seinem Nacken und den verspannten Schultermuskeln nach zu schließen schon seit einer ganzen Weile.

»Ist ... alles in Ordnung?«, fragte er stockend.

Urd nahm die Hand von seinem Nacken und legte die Stirn in Falten. »Ich habe nicht allzu viele Erfahrungen mit solchen Situationen«, sagte sie gedehnt, »aber sollte nicht eigentlich *ich* es sein, die *dir* diese Frage stellt?«

Immerhin gelang es ihm, die Lippen zu einem dünnen Lächeln zu verziehen, aber nicht, ein mühsames Ächzen zu unterdrücken, als er sich hochstemmte. Sein Nacken war so verspannt, dass es ihm zunächst nicht gelang, den Kopf gerade zu halten, und ihm wurde leicht schwindelig. Urd machte einen Schritt zurück und sah ihm aufmerksam ins Gesicht. Ihre Augen funkelten spöttisch, aber darunter erkannte er auch einen Ausdruck tiefer Sorge. Die Erkenntnis tat gut. Mehr, als er erwartet hatte.

»Ich muss wohl … eingeschlafen sein«, sagte er stockend, während er vorsichtig Schultern und Arme bewegte, um seine Muskeln zu lockern.

»Ich würde eher sagen, du bist ohnmächtig geworden«, sagte Urd.

Thor maß sie mit dem spöttischsten Blick, den er zustande brachte. »Ohnmächtig?« Er schnaubte. »Du bist hier die Frau und ich der Mann.«

»Jedenfalls führst du dich so auf, ja.«

Thor hielt es für klüger, nicht darüber nachzudenken, was sie genau damit meinte. »Noch dazu bist du schwanger.«

»Und?«

»Das heißt, dass du diejenige bist, die in Ohnmacht fällt.«

Urd zögerte kurz, bevor sie nickte. »Das stimmt. Wie konnte ich das nur vergessen? Dann bin ich wohl auch diejenige, die hier drinnen war, und du der, der zwei Stunden lang draußen am Feuer gesessen hat und sich Sorgen gemacht hat?«

»Zwei Stunden?«

»Vielleicht sogar länger«, bestätigte sie. »Ich dachte, du hättest vielleicht ein paar alte Freunde getroffen und wärst ins Reden gekommen. Da vergisst man schon mal die Zeit, nicht wahr?«

Thor sagte nichts. Er starrte sie nur an, und in seinem Blick musste wohl etwas sein, was sie erschreckte, denn ihr Lächeln gefror und erlosch schließlich ganz. Warum hatte sie das gesagt? Er konnte das Gefühl nicht begründen, aber sie hätte das nicht sagen sollen, nicht hier, an diesem Ort.

»Verzeih. Das war dumm. Aber ich habe mir wirklich Sorgen gemacht. Du warst lange weg.« Urd machte eine fahrige Geste, die ihre Unsicherheit nur noch unterstrich, trat einen weiteren Schritt zurück, und ihr Mantel fiel auseinander, sodass Thor das Schwert sehen konnte, das sie darunter trug. Der Anblick machte ihm mehr als alle Worte klar, wie beunruhigt sie gewesen sein musste. Die Waffe war so schwer, dass sie sie allein aufgrund ihres Gewichts bisher nur am Sattelgurt getragen hatte.

Erst dann fragte er sich, wieso er sie *überhaupt* sah, und er erschrak noch einmal und womöglich noch tiefer. Als er hereingekommen war, war es so dunkel gewesen, dass er die sprichwörtliche Hand vor Augen nicht gesehen hatte. Jetzt umgab sie das matte Nebellicht eines frühen Morgens.

Verwirrt sah er sich um. Seine improvisierte Fackel war verschwunden, ebenso wie der Tisch, auf den er sie abgelegt hatte. Wo Odins Tafel stehen sollte, bot sich seinem Blick nur ein Durcheinander aus zerbrochenem Stein und Trümmern dar, als wäre ein Teil der Decke heruntergestürzt. Als er den Kopf in den Nacken legte und nach oben sah, war sie jedoch unbeschädigt.

Urd folgte seinem Blick, sah ihn dann noch besorgter an und wartete offenbar auf eine Erklärung, doch stattdessen drehte er sich nur um und trat auf den steinernen Balkon hinaus. Er war nicht annähernd so monströs wie in seinem Traum, doch der Ausblick, der sich ihm bot, war derselbe. Tief unter ihm brachen sich die Wellen an scharfkantigem schwarzem Fels, der wie Messerklingen durch den weißen Schaum stieß, und dahinter verlor sich der Blick in der Weite des Ozeans, ohne auf ein Hindernis zu stoßen. Aber es gab keine Schiffe dort unten, und der Himmel war hell, nicht schwarz. Hätte es Sterne gegeben, das wusste er, dann hätten sie am richtigen Platz gestanden.

Lasst uns beginnen.

»Vielleicht würde ich dir dabei ja sogar helfen, wenn ich nur wüsste, womit.«

Thor trat von der Brüstung zurück, drehte sich zu Urd herum und begriff zu spät, dass er die Worte laut ausgesprochen hatte.

»Wenn du mir etwas sagen willst ...«

Thor versuchte mit aller Gewalt, die Erinnerung herbeizuzwingen, aber natürlich erreichte er damit nur das genaue Gegenteil. Er schüttelte nur den Kopf.

»Dann sollten wir gehen«, sagte sie enttäuscht. »Lif ist zurück. Er hatte Erfolg auf der Jagd. Es gibt frischen Fuchs.«

Thor sagte gar nichts dazu, sondern drehte sich nur noch einmal um und sah auf das Meer hinab. Was er gesehen hatte, war mehr als ein Traum gewesen, viel mehr. Ganz plötzlich hatte er Angst. Mit einem Ruck wandte er sich ab und ging so schnell an Urd vorbei, dass sie Mühe hatte, mit ihm Schritt zu halten.

In deutlich größerem Abstand, als nötig gewesen wäre, ging er um die zusammengebrochene Tafel herum und eilte die Treppe hinunter. Erst unten in der großen Halle holte sie ihn wieder ein und versuchte ihn anzusprechen, doch Thor beschleunigte seine Schritte nur noch einmal, sodass sie nun schon fast rennen müsste, um nicht erneut zurückzufallen.

Als sie an der großen Treppe vorbeikamen, suchte er nach den Wolfsstatuen, doch es war wie oben in Odins Saal: Wo die gewaltigen Figuren gestanden hatten, erblickte er jetzt nur noch Schutt, die Trümmer eines Jahrhunderts, wenn nicht Jahrtausends. Das Gefühl des Verlustes wurde übermächtig und schnürte ihm jetzt schier die Kehle zu. Es waren nicht nur der Verfall und das Alter. Was ihm zusetzte, war das Wissen, dass all das hier, dieser erbärmliche Schatten einstiger Größe nicht mehr war als eben genau das: nicht einmal ein Schatten, sondern allenfalls die Idee von etwas, das einmal gewesen war.

Noch einmal schneller werdend steuerte er den Ausgang an,

doch jetzt beschleunigte auch Urd ihre Schritte und vertrat ihm den Weg. »Was war da oben los?«, fragte sie. Ihre Stimme klang ehrlich besorgt, aber auch in zunehmendem Maße ungeduldig, und er meinte auch eine ganz sachte Spur von Ärger herauszuhören.

»Nichts«, antwortete er, spürte mehr, als er sah, wie ihre Stimmung noch weiter kippte und fügte hastig hinzu. »Oder doch. Aber ich ... ich weiß nicht, was es bedeutet.«

Womit sie sich natürlich nicht zufrieden gab. »Wenn du mir etwas zu sagen hast, dann tu es!«, herrschte sie ihn an. »Jetzt! Was hast du gesehen?«

»Gar nichts«, beharrte Thor und versuchte seinen Arm loszureißen. »Mir muss wohl übel geworden sein. Vielleicht habe ich mich doch noch nicht so weit erholt, wie ich dachte.«

»Unsinn!«, fauchte Urd. Sie hielt seine Hand weiter fest, gestikulierte aber aufgebracht mit der anderen. »Du willst dich nur ein bisschen umsehen, um zu wissen, was in deinem Rücken ist, und verschwindest dann für geschlagene zwei Stunden, und als ich nach dir suche, finde ich dich als wimmerndes Bündel, das Worte in einer Sprache stammelt, die ich noch nie gehört habe? Und das ist nichts?«

»Nein. Ich meine: Nein, es ist natürlich *nicht* nichts.« Sehr sanft machte sich Thor nun doch los und versuchte den Arm um ihre Schultern zu legen, doch sie wich ihm mit einer so schroffen Bewegung aus, dass er es nicht noch einmal versuchte. Hinter ihm bewegten sich Schatten in der Dämmerung, *Dinge* begannen auf ihn zuzukriechen. »Dort oben ... ist etwas. Dieser Ort macht mir Angst. Ich habe das Gefühl, ihn zu kennen.«

»Du warst schon einmal hier?« Urds Zorn machte von einem Lidschlag zum nächsten hellwachem Interesse Platz. »Du meinst, du beginnst dich zu erinnern?«

»Nein«, antwortete Thor. »Nicht hier. An einem Ort *wie* diesem.« *Vielleicht dem, zu dem er werden würde.*

Urd sah an den schwarzen Wänden hinauf, und für die gleiche Zeit war es ihm, als lösten sich die Schatten aus dem schwarzen Stein, um sich nun auch auf ihrem Gesicht auszubreiten. »Es heißt, diese Türme wären älter als die Welt. Wenn du sie wirklich in einem anderen Zustand als so erlebt hast, dann scheinst du mir etwas verschwiegen zu haben.«

»Ich meine es ernst«, sagte Thor.

Aber dasselbe galt auch für sie, begriff er plötzlich. Urds vermeintlicher Spott war nur ihre Art, des Unbehagens Herr zu werden, mit dem sie dieser Ort erfüllte. Sie spürte es auch. »Wenn das wirklich so ist, dann sollten wir versuchen, es herauszufinden. Vielleicht erinnert dich diese Ruine ja an deine Heimat.« Sie zögerte. »Wir können noch einmal hinaufgehen, wenn du möchtest. Zusammen.«

»Weil du Angst hast, dass ich mich wieder vor einem Schatten erschrecken und in Ohnmacht fallen könnte?«

»In einem hattest du recht, Thor«, antwortete sie ungerührt. »Du bist nicht in Ohnmacht gefallen. Das war etwas anderes. Ich weiß nicht was, aber ich bin sicher, es ist besser, wenn du nicht noch einmal allein dort hinaufgehst.«

Niemand sollte dorthin gehen, weder allein noch in Gesellschaft. Dieser Ort war nicht für Menschen gemacht. Er war nicht einmal *von* Menschen gemacht.

Sein Schweigen dauerte an, und schließlich wandte sich Urd mit einer ruckhaften Bewegung ab und ging wieder in die Richtung zurück, aus der sie gekommen waren. Thor ließ eine Sekunde verstreichen, dann folgte er ihr mit schnellen Schritten und entschlossen, sie nötigenfalls mit Gewalt zurückzuhalten.

Zu seiner Erleichterung war es nicht nötig. Urd blieb wenige Schritte vor der Yggdrasil-Tür stehen, legte den Kopf in den Nacken und betrachtete die kunstvollen Steinmetzarbeiten ausgiebig und mit Blicken, in denen sich Staunen mit Bewunderung und immer größerer Überraschung mischten. »Immerhin haben sie an dieselben Götter geglaubt wie wir«, sagte sie nach einer Weile. »Das ist Yggdrasil, nach dem Glauben unserer Vorfahren die Uresche, aus deren Zweigen alles Leben entsprossen ist.«

Thor konnte sich gerade noch beherrschen, nicht zustimmend zu nicken. Sie hatten in all der Zeit so gut wie nie über ihren Glauben oder gar die Götter gesprochen. Aber das Wort, das sie gerade genannt hatte, war ihm so wenig fremd wie die dazu passende Geschichte. Hätte er auch nur genickt, dann hätte sie ihn möglicherweise gefragt, woher er dieses Wissen hatte, und diese Frage hätte er nicht beantworten können.

So heuchelte er weiter eine Mischung aus Interesse und Staunen, während Urd langsam an der Wand entlangging und dabei auf die in den Stein gemeißelten Bilder und Symbole deutete. »Das hier ist Odin auf seinem achtbeinigen Hengst Sleipnir, siehst du? Und da sind Baldur und Höder, und dort, diese Linie im Wasser, das soll wohl die Midgardschlange darstellen, die mit Fenrir um die Macht über die Welt ringt ... sie sind alle da!« Sie begann aufgeregt mit beiden Armen zu wedeln und warf ihm einen deutlich mehr um Beifall als um Zustimmung heischenden Blick zu. »Sie sehen ein wenig anders aus als auf unseren Bildern, aber es sind eindeutig die Götter Asgards! Dort ist Loki, siehst du? Und da ist sogar Thor!«

Thor tat ihr den Gefallen, noch einmal näher an die Wand zu treten und die uralten Bilder zu betrachten. Die Gestalt war unverkennbar, ein gehörnter Riese, der einen gewaltigen Hammer schwang und von Blitzen umzuckt wurde. Im Nachhinein erinnerte er sich, auch diese Gestalt vorhin schon gesehen zu haben, doch sein Blick war davor zurückgeschreckt wie eine Hand, die sich glühender Kohle zu weit genähert hatte.

»Das ist ... unglaublich«, murmelte Urd. »Dieses Volk hat denselben Göttern gehuldigt wie wir!«

Erst jetzt, als sie es zum zweiten Mal sagte, fiel es Thor überhaupt auf. »*Wir?*«

»Die Lichtbringer.« Urd lächelte nervös, aber ihre Fingerspitzen hörten nicht auf, die mit zu Stein erstarrtem Staub gefüllten Linien in der Wand nachzuzeichnen. »Verzeih. Alte Angewohnheiten lassen sich so schnell nicht ablegen.«

War es das wirklich?, dachte er. Eine »alte Angewohnheit«, nicht mehr?

Diesmal war er sicher, den Gedanken *nicht* laut ausgesprochen zu haben. Trotzdem sah ihn Urd so erschrocken an, als *hätte* er es getan.

»Sie verbreiten die Botschaft der alten Götter«, sagte sie. »Der einzig wahren Götter.«

»Wenigstens sagst du jetzt *sie* und nicht mehr *wir*«, sagte er, beinahe gegen seinen Willen. Er hätte das dunkle Aufblitzen in Urds Augen nicht einmal sehen müssen, um zu wissen, wie sehr sie diese Worte verletzten. Aber sie beschwerte sich nicht oder reagierte gar ihrerseits mit Vorwürfen, wie es die Art der Urd gewesen wäre, die er zu kennen glaubte.

»Dass ich mich von ihnen abgewandt habe, heißt nicht, dass alles an ihnen schlecht ist«, antwortete sie. »Ich wäre heute nicht hier, wenn es den Glauben an den Gott des Feuers nicht gäbe, und die, die ihn verkünden. Vielleicht wäre ich nicht einmal mehr am Leben.«

Ja, vielleicht. Es war müßig, darauf zu antworten, deshalb tat er es auch nicht, sondern sah wieder die verblassenden Linien auf der Wand an. Sie erzählten eine Geschichte, aber es war nicht nur die, die Urd darin las. Sie war älter, viel, viel größer und umso vieles schrecklicher. Auch er kannte sie nicht, aber vielleicht nur, weil sich etwas in ihm noch dagegen sträubte.

Aber wie lange noch?

Erneut spürte er, wie die Schatten dunkler wurden und sich zu *Dingen* zusammenballen wollten, schloss die Augen und ballte die Hände so fest zu Fäusten zusammen, dass seine Gelenke wie trockenes Reisig knackten. Die unsichtbare Dunkelheit zog sich zurück, und das Kratzen an seiner Seele hörte auf.

»Du hättest es mir sagen müssen.«

»Was?« Urd seufzte. »Du hast mich nie gefragt. Und ich hatte nicht das Gefühl, dass dich Geschichten von alten Göttern interessieren. Oder der Glaube der Menschen.«

Thor wünschte sich, dieses Gespräch draußen führen zu können. Er hatte die Gespenster verjagt, die an seinen Gedanken kratzten, aber dieser Ort machte ihm nach wie vor Angst. Vielleicht nicht dieser Ort selbst, aber das, was er bedeutete.

»Das ... stimmt«, sagte er, zögernd und mit einem unbehaglichen Räuspern, mit dem er sich zugleich herumdrehte. »Vielleicht war das ein Fehler. Dann erzähl mir jetzt davon.«

»Die Menschen meinen, wir würden einen neuen Glauben verkünden, aber das –«, begann Urd, bemerkte erst dann, dass er ihr schon gar nicht mehr zuhörte, sondern schon wieder auf dem Weg zum Ausgang war, und beeilte sich, ihn einzuholen, bevor sie mit nur ganz leicht veränderter Wortwahl noch einmal ansetzte. »Die Menschen meinen, die Lichtbringer würden einen neuen Glauben verkünden, aber das stimmt nicht. Es sind die alten Götter, deren Wort sie in die Herzen der Menschen tragen. Der einzigen Götter, Thor. Odin, Freya und Balder.«

Thor brach sein Schweigen erst, als sie die Halle verlassen hatten und aus dem Schatten des Turmes heraustraten und er das Gefühl hatte, wieder freier atmen zu können. »Es reicht, wenn du mir davon erzählst. Du musst nicht predigen.«

Die Worte taten ihm schon leid, bevor er sie ausgesprochen hatte, aber Urd seufzte nur. »Das habe ich wahrscheinlich verdient. Aber der Glaube der Lichtbringer ist nicht schlecht. Was sie in seinem Namen tun, ist es vielleicht, nicht aber ihr Glaube. Die alten Götter waren das Beste, was den Menschen jemals widerfahren ist. Als sie über die Welt geboten haben, da herrschte Frieden unter den Menschen. Niemand musste um seine Freiheit fürchten oder das Leben seiner Kinder.«

»Du sprichst von denselben Göttern, in deren Namen deine Brüder und Schwestern ganze Länder unterwerfen und diejenigen lebendig verbrennen, die sich weigern, an sie zu glauben?«, fragte er.

Urd legte wieder die Hand auf den Bauch. »Mit einem neuen Glauben ist es manchmal wie mit einem neuen Leben. Manchmal muss es erst schlimmer werden, bevor es besser wird, und die Geburt kann sehr schmerzhaft sein.«

»Aber ihr verkündet nicht das Wort der alten Götter.« *Und wenn, dann waren es nicht dieselben Götter, die er unter diesen Namen gekannt hatte.* »Ihr verkündet das Wort des Feuergottes.«

»Loki, der Gott des Feuers, ja.«

Thor blieb überrascht stehen. »Loki?«

»Er hat viele Namen«, bestätigte Urd. »Und wer wäre passender, um die Welt mit Feuer zu erobern und den alten Aberglauben aus den Herzen der Menschen zu brennen? Aber nach ihm werden andere kommen. Die alten Götter werden zurückkehren. Thor, und die Lichtbringer werden die sein, die ihnen dabei helfen. Wenn Odins Reich wieder seinen angestammten Platz eingenommen hat, dann werden wir es sein, die an seiner Seite in Walhall sitzen.«

Es fiel Thor schwer, zu glauben, was er hörte. »Willst du dich über mich lustig machen?«

»Über dich? Einen leibhaftigen Gott? Wie könnte ich das?« Sie schnitt ihm mit einem energischen Kopfschütteln das Wort ab, als er etwas sagen wollte. »Ich weiß, du bist kein Gott. Jedenfalls behauptest du es. Aber was immer du auch in Wahrheit sein magst, du warst dort drinnen. Du hast gesehen, wozu Menschen fähig sind, die an die richtigen Götter glauben.«

»Fähig?«

»Hast du je eine Festung wie diese gesehen? Hast du jemals einen Ort von solcher Macht betreten?« Urd beantwortete ihre eigene Frage mit einem neuerlichen und noch heftigeren Kopfschütteln. »Ich habe dich beobachtet, Thor. Ich weiß, dass du es nicht zugeben willst – warum auch immer –, aber du hast es gespürt, genau wie ich.«

»Urd, das ist nicht dein Ernst!«, sagte er erschrocken. Er wollte die Hand nach ihr ausstrecken, aber sie wich ihm mit einer raschen Bewegung aus.

»Es ist mein Ernst«, behauptete sie. »Und deiner sollte es auch sein. Du spürst die Macht, die diesem Ort innewohnt, genauso wie ich!«

»Und wenn es so wäre?«, fragte er mit leiser, belegter Stimme.

»Dann solltest du einsehen, dass ihre Rückkehr bevorsteht, Thor«, antwortete sie. »Und dir die Frage stellen, auf welcher Seite du stehen willst, wenn es so weit ist.«

15. Kapitel

Sie waren wortlos übereingekommen, Lif und seiner Schwester nichts von dem zu erzählen, was sie in dem unheimlichen Gebäude gefunden hatten, und Thor machte sich dabei nützlich, ihre kärgliche Mahlzeit zuzubereiten. Das wenige Feuerholz, das sie im Umkreis der Festung fanden, reichte gerade noch aus, um den mageren Fuchs zu garen, den Lif mitgebracht hatte. Vielleicht nicht einmal das. Als sie ihn von der erlöschenden Glut nahmen, war das Fleisch noch zäh und halb blutig. Urd bestand wie immer darauf, dass er die größte Portion bekam; angeblich, weil er Kraft brauchte, um endgültig zu gesunden und sie und die Zwillinge zu beschützen.

Natürlich war das Unsinn. Wenn man es genau nahm, dann war es Lif gewesen, dem sie in den letzten Tagen ihr Überleben verdankten; genauer gesagt, seinem überraschenden Geschick auf der Jagd. Auch wenn er manchmal Stunden fortblieb, so kehrte er doch niemals ohne Beute zurück. Ohne die mageren Füchse, die er auf seinen Streifzügen erlegte, hätten sie den Weg hierher mit knurrenden Mägen zurückgelegt und wären längst endgültig am Ende ihrer Kräfte gewesen.

Auch so waren sie davon nicht mehr allzu weit entfernt. Sie lebten von zähem Fuchsfleisch und geschmolzenem Schnee, manchmal einer dünnen Suppe, die Urd aus Flechten und Moos bereitete und die scheußlich schmeckte, von der sie aber behauptete, dass sie ihnen half, bei Kräften zu bleiben. Doch wie lange noch? Vor allem Elenia wurde immer blasser und wortkarger. Die wenigen Male, dass sie überhaupt etwas gesagt hatte, hatten unweigerlich in einem Streit mit Lif oder ihrer Mutter geendet, und auch Urd schien sich immer mehr in sich selbst zurückzuziehen, und ihre Bewegungen verloren mehr und mehr von jener natürlichen Eleganz, die Thor so sehr genoss, schienen sie doch jede noch so kleine Geste zu einem Tanz zu machen. Dazu kam ihre Schwangerschaft, von der Thor annahm, dass sie ihr mehr zusetzte, als sie eingestand – und vermutlich auch weiter fortgeschritten war, als sie ihm gesagt hatte.

Nein, es gab keinen Grund für diese Vorzugsbehandlung. Trotzdem nahm Thor sie in Kauf und beruhigte sein schlechtes Gewissen damit, dass sie schließlich nicht wissen konnten, was der nächste Tag bringen mochte. Von allen Fragen, die er sich seit seinem ersten Erwachen in dieser feindseligen und kalten Welt gestellt hatte, hatte er doch zumindest eine beantwortet: Sein Körper war stark, außergewöhnlich stark sogar, und seine Sinne waren vielleicht ein wenig schärfer als die der meisten anderen, aber er war trotzdem aus Fleisch und Blut gemacht, er konnte verletzt werden, er blutete, wenn man ihn schnitt, und er konnte sterben.

Eine Art müder Zorn machte sich in ihm breit. Wenn die Götter ihn schon zu ihrem Werkzeug machten, warum hatten sie ihm dann nicht auch die Kraft eines Gottes gegeben?

Letzten Endes jedoch war dieser Gedanke müßig. Wenn es so etwas wie Götter gab und wenn sie wirklich mit ihm spielten, dann scherten sie sich ganz gewiss nicht darum, ob es ihm gefiel oder nicht.

Statt sich weiter darüber den Kopf zu zerbrechen, knabberte Thor das letzte Fetzchen Fleisch von dem dünnen Knochen, den er in der Hand hielt, und warf ihn in die fast erloschene Glut. Weit davon entfernt, wirklich satt zu sein, machte sich dennoch ein Gefühl wohliger Müdigkeit in seinen Gliedern breit, dem er nur zu gerne nachgegeben hätte, und sei es nur aus reiner Gewohnheit.

Stattdessen richtete er sich auf, gähnte ausgiebig, um die Müdigkeit zu vertreiben, und musterte Urd und ihre Kinder unauffällig. Urd saß mit gesenktem Kopf und hängenden Schultern da und starrte in die Glut, aber ihre Augen waren leer, und auch Elenia wirkte fast teilnahmslos, wie sie in ihrem viel zu dünnen Mantel dasaß und versuchte, das letzte bisschen Wärme der Glut einzufangen. Wie üblich hatte sie ihren Platz so gewählt, dass sie so weit von ihm und ihrer Mutter entfernt war, wie es überhaupt möglich war. Sie wich seinem Blick aus, aber Thor hatte sie mehr als einmal dabei überrascht, ihre Mutter und ihn aus brennenden Augen anzustarren, wenn sie sich unbeobachtet fühlte; ihre Mutter mit einem Ausdruck, der an Hass grenzte, und ihn auf eine Art, die er nicht einordnen konnte. Aber sie gefiel ihm nicht.

Vielleicht war Lif der Einzige, der sich halbwegs normal aufführte. Er hatte seinen Anteil als Erster und mit Heißhunger heruntergeschlungen und sah sie nun wortlos und abwechselnd, aber mit wachsender Ungeduld an, und ihm brannte sichtlich etwas auf der Zunge. Bedachte er, wie Lif normalerweise war, dann hatte er sich bisher sogar ganz außergewöhnlich gut beherrscht.

»Ich musste ziemlich weit reiten, um den Fuchs zu erlegen«, sagte er schließlich. »Gibt anscheinend nicht viel Wild in dieser Gegend.«

»Du hast ja etwas gefunden«, sagte Thor. »Das hast du gut gemacht. Danke.«

Elenia sah kurz aus ihrem Grübeln auf, maß ihren Bruder mit einem fast verächtlichen Blick und starrte dann wieder ins Leere, aber Lif nickte dafür umso gewichtiger und sah Thor nun eindeutig Beifall heischend an. »Wie gesagt: Ich musste ziemlich weit reiten, um die Spuren zu finden. Dabei habe ich etwas entdeckt.«

»Spuren von richtigem Wild, das zu schnell für dich war?«, fragte Elenia.

Zu Thors Erstaunen reagierte Lif nicht einmal mit einem entsprechenden Blick auf die Herausforderung, sondern nickte nur noch einmal und sagte dann: »Spuren von Menschen.«

Wenn er die Überraschung so geplant hatte, war sie ihm gelungen. Nicht nur Thor sah ihn überrascht an, auch Elenia drehte mit einem Ruck den Kopf, und selbst Urd schrak aus ihrem düsteren Brüten hoch.

»Spuren von einem Wagen, um genau zu sein. Ich bin ihnen gefolgt.« Er hob rasch die Hand. »Keine Sorge, ich war vorsichtig.«

»Du hast deinem Pferd das Fliegen beigebracht, damit es keine Spuren hinterlässt, die jemanden zu uns führen können«, vermutete seine Schwester.

Lif überging auch das. »Es gibt eine Straße, keine Stunde von hier.«

»Und ich nehme an, du bist ihr auch gefolgt.«

»Nur ein kleines Stück«, antwortete Lif. »Nur bis in Sichtweite der Stadt. Und niemand hat mich gesehen, keine Angst. Ich war vorsichtig.«

»Eine Stadt?«, vergewisserte sich Urd.

»Oder ein sehr großes Dorf.« Lifs Wangen glühten vor Entdeckerstolz. »Ich bin nicht nahe genug herangeritten. Aber sie ist groß. Die größte Stadt, die ich je gesehen habe.«

»Außer Skattsgard?«, spöttelte Elenia.

»Elenia, hör auf«, sagte ihre Mutter streng, wandte sich aber sofort wieder an Lif. »Eine Stadt mit einem Hafen?«

»So nahe wollte ich nicht heran«, antwortete Lif. »Aber ich nehme es an. Die Stadt liegt an der Küste. Und ich habe ein Schiff auf dem Meer gesehen.«

»Also gibt es wahrscheinlich einen Hafen«, schloss Urd. »Das könnte wichtig sein.«

Thor fragte nicht, warum. »Bist du anderen Menschen begegnet?«

Lif schüttelte heftig den Kopf. »Niemandem. Aber es gab auch sonst keine Spuren. Die Straße sah unbenutzt aus. Ich meine: Es sah aus, als wäre der Wagen der erste, der dort in den letzten Tagen entlanggefahren ist.«

»Gut beobachtet«, lobte Thor.

»Wenn es stimmt«, fügte Elenia hinzu.

»Elenia, bitte«, seufzte Urd. »Dein Bruder –«

»– hat uns möglicherweise alle in Gefahr gebracht!«, fiel ihr Elenia streitlustig ins Wort. »Was, wenn ihn jemand gesehen hat? Vielleicht sind sie schon auf dem Weg hierher!«

»Niemand hat mich gesehen«, beharrte Lif. »Ich war vorsichtig.«

»Niemand behauptet etwas anderes«, sagte Thor rasch – was nicht ganz der Wahrheit entsprach. Elenia hatte nicht ganz unrecht. Lif mochte stolz auf seine Entdeckung sein, und er hatte auch allen Grund dazu, aber er hätte sofort umkehren müssen, als er die Wagenspuren entdeckt hatte. Wäre er fünf Jahre älter gewesen, dann hätte er ihm jetzt gründlich den Kopf gewaschen, aber so beließ er es bei einem beruhigenden Nicken und einem langen Blick in die Richtung, aus der Lif gekommen war. Die Hufspur seines Pferdes war unübersehbar, und das nicht nur auf dem kurzen Stück, auf dem sein Blick ihr folgen konnte. Auch darin hatte Elenia recht, dachte er besorgt. Falls es Lif nicht gelungen war, seinem Pferd tatsächlich das Fliegen beizubringen, musste diese Fährte jeden Verfolger direkt hierherführen.

»Eine Stunde, sagst du?«

»Bis man sie sehen kann, ja«, bestätigte Lif. »Vielleicht noch einmal so weit, bis man da ist. Warum fragst du?«

»Weil mir deine Mutter ein großes Geheimnis anvertraut hat, als du fort warst«, antwortete er. »Nämlich dass sie sich nichts mehr wünscht, als wieder einmal eine Nacht in einem richtigen Bett zu schlafen und an einem richtigen Kaminfeuer zu sitzen.«

»Ihr wollt ... dorthin?«, fragte Lif überrascht. »Aber warum? Wir sind seit einer Woche auf der Flucht und –«

»– und wie lange sollen wir es noch sein?«, unterbrach ihn Thor. »Irgendwann müssen wir wieder unter Menschen. Und sei es nur wegen deiner Mutter. Oder möchtest du, dass euer Bruder hier im Wald geboren wird?«

»Wir können einfach hier bleiben!«, protestierte Lif. Er deutete auf den Turm. »So wie es aussieht, kommt nie jemand her, und da drinnen ist mehr als genug Platz!«

»Und wir leben von Füchsen und Fisch«, sagte Elenia. »Vorausgesetzt, wir finden eine Angelschnur, die lang genug ist.«

»Vielleicht nur für kurze Zeit«, beharrte Lif, in einem Ton, als täte es ihm inzwischen schon leid, überhaupt von seiner Entdeckung erzählt zu haben. »Bis das Wetter besser wird!«

Thor war nicht sicher, ob das in diesem Teil des Landes überhaupt je der Fall war, aber dieses Mal kam ihm Urd zuvor. »Thor hat recht, Lif«, sagte sie. »Wir brauchen Vorräte. Lebensmittel, Feuerholz ... und ein bisschen Ruhe.«

»Und wenn sie dort schon auf uns warten?«, versuchte es Lif noch einmal.

»Wenn uns Bjorns Männer noch verfolgen würden, dann hätten sie uns schon längst eingeholt«, sagte Thor. Eine Stadt? Ein richtiges Bett – und sei es nur ein Lager aus Stroh –, ein warmes Kaminfeuer und vielleicht sogar ein Essen, das nicht aus Flechten und zähem Fuchs bestand? Eine geradezu paradiesische Vorstellung.

Nebst ungefähr fünfzig anderen guten Gründen, nicht länger in der Nähe dieser unheimlichen Ruine zu bleiben.

Lif widersprach jetzt nicht mehr, sondern verschränkte schmollend die Arme vor der Brust, und Thor stand nach einem weiteren Moment auf und fegte die erlöschende Glut auseinander. »Dann brechen wir auf.«

»Jetzt gleich?«, fragte Lif. Elenia erhob sich wortlos, aber Urd zögerte. Unbeschadet ihrer eigenen Worte von gerade sah sie nicht begeistert aus.

»Warum warten?«, fragte Thor. »Je eher wir losreiten, desto eher können wir wieder an einem richtigen Tisch sitzen.« Er versuchte amüsiert zu klingen. »Falls ich mittlerweile nicht schon vergessen habe, wie das geht.«

Urd stand zwar auf, sagte aber trotzdem noch einmal: »Vielleicht wäre es klüger, wenn wir noch einmal rasten und Kräfte schöpfen.«

Kräfte schöpfen? Hier? Thor konnte die Träume, die hinter diesen schwarzen Mauern lauerten, selbst jetzt fühlen. Er wagte sich nicht einmal vorzustellen, was sie ihm antun würden, wenn er hier *einschlief*. Ohne auch nur zu antworten, wandte er sich um und ging zu den Pferden.

Kurz darauf saßen sie in den Sätteln und folgten Lifs Spur nach Süden.

Der Junge hatte entweder ein sehr schlechtes Zeitgefühl, oder er musste geritten sein, als wären alle Ungeheuer der Hel persönlich hinter ihm her. Sie brauchten deutlich länger als eine Stunde, ohne auch nur die Spur eines Pfades zu finden, geschweige denn eine Straße. Dann und wann durchbrach ein weiß erfrorener Baum das gleichfarbene Einerlei oder ein niedriges Gestrüpp, doch ohne die blaugraue Fläche des Meeres zur Linken hätten sie sich ebenso gut noch immer auf der weißen Einöde aufhalten können, über die sie in den zurückliegenden Tagen geritten waren.

Noch einmal eine halbe Stunde darauf machte die verwischte Spur des Jungen einen scharfen Knick nach rechts, doch auf Thors fragenden Blick hin schüttelte Lif nur den Kopf. »Hier habe ich den Fuchs gesehen. Aber ich musste ihm noch ein gutes Stück nach, bevor ich ihn erwischt habe.« Er lachte nervös und schlug mit der flachen Hand auf den Bogen, der an seinem Sattel hing. In dem dazugehörigen Köcher befanden sich nur noch zwei Pfeile. Trotz aller Vorsicht – und erstaunlicher Treffsicherheit – hatte er doch inzwischen die meisten seiner Geschosse verloren oder zerbrochen.

»Der Kerl ist gerannt, als wüsste er, was ihm bevorsteht. Hat ihm aber nichts genutzt.« Er wartete darauf, dass Thor weiterritt. Als das nicht sofort geschah, wurde er noch nervöser. »Ich bin ihm wirklich weit nachgeritten. Bestimmt eine Stunde.«

»Und die Straße?«

»Liegt in der anderen Richtung.« Lif machte eine fast befehlende Geste. »Es ist nicht mehr weit.«

Thor sah zum Meer hin, dann folgte sein Blick erneut der landeinwärts führenden Fährte. Der Wind hatte sie nahezu verweht, aber seinem kundigen Auge entging trotzdem nicht, dass Lif anscheinend die Wahrheit gesagt hatte: Das Pferd war nicht nur im rechten Winkel von seinem bisherigen Weg abgewichen, sondern von hier aus auch galoppiert, wohl um dem Fuchs zu folgen. Und trotzdem: Irgendetwas stimmte nicht.

Vielleicht war es einfach nur Einbildung, versuchte er sich selbst zu beruhigen. Vielleicht lag es auch an dieser gleißend weißen Einöde, die seine Augen narrte.

Oder es war die zweite, deutlich tiefere Spur, die nahezu parallel zu der des Pferdes verlief und sie in einiger Entfernung schnitt.

»Der Fuchs«, antwortete Lif auf sein fragendes Stirnrunzeln. »Wie gesagt: Er ist gerannt, als wüsste er, was ihm bevorsteht.«

»Ja, so muss es wohl gewesen sein«, murmelte Thor. Mit einer entsprechenden Geste wandte er sich an Urd. »Reitet weiter. Lif und ich kommen gleich nach. Folgt einfach der Küste.«

Elenia schien etwas sagen zu wollen, aber Urd brachte sie mit einem raschen Kopfschütteln zum Schweigen und ritt los.

»Verrätst du mir, was das bedeutet?«, fragte Lif.

»Ich dachte eher, dass du das könntest.« Thor deutete auf die zweite Spur. »Das muss ein ziemlich großer Fuchs gewesen sein. Warum hast du ihn nicht erlegt, statt des mageren Viehs, das wir gegessen haben – vor allem, wo er bestimmt ein sehr viel größeres Ziel geboten hätte?«

Lif presste die Lippen zu einem dünnen Strich zusammen und schwieg.

Thor wartete immerhin, bis Urd und ihre Tochter ein gutes Stück weit geritten waren, bevor er entschied, Lif jetzt wirklich Zeit genug gelassen zu haben. Dann zuckte er in einer demonstrativen Bewegung mit den Achseln und folgte der Fährte.

Er brauchte nicht einmal weit zu reiten. Die beiden Spuren kreuzten sich noch zwei- oder dreimal, wobei die des vermeintlichen Fuchses immer größere Bögen schlug, bevor sie schließlich beide hinter einer mit dürrem Buschwerk bestandenen Erhebung verschwanden. Ein paar Äste zerbrachen wie sprödes Glas, als Thor ihnen dabei zu nahe kam. Der Schnee auf der anderen Seite war aufgewühlt und verdreckt. Vielleicht bestanden einige der dunklen Flecken auch aus Blut.

Thor hielt in zwei Schritten Abstand an, stieg aus dem Sattel und ließ sich am Rande des aufgewühlten Bereichs in die Hocke sinken.

Selbst ein weniger erfahrener Fährtenleser als er hätte ohne Mühe erkannt, was hier geschehen war: Hier hatte ein Kampf stattgefunden, ein Kampf auf Leben und Tod, aber es war kein Kampf zwischen Menschen gewesen. Er entdeckte zahlreiche Pfotenabdrücke, noch mehr gesplitterte Äste und tatsächlich eine Menge Blut, das den Schnee dunkelbraun verklumpte. Einen halben Schritt abseits lag ein kleiner Fetzen Fell, das einmal weiß gewesen sein musste, jetzt aber ebenfalls mit dunkelbraun geronnenem Blut besudelt war. Das Spitzohr hatte sein Leben anscheinend teuer verkauft.

Thor stand auf, umkreiste den zertrampelten Bereich in respektvollem Abstand und fand auf der anderen genau das, wonach er suchte.

»Ich hätte gedacht, dass sie fairer kämpfen.« Zwei, drei Augenblicke lang wartete er vergeblich auf eine Antwort, dann wandte er sich betont langsam zu Lif um. Er hatte bereits bemerkt, dass der Junge ihm nachgeritten war, aber so getan, als kümmere es ihn nicht. Lif war nicht abgesessen, sondern starrte ihn von der Höhe des Sattels herab trotzig an.

»Drei ausgewachsene Wölfe gegen einen einzigen kleinen Fuchs ... das scheint mir kein besonders fairer Kampf gewesen zu sein.«

Lif schwieg weiter. Seine Finger spielten nervös mit den Zügeln.

»Aber ich nehme an, sie wollten ihn nur in die Enge treiben, um dir einen guten Schuss zu ermöglichen.«

Diesmal rang sich Lif immerhin zu einem trotzigen Achselzucken durch.

»Waren es immer dieselben?«, fragte Thor.

»Dieselben?«

»Dieselben Wölfe.«

»Das weiß ich nicht«, antwortete Lif. Dann, nach sekundenlangem Zögern: »Aber einer war immer dabei. Er war sehr groß.«

»Und weiß«, vermutete Thor.

Lif nickte.

Fenrir. Warum war er eigentlich überrascht? »Und sie haben dir die Füchse einfach so gebracht?«

»Den ersten«, antwortete Lif, ohne ihn anzusehen. »Ich habe es ja versucht! Ich wollte uns etwas zu essen jagen –«

»Aber es ist dir nicht gelungen«, sagte Thor, als Lif nicht weitersprach, sondern nur erneut die Lippen zusammenpresste. »Und dann sind die Wölfe aufgetaucht und haben dir den ersten Fuchs vor die Nase getrieben.«

Lif schwieg.

»Und seitdem immer wieder.« Thor grinste ebenso knapp wie humorlos. »Du hättest deine pelzigen Freunde wenigstens bitten können, zur Abwechslung mal einen Hasen zu jagen.«

Lif sagte auch dazu nichts, aber in die Mischung aus Trotz und Angst in seinen Augen mischte sich etwas anderes. Thor konnte nicht sagen, was. »Keine Angst. Deine Mutter erfährt nichts. Und Elenia auch nicht.«

»Ja«, sagte Lif. »Dasselbe wollte ich dir gerade auch versprechen ... wenn du mir eine Frage beantwortest, heißt das.«

Statt irgendetwas zu sagen, ging Thor zu seinem Pferd zurück und saß auf. Erst, nachdem er das Tier herumgedreht und an Lifs Seite gelenkt hatte, fragte er: »Welche?« Und wie kam dieser Bengel überhaupt auf den Gedanken, er wäre ihm auch nur irgendeine Rechenschaft schuldig?

»Warum hast *du* es Mutter nicht gesagt?«

»Was?« Sie ritten los, und das gerade eine Spur zu schnell, als dass Lif wirklich bequem mit ihm Schritt halten konnte.

Umso zorniger wurde er natürlich. »Behandle mich nicht wie ein dummes Kind!«, fauchte er. »Ich weiß genau, dass diese Wölfe nicht meinetwegen gekommen sind! Sie haben *dir* zu essen gebracht, habe ich recht?«

»Aber warum sollten sie das tun?«, erwiderte Thor.

Lif schnaubte. »Vielleicht weil sie nicht so leicht zu täuschen sind wie meine Mutter und meine Schwester?« Er sagte nicht *und ich*. »Und weil sie genau wissen, wer du *wirklich* bist!«

Thor ritt noch ein paar Schritte weiter, dann brachte er sein Tier mit einer so abrupten Bewegung zum Stehen, dass Lif alle Mühe hatte, sich im Sattel zu halten, als er die Bewegung nachzuvollziehen versuchte.

»Und wer bin ich, deiner Meinung nach?«, fragte er.

»Thor?«, schlug Lif vor.

»Thor.« Thor wiederholte den Namen, als müsse er genau auf seinen Klang lauschen, um darin vielleicht noch irgendeine versteckte Bedeutung zu hören. Dann nickte er betont langsam. »Wenn man es genau nimmt, dann hast *du* mir diesen Namen gegeben.«

»Und du hast dich nicht sonderlich dagegen gewehrt!«, schnaubte Lif. »Warum auch?«

»Ich bin kein –«, begann Thor und sprach den Satz dann nicht einmal zu Ende, als er Lifs Blick begegnete.

Aber es war nicht nur das spöttische Glitzern in den Augen des Jungen. Da war noch mehr; viel mehr. Für die Dauer eines Gedankens, unendlich kurz und doch zugleich endlos, wähnte er sich noch einmal zurück in jener schrecklichen Halle im schwarzen Turm und meinte das Flüstern in seiner Seele zu hören. *Lasst uns beginnen ...* Was, wenn er das Siegel zerschlagen hätte?

Er verscheuchte den Gedanken. Er war albern.

Und außerdem machte er ihm Angst.

»Ich bin kein Gott«, sagte er, zu laut und ohne die mindeste Spur von Überzeugung in der Stimme.

»Natürlich nicht«, erwiderte Lif spöttisch »Du kannst nur durch bloßes Handauflegen heilen und zehn Krieger mit einem einzigen Hieb deines Hammers erschlagen.«

»Es waren nur fünf«, antwortete Thor lächelnd. »Und ich habe schon ein wenig mehr als nur einen Hieb gebraucht.«

Ganz offensichtlich wusste Lif zunächst mit dieser Antwort nichts anzufangen, denn er sah ihn nur weiter aus schmalen Augen und so durchdringend an, dass Thor sich fragte, *wer* hier eigentlich *wen* verhörte. Aber dann lachte er plötzlich. »Wie du willst, Thor *Ich-bin-kein-Gott*. Was bedeuten schon Namen?«

Manchmal alles, dachte Thor. »Ich werde nichts verraten, wenn du es nicht tust.«

»Dann haben wir jetzt ein Geheimnis«, bestätigte Lif. Das hätten die Worte eines Kindes sein können, aber so, wie er es sagte, wurden sie zu einem Pakt. *Lasst uns beginnen* ... Und was, dachte Thor, wenn *dies* der Beginn war?

Er schüttelte den Gedanken ab und bedeutete Lif mit einer Kopfbewegung, weiterzureiten.

Sie brauchten nicht lange, um Elenia und Urd einzuholen. Elenia empfing sie mit einem Blick, der ebenso beunruhigt wie neugierig war, aber Urd tat so, als hätte es die kurze Unterbrechung gar nicht gegeben, und sie setzten ihren Weg gemeinsam fort, und nun dauerte es wirklich nicht mehr lange, bis sie die Straße fanden.

Eigentlich war es gar keine richtige Straße, eher eine mehr oder weniger willkürlich gewählte Fahrspur, die im Laufe der Jahre dazu geworden war, als ein Wagen und ein Reiter dem anderen gefolgt waren. Eine Zeit lang schlängelte sie sich scheinbar planlos dahin, natürlichen Senken folgend oder einem gelegentlichen Felsbrocken ausweichend, der auf ihrem geraden Weg lag, bis sie schließlich parallel zur Steilküste verlief, und das so dicht am Abgrund entlang, dass sich Thor unwillkürlich fragte, wer eigentlich so verrückt war, eine Straße so nahe an einer Klippe anzulegen, dass ein einziger Fehltritt reichte, um hundert Fuß in die Tiefe zu stürzen.

Sie ritten etwa eine weitere halbe Stunde, bis der Boden allmählich abschüssiger zu werden begann. Von einem Dorf oder gar einer Stadt war noch immer nichts zu sehen, aber Thor meinte einen leisen Dunst in der Luft wahrzunehmen, und er hatte das *Gefühl*, nicht mehr allein im Umkreis einer ganzen Welt zu sein. Fast ohne ihr eigenes Zutun ritten sie schneller; vielleicht waren es auch nur die Pferde, die die Nähe eines Stalles witterten und ganz von sich aus rascher ausgriffen.

Es dauerte nicht mehr lange, bis aus dem Dunst Rauch wurde,

der sich aus zahlreichen Kaminen in die fast unbewegte Luft kräuselte. Sie hielten an.

»Tatsächlich«, sagte Elenia. »Ein Dorf.«

Lif reagierte auf den übertrieben erstaunten Ton in ihrer Stimme wunschgemäß, indem er sich aufplusterte und zu einer entsprechend geharnischten Antwort ansetzte, und Urd brachte ihn mit einer ärgerlichen Geste zum Schweigen.

»Eher eine Stadt«, sagte sie. »Sogar eine ziemlich große. Und mit einem Hafen.«

Elenia und Lif machten nur ratlose Gesichter, während Thor anerkennend nickte. Seine Augen waren außergewöhnlich scharf, aber selbst er hatte Mühe, unter all dem Dunst und Qualm mehr als ein schieres Durcheinander aus mit Stroh oder Schiefer gedeckten Dächern auszumachen. Da war etwas Helles, irgendwo hinter der Stadt, aber er konnte allerhöchstens vermuten, dass es Segel waren, nicht wirklich erkennen.

»Was ist daran so wichtig?«, fragte er.

»Nichts«, behauptete Urd. »Aber ein Hafen bedeutet Schiffe. Und Schiffe bedeuten eine Möglichkeit, an einen anderen Ort zu gelangen ... wenn es einem an diesem nicht mehr gefällt.«

»Du willst wirklich dorthinunter?«, fragte Lif. »Wir wissen nicht, wer diese Leute sind! Vielleicht warten sie schon auf uns!«

»Ja, vielleicht«, sagte Urd ungerührt. Ihr Blick glitt über das Muster aus grauen und schmutzig schwarzen Dächern, und Thor hatte erneut das Gefühl, dass sie dort mehr sah als er. »Aber vielleicht auch nicht. Ich sehe nur einen Weg, das herauszufinden.«

Sie wollte weiterreiten, doch Thor griff rasch nach dem Zügel ihres Pferdes und hielt sie zurück. »Warte!«

»Worauf?« Bildete er es sich nur ein, oder klang sie misstrauisch?

»Lif hat nicht vollkommen unrecht. Wir wissen nicht, welche Menschen in dieser Stadt leben. Ob sie mit Bjorn und seinen Leuten im Bunde sind oder ob sie überhaupt wissen, dass es sie gibt. Ich reite erst einmal allein dort hinunter.«

»Allein?«, wiederholte Urd.

»Wozu?«, fragte Lif.

»Zum einen, weil du recht haben könntest. Ich *glaube* nicht, dass es so ist, aber es *könnte* eine Falle sein. Wenn alles in Ordnung ist, kommt ihr nach. Außerdem«, fuhr Thor mit leicht erhobener Stimme fort, als er sah, dass Urd zum Sprechen ansetzte, »*wenn* sie auf uns warten, erwarten sie einen Mann und eine Frau und ihre zwei Kinder. Also ist es besser, wenn ich allein gehe und mich dort umsehe.«

»Und was ist mit uns?«, fragte Urd, bevor Lif erneut auffahren konnte.

»Ihr wartet zwei Stunden und kommt dann nach, falls ich mich bis dahin nicht melde – oder verschwindet, wenn ihr das Gefühl habt, dass irgendetwas nicht in Ordnung ist. Ich gebe euch ein Zeichen, wenn ich meine, dass etwas nicht stimmt.«

»Ein Zeichen«, wiederholte Lif spöttisch. »Und wie sollte das aussehen?«

»Ich habe keine Ahnung«, gestand Thor. Er musste sich beherrschen, um seinem Ärger nicht zu laut Luft zu machen und den Jungen anzufahren. Schon, weil er recht hatte. Es war eine dumme Idee gewesen. »Vielleicht zünde ich ja die Stadt an.« Er wollte unverzüglich losreiten, überlegte es sich aber schon nach einem einzigen Schritt anders und stieg stattdessen vom Pferd. Rasch löste er Mjöllnir von seinem Gürtel, wickelte ihn in eine Decke und befestigte ihn sorgfältig am Sattel des Schecken, den Elenia wie üblich am Zügel neben sich führte. Das Tier schnaubte verwirrt, drehte den Kopf, als er es rasch umrundete – und nutzte die Gelegenheit, um Thor kräftig in den Oberarm zu zwicken; wenn auch nicht annähernd so fest, wie es gekonnt hätte. Thor versetzte ihm einen eher symbolischen Schlag auf die Nase und schwang sich mit einer raschen Bewegung in den Sattel.

»Verrätst du mir, was du da tust?«, fragte Urd.

Thor verlagerte sein Gewicht. Der Schecke trat unruhig auf der Stelle, und Thor spürte, dass er noch immer leicht lahmte, jetzt, wo er sein zusätzliches Gewicht zu tragen hatte. Aber es würde gehen, wenigstens für das kurze Stück bis zur Stadt.

»Und keine abgerissene Gestalt auf einem lahmenden Klepper, ich verstehe.« Lif machte ein abfälliges Geräusch. »Vielleicht sollten wir länger als zwei Stunden warten. Du wirst allein so lange brauchen, um die Stadt zu erreichen.

Thor schluckte die scharfe Entgegnung herunter, die ihm auf der Zunge lag. Stattdessen sah er nur noch einmal an sich hinab, überzeugte sich davon, dass er auch tatsächlich dem Eindruck entsprach, den Lif gerade so hämisch beschrieben hatte – ein zu Tode erschöpfter Reisender auf einem lahmenden Klepper –, und ritt dann ohne ein weiteres Wort los.

Diesmal kam er immerhin ein halbes Dutzend Schritte weit, bevor Urd ihn noch einmal zurückrief. »Warte!«

Thor hielt nicht an, ritt aber langsamer, und Urd lenkte ihr Pferd rasch an seine Seite und passte sich seinem Tempo an. »Wir müssen noch einen Treffpunkt ausmachen, für den Fall, dass es mehr als ein Gasthaus gibt.«

»Der Hafen?« Thor hatte das Gefühl, dass sie genau diesen Vorschlag erwartete. Und dass sie nicht nur so dringend zum Hafen wollte, weil sie den Anblick von Schiffen so sehr mochte.

»Eine gute Idee«, sagte sie dann auch, vielleicht eine Spur zu laut. Und die Bewegung, mit der sie den Kopf drehte und zu Lif und seiner Schwester zurücksah, erschien ihm auch irgendwie eine Spur zu beiläufig. Die beiden folgten ihnen nicht. Lif war abgesessen und kümmerte sich um sein Pferd.

Als Urd weitersprach, tat sie es mit gesenkter Stimme, beinahe schon im Flüsterton. »Das vorhin, in diesem Turm, Thor ... Was ich da gesagt habe, über die alten Götter und die Lichtbringer und ... und dich und dass du dich entscheiden musst ...«

»Ja?«, fragte Thor, als sie nicht weitersprach, sondern nur nervös mit den Zügeln zu spielen begann und seinem Blick auswich.

»Das war nicht so gemeint«, fuhr sie unsicher fort. »Ich weiß selbst nicht genau, warum ich das gesagt habe. Es war dumm.«

Thor schwieg noch immer. Er versuchte in ihrem Gesicht zu lesen, aber es gelang ihm nicht.

»Ich war einfach durcheinander«, behauptete Urd. »Vielleicht hatte ich nur Angst. Manchmal kommt einem der Schrecken, den man kennt, nicht so schlimm vor wie der, der vor einem liegen könnte.«

»Wir sind alle nervös«, antwortete er, wohl wissend, dass das nicht das war, was sie hören wollte. Aber etwas anderes wollte ihm einfach nicht über die Lippen kommen.

Urd sah enttäuscht aus, und sie machte keinen Hehl daraus. »Ja, das sind wir wohl«, sagte sie, nach wie vor, ohne ihn anzusehen. Dann fragte sie: »Ist es meine Schuld?«

»Wie kommst du auf diesen Unsinn?«, fragte er empört.

»Weil alles mit uns angefangen hat«, antwortete Urd. Sie hielt an, drehte sich ganz zu ihm um und sah ihm nun fest in die Augen. »Wenn sich unsere Wege damals nicht gekreuzt hätten –«

»Dann wärst du jetzt tot«, fiel ihr Thor ins Wort. »Und deine Kinder wahrscheinlich auch.«

»Aber du wärst nicht hier«, beharrte sie. »Vielleicht wäre alles besser gekommen für dich.«

»Wer weiß«, antwortete Thor. Ihre Worte machten ihn zornig. »Was soll das? Seit wann trauerst du Dingen nach, die *hätten sein können?*«

»Seit –« Urd brach schon nach dem ersten Wort wieder ab, schüttelte den Kopf und zwang sich zu einem nervösen Lächeln. »Du hast recht. Versuchen wir, das hier zu überleben. Danach haben wir Zeit genug, über verpasste Chancen zu jammern. Und was ich vorhin gesagt habe ...«

»Vergiss es einfach«, sagte Thor.

Aber natürlich wussten sie beide, dass sie das nicht konnten.

Gleich zwei Überraschungen erwarteten ihn: Die Stadt war deutlich größer, als es von Weitem den Anschein gehabt hatte, und ihr Name, den er schon in den ersten Augenblicken erfuhr, war Oesengard.

Thor geriet für einen kurzen Moment in Panik, und für einen noch kürzeren Augenblick war er nahe daran, auf der Stelle kehrtzumachen und zu Urd und den Kindern zurückzureiten. Dass er es schließlich doch nicht tat, hatte ebenfalls zwei Gründe: Zum einen war er einfach müde, auf eine Art, die mit körperlicher Erschöpfung nichts zu tun hatte – er war nicht erschöpft, er war *des Weglaufens* müde –, und zum anderen waren die Menschen hier sehr freundlich. Sie schienen Fremde gewohnt zu sein. Kaum jemand schien von ihm Notiz zu nehmen, als er über die schmale Hauptstraße in Richtung Hafen ritt. Wenn überhaupt, dann gab höchstens sein wenig ansehnliches lahmendes Pferd Anlass zu dem einen oder anderen fragenden Stirnrunzeln, und als er schließlich die Kaimauer erreichte und sich mit einem erschöpften Laut aus dem Sattel gleiten ließ, trat eine vollkommen fremde Frau auf ihn zu und erkundigte sich mit besorgtem Gesicht, ob er Hilfe benötige.

Thor lehnte ganz instinktiv ab, rief sie aber dann noch einmal zurück, als sie sich mit einem Schulterzucken umwandte und wieder gehen wollte. »Verzeih. Vielleicht kannst du mir doch helfen.« Er lächelte ein wenig gequält. »Ich bin fremd hier und suche einen Platz, wo ich mein Pferd unterstellen und vielleicht eine warme Mahlzeit bekommen kann.«

»Ein Gasthaus?« Sie zögerte, während sie ihn mit schräg gelegtem Kopf ansah und mehr über seine abgerissene Erscheinung nachzugrübeln schien als über seinen Wunsch. Dann nickte sie. »Da bist du richtig. Siehst du das Haus dort hinten? Das große am Ende des Kais?«

Was sie als ›Kai‹ bezeichnete, war genau genommen nicht mehr als eine Reihe nicht besonders ordentlich in den Grund gerammter Baumstämme, die Land und Meer voneinander trennten, aber er sah das Haus, das sie meinte: ein zweistöckiges und sehr langes Gebäude, das ihm schon vorhin aufgefallen war, mit winzigen Fenstern, die ausnahmslos mit schweren Läden verschlossen waren. Allerdings hätte er es eher für eine Scheune oder ein Lagerhaus gehalten, als für eine Gaststätte. Aber vor der Tür waren gleich mehrere Pferde angebunden, und aus den beiden Kaminen an den Stirnseiten kräuselte sich dunkelbrauner Rauch.

»Der Wirt ist ein sehr freundlicher Mann«, fuhr die junge Frau unaufgefordert fort. »Ihm gehören auch mehrere Lagerhäuser hier am Hafen und eine Mühle. Wenn du Arbeit suchst und ehrlich bist, dann wird er dir bestimmt helfen.«

Thor wusste zuerst wenig mit diesen Worten anzufangen, dann begriff er, und sein Lächeln wurde ein wenig gequälter. Sah er so schlimm aus?

»Ganz bestimmt«, meinte die Frau, als hätte er die Frage laut ausgesprochen, und mit einem flüchtigen Lächeln. Thor blickte fragend.

»Du scheinst eine lange Reise hinter dir zu haben«, sagte sie. »Eine anstrengende Reise.«

Thor begriff, dass sie wohl einfach neugierig war und ihn in ein Gespräch zu verwickeln versuchte, wogegen er im Prinzip nichts einzuwenden hatte. Dennoch blieb er vorsichtig. »Sind Reisen das nicht immer?«

»Vor allem in Zeiten wie diesen«, bestätigte sie. »Der Winter will einfach kein Ende nehmen, scheint es. Verrätst du mir, woher du kommst.«

Thor machte eine vage Kopfbewegung. »Von weither.«

»Oh«, antwortete sie. Ihr Lächeln kühlte um eine Spur ab. »Ich verstehe.«

»Nein, ich glaube nicht«, sagte er hastig. »Ich wollte dich nicht vor den Kopf stoßen. Ich war lange unterwegs, das ist alles. Ich weiß selbst nicht mehr genau, wo ich überall war. Ich war einfach nur froh, diese Stadt zu sehen, das ist alles.« Er lachte nervös. »Ich war nicht einmal ganz sicher, dass man hier eine Sprache spricht, die ich verstehe.«

»Wir sprechen hier viele Sprachen«, antwortete sie, fügte aber sofort und mit einem raschen Kopfschütteln – das von einem reizenden Lächeln begleitet wurde – hinzu: »Ich meine natürlich nicht mich. Aber es kommen oft Fremde zu uns ... was kein Wunder ist. Oesengard ist die einzige Stadt im Umkreis einer Monatsreise.«

Dann tat sie etwas, was Thor wirklich überraschte. Statt sich umzudrehen und ihrer Wege zu gehen, setzte sie sich in der entgegengesetzten Richtung in Bewegung, um ihn bis zum Gasthaus zu begleiten. Sie musste entweder ganz besonders neugierig sein, dachte er, oder die Leute hier nahmen den Begriff Gastfreundschaft ganz außergewöhnlich ernst.

Er war nicht ganz sicher, was er davon halten sollte.

»Ein ... interessantes Pferd hast du da«, sagte sie spöttisch während sie zum Gasthaus gingen. Vielleicht fragte sie sich, wie es der lahmende Klepper bis hierher geschafft hatte.

»Es hat mich brav hierhergetragen«, antwortete Thor. »Und das durch so manchen Sturm. Nicht jedes andere Pferd hätte das geschafft.«

»Dann solltest du es ihm mit einem warmen Stall und einer großen Portion Hafer vergelten«, antwortete sie. »Bist du vielen Gefahren begegnet?«

Das, dachte Thor, war jetzt keine Frage, die sie nur aus reiner Höflichkeit stellte. Er deutete ein Achselzucken an. »Wenn du von Riesen und Ungeheuern sprichst, nein. Aber eine Reise birgt immer Gefahren. Das hier ist ein raues Land.«

»Du warst in den Bergen? Im Norden?«

Thor nickte. »Die letzte Nacht habe ich in einem sonderbaren Turm verbracht.«

»Dem Gladsheim?« Überrascht blieb sie stehen.

»Gladsheim?«

»Die Leute nennen ihn nur so«, antwortete sie. »Es ist nicht wirklich der Sitz der Götter, aber viele glauben, sie hätten früher dort gewohnt.«

»Und du?«

»Ich weiß nichts von irgendwelchen ›Göttern‹«, antwortete sie betont. »Aber man erzählt sich schlimme Geschichten über diese Ruine. Angeblich wurde schon so mancher nie wieder gesehen, der dorthineingegangen ist.« Sie lachte. »Aber du weißt ja, wie die Leute sind. Je länger die Nächte, desto wilder die Geschichten, die man sich erzählt, um die Zeit totzuschlagen.«

Sie hatten das Gasthaus erreicht, und Thor wollte den Schecken an einem der Pfähle festbinden, die das überhängende Dach stützten, doch seine Begleiterin schüttelte rasch den Kopf. »Der Stall ist auf der Rückseite. Bring dein Pferd dorthin. Ich sage inzwischen meinem Vater Bescheid, dass er unser bestes Zimmer für dich richtet.«

»Dein Vater?«

»Natürlich«, antwortete sie todernst. »Ihm gehört das Gasthaus – was hast du denn erwartet? Ich danke den Göttern, dass sie mir dich geschickt haben. Wenn ich nicht wenigstens zwei neue Gäste pro Tag anbringe, bekomme ich nichts zu essen.«

»Ich bin nur einer«, erinnerte Thor.

»Ich weiß«, sagte sie und machte ein betrübtes Gesicht.

»Aber immerhin. Wenn ich *gar keinen* Gast bringe, bekomme ich nicht nur nichts zu essen, sondern darüber hinaus auch noch Schläge.«

»Was sich nach einer guten Idee anhört«, sagte eine Stimme von der Tür her.

Thor wandte neugierig den Kopf und erblickte den fettesten Mann, den er jemals gesehen hatte. Das Einzige, was an ihm vielleicht noch breiter war als sein speckig glänzendes Gesicht, war das Grinsen, das sich darauf ausgebreitet hatte. Mit einem Schritt, der eher wie ein Rollen wirkte, trat er vollends aus dem Haus heraus und drohte der jungen Frau spielerisch mit dem Zeigefinger. »Nur, weil du nicht nur meine Tochter, sondern auch mein einziges Kind bist, heißt das nicht, dass ich dir alles durchgehen lassen, Gundri. Und wenn mir danach ist, brauche ich keinen Grund, um dich übers Knie zu legen und dir ein bisschen Respekt vor deinem alten Vater einzubläuen.« Er schickte einen entsprechend drohenden Blick hinterher und wandte sich dann mit einer schwerfälligen Bewegung ganz zu Thor um. »Bitte verzeiht das Benehmen meiner Tochter – und schließt nicht von ihr auf ihre Familie.«

»Kinder!«, sagte Thor, als wäre das Antwort genug ... was es für den Fetten wohl auch war.

»Ich kam nicht umhin, mitzuhören, dass Ihr fremd in der Stadt seid und nach einer Unterkunft sucht?«

»Beides ist wahr«, bestätigte er. »Aber ich bin noch dabei, mich umzusehen.«

»Das verstehe ich«, sagte der Dicke und sah auch ganz so aus, als wäre das die Wahrheit. »Seht Euch ruhig in der ganzen Stadt nach einem anderen Gasthaus um. Und wenn Ihr festgestellt habt, dass es keines gibt, kommt zurück, und wir reden. Gut, vielleicht wird das Zimmer dann etwas teurer, aber gewiss nicht viel. Ich bin schließlich kein Unmensch.«

Thor begriff überhaupt erst nach ein paar Augenblicken,

wovon der Dicke sprach. Dann machte er ein betroffenes Gesicht. »Das ist das einzige Gasthaus in Oesengard?«

»Und im Umkreis einer Wochenreise«, bestätigte Gundris Vater.

»Dann haben wir ein Problem«, seufzte Thor.

»Und welches?« Seinem Blick nach zu urteilen, schien er Probleme gewohnt zu sein.

Statt gleich zu antworten, griff Thor unter seinen Mantel und zog den Beutel mit den Münzen hervor, den er den toten Kriegern abgenommen hatte. »Ich komme von weither. Ich bin nicht sicher, ob mein Geld hier überhaupt einen Wert hat.«

Thor hielt ihm den Beutel hin, aber der dicke Wirt rührte keinen Finger, um danach zu greifen. »Die erste Mahlzeit und die erste Nacht sind bei mir immer umsonst. Jetzt kommt rein, trinkt einen Met mit mir und wärmt Euch auf. Und morgen früh sehen wir weiter.«

»Und wenn Ihr erst nach dem Frühstück merkt, dass mein Geld hier nichts wert ist?«

»Ertränke ich Euch im Hafen«, antwortete der Wirt. »Das ist auch eine gute alte Sitte bei uns.«

Thor steckte den Beutel wieder ein und zögerte noch einmal, aber der Dicke wandte sich bereits mit einem heftigen Händewedeln und übertrieben gespielter Strenge in der Stimme an seine Tochter. »Mach dich nützlich und bring das Pferd unseres Gastes in den Stall. Aber behandle es gut und gib acht, dass es sich nicht die Beine bricht wie das letzte.«

Thor rang sich genau das leicht gezwungene Lachen ab, das Gundris Vater als Reaktion auf seinen lahmen Scherz zu erwarten schien, sah aber dennoch mit mehr als gemischten Gefühlen zu, wie sie nach dem Zügel des Schecken griff und ihn wegführte. Zum einen natürlich, weil er fest mit der Bosheit des Tieres rechnete, zum anderen, weil er vorgehabt hatte, den Schecken deutlich sichtbar vor dem Gasthaus anzubinden, damit Urd ihn sah, wenn sie ankam. Da es nur dieses eine Gasthaus in Oesengard gab, war dieses Argument hinfällig geworden, und auch seine Befürchtungen erwiesen sich als grundlos. Statt nach Gundris Fingern zu schnappen, schnaubte der Hengst nur leise – und unüberhörbar zufrieden – und ließ sich gehorsam von ihr wegführen. Hätte Thor nicht gewusst, wie vollkommen unmöglich das war, er hätte geschworen, dass das bissige Vieh ihm einen spöttischen Blick zuwarf.

Seine Besorgnis war dem Wirt nicht entgangen. »Das war nur ein Scherz. Meine Tochter kümmert sich gut um Euer Tier, keine Sorge. Was geschähe wohl mit meinem Geschäft, wenn mir die Gäste wegblieben, weil wir nicht gut auf ihre Tiere achtgäben?«

»Wo sollten sie schon hin, ohne Pferde, und wo es doch kein zweites Gasthaus gibt?«, fragte Thor. Dann tat er so, als hätte er eine Erleuchtung. »Andererseits könnten sie ein eigenes Gasthaus eröffnen, wenn sie Oesengard ja sowieso nicht verlassen können.«

Der Wirt starrte ihn mit offenem Mund an – und begann dann schallend zu lachen. Thor war sicher, dass er ihm vor lauter Begeisterung wahrscheinlich auch noch auf die Schultern geschlagen hätte, hätte er sich dazu nicht auf die Zehenspitzen stellen müssen.

»Das war gut!«, sagte er glucksend. »Ihr seid ein Mann nach meinem Geschmack! Damit habt Ihr Euch einen zweiten Becher Met verdient, wenn nicht gleich einen dritten. Und jetzt kommt herein – oder wart Ihr so lange draußen in der Kälte, dass Ihr einen warmen Platz am Kamin schon gar nicht mehr zu schätzen wisst?«

Thor verzog zwar die Lippen zu einem neuerlichen und noch humorloseren Lächeln, folgte dem fetten Wirt aber dann ins Innere des Gasthauses.

Es war dunkel, genau wie er es nach dem Anblick der vorgelegten Läden erwartet hatte, und noch deutlich wärmer als erhofft, fast schon zu warm. Und es war leer. Der Schankraum war groß genug für ein Dutzend Tische, und er protzte mit einem gewaltigen Kamin an der Stirnseite, in dem ein noch gewaltigeres Feuer prasselte – doch es gab nicht einen einzigen Gast. Sämtliche Tische waren sauber und vor nicht allzu langer Zeit gescheuert worden.

»Kommt, setzt Euch ans Feuer!« Der Dicke eilte heftig mit beiden Armen wedelnd voraus und deutete auf einen Tisch unmittelbar am Feuer. »Ihr seht aus, als könntet Ihr es gebrauchen. Ich bringe Euch gleich einen Krug Met.« Er wartete weder Thors Antwort ab, noch überzeugte er sich auch nur mit einem Blick davon, ob Thor seiner Einladung folgte, sondern verschwand in einem kurzbeinigen, aber erstaunlich schnellen Watschelgang nur hinter seiner Theke und durch eine Tür dahinter.

Thor nutzte den Moment, um den Mantel von den Schultern zu streifen und den Schwertgurt abzunehmen und beides so auf eine Bank neben sich zu legen, dass nicht auf den ersten Blick für jeden zu sehen war, dass er so eine auffällige Waffe mitgebracht hatte. Nur wenige Einwohner Oesengards schienen überhaupt Waffen zu tragen, und eine Klinge wie diese war nicht nur unübersehbar wertvoll, sondern wies ihn auch ganz zweifelsfrei als Krieger aus.

Der Wirt kam zurück, einen Krug und gleich zwei Becher in den Händen, setzte sich ungefragt zu ihm und schenkte ein. »Da ist schon einmal der Met«, sagte er aufgeräumt. »Mit dem Essen müsst Ihr Euch noch ein wenig gedulden, fürchte ich … es sei denn, Ihr gebt Euch mit dem Rest von gestern Abend zufrieden. Meine Tochter kann es Euch aufwärmen, sobald sie Euer Pferd versorgt hat.«

»Man muss schließlich Prioritäten setzen, nicht wahr?«

»Ganz genau.« Der Dicke trank einen gewaltigen Schluck

und fuhr sich mit dem Handrücken über die Lippen. »Ein Mann mit einem knurrenden Magen ist meist übellaunig. Aber ein Mann ohne Pferd ist in Zeiten wie diesen sehr schnell tot.«

»Da habt Ihr nicht unrecht«, seufzte Thor.

»Mein Name ist Sjöblom«, sagte der Dicke und nahm einen weiteren Schluck, der sogar noch gewaltiger ausfiel als der erste. »Meine Tochter habt Ihr ja bereits kennengelernt. Wie ist Euer Name?«

»Thor«, antwortete Thor. Aber er sprach es so aus, dass es trotz allem kaum Ähnlichkeit mit dem Klang seines Namens hatte. Vielleicht hatte er es damit sogar übertrieben, denn Sjöblom sah ihn misstrauisch an, hob aber dann nur die Schultern und trank einen dritten und noch größeren Schluck, der Thor endgültig zu der Überzeugung kommen ließ, dass er wohl selbst sein bester Kunde war.

»Wie auch immer ... zeigt mir Euer Geld, Thor.«

»Ich dachte, der erste Tag ist umsonst.« Thor zog den Beutel aber trotzdem hervor und reichte ihn Sjöblom. Der Wirt nahm ihn entgegen, warf aber nur einen kurzen Blick hinein und schob ihn dann über die Tischplatte zurück, ohne eine der Münzen herausgenommen oder sie gar gezählt zu haben.

»Damit könnt Ihr hier bezahlen. Aber wenn Ihr Euer Geld sparen wollt ... jetzt, wo der Winter endlich zu Ende geht, herrscht hier ein großer Bedarf an Männern, die sich nicht scheuen, zuzupacken.«

»Zum Beispiel?« Thor hörte selbst, dass seine Stimme misstrauischer klang, als er selbst beabsichtigt hatte, und verfluchte sich innerlich dafür. Sjöblom schenkte sich jedoch nur nach und hob fragend den Krug. Thor schüttelte den Kopf.

»Bald werden die ersten Schiffe eintreffen, jetzt, wo das Meer wieder eisfrei ist«, sagte der Wirt. »Es werden immer Leute gesucht, die sie entladen, die Waren verteilen oder weiterverarbeiten ...« Er hob die Schultern. »Und es gibt schon lange

Gerüchte von einem Krieg, der vielleicht bevorsteht. Krieg ist immer gut fürs Geschäft.«

»Solange er weit genug weg ist.«

»Solange er weit genug weg ist«, bestätigte der Dicke. »Ihr habt auf Euren Reisen nichts davon gehört?«

Thor verneinte mit einer entsprechenden Bewegung, überlegte sich seine Antwort aber auch sehr genau. »Ich bin nicht allzu vielen Menschen begegnet ... und ich halte auch nichts von Gerüchten.«

»Eine sehr weise Einstellung«, sagte Sjöblom, während er einen weiteren halben Becher Met mit einem einzigen Schluck herunterstürzte. »Auch wenn ich fürchte, dass Ihr in diesem Fall vielleicht eine Ausnahme machen solltet. Ihr seid nicht vielen Menschen begegnet, sagt Ihr? Nun, das wundert mich nicht. Viele Bauern haben ihre Höfe verlassen, und in den Dörfern ist man inzwischen Fremden gegenüber misstrauisch. Von der alten Gastfreundschaft ist nicht mehr viel übrig geblieben, fürchte ich.« Seine Stimme klang bitter. »Noch etwas, wofür wir uns bei diesen verdammten Lichtbringern bedanken können.«

Diesmal hatte sich Thor besser in der Gewalt. »Lichtbringern? Fürchtet ihr einen Krieg mit ihnen?«

»Die meisten hoffen eher, dass es bald dazu kommt«, schnaubte Sjöblom. »Es wird Zeit, dass endlich jemand handelt und diesen Abschaum dorthin zurückjagt, wo er hergekommen ist. Oder am besten gleich in die Hel!«

»Du hoffst, dass es bald zum Krieg kommt?« Gundri kam herein, nicht durch den Eingang, sondern durch die Tür hinter der Theke. »Wirklich, so kann nur ein Mann sprechen. Noch dazu einer, der anscheinend wieder zu viel getrunken hat.«

Sie kam mit vor Zorn blitzenden Augen näher, riss ihrem Vater den Krug aus der Hand und knallte ihn mit solcher Wucht auf den benachbarten Tisch, dass es spritzte. »Bitte verzeih meinem Vater. Er hat wie üblich zu tief in seinen Becher geschaut ... dabei hat der Tag gerade einmal erst angefangen!«

»Das –«, begann Sjöblom und brach auch praktisch sofort wieder ab. Immerhin hatte ihm seine Tochter noch den Becher gelassen, den er nun mit drei großen, wenn auch demonstrativ langsamen Schlucken leerte, bevor er aufstand, ihn neben den Krug auf dem Nachbartisch stellte und beides stehen ließ. Gundri sah ihm stirnrunzelnd und mit einem Ausdruck nach, der Thor Anlass zu der Frage gab, ob diese kleine Szene überhaupt echt oder vielleicht nur gespielt gewesen war.

Gundri wartete, bis ihr Vater den Schankraum verlassen hatte. »Möchtest du jetzt deine Kammer sehen?«

Thor stand zwar auf, machte aber trotzdem eine unschlüssige Geste. »Ich bin noch gar nicht sicher, ob ich bleibe.«

»So erschöpft, wie du bist?«

»Sehe ich so schlimm aus?«, erkundigte sich Thor lächelnd.

»Nein«, antwortete sie ernst. »Aber dein Pferd. Man könnte meinen, es hätte seit Wochen keinen richtigen Stall mehr gesehen. Und da ich dich nicht als jemanden einschätze, der sein Pferd draußen in Kälte und Sturm stehen lässt, während er selbst es sich an einem warmen Herd bequem macht, gilt dasselbe wahrscheinlich auch für dich.«

»Du bist eine gute Beobachterin«, lobte Thor. »Auch wenn es vielleicht in Wahrheit nicht ganz so dramatisch war. Aber ein richtiges Bett ... ja, warum eigentlich nicht?«

Es hatte nicht nur nach einer verlockenden Vorstellung geklungen. Gundri hatte ihm die winzige Dachkammer mit dem noch winzigeren strohgedeckten Lager kaum gezeigt – es reichte nicht einmal wirklich, um sich vollends auszustrecken –, da war er auch schon in einen tiefen Schlaf gesunken, aus dem er schon nach weniger als zwei Stunden wieder erwacht war. Zwar mit schmerzendem Rücken und verspannten Nackenmuskeln, aber auf eine wohltuende Art erfrischt, als hätte er eine ganze Nacht geschlafen.

Es gab sogar eine einfache Waschgelegenheit, die er ausgiebig nutzte, wobei er vor allem den Umstand genoss, zum ersten Mal seit einer kleinen Ewigkeit nicht vor Kälte mit den Zähnen zu klappern, während er sich wusch. Als er anschließend ins Erdgeschoss zurückkehrte, war das Gasthaus nicht mehr leer. Essensgeruch hing in der Luft und ließ ihm das Wasser im Mund zusammenlaufen, und ein gutes Dutzend Gäste saß an den verschiedenen Tischen, redete oder aß. Im Großen und Ganzen schien kaum jemand Notiz von ihm zu nehmen; allenfalls, dass ihn ein mäßig interessierter Blick traf, als er die Treppe herunterkam. Es war wohl so, wie er schon von vornherein angenommen hatte: Fremde schienen hier in Oesengard nichts Besonderes zu sein.

Thor beglückwünschte sich im Stillen trotzdem dazu, auf sein Gefühl gehört und das Schwert oben in der Kammer zurückgelassen zu haben. Möglicherweise war man den Anblick von Fremden hier ja gewohnt, aber er wusste nicht, ob das im gleichen Maße auch für den Anblick fremder *Krieger* galt.

Erst als er fast unten angekommen war, bemerkte er die drei Personen, die an einem Tisch nahe dem Eingang saßen. Urd und ihre Kinder.

Bevor er etwas sagen oder auch nur eine verräterische Bewegung machen konnte, trat Gundri auf ihn zu und ergriff ihn in einer so freundschaftlichen Geste am Arm, dass er sich gerade noch beherrschen konnte, sie nicht wegzuschieben. »Das nenne ich pünktlich«, sagte sie aufgeräumt. »Gerade wollte ich zu dir kommen. Das Essen ist fertig ... und keine Angst, es sind natürlich *keine* aufgewärmten Reste von gestern.«

Thor fragte sich, ob sie eigentlich *jedes* Wort belauscht hatte, das ihr Vater und er gewechselt hatten, aber er sagte nichts dazu, sondern versuchte sich mit sanfter Gewalt loszumachen, doch Gundri hielt ihn nur mit umso mehr Kraft fest.

»Ich habe etwas Besonderes für dich vorbereitet«, plapperte sie fröhlich weiter, während sie ihn schon fast gewaltsam in Richtung desselben Tisches zerrte, an dem er schon vorhin gesessen hatte. Im Flüsterton und fast, ohne dass sich ihre Lippen bewegten, fügte sie hinzu: »Lass dir nichts anmerken. Urd kennt dich nicht.«

Urd? Immerhin hatte er sich gut genug in der Gewalt, Gundri anzustarren und nicht Urd und ihre Kinder, aber ganz verbergen konnte er seine Überraschung nicht. Woher kannte sie Urds Namen?

»So, und jetzt setz dich und lass dich bewirten«, fuhr Gundri nun wieder lauter fort; fast schon eine Spur *zu* laut. Gleichzeitig bugsierte sie ihn unsanft auf den Schemel hinab und wedelte übertrieben mit beiden Händen. »Ich weiß, manchem kommt es sonderbar vor, aber ein neuer Gast ist hier am ersten Tag traditionell *unser* Gast.«

»Das ist … eine sehr angenehme Sitte«, sagte Thor zögernd. Er musste sich beherrschen, um nicht unentwegt zu Urd hinüberzustarren. Gundri hatte zweifellos recht: Weder Urd noch ihre Kinder nahmen auch nur die geringste Notiz von ihm. Offensichtlich hatten sie mit der Tochter des Wirtes gesprochen. Aber warum? Die Stimmung hier drinnen war entspannt. Auch von Urd und den Kindern schien niemand über die Maßen Notiz zu nehmen. »Aber wie kommt ihr auf eure Kosten, wenn ein Gast nur einen Tag bleibt?«

»Das ist unser großes Geheimnis«, sagte Gundri lächelnd. »Und vor allem das meiner Mutter.«

»Und deines Vaters.«

»Ich glaube, er sieht seine Aufgabe eher darin, unsere Metvorräte zu bekämpfen und mit den Gästen um die Wette zu trinken«, antwortete Gundri ernsthaft. »Aber meistens verliert er.«

Sie wedelte noch einmal mit beiden Händen. »Ich bringe dir gleich dein Essen.« *Und rühr dich nicht*, fügten ihre Lippen lautlos hinzu.

Es war sehr verwirrend. Und ein bisschen beunruhigend.

Thor lehnte sich zurück, soweit es auf dem unbequemen Stuhl möglich war, schloss die Augen bis auf zwei schmale Schlitze und tat so, als genieße er die Wärme des Feuers in seinem Rücken. Insgeheim versuchte er, Urds Blick einzufangen, aber sie sah nicht einmal in seine Richtung, sondern war ganz in ihr Gespräch mit Lif und ihrer Tochter vertieft. Thors Beunruhigung wuchs, auch wenn er selbst nicht genau sagen konnte, warum. Aber irgendetwas stimmte hier nicht.

Nach einer Weile kam Gundri zurück und brachte ihm einen Krug Met und einen Becher. Das Essen, das sie auf einem hölzernen Tablett in der anderen Hand balancierte, trug sie jedoch zu Urds Tisch und stellte es dort ab. Während Lif und seine Schwester sofort und mit großem Appetit zugriffen, begann Urd eine angeregte Unterhaltung mit Gundri. Thor versuchte ihr unauffällig zu folgen, aber die beiden sprachen leise, und die Stimmen und Geräusche der anderen Gäste waren zu laut.

Thor versuchte den Gedanken als albern abzutun und sah in eine andere Richtung. Er war es einfach nicht mehr gewohnt, Menschen zu vertrauen, das war alles.

Es dauerte nicht mehr lange, bis auch er sein Essen bekam. Die Portion war gewaltig, selbst für einen Mann von seinem Wuchs, aber er verzehrte sie bis auf den letzten Krümel und hatte hinterher das Gefühl, noch nie zuvor etwas Köstlicheres gegessen zu haben.

Auch wenn ihm im Moment wahrscheinlich alles geschmeckt hätte, was zu Lebzeiten keine spitzen Ohren und weißes Fell gehabt hatte.

Als er mit Essen fertig war und seinen Teller zurückschob, kam Gundri wieder an seinen Tisch, um abzuräumen, kehrte jedoch schon nach wenigen Augenblicken noch einmal zurück, begleitet von einer dunkelhaarigen Frau, die ihr zwar unübersehbar ähnelte, Thor aber beinahe zu jung erschien, um tatsächlich ihre Mutter zu sein. Sie stellte sich jedoch als genau diese vor – ihr Name war Helga –, nahm unaufgefordert an seinem Tisch Platz und fragte ihn, wie ihm das Essen geschmeckt hatte. Sie lachte ein wenig zu laut und erkundigte sich nach diesem und jenem, ohne dass er das Gefühl hatte, seine Antworten würden sie wirklich interessieren. Schließlich legte sie ihm in einer schon beinahe vertraulichen Geste die Hand auf den Unterarm und beugte sich leicht vor. »Ich soll dir von der ehrwürdigen Urd ausrichten, dass sie es für besser hält, wenn ihr euch nicht kennt, wenigstens so lange ihr hier in Oesengard seid«, sagte sie, mit unverändertem Gesichtsausdruck, aber gesenkter Stimme. »In drei Tagen kommt ein Schiff, das euch von hier fortbringt. Solange ist es besser, ihr geht euch aus dem Weg.«

»Warum?«, fragte Thor. Wieso um alles in der Welt sprach sie von der ›ehrwürdigen Urd‹?

»Man kann nicht vorsichtig genug sein in Zeiten wie diesen«, antwortete Helga. »Und es ist nur für wenige Tage. Du kannst so lange hierbleiben und dich ausruhen. Ich kümmere mich um die Herrin und ihre Kinder. Sei unbesorgt.«

»Du weißt schon, dass es der sicherste Weg ist, jemanden in Sorge zu versetzen ...«

»Indem man ihm versichert, dass es keinen Grund zur Sorge gibt, ich weiß.« Helga lächelte flüchtig. »Aber in diesem Fall stimmt es wirklich. Für ihre Kinder und sie wird gut gesorgt, das versichere ich dir. Jeder von uns wird sie mit ihrem Leben verteidigen, wenn es nötig ist.«

Es dauerte eine Weile, bis Thor wirklich begriff, was die Wirtsfrau gerade gesagt hatte – und was es bedeutete. Dann aber verdüsterte sich seine Laune schlagartig und so sehr, dass man es ihm wohl ansehen musste, denn die Frau runzelte erschrocken die Stirn.

»Dann sei so nett und richte der ›ehrwürdigen Urd‹ aus, dass ich mit ihr sprechen muss«, sagte er.

»Das halte ich für keine –«, begann Helga.

Thor unterbrach sie, zwar ohne dass sich an seinem Lächeln auch nur eine Winzigkeit änderte und im Flüsterton, aber so schneidend, dass Helga deutlich blasser wurde: »Ich kann sie auch selbst darum bitten. Oder gleich zu ihr hinübergehen. Wenn dir das lieber ist ... ich glaube nur nicht, dass deine ›Herrin‹ sehr begeistert darüber sein wird.«

Die Wirtsfrau sah ihn durchdringend an. Vielleicht versuchte sie ja in seinem Gesicht zu lesen, um zu entscheiden, wie ernst diese Drohung wirklich gemeint war.

Sie war es, und zu Thors Erleichterung schien Helga das auch zu spüren. Sie blieb noch kurz bei ihm sitzen, erhob sich aber dann und ging zu Urds Tisch hinüber, um sich nach ihren Wünschen zu erkundigen. Urd antwortete irgendetwas, und Helga beugte sich lachend vor und wechselte ein paar vermeintliche Scherzworte mit ihr. Sowohl Urd als auch – zu Thors leiser Überraschung – Lif und seine Schwester ließen sich nichts von dem anmerken, was die Wirtsfrau ihnen sagte. Schließlich lud sie das benutzte Geschirr auf ihr Brett und verschwand damit hinter der Theke, ohne Thor auch nur noch eines einzigen weiteren Blickes gewürdigt zu haben.

Schon nach wenigen Augenblicken jedoch kam sie zurück, einen frischen Becher Met in der Hand, den er nicht bestellt hatte.

»In einer Stunde, bei den Pferden«, flüsterte sie, während sie den Becher vor ihm abstellte. »Ganz hinten im Stall ist eine Tür. Aber gib acht, dass dich niemand sieht.«

Die Tür war genau dort, wo die Wirtsfrau es ihm beschrieben hatte, aber so gut getarnt, dass er sie vermutlich nicht einmal gesehen hätte, hätte er nicht genau gewusst, wonach er suchen musste. Dahinter befanden sich eine winzige, fensterlose Kammer und eine äußerst schlecht gelaunte Urd, die ihn in scharfem Ton anfuhr, noch bevor er ganz eingetreten war: »Was soll das? Willst du mit aller Gewalt dafür sorgen, dass jeder in der Stadt erfährt, wer ich wirklich bin?«

Thor schluckte die mindestens ebenso scharfe Antwort herunter, die ihm auf der Zunge lag, gewann ein paar Augenblicke damit, sich herumzudrehen und die Tür hinter sich zu schließen. Auch dann antwortete er nicht gleich, sondern versuchte in dem schwachen Licht einen Blick in Urds Gesicht zu erhaschen. Die Kammer war so klein, dass sie sich praktisch auf Armeslänge gegenüberstanden, aber es gab keine Fenster, und die Ritzen der Bretter, aus denen drei der vier Wände bestanden, waren mit Werg abgedichtet. Nur durch das strohgedeckte Dach fiel ein blassgrauer Schimmer, der Urds Gestalt zu einem gespenstischen Schemen verblassen ließ. Ein perfektes Versteck, wie er beiläufig registrierte.

»Also?«, fauchte Urd, als er auch nach etlichen weiteren Sekunden nichts sagte, sondern sie nur weiter ansah.

Thor deutete ein Schulterzucken an. »Das war vielleicht wirklich ein Fehler. Wenn, dann bitte ich in aller Demut um Verzeihung. Ich wollte Euch nicht in Verlegenheit bringen, ehrwürdige Herrin … falls das die richtige Anrede ist. Oder bevorzugt Ihr einen anderen Titel, den ich möglicherweise noch nicht kenne?«

Er wusste nicht, mit welcher Reaktion sie gerechnet hatte, doch jetzt war es Urd, die schwieg und ihn nur ansah. »Oh«, murmelte sie dann. »Das ist es.«

»Ja, stellt Euch vor, ehrwürdige Herrin, *das* ist es«, erwiderte er kalt. »Denkt nur, ich war doch ein wenig überrascht, als mir Eure Botin Euren Befehl überbracht hat.«

»Thor, du –«, begann sie, und jetzt war er nur noch eine Winzigkeit davon entfernt, sie wirklich anzuschreien, als er sie unterbrach: »Was hat das zu bedeuten? Diese Leute hier halten dich für eine Lichtbringerin!«

»Nicht ›diese Leute‹«, antwortete Urd. »Nur Gundri und ihre Mutter, und –«

»Und?«, schnappte Thor. »Bist du es?«

Die Frage verletzte sie, das spürte er, und er erwartete, dass sich sein schlechtes Gewissen meldete. Doch ganz im Gegenteil war da etwas in ihm, das ihr wehtun *wollte* und das die Erkenntnis genoss, dass es ihm gelungen war. Und nicht einmal dieser Gedanke machte ihm zu schaffen.

»Warum fragst du das?«, murmelte sie schließlich.

»Warum antwortest du nicht?«, erwiderte Thor.

»Du kennst die Antwort.« Urd hob die Hand, wie um ihn zu berühren, und führte die Bewegung dann nicht zu Ende, als sie spürte, wie er instinktiv erstarrte. »Nein. Thor, du weißt, was ich bin. Und was ich war. Aber ich ...« Sie brach abermals ab, schwieg noch länger und bewegte sich raschelnd in der Dunkelheit. Schließlich setzte sie noch einmal an, leiser und in vollkommen verändertem Ton. »Vielleicht hast du recht, und es war ein Fehler.«

»Mich zu belügen?«

»Ich habe nicht gelogen!«, protestierte Urd. »Ich habe nichts mehr mit den Lichtbringern zu tun! Es war ein Fehler hierherzukommen, in diese Stadt. Aber als es mir klar wurde, da war es zu spät, und Gundri und ihre Mutter hatten mich schon erkannt.«

»Erkannt? Obwohl du doch noch niemals hier gewesen bist?«

Urds Stimme wurde kühl, vielleicht auch nur sachlich. »Sie haben mich erkannt, so wie Sigislind mich erkannt hat. Ich bin nicht die Erste aus meinem Volk, die hierherkommt. Ich bin zum Hafen gekommen, um mich mit dir zu treffen, wie wir es verabredet hatten. Du warst nicht da, und so bin ich ins Gasthaus gegangen, und Helga hat etwas in mir gesehen, was ich nicht bin. So einfach ist das.«

»Und du hast die Gelegenheit ergriffen –«

»Hilfe zu bekommen, ja!«, fiel ihm Urd ins Wort. Es klang wie ein kleiner Schrei, fast schon verzweifelt. »Wir brauchen Hilfe, Thor! Wir sind auf der Flucht, und das schon fast so lange, wie wir uns kennen. Ich bin es müde, vor jedem Menschen wegzulaufen, dem wir begegnen. Meine Kinder sind es müde, ein Leben auf der Flucht zu führen, und ich trage deinen Sohn in mir. Ich will nicht, dass er als Gejagter auf die Welt kommt, und ich kann mir nicht vorstellen, dass du das willst.«

»Und deshalb kehrst du wieder zu deinem alten Leben zurück?« Spätestens das, dachte Thor, war überflüssig und nicht mehr konstruktiv, sondern einfach nur verletzend gemeint.

Urd reagierte jedoch erstaunlich ruhig. »Nein«, antwortete sie. »Ich versuche uns zu retten, Thor! Dich, meine Kinder und mich. Helga und ihre Tochter sind vielleicht nicht die Einzigen, die etwas in mir zu sehen glauben, was ich nicht bin. Wir können Oesengard verlassen und weiter durch Sturm und Eis flüchten und jeden Abend zu den Göttern beten, dass unsere Feinde uns nicht einholen, oder wir nehmen die Hilfe dieser Leute an. Sie werden die Kinder und mich verstecken, bis das nächste Schiff ausläuft, mit dem wir von hier verschwinden können. Vielleicht sind es ja nur wenige Tage.«

Thor fragte nicht, wohin sie dieses Schiff bringen sollte und woher sie überhaupt die Überzeugung nahm, dass er das wollte. »Und du denkst, dass sie dir glauben?«

»Nein«, antwortete Urd. »Ich *weiß* es. Die Lichtbringer sind schon stark in Oesengard. Sigislind wusste das, aber ich glaube, auch sie hat nicht gewusst, *wie* stark. Oesengard wird fallen, noch bevor der nächste Winter kommt.«

Thor war nahe daran, ihr von seinem Gespräch mit Sjöblom zu erzählen und dem, was er über den Krieg erzählt hatte, der angeblich bevorstand, aber was hätte das geändert? »Und wenn sie es herausfinden? Wenn sie merken, dass du gelogen hast und keine Lichtbringerin mehr bist? Sie werden dich töten. Und deine Kinder auch.«

»Sie werden es nicht merken, Thor«, antwortete Urd. »Ich belüge sie nicht. Ich *bin* eine Lichtbringerin, und ich werde es immer bleiben. Ich habe mich von meinen Schwestern losgesagt, von ihrem Fanatismus und ihrer Grausamkeit. Nicht von meinem Glauben.«

»Und wenn du einer anderen Priesterin begegnest?«

»Es gibt keine«, antwortete Urd so schnell, als hätte sie genau diese Frage erwartet. »Im Moment bin ich die Einzige meines Volkes hier in Oesengard. Sie erwarten eine Priesterin, das ist wahr. Helga dachte im ersten Moment, ich wäre es, aber es wird noch Wochen dauern, wenn nicht Monate. Bis dahin sind wir längst nicht mehr hier.« Sie strich sich mit der flachen Hand über den Leib, und Thor konnte ihr Lächeln trotz des praktisch nicht vorhandenen Lichts spüren. »Und dein Sohn gibt mir jeden Vorwand, den Pflichten einer Priesterin nicht nachkommen zu müssen. Wir verstecken uns. Es gibt viele hier in Oesengard, die insgeheim dem Glauben anhängen und die Zwillinge und mich verbergen werden. Du bleibst hier im Gasthaus und arbeitest für Sjöblom, und sobald das erste Schiff nach Süden ausläuft, gehen wir an Bord.«

Es gab nicht mehr viel, was er dagegen vorbringen konnte. Urds Plan klang simpel, aber perfekt – wenn er die ungefähr tausend Dinge außer Acht ließ, die zu seinem Scheitern führen konnten –, und er ärgerte sich allenfalls darüber, dass sie so ganz selbstverständlich davon auszugehen schien, über ihn bestimmen zu können. Aber *dieses* Argument vorzubringen wäre nun wirklich albern gewesen.

»Das gefällt mir nicht«, sagte er trotzdem. »Es ist viel zu gefährlich.«

»Mit gefällt es genauso wenig«, behauptete Urd. »Glaub mir, ich wäre jetzt lieber auf einem kleinen Hof irgendwo in einem Land, in dem die Menschen in Frieden miteinander leben. Abends würde ich auf der Terrasse sitzen, den Hunden beim Spielen zusehen und darauf warten, dass du müde, aber zufrieden von der Arbeit auf den Feldern heimkommst, um dich mit einem guten Essen zu verwöhnen.«

»Nur mit einem guten Essen?« Gegen seinen Willen musste Thor lächeln.

»Unter anderem«, antwortete sie.

»Und du glaubst wirklich, dass uns ein solches Leben irgendwann vergönnt sein wird?«, fragte Thor.

Urd schien ernsthaft über diese Frage nachzudenken, und sie beantwortete sie auch nur mit einem angedeuteten Schulterzucken. Vielleicht hatte er auch die falsche Frage gestellt. Vielleicht hätte sie lauten müssen, ob sie ein solches Leben überhaupt *wollten.* Aber die Antwort auf *diese* Frage kannten sie schließlich beide.

»Du solltest jetzt gehen«, sagte Urd. »Wir müssen vorsichtig sein. Helga und ihre Tochter sind vielleicht nicht die Einzigen, denen ich aufgefallen bin.«

Sein Verstand sagte ihm, dass sie recht hatte. Überhaupt hierherzukommen war ein Risiko, das er im Grunde nicht hätte eingehen dürfen. Dass die Menschen hier den Anblick Fremder gewohnt waren, bedeutete nicht, dass sie nicht auffielen. Er war dennoch enttäuscht.

»Helga wird dir sagen, wo wir uns verstecken«, fuhr Urd fort. »Aber es wäre gut, wenn du nicht versuchen würdest, uns zu finden.«

»Ich verstehe«, sagte Thor bitter.

»Es ist nicht für lange«, sagte Urd.

»Und wenn Bjorn Männer herschickt, um nach uns zu suchen?«

»Hätte er das getan, dann würden wir dieses Gespräch wahrscheinlich schon nicht mehr führen«, antwortete sie. »Ich bin nicht einmal sicher, dass er uns überhaupt noch verfolgen lässt, nach dem, was den letzten zugestoßen ist, die das versucht haben. Aber selbst wenn, werden sie uns kaum für so dumm halten, ausgerechnet hierher zu kommen.«

16. Kapitel

Während der nächsten drei Tage sah er weder Urd noch die Kinder wieder. Alle drei waren verschwunden, als er ins Gasthaus zurückkam, und da Urd ihn zum Abschluss noch darum gebeten hatte, hatte er weder sie noch die beiden Kinder auch nur noch mit einem einzigen Wort erwähnt. Dafür hatte er Sjöblom auf die Arbeit angesprochen, die er ihm in Aussicht gestellt hatte.

Ein Entschluss, den er schon bereute, ehe auch nur der erste Tag vorüber war.

Auch wenn er sich an nichts erinnerte, was länger als wenige Monate zurücklag, so war ihm doch klar, dass er schwere körperliche Arbeite gewohnt war, und er hatte sie nicht gefürchtet, sondern sich nur gefragt, welche Art von Plackerei Sjöblom für einen so großen und augenscheinlich kräftigen Burschen wie ihn bereithielt. Stattdessen lernte er etwas, nämlich dass es sowohl in einer Gastwirtschaft als auch an einem Hafen mindestens ebenso viele unappetitliche und widerliche wie schwere Arbeiten gab, angefangen mit dem Leeren der Abfallgrube hinter dem Haus. Am Abend des ersten Tages wusch er sich beinahe genauso lange, wie er anschließend brauchte, um seine Mahlzeit zu verspeisen.

Thor ließ diese Tage jedoch nicht ungenutzt verstreichen. Obwohl er sich hütete, sich in mehr als eine oberflächliche Unterhaltung verwickeln zu lassen, hatte er sich am Ende des vierten Tages bereits einen guten Überblick über Oesengard verschafft. Die Stadt war mit ihren mehr als tausend Einwohnern nicht nur die größte Ansiedlung, von der er je gehört hatte, sondern musste auch sehr alt sein. Die meisten ihrer einfachen Häuser waren auf den Fundamenten sehr viel älterer und ungleich prachtvollerer Gebäude errichtet worden, und wenn man genauer hinsah, erblickte man sogar noch Reste dieser alten Größe: hier ein Mauerrest, dort ein Giebel, ein stehen gebliebener Pfeiler oder ein gemeißelter Türsturz von einer Kunstfertigkeit, wie sie die jetzigen Bewohner dieser Stadt niemals gehabt hatten. Auch war die Stadt – die ursprüngliche Stadt – nach einem Plan angelegt, den seine jetzigen Bewohner vermutlich nicht einmal erkannten, den der Krieger in ihm jedoch schon am ersten Tag sah: Oesengard mochte eine Stadt der Händler und Viehzüchter sein, aber die Stadt, die einstmals hier gestanden hatte, war eine Festung gewesen, und auch dieser schwache Abglanz ihrer einstigen Größe war es noch. Eine zusätzliche Mauer hier, ein paar verschlossene Fenster dort und die eine oder andere zugemauerte Straße, und die bloße Anlage der Stadt würde es selbst einem deutlich überlegenen Angreifer sehr schwer machen, sie einzunehmen.

Er sah Urd und die Kinder auch am fünften Tag nicht wieder. Zwei- oder dreimal bat er Gundri darum, ihn zu ihnen zu bringen, bekam aber nur die Antwort, die unbekannte Fremde hätte die Stadt zusammen mit ihren beiden Kindern schon am nächsten Morgen wieder verlassen, und gab sich wohl oder übel damit zufrieden.

Als er sich am Abend des sechsten Tages müde in der Schänke einfand und auf seinen Lohn wartete – der aus einem Abendessen und einem Krug Met bestand, von dem Thor mittlerweile argwöhnte, dass Sjöblom ihn aus den Resten des vergangenen Abends zusammenschüttete –, gesellte sich der Wirt zu ihm und goss sich unaufgefordert aus seinem Krug ein. Thor sagte nichts dazu, zog aber demonstrativ die linke Augenbraue hoch. Wenn ihm inzwischen eines wirklich klar geworden war, dann dass Sjöbloms vermeintliche Großzügigkeit durchaus etwas Berechnendes hatte. Sjöblom griente jedoch nur noch breiter und trank schlürfend einen besonders großen Schluck.

»Wie hat dir die Arbeit heute gefallen?«, fragte er.

»Welchen Teil davon meinst du?«, entgegnete Thor missgelaunt. »Die Fischfässer, die ich umgefüllt habe, oder die Tierkadaver, die ich wegschaffen musste?«

Sjöblom griente. »Die Arbeit schmeckt dir nicht.«

»Nicht so gut wie der Braten deiner Frau«, antwortete Thor wahrheitsgemäß.

»Dabei scheint sie dir wirklich gut zu bekommen«, beharrte Sjöblom – was nun ganz und gar nicht der Wahrheit entsprach. Davon abgesehen, dass er sich gründlich Hände und Gesicht säuberte, wenn er von einer seiner unappetitlichen Beschäftigungen zurückkam, hatte er seine äußere Erscheinung ganz bewusst vernachlässigt. Seine Kleider waren schmutzig und rochen nicht besonders gut, und sein Haar war jetzt strähnig und sah auf den ersten Blick eher rotbraun aus als blond. Außerdem achtete er darauf, die Schultern hängen zu lassen und eher gebückt zu schlurfen, als zu gehen, und zwei- oder dreimal hatte er eine Last sogar demonstrativ fallen lassen, als wäre sie ihm zu schwer. Niemand, der ihn auch nur flüchtig kannte, würde sich von diesem Mummenschanz täuschen lassen, aber wer nach einem hünenhaften blonden Krieger Ausschau hielt, würde so rasch auch nicht auf ihn kommen.

Sjöblom deutete sein Schweigen falsch, zog eine Grimasse und trank einen weiteren Schluck. Nicht dass es nötig gewesen wäre. Seine Zunge war schon wieder schwer und sein Blick vielleicht noch nicht wirklich trüb, aber auch nicht mehr ganz klar. Gundri hatte recht mit dem gehabt, was sie am ersten Tag über ihren Vater gesagt hatte. Wenn Thor es recht bedachte, dann hatte er den Fettwanst noch nie wirklich nüchtern erlebt, sondern immer nur in unterschiedlichen Graden der Trunkenheit.

»Andrerseits schlägst du dich gut«, fuhr Sjöblom fort. »Besser als die meisten vor dir.«

»Vor mir?«

»Morgen läuft ein Schiff ein. Das erste in diesem Jahr«, sagte Sjöblom, ohne auf seine Worte einzugehen. »Es wird ein großes Fest geben. Das gibt es immer, wenn das erste Schiff nach dem Winter in unseren Hafen einläuft, und nach einem Winter wie diesem ganz besonders. Aber du kannst auch gutes Geld verdienen, wenn du beim Be- und Entladen hilfst.« Er kicherte betrunken. »Oder anders herum.«

»Es gibt doch bestimmt genug andere, die nichts gegen eine gut bezahlte Arbeit haben«, sagte Thor.

»Mehr als ich gebrauchen kann«, bestätigte Sjöblom. »Und noch weniger reißen sich darum, die Jauchegruben zu leeren oder Löcher in den hart gefrorenen Boden zu hacken, um Küchenabfälle zu vergraben.« Er machte eine Kopfbewegung auf den Teller mit Braten und Gemüse vor Thor. »Wenn du möchtest, dann arbeitest du ab morgen nicht mehr nur noch für Kost und Unterkunft. Nimm die letzten Tage als Probe, die du bestanden hast. Du weißt, dass mir nicht nur dieses Gasthaus gehört?«

Wenn auch nur die Hälfte von dem stimmte, was Thor in den letzten Tagen aufgeschnappt hatte, dann musste Sjöblom nahezu halb Oesengard gehören. Er nickte.

»Fleißige Männer wie dich kann ich immer gebrauchen«, fuhr Sjöblom fort. »Wenn du es also nicht eilig hast und für eine Weile hierbleiben möchtest, könnte ich dir eine gut bezahlte Arbeit anbieten.« Er setzte seinen Becher an, stellte mit einem enttäuschten Stirnrunzeln fest, dass er leer war, und schenkte sich nach. Nach einem weiteren großen Schluck fügte er hinzu: »Und wer weiß, vielleicht auch noch mehr.«

Thor tat ihm nicht den Gefallen, ihn zu fragen, was er damit meinte. »Ich weiß noch nicht, ob ich so lange bleibe«, sagte er stattdessen.

»Dann hast du wichtige Geschäfte, die dich zu einem anderen Ort rufen, nehme ich an.«

»Nein«, antwortete Thor. »Aber es hält mich nun einmal nie lange an einem Ort.«

»Vielleicht warst du ja noch nie an einem Ort, an dem sich das Bleiben lohnt.«

»Und das ist ausgerechnet Oesengard?«, fragte Thor, lächelte verlegen und fügte hinzu: »Verzeih das ›ausgerechnet‹. Es war nicht so gemeint.«

»Doch, das war es«, sagte Sjöblom amüsiert. »Aber du solltest nicht vorschnell urteilen. Im Moment mag dir Oesengard vorkommen wie ein Ort, an dem sich nicht einmal das Sterben lohnt, aber im Sommer sieht es hier ganz anders aus. Die Menschen kommen von überallher, um Waren zu tauschen, ihr Vieh zu verkaufen und Vorräte einzukaufen. Wir feiern hier oft und gern.« Er kicherte, und jetzt klang es eindeutig betrunken. »Und wer weiß? Wenn du dich entscheiden könntest, dich zu waschen und deine alberne Maskerade aufzugeben, dann findet sich vielleicht noch mehr, was dich zum Bleiben veranlassen könnte.«

»Was meinst du mit ›Maskerade‹?«, fragte Thor.

Er hatte geglaubt, die Frage in ruhigem Ton gestellt zu haben, aber in seiner Stimme musste wohl noch mehr gewesen sein, denn Sjöblom sah plötzlich fast erschrocken aus, fand seine Fassung aber nach einem kurzen Augenblick wieder und machte eine wegwerfende Geste.

»Keine Angst. Dein Geheimnis ist bei mir sicher«, sagte er großspurig.

»Welches Geheimnis?« Diesmal versuchte Thor erst gar nicht, irgendwie anders als drohend zu klingen.

»Du hast dich verändert, seit du hierhergekommen bist, mein Freund«, antwortete Sjöblom, der den warnenden Unterton in seiner Stimme entweder ignorierte oder schon zu betrunken war, um ihn wahrzunehmen.

»Habe ich das?«

Sjöblom nickte. »Als du hier angekommen bist, da hätte man meinen können, einem Recken aus den alten Heldengeschichten gegenüberzustehen. Und in deinem Zimmer versteckst du ein Schwert, das eines Königs würdig wäre. Aber das geht mich nichts an.«

»Wohl wahr«, sagte Thor.

»Trotzdem«, beharrte Sjöblom. »Wenn du dich entscheiden könntest, deine Haare zu waschen und deine Kleider zu reinigen ... vielleicht gäbe es ja hier jemanden, der es gern sieht, wenn du noch ein wenig bleibst. Vielleicht ein paar Tage. Oder das eine oder andere Jahr.«

Thor versuchte gar nicht erst zu verstehen, was er damit meinte.

»Oder ist es der Krieg, vor dem du davonläufst? Das ist kein Problem. Ich bin ein mächtiger Mann hier in Oesengard. Niemand wird dich zwingen, mit irgendeinem Heer zu marschieren, wenn du es nicht willst.«

»Worauf willst du hinaus?«, fragte Thor kalt.

»Du willst jetzt nicht wirklich behaupten, dir wäre nicht aufgefallen, wie meine Tochter dich ansieht«, sagte Sjöblom.

Thor starrte ihn an. »Gundri?«

»Ich habe nur diese eine Tochter«, bestätigte Sjöblom. »Ich weiß, ich bin ein alter Mann und trinke zu viel, aber ich bin noch nicht blind. Ich sehe, wenn die Augen einer Frau beim Anblick eines Mannes leuchten. Und wenn sie dich ansieht, dann glühen sie, mein Freund.«

Thor war verwirrt. Hatte dieser alte Trunkenbold wirklich vor, ihn mit seiner Tochter zu verkuppeln?

»Vielleicht solltest du dich jetzt –«, begann er vorsichtig, und Sjöblom unterbrach ihn mit einem raschen Heben der Hand und einem weiteren Schluck Met, mit dem er den zweiten Becher leerte.

»– um die eigenen Angelegenheiten kümmern, ich weiß«, sagte er. »Entschuldige. Ich bin zu weit gegangen, ich weiß. Ich wollte auch nur, dass du weißt, dass ich euch nicht im Wege stehe.«

»Im Wege stehen?«, wiederholte Thor, nur um auch ganz sicher zu sein, auch wirklich gehört zu haben, was er gehört hatte. Sjöblom griente, und Thor hob zum ersten Mal den Kopf und sah zur Theke hin, hinter der Gundri stand. Wie üblich reagierte sie auf seinen Blick mit einem scheuen Lachen und sah dann beinahe hastig weg. »Das Angebot ehrt mich, Sjöblom. Und deine Tochter ist wirklich eine sehr schöne Frau. Ich bin sicher, es finden sich genügend junge Männer, die ihre Anmut zu würdigen wissen.«

»Eher mein Geld«, sagte Sjöblom trocken. »Aber Gundri hat nicht nur die Schönheit ihrer Mutter geerbt, sondern auch ihre Klugheit. Bisher hat sie noch jeden dieser Kerle durchschaut.«

Allzu weit, dachte Thor, konnte es mit der Klugheit ihrer Mutter nicht her gewesen sein, wenn sie auf einen Kerl wie ihn hereingefallen war. Nicht zum ersten Mal fragte er sich, warum eigentlich. Sjöblom hatte sicher nicht immer getrunken, und vielleicht hatte es eine Zeit gegeben, zu der er weniger als die Hälfte gewogen hatte. Dennoch fiel ihm die Vorstellung schwer, dass sich in dieser kurzbeinigen Speckkugel mit dem rotnasigen Säufergesicht und den winzigen Augen, die fast nur aus geplatzten roten Äderchen zu bestehen schienen, jemals ein attraktiver Mann verborgen haben sollte. Helga war selbst heute noch eine gutaussehende Frau, und wenn er ihre Tochter als Vergleich nahm, dann musste sie früher eine wahre Schönheit gewesen sein. Wie es aussah, hatte der fette Wirt auch bei ihr nicht das schlechteste Geschäft gemacht.

»Oder läufst du vor irgendetwas davon?«, fuhr Sjöblom fort, als Thor keine Anstalten machte, von sich aus weiterzusprechen. »Hier bei uns fragt niemand, woher einer kommt und was er getan hat. Was zählt, ist, was er hier tut.«

»Man könnte meinen, du versuchst mich auszuhorchen«, sagte Thor.

»Genau das tue ich«, kicherte Sjöblom. »Ich bin ein neugieriger Mann. Aber du musst nicht antworten, wenn du es nicht willst.«

»Da gäbe es auch nicht viel zu antworten.« Aus den Augenwinkeln registrierte Thor, wie Gundri mit dem innehielt, was sie gerade tat, und stirnrunzelnd in ihre Richtung sah, widerstand aber der Versuchung, ihren Blick zu erwidern. »Ich bin ... unterwegs.«

»Unterwegs«, wiederholte Sjöblom.

»Und das schon so lange, dass ich mich manchmal frage, ob ich überhaupt noch weiß, woher ich eigentlich gekommen bin.« Er zwang sich zu einem wehleidigen Lächeln. »Bisher hat es mich noch nie lange irgendwo gehalten.«

»Gefällt dir meine Tochter nicht?« Sjöblom hatte offensichtlich beschlossen, einen direkteren Vorstoß zu wagen.

»Ganz im Gegenteil«, antwortete Thor so ruhig er konnte. »Sie ist eine sehr schöne Frau, und ich glaube, sie ist sogar noch klüger, als du glaubst. Lägen die Dinge anders ...« Er hob die Schultern. »Ich möchte ihr nicht wehtun. Was, wenn sie eines Morgens aufwacht, und ich bin nicht mehr da?«

»Ich verstehe«, seufzte Sjöblom. »Es gibt eine andere.«

Thor fand nicht, dass ihn das etwas anginge, und seine Gedanken mussten sich wohl auch deutlich auf seinem Gesicht widerspiegeln, denn Sjöblom wirkte nun ehrlich verlegen.

Allerdings nicht sehr lange. Für die Zeit, die er brauchte, um seinen Becher neu zu füllen und mit einem einzigen langen Zug gleich wieder zu leeren, um genau zu sein. »Lass dich zu nichts drängen«, sagte er dann. »Bleib einfach eine Weile und entscheide dann, was dir hier gefällt.«

Er legte die flachen Hände auf den Tisch, um sich in die Höhe zu stemmen, und ein Teil von Thor war mehr als froh, dass diese peinliche Unterhaltung vorbei war. Trotzdem machte er eine rasche Geste, um ihn zurückzuhalten. »Warte noch.«

Sjöblom ließ sich so heftig wieder auf den Schemel zurückplumpsen, dass das Möbelstück protestierend knirschte.

»Am ersten Tag«, erinnerte Thor. »Als ich gerade angekommen war ... du hast etwas von einem Krieg erzählt, der vielleicht droht.«

»Ist es das?« Sjöblom gab einen abfälligen Grunzlaut zum Besten. »Ich kann mir nicht vorstellen, dass sich ein Mann wie du vor einem kleinen Krieg fürchtet. Nicht ein Mann mit einem solchen Schwert.«

Thor fragte sich, was er wohl sagen würde, hätte er wohl Mjöllnir gesehen, und ein unerwartet intensives Gefühl des Verlustes überkam ihn. Der Hammer befand sich noch immer am Sattel des anderen Pferdes, das zusammen mit Urd und den Kindern verschwunden war. Es war auch gut so – der gewaltige Runenhammer hätte nur für unnötiges Aufsehen gesorgt und seine Behauptung, kein Krieger zu sein, vollends unglaubwürdig werden lassen. Trotzdem vermisste er ihn schmerzlich. Als wäre er ein Teil von ihm.

»Vielleicht habe ich einfach zu viel vom Krieg gesehen«, sagte er.

Der Wirt nickte, als hätte er genau diese Antwort erwartet; schüttelte aber zugleich auch so heftig den Kopf, dass Gundri hinter ihrer Theke erneut aufblickte und nun eindeutig alarmiert aussah. »Ein Heer wird es geben, ja. Einen richtigen Krieg nicht.«

Thor sah ihn fragend an.

»Die Lichtbringer sind keine Feinde«, behauptete Sjöblom. »Sie haben im Süden Fuß gefasst, das ist wahr, aber sie sind noch nie auf einen wirklichen Gegner gestoßen. Hier wird es ihnen schwerfallen, die Menschen mit ihren falschen Versprechungen zu verführen. Es ist leicht, einen Menschen für neue Ideen zu begeistern, wenn er nichts zu verlieren hat und der Hunger sein bester Freund ist. Menschen, denen es gut geht, überlegen es sich zweimal, einem Führer zu folgen, der Feuer und Tod predigt.«

»Tun sie das denn?«, fragte Thor.

Sjöblom wollte antworten, doch da trat Gundri an den Tisch und schnitt ihm mit einer ärgerlichen Geste das Wort ab. »Bitte belästige unsere Gäste nicht, Vater. Thor hat einen schweren Tag hinter sich. Ich bin sicher, dass er gern ein wenig Ruhe hätte. Außerdem sucht Mutter nach dir. Ich glaube, sie braucht deine Hilfe in der Küche.«

Sjöblom funkelte sie einen Moment lang zornig an – und stand dann auf und trollte sich. Thor sah ihm verwirrt nach. So erleichtert er war, von der zweifelhaften Gesellschaft des Trunkenboldes erlöst zu sein, so sehr empörte ihn Gundris Auftritt, der im Übrigen auch den anderen Gästen nicht entgangen war. Sie hatte laut genug gesprochen, um wirklich von jedem hier drinnen verstanden zu werden.

»Ich hoffe, er hat dich nicht zu sehr belästigt«, fuhr sie fort, zwar leiser, für seinen Geschmack aber immer noch deutlich lauter, als diesem Thema angemessen war. »Manchmal ist er wirklich peinlich.«

»So?«, fragte Thor. »Ist er das?«

Gundri nickte ganz spontan und wollte sich umwenden, um zu gehen, doch dann schien sie etwas in seinem Gesicht zu entdecken, was sie verwirrte. Statt sich zu entfernen, setzte sie sich zu ihm. »Lass mich raten«, sagte sie, jetzt allerdings leiser. »Er hat wieder versucht, mich anzupreisen wie eine Zuchtstute auf dem Markt?«

»Von Zucht war noch nicht die Rede«, antwortete Thor, ohne zu lächeln. »Was den Rest angeht ...«

»– hat er meine Vorzüge gepriesen und ganz offen versucht, mich mit dir zu verkuppeln«, fiel ihm Gundri ins Wort. »Das macht er mit jedem Zweiten, der hierherkommt und nicht gerade einbeinig ist oder einen Buckel hat.« Sie zuckte trotzig mit den Schultern. »Obwohl ein Buckliger noch nicht dabei war. Was das angeht, bin ich also nicht ganz sicher. Er *ist* peinlich!«

Thor nickte. »Das mag sein. Trotzdem frage ich mich, wie ich wohl reagieren würde, würde es meine Tochter wagen, vor aller Augen so mit mir zu reden.«

»Das würde sie nicht«, antwortete Gundri, »weil du ihr gewiss keinen Grund geben würdest. Nicht so.«

Damit hatte sie vermutlich recht. Dennoch wollte sich Thors Empörung nicht legen. Er hatte nichts gegen Frauen, die ihre Meinung vertraten, aber was Gundri gerade getan hatte … gehörte sich nicht. »Vielleicht sorgt er sich nur um dich«, sagte er, »oder wünscht sich heimlich einen Erben.«

»Den wird er bekommen«, schnaubte Gundri, »keine Sorge. Aber wann und von wem, bestimme noch immer ich selbst!« Sie atmete scharf durch die Nase ein, setzte sichtbar dazu an, etwas noch viel Unfreundlicheres zu sagen, und ließ dann plötzlich die Schultern sinken.

»Du hast recht«, sagte sie mit veränderter Stimme. »Das war ungehörig.«

»Entschuldige dich nicht bei mir«, sagte Thor, »sondern bei deinem Vater.«

Gundri zögerte kurz und nickte dann, aber ihm war auch klar, dass sie das natürlich nicht tun würde. »Es tut mir leid.« Ein nervöses Lächeln erschien auf ihren Lippen und verschwand augenblicklich wieder. »Da wollte ich dich retten und bringe dich selbst in eine noch viel peinlichere Lage.« Ihre Finger begannen nervös mit dem Becher zu spielen, aus dem ihr Vater getrunken hatte. Thor konnte ihr ansehen, wie sehr sie mit sich rang. »Es ist nur so, dass ich versprochen bin, schon seit langer Zeit.«

»Wovon dein Vater nichts weiß«, vermutete Thor.

Gundri nickte.

»Vielleicht solltest du es ihm sagen«, sagte Thor, fragte sich zugleich aber auch, warum sie ihm dies überhaupt erzählte. Abgesehen davon, dass sie einen hübschen Anblick bot und ein freundliches Wesen hatte, interessierte ihn dieses Mädchen wenig, und wenn sie gerade die Wahrheit gesagt hatte, dann war es umgekehrt ganz genauso.

Gundri sah ihn etliche Sekunden auf eine Art an, die er unmöglich deuten konnte, unter der er sich aber zunehmend unwohler zu fühlen begann. Dann zwang sie sich sogar zu einem Lächeln und erhob sich langsam.

»Das würde er nicht verstehen«, behauptete sie. »Ich bringe dir gleich einen frischen Krug Met. Den hier hat mein Vater ja fast allein ausgetrunken.«

Das Schiff, von dem Sjöblom gesprochen hatte, lief tatsächlich am nächsten Abend ein, und obwohl Thor es eher als Boot bezeichnet hätte, da es nur ein winziges Segel hatte und kaum Platz für zwanzig Männer bot, wurde es mit einem solchen Hallo und Pomp empfangen, dass man meinen konnte, eine königliche Drakkar voller Schätze und hochrangiger Besucher wäre eingetroffen.

Sjöblom hielt Wort und übertrug ihm an diesem Tag nicht die Aufgabe, Tierkadaver zu vergraben oder Pferdemist zu schaufeln, sondern das Schiff zu entladen.

Es ging sehr schnell. Thor und die drei Männer, die ihm Sjöblom an die Seite stellte, benötigten nicht einmal eine Stunde, um die Ladung der kleinen Knorr zu löschen. Das Schiff brachte mehr Besucher und Neuigkeiten als Waren, doch die anschließende Feier, an der fast die ganze Stadt beteiligt war, dauerte dafür umso länger.

Thor hatte nicht vorgehabt, daran teilzunehmen, schon weil ihm bald klar geworden war, dass die Männer, die mit dem Schiff gekommen waren, Oesengard und jeden seiner Einwohner kannten und er sich selbst nicht in die Verlegenheit bringen wollte, allzu viele neugierige Fragen beantworten zu müssen. Aber irgendwann riss ihn die Begeisterung der Feiernden einfach mit, und nicht viel später gab er seinen inneren Widerstand auch auf. Nach viel zu langer Zeit, die er auf der Flucht und in ständiger Furcht und Misstrauen verbracht hatte, tat es einfach gut, unter fröhlichen Menschen zu sein, denen es gleich war, was die nächste Stunde brachte, solange es nur flüssig war und berauschte.

Auch er selbst brach mit einem seiner Prinzipien und sprach dem Met in stärkerem Maße zu, als gut war. Sicher noch nicht wirklich betrunken, aber auf eine lange nicht mehr gekannte Art wohltuend entspannt, gehörte er mit zu den Letzten, die die Feier verließen.

Auf dem Weg in seine Dachkammer stolperte er über drei Betrunkene, die auf der Treppe lagen und mit offenem Mund schnarchten, und vielleicht war auch er betrunkener, als er sich selbst eingestehen wollte, denn er bückte sich nicht tief genug und knallte so heftig mit der Stirn gegen den niedrigen Türsturz, dass ihm vor Schmerz übel wurde.

Wahrscheinlich war das auch der Grund, aus dem ihm zuerst nicht einmal auffiel, dass er erwartet wurde. Die Gestalt stand am anderen Ende der winzigen Kammer, halb verborgen im grauen Zwielicht unter dem schrägen Dach, und Thor spürte das verräterische Schimmern von scharfem Metall in ihrer Hand mehr, als er es sah.

Mehr war auch nicht nötig.

Mit einem einzigen Satz war er über das schmale Lager hinweg und auf der anderen Seite, packte den Waffenarm des Angreifers und verdrehte ihn mit einem harten Ruck, und zugleich kam seine andere Hand hoch und zielte mit versteiften Fingern nach seinen Augen.

Viel zu spät fiel ihm auf, wie schmal das Handgelenk war, das er mit so grausamer Kraft gepackt hatte, und das Schimmern von goldfarbenem langen Haar, das bei seinem Anprall unter der dunklen Kapuze hervorgequollen war. Erst dann registrierte er das erschrockene Keuchen, prallte mit einer entsetzten Bewegung zurück und sprang im gleichen Augenblick auch schon wieder vor, als Urd sich vor Schmerz krümmte und zusammenbrach.

Im letzten Moment fing er sie auf, wurde mit einem zweiten Keuchen belohnt. Urds Schmerz sprang auf ihn über und wurde zu seinem eigenen, und er spürte, dass er ihr das Handgelenk nicht gebrochen hatte – gerade so. Dennoch war der Schmerz so schlimm, dass sie ganz nahe daran war, das Bewusstsein zu verlieren. Erschrocken drehte er sie so herum, dass er sie auf die Arme nehmen konnte, und erschrak dann noch einmal und ungleich tiefer, als er die rot entzündete Narbe auf ihrer Wange sah.

Es war nicht Urd, sondern Elenia.

»Es tut mir leid«, sagte sie. »Ich wollte dich wirklich nicht erschrecken.«

»Erschrecken?« Thor riss die Augen auf. »Ich hätte dich umbringen können!«

Draußen auf dem Flur erscholl ein Poltern, gefolgt von einem Fluch, und Thor wandte sich um und schloss die Tür, ehe er fortfuhr: »Und was soll der Unsinn mit dem Messer?«

»Das war nur …« Elenia fuhr sich nervös mit dem Handrücken über das Kinn und beendete die Bewegung, indem sie die flache Hand auf ihrer Wange liegen ließ, um die Narbe darauf zu verbergen.

»Es war nur, um mich zu schützen«, setzte sie neu an. »Da waren all diese Männer, die Betrunkenen, und ich war nicht …

ich wusste nicht, ob …« Sie brach abermals ab, stand auf und wollte sich nach dem Dolch bücken, doch Thor kam ihr zuvor, indem er die Waffe aufhob und unter seinen Gürtel schob. Wahrscheinlich sagte Elenia die Wahrheit – auch wenn er nicht glaubte, dass ihr tatsächlich irgendeine Gefahr gedroht hätte –, aber das Gasthaus war bis spät in die Nacht voller betrunkener Männer gewesen, genau wie die Straßen der Stadt, und Elenia war so eine Gesellschaft gewiss nicht gewohnt.

Was ihn zu der Frage brachte: »Was tust du überhaupt hier? Weiß deine Mutter, dass du hier bist? Hat sie dich geschickt?«

»Nein«, antwortete Elenia. »Sie weiß nichts davon. Sie wollte nicht, dass ich zu dir gehe … oder irgendwohin.«

»Weil sie Angst hat, dass du euer Versteck verraten könntest.«

»Versteck?«, schnaubte Elenia. »Ein stinkendes Loch ohne Licht und Luft! Draußen im Schnee waren wir besser dran!«

»Und deshalb wolltest du raus. Deine Mutter wird nicht erfreut sein. Sie hat recht, weißt du? Wenn du jemandem aufgefallen bist, bringst du euch alle in Gefahr. Mich auch«, fügte er hinzu, da er zu spüren glaubte, dass sie das vielleicht mehr beeindruckte.

»Niemand hat mich bemerkt«, beharrte Elenia. »Ich war vorsichtig. Außerdem sind doch sowieso alle betrunken.«

»Alle wohl nicht.« Es fiel Thor schwer, Elenia wirklich böse zu sein. »Und schon gar nicht betrunken genug, um sich nicht an ein so hübsches Mädchen zu erinnern.« Es sollte ein Kompliment sein, aber Elenia presste die Hand nur noch fester auf die Wange, und ihre Augen wurden dunkler.

»Niemand hat mich gesehen«, beharrte sie. »Ich war vorsichtig.«

»Das glaube ich dir«, antwortete Thor. »Aber du hättest trotzdem nicht kommen sollen.« Er zögerte kurz und bedeutete Elenia dann mit einer beinahe resignierenden Geste, sich wieder zu setzen. »Aber wenn du schon einmal da bist … hast du Hunger? Unten ist noch genug übrig. Es ist kalt, aber wahrscheinlich besser als das, was ihr bisher bekommen habt.«

Er sah Elenia an, wie verlockend dieses Angebot für sie klang, doch nach kurzem Überlegen schüttelte sie den Kopf. »Ich muss zurück. Wenn Mutter merkt, dass ich nicht mehr da bin, wird sie bestimmt wütend.«

»Mit Recht«, antwortete Thor. Er bemühte sich um einen sanfteren Ton, aber er hörte sogar selbst, wie kläglich es misslang. »Warum bist du wirklich gekommen? Doch nicht nur, um mich zu sehen?«

Elenia wich seinem Blick aus. »Nein. Aber du darfst nicht verraten, dass du es von mir weißt.«

»Was?«, fragte Thor alarmiert. »Stimmt etwas mit Urd nicht?«

»Mutter ist krank«, bestätigte Elenia. »Sie versucht sich nichts anmerken zu lassen, aber ich weiß, dass das nicht stimmt. Sie hat Schmerzen, auch wenn sie es nicht zugibt. Sie will nicht, dass du etwas davon erfährst, aber ich glaube, dass etwas mit dem Kind nicht in Ordnung ist.«

»Dann bring mich zu ihr«, sagte Thor.

Aber Elenia schüttelte nur noch heftiger den Kopf. »Nein! Das geht nicht! Bitte! Sie darf nicht wissen, dass ich bei dir bin! Sie würde mich umbringen, wenn sie es erfährt!«

»Warum bist du dann gekommen?«, fragte Thor.

»Weil ich …« Elenia begann unbehaglich mit dem Fuß zu scharren. »Ich halte es nicht mehr aus«, sagte sie, plötzlich lauter, mit zitternder Stimme und den Tränen nahe. »Wir sind eingesperrt wie die Tiere! Lif will auch nicht mehr dort bleiben, aber Mutter sagt immer nur, wir müssen Geduld haben! Wie lange noch?«

»Bis das Schiff ausläuft«, antwortete Thor. »Vielleicht schon morgen. Das Fest gerade –«

»Haben sie gefeiert, weil das erste Schiff nach dem Winter

eingelaufen ist, ich weiß«, unterbrach ihn Elenia. »Aber Mutter sagt, dass wir auf das nächste warten oder vielleicht sogar noch länger!«

»Warum nicht?«, fragte Thor, hinderte sie zugleich aber auch mit einer unwilligen Geste, seine Frage zu beantworten. »Bring mich zu ihr. Jetzt gleich.«

»Das geht nicht!«, antwortete sie erschrocken. »Bitte, Thor! Mutter darf nicht wissen, dass –«

»Sie wird es nicht erfahren«, unterbrach sie Thor. »Zeig mir den Weg, und ich komme später nach ... es sei denn, du willst, dass ich mit Gundri spreche oder ihrer Mutter. Aber dann erfährt Urd ganz bestimmt, dass du hier warst.«

Elenia sah ihn einen Moment lang mit gespielter Empörung an, gefolgt von einem ebenso unechten widerwilligen Nicken. Er fragte sich, was sie sich von dieser kleinen Szene versprach ... aber er vergab sich auch nichts, wenn er mitspielte. Wenigstens noch für eine Weile.

»Dann lass uns gehen.«

17. Kapitel

Thor hatte nicht damit gerechnet, dass der Weg besonders weit war – keine Strecke in Oesengard war weit –, aber sie gingen nur bis zum anderen Ende des Hafens, gerade einmal ein paar Dutzend Schritte, bevor Elenia ihn in eine der schmalen Gassen führte und bereits vor dem zweiten Haus anhielt.

»Hier«, sagte sie. »Auf der Rückseite ist ein Schuppen mit einer Klappe im Boden. Darunter liegt eine Treppe.«

»Und dort ist euer Versteck?«

»Ja.« Als wäre das ein Stichwort gewesen, sah sich Elenia erschrocken um und zog auch die Kapuze noch ein Stück weiter ins Gesicht. »Du hast versprochen, erst später nachzukommen.«

Thor musste sich beherrschen. Allmählich bedauerte er, sich überhaupt auf dieses alberne Spiel eingelassen zu haben. »Das werde ich auch«, sagte er trotzdem. »Geh. Stell dich schlafend oder tu sonst was. Ich verrate dich nicht.«

Elenia verschwand mit ebenso schnellen wie lautlosen Schritten hinter dem Haus, und Thor spielte ernsthaft mit dem Gedanken, ihr augenblicklich zu folgen, ganz egal was er ihr versprochen hatte oder nicht. Urd würde die kleine Lüge ohnehin durchschauen. Außerdem war es kalt, und er war müde.

Er beschloss, ihr ein paar Augenblicke zu geben, um sich irgendeine Ausrede zurechtzulegen, die ihre Mutter ihr sowieso nicht glauben würde, und ihr dann zu folgen. Urd ging es offensichtlich nicht gut, und allein die Sorge um sie war Grund genug, jedes Versprechen zu brechen, das er ihrer Tochter gegeben hatte.

Schon nach wenigen Augenblicken begann er die Kälte so unangenehm zu spüren, dass er in den Windschutz der nächsten Tür trat. Und kaum hatte er es getan, da näherten sich Schritte vom anderen Ende der Gasse her.

Vielleicht war es nur ein Gefühl, vielleicht spürte auch der Krieger in ihm eine Gefahr, die sein Bewusstsein noch nicht registrierte; auf jeden Fall wich er noch weiter in den Schatten der Tür zurück und widerstand auch der Versuchung, einen Blick in die Richtung zu werfen, aus der sich die Schritte näherten.

Es waren zwei Personen, vielleicht drei, und sie gingen schnell. Mindestens eine davon war eine Frau, wie er an der Leichtigkeit ihrer Schritte erkannte, und er meinte auch ein leises Klirren wie von Metall zu hören. Vielleicht Waffen. Sein eigenes Schwert lag oben in seiner Kammer. Das Leben als ehrlicher Arbeiter bekam ihm offensichtlich nicht.

Der gedämpfte Klang von Stimmen mischte sich in die Schritte, und Thor drückte sich hastig noch tiefer in den Schatten. Schmerzlich wurde er sich der Tatsache bewusst, dass sein Versteck keines war. Die Tür war sehr tief und diente zugleich als Windfang, aber sie bot nicht den geringsten Schutz vor neugierigen Blicken. Ein einziger Blick in seine Richtung, und sie *mussten* ihn einfach sehen.

Doch das Wunder geschah. Zuerst zwei, dann eine dritte Gestalt in dunklen Mänteln gingen mit schnellen Schritten an seinem improvisierten Versteck vorbei, ohne auch nur in seine Richtung zu blicken, und beinahe wäre es nun Thor selbst gewesen, der sein Versteck verraten hätte, denn er konnte gerade noch einen überraschten Laut unterdrücken. Tatsächlich waren zwei der drei vermummten Gestalten Frauen, und er kannte sie beide. Es waren Gundri und ihre Mutter. Das Gesicht der dritten Gestalt konnte er nicht erkennen, denn es verbarg sich hinter einer goldfarbenen Metallmaske, die einem Wolfsgesicht nachempfunden war.

Thors Herz schien einen Schlag auszusetzen und dann so schnell und laut weiterzuhämmern, dass der Träger der Goldmaske es eigentlich hätte hören müssen. Zugleich erstarrte er aber auch zu vollkommener Reglosigkeit und hielt sogar den Atem an, bis die drei Gestalten an seinem Versteck vorbeigegangen und in denselben Schatten verschwunden waren wie Elenia vor ihnen. Dann, noch immer verwirrt und erschrocken, aber zugleich auch von einer schon fast unheimlichen Ruhe erfüllt, folgte er ihnen.

Der Schatten, in dem Elenia verschwunden war, entpuppte sich als schmale Gasse, die auf die Rückseite des Hauses führte. Thor folgte den dreien in sicherem Abstand und bewegte sich so vorsichtig, wie er es überhaupt nur konnte, aber er machte sich nichts vor: Wenn sich unter der goldfarbenen Maske tatsächlich ein Einherjer verbarg, dann waren dessen Ohren mindestens so scharf wie seine eigenen, und sich an ihn anzuschleichen war so gut wie unmöglich. Jederzeit darauf gefasst, aus der Dunkelheit heraus angesprungen zu werden oder sich eines Schwertes oder Dolches erwehren zu müssen, schlich er weiter.

Nichts geschah. Er erreichte einen winzigen Innenhof, auf dem noch immer ein Rest Schnee lag, hielt ein allerletztes Mal inne, um zu lauschen, und betrat schließlich den Schuppen, von dem das Mädchen gesprochen hatte. Er war leer, und die Klappe – aus irgendeinem Grund hatte er erwartet, sie umständlich suchen oder gar gewaltsam öffnen zu müssen – war nicht nur deutlich sichtbar, sondern stand offen. Ein blasser, rötlicher Lichtschein drang aus der Tiefe herauf und enthüllte den Anfang einer steilen Treppe, die offenbar direkt in den Felsen gemeißelt worden war.

Dass sich Helga und die beiden anderen nicht die Mühe gemacht hatten, die Klappe hinter sich zu schließen, konnte nur bedeuten, dass sie auf weitere Besucher warteten. Trotzdem blieb er stehen und lauschte mit angehaltenem Atem. Die

Schritte waren noch immer zu hören, entfernten sich jetzt aber schnell. Dort unten war kein winziger Keller, wie er nach Elenia Worten erwartet hatte, sondern etwas viel Größeres, vielleicht ein ganzes Labyrinth.

Thor wartete, bis die Schritte verklungen waren, dann folgte er Gundri und den beiden anderen.

Wie er es halbwegs erwartet hatte, fand er sich in einem niedrigen Gewölbekeller wieder. Die Luft roch nach Rauch und brennendem Holz, und Geräusche drangen aus verschiedenen Richtungen an sein Ohr, ohne dass er sie genau einordnen konnte. Ein paar Schritte entfernt gab es einen niedrigen Durchgang, aus dessen Rahmen uralte rostige Angeln wucherten wie aufgequollene Eisenpilze. Früher einmal – vielleicht vor einem Jahrhundert, vielleicht auch noch vor sehr viel längerer Zeit – hatte es hier eine Tür gegeben und wahrscheinlich auch andere Dinge, die längst zu Staub zerfallen waren. Thors Vermutung, sich am Anfang eines ganzen Labyrinths zu befinden, das Teil jener viel älteren Stadt war, die es einstmals hier gegeben hatte, wurde zur Gewissheit, doch noch während er sich unter dem niedrigen Türbogen hindurchbückte und den Gang dahinter betrat, erblickte er noch mehr scheinbar Vertrautes, und diese Erkenntnis erfüllte ihn mit Unbehagen: Die Wände bestanden aus schwarzem Stein, der zu tonnenschweren Quadern zurechtgemeißelt und so präzise aufeinandergelegt war, dass nicht einmal mehr eine Messerklinge dazwischen gepasst hätte. Alle Linien und Winkel schienen um eine Winzigkeit verschoben zu sein und wirkten unvertraut, und wo der Staub der Jahrhunderte keine undurchdringliche Schicht bildete, konnte er die verblichenen Linien uralter Reliefarbeiten erkennen. Er war schon einmal an einem Ort wie diesem gewesen, und es war noch nicht sehr lange her. Wer immer diese Gewölbe angelegt hatte, der hatte auch den schwarzen Turm oben in den Bergen erbaut.

Hätte er es gekonnt, hätte er wahrscheinlich kehrtgemacht.

Sein Unbehagen war längst zu Furcht geworden, und da war eine immer lauter werdende Stimme in ihm, die ihm zuschrie, nicht weiterzugehen, weil ihn in dem flackernden roten Licht am Ende des Ganges etwas unvorstellbar Schreckliches erwartete.

Wahrscheinlich hätte er gut daran getan, auf diese Stimme zu hören.

Thor folgte dem Gang ein gutes Dutzend Schritte weit, kam an eine Abzweigung und blieb einen Moment lang unschlüssig stehen. Geräusche und Fackelschein kamen aus beiden Richtungen, und jetzt vernahm er auch Laute, vielleicht Musik, etwas wie einen düsteren Gesang in einer fremden und trotzdem auf unheimliche Weise vertraut anmutenden Sprache.

Dann hörte er wieder Schritte. Hinter sich.

Thor huschte nach rechts, sah eine flache Nische nur ein paar Schritte entfernt und presste sich hinein. Dieses Versteck war noch jämmerlicher als das oben auf der Straße, aber er hatte abermals Glück: Nachdem kaum ein Dutzend rasend schneller Herzschläge vergangen waren, traten zwei weitere Gestalten aus dem Gang, den auch er genommen hatte, auch sie in dunkle Mäntel gehüllt und mit ins Gesicht gezogenen Kapuzen. An der Art, wie sie sich bewegten, sah Thor, dass es sich um Frauen handelte. Sie waren in Eile und blickten nicht einmal in seine Richtung, als sie sich nach links wandten. Kurz bevor sie das Ende des Ganges erreichten und hinter der nächsten Abzweigung verschwanden, fielen sie in einen raschen Schritt.

Thor zählte in Gedanken langsam bis drei, dann folgte er ihnen. Vielleicht strapazierte er sein Glück damit zu sehr, aber das musste er riskieren. Urd war irgendwo hier unten, und auch wenn er längst sicher war, dass Elenia ihn angelogen hatte, um ihn hier herunterzulocken, spürte er doch, dass sie in Gefahr war, und das war alles, was er wissen musste.

Hinter der Abzweigung führte der Gang noch ein gutes Dutzend Schritte weiter und mündete dann in eine steil und in einer sanften Biegung nach unten führenden Treppe. Fackelschein, der von unten heraufdrang, überzog die ausgetretenen Stufen mit scheinbarer Bewegung, und der Gesang war jetzt nicht nur lauter, sondern auch düsterer geworden – und fordernder.

Ein Gefühl warnte ihn, noch bevor er die Schritte hörte. Hastig eilte er wieder bis zur Abzweigung zurück, presste sich mit dem Rücken gegen den Stein und fragte sich fast schon verzweifelt, was er tun sollte, wenn die Schritte zu einer weiteren vermummten Frau gehörten.

Die Entscheidung wurde ihm leicht gemacht.

Die Gestalt trug gleichfalls einen dunklen Mantel mit nach vorn gezogener Kapuze und bewegte sich leichtfüßig, aber sie war fast so groß wie er, und was er in den Schatten unter der Kapuze erkannte, das war nicht das Gesicht einer Frau, sondern eine goldfarbene Metallmaske, die irgendeinem Fabelwesen nachempfunden war.

Der Einherjer reagierte blitzschnell, indem er zwar erschrocken zusammenfuhr, zugleich aber unter seinen Mantel griff, um eine Waffe zu ziehen. Trotzdem war er nicht schnell genug.

Mit der linken Hand wirbelte Thor ihn herum und versetzte ihm gleichzeitig einen Stoß, der ihn zurücktorkeln ließ, seine andere Faust rammte er in den Leib des Kriegers, um ihm die Luft für einen Schrei zu nehmen.

Es war zu leicht.

Noch während er traf, spürte er, wie etwas unter seiner Faust zerbrach. Der maskierte Krieger brach nicht zusammen, wie er erwartet hatte, sondern wurde einfach von den Füßen und in die Höhe gerissen und gegen die Wand auf der anderen Seite geschleudert, wo er einen halben Atemzug lang wie erstarrt stehen blieb, bevor er – schon fast absurd langsam – an dem staubigen Stein zu Boden glitt. Sein Kopf sank nach vorne, und er erstarrte in einer grotesk entspannt anmutenden, sitzenden Haltung mit ausgebreiteten Armen und halb angezogenen Knien. Blut lief unter dem Rand seiner Maske hervor.

Verwirrt – nichtsdestotrotz aber weiter auf der Hut und auf einen überraschenden Angriff gefasst – trat Thor näher, berührte die reglose Gestalt vorsichtig mit dem Fuß und ließ sich dann vor ihr in die Hocke sinken. Er ahnte, was er sehen würde, als er die Hand nach der bizarren Maske ausstreckte, aber wenigstens für diesen kurzen Moment konnte er noch hoffen, sich getäuscht zu haben.

Er hatte es nicht. Hinter der Larve aus dünnem Goldblech kam nicht das Gesicht eines Kriegers zum Vorschein, sondern das einer dunkelhaarigen Frau von höchstens dreißig Jahren. Thor erinnerte sich flüchtig, sie zwei- oder dreimal am Hafen gesehen zu haben, wo sie mit irgendwelchen Besorgungen unterwegs gewesen war, in einem hübschen Kleid und selbst für ihn, den Fremden, immer mit einem freundlichen Lächeln auf den Lippen.

Jetzt waren ihre Lippen voller Blut, sie trug die Verkleidung eines Kriegers, und ihre weit aufgerissenen Augen zeigten nur einen Ausdruck vollkommener Fassungslosigkeit. Nichts anderes mehr.

Thor tastete mit zitternden Fingern über ihr Gesicht und ihren Hals, suchte vergeblich nach einem Pulsschlag und schloss schließlich die Augen, um in sie hineinzulauschen. Aber auch dort war nichts mehr. Der Schmerz, nach dem er suchte, um ihn zu lindern oder schlimmstenfalls zu seinem eigenen zu machen, hatte er ihn schließlich auch verursacht, war nicht mehr da. Sie war tot.

Thor ließ den Sturm von Gefühlen, den diese Erkenntnis in ihm auslösen wollte, nicht zu, sondern konzentrierte sich nur auf das, was er sah und hörte. Der Gesang war abermals lauter geworden, und nun begann eine Trommel einen dumpfen

Gegentakt zu dem an- und abschwellenden Kanon zu schlagen. Was immer dort unten geschah, geschah *jetzt*, und er hatte nicht mehr viel Zeit.

Er erinnerte sich, an mehreren Abzweigungen vorbeigekommen zu sein, hinter denen kein Licht gebrannt hatte. Flüchtig befestigte er die Maske wieder an ihrem Platz, ohne dem vorwurfsvollen Blick der toten Augen dadurch entgehen zu können, lud sich den reglosen Körper auf die Arme und trug ihn ein Stück weit den Weg zurück, bis er eine schmale Kammer fand, gerade groß genug, um ihn vor jedem zu verbergen, der nicht allzu genau hinsah.

So behutsam, wie er überhaupt nur konnte, lud er die Tote auf dem Boden ab, nahm die Maske wieder von ihrem Gesicht und schälte sie anschließend aus ihrem Mantel. Darunter kam kein Kleid zum Vorschein, sondern nur ein kurzer Rock aus mit metallenen Nieten verstärkten Lederstreifen, wadenhohe Stiefel und eine goldfarbene Brünne, die offensichtlich genau der Form ihrer Brüste nachempfunden war. So wie auch die Maske, deren Metall so dünn war, dass er achtgeben musste, sie nicht zu verbiegen, war es keine wirkliche Rüstung, sondern nur eine Maskerade; kunstvoll angefertigt, aber trotzdem nicht mehr als ein Spielzeug.

Ein Spielzeug, das ihr den Tod gebracht hatte.

Thor schlang den Mantel um seine Schultern und eilte zur Treppe zurück. Es kostete ihn einige Mühe, die Maske vor seinem Gesicht zu befestigen, und er hatte sich auch verschätzt, was die Größe des vermeintlichen Einherjers anging. Der Mantel reichte ihm kaum bis zu den Waden. Aber wenn er die Kapuze weit genug nach vorne zog und die Schultern senkte, um seine Größe zu kaschieren, würde es vielleicht nicht auffallen.

Außerdem hatte er keine andere Wahl.

Mit jeder Stufe, die er hinunterging, schien der Rhythmus des Trommelschlages schneller zu werden, der Gesang fordernder und der Fackelschein düsterer. Selbst sein Herzschlag passte sich dem dumpfen Dröhnen an, ohne dass er es auch nur merkte.

Die Treppe führte sehr weit in die Tiefe. Nach der zwanzigsten Stufe hörte Thor auf zu zählen, und er musste noch einmal gut dieselbe Entfernung überwinden, bis er der Krümmung der Treppe auch nur weit genug gefolgt war, um zu sehen, wohin sie führte. Eigentlich müsste er sich längst unter dem Wasserspiegel des Hafens befinden, doch die Wände unter seiner tastenden Hand waren nicht einmal feucht.

Wären nicht seine Schritte längst dem gleichmäßigen Takt der Trommel gefolgt, wäre er vor Überraschung vielleicht mitten in der Bewegung erstarrt.

Die Treppe endete in einem Gewölbe von erstaunlichen Ausmaßen, groß genug, um Sjöbloms ganzes Gasthaus aufzunehmen, und sicher doppelt so hoch. Mindestens ein Dutzend mannsdicker gemauerter Säulen trugen die gekrümmte Decke, und an den Wänden brannten zahllose Fackeln, die in kunstvoll geschmiedeten, aber sichtlich uralten Halterungen von teilweise barbarischer Form steckten. Auch hier waren die Wände mit zahllosen Reliefarbeiten geschmückt, denen der flackernde Feuerschein unheimliches Leben einzuhauchen schien, und auf der anderen Seite gab es ein gewaltiges halbrundes Tor, das von zwei überlebensgroßen steinernen Kriegern flankiert wurde.

Thor schenkte alledem nur einen flüchtigen Blick.

Viel bizarrer war das Bild, das sich ihm zwischen den Säulen dieses unterirdischen steinernen Waldes bot.

Gundri und ihre Mutter waren nicht die Einzigen, die zu diesem geheimen Treffen gekommen waren. Es war unmöglich, die genaue Anzahl der Personen zu erkennen, die immer wieder mit den flackernden roten Schatten und dem hämmernden Trommelschlag zu verschmelzen schienen, aber es mussten hundert sein, wenn nicht mehr, und irgendwie spürte er, dass es ausnahmslos Frauen waren. Gleichmäßig verteilt in dem großen Raum gewahrte er auch ein halbes Dutzend Gestalten mit golden schimmernden Gesichtern, erkannte die Lücke in ihrer Aufstellung und nahm mit ruhigen Schritten den freigebliebenen Platz ein. Niemand nahm auch nur Notiz von ihm.

Zeit verging. Thor konnte nicht sagen, wie viel. Der Trommelschlag wurde schneller und lauter, und Thor wartete darauf, dass seine Verkleidung aufflog oder ihn irgendjemand ansprach, doch weder das eine noch das andere geschah, und so konzentrierte er sich ganz auf das Geschehen ringsum.

Auf der anderen Seite des Gewölbes, seinem Standort fast genau gegenüber, stand ein Podest, auf dem sich eine fast doppelt mannshohe Stele aus schwarzem Stein erhob, die nicht in einer Spitze auslief, sondern in einem wuchtigen Hammerkopf, der mit grob gehauenen Runen verziert war. Weitere Runen führten in Reihen an den Seiten der steinernen Stele hinab. Flankiert wurde dieses dunkle Idol von zwei flachen Schalen aus schwarzem Eisen, aus denen prasselnde Flammen schlugen. Es war das barbarische Symbol einer noch viel barbarischeren Religion, die schon untergegangen war, als noch keines Menschen Fuß den Boden dieses Landes berührt hatte, und die jetzt eine feurige Wiedergeburt feierte.

Dieser Glaube hatte eine Hohepriesterin, die in diesem Moment aus den Schatten im Hintergrund des Gewölbes trat und sich mit gemessenen Schritten dem Altar näherte. Sie trug ein fließendes weißes Gewand, das ihre Gestalt vom hoch geschlossenen Kragen bis zu den Knöcheln hinab verhüllte und als einzigen Schmuck eine goldene Flammenstickerei an den Säumen aufwies. Ihr Gesicht verbarg sich hinter einer goldenen Maske mit nur angedeuteten menschlichen Zügen, unter der eine wilde Flut aus ebenfalls goldfarbenem Haar hervorquoll. Wo sie entlangschritt, sanken die versammelten Frauen auf die Knie und senkten demütig die Köpfe. Einzig die vermeintlichen Einherjer hinter ihren goldenen Masken rührten sich nicht, wie Thor mit einem verstohlenen Blick – und einem sonderbar irrationalen Gefühl von Erleichterung – feststellte. Auch er bewegte sich nicht.

Vielleicht hätte er es auch gar nicht gekonnt.

Ein Gefühl der Unwirklichkeit ergriff von ihm Besitz und lähmte nicht nur seine Gedanken, sondern auch seine Glieder. Dabei hätte er nicht überrascht sein dürfen. Es hätte weder ihres goldfarbenen Haars noch der deutlich sichtbaren Wölbung unter ihrem Kleid bedurft, um ihm klarzumachen, wer die Hohepriesterin dieses Kultes war. Ihre bloße Anwesenheit erfüllte den gesamten Raum und verwandelte dieses düstere unterirdische Gewölbe in einen Tempel.

Immer langsamer werdend näherte sich Urd dem Altar, hielt vor dem letzten Schritt einen schier endlosen Moment inne und hob dann in einer zeremoniell anmutenden Bewegung beide Hände ans Gesicht, um die Maske abzunehmen. Der gemurmelte Gesang verstummte, und ein allgemeines Seufzen und Raunen lief durch den Raum, als sie sich umdrehte. Selbst Thor sog unter seiner Maske hörbar die Luft ein.

Er hätte nicht sagen können, worin die Veränderung bestand, aber er erinnerte sich nicht, Urd jemals so schön gesehen zu haben. Sie wirkte jünger und gereift zugleich, als hätten sich Mutter und Tochter nunmehr in einem Körper vereint. Ihre Züge, die ihm so vertraut wie eh und je und zugleich auf eine unmöglich in Worte zu fassende Weise neu erschienen, strahlten die Frische der Jugend und die Weisheit einer Göttin aus, aber in ihren Augen stand auch das Wissen der Unsterblichen geschrieben. Es waren Augen, an denen Jahrhunderte vorbeigezogen waren, die die Geburt und das Sterben von Generationen und ganzen Reichen erlebt und vielleicht das Entstehen der Welt geschaut hatten. Nichts konnte dem Blick dieser Augen verborgen bleiben. Als sie für einen Moment auf der goldenen

Maske vor seinem Gesicht verharrte, wusste er, dass sie ihn erkannte.

»Schwestern«, begann sie. Auch ihre Stimme hatte sich verändert und klang eine Spur sanfter, zugleich aber auch von der Kraft einer Göttin erfüllt, die jeden Widerspruch einfach undenkbar erscheinen ließ.

»Schwestern!« Sie hob langsam die Arme und breitete die Hände aus, und die hundert knienden Frauen vor ihr antworteten mit einem einzelnen, gemurmelten Wort, das zu einem Lied anschwoll und etwas tief in ihm berührte, obwohl ihm seine wirkliche Bedeutung verschlossen blieb.

»Schwestern!«, rief Urd zum dritten Mal, und jetzt mit lauter, weithin hörbarer Stimme. Sie hob die Hände noch höher, und im gleichen Maße, in dem sie es tat, wuchsen auch die Flammen in den beiden Schalen, bis sie fast die Höhe der Stele erreicht hatten. Dann senkte sie mit einem Ruck die Hände, die Flammen fielen in sich zusammen, und es wurde schlagartig still.

»Ich danke euch, dass ihr gekommen seid«, begann Urd. »Umso mehr, als ich weiß, wie gefährlich es für so manche von euch war, hierherzukommen.« Sie legte eine genau bemessene Pause ein, in der ihr Blick abermals über die vor ihr knienden Frauen strich, und obwohl dies nur einen Augenblick währte, gelang es ihr dabei irgendwie den Eindruck zu erwecken, jede einzelne dieser mehr als hundert Frauen nicht nur ganz persönlich anzusehen, sondern ihr auch ein Lächeln zu schenken.

»Ich weiß, dass manche von euch Leib und Leben wagen, indem sie hierherkommen«, fuhr sie fort, »und ich sehe die Furcht in euren Herzen und den Zweifel in euren Gesichtern. Das ist nichts, wessen ihr euch zu schämen braucht, denn nur wer töricht ist, kennt keine Furcht, und nur wer dumm ist, zweifelt nicht auch an dem, was man ihm sagt. Und doch seid ihr alle gekommen, eine jede Einzelne von euch, und dieses Wissen macht mich stolz, zeigt es mir doch, dass meine Wahl richtig gewesen ist.«

Wieder hob sie die Hände, und auch diesmal loderten die Flammen in den flachen eisernen Schalen hinter ihr höher, als gebiete sie tatsächlich dem Feuer.

Der Effekt verfehlte seine beabsichtigte Wirkung nicht. Für einige Augenblicke brach Unruhe unter den versammelten Frauen aus, und eine Mischung aus Kleiderrascheln und ehrfürchtigem Raunen wurde laut. Urd wartete, bis wieder Ruhe eingekehrt war, bevor sie weitersprach, und obwohl sich weder an ihrer Stimme noch an ihrer Betonung irgendetwas änderte, klang sie jetzt wie eine gütige Mutter, die stolz auf ihre Kinder war.

»Die Zeit des Wartens hat bald ein Ende, meine Schwestern. Nicht mehr lange, und eine jede von euch wird stolz erhobenen Hauptes durch die Straßen dieser Stadt gehen, statt sich im Schutze der Nacht oder finsterer Höhlen zu verkriechen! Der Moment des Triumphs ist nahe und auch der, an dem jede von euch den Lohn für all die Jahre der Entbehrungen und Furcht erhalten wird!«

Diesmal dauerte es länger, bis sich das Murmeln und Rascheln und Raunen wieder legte. Urd wartete geduldig und mit der Andeutung eines Lächelns auf den Lippen, bis erneut Ruhe eingekehrt war.

Irgendetwas raschelte, und Thor hatte einen flüchtigen Eindruck von Bewegung, fast als glitte ein Schatten unter der Decke des Gewölbes über ihnen entlang, wagte es aber nicht, den Kopf zu heben.

»Die Zeit des Wartens hat bald ein Ende, meine Schwestern!«, fuhr Urd fort. »Der Kapitän des Schiffes, das vor wenigen Stunden eingelaufen ist, hat gute Nachrichten gebracht! Unser Glaube ist stark im Süden, und das Heer, das dem Ruf der wahren Götter folgt, beherrscht schon die meisten Städte an der Küste und zieht weiter von Sieg zu Sieg! Schon bald werden ihre Schiffe auch hier erscheinen, und die Herrschaft der Ketzer und der falschen Götter wird beendet sein!«

Vereinzelte, beifällige Rufe wurden laut, und wieder wollte Unruhe unter den knienden Frauen ausbrechen, doch dieses Mal sorgte Urd mit einer raschen Geste für Ruhe, die von den Flammen rechts und links von ihr prasselnd nachvollzogen wurde. Auch die Schatten unter der Decke bewegten sich wieder.

»Aber das ist noch nicht alles, meine Schwestern!«, fuhr sie fort, und wieder änderte sich etwas in ihrer Stimme. Sie klang jetzt stolz, kraftvoll und aufpeitschend, und ihr Gesicht glühte vor heiliger Begeisterung. »Der, dem wir alle dienen, ist nahe! Bald schon werdet ihr ihn sehen. Vielleicht nur noch wenige Tage, und ihr werdet in das Antlitz eines Gottes sehen! Und eine jede Einzelne von euch, meine Schwestern, die in die Welt hinausgeht und das Wort der alten und einzigen Götter verkündet, wird es in dem Wissen tun, von der Hand eines leibhaftigen Gottes gesegnet zu sein!«

Diesmal versuchte sie gar nicht erst, der aufbrandenden Begeisterung Herr zu werden. Scheinbar endlos jubelten und applaudierten die Frauen, manche sprangen auf, etliche umarmten sich auch, und schließlich mussten Urd und ihre Feuerschalen wieder für Ruhe sorgen.

»Und jetzt lasst uns beten und die Götter um ihren Beistand bitten, meine Schwestern! Der Tag ihrer Wiederkehr ist nahe, aber noch brauchen sie jedes einzelne Gebet, jeden Gedanken und jedes einzelne Herz, das für sie schlägt!«

In einer raschelnden Woge aus Schatten und Geräuschen erhoben sich die versammelten Frauen, und Thor vergewisserte sich, dass die fünf anderen vermeintlichen Krieger einfach weiter reglos stehen blieben. Zugleich fragte er sich, warum er diesem grotesken Spiel nicht einfach ein Ende bereitete. Urd wusste, wer er war. Sie hatte ihn in spätestens in dem Moment erkannt, in dem sie hereingekommen war. Aber er tat nichts.

»Odin! Thor!«, rief Urd. »Loki! Heimdall und Tyr, und all ihr anderen Götter! Gebt uns euren Segen!«

»Odin! Thor!«, intonierte der Chor der Frauen. »Loki! Heimdall und Tyr, und all ihr anderen Götter! Gebt uns euren Segen!«

»Götter des Krieges, wir rufen euch!«, rief Urd.

»Götter des Krieges, wir rufen euch!«, wiederholte der Chor.

»Götter des Krieges, wir rufen euch!«, rief Urd. »Unsere Schwerter sind für euch bereit!«

»Götter des Krieges, wir rufen euch!«, bestätigte ein hundertstimmiger Chor. »Unsere Schwerter sind für euch bereit!«

»Götter des Krieges, wir rufen euch!«, rief Urd. »Unsere Herzen sind offen und weit!«

Und so ging es weiter. Urd gab einen Satz vor, und der Chor der Knienden wiederholte ihn, immer lauter und aufpeitschender, bis das gesamte unterirdische Gewölbe unter den Stimmen eines gewaltigen Chors widerhallte, laut und inbrünstig genug, um selbst das Firmament erzittern zu lassen.

»Götter des Krieges, wir rufen euch!«, schloss Urd endlich; ein letzter, gellender Schrei, der bis zu den Sternen hinaufwehte. »Gebt uns eure Macht!«

Die Schatten unter der Gewölbedecke flatterten heftiger, ballten sich zusammen und gerannen zu schimmernder Schwärze, die sich auf rauschenden Flügen auf Urds ausgestreckten Armen niederließen.

Für Raben waren sie beinahe zu klein, auch wenn ihr schwarzes, wie matt poliertes Eisen schimmerndes Gefieder und die Ehrfurcht gebietenden Schnäbel wohl jedermann hier drinnen an die schwarzen Göttervögel denken ließ. Thor vermutete, dass es sich um Rabenkrähen handelte, die Urd zu diesem speziellen Kunststück abgerichtet hatte, auch wenn es ihm ein Rätsel blieb, wie sie das in diesen wenigen Tagen – noch dazu hier – fertiggebracht haben sollte.

»Hugin! Munin! Kommt zu mir!«

In einer gleichzeitigen, aufeinander abgestimmten Bewegung ließen sich die beiden Vögel auf ihren ausgestreckten Armen nieder, schlugen noch einmal mit den Flügeln und stießen ein misstönendes Krächzen aus, und selbst Thor konnte sich angesichts dieser gespenstischen Szene eines Fröstelns nicht erwehren. Wenn es tatsächlich nur ein einstudiertes Schauspiel war, dann war es perfekt.

Aber er war längst nicht mehr sicher. Die Vögel saßen jetzt vollkommen reglos auf Urds ausgestreckten Armen. Nur ihre Köpfe bewegten sich manchmal mit kleinen, plötzlichen Rucken hin und her, und dieses Mal war es genau anders herum als vorhin. Der Blick ihrer schwarzen Augen war wie die Berührung von kaltem Eisen, unter der sich etwas in ihm krümmte.

Thor konnte nicht sagen, wie lange es dauerte. Die Flammen tanzten, und dann und wann stieß einer der Raben ein misstönendes Krächzen aus oder bewegte träge die Flügel, deren Gefieder das rote Licht der Feuerschalen wie geschliffenes schwarzes Eisen reflektierte.

Aber irgendwann war es vorbei. Urd rief ein letztes Mal mit lauter Stimme die alten Götter Walhalls an, riss die Arme in die Höhe, und Hugin und Munin schwangen sich in einer gleichzeitigen Bewegung in die Luft und verschmolzen mit den Schatten.

»Geht jetzt, meine Schwestern«, sagte Urd. »Geht und wartet auf den Tag, an dem unser leibhaftiger Gott erscheinen und uns zum Sieg führen wird! Er ist nicht mehr fern!«

Damit löste sich die Versammlung auf. Thor war ein wenig verwirrt. Nach der endlosen Zeremonie mit ihren Gesängen und Gebeten hatte er noch irgendetwas erwartet, einen dramatischen Abschluss vielleicht, aber Urd setzte nur ihre goldene

Maske wieder auf und ging, und jetzt kniete keine der Frauen nieder oder senkte auch nur demütig den Blick. Die Versammlung löste sich einfach auf, schnell und beinahe lautlos, und Thor geriet ganz kurz in Panik, als er begriff, dass auch die ehrfürchtige Stimmung verflogen war, die ihn bisher zuverlässiger geschützt hatte, als der gestohlene Mantel oder die Maske vor seinem Gesicht. So geduckt, wie er es gerade noch konnte, ohne allein dadurch schon wieder aufzufallen, trat er in den Schatten einer der gemauerten Säulen und wartete mit angehaltenem Atem darauf, angesprochen zu werden – falls nicht gleich ein Schrei erklang und sich die ganze Versammlung auf ihn stürzte.

Der Gedanke hätte ihn lächeln lassen – die Vorstellung eines vermeintlichen Gottes, der von einer Hundertschaft aufgebrachter Frauen in Stücke gerissen wurde, entbehrte nicht einer gewissen Ironie –, hätte er ihn nicht zugleich auch wieder an das tote Mädchen erinnert, das er in der Kammer versteckt hatte.

Ein Gefühl der Bitterkeit stieg in ihm auf. All das Gerede von Göttern und Unsterblichkeit und unendlicher Macht hatte ihn nie wirklich interessiert. Seine ständigen Beteuerungen, kein Gott zu sein, fußten hauptsächlich auf der simplen Tatsache, dass er kein Gott sein *wollte*. Alles, was er je gewollt hatte, war, ein ganz normales Leben zu führen, doch anscheinend war ihm nicht einmal das vergönnt. Er versteckte sich hinter einer gestohlenen Maske, trug den Mantel einer Frau, die er erschlagen hatte, und bezahlte sein jämmerliches Zimmer mit Geld, das er Männern abgenommen hatte, die seinetwegen gestorben waren.

Immerhin verzichtete das Schicksal darauf, die Gelegenheit beim Schopf zu ergreifen, um ihm einen neuen Streich zu spielen. Niemand nahm auch nur Notiz von ihm. Jetzt, wo die Zeremonie vorüber war, schienen es die meisten Frauen sehr eilig zu haben, diesen unheimlichen Ort zu verlassen.

Urd war durch die große Tür auf der anderen Seite verschwunden, und es fiel ihm nicht schwer, ihrer Spur zu folgen. Der Gang verzweigte sich zwar schon nach wenigen Schritten, aber nur hinter einem der gemauerten Torbögen brannte Licht. Thor blieb noch kurz stehen, um zu lauschen, hörte nichts Verdächtiges und lächelte dann über sich selbst, als ihm klar wurde, dass er sich schon wieder wie ein Krieger benahm, der sich in eine feindliche Festung einschlich. Kopfschüttelnd ging er weiter und fand sich nach wenigen Schritten in einem weiteren Kellergewölbe wieder, das allerdings wesentlich kleiner war und nur von einer einzelnen, schon fast heruntergebrannten Fackel erleuchtet wurde. Selbst Urd, die auf doppelte Armeslänge entfernt vor ihm stand, war kaum deutlicher denn als blasser Umriss zu erkennen.

Allerdings war das spöttische Funkeln in ihren Augen zugleich auch nicht zu übersehen. »Ich nehme an, du bist zurückgeblieben, weil du noch etwas sehr Wichtiges mit mir zu besprechen hast, Schwester?«, begrüßte sie ihn. »Ich bitte dich, nimm dieses Ding ab, Thor. Es sieht albern aus.«

Damit hatte sie recht, aber Thor ließ trotzdem noch einen Atemzug verstreichen, bevor er die goldene Maske abnahm. »Du hast mich also erkannt.«

»Was wäre ich für eine Frau, wenn ich meinen Mann nicht erkennen würde, ganz egal in welcher Verkleidung er auch vor mir steht?«, erwiderte Urd.

Thor fand ihren Spott mittlerweile nicht nur unangemessen, er verletzte ihn. Vielleicht war es gar kein gutmütiger Spott, sondern Herablassung. »Darf ich denn einfach so mit Euch sprechen, ohne vorher um eine Audienz gebeten zu haben, ehrwürdige Hohepriesterin?«, fragte er mit einer übertrieben tiefen Verbeugung.

»Das habe ich wahrscheinlich verdient«, sagte Urd nickend. »Ich danke dir trotzdem, dass du gerade nichts gesagt hast.«

»Vielleicht war ich einfach nur zu überrascht.«

»Und was wäre ich wohl für eine Frau, wenn ich meinen Mann nicht dann und wann einmal überraschen würde?«

»Warum versuchst du es nicht gleich noch mal?«, fragte Thor. »Zum Beispiel mit der Wahrheit?«

»Ja, und das habe ich wahrscheinlich auch verdient«, seufzte Urd. »Aber du hast recht, so zu reden. Komm mit. Du sollst alles erfahren.« Sie machte eine einladende Geste in die Dunkelheit hinter sich, aber sie führte die angefangene Bewegung nicht zu Ende, als sie sah, dass Thor sich nicht rührte.

»Vielleicht habe ich ja schon genug gesehen«, sagte er.

Ein Schatten huschte über Urds Gesicht und verschwand wieder, bevor er entscheiden konnte, ob es echte Betroffenheit oder vielleicht nur Zorn war. »Ich verstehe. Aber vielleicht ist das, was du gesehen hast, nicht das, was es wirklich war.«

»Es war auf jeden Fall beeindruckend«, sagte Thor. »Der Trick mit den beiden Krähen hat sogar mich beinahe überzeugt.«

»Krähen?« Urd blinzelte. Dann schüttelte sie heftig den Kopf. »Das solltest du besser nicht sagen, wenn Hugin und Munin in der Nähe sind. Sie könnten dir die Augen aushacken, weißt du? In diesem Punkt sind sie ihrem Herrn sehr ähnlich. Sie verstehen sehr wenig Spaß.« Sie schnitt ihm mit einer Handbewegung das Wort ab, als er antworten wollte. »Komm mit. Ich erkläre dir alles.«

Obwohl der Weg nicht weit war, hätte er sich ohne Urds Führung wohl hoffnungslos verirrt. Der Keller war kein Keller, sondern Teil eines uralten Labyrinths. Selbst seine scharfen Augen zeigten ihm kaum mehr als vage Umrisse, während er durch halb zusammengebrochene Gänge und über Schutthalden kletterte. Aber schon nach wenigen Dutzend Schritten wurde es vor ihnen wieder hell – nicht mehr der flackernde Schein von Fackeln, sondern das ruhig brennende gelbe Licht einer Öllampe. Kurz darauf hörte er Stimmen, die er als die Elenias und ihres Bruders identifizierte.

Auch in einem weiteren Punkt hatte ihm Elenia nicht ganz die Wahrheit gesagt: Der Raum, in den Urd ihn führte, war zwar ebenfalls Teil des unterirdischen Kellerlabyrinths, aber jeder Gefangene und jedes Tier, das so gehalten wurde, wäre sehr glücklich gewesen. Alles war so sauber, wie es an einem Ort wie diesem überhaupt nur möglich war, es gab einen Tisch, Stühle und drei richtige Betten, die eindeutig bequemer aussahen als das harte Lager, mit dem er in Sjöbloms Gasthaus vorliebnehmen musste, und hoch unter der Decke war sogar ein schmales Fenster, durch das graues Licht, vor allem aber Luft hereinkam.

Die Kinder saßen gemeinsam auf einem der Betten. Elenia sah ihn nur mit fast versteinerter Miene entgegen, doch Lifs Augen leuchteten auf, als er ihn erblickte.

»Thor!« Mit einem einzigen Satz sprang er auf und wollte ihm entgegeneilen, doch Urd vertrat ihm den Weg.

»Geh mit deiner Schwester irgendwohin, Lif«, sagte sie. »Wolltet ihr euch nicht die große Halle ansehen?«

»Aber –«, begann Lif, und seine Mutter schnitt ihm noch einmal in jetzt deutlich schärferem Ton das Wort ab: »Geht! Thor und ich haben etwas zu bereden.«

Elenia stand wortlos auf und ging, und nach einem weiteren Moment wandte sich auch Lif ab, um dem Befehl seiner Mutter zu gehorchen – wenn auch erst, nachdem er Thor einen gleichermaßen trotzigen wie fragenden Blick zugeworfen und dieser mit einem angedeuteten Kopfnicken darauf geantwortet hatte.

Urd entging weder das eine noch das andere, aber sie zog es vor, nichts dazu zu sagen. Schweigend wartete sie, bis Lif und seine Schwester gegangen waren, dann trat sie an den Tisch und deutete auf einen aus Zinn gemachten und mit aufwendigen Ziselierungen versehenen Krug. »Möchtest du etwas trinken?

Es ist Wein. Er ist gut. Auf jeden Fall besser als der verwässerte Met, für den du dich bei Sjöblom krumm schuften musst.«

»Du bist gut informiert«, sagte Thor.

»Du aber anscheinend auch«, antwortete sie. »Wer hat es dir verraten? Gundri? Ich wusste, dass sie ein Auge auf dich geworfen hat, aber dass –«

»Sie hat nichts damit zu tun«, unterbrach sie Thor.

»Nein?« Urd sah ihn abschätzend an, aber es war nicht zu erkennen, zu welchem Schluss sie kam. »Woher weißt du es dann?«

»Ich bin ein Gott«, erwiderte Thor. »Ich weiß alles.«

»Alles anscheinend doch nicht«, antwortete sie gelassen. »Sonst würdest du nicht so einen Unsinn reden. Du –« Sie biss sich auf die Unterlippe, presste die linke Hand auf den Bauch und musste sich mit der anderen an der Tischkante festhalten.

»Ist alles in Ordnung?«, fragte Thor. »Nicht, dass du deinen Schwestern am Ende noch erklären musst, dass der Erlöser, den du ihnen versprochen hast, doch früher als erwartet eingetroffen ist … oder am Ende etwas nicht mit ihm stimmt.«

Urd sah ihn einfach nur an. Wieder versuchte er in ihrem Gesicht zu lesen, und wieder gelang es ihm nicht. »Du willst mich verletzen«, sagte sie schließlich. »Ja, wahrscheinlich sollte ich das verstehen. Aber du täuschst dich, Thor.«

»Tue ich das?«, fragte er kalt. »Wenn, dann tut es mir leid. Bitte verzeiht, wenn ich Euch unrecht tue, ehrwürdige Herrin. Vielleicht war ich nur ein wenig verstimmt, dass Ihr unser ungeborenes Kind als –«

»Aber das tue ich nicht, Thor«, unterbrach ihn Urd.

»Nein?«, sagte Thor. »Und wer ist es dann, auf dessen Erscheinen deine Schwestern warten?«

»Der, dessen Wort wir predigen, Thor«, antwortete Urd ernst. »Der Gott des Lichtes und Herr der Stürme und des Donners. Thor.«

»Ich weiß«, sagte Thor verärgert, »aber –«

»Hast du es dann immer noch nicht verstanden, du Dummkopf?«, unterbrach ihn Urd sanft. »Sie warten auf dich. Erinnere dich!«

Und als hätten ihre Worte eine Schleuse in seinem Innern geöffnet, brach die Flut verschütteter Erinnerungen in ihm los, und plötzlich wusste er, was damals geschehen war, bevor er im heulenden Sturm erwacht war, von Wölfen umgeben, erkannte mit einer geradezu halluzinatorischen Klarheit, wer er war und woher er kam, und das Begreifen war zugleich ein unendlicher, tödlicher Schmerz und dessen unverhoffte Heilung.

Er erinnerte sich …

18. Kapitel

Er hatte zahllose Stürme erlebt, aber niemals einen wie diesen. Er würde ihn töten.

Wenn man es genau nahm, dann war er schon tot.

Vor drei Tagen war er zur Jagd aufgebrochen, an einem kalten, aber sonnigem Tag, hatte das kleine Dorf am Fuße der Berge verlassen und die Spur der letzten Herde aufgenommen, die sich vor Einbruch des Winters auf den Weg über die Berge und in wärmere Gefilde machte, um Nahrung für sich und seine Familie zu beschaffen. Ihre Vorratskammern waren gut gefüllt. Seine Frau hatte das Fleisch der Tiere gesalzen, die er den Sommer über erlegt hatte, die Felder hatten reiche Ernte gebracht, und auch der kleine Fluss, der sich am nördlichen Rand des Dorfes entlangschlängelte und mit seinen Stromschnellen und Felsen ein natürliches Wehr bildete, das den Kindern das Angeln erleichterte, war in diesem Sommer vor Fischen geradezu übergequollen, und nicht nur sie, sondern das ganze Dorf hatte auch dieses Geschenk der Götter dankbar angenommen. Niemand musste Angst haben, im nächsten Winter zu hungern oder zu erfrieren. Nicht wenige Männer hatten sogar darauf verzichtet, auf die letzte Jagd des Jahres zu gehen.

Auch seine Frau war dagegen gewesen. Sie hatte ihn angefleht, nicht zu gehen, zuerst gebettelt, dann gezürnt und schließlich noch einmal gebettelt, bei ihr und den Kindern zu bleiben, statt den langen gefährlichen Weg in die Berge hinauf einzuschlagen. Aber er hatte gespürt, dass der kommende Winter hart und außergewöhnlich lang werden würde; vielleicht länger und härter als jemals ein anderer zuvor. Die Alten hatten es gesagt, und auch die geheimen Zeichen der Natur verrieten, dass etwas Großes bevorstand – und nichts Gutes.

Vielleicht entschied ein zusätzliches Stück Wild über Leben und Tod eines seiner Kinder oder seiner Frau.

Also war er aufgebrochen und hatte seine weinenden Kinder und eine verbitterte Frau zurückgelassen.

Vielleicht war das das Schlimmste überhaupt. Der letzte Blick, mit dem sie ihm nachgesehen hatte, war voller Zorn gewesen.

Das war drei Tage her. Jetzt lag er hier, am Grunde einer jäh aufklaffenden Felsspalte, die er im Schneesturm zu spät gesehen hatte. Seine Beine waren gebrochen, sein linker Arm, auf den er mit dem ganzen Gewicht seines Körpers gefallen war, zerschmettert, und er konnte sich nicht bewegen. Jeder Versuch, sich auch nur zu der kleinsten Regung zu zwingen, endete in einer Flut so grässlicher Schmerzen, dass seine Schreie selbst das Heulen des Sturmes übertönten. Er würde sterben, und wenn er ehrlich war, dann sehnte er den Moment herbei, an dem ihn die große Dunkelheit endlich von Schmerzen und Furcht erlöste.

Aber so leicht machte es ihm das Schicksal nicht.

Mindestens ein Dutzend Mal war er eingeschlafen – oder hatte das Bewusstsein verloren – und genauso oft wieder aufgewacht, von einem hilflosen Zorn auf die Götter erfüllt, denen er sein Leben lang Ehrerbietung geschenkt und geopfert hatte und die es ihm vergalten, indem sie ihm den grausamsten aller Tode schenkten. Sein Körper, auf dessen außergewöhnliche Kraft und Robustheit er immer so stolz gewesen war, wurde nun zu seinem ärgsten Fluch, denn ein weniger starker Mann wäre längst an den Folgen seiner Verletzungen gestorben.

Nun aber war das Ende nahe. Zwei Tage Fieber, Blutverlust und Kälte forderten ihren Preis. Es fiel ihm immer schwerer, den Unterschied zwischen Schlaf und Wachen zu erkennen. Vielleicht träumte er auch jetzt, denn er glaubte Schatten zu sehen, die sich in seinen Augenwinkeln bewegten und deren Flackern nicht zum Toben des Schneesturms passte. Manchmal waren da auch Geräusche: Stimmen, die in einer unbekannten Sprache redeten, ein düsteres, an-

und abschwellendes Heulen aus tierischen Kehlen, das Geräusch schwerer Stiefelsohlen auf hartgefrorenem Boden.

Nichts davon war real, das wusste er. Seine Gedanken begannen sich zu verwirren, und erneut machte sich Bitterkeit in ihm breit. Er würde seine Frau und seine Kinder nie wieder sehen, und sein noch ungeborener Sohn würde seinen Vater niemals kennenlernen. Das hatte er akzeptiert. Das Leben war endlich, und jedermann wusste, dass das Schicksal keine Gerechtigkeit kannte, sondern nur Willkür. Aber er zürnte den Göttern. Sein Leben lang hatte er ihnen geopfert, hatte so viele, so unendlich viele Stunden mit Beten verbracht und auf so vieles verzichtet, um ihren harten Gesetzen zu folgen, und er hätte sich gewünscht, dass sein letzter Gedanke seiner Familie galt. Warum war das letzte Bild, das sie ihm schickten, nicht das Antlitz seiner Frau?

Weil deine Götter schwach sind.

Auch die Stimme war nur eine Illusion – was sollte sie sonst sein? Drei Mannshöhen über ihm heulte der Sturm um die Ränder der Felsspalte, in die er gestürzt war, und sein Brüllen verschluckte jeden anderen Laut, so wie sein Toben schon die ganze Welt verschlungen hatte. Es gab keinen Weg hier herunter. Aber die Stimme war da, und er meinte auch einen Schatten im Augenwinkel wahrzunehmen, groß und düster und auf schreckliche Weise bedrohlich. War das der Tod? Dann sollte er kommen.

Wenn du es möchtest.

Er war jetzt sicher, zu träumen, denn die Stimme nahm nicht den Umweg über sein Gehör, sondern erklang direkt in seinem Kopf. Dennoch versuchte er sich zu bewegen, um die unheimliche Gestalt genauer zu erkennen. Wenn dieses Trugbild das Letzte war, womit ihn die Götter verhöhnen wollten, dachte er trotzig, dann sollten sie es doch tun.

Und nicht einmal das können sie, *fuhr die spöttische Stimme fort.* Sie sind schwach. Selbst zu schwach, um grausam zu sein.

Aber nicht zu schwach, um ihn in seinen letzten Momenten noch zu verhöhnen, dachte er bitter. Trotzdem versuchte er noch einmal, den Kopf zu drehen, um die unheimliche Gestalt anzusehen.

Das einzige Ergebnis seiner Anstrengung war eine neuerliche Woge aus Schmerz, die ein gequältes Wimmern über seine Lippen kommen ließ.

Der Schatten bewegte sich. Ein rauchiger Finger, der nicht wirklich existierte, aber dennoch tausendmal kälter war als der Sturm, berührte seine Stirn, und der Schmerz erlosch und nur einen Moment später auch die Furcht. Er konnte sich immer noch nicht bewegen, doch nun ging die Gestalt mit langsamen Schritten um ihn herum. Sie war groß, sehr groß – noch ein gutes Stück größer als er, was ihn trotz allem erstaunte – und breitschultrig, schien aber trotz allem keine wirkliche Substanz zu haben, so als hätte der Sturm selbst versucht, zum Menschen zu werden.

Wer bist du?

Auch diese Frage stellte er nicht laut. Seine Kehle war längst zu Eis erstarrt und mit seinem eigenen Blut verklebt, sodass jeder Atemzug zur Qual wurde. Dennoch antwortete der Schatten.

Vielleicht der, der dich rettet.

Das verstand er nicht. Es gab keine Rettung für ihn. Sein Körper war zerschmettert, und keine Macht der Welt konnte die schrecklichen Wunden noch heilen.

Ich kann es … obwohl das nicht wirklich stimmt. Du kannst es selbst. Dein Körper ist stark. Ihr alle seid so unendlich stark, und ihr wisst es nicht einmal. *Etwas wie ein Lachen erklang, aber er war nicht sicher; vielleicht bedeutete es auch das genaue Gegenteil.* Was sind das für Götter, die so viel von euch verlangen und euch so wenig dafür geben?

Das verstand er noch sehr viel weniger. Der Schemen wollte ihn verhöhnen. Er war geschickt worden, um ihn ein letztes Mal zu quälen. Warum starb er nicht endlich?

Wenn das dein Wunsch ist … aber du kannst auch leben. Es ist ganz allein deine Wahl.

Leben? Wider jede Vernunft explodierte eine wilde Hoffnung in ihm. Du meinst, ich könnte . . . zurück? Meine Frau und –

– deine Kinder wiedersehen? Und so tun, als wäre nichts geschehen? *Ein rauchiges Kopfschütteln, mehr zu ahnen als wirklich zu erkennen.* Nein. Dieses Leben ist vorbei, mein Freund. Für sie bist du tot, so wie sie für dich.

Der Schrecken, der diese Worte begleiten sollte, kam nicht, allenfalls ein schwaches Echo des Schmerzes, den er erwartete. Er hatte längst mit seinem Leben abgeschlossen.

Ich kann dir helfen zu leben. Mehr nicht.

Und was verlangst du dafür, fragte er.

Die Antwort überraschte ihn nicht einmal.

Dich.

Urd schenkte ihm zum zweiten Mal nach, und er leerte auch diesen Becher mit einem einzigen langen Zug, ohne den Geschmack des Weins auf der Zunge auch nur zu spüren. Seine Hände zitterten so sehr, dass er einen Gutteil davon verschüttete, bevor es ihm gelang, den Becher an die Lippen zu setzen, und hinter seiner Stirn drehte sich alles.

Aber es war nicht die berauschende Wirkung des Weines, die er spürte – so sehr er es sich auch gewünscht hätte, wusste er zugleich doch auch, dass das neue Leben, das der Gott ihm geschenkt hatte, so etwas nicht zuließ. So wenig, wie sein Körper durch Stahl oder Stein wirklich verletzt werden konnte, so wenig war ihm das flüchtige Vergessen gegönnt, das im Wein lag.

Dennoch schenkte er sich noch ein drittes Mal nach. Seine Hände zitterten immer noch, als er den Becher auf den Tisch zurückstellte. »Er hat mich belogen«, murmelte er.

Die Worte galten nicht Urd, aber sie antwortete trotzdem darauf. »Nein, das hat er nicht, Thor. Du warst tot. Er hat dir das Leben zurückgegeben. Das war der Handel.« Sie schüttelte langsam den Kopf. »Die Götter halten stets ihr Wort. Wir Menschen sind es, die sich selbst belügen.«

Zorn explodierte in ihm, doch dann begriff er, dass es nur Hilflosigkeit war und ein Gefühl der Ohnmacht, das fast an körperlichen Schmerz grenzte. Vielleicht hatte sie recht. Vielleicht hatte er sich selbst belogen, weil der verzweifelte Wunsch, am Leben zu bleiben, einfach stärker gewesen war als alles andere. Aber gab das auch den Göttern das Recht, dasselbe zu tun? Und gab es ihnen das Recht, ihn zu benutzen und über sein Leben zu verfügen, als wäre es ihr Eigentum?

»Er hatte kein Recht dazu«, murmelte er. »Ich hatte ein Leben! Eine Heimat und eine Familie! Ich hatte eine Frau und Kinder!«

»Hast du die nicht jetzt auch?«, fragte sie sanft.

Zornig schüttelte er den Kopf »Nein! Oder doch, aber das ist … etwas anderes. Er hatte nicht das Recht, mir all das wegzunehmen!«

»Du warst tot, Thor«, erinnerte Urd ihn sanft. »Der Vater dieser Kinder und der Ehemann dieser Frau ist in jener Felsspalte gestorben. Sein Leben war zu Ende. Er hat dir ein neues Leben angeboten, und du hast das Angebot angenommen. Es war deine Entscheidung.«

»Das war es nicht!« Jetzt schrie er wirklich. »Er hat mir mein Leben gestohlen! Was ist denn unser Leben, außer dem, woran wir uns erinnern, und die, die wir lieben?«

»Aber ich liebe dich, Thor«, sagte sie traurig.

»Ich weiß«, antwortete er. *Und ich dich.* Fast hätte er es laut ausgesprochen, aber er war sich nicht mehr sicher. Ganz tief in sich war er nicht einmal mehr sicher, ob er sie jemals wirklich geliebt hatte.

Als hätte sie seine Gedanken gelesen, füllten sich ihre Augen mit Tränen, auch wenn ihre Lippen weiter lächelten. Sie sagte nichts.

Lange Zeit herrschte Schweigen zwischen ihnen, eine Stille, die ihm den Atem abzuschnüren schien und eine Mauer zwischen ihnen errichtete, so fest und unbegreiflich wie das zyklopische Mauerwerk der Kaverne.

»Ich weiß, was du jetzt fühlst, Thor«, sagte Urd endlich. Der Schmerz war noch immer in ihren Augen, aber ihre Stimme und ihr Gesicht waren sanft und voller Verständnis. »Aber der Schmerz wird vergehen. Die Götter haben dich ausgewählt, weil du stark bist. Dein neues Leben hat einen Grund.«

»Die Götter ...«, wiederholte er bitter. *Götter?* Er erinnerte sich an den Schatten, den er gesehen hatte, ein Schemen ohne Substanz, aber voller Bosheit, eher Dämon als Gott ... falls das überhaupt ein Unterschied war.

»Du glaubst jetzt, sie zu hassen«, antwortete Urd. »Du fühlst dich betrogen und um ein Leben beraubt, das du schon lange nicht mehr gelebt hast. Aber sie haben dir dein altes Leben nicht gestohlen, sondern dir ein neues geschenkt. Meinst du nicht, du solltest dieses Geschenk einfach annehmen und zu etwas Gutem nutzen?«

Etwas Gutem? »Zum Beispiel, als Aushängeschild für euren neuen Glauben herzuhalten?«

»Es ist kein neuer Glaube«, antwortete Urd. »Es ist der älteste und einzige Glaube überhaupt. Wir dienen den Göttern. Den einzigen. Sie waren hier, bevor es Menschen gab, und sie werden noch da sein, wenn selbst die Erinnerung an uns schon lange vergessen ist.«

»Wozu brauchen sie uns dann?«, fragte Thor bitter.

»Sie brauchen uns, so wie wir sie brauchen«, antwortete Urd. Etwas änderte sich. Ihre Stimme blieb sanft, aber nun war sie wieder ganz Predigerin, die ihren Glauben verkündete. »Sie waren immer, und sie werden immer sein. Einst waren sie mächtig und herrschten über die Welt, aber die Menschen haben sie vergessen. Sie haben sich anderen Dingen zugewandt, den vermeintlichen Freuden des Lebens, der Macht und den fleischlichen Genüssen.«

»Denen du natürlich entsagst!«

»Vielleicht nicht in dem Maße, wie ich es sollte«, antwortete Urd, indem sie die flache Hand auf den Leib legte und ihn fast verschwörerisch anlächelte. »Und wie du eigentlich am besten wissen solltest.«

Das hatte er nicht gemeint, und Urds Lächeln verschwand auch genauso schnell wieder, wie es gekommen war. »Die Götter haben uns diese Körper gegeben. Warum sollten sie nicht wollen, dass wir die Freuden genießen, die unser Leib uns schenken kann?« Sie schüttelte heftig den Kopf. »Die Götter verlangen nicht viel von uns, Thor. Unser Glaube an sie ist alles, was sie brauchen. Ist das zu viel verlangt für unser Leben und den Frieden, den sie uns schenken?«

Thor dachte an das, was er gerade gesehen hatte, und schwieg.

»Du bist jetzt zornig auf mich«, fuhr sie fort, nachdem sie eine Weile vergeblich darauf gewartet hatte, dass er das Schweigen brach. »Ich hätte es dir eher sagen sollen, aber ich hatte Angst, dass du es nicht verstehst.«

»Was? Dass du nicht nur mich, sondern auch alle anderen belogen hast, *Lichtbringerin?*«

»Ich habe nicht gelogen!«, beharrte sie. »Was ich dir gesagt habe, ist die Wahrheit, Thor! Ich habe nichts mehr mit denen zu schaffen, von denen ich mich losgesagt habe!«

»Ja, das habe ich gesehen«, versetzte er böse. »Sigislind hatte recht, nicht wahr? Sie hat ganz genau gewusst, wer du bist.«

»Und deshalb habe ich sie getötet, meinst du?« Urd blieb weiterhin ruhig, aber ihre Augen waren jetzt fast schwarz vor Kummer. »Nein. Wahr ist, dass die Lichtbringer schon stark in dieser Stadt sind, wie in den meisten Städten an der Küste, und wahr ist, dass sie schon lange auf das Erscheinen einer Hohepriesterin warten. Aber ich bin es nicht.«

Thor blickte nur zweifelnd, und wieder ließ sie eine geraume Weile verstreichen. Schließlich seufzte sie und fuhr mit erneut veränderter Stimme fort: »So ist ihre übliche Vorgehensweise. Sie warten, bis der Glaube stark genug an einem Ort ist, und erst am Ende senden sie eine Priesterin. Es gibt nicht viele davon, Thor. Nicht genug, um in jeder Stadt einen Tempel zu errichten.«

»Und sie haben gedacht, du wärst diejenige, auf die sie warten«, vermutete Thor. Zumindest diesen Teil ihrer Geschichte glaubte er.

»Helga hat mich erkannt«, bestätigte sie. »Und ich gebe zu, dass ich am Anfang dachte, es wäre eine gute Idee, mich hier zu verstecken und auf eine Gelegenheit zu warten, zusammen mit dir und den Kindern fortzugehen. Aber dann hat sie die anderen zu mir gebracht, zuerst nur einige wenige und dann immer mehr, und ich habe begriffen, wie viele sie schon sind und wie stark der alte Glaube hier in Oesengard schon ist.«

»Worauf warten wir dann noch?«, fragte Thor. »Das Schiff ist eingelaufen. Es wird schon morgen wieder in See stechen … vorausgesetzt, die Besatzung ist dann wieder nüchtern genug. Lass uns an Bord gehen.«

»Aber wohin denn?«, fragte sie. »Hast du nicht zugehört? Die Lichtbringer beherrschen schon fast die gesamte Küste. Sie erobern Stadt um Stadt, und niemand ist stark genug, ihnen Einhalt zu gebieten! Es gibt keinen Ort, wohin wir fliehen könnten!«

Thor war nicht ganz sicher, ob er wirklich verstand, worauf sie hinauswollte. »Und du glaubst, deine Schwestern nehmen dich wieder auf, wenn du mich ihnen vorführst?«

»Die Frage ist eher, welche von ihnen ich aufnehme«, antwortete Urd und verbesserte sich: »Wir.«

»Wir?«

»Ich habe es ernst gemeint, Thor«, sagte Urd in fast beschwörendem Ton. »Ich habe mich von meinen Schwestern losgesagt und dem, was sie aus unserem Glauben gemacht haben, nicht von den Göttern. Nicht unser Glaube ist falsch, sondern das, was sie daraus gemacht haben. Sie verbreiten die falsche Botschaft. Sie predigen Frieden, aber sie bringen den Tod. Aber wir können das ändern. Hilf mir, und die alten Götter werden nicht mit Feuer und Schwert zurückkehren müssen!«

Meinte sie damit die Götter des Krieges, die sie vorhin so inbrünstig angerufen hatte, dachte Thor. Er lachte bitter. »Du glaubst das wirklich, nicht wahr?«, fragte er. »Du glaubst, du könntest deinen Schwestern erzählen, dass sie bisher alles falsch gemacht haben und sie von dir lernen können, wie es besser geht?«

»Ja.«

»Und natürlich werden sie ihren Fehler sofort einsehen und die Menschen um Verzeihung bitten – und vor dir auf die Knie fallen«, sagte er höhnisch.

»Nein, nicht vor mir«, antwortete Urd. »Aber vor dir. Siehst du denn den Unterschied nicht? Die anderen sind nur Menschen. Sie sind Predigerinnen, nicht mehr! Sie sind gut in dem, was sie tun, denn sie werden ein halbes Leben lang darin geschult, die richtigen Worte zu finden und die Herzen der Menschen zu begeistern. Aber am Ende bleiben sie doch nur sterbliche Menschen und ihre Worte nicht mehr als eben nur Worte. Was wollen sie ausrichten gegen einen Glauben, der nicht nur von seinen Göttern erzählt, sondern von einem leibhaftigen Gott angeführt wird? Sie werden in Scharen zu uns kommen, Thor!«

»Ja, und die es nicht tun, erschlage ich mit meinem Hammer, nicht wahr?«

»Das wird gewiss nicht nötig sein«, antwortete sie überzeugt.

»Die Schiffe, von denen ich gesprochen habe, sind auf dem Weg hierher und werden schon in wenigen Wochen eintreffen. Sie bringen nicht nur eine Hohepriesterin, sondern auch Krieger. Mehr Krieger, als dieser Ort je gesehen hat. Aber nicht einer wird das Schwert gegen dich erheben. Wie sollten sie die Hand gegen den Gott erheben, in dessen Namen sie die Welt erobern?«

»Ich bin kein Gott, Urd«, sagte er schroff. »Und wenn ich es bin, dann will ich es nicht sein! Ich habe nicht darum gebeten!«

»Die Götter fragen uns nicht immer, was wir wollen und was nicht«, antwortete sie ernst. »Vielleicht erwarte ich zu viel, und das in zu kurzer Zeit. Deshalb bitte ich dich nur um eines: Entscheide dich nicht.«

»Wie meinst du das?«

»Nicht jetzt. Nicht heute, Thor. Gib dir einen Tag oder zwei, bevor du irgendetwas tust.«

»Und wenn ich mich schon entschieden habe? Werdet Ihr mich dann zwingen, diese Entscheidung zu revidieren, falls sie Euch nicht gefällt, Hohepriesterin?«

»Wie könnte ich das?«, fragte sie.

Thor schwieg. Das alles kam für ihn einfach viel zu schnell, um es wirklich zu verarbeiten, geschweige denn zu verstehen. Nur in einem Punkt irrte sie sich: Es gab nichts zu entscheiden, weil er diese Entscheidung im Grunde schon gefällt hatte, bevor sie ihn überhaupt vor die Wahl stellte. Er sollte gehen, jetzt, ohne noch eine weitere Frage zu stellen, ohne noch einmal zurückzublicken und ganz bestimmt, ohne noch einmal zurückzukommen. Was ging ihn die Welt an?

Vielleicht nichts. Das Kind, das sie erwartete, dafür umso mehr.

»Ich werde mich dir nicht in den Weg stellen«, sagte er schließlich. »Bis das Kind geboren ist.«

»Und dann?«, fragte sie.

Diese Frage konnte er nicht beantworten, schon weil er die Antwort nicht wusste.

Urd wollte noch etwas sagen, doch da kam schon Lif zurück. Er sah erschrocken aus, aber auch auf eine seltsame Weise gefasst, und er bemühte sich so sehr, Thors Blick zu vermeiden, dass es schon kaum noch auffälliger ging. Er wechselte ein paar Worte im Flüsterton mit seiner Mutter, und Thor sah, wie sie zusammenfuhr. Ihre Stimme war jedoch genauso ruhig wie zuvor.

»Es ist in Ordnung, Lif. Geh zurück, ich komme gleich nach.«

Ganz gegen seine Gewohnheit gab Lif keinerlei Widerworte, sondern drehte sich nur mit einem knappen Nicken um und verschwand. Urd ließ genug Zeit verstreichen, damit er sich außer Hörweite entfernen konnte, bevor sie wieder aufblickte. Sie sah jedoch nicht ihn an, sondern die Maske aus dünnem Goldblech, die er auf den Tisch gelegt hatte, dann den viel zu kleinen Mantel, den er noch immer um die Schultern trug.

»Ich habe nicht einmal gefragt, woher du diese Sachen hast«, sagte sie stirnrunzelnd. »Um ehrlich zu sein, habe ich mir diese Frage nicht einmal selbst gestellt.«

Statt zu antworten, streifte Thor nur wortlos den Mantel ab und ließ ihn achtlos auf den Boden fallen, bevor er genauso wortlos in die Richtung deutete, in der Lif verschwunden war.

Es war nicht derselbe Weg, den er hergekommen war, und der gewundene Gang führte auch keine Treppe hinauf, sondern nur eine leichte Steigung und ein paar flache Stufen, aber irgendwie mussten sie den entsprechenden Höhenunterschied trotzdem überwunden haben, denn es dauerte nicht lang, bis er – wenn auch aus der entgegengesetzten Richtung – hinter Urd in den schmalen Tunnel trat, in den er das tote Mädchen gebracht hatte.

Der gemauerte Alkoven war jetzt nicht mehr dunkel. Auf

dem letzten Stück wies ihnen der flackernde Schein einer Fackel den Weg. Lif und seine Schwester standen mit betroffenen Gesichtern und in niedergeschlagener Haltung da. Keiner von beiden sah ihn an.

Urd scheuchte sie mit einer unwilligen Geste aus dem Weg, trat gebückt in die niedrige Kammer und ließ sich neben der reglosen Gestalt in die Hocke sinken.

»Das ist Borde, die Tochter eines Fischers«, sagte sie. Ihre Miene war noch immer vollkommen ausdruckslos. »Sie war erst das zweite Mal bei uns, das arme Kind. Sie hat mich so angefleht, die Maske der Kriegerinnen zu tragen ... ich glaube, für sie war das alles nur ein großes Abenteuer. Armes Ding.« Sie sah zu ihm auf, stirnrunzelnd und sehr ernst, aber ohne jeglichen Vorwurf. »Musstest du sie töten?«

»So etwas passiert, wenn Kinder die falschen Spiele spielen«, erwiderte er kalt. »Ich wollte ihr nichts tun.«

»Aber du hast es getan«, murmelte Elenia. »Sie war doch ... nur ein Mädchen. Nicht viel älter als ich! Du hättest sie nicht töten müssen!«

»Sei still, Elenia!«, schalt sie Urd. »Sie war eine von uns, und sie ist für unseren Glauben gestorben. Du solltest nicht ...« Sie sprach nicht weiter, sondern stand plötzlich ruckartig auf und sah ihre Tochter an, und ihre Miene verfinsterte sich zunehmend. »Du hast es ihm gesagt, nicht wahr?«

»Aber ich wollte das alles nicht!«, verteidigte sich Elenia. »Ich wollte doch nicht, dass so etwas passiert! Ich wollte doch nur ...«

»Sie war in Sorge um dich«, sagte Thor, »und um ihren ungeborenen Bruder.« Die Worte klangen sogar in seinen eigenen Ohren nach genau der billigen Ausrede, die sie auch waren.

»So, du warst in Sorge um mich.« Urd maß ihre Tochter mit einem langen und sehr nachdenklichen Blick. »Das ehrt dich«, sagte sie dann. »Aber ich hatte dir verboten –«

»Du hast selbst gesagt, dass du dich schlecht fühlst!«, unterbrach sie Elenia. »Und du hast Schmerzen, das sieht man dir an, und wenn du es noch so sehr abstreitest!«

»Das ist wahr«, antwortete Urd. »Aber es ist auch normal. Euer Bruder kommt in wenigen Tagen zur Welt ... Dennoch: Ich hatte dir verboten, nach draußen zu gehen. Jetzt siehst du die Folgen.«

»Aber ich –«

»Ich weiß, dass du das nicht wolltest. Du hast sicher nicht einmal geahnt, dass so etwas passieren könnte, aber nun ist eine unserer Schwestern tot. Wie du es gesagt hast: Ein Mädchen, kaum älter als du.«

»Urd!«, sagte Thor scharf.

»Ebenso gut hättest du sie auch mit deinen eigenen Händen töten können«, fuhr Urd gnadenlos fort.

»Urd, das reicht!«, sagte Thor zornig. »Elenia kann nichts dafür! Ich habe sie getötet, nicht sie!«

Er versuchte nach ihrem Arm zu greifen, aber sie riss sich los und funkelte ihn mit einer Kälte an, die ihn innerlich erschauern ließ.

»Es ehrt dich, dass du sie in Schutz nimmst, aber Elenia ist alt genug«, sagte sie. »Es wird Zeit, dass sie lernt, Verantwortung für ihr Tun zu übernehmen!«

»Was bist du nur für ein Mensch«, flüsterte Thor. »Sie ist deine Tochter, Urd!«

»Ja«, antwortete sie kalt. »Und eines Tages wird sie meine Nachfolgerin werden. Von dem, was sie sagt und entscheidet, werden Menschenleben abhängen. Vielleicht wird sie über Krieg und Frieden entscheiden und über das Schicksal ganzer Völker. Sie muss lernen –«

»Kein Mensch mehr zu sein?«, unterbrach sie Thor. »Da bin ich ganz sicher, dass sie das lernen wird. Immerhin hat sie eine gute Lehrerin. Und mich als gutes Vorbild.«

Für einen Moment, einen unendlich kurzen Augenblick nur, verlor Urd die Kontrolle über ihre Züge. Aber vielleicht glaubte er es auch nur, denn sie hatte sich auch schon wieder in der Gewalt, noch bevor er wirklich sicher sein konnte, und ihr Gesicht erstarrte zu einer Maske nahezu vollkommener Ausdruckslosigkeit.

»Wenn Ihr es so meint, Herr«, sagte sie, während sie das Haupt vor ihm neigte. »Eure Worte verletzen mich, aber wenn das Eure Entscheidung ist, so werde ich sie hinnehmen.«

»Dann ist es ja gut«, antwortete Thor. »Und es bleibt dabei. Bis das Kind geboren ist. Und keinen Tag länger.«

19. Kapitel

Zumindest für die nächsten vier Tage sah er weder Urd noch die Kinder wieder, und auch am Leben in der Stadt schien sich rein gar nichts zu ändern. Sosehr Thor auch auf irgendeine Veränderung in Gundris oder Helgas Verhalten achtete, verhielten sie sich doch nicht anders als zuvor. Anscheinend hatten weder Urd noch die Kinder sein Geheimnis gelüftet, obwohl er fast damit gerechnet hatte.

Auch von dem toten Mädchen sprach niemand. Thor hätte erwartet, dass ihr Verschwinden selbst in einer Stadt wie Oesengard ein großes Thema sein musste, doch es schien entweder gar nicht aufgefallen zu sein, oder so etwas war hier an der Tagesordnung. Das eine erschien ihm so unwahrscheinlich wie das andere, aber er hütete sich, irgendwelche Fragen zu stellen. Aber er betrachtete die Stadt nun mit anderen Augen und gewahrte eine Menge Dinge, die ihm vorher noch nicht aufgefallen waren.

Darüber hinaus blieb ihm wenig Zeit, an irgendetwas anderes zu denken oder gar wirkliche Nachforschungen anzustellen, denn das Schiff hatte weder am nächsten noch am darauffolgenden Tag den Hafen verlassen. Thor hatte nicht damit gerechnet, dass das Schiff tatsächlich sofort wieder in See stach. Die Mannschaft hatte nicht nur an der großen Feier zum Frühlingsanfang teilgenommen, sondern sie sozusagen angeführt, und die Männer brauchten einen ganzen Tag, um ihren Rausch so weit auszuschlafen, dass sie wenigstens wieder kriechen konnten. Und auch danach sahen sie nicht so aus, als würden sie auch nur eine einzig kräftige Welle überstehen, ohne ihr Frühstück sofort wieder den Meeresgöttern zu opfern. Thor fand es ziemlich dumm, dass Menschen sich selbst absichtlich solchen Schaden zufügten, nahm es den Seeleuten aber dennoch nicht übel, hatte er auf diese Weise doch Gelegenheit, die meisten an Bord des Schiffes anfallenden Arbeiten zu erledigen und sich nicht nur noch ein wenig Geld zu verdienen, das er wahrscheinlich bitter nötig haben würde, sobald er die Stadt verließ, sondern auch mit den wenigen Männern der Besatzung ins Gespräch zu kommen, die sich dann und wann an Bord verirrten.

Die meisten waren unfreundlich und behandelten ihn mit einer Herablassung, die ihn noch vor wenigen Tagen einfach nur wütend gemacht hätte. Jetzt nahm er sie wortlos hin und nutzte die Gelegenheit, um tausend neugierige Fragen zu stellen, die die Männer zum größten Teil bereitwillig beantworteten. Seeleute waren ein schwatzhaftes Volk, das es gewohnt war, in jedem Hafen, in den sie kamen, sofort mit unzähligen Fragen überschüttet zu werden.

Das Schiff war nahezu voll beladen. Thor hatte es längst aufgegeben, sich zu fragen, was in den vielen Säcken, Kisten und Körben war, die er seit zwei Tagen aus Sjöbloms schier unerschöpflichen Kellern und Lagerhäusern geholt und an Bord getragen hatte, sondern begann sich allmählich allen Ernstes zu fragen, wie viel Ladung das schlanke Drachenboot wohl noch fassen konnte. Die fünfzig Fuß lange Knorr lag schon jetzt deutlich tiefer im Wasser, als an dem Tag, an dem sie – voll beladen – angekommen war, und von der fünfzehnköpfigen Besatzung befanden sich nur drei Mann an Bord; der Kapitän und zwei seiner Matrosen, die auf einem Stapel grober Säcke lagen und lautstark schnarchten.

Thor empfand nichts als Verachtung für sie, und dieses Gefühl musste sich wohl deutlich auf seinem Gesicht abzeichnen, denn nachdem er sich seiner Last entledigt hatte und gehen wollte, rief ihn der Kapitän noch einmal zurück und bedeutete ihm mit einem leicht schiefen Lächeln, neben ihm Platz zu nehmen.

Thor hatte wenig Lust auf einen weiteren belanglosen Schwatz. Der Tag war lang und anstrengend gewesen, und Sjöblom hatte ihm gerade einmal Zeit gelassen, in aller Hast eine kärgliche Mahlzeit herunterzuschlingen, die allerhöchstens reichte, um seinen Hunger richtig anzustacheln, aber er hatte auch keine Lust auf Ärger, und das Wenigste, was er jetzt gebrauchen konnte, war, in irgendeiner Form Aufsehen zu erregen. So setzte er sich widerstrebend auf eine Kiste und sah den Kapitän der Knorr nur fragend an.

Der Mann war groß – nicht viel kleiner als er selbst und überaus kräftig gebaut –, hatte seine besten Jahre aber schon hinter sich. Seine Hände schienen nur aus Schwielen und Narben zu bestehen und kündeten von vielen Jahren schwerer Arbeit mit Ruder und Tauen, und das einzige Saubere an ihm war das Kurzschwert, das an seiner Hüfte hing. Nicht zum ersten Mal fragte sich Thor, warum sowohl er als auch alle seine Männer ständig ihre Waffen trugen. Schließlich befanden sie sich hier unter Freunden, und wenn Oesengard eines war, dann friedlich.

»Du bist also Thor«, begann er schließlich. Er sprach den Namen genauso falsch aus wie Sjöblom und die meisten anderen. »Du bist mir in den letzten Tagen aufgefallen.«

»Das könnte daran liegen, dass ich dein Schiff beladen habe«, antwortete Thor. »Und das beinahe allein.«

Der Kapitän lachte, leise und nicht sehr lange. »Ich nehme doch an, du wirst dafür bezahlt?«

»Nicht gut genug«, sagte Thor. »Aber man nimmt, was man bekommt.«

»Eine gute Einstellung«, erwiderte der andere, beugte sich mit einem Ächzen wie ein weit älterer Mann zur Seite und hielt einen Krug mit klebrigem Met in den Händen, als er sich wieder aufrichtete. Thor schüttelte auf seinen fragenden Blick hin nur den Kopf, und der Kapitän stellte einen der Becher mit einem angedeuteten Achselzucken weg und goss sich selbst ein. »Mein Name ist Barend«, sagte er, nachdem er einen winzigen Schluck getrunken hatte.

»Und was willst du von mir?«, fragte Thor geradeheraus.

»Du bist nicht nur stark, sondern auch ein guter Beobachter«, sagte Barend, »und irgendetwas sagt mir, dass du auch ein kluger Bursche bist. Das gefällt mir.«

Das war keine Antwort auf seine Frage, und Thor kam nun endgültig zu dem Schluss, dass es ein Fehler gewesen war, der Einladung zu folgen.

»Ich habe gesehen, wie du meine Männer anschaust. Sie gefallen dir nicht.«

»Ich finde, sie trinken ein wenig zu viel«, erwiderte er.

»Und du trinkst nicht«, sagte Barend. »Ich habe dich beobachtet. Du nippst nur am Met, und Wein rührst du gar nicht an. Hast du ein Gelübde abgelegt oder was?«

»Ich halte nichts davon, mich zu betrinken. Ich habe es versucht, und es hat mir nicht gefallen.«

»Das erste Mal ist selten wirklich befriedigend«, griente Barend, wurde aber auch sofort wieder ernst. »Aber du stellst viele Fragen.«

»Das stimmt«, antwortete Thor. »Und?«

»Ich frage mich, ob dir deine Arbeit hier gefällt«, sagte Barend. »Du bist nicht aus Oesengard, habe ich recht?«

»Wer stellt jetzt hier Fragen?«

»Ich kenne Sjöblom gut«, sagte Barend ungerührt. »Er ist ein Trunkenbold und Schwächling, aber er ist auch der schrecklichste Geizhals, den ich kenne. Lass mich raten: Du arbeitest für Kost und Logis, bestehend aus einem Strohsack und dem Essen, das die anderen Gäste übrig lassen.«

Was das Lager anging, so hatte er recht, und beim Essen wäre es vermutlich auch so gewesen, hätten Gundri und ihre Mutter dem fetten Wirt nicht manchmal auf die Finger geklopft. »Ich werde bezahlt«, antworte er trotzdem. Nichts von alledem ging Barend etwas an, aber er spürte, dass der Kapitän auf etwas Bestimmtes hinaus wollte, und manchmal erfuhr man auch eine Menge, wenn man einfach nur Geduld aufbrachte und zuhörte.

»Bezahlt?«, wiederholte Barend. »Wie viel?«

Thor sagte es ihm, und Barend reagierte mit einem ebenso harten wie verächtlichen Lachen. »Ja, das habe ich mir gedacht. Das reicht nicht einmal, um ein einfaches Essen zu bezahlen, und wie ich Sjöblom kenne, wird er irgendetwas finden, was er dir in Rechnung stellen kann, wenn du sein Gasthaus wieder verlässt. Bist du schon einmal zur See gefahren?«

»Warum?«

»Weil du dich geschickt auf einem Schiff bewegst«, antwortete Barend. »Für so was habe ich einen Blick.«

Thor ließ seinen Blick über die beiden schlafenden Gestalten streifen, bevor er den Kopf schüttelte. »Heißt das, du willst mich anheuern?«

»Gute Männer kann ich immer gebrauchen. Und du bist ein guter Mann.« Er lachte. »Wenn du das Trinken noch lernst.«

»Ich bin nicht für das Meer geboren«, sagte Thor.

Er bekam aber auch jetzt nur ein neuerliches Kopfschütteln zur Antwort. »Hast du es denn schon einmal ausprobiert? Außerdem«, fügte der Kapitän mit leicht erhobener Stimme hinzu, als Thor widersprechen wollte, »fahren wir nicht wirklich auf das Meer hinaus. Die Windsbraut hat ihre beste Zeit lange hinter sich ... genau wie ihr Kapitän, fürchte ich.« Er tätschelte die verrotteten Planken, und ein fast wehmütiges Lächeln erschien auf seinen Lippen und verschwand sofort wieder. »Sie würde im ersten richtigen Sturm auseinanderbrechen, fürchte ich. Nein, wir fahren schon lang nicht mehr aufs offene Meer hinaus. Wozu auch? Es gibt dort nur Wasser ... und ein paar andere Länder, in denen es genauso schöne Frauen gibt wie hier und die gleichen Männer, die man übers Ohr hauen kann.«

»Worauf willst du hinaus?«, fragte Thor.

Barend feixte noch breiter. »Du hast es doch selbst schon gesagt, mein Freund: dich anheuern. Einen Burschen, der so gut zupacken kann wie du, kann ich immer gebrauchen. Was hält dich hier in Oesengard?«

»Nichts«, antwortete Thor.

»Dann überleg es dir«, sagte Barend. »Die Bezahlung ist gut, du siehst was von der Welt – oder wenigstens von der Küste –, und die Weiber mögen Seeleute. Du kämst auf deine Kosten. Mehr jedenfalls als hier.«

Thor antwortete nicht gleich. Barends Angebot kam für ihn unerwartet, aber es war verlockend. Die Windsbraut mochte wenig mehr als ein schwimmendes Wrack sein, doch sie war auch ein Weg aus der Falle, in der er saß. Schließlich schüttelte er doch den Kopf. »Ich muss noch einige Tage hierbleiben.«

»Warum?«

Thor schwieg, und Barend starrte ihn noch einige weitere Augenblicke lang durchdringend an und nippte dann wieder an seinem Becher. »Dann überlassen wir dem Schicksal die Entscheidung. Oder den Göttern – was immer dir lieber ist.«

»Wie meinst du das?«

Barend machte eine Kopfbewegung zum Mast und dem gerefften Segel hinauf. »Wir warten auf günstigen Wind. Vielleicht kommt er morgen, vielleicht in drei Tagen … so lange hast du Zeit.«

»Wind?« Thor warf einen bezeichnenden Blick auf die zwei Dutzend dreifach mannslangen Ruder, die säuberlich zu beiden Seiten der Bordwände aufgestapelt waren, doch Barend schüttelte schon wieder den Kopf. »Die sind nur für den Notfall.

Wozu rudern, wenn der Wind jetzt im Frühjahr stark genug weht, um uns schneller zum Ziel zu bringen?«

Irgendwo schrie ein Vogel, wie um seine Worte zu bestätigen – oder um ihn zu warnen –, aber Thor achtete nicht darauf, sondern fragte: »Und wo wäre dieses Ziel, wenn es doch da draußen nur Wasser gibt und dasselbe wie hier?«

»Wir fahren an der Küste entlang. Jetzt im Frühjahr und nach einem so langen Winter wie diesem herrscht überall großer Mangel. Wir werden gute Geschäfte machen.« Barend lachte wieder leise. »Meine Mannschaft behauptet zwar, ich wäre ein noch schlimmerer Geizhals als Gjöblom, aber jeder von ihnen bekommt einen fairen Anteil.«

Thor sah einen Moment lang auf das schartige, aber tadellos gepflegte Schwert an Barends Seite hinab und fragte sich, wovon. Laut sagte er: »Ihr fahrt die Küste entlang?«

»Von Hafen zu Hafen«, bestätigte Barend.

»Ich habe gehört, dass weiter im Süden ein Krieg droht.«

»Ach, hast du das?« Barends Augen wurden eine Spur schmaler. »Nun ja, jemand, der so viele Fragen stellt wie du, der hört gewiss auch eine Menge. Aber du hast recht. Es sind unruhige Zeiten. Die meisten Städte im Süden sind bereits gefallen. Und Oesengard wird es nicht anders ergehen, wenn du mich fragst. Ein Grund mehr, nicht mehr lange hierzubleiben.«

»Für mich hört sich das eher nach einem Grund an, nicht nach Süden zu fahren«, antwortete Thor.

Aber Barend machte nur ein abfälliges Geräusch. »Wir haben mit diesem Krieg nichts zu schaffen, mein Freund.«

»Und auch nicht mit den Lichtbringern?«

Barend wirkte für einen Moment ehrlich beeindruckt, so sehr, dass Thor sich fragte, ob er nicht einen Fehler gemacht hatte. »Du bist gut informiert«, sagte er dann. »Aber anscheinend nicht gut genug. Die Lichtbringer interessieren mich nicht. Und sie interessieren sich nicht für uns.«

»Nach allem, was ich über sie gehört habe, fällt es mir schwer, das zu glauben«, sagte Thor.

Barend machte eine wegwerfende Handbewegung. »Die Mächtigen kommen und gehen, mein Freund. Ein neuer König oder eine neue Religion – was interessiert es mich? Solange wir uns nicht in ihre Geschäfte einmischen, lassen sie uns in Frieden, und wir halten es umgekehrt genauso. Es ist mir gleich, an welche Götter die Menschen glauben und welche Ideen sie haben. Sie alle brauchen Schiffe. Und Männer, die damit fahren können. Kommen wir in eine Stadt, in der sie herrschen, dann beten wir in ihren Tempeln und opfern ihren Göttern, und danach lassen sie uns unserer Wege gehen.«

Wenn er das wirklich glaubte, dachte Thor, dann stand ihm und seinen Männern ein ziemlich böses Erwachen bevor. Sah er einmal von Urd ab – von der er weniger denn je wusste, wer oder was sie wirklich war –, dann war er noch keinem wirklichen Lichtbringer begegnet, aber wenn auch nur die Hälfte von dem stimmte, was er über sie gehört hatte, dann waren Worte wie diese der schnellste Weg, seinen Kopf zu verlieren.

Wieder hörte er das misstönende Krächzen eines Vogels, und für einen Moment glaubte er einen Schatten zu sehen, der über das Deck der Windsbraut strich, zu groß und viel zu dunkel für einen Vogel. Als er den Kopf hob, sah er, dass er sich getäuscht hatte: Es war ein Vogel, keine Chimäre, die aus seinen Träumen gekommen war, um ihn zu quälen. Aber es war keine Möwe, wie sie sich in großer Zahl hier am Hafen um Abfälle balgten, sondern ein viel größeres, schwarzes Tier, dessen Gefieder wie poliertes Eisen glänzte.

»Ein Rabe?«, murmelte Barend erstaunt. »Das ist ungewöhnlich. Sie kommen eigentlich nie hier –« Er brach mitten im Wort ab, runzelte tief die Stirn und sah dann plötzlich fast bestürzt aus, auf jeden Fall aber sehr aufmerksam. Offensichtlich hatte er irgendetwas entdeckt, was ihm nicht gefiel. Thor wandte den Kopf und konnte ihn verstehen. Auch ihm gefiel der Anblick Sverigs nicht, der mit schnellen Schritten und gezückter Axt schnurstracks auf die Windsbraut zu marschiert kam.

Sverig? Hier?

»Ein Freund von dir?«, erkundigte sich Barend spöttisch.

Lif hatte recht gehabt, dachte Thor zornig. Er hätte den Kerl umbringen sollen, als er noch die Gelegenheit dazu gehabt hatte. Was um alles in der Welt tat der Kerl hier?

Bevor er Sverig diese Frage selbst hätte stellen können, weil der Krieger nahe genug heran war, um ihn nun seinerseits zu erkennen, erklang das Krächzen des Raben zum dritten Mal, und ob es sich nun um einen reinen Zufall handelte oder Odin tatsächlich einen seiner Raben geschickt hatte, um ihn zu warnen – Sverig hob den Kopf und suchte aus zusammengekniffenen Augen den Himmel ab, und Thor drehte sich gerade langsam genug herum, um durch die plötzliche Bewegung nicht Sverigs Neugier zu wecken.

Die Barends anscheinend schon, denn die steile Falte zwischen den Augenbrauen des Kapitäns wurde noch tiefer. »Nein. Eindeutig kein Freund von dir. Aber wenn's dir ein Trost ist, auch keiner von mir.«

Thor antwortete nicht. Seine Gedanken rasten. Ihm blieben noch ein paar Augenblicke, bis Sverig heran war, und spätestens wenn er die Windsbraut betrat, musste er ihn einfach erkennen. Und dann würde er ihn töten müssen, mit allen Konsequenzen für sich, Urd und möglicherweise diese ganze Stadt. Lif hatte recht gehabt. Er hätte Sverig erschlagen sollen ...

»Kannst du schwimmen?«, fragte Barend. Thor sah ihn fragend an, und Barend goss sich einen weiteren Becher Met ein und fuhr im Plauderton fort: »Der letzte Winter war lang. Die Windsbraut hat lange am Kai gelegen, und ich fürchte, dass jemand unter Wasser nachsehen muss, ob der Rumpf Schaden genommen hat. Ich weiß, dass das Wasser kalt ist, aber es muss getan werden.«

Das kam so überraschend, dass Thor ihn einen weiteren, kostbaren Atemzug einfach nur verwirrt anstarrte, während Sverig stetig näher kam.

»Aber gib acht, dass du nicht abgetrieben wirst«, fuhr der Seemann fort. »Die Strömung hier ist tückisch, und es gibt große Hohlräume unter der Mole, in denen man glatt die Orientierung verlieren kann.« Plötzlich sprang er auf, schleuderte seinen Becher mit einer ärgerlichen Bewegung zu Boden und fuhr ihn in herrischem Ton an: »Es ist mir vollkommen egal, wie kalt das Wasser ist, du fauler Hund! Du wirst jetzt da runtertauchen und das Tau losschneiden, oder ich lasse dich den ganzen Weg nach Starberg schwimmen und die Windsbraut ziehen, hast du das verstanden?«

Endlich kapierte Thor es wirklich, und er konnte nur hoffen, dass es noch nicht zu spät war. Rasch sprang er auf und stieg über das Ladegut – und einen der betrunkenen Männer – hinweg, und Barend folgte ihm und polterte noch lauter: »Und lass dir nicht einfallen, zurück an Bord zu kommen, solange noch eine einzige Muschel am Rumpf klebt, du fauler Hund!«

Thor hörte, wie schwere Schritte hinter ihnen auf das Deck traten, machte selbst einen großen Schritt über die kaum kniehohe Bordwand und tauchte die Füße ins Wasser, indem er sich setzte und mit beiden Händen abstützte. Das heftige Zittern, das ihn überlief, musste er nicht mehr schauspielern. Das Wasser war in der Tat eiskalt.

»Seid Ihr Barend, der Kapitän dieses Schiffes?«, fragte eine Stimme hinter ihnen.«

»Ja«, knurrte Barend. »Ich komme sofort, aber zuerst muss ich diesem faulen Stück Dreck hier noch Beine machen! Jetzt spute dich, Kerl! So wie du stinkst, ist es sowieso Zeit für ein Bad!« Und damit versetzte er Thor einen Stoß zwischen die

Schulterblätter, der ihn endgültig über Bord und in das eisige Wasser hinabbeförderte.

Thors Herz überschlug sich mit einem Gefühl wie ein schmerzhafter Schluckauf, und ihm drohten die Sinne zu schwinden. Er verlor seinen Gleichgewichtssinn und orientierte sich nur noch an der Helligkeit über sich. Mit plötzlich rasend hämmerndem Herzen und Lungen, die nach Luft schrien, als hätte er versucht, flüssiges Feuer einzuatmen, kam er an die Oberfläche, nahm einen keuchenden Atemzug und tauchte sofort wieder unter, als er den verschwommenen Schatten sah, der neben Barend an der Bordwand erschien. Sverig konnte gar nicht anders, als angesichts dieser absurden Szene misstrauisch – oder zumindest neugierig – zu werden, aber das war Barends Problem, und er traute dem Kapitän durchaus zu, damit fertigzuwerden. Und wenn nicht, gut, dann konnte er immer noch sehen, ob Sverig genauso gut schwimmen konnte wie er und was er von den Wassertemperaturen hielt.

Er schwamm so dicht an den Rumpf heran, wie er konnte, nahm noch einen letzten, tiefen Atemzug – bei dem er zu jedem einzelnen Gott, dessen Namen er aus Urds Mund gehört hatte, flehte, dass Sverig nicht in genau diesem Moment nach unten sah – und tauchte dann mit einem einzigen kräftigen Zug unter der Windsbraut hindurch.

Genau wie Barend es gesagt hatte, gab es hier im Hafen eine unerwartet starke Strömung, die es ihm nach Kräften schwer machte, auf der anderen Seite wieder aufzutauchen. Außerdem konnte er kaum etwas sehen. Das Wasser war viel salziger, als er erwartet hatte, und brannte wie Säure in seinen Augen. Und auch die Kälte machte ihm mit jedem Moment mehr zu schaffen.

Thor registrierte Helligkeit über sich, tauchte instinktiv auf und schnappte nach Luft und bekam sie auch, knallte aber gleich darauf mit solcher Wucht gegen eisenhartes Holz, dass ihm Hören und Sehen verging. Irgendwie gelang es ihm, sich festzuklammern und den Kopf über Wasser zu halten, aber schon diese kleine Aufgabe verlangte ihm fast seine gesamte Kraft ab. Er hätte nicht auf Barend hören dürfen. Was wusste er schon über diesen Mann, seine Ziele und Absichten? Was, wenn er in Wahrheit gemeinsame Sache mit Sverig machte, oder –

Thor spürte, wie sich seine Gedanken zu verwirren begannen. Die grausame Kälte erschien ihm plötzlich gar nicht mehr so grausam, sondern begann allmählich einem Gefühl trügerischer Wärme Platz zu machen ...

Nein, er durfte sich diesem Gefühl nicht hingeben! Das Wasser war nicht einfach nur kalt, es war tödlich! Nur wenige Grade kälter, und das Hafenbecken wäre noch zugefroren. Er musste an Land, oder er würde erfrieren, noch bevor Sverig seine Unterhaltung mit dem Kapitän beendet hatte. Nur dass Sverig ihn dann unweigerlich sehen würde, und dann wäre es um ihm geschehen.

Thor zwang sich mit einer gewaltigen Willensanstrengung, sich noch einmal umzusehen und den Schemen ringsum irgendeinen Sinn abzugewinnen, und schwamm schließlich auf den hellsten dieser Flecken zu. Seine Finger krallten sich in etwas, von dem er nicht einmal wusste, was es war, das aber immerhin sein Gewicht trug, und irgendwoher nahm er sogar noch die Kraft, sich nicht nur Hand über Hand aus dem Wasser zu ziehen, sondern sogar noch ein paar Schritte weit zu taumeln, ehe er in die Knie brach und seinen nassen Mantel um sich schlang. Der Stoff schmiegte sich um ihn wie eine zweite Haut und begann augenblicklich auch noch das allerletzte bisschen Wärme aus seinem Körper zu saugen, und wo immer Sverig auch war, brauchte er sich in diesem Moment wahrscheinlich nur herumzudrehen, um ihn zu sehen. Vielleicht war dieser Gedanke der einzige Grund, aus dem es ihm irgendwie gelang, sich noch einmal auf die Füße zu stemmen und weiterzutorkeln.

Aus einem Grund, den er niemals erfahren sollte, sah sich Sverig offensichtlich nicht nach ihm um, sodass er das Gasthaus unbehelligt erreichte, und vielleicht nicht mehr sein Verstand, aber seine Instinkte warnten ihn, den Schankraum nicht zu betreten. Sverig war gewiss nicht allein gekommen, und seine Begleiter mochten genau dort drinnen auf ihn warten.

Stattdessen schleppte er sich zur Rückseite des Gebäudes und in den Stall. Auch dort bestand die Gefahr, einem von Sverigs Begleitern – und das hieße, einem Mann aus Midgard – zu begegnen, aber dieses Risiko musste er einfach eingehen. Wenn er hier draußen blieb, würde er erfrieren.

Der Stall hatte sich verändert, seit er das letzte Mal hier gewesen war, um nach dem Schecken zu sehen. Sehr viel mehr Pferde standen jetzt in den schmalen Holzverschlägen, und einige davon offenbar noch nicht sehr lange. Obwohl sie alle abgezäumt und sorgsam trocken gerieben waren, dampften etliche von ihnen noch vor Kälte, und Thor sah den Tieren ihre Erschöpfung an.

Er erkannte auch mindestens eines von ihnen wieder: Einen kräftig gebauten Wallach, dem es umgekehrt offenbar genauso erging, denn bei seinem Eintreten hob er den Kopf und begrüßte ihn mit einem matten Schnauben.

Thor erinnerte sich, dass Bjorn dieses Tier oft geritten hatte.

Er war ein wenig erschrocken – aber warum eigentlich? Dass Sverig und Bjorn hierher nach Oesengard kamen, hätte ihn nicht überraschen dürfen. Zwar würden sie wohl kaum annehmen, dass Urd und er wirklich so dumm waren, sich ausgerechnet hier zu verstecken, sondern waren vermutlich eher gekommen, um mit ihren alten Verbündeten zu reden und vielleicht Neues über den Krieg zu erfahren, von dem Sjöblom ihm erzählt hatte. Aber nun waren sie hier, und jetzt würde es ganz bestimmt nicht mehr lange dauern, bis sie erfuhren, dass er hier in Oesengard war. Er musste weg, und er musste vor allem Urd und die Kinder warnen.

Thor spürte, wie sich seine Muskeln noch weiter verkrampften und er mit den Zähnen zu klappern begann, und erneut schlug das Gefühl von Kälte in reinen Schmerz um. Die Kälte würde ihn umbringen, wenn er nichts unternahm. Aber was? Zurück ins Gasthaus oder gar an Sjöbloms warmen Kamin konnte er nicht, nicht einmal in seine eigene jämmerliche Dachkammer. Und sein nächster Gedanke, nämlich zu Urd in ihr Versteck zu eilen und sie zu warnen, war mindestens genauso undurchführbar. Thor zweifelte nicht daran, dass er den geheimen Eingang in das unterirdische Labyrinth wiederfinden würde, aber um dorthin zu gelangen, musste er ein Stück die Straße entlanggehen, und das war viel zu riskant.

Das Zittern seiner Glieder wurde stärker. Thor biss die Zähne aufeinander, um ein Stöhnen zu unterdrücken, und hob die rechte Hand vor das Gesicht. Sie war bläulich verfärbt und zitterte heftig, egal wie angestrengt er versuchte, es zu unterdrücken, und seine Finger zogen sich allmählich zu einer Kralle zusammen. Wenn Sverig ihn in diesem Zustand überraschte, dann brauchte er seine Axt nicht, um ihn zu töten. Es reichte, wenn er ihn umwarf und zusah, wie er dabei in Stücke zerbrach.

Ungeschickt, weil ihm seine steifen Finger den Gehorsam verweigerten, streifte er den nassen Mantel von den Schultern, wandte sich zur Tür und machte dann noch einmal kehrt, um stattdessen tiefer in den Stall hineinzugehen. Der Schecke begrüßte ihn mit einem erfreuten Schnauben und einer Bewegung, wie um nach ihm zu schnappen – die er allerdings nicht zu Ende führte –, und Thor tätschelte ihm im Vorbeigehen den Hals. Selbst diese kleine Bewegung tat weh.

Durch die schmalen Ritzen zwischen den Brettern hatte er einen eingeschränkten Blick auf den Hafen und zumindest auf die hintere Hälfte der Windsbraut. Barend und Sverig standen noch immer auf dem Deck und redeten. Natürlich war er viel zu weit entfernt, um ihre Worte zu verstehen oder auch nur den Ausdruck auf ihren Gesichtern zu erkennen, aber er sah, dass Sverig heftig zu gestikulieren begonnen hatte und mit seiner Axt herumfuchtelte. Das musste nichts bedeuten – Sverig fuchtelte immerzu mit seiner Axt herum –, aber es gefiel ihm nicht.

Thor sah den beiden ungleichen Männern eine Zeit lang zu und wartete darauf, dass seine Glieder aufhörten, um die Wette zu zittern oder wenigstens der Schmerz in seinen Fingern und Zehen ein wenig nachließ, hatte aber das Gefühl, dass es eher schlimmer wurde. Zwischen seinen Schläfen hatte sich ein dumpfer Schmerz eingenistet, und seine Gedanken schienen sich immer langsamer zu bewegen. Ein Teil von ihm war sich sehr wohl der Tatsache bewusst, dass er die Folgen der Unterkühlung spürte und sich durchaus in Gefahr befand. Sie hatten grausamere Kälte in den Bergen überstanden, aber das hier war etwas anderes. Die Kälte und seine nassen Kleider würden ihn umbringen, wenn er nichts unternahm, und es gab noch eine andere und weit größere Gefahr. Das Denken fiel ihm immer schwerer, und er würde kaum noch reagieren können, wenn etwas geschah. Vielleicht würde er es nicht einmal rechtzeitig bemerken.

Der Schecke schnaubte, und Thor hob fast ohne sein Zutun die Hand, um ihn zu streicheln, trat aber dann stattdessen von der Bretterwand zurück und schmiegte sich eng an den Hengst. Das Tier schrak instinktiv zurück, als es seine Kälte spürte, schmiegte sich dann aber eng an ihn, und nach einem letzten, kurzen Zögern streifte er das durchnässte Hemd und auch die immer noch vor Nässe triefenden Hosen ab und presste sich so fest gegen den Schecken, wie er konnte.

Es half nicht viel; zumal ihm klar war, dass er früher oder später doch wieder in seine nassen Kleider schlüpfen musste, aber er hatte wenigstens das Gefühl, etwas zu tun und nicht mehr unter Feinden zu sein.

Dann machte sich ein Gefühl von Bitterkeit in ihm breit, als er begriff, was er gerade gedacht hatte.

Ein Pferd? War das einzige Wesen auf der ganzen Welt, das er noch vorbehaltlos als seinen Freund ansah, tatsächlich ein Pferd?

Thor schob diesen verrückten Gedanken auf seinen erschöpften Zustand und lenkte sich damit ab, dass er sich ganz auf das bisschen Wärme konzentrierte, das ihm der Hengst spendete. Wahrscheinlich war es eher dieser Gedanke als die wenige Wärme selbst, der ihm wirklich half. Er bekam Fieber, so schnell, dass er regelrecht spüren konnte, wie sich das Blut in seinen Adern zu erhitzen begann, und seine Gedanken glitten mehr und mehr in Gefilde ab, in die er ihnen weder folgen konnte noch wollte. Seine Glieder wurden immer schwerer, und er wollte nichts mehr, als sich auf dem Boden auszustrecken und die Augen zu schließen, und sei es nur für einen kurzen Moment.

Wenn er es zuließ, das wusste er, dann würde er vielleicht nicht wieder erwachen.

Aber vielleicht spielte das auch gar keine Rolle.

20. Kapitel

Er war wieder auf dem Götterpass. Der Sturm heulte, oder war es das Heulen von Wölfen, das in seinen Ohren gellte? Die Welt vor seinen Augen war weiß, von einem schmerzhaften Weiß wie peitschender Schnee, doch ihm war so heiß, als flösse eine alles verzehrende Glut durch seine Adern, die den Schnee verdampfen ließ. In den Dampfschwaden waren andere, dunklere Schatten zu erkennen; sie huschten vorbei wie die Schwingen von Möwen, von Rabenkrähen mit ausgebreiteten Flügeln, die sich im Handumdrehen in die schwarze Doppelklinge einer Axt verwandelten.

Ich kann dir helfen zu sterben. Mehr nicht.

Und was verlangst du dafür, fragte er, auch wenn er die Antwort bereits kannte.

Sverig starrte höhnisch durch das Schneegestöber herab, sein Bart von Reif umgeben, nein, es war das tote Mädchen aus dem Labyrinth, und es öffnete die Augen und sah ihn an.

Aber du kannst auch leben. Es ist ganz allein deine Wahl.

Die Worte drangen aus einem Mund, der bereits von der Fäule des Todes befallen war, und die Höhle des Mundes war ein großer, endloser Schlund, ein Mahlstrom der ihn in die Tiefe hinabzog. Er irrte durch die Gänge des Labyrinths, das keinen Anfang und kein Ende hatte, vorbei an Wänden, die aus riesigen, so eng gefügten Steinen bestanden, dass keine Messerklinge mehr dazwischen passte, über Treppen, deren Stufen zu groß waren für menschliche Schritte, sodass seine Beine vom Steigen so sehr schmerzten, dass er kaum mehr einen Fuß vor den anderen setzen konnte, und doch stieg er immer tiefer hinab, in einen dunklen Abgrund, der sich unter ihm auftat. In der Tiefe des Meeres, weit unter ihm, schwammen die

Drachenschiffe; sie trieben unaufhaltsam auf die Klippen zu, an denen sich unterhalb der Steilwand die Wogen eines unbekannten Meeres brachen. Er stand auf einem hohen Balkon; nein, er stand nicht, er hielt sich nur mit einer Hand fest, und seine Hand war gefroren, wie aus Glas.

Du musst dich entscheiden, sagte Urd.

Aber er wollte sich nicht entscheiden, nein, nicht ehe sein Kind geboren war, sein Sohn, und sie trat mit dem Fuß auf seine Hand, dass sie zersplitterte, und er fiel hinab in die endlose Tiefe, auf die nadelspitzen Klippen zu, und er schloss die Augen, um den Aufprall nicht zu sehen.

Doch der Aufprall kam nie . . .

Zwei, vielleicht auch drei Tage lang lag er mit hohem Fieber da und fantasierte. Er kam dem Tod nicht annähernd so nahe wie nach seinem Kampf am Götterpass und der daraus resultierenden Verletzung. Aber sein Körper litt, und er erinnerte sich hinterher nur noch an eine endlos erscheinende Zeit voller Fieberträume, wirrer Visionen und vor allem von unerträglichem Durst.

Als es vorbei war, fand er sich an einem Ort, der ihn erschreckte, denn er war ihm fremd und zugleich auf eine Furcht einflößende Art vertraut. Im allerersten Moment war er nicht einmal sicher, tatsächlich schon erwacht zu sein oder vielleicht doch noch in einem Traum gefangen, der nur sein Gewand gewechselt hatte und in der Verkleidung vermeintlicher Realität daherkam. Das Fieber war fort, aber es hatte auch einen Teil seiner Erinnerungen mitgenommen: Er wusste weder, wo er war, noch wie er hierhergekommen war.

Instinktiv wollte er sich aufrichten, sank aber schon wieder zurück, noch bevor er die Ellbogen ganz aufgestützt hatte. Er war schrecklich schwach. Sein Herz schlug gleichmäßig, aber so schwer, dass er jeden einzelnen Schlag bis in die Fingerspitzen fühlen konnte, und er hatte einen grässlichen Geschmack im Mund. Selbst diese kleine Anstrengung rächte sich mit einem heftigen Schwindelgefühl, das für etliche Sekunden durch seinen Schädel tobte, und einem Gefühl von Übelkeit.

Es ließ sich wieder ganz zurücksinken, schloss die Augen und wartete, bis sich das Chaos hinter seiner Stirn beruhigt und sein Magen aufgehört hatte zu revoltieren. Vielleicht hatte er einfach nur Hunger. Mit seinen Erinnerungen war auch sein Zeitgefühl verschwunden, auf das er sich normalerweise verlassen konnte, aber er spürte, dass viel Zeit vergangen war. Tage. Er musste im Stall das Bewusstsein verloren haben, und jemand hatte ihn gefunden und hierhergebracht. Er wusste weder wer noch wo er hier war. Da waren verschwommene Erinnerungen an Hände, die sich an ihm zu schaffen machten, besorgte Stimmen und eine Schale mit kühlem Wasser, die an seine Lippen gesetzt wurde, um seine ausgedörrte Kehle zu kühlen. Vielleicht hatte ihn jemand gefunden, der es gut mit ihm meinte, vielleicht war er auch ein Gefangener.

Seine Umgebung jedenfalls gab keinen Aufschluss darüber. Er lag nackt unter einer weichen Decke und auf einem ebenso weichen Lager, und jemand hatte ihm sogar ein Kissen unter den Nacken geschoben, um es ihm etwas bequemer zu machen. Immerhin schien es nicht Sverig gewesen zu sein, der ihn gefunden hatte, dachte er spöttisch, sonst wäre er wahrscheinlich mit dem Kopf nach unten an der Decke hängend aufgewacht.

Dennoch mochte er ein Gefangener sein. Die steinerne Kammer, gegen deren gewölbte Decke er blickte, war so dunkel, dass selbst seine scharfen Augen kaum mehr als Schemen erkannten. Zwei Schalen mit glühenden Kohlen sorgten für Wärme und einen Hauch rötlichen Lichts, aber nicht wirklich für Klarheit. Er nahm an, dass er sich in einem Teil des alten Kellerlabyrinths befand, was aber nicht bedeuten musste, dass er auch in Sicherheit war. Vielleicht hatten sie ja auch Urd und die Kinder längst gefangen genommen und warteten jetzt nur darauf, dass er aufwachte, um sie gemeinsam zu verhören.

Thor sah ein, dass solche Überlegungen zu nichts führten, schloss noch einmal die Augen und versuchte mit aller Gewalt, seine Erinnerungen herbeizuzwingen, ohne greifbares Ergebnis. Immerhin kam er noch zu einer weiteren Erkenntnis: Statt nach kaltem Schweiß und vielleicht noch Schlimmerem roch er sauber, was bedeutete, dass sich jemand um alle seine körperlichen Bedürfnisse gekümmert hatte. Thor war sich nicht ganz darüber klar, ob ihm diese Erkenntnis peinlich sein sollte oder nicht.

Seine Gedanken begannen sich abermals zu verwirren, und er schlief ein, wenn auch nicht für lange, und das Gefühl wohliger Mattigkeit, mit dem er wieder erwachte, machte ihm auch klar, dass er diesmal einfach nur geschlafen hatte, nicht bewusstlos gewesen war. Alles war leicht und auf sonderbare Art gedämpft. Wenn nur der üble Geschmack in seinem Mund nicht gewesen wäre!

Etwas raschelte, und eine Schale mit kaltem Wasser wurde an seine Lippen gesetzt. Er trank mit großen, gierigen Schlucken, ohne den brennenden Durst in seiner Kehle ganz löschen zu können, und war enttäuscht, als die Schale wieder weggezogen wurde.

»Du bekommst gleich mehr, keine Angst. Aber wenn du zu schnell trinkst, wird dir nur übel.«

Sein Verstand sagte ihm, dass das natürlich die Wahrheit war, aber seine gesprungenen Lippen und seine ausgedörrte Kehle schrien nach mehr. Er versuchte die Hand zu heben und nach der Schale zu greifen, aber nicht einmal dafür reichte seine Kraft. Selbst das kleine Gewicht der Decke reichte, um seinen Arm niederzuhalten.

Ein leises Lachen erklang, und das schwache Licht der fast erloschenen Kohlebecken ließ einen dicken Zopf aus goldfarbenem Haar aus den Schatten auftauchen und fast genauso schnell wieder verschwinden. Dann registrierte er ihren süßen Geruch, und erst im Nachhinein erinnerte er sich an das sanfte Streicheln ihrer Finger auf seiner Stirn.

»Urd?« Seine Kehle war so ausgedörrt, dass ihm selbst dieses kleine Wort Mühe bereitete.

»Ich sollte dich jetzt eigentlich fragen, wie du dich fühlst, aber ich glaube, ich kenne die Antwort bereits.« Er hörte mehr, als er sah, wie sie den Kopf schüttelte und ihn mit besorgten Blicken musterte. »Ich wusste ja, dass du großen Wert auf Sauberkeit legst ... aber wenn du das nächste Mal ein Bad nehmen willst, dann spring nicht in den Hafen. Oder warte wenigstens, bis es wärmer geworden ist.«

»Ja, das ist witzig«, krächzte Thor. Schon diese wenigen Worte taten ihm weh, aber er spürte auch, wie seine Stimmbänder an Geschmeidigkeit gewannen, und auch seine Gedanken bewegten sich nicht mehr ganz so holperig. Nur die Augen spielten ihm weiterhin böse Streiche. Urd saß weniger als eine Armeslänge neben ihm, aber sie blieb ein flacher Schemen ohne Gesicht. Vielleicht war es hier drinnen auch einfach so dunkel, dass er nicht mehr sehen konnte.

»Das war nicht witzig, es war ziemlich dumm«, antwortete sie. »Ich bin nur nicht sicher, wer der größere Dummkopf ist – Barend, auf diese haarsträubende Idee zu kommen, oder du, es tatsächlich zu tun.« Sie machte eine ungeduldige Geste, als er zu einer mühsamen Antwort ansetzte. »Ich weiß, anderenfalls hätte Sverig dich gesehen, und das wäre noch schlimmer gewesen. Warum bist du nicht hierhergekommnen, statt dich in diesem Stall zu verkriechen?«

Die richtige Antwort hätte gelautet: Weil ich dann über die Straße hätte laufen müssen und Sverig oder sonst einer von Bjorns Männern mich gesehen hätte, aber er sparte es sich, das auszusprechen. Jedes Wort bedeutete noch immer eine Mühe, die er sich genau überlegte.

»Hast du … mich gefunden?«, fragte er stattdessen.

»Gundri«, antwortete Urd, und irgendetwas an der Art, auf die sie diesen Namen aussprach … störte ihn. Aber der Gedanke entglitt ihm, noch bevor er wirklich danach greifen konnte. »Du hattest sehr viel Glück, Thor. Wäre ihr Vater selbst in den Stall gegangen, um nach den Pferden zu sehen, dann wärst du jetzt nicht hier. Aber er war zu sehr damit beschäftigt, mit diesem Dummkopf Bjorn um die Wette zu trinken, und hat seine Tochter geschickt. Sie hat dich gefunden und uns alarmiert.«

»Und wer hat mich hierhergebracht?«

»Lif und … Elenia«, antwortete sie, und wieder hatte er das Gefühl, dass dieses unmerkliche Zögern etwas bedeutete, aber auch jetzt erschien es ihm viel zu mühsam, wirklich darüber nachzudenken. Die kleine Bewegung, mit der er den Kopf drehte, um die Schale neben ihm sehnsuchtsvoll anzustarren, war schon fast mehr, als er zustande brachte.

Urd musste seinen Blick bemerkt haben, denn der Schatten, als den er ihre Gestalt wahrnahm, streckte die Hand nach der Schale aus. Zu seiner Enttäuschung allerdings nicht, um sie ihm an die Lippen zu setzen. Vielmehr stand sie auf und verschwand für einen langen Moment in der Dunkelheit. Thor hörte sie mit irgendetwas hantieren, dann ein Geräusch, als würde Wasser aus einem anderen Gefäß in eine Schale gegossen. Allein der Laut fachte seinen Durst neu an; aber sie kam noch nicht zurück, sondern tat … irgendetwas.

»Wie geht es dir?«, fragte er.

»Wie es mir geht?« Aus irgendeinem Grund schien sie im allerersten Moment mit dieser Frage nichts anfangen zu können, dann aber lachte sie, ebenso leise wie unecht und antwortete eine Spur zu hastig: »Mit dem Kind ist alles in Ordnung, wenn du das meinst. Es dauert noch eine Weile.« Sie hantierte weiter mit irgendetwas herum. Stoff raschelte, vielleicht Leder, dann kam sie zurück und ließ sich mit überraschender Leichtigkeit im Schneidersitz neben ihm nieder, die Schale mit beiden Händen haltend. Ihr Gesicht blieb im Schatten, als sie sich vorbeugte und sie an seine Lippen setzte.

Thor trank, aber schon der allererste Schluck zeigte ihm, dass es jetzt nicht mehr nur Wasser war, das er trank. Das also hatte sie getan.

»Trink vorsichtig«, forderte sie. »Es sei denn, du willst gleich wieder einschlafen ... und das möchtest du doch nicht, oder?«

»Was hast du hineingetan?«, fragte er zwischen zwei Schlucken. Das Wasser war kühl und schmeckte köstlich, hinterließ aber ein leises Prickeln auf seiner Zunge, rasch gefolgt von einem noch leiseren und durchaus angenehmen Gefühl der Taubheit.

»Das braucht dich nicht zu interessieren. Vertrau mir einfach. Du weißt doch, ich bin eine Hexe.«

»Solange es nicht dieselbe Medizin ist wie bei Hensvig und seiner Frau ...« Thor bedauerte die Worte schon, bevor er sie überhaupt ausgesprochen hatte, und er wusste ganz und gar nicht, warum eigentlich. Da war immer noch ein Teil in ihm, der sie einfach nur verletzen wollte.

Urd tat jedoch so, als hätte sie die Bemerkung gar nicht gehört, und zog die Schale nach einigen weiteren Schlucken wieder zurück. Thor hätte gern mehr getrunken, protestierte aber dieses Mal nicht, sondern fuhr sich nur mit der Zungenspitze über die Lippen, um auch ja keinen Tropfen der kostbaren Flüssigkeit zu verschwenden. Seine Lippen waren immer noch rissig und schmerzten, aber welches Hexengebräu Urd ihm auch immer eingeflößt hatte, es schien seine Wirkung bereits zu entfalten. Seine Glieder fühlten sich nach wie vor schwer an, aber von seinen Gedanken ergriff nun eine neue Art von Leichtigkeit Besitz, die ihm in diesem Moment durchaus angenehm vorkam. Etwas geschah mit ihm, das spürte er, und da war auch eine ganz leise Stimme tief in ihm, die ihm zuflüstern wollte, dass es nicht gut war. Aber sie wurde bereits schwächer, und Thor beruhigte sich selbst, indem er sich nicht zum ersten Mal sagte, ganz gleich, ob Urd ihn nun belogen oder benutzt hatte oder nicht, sie würde ihm nie etwas zuleide tun, und sei es nur, weil sie ihn schlichtweg brauchte.

»Wie lange bin ich hier?«, fragte er, schon um diesen unsinnigen Gedanken nicht weiter zu verfolgen.

»Zwei Tage«, antwortete sie. »Drei, wenn man heute mitrechnet. Es ist fast schon wieder Abend.«

»Drei Tage? Ich habe –«

»Du hattest Fieber«, unterbrach ihn Urd, indem sie sich gerade aufsetzte und irgendetwas mit ihrem Haar tat. Zuerst konnte er nicht genau erkennen was, dann hörte er ein ganz leises Rascheln wie von Seide, über die eine Hand strich, und eine Flut von goldenen Lichtreflexen ergoss sich über ihre Schultern. »Du brauchst keine Angst zu haben. Ich habe dir etwas gegeben, damit du schläfst.«

»Warum?«

»Warum nicht?«, erwiderte sie achselzuckend. »Du hättest nichts gewonnen, und du hast auch nichts versäumt ... es sei denn, du legst Wert darauf, zwei Tage fiebernd dazuliegen und schlecht zu träumen.«

Dazu brauchte es kein Fieber, dachte er. »Er hat mich belogen.«

»Er?«

»Der Schatten. Thor. Der Dämon.« Oder wie immer sie ihn nennen wollte.

Vielleicht auch gar nicht, denn sie antwortete nicht, sondern legte nur den Kopf auf die Seite, und obwohl ihr Gesicht weiter im Schatten verborgen blieb, glaubte er ihren fragenden Blick regelrecht zu spüren.

»Du hast geträumt«, sagte sie schließlich. »So hoch, wie dein

Fieber gewesen ist, ist das kein Wunder … bist du jetzt immer noch zornig, dass du dich nicht an mehr erinnerst?«

Thor wusste mit dieser Antwort nichts anzufangen, aber auch sie kam ihm sonderbar vor. Dann entglitt ihm auch dieser Gedanke. »Was ist mit Sverig und Bjorn? Wissen sie von euch?«

»Dass wir hier waren, mehr nicht«, antwortete sie. »Lif und … die Kinder und ich haben Oesengard schon am Tag unserer Ankunft wieder verlassen, jedenfalls hat Helga ihnen das erzählt.« Sie seufzte leise. »Bjorn glaubt, wir wären weiter nach Süden geritten, um das Gebiet zu erreichen, in dem der Kult der Lichtbringer schon die Herrschaft an sich gerissen hat. Bjorn hat ein paar Männer losgeschickt, um nach uns zu suchen.« Sie zögerte unmerklich, ehe sie fortfuhr: »Bei dir sieht es ein bisschen anders aus, fürchte ich. Sie wissen, dass du hier warst.«

»Barend?«

»Sverig hat ihn verhört, und er ist niemand, der seine Fragen gerne wiederholt«, bestätigte sie. »Aber dieser Schiffskapitän ist ein tapferer Mann. Er hat ziemlich lange standgehalten, obwohl es sinnlos war. Sverig wusste ohnehin schon alles. Wahrscheinlich hat es ihm einfach nur Spaß gemacht, ihn noch ein bisschen zu foltern.«

Trotz allem fiel es Thor schwer, das zu glauben. Sverig war ein harter Mann, und vermutlich gab es nur sehr wenig, vor dem er zurückschrecken würde, um seine Ziele zu erreichen. Aber er war auch ganz bestimmt niemand, der einen anderen folterte, nur weil er Freude daran empfand.

»Lebt er noch?«

»Barend?«, fragte sie. »Ja. Aber er sitzt im Kerker, bis Bjorn und der Jarl von Oesengard entschieden haben.«

»Bis sie *was* entschieden haben?«, fragte Thor.

»Ob sie ihm vertrauen«, antwortete sie. Ihre Stimme klang ungeduldig, als müsse sie sich überwinden, um überhaupt mit ihm zu sprechen. Jedenfalls über dieses Thema. »Sjöblom hat dich verraten, aber es wäre gar nicht nötig gewesen. Bjorn musste nur ein paar Fragen stellen, um zu wissen, wer der geheimnisvolle Fremde ist, der seit einer Woche unter seinem Dach lebt und die Arbeit von drei Männern macht. Es hat auch Nachteile, wenn man nicht nur wie ein Gott aussieht, sondern auch so stark ist. Sie haben die ganze Stadt nach dir abgesucht.« Sie hob rasch die Hand, und allein an dieser einfachen Bewegung war etwas, das ihn im gleichen Maße in seinen Bann schlug, wie es ihn erschreckte. Etwas, das nicht sein sollte. Nicht hier und schon gar nicht jetzt. »Keine Angst, du bist hier sicher. Niemand weiß etwas von diesen Kellern. Jedenfalls kein Mann.«

Das war eine Information, die eigentlich sehr wichtig sein sollte und es durchaus auch war ... aber es gelang ihm einfach nicht, dem Gedanken so zu folgen, wie es ihm angemessen schien. Etwas geschah mit ihm, und tief in sich spürte er auch, wie falsch und ... absurd es war, gerade in diesem Moment, aber es fiel ihm auch zunehmend schwerer, sich dagegen zu wehren: Er starrte sie nur weiter an und spürte mehr denn je, wie sehr sie ihm in den letzten viel zu langen Wochen gefehlt hatte. Ganz gleich, was sie ihm angetan haben mochte oder auch nicht, sie war noch immer die schönste Frau, die er jemals gesehen hatte, und allein die Erinnerung an ihre süße Umarmung war fast mehr, als er ertragen konnte.

»Und wie geht es weiter?«

Der goldhaarige Schatten neben ihm zuckte erneut die Achseln, und die Bewegung wurde von dem seidigen Geräusch begleitet, mit dem ihre Haare über ihr Kleid strichen.

»Bjorn und seine Männer werden nicht mehr lange bleiben. Ich bin sicher, sie lassen ihn frei, bevor sie gehen.«

»Und wenn nicht?« Diese Frage interessierte ihn nicht wirklich, und er stellte sie auch nur aus dem einzigen Grund, sich von ihrem Anblick abzulenken und dem, was es ihm antun wollte. Er … begehrte sie, so widersinnig ihm auch schon die bloße Idee in diesem Moment vorkommen mochte. Aber er war ein Mann und sie eine Frau, die in wenigen Tagen ein Kind erwartete, vielleicht sogar in wenigen Stunden.

Thor rief sich in Gedanken zur Ordnung. Das verzehrende Sehnen in ihm wurde nicht schwächer, aber nun fiel es ihm leichter, es zu beherrschen. Er war jetzt beinahe froh über die nahezu vollkommene Dunkelheit, die es ihm unmöglich machte, mehr als Umrisse zu erkennen.

Urd stand auf, nahm die Schale mit beiden Händen hoch und trug sie davon, und obwohl sie nicht nur zu einem Schatten wurde, sondern schlichtweg in der Dunkelheit verschwand, konnte er sie irgendwie dennoch sehen. Er hörte, wie der Stoff ihres Kleides über ihre seidenweiche Haut strich, wie ihr Haar auf ihrem bloßen Rücken raschelte und ihren gleichmäßigen Atem, er roch ihren betörenden Duft und …

Dieses Mal kostete es ihn all seine Kraft, den Gedanken abzubrechen.

Wenigstens versuchte er es.

»Urd«, sagte er, »du –«

»Ich bin nicht hergekommen, um mit dir über diesen Piraten zu sprechen, Thor.«

Hatte sich auch ihre Stimme verändert, oder bildete er sich nur ein, dass sie sanfter geworden war, eine Winzigkeit tiefer und verführerischer?

»Sondern?«

Sie zögerte. »Ich wollte mich bei dir entschuldigen. Als wir uns das letzte Mal gesehen haben, da war ich ungerecht zu dir. Zu dir und auch Elenia. Es tut mir leid.«

»Das macht doch nichts. Ich –«

»Doch, es macht etwas«, unterbrach sie ihn. »Es macht alles aus, Thor. Ich weiß nicht, was kommt. Niemand weiß, was die

Zukunft bringt, Thor, aber ich will nicht, dass irgendetwas zwischen uns steht. Jedenfalls nicht das. Ich weiß, dass ich ungerecht zu dir war und zu Elenia auch. Kannst du mir verzeihen?«

»Das ist jetzt wirklich nicht der Moment, um –«, begann Thor, und Urd unterbrach ihn auch jetzt wieder; allerdings nicht mit Worten. Plötzlich und so überraschend, dass er zuerst nicht einmal wirklich begriff, was sie tat, beugte sie sich über ihn, sodass ihre Haare in sein Gesicht fielen, und erstickte den Rest seiner Worte mit einem langen, sinnlichen Kuss. Hätte er die Kraft dazu gehabt, hätte er sie einfach an sich gerissen. Aber seine Glieder waren wie Blei.

Nach einer kleinen Ewigkeit lösten sich ihre Lippen voneinander, aber Urd hatte sich anscheinend in den Kopf gesetzt, ihn zu quälen, denn ihre Zunge spielte noch einmal über seine Lippen und seine Mundwinkel, und ihre Haare kitzelten auf eine Art an seiner Wange, die ihn fast in den Wahnsinn trieb.

»Also gut«, flüsterte er atemlos. »Ich nehme deine Entschuldigung an. Und wenn du mir noch einmal unrecht tun willst, dann lass dich nicht davon abhalten.«

»So leicht kommst du mir nicht davon«, erwiderte sie, während sie sich wieder aufrichtete. Aber nicht sehr weit, und sie zog auch ihre Hand nicht ganz zurück. Vielmehr fuhren ihre Fingernägel langsam an seinem Hals hinab und über seine Schulter, zogen eine Linie aus unendlich süßem brennendem Schmerz über seine Brust und verschwanden unter der Decke.

»Was … tust du … da?«, fragte er atemlos.

»Gefällt es dir nicht?«, schnurrte sie. Ihre Lippen begannen seinen Hals zu liebkosen, und irgendwie brachte er nun doch die Kraft auf, die Hand unter der Decke hervorzuheben und sie wegzuschieben.

Jedenfalls versuchte er es, aber sie war schneller. Ihre Finger, so schlank und zerbrechlich, dass er nur zu oft Angst gehabt hatte, ihr wehzutun, wenn er nicht achtgab, drückten seinen Arm mühelos beiseite, und wieder berührten ihre Lippen seinen Mund und setzten ihn in Flammen.

»Doch«, flüsterte er atemlos, »aber du –«

Ihre Hand glitt noch weiter unter die Decke und tat etwas, das auch noch – fast – den Rest seiner Vernunft hinwegfegte. »Was habe ich dir getan, dass du mich so quälst?«

Ihre Finger glitten zwischen seine Schenkel und berührten ihn gerade lange genug dort, um ihn endgültig um den Verstand zu bringen, dann zog sie die Hand mit einem Ruck zurück, schlug aus der gleichen Bewegung heraus die Decke beiseite und schwang sich rittlings auf ihn.

»Urd!«, keuchte er. »Was –?«

Sie verschloss ihm den Mund; zuerst mit Zeige- und Mittelfinger, dann mit den Lippen. »Das ist schon in Ordnung«, flüsterte sie. »Ich will es, jetzt.«

»Aber du … du kannst nicht …« Seine Stimme versagte ihm den Dienst, als er die Wärme ihres Schoßes auf sich fühlte. Sein Körper stand in Flammen.

»Das ist kein Problem, Liebster«, hauchte sie in den wenigen Augenblicken, in denen sich ihre Lippen voneinander lösten. »Ich weiß, was ich tue, vertrau mir.« Sie lachte leise, und ihr Atem strich so süß und warm über sein Gesicht, dass es ihm fast den Verstand raubte. »Du weißt doch, ich bin eine Hexe.«

Auch noch der Rest seines Widerstandes zerbröckelte. Was sie taten, war Wahnsinn, aber das spielte keine Rolle. Nicht jetzt. Alles, was zählte, war sie, die Süße ihrer Lippen und die samtene Weichheit ihrer Haut. Er wollte die Hände heben, um ihr Gewand hochzuschieben und nach ihren Brüsten zu greifen, deren weiche Schwere er so lange und so schmerzlich vermisst hatte, aber sie griff auch jetzt wieder nach seinen Handgelenken und drückte seine Arme herunter.

»Nein«, sagte sie. »Ich bin hässlich. Ich will nicht, dass du mich so siehst.«

»Und außerdem bist du –«

»Schwanger, ich weiß«, unterbrach sie ihn erneut und wieder mit einem hellen, fast mädchenhaften Lachen. »Und du trägst daran mindestens genauso viel Schuld wie ich ... aber du musst dir keine Sorgen machen. Bei den Frauen unseres Volkes sind die Dinge etwas anders.«

Das war nichts als Unsinn, wie er sehr wohl wusste, aber es war nur sein Verstand, der ihm das sagte, und dessen Stimme zählte im Moment wirklich nicht viel.

Oder auch gar nichts.

Er erwachte am nächsten Morgen – wenn es denn Morgen war, denn es war noch immer vollkommen dunkel ringsum, und obwohl jemand die Kohlebecken nachgefüllt hatte, verbreiteten sie immer noch keine nennenswerte Helligkeit –, zwar immer noch mit einem schlechten Geschmack im Mund und leichten Kopfschmerzen, aber auch dem sicheren Gefühl, zum ersten Mal wieder wirklich geschlafen zu haben und nicht irgendwo in einem Dämmerzustand zwischen Fieber und Bewusstlosigkeit gefangen gewesen zu sein. Er fühlte sich immer noch matt und so kraftlos wie ein neugeborenes Kind, aber es war eine gänzlich andere Art der Schwäche als bisher; um nicht zu sagen, wohltuend.

Und da war die Erinnerung an ...

Nein. Das musste ein Traum gewesen sein. Das wäre nicht nur unmöglich, sondern auch –

Etwas klapperte, und er registrierte einen Schatten am Rande seines Gesichtsfeldes und setzte sich mit einem Ruck auf.

»Ich bitte um Entschuldigung, Herr!«, sagte eine erschrockene Stimme. »Habe ich Euch geweckt? Das wollte ich nicht!«

Thor blinzelte, fuhr sich mit dem Handrücken über die Augen und versuchte die Schatten mit Blicken zu durchdringen. Jemand bewegte sich, und für einen winzigen Moment kehrte sein Traum noch einmal zurück, und er glaubte Urd zu sehen. Aber die Stimme war zu jung und die Gestalt vielleicht nicht zu schlank, aber irgendwie zu ... kindlich.

»Wie?«, murmelte er.

Das Rascheln wiederholte sich, und die Flammen schlugen höher, als eine doppelte Hand voll Reisig in die Kohlepfannen geworfen wurde.

»Ich wollte nur sehen, ob alles in Ordnung ist oder Ihr irgendetwas benötigt, Herr«, sagte Gundri.

Herr? Thor blinzelte noch einmal und versuchte, Traum und Wirklichkeit auseinanderzusortieren, hatte zunächst aber wenig Erfolg damit; allenfalls dass ihm klar wurde, dass Gundri eigentlich mit keinem von beidem etwas zu tun haben sollte.

Dann fiel ihm ein, dass das zumindest in einem Punkt nicht stimmte. »Du hast mich gefunden.«

Gundris Augen leuchteten vor Stolz auf. »Ja, das ist wahr«, antwortete sie. Im nächsten Moment fiel sie vor ihm auf die Knie und senkte das Haupt so tief, dass ihre Stirn fast den Boden berührte. »Ich wusste, dass Ihr es seid, Herr! Niemand hat es zugegeben, aber ich habe es gleich gespürt. Ganz egal, was alle anderen auch sagen, Thor, ich habe Euch sofort erkannt!«

Thor sparte sich die Mühe zu fragen, was sie in ihm erkannt hatte, sondern fragte stattdessen: »Aber du hast mich gefunden und die anderen alarmiert?«

»Ihr wart bewusstlos, Herr.«

»Ich wäre gestorben, wenn du mich nicht gefunden hättest.«

Gundri schwieg.

»Aber Götter sterben nicht an einer Erkältung, oder?«

Gundri sah ihn mit fast verstörtem Blick an, aber dann lächelte sie unsicher. »Ja, die Hohepriesterin hat mir gesagt, dass Ihr genau so antworten würdet.«

Thor seufzte lautlos. Jedes weitere Wort in dieser Richtung war damit wohl überflüssig geworden.

»Sei so gut und steh auf«, sagte er nur. »Ich mag es nicht, wenn man vor mir kniet.«

Gundri sprang so schnell auf, dass sie fast das Gleichgewicht verloren hätte, hielt den Kopf aber weiter demütig gesenkt. »Wie Ihr es befehlt, Herr.«

»Und nenn mich nicht Herr.«

»Ganz wie Ihr wünscht, He ... Thor.«

»Gundri, hör auf damit«, seufzte Thor. »Wenn du mir einen Gefallen tun willst, dann behandele mich genauso wie bisher.«

»Aber da wusste ich doch noch nicht –«

»Wer ich bin?«, unterbrach sie Thor. »Aber gerade hast du doch behauptet, du hättest es von Anfang an gewusst.« Er amüsierte sich einen Moment lang ganz unverhohlen über ihr ratloses Gesicht, stemmte sich dann ganz auf die Ellbogen hoch und erinnerte sich gerade noch rechtzeitig daran, dass er unter der Decke noch immer nichts trug. Statt ganz aufzustehen, bedeutete er Gundri mit einer unwilligen Geste, endlich mit ihrem unterwürfigen Gehabe aufzuhören. »Ich bin durstig. Und gegen eine Kleinigkeit zu essen hätte ich auch nichts.«

»Es ist alles da«, sprudelte das Mädchen los. »Ich habe Wasser gebracht und Obst und Fisch. Ich kann Euch auch Wein holen, wenn Ihr –«

»Wasser reicht völlig«, fiel ihr Thor ins Wort. »Und nicht ›Ihr‹.«

»Ganz wie Ihr ... ganz wie du willst, Thor.«

Thor war unschlüssig, ob er sich über ihr Benehmen amüsieren oder sich vielleicht doch lieber Sorgen machen sollte. Er war auch nicht ganz sicher, ob sie das alles wirklich ernst meinte oder sich insgeheim über ihn lustig machte.

»Und meine Kleider wären vielleicht ganz praktisch.«

»Ich hole sie«, sagte Gundri hastig und war schon im nächsten Moment verschwunden. Thor ließ noch ein paar Augenblicke verstreichen, dann stand er auf, wickelte sich die Decke um die Hüften und begann seine neue Umgebung zu erkunden.

Sehr viel gab es nicht zu sehen. Der Keller maß vielleicht fünf auf acht Schritte und war so gut wie leer. Die Wände aus schwerem Mauerwerk waren auch hier mit dem Staub von Jahrhunderten verkrustet, darunter aber glatt; es beruhigte ihn, wenigstens hier nicht von den unheimlichen Reliefarbeiten und Bildern angestarrt zu werden. Darüber hinaus gab es sein Lager, die beiden Kohlepfannen sowie eine Schale mit Wasser und eine zweite mit Obst und gepökeltem Fisch, sonst nichts; nicht einmal ein Fenster. Dennoch spürte er, dass sich dieser Raum tief unter der Erde befand.

Er stillte seinen Durst, indem er gut die Hälfte des Wassers trank, und benutzte den Rest, um sich gründlich das Gesicht zu waschen, dann aß er ein wenig von dem Obst und stellte schon nach dem ersten Bissen fest, wie hungrig er wirklich war. Zumindest sein knurrender Magen schien Urds Behauptung zu bestätigen, dass er seit drei Tagen hier war. Als Gundri zurückkam, hatte er Obst und Fisch restlos aufgegessen und fühlte sich noch immer nicht gesättigt, aber wenigstens war der schlechte Geschmack aus seinem Mund verschwunden.

Die Kleider, die das Mädchen brachte, waren nicht seine, schienen aber die richtige Größe zu haben und eher eines Königs würdig als eines einfachen Jägers: feinstes, weiches Leder von tiefschwarzer Farbe, das überall mit ebenfalls schwarzen eisernen Nieten verstärkt und mit kunstvollen Stickereien verziert war, dazu passende Stiefel und einen mit Silber beschlagenen Waffengurt, an dem er zu seiner Überraschung ein prachtvolles Schwert in einer nicht minder prachtvollen, mit Fell gefütterten Scheide fand. Es war nicht die Waffe, die er in seiner Dachkammer zurückgelassen hatte.

Gundri schien seine Frage voraus zu ahnen. »Sverig hat

Euer ... dein Schwert. Ich wollte es dir bringen, aber die Hohepriesterin war dagegen. Barend beharrt darauf, dass du ertrunken bist.«

»Und ein toter Mann kommt nicht zurück und holt sein Schwert«, fügte Thor hinzu. »Das war sehr klug.«

»Und ich habe auch deine Kleider verschwinden lassen«, sagte Gundri stolz. »Sverig ist immer noch misstrauisch, aber die anderen sind beinahe überzeugt davon, dass du ertrunken bist ... oder jedenfalls nicht mehr in der Stadt. Aber in ein paar Tagen spielt das sowieso keine Rolle mehr.«

Thor zog es vor, die letzte Bemerkung zu ignorieren, und betrachtete nur abwechselnd die Kleider, die Gundri gebracht hatte, und sie selbst. Es dauerte noch einen Moment, bis sie begriff, dann aber umso erschrockener zusammenfuhr. »Oh«, sagte sie. »Ich ... warte dann vor der Tür. Ruft einfach, wenn Ihr etwas braucht.«

Die Tür, von der sie sprach, gab es gar nicht. Auch hier gab es nur einen halbrunden Durchgang, in dessen Laibung daumendicke Löcher die Stellen markierten, wo einmal eiserne Angeln gesessen hatten. Allem Anschein nach waren sie nicht gewaltsam herausgebrochen, sondern Opfer der Zeit geworden, und Thor verspürte erneut ein fast ehrfürchtiges Frösteln, als ihm klar wurde, wie unvorstellbar alt diese Gänge und Gewölbe sein mussten und zugleich kunstvoller und klüger angelegt als alles andere, was er über der Erde gesehen hatte. Er fragte sich unwillkürlich, was aus diesem Volk der Erbauer geworden sein mochte, das umso vieles mächtiger gewesen sein musste als die Menschen, die heute hier lebten. Vermutlich würde er nie eine Antwort auf diese Frage finden, aber der Gedanke führte ihn zu einem anderen und sehr viel unangenehmeren. Irgendetwas – oder jemand – hatte dieses Volk ausgelöscht, obwohl es so unvorstellbar mächtig gewesen war. Was, wenn das, was Urd und ihre Schwestern taten, diese zerstörerische Macht wieder aufweckte?

Er dachte an die Gestalt aus seinem Traum – seiner Erinnerung –, den Dämon, der ihm sein Leben gestohlen hatte. Er war mehr als ein Schatten gewesen und auch mehr als nur Gestalt gewordene Furcht. Was, dachte er, wenn auch Urd und ihre Schwestern nichts als Opfer dieses großen Lügners waren? Was, wenn alles, was sie taten, am Ende nur dem Zweck diente, diese uralte Macht erneut zu entfesseln, damit sie die Menschen diesmal vielleicht endgültig vom Antlitz der Erde tilgte?

Draußen auf dem Gang sagte Gundri irgendetwas, das Thor zwar nicht verstand, ihn aber wieder in die Wirklichkeit zurückriss. Thor schüttelte den Kopf über seine eigenen närrischen Gedanken und schlüpfte nun umso rascher in seine neuen Kleider.

Wie er es erwartet hatte, passten sie so perfekt, als wären sie eigens für ihn angefertigt worden – was sie wahrscheinlich auch waren –, und trugen sich so angenehm wie eine zweite Haut. Er hatte den schweren Waffengurt kaum angelegt, da kam Gundri auch schon zurück. Thor fragte sich vorsichtshalber erst gar nicht, ob sie nur auf das Klirren der silbernen Schnalle gelauscht oder ihn heimlich beobachtet hatte.

»Braucht Ihr sonst noch …?«, begann sie, rettete sich in ein verlegenes Grinsen und verbesserte sich dann hastig: »Brauchst du sonst noch etwas?«

Thor schüttelte nur stumm den Kopf und sah noch einmal zu dem zerwühlten Lager zurück, auf dem er aufgewacht war. Er war jetzt sicher, sich nicht nur an einen Traum zu erinnern, auch wenn ihm diese Erinnerung gleichermaßen absurd erschien, wie sie ihn mit einem Gefühl noch absurderer Scham erfüllte. Urd hatte ganz offensichtlich die Wahrheit gesagt, als sie behauptet hatte, dass solcherlei Dinge bei den Frauen ihres Volkes etwas anders waren … oder sie eben eine Hexe sei.

Das Unheimlichste war vielleicht die Intensität der Erinnerung. Sie war verschwommen, als hätte er alles im Fieber erlebt oder einem starken Rausch, zugleich aber von einer Gewissheit, die keinerlei Zweifel zuließ. Er musste nicht einmal die Augen schließen, um ihre warme Umarmung noch einmal zu spüren, und ihre Küsse brannten noch immer auf seinen Lippen. Auch wenn er nahezu passiv geblieben war, weil sie darauf bestanden hatte, dick und hässlich zu sein und seine Hände festgehalten hatte, damit er sie nicht berührte, so war ihre Umarmung doch von einer Intensität und Tiefe gewesen, wie er sie nie zuvor erlebt hatte.

Er spürte selbst, dass er schon viel zu lang dastand und das Lager anstarrte, drehte sich mit einem Ruck weg und konnte gerade noch ein verlegenes Räuspern unterdrücken, als er Gundris Blick begegnete. Er fragte sich, ob sie wusste, was in der vergangenen Nacht hier geschehen war, doch es war unmöglich, in ihrem Gesicht zu lesen.

Wenn nicht, dachte er spöttisch, dann würde sie es sich spätestens dann denken können, wenn er noch länger hier herumstand und mit den Füßen scharrte wie ein nervöser Knabe nach seinem ersten Mal.

»Kannst du mich zu ihr bringen?«, fragte er.

»Zur Hohepriesterin?«

»Urd, ja.«

Gundri ließ sich nicht anmerken, ob sie sich bei dieser Verbesserung etwas dachte oder nicht, schien aber nicht ganz sicher zu sein, wie sie antworten sollte.

»Ich ... kann gerne gehen und nachfragen, ob –«

»Bring mich hin«, sagte er harsch.

Etwas in ihrem Lächeln erlosch, und das tat Thor sehr leid; aber immerhin widersprach sie nicht noch einmal, sondern nickte nur sehr tief und jetzt eindeutig demütig, machte einen Schritt rückwärts aus der Kammer hinaus und bedeutete ihm mit einer noch demütigeren Geste, ihr zu folgen. Sein schlechtes Gewissen meldete sich schon wieder, sie genau auf die Art behandelt zu haben, auf die er es eigentlich am allerwenigsten gewollt hatte; aber immerhin war es gut zu wissen, dass es funktionierte.

Ohne ihre Führung hätte er sich vermutlich schon nach wenigen Schritten verirrt, denn es gab kein Licht. Gundri musste entweder über die scharfen Augen einer Katze verfügen oder diesen Weg schon so oft gegangen sein, dass sie ihn auch in völliger Finsternis fand. Aber er spürte auch jetzt, dass sein erster Eindruck richtig gewesen war: Sie befanden sich nicht einfach nur in einem Keller, sondern so tief unter der Erde, dass man das ungeheure Gewicht von Felsen und Erdreich spüren konnte, das auf ihnen lastete; wie etwas Unsichtbares, das ihnen das Atmen schwer machte.

Die vollkommene Dunkelheit hielt nicht allzu lange an, aber immerhin lange genug, um ihm klarzumachen, warum man ihn hierhergebracht hatte: Sverig hätte auch eine ganze Armee aussenden können, um nach ihm zu suchen, ohne dass sie auch nur die geringste Chance gehabt hätten, ihn auch tatsächlich zu finden.

Als das Licht zurückkehrte, war es wieder flackernder roter Fackelschein, der am anderen Ende einer ebenso langen wie steilen Treppe über ihnen auftauchte. Die Luft roch leicht verbrannt, und obwohl er weder etwas sah noch das mindeste verräterische Geräusch hörte, spürte er doch, dass sie nicht mehr allein waren.

Schließlich betraten sie wieder den unterirdischen Tempel. Er war leer. Eine einzige, fast heruntergebrannte Fackel verbreitete gerade genug Licht, um zu sehen, wohin sie ihre Füße setzten. Der Altar mit der barbarischen Stele war noch immer da, doch in den Kohlebecken brannte jetzt kein Feuer mehr, sodass die steinerne Säule zu einem bloßen Schatten wurde, wodurch sie aber eher noch unheimlicher wirkte. Er musste seine Fantasie wirklich nicht mehr besonders anstrengen, um dahinter noch andere und dunklere Schatten zu vermuten, die lautlos Gestalt anzunehmen versuchten.

Stimmen und ein neuer, angenehmer Geruch schlugen ihnen entgegen, als sie sich Urds Gemach näherten, und er glaubte ein Lachen zu hören, doch als er gebückt durch die niedrige Tür treten wollte, vertrat ihm eine Gestalt mit goldenem Gesicht den Weg, und Thor hätte nicht sagen können, wer erschrockener war. Sie prallten beide gleichermaßen heftig zurück, und Thor konnte nichts dagegen tun, dass sich seine Hand schon auf halbem Wege zum Schwert befand, bevor er seinen Schrecken überwand.

Immerhin war er dieses Mal geistesgegenwärtig genug, sie nicht zu töten.

Die Reaktion seines Gegenübers war hinter der goldfarbenen Maske nicht zu erkennen, doch was er auf Gundris Gesicht las, ließ ihn innehalten. Auch sie wirkte erschrocken und im ersten Moment einfach nur verwirrt, aber dann konnte er ihr regelrecht ansehen, wie sie sich in Gedanken eine erschrockene Frage stellte und sie dann noch weit entsetzter beantwortete.

Bevor sie oder auch sein noch selbstmörderischer verkleidetes Gegenüber jedoch auch nur einen Laut herausbrachten, schob Thor die Frau mit der Goldmaske einfach zur Seite und trat endgültig durch die Tür.

Urd war nicht allein. Sie lag in einem Bett, das beim letzten Mal noch nicht hier gewesen war und auch im Palast eines Königs nicht unangenehm aufgefallen wäre. Sie wirkte sehr blass, und ein gutes halbes Dutzend weiterer Frauen – allein zwei weitere in den schwarzen Mänteln und goldenen Masken der vermeintlichen Einherjer – war bei ihr, und ausnahmslos alle reagierten auf die gleiche Weise wie die Wächterin am Eingang: im ersten Moment erschrocken und dann verwirrt und eindeutig demütig. Niemand gab auch nur einen Laut von sich – sah man von einem allgemeinen ungläubigen Keuchen ab –, aber zwei von ihnen fielen tatsächlich auf die Knie; allerdings nur so lange, bis sie sein ärgerliches Stirnrunzeln bemerkten. So viel also zu Urds Versprechen, dachte er zornig, niemandem hier von ihm zu erzählen oder gar dem, was sie in ihm sah.

Dann trat er näher an Urds Bett heran, und als er in ihr Gesicht sah, vergaß er seinen Groll.

Urd war sehr blass, und ihr Haar klebte in Strähnen an Schläfen und Stirn. Ihre Haut glänzte wächsern, und die Augen waren eingefallen und mit dunklen Ringen unterlegt. »Was ist passiert?«, fragte er erschrocken und ohne sich mit einer Begrüßung aufzuhalten.

Einen halben Atemzug lang sah ihn Urd an, als hätte sie Mühe, seiner Frage auch nur irgendeinen Sinn abzugewinnen; dann seufzte sie tief, und ein Ausdruck von nicht wirklich überzeugend geschauspielertem Groll erschien auf ihrem Gesicht. »Ja, das ist wirklich genau das, was man von einem Mann erwartet. Erst richtet ihr den Schaden an, und dann behauptet ihr, keine Ahnung zu haben.«

Thor verstand nicht wirklich, was sie damit meinte, aber vielleicht galten die Worte auch gar nicht ihm. Zwei der Frauen lachten leise, hörten aber auch sofort wieder damit auf, als er auch nur eine angedeutete Bewegung machte. Offenbar hatte es auch Vorteile, den Status eines lebendigen Gottes zu haben.

»Das habe ich wahrscheinlich verdient«, sagte er. »Aber so ganz unbeteiligt warst du auch nicht daran, wenn ich mich richtig erinnere.«

Der verärgerte Blick, den Urd ihm jetzt zuwarf, war nicht mehr geschauspielert.

Sofort meldete sich sein schlechtes Gewisses wieder. »Entschuldige. Aber … sollten wir nicht … äh … allein darüber reden?«

»Allein?« Urd heuchelte Verständnislosigkeit. Nach einem weiteren Moment hob sie jedoch demonstrativ die Hand und wandte sich mit einer müden Geste an die Umstehenden. »Ihr habt ihn gehört. Lasst uns allein ... aber jemand soll Lif und Elenia suchen. Und sie sollen sie mitbringen.« Sie wandte sich wieder direkt an ihn und schien irgendwie ... enttäuscht zu sein. »Ich hätte es dir lieber selbst gesagt und auf andere Weise ... aber das ist jetzt wohl auch schon egal. Hat Gundri dich geholt?«

Geholt? Er schüttelte den Kopf. »Ich wollte dich sehen. Es war nicht ihre Idee, ganz im Gegenteil.« Er wartete nicht nur, bis er gehört hatte, dass das halbe Dutzend Frauen gegangen war, sondern überzeugte sich dann auch mit einem raschen Blick davon, dass sie auch tatsächlich allein waren.

»Du siehst wirklich nicht gut aus«, sagte er dann.

»Ja, du hattest schon immer eine außergewöhnliche Art, einer Frau Komplimente zu machen«, erwiderte Urd. »Du siehst dafür umso besser aus. Die Kleider stehen dir.«

»Sie sind albern.«

»Aber angemessen«, beharrte sie, versuchte sich auf die Ellbogen zu stemmen und verzog schmerzhaft die Lippen. »Gewöhn dich daran, sie zu tragen ... und sag das nicht Gundri. Sie selbst hat sie genäht, weißt du. Und das da«, fügte sie mit einer Kopfbewegung auf das Schwert an seiner Seite hinzu, »hat sie eigens für dich ihrem Vater gestohlen.«

Thor hatte nicht vor, mit ihr über Gundri zu reden oder gar über ihren Vater. Urds Worte ärgerten ihn schon wieder, aber die Sorge um sie war sehr viel stärker. »Es ... tut mir wirklich leid«, sagte er unbeholfen. »Es ist ... meine Schuld. Ich hoffe, ich habe dir nicht zu sehr wehgetan, vergangene Nacht.«

»Wehgetan?« Urd sah ihn nun auf eine Art an, als zweifele sie allen Erstes an seinem klaren Verstand. Dann schürzte sie die Lippen. »Wenn man es genau nimmt, schon. Ich kann jedenfalls gerne auf eine Wiederholung verzichten, wenigstens für die nächsten Jahre.«

Sie kämpfte sich ächzend auf beide Ellbogen hoch und bedeutete ihm mit einer unwilligen Kopfbewegung, ihr ein Kissen in den Rücken zu schieben. Sie sprach erst weiter, nachdem er es getan hatte.

»Ihr Männer werdet wohl niemals wirklich begreifen. Sonst würdet ihr euch vermutlich nur noch albern dabei vorkommen, von euren Schlachten zu erzählen und stolz eure Narben zu vergleichen.«

»Ich weiß, dass es dumm war«, sagte Thor, leicht verwirrt, aber auch um einen angemessen zerknirschten Tonfall bemüht. »Aber –« Er brach ab, als er ein Geräusch hinter sich hörte, machte einen halben Schritt zurück und drehte sich erst dann herum.

Es waren Lif und seine Schwester, die zurückkamen, und in dem Schemen, der in der Tür hinter ihnen stehen blieb, glaubte er Gundri zu erkennen. Lif sah ihn auf eine Art an, die er als schadenfroh bezeichnet hätte, wäre ihm auch nur der leiseste Grund dafür eingefallen, während Elenia seinem Blick wie üblich auswich. Ihr Gesicht war halb hinter einem Schleier verborgen, der die Narbe auf ihrer Wange bedeckte. Außerdem trug sie ein Kind auf den Armen, das in saubere weiße Tücher eingeschlagen war.

Ein ... Kind? Aber wie –?

Urd richtete sich weiter auf, schob das Kissen hinter sich mit dem Ellbogen zurecht und winkte Elenia mit der anderen Hand herbei. Sie gehorchte – wobei sie in einem übertrieben großen Bogen um ihn herumging – und übergab ihr das Kind. Urd legte das winzige Bündel behutsam in ihre Arme und drückte es dann noch behutsamer an sich. Ihre Augen leuchteten, als sie wieder zu ihm hochsah.

»Was ist das?«, fragte er dümmlich.

»Dein Kind, Thor«, antwortete sie. »Ich hätte es dir gerne anders gesagt, aber nun ist es auch egal. Das ist deine Tochter, Thor. Lifthrasil.«

Mit diesen Worten richtete sie sich noch weiter auf und hielt ihm das winzige Bündel hin, das sofort mit einer noch schwächlichen Stimme zu greinen begann.

»Meine ... Tochter?«, murmelte Thor. Er rührte keinen Finger, um nach dem Kind zu greifen, wenn auch aus vollkommen anderen Gründen, als Urd in diesem Moment annehmen mochte. Aber das war ... vollkommen unmöglich! Wie ...?

»Lifthrasil«, bestätigte Urd. »Ich weiß, ich habe dir einen Sohn versprochen, aber die Götter haben anders entschieden und dir eine Tochter geschenkt.« Sie hielt ihm das Kind noch einige weitere Augenblicke hin und zog es dann mit allen Anzeichen von Enttäuschung wieder zurück. Ihre Stimme wurde leiser. »Ich hoffe, du kannst mir verzeihen.«

Thor hörte ihre Worte kaum. Er starrte das Kind an, dessen winziges Gesicht noch immer rot und verknittert war. Nachdem Urd es wieder an ihre Brust gedrückt hatte, hatte es sofort aufgehört zu weinen, und obwohl er sah, dass es nicht älter als einige wenige Stunden sein konnte, beharrte ein Teil von ihm hartnäckig darauf, dass das, was er sah, gar nicht sein konnte.

»Wann ...«, murmelte er stockend, »wann ist es ... sie ... geboren?«

»Vergangene Nacht«, antwortete Urd. »Vor wenigen Stunden. Ich hätte dich rufen lassen, aber ich wollte warten, bis ich wieder ein wenig ... ansehnlicher aussehe.«

»Vergangene Nacht«, wiederholte Thor. »Dann kam es sehr schnell?«

Urd schnaubte. »Wenn du zwei Nächte und anderthalb Tage Wehen als schnell bezeichnest, ja. Deine Tochter war anscheinend nicht sehr begierig darauf, dich kennenzulernen. Sie hat sich ziemlich hartnäckig geweigert, herauszukommen.«

Zwei Nächte und anderthalb Tage. Und das war noch viel unmöglicher.

Er sah Urd fest in die Augen und suchte nach ... irgendetwas, aber da waren nur Verwirrung und eine große Unsicherheit. Sie sagte die Wahrheit.

»Wie lange habe ich geschlafen?«, fragte er.

Urd deutete ein Schulterzucken an. »Drei Tage. Mehr oder weniger. Ich weiß, es wäre meine Pflicht gewesen, nach dir zu sehen, aber ich war selbst ein wenig unpässlich.«

»Drei Tage?« Thors Gedanken begannen sich zu überschlagen. Das war unmöglich. Es konnte überhaupt nicht sein, jedenfalls nicht, wenn er nicht einer ganz besonders üblen Fieberfantasie aufgesessen war. Und das, woran er sich erinnerte, war ganz bestimmt keine Vision gewesen. Er hatte den Duft ihrer Haut noch in der Nase, und er spürte noch immer ihre Hände, die über seinen Körper geglitten waren und Dinge getan hatten, die ...

Thor brach den Gedanken mit einer enormen Anstrengung ab und schüttelte abgehackt den Kopf; erst danach wurde ihm klar, wie falsch sie diese Bewegung deuten musste. »Es tut mir leid. Wirklich. Ich wollte dich nicht verletzen, wirklich nicht. Ich war nur ...« Er schüttelte noch einmal den Kopf und zwang sich zu einem nervösen Lächeln. »Ich war einfach nur überrascht, das ist alles. Es kam ein bisschen plötzlich. Und außerdem bin ich ein Idiot.«

»Du weißt, dass ein gutes Eheweib seinem Mann niemals widerspricht?« Urd lächelte matt, doch weder das knappe Verziehen ihrer Lippen noch der Ausdruck in ihren Augen passten zu ihren Worten.

»Und es hat überhaupt nichts damit zu tun, dass es ein Mädchen ist. Bitte verzeih.«

Eigentlich nur, um seine Worte irgendwie zu beweisen, streckte er die Hände aus und nahm ihr das Kind aus den Armen, und er hatte es noch nicht richtig getan, da geschah etwas sehr Sonderbares.

Noch vor einem Augenblick war dieses Kind einfach nur ein … Kind gewesen, ein winziges hässliches Ding, das zu empfindlich war, um es guten Gewissens auch nur anfassen zu können, und das irgendwem gehören mochte, nur ganz bestimmt nicht ihm. Und im nächsten Atemzug war sie seine Tochter. Etwas sprang auf ihn über, schnell und mit der Urgewalt eines Blitzschlags, der seine Seele hätte versengen und alles in ihm zu Asche hätte verbrennen können, aber das genaue Gegenteil bewirkte. Etwas … erfüllte ihn, ein Gefühl von so allumfassender Macht, dass er nicht einmal auf den Gedanken kam, es anzuzweifeln oder sich gar dagegen zu wehren. Es war ein Gefühl so vollkommener Liebe, dass er das Gefühl hatte, innerlich zu verbrennen. Er hielt seine Tochter in den Armen. Sein Kind.

»Thor?«, sagte Urd.

Mühsam riss er seinen Blick von dem winzigen verknitterten Gesichtchen los und sah Urd an, und erst nach einer weiteren Sekunde hörte er, dass Lifthrasil wieder zu weinen begonnen hatte. Und erst noch einen weiteren Augenblick später wurde ihm klar, dass er das Kind mit viel zu großer Kraft an sich presste.

Mit einer viel zu schnellen und schuldbewussten und dennoch zögerlichen Bewegung gab er ihr das Kind – seine Tochter – zurück und musste für einen Moment gegen das vollkommen absurde Bedürfnis ankämpfen, es ihr augenblicklich wieder zu entreißen. Es war *sein* Kind. Niemand durfte es haben. Das schwarze Ungeheuer aus seinem Traum hatte ihm alles genommen, seine Erinnerungen, sein Leben, seine Familie und seine Kinder, und nun hatte ihm das Schicksal einen winzigen Teil von all dem Verlorenen zurückgegeben. Es war egal, warum. Es war gleich, wer Urd war und was auch immer sie geplant hatte; sie hatte ihm ein Kind geschenkt und damit einen Teil seiner selbst. Vielleicht alles, was noch von ihm bleiben würde, wenn die Welt ihn selbst schon lange vergessen hatte.

»Thor?«, fragte Urd noch einmal. »Ist alles in Ordnung?« Jetzt klang sie nicht mehr alarmiert, sondern besorgt.

»Sicher«, antwortete er hastig. »Ich war nur … überrascht. Es kam so plötzlich.«

»Ja, das verstehe ich«, sagte sie spöttisch. »Man denkt an nichts Böses, und dann, aus heiterem Himmel …«

Der Spott kam nicht unerwartet, und eigentlich sollte er froh darüber sein. Und dennoch …

Ein Traum? Lächerlich!

»Es tut mir leid«, sagte er noch einmal. »Bitte verzeih.«

»Gern«, antwortete Urd, legte fragend den Kopf auf die Seite und fügte hinzu: »Und … was?«

»Ich hätte bei dir sein sollen«, antwortete er unbehaglich. »Warum hast du mich nicht gerufen?«

»Damit sich die Hebamme auch noch um dich kümmern muss, wenn du im entscheidenden Moment in Ohnmacht fällst?«, fragte sie spöttisch. Thor wollte auffahren, doch sie brachte ihn mit einem einzigen, knappen Verziehen der Lippen zum Schweigen. »Du wärst nicht der erste tapfere Held, dem das passiert.«

Aber das war nur das, was sie sagte. Der spöttische Klang in ihre Stimme war durchaus echt, doch in ihrem Blick war nach wie vor etwas Forschendes und vielleicht immer noch eine Spur von Misstrauen. Sie ahnte, dass er etwas vor ihr verbarg.

Schließlich gab sich Thor einen Ruck, ließ sich neben ihr auf der Bettkante nieder und streckte die Hand nach dem Säugling aus. Aber er berührte sein winziges Gesichtchen nicht, schon aus Furcht, es mit seinen groben Fingern zu verletzen. Ein Gefühl von tiefer Zärtlichkeit machte sich in ihm breit.

»Lifthrasil?«, fragte er.

»Ich hoffe, du verzeihst mir, dass ich ihr diesen Namen gegeben habe, ohne dich zu fragen«, sagte Urd. »Wäre es ein Junge gewesen, dann hätte ich dir die Wahl überlassen, aber so ...«

»Ja?«, fragte er, als sie nicht weitersprach, sondern nun plötzlich ihrerseits unsicher wirkte und seinem Blick auswich.

»Ich hatte dir einen Sohn versprochen«, fuhr sie fort. »Ich war mir nicht sicher, ob du eine Tochter annehmen würdest.«

Thor verstand nicht einmal, was sie damit meinte. »Was ... redest du da für einen Unsinn?«, brachte er mühsam hervor. »Es spielt doch überhaupt keine Rolle, ob –«

Urd unterbrach ihn, indem sie kaum sichtbar den Kopf schüttelte und sich zugleich mit einem auffordernden Blick an Elenia wandte. »Nimm deine kleine Schwester und bring sie in ihr Bett. Und bleib bei ihr. Ich möchte, dass du sie mir zurückbringst, wenn sie gefüttert werden muss. Aber so lange lasst uns allein. Thor und ich haben etwas zu besprechen.«

Elenia nahm den Säugling aus den Armen ihrer Mutter und wandte sich fast hastig um, und sie wich Thors Blick auch jetzt wieder aus, und das auf eine ganz bestimmte Art, die seine Verwirrung nur noch steigerte – als wüsste sie etwas, von dem er nichts ahnte, und hätte Angst, er könnte die Wahrheit in ihren Augen lesen, wenn er sie auch nur ein einziges Mal ansah. Konnte es sein, dachte er beunruhigt, dass er vielleicht der Einzige hier war, der etwas Bestimmtes nicht wusste; etwas sehr Wichtiges?

Elenia ging, und nach einem zweiten, deutlich schärferen Blick seiner Mutter wandte sich auch Lif um und folgte ihr. Urd setzte sich nur noch einmal gerader auf und sah die Dunkelheit unter der Tür an, und erst nach einigen weiteren Sekunden verschwand auch der Schatten, der lautlos dahinter gestanden hatte.

Gundri, dachte er. Konnte es sein, dass Gundri ...?

Nein. Von allen unsinnigen Gedanken, die er bisher gedacht hatte, war das mit Abstand der unsinnigste.

»Lifthrasil wäre der Name von Lifs Bruder gewesen, wäre es ein Knabe geworden«, begann Urd. »Ihr Vater ... nicht Lasse, der Vater der Zwillinge ...« Thor nickte. »Er hatte sich zwei Söhne gewünscht.« Urds Stimme wurde leiser, und er konnte ihr ansehen, wie mit den Worten auch die Erinnerung zurückkam und mit ihnen der Schmerz einer tiefen Wunde, die niemals wirklich ganz heilen würde. Er wollte etwas sagen, spürte aber, wie falsch jedes Wort nur sein konnte, und griff stattdessen nach ihrer Hand. Ihre Haut fühlte sich kalt und trocken an, und er konnte spüren, wie schwer und hart ihr Herz schlug.

»Wir wussten, dass es Zwillinge werden«, fuhr sie fort. »Eine Frau spürt so etwas. Ich wusste es schon, bevor ich das erste Mal gespürt habe, dass zwei Herzen in mir schlugen.«

»Und ihr Vater war sicher, dass es zwei Knaben werden.«

»Das war sein Wunsch. Lif und Lifthrasil, die beiden Brüder, die das Schicksal der Welt verändern sollten.«

Thor blickte fragend, aber sie sah ihn nur ernst an und nickte dann bedächtig, um ihre Worte noch einmal zu bekräftigen.

»Er hat es mir nie wirklich erklärt, aber ich glaube, es hatte etwas mit seinem Glauben zu tun. Für ihn war es ... einfach nicht denkbar, dass es etwas anderes als zwei Knaben werden könnten.«

»Aber das zweite Kind war ein Mädchen,«

»Lif kam als Erster auf die Welt«, bestätigte sie traurig. »Er war überglücklich, vielleicht zum allerersten Mal überhaupt, solange ich ihn kannte. Aber eine halbe Stunde danach kam Elenia, und er ...« Ihre Stimme brach, und nun hielt sie auch seinem Blick nicht mehr länger stand. Ihre Augen blieben trocken, aber vielleicht brauchte es nicht unbedingt Tränen, um zu weinen.

»Er wollte sie töten«, vermutete Thor.

»Er hätte es getan, hätte ich mich nicht über sie geworfen«, flüsterte Urd. »Er hätte sein Schwert schon durch mich hindurchstoßen müssen, um sie zu treffen, und für einen Moment ...« Sie atmete hörbar ein. »Wahrscheinlich hätte er es sogar getan, wäre Lif nicht gewesen, der eine Mutter brauchte.«

Thor wartete darauf, Entsetzen zu empfinden, Schrecken oder Abscheu oder auch Wut, aber nichts dergleichen wollte sich einstellen. Alles, was er empfand war ein tiefes Mitleid, ein Gefühl fast so übermächtig wie die Liebe, die er für seine neugeborene Tochter empfand. Für einen Moment spürte er Urds Schmerz wie seinen eigenen, und sein Magen zog sich in einem harten Ball aus Eis zusammen, angesichts der Ungeheuerlichkeit, die ihr angetan worden war.

»Er hat mir verboten, sie Lifthrasil zu nennen, und so habe ich sie nach meiner Mutter getauft. Aber er hat sie nie auch nur eines Blickes gewürdigt. Ich glaube, im Stillen hat er wohl darauf gewartet, dass sie stirbt.«

Thor fragte sich, warum sie ihm das nie erzählt hatte. In all der Zeit hatte sie nur sehr wenig über den Vater ihrer Kinder gesprochen, aber wenn, dann eher liebevoll oder doch zumindest in einem Ton großen Respekts. Vielleicht war die Erinnerung einfach zu schmerzhaft gewesen, sodass sie sie unter anderen – und möglicherweise falschen – vergraben hatte.

»Und jetzt hattest du Angst, ich könnte genauso reagieren.«

Urd schwieg. Ihr musste klar sein, wie sehr ihn die Vorstellung verletzte ... aber er nahm sie ihr nicht einmal wirklich übel. Wenn jemand die Schuld daran trug, dann der, der ihr dieses Unvorstellbare angetan hatte.

»Nein«, behauptete sie nach einer Weile.

»Und das werde ich auch nicht«, sagte er unbeholfen. »Es ist unser Kind, Urd, und das ist alles, was zählt.«

Aber wenn er ganz ehrlich war, dann stimmte nicht einmal das. Ein Teil von ihm war froh, dass er eine Tochter bekommen hatte und keinen Sohn, der eines Tages zum Mann werden und nach dem Schwert greifen würde. Und da war noch etwas. Er spürte es tief in seinem Inneren. Was immer das Schicksal auch für ihn und seine Familie geplant hatte, Lifthrasils Geburt war der erste Schritt in die richtige Richtung.

»Ich habe mir immer eine zweite Tochter gewünscht, weißt du?«, sagte er. »Und ich bin ganz sicher, dass sie eines Tages genauso schön sein wird wie ihre Mutter.«

Urd sah ihn forschend an, aber er konnte nicht sagen, ob sie das in seinem Gesicht fand, wonach sie zu suchen schien. Immerhin versiegten ihre unsichtbaren Tränen. »Wenn dir der Name nicht gefällt, dann wählen wir einen anderen. Vielleicht war es auch eine dumme Idee.«

Er schüttelte den Kopf. »Es ist ein schöner Name. Und passend.«

»Aber es ist ein Name, den ein anderer ausgesucht hat«, beharrte sie. »Das war dumm. Ich habe gar nicht darüber nachgedacht.«

»Lif und Lifthrasil«, wiederholte er ihre Worte von vorhin. »Das klingt gut ... und wie soll eine Hohepriesterin des Lichtgottes auch wissen, was ein einfacher Jäger denkt.«

»Der du nicht bist.«

Beinahe hätte er geseufzt vor Enttäuschung. Er hatte gewusst, dass sie auf dieses Thema kommen würde, aber insgeheim gehofft, dass es nicht so bald geschah.

»Wir müssen darüber reden«, beharrte sie. »Ich weiß, es ist der falsche Moment, aber uns bleibt nicht mehr viel Zeit. Vielleicht gar keine mehr.«

Das wusste er vielleicht besser als sie. Immerhin war er es, der ihr dieses kindische Ultimatum gestellt hatte. Worte waren so schnell heraus und konnten so viel Schaden anrichten, und es war so schwer, sie zurückzunehmen. Trotzdem wollte er nicht darüber reden. Nicht jetzt.

»Vielleicht gebe ich dir noch ein paar Tage Schonfrist«, sagte er, wenig erfolgreich um einen scherzhaften Ton bemüht. »Als

Belohnung, weil du mir eine so wunderschöne Tochter geschenkt hast.«

Urd blieb ernst. »Bjorn und Sverig sind in der Stadt«, beharrte sie. »Sie suchen nach uns.«

»Stell dir vor, das habe ich auch schon gemerkt«, witzelte er. »Aber ich glaube, wir sind hier unten sicher. Wenn sie uns bisher nicht gefunden haben, dann kommen sie auch nicht mehr.«

»Um sie mache ich mir auch keine Sorgen«, beharrte Urd. »Aber sie sind nicht allein. Sie haben Männer bei sich, und ihr Heer ist nur noch wenige Tage entfernt. Und wenn es erst einmal hier ist –«

»– ist es zu spät für eure Pläne?«, fiel ihr Thor ins Wort. Gleichzeitig ließ er ihre Hand los und konnte sich gerade noch beherrschen, nicht aufzuspringen, rückte aber ein sichtbares Stück von ihr weg. »Es dürfte euch schwerfallen, die Stadt zu übernehmen, wenn Bjorns Krieger hier sind.«

»Du verstehst es immer noch nicht«, sagte sie traurig. »Diese Entscheidung ist längst gefallen. Das war sie schon, lange bevor wir hergekommen sind. Oesengard wird fallen, und das Einzige, was wir daran noch ändern können, ist die Frage, ob es einige wenige oder sehr viele Leben kosten wird.«

Sie sah ihn an und wartete auf eine Antwort. Als sie sie nicht bekam, streckte sie den Arm aus, um nach ihm zu greifen, doch Thor wich wieder um ein weiteres, winziges Stück vor ihr zurück, und sie ließ die Hand mit einem noch enttäuschteren Blick wieder sinken.

»Wir sind viel zu spät gekommen, um noch irgendetwas zu ändern«, sagte sie. »Meine Anhänger stehen bereit, die Macht hier in der Stadt zu übernehmen. Sie können es jetzt tun, und ja, vielleicht wird es ein paar Dummköpfe geben, die Widerstand leisten, und wahrscheinlich wird Blut fließen. Aber wie viel mehr Tote wird es wohl geben, wenn Bjorns Heer sich erst hier eingenistet hat und die Flotte eintrifft, um die Stadt mit Gewalt zu nehmen?«

Das Schlimme daran war vielleicht, dachte Thor, dass sie mit jedem Wort recht hatte. Die Wahl zwischen Krieg und Frieden hatten sie schon lange nicht mehr, höchstens die zwischen einem kurzen und schmerzhaften Auflodern von Gewalt und einem langen und grausamen Krieg, in dem Hunderte ihr Leben verlieren würden, vielleicht sogar Tausende?

Aber welches Recht hatte er, diese Entscheidung zu treffen?

»Ich möchte jetzt nicht darüber reden, Urd«, sagte er.

»Aber du –«

»Nicht jetzt!«

Zorn blitzte in ihren Augen auf, zusammen mit etwas Anderem und Unbekanntem, das ihn erschreckte, aber beides verschwand auch fast sofort wieder. »Du hast recht. Lass uns ein andermal darüber reden. Vielleicht morgen.« Sie räusperte sich unbehaglich. »Ich habe dich noch gar nicht gefragt, wie es dir geht.«.

»Ich dachte, das wüsstest du«, antwortete er.

Er konnte ihr ansehen, dass sie mit dieser Antwort nicht allzu viel anfangen konnte, aber dann tat sie sie nur mit einer Mischung aus einem Achselzucken und einem Kopfschütteln ab. »Dann hat die Medizin gewirkt, die ich dir geschickt habe?«

»Medizin?«

»Oh, keine Sorge«, versicherte sie hastig. »Nur ein leichter Kräutertrunk, der das Fieber senkt und dafür sorgt, dass du schläfst. Auch wenn es nach einer Binsenweisheit klingt, Schlaf ist tatsächlich oft die beste Medizin. Es scheint gewirkt zu haben.« Sie deutete ein Lächeln an. »Ich war nicht ganz sicher, ob sie die Mischung richtig hinbekommen würde, aber anscheinend ist es ihr ja gelungen. Wenigstens bist du schon wieder genauso starrköpfig wie vorher.«

»Sie?«, fragte Thor alarmiert. »Du sprichst von ... Gundri?«

»Gundri?« Urd schüttelte den Kopf und bedachte ihn mit einem Blick, als hätte er etwas ziemlich Dummes gefragt. »Nein. Elenia.«

Thor starrte sie nur an. *Elenia?*

»Elenia«, bestätigte sie noch einmal. »Was ist daran so ...« Dann verdüsterte sich ihre Miene. »Nein, du brauchst keine Angst zu haben, dass ich dir irgendetwas gegeben habe, um dich gefügig zu machen. Hätte ich das gewollt, dann wärst du es jetzt, und wir würden diese Unterhaltung nicht führen.«

»Aber du hast sie zu mir geschickt, nicht Gundri?«, vergewisserte er sich.

»Ja!«, erwiderte sie gereizt. »Warum fragst du das?« Urds Misstrauen war nun endgültig geweckt. »Ist irgendetwas –?«

»Ich war nur verwirrt«, unterbrach sie Thor. »Gundri hat mich vorhin geweckt, und ich ... kann mich an nichts anderes erinnern, das ist alles.«

»Dann hat der Trank gewirkt«, stellte sie fest. »Elenia ist eine gelehrige Schülerin.«

»Ja«, murmelte Thor. »Das scheint sie wohl zu sein.« Er stand auf. »Ich werde mich bei ihr bedanken, sobald ich sie sehe. Aber jetzt lasse ich dich besser allein.«

»Weil ich einen so schrecklichen Anblick biete?«

»Weil du einen so müden Anblick bietest«, antwortete Thor. »Du hast zwar recht, und ich habe nur Erfahrung im Schädeleinschlagen und Knochenbrechen und nicht mit wirklichen Schmerzen, aber sogar ich weiß, dass du eine ziemlich harte Zeit hinter dir hast. Ruh dich ein paar Stunden aus. Wenn du wieder bei Kräften bist, reden wir über alles. Und außerdem möchte ich meine Tochter sehen.«

Elenia war nicht in dem winzigen Keller, den sie gemeinsam mit ihrem Bruder bewohnte. Gundri, die außer Hörweite gewartet hatte, hatte ihm den Weg gewiesen und sich ehrlich überrascht gezeigt, weder Elenia noch ihren Bruder vorzufinden, wohl aber einen mit Kissen und weichen Decken ausgeschlagenen Korb mit dem Säugling.

»Das verstehe ich nicht«, sagte sie verwirrt, aber auch mindestens im gleichen Maße verstimmt. »Die Herrin hat ihr doch aufgetragen, auf sie zu achten!«

»Vielleicht musste sie nur einmal dringend ... äh ... hinaus«, sagte Thor, während er sich vorsichtig über den Korb beugte und seine Tochter ansah. *Seine Tochter!* Wie zärtlich allein dieser Gedanke klang! Lifthrasil schlief. Zwischen all dem weichen Stoff und Fell erschien ihm ihr Gesicht winziger als sein Daumen, und natürlich wusste er, dass das neugeborene Geschöpf von der Welt ringsum rein gar nichts wahrnahm, außer vielleicht Wärme, Kälte und Hunger. Und dennoch war er auf eine absurde Art vollkommen sicher, dass Lifthrasil seine Nähe spürte und zu einem Teil ihrer Zufriedenheit machte.

»Aber«, ereiferte sich Gundri, »sie hätte dennoch nicht – «

»Geh bitte«, unterbrach sie Thor. »Such nach ihr. Ich bleibe so lange hier und gebe auf Lifthrasil acht.«

»Ihr?«

»Warum nicht?«, erwiderte Thor. »Sie ist nicht mein erstes Kind.«

»Schon, aber Ihr seid doch – «

Thor sah sie nur an, und Gundri brach nun mitten im Wort ab und fuhr sich nervös mit der Zungenspitze über die Lippen. Aber sie beeilte sich auch, demütig den Kopf zu senken. »Ganz wie Ihr befehlt, Herr.«

Thor verzichtete bewusst darauf, sie zu verbessern. »Und wenn sie mit ihrem Bruder zusammen sein sollte, dann schick nur Elenia zu mir. Ich möchte allein mit ihr reden.«

Gundri wagte es nicht, noch einmal zu widersprechen, sondern entfernte sich rückwärtsgehend und in demütiger Haltung und fuhr in der Tür mit einer hastigen Bewegung herum. Thor hörte, wie sich ihre Schritte entfernten.

Thor sah auf das schlafende Kind hinab. Er mochte Kinder, aber er war niemals in sie vernarrt gewesen, nicht einmal in die beiden, die ihm der Schatten zusammen mit seinem früheren Leben gestohlen hatte. Aber Lifthrasil war ... etwas Anderes, das Wertvollste auf der Welt überhaupt, und während er noch dastand und sie ansah, überkam ihn erneut ein Gefühl von so überwältigender Zärtlichkeit, dass es ihn enorme Überwindung kostete, sie nicht einfach aus ihrer Wiege zu nehmen und an sich zu drücken.

Er musste länger dagestanden und den schlafenden Säugling angesehen haben, als ihm bewusst war, denn er hörte Schritte hinter sich, und noch während er sich aufrichtete und in derselben Bewegung umdrehte, betraten Elenia und ihr Bruder den Raum, dicht gefolgt von Gundri. Lif strahlte so vor Besitzerstolz, als wäre er selbst der glückliche Vater, aber Thor ließ ihn gar nicht erst zu Wort kommen.

»Es ist gut, Gundri«, sagte er. »Danke. Lass uns allein.« Gundri ging auch jetzt wieder rückwärts und mit gesenktem Blick hinaus, und Thor fügte, an Lif gewandt, hinzu: »Das gilt auch für dich.«

»Aber –«

»Ich habe etwas mit deiner Schwester zu besprechen«, fiel ihm Thor im Wort. »Allein.«

»Ach, und was sollte das sein?«, fragte Lif patzig.

»Etwas, das nur deine Schwester und mich etwas angeht.«

»Ich erfahre es doch sowieso. Elenia und ich haben keine Geheimnisse voreinander!«, erwiderte Lif.

»Es ist gut, Lif«, mischte sich Elenia ein. »Geh ... bitte. Ich erzähle dir später alles.«

Thor konnte nicht sagen, ob sie das tatsachlich ernst meinte, denn sie hatte den Schleier noch weiter vors Gesicht gezogen, sodass er jetzt nur noch ihre Augen und einen kaum fingerbreiten Streifen ihrer Stirn sah. Lif schürzte nur noch einmal trotzig die Lippen, beließ es darüber hinaus aber bei einem finsteren Blick und stampfte hinaus. Thor konnte zwar hören, wie sich seine Schritte entfernten, aber nach einem Moment ging er ihm trotzdem nach und überzeugte sich davon, dass er wirklich verschwunden war. Elenia betrachtete ihn aus Augen, in denen ein nur allzu vertrauter Ausdruck stand, als er zurückkam. Sie schwieg.

»Und?«, fragte er. »Wirst du es ihm erzählen?«

Sie schwieg weiter, und Thor wartete auch nicht länger als einen halben Atemzug auf eine Antwort und war dann wieder bei dem Korb mit dem schlafenden Kind.

»Lifthrasil«, sagte er. »Deine Schwester. Bist du stolz?«

»Ich freue mich«, antwortete sie. Das war nicht dasselbe und sollte es auch nicht sein.

»Und es macht dir gar nichts aus?«

»Dass ich eine Schwester habe?«

»Ihr Name.« Bevor Thor weitersprach, drehte er sich zu ihr um und sah ihr fest in die Augen. »Deine Mutter hat dir die Geschichte dieses Namens erzählt?«

Sie nickte, aber ihr Blick blieb unverändert. Wenn sie Angst hatte, ließ sie es sich nicht anmerken. »Das ist lange her, und warum sollte es mir etwas ausmachen?«

Thor blieb ernst. »Du weißt, wann sie geboren worden ist?«

»Vergangene Nacht, als ...«

»Als?«

Elenia antwortete nicht mehr darauf, aber er konnte ahnen, wie ihre Lippen hinter dem Schleier zu einem dünnen Strich wurden.

Bevor er weitersprach, ging er noch einmal zur Tür und überzeugte sich davon, dass sie auch wirklich allein waren. Und auch dann sprach er nur im Flüsterton. »Warum, Elenia?«

»Warum?«

Am liebsten hätte er sie angeschrien, doch stattdessen wurde seine Stimme eher noch leiser. »Ich rede nicht von mir, Elenia. Das ist eine andere Geschichte, mit der ich allein zurechtkommen muss.«

Etwas wie Spott blitzte in ihren Augen auf. »Wovon dann, Gott des Donners?«

Er schluckte alles herunter, was ihm zu den letzten drei Worten auf der Zunge lag. »Von deiner Mutter, Elenia. Warum tust du ihr das an?«

»Was meinst du damit?« Elenia spielte weiter die Ahnungslose. »Du weißt doch überhaupt nicht –«

»Wir können das auch anders lösen, Elenia«, unterbrach er sie. »Wir können zu deiner Mutter gehen und dieses Gespräch zu dritt führen, wenn dir das lieber ist.«

»Das wagst du nicht. Sie würde dir nicht glauben.«

»Nein, würde sie nicht?«, fragte er. »Ich habe ihr geglaubt, als sie mir erzählt hat, dass du eine gelehrige Schülerin bist. Und es ist ja wohl auch die Wahrheit. Der Kräutertrank, den du für mich gemacht hast, hat das Fieber vertrieben ... oder war es vielleicht noch mehr?«

Elenia tat so, als müsse sie über die Bedeutung dieser Worte nachdenken. Dann nickte sie so heftig, dass ihr Schleier verrutschte und sie hastig danach greifen musste, um ihn wieder vor ihrem Gesicht zu befestigen. »Ich verstehe. Du willst also zu meiner Mutter gehen und ihr allen Ernstes erzählen, ich hätte dir einen Liebestrank eingeflößt oder dich verhext.« Sie lachte höhnisch. »Und du meinst tatsächlich, sie würde dir glauben?«

Ihre patzige Antwort erleichterte ihn, denn jetzt klang sie wieder wie das verstockte, tückische Kind, das sie war. »Nein. Das werde ich nicht.«

»Du erwartest, dass ich es selbst tue«, vermutete sie.

Diesmal dauerte es länger, bevor er antwortete. »Nein. Ich möchte nicht, dass sie es erfährt, weder von dir noch von mir. Sie darf es niemals erfahren, Elenia.«

Das Mädchen wirkte ehrlich überrascht, wenn auch nur für einen kurzen Moment.

»Ich verstehe«, sagte sie. »Und damit meine Mutter nichts erfährt, komme ich dann und wann zu dir, und –«

Thor ohrfeigte sie, nicht einmal fest oder gar mit der Absicht, ihr wirklich wehzutun, aber Elenia stolperte trotzdem zwei Schritte zurück, und der Schleier wurde ihr vom Gesicht gerissen. Mit einer hastigen Bewegung wandte sie sich ab, befestigte ihn wieder an seinem Platz und drehte sich erst dann wieder zu ihm herum. Tränen schimmerten in ihren Augen.

»Warum?«, fragte er.

»Warum?« Die Tränen liefen jetzt in Strömen über ihr Gesicht, aber es waren keine Tränen der Wut, sondern schiere Verzweiflung. »Allen hast du geholfen«, schluchzte sie, »Lasse, meiner Mutter und dieser alten Frau, sogar … sogar deinem verdammten Pferd! Nur mir nicht!«

»Ich verstehe wirklich nicht, was du meinst, Elenia«, sagte er hilflos.

»Nein, natürlich nicht! Es geht ja nur um mich!« Dann, so schnell wie ihr Zorn aufgeflammt war, erlosch er auch wieder, als hätte sie all ihre Kraft in diesem einen, jähen Ausbruch verbraucht. Sie begann zu weinen und am ganzen Leib zu zittern, doch als Thor sie tröstend in die Arme schließen wollte, prallte sie fast entsetzt vor ihm zurück.

»Was hätte ich denn tun sollen?«, wimmerte sie. »Ich … ich weiß doch, dass es falsch war! Ich wollte das nicht, bitte glaub mir, aber … ich hatte doch keine andere Wahl! Ich habe dich so oft gebeten, aber du hast mir ja nicht einmal zugehört! Ich musste es tun!«

»Was?«, fragte Thor verstört. »Dich als deine Mutter auszugeben und mit mir zu schlafen?« War sie verrückt? »Aber ... warum denn nur?«

»Weil es der einzige Weg war«, sagte Elenia noch einmal, zwang sich mit einer schier übermenschlichen Kraftanstrengung, seinem Blick standzuhalten, und riss dann mit einem Ruck den Schleier herunter.

Thor wollte noch etwas sagen, aber dann riss er nur erschrocken die Augen auf und starrte sie an. Mehr denn je fiel ihm die Ähnlichkeit zwischen Elenia und ihrer Mutter auf, selbst jetzt, wo ihr Gesicht vor Kummer verzerrt und ihre Augen vom Weinen geschwollen und rot waren, war sie doch eine genaue jüngere Kopie ihrer Mutter. Perfekt bis ins letzte Detail ihres wunderschönen, makellosen Gesichtes.

Die entzündete rote Narbe auf ihrer Wange war verschwunden.

21. Kapitel

Seit nunmehr fast einem Jahr wünschte er sich beinahe nichts mehr, als wieder in einer Welt zu leben, in der es tatsächlich einen Unterschied zwischen Tag und Nacht gab.

Jetzt verfluchte er den Sonnenaufgang.

Es war kein richtiger Morgen. Der Tag dämmerte nur quälend langsam herauf, und wahrscheinlich würde es Stunden dauern, bis es richtig hell geworden war, und seine scharfen Augen waren im Grunde nicht einmal auf diesen kleinen Unterschied angewiesen. Das Problem waren die anderen. Um genau zu sein, die drei Krieger aus Midgard, die vor dem Eingang des Thinghauses herumlungerten, wechselweise dösten, miteinander sprachen oder auf mancherlei andere Weise versuchten, die Zeit totzuschlagen, bis ihre Ablösung kam. Einem nicht ganz so aufmerksamen Beobachter wäre es vielleicht so vorgekommen, als nähmen sie ihre Aufgabe nicht besonders ernst, aber das stimmte nicht. Ganz im Gegenteil. Gerade im Augenblick spielten zwei von ihnen ein Spiel, bei dem sie auf dem Boden saßen und kleine Steinchen warfen, die mit Runen bemalt waren, während sich der Dritte neben ihnen auf seinen Speer stützte und sichtliche Mühe hatte, nicht im Stehen einzuschlafen. Dennoch entging ihnen niemand, der sich dem langgestreckten Gebäude näherte.

Und je heller es wurde, desto aufmerksamer wurden sie. Auch wenn der Unterschied zwischen Tag und Nacht hier vielleicht nicht besonders groß war, es gab ihn, und Thor verfluchte sich selbst dafür, nicht früher gekommen zu sein oder später. Seine nachtschwarze Kleidung, die ihm bei Dunkelheit perfekten

Schutz geboten hätte, bewirkte in diesem sonderbar nebeligen Licht beinahe das Gegenteil. Und als wäre das alles noch nicht genug, waren die Straßen voller Menschen.

Am Morgen war ein weiteres und viel größeres Schiff in den Hafen eingelaufen, und die hektische Aktivität, die daraufhin ausgebrochen war, hatte sich binnen kurzer Zeit über die gesamte Stadt ausgebreitet. Wer nicht damit beschäftigt war, die Ladung zu löschen oder einfach nur am Hafen herumzulungern, der lief scheinbar ziellos durch die Stadt und suchte jede Gelegenheit zu einem Schwatz. Dieses Mal gab es anscheinend kein großes Fest, bei dem sich ganz Oesengard an den Rand der Bewusstlosigkeit trank, sondern eher so etwas wie ein allgemeines Erwachen, als schrecke die ganze Stadt aus einem Winterschlaf auf, dem ein Gähnen und Augenreiben und Recken folgte und dann hektische Aktivität.

»Lange können wir nicht mehr hierbleiben, Herr. Wenn jemand kommt ...«

Thor nickte nur. Er hatte es längst aufgegeben, Gundri ständig verbessern zu wollen, wenn sie ihn ›Herr‹ nannte, oder ihr unterwürfiges Benehmen zu kritisieren.

Außerdem hatte sie recht. Gundri kannte sich gut genug aus, um ein Versteck zu finden, aus dem heraus sie das Thing-Haus beobachten konnten, ohne selbst gesehen zu werden, aber es war nur eine Frage der Zeit, bis jemand hierherkam und sie sah. Und so angenehm er es auch fand, in einer Stadt zu sein, in der jeder jeden kannte, es hatte auch Nachteile ...

Aber alles in ihm sträubte sich einfach gegen die Vorstellung, aufzugeben und unverrichteter Dinge in sein unterirdisches Versteck zurückzukehren, das ihm mit jeder Stunde mehr wie ein Gefängnis vorkam. Darüber hinaus lief ihm die Zeit davon.

»Und es gibt wirklich keinen anderen Weg hinein?«, fragte er.

Gundri schüttelte nur stumm den Kopf. Wahrscheinlich war sie es leid, zum zwölften Mal dieselbe Frage zu beantworten.

Das Haus, in dem Barend gefangen gehalten wurde, stand auf dem massiven Fels des Ufers und hatte als eines von nur wenigen Gebäuden hier keine Verbindung zu dem unterirdischen Labyrinth, das sich unter der ganzen Stadt erstreckte, und seine Mauern waren aus massivem Stein, hatten nur schmale Fenster, durch die nicht einmal ein Kind gepasst hätte, und nur diese eine, gut bewachte Tür. Die Götter hatten sich anscheinend vorgenommen, es ihm möglichst schwer zu machen.

Aber Thor wäre auch nicht Thor gewesen, hätte er diese Herausforderung nicht angenommen. Götter? Also gut – wenn sie schon darauf bestanden, ihn gegen seinen Willen zu einem der ihren zu machen, dann würden sie schon sehen, was sie davon hatten.

Er verscheuchte diesen Gedanken, nickte mit einiger Verspätung noch einmal in Gundris Richtung, um ihr zu zeigen, dass er verstanden hatte, und wich noch einen weiteren Schritt in den Schatten zurück, wodurch er nun vollends unsichtbar wurde. »Das hat keinen Sinn. Wenn sie Barend wirklich da drinnen gefangen halten, dann kommen wir nie an ihn heran.«

»Aber Ihr seid –«, begann Gundri wieder einmal, und Thor fuhr unbeeindruckt fort:

»Jedenfalls nicht, ohne dass es jemand merkt. Und du bist ganz sicher?«

»Sie haben ihn gestern Abend hergebracht«, bestätigte sie. »Vorher haben sie ihn im Haus des Jarls gefangen gehalten, aber Bjorn hat darauf bestanden, ihn hierherzubringen. Meine Mutter hat ein Gespräch belauscht, als sie ihm Essen gebracht hat.«

Gestern, dachte Thor. Natürlich. Warum nicht gleich vor einer Stunde oder nur einen Augenblick, bevor sie hergekommen waren?

»Deine Mutter bringt ihm also das Essen«, sagte er nachdenklich. »Glaubst du, dass sie ihm eine Nachricht von mir überbringen würde?«

»Sie oder ich«, antwortete Gundri. »Wenn sie keine Zeit hat, teilen wir uns die Arbeit. Und jetzt, wo wir so viele Gäste haben, gibt es eine Menge Arbeit zu tun.«

Thor frage sich flüchtig, wann. Während der letzten drei Tage war Gundri beinahe ununterbrochen in seiner Nähe gewesen, wie ein Schatten, der oft genug wie aus dem Nichts auftauchte und seine wenigen Wünsche auf schon fast unheimliche Weise vorauszuahnen schien. Thor mutmaßte, dass Urd sie ihm als persönliche Dienerin zugeteilt hatte; was ihm nur recht war, denn aus irgendeinem Grund mied Elenia Gundris Nähe.

»Gut«, seufzte er. »Dann muss ich mit jemandem von seiner Mannschaft sprechen. Weißt du, wo sie sind?«

»Auf der Windsbraut. Aber das Schiff wird streng bewacht. Ihr kämt nie auch nur in die Nähe.« Sie überlegte einen Moment und kam seiner nächsten Bitte zuvor: »Ich kenne einen von ihnen ganz gut. Ich kann ihm etwas ausrichten ... oder ihn holen und –«

Thor brachte sie mit einer hastigen Geste zum Verstummen, als er eine Bewegung drüben beim Haus gewahrte.

Die Tür war aufgegangen, und zuerst zwei, dann noch eine dritte Gestalt in den kühlen Temperaturen ganz und gar nicht angemessenen Kleidern traten ins Freie. Eine davon war Sverig, den er allein an der gewaltigen Doppelaxt erkannt hätte – sie musste neu sein, die Klingen waren eindeutig größer geworden –, die er auf dem Rücken trug. Aber auch die Gesichter der beiden anderen waren ihm nicht fremd: Der zweite Mann war Barend, und als letzter und mit einigem Abstand kam Bjorn heraus. Er wirkte bekümmert; ein anderes Wort fiel Thor nicht für den Ausdruck ein, der wie festgefroren auf seinem Gesicht lag.

Und auch ihn selbst beschlich ein sonderbares Gefühl, als er den Jarl von Midgard erblickte. Seit ihrem letzten Zusammentreffen am Götterpass war eine Menge Zeit vergangen, und Thor hatte sich stets gewünscht, ihn nicht zu schwer verletzt zu haben. Der Schatten mochte recht haben, wenn er behauptete, dass Menschen umso vieles zäher und robuster waren, als sie selbst wussten, aber sie waren zugleich auch so zerbrechlich. Und er wollte diesem Mann nicht wehtun. Selbst jetzt wollte es ihm einfach nicht gelingen, Bjorn als seinen Feind zu betrachten. Vielleicht wollte er es einfach nicht.

Die beiden Männer unterbrachen ihr Spiel und sprangen hastig auf, um den Gefangenen in die Mitte zu nehmen. Auf einen Wink Sverigs hin schloss sich ihnen auch der dritte Krieger an, und die kleine Gruppe verschwand mit schnellen Schritten in Richtung Hafen. Thor sah ihnen stirnrunzelnd nach.

»Wohin mögen sie ihn bringen?«

Die Frage war nicht wirklich eine Frage gewesen, sondern eher ein nachdenkliches Murmeln, aber er bekam trotzdem eine Antwort.

»Das kann ich herausfinden, Herr«, sagte Gundri.

Thor sah sie überrascht an. »Wie?«

»Oesengard ist eine kleine Stadt«, antwortete sie lächelnd, »und hier kennt jeder jeden, und jeder weiß alles. Wartet hier.« Ohne seine Antwort abzuwarten, fuhr sie mit raschelndem Mantel herum und war auch schon verschwunden, und Thor blieb allein und genauso hilflos wie beunruhigt zurück. Was Gundri vorhatte, gefiel ihm nicht. Es hatte ihm schon nicht gefallen, sich von ihr hierherbringen zu lassen, und sie jetzt als seine Spionin einzusetzen behagte ihm noch sehr viel weniger. Es gefiel ihm nicht, dieses Mädchen schon wieder in Gefahr zu bringen. Zu viele, die den Fehler begangen hatten, ihm zu helfen, hatten einen zu hohen Preis dafür bezahlt.

So besorgt, wie er war, wurde ihm die Zeit lang, bis Gundri

zurückkam, und er konnte ein erleichtertes Aufatmen nicht ganz unterdrücken.

»Fargas«, sagte sie. »Sie haben ihn zu Fargas gebracht.«

Thor blickte fragend, und sie fügte mit einer erklärenden Geste hinzu: »Unserem Jarl.«

»Der, bei dem er die letzten Tage schon gewesen ist?«

»Ja, nur er bleibt nicht lange dort. In ein paar Stunden bringen sie ihn wieder zurück. Vielleicht schon früher.«

»Woher willst du das wissen?«, fragte Thor in leicht misstrauischem Ton, der Gundri aber nicht zu verletzen schien, sondern im Gegenteil ein fast stolzes Lächeln auf ihr Gesicht zauberte.

»Weil ich die Tochter des Wirts bin«, antwortete sie. »Und der fremde Krieger hat mir aufgetragen, Barend heute Mittag sein Essen zu bringen.« Sie machte eine Kopfbewegung zur Thing-Hütte hin. »Hierher.«

»Du hast mit ihnen gesprochen?«, ächzte Thor. »Bist du verrückt?«

»Ein einfaches ›Danke‹ oder ›Gut gemacht‹ hätte es auch getan«, erwiderte Gundri, die vergessen zu haben schien, mit wem sie sprach. Dann erschrak sie ein bisschen, fügte aber dennoch und in fast trotzigem Ton hinzu: »Ich dachte, das würde Euch interessieren.«

»Das tut es auch«, antwortete Thor rasch. »Und du hast es gut gemacht. Aber ich will nicht, dass du ein solches Risiko eingehst! Das ist viel zu gefährlich!«

»Wieso?«, erkundigte sich Gundri. »Weil ich meiner Arbeit nachgehe? Oder wäre es weniger gefährlich, wenn ich in einem schwarzen Mantel und mit gesenktem Blick herumschleiche und mir die Kapuze ins Gesicht ziehe?«

Thor verzichtete vorsichtshalber auf eine Antwort. »Haben sie gesagt, was der Jarl von ihm will?«

Gundri hob die Schultern. »Danach habe ich nicht gefragt. Das wäre viel zu gefährlich gewesen.«

Auch dazu sagte er nichts, auch wenn es ihm jetzt wirklich schwerfiel, ein Lächeln zu unterdrücken. Gundris Respekt vor dem, was sie in ihm sah, war ganz gewiss echt, aber er vergaß auch nicht, dass sie trotz allem noch fast ein Kind war, kaum älter als Elenia.

»Und dieses … Thinghaus?«

»Unser Versammlungsort. Früher einmal war es nur ein Platz. Später haben sie dann ein Dach darüber gebaut und noch später die Mauern. Warum fragst du?«

»Weil ich wissen möchte, wie es dort drinnen aussieht.« Im Prinzip wusste er es. Obwohl er selbst dieses Wort vor wenigen Augenblicken zum ersten Mal gehört hatte, sah er das Innere des strohgedeckten Gebäudes doch fast bildhaft vor sich: eine langgestreckte Halle, deren Dach von einer Reihe fast mannsdicker Pfeiler getragen wurde und die nahezu leer war bis auf die traditionelle Feuerstelle und einen oder zwei kleine Nebenräume, in denen die Opfergaben und zeremonielle Werkzeuge und Waffen aufbewahrt wurden.

»Kannst du mich dorthineinbringen, ohne dass mich jemand sieht?«

Gundri überlegte kurz, schüttelte dann den Kopf und nickte fast in der gleichen Bewegung. »Auf der anderen Seite ist eine Klappe. Sie lässt sich nur von innen öffnen und ist sehr schmal … aber Ihr müsstet hindurchpassen, wenn ich hinübergehe und sie aufmache.« Sie legte fragend den Kopf schräg. »Ihr wollt Barend befreien?«

»Zuerst einmal möchte ich mit ihm reden«, antwortete er betont. »Mehr nicht.«

Gundri machte ein Gesicht, als hätte sie von ihm mehr erwartet. »Wartet hier. Ich sehe nach. Wenn niemand da ist, gebe ich Euch ein Zeichen.« Diesmal machte sie sich nicht die Mühe, sich umständlich davonzuschleichen, sondern trat einfach aus dem verlassenen Hinterhof heraus und überquerte ohne Hast die Straße. Thor sah zu, wie sie sich dem Haus näherte und es betrat, als wäre das das Selbstverständlichste auf der Welt. Wenn Bjorn auch dort drinnen Männer postiert hatte und sie sie fragten, was sie dort zu suchen hatte …

Das Mädchen kam zurück, noch bevor er den Gedanken ganz zu Ende denken oder gar damit beginnen konnte, sich Sorgen zu machen. In der niedrigen Tür blieb sie stehen, sah sich langsam in alle Richtungen um, als suche sie jemand oder etwas Bestimmtes, und nickte dann fast unmerklich in seine Richtung, als wollte sie sagen: Die Luft ist rein.

Gundri auf dieselbe Weise zu folgen erschien ihm zu riskant, aber er hatte sich schon auf dem Weg hierher einen groben Überblick verschafft, sodass es ihm nicht schwerfiel, die Rückseite des Gebäudes ungesehen zu erreichen. Hinter ihm befand sich jetzt nur noch das graue Wasser des Hafenbeckens, über dem ein leiser Dunst hing, der ihm zusätzlichen Schutz verlieh, und er fand auch auf Anhieb die Klappe. Sie war tatsächlich so schmal, wie Gundri gesagt hatte, und auch an ihrem Zweck bestand kein wirklicher Zweifel: Ausgehend von dem hölzernen Quadrat zog sich eine übel riechende schwarze Spur bis zum Wasser hinab, deren Gestank nicht einmal die Kälte und der durchdringende Salzwassergeruch ganz überdecken konnten. Vielleicht war es doch keine so wirklich gute Idee …

Ein leises Scharren erklang, dann wurde das hölzerne Viereck mit einem Stock von innen aufgestoßen, und eine schmale Hand winkte ihm zu. Thor kämpfte seinen Widerwillen nieder und zwängte sich mit einiger Mühe durch die Öffnung, konnte aber trotz aller Vorsicht nicht verhindern, dass er mit der unappetitlichen Schmiere auf dem Boden in engeren Kontakt kam, als ihm lieb war.

Drinnen angekommen, streckte ihm Gundri zwar die Hand entgegen, um ihm aufzuhelfen, zog aber gleichzeitig auch eine

Grimasse, und Thor schüttelte nur den Kopf, griff hinter sich und zog die Klappe wieder zu, bevor er sich aufrichtete.

Das Gebäude besaß nur wenige Fenster, und im Inneren war es dunkel. Das hell erleuchtete Rechteck hätte ihn sofort verraten. Trotz des Halbdunkels konnte er nicht nur sehen, dass das Haus leer war, sondern auch, dass es nahezu so vollkommen seinen Erwartungen entsprach, dass das Ergebnis schon beinahe unheimlich war: ein großer, fast vollkommen leerer Raum, dessen spitzes Dach von drei gewaltigen Pfeilern aus poliertem Holz getragen wurde. Die offen stehende Tür mit dem dreieckigen Sturz bildete praktisch die einzige Lichtquelle; trotzdem konnte er die altertümlichen Runen und Bilder erkennen, die in das Holz geschnitzt waren. Wenngleich offensichtlich von der Hand eines nicht annähernd so talentierten Künstlers ausgeführt, erinnerten sie ihn doch auf beunruhigende Weise an die Bilder, die er in den Gewölben unter der Stadt gesehen hatte.

Gundri deutete stumm auf einen Punkt neben ihm. In die Wand war ein eiserner Ring mit einer fast daumendicken Kette eingelassen worden, und auf dem Boden daneben entdeckte er eine hölzerne Schale, in der noch einige Brotkrümel lagen, einen kleinen Tonkrug und einen ebenfalls hölzernen Eimer mit einem Deckel.

Gut, jetzt wusste er wenigstens genau, wodurch er gerade gekrochen war. »Du solltest besser gehen. Ich bleibe hier, bis sie Barend zurückgebracht haben und ich mit ihm sprechen kann. Dann komme ich nach.«

»Das kann Stunden dauern«, gab Gundri zu bedenken. Gleichzeitig wich sie einen halben Schritt vor ihm zurück und rümpfte ein wenig die Nase.

»Ich habe es nicht eilig«, antwortete er. »Und du kannst die Zeit nutzen und schon einmal einen Eimer Wasser heiß machen. Oder besser gleich zwei. Und sag vorerst niemandem, wo ich bin.«

Woran sie sich selbstverständlich nicht halten würde, das sah er ihr an. Aber was sollte Urd tun? Hierherkommen und ihn zur Rede stellen?

Sie ging, und Thor wartete, bis sich seine Augen vollends an das schwache Licht gewöhnt hatten, und durchsuchte das Thinghaus dann in aller Gründlichkeit. Was schnell getan war: Es bestand im Wesentlichen nur aus der großen Halle, aber wie er erwartet hatte, gab es mehrere kleine Räume, die sich hinter einer zusätzlich eingezogenen Bretterwand befanden und so gut wie leer waren. Ganz kurz erwog er den Gedanken, sich in einem davon zu verstecken, und verwarf ihn genauso schnell wieder, wie er ihm gekommen war. Wenn Sverig zurückkam und auch nur einen einzigen Blick hineinwarf, würde er ihn sofort sehen.

Suchend sah er sich um, musterte nachdenklich die Streben des Dachgebälks über seinem Kopf und verwarf dann auch diese Idee. Sie war kindisch. Schließlich trat er einfach hinter den am weitesten vom Eingang entfernten der drei gewaltigen Stützpfeiler und ließ sich von den Schatten einhüllen. Jeder, der aus dem hellen Tageslicht hereinkam, musste im ersten Moment praktisch blind sein. Und wenn nicht ...

Seine Hand strich über Mjöllnir, den er unter dem Mantel verborgen am Gürtel trug, sodass nicht einmal Gundri ihn gesehen hatte. Sollten die Krieger oder gar Sverig ihn entdecken, dann hatte eben das Schicksal entschieden.

Er wartete. Eine kleine Ewigkeit verging, dann eine zweite und eine dritte, aber endlich verrieten ihm seine Ohren das Geräusch schneller Schritte, die sich dem Haus näherten.

Es waren Sverig und einer der Männer, die vorhin draußen mit den Runensteinen gespielt hatten. Barend war bei ihnen, und zunächst sah es so aus, als zerrten ihn die beiden Männer einfach zwischen sich her. Dann kamen sie herein und wurden von schwarzen Scherenschnitt-Umrissen zu Körpern, und Thor erkannte, dass der Kapitän der Windsbraut tatsächlich kaum noch aus eigener Kraft gehen konnte. Sein Gesicht war blutüberströmt, und als Sverig ihn grob zu Boden stieß und die Fußfessel mit einer Kette verschloss, stöhnte er vor Schmerz.

»Es tut mir wirklich leid, Barend«, sagte Sverig. »Glaub nicht, dass mir das Freude bereitet. Aber du hast es dir selbst zuzuschreiben. Sag uns, was du weißt, und du kannst gehen. Oder wenigstens am Leben bleiben.«

»Du kannst deinem verdammten Jarl sagen, dass er mich –«, begann Barend und brach mit einem würgenden Laut ab, als Sverig ihm in die Seite trat.

»Ich denke, es ist besser für dich, wenn ich ihm das nicht sage«, erklärte er freundlich. »Denk einfach über deine Lage nach. Wir kommen heute Abend wieder. Vielleicht hast du deine Meinung ja bis dahin geändert.«

Barend antwortete mit einer gemurmelten Obszönität. Zu Thors Überraschung nutzte Sverig diesen Vorwand nicht, um ihn noch einmal zu schlagen. Er machte nur ein abfälliges Geräusch, überzeugte sich noch einmal davon, dass die Kette fest genug saß, und ging dann ohne ein weiteres Wort.

Thor wartete nicht nur, bis er die Tür hinter sich zugezogen hatte, sondern gab auch dann noch eine geraume Weile zu; nicht nur, um sicherzugehen, dass Sverig nicht noch einmal zurückkam, sondern auch, damit Barends Augen die nötige Zeit hatten, um sich wieder an das Dämmerlicht hier drinnen zu gewöhnen.

»Nicht erschrecken!«, sagte er, während er plötzlich hinter dem Stützpfeiler hervortrat.

Barend erschrak nicht; wenigstens nicht laut. Er lag verkrümmt auf der Seite und presste beide Hände gegen den Leib, und er hob nicht einmal den Kopf, um zu ihm hochzusehen.

»Warum sollte ich das?«, brachte er mühsam heraus. »Ich wusste, dass du zurückkommst.«

»Wusstest du das?« Thor blieb zwei Schritte vor ihm stehen und ließ sich in die Hocke sinken. »Woher?«

»Da sind noch ein paar Rippen, die du vergessen hast, mir zu –«, begann Barend, hob nun doch den Kopf und riss verblüfft die Augen auf. »Du?«

»Du erinnerst dich also?«

Barend starrte ihn weiter aus blutunterlaufenen Augen an, rappelte sich mühsam auf und schob sich ächzend in eine sitzende Haltung, halbwegs an die Wand gelehnt. Thor sah, welche Mühe ihm schon das Luftholen bereitete. Anscheinend hatte Sverig ihm tatsächlich eine Rippe gebrochen, vielleicht mehr. Er war verwirrt. Er hätte das Sverig nicht zugetraut – und Bjorn schon gar nicht.

Er nahm den Krug auf, roch daran – er enthielt Wasser – und machte Anstalten, ihn Barend an die Lippen zu setzen, doch der drehte nur den Kopf zur Seite. »Verzeiht, Herr«, murmelte er. »Ich bin unhöflich. Ich sollte Euch etwas zu trinken anbieten und nicht umgekehrt. Ich bin ein schlechter Gastgeber. Immerhin bin ich Euch zu großem Dank verpflichtet, seid Ihr es doch, dem ich all das hier zu verdanken habe.«

Thor setzte den Krug wieder zu Boden. »Hat Sverig dir das angetan?«

»Sverig?« Barend schnaubte. »Dieser erbärmliche Feigling mit der Axt? Nein. Das war Fargas, euer famoser Jarl.«

»Fargas?« Jetzt war Thor wirklich überrascht. Er wusste wenig mehr als den Namen, aber immerhin hatte er in seiner Zeit als schlecht bezahlter Arbeiter in Sjöbloms Diensten mitbekommen, dass der Jarl von Oesengard ein eher sanftmütiger Mann war. Nicht wenige bezeichneten ihn auch als schwach. »Er ist nicht mein Jarl.«

»Wessen auch immer.« Barend fuhr sich mit dem Handrücken über die Lippen, spuckte Blut und Schleim aus und funkelte ihn mit einer Mischung aus Verwirrung und Zorn an –

wobei der Zorn eindeutig überwog. »Was willst du? Dich überzeugen, dass es mir auch schlecht genug geht?«

»Eigentlich wollte ich nur mit dir reden. Aber ich könnte dir auch helfen.« Tatsächlich streckte Thor die Hand aus, um den Mann zu berühren und seinen Schmerz zu lindern, führte die Bewegung aber dann nicht zu Ende. Barend war nicht lebensgefährlich verletzt, und er war ein harter Mann. Vielleicht war es besser, doch noch das eine oder andere Geheimnis für sich zu behalten.

»Helfen? Nein, danke. Ich glaube, du hast mir schon genug geholfen.« Barend versuchte sich weiter aufzurichten, sog dann scharf die Luft durch die Nase ein und verzog das Gesicht, und ein sonderbar stiller Groll ergriff von Thor Besitz, als er sah, wie eng Sverig die Fußfessel angelegt hatte. Barends Knöchel war wund und blutig, und das Eisen schnitt in sein offen daliegendes Fleisch. Ohne auch nur darüber nachzudenken, beugte er sich vor und bog den eisernen Ring mit bloßen Händen weit genug auf, um den schlimmsten Druck zu lindern.

Barend seufzte erleichtert, sah aber zugleich auch fast bestürzt aus. »Danke«, murmelte er. »Aber bilde dir bloß nicht ein, dass wir jetzt quitt sind.«

Thor griff noch einmal nach dem Krug, und diesmal leerte ihn Barend mit gierigen Schlucken.

»Sind wir jetzt quitt?«, fragte er.

Barend schnaubte.

»Wie gesagt«, sagte Thor. »Ich kann dir helfen.«

»Wenn du das Kunststück da noch einmal wiederholst«, erwiderte Barend mit einer Kopfbewegung auf seine Fußfessel, »dann wäre das ein Anfang.«

»Und ziemlich dumm«, sagte Thor. »Was glaubst du, wie weit du in deinem Zustand kommen würdest?«

»Bis zu meinem Schiff«, grollte Barend. »Das ist weit genug.«

»Dein Schiff wird bewacht«, sagte Thor. »Und ich habe

gehört, dass man die Ruder von Bord geschafft hat. Also nicht die besten Bedingungen, in See zu stechen.«

»Was willst du dann?«, fragte Barend.

»Dir ein Geschäft vorschlagen«, antwortete Thor. »Bist du interessiert?«

»Interessiert?«, wiederholte Barend mit einem säuerlichen Grinsen. »Ja, warum nicht? Geschäfte mit dir scheinen sich ja auszuzahlen.«

»Ich kann dir helfen, von hier zu entkommen«, sagte Thor ungerührt. »Wenn wir uns einig werden, sorge ich dafür, dass du dein Schiff zurückbekommst – mitsamt den Rudern – und von hier verschwinden kannst.« Er hatte nicht die leiseste Ahnung, wie er das bewerkstelligen wollte, aber Barend verzog auch nur geringschätzig die Lippen.

»Du meinst, so wie ich es auch gekonnt hätte, wenn es dich nicht gäbe?«, fragte Barend.

»Ja.« Thor unterdrückte ein Lächeln.

»Und was verlangst du dafür?«

»Erzähl mir, was sie von dir wollten«, sagte Thor.

»Außer mich grün und blau zu schlagen und mir jeden zweiten Knochen im Leib zu brechen?« Barend grinste schief. »Nichts. Nichts jedenfalls, was ich ihnen geben konnte.« Er zog eine Grimasse. »Sie haben eine Menge Fragen gestellt, größtenteils über dich. Zu meinem Pech konnte ich die meisten davon nicht beantworten, und Fargas kam auf die Idee, seinen Fragen ein bisschen mehr Nachdruck zu verleihen. Dein Freund mit der Axt hat ihm dabei nach Kräften geholfen.«

»Über mich?«, vergewisserte sich Thor. »Was solltest du ihm über mich erzählen können?«

»Nichts«, antwortete Barend. »Aber der Freund mit der Axt war einfach nicht davon abzubringen, dass ich dir geholfen hätte zu entkommen.«

»Was du ja, genau genommen, auch hast«, sagte Thor. »Verrätst du mir, warum?«

»Es kam mir in dem Moment wie eine gute Idee vor«, antwortete Barend. »Wie es jetzt aussieht, habe ich mich wohl geirrt.«

»Und sie haben nur nach mir gefragt?« Thor glaubte ihm kein Wort.

»Am Anfang«, behauptete der Kapitän jedoch. »Später hat Fargas dann angefangen, nach den Lichtbringern zu fragen. Das tut er schon seit dem ersten Tag.« Er zog die Nase hoch und wischte sich abermals das Blut vom Kinn, das aus seiner aufgeplatzten Lippe quoll. »Und ich kann ihm seine Fragen schon seit dem ersten Tag nicht beantworten.«

»Immerhin trägt er die Verantwortung für eine ganze Stadt«, wandte Thor ein. »Es ist seine Aufgabe, vorsichtig zu sein.«

»Er ist verrückt!«, schnaubte Barend. »Er glaubt, sie wären schon hier und würden alles für den Angriff ihrer Verbündeten vorbereiten.«

»Und wenn er damit recht hat?«, wandte Thor vorsichtig ein.

»Er ist verrückt!«, beharrte Barend. »Das war er schon immer, aber der Tod seiner Frau hat ihm auch noch das letzte bisschen Verstand geraubt. Inzwischen glaubt er allen Ernstes, meine Männer und ich würden für dich spionieren.«

»Der Tod seiner Frau?«, hakte Thor nach. »Was ist passiert?«

»Das weiß ich nicht«, erwiderte Barend gereizt. »Er war nicht in der Laune für ein Schwätzchen, weißt du? Sie ist vor etlichen Wochen weggegangen und nicht wiedergekommen, das ist alles, was ich weiß. Aber ich glaube, dein Freund mit der Axt hat schlechte Neuigkeiten gebracht.«

Thor starrte ihn an. »Weißt du, wie sie hieß?«

»Sigislind«, antwortete Barend. »Oder so ähnlich.«

Thor konnte ein halblautes Seufzen nicht mehr ganz unterdrücken. Warum war er eigentlich noch überrascht?

»Das ist alles, was ich dir sagen kann«, fuhr Barend fort. »Jetzt bist du dran. Mach mich los.«

»Das wäre dumm«, sagte Thor noch einmal. »Aber ich habe einen Vorschlag für dich. Ich helfe dir, dein Schiff zurückzubekommen und von hier zu verschwinden, und dafür nimmst du mich und ein paar weitere Passagiere mit.«

»Ein paar?«

»Vielleicht nur einen, vielleicht auch ...« Fünf? Er konnte sich nicht vorstellen, dass Urd ihn begleitete, aber er sagte trotzdem: »Vier oder fünf. Wir werden sehen.«

»Fünf Passagiere. Das ist eine Menge.« Barend machte ein nachdenkliches Gesicht. »Sie brauchen Lebensmittel und Wasser. Und das Schiff wird schwerer ... aber wenn wir uns über den Preis einig werden ...«

»Du kannst auch hierbleiben«, meinte Thor.

»... und deine Begleiter kräftig mitrudern ...«

»Fargas' Gastfreundschaft scheint dir wirklich zu gefallen.«

Barend grinste. »Du ruderst selbst mit?«

»Mindestens für zwei«, versicherte Thor.

»Ja, und wenn dein Freund mit der Axt hinter uns her ist, vermutlich sogar für drei«, grinste Barend. Aber dann wurde er auch sofort wieder ernst. »Und wie soll das gehen? Ich glaube dir ja gerne, dass du mich hier herausholen kannst, aber der Hafen wird bewacht. Und selbst wenn es uns gelingt, an Bord der Windsbraut zu kommen – du weißt, dass heute Morgen ein zweites Schiff eingelaufen ist? Sie werden uns verfolgen. Und die Windsbraut ist auf ihre alten Tage nicht mehr so schnell.«

»Lass das meine Sorge sein«, antwortete Thor. »Du kennst Gundri?«

»Die Tochter des Gastwirts?« Barends Grinsen nach zu urteilen kannte er sie besser, als er bisher angenommen hatte.

»Sie bringt dir nachher zu essen, und wenn nicht sie, dann ihre Mutter«, sagte Thor. »Schick sie mit einer Nachricht zu deinen Männern. Sie sollen sich morgen Abend bereithalten.«

»Wozu bereit?«

»Das weiß ich selbst noch nicht genau«, gestand Thor. »Ich muss ... noch ein paar Vorbereitungen treffen. Einige Dinge klären. Aber wir verschwinden morgen Abend, sobald die Sonne untergegangen ist.«

Barend starrte ihn an, fuhr sich zum dritten Mal mit dem Handrücken über den Mund und betrachtete stirnrunzelnd das hellrote Blut, das auf seinen Knöcheln zurückgeblieben war. Schließlich warf er Thor einen weiteren schrägen Blick zu.

»Warum nicht schon heute?«

»Weil es morgen Abend Sturm geben wird«, antwortete Thor. »Einen schweren Sturm.«

Zurück in dem unterirdischen Gewölbe, das er seit mehr als einer Woche bewohnte, stellte er fest, dass Gundri nicht nur seinen Wunsch erfüllt hatte, einige Eimer heißes Wasser bereitzustellen, um seine übel riechenden Kleider zu waschen, sondern darüber hinaus auch noch einen – wenn auch viel zu kleinen – Badezuber aufgetrieben hatte, sodass er sich auch den viel zu lange vermissten Luxus eines heißen Bades gönnen konnte.

Während er mit angezogenen Knien in dem Wasser lag und zugleich immer wieder in eine halbwegs bequeme Lage zu rutschen versuchte, stellte er sich zum ersten Mal ernsthaft die Frage, wie er das Versprechen halten wollte, das er Barend so vorschnell gegeben hatte.

»Und was ist mit dem Sturm?«

Die Worte waren wie von selbst über seine Lippen gekommen, genauso wie er einfach gewusst hatte, dass es einen verheerenden Sturm geben würde, bar jeglicher Begründung, aber mit vollkommener Gewissheit. Es hatte nichts mit der Jahreszeit zu tun oder dem Wetter. Obwohl es noch immer so kalt war, dass niemand ohne warme Kleidung aus dem Haus gehen konnte, kam der Frühling nun mit Macht. In schattigen Winkeln und unter so manchem Vordach hielten sich noch kleine Schneewehen und Eis, auch der Himmel war zumeist wolkenlos. Selbst die Wellen, die gegen die Hafenmauern schlugen, waren flach und kraftlos.

Dennoch wusste er, dass der Sturm kommen würde. Und sei es nur, weil er es wollte.

Der Gedanke beruhigte ihn, aber er machte ihm zugleich auch Angst. Ein weiteres Geschenk des angeblichen Gottes, der ihm ein neues Leben geschenkt hatte?

Das Gefühl, nicht mehr allein zu sein, riss ihn aus seinen Grübeleien.

Er hatte Gundri angewiesen, draußen auf dem Gang zu warten, aber es wäre nicht das erste Mal, dass sie so tat, als hätte sie seine Anweisungen nicht verstanden, oder sie schlichtweg ignorierte. So elegant, wie es in der viel zu engen Wanne möglich war, drehte er sich um und sah zur Tür. Im nächsten Moment wäre er wohl vor Schreck heftig zusammengefahren, wäre der Bottich nicht sogar dafür zu winzig gewesen. Es war nicht Gundri, die hereinkam, sondern Urd.

Abgesehen von den wenigen Gelegenheiten, zu denen sie sich zufällig getroffen hatten, während er bei seiner Tochter gewesen war, hatten sie sich seit jenem Morgen nicht gesehen. Urd erholte sich nur langsam von der Geburt – von Gundri wusste er, dass sie tatsächlich sehr schwer gewesen war und nie annähernd so ungefährlich, wie Urd ihn hatte glauben machen wollen –, und sie war niemals allein gewesen, sondern stets in Begleitung einer ganzen Heerschar von Frauen. Dafür, dass sie die Rolle der Hohepriesterin angeblich nur spielte, schien sie es ausgesprochen zu genießen, wie eine Königin behandelt zu werden.

»Urd?«

»Immerhin erinnerst du dich noch an meinen Namen«, antwortete sie spöttisch. »Aber falls ich gerade störe, dann sag es ganz ehrlich, und ich komme später wieder.« Ungeachtet dieser Worte kam sie schon herein und sah ihm unverhohlen amüsiert zu, wie er sich aus dem viel zu kleinen Zuber zwängte und anschließend fast auf dem nassen Steinboden ausgeglitten wäre.

»Wenn Ihr Hilfe braucht, Herr, dann gebt mir Bescheid«, neckte sie ihn. »Es wäre mir eine Ehre, einem leibhaftigen Gott zur Hand zu gehen.«

»Einem nassen Gott, dem allmählich kalt wird«, sagte Thor mit übertrieben gespieltem Groll.

Urd nickte, ließ ihren Blick langsam an seinem Körper herab- und dann wieder hinaufgleiten und nickte dann noch einmal. »Ja, das ist unschwer zu übersehen. Warte, ich bring dir deine Kleider.«

Ohne seine Antwort abzuwarten, ging sie zu seinem Bett, hob sein Hemd auf und ließ es dann hastig wieder fallen, nachdem sie kurz daran gerochen hatte. »Vielleicht doch besser eine Decke. Immerhin erklärt das, warum du schon wieder badest. Ich dachte schon, nach deinem kleinen Abenteuer im Hafen stimmt irgendetwas mit dir nicht.«

Sie reichte ihm die Decke, und er wickelte sich rasch hinein, nachdem er sich flüchtig abgetrocknet hatte. Urd sah ihm auch dabei ungeniert zu und machte ein übertrieben geschauspielert enttäuschtes Gesicht, als er das Laken um die Hüften schwang. Als Thor jedoch fragend den Kopf auf die Seite legte und sie ansah, schüttelte sie den Kopf und wirkte jetzt beinahe enttäuscht.

»Nicht, dass mir gewisse Dinge nicht ebenso fehlen würden wie dir, aber damit müssen wir wohl noch eine Weile warten.«

»Ich dachte, bei den Frauen aus deinem Volk sei manches etwas anders als hier.«

Urd zog die linke Augenbraue hoch und konnte mit diesen Worten ganz offensichtlich nichts anfangen, und auch Thor fragte sich, warum er das jetzt eigentlich gesagt hatte. Gleichzeitig beantwortete er aber seine eigene Frage auch selbst: Weil da ein winziger Teil in ihm war, der auf der verrückten Hoffnung bestand, dass alles nichts weiter als ein böser Traum gewesen war.

»Ich fürchte beinahe, dass es in diesem speziellen Punkt nicht so ist,« seufzte sie. »Wenn du natürlich darauf bestehst ... ich fürchte allerdings, auch du hättest nicht besonders viel Freude daran.«

Thor suchte nach dem Spott in ihren Augen, aber das matte Funkeln war erloschen. »Du ... meinst das ernst?«

»Du bist mein Mann«, antwortete Urd nicht nur, sondern hob auch zögernd die Hand und setzte dazu an, das Kleid von der Schulter zu streifen.

»Lass den Unsinn!«, sagte er fast erschrocken.

Urd hielt auch mitten in der Bewegung inne, machte aber dennoch mit der anderen Hand eine auffordernde Geste. »Ich könnte das verstehen. Du bist ein Mann, und wir waren ziemlich lange nicht mehr zusammen.« Wieder schwieg sie einen Moment, nur um dann noch etwas hinzuzufügen, was ihn noch sehr viel mehr erschreckte: »Wenn du willst, schicke ich Gundri zu dir. Ich bin sicher, es wäre ihr eine Ehre, dir –«

»Halt den Mund«, sagte er scharf.

Urd senkte den Kopf, aber als sie wieder hochsah, hielt sie seinem Blick ohne Mühe stand. »Bitte verzeih mir. Ich wollte nur ...«

»Was?«, unterbrach er sie zornig. Es ihm leicht machen?

»Es war eine dumme Idee. Verzeih.«

Für einen Moment musste Thor gegen einen geradezu ungeheuerlichen Verdacht ankämpfen, aber der Gedanke war so monströs, dass er sich weigerte, ihn auch nur zu Ende zu denken. »Ja, das war es. Ruf sie herein.«

Urd blinzelte. »Wen?«

»Gundri. Du hast gesagt, du rufst sie herein, wenn ich es möchte. Ich möchte es. Ruf sie herein.«

Urd starrte ihn einen Herzschlag lang entgeistert an, dann aber wandte sie sich mit steinernem Gesicht ab und ging zur Tür. »Gundri!«, rief sie. »Komm her. Thor möchte mit dir sprechen.«

Es verging kaum ein Augenblick, da kam Gundri herein und trat in demütiger Haltung auf ihn zu. »Herr?«

Thor deutete auf seine schmutzigen Kleider und die drei Eimer mit längst kalt gewordener Seifenlauge. »Du hattest mir versprochen, meine Kleider zu waschen.«

»Das wollte ich auch, Herr«, antwortete Gundri, hastig und in so schuldbewusstem Ton, dass sie Thor fast leidtat. »Aber ich konnte ja nicht hierbleiben, solange Ihr badet, und nun ist das Wasser kalt, und –«

»Dann geh und besorge heißes Wasser«, unterbrach sie Urd.

»Oder meine alten Kleider«, fügte Thor hinzu. Was ihm ohnehin lieber wäre.

Gundri war nun endgültig verwirrt, sah ein paarmal abwechselnd Urd und ihn an und hatte es dann plötzlich sehr eilig, seine verdreckten Kleider vom Bett zu nehmen und damit hinauszustürmen.

Auf Urds Lippen lag ein amüsiertes Lächeln, als sie sich wieder zu ihm umdrehte. »Das arme Ding. Jetzt hast du sie völlig verwirrt. Du weißt, dass sie gelauscht und wahrscheinlich jedes Wort gehört hat?«

»Dann wäre sie wohl kaum hereingekommen«, antwortete Thor, obwohl er natürlich wusste, dass es ganz genauso war.

»Wer wäre sie denn, sich dem Willen eines Gottes zu widersetzen?«, fragte Urd.

»Ich bin kein –«, begann Thor schon fast instinktiv, aber Urd schnitt ihm das Wort ab, als er weiterreden wollte. »Was muss denn noch geschehen, bis du es endlich zugibst? Du bist Thor!«

»Ich bin gar nichts«, antwortete er bitter. »Ich war einmal ein Mann, der ein Leben hatte, Urd. Ein Mann, der eine Frau hatte und Kinder. Das alles hat mir dein Gott gestohlen. Ich weiß nicht, was ich jetzt noch bin.«

»Es tut mir leid, wenn du das so siehst«, sagte Urd traurig. »Manchmal fragen uns die Götter nicht nach unserem Willen.«

»Wenn das so ist, dann glaube ich nicht, dass ich solchen Göttern dienen möchte«, erwiderte Thor. »Oder gar an sie glauben.«

»Als ob das noch nötig wäre«, sagte Urd mit einem traurigen Kopfschütteln. »Du weißt es doch längst.«

»Dann sind es eben Götter, an die ich nicht glauben will, obwohl ich weiß, dass es sie gibt«, erwiderte er. »Wenn du nur hergekommen bist, um mich umzustimmen, dann hast du den Weg umsonst gemacht.«

»So weit war er nicht. Wenn man es genau nimmt, nur ein paar Schritte den Gang hinunter. Eigentlich hätte ich damit gerechnet, dass du mich besuchst ... wenigstens einmal. Was hat dich aufgehalten?«

»Wichtige Geschäfte«, antwortete er.

»Eher anrüchige Geschäfte«, meinte Urd mit einem bezeichnenden Blick auf die Eimer mit kalt gewordener Seifenlauge. Sie lächelte, aber ihre Augen blieben kalt. »Ich hätte dich warnen sollen. Es ist bekannt, dass Seeleute nicht gerade reinlich sind ... was eigentlich seltsam ist, wo sie doch die meiste Zeit von so viel Wasser umgeben sind.«

»Du weißt von –«

»– deinem Gespräch mit Barend?« Urd lachte leise. »Natürlich.«

Thor sah zur Tür, doch Urd machte nur eine besänftigende Geste. »Du darfst es ihr nicht übel nehmen.«

»Gundri?«

»Du bist zwar ein Gott, aber ich bin deine Hohepriesterin. Sie hat keine Geheimnisse vor mir. Was wolltest du von diesem Seeräuber? Ihm anbieten, dass du ihm zu entkommen hilfst, wenn er dich im Gegenzug dafür auf seinem Schiff mitnimmt?«

Thor war ein wenig erstaunt – das konnte Gundri nicht gehört haben –, sagte sich aber dann selbst, dass es nicht allzu schwer zu erraten gewesen sein konnte. »Und wenn?«

»Und wo willst du hin?«

»Irgendwohin, wo es keine Lichtbringer gibt. Und keine Götter.«

»Aber einen solchen Ort gibt es nicht. Sie sind schon überall. Und wo sie noch nicht sind, da werden sie bald sein.« Urd schüttelte den Kopf, und ihre Stimme wurde leiser, aber auch eindringlicher. »Sie sind nicht mehr aufzuhalten, Thor. Dieser Plan wird seit einem Menschenalter vorbereitet, und nun ist es so weit. Dieser Narr Bjorn versucht ein Heer aufzustellen, und wie es den Anschein hat, gelingt es ihm sogar. Das ist tapfer, aber dumm. Keiner von denen, die sich ihm anschließen, wird lebend zurückkehren. Niemand kann die Lichtbringer aufhalten, auch du nicht. Aber wir können sie wieder zu dem machen, was sie vor langer Zeit einmal waren. Du kannst das, Thor!«

»Bist du nur gekommen, um mir das zu sagen?«, fragte er spröde.

»Die Gemeinde trifft sich heute Abend noch einmal«, antwortete sie. »Alle meine Schwestern kommen noch einmal zusammen. Was soll ich ihnen sagen?«

»Du kennst meine Antwort.«

Urd schwieg eine kleine Ewigkeit, doch Thor konnte sehen, wie ihre Gedanken hinter ihrer Stirn arbeiteten. »Du hast mit Barend gesprochen«, sagte sie nach einer Weile. »Du hast gesehen, was sie ihm angetan haben! Sind das die Männer, für die du deine Familie aufgeben willst? Das kann nicht dein Ernst sein!«

»Du kannst mich begleiten«, antwortete er. »Auf der Windsbraut ist Platz genug für uns.«

»Ich kann nicht mit dir gehen, das weißt du.«

Thor nickte. »Dann eben nur zwei.«

Urd starrte ihn an. Sie stellte keine Frage, und in ihrem Gesicht rührte sich nicht ein Muskel, aber er konnte sehen, wie ihr ohnehin blasses Gesicht noch bleicher wurde.

»Ich gehe«, sagte er. »Morgen Nacht. Und Lifthrasil nehme ich mit.«

»Aber du kannst nicht –«

»Um dich zu zitieren, Urd«, unterbrach er sie, und seine Stimme war so kalt, dass er beinahe selbst davor erschrak. »Ich werde nicht mehr behaupten, dass ich kein Gott bin. Jedenfalls glauben deine Schwestern, ich wäre es, und ich glaube beinahe, du auch.«

»Natürlich tue ich das«, antwortete sie. »Aber –«

»Dann wirst du meine Entscheidung akzeptieren«, unterbrach sie Thor erneut. »Ich werde gehen, und ich werde meine Tochter mitnehmen. Die Kinder und du könnt mich begleiten. Ich wäre glücklich, wenn du mitkommen würdest. Aber wenn du es nicht tust, dann gehen wir trotzdem.«

»Das lasse ich nicht zu!«, sagte Urd.

»Willst du dich dem Willen deines Gottes widersetzen?«, fragte Thor.

Urd starrte ihn weiter an. Ihre Augen brannten, und für einen Moment fühlte er noch einmal eine Spur der alten Liebe und Zuneigung für sie, denn für genau diesen Moment war sie nichts anderes als eine Mutter, die um ihr Kind kämpfte.

Aber der Moment verging, und schließlich senkte sie zuerst den Blick, dann demütig das Haupt.

»Ganz wie Ihr es befehlt, Herr«, flüsterte sie.

Wie sich zeigte, schien Gundri tatsächlich über so etwas wie magische Kräfte zu verfügen, denn sie kam nach weniger als einer Stunde nicht mit seinen alten Kleidern zurück, sondern mit denen, die sie mitgenommen hatte, und sie waren sauber gewaschen und trocken genug, um sie anziehen zu können, ohne dass er sich allzu unwohl darin fühlte.

Thor kleidete sich an, kaum dass sie wieder gegangen war, und verließ sein Zimmer, um nach Lifthrasil zu sehen. Die meiste Zeit, die er seit dem Tag ihrer Geburt wach gewesen war, hatte er bei seiner Tochter verbracht, meistens nur, indem er neben ihr saß und sie einfach ansah und ... glücklich dabei war. Und nichts anderes tat er auch jetzt, für die nächsten zwei oder auch drei Stunden.

Thor war sich darüber im Klaren, wie närrisch er sich benahm; genauso albern und lächerlich wie manch anderer frisch gebackener Vater, über den Urd und er sich in ihrer Zeit in Midgard lustig gemacht hatten. Jetzt konnte er diese Männer verstehen. Es war albern und kindisch, aber es war einfach so: Er war zufrieden, neben diesem winzigen hilflosen Etwas zu sitzen und es anzusehen, und das war alles, was er jetzt brauchte.

Irgendwann kam eine von Lifthrasils Kinderfrauen, von denen es gleich mehrere zu geben schien, und nahm das Kind aus dem Korb, um es zu seiner Mutter zu bringen. Natürlich wusste er, dass es richtig war. Lifthrasil hatte Hunger und musste versorgt werden, und wer konnte das besser tun als ihre Mutter? Aber Urd duldete es nicht, dass er dabei war, wenn sie sie säugte – als ob es auch nur einen Fingerbreit ihres Körpers gäbe, den er nicht kannte –, und er musste selbst jetzt gegen das absurde Gefühl ankämpfen, dass sie ihm etwas wegnahm und ihm die Zeit gestohlen wurde, in der er nicht bei ihr sein konnte.

Als er die Kammer verließ, wäre er fast mit Elenia zusammengestoßen. Auch sie hatte er seit der Geburt ihrer Schwester praktisch nicht mehr gesehen, auch wenn es in ihrem Fall genau umgekehrt gewesen war: Es war eindeutig Elenia, die ihm aus dem Weg ging. Wenn er kam, dann ging sie, und wenn sich eine Begegnung aus irgendeinem Grund nicht vermeiden ließ, sorgte sie ganz bewusst dafür, dass sie nicht allein waren.

Thor konnte all das sehr gut verstehen, aber es schmerzte ihn trotzdem. Sein Zorn auf Elenia war längst erloschen und hatte einer sonderbaren Mischung aus Mitleid und einem Gefühl Platz gemacht, das er nicht in Worte fassen konnte. Was sie getan hatte, war zweifellos falsch und verwerflich gewesen, aber sie hatte es letzten Endes doch nur aus schierer Verzweiflung getan.

Sie war auch jetzt nicht allein. Ihr Bruder war bei ihr, und beide schienen es sehr eilig zu haben. Elenia murmelte eine angedeutete Entschuldigung und senkte das verschleierte Gesicht, und auch Lif wich ihm in großem Bogen aus. Obwohl es hier unten nicht kalt war, trugen beide ihre Mäntel, und Thor hörte das leise Geräusch von Metall, das Lif unter dem Mantel verborgen hatte.

»Warte«, sagte er.

Lif war schon zwei oder drei Schritte weitergegangen, bevor er widerstrebend stehen blieb, und auch Elenia zögerte. Sie drehte sich nur halb zu ihm um und wandte ihm auch das verschleierte Gesicht nicht ganz zu, von ihrem Blick ganz zu schweigen.

»Ich muss mit euch reden«, sagte Thor.

Elenia schwieg, wie üblich. Tatsächlich hatte sie seit ihrem letzten Gespräch kein einziges Wort mehr mit ihm gewechselt. Aber auch Lif wirkte ungeduldig, was nun wirklich ungewöhnlich war, denn normalerweise nutzte er jede Gelegenheit, um in seiner Nähe zu sein. Thor fragte sich, was die beiden wohl so Dringendes zu erledigen hatten.

»Wir müssen eigentlich –«, begann Lif denn auch prompt, und Thor brachte ihn mit einem raschen Kopfschütteln zum

Schweigen. »Nur einen Augenblick. Ich muss euch etwas sagen. Es ist wichtig.«

»Hat das nicht Zeit bis –?«

»Nein«, sagte er noch einmal. Warum hatte es Lif plötzlich so eilig? Ohne ein weiteres Wort ging er hin, ließ sich vor Lif in die Hocke sinken und öffnete seinen Mantel. Darunter kam tatsächlich Metall zum Vorschein, aber es war kein Schwert, wie er erwartete, oder irgendeine andere Waffe. Unter Lifs Gürtel steckte eine dünne goldfarbene Maske mit nur angedeuteten menschlichen Zügen. Irgendetwas stimmte damit nicht, aber was es war, fiel ihm erst auf, als er sie unter Lifs Gürtel hervorzog und sich aufrichtete, um die Maske ins flackernde Licht der Fackeln zu halten.

Sie war beschädigt. Jemand hatte mit einem offenbar vollkommen ungeeigneten Werkzeug versucht, sie in der Mitte zu teilen, sodass eine rechte und eine linke Gesichtshälfte entstehen sollten, beide leicht asymmetrisch.

»Was ... soll das?«, fragte er stirnrunzelnd.

Elenia starrte wortlos an ihm vorbei ins Leere, aber Lif hielt seinem Blick trotzig stand.

»Das warst du, nicht wahr?«, fragte Thor. »Deine Mutter wird nicht gerade begeistert sein, wenn sie das sieht. Ich kann mir vorstellen, dass diese Masken sehr wertvoll ...« Dann erkannte er die Maske. Es war das goldfarbene Visier, das er vom Gesicht des toten Mädchens genommen hatte, und nun wurde er zornig.

»Es ist nicht seine Schuld«, mischte sich Elenia ein, bevor ihr Bruder antworten konnte. »Er kann nichts dafür. Ich habe sie gestohlen. Und ich habe ihn auch gebeten, sie zu teilen.«

»Wozu?«

»Fragst du das wirklich im Ernst?«, schnaubte Lif.

Nein, natürlich nicht. Er verstand es nur im allerersten Moment nicht; einen Atemzug später dafür umso besser. Seufzend gab er Lif die beschädigte Maske zurück und machte zugleich eine müde Geste.

»Lass uns allein, Lif. Ich möchte mit deiner Schwester reden.«

»Etwas, das mich nichts angeht, vermute ich.«

»Ganz recht«, sagte Thor. »Verschwinde. Sofort!«, fügte er in schärferem Ton hinzu, als Lif noch einmal widersprechen wollte.

Der Junge gab sich redliche Mühe, ihn mit Blicken aufzuspießen, fuhr aber dann auf dem Absatz herum und stürmte davon, und Thor befahl Elenia mit einer schroffen Kopfbewegung, ihm zurück in die Kammer zu folgen. Sie gehorchte, doch der schmale Streifen ihres Gesichts, der über dem Schleier sichtbar war, nahm einen trotzigen Ausdruck an.

»Du weißt, dass es nicht funktionieren wird«, seufzte er.

»Was?«

»Deine Mutter wird nicht zulassen, dass du diese Maske trägst. Sie ist ein Symbol ihres Glaubens und kein Spielzeug. Und selbst wenn«, kam er ihrem Widerspruch zuvor, »wird es dir nichts nutzen. Früher oder später wird sie dein Gesicht sehen. Und dann weiß sie, was du getan hast.«

»Ich dachte, *wir* hätten es getan«, sagte sie patzig. »Außerdem ist sie beschäftigt. Sie hat ja kaum Zeit, sich um Lifthrasil zu kümmern, wie sollte sie da auch nur einen Gedanken an mich verschwenden?«

Thor schluckte die ärgerliche Antwort herunter, die ihm dazu auf der Zunge lag. Elenia war nicht so naiv, tatsächlich zu glauben, dass sie mit dieser albernen Verkleidung auf Dauer durchkommen würde. »Ich wollte mit dir reden, Elenia. Ich gehe fort. Morgen Abend.«

Auf Elenias Gesicht war nicht die mindeste Spur von Überraschung zu erkennen. Anscheinend hatte ihre Mutter bereits mit ihr gesprochen. Vielleicht hatte Gundri ja auch wieder gelauscht.

»Meine Mutter wird nicht mitgehen«, sagte sie.

»Ich weiß«, seufzte Thor. »Aber ich gehe trotzdem.« Er zögerte einen Moment, kam dann zu dem Schluss, dass er ihr die Wahrheit schuldig war, und fügte dann hinzu: »Und ich werde Lifthrasil mitnehmen.«

»Das wird Mutter niemals zulassen!«, antwortete sie impulsiv.

»Ihr wird wohl keine Wahl bleiben.«

»Dann kommen wir mit!«, sagte Elenia. »Lif und ich! Wir kommen mit dir. Mutter interessiert sich sowieso nur noch für ihre Schwestern und ihre Predigten, und ich –«

»Du weißt, dass das nicht geht, Elenia«, unterbrach sie Thor sanft.

»Aber du brauchst uns!«, beharrte sie. »Lif ist fast erwachsen, und was er noch nicht kann, das kannst du ihm beibringen. Und wie willst du dich ganz allein um Lifthrasil kümmern? Sie ist noch ein Säugling!«

»Und ich ein Mann?«, fragte Thor lächelnd. Er trat an den leeren Korb, in dem Lifthrasil bis vor wenigen Augenblicken noch gelegen hatte, und sah auf die zerknitterten Decken hinab. Wenn er sich konzentrierte, dann konnte er selbst jetzt noch ihren schwachen Duft wahrnehmen. »Du wärst erstaunt, Elenia. Ich wäre nicht der erste Mann, der ein Kind allein großzieht.«

»Und wie soll das gehen?« Elenia klang fast schon verzweifelt. »Wer soll sich um das Kind kümmern, wenn du auf der Jagd bist oder auf dem Feld arbeitest? Wer soll sie füttern und ihr das Laufen und Sprechen und alles andere beibringen?«

»So stellst du dir das vor?« Obwohl da eine ganz leise Stimme in ihm war, die darauf beharrte, dass ihre Einwände nicht völlig von der Hand zu weisen waren, musste er zugleich doch über ihre Naivität lächeln. »Wir suchen uns irgendwo ein einsames Fleckchen, und ich baue uns ein Haus. Lif und ich gehen auf die

Jagd oder bestellen die Felder, und du bleibst im Haus und ziehst deine Schwester groß?«

»Warum nicht?«, fragte sie trotzig. »Es soll Menschen geben, die so leben. Die meisten sogar.«

»Sei vernünftig, Elenia. Du weißt, dass das unmöglich ist.«

»Es ist wegen ihr, nicht wahr?«, fragte Elenia. »Du glaubst, es wäre falsch, weil Urd meine Mutter ist.«

»Ja«, sagte Thor einfach.

»Das ist Unsinn!«, fauchte Elenia. »Ich kann alles, was sie auch kann. Manches sogar besser! Und ich würde dir niemals etwas befehlen oder etwas tun, was dir nicht gefallt! Was willst du von ihr, was ich nicht besser könnte? Oder hat es dir nicht gefallen?«

Am liebsten hätte er sie geohrfeigt, aber er beherrschte sich und sagte stattdessen ruhig: »Es hat mir gefallen Elenia. Sehr sogar. Weil du mir etwas gegeben hast, das mich verzaubert hat, weil ich dachte, du wärst deine Mutter.«

»Und weil du glaubst, dass du sie liebst!«, schnaubte Elenia.

»Nein, Elenia. Das glaube ich nicht nur. Es ist so. Vielleicht sollte ich es nicht, nach allem, was geschehen ist, aber es gibt Dinge, gegen die ist man hilflos.«

»Solange der Zaubertrank noch wirkt«, sagte Elenia.

Thor runzelte die Stirn.

»Du glaubst wirklich, du liebst meine Mutter?«, fuhr sie fort. »Du meinst so, wie du Lifthrasil liebst?«

»Was willst du damit sagen?«

Elenia antwortete nicht sofort, sondern trat näher, hob dann ganz langsam die Hand und löste mit einer noch langsameren Bewegung den Schleier von ihrem Gesicht, und obwohl er gewusst hatte, was er sehen würde, ließ ihm der Anblick trotzdem den Atem stocken.

Vielleicht lag es daran, dass er Elenias Gesicht tatsächlich zum ersten Mal sah.

Abgesehen von dem kurzen Moment vor drei Tagen, als er selbst, gelähmt vor Schreck, nicht einmal in der Lage gewesen war, auch nur einen einzigen klaren Gedanken zu fassen, hatte er ihr Gesicht nie ohne die entstellende Narbe gesehen. Aber nun war es unversehrt, und er erkannte, dass er sich trotz allem getäuscht hatte: Elenia sah ihrer Mutter nicht einfach ähnlich. Sie *war* Urd – nur anderthalb Jahrzehnte jünger und von einer Frische und Jugendlichkeit erfüllt, die ihre Mutter schon lange verloren hatte. Da war kein Unterschied, nicht einmal der allerkleinste. Selbst der Blick ihrer Augen war der Urds.

Und das Allerschlimmste vielleicht war, dass da plötzlich eine dünne, verachtenswerte Stimme in ihm war, die ihn fragte, warum er das Geschenk nicht annahm, das sie ihm bot. Sie war Urd, nur jünger und unverdorben. Sie hatte alles, was auch ihre Mutter hatte, und nichts von dem, was es ihm so schwer machte, noch an seine Liebe zu ihr zu glauben.

»Was … soll das bedeuten?«, brachte er mühsam hervor.

»Du glaubst wirklich, dass du meine Mutter liebst?«, fragte Elenia. Selbst ihre Art, verächtlich die Lippen zu verziehen, ohne ihn dabei wirklich zu verletzen, war dieselbe. »Meine Mutter hat dich verhext, so einfach ist das.«

»Unsinn!«, sagte Thor.

»In jener Nacht, Thor«, fuhr Elenia unbeirrt fort. »Der Trank, den ich dir gegeben habe. Ich habe dir vorgespielt, ich wäre meine Mutter, um es dir leichter zu machen. Aber das wäre gar nicht nötig gewesen. Wir hätten uns auch dann geliebt, wenn du gewusst hättest, wer ich bin.«

»Hör auf, Elenia«, sagte er. Seine Stimme zitterte.

Aber Elenia hörte nicht auf. Sie kam im Gegenteil noch einen Schritt näher und zwang ihn, weiter in ihr ebenso makelloses wie schönes Gesicht zu sehen. »Es ist nicht deine Schuld«, fuhr sie fort. »Ich weiß, dass du dich selbst für das verachtest, was passiert ist, aber es lag nicht in deiner Macht, dich dagegen zu wehren. Meine Mutter hat mir gezeigt, wie man Zaubertränke mischt. Du hattest keine Wahl, Thor, glaub mir.«

Thor starrte sie an. Seine Kehle war wie zugeschnürt, und die Gedanken jagten sich hinter seiner Stirn. Was, wenn sie recht hatte? Was, wenn sie die Wahrheit sagte?

»Ich habe nichts anderes getan als meine Mutter. Sie hat dich gezwungen, sie zu lieben, so einfach ist das. So wie sie dich auch zwingt, Lifthrasil zu lieben.«

»Das ist nicht wahr«, sagte Thor.

Aber war es das wirklich?

»Was? Dass du dich benimmst, als wärst du von Sinnen?« Sie lachte böse. »Die Frauen reden schon über dich und machen ihre Witze. Dass du dein Kind liebst, ist normal, aber du … du benimmst dich schlimmer als eine Wölfin, die ihre Brut verteidigt!«

»Sie ist meine Tochter«, beharrte Thor.

»Und du bist ein Mann! Ein Krieger und vielleicht wirklich ein Gott, das weiß ich nicht, und es ist mir auch gleich! Kommt dir dein Verhalten nicht selbst sonderbar vor? Wunderst du dich wirklich nicht, dass du jeden freien Moment hier bei ihr verbringst und dass es keinen Augenblick gibt, in dem du nicht an sie denkst, ganz egal was du gerade tust? Dass du lieber sterben würdest, statt von ihr getrennt zu sein?«

Das beschrieb seine Verfassung so genau, als hätte sie seine Gedanken gelesen. Thor schwieg.

»Das ist ihr Werk, Thor«, sagte Elenia. »Sie hat dich verzaubert, damit du Lifthrasil so sehr liebst. Genau so, wie ich dich in jener Nacht verzaubert habe … und sie dich vor einem Jahr.« Sie schüttelte sanft den Kopf. »Der Zauber wird vergehen, Thor, sobald die Wirkung des Tranks nachlässt. Und ich verspreche dir, dass ich niemals zu solchen Mitteln greifen werde.«

»Du hast es doch schon getan.«

»Nur deshalb. Sie berührte flüchtig ihr Gesicht. »Und auch

das ist ihre Schuld! Sie hätte mich heilen können, aber sie wollte es nicht. Und dir hat sie verboten, es zu tun. Du brauchst keine Angst zu haben. Ich würde dich nie so verraten, wie meine Mutter es getan hat, denn ich liebe dich wirklich.«

22. Kapitel

Thor ging nicht zu der Versammlung, und er sah auch weder Urd noch Elenia an jenem Abend wieder. Dumpfe Trommelschläge und der an- und abschwellende Wechselgesang der betenden Frauen drangen bis in seinen Raum und später auch in seine Träume, aber den größten Teil der Nacht lag er wach, starrte die Dunkelheit über sich an und versuchte das zu begreifen, was er gehört hatte.

Er wusste, dass Elenia die Wahrheit gesagt hatte. Es gab tausend Argumente, die dagegen sprachen, und noch viel mehr Gründe, warum es einfach nicht sein durfte, aber tief in sich wusste er auch, dass sie die Wahrheit sagte. Plötzlich ergab alles einen Sinn.

Irgendwann schlief er schließlich doch ein und erwachte erst spät am nächsten Tag und geplagt von der Erinnerung an wirre Träume, die aber diesmal einfach nur sinnlos waren und keine Botschaften aus einem anderen Leben brachten; und wenn, dann verstand er sie nicht.

Aber er wusste jetzt, was er tun würde.

So wie auch an jedem Morgen davor wartete Gundri draußen auf dem Gang, und sobald sie hörte, dass er wach war, kam sie sogleich herein, um sich nach seinen Wünschen zu erkundigen. Thor bedeutete ihr mit einer wortlosen Geste zu bleiben, setzte sich gerade auf und sah sie ebenso durchdringend wie nachdenklich an. Gundri wich seinem Blick zwar nicht aus, wurde aber mit jedem Augenblick nervöser.

»Du hast uns gestern zugehört, nicht wahr?«, begann er.

»Herr?«, fragte Gundri.

»Als Urd bei mir war«, antwortete er. »Du hast gehört, was sie mir angeboten hat. Dich betreffend, meine ich.«

»Herr?«, fragte Gundri noch einmal. Jetzt hielt sie seinem Blick nicht mehr stand, sondern sah zu Boden und begann nervös mit den Füßen zu scharren.

»Und?« Thor sah, wie sie rot anlief, fuhr aber trotzdem fort: »Hättest du es getan, wenn ich es gewollt hätte?«

Gundri rührte sich nicht, aber ihre Lippen wurden schmal und blutleer.

»Keine Sorge. Das wäre das Letzte, was ich von dir verlangen würde. Aber es hat dir nicht gefallen, dass Urd diesen Vorschlag gemacht hat, habe ich recht?«

»Ich ... verstehe nicht, worauf Ihr hinauswollt, Herr«, sagte Gundri nervös.

»Vielleicht will ich wissen, woran ich mit dir bin«, sagte Thor. »Was, wenn ich etwas von dir verlangen würde, womit Urd möglicherweise nicht einverstanden wäre?«

»Ihr seid –«

»Sie ist deine Hohepriesterin«, unterbrach sie Thor. »Wenn du dich entscheiden müsstest ...?«

»Ihr seid der, den wir alle verehren, Herr«, sagte Gundri.

Thor spürte, dass sie das ernst meinte. »Gut. Dann habe ich einen weiteren Auftrag für dich, von dem niemand etwas erfahren darf. Auch Urd nicht. Nicht einmal deine Mutter. Niemand.«

»Selbstverständlich, Herr.«

»Dann wirst du noch einmal zu Barend gehen und ihm eine Nachricht von mir überbringen«, sagte Thor. »Und später am Abend brauche ich dann noch einmal deine Hilfe.«

Das Einzige, was sich verändert zu haben schien, war das Licht. Der Krieger, der sich schwer auf seinen Speer stützte und alle Mühe zu haben schien, dabei nicht einzuschlafen, schien noch genauso dazustehen wie gestern, und auch die beiden anderen waren wieder in ihr Runenspiel vertieft, so als wäre er nur wenige Augenblicke weg gewesen und nicht anderthalb Tage.

Nicht zum ersten Mal, seit er wieder in sein Versteck vom Vortag zurückgekehrt war, um das Haus zu beobachten, hob er den Blick, um den Himmel abzusuchen. Es war beinahe dunkel, aber die zahllosen leuchtenden Sterne und der fast zur Gänze gerundete Mond sorgten nicht nur für unwillkommene Helligkeit, sondern zeigten ihm auch, dass die Nacht vollkommen wolkenlos war. Außerdem war es nahezu windstill. Was den Sturm anging, den er Barend versprochen hatte, so schien ihn sein Gefühl getäuscht zu haben.

Vielleicht brauchte er ihn ja auch einfach nur nicht.

Er stellte fest, dass es Zeit war, und schlug die Kapuze seines schwarzen Mantels hoch, bevor er sein Versteck verließ und mit weit nach vorne gebeugten Schultern das Haus und die drei Wachtposten vor der einzigen Tür ansteuerte.

Ausgerechnet der Posten, der im Halbschlaf dazustehen schien, bemerkte ihn zuerst und legte misstrauisch den Kopf auf die Seite. Die beiden anderen unterbrachen nicht einmal ihr Spiel.

Der Mann riss seinen Speer hoch, als er Thor erkannte, und keuchte: »Bleib sofort stehen!«

»Das geht leider nicht«, sagte Thor. »Ich muss euren Gefangenen befreien.«

Die Köpfe der beiden Spielenden flogen fast gleichzeitig hoch in den Nacken, und Thor trat mit einem raschen Schritt zwischen den beiden hindurch, wich fast spielerisch einem Speerstoß aus und versetzte dem Mann dann einen Fausthieb, der ihn auf der Stelle bewusstlos zusammenbrechen ließ. Noch während er fiel, wirbelte Thor herum, ließ sich zugleich in die Hocke sinken und stieß beide Arme wuchtig nach vorne. Genau wie er es gehofft hatte, versuchten die beiden Männer gleichzeitig aufzustehen, und seine beiden Fäuste trafen ihr Ziel. Vielleicht nicht so perfekt, wie er es beabsichtigt hatte. Einen der Männer erwischte er am Hinterkopf, den anderen nur an der Schläfe, aber das Ergebnis war bei beiden dasselbe: Sie wurden nach vorn geschleudert und waren bewusstlos, bevor sie auf den Boden schlugen.

Thor überzeugte sich mit einem raschen Blick davon, dass niemand etwas von dem blitzartigen Kampf bemerkt hatte, dann schleifte er die beiden reglosen Männer ins Haus, kehrte noch einmal zurück, um auch den dritten Krieger zu holen, und schließlich auch noch ein drittes Mal, um die Waffen und Spielsteine der Männer einzusammeln. Erst danach schloss er die Tür, riss den Mantel eines der Männer in Streifen und fesselte die drei Bewusstlosen damit nicht nur, sondern legte ihnen auch noch Knebel an; wobei er sorgsam darauf achtete, dass sie nicht daran ersticken konnten. Erst danach ging er in den hinteren Teil des Gebäudes und zu dem Gefangenen, der dort angekettet war.

Noch bevor er ihn erreichte, hörte er ein Rascheln und das leise Klimpern von Metall, dann sagte Barend: »Das war hervorragende Arbeit, mein Freund. Gundri hat nicht übertrieben. Ich glaube zwar immer noch nicht, dass du ein leibhaftiger Gott bist, der aus Walhall herabgestiegen ist, aber du kämpfst zumindest wie ein solcher.«

»Hat sie das erzählt?«, fragte Thor. Sosehr er sich auch anstrengte, nahmen selbst seine scharfen Augen nur einen verwaschenen Schatten an der Stelle wahr, von wo Barends Stimme erklang.

»Das und noch eine Menge mehr.« Barend hustete, und es dauerte eine Weile, bis er wieder genug zu Atem gekommen war, um weitersprechen zu können. »Du scheinst der Kleinen ja gehörig den Kopf verdreht zu haben.«

»Hat sie dir auch ausgerichtet, worum ich sie gebeten habe?«

Thor ließ sich in die Hocke sinken, tastete nach der eisernen Fußfessel des Kapitäns und brach sie mit einer kurzen Anstrengung entzwei. Das helle Geräusch, mit dem das Metall zersprang, schnitt wie ein Messer durch die nahezu vollkommene Dunkelheit.

»Ja, das hat sie.« Barend versuchte aufzustehen, sank mit einem scharfen Keuchen wieder zurück.

»Ich stütze dich«, sagte Thor. »Ich könnte dich tragen, aber das wäre zu auffällig. Bjorn lässt den Hafen garantiert bewachen.«

»Und wenn?«, fragte Barend gepresst. »Nach dem, was ich gerade gesehen habe, habe ich keine Zweifel daran, dass du seine Männer ganz allein erschlagen könntest.«

Das war vielleicht sogar wahr. Die drei mitgerechnet, die bewusstlos hinter ihnen lagen, hatte Bjorn weniger als ein Dutzend Männer bei sich, und Thor war zuversichtlich, dass er sie bezwingen konnte, wenn ihm keine andere Wahl blieb. Aber er wusste nicht, wie die Einwohner Oesengards reagieren würden, und davon abgesehen war er nicht hierhergekommen, um ein Blutbad anzurichten.

»Warum nicht?«, fuhr Barend fort, als hätte er seine Gedanken gelesen. »Ich würde dir sogar dabei helfen, wenn ich es könnte.«

»Das wirst du auch müssen, wenn wir noch lange hier Zeit mit Reden vertrödeln«, antwortete Thor.

Barend wandte sich zwar gehorsam um und humpelte zur Tür, maulte aber trotzdem weiter. »Du musst ein Gott sein, kein Zweifel. Nur jemand, der aus dem kalten Asgard kommt, kann so humorlos sein.«

Als sie an den bewusstlosen Kriegern vorbeikamen, hielt Barend noch einmal an, ließ sich ächzend in die Hocke sinken und nahm einem der Männer Waffengurt und Schwert ab. Außerdem hob er den Mantel eines zweiten auf, um ihn sich um die Schultern zu legen.

Es war dunkler geworden, als sie ins Freie treten. Die Straße war leer, und nur hinter wenigen Fenstern brannte noch Licht. Die Menschen von Oesengard schienen früh zu Bett zu gehen.

Barends Verkleidung erwies sich dennoch als nützlich. Der Weg zum Hafen war nicht weit, aber sie begegneten ein paar Menschen, von denen jedoch keiner Notiz von ihnen zu nehmen schien. Und selbst wenn die beiden sonderbaren Gestalten mit den weit in die Gesichter gezogenen Kapuzen dem einen oder anderen verdächtig vorkommen mochten, so zog jedenfalls keiner den richtigen Schluss daraus, um Alarm zu schlagen.

Sie hatten den Hafen beinahe erreicht, als Barend wie angewurzelt stehen blieb. »Wie ich es mir gedacht habe!«

»Was?«

Barend deutete auf eine einsame Gestalt, die an der Kaimauer entlangpatrouillierte, einen Speer über der Schulter und immer wieder innehaltend, um wegen der vom Wasser heraufziehenden Kälte mit den Füßen aufzustampfen.

»Es ist nur einer«, sagte Thor.

Barend schnaubte. »So dumm kann dein Freund mit der Axt gar nicht sein, um nicht einen zweiten Posten aufzustellen, der den ersten im Auge hält.«

Damit hatte er wahrscheinlich sogar recht, dachte Thor. Aber dieses Risiko mussten sie einfach eingehen. Er konnte nicht mehr zurück. Er machte nur eine unschlüssige Bewegung und wartete darauf, dass Barend weiterging

»Das ist eine Falle«, beharrte er. »Sie stellen drei Männer für mich ab und nur einen einzigen, der das Schiff und die komplette Mannschaft bewacht? Das ist lächerlich! Und wo sind deine Begleiter? Sagtest du nicht, es kämen noch vier?«

»Es sind nur zwei«, antwortete Thor. »Eigentlich sogar nur anderthalb. Wir treffen uns später mit ihnen.«

»Später?«

»Bei den Felsen, nahe der Hafeneinfahrt«, antwortete er. »Sie kommen dort an Bord.«

»Warum?«, fragte Barend misstrauisch.

»Weil es eben doch sein kann, dass wir kämpfen müssen«, erwiderte Thor. »Und sollte es so weit kommen, dann möchte ich keine Frau und kein Kind an Bord haben.«

»Eine Frau und ein Kind? Davon war nicht die Rede. Ich will keine Frau auf meinem Schiff. Die bringt Unglück.«

»Und wer, hast du gedacht, würde mich begleiten?«, fragte Thor. »Euer Jarl. Oder Sverig und ein paar seiner Krieger?«

»Ich nehme keine Frauen mit!«, quengelte Barend.

»Dann bleiben wir hier. Ich schlage vor, du gehst zurück, kettest dich wieder an und erklärst den drei Männern, was geschehen ist.«

»Ich hätte auf meine Mutter hören sollen«, grollte Barend.

»Hat sie dir geraten, keine Geschäfte mit Göttern zu machen?«

Barend sparte sich die Antwort, zog die Kapuze noch ein bisschen weiter in die Stirn und humpelte mit einer Schnelligkeit los, die Thor bisher eindeutig an ihm vermisst hatte. Thor musste sich sputen, um zu ihm aufzuschließen.

Aufmerksam musterte er die Gebäude rechts und links der Hafenmauer. Fast alle lagen dunkel und still da, nur hinter den Fensterläden von Sjöbloms Gasthaus flackerte rotes Licht, und die gedämpften Laute der letzten Zecher drangen ins Freie, mit denen der Wirt wohl noch um die Wette trank. Der frierende Wachtposten am Wasser war das einzige lebende Wesen weit und breit. Dennoch dachte er dasselbe wie Barend: Es war zu still, und es gab zu wenig Wachen. Seine Hand glitt ganz ohne sein Zutun unter den Mantel und tastete nach Mjöllnir, und die kalte Härte des geschmiedeten Eisens verlieh ihm für einen Moment ein Gefühl trügerischer Sicherheit.

»Wo ist überhaupt der versprochene Sturm?«, nörgelte Barend.

»Den habe ich abgesagt. Aber ich kann ihn rufen, wenn dir das Meer zu ruhig ist, um hinauszufahren.«

Barend grummelte eine Antwort, die Thor vorsichtshalber nicht verstand, und ihm wäre auch keine Zeit geblieben, etwas darauf zu erwidern. Sie waren nur noch ein gutes Dutzend Schritte von der Windsbraut entfernt, als endlich auch der Posten die beiden nächtlichen Spaziergänger entdeckte.

»He, ihr da!«, rief er. »Wer seid ihr? Was habt ihr um diese Zeit hier zu suchen?« Er kam näher, nahm den Speer von der Schulter und rückte mit der anderen Hand seinen Helm zurecht. In der Dunkelheit blieb sein Gesicht unsichtbar, aber Thor erkannte seine Stimme. Der Mann hatte im Tal von Midgard nur drei Häuser neben ihm gelebt.

Thor wartete, bis er auf ein halbes Dutzend Schritte heran war, dann schlug er den Mantel zurück und legte die Hand auf den Hammerstiel. Der Mann erstarrte mitten in der Bewegung.

»Ich glaube, du weißt, wer ich bin. Und wir sind hier, um ein Schiff zu stehlen. Obwohl es streng genommen kein Diebstahl ist.« Er deutete auf Barend. »Schließlich gehört ihm die Windsbraut.«

Der Mann starrte ihn einfach nur an. Thor konnte sein Gesicht immer noch nicht erkennen, aber er spürte, wie sich die Gedanken des Mannes überschlugen. Er hatte seine Befehle, und Sverig war niemand, der großmütig darüber hinwegsah, wenn man sie nicht befolgte. Aber er kannte Thor, und er hatte mit eigenen Augen gesehen, wozu dieser imstande war. Schließlich siegte seine Vernunft: Er schleuderte seinen Speer kurzerhand ins Wasser und rannte davon, so schnell er konnte.

Barend sah ihm leicht verwirrt hinterher. »Warum lässt du ihn entkommen?«

»Hätte ich ihn töten sollen«, fragte Thor.

»Er wird die anderen alarmieren!«, sagte Barend; was ihm

anscheinend lieber war, als seine Frage wirklich zu beantworten. »Er wird eine Weile brauchen bis zum Haus des Jarls und wieder zurück. Mit ein bisschen Glück reicht die Zeit. Komm!«

Sie stürmten weiter. Noch bevor sie die Windsbraut erreichten, erschien ein halbes Dutzend Schatten über der Bordwand.

Barend wollte etwas sagen, doch Thor kam ihm zuvor.

»Ihr wisst Bescheid!«, rief er laut. Vorsichtig zu sein war jetzt nicht mehr nötig. »Die Ruder sind im linken Lagerhaus. Beeilt euch! Und ein paar Mann an das Segel!«

Tief in sich hatte er noch Zweifel gehabt, aber die Schnelligkeit, mit der die Männer reagierten, machten ihm endgültig klar, dass Gundri seine Botschaft nicht nur überbracht hatte, sondern die Männer sie offensichtlich auch ernst nahmen. Ein halbes Dutzend von ihnen sprang auf die Kaimauer herab und verschwand im Laufschritt in Richtung des Lagerhauses, die anderen machten sich am Mast und dem gerefften Segel zu schaffen oder begannen mit anderweitigen Vorbereitungen.

»Bisher war ich der Meinung, die Windsbraut wäre mein Schiff«, sagte Barend.

»Dann geh an Bord und mach dich nützlich«, antwortete Thor. »Ich bleibe hier. Nur falls unsere Freunde doch schneller hier sind, als ich hoffe ... oder wäre es dir umgekehrt lieber?«

Barend zog zwar eine Grimasse, beließ es aber auch dabei und setzte mit einem unsicheren Sprung auf das Deck der Knorr über, wo er sofort den Mantel abstreifte und seinen Männern half, das Segel zu hissen. Seine Bewegungen waren unsicher und fahrig, aber man sah ihnen zugleich auch an, dass er wusste, was er tat, und dasselbe galt auch für seine Männer. Sie mochten genauso abgerissen und wenig vertrauenerweckend erscheinen wie ihr Schiff, aber dieser Eindruck täuschte. Schnell und so gut wie lautlos wurden Taue gelöst und andere gespannt, und schon bevor die Männer mit den ersten Rudern zurückkamen, war das Segel gesetzt. Da es so gut wie windstill war, hing es schlaff und nutzlos von der Rahe, aber sollten sie Wind brauchen, das wusste Thor, dann würden sie ihn bekommen. Sturm, wenn es sein musste.

Die Männer eilten zum zweiten Mal davon, um auch noch die restlichen Ruder zu holen, und die Tür des Gasthauses ging auf. Ein Schatten erschien unter dem von rotem Licht erhellten Rechteck und erstarrte dann mitten in der Bewegung, als ihm aufging, dass hier irgendetwas nicht so war, wie es sein sollte.

»Beeilt euch!«, rief Thor.

Nicht dass es nötig gewesen wäre. Was immer die Männer taten – Thor war kein Seemann, und das meiste blieb ihm rätselhaft –, sie taten es sehr rasch. Die Windsbraut schaukelte bereits heftiger auf den Wellen, fast als spüre das Schiff, dass es endlich wieder in sein angestammtes Element zurückkehren sollte und könnte es vor lauter Ungeduld kaum noch erwarten, und ein Teil der Männer befestigte die langen Ruder an ihrem Platz. Sobald der Rest der Mannschaft mit den übrigen Riemen zurück war, konnten sie aufbrechen. Nur noch wenige Augenblicke, schätzte Thor. Ihre Aussichten, es tatsächlich zu schaffen, standen gut.

Aber etwas stimmte nicht. Alle seine Instinkte warnten ihn, dass es zu leicht war. Er hatte im Grunde fest damit gerechnet, kämpfen zu müssen, um an Bord der Windsbraut zu gelangen. Nur ein einziger Wächter? Barend hatte recht, das war lächerlich. Der Schatten verschwand aus der Gasthaustür, kehrte aber nur einen halben Herzschlag darauf zurück und war jetzt nicht mehr allein, sondern in Begleitung eines halben Dutzends weiterer Männer, und Thor hörte aufgeregte Rufe und das Geräusch von Waffen, die gezogen wurden. Metall schimmerte im Mondlicht.

Thor zog mit einem resignierenden Seufzen seine Waffe – das Schwert, nicht Mjöllnir. Er wollte nicht kämpfen, schon gar nicht gegen eine Horde halb betrunkener Männer, von denen keiner ein Krieger war ...

Die Männer waren vielleicht noch drei Dutzend Schritte entfernt, und es war keine grölende Meute Betrunkener, die eine Wirtshausschlägerei mit einem Kampf auf Leben und Tod verwechselte. Es waren Sverigs Krieger, und ob sie nun wussten, wer er war, und Angst vor ihm hatten oder nicht, sie stürmten, ohne zu zögern, heran und begannen sich gleichzeitig zu verteilen, um ihn aus unterschiedlichen Richtungen anzugreifen.

Thor schob das Schwert wieder in seine Scheide und zog Mjöllnir, überlegte es sich aber dann noch einmal anders und wich mit einem Sprung auf das Deck der Windsbraut hinauf zurück. Das Schiff zitterte unter ihm, als wäre es lebendig, und das Knarren der Planken kam ihm vor wie das Knurren eines mythischen Meeresungeheuers, das sich zum Kampf rüstete.

Es ging nur um wenige Augenblicke, vielleicht zwei oder drei Atemzüge, aber Thor wusste auch, dass sie dieses verzweifelte Wettrennen gegen die Zeit verlieren würden. Es war eine Falle gewesen, und nun schnappte sie zu. Von links stürmten Barends Männer heran, jeder mit einem Ruder beladen, das mehr als dreimal so lang war wie er selbst, und die meisten würden es schaffen, aber nicht alle. Sverigs Krieger waren einfach zu schnell.

Thor schleuderte den Hammer.

Mjöllnir beschrieb einen engen Bogen, prallte vor den Füßen des ersten Kriegers auf und schlug Funken aus dem Boden, hüpfte weiter wie ein flach über das Wasser geworfener Stein und fegte einen weiteren Mann von den Füßen, dann einen dritten, vierten und fünften, bevor er schließlich gehorsam in seine Hand zurückkehrte, und das, bevor der letzte Mann auch nur vollends zu Boden gegangen war.

Neben ihm taumelte der letzte von Barends Männern auf das Deck, schreckensbleich von dem, was er gerade gesehen hatte, aber Thor bedeutete ihm nur mit einer schroffen Geste, sich zu beeilen, setzte den linken Fuß auf die Kaimauer und stieß die Windsbraut damit zumindest symbolisch endgültig ab. Nur einen Moment später erbebte die Knorr fühlbar unter ihm, als sich ihr Heck mit einer trägen Bewegung vom Ufer löste.

Salziges Wasser spritzte fast doppelt mannshoch, als auf der vom Kai abgewandten Seite ein halbes Dutzend Ruder ins Wasser eingetaucht wurde, was die Drehung des Schiffsrumpfes noch beschleunigte. Die beiden ersten von Sverigs Männern rafften sich bereits wieder auf, während sich der dritte krümmte und stöhnend sein Bein umklammerte, das anscheinend gebrochen war. Thor empfand ein vollkommen absurdes Gefühl von Bedauern. Er hatte den Mann nicht verletzen wollen. Er wollte niemanden verletzen. Warum konnten sie ihn verdammt noch mal nicht einfach in Ruhe lassen?

Etwas prallte klappernd vom Rand des Schildes neben ihm ab und fiel ins Wasser, wie um seine Frage zu beantworten. Ganz eindeutig nein.

Die Windsbraut drehte sich behäbig weiter, krängte für einen Moment so stark, dass er um sein Gleichgewicht kämpfen musste, und nahm dann langsam Fahrt auf. Ein dumpfer Knall erscholl, als sich das Segel über seinem Kopf in einer plötzlichen Windbö spannte, die wie aus dem Nichts zu kommen schien. Die Windsbraut zitterte, machte eine weitere, schwerfällige Bewegung, wie einen ersten, noch zögernden Schritt. Mit einem saugenden Laut löste sie sich endgültig von der Kaimauer und glitt in das Hafenbecken hinaus.

»Das war knapp!« Barend trat schwer atmend neben ihn und wischte sich mit dem Handrücken gar nicht vorhandenen Schweiß von der Stirn. Selbst im blassen Licht der Sterne war zu erkennen, wie bleich und krank er aussah. Trotzdem feixte er, als wäre ihm gerade ein ganz besonders guter Streich gelungen.

Thor nickte bloß. Sie waren noch nicht in Sicherheit. Die Windsbraut glitt schneller werdend vom Ufer weg, als die Männer allmählich in ihren Takt fanden, aber es war eindeutig zu früh, um aufzuatmen. Es war alles zu leicht gegangen, das sagte ihm nicht nur das tief sitzende Misstrauen des Kriegers in ihm, sondern schon sein gesunder Menschenverstand. Aber das Ufer blieb leer, und nur noch wenige Ruderschläge, und sie waren weit genug auf dem Wasser, um auch vor Pfeilen oder anderen Wurfgeschossen in Sicherheit zu sein.

Das Segel spannte sich mit einem Knall über ihren Köpfen, von einer zweiten, noch heftigeren Windbö getroffen, die genau wie ihre Vorgängerin aus dem Nichts zu kommen schien, und das Schiff wurde noch einmal spürbar schneller. Die Taue waren jetzt so straff gespannt, dass sie wie die Saiten einer Laute zu summen begannen, und die Männer legten sich mit aller Kraft in die Riemen. Wäre die Windsbraut eine Drakkar gewesen, schnittiger als die schwerfällige Knorr und mit voll bemannten Ruderbänken auf beiden Seiten, dann hätte sie die Hafenausfahrt jetzt wahrscheinlich schon erreicht.

An dem Gedanken war etwas Wichtiges, was er übersehen hatte und das sich ihm auch jetzt nicht sofort erschließen wollte. Aber es war wichtig, vielleicht entscheidend.

Sein Blick glitt über das Dutzend Männer, die mit verzweifelter Kraft um ihr Leben ruderten, verharrte auf den sonderbar symmetrischen Mustern, die ihre Ruderschläge ins schwarze Wasser des Hafenbeckens malten und sofort wieder zerstörten, um sie durch neue zu ersetzen, und wanderte dann über die Wellen hinweg zum Umriss des zweiten Schiffes hin, das seit gestern Morgen hier im Hafen lag. Es war eine Drakkar, in besserem Zustand und anderthalb Mal so lang und mit der doppelten Anzahl von Rudern. Sie hatte weiter zur Hafeneinfahrt hin Halt gemacht und lag mit dem Heck zur Kaimauer da, sodass der geschnitzte Drachenkopf an ihrem Bug auf das offene Meer hinausblickte. Sonderbarerweise hatte die Mannschaft darauf verzichtet, die Ruder einzuziehen, sodass das Schiff fast wie ein ins Riesenhafte vergrößerter Wasserkäfer aussah, der mit gespreizten Beinen nur auf das Signal zum Loslaufen wartete.

Und irgendwie stimmte dieser Vergleich auch, dachte Thor grimmig.

Auf eine fast absurde Art war er geradezu erleichtert, Bjorn doch richtig eingeschätzt zu haben. Seine Hand schloss sich um Mjöllnir und lockerte sich dann wieder. Die Entfernung war noch zu groß.

Sein Blick tastete über die Flanke des still daliegenden Schiffes. Die Männer waren gut, das musste er gestehen. Keine Bewegung, kein verräterisches Geräusch, nicht einmal das Schimmern eines verirrten Lichtstrahls auf Metall verriet ihre Anwesenheit. Aber jetzt, wo er ahnte, dass sie da waren, konnte er sie fühlen. Die Mischung aus Furcht, angespannter Erwartung und Jagdfieber lag wie das Knistern eines unsichtbaren Gewitters in der Luft.

»Nicht, dass Ihr glaubt, ich wäre unverschämt, Herr«, meldete sich Barend zu Wort, ächzend vor Anstrengung und zwischen zwei Ruderschlägen, »aber wir hätten da noch einen Platz am Ruder frei.«

Thor sah die größere Drakkar zwar unverwandt an, antwortete aber trotzdem. »Ich bin als Passagier an Bord, hast du das vergessen?«

»Aber das entspricht nicht unserer Abmachung«, ächzte Barend, indem er sich erneut mit aller Kraft gegen das Ruder stemmte.

»Wie wahr«, seufzte Thor. »Aber du bringst mich auf eine Idee.« Und damit schleuderte er den Hammer.

In der Dunkelheit war Mjöllnirs Flug nicht zu sehen, das, was er am Ende des lang gestreckten Bogens anrichtete, dafür umso deutlicher.

Selbst Thor war überrascht, obwohl er all seine Kraft in den

Wurf gelegt hatte, als die Ruder wie in einer bizarren Kettenreaktion hintereinander zersplitterten, von dem noch immer unsichtbaren Hammer getroffen und dicht an der Bordwand gekappt. Ein Chor gellender Schmerz- und Entsetzensschreie mischte sich in das peitschende Knallen zerberstender Ruder, und mindestens zwei dunkle Gestalten fielen über Bord und versanken im kochenden Wasser, während Mjöllnir seinen rasenden Flug fortsetzte und mit einem hellen Klatschen wieder in Thors erhobener Hand landete.

Das alles hatte nur wenige Augenblicke gedauert, und Thor ließ die Hand mit dem Hammer schon wieder sinken, während sich die Drakkar wie ein verwundetes Tier schüttelte und das Wasser noch unter dem Einschlag von zerborstenen Rudern und Holzsplittern und um sich schlagenden schreienden Körpern aufspritzte.

Diesmal hatte Barend gesehen, was geschehen war, und er war auch nicht der Einzige, der ihn mit offenem Mund anstarrte und vor lauter Gaffen sogar das Rudern vergaß. Mit dem Ergebnis, dass die Windsbraut prompt aus dem Takt geriet und herumschwenkte, wie um das viel größere Schiff zu rammen.

Thor suchte auf dem bockenden Deck nach festem Stand, visierte das größere Schiff an und ließ Mjöllnir zum zweiten Mal fliegen. Diesmal kappte der Hammer den mehr als oberschenkelstarken Mast, der in einem Durcheinander aus Tauen, zerrissenem Segeltuch und gefährlichen Holzsplittern auf das Deck stürzte, setzte seinen rasenden Flug fort und zertrümmerte auf dem Rückweg auch noch den geschnitzten Drachenkopf; wie ein boshaftes Kind, das noch einmal nachtrat, obwohl es längst nicht mehr nötig war. Der Hammerstiel schien vor Energie zu vibrieren, als er wieder in seine Hand zurückkehrte.

Barends Augen quollen vor Unglauben ein Stück weit aus den Höhlen. »Aber das ...«, krächzte er.

»War vollkommen umsonst, wenn Ihr nicht den Kurs ändert, Kapitän«, sagte Thor spöttisch.

Barend glotzte ihn noch einen Herzschlag lang weiter an, aber dann schien sogar ihm aufzugehen, dass die Windsbraut immer noch in einem Schlingerkurs auf das größere Schiff zusteuerte, und er bellte einen knappen Befehl. Die Windsbraut bockte, schwenkte aber gehorsam auf einen neuen Kurs ein, der sie in sicherem Abstand an der angeschlagenen Drakkar vorbeiführte.

»Meinst du immer noch«, sagte Thor lächelnd, während er Mjöllnir wieder an seinem Gürtel befestigte, »ich wäre am Ruder besser aufgehoben gewesen?«

An Deck des Drachenschiffs herrschte das schiere Chaos. Ein Großteil der Männer musste verletzt sein, wenn nicht tot, und die anderen versuchten gerade vermutlich mühsam zu begreifen, was überhaupt geschehen war.

»Ich glaube, ich habe mich richtig entschieden«, murmelte Barend wie betäubt.

»Richtig entschieden?«

»Dein Freund mit der Axt hat mir angeboten, ich solle mich zum Schein auf deine Seite schlagen und dich dann verraten«, antwortete Barend. »Jetzt glaube ich, es wäre kein gutes Geschäft gewesen, dieses Angebot anzunehmen ... obwohl es mir verlockend erschien, wenn ich ehrlich sein soll.«

Thor lächelte freudlos und wandte sich wieder der waidwunden Drakkar zu. Das Siegesgefühl, auf das er wartete, wollte sich nicht einstellen. Das Schiff schwankte noch immer auf den Wellen, als wäre es tatsächlich von der Faust eines Gottes getroffen worden, und just in diesem Moment stürzte eine weitere Gestalt über Bord und versank in schwarzem Wasser. Die Schlacht war vorbei, noch bevor sie richtig angefangen hatte, und sie hatten sie eindeutig gewonnen. Und dennoch ...

Er schüttelte den Gedanken ab. Es war nur der Krieger in

ihm, der wohl auch dann noch zur Vorsicht geraten hätte, wenn er das abgeschlagene Haupt seines Gegners in der Hand hielt.

»Wo treffen wir deine Begleiterin?«, fragte Barend.

Thor riss sich endgültig vom Anblick des gegnerischen Schiffes los und sah zur Hafenausfahrt hinüber. Von Gundri wusste er, dass die Fahrrinne viel schmaler war als die sichtbare Durchfahrt und von zwei gut doppelt mannshohen Pfeilern aus schwarzem Fels, riesigen Wächtern gleich, flankiert wurde. Die der Stadt zugewandten Seiten stürzten beinahe lotrecht in die Tiefe, aber eine der Klippen fiel in Stufen zum Meer hin ab und mündete in einen schmalen Strand. Dort würden sie Gundri und Lifthrasil treffen. Er machte eine entsprechende Geste, und auf einen Befehl Barends hin schwenkte der Steven der Windsbraut herum, und das Boot wurde abermals schneller.

Sein ungutes Gefühl blieb.

Es wurde zur Gewissheit, aber da war es bereits zu spät.

Der hochgezogene Bug eines weiteren Schiffes tauchte aus der Dunkelheit auf, noch größer als die Drakkar im Hafen und voller gepanzerter Männer und Waffen. Barend keuchte vor Schrecken und schrie einen verzweifelten Befehl, und seine Männer stemmten sich in die Ruder, um das Schiff abzubremsen und zugleich auf einen anderen Kurs zu bringen, aber es war vergebens. Die Windsbraut rammte das andere Schiff mit einer Wucht, die selbst Thor von den Beinen riss und haltlos in das Durcheinander aus Fässern und Kisten an Deck schleuderte.

Holz zerbarst, und Schmerzensschreie gellten auf beiden Schiffen. Irgendetwas verfehlte sein Gesicht um Haaresbreite und bohrte sich mit einem dumpfen Laut neben ihm ins Holz, und als er sich hochstemmte, sah er gerade noch, wie einer von Barends Männern über Bord fiel, vom Stumpf seines eigenen abgebrochenen Ruders aufgespießt. Ein zweiter brach mit einem gurgelnden Laut zusammen, als ein Pfeil in seine Kehle fuhr, und Barend starrte mit aufgerissenen Augen eher empört als erschrocken auf einen anderen Pfeil, der sein Handgelenk durchbohrt hatte.

Weitere Pfeile prasselten überall ringsum auf das Deck, und mindestens ein weiterer von Barends Männern brach getroffen zusammen. Thor versuchte hochzuspringen und sank sofort wieder auf die Knie, als sich das Schiff so abrupt auf die Seite legte, dass er fast damit rechnete, es kentern zu sehen. Irgendwo splitterte Holz, Männer schrien und fielen ins Wasser, und es regnete immer noch Pfeile und geworfene Speere. Beide Schiffe waren beschädigt, doch dieses Mal hatte die Windsbraut eindeutig den Kürzeren gezogen. Der Rumpf musste schwer beschädigt sein, denn nicht weit vor ihm schoss ein schäumender Geysir aus den Decksplanken, und die Neigung des Decks nahm immer mehr zu.

Trotzdem gelang es ihm jetzt, wieder auf die Füße zu kommen. Gerade noch zur rechten Zeit, denn im Gegensatz zu Barends Männern waren die Krieger auf dem anderen Schiff auf den Zusammenstoß vorbereitet gewesen und bezogen ihn in ihren Angriffsplan ein. Die beiden Schiffe waren in einem Wust aus geborstenen Planken und zersplitterten Rudern ineinander verkeilt, und mindestens drei oder vier Männer nutzten diese lebensgefährliche Enterbrücke, um auf das Deck der kleineren Knorr überzusetzen. Thor stieß den ersten einfach über Bord, fing einen Schwerthieb des zweiten mit dem Hammerstiel ab und verdrehte dem Krieger mit einem harten Ruck den Arm, der ihn wie einen trockenen Ast brechen ließ. Dann durchbohrte ein Pfeil seinen Oberarm.

Der Schmerz war vollkommen bedeutungslos, aber er änderte trotzdem alles. Es war sein Blut, das nun floss, und etwas in ihm reagierte mit der Empörung eines erzürnten Gottes darauf. Beinahe als wäre er nur noch ein Gast in seinem eigenen Körper und zum bloßen Zuschauen verdammt, sah er, wie Mjöllnir hochkam und die beiden anderen Krieger mit einem einzigen gewaltigen Hieb zerschmetterte. Noch bevor die reglosen Körper ins Wasser stürzten, flog Mjöllnir wie von selbst aus seiner Hand und hinterließ eine Schneise aus Blut und Verwüstung an Deck des anderen Schiffes.

Thor fing ihn auf, als er zurückkehrte, hielt nach einem weiteren Ziel Ausschau und taumelte rücklings gegen den Mast, als ein Pfeil sein Gesicht streifte und eine blutige Schramme auf seiner Wange hinterließ.

Seine Empörung wuchs. Es war nicht einmal wirklicher Zorn, sondern tatsächlich Empörung, ausgelöst durch den Schmerz und das daraus resultierende Begreifen, dass auch er verwundbar war. Aber das durfte nicht sein! Was erdreisteten sich diese Sterblichen, ihn, einen Gott, zu verletzen und sein Blut zu vergießen?

Mjöllnir raste erneut über das Deck des Schiffes und kehrte in seine Hand zurück. Ein weiterer Pfeil durchbohrte seinen Oberschenkel und nagelte ihn regelrecht an den Mast. Diesmal ließ ihn der Schmerz aufstöhnen, und seine Empörung explodierte in roter Wut.

Donner rollte über das Meer, gefolgt vom hellblauen Flackern eines Blitzes. Das Segel blähte sich auf, wie von einem Faustschlag getroffen. Ein ganzer Chor gellender Schreie wurde laut.

Thor riss sich mit einem wütenden Knurren los, brach den Pfeil kurzerhand ab und suchte nach einem weiteren Ziel für Mjöllnir, musste aber dann schon wieder um sein Gleichgewicht kämpfen, als eine noch viel gewaltigere Sturmbö die Windsbraut traf und gegen das größere Schiff schleuderte.

Ein weiterer Donnerschlag, diesmal laut genug, um Himmel und Meer erbeben zu lassen. Der darauffolgende Blitz spaltete nicht nur das Firmament, sondern traf den Mast des anderen Schiffes und verwandelte ihn binnen eines einzigen Atemzuges in eine brüllende Fackel. Brennende Männer torkelten über das

Deck und versuchten sich mit verzweifelten Sprüngen ins Wasser zu retten, soweit sie nicht schon vorher zusammenbrachen und die Flammen damit noch weiter verteilten.

Nicht genug! Es war nicht genug für die Ungeheuerlichkeit, die sich diese Sterblichen herausgenommen hatten. Sie würden brennen. Mehr! Er spürte, wie etwas in ihm hinausgriff und die Urgewalt der Schöpfung selbst rief, um seine Feinde zu zerschmettern, und –

»Thor! Hör auf!«

Was immer es war, etwas am Klang dieser Worte ließ ihn innehalten und zu einem der Felspfeiler hochsehen.

Im ersten Moment war er fast blind, denn die Wolken, die er vorhin noch vermisst hatte, waren jetzt da und verwandelten den Himmel in ein schwarzes, brodelndes Chaos. Doch dann sah er den Schatten, der auf der steinernen Säule aufgetaucht war, und obwohl das Heulen des Sturmes viel zu laut war, um die Stimme zu identifizieren, erkannte er Sverig doch am bronzefarbenen Blitzen seiner Axt.

»Hör auf, oder sie stirbt!«

Erst jetzt erkannte er die zweite, schlankere Gestalt, die Sverig mit dem freien Arm gegen sich presste. Mit der anderen Hand drückte er die Schneide seiner Axt fest gegen Gundris Kehle.

»Ich meine es ernst! Hör auf, oder ich töte sie!«

Wie kam er nur auf die Idee, dass ihn das Schicksal dieses dummen Mädchens interessierte, dachte Thor. Er richtete sich auf, hob Mjöllnir und visierte die schwarze Gestalt auf dem Felsen so an, dass er vielleicht nur Sverig tötete und nicht auch Gundri – was keinen Unterschied machte, sie würde den Sturz vom Felsen auf keinen Fall überleben –, und holte aus. Da erschien eine zweite, etwas kleinere Gestalt neben dem Krieger.

Es war Bjorn. Er stand einfach nur da und sagte kein Wort,

aber das war auch nicht notwendig. Trotz des schlechten Lichtes erkannte Thor das winzige, in weiche Tücher eingeschlagene Bündel, das er in den Armen trug, und nicht einmal das Heulen des Sturmes und die Schreie der brennenden Männer vermochten das klägliche Wimmern Lifthrasils ganz zu übertönen.

Thor überlegte einen verzweifelten Moment. Er wusste, dass er Mjöllnir immer noch schleudern konnte, um Sverig und Bjorn mit einem einzigen Wurf zu töten, und das schneller, als einer von ihnen Lifthrasil etwas antun konnte. Aber Bjorn würde sie fallen lassen, und sie war so klein und zerbrechlich, dass sie den Sturz auf den harten Fels oder in die aufgewühlte See niemals überleben würde …

Langsam ließ er den Hammer sinken, und über ihm erlosch der Sturm.

Man konnte es drehen und wenden, wie man wollte, er hatte eindeutig einen schlechten Tausch gemacht. Die Kammer war nicht einmal halb so groß wie die, die er bisher bewohnt hatte, und die gesamte Einrichtung bestand aus einer Lage fauligen Strohs auf dem Boden, dessen Geruch zugleich die Frage beantwortete, ob man den vorherigen Bewohnern dieses Raumes wenigstens einen Eimer gegeben hatte, wie Barend. Die Wände waren von derselben Art, wie er sie aus den Katakomben kannte, aus mächtigen unverfugten Quadern ohne Zwischenraum aneinandergefügt, allerdings ohne Bildreliefs. Immerhin war seine neue Unterkunft nicht ganz schmucklos. Seine Gastgeber hatten ihm sogar gleich vier Ringe spendiert, auch wenn sie nicht aus Gold oder wenigstens Silber bestanden, sondern aus ordinärem Eisen und mit daumendicken Ketten aus demselben Material mit ebenfalls eisernen Ringen in den Wänden verbunden waren.

Sarkasmus, dachte Thor, war allerdings auch nur eine Hilfe, die nicht lange vorhielt. Ganz im Gegenteil führte er sehr schnell zum Hadern, was wiederum niemandem nützte.

Nicht zum ersten Mal fragte er sich allen Ernstes, ob die Tatsache, dass er in den letzten drei Tagen praktisch keinen einzigen Menschen zu Gesicht bekommen und folglich auch niemand mit ihm geredet, geschweige denn seine Fragen beantwortet hatte, eine besondere Art der Folter darstellte.

Vielleicht nur, um überhaupt etwas zu tun, spannte er die Muskeln an und überprüfte zum hundertdreiundzwanzigsten Mal die Festigkeit seiner Ketten, nur um zum ebenso vielten Mal zum gleichen Ergebnis zu kommen. Sie hielten. Die Ketten waren stark genug, um selbst einem schlecht gelaunten Ochsen standzuhalten, und so angelegt, dass er weder seine Hand- noch seine Fußgelenke erreichen konnte, um die eisernen Ringe zu zerbrechen. Vielleicht war er ja nicht der erste Gott, der hier gefangen gehalten wurde.

Auch dieser Gedanke war nichts anderes als albern und hätte eigentlich ein spöttisches Lächeln auf sein Gesicht bringen sollen, aber eigentlich erschreckte er ihn.

Es war nicht das erste Mal, dass sich seine Gedanken auf krausen Pfaden zu bewegen begannen. Das machte ihm Sorgen. Er hatte von Männern gehört, die Jahre, wenn nicht Jahrzehnte in Gefangenschaft gelebt hatten, und er war sicher, dass sie ausnahmslos den Verstand verloren haben mussten. Er war auch sicher, dass er selbst es nicht einmal annähernd so lange durchhalten würde.

Immerhin hatten sie seine Wunden versorgt. Gefesselt, wie er war, konnte er nicht nach seinen Verletzungen sehen, aber die Verbände waren sauber, und er konnte spüren, dass die Wunden darunter gut heilten. Außerdem bekam er regelmäßig zu essen, und das war vielleicht schon mehr, als er erwarten konnte. Nachdem Bjorns Krieger die schwer angeschlagene Windsbraut geentert und Barends Männer – die keinerlei Widerstand leisteten – überwältigt und gefesselt hatten, war auch Sverig von seinem Felsen herabgekommen und hatte ihn mit der flachen Seite seiner Axt bewusstlos geschlagen, und Thor war ehrlich überrascht gewesen, tatsächlich noch einmal aufzuwachen. Vielleicht hatte Sverig ja nicht vor, ihn so einfach davonkommen zu lassen.

Geräusche drangen in seine Gedanken, und Thor hob müde den Kopf und sah zur Tür. War es schon wieder Zeit zum Essen? Er war nicht hungrig, aber das musste nichts bedeuten, und sein persönliches Zeitgefühl war ihm hier drinnen längst abhanden gekommen. Wenn er es sich genau überlegte, dann konnte er nicht einmal sagen, seit wie vielen Tagen er nun hier schon gefangen war.

Die Tür ging auf, und einer der Männer kam herein, die ihm in den letzten Tagen das Essen gebracht hatten. Er hielt allerdings kein Tablett in den Händen, sondern ein einfaches Werkzeug, dessen Sinn Thor im ersten Moment verborgen blieb; zumindest so lange, bis er vor ihm in die Hocke ging und die Hand nach seiner Fußfessel ausstreckte, dann aber noch einmal zögerte. Offensichtlich diente es dazu, die eisernen Ringe zu öffnen.

»Sollst du mich hier herausbringen?«, fragte er.

Der Mann nickte zögernd und wirkte nur noch unsicherer.

»Nur zu. Und keine Angst. Ich tue dir nichts.«

Sein Wort schien dem Mann zu genügen. Zwar mit zitternden Fingern, aber trotzdem sehr schnell, öffnete er seine Fesseln und trat dann noch schneller zurück.

Flucht war zwar eine Möglichkeit, aber nur eine theoretische. Nach Tagen, die er in unbequemer Haltung angekettet gewesen war, gelang es ihm erst im dritten Anlauf, auch nur aufzustehen, und seine verkrampften Muskeln machten jede noch so geringe Bewegung zu einer Tortur. Außerdem warteten draußen auf dem Gang zwei bewaffnete Männer auf ihn. Thor konnte sich nicht erinnern, sie schon einmal gesehen zu haben; der Mischung aus Respekt und Furcht in ihren Augen nach zu schließen, wussten sie hingegen aber sehr wohl, wer er war. Thor war nicht sonderlich begeistert davon. Männer, die Angst vor einem Gefangenen hatten, neigten zu Überreaktionen.

»Wohin?«, fragte er, an den Mann gewandt, der ihn losgebunden hatte.

Er erhielt keine Antwort, aber einer der Bewaffneten machte eine herrische Geste und trat beiseite, und der andere richtete vorsichtshalber seinen Speer auf ihn. Thor humpelte mit steinernem Gesicht an ihm vorbei und musste einen Gutteil seiner Willenskraft darauf verwenden, nicht bei jedem Schritt zu stöhnen.

Aus einem der schmalen Fenster des Ganges drang mattes Tageslicht herein. Thor war in der Zelle aufgewacht, in der er die letzten Tage verbracht hatte, und wusste somit nicht, wo er sich befand. Immerhin lag der Raum ebenerdig und war nicht Teil des unterirdischen Labyrinths, wie er aufgrund der Beschaffenheit der Wände fast vermutet hätte. Zu einer näheren Erkundung reichte seine Zeit nicht, denn einer seiner Begleiter öffnete eine Tür, und der andere stieß ihn so grob hindurch, dass er nur durch pures Glück nicht stürzte.

»Es ist gut«, sagte eine Stimme. »Ihr könnt gehen.«

Thor drehte sich unsicher herum und sah in Bjorns Gesicht. Der Jarl von Midgard stand nur wenige Schritte neben ihm, sah aber den Mann an, der ihn so unsanft heranbugsiert hatte. »Er wird uns nichts tun.« Jetzt suchte sein Blick doch den Thors. »Ich habe doch dein Wort, oder?«

Thor war fast zu schwach, um auch nur zu nicken, doch Bjorn schien die Antwort in seinen Augen zu lesen – vielleicht erkannte er auch einfach, in welch erbärmlichem Zustand er sich befand –, denn er wandte sich wieder an den Krieger und sagte noch einmal und in deutlich weniger geduldigem Ton: »Es ist gut. Wartet draußen. Ich rufe euch, wenn ich euch brauche.«

Sverig war bei ihm, in seiner kompletten Montur als Heerführer, die gewaltige Axt mit beiden Händen haltend, und hinter ihm stand noch ein dritter Mann in fortgeschrittenem Alter, untersetzt und gerade noch nicht an der Grenze zur Fettleibigkeit. Sein Gesicht hätte nichtssagend gewirkt, wären da nicht die Augen gewesen, die Thor mit einem Hass musterten, der ihm einen kalten Schauer über den Rücken laufen ließ.

»Ich habe doch dein Wort, oder?«, fragte Bjorn noch einmal. Diesmal nickte Thor, und Sverig fügte verächtlich hinzu: »Was immer das wert ist.«

Thor war nicht in der Stimmung, darauf zu antworten, und Bjorn hielt es wohl nicht für nötig, sondern deutete nur stumm auf einen von mehreren Stühlen, die sich um einen rechteckigen Tisch gruppierten. Abgesehen davon war der Raum vollkommen leer. Es gab nicht einmal einen Kamin. Trotzdem war es hier drinnen deutlich wärmer als in seinem Gefängnis.

Thor ächzte leise, als er sich setzte. Bjorn und der Fremde nahmen ebenfalls Platz, und Sverig wich mit ein paar raschen Schritten an die gegenüberliegende Wand zurück. Thor brauchte nicht hinzusehen, um zu wissen, dass er mit grimmigem Gesicht und der Axt in Händen Aufstellung nahm.

»Ich erspare es mir, mich nach deinem Befinden zu erkundigen«, begann Bjorn. »Bist du hungrig, oder möchtest du einen Becher Met oder Wein?«

Thor schüttelte zur Antwort auf beides den Kopf, und Bjorn nickte, als hätte er nichts anderes erwartet, und deutete auf den Mann mit den hasserfüllten Augen. »Das ist Fargas, der Jarl von Oesengard. Ihr seid euch noch nicht begegnet.«

»Ich habe von ihm gehört«, sagte Thor.

»So wie ich von dir«, fügte Fargas hinzu. Die Art, wie er das sagte, gefiel ihm nicht, aber Thor wandte sich nur an Bjorn und fragte: »Wie geht es Lifthrasil?«

»Deiner Tochter?« Bjorn machte eine beruhigende Geste.

»Sie ist unversehrt. Ich würde keinem Kind etwas antun.« Es klang ein bisschen so, als wäre er verletzt, dass Thor so etwas überhaupt für möglich hielt.

»Und Gundri? Dem Mädchen, das bei ihr war?«

»Auch sie ist unversehrt, bis auf ein paar Kratzer. Sind damit alle deine Fragen beantwortet?«

Thor hatte noch nicht einmal damit angefangen, seine Fragen zu stellen, aber etwas an Bjorns Art warnte ihn. Er schwieg.

»Und deiner Frau und deinen beiden anderen Kindern geht es auch gut«, fügte Fargas unaufgefordert hinzu. Seine Stimme war genau wie sein Gesicht, scheinbar flach und ausdruckslos, aber von einem tiefen Hass durchdrungen, der ihn erschauern ließ.

Thor wandte sich auf seinem Stuhl ganz zu Bjorn um. »Ich verstehe nicht, wovon er spricht.«

Fargas machte ein sonderbares Geräusch und schien etwas sagen zu wollen, doch Bjorn brachte ihn mit einer raschen Bewegung zum Schweigen. »Er spricht von Urd, Thor, und deinen beiden anderen Kindern, Lif und Elenia. Es geht ihnen gut.«

Thor schwieg, aber er spürte selbst, dass er sich nicht gut genug in der Gewalt hatte, um seinen Schrecken zu verhehlen. Woher wusste Bjorn von Urd und den Kindern?

»Ihr habt von ihnen gehört?«, fragte er schließlich. »Wir wurden getrennt, kurz bevor wir Oesengard erreicht haben, und ich –«

»Hör mit dem Unsinn auf, Thor«, sagte Bjorn müde. »Es war nicht besonders schwer, das Mädchen zum Reden zu bringen. Urd und dein Sohn sind unsere Gefangenen.«

»Und Elenia?«, fragte Thor beunruhigt.

Bjorn tat so, als hätte er die Frage nicht gehört. »Was hattet ihr vor?«

»Vor?«, wiederholte Thor.

»Ich habe dir gesagt, dass er nicht reden wird«, sagte Sverig. »Überlass ihn mir. Ich bringe ihn zum Reden.«

»Sverig, bitte«, seufzte Bjorn. Thor fiel erneut auf, wie müde er klang und wie müde er aussah. Seine Bewegungen, seine Blicke und seine gesamte Haltung waren die eines Mannes, der wusste, dass er eine Aufgabe übernommen hatte, die über seine Kräfte ging.

»Thor, glaub mir, mir steht nicht der Sinn nach so etwas«, sagte er. »Aber ich fürchte, uns bleibt auch keine Zeit für Höflichkeiten. Du wirst uns jetzt ein paar Fragen beantworten.«

»Werde ich das?«, fragte Thor.

»Ich hoffe es«, sagte Bjorn. »Von deinen Worten hängen vielleicht zahllose Menschenleben ab, und auch wenn ich inzwischen nicht mehr glaube, dass ich dich jemals wirklich gekannt habe, so halte ich dich doch nicht für einen Mann, dem das gleichgültig ist. Wenn du ein Mann bist, heißt das.«

»Als ich das letzte Mal nachgesehen habe, war ich es noch«, antwortete Thor. Fargas fuhr so heftig zusammen, als hätte ihn jemand unversehens mit einer Nadel gestochen, und Bjorn brachte ihn mit einer neuerlichen, raschen Geste zum Schweigen. Thor konnte dem dicken Jarl ansehen, wie schwer es ihm fiel, zu gehorchen.

»Es gibt nicht wenige, die dich für einen Gott halten ...«, begann Bjorn.

»Weil sie jemanden suchen, an dem sie sich orientieren können«, unterbrach ihn Thor. »Und was wäre dazu besser geeignet als ein Gott?«

»Was ich draußen im Hafen gesehen habe, war nicht das Werk eines Kriegers, sondern eines wütenden Gottes«, fuhr Bjorn fort, noch immer leise und auf dieselbe sonderbare Art erschöpft. »Du hättest das Schiff zerstören und jeden Mann an Bord töten können, habe ich recht?«

»Wäre mir nicht ein Mann dazwischengekommen, der mich mit dem Leben meiner Tochter erpresst hat ... obwohl er behauptet, dass er niemals einem Kind etwas zuleide täte.«

»Ich hätte ihr nie etwas zuleide getan«, sagte Bjorn. »Hättest du deinen Hammer geworfen, dann wärst du es gewesen, dessen Hand ihr den Tod gebracht hätte. Aber ich wusste, dass du es nicht tust.«

»Und wenn du dich geirrt hättest?«

»Dann hätten deine Tochter und ich diesen Irrtum wohl mit dem Leben bezahlt«, sagte Bjorn ruhig.

»Was für ein Unterschied!«, höhnte Thor. »Wie soll ich einem Mann vertrauen, der ein Kind als Schutzschild vor sich hält?«

»Ich habe dir gesagt, dass es Zeitverschwendung ist«, sagte Sverig. »Er wird nicht reden. Nicht freiwillig.«

»Oder befragt sein Weib, diese Hexe!«, fügte Fargas hinzu. Das letzte Wort zischte er eigentlich nur. »Er wird schon reden, wenn ihr Blut fließt.«

»Fargas, bitte«, seufzte Bjorn. »Ich kenne Thor. Er mag unser Feind sein, aber er ist dennoch ein aufrechter Mann ... und ich hoffe«, fügte er an Thor gewandt hinzu, »auch ein vernünftiger. Das meiste von dem, was wir wissen müssen, haben wir schon in Erfahrung gebracht. Es wäre also sinnlos, wenn du schweigst und es nur unnötig schlimm für dich machst. Wir wissen, dass die sogenannten Lichtbringer auf dem Weg hierher sind, Thor. Wir werden sie gebührend empfangen, aber es liegt vielleicht in deiner Macht, zu entscheiden, ob einige wenige, sehr viele oder vielleicht gar keine Menschen ihr Leben verlieren.«

Das ähnelte so verblüffend dem, was Urd erst wenige Tage zuvor zu ihm gesagt hatte, dass Thor ihn einen Moment lang nur entgeistert anstarrte. Was er dann dachte, gefiel ihm selbst nicht: Was, wenn Urd und Bjorn beide recht hatten, jeweils auf andere Art?

Bjorn deutete sein Schweigen falsch. »Willst du wirklich, dass so viele Menschen sterben, nur damit ein paar Kinder und hysterische Weiber dich aus großen Augen anstarren und dich als Gott verehren, Thor?«

»Vielleicht bin ich es ja«, antwortete Thor lahm.

Sverig schnaubte, aber Bjorn blieb ruhig. »Die Götter, an die ich glaube, haben das Wohl der Menschen im Sinn, Thor. Es ist nicht ihr Blut, das sie wollen.«

»Wer weiß schon, was die Göttern wollen?«, sagte Thor, machte aber zugleich auch eine entsprechende Handbewegung, um Bjorn vom Antworten abzuhalten – sehr vorsichtig, damit Sverig sie nicht zum Vorwand nahm, seine Axt auszuprobieren und ihm das eine oder andere Körperteil abzuhacken. »Ich weiß, dass du mir wahrscheinlich nicht glaubst, Bjorn, aber ich will mit alldem nichts zu tun haben. Alles, was ich je wollte, war, mit meiner Familie irgendwo ein friedliches Leben zu führen.«

»Dann sag uns, was du weißt.«

»Nicht mehr als du«, antwortete Thor. »Eine Flotte der Lichtbringer ist auf dem Weg hierher. Ich weiß nicht, wie groß sie ist, wie viele Krieger sie mit sich führt und wann genau sie eintrifft. Aber ich glaube, dass es viele sind und dass sie bald kommen.«

Er konnte Bjorn ansehen, dass er ihm nichts Neues verriet und dass er sehr enttäuscht war. »Zwing mich nicht, Sverig die Sache zu überlassen«, seufzte der Jarl. »Oder etwas anderes zu tun, wofür ich mich selbst verachten würde.«

»Was immer du tust, du wirst von mir nicht mehr erfahren«, sagte Thor. »Und ich werde auch keine weiteren Fragen beantworten, bevor ich nicht mit Urd gesprochen habe.«

»Um dich mit ihr zu verschwören, nehme ich an«, murmelte Fargas. Zornig wandte er sich an Bjorn. »Bringt diese Hexe her! Ich bin sicher, dass sich seine Zunge löst, wenn ich ihr die ihre vor seinen Augen herausschneide!«

Bjorn wollte vermutlich etwas sagen, um ihn zu besänftigen, aber Thor kam ihm zuvor. »Das würdest du nicht überleben«, sagte er ruhig.

»Bitte!«, sagte Bjorn zum wiederholten Male, während er besänftigend beide Hände hob. Sogar diese kleine Bewegung wirkte, als hingen unsichtbare Gewichte an seinen Armen. »Ich kann dich verstehen, Fargas. Aber hier steht mehr auf dem Spiel als nur ein Leben. Du wirst dich beherrschen, oder ich muss Sverig bitten, dich hinauszubegleiten.«

Fargas' Augen wurden schmal, und auch noch das allerletzte bisschen Farbe wich aus seinem Gesicht. »Du vergisst, wer ich bin.«

»Keineswegs«, erwiderte Bjorn. »Aber mein Heer steht nur wenige Tagesritte von hier. Wenn ich ihm die falschen Befehle gebe, dann sterben Hunderte von Männern.«

»Und du wirst ihm die richtigen geben, wenn du mit diesem … Mörder geredet hast?«, stieß Fargas hervor. »Mach dich nicht lächerlich!«

Bjorn schwieg eine Weile, dann seufzte er und hob mit einer unendlich müde wirkenden Bewegung die Hand. »Sverig.«

»Das wagst du nicht!«, keuchte Fargas. Bjorn schwieg, aber Sverig schob die Axt in die Schlaufe auf seinem Rücken und zog Fargas scheinbar sanft, aber zugleich auch mit unerbittlicher Kraft in die Höhe. Ohne auf die immer hysterischer werdenden Proteste des Jarls zu achten, bugsierte er ihn einfach aus dem Raum und zog die Tür hinter sich zu. Erst nach einigen Augenblicken fiel Thor überhaupt auf, dass auch er gegangen war. Bjorn und er waren jetzt allein.

»Du musst Fargas verstehen«, sagte Bjorn. »Er ist … sehr zornig. Du weißt, wer er ist?«

»Der Jarl von Oesengard.«

»Ja.« Bjorn nickte. Sein Blick ließ Thor nicht los. »Und Sigislinds Mann.«

Er musste Thor ansehen, dass diese Eröffnung ihn nicht überraschte. Trotzdem fuhr er fort: »Er glaubt, du hättest seine Frau getötet. Willst du es ihm verübeln, dass er dich hasst?«

»Nein«, antwortete Thor einfach.

»Und?«, fragte Bjorn.

»Was – und?«

»Hast du es?«

»Was?«

»Hast du Sigislind getötet?«

»Ich dachte, darüber hätten wir schon gesprochen.«

»Ja, das haben wir«, bestätigte Bjorn. »Aber ich habe nachgedacht. Über vieles. Auch über unser Gespräch. Und je länger ich darüber nachdenke, desto mehr komme ich zu der Überzeugung, dass so manches nicht zusammenpasst. Bist du wirklich sicher, dass du sie getötet hast?«

»Ich weiß nicht, wofür du mich hältst«, erwiderte Thor kühl, »aber so viele waren es noch nicht, dass ich mich nicht mehr an die Menschen erinnere, die ich getötet habe.« Das war eine Lüge. Es waren zu viele. Die wenigsten hatte er mit Namen gekannt, und die Gesichter der Erschlagenen hatten längst aufgehört, ihn selbst in seinen Träumen zu verfolgen. Er hatte ganze Völker mit einer einzigen Bewegung seiner Hand ausgelöscht.

»Du weißt, was es bedeutet, wenn du dabei bleibst«, sagte Bjorn. »Fargas verlangt dein Leben, und es gibt nichts, was mir das Recht gäbe, ihm diesen Wunsch abzuschlagen. So ist unser Gesetz. Ein Leben für ein Leben.«

»Dann muss es wohl so sein«, sagte Thor.

Bjorn schüttelte traurig den Kopf. »Was du tust, ehrt dich, Thor, aber es ist auch dumm. Willst du nicht verstehen, worum es hier geht? Nicht um dein Leben oder das deiner Frau. Wir reden über die Frage, ob die Welt brennen wird oder nicht. Und was aus ihrer Asche entsteht. Wenn du wirklich das bist, wofür ich dich halte –«

»Dann bist du entweder sehr mutig oder sehr dumm«, unterbrach ihn Thor. »Hast du denn gar keine Angst, ganz allein mit mir zu bleiben? Ich könnte dich töten.«

»Und das wahrscheinlich selbst in deinem Zustand und ohne dich anzustrengen.« Seltsamerweise lächelte Bjorn bei diesen Worten. »Ich weiß, was du bist, Thor. Ich habe es gesehen, in jener Nacht am Hafen, und viele andere auch. Vielleicht bist du wirklich ein Gott, vielleicht auch nur ein Mensch mit außergewöhnlichen Fähigkeiten. Es spielt keine Rolle, was du bist.«

»Was dann?«

»Was du tust«, antwortete Bjorn. »Wenn du mich wirklich töten wolltest, dann gäbe es wahrscheinlich wenig, was ich dagegen tun könnte, ob nun Sverig mit seiner Axt bei mir ist oder ein Dutzend Krieger. Das Schiff, das euch aufgebracht hat … du hättest es zerstören und jeden einzelnen Mann an Bord töten können, habe ich recht?«

Thor nickte.

»Aber du hast es nicht getan. Warum?«

»Du kennst die Antwort«, sagte Thor. Worauf wollte Bjorn hinaus?

»Weil es das Leben deiner Tochter gekostet hätte«, sagte Bjorn. »Aber wenn du wirklich der erbarmungslose Gott wärst, den die Lichtbringer verehren, was sollte dir dann das Leben eines einzigen Kindes ausmachen?« Er hob die Hand. »Sag mir nicht, weil es dein Kind ist. Nicht das Kind eines Gottes, in dessen Namen Tausende gestorben sind und noch mehr sterben werden, wenn es nach dem Willen deiner Frau und ihrer Schwestern geht.«

»Was soll das?«, fragte Thor misstrauisch. »Willst du mich bekehren?«

»Bekehren?« Das Wort schien Bjorn zu amüsieren. »Aber wovon denn? Vom Glauben an dich selbst?«

Darauf wusste Thor nichts zu antworten, und für eine Weile breitete sich Schweigen zwischen ihnen aus.

»Es wird Krieg geben«, sagte Bjorn schließlich. »Und das Schlimmste ist, dass ich nicht einmal wirklich weiß, warum.«

»Warum führst du ihn dann?«

Bjorn lachte, aber es klang eher wie ein Lachen der Verzweiflung. »Glaubst du, ich wollte es? Glaubst du, man hätte mich auch nur gefragt?«

Thor setzte zu einer Antwort an und sah Bjorn dann nur verwirrt an, als ihm klar wurde, dass diese Worte ebenso gut von ihm hätten stammen können. Buchstabe für Buchstabe.

»Midgard«, fuhr Bjorn fort. »Du kennst die alten Legenden, nicht wahr? Natürlich kennst du sie, wer sonst, wenn nicht du? Die Geschichten von Utgard, Midgard und Asgard, der Welt der Ungeheuer, der Menschen und der Götter. Solange ich mich erinnern kann, war Midgard ein Traum für die Menschen. Das verheißene Land, wo jeder glücklich und ohne Angst leben kann. In dem es keinen Hunger gibt, keine Feinde und keinen Winter ...«

Er lächelte matt. »Eine närrische Vorstellung, nicht wahr? Aber eine notwendige. Menschen brauchen etwas, woran sie glauben können, Thor. Das Leben ist hart. Für die meisten von uns zu hart, um es zu ertragen. Es sei denn, du gibst ihnen etwas, woran sie glauben können. Einen Traum ... selbst wenn sie wissen, dass es nur ein Traum ist. Sie brauchen ein Licht in der dunklen Nacht, zu dem sie aufsehen und daran glauben können, dass sie es eines Tages erreichen und sich an ihm wärmen können.« Er sah Thor auf eine Art an, die ihm schon wieder einen Schauer über den Rücken laufen ließ, wenn auch diesmal von gänzlich anderer Art.

»Der Name dieses Lichtes ist Midgard, Thor. Nur ein Wort... aber wir haben von diesem Wort gelebt, Thor. Das Tal von Midgard hätte nicht aus eigener Kraft überleben können. Nicht ein einziges Jahr. Solange ich denken kann, zur Zeit meiner Väter und deren Väter und deren Vorväter hat unser Tal von dem gelebt, was die Menschen in diesem Land ihm gegeben haben, und als Gegenleistung haben sie nichts gewollt als ein wenig Hoffnung. Jetzt ist der Moment gekommen, in dem wir die Rechnung begleichen müssen, Thor. Hundert Generationen haben in Sicherheit und Wohlstand gelebt. Und jemand muss den Preis dafür bezahlen.«

»Sie haben dich zum Anführer gewählt«, vermutete Thor.

»Niemand hat mich gewählt«, antwortete Bjorn. »Das stand nur zur Debatte. Ich wurde es genau in dem Moment, in dem ich geboren wurde. Diese Bürde haben die Götter mir in die Wiege gelegt, und wer bin ich, sie nicht anzunehmen?«

»Was soll dieser ganze Vortrag?«, fragte Thor.

Das Wort schien Bjorn ein wenig zu verärgern. »Ich wollte nicht nur sicher sein, dass du verstehst, worum es hier geht, Thor. Ich tue nichts von alledem gern, aber ich werde alles tun, was notwendig ist, um das Erbe zu erfüllen, das meine Väter mir hinterlassen haben. Wir werden dieses Land verteidigen und für die Freiheit der Menschen hier kämpfen – und wenn es sein muss, sterben. Ich kann keine Rücksicht nehmen, weder auf dich noch auf mich oder irgendwen.«

Thor fragte sich, ob sich in diesen Worten eine Drohung verbarg, und wenn ja, was Bjorn sich davon versprach.

»Die Menschen in dieser Stadt verlangen dein Blut, Thor«, fuhr Bjorn fort. »Und auch das deiner Frau. Wenn es nach Fargas und vielen anderen hier ginge, dann wärst du bereits tot. Aber ich kann dich retten. Sag uns, was wir wissen wollen, und ich lasse dich gehen.«

Das war sogar ernst gemeint, das spürte Thor. Trotzdem fragte er: »Und woher willst du wissen, dass du mir trauen kannst?«

»Ich halte dich nicht für einen Lügner, Thor«, antwortete der Jarl. »Mir allein würde dein Wort vollauf genügen, aber natürlich hast du recht, und wir müssen vorsichtig sein. Hier mein Angebot: Sag uns alles, was du über die Lichtbringer weißt. Wann Sie kommen, wie viele sie sind, welche Pläne sie haben. Ihr bleibt unsere Gefangenen, bis wir sicher sind, dass du die Wahrheit gesagt hast, danach kannst du gehen. Zusammen mit deiner Familie. Ich bürge für eure Sicherheit.«

»Ich weiß nicht mehr als du.«

»Das glaube ich dir sogar«, sagte Bjorn. »Dann sprich mit Urd. Ich habe es versucht, aber sie weigert sich, mit mir zu reden – oder überhaupt irgendjemandem. Vielleicht gelingt es dir ja, sie zur Vernunft zu bringen, wenn schon nicht um ihret- oder deinetwillen, dann um ihre Kinder zu retten. Sie mag sein, was sie will, aber sie ist immer noch eine Mutter.«

Thor nickte zwar, aber er wusste zugleich, dass es völlig sinnlos war. Urd würde ihre Sache niemals verraten, nicht einmal wenn es um das Leben ihrer Kinder ging.

»Sie wird ihren Glauben nicht verraten«, sagte er trotzdem. »Wenn du das große Blutvergießen tatsächlich vermeiden willst, das du angeblich so fürchtest, dann bring die Menschen von hier fort. Das ist der einzige Rat, den ich dir geben kann.«

»Du glaubst nicht, dass wir sie besiegen können.«

Sollte er überhaupt antworten? Thor erinnerte sich an ihren Zusammenstoß mit den Einherjern, bei dem Bjorn dabei gewesen war. Schon drei der unheimlichen Krieger waren fast mehr gewesen, als sie zu fünft hatten besiegen können, und sowohl Sverig als auch Bjorn selbst waren Meister im Umgang mit ihren Waffen. Ohne seinen Hammer und seine schon fast magische Fähigkeit, die Waffe zu führen, wäre jetzt wohl keiner von ihnen mehr am Leben.

»Du denn?«, fragte er schließlich.

»Nein. Aber so weit muss es nicht kommen.« Bjorns Blick wurde bohrend. »Ich habe einmal geglaubt, wir wären Freunde, Thor. Ich will jetzt nicht an diese Freundschaft appellieren, weil ich weiß, dass es sinnlos wäre. Aber wenn in dir noch ein Rest Menschlichkeit ist, dann beschwöre ich dich, hilf uns!«

»Damit es die Toten nicht unter deinen Männern gibt, sondern auf der anderen Seite?«

»Es muss überhaupt keine Toten geben, Thor«, sagte Bjorn kopfschüttelnd. »Wenn sie hierherkommen und erkennen, dass wir vorbereitet sind und alle ihre Pläne kennen, ziehen sie vielleicht wieder ab. Und wenn nicht – nun ja. Was immer du jetzt auch von mir denkst: Wenn es denn sein muss, dann ist es mir lieber, wenn ihre Krieger sterben statt unsere. Du kennst diese Männer! Du weißt, wie sie kämpfen, wie sie denken und warum sie tun, was sie tun. Du kannst uns zeigen, wie man sie besiegt! Hilf uns, und ich helfe dir. Das Leben deiner Frau und deiner Kinder zu retten. Und auch dein eigenes. Wenn erst einmal alles vorbei ist, dann wird hier ein gewaltiges Durcheinander herrschen. Vielleicht gelingt euch in diesem Chaos ja die Flucht. So etwas kommt vor.«

»Das wird Fargas nicht gefallen«, sagte Thor.

»Fargas ist ein Dummkopf«, antwortete Bjorn. »Das war er schon immer, und jeder hier weiß das. Sigislind war der wahre Jarl von Oesengard. Sie war es nur nicht wirklich, weil eine Frau als Jarl …« Er hob die Schultern. »… undenkbar ist. Aber nun ist Sigislind tot, und Fargas wird genau das tun, was ich ihm sage.«

»Und du vertraust mir?«, fragte Thor.

»Wie es aussieht, bleibt mir wohl kaum etwas anderes übrig«, erwiderte Bjorn. »Also? Wie ist deine Antwort?«

»Ich habe dir alles gesagt, was ich weiß«, antwortete Thor. »Aber ich werde mit Urd reden, wenn du das möchtest.«

»Dann lasse ich dich zu ihr bringen«, sagte Bjorn.

Die Zelle lag auf demselben Gang wie die, in der er selbst gefangen gehalten worden war, hatte aber immerhin ein Minimum an Einrichtung – Bett, Tisch und einen einzelnen Stuhl –, und Urd war zwar gefesselt, aber nicht annähernd so entwürdigend wie er. Eine fast zierlich anmutende Kette verband einen schmalen Metallring mit der Wand unter dem Fenster, aber sie war lang genug, um ihr Bewegungsfreiheit nahezu im gesamten Raum zu gewähren.

Urd saß mit angezogenen Beinen auf dem Bett und sah nur kurz und beinahe desinteressiert auf, als er hereinkam – was ihn nicht weiter überraschte –, aber daran änderte sich auch nichts, nachdem seine beiden Begleiter wieder hinausgegangen und sie allein waren.

»Sie haben dich also am Leben gelassen«, sagte sie schließlich, halblaut und ohne auch nur in seine Richtung zu sehen. »Immerhin.«

»Ohne Gewähr«, antwortete Thor.

Urd sah ihn nun doch an. Sie schwieg, und ihr Gesicht war so ausdruckslos und starr, dass es schon fast unheimlich war.

»Aber wenigstens scheinen sie dich gut behandelt zu haben.« Er lächelte knapp und sah sich dabei demonstrativ in der kleinen Kammer um.

Urd musterte kurz die Verbände an seinem Arm und Oberschenkel, dann etwas länger und noch immer mit vollkommen unbewegtem Gesicht die roten Male, die die eisernen Fesseln auf seinen Hand- und Fußgelenken hinterlassen hatten.

»Wozu bist du gekommen?«, fragte sie ruhig. »Schickt dich Bjorn, um mir ins Gewissen zu reden?«

»So ungefähr«, antwortete er unbehaglich. Bjorn hatte also auch schon versucht, mit ihr zu reden ... was er sich ja eigentlich hätte denken können.

»Und ich nehme an, du wirst mir jetzt sagen, dass du über das nachgedacht hast, was er dir erzählt hat, und zu dem Schluss gekommen bist, dass er recht hat«, vermutete sie.

»Und was, wenn er wirklich recht hätte?«

Urd machte sich nicht einmal die Mühe, darauf zu antworten. Sie beherrschte sich meisterlich, aber er kannte sie gut genug, um zu wissen, wie es wirklich in ihr aussah. Sie war genauso lange hier gefangen wie er, und auch wenn er sicher war, dass man sie nicht körperlich misshandelt hatte, hatte man sie gewiss verhört und auf andere Art unter Druck gesetzt.

»Wie geht es dir?«, fragte er unbeholfen. »Sie haben dir doch nichts getan, oder?«

»Nichts, was andere zuvor nicht schon schlimmer getan hätten«, antwortete sie. »Also, was sollst du mir sagen?«

»Bjorn hat mich tatsächlich geschickt«, sagte er. »Er hat einen Vorschlag für dich. Für uns.«

»Du kommst direkt zur Sache«, sagte Urd. »Das ist gut. Aber ich kenne sein Angebot, danke. Er hat es mir auch schon gemacht. Mehrmals, um genau zu sein. Und sein guter Freund Sverig hat sein Mögliches getan, mich davon zu überzeugen, dass ich es besser annehmen sollte.«

»Er hat nicht etwa –?«

»Nein«, unterbrach ihn Urd. »So tief sinkt nicht einmal er … jedenfalls noch nicht. Vielleicht weiß er auch einfach nur, wie sinnlos es wäre.«

»Ich rede nicht von Sverig«, sagte Thor. »Bjorn. Du kennst ihn, Urd. Er ist ein Mann, der sein Wort hält. Und er hat mir sein Wort gegeben, dich und die Kinder am Leben zu lassen, wenn du ihm alles sagst, was du über den bevorstehenden Angriff weißt.«

»Bjorn ist ein Dummkopf«, sagte Urd. »Er wird der zweite sein, der brennt. Gleich nach Sverig. Vielleicht auch zusammen mit ihm.«

Thor machte einen Schritt in ihre Richtung und blieb sofort wieder stehen, als sie sich unmerklich versteifte – vielleicht nicht einmal körperlich, aber er konnte beinahe sehen, wie die unsichtbare Mauer zwischen ihnen noch einmal höher wurde. Er hatte nicht erwartet, dass sie ihm überglücklich um den Hals fallen würde, aber da war eine ... Feindseligkeit, die er trotz allem nicht verstand. »Sie werden uns töten, wenn wir ihnen nicht sagen, was sie wissen wollen.«

»Möglicherweise«, antwortete Urd. »Ja, wahrscheinlich. Und?«

»Es scheint dir nicht viel auszumachen.«

»Alles kommt genau so, wie die Götter es für uns vorausbestimmt haben«, erwiderte sie spöttisch. »Das solltest du doch wissen.«

»Auch für deine Kinder?«

Urd antwortete auch darauf nicht sofort, aber nun hatte sie sich nicht mehr ganz so vollkommen unter Kontrolle wie bisher. »Du sorgst dich um deine Tochter?« Der Blick in ihren Augen ... änderte sich. Er war jetzt härter, angespannter, vielleicht hatte er auch etwas Lauerndes, das schwer zu deuten war. »Ich nehme an, das ist auch der Grund, aus dem du sie mir wegnehmen wolltest.«

Das also war es? »Ich wollte dir Lifthrasil nicht wegnehmen«, sagte er ruhig. »Ich habe dir gesagt, dass ich gehe. Du hättest mitgehen können. Was hast du erwartet? Ich liebe meine Tochter. Vielleicht mehr, als gut ist, aber ich liebe sie.«

Wenn Urd begriff, was er damit sagen wollte, dann überspielte sie es meisterlich. »Du hast wirklich geglaubt, es wäre so einfach? Das kann ich nicht glauben. Wenn es so war, dann wärst du dumm. Und das bist du nicht. Vieles vielleicht, aber nicht dumm.«

Offensichtlich wollte sie ihn verletzen, aber das ließ er nicht zu. »Was ist geschehen? Hat Gundri euch verraten, nachdem sie sie gefangen genommen haben?«

»Gundri?« Aus irgendeinem Grund wirkte Urd überrascht, dass er diese Frage überhaupt stellte. Dann schüttelte sie den Kopf; die erste wirkliche Bewegung überhaupt, seit er hereingekommen war. »Sie haben uns im gleichen Moment festgenommen, in dem die Falle am Hafen zugeschnappt ist. Ein Dutzend Männer. Fargas hat sie angeführt, und er wusste anscheinend genau, wo er uns finden würde. Wir wurden verraten … aber es war nicht Gundri.«

»Wer dann?«

Urds Blick wurde noch durchdringender und noch einmal kälter. »Am Anfang haben sie uns in einem Raum eingesperrt, weißt du, Lif, Elenia und mich. Sie hatte diese kindische Maske auf, die Lif für sie gemacht hat, aber einer von Fargas Männern hat sie ihr heruntergerissen. Ich habe sie gesehen, Thor. Ihr Gesicht, meine ich.«

»Oh«, murmelte Thor.

»Eine etwas fantasievollere Antwort hätte ich mir schon erhofft«, sagte sie.

»Es … ist nicht so, wie du jetzt wahrscheinlich denkst«, sagte er stockend. »Ich –«

»Ich glaube, es ist ganz genau so, wie ich denke«, fuhr sie fort. »Oh, ich weiß, dass es nicht deine Schuld war. Wenn überhaupt jemandem, dann muss ich mir selbst wohl die Schuld geben. Schließlich habe ich ihr gezeigt, wie man gewisse Elixiere braut. Mir war nicht klar, was für eine ausgezeichnete Schülerin meine Tochter ist. Gott oder Sterblicher, letzten Endes bist du auch nur ein Mann.« Sie schüttelte noch einmal den Kopf. »Aber du hättest es mir sagen müssen, Thor. Dann hätte sie es vielleicht nicht getan.«

»Was?«, fragte Thor verständnislos. »Wer hätte was nicht getan, Urd?«

»Elenia«, antwortete Urd. »Vielleicht hätte sie uns dann nicht verraten.«

»Elenia?«, wiederholte er. »Das … kann nicht sein. Wie kommst du auf diese Idee?«

»Bjorn hat es mir gesagt«, antwortete sie. »Und du hast es selbst gesagt: Er ist vielleicht unser Feind, aber er ist auch ein Mann von Ehre. Er würde nicht lügen.«

»In diesem Fall dann eben doch!«, beharrte Thor. »Warum sollte sie –?«

»Und außerdem hat sie es zugegeben«, fügte Urd hinzu.

Thor starrte sie an. Das war nicht möglich. Das war einfach ... grotesk. Es ergab nicht den geringsten Sinn.

»Das glaube ich nicht«, beharrte er. »Warum sollte sie so etwas tun?«

Urd schürzte die Lippen. »Das fragst du wirklich? Sie ist ein Kind, Thor. Ein junges Mädchen, das sich in einen Gott verliebt hat. Das passiert vielen Mädchen in diesem Alter. Ihr Pech war vielleicht, dass sie sich in einen echten Gott verliebt hat und noch dazu von ihm zurückgewiesen wurde. Was erwartest du?«

»Du bist ihre Mutter!«

»Und damit ihre größte Konkurrentin«, sagte Urd. »Was auch nicht so ungewöhnlich ist, jedenfalls nicht in einem gewissen Alter ... Du kennst dich nicht besonders gut mit Kindern aus, scheint mir.«

»Nein« antwortete er. »Nicht mehr.«

»Nicht ...?« Urds Stirn umwölkte sich. »Ja, ich verstehe. Es tut mir leid. Das hatte ich vergessen. Aber es ändert nichts daran, dass es meine eigene Tochter war, die uns verraten hat.« Sie deutete ein resignierendes Schulterzucken an, machte eine Bewegung, wie um von ihrem Bett aufzustehen, und ließ sich dann wieder zurücksinken. »Ich weiß nicht, warum. Ich habe sie gefragt, aber sie hat mir nicht geantwortet. Vielleicht hat sie gehofft, dass sie dich ganz für sich allein hat, wenn ich nicht mehr da bin. Oder sie war einfach nur wütend, als sie begriffen hat, dass du weg willst, und sie nicht mitnehmen wolltest ... oder wolltest du das?«

»Nur wenn du und Lif ebenfalls mitgekommen wärt.«

»Und das hast du ihr gesagt?«

Thor nickte.

Urd seufzte noch einmal und noch tiefer. »Ja, etwas Falscheres hättest du ihr kaum sagen können.«

»Sie muss uns belauscht haben«, sagte Thor. »Gundri und mich, meine ich.«

»Als du deiner kleinen Freundin aufgetragen hast, Lifthrasil zum Hafen zu bringen«, vermutete Urd. Das Lächeln, das nun über ihre Lippen huschte, war nichts anderes als verächtlich. »Mir scheint, du musst wirklich noch viel lernen, Thor.«

»Und was, zum Beispiel?«

»Unterschätze niemals eine Frau, die liebt«, antwortete Urd. »Ganz egal, wie alt sie ist. Oder wie jung.« Sie lachte. »Ich hoffe, du verzeihst es mir, aber ... irgendwie finde ich den Gedanken trotz allem beinahe beruhigend, dass selbst die Pläne der Götter durcheinandergeraten, wenn ein verliebtes kleines Mädchen es will.«

Sie erlaubten ihm weder, mit Lif zu sprechen, noch, Elenia zu sehen, doch kurz nachdem die Sonne untergegangen war, ging die Tür seiner Zelle auf, und Gundri kam herein.

Thor bemerkte es im ersten Moment nicht einmal richtig. Da sein Gefängnis nur ein schmales Fenster hatte, das eher die Bezeichnung Schießscharte verdient hätte, war es hier drinnen schon vor einer ganzen Weile dunkel geworden, sodass er geblendet die Augen schloss, als die Tür aufging und roter Fackelschein hereinfiel. Hätten die Ketten an seinen Armen es nicht verhindert, dann hätte er wohl auch die Hand gehoben, um seine Augen vor dem vermeintlich grellen Schein zu schützen.

»Zeig ihm das Balg!«, polterte eine grobe Stimme. »Aber komme ihm nicht zu nahe! Und sprich so laut, dass ich dich verstehen kann!«

Thor zwang sich, in das unangenehme Licht hineinzublinzeln und gewahrte eine schmale Gestalt, die sich ihm mit zögernden Schritten näherte. Eine zweite, deutlich massigere Gestalt erschien hinter ihr in der Türöffnung und schirmte den Großteil des Lichts gleich wieder ab. Dennoch gewahrte er das matte Schimmern von Metall und hörte ein gedämpftes Klirren; erst dann erkannte er tatsächlich Gundri, auch wenn er selbst nicht genau sagen konnte woran, denn sie blieb ein flacher Schatten ohne Gesicht.

»Gundri?«, murmelte er überrascht.

»Sie haben mir erlaubt, Euch zu sehen, Herr«, antwortete sie mit bebender Stimme. »Und Euch Eure Tochter zu zeigen. Die Hohepriesterin meint, Ihr wolltet sie vielleicht sehen, und Bjorn hatte nichts dagegen.«

»Das reicht«, sagte der Wächter. »Näher brauchst du nicht heran!«

Gundri blieb gehorsam stehen, und erst in diesem Moment bemerkte er das helle Bündel, das sie auf den Amen trug. Lifthrasil schien zu schlafen, denn sie gab auch keinen Laut von sich, als Gundri in zwei oder drei Schritten Abstand auf die Knie sank und sich dann so drehte, dass Thor in dem roten Licht, das von draußen hereinfiel, ihr Gesicht erkennen konnte. Er hatte sich getäuscht. Lifthrasil schlief nicht, sondern war wach und sah ihn aus ihren dunklen Augen so aufmerksam an, als erkenne sie ihn nicht nur, sondern wisse auch ganz genau, wer er war und dass ihr von ihm keine Gefahr drohte. Natürlich war das unmöglich. Ein Säugling von wenigen Tagen konnte ganz gewiss nicht wissen, wer er war, aber es war trotzdem ein beruhigender Gedanke. Und ganz egal, was ihm sein Verstand und seine Logik auch sagten, da war etwas in Lifthrasils Augen, das ihn wie eine sanfte Hand berührte.

Und dennoch …

»Herr?«, fragte Gundri.

Thor riss seinen Blick mit einiger Mühe von Lifthrasil los und sah Gundri an. Ihr Gesicht war schmaler geworden, und alles deutete darauf hin, dass sie den größten Teil der zurückliegenden Tage mit Weinen verbracht hatte. Außerdem war ihre linke Wange angeschwollen und das Auge blutunterlaufen. Jähe Wut flammte in ihm auf.

»Sverig!«, zischte er. »Dieser verdammte –«

»Es war nicht Sverig, Herr«, unterbrach ihn Gundri. »Er hat mich nicht angerührt. Sie haben mich befragt, aber keiner der Männer hat die Hand gegen mich erhoben.«

»Wer war es dann?«

Gundri zögerte. Sie wollte nicht antworten, das spürte er.

»Wer, Gundri?«

»Mein Vater, Herr«, murmelte das Mädchen. »Er war sehr zornig, als er erfahren hat, dass meine Mutter und ich zu den Anhängern des wahren Glaubens gehören.«

»Und da hat er dich geschlagen?«, vergewisserte sich Thor. Verdammter Säufer!

»Meine Mutter und mich«, antwortete Gundri. »Mich nicht so schlimm, aber meine Mutter hat er übel verprügelt. Es geht ihr jetzt wieder besser, aber am ersten Tag war ich nicht sicher, ob ...«

Sie sprach nicht weiter, aber Thor wusste auch so, was sie sagen wollte. Er hatte sie nicht schlimm geschlagen? Ihr Gesicht war so angeschwollen, dass sie selbst nach drei Tagen noch Mühe hatte, deutlich zu sprechen. Was er ihrer Mutter angetan hatte, wagte sich Thor nicht einmal vorzustellen.

»Das tut mir leid«, sagte er. »Ich wollte nicht, dass dir etwas zustößt.«

»Das macht nichts. Der Schmerz vergeht, und die Belohnung ist uns gewiss.« Sie zwang sich zu einem Lächeln. »Und die Hohepriesterin hat mir verziehen.«

»Da gibt es nichts zu verzeihen«, sagte Thor. »Du hast nur getan, was ich dir befohlen habe.«

Dazu sagte Gundri nichts mehr, aber sie tat es auf eine Art, die Thor begreifen ließ, dass das Gespräch zwischen Gundri und ihrer Herrin vielleicht nicht ganz so glatt verlaufen war, wie sie ihn glauben machen wollte.

Lifthrasil gab ein Geräusch von sich, wie um sich zu beschweren, dass sie nicht seine volle Aufmerksamkeit hatte, und Thor sah wieder in ihr Gesicht hinab. Sofort war sie still, und auch er spürte wieder jenes Gefühl von Zufriedenheit und Zärtlichkeit, das ihn stets in Lifthrasils Nähe überkam. Fast ohne sein Zutun streckte er die Arme aus, um nach seiner Tochter zu greifen, bis die Kette der Bewegung ein abruptes Ende bereitete, und er konnte gerade noch den Impuls unterdrücken, einfach die Muskeln anzuspannen und sie zu zerreißen.

Vielleicht war das der Moment, in dem er endgültig begriff, dass sich etwas verändert hatte. Noch vor wenigen Tagen hätte er diesem Wunsch weder widerstehen können noch wollen.

Bestürzt sah er Lifthrasil an, und sie erwiderte seinen Blick auch jetzt wieder ruhig und auf eine Art, die für ein so kleines Kind unangemessen schien, als hätte sie seine Gedanken gelesen und wollte ihm recht geben.

»Herr?«, fragte Gundri noch einmal. Offensichtlich zeichneten sich seine Gefühle deutlich auf seinem Gesicht ab. Aber er sah nur weiter Lifthrasil an. Er liebte seine Tochter noch immer über alles, und schon ihre bloße Nähe verschaffte ihm ein Gefühl des Wohlbefindens, das er gar zu lange vermisst hatte. Und doch war es anders geworden als noch vor wenigen Tagen. Es hatte eine Zeit gegeben, da hatte er tatsächlich an nichts anderes denken können als sie, ja, es war gewesen, als könne er nur in ihrer unmittelbaren Nähe überhaupt existieren.

Er musste an das denken, was Elenia behauptet hatte, und ein eisiger Schauer lief ihm über den Rücken. Was, wenn sie die Wahrheit gesagt hatte?

»Das reicht jetzt«, sagte der Mann an der Tür. »Du solltest ihm sein Balg zeigen, und jetzt hat er es gesehen. Komm!«

Der Zorn, der ihn nun erfüllte, war so übermächtig, dass er

ihn nur noch mit letzter Kraft niederkämpfen konnte. Er nickte Gundri nur abgehackt zu, zu tun, was der Mann ihr befahl, und sie stand gehorsam auf. Dann aber ließ sie sich noch einmal in die Hocke sinken und beugte sich sogar vor, um ihm das Kind hinzuhalten.

»He!«, protestierte der Wächter.

»Heute Nacht«, flüsterte Gundri. »In drei Stunden! Haltet Euch bereit!«

»Was tust du da, verdammt?«, polterte der Wächter. »Du sollst ihm nicht nahe kommen, habe ich gesagt!«

Mit einem einzigen Schritt war er bei ihr, riss sie brutal am Arm in die Höhe und versetzte ihr einen Stoß, der sie gegen die Wand neben der Tür stolpern ließ. Thor hielt den Atem an, und erst sehr viel später sollte er sich fragen, ob der Krieger eigentlich gewusst hatte, in welcher Gefahr er sich befand. Hätte Gundri Lifthrasil fallen gelassen, dann hätte er seine Ketten zerrissen und den Mann getötet. Aber Gundri hielt das Kind fest, und die Kleine gab nicht einmal einen Laut von sich.

»Das ist jetzt genug!«, fauchte der Mann. »Raus hier!«

»Aber ich wollte ihm doch nur seine Tochter –«, begann Gundri, und der Krieger trat wütend auf sie zu und hob die Hand.

»Wenn du jemanden schlagen willst, warum versuchst du es nicht bei mir?«, sagte Thor ruhig.

Der Mann fuhr tatsächlich herum, und in seinen Augen blitzte es so hasserfüllt auf, dass Thor überzeugt war, er würde ganz genau das tun und seinen Zorn nun an ihm auslassen … allerdings nur so lange, bis sich ihre Blicke begegneten.

»Nein«, sagte er verächtlich. »An dir mache ich mir die Finger nicht schmutzig.«

»Du schlägst lieber Frauen«, vermutete Thor.

»Nein«, sagte der Krieger noch einmal. »Aber ich werde die Fackel halten, wenn sie dich verbrennen, Gott des Donners. Fühl dich nicht zu sicher.«

Er schien darauf zu warten, dass Thor noch einmal antwortete, zog dann eine verächtliche Grimasse und konnte der Versuchung nicht widerstehen, dicht vor seinen Füßen auszuspucken, bevor er sich abwandte und Gundri grob bei den Schultern ergriff, um sie hinauszuschieben.

23. Kapitel

Als hätte es genügt, sich seines Ziels zu erinnern, kehrte sein Zeitgefühl zurück, kaum dass der Wächter ihn allein gelassen und die Tür wieder sorgsam hinter sich verschlossen hatte. So fiel es ihm nicht schwer, das genaue Verstreichen der Frist zu messen, von der Gundri gesprochen hatte.

Natürlich war es dennoch nur ein ungefährer Anhaltspunkt, denn was immer das Mädchen vorhatte, hing von so vielen Unwägbarkeiten ab, dass er unmöglich erwarten konnte, sie auf den Augenblick pünktlich in seinem Gefängnis auftauchen zu sehen ... falls es überhaupt das war, was sie mit ihrer hastig geflüsterten Bemerkung gemeint hatte.

Er wurde in zunehmendem Maße nervöser, je mehr Zeit verstrich. Die drei Stunden waren längst vorbei, und nicht nur über die Stadt jenseits des schmalen Fensters, sondern auch über das gesamte Gebäude hatte sich jene Stille gesenkt, wie sie nur in der dunkelsten Stunde der Nacht anzutreffen ist.

Thor war gerade zu dem Entschluss gekommen, noch eine halbe Stunde zu warten und dann ... irgendetwas eben ... zu tun, als er ein Scharren an der Tür hörte und dann das Geräusch, mit dem der Riegel zurückgeschoben wurde. Eine Gestalt betrat seine Zelle auf die verstohlene Art eines Menschen, der sich an einem verbotenen Ort aufhält. Statt der erwarteten Fackel oder Laterne trug sie nur eine Kerze in der Hand, deren Flamme sie noch dazu mit der anderen abschirmte, sodass er kaum mehr als einen mit blassroten Linien gezogenen Umriss sah. Aber er spürte trotzdem, dass es nicht Gundri war.

»Seid Ihr wach?«, flüsterte eine Stimme.

»Nein«, antwortete Thor. »Aber ich werde es gleich sein, wenn du weiter so rumpolterst. Was ist das für ein Gasthaus, in dem man nicht einmal eine einzige Nacht in Ruhe durchschlafen kann?«

Er bekam genau die Antwort, mit der er gerechnet hatte, nämlich keine. Die Gestalt schob die Tür sorgsam hinter sich zu, ließ sich dann neben ihm in die Hocke sinken und stellte die Kerze mit vorsichtigen Bewegungen auf den Boden, wobei er darauf achtete, das überall herumliegende Stroh nicht in Brand zu setzen. Im gelben Schein der winzigen Flamme konnte er das Gesicht eines jungen Mannes erkennen, das ihm vage bekannt vorkam, ohne dass er es einordnen konnte.

»Wer bist du?«, fragte er.

Der Fremde griff unter den Mantel und zog dasselbe sonderbare Werkzeug hervor, mit dem einer seiner Wächter am Morgen schon seine Fesseln geöffnet hatte. »Mein Name ist Sarven, Herr. Haltet still!«

Thor geduldete sich gehorsam, bis sich seine Hand- und Fußfesseln mit einem vierfachen hellen Klicken geöffnet hatten, setzte sich dann vorsichtig auf und bewegte ebenso vorsichtig Hände und Füße, damit das Leben prickelnd wieder in seine Gliedmaßen zurückkehrte.

»Wer schickt dich?«, fragte er.

»Die Hohepriesterin, Herr«, antwortete Sarven. »Sie wartet auf Euch – und Euer Sohn und Eure Töchter ebenfalls. Könnt ihr aufstehen?«

Die Mehrzahl ›Töchter‹ beruhigte ihn.

Er nickte zwar, musste aber trotzdem die Hilfe seines neuen Verbündeten in Anspruch nehmen, um in die Höhe zu kommen. Das Kribbeln in seinen Fingern und Zehen erreichte für einen Moment die Grenzen des Erträglichen und nahm dann wieder ab, aber er wusste auch, dass er sich schon in wenigen

Augenblicken wieder mit der gewohnten Geschmeidigkeit und Kraft würde bewegen können.

»Wohin gehen wir?«

»Gleich, Herr.« Der junge Mann stand auf, huschte zur Tür und kam mit einem länglichen Bündel zurück, das er dort abgelegt hatte. Als Thor es mit ungelenken Fingern auswickelte, kamen die reich verzierten schwarzen Kleider zum Vorschein, die Gundri für ihn angefertigt hatte, zusammen mit seinen Stiefeln und dem silberbeschlagenen Gürtel, zu seiner Enttäuschung allerdings ohne das dazu gehörige Schwert.

Rasch zog er sich an, und Sarven reichte ihm noch einen Mantel von ebenfalls schwarzer Farbe, wenn auch viel einfacherer Machart, den er sich mit einer so schwungvollen Bewegung um die Schultern warf, dass die Kerze umfiel und auf der Stelle erlosch. »Danke. Aber glaubst du wirklich, dass ein solcher Fetzen ein angemessenes Kleidungsstück für mich darstellt?«

Nachdem die Kerzenflamme ausgegangen war, war es fast vollkommen dunkel geworden, sodass er das Gesicht seines Gegenübers nicht mehr erkennen konnte, aber seine Stimme klang beinahe panisch, als er antwortete: »Das tut mir leid, Herr. Ich werde sofort sehen, ob –«

»Schon gut«, unterbrach ihn Thor. Humor schien nicht zu den Dingen zu gehören, die Urd ihren getreuen Jüngern predigte. »Geh voraus.«

Etwas raschelte, dann wurde die Tür wieder geöffnet, aber kein Licht fiel herein. Auch auf dem Gang draußen herrschte absolute Dunkelheit, und es war nach wie vor vollkommen still.

Nach einem halben Dutzend Schritten stolperte er über einen reglosen Körper, ließ sich rasch auf ein Knie hinabsenken und tastete nach dem Hals des Mannes. Erleichtert stellte er fest, dass er noch lebte, griff nach seinem Gürtel und nahm dem

Bewusstlosen das Schwert mitsamt der Scheide ab. Dann setzten sie ihren Weg fort.

Als sie den Ausgang erreichten, bedeutete ihm Sarven, sich still zu verhalten, huschte hinaus und kam nach einem Augenblick zurück, der selbst für Thor mit seinen scharfen Sinnen kaum ausgereicht hätte, um sich einen Überblick zu verschaffen. »Es ist alles ruhig, Herr«, flüsterte er. »Kommt!«

Thor sparte sich auch dazu jeden Kommentar. Immerhin riskierte der Bursche möglicherweise sein Leben für ihn, auf jeden Fall aber sehr viel. Warum sollte er nicht wenigstens das Gefühl mitnehmen, etwas Wichtiges geleistet zu haben?

Während er Sarven über die wie ausgestorben daliegenden Straßen folgte, band er den gestohlenen Waffengurt um und fühlte sich gleich ein wenig sicherer, auch wenn er Mjöllnir zugleich nur umso schmerzlicher vermisste. Der Gedanke, seinen Hammer zurücklassen zu sollen, behagte ihm ganz und gar nicht; und die Vorstellung, ihn womöglich irgendwann einmal in Sverigs Händen wiederzusehen, noch sehr viel weniger.

»Wohin bringst du mich?«, fragte er.

Sein Führer warf ihm zwar einen mahnenden Blick zu, leiser zu sein, deutete aber trotzdem auf ein schmalbrüstiges Haus ganz am Ende der Straße.

»Dort. Die Hohepriesterin erwartet Euch.«

»Und dann?«, fragte Thor.

»Die Hohepriesterin erwartet Euch«, wiederholte Sarven stur. Er wusste es entweder wirklich nicht, oder Urd hatte ihm ganz eindeutige Anweisungen gegeben. Thor vermutete eher Letzteres. Vielleicht war es an der Zeit, dass er die Hohepriesterin auf den ihr zustehenden Platz verwies. Sobald sie hier heraus waren, hieß das.

Das Haus erwies sich als noch schmaler, als es von Weitem den Anschein gehabt hatte, und es war auch nicht ihr wirkliches Ziel. Vielmehr gab es auf seiner Rückseite einen noch winzigeren Anbau mit der Thor schon bekannten Art von Klappe, unter der eine steinerne Treppe in die Tiefe führte. In vollkommener Dunkelheit tasteten sie sich hinab.

Sarven öffnete eine weitere Tür, und endlich gab es wieder einen Hauch von Licht, der sie nach einem weiteren Dutzend Schritten endlich zu Urd führte.

Die Zwillinge und Urd warteten in einer winzigen Kammer. Elenia sprang bei seinem Eintreten hoch und eilte ihm entgegen, als wollte sie ihn umarmen, blieb aber dann mitten im Schritt stehen und senkte beschämt den Blick. Urd selbst schien im ersten Moment nicht einmal Notiz von ihm zu nehmen. Sie wandte sich nur mit einem knappen, aber sehr ehrlich wirkenden Lächeln an den Mann, der ihn hergebracht hatte.

»Hab Dank, Sarven«, sagte sie. »Das hast du gut gemacht. Aber jetzt geh und verhalte dich still, ganz egal, was passiert.«

Der Junge nickte demütig und entfernte sich rückwärtsgehend, und Urds Lächeln erlosch wie abgeschaltet, als sie sich an Thor wandte.

»Du kommst spät. Wir haben keine Zeit. Rasch jetzt.«

Sie wollte sich umwenden, doch Thor griff rasch nach ihrem Handgelenk und hielt sie fest.

»Wo ist Lifthrasil?«

»Gundri wartet mit ihr am Hafen«, antwortete sie. »Keine Sorge. Ich werde so wenig ohne sie gehen wie du.«

»Gehen? Wohin?«

»Wir haben ein Boot«, antwortete Urd, während sie zum zweiten Mal vergeblich versuchte, ihre Hand loszureißen. »Es ist nicht groß, aber es reicht, um von hier wegzukommen. Später sehen wir weiter.«

Es fiel Thor schwer, das zu glauben. Er kannte Urd ein bisschen zu gut, um ihr zu glauben, dass sie so planlos fliehen würde.

»Du willst zu ihnen, nicht wahr? Eurer Flotte.«

»Das würdest du nicht sagen, wenn du das Boot gesehen hättest«, antwortete sie. »Ich bin froh, wenn wir es aus dem Hafen hinausschaffen, ohne zu ertrinken. Kannst du schwimmen?«

»Beim letzten Mal ging es noch ganz gut – allerdings bin ich fast erfroren. So einem Risiko will ich euch nicht aussetzen. Warum stehlen wir uns nicht einfach ein paar Pferde und reiten aus der Stadt?«

»Und Bjorns Männern direkt in die Arme? Eine hervorragende Idee.« Urd machte eine Kopfbewegung auf die Tür hinter ihm. »Diese Gänge führen zum Hafen ... aber nur noch so lange, bis dein Freund Bjorn merkt, dass ihm der eine oder andere Gefangene abhandengekommen ist. Sie wissen von diesen Gängen, und dort werden sie uns zuerst suchen.«

»Warum verstecken wir uns nicht einfach in einem anderen Teil der Katakomben?«, fragte Thor. »Sie sind groß genug, um –«

»– uns wie die Ratten in ihren Löchern zu verkriechen?«, fiel ihm Urd ins Wort. »Und das eine Woche lang, während hundert Männer nach uns suchen? Kaum.«

»Warum nimmst du nicht einfach deinen Hammer und zerschmetterst sie alle?«, fragte Lif.

»Schweig, Lif«, seufzte Urd. »Geh voraus und sieh nach, ob der Weg sicher ist. Wenn dir irgendetwas verdächtig vorkommt, sagst du sofort Bescheid.«

Lif starrte sie trotzig an, doch ein einziger Blick seiner Mutter reichte, und er hatte es mit einem Mal eilig, zu verschwinden. Seine Schwester wollte sich ihm anschließen, doch Urd hielt sie zurück.

»Hilf mir!« Sie deutete auf einen ansehnlichen Stapel sorgsam verschnürter Bündel, die Kleider, Decken und vermutlich auch Lebensmittel enthielten, warf sich selbst eines der größten davon über die Schultern und wartete voller Ungeduld, bis ihre Tochter und Thor sich mit dem Rest beladen hatten. Vielleicht hatte sie ja doch die Wahrheit gesagt, dachte Thor. Jedenfalls schien sie sich auf eine längere Flucht vorzubereiten.

Der erste Teil zumindest dauerte nicht allzu lange. Urd nahm die schon fast heruntergebrannte Fackel von der Wand und eilte voraus, und schon nach wenigen Augenblicken begann Thor ihre Behauptung zu bezweifeln, dass es unmöglich wäre, sich eine Woche lang hier unten zu verstecken. Er hatte schon vorher gewusst, dass diese Tunnel und Säle ein riesiges Labyrinth bildeten, aber sein wahres Ausmaß wurde ihm erst jetzt richtig bewusst. Wie Urd hier die Orientierung behielt, war ihm ein Rätsel.

Schritte wurden laut, dann kam ihnen Lif entgegen. Er war mit leeren Händen losgegangen, nun aber trug er einen Sack auf den Rücken, der so schwer war, dass der Junge unter seinem Gewicht taumelte.

»Es ist alles ... in Ordnung«, sagte er schwer atmend. »Hier! Das ist ... für ... dich.«

Thor nahm den Sack entgegen, stellte fest, dass er tatsächlich so schwer war, wie es den Anschein gehabt hatte, und runzelte überrascht die Stirn, als er hineinsah.

»Mjöllnir?«

»Wir haben noch ein paar Freunde hier in der Stadt. Ich dachte mir, dass du ihn gerne bei dir haben würdest.« Urd wandte sich an Lif. »Ist das Mädchen da?«

»Nein.«

»Dann geh und such nach ihm.«

Lif verschwand, und Thor wandte sich mit einem missbilligenden Stirnrunzeln an seine Mutter. »Hältst du es für richtig, ihn der Gefahr auszusetzen?«

»Lif ist kein kleines Kind mehr«, antwortete Urd kühl. »Er ist genauso alt wie seine Schwester. In diesem Alter mögen es Kinder nicht, noch wie Kinder behandelt zu werden. Und sie können ja auch schon fast alles, was Erwachsene können.«

»Das war jetzt nicht –«, begann Thor, und Urd ging einfach weiter. Elenia schürzte nur geringschätzig die Lippen und folgte ihr, aber sie tat es so, dass Thor nicht einmal sagen konnte, wem diese verächtliche Miene galt.

Der Weg war nun wirklich nicht mehr weit. Nach kaum zwei oder drei Dutzend weiterer Schritte erreichten sie den Ausgang; diesmal keine Treppe, sondern eine schmale Leiter, die nahezu senkrecht nach oben führte. Thor trat zur Seite und stieg als Letzter hinauf, schon weil er der wackeligen Konstruktion nicht traute. Sie knarrte und zitterte auch bedrohlich unter seinem Gewicht, hielt aber stand.

Die Leiter mündete in einem Lagerschuppen, der bis auf eine dünne Schicht Stroh auf dem Boden vollkommen leer war und so dunkel, dass sie allesamt zu Schatten verblassten. Etwas fehlte, und es dauerte auch nur einen kleinen Moment, bis Thor begriff, was: Er hatte auf das rhythmische Geräusch der Wellen gewartet, die gegen die Kaimauer klatschten, und die Mischung aus Salzwassergeruch und Abfall, die so typisch für diesen Hafen war, aber er hörte und roch nichts.

»Die Gänge reichen nicht ganz bis zum Hafen«, sagte Urd, als hätte sie seine Gedanken gelesen. Vielleicht war es ihr beim ersten Mal nicht anders ergangen. »Aber es ist nicht mehr weit. Ein, zwei Straßen. Komm.«

Der Schatten, in den sich Urds Gestalt verwandelt hatte, wollte sich herumdrehen, und wieder hielt Thor sie am Arm zurück; diesmal so fest, dass es ihr wehtun musste. »Wo ist Lifthrasil?«, fragte er misstrauisch.

»Sie ist schon auf dem Boot und wartet auf uns!«, zischte Urd wütend. »Verdammt, was glaubst du? Dass ich all das hier veranstalte, nur um zuzusehen, wie du wieder kehrtmachst? Ich weiß, dass du ohne sie nicht gehst – und stell dir vor, ich auch nicht!«

Zuerst machten ihre Worte Thor eher noch zorniger, aber dann wurde ihm auch klar, dass sie recht hatte und wie albern er sich benahm. Beinahe dankbar für die Dunkelheit, die den verlegenen Ausdruck auf seinem Gesicht verbarg, ließ er sie los und bedeutete ihr mit einer Kopfbewegung, vorauszugehen.

Er erkannte die Straße wieder, auf die sie hinaustraten. Sie waren tatsächlich nur noch eine Abzweigung vom Hafen entfernt. Die Straße lag so still da, dass es ihm schon fast wieder unheimlich vorkam.

Thor verbot sich, weiter darüber nachzudenken. Wenn er erst einmal damit anfing, hinter jedem gewöhnlichen Schatten eine Falle zu vermuten, dann konnten sie genauso gut auch gleich aufgeben.

Anscheinend war er aber nicht der Einzige, dem es so erging. Kaum ein Dutzend Schritte, bevor sie die Abzweigung erreichten, hielt Urd an und hob die linke Hand. Mit der anderen ließ sie ihr Gepäck von der Schulter gleiten und setzte es lautlos zu Boden.

»Was ist?«, flüsterte Thor alarmiert.

Urd hob unschlüssig die Schultern. »Ich will ... mich nur noch einmal umsehen«, gab sie zögernd zurück. »Wartet hier.«

»Lass mich gehen«, sagte Thor.

»Ja, natürlich«, erwiderte Urd spöttisch. »Weil du ja weißt, wo das Boot versteckt ist, und das geheime Zeichen kennst, dass ich mit Gundri ausgemacht habe, nicht wahr? Warte hier. Und pass auf, dass die Kinder keinen Unsinn machen.«

Damit verschwand sie, und Thor blickte ihr ebenso verwirrt nach wie Elenia finster und Lif unübersehbar spöttisch. »Vielleicht täusche ich mich ja«, sagte der Junge. »Aber Mutter wirkt irgendwie so ... gereizt.«

»Mutter ist ...«, begann Elenia mit schriller Stimme.

»Es ist gut, Elenia«, unterbrach sie Thor.

»Ach ja?«, fauchte sie. Elenias Augen blitzten, als sie ein neues Ziel für ihren Ärger ausmachte. »Und du glaubst wirklich, dass sie –«

Thor bedeutete ihr mit einer erschrockenen Geste, leiser zu

sein. Dass sich in den Häusern ringsum nichts rührte, bedeutete nicht, dass sie tatsächlich allein waren. »Ich glaube vor allem, dass jetzt nicht der passende Moment für ein hitziges Gespräch ist.«

Elenia senkte tatsächlich die Stimme, aber das Blitzen in ihren Augen nahm eher noch zu. »Vielleicht ist ja jetzt der letzte Moment«, sagte sie böse. »Hast du dich das schon einmal gefragt?«

»Ich frage mich vor allem, warum du es getan hast«, sagte Thor leise. »Wie konntest du deine eigene Mutter verraten?«

»Meine eigene Mutter?« So wie Elenia die Worte betonte, klangen sie eher wie ein Fluch. »Soll ich dir sagen, was meine eigene Mutter getan hat? Willst du es wissen, Thor?«

Urd kam zurück. Sie rannte. »Eine Falle!«, schrie sie. »Thor! Lauf zu –«

Das war der Moment, in dem die Türen auf beiden Seiten der Straße aufsprangen und mehr als ein Dutzend bewaffneter Gestalten ausspien.

Mjöllnir sprang wie von selbst in seine Hand. Mit der anderen zog er das Schwert und stellte sich schützend vor Elenia und ihren Bruder. Etwas flog an ihm vorbei und prallte klappernd gegen die Wand auf der anderen Straßenseite. Ein zweites, besser gezieltes Wurfgeschoss fegte er mit dem Schwert aus der Luft, ohne genau zu erkennen, was es war. Dann waren die ersten Männer heran, und Thors Schwert bohrte sich krachend durch einen ledernen Brustpanzer und Knochen. Elenia schrie. Mjöllnir sprang aus seiner Hand, zertrümmerte Schädel und Brustpanzer und kam binnen eines einzigen Augenblicks zurück.

»Ein Schwert!«, brüllte Lif. »Thor, gib mir ein Schwert!«

Thor warf einen Blick zu ihm hinüber und sah, wie sich gleich zwei scheinbar riesenhafte Gestalten auf den Jungen stürzten. Mit einem einzigen Schritt war er bei ihm. Mjöllnir zerschmetterte einen der Angreifer, und sein Schwert biss tief genug in die Kehle des zweiten, um ihn nahezu zu enthaupten.

Thor ließ das Schwert dergestalt los, dass Lif es auffangen konnte, wirbelte auf dem Absatz herum und schleuderte einen weiteren Mann mit einem Fußtritt zu Boden, der ihn vermutlich das Leben kostete. Ein einzelner, noch entfernter Donnerschlag rollte über das Meer heran, und er sah aus den Augenwinkeln, wie sich auch Urd gegen mindestens zwei Angreifer verteidigte. Metall blitzte in ihrer Hand.

Aber wo war Elenia?

Wie zur Antwort auf diesen Gedanken hörte er einen spitzen Schrei und gewahrte sie vielleicht ein Dutzend Schritte entfernt verzweifelt und im Zickzack Haken schlagend auf der Flucht vor zwei Männern, die sie mit gezückten Schwertern verfolgten.

Thor streckte einen davon mit Mjöllnir nieder, rannte los, noch bevor der Hammer in seine ausgestreckte Hand zurückgekehrt war und registrierte eine huschende Bewegung über sich, mit der irgendetwas nicht stimmte. Aber das war jetzt gleich. Elenia war in Gefahr, und das war alles, was zählte.

Mit weit ausgreifenden Schritten raste er hinter Elenia und ihrem Verfolger her, stolperte über irgendetwas, das plötzlich da war, wo nichts sein sollte, und kämpfte mit verzweifelt stolpernden Schritten um sein Gleichgewicht. Seine hochgerissene Hand verfehlte Mjöllnir, und der Hammer verschwand in der Dunkelheit, und Thor verlor den Kampf gegen die Schwerkraft und schlug der Länge nach hin. Irgendetwas behinderte ihn, als wären plötzlich tausend unsichtbare Hände, die nach ihm griffen, sodass es ihm nicht einmal gelang, seinen Sturz wie gewohnt abzufangen, geschweige denn, sich instinktiv abzurollen und wieder in die Höhe zu gelangen. Und auch, als er aufspringen wollte, ging es nicht. Er stürzte noch einmal und sogar noch schwerer, sodass er einen halben Atemzug lang benommen liegen blieb, bevor er überhaupt begriff, was geschehen war.

Jemand hatte ein Netz über ihn geworfen.

Der Gedanke erschien ihm so grotesk, dass er beinahe laut aufgelacht hätte.

Ein Netz? Hielten ihn diese Schwachköpfe für einen Fisch?

Statt zu lachen, setzte er sich mit einem Ruck auf und hob die Hände, um das Netz zu zerreißen, und ein brutaler Fußtritt gegen die Schläfe warf ihn zum zweiten Mal zu Boden und ließ ein Feuerwerk greller Farben vor seinen Augen aufflammen. Der Geschmack seines eigenen Blutes war mit einem Mal in seinem Mund, und als er nach Luft schnappen wollte, traf ihn ein zweiter und noch heftigerer Tritt in den Leib, dass ein keuchender Schrei daraus wurde.

Schläge und Tritte prasselten auf ihn herab, und etwas traf ihn so wuchtig am Hinterkopf, dass er für einen Moment das Bewusstsein verlor, kurz darauf aber auch schon von weiteren Schlägen wieder geweckt wurde. Alles drehte sich um ihn. Die Schläge taten nicht einmal mehr wirklich weh, als hätte das, was sie ihm antaten, längst ein viel schlimmeres Stadium erreicht, in dem körperlicher Schmerz nicht mehr zählte, und ein Teil von ihm wollte immer noch beinahe hysterisch loslachen, bei der bloßen Vorstellung, dass er so enden sollte: wie ein gefangener Fisch im Netz zappelnd und von einer Meute wütender Fischer und Bauerntölpel zu Tode geprügelt.

Irgendwie gelang es ihm, noch ein paar Maschen des Netzes zu zerreißen, doch dann traf ihn ein weiterer, harter Schlag an der Schläfe, und er fiel auf den Rücken. Dieses Mal verlor er nicht das Bewusstsein, aber er war wie gelähmt und unfähig, auch nur die Arme vor das Gesicht zu heben, um sich vor den Schlägen zu schützen, die immer noch mit unveränderter Wucht auf ihn herunterprasselten. Er spürte, wie ihm die Sinne schwanden.

»Aufhören! Sofort!«

Im Nachhinein spürte er, dass es nicht das erste Mal war, dass dieselbe Stimme diese Worte schrie. Blut füllte seinen Mund und lief in seine Kehle, und irgendwo in ihm zerbrach etwas.

»Aufhören, habe ich gesagt!«, brüllte die Stimme. Tatsächlich trafen ihn noch zwei oder drei weitere Schläge, aber dann hörte es auf, und für einen kurzen Moment wurde die Versuchung übermächtig, einfach die Augen zu schließen und sich in die warme Umarmung der Bewusstlosigkeit fallen zu lassen

Ein weiterer Tritt traf ihn in die Seite, aber diesmal nicht hart genug, um ihn zu verletzen oder auch nur wehzutun, sondern nur, um ihn aufzuwecken und sich seiner Aufmerksamkeit zu versichern.

»Ich sagte, aufhören«, knurrte dieselbe Stimme noch einmal. »Wollt ihr ihn totschlagen, ihr Dummköpfe? So leicht wollen wir es ihm doch nicht machen, oder?«

Thor blinzelte das Blut weg, das ihm in die Augen gelaufen war, versuchte sich auf die Ellbogen hochzustemmen und brach dann die Bewegung sofort wieder ab, zum Teil durch das Netz behindert, zum allergrößten aber wegen der Schwertspitze, die sich in seine Kehle bohrte. Ein Speer schnitt sich dicht unterhalb seines Herzens durch das Hemd und tief genug in seine Haut, um ein dünnes klebriges Rinnsal über seine Brust laufen zu lassen.

»Wie ich sehe, bist du noch bei Bewusstsein ... aber ich habe auch eigentlich nicht damit gerechnet, dass du so schnell umzubringen bist. Um genau zu sein: Ich habe es gehofft.«

Das Schwert grub sich noch tiefer in seinen Hals, sodass er gezwungen war, den Kopf noch weiter in den Nacken zu legen. Er blinzelte, bis sich die roten Schleier vor seinen Augen weit genug lichteten, um ihn das Gesicht des Mannes erkennen zu lassen, der das Schwert an seine Kehle drückte.

»Fargas.«

»Immerhin scheinst du ein gutes Gedächtnis zu haben«, zischte der Jarl. »Vielleicht sollte ich mich ja geehrt fühlen, dass sich ein leibhaftiger Gott an den Namen eines Sterblichen erinnert, den er nur ein einziges Mal gesehen hat. Oder merkst du dir die Gesichter aller Männer, deren Frauen du umgebracht hast?«

Thor sagte nichts dazu. Wozu auch? Vorsichtig, um sich nicht versehentlich selbst die Kehle aufzuschlitzen und Fargas am Ende noch den Spaß zu verderben, drehte er den Kopf und hielt nach Urd und den Zwillingen Ausschau. Genau wie er es befürchtet hatte, hatten Fargas' Männer Elenia und ihren Bruder überwältigt – immerhin lebten sie noch –, aber Urd war nirgends zu sehen. Vielleicht war sie ja entkommen.

»Nur keine Sorge,«, sagte Fargs. Sein Blick war ihm nicht entgangen. »Deine Hohepriesterin fangen wir auch noch.«

»Lass wenigstens die Kinder gehen«, sagte Thor. »Sie haben nichts damit zu tun.«

»Das hatte meine Frau auch nicht, Herr«, antwortete der Jarl böse. Aber dann nickte er und gab den Männern hinter ihm einen Wink. »Bringt sie weg. Wenn sie zu fliehen versuchen, tötet sie. Aber nur dann.«

»Danke«, sagte Thor.

Fargas trat rasch einen halben Schritt zurück und wedelte auffordernd mit dem Schwert. »Das ist vielleicht der große Unterschied zwischen Menschen und Göttern, Thor. Wir töten niemanden, der unschuldig ist.« Ein weiteres, aufforderndes Wedeln mit dem Schwert. »Die Schuldigen schon.«

Thor wurde grob in die Höhe gezerrt, von jeweils zwei Männern, die einen seiner Arme hielten, und zusätzlich behindert durch das Netz, in das er sich mittlerweile hoffnungslos verstrickt hatte. Trotzdem erwog er einen halben Atemzug lang ernsthaft, Widerstand zu leisten, verwarf den Gedanken aber sofort wieder. Abgesehen von den Männern, die ihn hielten, waren da noch drei weitere, die mit ihren Speeren auf ihn zielten.

»Wenn du mich töten willst, dann tu es«, sagte er, und ein zweiter, dumpfer Donnerschlag rollte über das Meer heran, lauter als der erste und deutlich näher.

»So leicht mache ich es dir nicht«, antwortete Fargas. Seine Augen wurden schmal. »Keine Sorge, du wirst sterben und zu deinen Freunden nach Walhall heimkehren. Aber das willst du doch nicht allein, oder?«

Er machte eine herrische Geste, und Thor wurde grob vorwärtsgestoßen. »Und bringt mir dieses verdammte Weibsstück!«, schrie er, an jemanden hinter ihm gewandt. »Aber lebendig! Krümmt ihr kein Haar!«

Hastige Schritte entfernten sich – Thor glaubte nun auch weiter entfernt aufgeregte Rufe zu hören –, und ein weiterer Donnerschlag rollte über das Meer heran, und noch hinter dem Horizont wetterleuchtete der erste Blitz.

»Mir scheint, deine göttlichen Freunde kommen, um dir zu helfen«, spottete Fargas. »Ich fürchte nur, dieses Mal kommen sie zu spät.«

Thor spürte die Bewegung und spannte sich an, aber der Schlag war trotzdem so hart, dass er ihm nahezu das Bewusstsein raubte. Mehr von den Männern geschleift als aus eigener Kraft stolperte er los, registrierte schattenhafte Bewegungen und Stimmen rings um sich herum und wurde noch ein zweites Mal und womöglich noch härter geschlagen, als er den Fehler beging, den Kopf zu heben und seinen Bewachern damit zu zeigen, dass er schon wieder halbwegs bei Sinnen war. Schließlich wurde er in einen dunklen Hinterhof gezerrt und gegen eine Wand gestoßen. Metall klirrte, und ein doppelter eiserner Ring schloss sich um seine Handgelenke. Die daran befindliche Kette führte zu einem weiteren eisernen Reif im Boden und war so kurz, dass er sich gerade einmal in eine kniende Haltung erheben konnte.

»Ich bitte um Verzeihung, Herr«, sagte Fargas böse. »Normalerweise binden wir die Schweine hier fest, aber ich bin ein wenig in Eile und muss improvisieren.«

Ein weiterer, noch näherer und noch lauterer Donnerschlag ließ den Boden erzittern, und diesmal war der dazugehörige Blitz nahe genug, um als dünne weiße Linie den Himmel zu spalten.

»Du weißt, dass Bjorn dich dafür töten wird«, sagte Thor. Zugleich zerrte er prüfend an der Kette, aber sie war fest genug, um selbst seinen titanischen Kräften zu widerstehen.

»Bjorn?« Fargas schüttelte den Kopf. »Bjorn kann mich nicht mehr töten. Ich bin doch schon längst tot, Thor. Du hast mich umgebracht, im selben Moment, in dem du meiner Frau den Dolch ins Herz gestoßen hast.«

Er verschwand und kam kurz darauf schon wieder zurück, einen bauchigen Krug in beiden Händen haltend, dessen Inhalt er schwungvoll über ihm ausgoss. Thor fuhr erschrocken zusammen, als ihm der durchdringende Ölgeruch in die Nase stieg, und versuchte nach ihm zu treten, aber Fargas wich ihm ohne Mühe aus, leerte den Krug aus sicherer Entfernung vollends über ihm aus und überzeugte sich mit kritischen Blicken davon, dass ihn das dünnflüssige Öl auch wirklich zur Gänze durchtränkt hatte.

»Du hast doch hoffentlich keine Angst vor Feuer?«, erkundigte er sich höhnisch. »Aber nur keine Angst, noch tue ich dir nichts. Wir warten noch auf deine Frau. Ich werde sie vor dir töten, weißt du? Ich will, dass du siehst, wie sie stirbt. Nur für den Fall, dass du tatsächlich ein Gott bist, wie alle behaupten. Vielleicht begreifst du ja dann, wie wir dummen Sterblichen uns fühlen, wenn ein geliebter Mensch stirbt.«

Thor zerrte noch einmal und mit noch mehr Kraft an der Kette, aber sie bewegte sich nicht. Ob er Angst hatte? Natürlich hatte er Angst!

»Versuch es ruhig weiter«, sagte Fargas. Er streckte die Hand aus, und einer seiner Begleiter ließ zwei Feuersteine aneinanderklicken und entzündete eine Fackel, die er ihm reichte.

»Nur für den Fall, dass es dir doch gelingen sollte.« Fargas wedelte fröhlich mit seiner Fackel und wandte sich fast im selben Atemzug und in herrischem Ton wieder an seine Begleiter. »Verdammt, seht nach, wo die anderen bleiben! Ich will dieses elende Weibsstück haben!«

Einer der Männer drehte sich gehorsam um und verschwand in der Dunkelheit. Einen halben Atemzug später kam er zurückgetaumelt, fiel auf die Knie und kippte dann röchelnd auf die Seite. Blut sprudelte aus seiner durchschnittenen Kehle.

»Warum so unfreundlich, Fargas?«, fragte Urd, während sie hinter ihm in den Hof hereintrat und die blutige Dolchklinge an ihrem Gewand abwischte. »Wenn du mit mir sprechen wolltest, dann hättest du es doch nur zu sagen brauchen. Ich wäre doch gekommen.«

Fargas starrte aus aufgerissenen Augen erst sie, dann den Krieger an, der sich zu seinen Füßen krümmte und an seinem eigenen Blut ertrank und dann wieder sie, aber dann fing er sich wieder.

»Packt sie!«, befahl er. »Tötet das Weibsstück! Sofort!«

Unverzüglich zogen zwei seiner verbliebenen vier Begleiter ihre Waffen, traten auf Urd zu und prallten dann mitten in der Bewegung zurück, als sie erkannten, dass sie nicht allein gekommen war. Zwei weitere Gestalten schälten sich hinter ihr aus der Dunkelheit. Beide waren groß, trugen einfache schwarze Mäntel und golden schimmernde Masken unter ihren Kapuzen, die barbarischen Tiergesichtern nachempfunden waren.

»Leg die Fackel weg«, sagte Urd ruhig. »Dann töte ich dich schnell.«

Tatsächlich senkte der Jarl die Fackel; allerdings nur um eine

Winzigkeit und auch nur für einen kleinen Moment. Dann gab er ein abfälliges Geräusch von sich und wiederholte mit der freien Hand seine befehlende Geste.

»Packt sie! Ihr habt doch keine Angst vor ein paar verkleideten Weibern, oder?«

Alles ging sehr schnell und mit einer so gnadenlosen, brutalen Effizienz, als wären auch diese Bewegungen nicht mehr als ein Tanz, den alle Beteiligten so lange und geduldig eingeübt hatten, bis er ganz von selbst ablief. Die Mäntel der beiden vermeintlichen Frauen flogen hoch und zur Seite, und plötzlich blitzten Schwerter in ihren Händen, die zu groß und viel zu kräftig für die von Frauen waren, und das Licht der Fackel brach sich auf sorgsam polierten Brustpanzern aus Metall, in das uralte Runen und Symbole graviert waren. Vielleicht fanden zwei von Fargas' Männern noch die Zeit, zu begreifen, wie schrecklich falsch sie die Situation eingeschätzt hatten, doch die Schwerter der Einherjer fanden bereits zum zweiten Mal ihr Ziel, noch bevor die Körper ihrer enthaupteten Kameraden gänzlich zu Boden gesunken waren.

Fargas ächzte. Seine Augen quollen vor Entsetzen ein Stückweit aus den Höhlen, und er stolperte zurück, bis ihn die Wand in seinem Rücken aufhielt.

»Ihr wolltet mit mir sprechen, Jarl«, sagte Urd, als wäre gar nichts geschehen. »Nun, da bin ich. Also sprecht.«

Fargas starrte sie nur weiter an, und seine Augen wurden noch größer.

»Nein, doch nicht?«, fragte Urd. »Nun, dann eben nicht.«

Und damit stieß sie dem Jarl den noch blutigen Dolch bis ans Heft in die Kehle.

Fargas ächzte und brach in die Knie, und noch im Fallen raffte er das unwiderruflich allerletzte bisschen Kraft zusammen und schleuderte die Fackel in seine Richtung. Urd versuchte sie aufzufangen. Sie war schnell, viel schneller als jemals ein Mensch zuvor, den Thor gesehen hatte. Ihre Hand schien zu einem Schemen zu werden und griff nach der Fackel – und verfehlte sie um Haaresbreite. Vielleicht streifte sie sie sogar, denn das brennende Holz verwandelte sich jäh in ein rotierendes Feuerrad, das sich immer wieder überschlug und Flammen und winzige glühende Funken in alle Richtungen schleudernd auf ihn zuflog, so tödlich und präzise gezielt wie ein magischer Pfeil, der vom Geruch des Lampenöls angezogen wurde, das seine Kleider und sein Haar tränkte.

Einen Lidschlag, bevor ihn die Flamme berühren konnte, stürzte ein schwarzer Schatten vom Himmel, packte das brennende Scheit und trug es mit einem krächzenden Schrei in die Höhe. Flackerndes rotes Licht brach sich auf Gefieder, das wie poliertes schwarzes Eisen glänzte, einem Ehrfurcht gebietendem Schnabel und ebenso klugen wie heimtückischen Augen, und die grausame Hitze begann sofort auch das empfindliche Fleisch des Raben zu versengen. Der Schrei, mit dem er sich weiter in die Höhe schwang und die tödliche Flamme davontrug, war der einer gequälten Kreatur. Trotzdem schlugen seine riesigen Flügel noch einmal, und er ließ die Fackel erst los, als er aus dem Hof heraus und schon fast auf der anderen Seite des Hauses war.

Einer der Einherjer war mit einem Schritt bei ihm, hob sein Schwert und überlegte es sich dann im letzten Moment anders. Statt die Kette zu zerschlagen und möglicherweise einen Funken zu verursachen, der das Öl trotzdem noch in Brand setzen konnte, benutzte er die Klinge als Hebel, um seine Fesseln ohne sichtliche Mühe aufzubrechen. Mit der linken Hand schob er die Waffe wieder in die vergoldete Scheide an seinem Gürtel zurück, mit der anderen zog er Thor mit sanfter Gewalt in die Höhe, ließ ihn dann fast erschrocken wieder los und wich hastig einen Schritt zurück, um sich dann auf das linke Knie hinabsinken zu lassen und gleichzeitig den Kopf zu senken.

»Verzeiht, Herr!«, flüsterte er. »Wir hätten früher kommen sollen.«

Es war, als hielte die Zeit selbst den Atem an. Thor hätte nicht einmal antworten können, wenn er es gewollt hätte. Er stand einfach nur da, unfähig, sich zu rühren, unfähig, auch nur zu denken, und starrte den Einherjer an.

Auch der zweite goldene Krieger sank auf die Knie und sah demütig zu Boden, als Thor ihn ansah, und selbst Urd schien es schwerzufallen, seinem Blick standzuhalten.

Aber es gelang ihr trotzdem.

»Sie waren die ganze Zeit hier?«, fragte er. Er musste an ein anderes, hinter dünnem Gold verborgenes Gesicht denken, das er mit einem einzigen Faustschlag zerschmettert hatte

Urd schüttelte den Kopf. »Erst seit wenigen Stunden. Sie sind die Vorhut. Sie kamen mit dem Boot, das uns von hier wegbringen wird.«

»Und du hast es nicht für nötig gehalten, mir etwas davon zu sagen?«

Urd lächelte sanft. »Wärst du denn geblieben, wenn du das gewusst hättest?«

Es war nicht nötig, darauf zu antworten, aber plötzlich übermannte ihn ein Gefühl von Bitterkeit, das fast die Intensität echten Schmerzes hatte. Er wollte etwas sagen, aber seine Kehle war wie zugeschnürt.

»Bald wirst du alles verstehen, Geliebter«, fuhr sie fort. »Und dann wirst du auch begreifen, dass ich recht hatte.«

Da war so vieles, was er dazu sagen wollte, so vieles, was er ihr entgegenschleudern wollte, und mehr, Schlimmeres. Stattdessen fragte er nur: »Ist Lifthrasil in Sicherheit?«

»Sie ist auf dem Boot«, antwortete Urd. »Sie wartet auf uns. Nichts hat sich geändert.«

Thor deutete auf Fargas, dessen Augen noch im Tod weit aufgerissen waren und ihn voller stummen Vorwurfs anstarrten. »Seine Männer haben Elenia und Lif.«

»Ich weiß«, antwortete Urd. »Wir holen sie, und dann verschwinden wir von hier. Ich habe dir doch gesagt: Nichts hat sich geändert.«

»Ja, das könnten wir«, erwiderte Thor bitter. »Wir könnten ihn fragen, wohin sie sie gebracht haben – wenn du Fargas nicht umgebracht hättest.«

»Das ist nun wirklich kein Problem«, antwortete Urd. Sie deutete nach oben, wo sich ein zweiter nachtschwarzer Schatten mit poliertem Gefieder zu seinem Bruder gesellte. »Sie werden uns den Weg weisen.«

Nun war er also endgültig in einer Welt der Magie und des finsteren Zaubers gestrandet. Er folgte einem Tier, und die beiden Männer, denen er sein Leben verdankte und die sich ohne Zögern auch jetzt noch für ihn opfern würden, gehörten zu denen, die er noch vor einem Augenblick für seine Todfeinde gehalten hatte.

Weder das eine noch das andere spielte noch irgendeine Rolle. Alles, was noch zählte, war, Elenia und Lif zu finden und sie von hier wegzuschaffen, und danach ...

Nun, es war genau so, wie Urd gesagt hatte: Nichts hatte sich geändert. Er würde die Stadt verlassen und an einen Ort gehen, an dem er Frieden fand oder wenigstens Ruhe. Irgendwo musste es ihn geben, und wenn er bis ans Ende der Welt wandern musste, um ihn zu finden.

»Sie sind hier entlanggekommen.« Urd machte eine Kopfbewegung die Straße entlang und fügte noch eine bekräftigende Geste mit beiden Händen hinzu, aber sie sah nicht so zufrieden aus, wie sie es nach dieser Erkenntnis sollte, fand Thor. Eher wirkte sie besorgt.

»Aber?«, fragte er.

Urd setzte zu einer Antwort an, doch dann huschte ein Schatten über ihr Gesicht, und sie beließ es bei einem abgehackten Kopfschütteln. Sie hatte etwas erfahren, was ihr Sorge bereitete, wollte aber nicht darüber reden.

»Nichts. Komm.«

Nebeneinander eilten sie los. Die beiden Einherjer, die wieder zu bloßen Schatten geworden waren, folgten ihnen in wenigen Schritten Abstand, und über ihnen glitten zwei andere Schatten am Himmel entlang, lautlos und nur dann wirklich sichtbar, wenn ihre ausgebreiteten Schwingen die Sterne verdeckten oder an der knochenbleichen Scheibe des Mondes vorbeihuschten. Urd blieb immer wieder stehen, um zu lauschen, und ein- oder zweimal hielten sie auch ganz an und gingen erst dann weiter, nachdem einer der Einherjer vorausgeeilt war und den Weg erkundet hatte.

Vor ihnen lagen nur noch einige wenige Häuser und eine von nur drei Straßen, die aus dieser als harmlose Stadt verkleideten Festung hinausführten. Sie hatten Zeit verloren, dachte er besorgt, zu viel Zeit, und Thors Beunruhigung wuchs mit jedem Moment. Elenia und der Junge konnten längst tot sein.

Dennoch zögerte Urd weiterzugehen, als der Einherjer das nächste Mal zurückkam und sie ein paar Worte mit ihm gewechselt hatte. Der Ausdruck auf ihrem Gesicht war noch besorgter geworden. Thor wollte eine entsprechende Frage stellen, doch sie gebot ihm mit einer raschen Geste, still zu sein, legte lauschend den Kopf auf die Seite – und griff dann plötzlich mit beiden Händen zu, um ihn in einen Schatten zu zerren.

Kaum hatte sie es getan, da wurden Hufschläge hinter ihnen laut, und ein halbes Dutzend Reiter sprengte die Straße herauf. Einen Herzschlag lang war Thor felsenfest davon überzeugt, dass sie sie einfach sehen mussten, denn der Schatten bot keinen wirklichen Schutz, und tatsächlich ritt einer von ihnen so nahe an ihrem improvisierten Versteck vorbei, dass er den scharfen Schweiß des Pferdes riechen konnte. Mondlicht brach sich auf der Schneide der gewaltigen Doppelaxt, die der Mann auf dem Rücken trug, und es war, als rucke Mjöllnir an seinem

Gürtel, wie um dagegen zu protestieren, dass er nicht gezogen und nach dem verhassten Gegner geschleudert wurde.

Der Trupp erreichte das Ende der Straße und hielt dann auf einen Befehl Sverigs hin so abrupt an, dass sich eines der Pferde aufbäumte und um ein Haar seinen Reiter abgeworfen hätte.

»Verteilt euch!«, befahl Sverig. »Gebt acht, dass sie die Stadt nicht verlassen! Und bringt mir den Kopf der Hexe! Ein Goldstück für den, der mir ihre Leiche bringt!«

»Ein interessanter Vorschlag«, flüsterte Urd. »Ich werde ihn daran erinnern, wenn wir uns das nächste Mal begegnen. Mir fällt bestimmt etwas ein, was man mit einem Goldstück anstellen kann.« Sie überlegte. »Vielleicht schmelze ich es und lasse es ihn trinken.«

Thor sagte nichts dazu, aber er dachte noch einmal dasselbe, was Urd vorhin gesagt hatte: Nichts hatte sich geändert – bis auf eine Kleinigkeit vielleicht. Er würde gehen, aber ohne sie. Hatte er diese Frau wirklich jemals geliebt, oder war es wirklich so, wie Elenia behauptet hatte, und er war von Anfang an nur Opfer von bösem Zauber und Ränkespiel geworden?

Die Reiter verteilten sich. Sverig selbst sprengte in Begleitung eines zweiten Mannes einfach geradeaus weiter, um die Stadt zu verlassen. Ein Schatten glitt über ihnen am Himmel dahin und folgte den beiden Reitern. Von dem zweiten Raben war keine Spur zu sehen.

Nach einer Weile war plötzlich einer der beiden goldenen Krieger neben Urd, wie ein Geist, der scheinbar aus dem Nichts aufgetaucht war, und wechselte ein paar halblaute Worte mit ihr. Urd reagierte mit einem genauso knappen wie wortlosen Nicken, woraufhin er auf dieselbe unheimliche Weise wieder verschwand.

»Wie machen sie das?«, fragte Thor. Von dem zweiten Einherjer war nichts zu sehen, aber er konnte seine Nähe spüren.

»Genau so wie du es könntest, wenn du es nur wolltest«, antwortete Urd leise. »Sei still. Sie suchen uns, Thor.«

»Wer?«

»Ich würde sagen, so ziemlich alle«, gab sie flüsternd zurück. »Bjorn lässt jedes Haus in der Stadt durchsuchen. Ich fürchte, sie haben gemerkt, dass wir weg sind.«

»Und Fargas und die anderen gefunden?«

Urd nickte. »Vermutlich. Tut es dir leid um sie? Sie wollten dich verbrennen.«

»Was ist mit Lifthrasil und dem Mädchen?«, fragte er, ohne auf ihre Worte einzugehen.

»Noch hat man sie nicht gefunden, wie es scheint«, antwortete Urd. »Wenn Gundri klug ist, dann hat sie das Boot genommen und ist damit weggefahren. Wir haben für diesen Fall einen Treffpunkt ausgemacht.«

»Und wenn sie Bjorn in die Hände fällt?«

»Er wird ihr nichts tun. Bjorn würde niemals einem Kind etwas zuleide tun. Ich glaube, nicht einmal Sverig würde das.«

Thor überlegte. »Du hast recht«, sagte er dann. »Bjorn würde niemals einem Kind etwas antun. Und den Zwillingen schon gar nicht. Du weißt, dass sie beinahe wie eigene Kinder für ihn sind. Lass uns gehen. Später kommen wir dann zurück und holen sie.«

Urd sah ihn ebenso vorwurfsvoll wie durchdringend an, schien aber wirklich einen Moment lang über seinen Vorschlag nachzudenken. Schließlich antwortete sie mit einer Bewegung, die irgendwo zwischen einem Kopfschütteln und einem Schulterzucken angesiedelt war: »Das ist zu riskant. Wahrscheinlich hast du recht, was Bjorn angeht, aber ich bezweifle, dass das auch auf die Leute von Oesengard zutrifft. Niemand weiß, was sie ihnen antun, wenn sie hören, was ihrem Jarl zugestoßen ist. Außerdem will ich Bjorn kein Druckmittel gegen uns in die Hand geben.« Als sie sah, dass er auffahren wollte, machte sie rasch eine unwillige Handbewegung. »Warte hier. Eines gibt es noch, was ich tun kann. Ich bin nicht sicher, ob es Erfolg hat, aber ...«

Ohne seine Reaktion abzuwarten, drehte sie sich herum und verschwand in den Schatten. Thor blieb zu gleichen Teilen verärgert wie verwirrt zurück. Sein erster Impuls war, ihr nachzueilen, aber dann ging ihm auf, dass er den richtigen Moment längst verpasst hatte und sie wahrscheinlich gar nicht mehr finden würde, so lautlos und geschickt, wie Urd sich zu bewegen vermochte. Also fasste er sich in Geduld. Wenigstens für eine Weile.

Eine sehr kurze Weile, auch wenn sie ihm wie eine schiere Ewigkeit vorkam. Vermutlich war die Erklärung so simpel wie naheliegend. Urd war auf dem Weg hierher in mehr als einem Haus verschwunden, wahrscheinlich um mit einer ihrer Schwestern zu sprechen, die neben ihrem ahnungslosen Ehemann schlief. Was versprach sie sich von dieser weiteren Verzögerung, die sie nur wertvolle Zeit kostete?

Schließlich machte er sich doch auf die Suche, indem er einfach in dieselbe Richtung ging wie sie. Schon nach wenigen Schritten erreichte er eine Abzweigung, blieb unschlüssig stehen und spürte eine Bewegung hinter sich. Ein verirrter Lichtstrahl brach sich verräterisch auf mattem Gold, als er herumfuhr.

»Urd«, sagte er knapp. »Wo ist sie?«

Der goldene Krieger antwortete nicht, aber sein Schweigen war Antwort genug.

»Bring mich zu ihr!«

Das Gesicht des Einherjers blieb hinter Schatten und mattem Gold verborgen, aber Thor konnte seine Unsicherheit spüren.

»Sofort!«

Seine Stimme war nicht einmal wirklich lauter und allenfalls eine Spur schärfer; dennoch fuhr der Krieger wie unter einem

Hieb zusammen und hatte es mit einem Mal sehr eilig, ihn mit einer hastigen Bewegung in die Richtung zurückzuwinken, aus der er gerade gekommen war.

Thor verlor schon nach wenigen Schritten vollends die Orientierung, und es dauerte nicht lange, bis er ernstlich zu argwöhnen begann, dass der Mann ihn absichtlich in die Irre führte. Dann jedoch traten sie in einen weiteren der schmalen Hinterhöfe hinein, wie sie typisch für diese Stadt waren, und das gerade noch rechtzeitig, um Zeugen einer fast schon unheimlichen Szene zu werden:

Urd stand hoch aufgerichtet in der Mitte des Hofes und hatte den rechten Arm ausgestreckt, auf dem sich ein schwarzes Ungeheuer mit Flügeln aus geschliffenem Eisen niedergelassen hatte. Thor konnte sich des unheimlichen Gefühls einfach nicht erwehren, dass das Tier irgendwie ... mit ihr sprach.

Obwohl er sich sehr leise bewegt hatte, musste der Vogel ihn gehört haben, denn noch bevor er den ersten Schritt in den Hof ganz zu Ende getan hatte, breitete der Rabe die Schwingen aus und schwang sich mit einem ärgerlichen Krächzen in die Luft. Auch Urd fuhr herum und sah für den Bruchteil eines Herzschlags eindeutig ertappt aus, dann füllten sich ihre Augen mit schwarzem Zorn, so schnell und rauchig, als hätte jemand schwarze Tinte in klares Wasser gegossen.

»Was soll das?«, fauchte sie. »Ich hatte dir befohlen, auf ihn –«

Thor brachte sie mit einer ärgerlichen Geste zum Schweigen und registrierte erst danach, dass weder ihr Zorn noch die scharfen Worte ihm galten, sondern dem Einherjer. »Es ist nicht seine Schuld. Ich habe ihm befohlen, mich zu dir zu bringen.«

»Das gibt ihm noch lange nicht das Recht –«, begann Urd aufgebracht, riss sich dann zusammen und senkte mit übertriebener Demut den Kopf. »Natürlich, Herr. Verzeiht.«

Das ärgerte Thor noch mehr, aber er beherrschte sich, wandte den Kopf zu dem Krieger um und sagte: »Lass uns allein.«

Der Mann nickte und entfernte sich rückwärtsgehend, und Thors Blick ging wieder zu Urd. »Was geht hier vor?«

»Sie haben sie aus der Stadt gebracht«, sagte Urd. »Gleich nachdem man sie gefangen hat. Sie hatten Pferde.«

»Das habe ich nicht gefragt«, sagte Thor. »Dieser Vogel, was ist mit ihm?«

»Er wird uns zu ihnen bringen!«, fauchte Urd ihn an. »Ich weiß, was Elenia getan hat, aber sie ist immer noch meine Tochter, und ich werde sie suchen!«

Thor wusste genau, wieso sie diesen Ton anschlug. Trotzdem schüttelte er nur den Kopf und wies in den Himmel hinauf. »Was sollte das? Willst du mir erzählen, dass du mit diesem Vogel sprechen kannst?«

»Nicht so, wie du vielleicht glaubst«, antwortete sie. Mittlerweile hatte sie ihre Fassung wiedergefunden, und schon allein ihr Blick und ihre Haltung machten Thor klar, dass der Moment vorbei war, in dem er vielleicht mehr von ihr erfahren hätte als das, was sie ihm zu verraten bereit war. »Es ist sehr anstrengend und ... nicht besonders angenehm. Aber man könnte es so nennen, ja.« Sie atmete hörbar ein und hielt seinem Blick nun wieder ohne die geringste Mühe stand. »Sie haben sie aus der Stadt gebracht, schon vor einer halben Stunde. Nach Norden. Mehr weiß ich noch nicht, aber wir werden sie finden ... wenn Bjorn uns nicht vorher findet, heißt das.«

Thor verstand, was sie ihm damit sagen wollte. »Worauf warten wir dann noch?«

»Sie haben Pferde.« Sie klatschte in die Hände, und der Einherjer tauchte wie aus dem Nichts wieder hinter ihm auf. Thor war nicht einmal ganz sicher, dass es immer noch derselbe war.

»Wir brauchen Pferde«, sagte Urd. »Zwei für uns und zwei für dich und deinen Kameraden. Und Waffen.«

Unverzüglich wollte sich der Mann umwenden, doch Thor hielt ihn mit einer raschen Bewegung noch einmal zurück, trat zu ihm und wechselte ein paar halblaute Worte mit ihm. Einen Moment später verschwand der Einherjer endgültig.

»Was hast du ihm gesagt?«, fragte Urd, als er sich wieder umwandte.

»Nichts«, antwortete Thor. »Du weißt, wohin man sie gebracht hat? Dann geh voraus.«

24. Kapitel

Die beiden schwarzen Riesenvögel tauchten noch zweimal am Himmel auf, während sie der Spur zu Fuß nach Norden folgten – falls es denn die richtige Spur war, dessen sie ganz und gar nicht sicher sein konnten. Mindestens ein Dutzend Spuren führten aus der Stadt heraus Richtung Norden, und das waren nur die, die sie in der Dunkelheit erkennen konnten. Einige davon waren offensichtlich älter, die meisten aber frisch, und eindeutig stammten nicht alle von Sverig und seinem Begleiter.

Urd schlug vor, sich ein Versteck zu suchen und zu warten, bis der Krieger mit den Pferden zu ihnen stieß; ein durchaus vernünftiger Vorschlag, denn sie gewannen rein gar nichts und verbrauchten nur unnötig ihre Kraft, wenn sie durch den Schnee rannten, bis die Einherjer mit den Pferden zu ihnen stießen, statt einfach auf sie zu warten. Aber Vernunft zählte in einem Moment wie diesem nicht, und so stürmten sie einfach weiter, mindestens eine halbe Stunde, wenn nicht länger. Obwohl Thor kaum Rücksicht auf sie nahm, hielt Urd erstaunlich leicht mit ihm Schritt, und als schließlich Hufschläge hinter ihnen laut wurden und sie anhielten, da war er deutlich mehr außer Atem als sie. Trotzdem senkte sich seine Hand auf den Hammergriff, bevor er sich umdrehte, und auch Urd griff nach dem Schwert.

Es waren die beiden goldenen Krieger, die in scharfem Tempo herangesprengt kamen, und ganz wie Urd es ihnen befohlen hatte, brachten sie zwei weitere gesattelte Pferde mit. Urd sagte kein einziges Wort, als sie des Tieres ansichtig wurde, das einer der in Gold gepanzerten Krieger am Zügel hielt, aber zwischen ihren Augenbrauen erschien eine steile Falte. Es war Thors alter Freund, der bissige Schecke.

Noch immer schweigend schwang sie sich auf den Rücken des anderen Pferdes, lenkte es neben einen der Krieger und wechselte ein paar rasche Worte in einer Thor unbekannten Sprache mit ihm. Als sie schließlich an Thors Seite ritt, versuchte sie sich zu beherrschen, aber er sah ihr an, dass sie keine guten Nachrichten bekommen hatte.

»Lass mich raten«, sagte Thor. »Bjorn hat nicht sehr erfreut auf unsere Flucht reagiert.«

Urd seufzte. »Bjorn und seine Männer haben die ganze Stadt unter Kriegsrecht gestellt. Die Hälfte deiner Jüngerinnen –«

»Deiner Schwestern, meinst du.«

»– meiner Schwestern ist gefangen genommen worden, und die Namen der anderen werden sie rasch preisgeben, sobald man erst einmal anfängt, sie zu verhören.«

»Das ist dann das Ende eurer kleinen Revolution?«, vermutete Thor.

Urd sah ihn nachdenklich an. »Es bedeutet nur, dass mehr Menschen sterben werden. Die Flotte ist auf dem Weg, und wenn Bjorn die Stadt verteidigt, dann wird Blut fließen. Sehr viel mehr, als wenn Oesengard schon in unserer Hand wäre.«

Thor wollte nicht darüber reden; nicht jetzt, und schon gar nicht mit ihr. Er hob nur die Schultern.

Plötzlich lächelte Urd. »Wenigstens weiß ich jetzt, was du dem Krieger so Geheimnisvolles aufgetragen hast ... der arme Bursche muss dich für ziemlich verrückt halten.«

»Sind nicht alle Götter ein bisschen verrückt?«

Urd zuckte die Achseln. »So viele kenne ich nicht. Aber du bist ziemlich kindisch. Glaubst du, dass der Klepper den Weg schafft?«

Der Schecke schnaubte protestierend und versuchte prompt

nach ihr zu beißen, aber Urd wich ihm mit einer fast spielerischen Bewegung aus.

»Schnapper?«, fragte Thor. Er tätschelte dem Hengst beruhigend den Hals. »Nur keine Sorge. »Er ist wie sein Reiter, weißt du? Er macht vielleicht nicht viel her, aber er ist zäh.«

»Schnapper?« Urd machte ein nachdenkliches Gesicht. »Wann hast du dir diesen Namen ausgedacht? Gerade jetzt?«

Thor nickte, und Urd lachte zwar noch einmal, wurde aber sofort wieder ernst und deutete nach vorne. »Wir haben genug Zeit verloren. Hoffen wir, dass dein Schnapper nicht nur zäh ist, sondern auch schnell genug.«

Wie sich zeigte, war er es. Selbst nach all der Zeit hinkte der Schecke noch leicht, hielt aber dennoch ohne Probleme mit den anderen Pferden Schritt.

Sie waren etwa eine halbe Stunde geritten, als einer der Raben zurückkam. Diesmal sank er nicht auf Urds Arm herab, um mit ihr zu sprechen, aber was er stattdessen tat, war beinahe noch unheimlicher. Er verlor rasch an Höhe und legte sich mit einem schrillen Krächzen in eine enge Kehre, in der er zugleich auf einen neuen Kurs einschwenkte. Kurz darauf wiederholte er sein Manöver, wie ein Jagdhund, der eine Beute gewittert hatte und seinen Herrn darauf aufmerksam machen wollte. Urd hatte bereits begriffen und ihr Pferd in die neue Richtung gelenkt. Der Rabe schoss noch einmal über sie hinweg, ließ ein abschließendes Krächzen hören und verschmolz dann wieder mit dem Nachthimmel.

Urd warf einen Blick über die Schulter und winkte Thor heran. Thor ließ sein Pferd einen kurzen Sprint einlegen, bis er neben ihr war.

»Da ist jemand«, zischte sie.

Thors Blick suchte die mit Flecken aus schmelzendem mattem Weiß gesprenkelte Dunkelheit vor ihnen ab. »Hat der Rabe dir das gesagt?«

»Nein«, erwiderte Urd todernst. »Er hat es deinem Pferd erzählt. Das hat es meinem Hengst gesagt, und der hat es mir verraten.«

Thor antwortete mit einem schiefen Grinsen, und Urd funkelte ihn noch einen weiteren Augenblick lang zornig an, setzte zu einer heftigen Erwiderung an und brachte ihr Pferd stattdessen mit einem Ruck zum Stehen. Das Tier schnaubte protestierend ob der groben Behandlung, und Thors Schecke machte noch ein paar weitere Schritte und hielt dann ebenfalls an. Seine Ohren stellten sich auf und bewegten sich lauschend hin und her.

Erst dann sah auch Thor die Gestalten, die sich ihnen langsam und in einer weit auseinandergezogenen Kette näherten.

Es waren nicht nur Sverig und sein Begleiter, sondern insgesamt sechs Reiter. Sverig ritt an der Spitze. Sein Gesicht war hinter dem heruntergeklappten Helmvisier nicht zu erkennen, aber er trug die Doppelaxt deutlich sichtbar in der Faust. Thor verspürte Bedauern: Er wollte nicht mit Sverig kämpfen, und schon gar nicht ihn oder einen seiner Männer töten.

Urd wollte nach ihrem Schwert greifen, und obwohl Thor die Bewegung nur aus dem Augenwinkel heraus wahrnahm, hielt er sie mit einer Geste zurück. Urd sah ihn ärgerlich an, gehorchte aber, und Thor spürte, dass auch die beiden Einherjer angehalten hatten und hinter ihnen warteten, gerade weit genug, um im Schatten zu bleiben und das Geheimnis ihrer wahren Identität noch nicht zu lüften.

Auch Sverig bedeutete seinen Begleitern, zurückzubleiben, und kam ihnen das letzte Stück allein entgegen. Als er sein Pferd anhielt, klappte er das Visier hoch, und Thor konnte in seinen Zügen dieselbe Entschlossenheit lesen, die seine ganze Erscheinung ausstrahlte.

»Ich nehme nicht an, dass du mir die Freude verderben und dich kampflos ergeben willst«, begann Sverig.

Thor schüttelte den Kopf, um Sverig nicht allein durch diese Geste zu provozieren. »Ich habe keinen Streit mit dir, Sverig. Lass uns vorbei, und niemandem wird etwas geschehen.«

Sverig verzog das Gesicht zu einem schiefen Grinsen. »Ich habe Befehl, dich und die Hexe zurückzubringen. Lebend, wenn es geht. Wenn es nicht geht …« Er hob die Schultern.

»Wir haben keinen Streit mit dir, Sverig«, beharrte Thor. »Ich nehme an, du weißt, warum wir hier sind.«

»Um die Kinder zu finden, genau wie wir«, sagte Sverig. »Weder Bjorn noch ich haben Verständnis für Feiglinge, die sich an Kindern vergreifen. Gib auf, und du hast mein Wort, dass du sie noch einmal wiedersiehst, bevor wir dich hinrichten.«

Thor seufzte leise, schüttelte enttäuscht den Kopf und legte die flache Hand auf den Hammerstiel an seinem Gürtel. Auch Sverigs Finger schlossen sich fester um den Griff seiner Axt, und eine Welle unruhiger Bewegung lief durch die Reihe der Krieger.

Dann streckte Urd ihm die flache Hand entgegen. »Du schuldest mir ein Goldstück, Sverig.«

Sverig blinzelte, sah sie vollkommen verständnislos an und hob seine Axt um eine Winzigkeit, und auch die Hände seiner Begleiter senkten sich endgültig auf ihre Waffen.

»Du hast demjenigen ein Goldstück versprochen, der mich zu dir bringt«, erinnerte Urd. »Nun, da bin ich, und du bist doch ein Mann, der seine Schulden bezahlt, oder?«

Man konnte Sverig ansehen, wie es hinter seiner Stirn arbeitete. »Ihr habt uns also belauscht. Umso dümmer von euch, hierherzukommen. Liefert uns eure Waffen aus und kommt mit uns. Ich weiß, wozu du fähig bist, Thor, aber wir sind sechs, und ihr seid nur zu zweit.«

»Bist du da ganz sicher?«, fragte Urd. Langsame Hufschläge erklangen, und die beiden Einherjer kamen näher und hielten neben ihnen an, die Köpfe noch gesenkt, sodass ihre goldenen Visiere im Schatten unter den Kapuzen verborgen blieben. Aber allein ihre Größe und die beeindruckende Erscheinung mussten auch Sverig klarmachen, dass er ganz gewiss nicht nur zwei verkleideten Frauen aus Oesengard gegenüberstand.

»Schick sie weg«, sagte er trotzdem. »Ich kämpfe nicht gegen Frauen.«

»Sie auch nicht«, antwortete Urd lächelnd, und obwohl sie sonst nichts sagte und nicht einmal einen Finger rührte, nahmen die beiden Krieger ihre Worte zum Anlass, gleichzeitig die Hände zu heben und ihre Kapuzen zurückzuschlagen, sodass die goldenen Masken sichtbar wurden. Sverig riss die Augen auf, und unter seinen Männern wurde der eine oder andere erschrockene Ruf laut.

Sverig war auch der Erste, der seinen Schrecken überwand und wieder Thor ansah, und nun war in seinen Augen nichts als Verachtung und Hass zu lesen und vielleicht eine Spur von Furcht. »Also doch. Ich hatte recht. Du hast uns von Anfang an belogen.«

»Nein«, antwortete Thor. »Es ist alles viel komplizierter, Sverig. Aber ich kann es dir jetzt nicht erklären. Lass uns vorbei.«

»Wir können sie nicht gehen lassen!« Urd klang beinahe entsetzt. »Thor!«

»Wir haben keinen Streit mit euch, Sverig«, fuhr er unbeirrt fort. »Du weißt, warum wir hier sind! Lass uns vorbei, und du hast mein Wort, dass du mich nie wieder siehst. Sprich mit Bjorn, und richte ihm aus, dass er recht hat. Er wird wissen, was ich meine.«

»Thor!«, keuchte Urd. »Sie werden die anderen alarmieren!«

Thor beachtete sie gar nicht. Sein Blick hielt den Sverigs eisern fest. Es gelang ihm nicht wirklich, in den Augen des Kriegers zu lesen, aber er spürte zumindest, dass Sverigs gerade noch so eiserne Entschlossenheit ins Wanken geriet. Sverig war der Einzige hier, der die Einherjer im Kampf erlebt hatte. Er war auch der einzige Mann, der jemals einen der goldenen Krieger besiegt hatte, aber Thor wusste, wie er sich entschied, noch bevor die Worte über seine Lippen kamen.

»Wir können euch nicht besiegen.«

»Nein«, antwortete Thor. »Und es ist kein Zeichen von Mut, sein Leben in einem sinnlosen Kampf wegzuwerfen.«

»Ihr würdet uns gehen lassen?«, fragte Sverig zögernd. Sein Blick tastete über die goldenen Visiere der beiden Krieger, blieb für einen Moment auf Urd hängen und kehrte dann wieder zu ihm zurück.

Thor nickte. »Ihr werdet uns nie wiedersehen. Nicht, wenn ihr es nicht wollt.«

»Thor!«, keuchte Urd zum dritten Mal. Sie machte Anstalten, ihr Schwert zu ziehen, aber Thor griff blitzschnell zu und hielt ihr Handgelenk mit solcher Kraft fest, dass sie vor Schmerz aufstöhnte.

»Ginge es nur um mein Leben ...«, murmelte Sverig.

»Ich weiß«, antwortete Thor. »Verschwindet.«

Sverig starrte ihn noch einen endlosen Augenblick lang hasserfüllt an, aber dann nickte er und gab seinen Männern ein Zeichen, die Waffen zu senken, und wendete sein Pferd. Bevor er losritt, wandte er sich jedoch noch einmal im Sattel um und sah ihn an. »Sie sind in der alten Festung. Aber ihr solltet euch beeilen. Sie reiten schnell, und ich glaube, das Wetter schlägt bald um.«

Damit verschwand er.

Thor blickte ihm noch lange nach, und er hielt auch Urds Handgelenk genauso lange und mit ebensolcher Kraft wie bisher fest. Erst als er spürte, dass die Reiter sich in sicherer Entfernung befanden und sich auch noch weiter entfernten, ließ er sie los.

»Weißt du eigentlich, was du gerade getan hast?«, fuhr Urd ihn an. Ihre Stimme bebte vor Zorn. Sie massierte ihr gequetschtes Gelenk mit der anderen Hand, und Thor sah, dass sie die Finger kaum bewegen konnte. Er hatte ihr wirklich wehgetan, und sollte er jetzt nicht eigentlich zumindest Bedauern verspüren? »Sie werden schnurstracks nach Oesengard zurückreiten und mit Verstärkung wiederkommen!«

Nicht, wenn Bjorn ihm glaubte, dachte Thor. Und er war sehr sicher, dass er ihnen glauben würde. »Warum wolltest du ihren Tod?«

»Ihren Tod?«, fragte Urd böse. »Seltsam. Ich hatte den Eindruck, sie wollten unseren Tod.«

Thor machte sich nicht einmal mehr die Mühe, darauf zu antworten. »Du hast gehört, was er gesagt hat. Komm.«

Obwohl sie ihre Pferde am Schluss erbarmungslos angetrieben hatten, dämmerte der neue Tag bereits herauf, als sie den schwarzen Turm erreichten, und Sverig sollte auch mit seiner zweiten Vorhersage recht behalten: Die ersten Böen eines heraufziehenden Unwetters schlugen ihnen eisig in die Gesichter, als in der Gräue des Morgens die kantigen Umrisse der verfallenen Festung vor ihnen auftauchten.

Der gnadenlose Ritt hatte auch Thor erschöpft, aber der Anblick weckte noch einmal verborgene Kraftreserven. Der Schecke zitterte vor Erschöpfung, doch Thor griff trotzdem noch einmal fester nach den Zügeln, um ihn zu einem letzten Sprint anzuspornen. Ihm war, als könne er Lifs und Elenias Nähe fast körperlich spüren.

»Warte.« Urd versuchte nach seinem Arm zu greifen, verfehlte ihn aber. Thor sprengte einfach weiter und erwog fast eine halbe Sekunde ganz ernsthaft den Gedanken, es auch dabei zu belassen. Er brauchte keine Hilfe, um die Kinder zu befreien.

Dann jedoch registrierte er Urds fast schon panisches Kopfschütteln und ließ den Schecken stattdessen langsamer laufen und hielt schließlich ganz an.

»Was willst du?«

»Jetzt vor allem keinen Fehler machen«, antwortete sie, so schwer atmend, als wäre sie die gesamte Strecke gerannt und nicht geritten. »Es wird hell. Bis wir dort sind, ist es Tag. Ein einziger Blick aus den Fenstern oder von der Mauer, und sie sehen uns. Sie könnten die Kinder töten.«

Thor gestand sich widerwillig ein, dass sie recht hatte. Die scheinbare Nähe des Turmes resultierte nur aus seiner immensen Größe. Selbst wenn sie noch schneller ritten, wäre es längst hell, bis sie die Turmruine erreicht hätten, und die Landschaft bot in weitem Umkreis nicht die geringste Deckung. Und so, wie er Fargas' Männer einschätzte, traute er ihnen durchaus zu, die beiden Kinder zu töten, wenn ihnen klar wurde, dass sie keine Chance mehr hatten.

»Und was schlägst du vor?«, fragte er widerstrebend.

Statt zu antworten, legte Urd den Kopf in den Nacken und suchte aus angestrengt zusammengepressten Augen den Himmel ab, dessen graues Brodeln sich kaum noch von der sturmgepeitschten Oberfläche des Meeres zur Linken unterschied. Thor war nicht überrascht, einen schwarzen Schemen aus dem Toben der Elemente auftauchen zu sehen, der einen engen Kreis über ihnen zog und dann in Richtung des Turmes verschwand. Aber er sah auch, welche Mühe es dem Tier bereitete, gegen die Windböen anzukämpfen, und der Sturm hatte seine ganze Kraft noch lange nicht entfaltet.

Es dauerte nicht einmal lange, auch wenn es ihm wie eine schiere Ewigkeit vorkam. Der Sturm wurde lauter, und sein Heulen nahm noch einmal an Wut zu. Für kurze Zeit verschwand der Turm in den grauen Nebelschwaden, die der Sturm vor sich hertrieb, bis der Morgen endgültig den Sieg davontrug.

Schließlich kehrte der Rabe zurück, ließ sich aber nicht auf Urds Arm oder Schulter nieder, sondern kämpfte dergestalt über ihnen gegen den Wind an, dass er mit weit ausgebreiteten Schwingen in der Luft zu stehen schien.

Urd legte den Kopf in den Nacken und sah aus starren Augen zu ihm hoch. Ihre Lippen bewegten sich, doch Thor konnte nicht sagen, ob sie Worte formten, die einfach vom Sturm verschlungen wurden, oder nur bebten.

»Urd?«, fragte er.

»Sechs«, flüsterte Urd. »Im Hof sind ... sechs Pferde. Niemand ist ... ist auf ... den Mauern.«

»Woher weißt du das?«, fragte er – was ganz und gar unnötig war. Er kannte die Antwort, aber eigentlich wollte er sie gar nicht wissen. Sie machte ihm Angst.

»Da ist ... noch mehr«, murmelte Urd. Sie schloss die Augen und atmete hörbar ein, und Thor sah, wie die unheimliche Anspannung aus ihrem Gesicht wich.

Thor legte den Kopf in den Nacken und suchte den Himmel ab. Die Wolken waren noch einmal dunkler geworden und hatten den Raben verschlungen.

»Sie sind auf dem Weg hierher«, fuhr Urd, nun mit ruhigerer Stimme, fort. »Bjorn und sehr viele seiner Männer. Vielleicht fünfzig. Und sie reiten sehr schnell.«

Thor zögerte nur ganz kurz und schüttelte dann den Kopf »Das ist ausgeschlossen. So schnell kann Sverig gar nicht –«

»Dann sind sie eben schon eher losgeritten!«, fiel ihm Urd ins Wort. Thor fiel auf, dass sie noch immer ihr Handgelenk hielt, das sich dunkel verfärbt hatte. »Vielleicht hat er ja ein ganz besonderes Interesse daran, uns wieder einzufangen – oder etwas anderes ist passiert. Woher soll ich das wissen? Es wird jedenfalls nicht mehr lange dauern, bis sie hier sind!«

Thor sparte es sich, sie darauf hinzuweisen, dass sie selbst es war, die ihm noch vor wenigen Augenblicken zur Vorsicht geraten hatte. Wenn sie die Wahrheit sagte, dann blieb ihnen dafür jetzt keine Zeit mehr.

Es sei denn, das aufziehende Unwetter hielt Bjorn und seine Männer zurück.

Vielleicht konnte er sich den Sturm ja zu Diensten machen. Er hatte Donner und Blitz schon ein paarmal herbeigerufen, aber es niemals bewusst getan, und eigentlich wusste er gar nicht, wie. Vielleicht reichte es ja schon aus, wenn er es einfach nur wollte?

Diese Vorstellung war so naiv, dass er beinahe darüber gelächelt hätte. Und wahrscheinlich hätte er es sogar, wäre nicht in diesem Moment ein einzelner, dumpfer Donnerschlag über das Meer herangerollt, unmittelbar gefolgt von einem haardünnen weißen Blitz, der die Wolken wie unter einem inneren Feuer aufleuchten ließ. Der Sturm heulte lauter, und es hörte sich plötzlich wie die Stimme eines fernen Wolfsrudels an.

Ein weiterer Donnerschlag, lauter und näher.

Er hatte den Sturm gerufen, und er kam.

Sein Blick begegnete dem Urds. Sorge und Zorn waren aus ihren Augen verschwunden, und sie sah ihn nur sehr ernst an und nickte dann.

Thor sprengte los.

Am Ende wurde es zu einem regelrechten Wettrennen. Die Pferde waren müde, gaben aber trotzdem ihr Bestes, als spürten sie instinktiv, was auf dem Spiel stand. Aber Sturm und Gewitter schienen mit jedem Atemzug an Stärke zuzunehmen und holten rasch auf. Auf den letzten gut hundert Schritten waren sie nahezu blind, und die zyklopische Turmruine wurde einfach zu einem Teil der allumfassenden Finsternis, die sich über die Welt senkte. Vielleicht war es nicht einmal er selbst, der den Weg durch das offen stehende Tor fand, sondern sein Pferd, das die Nähe der schützenden Höhle witterte. Unter den beschlagenen Hufen des Schecken war mit einem Mal kein aufspritzender

Matsch und splitterndes Eis mehr, sondern uralter Stein, und anstelle des Sturmes, der in ihren Ohren brüllte, hörten sie jetzt die verzerrten Echos der Hufschläge, die von den unsichtbaren Wänden ringsum zurückgeworfen wurden.

Thor ritt noch ein paar Schritte weiter, bevor er den Schecken anhalten ließ und von seinem Rücken glitt. Das Tier schnaubte erschöpft, begann vor Schwäche mit den Vorderhufen zu scharren und versuchte die Nüstern an seinem Gesicht zu reiben. Als Thor der Berührung instinktiv auswich, schnaubte Schnapper enttäuscht und zwickte ihn kräftig in den Oberarm. Mit einiger Verzögerung sprengten auch Urd und die beiden Einherjer herein. Ihre Mäntel trieften vor Nässe, und Urds Pferd war so erschöpft, dass es strauchelte, als sie abstieg. Ein dumpfer Donnerschlag rollte durch das offene Tor herein, und das flackernde Licht des nachfolgenden Blitzes ließ ihn die wahre Größe der steinernen Halle erahnen, ohne auch nur die geringsten Details zu enthüllen. Immerhin erkannte er, dass sie allein waren.

»Am besten, wir teilen uns auf«, begann Urd übergangslos. »Dieser Rattenbau ist viel zu groß, um ihn gemeinsam zu durchsuchen. Wir haben nicht viel Zeit.«

Das mochte sein, aber Thor schüttelte nur entschieden den Kopf. »Du bleibst hier und passt auf die Pferde auf.«

»Ich –«

»Und warnst uns, wenn Bjorn und die anderen auftauchen«, fuhr Thor fort und wandte sich an die beiden Krieger. »Du gehst nach links, du nach rechts. Wenn ihr die Männer findet, tötet sie. Und bringt die Kinder zu Urd.«

Er gab auch ihnen keine Gelegenheit zu einer Erwiderung, sondern fuhr bereits herum und stürmte auf die Treppe zu, die von den beiden steinernen Wölfen flankiert wurde. Unterwegs streifte er den Mantel ab, der so nass und schwer geworden war, dass er ihn nur behinderte, schnallte den Waffengurt ab und ließ das Schwert ebenfalls fallen. Wie von selbst schloss sich seine Hand um den Griff des Hammers.

Immer zwei Stufen auf einmal nehmend, rannte er die Treppe hinauf und fand sich auf einer verfallenen Galerie wieder, von der zahlreiche Türen abgingen. Hinter keiner davon brannte Licht, aber ein gutes Stück vor ihm gab es Helligkeit: das schmale, schwarze Rechteck eines Fensters, das im flackernden Weiß der Blitze aufleuchtete.

Thor hielt inne. Blindlings drauflos zu stürmen würde allenfalls dazu führen, sich in diesem Labyrinth aus verlassenen Gängen und leer stehenden Sälen zu verirren. Diese Ruine war groß genug, dass sich eine ganze Armee darin verlieren konnte. Statt planlos herumzuirren, sollte er vielleicht einfach einen Augenblick nachdenken. Dieses Bauwerk war ebenso riesig wie unheimlich, und die Männer waren bei Nacht gekommen. Wenn sie sich nicht wirklich gut hier auskannten, würden sie kaum das Risiko eingehen, sich in diesem Labyrinth zu verirren. Zweifellos hatten sie sich eine Unterkunft nicht weit vom Eingang entfernt gesucht.

Gleichermaßen verärgert über sein eigenes Ungestüm wie zugleich sicher, die Gesuchten relativ schnell zu finden, kehrte er auf die Galerie zurück, blieb aber vor der steinernen Brüstung noch einmal stehen, bevor er die Treppe hinunterging.

Es war nahezu vollkommen dunkel. Immer wieder drang das flackernde Licht der Blitze durch die Tür und die schmalen Fenster herein, aber der beständige Wechsel von absoluter Dunkelheit und umso grellerem Licht machte es eher schwerer, irgendetwas zu erkennen.

Trotzdem sah er, wie groß die Halle war; sie allein war schon deutlich größer als so manche Festung, die er gesehen hatte. Als diese Festung noch bewohnt gewesen war, da musste jeden, der hierherkam, die schiere Verschwendung von Platz schlichtweg überwältigt haben, sodass er sich klein und bedeutungslos vorkam. Gab es einen großartigeren Weg, seine Macht zu demonstrieren? Kaum.

Thor runzelte die Stirn, verwirrt über seine eigenen Gedanken, die möglicherweise diesem Ort angemessen waren, aber ganz bestimmt nicht dem Moment.

Aber … waren es überhaupt seine Gedanken? Da war plötzlich noch mehr. Das Kratzen und Schaben an seiner Seele war wieder da, und obwohl er noch niemals zuvor hier gewesen war, wusste er doch plötzlich, welcher Anblick sich ihm geboten hätte, wäre es nur ein wenig heller gewesen. Und als wäre das allein noch nicht unheimlich genug, hörte er Geräusche: Stimmen und Fetzen von Musik, Lachen und Rufe und den Klang zahlloser gepanzerter Stiefelsohlen auf hartem Stein; vielleicht auch etwas wie den fernen Klang eines Horns, das zu einer Schlacht rief, die niemals endete. Rings um ihn herum begannen die Wände uralte Geschichten zu flüstern, und es war, als zerrissen für einen Moment die Schleier der Zeit, sodass sich Gegenwart und unendlich lange zurückliegende Vergangenheit vermischten.

Es war dieser Turm. Die uralte Magie war hier so stark wie an keinem anderen Ort, an dem er jemals gewesen war. Und es war das, was er getan hatte. Zum allerersten Mal hatte er sich bewusst des unwillkommenen Geschenks bedient, das ihm der betrügerische Gott gemacht hatte. Er hatte den Sturm herbeigerufen, und vielleicht hatte er damit an etwas gerührt, das besser auf ewig unangetastet geblieben wäre.

Etwas klapperte – vielleicht nur der Hufschlag eines Pferdes, das sich dort unten bewegte, vielleicht etwas anderes –, aber was immer es war, es war ein wirkliches Geräusch, das ihm in die Gegenwart zurückhalf. Mit einer bewussten Anstrengung schüttelte er die Gespenster der Vergangenheit ab und eilte nun umso schneller zur Treppe zurück und nach unten.

»Oh nein. So leicht mache ich es dir nicht!« Natürlich

bekam er keine Antwort, und ebenso natürlich hatte Urd nicht getan, was er ihr aufgetragen hatte, und war bei den Pferden geblieben. Er hatte auch nicht wirklich damit gerechnet, sondern gestand sich missmutig ein, dass sie vermutlich klüger gewesen war als er und nachgedacht hatte, statt einfach loszurennen.

Aber wohin?

Thor sah sich unschlüssig um. Zur Linken lag die Tür mit dem Yggdrasil-Rahmen und dahinter der unheimliche Raum, indem er zum ersten Mal dem bösen Geist dieses Ortes begegnet war, und ganz unabhängig davon, dass ihm schon die bloße Vorstellung Unbehagen bereitete, noch einmal dorthin zu gehen, mutmaßte er, dass Urd ganz instinktiv dort mit ihrer Suche beginnen würde. Also war es nur vernünftig, sich in die andere Richtung zu wenden.

Er war nicht überrascht, auch auf der anderen Seite der Wolfstreppe eine Tür mit einem prachtvoll geschmückten Rahmen vorzufinden; der allerdings nicht die Weltenesche darstellte, sondern eine unzählige Male in sich selbst gewundene Schlange, deren weit aufgerissenes Maul jeden Besucher zu verschlingen schien, der kühn – oder dumm – genug war, um hindurchzutreten. Trotz allem verwandte er einen kostbaren Moment darauf, die düstere Kunstfertigkeit dieser Arbeit zu bewundern, und als er weitergehen wollte, sah er einen nassen einzelnen Fußabdruck auf dem Boden. Urd oder einer der Krieger. Vielleicht sollte er auf seine innere Stimme hören und nach einer weiteren Tür suchen, von denen es in dieser gewaltigen Halle gewiss noch mehr gab.

Stattdessen trat er in das weit geöffnete Maul der Midgardschlange hinein und streckte die linke Hand aus, um sich durch die erwartete Dunkelheit zu tasten.

Es war nicht notwendig. Der nächste flackernde Blitz erhellte den Gang nicht nur von hinten, sondern wetterleuchtete auch vor ihm, wie ein glimmendes Nachbild in seinen Augen. Eine weitere Tür und ein Raum mit einem Fenster. Seine Logik sagte ihm, dass er dort nichts finden würde, was Urd oder dem Einherjer entgangen war, aber er ging trotzdem weiter, angelockt von einem lautlosen Flüstern tief in seiner Seele, das von einer Verlockung kündete, die er nicht verstand, der er aber trotzdem nicht widerstehen konnte. Elenia und Lif waren zwar noch in seinem Verstand, aber nicht mehr von Bedeutung. Etwas anderes rief ihn. Der wirkliche Grund, weshalb er hier war. Seine Bestimmung und der einzige Grund, aus dem es ihn überhaupt gab.

Ein weiterer Blitz riss die die Umgebung des Raumes aus der Dunkelheit. Auch hier waren die Wände mit Bildern und uralten Runen bedeckt, die im flackernden Licht zu eigenständigem Leben zu erwachen schienen und ihm Worte in einer Sprache zuzuflüsterten schienen, die er nie gehört hatte. Das Kratzen an seiner Seele war längst ein Reißen und Zerren geworden, wie von erbarmungslosen Fängen, die sich in sein Inneres gruben. Er war hier, um seiner Bestimmung zu folgen, und es wäre eigentlich leicht, ganz leicht, diesem Drang, der ihn erfüllte, nachzugeben.

Aber wer war er, den leichten Weg zu gehen?

»Nein«, sagte er.

Rein gar nichts änderte sich. Das Flüstern und Reißen in seiner Seele blieb, und auch die Angst war noch da.

Etwas klapperte; die gleiche Art von Geräusch, die er schon einmal gehört hatte, aber jetzt vor ihm. Vielleicht war es auch das Scharren von Metall. Der Laut, mit dem ein Schwert gezogen wurde. Oder eine Stimme? Thor musste sich eingestehen, dass er sich nicht einmal seiner Wahrnehmungen mehr sicher war, blieb einen Moment mit geschlossenen Augen stehen und versuchte mit einer verzweifelten Anstrengung, Ordnung in das kreischende Chaos hinter seiner Stirn zu bringen. Es waren tatsächlich Stimmen, zugleich aber auch das Scharren und Klappern von Metall und noch etwas, das er nicht genau benennen konnte.

Der Raum, in den er anschließend gelangte, schien ein genaues Spiegelbild des Saales auf der anderen Seite zu sein, bis hin zu der monströsen steinernen Tafel, die im Wechsel von flackerndem Blitzlicht zu völliger Schwärze immer wieder auftauchte und wieder verschwand, und das unheimlicherweise manchmal unversehrt, manchmal in einem Wust zerborstener Trümmerstücke. Thor vermied es ebenso, direkt den Blick darauf zu richten, wie sein Blick die versteinerten Bilder an der Wand scheute.

Einen Unterschied zu dem Raum hinter der Yggdrasil-Tür gab es: Die Tür an seinem anderen Ende ging nicht auf einen Balkon hinaus, sondern zu einer schmalen Treppe, die in steilem Winkel nach oben führte. Blassrotes Licht wies ihm den Weg, und jetzt hörte er eindeutig Stimmen.

Seine Hand packte den Hammer fester, während er die unnatürlich hohen Stufen hinaufstieg. Auf dem letzten Stück wurde er langsamer, und da es keine Tür gab, ließ er sich auf Hände und Knie sinken, um nicht frühzeitig gesehen zu werden. Zorn und Trotz wollten sich in ihm regen, solch unnötige Vorsicht walten zu lassen, waren dort oben doch nur eine Handvoll Männer, aber verzweifelte Männer neigten zu verzweifelten Taten, und er musste verhindern, dass sie die Zwillinge umbrachten, wenn ihnen klar wurde, dass sie in der Falle saßen.

Seine Vorsicht erwies sich jedoch als überflüssig. In der Kammer hielten sich tatsächlich drei Männer auf. Einer davon war so betrunken, dass er mit dem Gesicht in einer Lache aus klebrigem Met und seinem eigenen Sabber eingeschlafen war, und von den beiden anderen sah keiner in seine Richtung. Beide hatten Trinkkrüge in den Händen und waren ebenfalls nicht mehr ganz nüchtern. Jedenfalls nicht mehr nüchtern genug, um ihn zu bemerken, ehe er sich aufrichtete und mit einem einzigen Schritt in den Raum hineintrat.

Der eine der beiden riss die Augen auf und ließ vor Schrecken seinen Krug fallen, der auf dem Boden zerbarst. Im nächsten Moment gesellte er sich zu ihm, als Thor ihm die Faust gegen die Schläfe schlug. Aus der gleichen Bewegung heraus war er am Tisch, packte das lange Haar des Betrunkenen und knallte seine Stirn wuchtig auf die Platte aus steinhartem Holz, und noch bevor das trockene Knacken des Aufpralls verklungen war, war er bereits bei dem dritten Burschen und riss ihn von seinem Stuhl hoch. Das alles konnte nicht besonders lange gedauert haben, denn der Kerl starrte ihn immer noch mit offenem Mund und weit aufgerissenen Augen an und hielt den Krug in der rechten Hand, wie um daraus zu trinken.

»Die Kinder«, sagte Thor. »Wo?«

Der Bursche gurgelte eine Antwort, die Thor weder verstand noch als ausreichend einstufte. Er stieß ihn gegen die Wand, rammte ihn mit Rücken und Hinterkopf gegen den harten Stein und schlug ihm mehrmals mit der flachen Hand ins Gesicht, wobei er darauf achtete, nicht zu fest zuzuschlagen, damit der Mann das Bewusstsein nicht verlor.

»Wo sind die Kinder?«, sagte er noch einmal.

Diesmal bekam er immerhin eine gestammelte Antwort. »Von mir erfährst du ... nichts. Töte ... mich, wenn ... wenn du willst.«

Thor brach ihm das Handgelenk. Der Mann kreischte, und Thor wartete, bis er seine Lungen komplett geleert hatte. Als er Luft holen wollte, presste er ihn mit der linken Hand gegen die Mauer und hielt ihn mit der anderen Mund und Nase zu.

Der Mann bäumte sich auf, versuchte seinen Griff zu sprengen und ihm das Knie in den Leib zu rammen, aber Thor war viel zu stark für ihn. Erbarmungslos hielt er ihn fest und ließ erst los, als die Bewegungen des Mannes zu erlahmen begannen und sich seine Augen mit Dunkelheit füllten.

»Ich kann das sehr lange machen. Du wirst es mir sagen.« Er ließ dem Mann gerade einen halben Atemzug, bevor er ihm wieder die Luft abschnürte und fortfuhr: »Und wenn nicht, breche ich dir das Kreuz und lasse dich hier liegen, während ich sie selbst suche.«

Ein Teil von ihm war einfach nur entsetzt über das, was er tat. Einen Mann im Kampf zu töten war schlimm genug, aber Folter war etwas ganz anderes. Er hatte sie stets verabscheut und noch sehr viel mehr die, die sie ausübten. Aber dieses Entsetzen war sonderbar substanzlos, ein Gefühl, das er registrierte, mehr nicht. Was interessierte ihn das Leben eines Sterblichen? Ihre Zeit auf dieser Welt war ohnehin so kurz, dass sie kaum dem Lidschlag eines Gottes nahe kam, und es spielte keine Rolle, wann und wie sie endete.

Er nahm die Hand wieder herunter. Der Bursche rang würgend und mit einem grässlichen blubbernden Geräusch nach Luft, und Thor half ihm mit einem kräftigen Schlag ins Gesicht, die Ohnmacht endgültig abzuschütteln.

»Wo?«, fragte er.

Der Mann überraschte ihn. Er zitterte vor Angst und Schmerz am ganzen Leib, trotzdem schüttelte er nur mühsam den Kopf und versuchte sogar, ihn anzuspucken. Nicht einmal mehr dazu reichte seine Kraft, aber Thor spürte trotzdem einen Funken widerwilliger Anerkennung. Der Mann wusste, was ihm bevorstand, und er hatte entsetzliche Angst davor, aber er würde nicht reden.

Thor schlug den Kopf des Mannes gegen die Wand und ließ den schlaffen Körper zu Boden gleiten. Dann sah er sich zum ersten Mal richtig um. Es gab ein schmales Fenster und zwei Türen. Thor entschied sich spontan für die linke, trat hindurch und fand sich auf einer weiteren Treppe, die wieder nach unten führte. Wer immer dieses Gebäude erbaut hatte, schien eine Vorliebe für Stufen gehabt zu haben.

Unter ihm brannte kein Licht, also machte er kehrt und ging zu der anderen Tür. Um sie zu erreichen, musste er über den bewusstlosen Krieger hinwegtreten und korrigierte seine Einschätzung beiläufig: Sein Kopf lag in einer rasch größer werdenden Blutlache. Der Mann war tot. Offensichtlich kannte er seine eigenen Kräfte immer noch nicht richtig – oder sie hatten zugenommen. Wieder spürte er dieselbe Art von stillem Entsetzen wie gerade, und dieses Mal gestattete er dem Gefühl nicht, sofort wieder in einem Meer aus brodelndem Zorn zu verschwinden, sondern dachte ganz ruhig darüber nach. Vielleicht war es ja eine Warnung, die er sich selbst zu geben versuchte. Etwas geschah mit ihm. Diese drei waren nicht die Ersten, die er getötet hatte, und würden gewiss nicht die Letzten bleiben. Aber es war keineswegs die Gnadenlosigkeit seines Tuns, die ihn so tief erschreckte, denn sie gehörte zum blutigen Handwerk eines Kriegers. Er hätte es sogar noch verstanden, hätte ein Teil von ihm das Töten genossen, aber da war … nichts.

Es war dieser Ort, begriff er. Die Menschen in Oesengard hatten recht, wenn sie ihn für verflucht hielten und für einen Platz böser Geister. Er weckte etwas im ihm, was nicht sein sollte, und tötete etwas anderes, was er auf keinen Fall verlieren durfte. Er hätte niemals hierherkommen sollen. Er würde die Zwillinge suchen und von hier weggehen und niemals –

Thor trat durch die Tür, und alles war anders.

Der vierte Mann, den er draußen vermisst hatte, saß halb an die Wand gelehnt da, schnarchte mit offenem Mund, anscheinend so betrunken, dass er nicht einmal den Lärm und die Schreie von nebenan gehört hatte. Er war wach, aber seine Augen starten einfach durch ihn hindurch, und Thor konnte nicht sagen, ob die gelbbraune Pfütze, in der er saß, wirklich nur aus verschüttetem Met aus dem umgestürzten Krug neben ihm bestand. Von Lif war nichts zu sehen, aber Elenia lag auf einem Gewirr schmutziger Decken, nackt und in ihrem eigenen Blut und mit schrecklich verdrehten Gliedmaßen.

Einen endlosen Atemzug lang stand er einfach nur da und starrte sie an und wollte einfach nicht begreifen, was er sah, dann bewegte sich die Zeit weiter, und Elenia öffnete die Augen und gab einen kleinen, klagenden Laut von sich. Thor war mit einem einzigen Schritt neben ihr und nahm sie in die Arme, ließ sie aber auch in der gleichen Bewegung schon wieder zurücksinken, als ihr Stöhnen zu einem mühsamen Schrei wurde und er begriff, dass er ihr Schmerzen zufügte, noch über die hinaus, die sie ohnehin schon litt.

»Elenia!«, keuchte er. »Bei allen Göttern, was haben sie mit dir gemacht?«

Er sah, dass sie tatsächlich zu antworten versuchte, und auch, wie sehr es sie anstrengte, und schüttelte hastig den Kopf, noch bevor sie auch nur einen Laut herausbekam. »Nicht reden! Sag nichts, das strengt dich nur an! Keine Angst, alles wird gut. Ich bin jetzt hier. Alles wird gut.«

Nichts würde gut werden. Sie hatten ihr nicht nur die Glieder gebrochen. Ihr Körper war mit Wunden übersät und schwarz und blau verfärbt, und zweifellos hatten sie sie auch geschändet, bevor sie mit Fäusten und Messern über sie hergefallen waren. Er hatte zu viele Wunden gesehen, um nicht zu erkennen, welche er heilen konnte und welche nicht. Elenia starb, jetzt und in seinen Armen.

Er versuchte es trotzdem, indem er die flache Hand auf ihre Brust legte – hauptsächlich, um sie durch die Berührung zu beruhigen, als aus irgendeinem anderen Grund – und die Augen schloss, um in sie hineinzulauschen.

Der Schmerz war da, gewaltig und grausam und an tausend Orten zugleich und schon viel zu tief in ihr, um ihn noch bekämpfen zu können oder wenigstens zu lindern. Aber da war auch noch etwas, eine verzehrende Schwärze, die tausendmal älter war als die Seele, die sie verzehrte. Es war wie damals bei Lasse, nur unendlich viel schlimmer, denn Lasse war ein alter Mann gewesen, der tief in sich schon lange aufgegeben hatte. Elenia war eine junge, starke Frau, fast noch ein Kind, und sie kämpfte mit der ungestümen Kraft ihrer Jugend um ihr Leben, einer Kraft, die ihr nun zum Fluch wurde. Und mit jedem bisschen Kraft, das er ihr gab, verlängerte er ihre Qual nur, die er doch nicht beenden konnte, aber er konnte auch nicht aufhören und klammerte sich immer noch verzweifelt an das unsichtbare Feuer in ihr, als es schon längst erloschen war und er nur noch Dunkelheit und Kälte spürte. Und eine Leere, die auf ihre Art beinahe schlimmer war als aller Schmerz, den er zuvor gefühlt hatte.

Irgendwann spürte er, dass er nicht mehr allein war, und als er die Augen öffnete, kniete Urd neben ihm und hatte die Hand ihrer toten Tochter ergriffen. Ihr Gesicht war zu einer Maske aus grauem Stein geworden, auf der nicht die geringste Regung abzulesen war.

»Es …«, begann er, und Urd unterbrach ihn mit einem nur angedeuteten Verziehen der Lippen und sehr leiser brüchiger Stimme.

»Ich weiß. Du hast getan, was in deiner Macht stand.«

Das hatte er nicht gemeint, aber er antwortete auch nicht. Er hatte keine Worte mehr, als wäre die Leere, die er in dem toten Mädchen gefühlt hatte, nun auch in ihn eingedrungen und begänne seine Menschlichkeit zu verzehren.

Zeit verging. Augenblicke, die sich wie Stunden dehnten, in denen sie einfach in schweigendem Kummer nebeneinander saßen und um ihr totes Kind trauerten. Thor wartete auf den Schmerz, der jetzt kommen sollte, sehnte ihn regelrecht herbei, nur damit überhaupt irgendetwas die furchtbare Leere in ihm füllte. Aber er spürte nichts.

Es war Urd, die die grausame Stille schließlich beendete, indem sie die andere Hand ausstreckte und ihn an der Schulter berührte. Ihre Haut erschien ihm so kalt wie ihr Gesicht grau.

Noch immer von einer Kälte erfüllt, die ihn zutiefst erschreckt hätte, hätte sie nicht auch dieses Gefühl einfach erfrieren lassen, streifte er ihre Hand ab, stand auf und ging zu dem betrunkenen Krieger hin.

Urd war nicht allein gekommen. Einer der Einherjer stand direkt unter der Tür und deckte ihren Rücken, der andere hatte neben dem Mann Aufstellung genommen. Als Thor näher kam, trat er schweigend beiseite, und auf den schlaffen Zügen des Kriegers erschien eine jähe Hoffnung, als er nun in sein Gesicht, das eines Menschen, hinaufsah. Er stammelte irgendetwas, das Thor zwar nicht verstand, aber eindeutig erleichtert klang, und Thor trat wieder einen halben Schritt zurück und wartete schweigend, bis sich der Bursche mühselig in die Höhe gearbeitet hatte. Dann hob er die Hand und riss ihm den Kehlkopf heraus.

Dem Krieger blieb reichlich Zeit zu sterben. Das Schicksal – vielleicht auch der Met, den er getrunken hatte – war grausam genug zu ihm, ihn nicht das Bewusstsein verlieren zu lassen, und in den allerletzten Momenten, während er röchelnd an der Wand hinabsank und mit angezogenen Knien und fast derselben Haltung wie gerade an seinem eigenen Blut ertrank, klärte sich sein Blick sogar noch einmal, und Thor sah ihm an, dass er vollkommen begriff, was mit ihm geschah.

Irgendwann starb er, und Thor wandte sich ab und sah den blutigen Fetzen Fleisch in seiner Hand an. Er sollte jetzt erschrocken sein oder doch wenigstens angewidert. Aber er fühlte immer noch nichts. Vielleicht ein ganz sachtes Erstaunen, dass es so leicht gewesen war, einen Menschen zu töten.

Er ließ seine grässliche Beute fallen und wandte den Kopf, als er Urds Schritte hinter sich hörte.

Mit noch immer vollkommen unbewegtem Gesicht sah sie eine ganze Weile auf den Toten hinab und nickte schließlich, wie um damit zum Ausdruck zu bringen, dass er es gut gemacht hatte. Aber das hatte er nicht.

»Es tut mir leid«, sagte er. »Ich hätte ihn nicht töten dürfen.«

»Nicht so schnell, meinst du?«

Thor schüttelte den Kopf. »Wir haben Lif noch nicht gefunden. Er hätte uns vielleicht sagen können, wo er ist.«

»Er war nie hier«, antwortete Urd. »Sie waren zu fünft. Einen haben wir unten in der Halle erwischt, als er sich gerade hinausstehlen wollte. Er ist tot, aber zuvor hat er es uns noch verraten. Sie haben sich getrennt, kurz nachdem sie die Stadt verlassen haben. Zwei von ihnen sind mit Lif zur Küste geritten, um ihn von den Klippen zu stürzen. Fargas hat es ihnen befohlen ... das ist hier wohl die übliche Methode, Verräter zu bestrafen.« Jetzt zeigte sich doch eine Regung auf ihrem Gesicht, ein kurzes, bitteres Lächeln, das ihm wie eine Narbe erschien, die ihrem Gesicht für alle Zeiten seine Schönheit nahm, nun, wo er es einmal gesehen hatte. »Ich glaube, Sverig und seine Begleiter sind ihren Spuren gefolgt. Wenn wir sie nicht eingeholt und aufgehalten hätten ...«

Dann hätten sie die Männer vielleicht eingeholt, und Lif wäre jetzt wieder gefangen, aber auch noch am Leben.

Er wusste natürlich, dass das nicht stimmte. Der Weg zur Steilküste hinauf war nicht sehr weit, und die Männer hatten ihr Ziel vermutlich schon erreicht, bevor Sverig und seine Reiter überhaupt aufgebrochen waren. Aber der Gedanke war da, und er würde ihn vielleicht nie im Leben wieder loswerden.

Er sagte auch dazu nichts.

Warum empfand er nicht wenigstens Zorn?

Der zweite Einherjer kam herein, wechselte ein paar geflüsterte Worte mit seinem Kameraden und ging wieder auf seinen

Posten, während der andere sich mit gesenkter Stimme an Urd wandte. Er flüsterte nicht wirklich, aber Thor machte sich nicht die Mühe hinzuhören.

»Bjorn«, sagte Urd, noch immer mit derselben tonlosen Stimme. »Seine Männer und er. Sie kommen. Sverig ist auch bei ihnen. Es sind sehr viele. Mehr als fünfzig. Aber wenn wir uns beeilen, dann können wir ihnen noch entkommen.

»Entkommen«, wiederholte er. »Und wohin?

Urd schwieg, und Thor ging an ihr vorbei zu Elenia zurück. Behutsam ließ er sich neben ihr auf die Knie sinken und wickelte das tote Mädchen in die sauberste der besudelten Decken, auf denen sie lag. Trotz allem war er erstaunt, wie leicht sie war, als er sie auf die Arme hob und aufstand. Sie wog fast gar nichts, so als könne man das Fehlen des verlorenen Lebens spüren.

Urd sah ihn zwar fragend an, wich aber wortlos zur Seite, als er den Ausgang ansteuerte, und auch die beiden Einherjer folgten ihm in respektvollem Abstand.

Donner und das unablässige Zucken der Blitze beleuchteten ihren Weg, als sie die Treppe hinuntergingen, über die Galerie und schließlich durch die riesige Halle. Sturm und Gewitter hatten kein bisschen an Kraft verloren, als sie die Festung verließen, aber der strömende Regen hatte aufgehört und war zu einem nur noch leichten, wenn auch eisigem Nieseln geworden, und die Wolken jagten nur noch in grauen Fetzen über den Himmel. Es war endgültig Tag geworden, und Thor konnte gut genug sehen, um die mehr als fünfzig Krieger zu erkennen, die in raschem Tempo auf den Turm zusprengten. Urd hatte recht gehabt: Ihre Zeit hätte noch für die Flucht gereicht, und wenn diese Krieger so schnell geritten waren, wie er vermutete, dann mussten ihre Tiere ebenso erschöpft sein wie sie selbst. Wahrscheinlich könnten sie ihnen sogar jetzt noch entkommen.

Aber Thor rührte sich nicht, sondern stand nur wie zu Stein erstarrt da und sah den Männern entgegen.

Die Reiter legten noch einmal an Tempo zu, als sie die vier Gestalten vor dem Tor sahen; vielleicht glaubten sie ja, sie würden nun doch noch einen Fluchtversuch unternehmen. Dann aber wurden sie langsamer; und als sie auf zwanzig Schritte herangekommen waren, hob Bjorn die Hand, und bis auf Sverig und zwei weitere Männer hielt der gesamte Trupp an. Thor hörte ein eisernes Scharren hinter sich, als die Schwerter der Einherjer aus den Scheiden glitten, dann noch ein drittes, leiseres, als auch Urd ihre Waffe zog.

Weder Bjorn noch seine Begleiter reagierten darauf. Selbst Sverig verzichtete darauf, die Axt von der Schulter zu nehmen. Drei Meter vor ihm hielten sie vollends an, und Bjorn sah erschüttert auf das leblose Mädchen hinab, das er in den Armen trug.

»Was ist geschehen?«, fragte Bjorn schließlich.

Statt zu antworten, trat Thor noch einen weiteren Schritt auf ihn und seine Begleiter zu, legte das tote Mädchen behutsam auf den Boden und zog in derselben Bewegung die Decke zurück, in der er sich wieder aufrichtete. Bjorn wurde kreidebleich, und die beiden Männer in seiner Begleitung fuhren sichtbar zusammen. Selbst Sverig sog erschrocken die Luft zwischen den Zähnen ein.

»Bei den Göttern und den heiligen Nornen, Thor, wer hat das getan?«, flüsterte Bjorn.

Thor starrte ihn an. Das Mitleid in Bjorns Augen war echt, und er sah auch eine tiefe Trauer und ganz allmählich erwachenden Zorn. Auch er hatte Elenia sehr gern gehabt.

»Deine Freunde aus Oesengard, Jarl«, sagte er kalt.

»Thor, das ... das tut mir unendlich leid«, sagte Bjorn. Einen Moment lang war es ihm nicht möglich, den Blick von Elenias misshandeltem Körper loszureißen. »Aber ich verspreche dir, dass die, die dafür verantwortlich sind –«

Ein ganz besonders lauter Donnerschlag verschluckte den

Rest seiner Worte, und noch bevor er ganz verklungen war, explodierte ein Blitz auf der Turmspitze über ihnen und schlug einen Schauer greller Funken und rot glühender Steinsplitter aus den Zinnen.

»Es waren deine Verbündeten, Bjorn«, sagte Thor. Er sprach nicht laut. Er hatte nicht einmal die Stimme gehoben, sondern flüsterte beinahe, aber auf irgendeine Art erreichten seine Worte dennoch jeden einzelnen von Bjorns Männern. »Es waren die braven Bürger aus dieser harmlosen Stadt am Meer, die ihr das angetan haben. Die Menschen, für die du in den Krieg ziehen willst, Bjorn. Es waren die harmlosen Fischer und Handwerker, zu deren Schutz du ein Heer aufgestellt hast und für die du bereit bist, einen Krieg zu führen, der die Welt in Brand setzen könnte.«

Wie um seine Worte zu unterstreichen, krachte ein weiterer und diesmal noch lauterer Donnerschlag, und der dazugehörige Blitz hämmerte diesmal weniger als eine Pfeilschussweite hinter den letzten Kriegern in den Boden und ließ einen zischenden Geysir aus Dampf und geschmolzenem Erdreich aufsteigen. Die Männer begannen unruhig zu werden, und eines der Tiere brach mit einem schrillen Wiehern aus und ging durch, nachdem es seinen Reiter kurzerhand abgeworfen hatte.

»Es waren die friedliebenden Menschen, die zu beschützen du versprochen hast, Bjorn«, fuhr Thor fort. »All diese tapferen, braven Menschen, die nichts anderes wollen, als in Frieden zu leben. Deren Freiheit du verteidigen willst! Ist das deine Vorstellung von Frieden, Bjorn?«

Bjorn schüttelte traurig den Kopf. »Ich kann dich verstehen, Thor.«

»Ach ja, kannst du das?« Urd trat mit einem Schritt neben ihn und hob das Schwert.

»Ja, das kann ich«, erwiderte Bjorn ernst. »Ich habe es euch nie erzählt, aber auch ich habe einmal ein Kind verloren. Es ist lange her, aber ich spüre den Schmerz noch immer, als wäre es gestern gewesen. Ich weiß, was du jetzt fühlst.«

»Du hast auch ein Kind verloren?«, wiederholte Urd. »Wurde es dir auch genommen. So?«

Sie deutete auf Elenias verheerten Körper, und Bjorns Gesicht nahm einen bekümmerten Ausdruck an. »Nein«, gestand er. »Aber –«

Ein weiterer Donnerschlag schnitt ihm das Wort ab, und diesmal explodierte der Blitz in noch geringerer Entfernung im Boden. Zwei oder drei Pferde bäumten sich auf und konnten von ihren Reitern nur noch mit Mühe gebändigt werden, und die Unruhe unter den Kriegern nahm spürbar zu. Sverig nahm seine Axt von der Schulter. In seinem Gericht arbeitete es.

»Erinnerst du dich, was du mich gefragt hast?«, fuhr Thor fort. »Ob ich diesen Krieg verhindern könnte, wenn ich es wollte? Warum, Bjorn? Warum soll ich Menschen retten, die Kinder töten?«

»Du bist jetzt verbittert«, antwortete Bjorn. »Ich kann das verstehen, Thor. Aber das ändert nichts daran –«

»Dass sie eine Bande von Mördern und Feiglingen sind? Dass Urd die ganze Zeit recht hatte und ich die ganze Zeit unrecht? Ihre Götter predigen nicht den Mord an Kindern.«

»So wenig wie wir!«, mischte sich Sverig ein. »Das da ist nicht unser Werk, und das weißt du auch! Es war Fargas' Idee, aber der ist tot. Ebenso wie die Mörder des Mädchens, nehme ich an?«

Thor würdigte ihn nicht einmal eines Blickes.

»Du wolltest eine Entscheidung von mir, Bjorn«, fuhr er fort, begleitet vom Grollen gewaltiger Donnerschläge und dem jetzt fast unaufhörlichen Niederkrachen von Blitzen, die Flammen und Funkenschauer und zischenden Dampf aus dem Boden schlugen. Immer mehr Tiere ergriffen einfach panisch die Flucht und vermutlich auch mehr als nur ein Reiter, als die Blitzschläge in immer rascherer Folge und immer näher in den Boden hämmerten.

»Ich habe mich entschieden.«

»Und wie?«

»Geht«, sagte Thor. »Reitet zurück nach Oesengard und holt eure restlichen Männer, und nehmt jeden mit, der nicht auf unserer Seite steht.«

»Du bist von Sinnen!«, keuchte Sverig. »Legt eure Waffen ab und ergebt euch! Wir sind –«

Er wandte sich halb im Sattel um, riss die Augen auf und verstummte für einen Moment. Bjorns Heer befand sich in Auflösung.

»– immer noch genug«, fuhr Sverig trotzig fort. »Willst du es wirklich auf einen Kampf ankommen lassen?«

»Warum nicht?«, erwiderte Thor. Er legte die Hand auf den Hammerstiel an seinem Gürtel. Er zog die Waffe nicht, aber die bloße Berührung reichte aus, um ihn die Kraft spüren zu lassen, die der Waffe innewohnte. Ihre wahre Kraft. Ein einzelner Blitz züngelte wie der Finger eines zornigen Gottes vom Himmel, traf einen Reiter an der linken Flanke der Gruppe und verwandelte ihn mitsamt seinem Pferd in eine lebende Fackel, die sich kreischend aufbäumte und ein halbes Dutzend Schritte weit zur Seite torkelte, bevor sie in zwei Teile zerfiel und zusammenbrach.

»Du auch?«, fragte Thor kalt, während das, was von Bjorns Heer noch geblieben war, in heller Panik auseinanderspritzte. Sverigs Hände schlossen sich so fest um den Stiel seiner Axt, dass man das Knacken seiner Gelenke hören konnte.

»Thor!«, sagte Bjorn. Seltsam – er wirkte nicht einmal überrascht. »Lass uns über das reden, was hier passiert ist! Es ist immer noch nicht zu spät.«

»Die Zeit des Redens ist vorbei«, sagte Thor kalt. »Reite zurück, und nimm jeden mit, der gegen uns ist. Und sag den anderen, dass wir Elenia nach den Sitten ihres Volkes beisetzen und dann nach Oesengard zurückkommen. Und dass ich jeden töten werde, gleich ob Mann, Frau oder Kind, der nicht bereit ist, den einzigen und wahren Göttern zu dienen.«

25. Kapitel

Es war schon fast wieder Nacht, als sie nach Oesengard zurückkehrten. Der Sturm hatte nur noch kurze Zeit getobt und dann wie durch Zauberei wieder aufgehört, und eine fast schon unnatürliche Ruhe und Windstille hatte seinen Platz eingenommen. Selbst das Meer, dessen Wellen noch kurz zuvor so wütend getobt hatten, als wollten sie den Himmel stürmen, lag nun so reglos wie eine Ebene aus geriffeltem grauem Fels unter der Steilküste, und der Himmel war so leer gefegt, als hätte es niemals so etwas wie Wolken gegeben. Den ganzen Tag über war es so still gewesen, dass man glauben konnte, die ganze Welt hielte in stiller Trauer den Atem an.

Wie er es Bjorn gesagt hatte, hatten sie Elenia nach den Sitten ihrer Heimat beigesetzt. Sie hatten ihren Körper den Flammen übergeben, um ihre Seele endgültig von ihren irdischen Fesseln zu befreien, damit sie in die andere Welt hinüberwechseln und sich mit den Seelen ihrer Vorfahren vereinen konnte.

Von irgendwoher hatten die Einherjer genug Brennholz geholt, um einen Scheiterhaufen aufzuschichten, der heiß genug brannte, Elenias Körper vollkommen zu Asche zerfallen zu lassen, und Urd überraschte Thor, indem sie den beiden Kriegern auftrug, auch den Leichnam des Mannes zu holen, den der Blitz erschlagen hatte, um auch ihn zu verbrennen und ihm so die letzte Ehre zu erweisen. Auf dem Weg fanden sie noch einen zweiten Toten, der anscheinend vom Pferd gefallen war und sich das Genick gebrochen hatte und den sie ebenfalls dem reinigenden Feuer übergaben. Die Leichen der vier Männer, die Thor erschlagen hatte, und des fünften aus der unteren Höhle warfen sie die Klippe hinunter und sahen zu, wie sie im Meer versanken.

Abgesehen von dem, was sie ihm über die Zeremonie erzählte, und einigen knappen Anweisungen wechselte Urd kein einziges Wort mit ihm, bis sie schließlich wieder in die Sättel stiegen und sich auf den Rückweg machten.

Schwarzer Rauch hing über Oesengard, als sie sich der Stadt näherten und verschmolz mit dem Dunkel der hereinbrechenden Nacht, und sie konnten sehen, dass es irgendwo in der Nähe des Hafens brannte. Thor fragte sich, was geschehen war. Er hatte gehofft, dass Bjorn seine Warnung ernst genug genommen hatte, um tatsächlich den Rest seiner Männer zu holen und die Stadt zu verlassen, aber der Anblick von Rauch und Feuer ließ ihn nun an dieser Hoffnung zweifeln. Was, wenn Sverigs Ungestüm doch die Oberhand gewonnen und sich Bjorn entschlossen hatte, den Kampf aufzunehmen – einen Kampf, den er verlieren würde, der aber nur weitere sinnlose Opfer fordern würde? Er fürchtete ihn nicht, denn er wusste, dass er ihn gewinnen würde, aber er fürchtete das, was das Töten aus ihm selber machte.

Die beiden Reiter, die ihnen entgegenkamen, als sie sich der Stadt näherten, trugen jedoch nicht die Rüstungen und Waffen von Kriegern, sondern einfache schwarze Mäntel und offenes Haar. Es waren Frauen, wie er einen Moment später erkannte: Helga und eine zweite, ihm bisher unbekannte Frau, etwas älter als sie. Sie näherten sich schnell, hielten aber dann plötzlich an, und Thor konnte trotz der großen Entfernung sehen, welcher Schrecken sie durchfuhr, als sie die goldenen Gesichter ihrer beiden Begleiter erkannten und wohl auch begriffen, dass es sich nicht nur um zwei ihrer Schwestern handelte, die sich als Krieger verkleidet hatten, sondern um die Wirklichkeit hinter dem Trugbild.

Urd bedeutete den Einherjern, zurückzubleiben, und Thor

und sie näherten sich den beiden Frauen allein. Helga gelang es irgendwie, seinem Blick standzuhalten, auch wenn Thor ihr ansehen konnte, wie schwer es ihr fiel, ihre Begleiterin jedoch verbeugte sich hastig und so tief, dass ihre Stirn beinahe den Hals des Pferdes berührte, und begann am ganzen Leib zu zittern. Thor hatte Ehrfurcht erwartet, vielleicht auch Bewunderung, aber was er sah, war blanke Angst, beinahe schon Entsetzen.

War es das, was ihn erwartete, dachte er. Sollte er zu einem Gott werden, der Furcht verbreitete und sonst nichts?

»Herrin«, flüsterte Helga. Auch sie machte Anstalten, sich ehrfürchtig zu verbeugen, aber Urd hielt sie mit einer raschen Bewegung davon ab.

»Was geht da vor?«, fragte sie mit einer Geste auf den Rauch über dem Hafen.

»Sie sind da, Herrin«, antwortete Helga. »Unsere Brüder und Schwestern sind endlich gekommen!«

»Die Flotte ist schon hier?« Urd wirkte überrascht.

»Nur ein einzelnes Schiff, Herrin«, antwortete Helga. Ihr Blick streifte immer wieder Thors Gesicht, scheute aber den direkten Kontakt zu seinen Augen. »Aber es ist ein Schiff, wie ich es noch nie zuvor gesehen habe, und es hat viele Krieger an Bord.« Sie sah kurz und unsicher zu den beiden Einherjern hin. »Krieger wie diese.«

»Dann haben wir gesiegt«, sagte Urd erleichtert. Sie wollte weiterreiten, aber Thor griff rasch nach ihren Zügeln und hielt sie zurück.

»Und das Feuer?«

»Bjorns Krieger und einige Männer aus der Stadt haben versucht, sie aufzuhalten«, antwortete Helga. »Aber sie hatten keine Chance. Die Überlebenden sind geflohen, zusammen mit etlichen unserer Männer.« Sie verzog kurz und verächtlich die Lippen. »Unter anderem auch Sjöblom.«

»Bjorn ist fort?«, vergewisserte sich Thor.

»Sie haben gesagt, Ihr würdet jeden töten, der sich Euch nicht unterwirft, Herr«, sagte die Frau neben Helga. Sie sah Thor nicht an, und sie sprach mit leiser, fast brüchiger Stimme. »Egal ob Mann, Frau oder Kind.«

Thor wollte instinktiv protestieren und ihr sagen, dass das nichts als eine freche Lüge war, die Sverig in die Welt gesetzt hatte, um ihn schlecht zu machen, aber dann ging ihm auf, dass er in der Tat genau das gesagt hatte. Er hatte es gewiss nicht so gemeint, wie seine Botschaft bei den Menschen hier angekommen war, aber es waren seine Worte gewesen.

»Oesengard gehört jetzt Euch, Herrin«, fuhr Helga fort. »Wer geblieben ist, der …« Sie stockte, blinzelte in die Runde und wandte sich dann mit fragendem Blick direkt an Urd. »Wo sind Elenia und Euer Sohn?«

Urd schwieg. Ihre Lippen wurden zu einem schmalen blutleeren Strich, und die Dunkelheit kehrte für einen Moment in ihre Augen zurück.

»Oh«, murmelte Helga betroffen. »Das … das tut mir …«

»Ihre Mörder wurden bestraft«, sagte Thor kalt.

»Und die, die in Wahrheit dafür verantwortlich sind, werden ihrer Strafe gleichfalls nicht entrinnen. Jetzt bringt uns zu diesem Schiff.«

»Sie haben ihr Leben für unseren Glauben gegeben«, fügte Urd hinzu. Sie lächelte, ganz sacht und traurig, aber sie sah Thor dabei auf eine Art an, die aus diesen scheinbar versöhnlichen Worten das genaue Gegenteil machten. Elenia und Lif hätten nicht sterben müssen, hättest du dich eher entschieden, sagte dieser Blick. Und er sagte es zu Recht. Vielleicht war es nicht einmal das, was sie damit ausdrücken wollte, aber es war die Wahrheit.

Einer der beiden Einherjer ritt voraus, als sie ihren Weg fortsetzten, der andere folgte ihnen in wenigen Schritten Abstand.

Helga und ihre namenlose Begleiterin nutzten die erste Gelegenheit, um sich abzusetzen und zu verschwinden, und auch ansonsten wurde ihnen ganz und gar nicht die Art von Empfang zuteil, die einem Triumphzug geglichen hätte. Die Straßen waren nahezu leer. Mehr als einmal hörten sie das rasche Zuschlagen einer Tür oder das Klappen eines Fensterladens, und die wenigen, denen es nicht mehr gelang, in ihre Häuser zu flüchten, warteten mit gesenktem Blick oder gar auf den Knien ab, bis sie vorbei waren. Aber was hatte er eigentlich erwartet? Wehende Fahnen und ein Spalier aus glücklichen Menschen, die ihn willkommen hießen? Wohl kaum. Mancher hier mochte ihn wirklich für einen Gott halten, aber das bedeutete nicht, dass sie ihn auch liebten. Er hatte dieser Stadt den Krieg gebracht, den Tod und die Angst.

Der lodernde Feuerschein über den Dächern wies ihnen den Weg, und die Zahl der Menschen auf den Straßen – fast ausschließlich Männer – nahm allmählich zu, je näher sie kamen. Thor gewahrte auch mehrere Männer mit frischen Verbänden und mindestens ein ausgebranntes Haus, dessen Trümmer noch schwelten. Bjorn und seine Krieger waren offensichtlich nicht kampflos abgezogen.

Dann sah er die ersten der Krieger, von denen Helga gesprochen hatte. Es waren Einherjer, ähnlich denen, die sie begleiteten, und doch anders. Sie wirkten nicht ganz so groß, und ihre Bewegungen waren nicht von der leichten Selbstverständlichkeit, wie sie die beiden Männer an seiner Seite auszeichnete; fast als bereite es ihnen Mühe, sich in den ungewohnten Rüstungen zu bewegen.

Eine Gruppe von ihnen marschierte dicht genug vorbei, um aus seinem Verdacht Gewissheit zu machen. Hinter den goldenen Masken waren ihre Gesichter nicht zu erkennen, aber es war dennoch klar, dass sich unter dem polierten Metall gewöhnliche Menschen verbargen, keine nahezu unbesiegbaren Halbgötter wie die, gegen die er auf Endres Hof und in den Bergen gekämpft hatte.

Urd nickte knapp, als er ihr eine entsprechende Frage stellte. »Es sind Männer aus den Städten, die sich unserer Sache angeschlossen haben. Es sind tapfere Männer. Aber keine Brüder.«

Brüder? Thor blickte fragend, und sie reagierte diesmal nur mit einer Kopfbewegung auf die beiden Reiter hinter sich.

Komm mit uns, Bruder. Nur diese eine Wahl.

Hinter diesem Gedanken lauerten noch andere, ältere und düstere Erinnerungen, die er nicht wahrhaben wollte. Er schrak davor zurück und konnte die Bilder noch einmal abschütteln, die aus einer Vergangenheit zu ihm emporsteigen wollten, die nicht seine eigene war. Aber wie oft noch?

Sie erreichten den Hafen, und Thor vergaß den Schrecken aus der Vergangenheit und stellte sich der Gegenwart, die schlimm genug war.

Der Hafen brannte. Nicht die Uferbefestigungen oder die Gebäude und Lagerhäuser, die sich am Wasser reihten, sondern der Hafen selbst. Gelbe und rote Flammen tobten über das Wasser, irgendeine brennbare Flüssigkeit, die von den Rümpfen zweier lichterloh prasselnder Schiffe tropfte. Flüchtig registrierte er, dass die Stadt trotz allem noch Glück gehabt hatte, denn der Wind hatte sich gedreht und trug die brennenden Lachen hinaus aufs Meer. Auf den zweiten Blick erkannte er auch die beiden brennenden Wracks: Es waren die zwei Schiffe, gegen die sie mit der Windsbraut gekämpft hatten. Auf Bjorns Geheiß hin waren sie hastig instand gesetzt worden, nun aber waren sie endgültig und unrettbar verloren und wären es wahrscheinlich selbst ohne die verzehrenden Flammen gewesen, die an ihren Rümpfen nagten. Sogar hinter dem Vorhang aus brüllenden Flammen war zu erahnen, wie schwer sie beschädigt waren; als hätte etwas, das noch hundertmal stärker war als Mjöllnir, immer und immer wieder auf sie eingeschlagen und ihre Rümpfe und alles Lebendige an Bord mit der Gewalt eines zornigen Gottes zertrümmert. Das kleinere der beiden Schiffe sank bereits, und auch das andere begann sich unbarmherzig auf die Seite zu neigen.

Ihr Mörder war ebenfalls da, hinter einer Wand aus schwarzem Rauch aber nahezu unsichtbar, sodass kaum mehr als ein Schatten zu erkennen war. Aber er war groß, beinahe monströs und irgendwie ... falsch.

»Sie haben sie in Brand gesetzt, bevor sie abgezogen sind«, sagte eine Stimme neben ihnen. »Wahrscheinlich haben sie gehofft, die Hafeneinfahrt auf diese Weise blockieren zu können, und wie es aussieht, funktioniert es sogar ... wenigstens zum Teil.«

Thor musste zweimal hinsehen, um Barend zu erkennen. Der Kapitän der Windsbraut hatte sich verändert. Bart und Haar waren verschwunden, aber nicht abgeschnitten, sondern von denselben Flammen versengt, die auch seinen Hals und einen Teil seines Gesichts geschwärzt hatten. Sein linker Arm hing in einer wenig kunstvoll geknüpften Schlinge, und auch unter dem Hosenbund ragte ein schmuddeliger Verband hervor.

»Sie wollten auch die Windsbraut in Brand setzen, aber das konnten wir verhindern.«

»Und wie ich sehe, mit Erfolg.« Thor nickte ihm anerkennend zu. Die Windsbraut bot denselben erbärmlichen Anblick wie eh und je, war aber unversehrt und in sicherer Entfernung zu den brennenden Schiffen vertäut.

»Wer an meine Windsbraut will, der muss zuerst an mir vorbei«, antwortete Barend grimmig. »Und selbst dann käme ich aus der Hel zurück und würde mich schützend vor sie werfen.«

Thor lächelte zwar, aber der Anblick des Mannes machte ihm trotzdem Sorgen. Barend war ein starker Mann. Ein harter Mann. Aber auch er hatte in der letzten Zeit Schlimmes erlitten.

»Und deine Männer?«, fragte er.

»Haben so tapfer gekämpft, wie ich es von ihnen erwartet habe«, antwortete Barend stolz. »Ich habe nur einen von ihnen verloren.«

»Und er ist für eine gute Sache gestorben«, fügte Urd lobend hinzu. »Hätten wir mehr so tapfere Männer wie dich und deine Mannschaft, wären unsere Feinde längst zerschmettert, und dieses Land könnte endlich Frieden finden. Ich danke dir, auch im Namen des Gottes, dem wir alle dienen. Ich werde ein Gebet für dich und deine Männer sprechen.«

Barend deutete zwar ein dankbares Nicken an, aber er warf Thor dabei auch einen Blick zu, als frage er sich, wozu eigentlich, wo der Gott, dem sie alle dienten, doch direkt vor ihm stand.

»Aber nun geh und lass deine Wunden versorgen«, fuhr Urd fort. »Und ruh dich aus. Du hast dir ein wenig Ruhe mehr als verdient.«

Barend funkelte sie regelrecht an, aber natürlich sagte er nichts mehr, sondern nickte nur noch einmal demutsvoll und humpelte davon.

»Du hättest vielleicht ein paar deutlichere Worte für ihn finden können«, sagte Thor, nachdem Barend außer Hörweite war. »Es ist ein Wunder, dass er noch lebt.«

»Ja«, sagte Urd tonlos. »Zu manchen sind die Götter gnädig.«

»Entschuldige«, sagte Thor hastig. »So war das nicht gemeint. Ich hätte nachdenken müssen.«

»Wir leben in schweren Zeiten«, antwortete Urd, ohne ihn anzusehen. »Eine Zeit großer Veränderungen. Manche von uns müssen auch schwere Opfer bringen.«

»Urd, ich wollte nicht –«

»Da ist dein Bruder!« Urd schnitt ihm das Wort ab, indem sie die Hand hob und auf eine kleine Gruppe golden gerüsteter

Gestalten wies, die auf der anderen Seite des freien Platzes standen. Thor erkannte auf den ersten Blick, dass es sich um wirkliche Einherjer handelte, nicht nur um normale Männer, die man in eine prachtvolle Rüstung gesteckt hatte. Er sah auch sofort, wen Urd meinte. Einer der Männer überragte die anderen fast um Haupteslänge, ein Riese, der sogar noch größer sein musste als er selbst. Bruder? Sicher war das im übertragenen Sinn gemeint.

Er wollte weiterreiten, doch Urd entschied aus irgendeinem Grund anders, stieg aus dem Sattel und gab die Zügel an einen der Einherjer weiter, während sie darauf wartete, dass auch er absaß.

»Gib acht«, sagte Thor, als der andere Krieger nach Schnappers Zaumzeug griff. »Er ist ein wenig –«

Weiter musste er nicht sprechen, denn der Schecke demonstrierte dem Einherjer, was er gemeint hatte.

»Und behandle ihn gut«, fügte er hinzu, wobei er alle Mühe hatte, ein schadenfrohes Grinsen zu unterdrücken. »Er hat mir treue Dienste geleistet und sich einen warmen Stall und eine Extraportion Hafer verdient.«

»Ganz wie Ihr befehlt, Herr«, murmelte der Krieger. Er ging, und Urd bedachte Thor mit einem langen, stirnrunzelnden Blick.

»Und jetzt kommt, mein Gebieter. Wenn Ihr mir folgen würdet ...?«

Thor tat, was sie von ihm verlangte, aber es blieb ein sonderbar schaler Geschmack zurück. Der kleine Dialog hätte witzig sein sollen, aber er war es nicht, sondern hatte eine Saite in ihm zum Klingen gebracht, die ihn mit Unbehagen erfüllte.

Der goldene Riese unterbrach sein Gespräch mit den anderen und wandte sich zu Urd und ihm um, und ein sonderbarer Ausdruck erschien auf seinem Gesicht. Neugier, eine vage Erwartung, vielleicht gemischt mit einer Spur von Misstrauen ... aber auch noch etwas anderes, das er unmöglich in Worte fassen konnte. Darüber hinaus war es ein sehr markantes und starkes Gesicht, wie man es bei einem Mann von seiner Größe und Statur erwarten konnte.

Und es kam ihm vage bekannt vor. Natürlich war er sicher, es noch nie zuvor gesehen zu haben – weder in diesem noch in jenem anderen Leben, das er vergessen hatte –, aber da war dennoch etwas ungemein Vertrautes. Vielleicht in seinen Augen, die groß und sehr hell waren, was in seinem sonnengebräunten Gesicht zu einem irritierenden Kontrast führte. Diese Augen waren …

Urd blieb stehen, deutete eine knappe Verbeugung in Richtung des blonden Riesen an und deutete dann auf ihn. »Das ist Thor. Seid willkommen, Herr. Endlich seid Ihr da!«

»Thor.« Der Riese wandte sich in einer zu gleichen Teilen schwerfällig wie fast tänzerisch leicht anmutenden Bewegung ganz zu ihm um und deutete ein Nicken an. Dann lächelte er. »Ja, ich weiß.« Er streckte die Hand aus. »Willkommen, Bruder. Ich bin Loki.«

Thor ergriff die ausgestreckte Hand des Riesen und lauschte in sich hinein, ob der Klang dieses Namens irgendein Echo in ihm auslöste. Vielleicht. Da … war etwas, aber er war nicht sicher, was es bedeutete.

»Wir haben lange auf dich gewartet, Bruder«, sagte Loki. »Und noch länger nach dir gesucht.«

Bruder? Thor kramte weiter in seinem Gedächtnis, sah in das starke Gesicht seines Gegenübers und dann noch einmal in seine Augen … und dann wusste er es.

Es waren seine Augen. Sie hatten dasselbe gesehen wie er, und das war es, was sie verband.

»Bruder?«, wiederholte er laut.

»In einem … gewissen Sinne«, antwortete Loki gedehnt. Sah er enttäuscht aus? Sein Blick ließ den Thors jedenfalls für einen Moment los und richtete sich auf Urd. »Du hast es ihm noch nicht gesagt?«

»Das wollte ich Euch überlassen, Herr«, antwortete Urd mit gesenktem Blick. »Es tut mir leid, wenn ich –«

»Nein, das ist schon in Ordnung«, unterbrach sie Loki. »Es war richtig so. Wahrscheinlich ist es besser, wenn ich es tue.«

»Wenn du was tust?«, fragte Thor misstrauisch.

»Gedulde dich, Thor«, erwiderte Loki. Seine Hand ließ die Thors los, aber sie tat es irgendwie zögernd. Wenn schon nicht sein Blick, so schien doch diese Bewegung Enttäuschung auszudrücken. »Nicht mehr lange, das verspreche ich.« Er trat einen halben Schritt zurück, legte den Kopf auf die Seite und sah Thor aus Augen an, in denen jetzt nur noch sehr wenig Freundlichkeit zu lesen war, dafür aber eine gnadenlose Härte. Es war ein Blick, unter dem er sich sofort unwohl zu fühlen begann und sich klein und bedeutungslos vorkam. War dies der Blick eines Gottes, dachte er bestürzt. War es das, was andere empfanden, wenn sie in sein Gesicht sahen?

»Du erinnerst dich an gar nichts?«, fragte Loki.

»Vielleicht könnte ich diese Frage beantworten, wenn ich wüsste, woran ich mich erinnern soll?«, antwortete Thor.

Loki sah ihn einen ganz kurzen Moment lang verstört an, aber dann lachte er, so lange und laut, dass sich etliche Gesichter in ihre Richtung wandten.

»Ja, spätestens daran hätte ich dich erkannt«, sagte er. »Du bist noch immer so schlagfertig wie früher. Und da sagt man mir nach, ich wäre scharfzüngig.«

Das verstand Thor noch sehr viel weniger als alles andere, aber Loki drehte sich bereits herum und bedeutete ihm heftig mit beiden Armen wedelnd mit ihm zu kommen. Da war etwas an ihm, das ihn auf einer tieferen Ebene erschreckte. Etwas an seinen Bewegungen …

»Komm mit, Thor«, sagte er. »Ich möchte dir etwas zeigen!«

Thor folgte ihm. Sie gingen ein Stück am Wasser entlang, und Loki blieb erst stehen, als sie einen Punkt erreicht hatten, der ihnen einen freien Blick nahezu über das gesamte Hafenbecken gewährte. Flammen und Rauch tobten noch immer mit ungebrochener Kraft, aber sie verbargen das fremde Schiff jetzt nur noch zu einem kleinen Teil, und was er nun davon erkennen konnte, das war …

Nein, ihm fehlten die Worte, um es mit einem einzelnen Begriff oder auch nur einem Gedanken beschreiben zu können. Das Schiff war groß – nicht so riesig, wie es im ersten Moment den Anschein gehabt hatte, aber von einer fremdartigen Massigkeit, die es größer erscheinen ließ, als es in Wirklichkeit war – und von einer unheimlich fremdartigen Bauweise. Rumpf, Heck und selbst der geschwungene Drachenkopf am Bug erinnerten an die Drakkars, wie sie die Menschen hier benutzten, aber zugleich war es auch vollkommen anders. Alles an diesem Schiff, jede Linie, jede einzelne Planke und jedes Ruder, wirkte zornig und sprungbereit, als wäre dieses Schiff etwas auf düstere Art Lebendiges; als wäre ein Ungeheuer aus den finstersten Mythen der Menschen zum Leben erwacht und bereite sich nun darauf vor, mit einem Satz über die Wirklichkeit herzufallen, nichts als Tod und Verheerung im Kielwasser. Es war Thor unmöglich, auch nur seine Farbe zu benennen, und das war vielleicht das Unheimlichste überhaupt. Mal spiegelte sich der Feuerschein rot auf seinem Rumpf, dann wieder silbern oder weiß oder auch in einem leuchtenden Perlmutt.

»Beeindruckend, nicht?«, fragte Loki.

Thor nickte. »Dein Schiff?«

»Das unseres Vaters«, erwiderte Loki. Er lächelte. »Und in einem gewissen Sinne damit auch meines … und das deine, ja … und du erinnerst dich wirklich an gar nichts?«

Sollte er? Obwohl ihn der Anblick des monströsen Schiffes mit einem sonderbaren Unbehagen erfüllte, zwang sich Thor, das Schiff noch einmal genauer in Augenschein zu nehmen, und da ... war etwas. Tobende Gischt, die sich an der Bordwand brach und wie mit unsichtbaren Fäusten an den Rudern zerrte. Salzwasser, das wie Säure in seinen Augen brannte und so kalt war, dass jeder Spritzer wie ein Messer in seine Haut stach, da wo sie ungeschützt war. Die Schreie der Männer, die sich verzweifelt irgendwo festzuklammern versuchten, und das triumphierende Brüllen der Wellen, wenn es ihnen gelang, ein weiteres Opfer über Bord zu reißen und zu verschlingen, und dann ein blendender Schmerz, der alles auslöschte. Dann war es vorbei.

»Du erinnerst dich«, sagte Loki. Es war keine Frage.

»Nein«, antwortete Thor. »Ja.« Er hob fast verlegen die Schultern. »Aber es ...«

»... ergibt keinen Sinn«, führte Loki den Satz an seiner Stelle zu Ende. »Das verstehe ich.«

»Sind ... alle eure Schiffe so wie dieses?«, fragte Thor zögernd.

»Wie das Naglfar?« Die Frage schien Loki zu amüsieren. »Nein. Wäre es so, dann müssten wir dieses Gespräch jetzt nicht führen, denn dann hätten wir alle unsere Feinde schon längst hinweggefegt. Es gibt nur dieses eine – und du erinnerst dich wirklich an nichts?«

»Nicht an viel«, gestand Thor.

Loki lächelte. »Nun, dann wird es Zeit, dass du auch den Rest der Geschichte erfährst, meinst du nicht?«

Sie saßen in Fargas' ehemaliger Stube im Haus des Jarls, dem größten und massivsten Gebäude von ganz Oesengard und einem der wenigen, die noch zum allergrößten Teil aus der Stadt stammten, die sich früher einmal an dieser Stelle erhoben hatte.

Thor kannte es. Er hatte etliche Tage in diesen uralten Mauern zugebracht, denn im hinteren Teil des Gebäudes befanden sich auch die Zellen, in denen Urd und er gefangen gehalten worden waren. Dieser Teil hier war anders.

Die Ähnlichkeit mit der finsteren Architektur des schwarzen Turmes im Norden war freilich unübersehbar. Alles hier wirkte vertraut und zugleich … nicht ganz richtig. Auch hier zierten uralte und fast verblichene Bilder die Wände, auch wenn die meisten mit Wandteppichen verhängt waren.

»Du wirst tausend Fragen haben«, sagte Loki, während er sich in seinem Stuhl zur Seite beugte und ein frisches Scheit in das Kaminfeuer warf. »Ich fürchte, die Zeit wird nicht ausreichen, um sie dir alle zu beantworten. Aber vielleicht die wichtigsten.«

Thor sah den blonden Riesen nachdenklich an und mit einem Gefühl, dessen er sich selbst am wenigsten sicher war. Er sollte ihn hassen, er sollte ihn zumindest fürchten, und er sollte diesem muskelbepackten Riesen ganz bestimmt nicht vertrauen. Aber er wusste einfach nicht, was er empfand. Verwirrung. Vor allem Verwirrung.

»Du erinnerst dich«, stellte Loki fest, womit er nicht das Naglfar meinte oder die Zeit davor. Thor reagierte gar nicht. Sein Gefühl hatte ihn nicht getrogen. Er hatte Loki erkannt – nicht sein Gesicht, das er niemals zuvor gesehen hatte, aber seine Bewegungen, seine Stimme und den durchdringenden Blick seiner hellen Augen. Aber er … verstand es nicht.

»Du fragst dich, warum ich dich angegriffen habe«, sagte Loki.

»Lasse«, sagte Thor.

Loki hob fragend die rechte Augenbraue.

»Kurz bevor er starb, hat er mich angesehen, als würde er mich erkennen. Aber das hat er nicht. Er hat *dich* erkannt, nicht wahr? Er hat mich gesehen, aber geglaubt, du wärst es.«

Tatsächlich gab es eine unübersehbare Ähnlichkeit zwischen ihnen. Sie sahen nicht aus wie Brüder. Loki war ein gutes Stück größer als er und deutlich breitschultriger. Aber da war eine Ähnlichkeit, die weit über ihre Gesichter oder Statur hinausging; dieselbe Art von Ähnlichkeit, die auch Urd um ein Haar zum Verhängnis geworden wäre. Sie gehörten ganz eindeutig demselben Volk an.

»Ja«, sagte Loki.

»Aber er hatte Angst vor mir«, sagte Thor. »Vor dir.«

»Das will ich meinen!«, antwortete Loki lachend. »Wie würdest du dich fühlen, wenn du im Sterben liegst, und das Gesicht, das sich über dich beugt, ist das deines Gottes?«

»Ich dachte, ich wäre der Gott hier«, sagte Thor, mit wenig Enthusiasmus um einen scherzhaften Ton bemüht. Als Loki nicht darauf reagierte, ließ er noch einen Moment verstreichen und stellte dann die Frage, die er eigentlich stellen wollte: »Warum hast du versucht, mich zu töten?«

»Habe ich das?«

Loki beugte sich vor, um nach einem mit Edelsteinen besetzten silbernen Pokal zu greifen, der auf dem Tisch stand. Er trank nicht daraus, sondern spielte nur damit, wobei sein Blick aufmerksam den bunten Lichtreflexen folgte, die die Edelsteine auf die Tischplatte zauberten. Dann lachte er; von allen Reaktionen, mit denen Thor auf seine Frage gerechnet hätte, vielleicht die unwahrscheinlichste.

»Glaub mir, kleiner Bruder – wenn ich dich hätte töten wollen, dann hätte ich es getan. Aber du hast dich tapfer gewehrt. Es gibt Tage – vor allem wenn das Wetter umschlägt in diesem furchtbar kalten Land am Ende der Welt –, da spüre ich deine Schläge noch immer. Du warst gut, vor allem wenn man bedenkt, dass du nicht einmal deine Waffe hattest, sondern nur das einfache Werkzeug eines Schmieds. Aber du hättest mich niemals besiegt. Ich war schon immer stärker als du.« Er prostete ihm spöttisch zu, trank nun doch einen winzigen Schluck und streckte dann die Hand nach Mjöllnir aus. »Darf ich ihn sehen?«

Thor ertappte seine Hand dabei, sich wie selbstverständlich

zu bewegen und nach dem Hammer an seinem Gurt zu greifen, und es kostete ihn unerwartete Überwindung, Lokis Befehl nicht genauso selbstverständlich Folge zu leisten, als wäre es eben ganz genau das: selbstverständlich.

Erst, als er zu dem Schluss kam, es aus freien Stücken zu tun, löste er Mjöllnir vom Gürtel und reichte ihn Loki, über den Tisch hinweg und so, dass das gesamte Gewicht des mächtigen Streithammers in Lokis ausgestreckter Hand lag, was nur ein außergewöhnlich starker Mann aushalten konnte, ohne ihn fallen zu lassen.

Offensichtlich gehörte Loki dazu. Ohne die geringste sichtbare Mühe nahm er Mjöllnir mit nur einer Hand entgegen, betrachtete ihn interessiert und studierte dann noch deutlich interessierter die verschlungenen Runen, die in den Hammerkopf eingearbeitet waren.

»Eine ausgezeichnete Arbeit«, lobte er. »Du hast ihn selbst gemacht?«

Thor nickte, und Lokis Gesichtsausdruck wurde noch anerkennender. »Vielleicht nicht ganz so gut wie das Original, aber unter den gegebenen Umständen …«

Ohne jede Vorwarnung und nur mit einer Hand warf er Thor den Hammer über den Tisch hinweg zu. Thor hatte nicht nur Mühe, die schwere Waffe – mit beiden Händen – aufzufangen, sondern auch, nicht mitsamt seinem Stuhl nach hinten zu kippen.

In Lokis Gesicht rührte sich kein Muskel, aber in seinen Augen blitzte es kurz und amüsiert auf. »Wenn das alles hier vorbei ist, nehmen wir uns die Zwerge vor. Und ich verspreche dir, dass Dvergas persönlich dir deinen Hammer zurückgeben wird.«

Thor entsann sich, dass er Lif einmal erzählt hatte, Dvergas der Zwergenkönig habe ihm seinen Hammer gestohlen. Damals hatte er nicht gewusst, ob er diese Geschichte nur erfunden hatte oder ob sie auf Wahrheit beruhte. Er befestigte Mjöllnir wieder an seinem Gürtel und sah Loki auffordernd an, weiterzusprechen.

»Wir hatten nie vor, dir etwas zuleide zu tun, Thor«, fuhr Loki fort. »Aber wir mussten vorsichtig sein. Wir wussten nicht, woran wir mit dir waren. Ich bin nicht einmal ganz sicher, ob ich es jetzt weiß.«

Thor ignorierte die letzte Bemerkung. »Haben deine Krieger deshalb versucht, mich zu töten?«

»Du hattest die Wahl, Bruder«, sagte Loki ernst. »Und du hast viele ihrer Brüder getötet, vor diesem Tag ... aber ich nehme an, auch daran erinnerst du dich nicht mehr?«

Thor sah ihn nur nachdenklich an. Er erinnerte sich in der Tat nicht daran, irgendeinen seiner vermeintlichen Brüder erschlagen zu haben, er war sogar sehr sicher, es nicht getan zu haben.

»Und Urd?«

»Ich weiß, was sie dir gesagt hat«, antwortete Loki. »Sie hat es getan, weil ich es ihr aufgetragen habe.«

»Aufgetragen?«

»Weil ich sie darum gebeten habe«, verbesserte sich Loki, und auf seinen Blick hin fuhr er fort: »Ich habe sie nicht angerührt. Ich würde niemals eine Frau gegen ihren Willen berühren.«

»Und warum sollte ich dir das glauben?«, fragte Thor.

»Warum sollte ich lügen, Thor?«, entgegnete Loki. »Ich bin ein Gott! Wozu mir etwas mit Gewalt nehmen, was mir jede Frau mit Freuden schenken würde, auf die mein Blick fällt?«

»Vielleicht weil es die Einzige war, von der du es nicht bekommen konntest?«

Loki sah einen Moment lang so aus, als wollte er wütend werden, doch dann seufzte er nur. »Ich hätte es wissen müssen. Du hattest schon immer einen Hang zum Melodramatischen. Aber frag dich, was du an meiner Stelle getan hättest, Thor.«

»Ich glaube dir nicht«, sagte Thor. Vielleicht war es auch einfach so, dass er ihm nicht glauben wollte.

Als hätte er seine Gedanken gelesen, setzte der blonde Riese zwar zu einer Antwort an, schüttelte aber dann nur mit einem neuerlichen Seufzen den Kopf und stand auf, um zur Tür zu gehen. Thor hörte, wie er ein paar halblaute Worte mit jemandem wechselte, der anscheinend draußen auf dem Gang gewartet hatte. Wahrscheinlich ein Posten – aber wozu brauchte ein Gott eigentlich eine Leibwache?

Loki kam zurück, ließ sich wieder schwer auf seinen Stuhl fallen und sah ihn auf eine sonderbar enttäuschte Art an, der Thor entnahm, dass er jetzt keine weiteren Fragen mehr beantworten würde.

Er musste sich aber auch nicht mehr lange gedulden. Schon nach wenigen Augenblicken ging die Tür auf, und Urd betrat das Zimmer. Sie war nicht allein. Gundri schlüpfte hinter ihr durch die Tür, und sie drückte ein winziges Bündel aus weißen Tüchern an sich, und Thor hatte es kaum gesehen, als er auch schon aufsprang und sich gerade noch beherrschen konnte, ihr das Kind nicht aus den Armen zu reißen. »Lifthrasil!«

Gundri prallte regelrecht zurück, so heftig war er auf sie zugestürmt, und er bemerkte aus den Augenwinkeln, wie Loki einen leicht verwirrten Blick mit Urd tauschte, auf den er allerdings nur ein Schulterzucken und einen undeutbaren Gesichtsausdruck zur Antwort bekam.

»Lifthrasil!«, sagte er noch einmal, jetzt aber ruhiger und zumindest darum bemüht, nicht wie ein kompletter Narr auszusehen. Er streckte die Arme aus und tat so, als bemerke er den fragenden Blick nicht, den Gundri Urd zuwarf, bevor sie ihm das Kind übergab. Noch vor Tagesfrist wäre ihm schon die Vorstellung einfach nur grotesk erschienen – aber Tatsache war, dass er nicht einmal an seine Tochter gedacht hatte, seit sie Oesengard verlassen hatten. Angesichts der regelrechten Besessenheit, die er zuvor für Lifthrasil verspürt hatte, war das eigentlich unvorstellbar. Und auch jetzt ... Er drückte das Kind – sehr behutsam – an sich und sah auf das winzige Gesichtchen hinab. Lifthrasil schlief, und er verspürte ein Gefühl tiefer Zärtlichkeit und ein Zugehörigkeitsgefühl, das ihn verwirrte. Lokis Versicherung, Urd nicht angerührt zu haben, wäre in diesem Moment gar nicht mehr nötig gewesen, denn er spürte mit absoluter Sicherheit, dass Lifthrasil sein Kind war, ein Teil von ihm, nicht dieses blonden Riesen, der vorgab, sein Bruder zu sein. Und dennoch ...

Elenia hatte die Wahrheit gesagt, dachte er voller Bitterkeit. Er liebte dieses Kind und würde es ohne zu zögern mit seinem eigenen Leben beschützen, wenn es notwendig war, aber die schon fast absurde Vernarrtheit, die jeden einzelnen seiner Gedanken beherrscht hatte, war nicht mehr da. Elenia hatte die Wahrheit gesagt. Was er für Liebe gehalten hatte, war nur ein Zauber gewesen, der aus Urds Kräutersäckchen kam. Was übrig blieb, das war immer noch genug Liebe für sein Kind, aber er sollte trotzdem zornig werden oder doch wenigstens ärgerlich. Nichts von alledem geschah.

»Es ist gut, Gundri«, sagte Urd. »Du kannst jetzt gehen. Du hast dich sehr gut um sie gekümmert, hab vielen Dank.« Sie streckte die Arme aus. »Gibst du sie mir?«

Es dauerte eine Weile, bis Thor überhaupt begriff, dass die letzten Worte ihm galten. Er sah sie trotzdem nur verständnislos an.

»Nur keine Sorge«, fuhr Urd fort. »Ich will sie dir nicht wegnehmen. Es ist Zeit, sie zu füttern, das ist alles.«

Sie musste ihre auffordernde Geste noch einmal wiederholen, aber dann legte Thor ihr das Kind fast hastig in die Arme, und sie wandte sich um und nahm auf einem Stuhl am Kamin Platz. Gundri zögerte noch einen letzten Moment, bevor sie ging, und der Blick, mit dem sie das Kind – und vor allem Urd – dabei bedachte, war sonderbar. Was sie sah, schien ihr nicht zu gefallen.

Loki winkte ihm zu, sich wieder zu setzen, und Urd rückte das Kind in ihrer linken Armbeuge zurecht und begann mit der anderen Hand die Schnüre ihres Kleides zu lösen. Als sie Lifthrasil an die Brust legte, wachte das Kind auf und begann augenblicklich zu trinken. Thor sah zuerst überrascht, dann irritiert zu Loki hin. Auch der blonde Riese sah Urd ganz ungeniert zu, und das auf eine Weise, die Thor verwirrte. Als sähe er so etwas nicht zum ersten Mal. Nein. Thor verbesserte sich in Gedanken: als sähe er *sie* so nicht zum ersten Mal.

»Du musst sehr stolz sein«, sagte Loki plötzlich, nun wieder an ihn gewandt.

Thor war nicht ganz sicher, was er damit meinte, aber er antwortete trotzdem. »Gibt es etwas Schöneres, als ein Kind zu haben?«

Urd sah kurz in seine Richtung und lächelte, aber in ihren Augen war immer noch ein Funke von Dunkelheit, der vielleicht nie wieder daraus verschwinden würde.

Er sah rasch wieder zu Loki hin. »Hast du Kinder?«

»Ich hatte zwei«, erwiderte Loki, und auch über sein Gesicht huschte ein Schatten, verschwand aber auch sofort wieder, als er sich zu einem Lächeln zwang. Zugleich machte er eine Geste auf Becher und Krug auf dem Tisch. Thor schüttelte den Kopf, und Loki schenkte nur sich selbst nach, obwohl er bisher kaum an seinem Wein genippt hatte. Versuchte er Zeit zu gewinnen?

»Was euch zugestoßen ist, ist entsetzlich«, begann er schließlich. »Ich habe es bisher versäumt, euch mein Beileid zu bekunden. Euch beiden.«

»Sie haben ihr Leben für eine gute Sache gegeben«, sagte Urd. »Und in der nächsten Welt ist ihnen der Lohn dafür gewiss.«

Das klang wie etwas Eingeübtes, eine leere Phrase, die keinerlei Trost enthielt. Vielleicht war es ihre Art, mit dem Schmerz fertigzuwerden, der sie sonst überwältigt hätte.

»Ja, so wird es wohl sein«, seufzte Loki. Er gewann noch einmal Zeit damit, an seinem Pokal zu nippen, und stellte ihn dann mit einer gezierten Bewegung auf den Tisch zurück. »Und wenn nicht, dann werden wir dafür sorgen, dass ihre Namen niemals vergessen werden.«

»Wir?«, fragte Thor.

»Du hast gesagt, dass dich das Naglfar an etwas erinnert.«

»Nicht an viel«, antwortete Thor unbehaglich. »Ein Sturm. Kälte. Angst.«

»Das ist bedauerlich«, seufzte Loki, »aber nun, wo ich hier bin, kann ich alle deine Fragen beantworten ... oder dir sagen, welche Fragen du stellen solltest.«

»Vielleicht die, die ich schon gestellt habe«, antwortete Thor spröde. Und im Moment die einzige, die ihn wirklich interessierte. »Warum haben deine Männer und du versucht, mich zu töten?«

»Und ich habe sie bereits beantwortet«, sagte Loki geduldig. »Niemand wollte dich töten. Wir waren dort, um nach dir zu suchen. Wir wollten dich zurückholen.«

»In wie vielen Stücken?«

Loki lächelte nicht. »Die Dinge sind ... aus dem Ruder gelaufen. Vielleicht waren die Männer übereifrig. Dinge sind geschehen, auf die sie so wenig Einfluss hatten wie ich. Und sie hatten Angst vor dir.«

»Vor mir?«

»Immerhin sind sie tot«, erinnerte Loki.

»Ich verstehe«, sagte Thor. »Du willst mir nichts sagen, sondern mich nur weiter verwirren.«

»Ich weiß, dass es dir jetzt so vorkommen muss«, antwortete Loki. »Aber wie soll ich dir ein ganzes Leben erklären, in wenigen Augenblicken?« Er lachte, aber es klang bitter. »Du hast mich gefragt, ob das Naglfar mein Schiff ist. Wenn man es genau nimmt, war es deines, Bruder.«

Das Brüllen des Sturmes war so laut geworden, dass es tatsächlich in den Ohren schmerzte. Er hatte das Bewusstsein verloren, als er gegen die Reling geprallt und über Bord gefallen war, aber die Eiseskälte des Wassers weckte ihn wieder auf, und wozu sein Wille nicht mehr imstande war, das übernahmen seine Reflexe. Mit einer einzigen, kraftvollen Bewegung kam er wieder an die Oberfläche zurück und schnappte verzweifelt nach Luft, und etwas Riesiges und Schuppiges bäumte sich über ihm auf …

»Meines?« Er versuchte die Bilder festzuhalten, aber es gelang ihm nicht. Ein leiser Geschmack wie nach Salzwasser auf seiner Zunge war alles, was zurückblieb.

»Du warst nicht sein Kapitän, wenn du das meinst«, erwiderte Loki. »Aber du kennst ihn.«

»Ich kenne keinen –«, begann Thor, runzelte die Stirn und fragte dann: »Barend?«

»Barend«, bestätigte Loki. »Er ist ein guter Mann und der treueste Freund, den man sich nur wünschen kann. Es war seine Entscheidung, ganz allein und mit einem Schiff hierherzukommen, auf das ich nicht einmal einen Fuß gesetzt hätte, um nach dir zu suchen. Alle waren dagegen, ich gebe es zu, sogar ich selbst. Aber er war nicht davon abzubringen.«

»Barend?«, vergewisserte sich Thor noch einmal. Soweit er es beurteilen konnte, sagte Loki die Wahrheit – aber warum erinnerte er sich dann nicht an diesen Mann, wenn er doch angeblich ein so guter Freund gewesen war?

»Was ist passiert?«, fragte er.

»Wo soll ich anfangen?«, seufzte Loki.

»Vielleicht damit, wer ich bin?«

»Ein König.«

»Ich dachte, ich wäre ein Gott.«

»Auch das.« Loki blieb vollkommen ernst. »Und ein Krieger, ein Heerführer, ein Prophet und so vieles mehr. Such dir etwas aus, das Richtige wird schon dabei sein.«

»Ein einfacher Jäger, der einmal eine Familie und ein eigenes Leben hatte?«, schlug Thor vor.

»Und jetzt klingst du so bitter, als wäre es meine Schuld«, sagte Loki. »Ich war einmal ein einfacher Bauer, Thor. Ein dummer Bauer, um ehrlich zu sein. Ich konnte nicht lesen und nicht schreiben, und alles, was jenseits unserer Felder lag, war für mich so fremd, dass es mir Angst gemacht hat.«

»Aber du hattest eine Familie.« Thor erinnerte sich. »Zwei Kinder.«

»Und eine Frau«, bestätigte Loki, scheinbar vollkommen ungerührt. Sein Blick irrte für einen winzigen Moment zu Urd hin. »Eine sehr schöne Frau. Ich habe sie geliebt.«

»Und es macht dir nichts aus, dass sie dir weggenommen wurden?«, fragte Thor.

»Weggenommen?« Loki schien über das Wort nachdenken zu müssen. Ein dünnes Lächeln erschien auf seinen Lippen und verschwand wieder. »Eine interessante Wortwahl ... aber wenn man es genau nimmt, dann war es eher anders herum. Ich wurde ihnen weggenommen.« Er nippte wieder an seinem Wein und lehnte sich bequemer in seinem Stuhl zurück, als bereite er sich auf eine längere Erzählung vor.

»Unser Ochse war weggelaufen. Ich wusste, dass es gefährlich war, nach ihm zu suchen, aber es war unser einziger Ochse, und ohne ihn hätten wir im darauffolgenden Winter wohl hungern müssen ... noch mehr als ohnehin, meine ich. Der Winter war härter gewesen als der vorige, und der wiederum kälter als der davor und so weiter ... kommt dir das bekannt vor?«

Aus seinen Träumen, ja. Und von Bjorn. Thor nickte.

»Ich war damals viel zu dumm, um zu begreifen, was es bedeutete, aber ich wusste sehr wohl, was der Verlust des Tieres für uns bedeutet hätte. Also bin ich hinausgegangen, um nach dem Ochsen zu suchen.«

»Und was ist dann passiert?«, fragte Thor, als Loki nicht weitersprach.

»Ich bin gestorben«, antwortete Loki. »Jedenfalls beinahe. Ich bin einen Hang hinuntergefallen und habe mir das Kreuz gebrochen. Es war kalt, und ich lag halb im Wasser. Ich wäre noch in derselben Nacht gestorben, wenn er nicht gekommen wäre.«

»Der Dämon.«

»Warum nennst du ihn so?«, wollte Loki wissen. Er klang überrascht, fast ein wenig gekränkt, als hätte Thor ihn angegriffen und nicht den Unsichtbaren.

»Weil er es ist«, behauptete Thor. »Ich bin ihm auch begegnet.«

»Ich weiß.«

»Und er hat mir dasselbe Angebot gemacht wie dir«, fuhr Thor fort. »Mein Leben, wenn ich ihm diene, als ...« Er suchte nach dem richtigen Wort, ohne es zu finden. »Als Gefäß.«

»Und er hat sein Wort gehalten«, sagte Loki. »Ich lebe. Und du auch.«

»Leben?« Thor machte ein bitteres Geräusch. »Oh ja. Ich bin irgendwo in diesen Bergen aufgewacht, ohne Erinnerung, ohne zu wissen, wer ich bin, wer ich war ... wenn du das Leben nennst.«

»Du nicht?«

»Nein«, antwortete Thor. Er berührte mit Fingerspitzen seine Schläfe. »Das hier ist mein Leben, Loki. Alles woran ich mich erinnere. Alles was ich je erlebt habe, alles was ich bin, ist hier drinnen. Und das hat er mir weggenommen. Hätte ich es vorher gewusst, hätte ich sein Angebot abgelehnt. Er hat mich betrogen.«

»Nein, das hat er nicht«, sagte Loki ernst. »Er hat Wort

gehalten. Er hat dein Leben gerettet und dir gezeigt, wie du deinen Körper heilen kannst, und er hat dir noch sehr viel mehr gegeben. Wissen. Macht. Und vor allem das Wissen, wie du diese Macht benutzen kannst.«

»Woher willst du das wissen?«, fragte Thor.

»Weil es bei mir so war und auch bei allen anderen. Und weil du es mir gesagt hast.«

Thor starrte ihn an.

»Du hast dein Gedächtnis verloren«, sagte Loki, »das ist wahr. Aber nicht damals und nicht durch seine Schuld. Es muss geschehen sein, als du von Bord gespült worden bist. Wir hielten dich für tot – die meisten jedenfalls, bis auf Barend vielleicht –, aber wie es aussieht, haben dich die Götter beschützt, und du hast es irgendwie bis an die Küste geschafft.« Er zuckte mit den Schultern. »Vielleicht hat dich auch jemand gerettet. Das werden wir vielleicht nie erfahren.«

»Und ich bin ohne Gedächtnis irgendwo in den Bergen aufgewacht und dann zufällig ausgerechnet auf Urd gestoßen?«, fragte Thor abfällig. »Wer soll das glauben?«

»Wer will schon sagen, was Zufall ist und was nicht?«, erwiderte Loki. »Vielleicht war es Zufall, vielleicht ist die Macht der Unsichtbaren noch sehr viel größer, als wir ahnen.«

»Aber ausgerechnet Urd?«, beharrte Thor. »Ausgerechnet die einzige Lichtbringerin …« Er sprach nicht weiter, als er Urds Blick begegnete und das stumme Entsetzen darin las.

»Ja?«, fragte Loki. »Die einzige Lichtbringerin in diesem Land, willst du sagen? Das war sie nicht. Sie wusste nichts von den anderen, so wie ihre Brüder und Schwestern hier in Oesengard nichts von ihr wussten. Was übrigens deine Idee war.«

»Meine Idee?«

»Deine Freunde aus Midgard«, antwortete Loki. »Sie haben mehr als eine der Schwestern gefangen und verhört. Sie können niemanden verraten, den sie nicht kennen. Ich fand die Idee …

ziemlich verrückt, als du sie mir vorgetragen hast, denn sie machte viele Dinge kompliziert, die sonst einfach gewesen wären. Aber wie sich gezeigt hat, war es richtig. Du bist klug, für einen dummen Jäger, der nur so weit zählen konnte, wie er Finger an beiden Händen hatte.« Thor spürte, dass er jetzt wohl ein Lachen von ihm erwartete oder wenigstens irgendeine Reaktion, aber er sah ihn nur weiter unverwandt an. Es war ein unheimliches Gefühl, Loki über Dinge reden zu hören, die er gesagt oder getan hatte, ohne sich daran zu erinnern, und umso unheimlicher, weil er jenseits aller Zweifel wusste, dass Loki nicht log.

»Was wollen sie?«, fragte er leise.

»Warum fragst du nicht, was sie uns gegeben haben?«, erwiderte Loki. »Warum stellst du nicht die Frage, die du wirklich stellen willst, Bruder? Nämlich die, warum ich nicht zurückgegangen bin, nachdem ich wieder gesund war?«

»Und warum nicht?«

»Aus dem gleichen Grund wie du, mein Freund«, antwortete Loki, zwar sanft und mit einem angedeuteten Lächeln auf den Lippen, aber auch unerbittlich. Er hob abwehrend die Hand. »Oh ja, ich habe ganz vergessen, dass du dich ja an nichts mehr erinnern kannst. Dann will ich es dir sagen: Weil ich erleuchtet wurde. Weil ich plötzlich sehen konnte. Weil mir klar geworden ist, was für ein erbärmliches Leben ich bis zu diesem Tag geführt habe und was für ein erbärmliches Leben ich bis ans Ende meiner Tage weiterführen würde, wenn ich zu ihnen zurückginge. Also habe ich es nicht getan. Ich habe meine Frau und meine Kinder nie wiedergesehen und sie mich nicht, seit jener Nacht, in der ich weggegangen bin, um nach einer entlaufenen Kuh zu suchen.«

»Gerade war es noch ein Ochse«, sagte Thor. Er fühlte sich unbehaglicher, mit jedem Moment, den er Loki zuhörte.

»Kuh! Ochse!« Loki machte eine wegwerfende Geste. Er wurde zornig. »Was ist das für ein Leben, das einen Mann zwingt, nachts und im Winter und Sturm hinauszugehen, um nach einem entlaufenen Tier zu suchen und damit nicht nur sein Leben zu riskieren, sondern auch das seiner Familie, Thor? Wäre ich in dieser Nacht wirklich gestorben, dann hätte ich damit auch die getötet, für die ich die Verantwortung getragen habe. Aber ich habe mich anders entschieden. Ich habe beschlossen, etwas zu ändern.«

»Und? Ist es dir gelungen?

»Sieh mich an«, antwortete Loki. »Sieh dich an. Heute sind wir Götter. Heute verbeugen sich Könige vor uns, und ganze Heere gehorchen unserem Befehl.«

»Und deine Familie?«

»Hat mich nie wieder gesehen«, sagte Loki. »Aber ich habe für sie gesorgt, wenn es das ist, was deinem Gewissen zu schaffen macht, Bruder – so wie du für deine Familie, nebenbei bemerkt.« Er trank einen weiteren, deutlich längeren Schluck Wein, währenddessen er Thor aufmerksam über den Rand seines kostbaren Trinkgefäßes hinweg im Auge behielt. »Das wolltest du doch wissen, oder? Was aus deiner Familie geworden ist. Du bist so wenig zu ihr zurückgekehrt wie ich zu meiner.«

»Loki!«, sagte Urd.

»Er hat gefragt«, sagte Loki. »Sollte ich ihn belügen?«

»Natürlich nicht, aber –«

»Wir sind aufeinander angewiesen, Urd«, fuhr Loki fort. »Jetzt und umso mehr in den Zeiten, die vor uns liegen mögen. Ich hätte niemals geglaubt, dass es einmal nötig sein würde, aber ich fürchte, ich muss Thors Freundschaft zum zweiten Mal erringen. Soll ich mit einer Lüge beginnen?«

Urd antwortete nicht darauf, aber um ein Haar hätte Thor es getan. Um ein Haar hätte er ihn angeschrien, ohne überhaupt zu wissen, warum. Alles, was Loki ihm gesagt hatte, war wahr. Aber da war noch mehr. Hinter dieser vollkommenen Ehrlichkeit verbarg sich etwas Düsteres und Abscheuliches, ein

Geheimnis, so ungeheuerlich, dass er es nicht zu kennen brauchte, um seine Verderbtheit zu spüren.

»Freundschaft?« Das Wort löste einen Missklang in seinen Ohren aus, den er nicht erklären konnte.

Loki lachte. »Ich sehe, du erinnerst dich doch noch an das eine oder andere?«

»Nein.«

»Doch«, behauptete Loki. »Vielleicht hast du die Dinge vergessen, aber nicht, was sie bedeuten. Ja, wir waren Freunde, aber das bedeutet nicht, dass wir immer einer Meinung waren. Ich werde dir nichts verschweigen und auch nicht versuchen, dir irgendetwas vorzumachen.«

»Auf die Gefahr hin, dass ich mich erinnern könnte?«

»Du hast tatsächlich nichts von deiner Scharfzüngigkeit verloren«, sagte Loki. »Du wirst dich erinnern, früher oder später, da bin ich sicher. Aber so lange kann ich nicht warten. Ich brauche dich hier.«

»Wozu?«

»Als Freund«, antwortete Loki. »Als Stellvertreter. Und um dein Wort zu halten.« Er kam seiner nächsten Frage zuvor. »Du hattest so etwas wie einen Handel mit Bjorn, wie Urd mir berichtet hat. Aber ich fürchte, er hat nicht vor, sein Wort zu halten.«

»Sie sind abgezogen.«

»Aber nur, weil sie deinen Zorn und die Kraft deines Hammers fürchten. Und nicht viel weiter fort als einen Tagesritt von hier. Hugin und Munin berichten von einem gewaltigen Heer, das sich zusammenzieht, tausend Reiter, wenn nicht mehr. Sie werden zurückkommen, und jemand muss sie aufhalten, sollten sie vor der Flotte mit unseren Kriegern eintreffen.«

»Ich allein?«, fragte Thor zweifelnd. »Gegen tausend Reiter?«

»Gleich morgen mit der ersten Flut breche ich mit dem Naglfar auf und fahre der Flotte entgegen, um sie zu größerer Eile anzutreiben«, antwortete Loki. »Ich lasse dir jeden Mann und jeden Krieger hier, den ich entbehren kann, und unsere Schwestern haben gute Arbeit geleistet. Du hast mehr treue Anhänger hier in Oesengard, als du glaubst. Du bist nicht allein.« Er schüttelte so heftig den Kopf, dass sein Haar flog. »Mit ein wenig Glück wird es zu keinem Kampf kommen. Das Naglfar ist schnell, und der Wind steht gut. Aber es wäre fatal, sich darauf zu verlassen und vielleicht um wenige Augenblicke zu spät zu kommen. Diese Stadt ist gut befestigt und leicht zu verteidigen, sowohl zum Land als auch zum Meer hin.«

»Ich weiß«, sagte Thor.

»Du warst schon immer der bessere Stratege von uns«, pflichtete ihm Loki bei. »Dann brauche ich dir auch nicht zu sagen, wie viele Opfer es kosten würde, Oesengard zu erobern, wenn es von tausend entschlossenen Männern verteidigt wird.« Er stellte den Becher auf den Tisch und stand auf. »Du musst Oesengard halten, bis ich zurück bin. Und das wird vielleicht schon morgen Abend der Fall sein, spätestens aber im Laufe der Nacht.«

Und wie kam er darauf, dachte Thor, dass er in seinem Auftrag hier einen Krieg führen würde? »Ich bin nicht sicher –«, begann er.

»– ob du mir trauen kannst?«, unterbrach ihn Loki, lächelnd, aber noch immer mit diesem sonderbaren Ernst in den Augen. Er seufzte. »Ich wäre überrascht, hättest du nicht ganz genau das gesagt. Ich kann dich nur bitten, mir zu vertrauen. Du hast vielleicht vieles vergessen, aber ich bin sicher, du wirst dich richtig entscheiden, wenn du auf deine innere Stimme hörst. Und nun lasse ich euch allein. Komm morgen früh zum Hafen, bevor die Flut einsetzt. Dann erwarte ich deine Entscheidung.«

»Und wenn ich Nein sage?«, fragte Thor.

Loki legte den Kopf schräg, sah ihn nachdenklich an und schien dann antworten zu wollen, beließ es aber lediglich bei einem Kopfschütteln und verließ ohne ein weiteres Wort den Raum.

Thor erhob sich mit einer mühsamen Bewegung von seinem Stuhl, drehte sich erst dann ganz zu Urd herum und stockte dann mitten in der Bewegung, als er sah, dass Lifthrasil immer noch trank.

»Du kennst ihn?«

»Loki?« Urd schüttelte fast erschrocken den Kopf. »Nein!«

Thor musste an die sonderbar vertraute Art denken, auf die Loki sie gerade angesehen hatte. Und da war noch etwas. »Vorhin, als wir angekommen sind. Du hast auf ihn gedeutet und gesagt: Endlich ist er da.«

»Ich habe gehört, dass Loki kommt, und das Naglfar erkannt«, antwortete Urd trotzig. »Ich habe ihn nie zuvor gesehen!«

»Du bist seine Hohepriesterin!«

»Ich bin *deine* Hohepriesterin!«, verbesserte sie ihn scharf. »Und selbst wenn: Nicht einmal eine Hohepriesterin der Lichtbringer pflegt täglichen Umgang mit Göttern.«

»Loki ist kein Gott«, sagte Thor. »So wenig wie ich.«

»Dann tragt ihr eben das Erbe der Götter in euch«, antwortete Urd trotzig. »Ich habe gehört, was er gesagt hat.«

»Wenn es die Wahrheit ist, ja!«, schnaubte Thor.

Urd machte sich nicht einmal die Mühe, darauf zu antworten.

Aber nach einer Weile stand sie auf und erklärte ihm, dass es an der Zeit war, Lifthrasil zu wickeln und zu Bett zu bringen.

26. Kapitel

Er hätte sich gewünscht, dass Urd in dieser Nacht noch einmal zu ihm gekommen wäre, und sei es nur, um schweigend neben ihm zu liegen und ihn ihre Nähe fühlen zu lassen. Aber sie kam nicht, und auch die schmale Hand, die ihn nach viel zu kurzem Schlaf lange vor Sonnenaufgang wachruttelte, gehörte nicht Urd, sondern Gundri, deren Gesicht so blass und eingefallen wirkte, dass er sie in der schwachen Glut des nahezu erloschenen Kamins kaum erkannte.

Als er die Augen aufschlug und sich regte, zog sie die Hand rasch zurück und wirkte erschrocken. »Es tut mir leid, Herr«, stammelte sie. »Ich weiß, es ist früh, aber Loki hat nach Euch geschickt, und –«

»Ja, ich weiß.« Thor unterdrückte ein Gähnen, setze sich schlaftrunken auf und widerstand dann auch dem Bedürfnis, sich ausgiebig zu recken, solange er nicht allein war.

Wäre er nicht noch viel zu benommen dafür gewesen, hätte er in diesem Moment wahrscheinlich über sein eigenes Verhalten gelächelt. Er gestattete sich nicht zu gähnen, nur weil er nicht allein war? Urds Bemerkungen über göttliches Betragen schienen offenbar schon zu wirken ...

»Herr?«, fragte Gundri. Zumindest ein Teil seiner Gedanken musste sich wohl doch auf seinem Gesicht abgezeichnet haben.

»Nichts«, sagte er. »Nimm mich nicht ernst. Ich bin noch müde.«

»Es war ein anstrengender Tag«, bestätigte Gundri. »Und Ihr ...« Sie fuhr sich nervös mit der Zungenspitze über die Lippen.

»Wenn du etwas auf dem Herzen hast, dann nur raus damit«, nuschelte Thor, während er aufstand und sich zugleich frierend in die Decke wickelte, unter der er geschlafen hatte. Aus dem prasselnden Kaminfeuer war ein Häufchen fast erloschener Glut geworden, und es war sehr kalt, selbst hier drinnen.

»Ich … wollte Euch nur sagen, wie … wie leid es mir tut, Herr«, sagte sie stockend.

»Leid?«

»Das mit Elenia und Lif«, antwortete sie. »Wir sind alle… noch völlig fassungslos. Niemand kann wirklich begreifen, was geschehen ist.«

Thor sah sie an und versuchte in ihrem Gesicht zu lesen, ob sie wusste, was wirklich geschehen war. Er schwieg.

»Warum haben sie das getan?«, fuhr das Mädchen fort. »Sie haben niemandem etwas getan! Wieso hat man sie umgebracht?«

Ob sie ahnte, was zwischen Elenia und ihm gewesen war? »Manchmal … geschehen Dinge einfach«, antwortete er zögernd.

»Dinge geschehen?«, wiederholte Gundri. Plötzlich musste sie mit den Tränen kämpfen. »Sie waren noch Kinder, Herr!«

»Ich glaube nicht, dass die Männer es so wollten«, hörte sich Thor beinahe zu seiner eigenen Überraschung sagen. »Manchmal … geschehen solche Dinge einfach, ohne dass irgendjemand es will.«

Das war Gundri kein Trost, das sah er ihr an. »Wollt Ihr diese Mörder auch noch verteidigen, Herr?«

Verteidigen? Gewiss nicht. Thor hätte nicht einmal sagen können, welchen Gedanken er erschreckender fand: dass Menschen Freude an solch einer Monstrosität hatten oder dass es ganz normale Menschen waren, die plötzlich Dinge taten, die sie im Grunde verabscheuten. »Nein«, sagte er einfach. Gundri wollte – heftig – widersprechen, und er fügte rasch hinzu: »Loki hat nach mir gefragt, sagst du?«

Gundri biss sich auf die Unterlippe, und er sah, wie es in ihrem Gesicht arbeitete. Doch sie nickte nur und senkte dann so demütig das Haupt, dass sich sein schlechtes Gewissen meldete. »Ja. Sein Bote wartet unten auf Euch, Herr. Wenn Ihr mir folgen wollt.«

Thor bedeutete ihr mit einer Geste, draußen zu warten, und zog sich rasch an. Gundri hatte sich wieder gefangen, als er ihr folgte, und ihr Lächeln wirkte sogar beinahe echt ... wenn man nicht zu genau hinsah.

»Wie geht es Lifthrasil?«, fragte er, während er neben ihr die schmale Treppe hinabging.

»Sie schläft jetzt, Herr«, antwortete sie. »Endlich.«

»Schläft sie so schlecht?«

»Weniger, als sie sollte«, seufzte Gundri, machte aber auch sofort eine besänftigende Geste. »Sie ist ein sehr lebhaftes kleines Mädchen... aber es ist alles in Ordnung mit ihr, Herr. Macht Euch keine Sorgen.«

»Warum sollte ich, wo ich doch weiß, in was für guten Händen sie ist«, antwortete Thor. »Vielleicht sollte ich mir eher Sorgen um dich machen. Du siehst müde aus. Übertreib es nicht. Wer soll sich um das Wohl meiner Tochter kümmern, wenn du zusammenbrichst?«

»Das ist nichts«, versicherte Gundri hastig. »Im Gegenteil. Ich bin dankbar für jeden Moment, den ich in ihrer Nähe sein darf.«

Er hatte das Gefühl, dass sie ihm damit mehr sagen wollte, als die Worte ausdrückten, kam aber nicht dazu, die Frage zu stellen, die sie offensichtlich von ihm erwartete. Eine Gestalt stand am Fuße der Treppe und wartete auf sie; ein schlanker Mann in einem schweren Mantel, dessen pelzbesetzter Kragen sein Gesicht zum Großteil verbarg.

»Herr!«

Der Mann machte Anstalten, vor ihm auf die Knie zu fallen,

was Thor aber mit einer raschen Geste verhinderte. »Herr! Ich bin froh, Euch zu sehen und zu erfahren, dass es Euch gut geht!«

Thor bedeutete ihm mit einer noch unwilligeren Handbewegung, auch den unterwürfigen Ton aus seiner Stimme zu nehmen. »Ich bin froh, dich unverletzt wiederzusehen«, sagte er betont, als er das Gesicht des Mannes erkannte: Es war der junge Bursche, der ihn befreit und zu Urd gebracht hatte. »Du bist doch unversehrt, oder?«

Ein einziger Blick reichte im Grunde als Antwort: Der Mann sah mindestens so müde aus wie Gundri, aber noch sehr viel ausgezehrter. Seine Haut hatte einen ungesunden Glanz, wie schmutziges Wachs. Irgendwie gelang es ihm zu lächeln, aber seine Lippen waren leicht verkniffen und verrieten Thor, dass er Schmerzen litt.

»Das ist nichts, Herr!«, versicherte er trotzdem. »Ein paar Kratzer. Mehr nicht.«

Thor zog fragend die linke Augenbraue hoch, streckte dann die Hand aus und schlug seinen Mantel auseinander. Der linke Arm des Mannes hing in einer improvisierten Schlinge, und wo seine Hand sein sollte, erblickte er nur einen schmuddeligen Verband.

»Das nennst du einen Kratzer?«

»Es ist wirklich nichts, und –«, begann der andere.

Thor unterbrach ihn mit einer neuen und jetzt eindeutig verärgerten Geste. »Du verwechselst anscheinend Mut mit Dummheit, mein Freund. Und wie willst du mir dienen, wenn du Wundbrand bekommst oder vor Fieber und Schwäche tot umfällst? Geh zu jemandem, der sich darauf versteht, und lass deine Wunde versorgen!«

»Aber Loki –«, begann der Bursche.

Thors Stimme wurde noch einmal deutlich schärfer: »Den Weg zum Hafen finde ich auch allein.«

Noch deutlicher musste er nicht werden – er hätte auch nicht gewusst wie, denn der Mann senkte nun noch demütiger den Kopf und verschwand dann so hastig, dass er fast über seine eigenen Füße gestolpert wäre.

»Dann begleite ich Euch zum Hafen«, bot sich Gundri an.

Thor wollte auch dieses Angebot ablehnen – sie war mindestens genauso erschöpft und übermüdet –, überlegte es sich aber dann anders. Da war noch etwas, was Gundri auf dem Herzen lag, und er hatte das Gefühl, es ihr schuldig zu sein, sie wenigstens anzuhören.

»Was ist passiert?«, fragte er mit einer Geste in die Richtung, in der der Mann verschwunden war.

»Mit ihm?« Gundri hob die Schultern und eilte voraus, um die Tür aufzuhalten. Sie sprach erst weiter, als sie auf der Straße waren und sie die Tür hinter ihnen geschlossen hatte, bevor er auch nur Gelegenheit fand, die Hand danach auszustrecken.

»Ich weiß es nicht genau, Herr. Es gab Kämpfe ... aber ich bin erst zurückgekommen, als alles vorbei war. Die Lästerer sind nicht kampflos abgezogen.«

Lästerer. Ein interessantes Wort, fand Thor. Er merkte es sich, um später mit ihr darüber zu reden. Bjorns Krieger? Er hatte die Spuren der Kämpfe gesehen, und Gundri hatte keinen Grund, ihn anzulügen. Dennoch fiel es ihm schwer, ihr zu glauben. Er hatte in Bjorns Augen gesehen, als er ihm das Versprechen abgenommen hatte, Oesengard zu verlassen, und Bjorn war kein Mann, der sein Wort leichtfertig brach.

»Du wolltest Lifthrasil nicht in Gefahr bringen.«

»Natürlich nicht«, erwiderte sie, als hätte er ihr mit seiner Frage das Gegenteil unterstellt. »Und ich ...«

»Sprich ruhig«, sagte er, als sie auch jetzt nicht weiterredete. »Du hast doch etwas auf dem Herzen. Also los. Und vergiss, was ich bin: Erzähl es dem Lohnsklaven deines Vaters.«

Gundri lächelte gehorsam, allerdings nur sehr knapp, und als sie sich umwandte und losging, tat sie es wohl hauptsächlich, um ihn nicht ansehen zu müssen.

»Ihr werdet weggehen.«

»Werden wir?«, fragte Thor.

»Die Hohepriesterin hat es gesagt«, bestätigte Gundri. »Ihr ... und alle anderen auch.«

Ihm hatte niemand etwas gesagt, aber Thor schluckte die entsprechende Bemerkung gerade noch herunter.

»Und du würdest uns gerne begleiten?«, vermutete er.

Gundri nickte. »Lifthrasil braucht mich. Ich habe mit der Herrin gesprochen, aber sie hat ... mir keine Antwort gegeben, und ...«

»Ich rede mit ihr«, versprach Thor. »Und noch ist gar nichts entschieden. Mach dir keine Sorgen.«

Sie machte sich Sorgen, wie der scheue Blick bewies, den sie ihm zuwarf, aber sie hatten den Hafen bereits erreicht, und Thor war fast erleichtert, dass sie das Thema nicht mehr weiterverfolgte, sondern nach wenigen Schritten ganz stehenblieb und eine vollkommen überflüssige Geste in Richtung auf das riesige Schiff machte.

»Das Naglfar, Herr.«

»Gut dass du es mir sagst«, antwortete Thor mit sanftem Spott, den er sofort bedauerte. Gundri sah ihn gleichermaßen verwirrt wie leicht verärgert an, fuhr dann auf dem Absatz herum und stürmte davon. Sie wagte es nicht, trotzig den Kopf in den Nacken zu werfen, aber irgendwie war es, als hätte sie es trotzdem getan.

Thor wartete ab, bis sie ganz außer Sichtweite war, bevor er sich ein Lächeln samt dem dazugehörigen Kopfschütteln gestattete und seinen Weg fortsetzte.

Oesengard schlief noch, aber hier am Hafen herrschte rege Betriebsamkeit. Das Naglfar lag jetzt am Kai und war an gleich mehreren Stellen vertäut, und zahlreiche Gestalten waren damit beschäftigt, über ein halbes Dutzend wippender Planken an und von Bord zu eilen, Kisten, Säcke und Fässer oder auch Waffen hin und her zu schleppen und Dinge zu tun, die er nicht verstand. Ganz gleich, was Loki behauptete, er konnte sich nicht vorstellen, jemals ein Seefahrer gewesen zu sein.

Die beiden anderen Schiffe brannten immer noch. Was immer Bjorns Krieger getan hatten, um sie in Brand zu setzen, hatte die Feuer der Hel entfacht, seinen eigentlichen Zweck aber nicht erfüllt: Die beiden Wracks waren nicht gesunken, sondern lagen brennend auf der Seite, und man hatte sie, vermutlich auf Lokis Geheiß hin, so aus der Fahrrinne geschleppt, dass sie die Einfahrt nicht blockierten.

»Sie haben sich etwas einfallen lassen, deine neuen Freunde. Diese Flammen brennen nicht besonders heiß, aber wie es aussieht, bestimmt noch den ganzen Tag, wenn nicht länger.«

Thor hatte nicht einmal gemerkt, dass Loki sich ihm genähert hatte. Trotz seiner Größe vermochte er sich nahezu lautlos zu bewegen, was den blonden Hünen noch unheimlicher machte. »Ich hatte gehofft, dass die Ebbe sie aufs Meer hinauszieht, aber dazu liegen sie anscheinend schon zu tief im Wasser.« Lokis Blick tastete über den Hafen und blieb schließlich an der Windsbraut hängen, die neben dem riesigen Drachenschiff noch viel winziger und erbärmlicher aussah als sonst.

»Das wäre vielleicht eine Aufgabe für deinen guten Freund Barend ... die Wracks aufs Meer hinauszuschleppen, meine ich. Wir brauchen den Platz, wenn die Flotte eintrifft.«

Was Loki vorschlug, dachte Thor, grenzte an Selbstmord. Schon das kleinere der beiden Wracks war deutlich größer als die Windsbraut, und bei Ebbe würde das brennende Öl auf jedes Schiff zugetrieben werden, das die Wracks abzuschleppen versuchte. Irgendetwas sagte ihm, dass Barend es trotzdem schaffen konnte – aber er, Thor, würde ganz gewiss nicht zulassen, dass der Kapitän schon wieder sein Leben für ihn aufs Spiel setzte.

Loki schien einzusehen, dass er keine Antwort bekommen würde, und wirkte zwar ein bisschen enttäuscht, wechselte aber trotzdem das Thema. »Danke dass du gekommen bist. Ich weiß, wie müde du sein musst, und hätte dich gerne noch ein wenig schlafen lassen, aber wir laufen in einer halben Stunde aus, und wir haben noch eine Menge zu besprechen.«

Thor sagte auch dazu nichts. Loki hatte recht – er war müde –, aber er war Gundri dankbar, dass sie ihn geweckt und damit aus seinen wirren Träumen gerissen hatte. Er erinnerte sich nicht wirklich daran, aber immerhin wusste er, dass es nur ein ganz normaler Albtraum gewesen war, kein weiterer Teil seiner Vergangenheit, der sich zurückmeldete, um ihn mit der Erinnerung an Dinge zu quälen, die er vielleicht erlebt hatte, vielleicht auch nicht.

Loki wirkte nun tatsächlich ein bisschen verärgert. »Hast du nur schlecht geträumt oder dir vorgenommen, heute den großen Schweiger zu spielen?«

Thor legte den Kopf auf die Seite und deutete ein Schulterzucken an. Loki blinzelte – und brach dann in so lautes und schallendes Gelächter aus, dass sich etliche Männer zu ihnen umdrehten und stirnrunzelnd in ihre Richtung sahen. Der freundliche Schlag, mit dem er Thor dabei auf die Schulter klopfte, hätte einem Mann von normaler Statur wahrscheinlich die Knochen gebrochen.

»Jetzt hast du es tatsächlich geschafft, dass ich schon wieder auf dich hereinfalle«, gluckste er. »Ich hatte gehofft, dass du diesen Teil endgültig vergessen hast, aber dem scheint wohl nicht so zu sein. Komm mit, ich zeige dir das Naglfar.«

Auch diesmal antwortete Thor nur mit einem Schulterzucken, und Loki lachte noch lauter, auch wenn es sich jetzt eindeutig gekünstelt anhörte. Aber er sagte nichts mehr, sondern ging mit schnellen Schritten los, und Thor folgte ihm über eine der wippenden Planken an Bord des Schiffes.

Was er schon einmal beobachtet zu haben glaubte, wurde nun zur Gewissheit: Das Naglfar war groß, aber nicht annähernd so monströs, wie es von Weitem den Anschein hatte. Es war seine sonderbare Bauweise, die es umso vieles größer und bedrohlicher erscheinen ließ, als es war; eine seltsame Mischung zwischen Altbekanntem und Vertrautem und vollkommener Fremdartigkeit, die schon mit dem Material begann, aus dem es gebaut war. In der vergangenen Nacht hatte er geglaubt, es läge am roten Widerschein der beiden brennenden Schiffe, doch jetzt sah er, dass es nur ein Teil der Wahrheit war. Tatsächlich war er nicht einmal sicher, ob es überhaupt aus Holz erbaut war oder vielleicht einem anderen Material, das wie mattes Perlmutt schimmerte und unter seinen Schritten eher wie Stein klang. Wohin er auch sah, schien es keine wirklich glatte Fläche zu geben, als wäre alles hier vom Kiel bis zur Mastspitze aus Tausenden und noch einmal Tausenden winziger Teile zusammengesetzt. Schließlich trat er an einen der beiden wuchtigen Maste und fuhr mit den Fingerspitzen darüber, ohne hinterher mehr zu wissen.

»Manche behaupten, dieses Schiff käme direkt aus der Hel, wo es aus den Finger- und Zehennägeln der Toten gewachsen ist«, sagte Loki. Seine Überraschung war ihm nicht entgangen, aber auch seine Worte enthielten eine verborgene Frage, und in seinem Blick war etwas Forschendes.

»Aber das ist natürlich nur eine Legende«, vermutete Thor.

»Wer weiß?«, gab Loki zurück. »Du erinnerst dich nicht?«

»Würde ich dann fragen?«

»Du?« Loki runzelte die Stirn und nickte dann übertrieben. »Du ganz bestimmt. Aber ich freue mich zu hören, dass du deine Sprache anscheinend doch nicht ganz verloren hast. Keine Sorge, du wirst dich schon noch früh genug an alles erinnern ... und alles, woran du dich nicht erinnerst, erfährst du dann eben von mir. Das ist vielleicht nicht einmal das Schlechteste. Ich meine: Wir waren in der Vergangenheit nicht immer einer Meinung, und solange du dich nicht erinnerst, kann ich gewisse Dinge einfach so darstellen, als wären sie deine Idee gewesen, nicht wahr?«

»So wie du das sagst, könnte man glauben, das wäre tatsächlich dein Ernst«, sagte Thor.

Loki nickte. »Es ist mein Ernst. Und solange du dich nicht wirklich an alles erinnerst, wirst du nie wissen, wann ich die Wahrheit sage und wann nicht ... und du kannst mir nicht einmal wirklich böse sein.«

»Wieso nicht?«

Loki hob scheinbar gleichmütig die Schultern. »Es hat durchaus seine Vorteile, wenn man einen Ruf als Ränkeschmied und Intrigant hat.«

»Sagt man das über dich?«, fragte Thor. »Das muss ich vergessen haben.«

Loki lachte, und jetzt klang es sogar echt. »Deinen Humor hast du anscheinend auch nicht verloren. Das ist gut.«

»Bist du der Meinung, ich würde ihn noch brauchen?«

»Ich bin hier der scharfzüngige Worteverdreher«, erklärte Loki. »Also bitte!«

»Hast du mich nur deswegen rufen lassen?«, fragte Thor. »Um mir die Worte im Mund herumzudrehen?«

»Ich habe einen Ruf zu verlieren«, antwortete Loki vollkommen ernst, aber tief in seinen Augen gewahrte Thor ein amüsiertes Funkeln, das ihm klarmachte, wie wenig Sinn es hatte, das Gespräch fortzuführen.

»Nein, es gibt schon noch ein paar andere Gründe«, sagte Loki, als hätte er nun umgekehrt auch seine Gedanken gelesen. »Zwei, um genau zu sein. Der erste ist, dass wir in wenigen Augenblicken auslaufen. Die Männer, die ich dir versprochen habe, sind bereits von Bord gegangen und warten auf dich.«

Er machte eine deutende Geste. Thor folgte ihr nicht. Er sah

Loki nur weiter an, und da war plötzlich etwas am Anblick seines angeblichen Bruders, das ihn … störte. Er konnte nicht sagen, was. Vielleicht hatte es etwas mit dem zu tun, was Loki gerade selbst gesagt hatte, vielleicht war es auch eine vergessene Erinnerung, die sich auf diese Weise zu Wort zu melden versuchte, ohne dass er ihre Botschaft verstand. Da war etwas, das Loki gesagt oder getan hatte, vielleicht vor wenigen Augenblicken, vielleicht auch in einem anderen Leben, und das er auf keinen Fall hätte vergessen dürfen …

Loki legte den Kopf auf die Seite und sah ihn aus misstrauisch zusammengekniffenen Augen an. »Jetzt sag mir nicht, deine Erinnerungen wären im ungünstigsten aller Augenblicke zurückgekommen.« Seine Hand sank auf das mächtige Schwert an seiner Seite. »Das wäre fatal. Ich gebe ja zu, dass ich dich damals beim Würfelspiel betrogen habe, aber nicht so oft, wie du behauptet hast … und es ging auch nie um viel.«

»Bist du auch als Witzbold bekannt?«, fragte Thor.

Loki antwortete mit einer Bewegung, in der ein Kopfschütteln mit einem Schulterzucken und einem Nicken verschmolz: »Durchaus. Aber ich muss gestehen, dass die meisten nicht über meine Scherze lachen – auch du nicht, Bruder.« Er seufzte. »Wenn ich es mir recht überlege, dann du sogar am allerwenigsten.« Er schnitt ihm mit einem Kopfschütteln das Wort ab, als er etwas sagen wollte. »Deine Männer sind drüben im Gasthaus. Du kennst es ja, wie man mir berichtet hat. Es sind nur dreißig. Weniger, als ich dir hierlassen müsste, ich weiß, aber es sind die dreißig besten … und den Rest brauche ich an Bord, fürchte ich. Wir werden sehr schnell fahren müssen, um die Flotte rechtzeitig herzubringen.«

Thor blickte fragend, und Lokis Gesicht verdüsterte sich. »Ich habe keine guten Neuigkeiten für dich, fürchte ich.« Er nahm die Hand vom Schwert und deutete nach oben. »Die Raben zeigen mir, dass das Heer bereits auf dem Weg ist. Es wird heute Abend hier sein, spätestens im Laufe der Nacht. Wir werden uns beeilen, so gut wir können, aber ich fürchte, wir werden es nicht rechtzeitig schaffen. Du wirst Oesengard verteidigen müssen.«

»Warum schickst du nicht Hugin oder Munin, um die Flotte zu alarmieren?«, fragte Thor.

»Ich wünschte, es wäre so einfach«, seufzte Loki: »Sie sind Raben, keine Möwen. Die Strecke ist viel zu weit. Außerdem würde niemand an Bord der Flotte sie verstehen, fürchte ich.« Er schüttelte bedauernd den Kopf. »Nur die Erleuchteten verstehen ihre Sprache. Du könntest es auch, wenn du es nur wolltest.« Er zögerte. »Ich könnte es dir zeigen.«

»Bei Gelegenheit. Wenn du zurück bist, und ich dann noch lebe.«

»Du zweifelst daran?«, erwiderte Loki. »Du? Thor, der Gott des Donners, hast Angst vor einem Kampf? Das kann ich nicht glauben.«

»Ich habe nichts von Angst gesagt.«

»Nein«, gestand Loki. »Und keine Sorge, es wäre nicht die erste Schlacht gegen einen überlegenen Gegner, die du gewinnst. Das habe ich immer an dir bewundert, weißt du: Je stärker dein Feind ist, desto stärker wirst auch du. Es gibt nicht wenige, die halten dich für unbesiegbar.«

»Vielleicht bin ich ja ganz besonders erleuchtet«, antwortete Thor.

»Ja, vielleicht«, sagte Loki ungerührt. »Trotzdem lasse ich dir meine dreißig besten Einherjer hier, und auch die Männer dieser Stadt werden an deiner Seite kämpfen.« Loki lachte; ein böser, kehliger Laut. »Und sei es nur, weil ihnen gar keine andere Wahl bleibt.«

»Keine andere Wahl?«

»Sie haben sich entschieden, im gleichen Moment, in dem sie hiergeblieben sind. Bjorn kann es sich nicht leisten, sie am Leben zu lassen.«

Thor war nicht überrascht, aber er spürte einen dumpfen Groll in sich aufsteigen, als er hörte, wie teilnahmslos Loki über all diese Menschen sprach, deren Leben enden würde, noch bevor die Sonne das nächste Mal aufging; ganz gleich, wie diese Schlacht endete und welche Seite den Sieg davontrug. Loki hatte recht: Er hatte unzählige Schlachten geschlagen, und von seiner Hand waren hundertmal mehr Männer gefallen als von der jedes anderen, Loki eingeschlossen. Aber er hatte es niemals genossen. Er hatte jedes einzelne Leben bedauert, das er ausgelöscht hatte, und sei es nur, weil Töten eine so schreckliche Verschwendung war. Aber in Lokis Stimme war … nichts. Ebenso gut hätte er über Figuren auf einem Spielbrett reden können, über die er nach Belieben verfügte und deren Leben weniger wert war als der Stein, aus dem man sie gehauen hatte.

Dann sah er in Lokis Augen und begriff, dass dies für ihn genauso galt. »Ich werde die Stadt halten, bis du zurück bist.«

»Daran habe ich nie gezweifelt. Du bist Thor.«

»Aber es gibt zwei Gründe, aus denen du nach mir geschickt hast«, erinnerte ihn Thor.

Loki nickte. »Ja. Es mag dir sonderbar erscheinen, wenn dich gerade der Herr der Lügen und der Doppelzüngigkeit genau das fragt, aber ich muss es tun: Kann ich dir trauen?«

Fast zu seiner eigenen Verblüffung zögerte Thor, zu antworten. Vielleicht weil er es nicht konnte? Er war nicht sicher.

»Du hast lange unter diesen Menschen gelebt«, fuhr Loki fort. »Viele von ihnen sind deine Freunde geworden. Wahrscheinlich hast du den Menschen hier dein Leben zu verdanken.«

»Ja«, antwortete Thor. »Und sie haben Elenia und Lif getötet.«

Er wollte es nicht. Er versuchte sich mit aller Macht dagegen zu wehren, aber es gelang ihm nicht: Er sah wieder Elenia vor sich, ihren geschändeten, zerstörten Körper und den Ausdruck von Fassungslosigkeit in ihren Augen. Sie hatte begriffen, was mit ihr geschah – natürlich hatte sie das –, aber vermutlich hatte sie bis zu ihrem allerletzten Atemzug nicht verstanden, warum.

»Der Kampf um dieses Land wird sich hier entscheiden, Thor«, sagte Loki. »Hier und jetzt. Aber es werden nicht die Schwerter sein, die ihn entscheiden, oder die Anzahl der Krieger. Was hier geschieht, das wird darüber entscheiden, ob sich dieses ganze Land gegen uns erhebt oder ob sie demütig das Haupt vor uns neigen und die wahren Götter willkommen heißen. Es geht um Midgard, Thor.«

»Midgard?« Thor schüttelte den Kopf. »Midgard ist nichts als –«

»Ich weiß, was es ist«, unterbrach ihn Loki. »Ein jämmerliches Tal, kaum groß genug, um dreihundert Bauern zu ernähren. Jeder weiß es, nicht nur dein Freund Bjorn und seine Verbündeten. Midgard ist nichts als eine Idee – und gerade das ist es, was es so gefährlich macht. Versprich einem Mann Gold und Macht, und er wird kämpfen, bis er genug hat, und dann gehen. Gib ihm eine Idee, für die er kämpfen kann, und er wird es bis zu seinem letzten Atemzug tun und dich, sollte er verlieren, mit dem allerletzten noch verfluchen. Aber ich glaube, das muss ich dir nicht erzählen, oder?«

Thor nickte, aber Loki fuhr dennoch ernst und in fast schon beschwörendem Tonfall fort: »Es sind nicht Schwerter, die hier heute Nacht aufeinanderprallen, Thor, sondern Ideen. Wer heute gewinnt, dem gehört dieses Land. Schlagen wir sie, dann bricht ihr Widerstand zusammen, und die anderen Städte werden sich kampflos ergeben. Verlieren wir, wird das ganze Land sich gegen uns erheben. Nichts macht Menschen so stark wie ein Traum, für den sie kämpfen können.«

»Ich weiß.«

Thor lächelte, und Loki sah nun deutlich besorgt aus. »Habe ich etwas Komisches gesagt?«

»Oh nein«, versicherte Thor, hastig, aber immer noch mit einem schmalen Lächeln auf den Lippen. »Ich musste nur gerade an mein letztes Gespräch mit Bjorn denken. Er hat beinahe wörtlich dasselbe gesagt.«

»Dann ist er wirklich ein so kluger Mann, wie man es behauptet«, sagte Loki. »Aber er ist auch dein Freund. Bist du sicher, dass du gegen ihn kämpfen willst?«

Das hatte er schon getan, was Loki auch sehr genau wusste, aber ihm war auch klar, warum er diese Frage stellte. Sie waren einmal Freunde gewesen, und in einem gewissen Sinn waren sie es immer noch. Am Ende nickte er, aber er tat es zögernd und so, dass Loki seine wahren Gefühle einfach erkennen musste.

Es schien ihm zu genügen. »Dann ist es gut. Wenn du diesen Kampf wirklich gewinnen willst, dann wirst du es auch, das weiß ich ... und wer weiß, vielleicht ist es die letzte Schlacht in diesem unseligen Krieg.«

»Wenn er wirklich so unselig ist, warum führen wir ihn dann?«, fragte er.

Und für einen winzigen Moment war er fast sicher, den Bogen mit dieser Frage überspannt zu haben, denn Loki fuhr fast unmerklich zusammen und sah ihn nun ganz unverhohlen misstrauisch an. In seiner muskulösen Gestalt lag mit einem Male eine Spannung, die vorher nicht da gewesen war und die auch nicht vollständig wich, als er sich nach einem weiteren Moment wieder zu einem Lächeln zwang. »Gewiss nicht, weil es uns Freude bereitet, Bruder. Das Schicksal lässt uns manchmal nur die Wahl zwischen großem und noch größerem Schrecken.«

»Wenn das die Art von Antwort ist, mit der du dich normalerweise um eine konkrete Antwort herummogelst«, sagte er, »dann –«

»Hat Urd dir gar nichts gesagt?«, unterbrach ihn Loki.

Urd, dachte er bitter, hatte ihm über sehr vieles gar nichts gesagt. »Nein«, antwortete er nur.

Vielleicht hatte er sich nicht so gut in der Gewalt, wie er sich einbildete, denn Loki sah ihn nur noch nachdenklicher an, und nun verschwand das Misstrauen endgültig aus seinem Blick. »Wahrscheinlich hatte sie Angst, dass es zu viel für dich wäre.«

»Zu viel?«

»Es ist nicht leicht, einem Mann zu sagen, dass er nicht der ist, der zu sein er glaubt«, antwortete Loki. »Und es ist noch schwerer, ihm zu sagen, dass seine Heimat untergeht.«

»Untergeht?«

»Asgard stirbt, Thor«, antwortete Loki. »Unsere Heimat erstickt im Würgegriff des Winters. Der Gladsheim und Walhall sind schon lange unter Eis und Schnee verschwunden, und die Gletscher rücken unaufhaltsam weiter vor. Urd hat mir von deinen Träumen erzählt, den Visionen von Eis und Schnee und immerwährender Kälte. Aber es sind keine Träume. Es ist die Wahrheit, Thor. Asgard versinkt in einem Winter, der vielleicht nie mehr aufhört. Wir brauchen dieses Land, weil die Menschen in unserem sterben.«

»Und das gibt uns das Recht, die Menschen dieses Landes zu töten?«

»Nicht wir sind es, die sie töten, Thor«, antwortete Loki ernst. »Sie töten uns.«

Thor wollte instinktiv widersprechen, aber dann konnte er es nicht. Was wusste er denn wirklich über dieses Land, über seine Menschen und ihre Art zu leben, außer dem, was sie ihm erzählt hatten?

»Ich hätte es vorgezogen, wenn du dich erinnert hättest, statt mir glauben zu müssen, Bruder«, sagte Loki ernst. »Aber die Wahrheit ist, dass wir in Frieden hergekommen sind und um Hilfe gebeten haben. Sie haben die Männer erschlagen, die wir geschickt haben. Wir haben es noch einmal versucht und Geschenke angeboten, die Macht der alten Götter und die Reichtümer Walhalls, im Gegenzug für ihre Hilfe.«

»Was ist geschehen?«

Loki lächelte bitter. »Immerhin haben wir unsere Unterhändler wiedergesehen ... na ja, wenigstens ihre Köpfe. Sie haben sie uns zurückgeschickt, aufgespießt und mit einer Nachricht, dass ihre Götter unsere Anwesenheit nicht wünschen und es wohl einen Grund hat, wenn es dem Schicksal beliebt, Asgard und die alten Götter auszulöschen.« Er hob mit einem schiefen Grinsen die Schultern. »Na ja, sie haben es vielleicht ein wenig geschliffener ausgedrückt ... aber es lief darauf hinaus.«

»Und daraufhin seid ihr –«, Thor verbesserte sich, »sind *wir* in den Krieg gezogen?«

Loki sah ihn nachdenklich an, das allerdings auf eine Art, die es ihm unmöglich machte, zu entscheiden, was er im Sinn hatte. »Wir haben eine Flotte geschickt. Nicht unbedingt mit dem Befehl, sie anzugreifen, aber ich gestehe, schon ein wenig als Machtdemonstration ...«

»Und?«, fragte Thor, als er nicht weitersprach.

»Das weiß niemand«, antwortete Loki. »Die Flotte ist verschwunden. Ein Dutzend Schiffe, mehr als sechshundert Männer. Sie sind von den Gestaden Asgards losgesegelt, und kein Mensch hat je wieder von ihnen gehört. Manche glauben, sie wären im Sturm gesunken. Manche glauben, sie hätten die Flotte angegriffen und versenkt.«

»Und was glaubst du?«

»Die Frage ist eher, was weißt du?«, gab Loki zurück. »Du bist der einzige Überlebende. Was war es – ein Unwetter oder ein Hinterhalt?«

»Ich würde nur gerne wissen«, fügte er ernst hinzu, als Thor nicht gleich antwortete, »ob wir diesen Krieg zu Recht führen oder nur, weil wir es müssen.«

Thor starrte ihn an und gleichzeitig durch ihn hindurch. Was die Zeit nicht vermocht hatte und auch die Träume der vergangenen Nacht nicht, das bewirkte nun Lokis einfache Frage: Bilder, Geräusche und Furcht überkamen ihn mit derselben Wucht der eisigen Gischt, die ihn von Bord des Schiffes gespült hatte; nicht des Naglfars, wie ihm nun klar war, aber eines Schiffes, das ihm an Größe und Kampfkraft durchaus gleichkam, nur dass dieses Schiff von Menschenhand erschaffen worden und nicht in den schwärzesten Tiefen der Hel geboren war.

Kein Sturm, keine feindliche Flotte. Nicht die Gewalten der Natur oder die Heimtücke der Menschen hatten die Flotte ausgelöscht, sondern etwas Anderes und viel, viel Schlimmeres. Da waren Schuppen gewesen, größer als die Hand eines Mannes, gigantische Fänge und ein Paar riesiger, senkrecht geschlitzter Augen voller unstillbarer Bosheit und tückischer Intelligenz, und ein kolossaler Leib, der durch das Wasser peitschte.

»Vielleicht war es die Midgardschlange«, murmelte er, lächelnd, aber innerlich zutiefst erschüttert von dem Hauch abgrundtiefer Bosheit, der seine Seele gestreift hatte.

»Ja«, antwortete Loki verdrießlich. »Das habe ich wohl verdient. Was frage ich auch.« Er seufzte tief. »Komm mit. Ich stelle dir deinen Hauptmann vor. Ich glaube, ihr habt noch viel zu besprechen.«

27. Kapitel

Der Tag war angefüllt mit Arbeit, Befehlen und Kommandos, Anweisungen und Kontrollen und Erklärungen und mehr als einer mühsamen Besänftigung, wenn seine Befehle auf Unverständnis stießen oder die Furcht der Menschen vor den Einherjern die Oberhand über den Respekt vor ihm gewann. Thor konnte sich nicht erinnern, in seinem ganzen Leben jemals so viel geredet, debattiert, befohlen und gebettelt – und ein paarmal auch aus Leibeskräften gebrüllt – zu haben wie an diesem einen Tag, und er hatte Oesengard mindestens zwanzigmal von einem Ende zum anderen und zurück durchquert, aber schließlich war es geschafft. Die wenigen Straßen, die in die Stadt hineinführten, waren verbarrikadiert, Fenster mit Brettern und schweren Bohlen verschlossen und Dachluken gesichert. Oesengard war wieder zu der Festung geworden, als die sie ihre ursprünglichen Erbauer einst entworfen hatten. Nicht zu einer wirklichen Festung natürlich, wie ihm schmerzlich bewusst war. Wo sich einst Wände aus steinernen Quadern erhoben hatten, standen nun solche aus Lehm und Holz, schiefergedeckte Dächer waren solchen aus Stroh gewichen, und einladend große Fenster hatten den Platz von Schießscharten eingenommen. Oesengard blieb eine Stadt der Seefahrer und Kaufleute, die einem ernst gemeinten Angriff nicht lange standhalten würde, aber er hatte getan, was er konnte, und nun begann das Warten.

Spät in der Nacht, dem Morgen schon deutlich näher als dem Abend, kam Urd zu ihm, und sie liebten sich. Thor hatte sich nichts mehr gewünscht als das, aber er versuchte sie im ersten Moment dennoch abzuwehren, war es doch erst wenige Tage her, dass sie seine Tochter zur Welt gebracht hatte. Doch sie blieb hartnäckig, und auf diesem Schlachtfeld waren die Waffen einer Frau selbst denen eines Gottes überlegen.

Sie liebten sich, lange und so zärtlich und behutsam wie niemals zuvor, und hinterher lagen sie noch länger in vertrautem Schweigen nebeneinander. Urds Atemzüge gingen so regelmäßig und flach, dass er vermutete, sie wäre eingeschlafen, und sie hatte sich so fest an ihn geklammert, dass er nicht nur kaum noch Luft bekam, sondern auch fürchtete, sie aufzuwecken, wenn er auch nur einen Finger rührte.

Dann sagte sie: »Es war nicht nur wegen der Schlacht.«

»Du schläfst also nicht«, stellte Thor fest. Was meinte sie?

Behutsam zog er den Arm unter ihrem Nacken hervor und setzte sich auf, und Urd glitt ein kleines Stück von ihm weg und tat dann dasselbe. Die dünne Decke glitt mit einem seidigen Geräusch von ihren Schultern, und in dem schwachen Licht, das durch die geölte Tierhaut des Fensters hereindrang, konnte er ihre Umrisse wie mit harten Kohlestrichen gezogen erkennen. Er war sehr vorsichtig gewesen, aber ihm war klar, dass er ihr dennoch wehgetan haben musste und dass sie es ganz gewiss nicht genossen hatte, ganz gleich, was sie ihm auch vorspielte.

Als hätte sie seine Gedanken gelesen oder wäre plötzlich schamhaft geworden, zog Urd die Beine unter den Leib und wickelte sich wieder in die Decke, bevor sie weitersprach. »Bei den Kriegern dieses Volkes ist es Sitte, dass ihre Frauen am Vorabend der Schlacht noch einmal zu ihnen kommen, um sie zu lieben.«

»Weil es ja sein könnte, dass sie sie nicht wiedersehen«, bestätigte er. »Rechnest du damit?«

»Natürlich nicht!«, antwortete sie erschrocken. »Und es war auch nicht der Grund.« Er konnte ihr Gesicht nicht sehen, spürte aber, dass sie seinem Blick auswich. »Ich wollte es.«

»Ich weiß. Ich auch. Aber ich dachte, es wäre noch zu früh.«

Er fragte sich, ob sie es wegen Elenia getan hatte. Der Gedanke schmerzte, aber er hätte es verstanden.

»Manches ist bei den Frauen unseres Volkes ein wenig anders als hier«, antwortete sie – was vollkommener Unsinn war. Aber er verstand, warum sie das sagte.

»Unser Volk«, wiederholte er leise. »Deines und meines.«

Es dauerte lange, bis sie antwortete, und er konnte abermals spüren, dass sie ihn nun doch ansah. »Seit wann weißt du es?«, fragte sie schließlich.

Die ehrlichste Antwort wäre wahrscheinlich gewesen: vom allerersten Moment an. Da war etwas Vertrautes an ihr gewesen, etwas in ihren Augen, ihrer Art, sich zu bewegen, jeder noch so kleinen Geste. Er hatte es nicht bemerkt, und doch war es genau das gewesen, was es ihm vom ersten Moment lang einfach unmöglich gemacht hatte, sich ihrem Zauber zu entziehen.

»Ich habe Loki gefragt, warum er nicht die Raben schickt, um die Flotte zu rufen«, sagte er stattdessen. »Und er hat geantwortet, dass nur die Erleuchteten die Sprache der Götter verstehen.«

»Loki«, seufzte Urd. »Das war schon immer einer seiner größten Fehler. Manchmal ist seine Zunge schneller als sein Verstand.«

»Warum hast du es mir nicht gesagt?«, fragte er. Seine Stimme war frei von jedem Vorwurf, aber es dauerte trotzdem lange, bis sie antwortete, und obwohl sie sich nicht rührte, hatte er trotzdem den Eindruck, dass sie innerlich noch ein Stück weiter von ihm wegrückte.

»Du wusstest nicht, wer du warst, Thor«, sagte sie. »Und ich nicht –«

»Ob du mir vertrauen kannst?«

»Du warst verschwunden, Thor«, erwiderte sie. »Wir haben nach dir gesucht, viele Jahre lang. Die meisten hielten dich für tot, und als ich dich fand, da hattest du alles vergessen. Deine

Heimat, dein Volk und sogar deinen Namen. Was hätte ich dir sagen sollen? Dass du ein Gott bist, geschickt, um dieses Land zu zerstören?«

»Bin ich das denn?«

»Ein Gott?«

»Hergekommen, um dieses Land zu zerstören, meine ich.«

»In seiner jetzigen Form? Ja.« Urd bewegte sich raschelnd, aber er konnte nicht erkennen, was sie tat, und sie kam auch nicht näher. »Diese Menschen hier wissen gar nicht, welches Geschenk ihnen die Götter gemacht haben. Wir sind mit der Bitte um Hilfe zu ihnen gekommen, und sie haben mit dem Schwert darauf geantwortet. Sie haben dieses Land nicht verdient.«

Thor sagte nichts dazu. All diese Dinge waren längst entschieden, und er wusste trotz allem noch viel zu wenig, um sich eine Meinung bilden zu können.

»Und alles andere?«, fragte er. »Was du über deinen Mann erzählt hast und über den Krieger, der Elenias und Lifs Vater war?«

»Es ist die Wahrheit, Thor«, antwortete sie. »Niemand hat noch geglaubt, dass du lebst, aber ich habe es immer gewusst. Tief in mir habe ich gefühlt, dass du noch am Leben bist. Eine Frau spürt so etwas, weißt du?«

Thor starrte sie an. Wenn das bedeutete, was ihre Worte zu sagen schienen, dann ...

Sein Herz begann zu klopfen. »Wann genau ... bist du ihm begegnet. Oder ihr.«

»Du fragst, wann ich erleuchtet wurde?« Thor konnte ihr Lächeln beinahe spüren. »Am Tag deiner Rückkehr. Zwei Tage, nachdem mein Mann in eine Felsspalte gestürzt war und sich beide Beine gebrochen hatte. Seine Wunden waren wie durch Zauberei geheilt, und er hatte sich ... verändert. Die meisten hatten Angst vor ihm und sind geflohen.«

Thors Herz begann immer schneller zu schlagen. Seine Gedanken überschlugen sich.

»Aber … Loki hat mir erzählt, dass … dass ich nie mehr in meine Heimat zurückgekehrt bin und … und meine Frau und meine Kinder niemals wiedergesehen habe!«

»Loki ist der Herr der Lügen«, antwortete Urd. »Und manchmal ein richtiger Idiot. Du musst wirklich eine Menge vergessen haben, wenn du dich nicht einmal daran erinnerst. Es ist wahr: Weder er noch einer der anderen sind je zu ihren Familien zurückgekehrt. Bis auf den einen, der sein Weib und seine Kinder so sehr geliebt hat, dass ihn nicht einmal die Erleuchtung davon abbringen konnte, den Weg zu ihnen zurückzufinden.«

»Du?«, flüsterte er erschüttert.

»Ich hatte große Angst«, bestätigte Urd. »Du warst so … anders. Ich wäre weggelaufen wie alle anderen, aber du hast es nicht zugelassen, und dann … hast du es mir auch gezeigt. Ich wurde erleuchtet.«

»Das habe ich dir angetan?«, murmelte Thor. Er war einfach nur entsetzt. Da war noch mehr. Urds Worte enthielten noch eine zweite und ungleich schrecklichere Enthüllung, der er sich mit verzweifelter Kraft zu verschließen versuchte, ohne dass es ihm wirklich gelang.

»Angetan?«, wiederholte sie. »Oh bitte, Thor! Du kannst nicht alles vergessen haben! Niemandem wurde etwas angetan, weder mir noch Loki, noch dir oder einem der anderen! Wir haben ein Geschenk bekommen, ein wunderbares Geschenk! Da ist so vieles, was sie uns gegeben haben, so ungeheuer viel Wissen und so grenzenlose Macht! Und alles, was sie dafür verlangen, ist, unser Leben zu teilen!«

»Und es uns zu stehlen.«

»Unsinn«, antwortete sie. »Nicht der Geist Thors war es, der dir deine Erinnerungen gestohlen hat, so wenig, wie die Norne mir mein Leben weggenommen oder der Herr der Lügen das

Leben eines dummen Kuhhirten ausgelöscht hätte ... obwohl ich mich manchmal frage, ob es nicht besser gewesen wäre. Sie nehmen nichts, und sie geben uns so unendlich viel. Stell dir nur vor, was wir mit all diesem Wissen anfangen können!«

»Die Welt in Brand setzen?«

»Sie zu einem besseren Ort machen«, beharrte sie. »Einem Ort, an dem die Menschen in Frieden leben können.«

Auch dieses Gespräch wollte er nicht führen. Nicht schon wieder und vor allem nicht jetzt. Da war etwas Wichtigeres. Etwas Schreckliches. »Und ... die Zwillinge?«, brachte er irgendwie heraus.

»Sie haben stets gewusst, dass Lasse nicht ihr Vater war«, antwortete sie. »Ich musste es ihnen nicht sagen, Kinder spüren so etwas. So wie sie ihren wahren Vater erkennen, auch wenn sie noch viel zu klein waren, um sich an sein Gesicht zu erinnern.«

»Dann ist ... Lif mein ... Sohn? Mein wirklicher Sohn?«

So wie Elenia seine Tochter.

»Vielleicht hat Loki dich deshalb belogen«, sagte Urd traurig. »Um dich zu beschützen.«

Alles drehte sich um ihn. Die Wirklichkeit schien Risse zu bekommen, als wolle sie sich auftun, um ihn zu verschlingen. Elenia war seine Tochter gewesen, sein eigen Fleisch und Blut, und er hatte –

Etwas schlug von außen gegen das Fenster, und als er aus seinen Gedanken hochschrak, erblickte er gerade noch einen mächtigen, gezackten Schatten, der sich mit einem lautlosen Flügelschlag entfernte. Urd war mit einem einzigen Schritt am Fenster, öffnete es und schien in die Dunkelheit hinaus zu lauschen. Dann drehte sie sich wieder zu ihm herum.

»Sie sind da«, sagte sie.

Hier also endete es.

Es waren weniger als tausend Krieger – wenig mehr als die Hälfte dieser Zahl, wie Urd von den beiden Raben erfahren hatte –, doch auch fünfhundert Reiter bedeuteten eine erschreckend große Zahl, standen sie einem in Reih und Glied und bewaffnet und zu allem entschlossen gegenüber.

Thor bedeutete den Männern vor sich mit einer wortlosen Geste, die Barrikade zur Seite zu räumen, die sie gerade erst so mühsam errichtet hatten, und nutzte die Zeit, die sie dafür brauchten, um den Sitz der noch immer ungewohnten Rüstung zu überprüfen. Abgesehen von dem schlichten schwarzen Mantel und der fehlenden Maske vor seinem Gesicht unterschied ihn kaum noch etwas von den dreißig goldgerüsteten Gestalten, die ihm vom Hafen aus hierher gefolgt waren – und vielleicht dem Umstand, dass er kein prachtvolles Schlachtross ritt, sondern einen mageren Schecken, der noch dazu leicht humpelte.

Auch die Furcht, die sein bloßer Anblick in die Herzen der Menschen hier pflanzte, war genau dieselbe. Thor bedauerte das, denn das Letzte, was er den Menschen hier bringen wollte, war Angst; aber wenn sein Anblick dieselbe Wirkung auf die Reiter des Heeres hatte, dann war es den Preis wert.

Das Hindernis war beiseite geräumt, und Thor ritt ohne ein weiteres Wort los. Auch aus den tief gestaffelten Reihen des feindlichen Heeres löste sich ein einzelner Reiter, nur einen halben Augenblick später gefolgt von einem zweiten, der sein Pferd mit zwei schnellen Schritten zu ihm aufschließen ließ und dann an seiner Seite ritt. Sverig erkannte er an der gewaltigen Axt, die er auf dem Rücken trug. Bjorns Gesicht war hinter einer Maske aus feinem Kettengeflecht verborgen, aber er erkannte ihn trotzdem.

Auf halber Strecke hielt er an und wartete, bis die beiden herangekommen waren. Bjorns Gesicht blieb hinter dem Schleier aus Metall unsichtbar, aber er meinte den Blick seiner Augen spüren zu können; und auch, was er beim Anblick des goldenen Brustharnischs und der schimmernden Arm- und Beinschützer empfand.

»Es hat zwar lange gedauert, aber ich wusste, dass du irgendwann die Maske fallen lässt«, sagte Sverig verächtlich. »Das hier war von Anfang an dein Plan, habe ich recht?«

»Nein«, antwortete Thor und wandte sich dann direkt an Bjorn. »Willst du das wirklich tun?«

»Für mein Land und mein Volk kämpfen?« Bjorn nickte. »Ja.«

»All diese Männer dort in einen sinnlosen Tod führen?«, erwiderte er mit einer Geste auf das wartende Heer. »Keiner von ihnen wird diese Nacht überleben, wenn du sie in diese Schlacht führst, Bjorn.«

»Ich hoffe, Ihr verzeiht meine Unverschämtheit, Herr«, sagte Sverig spöttisch, »aber fürchtet Ihr nicht sogar selbst, Euch jetzt ein wenig – wie soll ich es ausdrücken – zu überschätzen?«

»Er hat recht, Thor«, sagte Bjorn. »Ich weiß, wozu du fähig bist. Aber du bist nur einer, und die Menschen dort in der Stadt sind nur einfache Fischer und Handwerker und Bauern, keine Krieger.«

Thor schloss für einen Moment die Augen und gestattete dem Flüstern in seiner Seele, lauter zu werden, und ein dumpfes und noch weit entferntes Donnern rollte über den Himmel.

Sverig machte nur ein noch verächtlicheres Gesicht. »Das ist beeindruckend«, höhnte er. »Aber dein Zauber schreckt uns nicht.«

Ein zweiter und deutlich lauterer Donnerschlag erklang, und diesmal tanzte ein dünner weißer Blitz über den Horizont.

»Du und ich sind aus demselben Grund hier«, sagte Bjorn. »Ich will diesen Kampf nicht, so wenig wie du, wenn du auch nur annähernd der Mann bist, für den ich dich halte. Wir müssen diesen Kampf nicht kämpfen. Du bist stark, und viele meiner Männer würden ihr Leben lassen müssen, aber am Ende würden wir siegen. Du würdest sterben, sehr viele meiner Männer und noch weit mehr von denen, die auf deiner Seite stehen.« Er wartete einen Moment vergeblich auf eine Antwort oder auch nur irgendeine Reaktion. »Dieser Kampf muss nicht sein, Thor. Nimm deine Frau und deine Freunde und geh: Du hast mein Wort, dass wir niemanden bestrafen werden, der sich auf die Seite der Lichtbringer geschlagen hat.«

Thor wollte antworten, tat es aber dann doch nicht. Bjorn konnte seinen Angriff so wenig abbrechen wie er seinen Widerstand aufgeben, und er begriff erst im Nachhinein, dass er das die ganze Zeit über genauso gewusst hatte wie Bjorn. Dieses Treffen war nichts als ein Zeremoniell, das übliche Zusammentreffen der gegnerischen Heerführer vor der Schlacht, das vielleicht noch nie einen Kampf verhindert hatte. Vielleicht diente es einzig dem Zweck, ihr Gewissen zu beruhigen.

Er sah, dass Sverig dazu ansetzte, etwas zu sagen, doch Bjorn schnitt ihm das Wort ab. »Mein Angebot war ernst gemeint, Thor. Dieses Blutvergießen muss nicht sein. Ich reite jetzt das Heer ab, einmal in jede Richtung. So lange gebe ich dir Zeit, dich zu bedenken. Freien Abzug für jeden, der die Stadt bis dahin verlässt, und keine Repressalien für alle, die bleiben.«

»Und keine Gnade für die, die kämpfen«, fügte Sverig hinzu.

»Ich könnte euch töten«, sagte Thor ruhig. »Euch beide, hier und jetzt, und es wäre vorbei.«

»Das könntest du«, bestätigte Bjorn. »Aber du bist kein Mörder.«

Damit war alles gesagt, und wie zur Bestätigung rollte ein weiterer und noch lauterer Donnerschlag über das Land. Wind kam auf, bauschte ihre Mäntel und ließ das Kettengeflecht vor Bjorns Gesicht klimpern wie ein tödliches kleines Musikinstrument.

Thor drehte Schnapper mit einer müden Bewegung herum und ritt zur Stadt zurück. Die Barrikade wurde hastig hinter ihm wieder geschlossen, und eine Hand streckte sich in die Höhe, um ihm aus dem Sattel zu helfen. Thor schüttelte nur ablehnend den Kopf und ritt noch ein paar Schritte weiter, bevor er anhielt und sich aus eigenem Bemühen aus dem Sattel schwang. Schnapper schnaubte leise und machte sich dann auf den Weg zu seinem Stall, ohne dass es eines weiteren Befehls bedurft hätte. Tiere, dachte er spöttisch, waren manchmal anscheinend doch klüger als Menschen.

»Was haben sie gesagt, Herr?«

Thor erkannte erst jetzt den Mann, der ihm aus dem Sattel hatte helfen wollen – noch dazu mit seiner einzigen Hand, denn die andere war nicht mehr da und der verbundene Arm fest an seinen Leib gebunden.

»Sarven«, sagte er. »Was tust du hier, wenn ich fragen darf?«

»Der Feind steht vor der Tür, Herr«, antwortete Sarven. Es klang beinahe erstaunt. »Ihr braucht hier jeden Mann!«

Thor seufzte und sah wieder zu Bjorns Heer hin. Wie Bjorn es gesagt hatte, begann er die Front seiner Krieger abzureiten, schien es dabei aber nicht einmal sonderlich eilig zu haben. Dennoch würden nur noch wenige Augenblicke vergehen. Einen davon opferte er, um ernsthaft über Bjorns Angebot nachzudenken. Er konnte die Furcht der Männer ringsum spüren, und Sverig hatte recht: Die meisten waren einfache Fischer und Handwerker, und sehr viele von ihnen hatten wohl in ihrem ganzen Leben noch keine Waffe in der Hand gehabt; wenigstens nicht, um damit zu kämpfen. War er es ihnen nicht schuldig?

Schließlich entschied er sich dagegen. Es war viel zu spät, und wenn der Kampf erst losbrach, dann würden auch die, die zu fliehen versuchten, einfach niedergemetzelt werden. Er hatte zu viele Schlachten erlebt, um nicht zu wissen, dass es so kommen würde.

»Das ist wahr«, antwortete er mit einiger Verspätung. »Aber

ohne dir zu sehr nahetreten zu wollen, sehe ich im Moment nur einen halben Mann.«

Sarven hob trotzig die unversehrte Hand. »Ich kann auch mit einem Arm kämpfen!«

»Ja«, antwortete Thor. »Und welcher deiner Kameraden soll sein Leben riskieren, weil er dir beispringen muss?«

Sarven funkelte ihn noch einen Herzschlag lang trotzig an, und Thor wandte sich wieder dem hastig improvisierten Hindernis am anderen Ende der Straße zu. Es bestand aus zwei vierrädrigen Karren, die man in der Mitte der Straße schräg gegeneinander geschoben und verkeilt hatte. Fässer, Kisten und sogar Möbelstücke wie Tischplatten und Bänke stapelten sich darauf zu einem Hindernis, das zwar beeindruckend aussah, nach Thors Dafürhalten aber kaum mehr als symbolische Bedeutung hatte.

Mehr sollte es ja auch nicht.

»Das ist nicht gut«, sagte Sarven. »Hier werden sie zuerst durchbrechen.«

»Und genau das sollen sie«, antwortete Thor.

»Eine Falle?«, fragte Sarven. »Aber werden sie das nicht ahnen?«

»Bjorn wäre dumm, täte er es nicht«, erwiderte Thor, »und dumm ist er ganz gewiss nicht. Er wird vorbereitet sein. Aber nicht auf das, was ihn wirklich erwartet. Und jetzt geh, Sarven. Ich kann dich nicht als Kämpfer brauchen, aber du kannst einen Botengang für mich erledigen. Lauf zu Urd und berichte ihr, was hier geschieht. Und frag sie, wie weit die Flotte noch entfernt ist. Uns bleibt weniger Zeit, als wir gehofft haben.«

Sarven eilte davon, und Thor wandte sich wieder um und ging gerade noch rechtzeitig genug zu ihrer improvisierten Barrikade zurück, um zu sehen, wie Bjorn die letzte Inspektion seiner Truppen beendete und zu Sverig zurückritt. Vielleicht geschah ja noch ein Wunder. Vielleicht sah Bjorn ja noch im letzten Augenblick ein, wie sinnlos dieses Blutvergießen sein musste, ganz gleich, welche Seite es auch für sich entschied.

Es geschah nicht.

Die Schlacht begann mit einem Hagel von Pfeilen, die zum allergrößten Teil zu kurz gezielt waren und weit vor den ersten Gebäuden in den Boden fuhren. Nur eine Handvoll Pfeile bohrte sich in die hölzerne Barrikade vor ihnen, fuhr in ein Strohdach oder zerbrach klappernd an einer Wand. Niemand wurde getroffen.

Dennoch löste Thor den gewaltigen Rundschild vom Rücken, den er auf Urds Drängen hin mitgenommen hatte. Das Gewicht war ungewohnt und verlieh ihm das Gefühl, zu viel von seiner Schnelligkeit aufzugeben, als dass der Schutz, den ihm dieser Schild gewährte, den Nachteil auch nur annähernd wieder wettmachen konnte; und es sagte ihm, dass er normalerweise nicht mit einem Schild kämpfte.

Bjorns Männer preschten heran, schnell, aber trotzdem viel langsamer, als sie es gekonnt hätten. Die zweite Salve gefiederter Pfeile regnete sehr viel dichter und besser gezielt auf sie herab. Thor wehrte eines der Geschosse mit dem Schild ab, sah sich hastig um und stellte zu seiner Überraschung fest, dass offensichtlich auch diesmal niemand getroffen worden war. Aber das würde nicht mehr lange so bleiben, und ihm war klar, dass dies der erste von mehreren gefährlichen Momenten sein würde: Es wäre nicht das erste Mal, dass ein hastig ausgehobenes Heer aus Zivilisten auseinanderbrach und floh, sobald das erste wirkliche Blut floss.

»Denkt daran, was ich euch gesagt habe!«, rief er. »Gebt auf die Pfeile acht! Benutzt eure Schilde! Und lasst sie durchbrechen, aber macht es ihnen nicht zu leicht!«

Die dritte, noch viel heftigere Salve forderte die ersten Opfer. Direkt neben ihm brach ein Mann lautlos zusammen, als ein Pfeil wie durch einen bösen Zauber gelenkt direkt durch den

Sehschlitz seines Helms fuhr und seinen Schädel mit genügend Wucht durchbohrte, um eine Beule in die Rückseite des schweren Bronzehelms zu schlagen, ein anderer stürzte zu Boden und begann zu schreien, als ein Pfeil seinen Oberschenkel durchbohrte.

Thor schleuderte seinen Hammer. Mjöllnir pflügte eine blutige Schneise in die Front der heranpreschenden Reiter und kehrte in seine Hand zurück. Ein ungeheurer Donnerschlag ließ den Boden erzittern und verschlang die Schreie der Sterbenden und Verwundeten, während der Blitz ihr Blut in einem geisterhaften, unnatürlich hellen Rot aufleuchten ließ.

Mjöllnir hielt noch ein zweites Mal blutige Ernte, doch nicht einmal sein unvorstellbares Wüten vermochte den Angriff aufzuhalten. Ganz Oesengard schien zu erbeben, als das Heer wie eine vielhundertfingrige Hand gegen seine Mauern krachte, und völlig ungeachtet der Tatsache, dass die gefiederten Todesboten keinen Unterschied zwischen Freund und Feind machten, regneten weitere Pfeile vom Himmel und hielten blutige Ernte. Vier, fünf Männer gingen getroffen zu Boden, und die improvisierte Barrikade zerbarst, als wäre sie selbst von einem Hammerschlag getroffen, dessen Wut der Mjöllnirs in nichts nachstand. Einer der schwer beladenen Wagen fiel um, der andere platzte einfach auseinander. Zwei oder drei Reiter stürzten aus den Sätteln und wurden von ihren nachdrängenden Kameraden niedergetrampelt oder spießten sich an den Trümmerstücken auf, andere wurden einfach am stehen gebliebenen Teil der Barrikade zerquetscht oder von Pfeilen aus dem Sattel geholt, die aus dem Himmel regneten, und zumindest in diesen Augenblicken der Schlacht waren die Verluste der Angreifer deutlich höher als die der Verteidiger, auch wenn die wenigsten durch deren Waffen fielen.

Aber das würde nicht mehr lange so bleiben. Der Angriff kam für einen Moment ins Stocken, dann hatten die Reiter das jämmerliche Hindernis beiseite gefegt und wurden wieder schneller. Thor tötete einen Mann mit seinem Hammer und einen zweiten mit einer waagerechten, blitzschnellen Bewegung des linken Arms, der den metallverstärkten Rand seines Schildes in eine tödliche Klinge verwandelte. Aber zugleich verschwanden auch zwei oder drei seiner Männer unter den wirbelnden Hufen der vorrückenden Reiter, und Thor musste sich nicht umdrehen, um zu wissen, dass noch sehr viel mehr einfach ihre Waffen fallen ließen und in Panik flohen.

»Zurück!«, schrie er. »Lasst euch zurückfallen!« Mjöllnir zertrümmerte die Kniegelenke eines Pferdes, das mit einem gepeinigten Kreischen neben ihm zusammenbrach und seinen Reiter abwarf, einen zweiten Mann fegte er mit dem Schild aus dem Sattel, doch nicht einmal seine Kraft reichte, um die Flut aus Eisen und tobendem Fleisch aufzuhalten. Schritt für Schritt wurde er zurückgedrängt, verteilte wütende Hammerhiebe nach rechts und links, stieß mit dem Schild zu und wurde selbst getroffen. Etwas traf seine linke Schulter und lähmte sie nahezu, und etwas Anderes, Dünnes, das sich anfühlte, als bestünde es aus reinem kondensierten Schmerz, durchbohrte seine Wade und erinnerte ihn daran, dass er vielleicht so stark war wie zehn Männer, aber nicht unverwundbar. Immer wütendere Hiebe mit Hammer und Schild nach rechts und links austeilend, wich er an der Spitze des zusammenschmelzenden Häufleins Verteidiger zurück, bis sie die Straße mehr als zur Hälfte hinter sich hatten.

Oesengard erbebte. Rollender Donner ließ den Boden unter seinen Füßen in immer schnellerer Folge erzittern, und Blitz auf Blitz zerriss den Himmel und verwandelte mit seinem weißen Glosen den Ansturm der Feinde in eine bizarre Aufeinanderfolge mitten in der Bewegung erstarrter grässlicher Bilder, inmitten derer er vergeblich nach Bjorn oder Sverig Ausschau hielt. Was Sverig anging, war er immer noch nicht sicher, auch wenn es ihn seltsamerweise immer noch nicht nach Sverigs

Leben gelüstete, doch Bjorn würde er verschonen. Mjöllnir in seiner Hand schrie nach Blut, denn obgleich er so viele Leben genommen hatte, schien jeder weitere Tod seine Gier nur noch weiter anzustacheln. Dennoch war er sicher, Bjorn nur verwunden zu können.

Aber dazu hätte er ihn sehen müssen, und das tat er nicht.

Nahezu am Ende der Straße angekommen, gab er das vereinbarte Zeichen, und ein Dutzend Türen auf beiden Seiten sprangen auf. Männer mit langen Speeren traten heraus, um die Reiter mit ihren gefährlichen Spitzen aus den Sätteln zu stoßen, eine plötzlich zuschnappende Falle, die einen hohen Blutzoll von den Angreifern einforderte.

Aber sie funktionierte nicht. Schwerter blitzten auf, Keulen und Schilde krachten auf Speere und Fleisch, und Männer taumelten schreiend zurück, viele, viel zu viele, aber trotzdem weniger, als er gefürchtet hatte. Die Angreifer jagten weiter, füllten die Gasse schließlich zur Gänze aus, und als sie an ihrem Ende auseinanderfächerten, schnappte die eigentliche Falle zu. Die letzten Speerträger ließen ihre Waffen fallen und verschwanden, und an ihrer Stelle erschienen gewaltige Gestalten in Gold und Silber und Mänteln aus weißem Fell, in deren Händen tödlich geschliffenes Eisen blitzte: zehn Einherjer auf der rechten, zehn auf der linken Seite. Schweigende Riesen, jeder Einzelne so groß wie er, die lautlos auf die Straße hinaustraten und mit der Gnadenlosigkeit einer Naturgewalt töteten.

»Haltet sie auf!«, schrie Thor. »Treibt sie zurück, aber lasst sie, wenn sie fliehen!«

Ohne irgendeine Reaktion abzuwarten, fuhr er herum und stürmte los. Hinter ihm prallten Männer und Waffen aufeinander, Mensch und Tier schrien vor Schmerz oder in schierer Todesqual, aber auch von rechts und links wehten Schreie an sein Ohr. Blitz und Donner tobten jetzt fast ununterbrochen über den Himmel und tauchten die Stadt in ein Inferno aus

Lärm und zuckendem weißem und blauem Licht, das es beinahe unmöglich machte, Freund und Feind zu unterscheiden. Irgendwo links von ihm wurde gekämpft. Thor stürmte hin, schwang Mjöllnir in einem einzigen gewaltigen Hieb, der einen blutigen Halbmond aus der Front der Feinde herausbiss und ihren Angriff für einen Moment ins Stocken brachte, und schon stürmte er weiter, dem nächsten Zweikampf und dem nächsten Schrecken entgegen.

Die Schlacht lief nicht gut. Thor war von Anfang an klar gewesen, dass sie in einer offenen Feldschlacht nicht einmal den Hauch einer Chance gehabt hätten, denn es waren Schuhmacher, Weber und Tischler, die auf ihrer Seite kämpften, während Bjorn wirkliche Krieger um sich versammelt hatte – und sie waren gut. Besser, als er gedacht hatte.

Vielleicht war er auch einfach nur schlechter, als er sich eingebildet hatte.

Ihre hastig improvisierte Verteidigung hatte nicht einmal dem ersten Ansturm standgehalten, und Bjorns Krieger strömten nicht nur durch die drei Straßen nach Oesengard herein, deren Verteidiger sie niedergeritten hatten. Thor hörte das Bersten von Türen und Fensterläden, die eingeschlagen wurden, und sah geduckte Gestalten über Dächer huschen. Irgendwo loderte ein Brand auf und verschwand gleich wieder, entweder von den Verteidigern gedankenschnell gelöscht oder den immer heftiger werdenden Windböen ausgeblasen. Mjöllnir sprang aus seiner Hand und fegte eine geduckte Gestalt von einem Dach, ein zweiter Mann stürzte von seinem Schild getroffen aus dem Sattel und verschwand unter den Hufen seines eigenen Tieres. Etwas prallte von seinem Schild ab und verschwand mit einem hässlichen, scharfen Geräusch in der Dunkelheit, während er weiterstürmte, und noch immer regneten Pfeile vom Himmel.

Mjöllnir hielt weiterhin blutige Ernte, während er von Zweikampf zu Zweikampf lief, um den verzweifelten Verteidigern beizustehen – aber er konnte nicht überall sein. Der Kampf um Oesengard tobte gerade erst seit wenigen Augenblicken, aber ihm wurde schmerzlich bewusst, dass sie ihn praktisch schon verloren hatten.

Wo blieb Sarven mit seiner Antwort von Urd?

Ein Schatten strich über ihn hinweg. Thor riss instinktiv den Schild in die Höhe und setzte dazu an, Mjöllnir zu schleudern, erkannte aber dann im letzten Augenblick seinen Irrtum. Es war kein Pfeil oder ein gegnerischer Krieger, der ihn von einem Dach herab anspringen wollte, sondern ein gefiedertes schwarzes Ungeheuer, dessen Spannweite größer war als die ausgebreiteten Arme eines Mannes, und es griff ihn auch nicht an, sondern schwebte auf ausgebreiteten Schwingen fast reglos über ihm in der Luft.

Es war nicht einmal nötig, ihn zu berühren, wie Urd es getan hatte. In einem Moment stand er noch inmitten eines wütenden Handgemenges, nicht einmal ein Blinzeln später kämpfte er mit verzweifelter Kraft gegen das Toben eines Weltuntergangssturms, der das Meer aufpeitschte und den Himmel in Stücke riss. Er konnte sehen, hören, fühlen und riechen, aber alles auf eine so unheimlich fremde Art, dass er im allerersten Moment einfach nur verwirrt war, und da waren auch noch andere Wahrnehmungen, die er nicht einmal beschreiben konnte, weil er niemals zuvor über die entsprechenden Sinne verfügt hatte. Da waren Schiffe, viele und gewaltige Schiffe, aber sie wirkten winzig und verloren in der Endlosigkeit des sturmgepeitschten Ozeans. Mindestens eines der Schiffe war leckgeschlagen und sank, und auch die anderen schienen sich wie ängstliche Tiere unter den unsichtbaren Hammerschlägen des Sturmes zu ducken. Segel hingen in Fetzen, und Ruder zerbarsten, von Wellen getroffen, die plötzlich so hart wie Stein geworden waren, und auch hier zuckten Blitze in fast ununterbrochener

Folge vom Himmel, explodierten zischend im Meer oder tauchten Masten und Taue in gespenstische Gitter aus blauen Elmsfeuern.

Und es wurde schlimmer, mit jedem Augenblick, der verging. Die Wellen türmten sich höher, der Sturm heulte lauter, und die Blitze zuckten noch schneller und brachten das Meer zum Kochen, und –

– ein greller Schmerz durchbohrte seinen rechten Arm, so warnungslos und grässlich, dass er aufschrie und zur Seite torkelte und auf ein Knie hinabfiel. Mjöllnir entglitt seinen plötzlich kraftlosen Fingern, und es war erst das schwere eiserne Poltern, das ihm endgültig klarmachte, wieder zurück in der umkämpften Stadt zu sein. Etwas prallte gegen seinen Brustpanzer und zerbrach daran, und ein schrilles Krächzen erklang, laut und voller Zorn und Schmerz und direkt über ihm.

Thor sah auf und gewahrte den Raben, der sich mit plötzlich mühsamen und fast unbeholfenen Flügelschlägen weiter nach oben arbeitete. Ein Pfeil hatte seine rechte Schwinge durchschlagen, Blut und schwarze Federn stoben in der Luft rings um ihn herum, und ein zweiter Pfeil zischte heran und verfehlte ihn um Haaresbreite.

Thor raffte Mjöllnir auf, sprang in die Höhe und identifizierte den Schützen, gerade als dieser hinter sich griff, um einen weiteren Pfeil aus dem Köcher auf seinem Rücken zu ziehen. Mjöllnir flog nahezu von selbst aus seiner Hand, und der Pfeil zerbrach samt dem Bogen und dem Mann, der ihn hielt. Der Rabe krächzte noch einmal, lauter, schwang sich weiter in die Höhe und verschmolz mit dem Nachthimmel, und Thor sah an sich hinab und stellte ohne die leiseste Überraschung fest, dass sein Arm unversehrt und der Schmerz verschwunden war. Ganz kurz empfand er einen sachten Zorn auf Loki. Anscheinend gab es da im Zusammenhang mit den Raben doch die eine oder andere Kleinigkeit, die er vergessen hatte, ihm zu erzählen …

Jemand griff ihn an. Thor schüttelte den Mann ohne die geringste Mühe ab, stieß ihn zu Boden und schwang den Hammer, bewegte seinen Arm dann aber um eine Winzigkeit zur Seite, als der Helm des Mannes davonflog und er in ein Gesicht blickte, das kaum älter zu sein schien als das Lifs. Statt ihn zu töten, beließ er es dabei, ihn nur beinahe sacht mit Mjöllnir zu streifen, sodass er zwar das Bewusstsein verlor, wenigstens aber wieder aufwachen würde. Mjöllnir zuckte in seiner Hand, und fast glaubte er, so etwas wie Enttäuschung zu spüren, vielleicht sogar Ärger.

Ein weiterer, noch viel gewaltigerer Donnerschlag ließ die Stadt erbeben, und Dutzende grellweißer dünner Blitze rasten über den Himmel, wie um ihn in Stücke zu schneiden. Und mit jedem Donnerschlag, jedem Blitz und jeder heulenden Sturmbö wurde Mjöllnirs Wüten gewaltiger.

Den Sturm zu rufen war leicht gewesen. Ihn wieder zu bändigen war fast unmöglich. Aber die Gewalten, die er heraufbeschworen hatte, tobten nun draußen auf dem Meer und drohten die Flotte zu vernichten, der sie doch eigentlich zu Hilfe kommen sollten.

Irgendwie gelang es ihm, das Monster wieder zu bändigen, auch wenn er dabei den Großteil seiner eigenen Kraft einbüßte, wie er schon im nächsten Augenblick schmerzhaft zu spüren bekam. Eine Speerspitze schrammte über seinen Schild und zerbrach daran, aber die Wucht des Stoßes ließ ihn zurücktorkeln und hätte ihn von den Füßen gerissen, wäre er nicht mit dem Rücken gegen eine Wand geprallt. Funken stoben, als eine Schwertklinge neben ihm über den Stein schrammte, und er brachte Mjöllnir gerade noch rechtzeitig genug in die Höhe, um den Angreifer von sich zu stoßen.

Als er das nächste Mal heranstürmte, trat Thor ihm die Beine unter dem Leib weg, und dieses Mal hinderte Thor Mjöllnir nicht daran, seinen Hunger zu stillen.

Mit einem weiteren, weit ausholenden Hieb verschaffte er sich Luft, fuhr auf dem Absatz herum und rannte in die Richtung los, aus der der größte Schlachtenlärm kam.

Sehr weit brauchte er nicht zu laufen. Wenn es überhaupt so etwas wie eine geordnete Verteidigung gegeben hatte, dann war sie längst zusammengebrochen. Flüchtende Männer kamen ihm entgegen, viele von ihnen verwundet, und wo es überhaupt noch Widerstand gab, wurde er rasch und erbarmungslos gebrochen. Bjorns Reiter schienen überall zu sein, und ihre Zahl war endlos.

Dann sah er, wie der erste Einherjer starb. Es war möglich, die Goldenen Krieger zu besiegen, wenn auch um einen furchtbaren Preis: Mindestens ein Dutzend von Bjorns Reitern stürzte sich gleichzeitig auf ihn. Der Einherjer empfing sie hoch aufgerichtet und mit wütenden Hieben und Schildstößen, die mit fast magischer Sicherheit ihr Ziel trafen und zwei, drei, vier Reiter fällten, noch bevor sie ganz heran waren. Die anderen stürmten blindlings weiter, versuchten ihn niederzureiten und hieben mit Schwertern und Speeren auf ihn ein, und als auch das nichts nutzte, sprangen sie aus den Sätteln und begruben ihn einfach mit ihrer schieren Masse unter sich. Schwert und Schild des goldenen Riesen forderten weitere Opfer, aber er wurde dennoch niedergerissen und verschwand unter einem ganzen Knäuel wütender Leiber und blitzender Waffen.

Thor stürmte los, aber er wusste, dass er zu spät kommen würde. Messer- und Speerspitzen stießen nach dem gestürzten Krieger, suchten nach Spalten und Lücken in seiner Rüstung und gruben sich in das empfindliche Fleisch darunter. Als Thor den Krieger erreichte und die Angreifer mit einem wütenden Schlag Mjöllnirs von ihm herunterschleuderte, lag er bereits in einer rasch größer werdenden Blutlache und rührte sich nicht mehr.

Der Anblick schockierte Thor so sehr, dass er sogar darauf

verzichtete, seine Mörder zu verfolgen und zu bestrafen. Zwei oder drei hämmernde schwere Herzschläge lang stand er einfach nur da und starrte den Toten an. Es war nicht nur der Mythos der Unbesiegbarkeit, der da zerbrochen vor ihm lag. Noch vor wenigen Stunden waren Männer wie er seine Todfeinde gewesen, und noch vor wenigen Augenblicken hatte er sie allerhöchstens als unwillkommene Verbündete betrachtet. Nun war ihm klar, wie sehr er sich getäuscht hatte. Krieger wie dieser waren seine Freunde gewesen, seine Waffenbrüder und noch so vieles mehr.

Eine kalte, entschlossene Wut ergriff von ihm Besitz. Mit einer steifen, kaum noch menschlich wirkenden Bewegung wandte er sich um, schleuderte Mjöllnir und sah zu, wie der Hammer die drei überlebenden Angreifer in einer einzigen zornigen Bewegung zerschmetterte, bevor er in seine Hand zurückkehrte, das aber nur, um sofort wieder loszuspringen und einen Reiter mit solcher Gewalt zu treffen, dass er mitsamt seinem Pferd gegen eine Wand geworfen und daran zerschmettert wurde.

Weitere Reiter tauchten rechts und links von ihm auf, fünf, sieben, vielleicht mehr. Ein halbes Dutzend Pfeile zischten in seine Richtung, verfehlten ihn oder prallten von seinem Schild und seiner Rüstung ab, und noch mehr Reiter erschienen vor ihm, um sich zu einem selbstmörderischen Angriff zu vereinigen.

Thor schleuderte seinen Schild weg, ergriff Mjöllnir mit beiden Händen und ließ dem Zorn des gewaltigen Streithammers endlich freien Lauf.

Es dauerte nur Augenblicke, doch als es vorüber war, lag die Hälfte der Angreifer tot oder sterbend am Boden, und der Rest floh in heller Panik; nicht aus Furcht vor seinem Hammer und dem Tod, den er brachte, sondern vor seiner schieren Wut.

Erschöpft ließ Thor den Hammer sinken, schloss für einen Moment die Augen, und als er die Lider wieder hob, sah er in ein Dutzend schreckensbleicher Gesichter. Und er las in ihren Augen dieselbe Furcht, die er auf den Gesichtern der flüchtenden Krieger gesehen hatte. Sie hatten nicht nur einen Feind gesehen, sondern einen tobenden Gott, eine Fleisch gewordene Naturgewalt, die nur geschaffen worden war, um zu zerstören.

Er wartete darauf, irgendetwas zu empfinden, Zufriedenheit, Erschöpfung, Hass oder Erschrecken. Aber da war nichts.

Er sah auf all die Toten hinab, Freund und Feind, die einzeln oder auch wie in einer letzten versöhnlichen Umarmung vereint dalagen, und ihr Anblick bedeutete ihm ... nichts.

Er war hierhergeschickt worden, um zu zerstören, nicht mehr länger nur Thor, der Gott des Donners, sondern Thor, der Zerstörer von Welten, und diese Aufgabe würde er erfüllen.

»Geht! Der Kampf ist verloren! Rettet euer Leben, wenn ihr es noch könnt.« Niemand rührte sich, und die nächsten Worte schrie er: »Flieht! Bringt euch in Sicherheit!«

Er wartete nicht einmal lange genug, um sich davon zu überzeugen, ob diese Narren seine Warnung beherzigten und ihr jämmerliches Leben zu retten versuchten oder nicht, sondern hob Mjöllnir und stürmte los. Es gab viel zu töten.

Auf dem Weg zurück zum Haus des Jarls hinterließ er eine Spur von Vernichtung und Blut. Zwei oder dreimal wurde er angegriffen, von Männern, die zu spät erkannten, wem sie gegenüberstanden oder vielleicht zu sehr im Blutrausch waren, um noch einen Unterschied machen zu können, und ebenso oft griff er in eines von zahllosen Handgemengen ein, die überall in der Stadt entbrannt waren. Nichts entkam dem Zorn seines Hammers, weder Mensch noch Tier, und doch wurde ihm mit jedem Moment schmerzlicher klarer, dass die Schlacht um Oesengard verloren war. Die meisten Verteidiger, denen er begegnete, waren auf der Flucht, und wo sie doch Wiederstand leisteten, wurden sie erbarmungslos niedergemacht. Er fand zwei weitere tote Einherjer, halb begraben unter einem Berg von Leichen, und überall lagen Tote und Verwundete.

Nichts von alledem berührte ihn. Wo sein Herz sein sollte, war nur noch eine Faust aus scharfkantigem Eis. Mjöllnir hielt weiter blutige Ernte, doch selbst das Töten war nun zu etwas Mechanischem geworden, das er tat, weil es getan werden musste, und das weder Zufriedenheit noch Abscheu in ihm auslöste; der Tod eines Feindes war nur noch eine Tatsache, mehr nicht.

Auf halbem Wege kann ihm Sarven entgegen. Der Narr hatte tatsächlich ein Schwert in der Hand – Thor entging nicht, dass die Klinge sauber war und glänzte, als käme sie geradewegs aus der Schmiede, und auch nicht, dass er Mühe hatte, mit dem Gewicht der Waffe zurechtzukommen – und wirkte noch erschöpfter und kränker als vorhin. Er torkelte mehr, als er lief, und war so außer Atem, dass er mehrmals ansetzen musste, um überhaupt zu sprechen.

»Herr!«, stammelte er. »Die ... die Hohepriesterin! Sie ... sie lässt Euch ausrichten ... die Schiffe ... sie sind –«

»Ich weiß«, unterbrach ihn Thor. »Lauf zurück! Sie soll am Hafen auf mich warten! Gundri auch – und sag es auch allen anderen!«

Sarven wollte etwas sagen, brachte nun aber endgültig keinen Laut mehr heraus, sondern begann nach Luft zu japsen wie ein Fisch auf dem Trockenen und grub die Schwertspitze in den Boden, um sich schwer auf den Griff der Waffe zu stützen.

»Lauf!«, befahl Thor. »Schick jeden zum Hafen, den du siehst! Wir versuchen sie aufzuhalten, solange es geht!«

Sarven sah ihn aus so erschrocken aufgerissenen Augen an, als hätte er ihm soeben das Ende der Welt verkündet, wandte sich dann aber ohne ein weiteres Wort um und humpelte davon, so schnell er konnte, und auch Thor ergriff Mjöllnir wieder fester und versuchte die plötzliche Woge von Schwäche zu ignorieren, die über ihn hinwegfegte. Solange er auf die magischen Kräfte zurückzugriff, deren Schlüssel die Runen in Mjöllnirs Kopf waren, war er unbesiegbar, aber sobald er darauf verzichtete, spürte er, dass er trotz allem nur ein sterblicher Mann war. Er blutete aus einem Dutzend oder mehr Wunden, von denen keine schwer oder gar lebensbedrohend war, die ihn in ihrer Gesamtheit aber mit jedem einzelnen Herzschlag weiter schwächten.

Ein einzelner Reiter mit Speer und Schild tauchte am Ende der Straße auf. Thor hob den Hammer und ließ ihn wieder sinken, als eine hochgewachsene Gestalt wie aus dem Nichts vor dem Krieger auftauchte und ihn mitsamt seinem Pferd niederwarf.

Erschöpft und im Stillen zutiefst dankbar für die winzige Verschnaufpause ließ Thor den Hammer wieder sinken und winkte den Einherjer mit der freien Hand heran. Der Krieger gehorchte, aber auch er bewegte sich mühsam und deutlich langsamer, als er es erwartete. Sein linker Arm hing nutzlos herab, das Gold seiner Rüstung war zu einem zerschlagenen fleckigen Rot geworden. Als er in respektvollem Abstand vor ihm stehen blieb, schwankte er leicht, und Thor konnte hören, wie schwer sein Atem unter der vergoldeten Maske ging.

»Herr?«

»Ruf die anderen zusammen«, befahl Thor und erschrak leicht, als er hörte, wie seine eigene Stimme klang; gehetzt und kaum weniger atemlos als die Sarvens gerade. »Wir ziehen uns zum Hafen zurück und verteidigen uns dort, bis die Flotte eintrifft.«

Der Krieger antwortete nicht, sondern deutete nur ein Nicken an und entfernte sich, so schnell er konnte, doch Thor konnte seinen Schrecken spüren. Rückzug gehörte nicht zum Wortschatz dieser Männer. Sie waren die Krieger der Götter, die angriffen und siegten oder starben.

Thor verscheuchte den Gedanken, wandte sich um und setzte seinen Weg mit weit ausgreifenden Schritten fort, wie um sich selbst trotzig zu beweisen, dass seine Kräfte noch nicht nachgelassen hatten.

Er lief nicht auf direktem Weg zum Hafen, sondern folgte dem Schlachtenlärm und traf bald nicht nur auf weitere Feinde, sondern auch auf drei weitere Einherjer, von denen er zwei wegschickte, um nach ihren Brüdern zu suchen und sie zum Hafen zu schicken. Auch diese beiden Männer gehorchten sofort und ohne das mindeste Zögern, aber er spürte auch ihre Verwirrung. Loki hatte sie hierhergeschickt, um zu siegen, nicht um sich zurückzuziehen.

Ihre Zahl wuchs, während sie sich langsam in Richtung des Hafens zurückzogen, und fast ohne dass es zuerst wirklich auffiel, nahmen sowohl die Kämpfe als auch der tosende Schlachtenlärm im gleichen Maße ab, in dem sie sich ihrem Ziel näherten. Oesengard hallte noch immer von den Schreien der Sterbenden und Waffengeklirr wider, aber der Charakter dieses düsteren Chores änderte sich. Ohne es sehen zu müssen, wusste Thor, dass der Wiederstand der Oesengarder nun endgültig zusammengebrochen war; was sie hörten, waren nur noch die Geräusche eines verzweifelten Rückzugsgefechts, die Schreie der Sterbenden und ihr vergebliches Flehen um Gnade. Und diese Laute kamen näher, langsam und aus allen Richtungen, wie das Lärmen, Töpfeschlagen und Lamentieren höllischer Treiber, die ihre Beute langsam, aber auch unaufhaltsam in eine bestimmte Richtung zwangen, wo sich die Schlinge endgültig zuziehen würde.

Und ganz genau das bedeutete es auch, wie Thor schmerzlich klar war. Vermutlich war genau das von Anfang an Bjorns Plan gewesen: ihre Verteidigung zu brechen und sie dann im Hafen zusammenzutreiben, wo sie mit dem Rücken zum Wasser standen und ihrer Übermacht hilflos ausgeliefert waren.

Gerade an diesem Punkt seiner Überlegungen angekommen,

sah er Sverig. Sein selbsternannter Erzfeind sprengte an der Spitze einer Gruppe aus mindestens einem Dutzend Reitern heran, und er erkannte im gleichen Moment ihn.

Thor begriff nur einen Sekundenbruchteil später, dass Sverig zumindest eines war: ein gelehriger Schüler. Seine Begleiter brachen ihren vermeintlichen Angriff ab, als sich die Männer vor ihnen umdrehten und flohen, doch Sverig machte eine blitzschnelle, weit ausholende Geste, und ein bronzefarbener Blitz fegte auf ihn zu. Thor drehte in einer schon fast verzweifelten Bewegung den Oberkörper zur Seite und spürte, wie etwas sehr Schweres und sehr Scharfes dicht genug an ihm vorbeiflog, um ihn einen heißen Luftzug auf der Wange spüren zu lassen.

Die zweite Hälfte seiner Lektion hatte er anscheinend noch nicht ausreichend geübt, denn statt in seine Hand zurückzukehren, bohrte sich die Axt mit einem schmetternden Knall hinter ihm in eine Tür, und im gleichen Moment riss auch Thor den Arm hoch, um Mjöllnir zu schleudern.

Aber er tat es nicht.

Mjöllnir schrie in seinen Gedanken vor Wut und Enttäuschung auf, und Thor musste den Arm mit einer spürbaren Anstrengung zurückreißen. Er hätte Sverig töten können, hier und jetzt, samt aller seiner Begleiter und mit einer einzigen Bewegung, aber irgendetwas sagte ihm, dass es nicht richtig wäre.

Statt Mjöllnir zu schleudern, riss er die Axt aus der Tür, wirbelte herum und warf das doppelklingige Beil zurück. Die Waffe verwandelte sich in ein rotierendes Rad aus reiner Bewegung und zuckenden Lichtreflexen, kappte eines der gebogenen Hörner von Sverigs Helm und bohrte sich hinter ihm in eine Wand. Sverigs Pferd bäumte sich so erschrocken auf, dass es fast seinen Reiter abgeworfen hätte, und Thor fuhr abermals herum und begann zu rennen.

»Haltet sie auf! Aber riskiert nicht euer Leben!«

Zwei weitere Einherjer schlossen sich ihm an, während er

zum Hafen stürmte, und was ihn dort erwartete, war nicht nur das schiere Chaos, sondern hundertmal schlimmer, als er befürchtet hatte.

Der Platz vor dem Hafen, der ihm bisher viel zu groß für eine so winzige Stadt wie Oesengard vorgekommen war, schien jetzt kaum noch auszureichen, um die zahllosen Flüchtlinge aufzunehmen, die aus allen Teilen der Stadt zusammenströmten, und Thor verspürte nun doch ein kurzes, aber eisiges Entsetzen, als er sah, wie wenig bewaffnete Männer unter ihnen waren. Zum allergrößten Teil handelte es sich um Frauen, Kinder und Alte, unter denen er eine erschreckende Anzahl von Verletzten entdeckte. Angst lag wie eine erstickende Wolke über dem Platz, und da war niemand, der ihn hochleben ließ oder gar auf die Knie sank. Alles, was er in den Gesichtern der Menschen hier las, waren Entsetzen und Todesfurcht und das allmählich heraufdämmernde Begreifen, dass es der Gott des Todes und der Verheerung war, den ihnen ihre Gebete gebracht hatten, nicht der Friede und Wohlstand, die ihnen versprochen worden waren.

»Thor! Hier entlang!«

Thor erkannte die Gestalt in dem zerschlissenen Mantel erst, als Barend ihn derb am Arm packte und einfach hinter sich her zerrte. Der Kapitän der Windsbraut wirkte noch genauso mitgenommen und erschöpft wie gestern, was ihn aber nicht daran hinderte, Thor so ungestüm hinter sich her zu reißen, dass dieser auf den ersten Schritten fast ins Stolpern geriet, und zugleich jeden aus dem Weg zu stoßen, der ihnen nicht schnell genug Platz machte.

»Dein Weib ist bereits auf der Windsbraut«, keuchte Barend. »Und deine Tochter auch, keine Angst! Ich bringe dich hin!«

»Und Gundri?«

»Das weiß ich nicht«, schnaufte Barend. »Aber sie ist sicher auf dem Weg. Mach dir keine Sorgen. Die Flotte muss jeden

Augenblick hier sein, das spüre ich!« Er stieß einen Mann so derb beiseite, dass er in die Arme der hinter ihm Stehenden fiel und gestürzt wäre, hätte ihn die dicht an dicht stehende Menge nicht aufgefangen, und deutete in die Dunkelheit jenseits des Hafens hinaus. »Wenn es nicht so dunkel wäre, dann könnte man sie schon sehen!«

Damit hatte er recht, das spürte Thor. Irgendetwas kam, etwas Großes und Düsteres, das dürre Spinnenfinger nach seinen Gedanken ausstreckte und sie zu erforschen begann.

»Das Naglfar«, sagte Barend. »Ich kann seine Nähe fühlen. Es dauert nicht mehr lange.«

Beinahe konnte man es sogar schon sehen, dachte Thor. Die Dunkelheit jenseits des Hafens schien sich zu verdichten, fast als versuche die Natur ihr Antlitz zu verbergen, weil selbst sie vor dem erschauerte, was dort herannahte.

Thor wusste jetzt, dass Barend die Wahrheit sagte. Auch er wusste einfach, dass es das Schiff aus der Hel war, auch wenn das, was er jetzt empfand, rein gar nichts mit der Mischung aus Staunen und Ehrfurcht zu tun hatte, die er beim ersten Anblick des unheimlichen Schiffes empfunden hatte. Was er jetzt verspürte, machte ihm Angst. Aber es war vielleicht auch die letzte Chance, die sie noch hatten.

Statt auf sein schlechtes Gewissen zu hören und Barend zu zügeln, war er es plötzlich, der sich mit fast schon brutaler Kraft einen Weg zur Kaimauer bahnte und schon nach wenigen Augenblicken bei der Windsbraut ankam.

Das Schiff platzte vor Menschen schier aus den Nähten, wobei nur an den Rudern Männer saßen; ansonsten waren ausschließlich Frauen und Kinder an Bord der Knorr gelassen worden. Es waren viel zu viele. Die Windsbraut lag so tief im Wasser, dass man es mit der Angst zu tun bekommen konnte, sie wie einen Stein untergehen zu sehen, wenn auch nur ein einziges weiteres Kind seinen Fuß an Deck setzte. Und trotzdem drängten sich immer noch zahllose Menschen am Kai und versuchten an Bord zu gelangen.

Nach kurzem Suchen entdeckte er Urd, die hoch aufgerichtet im Bug des Schiffes stand. Sie hielt Lifthrasil in den Armen und wurde von zwei breitschultrigen Gestalten in goldenen Rüstungen und schwarzen Mänteln flankiert. Thor winkte ihr zu, überzeugte sich davon, dass sie ihn gesehen hatte, und wandte sich dann an Barend. »Legt ab!«, befahl er. »Bring sie in Sicherheit, aber fahr auf keinen Fall aufs offene Meer hinaus. Eine einzige richtige Welle, und diese Nussschale bricht auseinander.«

»Beleidige nie die Frau eines Freundes oder das Schiff eines Kapitäns«, grollte Barend, »ganz egal, wie hässlich und alt beide auch sein mögen.« Aber er stakste gehorsam an Bord und winkte mit der unverletzten Hand. Das überladene Schiff setzte sich mit einem seufzenden Knarren in Bewegung und glitt ein kleines Stück von der Kaimauer weg, und ringsum wurde ein Chor entsetzter Rufe und Schreie laut. Zwei oder drei beherzte Flüchtlinge versuchten im letzten Moment noch an Bord zu springen. Alle bis auf einen stürzten ins Wasser, und dieser eine Glückliche berührte noch nicht einmal ganz die morschen Planken des Schiffes, bevor ihn zwei von Barends Männern auch schon wieder über Bord warfen.

»Fahrt außer Pfeilschussweite!«, rief er Barend zu. »Mehr ist nicht nötig! Es ist gleich vorbei!«

»Ich werde es versuchen, Herr!«, gab Barend zurück. »Falls diese Nussschale es noch so weit schafft!«

Er warf Barend sogar noch ein flüchtiges Grinsen zu, aber es erlosch, noch bevor er sich ganz herumdrehen konnte, um auf den Chor erschrockener Rufe und Schreie hinter sich zu reagieren.

Reiter strömten auf den Platz heraus, Dutzende, noch einmal Dutzende und schließlich Hunderte, die sich rasch und mit schon fast gespenstisch anmutender Disziplin zu einem mehrere Reihen tiefen Halbkreis aus gehobenen Schilden und angelegten Speeren formierten. Thor hatte sie weder vorhin gezählt, noch tat er es jetzt, aber er war sicher, dass es mehr geworden waren. Bjorn war ein besserer Heerführer, als er bisher angenommen hatte, dachte Thor, denn er hatte ihm wohl ganz bewusst nur die Hälfte seiner Truppen gezeigt. Die Falle, auf die er so stolz gewesen war, war tatsächlich zugeschnappt ... nur dass er jetzt selbst darin saß.

Aber immerhin waren sein Kind und seine Frau in Sicherheit. Er brauchte nicht hinter sich zu blicken, um zu wissen, dass die Windsbraut – zwar quälend langsam, aber auch sicher und nicht mehr aufzuhalten – ins Wasser des Hafenbeckens hinausglitt.

Immer noch strömten Krieger auf den Platz, bis ihre Anzahl die der zusammengetriebenen Verteidiger nahezu überstieg, selbst wenn er jedes Kind, jede Frau und jeden Greis mitzählte. Ihm selbst waren weniger als zwanzig Männer geblieben, die Hälfte davon verletzt, und ein Dutzend Einherjer.

Seltsamerweise verzichteten die Reiter darauf, es zu Ende zu bringen, obwohl ihre Überzahl so gewaltig war, dass es nicht einmal zu einem wirklichen Kampf kommen würde. Sie würden ihn und sein jämmerliches Häufchen einfach über den Haufen reiten und alle anderen ins Wasser treiben, wo sie ertranken. Worauf warteten sie?

»Da sind Bjorn und Sverig.«

In der Tat tauchten Bjorn und sein Heerführer als Letzte auf dem Platz auf und galoppierten nebeneinander an die Spitze ihres Heeres.

Thor wandte den Blick zur Seite, als ihm bewusst wurde, wer da zu ihm gesprochen hatte.

»Was tust du hier?«, fragte er zornig. »Du solltest bei Urd und meiner Tochter sein.«

»Ich war nicht schnell genug«, antwortete Gundri. »Die Herrin wird sich um Eure Tochter kümmern. Und wenn ich schon sterbe, dann will ich mich wenigstens verteidigen.«

Sie schlug ihren Mantel zurück, und Thor sah das Schwert, das sie darunter trug; kaum mehr als ein großes Messer, das selbst in ihren schmalen Händen eher wie ein Kinderspielzeug aussah. Thor setzte zu einer entsprechenden Antwort an, beließ es aber dann stattdessen nur bei einem Schulterzucken. Gundri war ein tapferes Mädchen, und wenn nicht noch ein Wunder geschah oder es ihm gelang, diesen Wahnsinn irgendwie zu beenden, dann würde sie sowieso sterben ... warum ihr nicht noch ein paar Augenblicke Hoffnung schenken?

Stattdessen fragte er: »Kannst du schwimmen?«

»Nicht gut.«

»Versuch es trotzdem. Wahrscheinlich wirst du in dem kalten Wasser ertrinken, aber vielleicht sind die Schiffe ja rechtzeitig da.« Ohne auf ihre Antwort zu warten, nahm er Mjöllnir in beide Hände und trat Bjorn und seinen Begleitern entgegen. Zwei der verbliebenen Einherjer schlossen sich ihm wortlos an.

»Worauf wartet ihr?« Seine Hände schlossen sich fester um den schweren eisernen Stiel, und er konnte das Flüstern des Hammers tief in seiner Seele hören. Mjöllnir kam ihm schwerer vor, als er sein sollte, als könne er das Gewicht der zahllosen Leben spüren, die er in dieser Nacht genommen hatte. »Bringt es zu Ende.«

Bjorn löste die Hand vom Zügel, wie um nach seinem Schwert zu greifen, hob den Arm dann jedoch weiter und entfernte das dünne Kettengeflecht vor seinem Gesicht. Sein Gesicht sah traurig aus und unendlich müde.

»Ich will das nicht, Thor«, sagte er. »Nicht einer von meinen Männern will dieses sinnlose Blutvergießen fortsetzen. Schick sie weg, und niemand muss mehr sterben.«

»Die Flotte?«

Bjorn nickte, und Thor versuchte verächtlich zu lachen, aber er hörte selbst, wie kläglich er dabei scheiterte. »Und sonst nichts?«

»Dich, deine Frau und deine Tochter«, antwortete Bjorn. »Du hast mein Wort, dass dem Kind nichts geschieht.«

»Dein Wort«, wiederholte Thor bitter. »So wie ich auch dein Wort hatte, dass meinen beiden anderen Kindern nichts geschieht?«

»Wir haben deine Tochter nicht getötet, Thor«, sagte Bjorn. »Und deinen Sohn auch nicht.«

»Nein, natürlich nicht!«, sagte Thor bitter. »Du nicht. Nur Menschen des tapferen, aufrechten Volkes, für das du kämpfst! Sag mir, worum geht es in diesem Krieg? Um die Freiheit deines Volkes, unschuldige Kinder zu ermorden?«

Er sah, dass Sverig etwas sagen wollte, doch Bjorn brachte ihn mit einer raschen Geste zum Schweigen. »Ich weiß, dass du Zeit zu gewinnen versuchst, Thor. Auf unserer Seite kämpfen keine magischen Raben und keine Wölfe, die uns ihre Geheimnisse zuflüstern, aber wir wissen trotzdem, wie nahe eure Flotte ist. Die Schiffe werden bald hier sein. Aber das wird nichts mehr ändern, glaub mir. Sie werden eine Stadt ohne Leben vorfinden, Thor, und eine Stadt, die wir in Brand setzen, bevor wir uns ihnen zum letzten Kampf stellen. Willst du das?«

»Obwohl du weißt, dass sie euch töten werden?«, fragte Thor. Mjöllnir zitterte in seinen Händen, als könne er es nicht mehr abwarten, loszuspringen und weitere Seelen zu verschlingen.

»Glaubst du, ich könnte noch leben, wenn ich ein solches Gemetzel befehlen müsste?«, fragte Bjorn leise. »Aber ich kann euch nicht gewinnen lassen. Ihr könnt abziehen oder eine verbrannte Stadt erobern, deren Menschen sich bis auf den letzten Blutstropfen verteidigt und den Tod der Sklaverei vorgezogen haben.«

»Weil du hoffst, dass sich dann das ganze Land gegen uns erhebt.«

»Eine andere Wahl bleibt mir nicht«, antwortete Bjorn. »Ich bin bereit, dieses Opfer zu bringen. Sverig ist bereit dazu und jeder einzelne meiner Männer auch. Die Frage ist: Willst du wirklich all dieses Blut an deinen Händen?«

Ja!, schrie Mjöllnir in seiner Seele. *Ja! Und mehr, so viel mehr!*

Thor schwieg, und als wäre ihm das Antwort genug, ließ Bjorn den Schild sinken und befestigte ihn an seinem Sattelgurt, bevor er mit einer unendlich müden Bewegung vom Pferd stieg. »Lass mich dir noch eine Sache zeigen, bevor wir mit dem Töten beginnen. Komm mit, Thor. Um unserer alten Freundschaft willen.«

28. Kapitel

Sein Gefühl hatte ihn getrogen. Die Flotte war nahe, aber nicht einmal annähernd so nahe, wie er geglaubt hatte. Gut eine Stunde verging, in der sich die Schatten jenseits der Hafeneinfahrt weiter zusammenballten, und dann noch einmal eine nicht geraume Weile, in der er schweigend am Kai stand und darauf wartete, dass Barend an Bord der Windsbraut endlich auf sein Winken reagierte und die überladene Knorr wieder zurückbrachte. Schließlich tat er es, aber das Schiff war entweder noch sehr viel weniger seetüchtig, als er ohnehin gefürchtet hatte, oder Barend zögerte, seinem Befehl zu gehorchen.

Thor an seiner Stelle hätte es vermutlich auch getan.

Als die Windsbraut losgefahren war, hatte diese Stadt am Rande des Untergangs gestanden. Zwei Heere hatten sich Auge in Auge gegenübergestanden. Oesengard hatte gebrannt, und die finale Schlacht war scheinbar unausweichlich gewesen. Aber die Schlacht hatte nicht stattgefunden. Das Heer hatte sich aufgelöst. Das Feuer griff nicht weiter um sich, sondern wurde gelöscht, und Thor und Gundri standen allein an der Hafenmauer, nur flankiert von den beiden schweigenden Einherjern. Wer sich außer ihm überhaupt noch hier am Hafen aufhielt, der kümmerte sich um die Verwundeten oder half dabei, die schlimmsten Spuren der Katastrophe zu beseitigen, die Oesengard heimgesucht hatte. Auch wenn es nur am Hafen nicht zu einem wirklichen Kampf gekommen war – nahezu tausend gepanzerte Reiter hinterließen Spuren, die vielleicht noch nach Jahren zu sehen sein würden. Was also sollte Barend von diesem Anblick halten?

Thor hoffte, dass Barends Vermutungen der Wahrheit nicht allzu nahe kam, aber sicher war er nicht. Die Windsbraut wurde eher noch langsamer und näherte sich dem Ufer jetzt kaum noch im Schritttempo.

»Mir wäre wohler, wenn du nicht dabei wärst«, sagte Thor leise, an Gundri gewandt.

Das Mädchen schüttelte den Kopf. »Jemand muss sich um Lifthrasil kümmern. Eure Frau wird erschöpft sein, von der langen Zeit an Bord, und ...« Sie zögerte kurz und fuhr dann und in verändertem Ton und fast flüsternd fort, als hätte sie Angst, auf dem näher kommenden Schiff gehört zu werden. »Ich bringe sie an einen sicheren Ort, keine Angst.«

Selbst wenn Thor hätte antworten wollen, so wären seine Worte im Grollen eines fernen Donnerns untergegangen, der über das Meer rollte. Ein mattes Wetterleuchten ließ den Horizont im Osten weiß aufscheinen und riss die Konturen von etwas Großem und Monströsem aus der Dunkelheit, das sich der Hafeneinfahrt näherte. Thor spürte, wie Gundri neben ihm heftig zusammenfuhr, und fragte sich, ob es nur am bizarren Anblick des Naglfar lag oder ob sie das Kratzen dürrer Spinnenbeine an ihrer Seele ebenfalls spürte. Ein weiterer Donnerschlag erklang, und eine erste, noch sachte Bö kräuselte das Wasser des Hafenbeckens.

Die Windsbraut zitterte, wie von einem weit heftigeren Windstoß getroffen, begann sich auf der Stelle zu drehen und fand durch ein rasches Rudermanöver wieder auf ihren ursprünglichen Kurs zurück. Die Riemen auf der Landseite wurden eingezogen, und Thor streckte die Hand aus, um den ersten Passagieren von Bord zu helfen. Auch Gundri und die beiden Krieger griffen mit zu, sodass sich das Schiff beinahe so rasch wieder leerte, wie die Flüchtlinge an Bord gegangen waren. Er wurde mit Fragen bestürmt, Hände griffen nach ihm, verängstigte Frauen erkundigten sich zitternd nach dem Schicksal ihrer

Männer und Söhne, und für einige Momente drohte am Ufer das Chaos auszubrechen, bis er schließlich die schiere Autorität seiner Stimme und der goldenen Rüstungen der Einherjer in die Waagschale werfen musste, um lautstark für Ordnung zu sorgen.

Abgesehen von Urd selbst waren Barend und seine zusammengeschmolzene Mannschaft die Letzten, die von Bord gingen. Thor wies den Männern die Aufgabe zu, ihre ehemaligen Passagiere wegzubringen, bedeutete dem bärtigen Kapitän aber mit einer knappen Geste zu bleiben. Barend sah ihn auf eine seltsame Art an, zuckte aber dann nur wortlos die Achseln und machte sich daran, das Schiff zu vertäuen. Seltsamerweise rührten sich Urd und ihre beiden goldenen Wächter nicht, sondern blieben an ihrem Platz im Bug des Drachenschiffes.

Sie bewegten sich erst, als der dräuende Schatten in der Hafeneinfahrt endgültig Gestalt annahm und zu den bizarren Konturen des Naglfar gerann. In dem fahlen Wetterleuchten, das anstelle von Blitzen das Donnergrollen begleitete, waren die Mastspitzen und Segel weiterer Schiffe zu erkennen, die hinter ihm herankamen; mindestens ein Dutzend, wenn nicht mehr.

Etwas Dunkles glitt über ihn hinweg und war schneller wieder verschwunden, als Thors Blick es erfassen konnte, aber er hörte ein Krächzen, und ein zweiter, noch vergänglicherer Schatten glitt durch sein inneres Gesichtsfeld und verschwand genauso schnell.

»Urd?« Thor streckte die Hand aus, um ihr auf die Kaimauer heraufzuhelfen, und sie machte auch tatsächlich einen Schritt in seine Richtung, blieb aber sofort wieder stehen und sah dem näher kommenden Naglfar entgegen. Das Schiff hatte die Hafeneinfahrt passiert und kam in fast schon gespenstischer Lautlosigkeit näher, schien dabei aber nicht wirklich Substanz zu gewinnen, sondern blieb ein Schatten mit rauchigen Rändern, der sich seinen Blicken entzog.

Auch in diesem Punkt hatte Loki also gelogen, dachte er. Dieses Schiff kam aus der Hel.

Das Grollen des näher kommenden Gewitters nahm zu, und nun geisterten die ersten dürren Blitze über den Horizont. Urd sah kurz zu ihnen hoch und runzelte fragend die Stirn, wandte sich dann aber wieder dem Naglfar zu, als er ihren verwunderten Blick ignorierte.

Das Naglfar kam näher, verlor auf dem letzten Stück und auf eine für ein Schiff dieser Größe eigentlich unmöglich anmutende Art an Schnelligkeit und begann sich zu drehen. Der vorhandene Platz reichte nicht für ein Schiff dieser kolossalen Größe und die Windsbraut, sodass das Heck des Naglfar mit einem dumpfen Kreischen gegen das kleinere Drachenboot prallte, was die Windsbraut nicht nur in allen Wanten knirschen ließ. Urd schwankte ein bisschen, fand ihr Gleichgewicht aber fast sofort wieder und machte eine ärgerliche Kopfbewegung, als einer ihrer Begleiter die Hand ausstrecken wollte, um sie zu stützen. Thor fragte sich, worauf sie wartete.

Mit einem letzten, gewaltigen Schub, der eisiges Wasser bis über die Kaimauer heraufschwappen ließ, kam das Naglfar zur Ruhe, und Blinken von Gold hinter seiner Schildreling fing seinen Blick ein: golden gerüstete Krieger, Dutzende, wenn nicht Hunderte, die sich dicht an dicht an Deck des gewaltigen Schiffes drängten, sie allein schon eine kleine Armee, die es wahrscheinlich mit Bjorns Truppen allein hätte aufnehmen können. Und das Naglfar war nur eines von mehr als einem Dutzend Schiffen, die aus Asgard gekommen waren, um diesem Land die Erleuchtung zu bringen …

Planken wurden zum Ufer herabgelassen, und Männer strömten an Land, noch bevor sie ganz zur Ruhe gekommen waren. Eine ganz besonders hochgewachsene Gestalt schwang sich mit einer Leichtigkeit über die Reling, die irgendwie nicht zu ihrer hünenhaften Erscheinung passen wollte, und landete mit einem

Krachen neben Urd auf dem Deck der Windsbraut, die Barend einen gemurmelten Laut des Unmuts entlockte, und obwohl er nicht hinsah, spürte er, dass sich auch Gundris Gesicht verdüsterte.

Sein eigenes vermutlich auch, als Loki den Arm ausstreckte und Urd mit einer gezierten Geste danach griff, um sich von ihm an Land helfen zu lassen.

»Bruder!«, begrüßte ihn Loki, zu laut und mit einem Lachen, das vielleicht eine Spur zu fröhlich klang. »Wie schön, dich unversehrt zu sehen! Ich habe schon das Schlimmste befürchtet!«

»Dass ich noch lebe?«, fragte Thor.

Loki blinzelte, sah für einen Moment fast bestürzt aus und lachte dann noch lauter.

»Was ist passiert?«, fragte er schließlich.

»Das Übliche«, antwortete Thor. »Du kommst zu spät.«

Loki lachte noch lauter und noch unechter. »Wie ich sehe, bist du auch allein ganz gut zurechtgekommen.«

Statt zu antworten, wandte er sich zu Urd um und bedeutete Gundri zugleich, ihr den Säugling abzunehmen. Das Mädchen machte gehorsam einen Schritt und streckte die Arme aus, erstarrte aber dann mitten in der Bewegung, als sie ein eisiger Blick aus Urds Augen traf.

»Hast du nichts zu tun?«, fragte Urd kühl.

»Ich wollte Euch nur Lifthrasil abnehmen und –«

»Meiner Tochter geht es gut«, unterbrach sie Urd. »Aber ich sehe hier genügend Verletzte, die Hilfe brauchen.«

Gundri senkte hastig den Blick und entfernte sich ein paar Schritte rückwärtsgehend, bevor sie sich umwandte und nun regelrecht floh.

»Was hat sie dir getan?«, fragte Thor.

»Nichts«, antwortete Urd. »Die Frage ist eher, was hast du getan? Was ist hier passiert?«

»Ja, das würde mich auch interessieren«, fügte Loki hinzu. Er tat so, als verfolge er die Aufstellung seiner Krieger, die in immer größerer Zahl von Bord des Naglfar strömten und einen dicht geschlossenen Halbkreis aus Schilden und Schwertern rings um sie bildeten, aber Thor entging nicht, dass er in Wahrheit den Hafen in Augenschein nahm und dabei nach Spuren eines Kampfes suchte, den es nie gegeben hatte.

»Was ist hier passiert?«, fragte Loki noch einmal; und mehr als nur eine Nuance schärfer. »Sag mir nicht, dein zusammengewürfelter Haufen aus Bauerntölpeln und Marktfrauen hätte sie geschlagen.«

»In gewissem Sinne schon«, antwortete Thor. Lokis Augen wurden schmaler, und sein Blick war nun eindeutig misstrauisch. »Wir haben uns zum Hafen zurückgezogen und auf die Flotte gewartet«, erklärte Thor. »Aber sie ist nicht gekommen.«

»Wir hatten Probleme mit dem Wind«, antwortete Loki. »Ich nehme an, das überrascht dich nicht. Bei der Gelegenheit ...« Er machte eine Kopfbewegung auf das Unwetter draußen über dem Meer. »Du kannst jetzt aufhören.«

»Damit?« Thor schüttelte den Kopf. »Damit habe ich nichts zu tun.«

»Hast du nicht?«, fragte Loki. »Wer dann?«

»Vielleicht die Natur?«, schlug Thor vor. »Ich bin nicht schuld an jedem Unwetter, weißt du?« Er schnitt Loki mit einer herrischen Geste das Wort ab, als dieser antworten wollte. »Aber das ist im Augenblick nicht wichtig. Wir haben auf euch gewartet, Loki. All diese Bauerntölpel und Marktweiber haben ihr Leben darauf gesetzt, dass du Wort hältst und kommst. Aber du bist nicht gekommen.«

Loki schürzte nur verächtlich die Lippen, aber seine Hand schloss sich fester um den Griff des gewaltigen Breitschwerts an seiner Seite. »Diese Frage habe ich schon beantwortet. Aber das meine ich nicht. Was ist hier geschehen?«

Sein Misstrauen war jetzt nicht mehr zu überhören, und Thor konnte es verstehen. Ihm an Lokis Stelle wäre es nicht anders ergangen.

»Ich habe mit Bjorn gesprochen«, sagte er.

»Gesprochen?«

»Verhandelt«, antwortete Thor, »wenn dir das Wort lieber ist.«

Loki starrte ihn an, als traute er seinen Ohren nicht. »Verhandelt?«, fragte er noch einmal. »Du? Thor, der Gott des Donners, der Herr Mjöllnirs? Bis zu diesem Moment wusste ich nicht einmal, dass du dieses Wort kennst.«

»Er ist mit Bjorn und Sverig weggegangen«, sagte Urd. »Das habe ich gesehen. Und nicht lange darauf sind die Krieger abgezogen.«

»Einfach so?«, fragte Loki. »Was hast du ihnen gesagt?«

»Wenn ich Loki hieße«, antwortete Thor kühl, »dann hätte ich ihm angeboten, mich mit ihm zu verbünden und dich und deine Männer in eine Falle zu locken. Zu deinem Glück heiße ich aber nicht Loki.«

Loki blieb vollkommen ernst. »Und was habt ihr wirklich besprochen?«

»Ich habe ihm klargemacht, dass er nicht gewinnen kann.« Thor machte eine anerkennende Geste in Urds Richtung. »Sie hat gute Arbeit geleistet, Loki. Alle, die hiergeblieben sind, waren bereit, für uns und ihren Glauben zu sterben. Ich habe ihm klargemacht, dass sie sich niemals ergeben werden und er nur die Wahl hat, uns alle abzuschlachten oder zu verhandeln.«

»Und darauf hat er sich eingelassen?«, fragte Urd zweifelnd.

»Bjorn ist kein Schlächter«, antwortete Thor, »und auch kein Dummkopf. Welche Unterstützung könnte er noch für Midgard erwarten, wenn bekannt wird, dass er Frauen und Kinder hingemetzelt hat, nur um eine vollkommen sinnlose Schlacht um eine Stadt zu gewinnen, die er eine Stunde später doch wieder aufgeben muss?«

»Es fällt mir schwer, das zu glauben«, sagte Loki zögernd. Thor sah nicht zu Urd hin, aber das musste er auch nicht, um zu wissen, dass sie ihm nicht glaubte. Er schwieg.

Es dauerte lange, bis Loki das ungute Schweigen brach, das sich zwischen ihnen ausbreitete. Eine sonderbare Unruhe ergriff von den Einherjern Besitz, die sie eingekreist hatten.

»Und daraufhin sind sie einfach abgezogen?«, fragte Loki schließlich.

Statt zu antworten, legte Thor den Kopf in den Nacken und suchte noch demonstrativer den Himmel ab – oder tat wenigstens so. Alles, was er sah, waren schwarze Wolkengebirge, die der immer noch zunehmende Sturm vor sich hertrieb. Dann und wann ließ ein Blitz sie wie unter einem inneren Feuer auflodern, und auch das Grollen des Donners war näher gekommen und erklang jetzt in fast regelmäßigen Abständen.

»Ja, ich weiß, dass sie abgezogen sind«, sagte Loki ärgerlich. »Aber ich frage mich, warum.«

»Haben es dir deine Spione nicht verraten?«

»Hugin und Munin sind meine Augen, nicht meine Ohren«, erwiderte Loki. »Also?«

Thor konnte spüren, wie Mjöllnir an seiner Seite zu summen begann. »Wie gesagt: Bjorn ist kein Dummkopf. Er weiß, dass er diesen Kampf nicht gewinnen kann. Er ist zu Zugeständnissen bereit.«

»Und die hast du gemacht?«, erkundigte sich Loki.

Thor verneinte. »Er will mit dir verhandeln.«

»Mit mir?« Aus irgendeinem Grund schien Loki diese Antwort zu überraschen. »Wieso ausgerechnet mit mir und nicht mit dir?«

»Es war meine Idee«, gestand Thor. »Ich dachte mir, für Zusagen, die nicht gehalten werden, bist du der geeignetere Verhandlungspartner.«

Loki lachte nicht. Seine Augen wurden noch kälter, und

Thor hatte plötzlich das unheimliche Gefühl, dass er versuchte, direkt bis in seine Gedanken zu blicken. Aber schließlich, wenn auch zögernd, nickte er. »Wo sind sie?«

»Er«, verbesserte ihn Thor. Loki zog fragend die Augenbraue hoch, und Thor fügte mit einem geringschätzigen Lächeln hinzu: »Sverig war mit seiner Entscheidung nicht einverstanden.« Er sah nun Urd an. »Du kennst ihn. Er hat schon lange auf einen Vorwand gewartet, endgültig herauszufinden, wer der Bessere von uns ist.«

»Er ist tot?«, vergewisserte sich Loki.

»Haben dir das deine Raben nicht berichtet?« Thor machte eine entsprechende Kopfbewegung. »Bjorn wartet im Haus des Jarls auf dich.«

Loki dachte auch darüber lange nach, und bevor er nickte, tauschte er einen noch längeren Blick mit Urd, der Thor aus unterschiedlichen Gründen ganz und gar nicht gefiel.

»Dann lass uns hören, was dein Freund, der Jarl von Midgard, zu sagen hat.«

Sie gingen los, aber Loki blieb schon nach zwei Schritten wieder stehen und wandte sich an Barend: »Die Flotte ist dicht hinter uns. Sorg dafür, dass hier alles reibungslos klappt.«

»Barend ist verletzt«, sagte Thor, was vollkommen überflüssig war. Loki musste schon blind sein, um nicht zu sehen, dass der Kapitän Mühe hatte, sich auf den Beinen zu halten.

Loki machte ein abfälliges Geräusch. »Du kennst diese alte Wasserratte, Bruder. Er ist zäh. Und es kommen fünfmal mehr Schiffe, als der Hafen überhaupt fasst. Wenn jemand dieses Chaos beherrschen kann, dann er.«

Thor versuchte, möglichst gelassen auszusehen, als sie losmarschierten und sich nicht nur Urd ihnen anschloss, sondern auch ein Großteil der Krieger. Der Rest der Männer – gut noch einmal so viele – verteilte sich an der Kaimauer, wie um das Schiff vor einem Feind zu beschützen, den es gar nicht gab.

Auf dem Weg zu Fargas' ehemaligem Haus kontrollierten ihre Begleiter nahezu jede Tür, an der sie vorbeikamen, und drangen auch in das eine oder andere Gebäude ein, wobei sie verschlossene Türen kurzerhand einschlugen. Dem Klirren und Poltern nach zu schließen, das danach laut wurde, gingen sie auch im Inneren alles andere als behutsam zu Werke. Thor sparte sich die Frage, wonach sie suchten.

Als sie ihr Ziel erreicht hatten, befahl Loki der Hälfte seiner Krieger mit einer knappen Geste, sich zu verteilen und einen lebenden Kordon um das Haus zu bilden.

»Du traust mir nicht«, sagte Thor geradeheraus.

»Sollte ich das denn, Bruder?«, erwiderte Loki mit einem Lächeln, das keines war. »Du verschweigst mir etwas. Ich weiß nicht, was es ist, aber irgendetwas sagt mir, dass es mir nicht gefallen wird.« Er schüttelte heftig den Kopf, als Thor widersprechen wollte. »Versuche nie, einen Lügner zu belügen, Bruder.«

Das hatte Thor nicht vor. Wäre es nach ihm gegangen, hätte er gar nicht mit Loki gesprochen, solange sie nicht dort drinnen waren.

Aber vermutlich spielte das jetzt auch keine Rolle mehr. Er schwieg.

Loki trat ein paar Schritte zurück und legte den Kopf in den Nacken, um das zweigeschossige wuchtige Gebäude aus eng zusammengekniffenen Augen zu betrachten. Er versuchte erst gar nicht, sich nicht anmerken zu lassen, was dabei hinter seiner Stirn vorging. Auf einen weiteren Wink hin verschwand ein halbes Dutzend seiner Krieger mit gezückten Klingen im Haus. Thor hörte keine Schreie oder Kampflärm, aber den Geräuschen nach zu schließen, brachen sie sämtliche Türen, auf die sie stießen, kurzerhand auf. Loki wartete schweigend, bis einer der Männer wieder in der Tür erschien und ihm mit einem wortlosen Nicken zu verstehen gab, das alles in Ordnung war, und auch dann machte er noch keine Anstalten, das Haus des Jarls zu betreten, sondern sah in den Himmel hinauf.

Die brodelnde Decke aus blitzedurchzuckten schwarzen Wolken hatte Mond und Sterne endgültig verschlungen. In den schmalen Gassen der Stadt brachen sich die dumpfen Donnerschläge nicht nur auf unheimliche Weise, sondern schienen dabei auch noch lauter zu werden. Loki hob den linken Arm. Ein Augenblick verging, in dem er reglos dastand, dann senkte sich ein geflügelter schwarzer Schatten auf seine Hand. Thor fragte sich, ob er das der bloßen Wirkung wegen tat oder tatsächlich darauf angewiesen war, den Vogel zu berühren. Nach einem Moment spreizte der Rabe wieder die Flügel und sprang in den Sturm hinauf.

»Sie sind tatsächlich abgezogen«, sagte er in fast verwundertem Ton. »Trotzdem: Würde es dir etwas ausmachen?«

Im allerersten Moment verstand Thor nicht einmal, was er meinte, als er die Hand ausstreckte. Dann schürzte er nur verächtlich die Lippen, löste Mjöllnir vom Gürtel und warf ihn Loki zu. Der blonde Hüne fing den schweren Hammer, ohne mit der Wimper zu zucken auf, und Thor senkte die Hand noch einmal zum Gürtel und zog auch das Schwert, um es einem seiner Männer auszuhändigen.

Loki schob sich den Stiel des Hammers unter den Gürtel und machte eine einladende Geste. »Ich glaube, dein Freund wartet auf uns.«

Thor sparte sich jede Antwort. Gehorsam folgte er Loki und einem weiteren halben Dutzend seiner Einherjer ins Haus und in das ehemalige Amtszimmer des Jarls.

Bjorn saß an einem niedrigen Tisch am Kamin und sah ihnen mit versteinerter Miene entgegen. Flankiert und bewacht wurde er von zwei hoch gewachsenen Gestalten in schimmernden Rüstungen, die so reglos wie lebensgroße Statuen hinter ihm in die Höhe ragten. Bjorns Schwert lag vor ihm auf dem Tisch. Der

Jarl zeigte keinerlei Regung, als Thor und Loki zusammen mit einem halben Dutzend Krieger eintraten, aber er sah bestürzt aus, als er Urd sah, und regelrecht entsetzt, als er das in helle Tücher eingewickelte Bündel gewahrte, das sie an sich presste. Thor bedeutete ihm mit einem nur mit den Augen angedeuteten Kopfschütteln zu schweigen, und Bjorn gehorchte. Sein Blick ging zu Thors leerem Gürtel, dann zu dem Hammer in Lokis Besitz.

Loki trat vor ihn hin, legte fragend den Kopf auf die Seite und ließ eine geraume Weile verstreichen, bevor er unwillig fragte: »Willst du nicht vor deinem Gott auf die Knie fallen, Bjorn?«

»Ich sehe keinen Gott.«

Einer der beiden Krieger hinter Bjorn hob die Hand, wie um ihn zu schlagen, aber Loki hielt ihn mit einer raschen Bewegung zurück. »Ganz zweifellos, du musst Bjorn sein. Selbst wenn mein Bruder mir nicht gesagt hätte, dass du hier auf mich wartest, wüsste ich jetzt, dass du es bist. Man hat mir gesagt, dass der Jarl von Midgard ein sehr mutiger Mann ist, der nicht einmal die Götter fürchtet.«

»Das tue ich durchaus«, erwiderte Bjorn. »Wenn es die richtigen sind.«

»Allerdings hat mir niemand gesagt, dass du dumm bist«, fuhr Loki unbeeindruckt fort. »Warum willst du mich provozieren? Ich dachte, du hättest meinem Bruder den Frieden angeboten?«

»Und ich habe ihn überzeugt, das Angebot anzunehmen.«

»So?«, fragte Loki lauernd. »Und wie?«

»Er hat mir etwas gezeigt«, mischte Thor sich ein. »Es wird dich auch überzeugen, wenn du es siehst.« Er machte eine Geste zur Tür. »Es ist draußen im Hof. Du solltest es dir ansehen.«

»Und was sollte das sein?« Es war Urd, die diese Frage stellte. Ihre Stimme troff vor Misstrauen und Hohn, und Thor musste sich mit aller Macht beherrschen, um ihr nicht mit den Worten zu antworten, die ihm auf der Zunge lagen.

»Etwas, das er aus unserer Heimat mitgebracht hat«, antwortete er. »Aus unserem alten Haus, Urd. Willst du es sehen?«

»Für wie dumm hältst du mich, Bruder?«, fragte Loki.

»Dumm?« Thor schüttelte den Kopf. »Ich halte dich nicht für dumm. Aber auch nicht für feige.«

Loki starrte ihn einen halben Atemzug lang beinahe hasserfüllt an und knirschte vor Zorn mit den Zähnen, bevor er eine abgehackte Geste zu einem seiner Begleiter machte. Der Mann eilte hinaus, kehrte jedoch schon nach wenigen Augenblicken zurück und antwortete mit einem ebenso stummen Nicken. Die beiden Einherjer zerrten Bjorn auf die Füße, und zwei weitere Männer traten hinter Thor. Sie wagten es nicht, ihn anzurühren, aber Thor hatte keinen Zweifel daran, dass sie es tun würden, wenn Loki es ihnen befahl.

Der Sturm war noch einmal stärker geworden, als sie in den kleinen, von mehr als mannshohen Mauern umgebenen Innenhof hinaustraten. Der Hof war leer; an der Schmalseite führte eine kleine Tür zu einem Nebengebäude, ihr gegenüber ein großes, mit einem Riegel verschlossenes Tor auf die Straße hinaus. Wo der Himmel sein sollte, befand sich nur eine brodelnde schwarze Decke, in der es immer wieder unheimlich aufleuchtete, niedrig genug, dass man sie mit dem ausgestreckten Arm berühren zu können glaubte. Selbst im Schutze der Mauern war der Wind so heftig, dass er an ihren Haaren und Kleidern zerrte und sie die Stimmen heben mussten, um sich überhaupt noch verständigen zu können.

Loki ging mit raschen Schritten bis in die Mitte des kleinen Hofes. »Und was soll hier sein?«, fragte er. Zugleich erscholl ein misstönendes Krächzen, halb verschlungen vom Heulen des Sturmes, und ein gefiederter schwarzer Dämon tauchte aus der

Schwärze über ihnen auf und senkte sich auf Lokis ausgestreckten Arm herab.

Er erreichte ihn nie.

Das Tor auf der anderen Seite des Hofes explodierte in einem Splitterregen, aus dem etwas Riesiges, Weißes heraussprang, das mit einem einzigen gewaltigen Satz bei Loki und dem Raben war. Gewaltige Fänge blitzten auf und schnappten mit der Wucht einer Bärenfalle zu. Thor rammte den linken Ellbogen mit aller Gewalt nach hinten und fühlte Metall und Knochen unter dem Stoß brechen, während er den anderen Arm ausstreckte und Mjöllnir wie von selbst in seine ausgestreckte Hand flog. Der Rabe kreischte und schlug bereits sterbend noch einmal mit den gewaltigen Flügeln, und Loki brüllte noch lauter und in schierer Todesqual, taumelte gegen die Wand und krümmte sich, während er zusammenbrach.

Der Kampf war kurz, aber brutal. Ein zweiter, dritter und vierter Wolf sprangen knurrend in den Hof hinein und stürzten sich auf Lokis Krieger. Mit einem Rückhandschlag fällte Thor den zweiten seiner Bewacher, der hinter ihm stand, und ließ noch in der gleichen Bewegung den Hammer fliegen. Auch Bjorn erwachte plötzlich aus seiner Erstarrung, war mit zwei raschen Schritten hinter Urd und schlang ihr den Arm um den Hals; in seiner anderen Hand blitzte ein Messer, dessen Klinge er an ihre Kehle setzte. Mjöllnir flog ein zweites Mal aus Thors Hand, pflügte einen blutigen Halbkreis durch den Hof und fällte gleich drei Krieger, bevor er in seine Hand zurückkehrte. Kaum ein Atemzug war vergangen, seit der Wahnsinn begonnen hatte, aber nur noch zwei von Lokis Kriegern standen aufrecht.

Der eine stürzte, von gleich drei Wölfen angesprungen, die unverzüglich über ihn herfielen und ihn in Stücke zu reißen begannen, der andere hatte Schwert und Schild gehoben und wich rückwärtsgehend vor Thor zurück, erstarrte plötzlich mitten in der Bewegung und kippte dann stocksteif nach vorne.

Zwischen seinen Schulterblättern ragte das Blatt einer gewaltigen doppelklingigen Axt hervor, die lautlos aus der Dunkelheit herangeflogen gekommen war.

Dann war der Kampf vorbei, so plötzlich und unerwartet, wie er begonnen hatte. Mjöllnir schrie in seiner Hand nach weiteren Leben, die er nehmen konnte, und tief in seiner Seele verlangte noch eine andere, ungleich ältere Stimme nach Blut, ganz egal ob das von Freund oder Feind.

Thor brachte die Stimme mit einer gewaltigen Willensanstrengung zum Schweigen, befestigte den Hammer wieder an seinem Gürtel und nahm auch noch das Schwert eines toten Einherjers an sich, das er in die leere Scheide an seinem Gürtel schob, bevor er sich wieder erhob und zu Urd hinüberging. Was er in ihren Augen las, war blanker Hass.

Ohne ein einziges Wort nahm er ihr Lifthrasil aus den Armen, trat zurück und wandte sich gerade rechtzeitig genug um, um Sverig zu sehen, der durch die aufgebrochene Seitentür trat und neben dem toten Krieger niederkniete, um die Axt aus seinem Rücken zu ziehen. Hinter ihm tauchte eine zweite und deutlich schlankere Gestalt auf, die mit raschen Schritten näher kam und die Arme ausstreckte.

Lifthrasil erwachte und begann mit einem dünnen Weinen gegen die unsanfte Behandlung zu protestieren, beruhigte sich aber auch fast sofort wieder, als Gundri sie an die Brust drückte und sanft zu wiegen begann.

Thor gab den beiden Einherjern einen Wink, und sie eilten zu der Tür, durch die sie gekommen waren, schoben sie zu und legten einen schweren Riegel vor, während er selbst zu Loki ging.

Aus dem Inneren des Gebäudes war der Lärm von Schritten und das Klirren von Waffen zu vernehmen, und aufgeregte Stimmen drangen durch das dicke Holz.

Thor warf einen besorgten Blick auf den Riegel. Wie die Tür

selbst war er massiv und mit Eisen verstärkt, aber er wusste auch, wie stark die Krieger in den goldenen Rüstungen waren. Ihnen blieb nicht viel Zeit.

Loki lebte und war sogar bei Bewusstsein. Der grausame Schmerz, der ihn niedergeworfen hatte, war erloschen, als Fenrir den Raben entzweigebissen hatte, aber seine Glieder zitterten noch immer in den Nachwehen der entsetzlichen Pein, die er erlitten hatte. Und selbst wenn es nicht so gewesen wäre, hätte er sich nicht rühren können, wurde er doch von den gewaltigen Pfoten des weißen Riesenwolfs niedergedrückt. Fenrirs Fänge blitzten nur eine Handbreit über seinem Gesicht, und Thor konnte spüren, wie schwer es dem Wolf fiel, nicht die Zähne in das Fleisch seines Opfers zu schlagen.

»Meinen Glückwunsch, Bruder«, brachte Loki mühsam hervor. »Ich hätte nicht gedacht, dass es dir gelingt, mich zu belügen. Und jetzt bring es zu Ende.«

»Nenn mich nicht Bruder, Loki«, antwortete Thor. »Und ich will nicht deinen Tod. Du wärst schon längst nicht mehr am Leben, wenn ich das gewollt hätte.« Er bedeutete Fenrir mit einer Geste, zurückzuweichen, und der Wolf zog widerstrebend die Pfote zurück, blieb aber mit drohend gefletschten Zähnen stehen, während sich Loki mühsam an der Mauer in eine halbwegs sitzende Position hochstemmte.

»Und weshalb verrätst du dein eigenes Volk?«, fragte Loki.

Bevor Thor antworten konnte, erzitterte die Tür unter einem gewaltigen Schlag, und in der Pause zwischen zwei rollenden Donnerschlägen hörten sie einen Chor wütender Schreie, Schritte, sehr viele rennende Schritte, die aus allen Richtungen näherkamen. In dem zerborstenen Tor tauchten die ersten Gesichter auf. Goldene Helme blinkten, Waffen blitzten im fahlen Licht. Thor schleuderte seinen Hammer, und Mjöllnir kehrte gehorsam in seine ausgestreckte Hand zurück, nachdem er sein blutiges Werk getan hatte.

»Thor!«, sagte Gundri warnend.

Die Tür erbebte unter immer härteren Schlägen, und das Schicksal ihrer Kameraden hinderte Lokis Krieger nicht daran, erneut durch das geborstene Tor hereinzudrängen. Thor wusste, wie treu diese Männer waren. Und wenn Mjöllnir ein Dutzend oder auch mehr von ihnen tötete, würden die anderen nicht aufgeben, bis sie ihren Herrn befreit hatten. Mit einer Handbewegung befahl er den Wölfen, das Tor zu bewachen. Aber er wusste, dass ihnen nicht mehr viel Zeit blieb.

Unsanft zerrte er Loki in die Höhe, riss seinen Waffengurt herunter und schleuderte Schwert und Scheide zu Boden, während er den breiten Ledergürtel benutzte, um Lokis Hände auf dem Rücken zusammenzubinden.

»Du solltest mich besser gleich umbringen, Bruder«, sagte Loki. »Eine zweite Gelegenheit bekommst du nicht.«

Thor stieß ihm so heftig in den Rücken, dass Loki gegen die Mauer prallte. »Nenn mich nicht Bruder, Loki«, fauchte er. »Das bin ich nicht.«

Er hinderte Loki daran, zu antworten, indem er ihn noch einmal mit dem Gesicht gegen die Wand stieß, packte seine gefesselten Hände und zerrte ihn grob von der Wand weg.

Selbst die enorme Kraft der Einherjer reichte kaum, die schwere Steinplatte zur Seite zu wuchten, deren Position ihnen Gundri verraten hatte. Darunter kam ein schwarzer Schacht zum Vorschein, an dessen Wand eine schmale steinerne Treppe in halsbrecherischem Winkel nach unten führte. Gundri verschwand so schnell in der Tiefe, dass ihre Füße kaum die Stufen zu berühren schienen, und Bjorn folgte ihr mit Urd, ohne dass seine Hand ihren Arm oder seine Dolchspitze ihre Kehle losgelassen hätte.

»Gehst du freiwillig, oder ziehst du es vor, hinuntergeworfen zu werden?«, erkundigte sich Thor. »Es ist nicht besonders tief. Mit ein bisschen Glück kannst du es überleben.«

Loki antwortete nur mit einem unverständlichen Grunzen, und Thor ließ es geschehen, dass er sich losriss und aus eigener Kraft die Treppe hinunterstieg. Die Stufen waren so schmal, dass er sich mit dem Rücken an der Wand entlang nach unten schob, um überhaupt das Gleichgewicht zu wahren. Thor folgte ihm in kaum nennenswertem Abstand und auf alles gefasst. Loki war gefesselt und verletzt, aber auch zornig, und er war auch mit auf den Rücken zusammengebundenen Händen noch immer gefährlicher als jeder andere Mann, den er kannte.

Die beiden Einherjer folgten ihm, fielen dann aber wieder zurück, während sie die schwere Steinplatte über ihren Köpfen wieder an ihren Platz zu wuchten versuchten. Staub und winzige Steinsplitter regneten auf sie herab, und das schwere Scharren des steinernen Deckels verschlang das Toben des Gewittersturmes und die wütenden Schreie der Krieger, die immer noch versuchten, die Tür aufzubrechen oder durch das Tor in den Hof zu gelangen. Die schwere Steinplatte würde ihnen keinen Schutz gewähren, das wusste Thor. Jetzt, wo die Männer einmal wussten, dass es diesen geheimen Tunnel gab, würden sie nur Augenblicke brauchen, um ihn zu finden und aufzubrechen. Aber vielleicht verschaffte ihnen dieses Hindernis genau die wenigen Augenblicke, die sie brauchten, um zu entkommen.

Und da waren immer noch die Wölfe. Fenrir würde bis zum Äußersten kämpfen, aber er würde sein Leben nicht sinnlos opfern, sondern sich in Sicherheit bringen, wenn der Kampf aussichtslos wurde.

Die Treppe führte eine erstaunliche Anzahl von Stufen weit nach unten und mündete in einen halbrunden Raum mit drei Türen, hinter denen schmale Gänge in vollkommene Dunkelheit führten. Gundri hatte eine Fackel entzündet, und Loki sah sich in ihrem blassroten Schein ebenso missmutig wie widerwillig anerkennend um.

»Das ist wirklich beeindruckend«, sagte er. »Ich nehme an, es stammt noch von unseren Vorfahren, die diese Stadt erbaut haben?«

»So wie das Haus des Jarls«, bestätigte Thor. »Hast du es nicht bemerkt?«

»Ich habe anscheinend so einiges nicht bemerkt, Bruder«, antwortete Loki. »Das ist mein zweiter großer Fehler nach meiner übertriebenen Güte, Thor.«

Thor antwortete nicht darauf, sondern trat zur Seite, um den beiden Einherjern Platz zu machen. Gundri reichte ihre Fackel an einen der Krieger weiter, um beide Hände für Lifthrasil frei zu haben, wies auf einen der drei Durchgänge und blieb unmittelbar dahinter stehen. Thor konnte nicht genau erkennen, was sie tat, doch nachdem Loki und er als Letzte durch die Tür gegangen waren, erscholl ein leises Rumpeln, das direkt aus dem Boden zu kommen schien und mehr zu fühlen als wirklich zu hören war, und eine steinerne Platte schob sich vor die Öffnung. Wenn der Anblick auf der anderen Seite derselbe war, dachte Thor, dann deutete jetzt nichts mehr darauf hin, dass es hier überhaupt jemals eine Tür gegeben hatte.

»Ich hätte dir das alles niemals zeigen sollen«, meinte Urd.

»Ihr hättet niemals hierherkommen sollen, Herrin«, antwortete Gundri.

»Du unverschämtes kleines –«

»Nicht jetzt«, fiel ihr Thor ins Wort. »Wir müssen weiter.«

Irgendwoher zauberte Gundri eine zweite Fackel, die der Einherjer entzündete und an seinen Kameraden weiterreichte, der mit diesem zweiten Licht in der Hand den Abschluss bildete, als sie ihren Weg fortsetzten.

Thor verlor auch jetzt schon wieder nach wenigen Schritten die Orientierung, doch Gundri dirigierte sie mit schon fast unheimlicher Sicherheit durch das Labyrinth unterirdischer Gänge und Räume. Er erkannte ihr Ziel nicht einmal wieder, als sie es erreichten, wenigstens nicht im ersten Moment. Das Licht der beiden winzigen Fackeln versickerte in der Dunkelheit, lange bevor es die Decke der unterirdischen Kathedrale erreichte, und das Gewirr mannsdicker gemauerter Stützpfeiler erinnerte ihn mehr denn je an einen versteinerten Wald als an etwas von Menschen Erschaffenes.

Endgültig begriff er es erst, als sie sich der gewaltigen Stele mit den beiden Feuerschalen rechts und links näherten. Die Flammen darin waren längst erloschen, und das Licht ihrer beiden Fackeln reichte nicht einmal annähernd aus, um die riesige steinerne Stele der Dunkelheit zu entreißen. Vielleicht war das der Grund, aus dem ihm die uralten Runen in der verwitterten Oberfläche der Stele jetzt noch viel unheimlicher vorkamen als beim ersten Mal. »Was für ein passender Ort«, spöttelte Loki. »Wollt ihr mich hier umbringen?«

Thor verschwendete nicht einmal einen Atemzug darauf, zu antworten, sondern wandte sich mit einem auffordernden Blick an Sverig, der wortlos seine Axt über die Schulter schwang und in der Dunkelheit verschwand. Nach einem Moment hörten sie rasche Schritte, und Sverig kam in Begleitung zweier weiterer Männer zurück, die schwere Fellmäntel und Waffen, Schilde und Helme trugen. Loki wehrte sich nicht, als er von den beiden Männern ergriffen und zu der Stele geführt wurde, wo einer von ihnen eine schwere eiserne Kette unter dem Mantel hervorzog, mit der sie ihn an die steinerne Säule banden, aber Thor war sehr sicher, dass Loki sich nur seinetwegen nicht wehrte. Oder Mjöllnirs wegen. Loki hatte den Hammer bereits einmal unterschätzt, als er meinte, ihn Thor einfach abnehmen zu können, und er wusste, wie treu Mjöllnir seinem Meister war.

So ließ er sich widerstandslos an den Stein fesseln und schürzte nur verächtlich die Lippen. »Sollte ich mich jetzt geschmeichelt fühlen, dass mir so viel Aufmerksamkeit zuteil wird?«

»Du bist ein gefährlicher Mann, Loki«, erwiderte Thor.

»Das ist wahr«, sagte Sverig. »Wir sollten ihn töten.«

Thor tat ihm den Gefallen, nicht sofort zu antworten, sondern einen kurzen Moment lang so zu tun, als würde er ernsthaft über seine Worte nachdenken, bevor er den Kopf schüttelte. »Wir sind keine Mörder. Und es könnte sein, dass wir ihn noch brauchen. Außerdem«, fügte er nach einer kurzen Pause hinzu, und indem er sich wieder zu Loki herumdrehte, »bin ich Urd und dir noch eine Antwort schuldig. Du hast mich gefragt, weshalb ich mein eigenes Volk verraten hätte. Die Antwort ist im Grunde ganz einfach: Ich habe mein Volk nicht verraten. Es war nie mein Volk, so wie du nie mein Bruder gewesen bist.«

»Nein?«, fragte Loki spöttisch.

»Nein«, bestätigte Thor. »Ich erinnere mich jetzt, weißt du? Noch nicht an alles, und das werde ich vielleicht nie, aber an das meiste. Der Sturm hat unsere Flotte nicht versenkt, nicht wahr, und die Menschen dieses Landes waren es auch nicht. Wie auch, wo sie doch noch nicht einmal wussten, dass wir kamen?«

»Warum erzählst du mir das?«, fragte Loki.

»Du hast den Sturm geschickt, der die Flotte versenkt hat«, fuhr Thor unbeeindruckt fort, »und auch die Midgardschlange. War es nicht so?«

Loki antwortete gar nicht, aber Bjorn machte ein überraschtes Gesicht, und Sverig schüttelte heftig den Kopf und sah ihn an, als hätte er schon seit einer ganzen Weile gemutmaßt, dass er nicht alle seine Sinne beisammenhatte, und nun die Bestätigung dafür erhalten. »Die Midgardschlange ist eine Geschichte, mit der man Kinder erschreckt«, knurrte er.

»Ja, vielleicht«, antwortete Thor. »Aber die Flotte, die vor zehn Jahren vor der Küste eures Landes untergegangen ist, war nicht hierher unterwegs, um euch anzugreifen, Sverig, sondern um euch zu warnen.«

Er ließ seine Worte einen angemessenen Moment lang wirken und trat dann dichter an den angeketteten Gott heran. »Noch ist es nicht zu spät, Loki. Es ist Blut geflossen, viel zu viel Blut, aber noch nicht so viel, dass es kein Zurück mehr gäbe.«

»Worauf willst du hinaus?«, fragte Loki misstrauisch.

»Du weißt, dass ich Odin nicht getötet habe«, sagte Thor. Die Erinnerung stand ihm klar vor Augen: die Halle der Einherjer mit ihrer langen Tafel, die goldgerüsteten Gestalten und er mitten unter ihnen, nur dass er jetzt ihre Worte verstand und der Traum kein Traum mehr war, sondern Wirklichkeit. »Du hast es immer gewusst, nicht wahr? Du hast immer gewusst, dass ich unschuldig war, aber ich war auch immer ein Unruhestifter, der mehr als einmal deine Pläne durchkreuzt hat. Ich weiß nicht, ob du Odin getötet hast oder ob einer der anderen es war, aber es hat sehr gut in deine Pläne gepasst, mich für seinen Tod verantwortlich zu machen.« Er schüttelte den Kopf. »Es ist mir gleich. Wir können das alles vergessen. Sieh in mich hinein, und du wirst erkennen, dass ich es ernst meine.«

Er konnte Loki ansehen, dass er genau das tat, und auch, wie sehr ihn das Ergebnis überraschte. »Was soll das?«, fragte er schließlich. »Selbst wenn du mich tötest, habt ihr verloren. Unsere Flotte legt in diesem Moment an. Niemand in diesem oder irgendeinem anderen Land der Welt kann uns aufhalten.«

Thor wusste, dass dies der Wahrheit entsprach. »Dieser Krieg muss nicht sein, Loki«, sagte er fast beschwörend. »Wenn Sverig und ich uns die Hand in Frieden reichen konnten, dann könnt ihr es auch. Du weißt, was geschehen wird! Es ist schon einmal geschehen, und wenn wir nicht aufhören, dann wird es wieder so sein!«

»Warum sagst du mir das?« Lokis Stimme klang genauso verächtlich wie bisher, und doch glaubte Thor zugleich auch einen ganz sachten Klang der Unsicherheit darin zu hören.

»Weil du tief in dir weißt, dass Urd sich irrt«, antwortete er. »Sie haben uns tatsächlich viel gegeben, aber was sie dafür verlangen, ist zu viel. Vielleicht war der, dem ich in dieser Nacht in den Bergen begegnet bin, ja schwach oder ich zu stark für ihn, oder es war einfach nur ein dummer Zufall ... oder es waren unsere eigenen Götter, die mich beschützt haben. Ich weiß es nicht. Ich weiß nur, dass er das, was ich früher einmal war, nie völlig auslöschen konnte.«

»Ja, du warst schon immer etwas ... seltsam«, sagte Loki höhnisch.

»Vielleicht musste ich erst vergessen, wer ich bin«, sagte Thor, »um mich wieder daran zu erinnern.«

»Diesen Satz solltest du dir aufschreiben«, höhnte Loki. »Er klingt richtig gut.«

»Er ist wahr«, sagte Thor ernst. »Loki, ich beschwöre dich! Lausch in dich hinein! Da ist noch etwas von dem, was du früher einmal warst! Sie haben euch nichts geschenkt, sondern euch eure Menschlichkeit genommen!«

Loki antwortete nur mit einem verächtlichen Schnauben, aber Thor war jetzt sicher, einen Funken von Unsicherheit in seinem Blick zu erkennen. Da waren Zorn und Verachtung, Überheblichkeit und Spott und alles andere, was er von Loki kannte und erwartet hatte, aber unter alledem war noch etwas anderes; vielleicht nur noch ein Schatten dessen, was es irgendwann einmal gewesen war. Doch der Moment verging, und Loki schürzte nur noch einmal verächtlich die Lippen.

Sverig räusperte sich unecht. »Ich will nicht drängeln, Thor. Aber –«

»Ich weiß«, sagte Thor.

Schritte näherten sich, und die Dunkelheit ringsum war plötzlich voller Bewegung. Da waren Menschen; viele Menschen. »Sag den Männern Bescheid, Sverig. Sie sollen sie zum Hafen treiben. Wenn es uns gelingt, das Naglfar zu nehmen, haben wir noch eine Chance.«

Loki sah ein bisschen verwirrt aus, vielleicht auch erschrocken, und Thor nickte Sverig fast unmerklich zu, woraufhin der Krieger eine der beiden Fackeln ergriff und sie in hohem Bogen über dem Kopf schwenkte. Die Flamme flackerte und drohte fast zu erlöschen, und die Fackel zog einen flirrenden Schweif aus zahllosen winzigen roten Funken hinter sich her. Doch statt zu erlöschen, schienen es mehr zu werden, als plötzlich überall in der großen Halle weitere Fackeln entzündet wurden; zehn, zwanzig und noch viel mehr. Ein Meer behelmter Köpfe und Schultern und blitzender Speerspitzen und Schwerter tauchte aus der Dunkelheit auf, nicht einmal annähernd Bjorns ganzes Heer, aber sicherlich hundert Männer, wenn nicht zweihundert.

»Erstaunlich«, murmelte Loki.

»Nicht im Geringsten«, erwiderte Thor. »Ich hätte gedacht, du weißt, wie groß dieses Labyrinth ist. Groß genug, um eine Armee zu verstecken. Du hättest genauer darauf achten sollen, was dir deine Raben zeigen, Loki. Die Spuren von Pferden bedeuten nicht unbedingt, dass ihre Reiter auch im Sattel gesessen haben.«

»Und du willst das wirklich?«, fragte Loki kalt. »Selbst wenn ihr siegt, wird die Hälfte dieser Männer sterben. Wenn nicht alle.«

»Und sie sind bereit dazu«, sagte Sverig düster.

»Aber dieser Krieg muss nicht sein«, fügte Thor hinzu. »Noch können wir ihn verhindern. Sieh dir diese Männer an, Loki!« Er machte eine weit ausholende, deutende Geste auf die wartende Armee, die sich nicht nur aus Bjorns und Sverigs Kriegern zusammensetzte, sondern auch aus Männern – und sogar ein paar Frauen – aus Oesengard. Hier und da reflektierte blitzendes Gold das Licht der Fackeln, auch wenn die Handvoll überlebender Einherjer auf sein Geheiß hin die bizarren Gesichtsmasken abgenommen hatten. Es machte es nicht nur leichter, Freund und Feind zu unterscheiden, sondern machte die gerüsteten Riesen auch ein wenig menschlicher.

»All diese Männer und Frauen waren noch vor wenigen Stunden Todfeinde«, sagte er. »Jetzt stehen sie Schulter an Schulter und sind bereit, ihr Leben für ihr Land und ihre Freiheit zu opfern. Glaubst du wirklich, du könntest ein solches Heer schlagen?«

»Unsere Heimat erfriert«, antwortete Urd an Lokis Stelle. »Wir brauchen dieses Land, damit unser Volk leben kann.«

»Das ist wahr«, antwortete Thor, allerdings weiter an Loki gewandt. »Ich habe mit Bjorn darüber gesprochen. Unser Volk ist hier willkommen. Dieses Land ist groß genug für alle. Sie reichen uns die Hand in Frieden. Es ist nicht nötig, mit dem Schwert darauf zu antworten.«

»Wenn sie sich uns beugen«, sagte Loki kalt.

»Das bist nicht du, der da spricht«, sagte Thor. »Loki, ich beschwöre dich! Du kannst dich befreien! Du musst nicht tun, was er von dir verlangt!«

»Und was sollte das sein?«, fragte Loki höhnisch.

»Sie nehmen uns unsere Menschlichkeit, Loki. Und tief in dir weißt du das auch! Da ist noch etwas von dem Menschen in dir, der du einmal gewesen bist!«

Loki machte ein nachdenkliches Gesicht und legte die Stirn in Falten. »Ich frage mich, was du vorhast«, sinnierte er. »Mich zu Tode zu reden oder mir die Kehle durchzuschneiden. Wenn ich die Wahl habe, ziehe ich die Klinge vor.«

»Ich kann es dir beweisen, Loki«, sagte Thor unbeeindruckt. »Bringt den Jungen. Und Sarven.«

Sverig musste nicht einmal mehr ein Zeichen geben, denn obwohl Thor nicht sehr laut gesprochen hatte, trug die sonderbare Akustik dieser unterirdischen Kathedrale seine Worte bis in den hintersten Winkel. Die Front der Krieger teilte sich, und zwei Männer schleiften eine wimmernde Gestalt heran, die sie unmittelbar vor ihm auf die Knie stießen. Sarven wimmerte vor Schmerz und Furcht, und Thor ließ ihm ausreichend Zeit, flehend zu ihnen hochzusehen und endgültig alle Hoffnung fahren zu lassen. Er meinte fast zu spüren, wie alles Blut aus Urds Gesicht wich.

Ein weiterer Krieger trat zur Seite, und diesmal zog Loki überrascht die Augenbrauen hoch. Er sagte nichts, aber Thor konnte sehen, wie es hinter seiner Stirn zu arbeiten begann, als er die schlanke Gestalt ansah, die langsam an Thors Seite trat und sich zu Urd herumdrehte.

»Hallo, Mutter«, sagte Lif. »Freust du dich, mich zu sehen?«

Für die Dauer eines Herzschlags verlor Urd die Kontrolle über ihre Züge, und er las nichts als schieres Entsetzen in ihrem Gesicht und vielleicht sogar so etwas wie beginnende Panik. Aber Urd wäre nicht sie selbst gewesen, hätte sie ihre Selbstbeherrschung nicht genauso schnell wieder zurückerlangt. Schrecken und Panik verschwanden und machten einem strahlenden Lächeln und einem zutiefst erleichterten Klang in ihrer Stimme Platz.

»Lif!«, rief sie. »Lif, den Göttern sei Dank! Du lebst!«

Sie machte eine Bewegung, wie um auf ihren Sohn zuzueilen und ihn in die Arme zu schließen, doch Bjorn hielt sie mit eiserner Kraft fest, und die Klinge seines Messers drückte sich fester an ihre Kehle.

»Tatsächlich, ich lebe noch«, antwortete Lif. »Ich hoffe, du bist jetzt nicht zu sehr enttäuscht, Mutter.«

»Was soll das?«, fragte Loki. »Wo kommt dieser Junge her?« Und zu Urd gewandt: »Du hast gesagt, er wäre tot!«

»Das ... das dachte ich auch!«, beteuerte sie. »Sie haben mir gesagt, er wäre tot! Thor!«, wandte sie sich flehend an Thor. »Du warst dabei! Du selbst hast den Mann verhört, der erzählt hat, sie hätten ihn über die Klippen gestürzt!«

»Das hat er gesagt«, bestätigte Thor.

»Und das hatten sie auch vor«, fügte Lif hinzu. Vollkommen warnungslos trat er Sarven in den Leib, nicht einmal besonders hart, aber der Mann krümmte sich trotzdem, als hätte Mjöllnir selbst ihn getroffen, und begann mit schriller Stimme zu wimmern. »Er hätte es auch getan, wenn Fenrir nicht gekommen wäre und mich gerettet hätte.«

»Sarven?«, fragte Urd. »Aber das kann nicht sein! Du musst dich täuschen, Lif. Sarven ist einer der treuesten Freunde, die wir hier haben!«

Lif maß sie mit einem langen und nach wie vor vollkommen ausdruckslosen Blick, schien einen Moment lang darüber nachzudenken, ob er Sarven noch einmal treten sollte, und wandte sich dann zu Loki.

»Er und seine Männer haben uns entführt. Zuerst habe ich ihn gar nicht erkannt, und dann habe ich geglaubt, dass er ein Verräter ist, der in Wahrheit für Fargas arbeitet und meine Mutter hintergeht.«

»Sarven?«, fragte Urd fassungslos. »Das kann ich nicht glauben!«

Thor bedeutete dem Jungen mit einer Kopfbewegung, fortzufahren.

»Nachdem sie uns aus der Stadt gebracht haben, sind ein paar mit Elenia weitergeritten, und Sarven und drei andere Männer haben mich zur Steilküste gebracht, um mich von den Klippen zu stürzen.«

»Ist das wahr?«, fragte Loki, an den Verletzten gewandt.

Sarven stemmte sich mühsam auf seine verbliebene Hand hoch und sah Thor an, wie um ihn um Erlaubnis zu bitten. Thor nickte.

»Wir ... wir sollten sie wegbringen und töten«, bestätigte er. »Den Jungen an der Küste, auf die Art, auf die wir Verräter schon seit Urzeiten bestrafen ...«

»Ja, das kommt mir wie eine immer bessere Idee vor«, sagte Urd böse. »Ich verspreche dir, dich höchstpersönlich hinabzustoßen.«

Niemand nahm sie auch nur zur Kenntnis.

»Ist das wahr, was der Junge sagt?«, fragte Loki, weiter an Sarven gewandt.

»Ja, Herr«, antwortete Sarven. »Ich wollte es nicht, das müsst Ihr mir glauben! Ich habe sie angefleht, einen anderen zu beauftragen, aber sie hat darauf bestanden, dass ich es selbst tue! Wir sollten den Jungen von den Klippen stürzen und das Mädchen ...«

Er sprach nicht weiter, und Thor tat es an seiner Stelle. »Ihr solltet sie zum Turm bringen und dort töten, auf genau die Art, auf die sie es dann auch getan haben, und vor allem so, dass ich sie finde.«

Sarven nickte. Sein Gesicht war grau vor Angst.

»Sie hatten mich schon gepackt, als die Wölfe auftauchten«, sagte Lif. »Es ging furchtbar schnell. Sie haben die drei anderen getötet und ihm die Hand abgebissen. Ich dachte, er wäre auch tot.«

»Und dann?«, fragte Loki, als Lif stockte und einen Moment darum rang, nicht von der Erinnerung übermannt zu werden.

»Ich bin weggelaufen«, antwortete der Junge schließlich. »Die Wölfe haben mich verfolgt, und ich dachte, sie wollten mich auch töten. Aber das haben sie nicht. Sie haben mich zu einer Höhle geleitet, und sie haben mir auch zu essen gebracht.«

»Fuchs?«, vermutete Thor.

Lif nickte, und zum ersten Mal huschte wenigstens die Andeutung eines Lächelns über seine Züge, erlosch aber auch sofort wieder.

»Sie haben mich versorgt und bewacht, bis Bjorn mit seinem Heer aufgetaucht ist. Dann haben sie mich zu ihm gebracht.«

»Ja, Fenrir war schon immer ein ganz außergewöhnlich kluger Wolf«, seufzte Loki. »Ich weiß schon, warum ich ihn nie gemocht habe.« Er drehte den Kopf, soweit es seine Fesseln zuließen, und sah Urd an. »Warum hast du das getan?«

»Du wirst diesen Unsinn doch nicht wirklich glauben!«, protestierte Urd. »Loki, Lif ist mein Sohn, und Elenia war meine Tochter!«

»Das ist ja der Grund, aus dem ich es nicht verstehe«, antwortete Loki bitter. »Erklär es mir.«

»Es ist Unsinn!«, beharrte Urd. »Lif ist ein Kind! Er war halb von Sinnen vor Angst, und Sarven ist ein erbärmlicher Feigling und Verräter, der alles sagen würde, um sein Leben zu retten!«

»Und ich bin Loki«, sagte Loki leise. »Man kann mich nicht belügen, Urd. Das solltest du wissen.«

Fast schien es, als wollte Urd noch einmal und noch lautstärker protestieren, aber dann presste sie die Lippen zusammen und starrte ins Leere. Auch Loki setzte dazu an, etwas zu sagen, und beließ es dann bei einem stummen Kopfschütteln.

»Sie wollte, dass ich sie so finde«, sagte Thor, »geschändet und tot. Es war der einzige Weg, um mich endgültig auf eure Seite zu ziehen. Und es hat ja auch funktioniert ... oder hätte es, wenn Fenrir nicht gewesen wäre.«

»Deine eigenen Kinder?«, murmelte Loki fassungslos. »Urd, wie konntest du das tun? Deine eigene Tochter?«

»Wie er gesagt hat«, antwortete Urd. »Es war der einzige Weg. Manchmal muss man einer großen Sache auch ein ebenso großes Opfer bringen.«

»Das habe ich gemeint, Loki«, sagte Thor. »Das ist der wahre Preis, den sie für ihr vermeintliches Geschenk verlangen. Sie nehmen uns unsere Menschlichkeit. Da ist noch etwas von dir, Loki, in dem ... Ding, das mir gegenübersteht! Kämpfe gegen ihn. Du kannst ihn besiegen, das weiß ich! Dieser Krieg muss nicht sein!«

Loki sah ihn lange und schweigend an. Seine Miene blieb ausdruckslos und hart, aber Thor konnte den stummen Kampf erkennen, der tief in seinen Augen tobte. Vielleicht war da wirklich noch ein Rest des Menschen in ihm, der er irgendwann einmal gewesen war, und vielleicht entsetzte ihn das, was er gerade gehört hatte, tatsächlich so sehr, dass er die geistige Fessel des großen Betrügers abstreifen konnte.

Thor wusste bereits, wie der Kampf ausgegangen war, noch bevor Loki antwortete.

»Was deinen Kindern angetan wurde, tut mir aufrichtig leid, Thor. Ich wusste nichts davon, und ich hätte es auch niemals zugelassen. Aber es ändert nichts. Die Schiffe laufen bereits in den Hafen ein, und die Besatzungen haben ihre Befehle. Sie werden sie ausführen, ob ich bei ihnen bin oder nicht. Selbst wenn du mich tötest: Oesengard wird fallen, und Midgard gehört uns.«

Thor widersprach nicht mehr. Der schwache Funke von Menschlichkeit, den er für einen kurzen Moment in Lokis Augen gelesen hatte, war wieder erloschen, und er würde auch nicht zurückkehren. Mit einer unendlich müden Bewegung wandte er sich zu Sverig um und deutete auf die wartenden Krieger.

»Dann muss es wohl sein.«

Sverig nickte und wollte sich ebenfalls zu seinen Männern umdrehen, hielt aber dann noch einmal inne und machte eine Kopfbewegung zu Sarven hinab. »Und was machen wir mit ihm?«

Thor überlegte einen kurzen Moment. »Bringt ihn zur Klippe.«

29. Kapitel

Oesengard brannte. Vielleicht war die Sonne über den schwarzen Wolkengebirgen schon aufgegangen, die der Sturm über den Himmel peitschte, aber wenn, dann wurde ihr Licht einfach vom roten Widerschein Dutzender Brände und Hunderter Fackeln überstrahlt, den die zerklüfteten Unterseiten der Wolken auf unheimliche Weise noch zu verstärken schienen, bis die ganze Stadt in einem Meer aus düster leuchtendem Rot versank, in dem es keinen Platz mehr für Schatten oder Dunkelheit gab, sondern nur noch unterschiedliche Abstufungen von Röte, als hätten sich die Pforten der Hel aufgetan, um die Stadt in einem Meer von Blut zu ertränken. Oesengard starb, und ganz gleich, wer diese Schlacht auch gewann oder verlor, von Oesengard würde nichts mehr bleiben als die verfluchten uralten Mauern, auf denen es einst erbaut worden war.

Die Straßen zum Hafen hin waren übersät mit reglosen Körpern in zerschlagenen goldenen Rüstungen, aber noch mehr Tote und Sterbende trugen die Kettenhemden und Kleider der Krieger des Heeres von Midgards. Thor hatte längst begriffen, wie sehr er ihren Feind unterschätzt hatte. Die Falle war zugeschnappt, genau wie er es geplant hatte: Ihre Krieger waren an mehr als einem Dutzend Stellen zugleich aus dem verzweigten Kellerlabyrinth hervorgebrochen und über die vollkommen überraschten Einherjer hergefallen, um sie voneinander zu trennen und in kleinen Gruppen anzugreifen. Die Überraschung war vollkommen gewesen, sodass Lokis Männer nicht einmal die Möglichkeit gehabt hatten, so etwas wie organisierten

Widerstand zu leisten, sondern ihr Heil in der Flucht gesucht hatten.

Jedenfalls hatte es den Anschein gehabt. Aber seither war alles misslungen, was nur misslingen konnte. Thor hatte viel zu spät begriffen, dass es zu leicht gewesen war. Lokis Krieger hatten nicht einmal versucht, Widerstand zu leisten, sondern sofort damit begonnen, sich diszipliniert und kämpfend zum Hafen zurückzuziehen, wie es Loki ihnen vermutlich zuvor eingeschärft hatte.

Thor an seiner Stelle jedenfalls hätte es getan, aber auch das hatte er erst begriffen, als es viel zu spät war. Anscheinend war er doch kein so großer Stratege, wie Loki behauptet hatte, oder er hatte tatsächlich noch sehr viel mehr vergessen, als ihm bisher klar gewesen war. In den schmalen Gassen und Sträßchen Oesengards wäre es ihnen vermutlich gelungen, selbst die schier unbesiegbaren Einherjer voneinander zu trennen und einzeln zu überwältigen. Sein Plan war nicht aufgegangen. Die Angreifer hatten einen hohen Preis für die wenigen Stunden bezahlt, die sie die Herren Oesengards gewesen waren, doch der Blutzoll, den die Verteidiger für die Rückeroberung der Stadt entrichtet hatten, war noch ungleich höher, und ohne die unbezwingbare Kraft Mjöllnirs wäre die Schlacht möglicherweise trotz allem schon verloren gewesen.

Thor war nicht einmal ganz sicher, ob sie selbst mit seiner Hilfe noch zu gewinnen war. Vielleicht spielte es keine Rolle, ob die Stadt niederbrennen würde oder nicht, weil am nächsten Morgen niemand mehr da sein mochte, der in ihren Mauern leben konnte.

»Ist alles in Ordnung?«

Thor schrak aus seinen Gedanken hoch und nickte instinktiv, noch bevor er sich umdrehte und fast erstaunt sah, wer diese Frage gestellt hatte. »Solltest du nicht bei Gundri und deiner Schwester bleiben, Lif?«

Lif nickte. »Ja.«

»Und warum bist du dann hier?«, fragte Thor. »Es gab eine Zeit, da hast du getan, was ich dir gesagt habe.«

»Das stimmt«, antwortete Lif ungerührt. »Aber da wusste ich auch noch nicht, dass du mein Vater bist.«

Thor starrte ihn an, doch dann spürte er, dass er fast gegen seinen Willen lächelte. »Und seit wann tun Söhne das, was ihre Väter von ihnen verlangen, nicht wahr?«

»Vor allem wenn ihre Väter leibhaftige Götter sind«, bestätigte Lif ernst.

Thor ließ Mjöllnir sinken und sah sich rasch in alle Richtungen um. Nur ein kleines Stück links von ihnen wurde noch gekämpft, doch im Grunde beschränkten sich die Krieger in Gold darauf, sich kämpfend zurückzuziehen und ihre Gegner auf Distanz zu halten. Die Stadt würde nicht untergehen, nur weil er kurz Atem schöpfte.

Und da war auch noch Lif. Thor sah erst jetzt, dass der Junge nicht nur mit Blut besudelt war – auch wenn es sich dabei offenbar nicht um Lifs Blut handelte –, sondern darüber hinaus ein Schwert in der Hand hielt.

»Ich bin kein Gott«, sagte er. Lif wollte widersprechen, aber Thor brachte ihn mit einem raschen Kopfschütteln zum Schweigen. »Ich bin kein Gott«, sagte er noch einmal. »Jedenfalls nicht so, wie du glaubst.«

»Deshalb redest du auch mit Tieren, und niemand kann dich besiegen«, sagte Lif.

Thor seufzte. »Irgendwann werde ich dir vielleicht die ganze Geschichte erzählen, aber dazu muss ich sie erst einmal selbst wirklich verstehen. Da ... ist etwas in mir, das ist wahr, aber das bin nicht ich. Es ist ...« Er suchte nach dem richtigen Wort, ohne es zu finden. Schließlich machte er eine ausholende Geste, die die ganze Stadt einschloss, vielleicht die ganze Welt. »Ich glaube, es sind die Geister derer, die das alles hier gebaut haben.«

»Die alten Götter?«, fragte Lif.

»Ich weiß nicht, ob sie Götter waren oder nur Menschen, die es irgendwie geschafft haben, den Tod und die Zeit zu überlisten. Aber eines weiß ich: Sie waren böse.«

»So wie Mutter?«

»Wie Urd?« Thor benutzte ganz bewusst diesen Namen, nicht den, unter dem er Lifs Mutter kennen und lieben gelernt hatte. »Nein. Diese Frau ist nicht mehr deine Mutter, Lif. Ihr Körper ist noch derselbe, aber sie ist nicht mehr die Frau, die dich und deine Schwester geboren hat.«

Er seufzte noch einmal und noch tiefer und machte eine Kopfbewegung auf das Schwert in Lifs Hand. »Gib das her.« Ohne auf eine Antwort zu warten, streckte er die Hand aus, nahm Lif das Schwert weg und schob es unter seinen Gürtel. Lif setzte zu einem wütenden Protest an und klappte den Mund dann wieder zu, ohne ein einziges Wort gesagt zu haben.

»Wenn das alles hier vorbei ist, Lif«, sagte Thor ernst, »dann werde ich dich das Kämpfen lehren, das verspreche ich. Aber solange man nicht mit einer Waffe umgehen kann, sollte man auch keine tragen, glaub mir.«

»Weil man es schneller hinter sich hat, wenn man sich nicht wehren kann?«

»Weil niemand einen unbewaffneten Jungen tötet«, antwortete Thor ernst. »Einen jungen Krieger mit einem Schwert schon.«

»Aber ich –«

»Ich bringe es dir bei, das verspreche ich«, unterbrach ihn Thor. »Aber das kann ich nur, wenn du am Leben bleibst.« Er stand auf. »Und nun geh zu Gundri zurück, bitte. Ich möchte, dass du auf sie und deine Schwester achtgibst.«

»Du solltest froh sein, dass der Junge hier bei dir ist, Thor«, sagte eine Stimme hinter ihm. Bjorns Stimme, und es war etwas darin, das ihn alarmierte, noch bevor er sich umdrehte und einen Ausdruck auf dem Gesicht des Jarls sah, der aus seinem unguten Gefühl Gewissheit machte. »Sonst wäre er jetzt vielleicht tot.« Bjorn schwankte vor Erschöpfung und blutete aus mehreren Wunden, aber das traf zurzeit vermutlich auf jeden zweiten Mann hier zu.

»Was ist passiert?«, fragte Thor.

»Loki«, antwortete Bjorn. »Er ist entkommen und Urd ebenfalls.«

»Entkommen?«, wiederholte Thor ungläubig. »Aber wie kann das sein? Hast du ihn nicht bewachen lassen?«

»Von sechs meiner besten Krieger«, antwortete Bjorn ernst. »Sie sind alle tot, genau wie die, die Urd bewachen sollten.«

»Und Gundri?« Thors Herz begann zu klopfen, aber Bjorn machte nur eine rasche, fast erschrockene Geste. »Sie haben sie niedergeschlagen, aber sie lebt, keine Angst. Aber sie haben das Kind.«

»Lifthrasil?«, keuchte Lif.

»Ja«, antwortete Bjorn. Thor hatte das Gefühl, dass er froh war, mit Lif reden zu können, nicht mit ihm. »Sie haben sie mitgenommen. Ich weiß nicht, wann es passiert ist, aber es kann noch nicht lange her sein. Die Männer verfolgen sie, aber wenn sie vor uns am Hafen sind ...«

Dann würde Loki Urd und seine Tochter an Bord des Naglfar bringen, dachte Thor. Und dann war alles verloren. Seine Hand schloss sich fester um Mjöllnirs Stiel.

»Das wird nicht geschehen«, versprach er grimmig. »Schafft den Jungen weg. Und dann folgt mir.«

Lif hob zu einem wütenden Protest an, aber er kam nicht einmal zu einem einzigen Wort, bevor ihn zwei von Bjorns Männern auch schon packten und wegzerrten.

Thor riss den Hammer in die Höhe und lief los. Ein gewaltiger Donnerschlag ließ die Erde in ihren Grundfesten erzittern. Ein einzelner, unvorstellbar gleißender Blitz spaltete den Himmel nicht nur in zwei ungleiche Hälften, sondern schien ihn auch gleichsam in Brand zu setzen, und aus dem Sturm wurde etwas Anderes, Schlimmeres, für das er kein Wort kannte, so wenig wie für das, was Mjöllnir auf dem Weg zum Hafen anrichtete.

Wer sich ihm in den Weg stellte, der wurde niedergemacht. Mjöllnir bahnte ihm und seinen Begleitern einen blutigen Pfad durch die schmalen Straßen. Wer in seine Bahn geriet, der wurde getötet, und wer Thors Hammer entging, der fiel dem gewaltigen Breitschwert zum Opfer, das er mit der anderen Hand schwang, oder Björn und seinen Kriegern, die sich ihm in immer größerer Zahl anschlossen. Blitz und Donner gingen in immer rascherer Folge ineinander über, und der Sturm wurde zu einer schieren Urgewalt, die Dächer abdeckte, Türen einschlug und Fensterläden abriss und jeden von den Füßen fegte, der auch nur einen Moment unaufmerksam war oder einfach nicht stark genug, seinem Wüten standzuhalten. Längst gab es keine Wolken mehr am Himmel, der von tobendem Sturm und unaufhörlich zuckenden Blitzen auseinandergerissen wurde, und es war noch immer unmöglich zu bestimmen, ob es Tag oder Nacht war oder dieser Unterschied überhaupt noch existierte.

Und was er schon einmal erlebt hatte, in seiner dunkelsten Stunde, das wiederholte sich nun, nur dass es ungleich schrecklicher war und er diese Macht nicht nur rief, um sein Leben zu verteidigen, sondern um zu töten und zu verheeren: Seine Kraft erlahmte nicht, trotz der fürchterlichen Hiebe, die er austeilte, sondern schien eher noch zuzunehmen, je zorniger er Mjöllnir schwang, fast als zöge er Kraft aus dem Sturm. Jeder Donnerschlag, unter dem die Erde erbebte, schien seine Kraft zu mehren, jeder Blitz, der den Himmel spaltete, seinen Zorn zu hellerer Glut zu entfachen. Mjöllnir verstümmelte und erschlug, zertrümmerte Helme und Mauern und Schädel und fraß Leben um Leben, aber ganz gleich, wie viele Leben er auch nahm, welche Ströme von

Blut er auch vergoss und wie viele Seelen er trank, nichts von alledem konnte die Gier des Runenhammers stillen. Da war etwas Düsteres, etwas unvorstellbar Mächtiges und Altes, das wie ein Geysir aus stinkendem schwarzem Schlamm vom Grunde seiner Seele emporstieg und das all dieses Leiden und Sterben nicht nur genoss, sondern nach mehr schrie, nach immer mehr und mehr und mehr, und das ihn endgültig zum Gott des Donners machte, dem Bringer des Lichts und Verheerer von Welten.

Vielleicht war der Sturm auch sein Gott und nicht umgekehrt, doch was Bjorns tausend Krieger und ihre Verbündeten aus Oesengard nicht gelungen war, das vollbrachten Mjöllnir und er ganz allein: Der Widerstand der goldenen Krieger zerbrach. Aus ihrem geordneten Rückzug wurde Verwirrung, dann panische Flucht, und schließlich stürmten Thor und Bjorn an der Spitze eines unaufhaltsamen Heeres in den Hafen hinein, alles zermalmend, was sich ihnen in den Weg stellte oder auch nur nicht schnell genug floh.

Und dennoch kamen sie zu spät.

An der Spitze seines plötzlich siegreichen Heeres und nun wirklich mehr einem zornigen Gott als einem Menschen gleichend, stürmte er, tödliche Hammerhiebe und Schwertstreiche nach allen Seiten austeilend, in den Hafen hinein, lief noch ein paar weitere Schritte und blieb schließlich stehen, gleichermaßen entsetzt wie bis ins Mark erschüttert von dem bizarren Anblick, der sich ihm und allen anderen bot.

Was von Lokis Heer noch übrig war, hatte sich zu einer einzigen, golden und eisenfarben blitzenden Mauer vor dem Kai zusammengezogen, eine Wand aus Stahl und Schilden und Schwertern, an der jeder Widerstand zerbrechen musste.

Und das Meer dahinter war voller Schiffe …

Rumpf an Rumpf, Mast an Mast drängte sich eine Flotte gewaltiger Drakkars im Hafenbecken, acht, zehn, zwölf und noch einmal so viele und vielleicht mehr, die draußen auf dem Meer darauf warteten, die Plätze mit ihnen zu tauschen und ihre tödliche Ladung aus Männern und Waffen an Land zu speien.

Das war kein kleiner Trupp, der gekommen war, um eine Stadt zu erobern oder einen Brückenkopf für eine Armee zu bilden, die da kommen würde. Nein, es war Asgards gesamtes, unbesiegbares Heer, das über den Ozean gekommen war, um die Welt zu erobern.

Im allerersten Moment war es ihm, als wären dort draußen unter dem zerrissenen Himmel mehr Schiffe als Männer hier auf seiner Seite, und sein Mut sank. Es waren Tausende. Tausende und Abertausende von Männern, jeder einzelne ein Krieger, jeder einzelne fast so stark wie er, und jeder einzelne entschlossen, sein Leben zu geben, um dieses letzte Stück fruchtbaren Landes auf der Welt zu erobern.

»Bei allen Göttern«, flüsterte Sverig neben ihm. »Das ist das Ende.«

Die Worte berührten etwas in ihm …

Der Sturm hielt inne, Blitz und Donner erloschen, und für einen einzelnen, unendlichen Augenblick erlosch auch der Wind, und nicht der geringste Laut war zu hören. Niemand bewegte sich. Es war, als hielte die Zeit selbst den Atem an.

»Ja«, sagte Thor. »Aber nicht für uns.«

Und damit ließ er die Hölle los.

Mit einem Schrei riss er Mjöllnir in die Höhe, und der Himmel riss entlang einer dünnen, gezackten Linie aus reinem weißem Licht auseinander und gebar einen einzelnen, gleißenden Blitz, der sich wie der leuchtende Finger eines Gottes auf Mjöllnir senkte, den Hammer in blind machende weiße Glut hüllte und die Runen darauf wie in einem unheimlichen inneren Feuer aufleuchten ließ. Ein ungeheuerlicher Donnerschlag ließ Erde und Meer erzittern, laut genug, um Männer von den Beinen zu fegen und die Wellen haushoch aufzupeitschen, und das heilige Feuer raste weiter, lief knisternd an dem Hammerstiel hinab und hüllte Thors Hand und Arm und schließlich seinen ganzen Körper ein, bis er tatsächlich zum Gott geworden war, nicht mehr länger Mensch und Fleisch, sondern lebendes Licht und pure, zerstörerische Gewalt, unaufhaltsam und gnadenlos. Freund und Feind flohen schreiend aus seiner Nähe, von Sinnen vor Angst und Ehrfurcht und verbrannt von seiner bloßen Nähe.

Der Blitz erlosch, aber es war nicht vorbei. Das Ungeheuer war frei, die Ketten, die es zeit seines Lebens gehalten hatten, endgültig zerrissen. Knisterndes blaues Feuer rannte auf dürren Spinnenbeinen über den Hammerkopf, und die uralten Runen glühten in einem düsteren, höllischen Licht, als sein in den Tiefen der Hel geschmiedetes Herz endgültig zum Leben erwachte.

»Für Midgard!« Thor stürmte los, und trotz Furcht und Entsetzen, die sein bloßer Anblick in die Herzen der Menschen gesät hatte, schlossen sich ihm mehr und mehr Männer an, bis es schließlich wieder ein ganzes Heer war, das wie eine geballte Faust aus schierer Willenskraft und dem Mut der Verzweiflung in die Front der Einherjer krachte und sie auseinanderriss. Und es waren nicht nur Fleisch und Stahl, unter deren Hieben sich die Angreifer duckten. Der Hammer der Unterwelt wütete wie nie zuvor, und plötzlich öffnete sich der Himmel und spie einen weiteren, grellen Blitz auf den Boden, der inmitten der Goldenen Krieger explodierte und einen brüllenden Geysir aus Flammen und Rauch und geschmolzenem Fleisch und Eisen aufsteigen ließ. Und das Wüten des Sturmes nahm immer noch weiter zu, als wäre das Ende der Welt gekommen.

Und vielleicht war es das. Vielleicht war dies nun endlich Ragnarök, die letzte Schlacht der Götter, in der es keine Sieger und keine Verlierer gab, keine Toten und keine Überlebenden, aber auch das war ihm gleich. Mochten die Götter entscheiden, was die Gewalten anrichteten, die sie ihm so leichtfertig gegeben hatten.

Mjöllnir wütete, zertrümmerte Helme und Schädel, und sein Schwert schnitt durch Rüstungen und Fleisch wie durch Papier. Blitz auf Blitz zuckte vom Himmel, brannte grausame Wunden in die Reihen seiner Feinde und ließ das Meer in gewaltigen zischenden Dampfwolken aufspritzen.

Es spielte keine Rolle. Er wurde getroffen und spürte sein eigenes Blut warm an seinen Armen herunterlaufen, ein schreiender Mann stolperte auf ihn zu, brennend wie eine Fackel und brach zusammen, von Mjöllnir gefällt, und weit vor ihm in der Hafenmitte verwandelte sich ein Schiff in einen weißen und orangefarbenen Ball aus purem Feuer, als es von einem der infernalischen Blitze getroffen wurde, die Mjöllnirs Macht herbeigerufen hatte. Lodernde Trümmerstücke setzten weitere Schiffe in Brand, und brennende Männer stürzten schreiend und um sich schlagend ins Wasser, nur um zu ertrinken oder in den kochenden Fluten verbrüht zu werden.

Nichts davon interessierte ihn. Irgendwo hier inmitten dieser tollwütig gewordenen Masse aus schreienden und sich gegenseitig abschlachtenden Männern war Loki, der Verräter, der ihn benutzt und ihm alles weggenommen hatte, was sein Leben ausmachte. Er konnte seine Nähe fühlen, wie eine schwärende Wunde in der Wirklichkeit, deren Gestank ihm den Atem abschnürte. Nur einer von ihnen würde diesen Ort lebend verlassen, das war alles, was noch zählte, und wenn er dazu die Welt in Brand setzen musste. Verzweifelte Männer sprangen ihn an, die wussten, wie aussichtslos ihr Angriff sein musste, die aber einfach nicht kampflos sterben wollten. Mjöllnir zerschmetterte sie. Draußen auf dem Meer ging ein weiteres Schiff in Flammen auf, gleich darauf ein zweites und drittes und viertes, bis der ganze Ozean ein Meer aus Feuer zu sein schien, und Masten und Segel flammten in grellen Farben auf und zerfielen zu Asche. Ein Chor gellender Schreie hallte über das Wasser und übertönte für einen Moment sogar den Schlachtenlärm.

Dann hörte er, wie jemand seinen Namen schrie, nicht zum ersten und nicht zum letzten Mal, erscholl er doch hundertfach inmitten des Gemetzels, als Anfeuerung, als Flehen oder auch als Fluch, aber etwas an dieser Stimme war anders. Thor schleuderte einem weiteren Krieger von sich, ließ Mjöllnir einen gewaltigen Halbkreis beschreiben, um sich Luft zu verschaffen, und sah zu seinem maßlosen Entsetzen eine schlanke Gestalt hinter sich erscheinen, die mit einem Dolch wedelte und hektisch mit der anderen Hand nach links deutete.

»Lif!«, brüllte er. »Verschwinde hier!«

Statt zu verschwinden, stolperte Lif nur weiter in seine Richtung, duckte sich unter einem Schwerthieb weg und stocherte mit seinem Messer in die Richtung des Angreifers, ohne ihm auch nur nahe zu kommen. Thor schleuderte Mjöllnir und war neben seinem Sohn, noch bevor der Hammer den Mann gefällt und in seine Hand zurückgefunden hatte.

»Was tust du hier?«, schrie er ihn an. »Du sollst verschwinden!«

Lif verschwand nicht, sondern rannte nur weiter auf ihn zu. »Loki!«, schrie er. »Er ist hier! Sie haben Lifthrasil!«

Thor wandte sich in die Richtung, in die Lifs hektisch gestikulierende Hand wies, und fragte sich, warum er ihn nicht gesehen hatte. Loki überragte selbst die Masse der hoch gewachsenen goldenen Krieger wie ein Fels in der Brandung, ein Hüne, der sich mit brutaler Kraft seinen Weg durch die Männer bahnte, ohne wirklich in den Kampf einzugreifen. Eine kleinere Gestalt in einem schwarzen Kapuzenmantel stolperte ungeschickt hinter ihm her, und obwohl es inmitten des Getümmels eigentlich unmöglich schien, erkannte er auch das winzige wimmernde Bündel, das sie an sich drückte. Lifthrasil.

Hammer und Klinge schwingend setzte er sich in Bewegung, hackte und schlug und stach sich seinen Weg auf Loki und seine

Begleiterin zu und wusste dennoch, dass er es nicht schaffen würde.

Rings um ihn herum entbrannte die Schlacht zu noch größerer Wut auf, als immer mehr Männer sich ihm anschlossen und aus seinem einsamen Vorwärtsstürmen einen plötzlichen Angriff machten, der wie ein glühendes Messer ins Herz des goldenen Heeres schnitt. Auf dem Meer gingen weitere Schiffe in Flammen auf. Andere versuchten mit verzweifelten Ruderschlägen auf der Stelle zu wenden oder hissten brennende Segel, um sich gegen den Sturm zu stemmen, kollidierten miteinander oder brachen einfach unter der Gewalt der Flammen in Stücke, in denen ihre Mannschaften bei lebendigem Leib verbrannten.

Thor stürmte weiter, schwang Mjöllnir nun mit der schieren Kraft der Verzweiflung und sah, wie Loki und Urd über eine schmale Planke an Bord des Schiffes gingen, die hinter ihnen achtlos ins Wasser geworfen wurde. Das Naglfar zitterte. Einer riesigen Spinne gleich, die ihre Beine ausstreckte, senkten sich die zahllosen Ruder auf der einen Seite ins Wasser des Hafenbeckens, während sie auf der anderen Seite gegen die Kaimauer und den brennenden Rumpf der Windsbraut stießen und das Schiff langsam vom Ufer wegdrückten. Einige der Krieger in den goldenen Rüstungen versuchten sich mit beherzten Sprüngen an Bord zu retten, aber fast alle stürzten ins Wasser und wurden von ihren schweren Rüstungen sofort in die Tiefe gezogen. Den Einzigen, dem es gelang, traf ein sengender Blitz, der ihn in seiner Rüstung mit dem Metall der Schildreling verschmelzen ließ.

»Loki! Urd!«, brüllte Thor. Auch seine Stimme war nun die eines zornigen Gottes geworden, die das Toben der Schlacht ohne die geringste Mühe überschrie. »Das lasse ich nicht zu!«

Ein zweiter, noch viel gleißenderer Blitz traf den bizarren Bug des Naglfar und setzte den geschnitzten Drachenkopf in Brand, aber das Schiff drehte sich weiter, während sein Rumpf langsam vom Ufer wegtrieb.

Irgendwie gelang es Thor, noch einmal schneller zu laufen. Er kämpfte nicht mehr, sondern stieß die Krieger einfach beiseite, die ihm nicht schnell genug auswichen.

Aber es reichte nicht. Das Naglfar erbebte, als sich auch die Ruder auf der anderen Seite ins Wasser hinabsenkten, und beschleunigte nach einem letzten, schwerfälligen Zittern, und als er die Kaimauer erreichte, befand es sich bereits außerhalb der Distanz, die selbst er noch überspringen konnte, und wurde rasch schneller.

Thor riss den Hammer in die Höhe, und ein gleißender Blitz explodierte direkt vor dem brennenden Bug des Schiffes im Wasser und hüllte es in eine zischende Dampfwolke, aus der ein Chor gellender Schmerz- und Schreckensschreie herausdrang.

»Loki!«, schrie Thor. »Noch einmal warne ich nicht! Dreht bei und kommt zurück, oder du verbrennst zusammen mit deinem Schiff!«

Wie in einer trotzigen Antwort tauchten die Ruder des Naglfar noch einmal ins Wasser, und das Schiff wurde noch einmal schneller. Thor hob Mjöllnir höher, bereit, seine verheerende Kraft auf das Naglfar zu schleudern ...

... und ließ ihn wieder sinken, als das monströse Schiff aus dem Gewölk auftauchte. Sein Bug brannte noch immer. Kochendes Wasser tropfte von den Rahen und lief in dampfenden Rinnsalen an zerrissener Takelage hinab, und zahlreiche Männer krümmten sich verletzt auf dem Deck. Loki selbst stand hoch aufgerichtet hinter der Schildreling und sah aus Augen in seine Richtung, die vor Hass zu brennen schienen, und Urd hatte zu seiner Linken Aufstellung genommen. Mit einer Hand drückte sie Lifthrasil an sich, in der anderen hielt sie einen schmalen Dolch, dessen Spitze sie auf die Brust seiner Tochter gesetzt hatte.

Thor bemerkte nicht einmal, wie die Schlacht rings um ihn herum erlosch, als die Männer voneinander abließen, ihre Waffen senkten oder einfach erschöpft auf die Knie fielen. Obwohl das Naglfar schon viel zu weit entfernt war, um ihr Gesicht zu erkennen, wusste er, dass der geschliffene Stahl in Urds Hand keine leere Drohung war.

»Aber das ... das kann sie nicht ... nicht tun!«

Thor erkannte nicht nur die Stimme. Er spürte, dass Lif neben ihm stand, so wie er auch Sverigs und Bjorns Schritte hinter sich erkannte, ohne sich umdrehen zu müssen.

In seiner Seele schrie Mjöllnir lauter, denn selbst die zahllosen Leben, die er in dieser Nacht genommen hatte, hatten seine Gier nicht gestillt, sondern nur noch weiter angefacht, und er wusste auch, dass er die Blitze genau genug schleudern konnte, um Loki und Urd zu verbrennen, ohne seiner Tochter auch nur ein Haar zu krümmen. Doch auch wenn er noch so schnell war: Der Dolch berührte schon fast Lifthrasils Herz, und selbst wenn sie nicht zustach, so mochte das Kind über Bord fallen und ertrinken.

Du hast gewonnen, Bruder, flüsterte eine Stimme hinter seiner Stirn. *Du hast mich besiegt. Uns alle.*

Er war nicht einmal sicher, dass es wirklich Lokis Stimme war, die er hörte. Vielleicht war es nur das, was er im Blick seiner hasserfüllten Augen las, aber es war das, was Loki wollte.

Jetzt ist es genug. Lass die, die noch am Leben sind, ziehen. Oder töte uns alle und bezahl den Preis dafür, Bruder.

Es musste mehr sein als ein Trugbild, denn genau in diesem Moment hob Urd ihren Dolch, und trotz der viel zu großen Entfernung spürte er die eiserne Entschlossenheit in ihrem Blick. Sie hatte nichts mehr zu verlieren. Der Tod war alles, was sie noch von ihm zu erwarten hatte, und sie war bereit, auch noch dieses Kind zu töten, um ihn zu verletzen.

»Nein!«, murmelte Lif. »Thor! Vater! Lass nicht zu, dass sie das tut!«

Thor starrte das davonrudernde Schiff noch einen halben Atemzug lang an, dann ließ er Mjöllnir sinken und streckte die andere Hand aus, um Lif an sich zu ziehen. Ein letzter, urgewaltiger Donnerschlag ließ Himmel und Erde erbeben, aber nun folgte kein Blitz mehr. Mjöllnir schrie noch einmal lautlos und zornig in seiner Seele auf, aber dieses Mal widerstand er ihm. Jedes einzelne Schiff im Hafen brannte und sank bereits, oder würde es bald, und auch die Flotte draußen auf dem Meer war nicht ungeschoren davongekommen. Ein Teil der Schiffe brannte ebenfalls, andere waren vom Sturm zerschlagen oder ihrer Segel beraubt. Auch dort draußen hatte es Opfer gegeben, und nicht jedes dieser Schiffe würde zurück bis an die eisigen Küsten Asgards gelangen.

»Nein, Lif«, sagte er. »Ich lasse es auch nicht zu. Hab keine Angst. Deiner Schwester wird nichts geschehen.«

Er ließ Mjöllnir endgültig sinken, sah ins brodelnde Wasser des Hafens hinab und dachte ernsthaft daran, ihn dorthineinzuwerfen, entschied sich aber dann anders und befestigte ihn mit tauben Fingern an seinem Gürtel.

»Aber …«, murmelte Lif, »sie nehmen sie mit!«

»Sie nehmen nicht nur sie mit, mein Junge«, grollte Sverig, während er mit einem erschöpften Schritt neben ihn trat. »Das ganze Pack entkommt. Die Anführer!«

»Sverig«, sagte Bjorn sanft.

»Warum lässt du sie entkommen?«, fragte Sverig scharf. »Thor! Ich habe gesehen, wozu du fähig bist. Zerstöre sie!«

Wozu, dachte Thor müde. Selbst wenn er es gekonnt hätte, ohne seine Tochter dafür zu opfern, hätte er es nicht mehr getan. »Es ist vorbei, Sverig«, sagte er leise. Loki hatte ein Drittel seiner Flotte verloren und wahrscheinlich mehr als ein Drittel seiner Armee. Und die, die es lebend zurück in ihre Heimat schaffen würden, würden Geschichten von einem zornigen Gott erzählen, der Blitze schleuderte und mit seinen Hammerschlägen die Welt in ihren Grundfesten erzittern ließ. Es war vorbei.

»Vorbei?«, ächzte Sverig. »Sie werden wiederkommen! Wenn nicht im diesem Jahr, dann im nächsten oder im –«

»Sverig!«, sagte Bjorn noch einmal, ebenso müde und erschöpft wie gerade, aber lauter. »Halt den Mund.«

Sverig fuhr verärgert zu ihm herum, starrte ihn an, holte Luft zu einer noch zornigeren Antwort und fuhr dann auf dem Absatz herum, um wütend davonzustapfen. Bjorn sah ihm fast traurig hinterher, blickte dann noch trauriger in Thors Gesicht und ging schließlich ebenfalls.

»Keine Angst, Lif«, sagte Thor. »Ich weiß noch nicht wann oder wie, aber ich werde sie zurückholen.« Er schwieg einen Moment, dann verbesserte er sich: »*Wir* werden deine Schwester zurückholen, Lif. Ich lasse nicht zu, dass sie so wird wie ...«

»Wie Urd?«, fragte Lif, als er nicht weitersprach.

»Wie Urd und Loki. Und wie ich.«

Lif sagte nichts dazu, und eine sonderbare Stille begann sich zwischen ihnen breitzumachen. Keine äußerliche Stille. Im Gegenteil. Jetzt, wo der Sturm erloschen war und der Donner nicht mehr grollte, schien das Prasseln der Flammen umso lauter zu werden, hörte man nur umso deutlicher das Stöhnen und Wehklagen der Sterbenden und Verwundeten, das verzweifelte Rufen der Männer, die um Hilfe flehten oder zwischen den Toten umherirrten, auf der Suche nach einem vermissten Freund oder ihrer Familie. Irgendwo am anderen Ende der Stadt brach ein Haus mit einem gewaltigen Poltern zusammen, und ein Funkenschauer stieg mit einem hässlichen Zischen in den Himmel. Ein Kind weinte, und ein Mann flehte die Götter mit überschnappender Stimme an, ihn endlich von seinen Qualen zu erlösen und sterben zu lassen – das uralte, grausame Lied des Schlachtfeldes, das keinen Unterschied zwischen Sieger und Besiegtem machte. Vielleicht, weil es diesen letzten Endes auch nicht gab.

Und zugleich war da auch eine tiefe Stille zwischen ihnen, ein vertrautes Schweigen, das sie vielleicht in diesem Moment endgültig zu Vater und Sohn und sein Versprechen von soeben zu einem heiligen Eid machte.

Schweigend und vollkommen reglos standen sie da und sahen zu, wie das Naglfar die Hafenausfahrt erreichte und Kurs auf die abziehende Flotte nahm. Selbst dann ließ Thor noch eine Weile verstreichen, bevor er vom Ufer zurücktrat und seinen Sohn ansah.

»Hilfst du mir?«, fragte er.

»Wobei?«

Thor machte eine weit ausholende Geste. »Wir haben viel zu tun, Lif. Eine ganze Welt zu heilen.«

Lif sah ihn einen halben Atemzug lang verwirrt an, aber dann nickte er und bemühte sich sogar um ein entsprechend ernstes Gesicht. Als Thor sich jedoch zu einem der verletzten Krieger hinabbeugen wollte, hielt er ihn noch einmal zurück.

»Beantwortest du mir noch eine Frage?«

»Und welche?«

»Vorhin, als wir unten im Tempel waren«, antwortete Lif. »Du hast etwas zu Loki gesagt, was ich nicht verstehe.«

»Und was war das?«

»Du hast gesagt: Lass nicht zu, dass es schon wieder geschieht. Was hast du damit gemeint?«

Thor antwortete nicht gleich. Er hatte diese Frage befürchtet, und er war nicht sicher, wie er sie beantworten sollte. Aber dann gab er sich einen Ruck.

»Etwas, das schon einmal geschehen ist, Lif«, antwortete er. »Schon unzählige Male, immer und immer wieder. Und das nie wieder geschehen darf.«

Lif runzelte die Stirn und legte fragend den Kopf auf die Seite. »Und was sollte das sein?«

Hatte er wirklich das Recht, es ihm zu sagen, ihm und all den anderen hier, die bereit gewesen waren, ihr Leben für ihn zu opfern und es in nur zu großer Zahl auch getan hatten?

Aber dann begriff er, dass es nicht sein Recht, sondern sogar seine Pflicht war – wer, wenn nicht sein Sohn, hatte ein Anrecht darauf, die Wahrheit zu erfahren –, und antwortete:

»Die Götterdämmerung.«

Danksagung

Besonderer Dank gebührt Joey DeMaio für seine unermüdlichen Anregungen zur ASGARD-SAGA, wie auch allen anderen Bandmitgliedern von MANOWAR. Herzlichen Dank allen Unterstützern von Wolfgang Hohlbein und MANOWAR, allen voran Susanne Wagner, ohne die die Web-Site www.asgard-saga.com nie zum Leben erwacht wäre, wie auch Hinrich Stürken vom Magic Circle Management, Helmut W. Pesch vom Lübbe-Verlag und meinem Freund Dieter Winkler, der das Projekt von Anfang an begleitet hat.